THE COLLECTED WORKS OF DULU WANG

王 度 廬 選 集

Author of Crouching Tiger, Hidden Dragon

《 卧 虎 藏 龙 》 作 者

Wuxia Novels Volume Four

武 侠 小 说 集　卷 四

深宮奇俠

寶劍明珠

風雨雙龍劍

彩鳳銀蛇傳

DULU WANG

王度廬

Edited and Modified by Hong Wang

校 訂 者 ： 王 宏

JIANGHU PUBLISHING　江 湖 出 版 社

Copyright©2020 by Hong Wang
THE COLLECTED WUXIA WORKS OF DULU WANG
VOLUME FOUR
王度廬武俠小說選集卷四

ISBN: 978-1-990113-46-8 (Paperback)
ISBN: 978-1-990113-48-2 (eBook-epub)
ISBN: 978-1-990113-47-5 (eBook-Kindle)

汇 湖 出 版 社
JIANGHU PUBLISHING

Jianghu Publishing
PO Box 35075 Fleetwood Postal Outlet
Surrey, BC Canada V4N 9E9
www.jianghubooks.com

出版說明（PREFACE）

Dulu Wang (1909-1977), was a famous Chinese Wu Xia (which literally means "heroes with martial art skills") writer in the 1930s and 1940s who wrote many novels including Crouching Tiger, Hidden Dragon (臥 虎 藏 龍) Pentalogy which was adapted into a film under the title "Crouching Tiger, Hidden Dragon" by Ang Lee and his colleagues in 2000. Its spectacular action, rhapsodic landscapes and tragic romance have touched audiences in Asia, North America and around the world and won over 40 awards and was nominated for 10 Academy Awards, including Best Picture, and won Best Foreign Language Film, Best Art Direction, Best Original Score and Best Cinematography. In 2019, the film was ranked the 51st in 100 best films of the 21st century list by Guardian.

Wang was less interested in writing about ruthless killings; instead he focused on his characters' development, their emotions, friendship, and passions. Wang had great sympathy for women who suffered cruel oppression by the society, and his novels featured many strong female characters, warriors, and heroines. Most of his stories featured tragic endings. His perfect combination of wuxia, romance and tragedy in his novels have thrilled many critics and readers and this style has influenced many authors. During 1925-1949 Wang published more than 90 novels and thousands of articles and poems.

The Collected Works of Dulu Wang has many Wuxia novels including Crouching Tiger, Hidden Dragon Pentalogy. This Volume Four includes《深宮奇俠》Deep Palace, Legendary Hero;《寶劍明珠》Precious Sword, Bright Pearl;《風雨雙龍劍》Double Dragon Sword in the Storm; and《彩鳳銀蛇傳》Colorful Phenix, Silver Snake.

The story of "Deep Palace, Legendary Hero" occurred in Qing dynasty that Zhang Jifei, sneaked into the capital to avenge the murder of his father. He hid himself in Forbidden City, and later killed Eunuch Ge who tortured apalace maid, which caused him to be wanted. After going through twists and turns, Hu Zhongke who was responsible to catch Zhang finally found him, and learned that Zhang was also a xia (knight-errant), and became friends.

"Precious Sword, Bright Pearl" is considered to be a masterpiece in Wang's hero-romance, tragic ending novels.The book described that a female hero Hou Biying fell in love with Ye Zhankun, who was dedicated to acting in the dark without revealing his real identity and had killed many evil people. Although Ye loved Hou too, he declined her because he was already engaged. Even so, Hou still regarded Ye as a confidant. When the tyrannical bullies were chasing Ye, Hou knew her martial arts were not enough she still fought for Ye bravely and died of injuries. Ye's fiancé also committed suicide because of her sadness, left Ye grief-stricken and deranged.

The story of "Double Dragon Swords" occurred in Qing Dynasty that martial art master Chen Boyu's family had two iron-cutting swards: "Blue Dragonon the Rain" and "White Dragon with the Wind". Chen used the Blue Dragon sword and his daughter Xiuxia used White Dragon sword. After Zhang San murdered Chen and captured the sword, Xiuxia left home, wandering and looking for the murderer to revenge. After she met a Xia, Zhang Yunjie and fought together against many enemies, they fell in love with each other. However, when she was told that Yunjie was the adopted son of Zhang San, she broke off relations with him. After several twists and turns, the two finally went back together. Zhang Yunjie threw the Blue Dragon sword in a river, and then they lived in seclusion.

"Colorful Phenix, Silver Snake" was a story about Ye Yunxiong, who was discriminated at home because he was born from a concubine, and became a bandit when he was a teenager. He then lived in seclusion in a fishing village and married a gentle and beautiful girl Mei. Because the fishermen were often bullied by the Lu on an Island when they went out to fish, Ye defeated Lu and his daughter Feng'e. Hence, his identity was revealed and he was arrested. Because Feng'e fell in love with Ye, she stepped forward to save him, and went with Ye to fight against many evil forces. Later, Feng'e died of serious injuries. In the end, Ye and Mei lived in the suburb of Beijing with deep sorrows.

王度廬是中國著名的武俠言情小說作家，在上個世紀三四十年代曾發表过大量小說、雜文、詩詞等作品。《鶴驚昆侖》、《寶劍金釵》、《劍氣珠光》、《臥虎藏龍》、《鐵騎銀瓶》是王度廬創作的武俠悲情小說，通常被合稱為"鶴－鐵五部"。2000年李安導演根據該系列改編的電影《臥虎藏龍》，曾獲得40多個國際電影獎，並榮獲了第73屆奧斯卡最佳外語片等四項大獎。

《王度廬選集》，收入了王度廬先生的包括"鶴－鐵五部"在內的不同時期的作品，王宏並對其做了一些必要整理和訂正。本书為《王度廬武俠小說》第四卷，包括四部作品：《深宮奇俠》Deep Palace, Legendary Hero，《寶劍明珠》Precious Sword, Bright Pearl，《風雨雙龍劍》Double Dragon Swords，《彩鳳銀蛇傳》Coloral Phenix, Silver Snake。

《深宮奇俠》连載于1930年11月至1931年3月的北京《平報》，屬武俠偵探小說。該書描寫了月下鷹張驥飛為報殺父之仇潛入 京城，匿居禁宮深處，後又殺了欺壓宮女的葛太監，故受到通緝。負責抓捕張的俠士壺中客歷經波折，終於找到了張，並得知張亦是俠義之士，遂結為好友。

《宝劍明珠》连載于1931年11月至1932年3月，被認為是王度廬"悲劇俠情小說"中的"傑作"。書中描寫了女俠侯碧英愛上俠客葉展鵬，即專門在暗中行俠仗義，不露真實姓名的"毒劍俠"，並贈珠定情。葉因為已經訂婚而婉拒了她，可是侯仍視葉為知己。在眾豪強惡霸追殺葉時，她雖然武藝並不非常高強，卻知其不可為而憤然為葉捨身相搏，受傷而死。葉的未婚妻也因傷心而自殺。使得葉悲痛欲絕、神經錯亂。

　　《風雨雙龍劍》发表于 1940 年，描写的是清朝年间拳師陳伯煜家有兩口斬銅斷鐵的寶劍，一口叫"蒼龍騰雨，一口叫"白龍吟風"。他自己使着蒼龍劍，女兒秀俠使白龍劍。陳外出路遇鏢頭張三，張為奪取寶劍，暗害了陳。秀俠在尋找張三，為報父仇時與張三的養子張雲傑相識相愛。當秀俠知道他是張三之子時，便與之斷交。後幾經周折，二人終成眷屬。張雲傑將蒼龍劍沉入河底，從此不再與江湖人往來。

　　《彩鳳銀蛇傳》發表於 1941，描寫了因庶出而在家裡受歧視，十幾歲時便流落江湖為盜的葉允雄，退出江湖，隱居在某漁村立塾教學，並娶溫柔美麗的梅姑娘為妻。因為該村漁民出海打漁常受水靈山島魯大紳一眾欺負，葉允雄出頭戰敗了魯及其養女鳳娥。不料暴露身份，被捕歸案。鳳娥因愛上了葉，便挺身相救，並與葉同闖江湖，力戰多家惡勢力。後來鳳娥身負重傷而死，葉與梅姑娘於京郊隱居，安度殘年。

Jianghu Publishing 江湖出版社
www.jianghubooks.com

序 (Foreword)

徐斯年

　　王度廬是位曾被遺忘的作家。許多人重新想起他或剛知道他的名字，都可歸因於影片《臥虎藏龍》榮獲奧斯卡獎。但是，觀賞影片替代不了閱讀原著，不讀小說《臥虎藏龍》（而且必須先看《寶劍金釵》），你就不會知道王度廬與李安的差別。而你若想了解王度廬的“全人”，那又必須盡可能多地閱讀他的其他著作。這部選集收錄了他的一些代表作，這篇序文裏還會提及他的另一些作品，都有助於讀者認知全人。

　　王度廬，原名葆祥，字霄羽，1909 年生於北京一個下層旗人家庭。幼年喪父，舊制高小畢業即步入社會，一邊謀生、一邊自學。十六歲開始，先後在《平報》和《小小日報》發表雜文和連載小說（包括武俠、偵探、社會言情等類別），並曾在《小小日報》開闢個人雜文專欄“談天”，就任該報編輯。1933 年往西安，與李丹荃結婚，曾任陝西省教育廳編審室辦事員和西安《民意報》編輯。1936 年返回北平，繼續賣稿為生。次年赴青島，淪陷後始用筆名“度廬”，在《青島新民報》及南京《京報》發表武俠言情小說，同時發表的社會小說則署名“霄羽”。1949 年赴大連，任大連師範專科學校教員。1953 年調瀋陽，任東北實驗學校（即遼寧省實驗中學）語文教員。文革後期以退休人員身份隨夫人下放昌圖縣農村。1977 年卒於鐵嶺。

　　早在青年時代，王度廬就接受並闡釋過“平民文學”的主張。他的文學思想雖與周作人不盡相同，但在“為人生”這一要點上，他們的觀念是基本一致的。

　　從撰寫《紅綾枕》（1926 年）開始，王度廬的社會小說就把筆力集中於揭示社會的不公，人生的慘淡，以及受侮辱、受損害者命運的悲苦。

　　戀愛和婚姻是五四新文學的一大主題。那時新小說裏追求婚戀自由的男女主人公，面對的阻力主要來自封建家庭和封建禮教，作品多反映“父與子”的衝突——包括對男權的反抗，所以，易卜生筆下的娜拉尤被覺醒的女青年們視為楷模。到了王度廬的筆下，上述衝突轉化成了“金錢與愛情”的矛盾。

　　正如魯迅所說：娜拉衝出家庭之後，倘若不能自立，擺在面前的出路只有兩條——或者墮落，或者“回家”。王度廬則在《虞美人》中寫道：“人生”、“青春”和“金錢”，“三者之間是相互聯係着的”，而在當時的中國社會裏，金錢又對一切起着主導性的作用。他所撰寫的社會言情小說，深刻淋漓地描繪了“金錢”如何成為社會流行的最高價值觀念和唯一價值標準，如何與傳統的父權、男權結合而使它們更加無恥，如何導致社會的險惡和人性的異化。

　　王度廬特別關注女性的命運。他筆下的女主人公多曾追求自立，但是這條道路充滿兇險。范菊英（《落絮飄香》）和田二玉（《晚香玉》）付出了生命的代價；

虞婉蘭（《虞美人》）終於發瘋，生不如死。惟有白月梅（《古城新月》）初步實現了自立，但她的前途仍難預料；至於最具"娜拉性格"，而且也更加具備自立條件的祁麗雪，最終選擇的出路卻是"回家"。

這些故事，可用王度盧自己的兩句話加以概括："財色相欺，優柔自誤"（《〈寶劍金釵〉序》）。金錢腐蝕、摧毀愛情，也使人性發生扭曲。人是"社會關係的總和"，他的社會小說正是通過寫人，而使社會的弊端暴露無遺。

在社會小說裏，王度盧經常寫及具有俠義精神的人物，他們扶弱抗強，甚至不惜捨生以取義。這些人物有的寫得很好，如《風塵四傑》裏的天橋四傑和《粉墨嬋娟》裏的方夢漁；有些粗豪角色則寫得並不成功，流於概念化，如《紅綾枕》裏的熊屠戶和《虞美人》裏的禿頭小三。

上述俠義角色與愛情故事裏的男女主人公一樣，也是現代社會中的弱者。作者不止一次地提示讀者：這些俠義人物"應該"生活於古代。這種提示背後隱含着一個問題：現代愛情悲劇裏的那些曠男怨女，如果變成身負絕頂武功的俠士和俠女，生活在快意恩仇的古代江湖，他們的故事和命運將會怎樣？這個問題化為創作動機，便催生出了王度盧的俠情小說，這裏也昭示着它們與作者所撰社會小說的內在聯係。

《寶劍金釵》標誌着王度盧開始<u>自覺地</u>把撰寫社會言情小說的經驗融入俠情小說的寫作之中，也標誌着他自覺創造"現代武俠悲情小說"這一全新樣式的開端。此書屬於厚積薄發的精品，所以一鳴驚人，奠定了作者成為中國現代武俠悲情小說開山宗師的地位。繼而推出的《劍氣珠光》《鶴驚昆侖》《臥虎藏龍》《鐵騎銀瓶》[1]（與《寶劍金釵》合稱"鶴—鐵五部"）以及《風雨雙龍劍》《彩鳳銀蛇傳》《洛陽豪客》《燕市俠伶》等，都可視為王氏現代武俠悲情小說的代表作或佳作。

作為這些愛情故事主人公的俠士、俠女，他們雖然武藝超群，卻都是"人"而不是"超人"。作者沒有賦予他們保國救民那樣的大任，只讓他們為捍衛"愛的權利"而戰；但是，"愛的責任"又令他們惶恐、糾結。他們馳騁江湖，所向無敵，必要時也敢以武犯禁，但是面對"廟堂"法制，他們又不得不有所顧忌；他們最終發現，最難戰勝的"敵人"竟是"自己"。如果說王度盧的社會小說屬於弱者的社會悲劇，那麼他的武俠悲情小說則是強者的心靈悲劇。

王度盧是位悲劇意識極為強烈的作家。他說："美與缺陷原是一個東西。""向來'大團圓'的玩藝兒總沒有'缺陷美'令人留戀，而且人生本來是一杯苦酒，哪裏來的那麼些'完美'的事情？"（《關於魯海娥之死》）《鶴驚昆侖》和《彩鳳銀蛇傳》裏的"缺陷"是女主人公的死亡和男主人公的悲涼；《寶劍金釵》《臥虎藏龍》《鐵騎銀瓶》裏的"缺陷"都不是男女主角的死亡，而是他們內心深處永難平復的創傷；《風雨雙龍劍》和《洛陽豪客》則用一抹喜劇性的亮色，來反襯這種悲愴。

王度盧把俠情小說提升到心理悲劇的境界，為中國武俠小說史作出了一大貢獻。正如佛洛伊德所說："這裏，造成痛苦的鬥爭是在主角的心靈中進行着，這是一個不同

———————————————————————

1　這裏敘述的是發表次序。按故事時序，則《鶴驚昆侖》為第一部，以下依次為《寶劍金釵》《劍氣珠光》《臥虎藏龍》《鐵騎銀瓶》。

衝動之間的鬥爭，這個鬥爭的結束決不是主角的消逝，而是他的一個衝動的消逝"[2]。這個"衝動"雖因主角的"自我克制"而"消逝"了，但他（她）內心深處的波濤卻在繼續湧動，以至遺恨終身。

李慕白，是王度廬寫得最為成功的一個男人。

有人說，李慕白是位集儒、釋、道三家人格於一身的大俠；這是該評論者觀賞電影《臥虎藏龍》的個人感受。至於小說《寶劍金釵》裏的李慕白，他的頭上決無如此"高大上"的絢麗光環。古龍說得好：王度廬筆下的李慕白，無非是個"失意的男人"。

在《寶劍金釵》裏，李慕白始終糾結於"情"和"義"的矛盾衝突，他最終選擇了捨情取義，但所選的"義"中卻又滲透着難以言說的"情"。手刃巨奸如囊中取物，李慕白做得非常輕易；但是他又投案伏法，付出的代價極其沉重。他做這些都是自願的，又都是並不自願的。出發除奸之前，作者讓他在安定門城牆下的草地上作了一番內心自剖，這段自剖深刻地展示着他的"失意"，這種心態可以概括為三個字——"不甘心"。

早期王度廬曾以"柳今"為筆名發表雜文《憔悴》，其中寫及自己當時的心態，與上述李慕白的自剖如出一轍。而在《紅綾枕》中，男主角戚雪橋為愛人營墓、祭掃時的一段內心獨白，其心態又與柳今極其相似。於是，我們看到了王度廬、柳今、戚雪橋（還有一些其他作品裏的男性角色）與李慕白之間的聯係——李慕白的故事，是戚雪橋們的白日夢；戚雪橋、李慕白們的故事，則是柳今、王度廬的白日夢。

不把李慕白這個大俠寫成一位"高大上"的"完人"，而把他寫成一個"失意的男人"，這是王度廬顛覆傳統"俠義敘事"，在中國武俠小說史上作出的一大貢獻。

玉嬌龍，是王度廬寫得最為成功的一個女人。

玉嬌龍的性格與《古城新月》裏的祁麗雪有相似之處，但是她的叛逆精神更加決絕、更加徹底。為了自由的愛情，她捨棄了骨肉的親情；同時，她也捨棄了貴冑生活，選擇了荊棘江湖，捨棄了"城市文明"，選擇了草莽蠻荒。

對玉嬌龍來說，最難割捨的是親情；最難獲得的，是理想的婚姻。她發現自己選擇羅小虎未免有點莽撞，所以又離開了他。她獲得了自由的愛情，卻在事實上拒絕了自由的婚姻。這與其說反映着"禮教觀念殘餘"、"貴族階級局限"，不如說是對文化差異的正視。儘管如此，這位"古代娜拉"並未"回家"，而是毅然決然地踏上一條不歸路。這條路是悲涼的，同時又是壯美的。

— — — — — — — — — — — — —

2　佛洛伊德：《戲劇中的精神變態人物》（張喚民譯），《二十世紀西方美學名著選》（上），第 410 頁，復旦大學出版社，1987，上海。

　　玉嬌龍和李慕白都是"跨卷人物"。《劍氣珠光》裏的李慕白寫得不好，因為背離了《寶劍金釵》中業已形成的性格邏輯。《鐵騎銀瓶》裏的玉嬌龍則寫得很好，她青年時代的浪漫愛情，此時已經昇華為偉大的、無私的母愛。她青年時代的夢想，終於在愛子和養女的身上得以成真，但是他們攜手歸隱時的心態，也與母親一樣充滿遺憾。

　　王度廬的上述成就，都是對於傳統武俠敘事的揚棄，這使他的武俠悲情小說擁有了現代精神。

　　王度廬又是一位京旗作家。

　　清朝定都北京之後，即將內城所居漢人一律遷出，由八旗分駐內城八區。王度廬家住地安門內的"後門裏"，其父是內務府上駟院的一個小職員。王氏一族當屬擁有滿洲旗份的"漢姓人"，雖無滿族血統，卻浸潤着滿族文化。

　　滿人崛起於白山黑水之間，民族性格剛毅尚武，自立自強，粗獷豪放。入關定鼎之後，宴安日久，八旗制度的內在弊端開始呈現，"八旗生計"問題日益突出，以至最終導致嚴重的存亡危機。王度廬出生時，恰逢取消"鐵杆莊稼"（即旗人原本享受的"俸祿"），父親又早逝，全家陷於接近赤貧的境地。他的早期雜文經常寫到"經濟的壓迫"，"身世的飄泊，學業的荒蕪"，疾病的"纏身"，始終無法擺脫"整天奔窩頭"的境況。他的許多社會小說及其主人公的經歷、心境，也都寄託着同樣的身世之感和頹喪情緒。這種刻骨銘心的痛楚，蘊含着當時旗人不可避免的噩運，漢族讀者是難以體會這種特殊苦痛的。

　　同時，王度廬又十分景仰滿族優秀的民族精神。他的作品，明確書寫旗人生活的有十多部；他所塑造的許多旗籍人物身上，都寄託着對民族精神的追憶和期許。

　　從這個角度考察玉嬌龍，首先令人想到滿族的"尊女"傳統。這一傳統的形成至少出於四點原因：一、對母係氏族社會的清晰記憶；二、以採集、漁獵為主的傳統經濟，決定了男女社會分工趨於平等；三、入關之前未經歷很多封建過程；四、旗族少女在理論上都有"選秀入宮"機會，所以家族內部皆以"小姑為大"。[3]玉嬌龍那昂揚的生命力，正是滿族少女普遍性格的文學昇華。《寶刀飛》可能是第一部把入宮前的慈禧，作為一位純真、浪漫而又不無"野心"的旗族姑娘加以描繪的小說。作者以"正筆"書寫入宮前的她，用"側筆"續寫成為"西宮娘娘"之後的她，沉重的歷史感裏蘊涵幾分惋惜，情感上極具"旗族特色"。

　　在《寶劍金釵》和《臥虎藏龍》裏，德嘯峰雖非主人公，卻可視為旗籍"貴胄之俠"的典型。他沉穩、老練，善於謀劃，善於掌控全域，比李慕白更加"拿得起、放得下"。他的身上比較完整地體現着金啟孮所說京城旗人遊俠的三個特徵：一、淩強而不欺下，一般人對他們沒有什麼惡感。二、多在八旗人居住的內城活動，沒什麼民族矛盾的辮子可抓。三、偶或觸犯權勢，但不具備"大逆不道"的證據，故多默默無聞。[4]鐵貝勒、邱廣超和《彩鳳銀蛇傳》裏的謝慰臣都屬此類人物。

————————————————————

3　參閱關紀新《多元背景下的一種閱讀——滿族文學與文化論稿》，第219頁，遼寧民族出版社，2013，瀋陽。

4　參閱關紀新《老舍與滿族文化》第80頁所引，遼寧民族出版社，2008，瀋陽。

　　進入民國之後，由於政治、經濟原因，京中旗人的精神狀態呈現更趨萎靡甚至墮落之勢（《晚香玉》裏的田迂子即為典型），但是王度廬從閭巷之中找到了民族精神的正面傳承。《風塵四傑》實際寫了五個"閭巷之俠"——那位"有學有品而窮光蛋"[5]的"我"，也算一個"不武之俠"。作者清楚地認識到：雖然如今早非"俠的時代"，但是天橋"四傑"[6]身上那種捍衛正義，向善疾惡，剛健、豁達、堅韌、仗義、樂觀的民族精神，卻是值得弘揚光大的。這已不僅僅是對旗族的期許，更是對重振中華民族傳統美德的期許。

　　凡是旗人，都無法回避對於清王朝的評價。王度廬在雜文裏認為，"大清國歇業，溥掌櫃回老家"[7]乃是歷史的必然，人民期盼的是真正實現"五族共和"。他更在兩部算不上傑作的小說中，以傳奇筆法描繪了兩位清朝"盛世聖君"的形象。《雍正與年羹堯》裏的胤禛既胸懷雄才大略，又善施陰謀詭計。他利用"江南八俠"的"復明"活動實現自己奪嫡、登基的計劃，又在目的達到之後斷然剪除"八俠"勢力。但是，他對漢族的"復明"意志及其能量，卻日夜心懷惕懼，以至"留下密旨，勸他的兒子登基以後，要相機行事，而使全國恢復漢家的衣冠"。書中還有一位不起眼的小角色——跟着胤禛闖蕩江湖的"小常隨"，他與八俠相交甚密，又很忠於胤禛。"兩邊都要報恩"的尖銳矛盾，導致他最終撞牆而殉。作者展示的絕不限於"義氣"，這裏更加突出表現的是對漢族的負疚感和對民族殺伐史的深沉痛楚。王度廬對歷史的反思已經出離於本民族的"興亡得失"，上升為一種"超民族"的普世人文關懷。《金
剛玉寶劍》中的乾隆，則被寫成一個孤獨落寞的衰朽老人，這一形象同樣透露着作者的上述歷史觀。

　　滿族入關後吸收漢族文化，"尚武"精神轉向"重文"。有清一代，湧現出了納蘭性德、曹雪芹、文康等傑出滿族作家，其中對王度廬影響最大的是納蘭性德。"搖落後，清吹那堪聽。淅瀝暗飄金井葉，乍聞風定又鐘聲。"[8]納蘭詞的淒美色調，融入北京城的撲面柳絮和戈壁灘的漫天風沙，形成了王度廬小說特有的悲愴風格。

　　旗人的生活文化是"雅""俗"相融的，王度廬繼承着旗族的兩大愛好：鼓詞（又稱"子弟書"、"落子"）和京劇。他十七歲時寫的小說《紅綾枕》，敘述的就是鼓姬命運，其中還插有自創的幾首淒美鼓詞。至於京劇，據不完全統計，僅在《落絮飄香》《古城新月》《晚香玉》《虞美人》《粉墨嬋娟》《風塵四傑》《寒梅曲》

--- --- --- --- --- --- --- --- --- --- --- ---

5　見王度廬早期雜文《中等人》，原載於北平《小小日報》1930年4月5日"談天"欄，署名"柳今"
6　民國初年，"天壇附近的天橋大多數的女藝人、說書人、算命打卦者都是滿人。"轉引自關紀新《老舍與滿族文化》第122頁。
7　見王度廬早期雜文《小算盤》，原載於《小小日報》1930年5月20日"談天"欄，署名"柳今"
8　納蘭性德詞：《憶江南》——當年王度廬與李丹荃相愛，曾贈以《納蘭詞》一冊，李丹荃女士七十餘歲時猶能背誦這首詞。

七部小說中，寫及的劇目已達 96 折[9] 之多！作為小說敘事的有機內涵，王度廬寫及崑曲、秦腔、梆子與京劇的關係，"京朝派"（即京派）與"外江派"（即海派）的異同，"京、海之爭"和"京、海互補"，票社活動及其排場，非科班出身的伶人、票友如何學戲，戲班師傅和劇評家如何為新演員策劃"打炮戲"，各色人等觀劇時的移情心理和審美思維……。他筆下的伶人、票友對京劇的熱愛是超功利的，而她（他）們的社會角色和物質生活則是極功利的——唯美的精神追求與慘淡的現實生活構成鮮明反差，映射着人性的本真、複雜和異化。他又善於利用劇情渲染故事情節和人物情感，例如《粉墨嬋娟》中，憑藉《薛禮歎月》和《太真外傳》兩段唱詞，抒發女主人公不同情境下的不同心緒，展示着戲如人生、人生如戲的微妙契合，極大地增強了小說的詩意。

入關以後，旗人皆認"京師"為故鄉，京旗文學自以"京味兒"為特色。王度廬的小說描繪北京地理風貌極其準確，所述地名——包括城門、街衢、胡同、集市、苑囿、交通路線等等，幾乎均可在相應時期的地圖上得到應證。《寶劍金釵》《臥虎藏龍》主人公的活動空間廣闊，書中展示清代中期北京的地理風貌相當宏觀，又非常精細。玉嬌龍之父為九門提督，府邸位置有據可查，作者由此設計出鐵貝勒、德嘯峰、邱廣超府第位置，決定了以內城正黃旗、鑲黃旗（兼及正紅旗、正白旗）駐區為"貴冑之俠"的主要活動區域。李慕白等為江湖人，則決定了以"外城"即南城為其主要活動區域。兩類俠者的行動則把上述區域連接起來，並且擴及全城和郊縣。《落絮飄香》《古城新月》《晚香玉》《虞美人》等社會小說中，主人公的活動空間相對狹小，所以每部作品側重展示的是民國時期北平城的某一局部區域：或以海淀——東單——宣內為主，或以西城豐盛地區——東單王府井地區為主，等等。拼合起來，也是一幅接近完整的"北平地圖"。上述小說之間所寫地域又常出現重合，而以鼓樓大街、地安門一帶的重合率為最高。作者故居所在地"後門裏"恰在這一區域，在不同的作品裏，它被分別設置為丐頭、暗娼等的住地。這反映着作者內心深處存在一個"後門裏情結"，他把此地寫成天子腳下、富貴鄉邊的一個小小"貧困點"，既體現着平民主義的觀念，又是一種帶有幽默意味的自嘲。

王度廬小說裏的"北京文化地圖"，是"地景"與"時景"的融合，所以是立體的、動態的。這裏的"時景"，指一定地域中人們的生活形態，包括節俗、風習。無論是妙峰山的香市、白雲觀的廟會、旗族的婚禮儀仗、富貴人家的大出喪、"殘燈末廟"時的祭祖和年夜飯、北海中元節的"燒法船"，以至京旗人家的衣食住行，王度廬都描寫得有聲有色，細緻生動。這些"時景"與故事情節融為一體，成為展示人物性格、心理的重要手段；它們同時也頗具獨立的民俗學價值。王度廬在小說裏常將富貴繁華區的燈紅酒綠與平民集市裏的雜亂喧鬧加以對比，他對後者的描繪和評論尤具特色。例如，《風塵四傑》裏是這樣介紹天橋的："天橋，的確景物很多，讓你百看不厭。人亂而事雜，技藝叢集，藏龍臥虎，新舊並列。是時代

--- --- --- --- --- --- --- --- --- --- --- ---

9　由於現存《虞美人》和《寒梅曲》文本均不完整，所以這一數字是不完整的。而未列入統計的《寶劍金釵》《燕市俠伶》等作品中，也常含有京劇演出、觀賞等情節，涉及劇目亦復不少。

的渣滓與生計的艱辛交織成了這個地方，在無情的大風裏，穢土的彌漫中，令你啼笑皆非。”他筆下的天橋圖景，噴發着故都世俗社會沸沸揚揚的活力和生機，嘈雜喧囂而又暗藏同一的內在律動；它與內城裏的“皇氣”、“官氣”保持着疏離，卻又沾染着前者的幾分閒散和慵懶。這又是一種十分濃厚，相當典型的“京味兒”！

　　“京味兒”當然離不開“京腔”。王度廬的語言大致是由兩部分組成的：敘事以及文化程度較高角色的口語，用的是“標準變體”，即經過“標準化處理”的北京話，近似如今的“普通話”；底層人物的語言，則多用地道的北京土語，詞彙、語法都有濃厚的地域特色，比一般的“京片兒”還要“土”。故在“拙”“樸”方面，他比另一些京派作家顯得更加突出。

　　筆者認為，1949 年前促使王度廬奮力寫作的動力當有三種：一曰“舒憤懣”；二曰“為人生”；三曰“奔窩頭”。三者結合得好，或前二者起主要作用時，寫出來的作品品質都高或較高；而當“第三動力”起主要作用時，寫出來的作品往往難免粗糙、隨意。當然，寫熟悉的題材時，品質一般也高或較高，否則，雖欲“舒憤懣”、“為人生”，也難以得到理想的效果。是否如此，還請讀者評判、指正。

斯年於姑蘇香濱水岸，2020 年 6 月 [10]。

10　本文原係作者為北嶽文藝出版社《王度廬作品大係》所撰總序，移入本選集時作了一些刪改。

目录

目录

《彩鳳銀蛇傳》

《深宮奇俠》

DULU WANG（王度廬）

江　湖　出　版　社
JIANGHU PUBLISHING

Jianghu Publishing
PO Box 35075 Fleetwood Postal Outlet
Surrey, BC Canada V4N 9E9
www.jianghubooks.com

THE COLLECTED WORKS OF DULU WANG

王 度 廬 選 集

Author of Crouching Tiger, Hidden Dragon

《 卧 虎 藏 龙 》 作 者

Wuxia Novels Volume Four

武侠小说集　卷四

深宮奇俠

DULU WANG

王度廬

Edited and Modified by Hong Wang

校訂者：王宏

JIANGHU PUBLISHING　　江湖出版社

第一回　月下鷹横行紫禁地　壺中客賣卜白衣庵

荊軻聶政總堪嗤，幾見當年遊俠兒？
九重鷗脊誇身手，一劍龍文是生涯。
蛛絲馬跡驚人甚，鷹擊鳶飛健者誰？
我作此書嗟歎久，奇人大俠惹雄思。

　　劍俠之事，唐初最盛。蓋當隋帝暴虐，豪猾不羈之流，鍛煉絕技，思有以逞之耳。迨後數百年，至清代，異族入主中華，於是前明遺民，多從奇人，學劍術，以備為祖國復仇。後來禎貝勒懷抱大志，雲遊天下，結交江湖奇俠大奸，於是謀圖大位，是謂雍正帝。當時雍正假手劍俠，剷除異己，任俠之風極盛。諸君有遊過故宮者，當時宮中之大，廁所絕少，此事絕密，蓋因雍正即在廁中為劍俠所殺，於是將廁所封禁不用，以為戒焉。

　　本書即敘清代某朝宮中一件奇事，劍光刀影，馬跡蛛絲，兼武俠偵探而言之。雖似荒唐，頗為奇突，因饗閱者，以當把盞時之雄談可也。正是：

空宮故闕餘衰草，劍影俠聲付高談。

　　話說清宮襲明代之盛，又加以鉅工修理，所以成今日之偉觀。宮闕壯麗，天下聞名，宮廷遼闊幽閬，除去隨侍內監宮女以外，誰也不得擅入。本書所說的這朝皇帝，雖拙于治國，然擅長丹青，山水仕女、翎毛花卉，偶一着筆，輒有倪雲林、董玄宰之風。每日退朝便在宮禁內以畫自遣，特備畫室一間，有內侍數人調理顏色，畫畢不是賜給親王大臣，便是由內侍珍重收存。

　　這日晚間皇帝正在畫室內閑坐，四個內監隨侍兩旁，皇帝閉目靜思一張山水的章法與題句。這時就忽聽外面倏的一聲怪響，皇帝吃了一驚，趕緊叫內侍出去，看是何物？內侍出去一看，只見外面星月皎潔，西風蕭颯，毫無動靜。內侍只得回來啟奏道：「外面月光甚明，卻是鷹鷂之屬夜內抄捕小鳥。」

　　皇上一聽到鷹捕小鳥，就想：禽中最猛者當然要屬鷹鷂之類，倘若有一奇人能插翅高飛，如鷹鷂一般，替我保護國家，豈不甚好？當下便叫內侍鋪紙磨墨，畫了一張蒼鷹撲月圖。這只鷹的羽毛最不好畫，只用墨筆勾出就費了許多工夫，然後又打算用顏色描細，但是已然有些困倦了。旁邊內侍跪奏道：「天色不早，請萬歲爺歇駕。」皇帝登時叫內侍把這張畫稿卷起，收在書櫥內，然後歸殿寢宿，玉漏遲遲，一夜無話。

次日清晨皇帝臨朝，及至散朝，用過午膳，便到那畫室內，打算再接續畫那只月下鷹。內侍們趕緊到那書櫥去取那張未畫完的畫稿，不由相顧駭然，亂翻了一陣，哪裏有那張月下鷹的畫稿呢？齊說：「明明昨夜放在這櫥櫃內，怎麼會不見了？」立時手腳失措，一齊給皇帝跪下，說：「奴才昨晚把畫放在這書櫥裏，不知怎麼會不見了？」

皇帝怫然，轉念道：這其中一定另有情節！遂限那些內侍在三天以內，務須要將此畫尋出，內侍遵諭。當下皇帝只得另畫一張山水，以資消遣，那幾個內侍便遍處尋找那張月下鷹畫稿，哪裏有一點蹤跡呢？到了第三天，那幾個內侍正懼大禍將臨，不想皇帝竟沒提此事，原來這位皇帝寬宏大量，已把此事忘卻，一連月餘毫無異事。

單說西宮皇妃宮內有一個太監，名叫葛聯鈞，平日最得西宮之寵。這天因為有一個宮女起床晚些，聯鈞便啟奏皇妃，杖責了那宮女幾下。那宮女在暗地略有怨言，被葛聯鈞聞知，由此銜恨上，日日便在西宮面前，給那宮女進些譖言壞話，以至那宮女屢次受責。

這天晚上，葛聯鈞在管茶水的屋子裏與一個嬤嬤閒談，這時那宮女就進到屋來，向葛聯鈞跪下，請他寬恩，不要記恨前事。那葛太監卻冷冷地笑道：「姑娘，你給我跪着幹什麼？你犯了不是，是主子打你，與我又有什麼相干？再說這是大庭禁內也不能由着你們隨便地哭，這要是叫主子知道，連我都擔不起。」當下他轉身就走到寢宮去服侍西宮，擺了會牛兒牌，便稟奏那宮女無故在私地哭啼之事。西宮大怒，將要明天重懲那宮女。

這時已到夜深，西宮歸寢，另有宮女服侍。葛太監得意洋洋，打算回自己房內去安歇。不想剛一出寢宮，庭院寂靜，四顧無人，只聽一陣風響，扭頭一看，卻見一道閃光飛來，不及嚷嚷，這葛太監就身首異處，咕咚一聲死屍栽倒階下，真個是血濺丹墀。寢宮深閟，當夜也沒人知曉。

及至次日，才發現這葛太監的死屍，當下宮中人人知曉，個個驚駭。皇上除命收屍以外，並把西宮一切太監、宮女、嬤嬤全都交慎刑司嚴訊，一面傳內務府，命限日調查出來真情。此事傳出，已被軍機大臣、御前大臣聞知，齊都上折自請處分。

單說有一位晉中堂別具隻眼，他以為此事必非宮中人所為，乃系那葛太監在外做了什麼惡霸行為，有飛賊不平追入宮禁，以致將他刺死。於是他將此意寫成奏摺，以便遞上去，奏請皇帝親諭順天府都察院、南北二衙門，嚴行搜查京都內，有無不逞之徒潛蹤於此。

這天清早，東方未明，他帶着跟班的，帶着奏摺匣進朝。在監獄歇了一會，皇帝已然升朝，當下這位晉中堂便把奏摺遞上去，由內侍親呈給皇上。皇帝打開奏摺一看，不由大吃一驚，原來那上面卻寫的是：

蒙皇上天恩，賜俺月下鷹綽號，特此謝恩，吾皇萬歲。

　　皇上即驚且怒，立喝人將晉中堂拿下，當即退朝。駕回後宮，依然不住心驚肉跳。本來自那天丟失了那張月下鷹的畫稿，皇帝就有些疑心是被賊人所竊，但是又想到這大庭禁內，不至於有賊人出入，不想後來西宮內那葛太監又被殺，皇帝就寢臥不安。如今在晉中堂這件奏摺上又吃了這一大驚恐，不禁渾身發栗，由此便嚇得欠安。

　　那晉中堂被押，心裏十分驚疑，不曉得奏摺中有什麼欠妥的文字，冒犯了天顏，旁的大臣也不知晉中堂有何大罪。這時各王公員勒、大臣等齊都去問晉中堂，那奏摺到底所奏何事？晉中堂把自己奏摺內所言背敘了一番。有一位彥親王為人很是精明忠耿，他便說道："萬無此理！我想晉中堂這奏摺必有變故。"此時他便去面奏皇上，皇上就把那奏摺內的悖謬言語擲給彥親王。

　　彥親王一看，也嚇得出了一頭冷汗，叩頭奏道："晉中堂所奏實非此折，想必是有賊人將奏摺掉換。"那皇帝說："朕也知此事必系賊人所為，但他也太不謹慎。現在可將他交刑部暫行監禁，急速諭順天府都察院，限期捉拿賊人治罪。"當下那彥親王叩頭謝恩，退了下去，那晉中堂遂就被交刑部。此事一傳出朝中，又有多嘴的太監在外面一說，民間也都知道現在宮中大鬧飛賊月下鷹了，並且還造出許多謠言。

　　單說那晉中堂本是鑲黃旗人，住在西城太僕寺街。他膝下有兩位少爺，長子珍堂，年二十四歲，中了滿洲秀才，次子尚幼。那晉珍堂雖然自幼攻讀經史，然而卻頗好武藝，家裏也請有一位老鏢頭，名叫展洪滔，教給他拳腳刀槍，並拉得一膀子好弓。自此他聽見宮禁內殺死太監之事，他就十分驚駭，暗道：宮內殺人，真是千古未聞的奇事！第二天自己父親又被拿交刑部，家中全都大驚痛哭，晉珍堂卻鎮定精神，打算到彥王府裏打聽打聽，到底是因為何事觸犯了天顏，是否有重大危險。

　　他剛要命僕人套車，這時恰有幾個受過晉中堂恩典的小官，來報告晉中堂已然交往刑部的事。少時那彥親王親身來到，就把有飛賊月下鷹掉換奏摺，冒犯天顏之事的始末說了一番。珍堂就說："此事雖怨家嚴一時不慎，此賊的本領也太為高強，但是我知家嚴素日並沒得罪過什麼綠林中人。"

　　彥親王說："不然，此賊與你令尊並無仇恨，並且此事與在西宮殺死太監之事必系一人所為，大半此賊還在京都隱藏。現在皇上也深明令尊之冤，可保絕無性命危險，並且現在順天府都察院、南北二衙門，對於此賊已然一體嚴拿。一旦捉獲此賊，令尊必可出獄。"當下晉珍堂向彥親王叩謝了，那彥親王便起身回府去了。

　　這裏珍堂回到內宅見了他母親、姊姊，稟明剛才彥親王所說的話。那晉夫人和大小姐聽得中堂沒有危險，才略微放下些心，但是又想到：晉中堂官至輔宰，素日在宅中多麼尊貴安逸，如今一旦陷於圄圄，哪裏受得那樣的苦處？所以母女又不禁落淚。這裏珍堂也十分慘淒，拭一拭眼淚，出去到了書房內，他就叫僕人把老師展洪滔請來。

　　當下那教武的老師展洪滔到了書房內，晉珍堂就把自己父親因奏摺被飛賊掉換，觸犯天顏，下到刑部的事情說了一遍。展洪滔也早已聽得了這些驚變，當下便說："此事幸虧當今皇上聖明，否則中堂大人必要難免。這飛賊敢在禁宮大內殺傷人命，並且掉換中堂奏摺，上達天庭，此賊膽量、本事真是不小。我自幼便闖蕩江湖，鏢行綠林以及方外的奇人俠客，差不多全都有些認識，但是絕沒有如此大膽之人。”

　　珍堂聽了，皺着眉說：“一日不把此賊捉住，我父親一日不能出獄，他老人家也年逾半百，如何受得了獄中的苦處？”展洪滔說：“回頭我可以到各鏢局，以及所認識的朋友處打聽打聽，倘若老天保佑，要打聽出些線索來，那真是大家的福氣了。”當下珍堂便說：“都仰仗老師分心吧。”此時展洪滔回自己住的屋內去了，珍堂遂叫僕人通知馬圈套車，自己到後面換上衣服。這時外面已然把車備好，珍堂出門坐上車，一個僕人在後面騎着騾子跟着，便一直出了太僕寺街，奔刑部去了。

　　刑部監獄的老爺們素日都跟珍堂認識，有時手頭偏窘了，多有曾向他告過幫。往日珍堂要一到刑部看人，那監獄裏的老爺們必要格外應酬，大爺大爺的叫個震心。今天來到衙門前，下了車便一直進去，只見監獄的老爺劉胖子正在那裏與人閒談，珍堂就陪笑問道：“劉老爺吃過飯了嗎？”那劉胖子露出一點傲慢的笑容，說：“晉大爺，今天閑在啊。”說完又扭過頭去跟那人說話。這裏晉珍堂怔了怔，遂就趁着那劉胖子跟人把一句話說完，又說：“劉爺，請你派一個夥計，帶我到監裏看看家嚴去。”那劉胖子說：“晉大爺跟張頭兒說去吧，我管不着這件事。”

　　當下把珍堂氣得面目更色，暗道：這樣的勢力小人，真是可恨！平日他們見了我如何恭維，現在我父親剛一下獄，就這樣冷淡，可見“勢在人情在”這句話，誠然不錯！當下他一賭氣子出了監獄，一直往後面走去。見了衙門內的熟人吳主事，提明自己特來探望父親，那吳主事跟管監獄的說好了，遂就帶珍堂到了監獄內。

　　珍堂見了他父親便痛哭起來，晉中堂卻斥他道：“你有什麼可哭？現在朝廷大內出了這飛賊大盜，乃是國家不幸。我一時失檢，被飛賊所陷，冒犯天顏，罪已該死，蒙皇上不殺，豈不僥倖？現在我只有盼望此賊早些破獲，那時我倘得無罪，必當辭官回籍，以老餘年，再也不在這宦海裏浮沉了。”

　　珍堂一面拭着眼淚，一面說：“父親不要憂慮，吉人自有天相。那賊人恃技膽大，將來必要疏神被捉，那時皇上寬恩，必可赦父親無罪。”晉中堂歎道：“只好聽天由命吧。”當下珍堂便拿出銀子打點了那看監的禁子，那禁子也說得好：“中堂是當朝首相，我們也受過中堂的恩惠，絕不敢叫中堂受什麼委屈。”珍堂說：“那樣我真是感激不盡了。”當下別了他父親，走出衙門門首，就上車回宅而去。

　　珍堂到了宅裏，忙把自己父親在監裏的景況向母親稟明了，那晉夫人也放下些心；然後又到都察院北衙門去託人情，以便從速破獲此賊，救自己父親出獄。他並特地到齊化門裏彥王府去叩謝彥親王，並陳述自己父親在監裏的景況，那彥親王也應允必要從中為力，叫他放心。珍堂回到宅裏，又與教拳師父展洪滔商議訪拿月下鷹之事，當日無話。

　　到了次日，那晉珍堂便穿着平常人的衣服，帶着小廝晉順，到各茶館、戲園熱鬧場裏，去訪查有無此賊的下落；天天如是，一連五六天。珍堂天天到晚始歸，心裏焦急，一夜也不能睡覺；那展洪滔也是托遍朋友，到處打聽，毫無這月下鷹的下落。

　　這天已是第七天了，一清早珍堂便帶着晉順出門，到宣武門裏一家茶館喝了一會茶。聽那茶館裏的一些人談話，左不是百靈哨得好不好，畫眉叫喚得怎麼樣，聽不出一點可注意的事，遂就出了茶館，步行出宣武門，到曉市逛了一會，然後就往東走。

　　由騾馬市繞轉進了前門，走到西交民巷，這時只見道旁路北有一家大茶館，字型大小是"賓泰軒"，珍堂就帶着晉順信步走入，到了茶座內要了一壺茶，兩碟炸排叉兒。這時茶座都將坐滿，橫樑上掛滿了鳥兒籠子，珍堂一面喝着茶，吃着排叉兒，卻側着耳聽這些茶座七嘴八舌的談話。

　　正在這時，忽見由外面進來一人。此人年有三十餘歲，穿着夾褲、棉套褲，花靸鞋，上身穿着青小裌襖，系着雪青洋縐大汗巾，披着大青棉襖。他一手提着兩個鳥籠子，一手架着兩個梧桐鳥，一進門，一些人就都站起，招呼他道："老二，才來呀。"那人也一哈腰兒，說："您坐着，您坐着。"隨着把鳥兒籠子掛上，把鳥兒架子插在桌子旁，一甩大棉襖掛在牆上。跑堂的給他沏過茶來，他就取出鼻煙壺兒來，聞着鼻煙，一面和一些茶座談話。

　　原來此人姓祥，名叫二祥子，素日有世襲的錢糧，遊手好閒，專以養鳥兒、上茶館為事。他是天天上這裏來，所以一些常來喝茶的朋友差不多全都認識他。當下有一個叫福三的就說："喂，老二，你們街坊那廟裏，今兒早晨出了事了嗎？"二祥子說："嘿，這件事真新鮮。"大家聽了，齊問道："怎麼新鮮？老二你說說我們聽聽。"

　　那二祥子說："我們胡同路西那座白衣庵裏，有個算卦的壺中客。"眾人說："知道啊，聽說算得很靈。"二祥子說："咳，左不是個生意口。前兩天果子市住的李家，打算娶南橫街周家姑娘，叫壺中客給合婚。不想順治門裏住着的濟王府的管事姜五，他原本是說過周家的姑娘給他做二房，周家都快答應了，只是姑娘本人不願意，所以才作為罷論，薑五就把人家恨上；有好幾家要說周家姑娘，都叫薑五給攪散了，並且造出許多謠言，說人家姑娘什麼逛護國寺、訂約會等等的話。不想這李家不聽這些個，人家看姑娘不錯，只要是兩下不妨就作親。

　　"薑五聽說這紅帖子是由壺中客給合，他就到了白衣庵見了壺中客，打算花幾兩銀子買通壺中客，把這門婚姻給造出許多相克相妨的話來，好叫李家不做這門親事。不想壺中客那傢伙也真有志氣，他說：'我給人家合婚就得憑良心，好我就說好，壞我就說壞。寧拆十座廟，不破一門婚，你別說給我錢，就是要我的命，我也不能昧着良心做事。'

　　"薑五見壺中客直犯閒話，他是幹什麼的，哪能吃這個？當下兩人就吵起來了，後來廟裏的和尚給勸開。薑五回到家裏，這口氣不出，今天早晨，他就請了德勝門裏頭練少林棍的那把子，跑到白衣庵去找壺中客打架。不想那壺中客，別看他是一個窮蠻子，手底下倒很漂亮，把他們來的十幾個人全都打得屁滾尿流；後來大夥兒扭着他到官廳兒裏，庭兒老爺也辦不出什麼來，合着有人把那把子打架的勸走才算完事。今兒早晨，我們石碑胡同熱鬧極了！"

　　旁邊有一個人說："這件事情，我瞧薑五他們也不能善罷甘休。"二祥子說："自然，不過這個壺中客真有兩下子！我想他一定學過點把式，可見'人不可貌相，海水不可鬥量’。”

　　他們幾個人只顧這樣談話，卻被晉珍堂完全聽個清楚，他暗自道：說來這個壺中客，真可稱得起是一個奇人，或者此人與宮中那大盜月下鷹許有些關係？想到這裏，他就給了茶錢，帶着晉順出了茶館，一直往西到了石碑胡同。進口走了不遠，就見那路西有一座小廟，門首貼着一張紅帖，寫着是“四川壺中客命相處兼理針灸”，晉珍堂就信步走入廟內，晉順在後面緊緊跟隨。

　　到了院中，就見西殿便掛着壺中客的招牌，當下珍堂走到西殿，叫到：“先生在屋嗎？”裏面有南方人的口音，問道：“是誰？”珍堂一拉門進去，只見屋裏擺着算卦桌子、籤筒棋子等物。這卜者年約四十餘歲，面貌清臒，微有黑髭，穿着便衣，身材健壯，氣度軒昂，一看就知道此人必是個久練武技的人。當下珍堂道：“在下現在有件為難的事情，請先生給斷一個卦。”壺中客說：“請抽一籤。”珍堂抽了一籤，那壺中客便擺起棋子兒來。珍堂一看，就不禁暗暗驚異，原來這壺中客用的是鐵棋子，上面刻着什麼子丑寅卯等字，但是棋子原是圓形的，已然被他手指磨得全都成了橢圓的了，可見他手指力量之大。

　　當下壺中客把卦擺好，便道：“閣下這卦，似乎糾紛甚多，而又小人從中用事，不知閣下問什麼事？”珍堂說：“我要訪一個朋友，不知能否會面。”壺中客說：“這卻容易，不過見了朋友面，倒許災禍立時來。”說時兩隻眼睛不住上下打量珍堂。

　　珍堂卻正色問道：“先生貴姓？”壺中客說：“流落異地，賣卜為生，原不欲以真姓名告人。”珍堂到地一躬，說：“先生不必隱瞞在下了，我已看出先生必非俗常賣卜者流。在下名叫晉珍堂，家嚴現任中堂，因宮中大鬧飛賊月下鷹，所以被誣下獄；我遍處去訪這月下鷹，不知下落。如今訪知先生是一位奇人大俠，所以特地冒昧前來請教，如先生知曉這月下鷹的下落，便請賜告，倘能將家嚴救出監獄，我晉珍堂沒齒不忘大德。”

　　壺中客聽到此處，卻不禁長歎一聲，說：“晉少爺所說這話，我也全都聽說了。不瞞晉少爺，我在南北闖蕩江湖，於今二十餘年，所遇英雄豪傑不知多少，唯獨此人卻一點也不曉得。再說此人借着皇上的金口玉言，才自稱為月下鷹，至於他的真名實姓，還沒人知道。”晉珍堂聽到這裏，不由大失所望，流着淚道：“先生既然也不知這月下鷹的下落，那麼家嚴必不能出獄，他老人家久居囹圄，倘有不幸，我將何以偷生？”那壺中客見珍堂這樣至孝，不由為之動色，慨然說：“晉少爺，你也不要傷心，我們從長計議。”正是：

漫笑壺中做卜士，也從燕市顯奇人。

第二回　　銀翅雕偵跡入宮禁　　花臉虎使酒鬧店房

　　話說這壺中客，先請晉珍堂落座，然後就說：“在下本名胡仲軻，原籍四川瀘水人，自幼在劍閣老劍俠鄭武傑門下學藝，後來便闖蕩江湖，於今已然二十餘載，得了一個小小匪號，叫作銀翅雕。我近來厭倦江湖，才來到京都隱名埋姓，賣卜為生，打算終此餘年，不欲再管江湖的閒事，不料卻被閣下識破。我也久仰閣下少年英俊，如今既蒙惠訪，所以不得不以實情見告，還望閣下務要代為隱瞞。

　　至於月下鷹這人，據我想也必是江湖上有名的朋友，否則絕無此等大膽奇能。以我看來，此人不是匿居在宮禁之中，就是隱匿在貴府上，我打算得便先到趟貴府，偵察一番。只恨是深宮大內不能容我出入，否則此賊要藏在宮中，我必不能叫他輕易逃脫。”

　　晉珍堂說：“既然如此，就請先生擇出一個工夫，同兄弟到趟舍下。”壺中客說：“請閣下在此稍等一等，等我的徒弟回來，我就同閣下一同到貴府上去。”珍堂聽說壺中客登時就要跟他去，不由十分歡喜，又與壺中客對坐談了一會閒話。壺中客卻縱談現代江湖、綠林鏢行，各門武技、各派英雄，滔滔不斷，珍堂真是大恨相見之晚。

　　又談到那濟王府大管家姜五，來這裏尋釁的事情，壺中客卻微笑道：“一個地痞土棍，我豈把他放在心上？不過我在此廟也住了半載有餘，向來也沒露出行跡來，今天早晨他帶了些土痞來找我毆鬥，我也是涵養未足，忍不住怒氣，略施展些武藝，把他們打跑。其實他們以後要依舊不向我善罷甘休，我倒不怕，只怕從此被地方官人們知道我是個會武藝的人。”說時似乎十分憂慮。晉珍堂暗想：壺中客這個人，分明是奇人俠客的流亞，雖然向來江湖俠士多半都不欲使人知曉，但是何必如此疑慮，莫非他另有什麼隱情嗎？當下自己也不好問他詳細的來歷。

　　待了一會，就見他那徒弟由外面打得酒回來，珍堂一看他這徒弟，年有十五六歲，十分黑瘦，並且還是個一隻眼。壺中客叫他見過了珍堂，那徒弟卻不住打量珍堂。當下壺中客起身到屋裏，換上一件衣服，然後就向珍堂說：“請晉少爺帶我到貴府上看一看去。”珍堂先叫晉順到外面雇來一輛轎車，就一同出了白衣庵，坐上轎車，出了石碑胡同往西城太僕寺街去了。

　　及至到了那太僕寺街，在晉宅門首下了車，珍堂請壺中客進去，這裏車錢由門房開了。壺中客隨着晉珍堂到了裏面，先到客廳內落座，珍堂並把展洪滔請出，與他相見。那展洪滔在江湖多年，哪裏認得他什麼銀翅雕胡仲軻呢？如今見珍堂把他請來，自然有些不大喜悅，當下勉強應酬了兩句，自己便躲開了。

這裏晉珍堂帶着壺中客到各處偵查了一番，然後又把晉中堂的跟班的晉福給叫上來。壺中客就問他：「那天怎麼被賊人換去的奏摺？」晉福就說：「那天我跟老爺是四點鐘進的朝，起先奏摺是在我們老爺轎子裏擱着，後來到了裏頭，我就伺候老爺在監獄裏歇了一會。那奏摺用楠木匣子裝着，頭天夜裏寫得擱好，就上了鎖，不知到了殿上怎麼就會變了？」當下珍堂叫他退下去，這裏壺中客就向珍堂說：「這樣說來，一定是賊人在那天的前夜，到府上來給掉換的。他連偷看奏摺，帶寫那張字帖，然後還要啟鎖掉換，費了這許多事情竟叫人一點不覺得，可見此人的本事實在高強。這樣吧，即蒙抬愛，我一定盡力而為，日期我可不敢斷定。」

珍堂說：「是，不過務望先生憐憫家嚴年邁情屈，請多為出力。至於那月下鷹，就是將來被捕之後，國家王法俱在，自然要嚴重判罪，不過我敢應許必要盡力打點人情，絕不能叫他在監裏受半點的委屈。」壺中客道：「我最大的本領，只能辦到把他擒住，至於他入監後是否保得住他不脫逃，那我卻不敢說。」當下晉珍堂唯唯答應，遂又與壺中客談了一會，那壺中客便要告辭。晉珍堂命僕人們把轎車套好，送壺中客回白衣庵去，當下無話。

單說那壺中客銀翅雕回到白衣庵，他的獨眼徒弟松鼠兒便問他師父上那晉宅有什麼事情，壺中客就把晉珍堂懇求自己偵拿那月下鷹之事說了，並說：「咱們師徒自來到京都，一件事也沒辦，如今遇着這事，我們正好藉此露一露臉面！再說也叫這月下鷹知道，天地間還有咱們師徒。」那松鼠兒斜着獨眼，不住微笑。

當下壺中客也沒出門，等到吃完飯他便去睡覺。約莫在三更多天，他一覺醒來，只見燈光昏暗，那松鼠兒正在燈旁凳子上坐着，垂頭打盹，一聽床響，他便抬起頭來。壺中客翻身下床，松鼠兒便把箱子打開，取出短劍一口，和兩個鐵指甲、一口袋鐵彈子。壺中客先甩掉長衣、脫了鞋，在腰間系上一根褡包，披上短劍，挎上彈子口袋，又在外面披上長衣，戴上一頂青緞小帽。出了屋，他就飛身上房，真個是一點聲音也沒有，跳下房來便到了胡同裏。

這時黑天沉沉，沒有月色，壺中客出了胡同，又專走牆根，誰能看得見他？四顧寂寥，只有遙處尋更聲音，走到大街上也是寂無人聲。他直奔宣武門，到了城下，便戴上兩個鐵指甲扒城而上，奇快無比。過了馬道，他就飛身跳下城去，順着城往東，轉北到了前朝天安門，依舊扒上城去。他就順着紫禁城牆往北，一直到了大內。這禁城深宮地曠天沉，壺中客在各處偵察了一番，也不知道哪裏是東宮西宮。雖然在太監該班的屋裏有連夜的燈光，但是他又不能去問，自己便無計可施，只得把各殿的形勢和路徑暗暗記熟，然後依舊順舊路回去。

這壺中客輕身夜行，私入大內，竟沒人知曉，次日他還是個斯文的賣卜先生。白天無話，到了夜內，他依舊到大內去偵探那月下鷹，但是一點也沒有下落。壺中客毫不失意，從此便夜晚入宮，白天到各處去訪查。一連三四天，那晉珍堂是天天來打聽，但是總是如同大海沉針，毫無尋處。

可是在這三四天內，壺中客卻留神上一個人。這人是個宮內的蘇拉，名叫梁二，天天他必要提着買菜的笸籮出入禁城。壺中客見他常到打磨廠路東那個三和店內，原來那三和店的掌櫃子馬三是梁二的姨夫，所以梁二常常到那店裏去鬥紙牌、推牌九。壺中客於是裝作一個新起南方進京的人，打好行李捲自己扛着，就由白衣庵到這裏，找了一間店房住下。

這店的掌櫃子馬三最好耍錢，所以他們這個店房到了晚間，簡直就是個寶局。壺中客自住在這裏，天天白天要回白衣庵一趟，晚間必要跟他們一起賭錢，因此他便和那梁二交起朋友來了。原來那梁二在東宮端妃處當蘇拉，差不多宮裏的太監他全都認識。

單說這店裏住着一個山東鏢頭，名叫婁七，因為長得一臉汗斑，所以江湖人全稱呼他叫花臉虎。他平日嗜酒如命，並且常常藉酒凌人，因此得罪了同行，流落京都，每天只仗在大街上賣藝為生；天天得了錢，刨出喝酒以外，還要耍錢。因為推牌九，梁二曾欠過他三十幾吊錢，他屢次跟梁二索要，梁二總是沒錢還。

這時秋風漸涼，花臉虎連小棉襖還沒混上，出去到大街去練把式，可憐練了一天才掙了一吊來錢。他心裏十分熬煩，回到店房裏就沽了一瓶子酒，賒了半斤驢肉，在屋裏熬喝。這時就聽得櫃房裏有人說話，原是那梁二來了，花臉虎心裏說：梁二這個人真不夠朋友，欠我三十多吊錢，一個字也不提了，莫不成就算吹了嗎？他的大棉襖早就穿上了，他也不是不知道我現在還凍着啦，這不是成心耍賴嗎？

花臉虎一面想着，一面就出了房子，到了櫃房，只見梁二正在那櫃房跟他姨夫馬三在那裏說話兒。花臉虎一進來，梁二就說：“喝！婁爺早回來了？”花臉虎說：“婁爺？婁爺還凍着哩！喂，老梁，怎麼着，有錢先借我幾吊。”梁二說：“過兩天的吧。”花臉虎一瞪眼睛，說：“這叫啥話？過了幾個兩天啦？”梁二說：“這可沒有法子，我實在是手底下沒有錢，要不然我早就給你了。”花臉虎說：“那可不行！姓梁的，你要打算在我面前耍賴可不行，今天沒錢，你就剝衣裳得了。”說話時他一伸手，就把梁二的脖領揪住。

梁二也瞪了眼，一甩手說：“怎麼着？你依仗你會把式是怎麼着？”花臉虎說：“啥叫會把式？你不還錢，老子就揍你！”說着話掄拳就打。掌櫃子馬三上前解勸說：“瞧我瞧我。”花臉虎說：“啥叫瞧你？”用手一推，把馬三推後幾步，把一張小茶几也撞倒了，茶几上放着的茶壺茶碗也全都掉在地下，摔得粉碎。

這時那花臉虎已然把梁二揪到院裏，他本來一個鏢頭出身練把式的莽漢，如今又在大醉之時，盛怒之下，那瘦弱的梁二哪裏幹得過他？只由他連踢帶打，罵道：“你娘的，跟我耍賴算是休想！今天是多會打出錢來，多會住手。”這時各屋裏常住的客人全都出來相勸，花臉虎大罵道：“他娘的，老子誰也不論，招惱了老子連勸架的一齊揍！”正是：

橫行任我花臉虎，誰管當中魯仲連。

第三回　禁闕深宮俠士驚心　戍城小徑英雄鬥志

　　話說那梁二被花臉虎婁七連打帶罵，自己力弱，也還不得手；一些勸架的見花臉虎喝醉了，蠻不講理，齊都氣得不管了。那梁二索性坐在地下，說：「你打死我吧，反正我是沒有錢。」花臉虎又踢了他兩腳，說：「你發賴便怎麼樣，難道欠老子的錢，就算不還了？」說着又連踹了兩腳。

　　這時就見那壺中客由外面進來，趕上前去，攔住那花臉虎說：「婁爺，你先住手，你們哥兒倆是為什麼？有什麼過不去的事可以告訴我，我給你們評評理。」那花臉虎平日最瞧不起壺中客，當下他就斜楞着眼睛說：「你給勸啥？他欠我的錢，你給替還啊？」旁邊剛才給勸架的人都說：「胡爺不用管了，反正他打壞了人，他也得打官司。」

　　這時壺中客望着花臉虎說：「你不要以為你怎麼樣，欠你的帳你應該好好地要，難道你打了人，就當得了要錢嗎？」那花臉虎見壺中客說話挺橫，當下就捋着袖子嚷道：「怎麼，你還要幫助他跟我打架嗎？」這時掌櫃子馬三由櫃房裏出來，勸住壺中客說：「胡爺，不用跟他惹氣了，我們打官司得了。」那梁二也站起身來，說：「反正他也把我打得這個樣子了，我們不找個地方說說也不行。」

　　那花臉虎聽說他們要跟自己打官司，不由就有些着急起來，原來他一生最怕見官。當下他一時情急，跑到屋裏，把自己練把式用的長槍提出來，說：「你們也不用跟我去打官司，反正我把你們全都打死，我一齊給你們抵償得了！」

　　這時那馬三、梁二，以及剛才那一些個勸架的人，齊都嚇得躲到一旁，壺中客卻不慌不忙，迎上前去說：「姓婁的，你別來嚇唬誰。」說着話一拍胸脯，說：「你敢往這裏刺不敢？」花臉虎瞪着凶彪彪的眼睛，說：「怎不敢？」當下他拼出扎死人去打人命官司了，就猛地用槍向壺中客胸膛刺去。

　　壺中客等到他的槍來到臨近，才突地把槍頭揪住，只一抬手，那花臉虎兩隻手就攥不住槍桿了。壺中客奪過槍來，說時遲那時快，掄起槍桿向花臉虎就打。花臉虎要躲也沒躲開，這白蠟杆子正打在那花臉虎腦袋上，當下疼得花臉虎捂着辮頂，咧着嘴，只管跺腳大罵道：「好啊，你敢打老子！」

　　當下他拼着命過去奪槍，壺中客不肯用槍傷他，只把槍一扔，徒手過去一個飛腳，咕咚一聲就把那花臉虎踢倒在地，又過去把他按在地下，向他後腰打了兩拳。壺中客還用的是虛力，他要是用實力，只消一拳，那花臉虎就要沒有命。

花臉虎吃了這兩拳，就把他打得猛氣全消，噯呦噯呦地央求說：“胡爺，胡爺，手下留情！”壺中客說：“你叫我手下留情，你卻不給人家留情，我怎麼能夠饒你？”花臉虎說：“完了完了，我是多喝了兩盅酒，才有些氣暴，胡爺求你抬抬手兒。”壺中客不由微笑，遂把他放開。

那花臉虎爬將起來，依舊捂着後腰，咧着嘴，惹得旁邊看着的人全都不住大笑。花臉虎就咧着嘴說：“他娘的，我活了三十多歲，沒栽過這個跟頭！完了，我在這京城不能混了，還是想法湊盤川，回老家去吧。”壺中客又問了問情由，才知道花臉虎是為跟梁二索要賭債才打的架，他看那花臉虎窮困得連棉衣裳都沒有混上，江湖流落，也殊為可憐。這時一些人全都佩服壺中客的手底下漂亮，壺中客謙遜着說：“這小子不過是仗着這一點勇氣來唬人罷了，其實你要真跟他動起手來，他也是不行。”

這時那花臉虎已然撿起槍來，垂頭喪氣進屋裏去了，壺中客就進到他那屋裏，向花臉虎說：“朋友，你不要以為我不講江湖義氣，實在是你對人太蠻橫了。”花臉虎說：“什麼也不用說了，算是我栽在這裏了。”壺中客說：“這天子腳下能人過多，我看你天天賣藝，也難免將來遇見好事的人，當着眾目之下來凌辱你一番。”花臉虎說：“是啊，我是非離開這北京城不行了。”

壺中客由身邊取出一塊銀子來，約莫有三兩多重，說：“這塊銀子，我送給你作個盤川。”花臉虎說：“胡爺，這我可不敢收。”壺中客趕緊把他攔住，說：“你就收下吧，不要向旁人去說，咱們弟兄後會有期。”當下那花臉虎到地一躬，壺中客轉身就出屋去了。回到自己屋內，那本店掌櫃子馬三和蘇拉梁二，都一齊到他屋裏來道謝。少時那花臉虎便收拾行李，算了店帳走了。

壺中客自此次援救了梁二，掌櫃子馬三和那梁二全都與他交情深厚起來，壺中客於是就常常提到自己有一個表兄，在西宮當太監，只是數載未見面了，便托梁二給打聽。後來那梁二向壺中客說：“我都打聽了，並沒有大哥這位表兄。”壺中客說：“聽說他已然改姓了，可不知他改姓什麼，我除非是見了他的面才能認識他。兄弟你能不能夠把腰牌借我使使，我進宮裏找一找他去，行不行？”

梁二一聽不由皺了皺眉，遂就說：“其實拿着我的腰牌進裏頭，倒是沒有什麼要緊，不過深宮大內哪能許閒人出入，倘若要出了禍事誰能擔得住？”壺中客說：“不要緊，我只要掌着腰牌進了宮，我就找他去，旁的地方我絕不亂走。”梁二搖頭說：“這我瞧着也不妥。”壺中客點頭說：“那就算了吧。”遂就閒談起來宮中之事，壺中客就順便打聽宮中的景況和那西宮的所在，一一記在心裏。當下無話。

是日晚間，那梁二和馬三全都請壺中客加入他們的牌九，壺中客卻說城裏有個朋友請自己吃晚飯，要是太晚了，還許不能回來呢。那梁二、馬三聽說壺中客有約會，自然不能勉強人家。壺中客也沒吃晚飯，就暗帶上自己的鐵指甲和鐵彈子等物出了這三和店，便奔東華門。他在東華門外找了一家切麵鋪，吃了些水麵作為晚飯，然後又買了幾個火燒帶在身邊，便出了切麵鋪。

這時天色已然昏黑了，他就順着東華門的紫禁城牆走去，找地方蹲了半天。約莫二更時，看得四下無人，他便取出鐵指甲來，扒上城去；上城換好衣裳，復又躍下，認准了方向，摸着黑走去。這時毫無動靜，他便飛身上殿，躡簷躍脊，走到一處宮殿。就見那正殿十分荒蕪，似乎是空殿，沒有人住，飛身躍下一看，原來是個存東西的庫。

壺中客摸着大鎖，用手一擰就開開了，壺中客不由大驚，當下取出火鐮，引火一照，原來那鎖已然被人用手擰過了。壺中客趕緊推開門，側身進去，只聞得潮氣撲鼻；用火光一照，原來這是個空庫，只有幾張大木案子，什麼東西也沒有。壺中客用火往地下照時，只見地下塵埃很厚，除去有些鳥兒屎蛇印，尚有很顯着的人的腳痕。壺中客又到各處尋了半天，也沒有蹤跡，只得出了這座空庫，便依舊把鎖頭鎖上，然後就順着廊子走去；又到了一個處所，也是空庫，摸了摸鎖頭，全都沒有被人動過。

如此他就躡足潛蹤走了好幾個地方，就到了一個處所，一進門便聽嗖的一聲悶響，一條黑影已上了殿脊。壺中客大驚，遂就一手掏出鐵指甲和鐵彈子，然後飛身追上去，到了殿脊上一看，卻不知那條黑影哪裏去了。

壺中客暗暗驚異，遂就依舊跳下殿脊，便到了那庫前摸鎖頭，卻見鎖得很嚴。他用手扭開鎖，推開門側身進去，只見這庫內卻是地下放着有東西。拿出火來，引着照着一看，這庫內放着好些隻大木箱，也沒鎖着；打開兩三隻一看，全都是空的，看這樣子早先一定是放什麼銅錫器皿用的，現在已然提出去了。當下壺中客又低頭去看地下，只見那一層浮土上只微有鞋印，並不很深，足見此人的身體輕捷。

這時壺中客猛然聞得一陣煙氣，取火一看，原來是有三隻木箱擺在一起，上面冒出煙來。他剛要上那箱子看是什麼事情，忽聽得外面一陣嗤嗤的聲音，壺中客知道是有人來了，當下趕緊熄了火蹲下身去，只聽外面一陣腳步的聲音過去了。原來這是本所該班的官人，剛才正在屋裏摸小牌，忽聽得外面有人用手指彈窗戶紙，嚇得他們幾乎丟了魂，這才一同乍着膽子出來巡了一個彎兒，又回屋去了。

這裏壺中客聽得沒有動靜了，這才站起身來，引着了火照着，上了一隻箱子。他把那冒煙的三隻箱子由盡上層搬下一看，原來這箱子沒有底兒；搬下第二隻箱來看，是個沒有蓋和底兒的；第三隻是沒有蓋兒，原來是這三隻箱子擺在一塊，等於是一隻箱子。這箱子裏面臭煙濃厚，原來是放着一個破盆，裏面燒着幾塊已然將要滅了的劈柴，並用幾塊木頭支着，烤着一個東西。壺中客一看越發大驚，原來卻是一顆未幹的人頭。他看了看那面目，只見那首級左臉已然燒焦，一臉煙油血跡，卻是個四十餘歲魁梧漢子的首級。

壺中客不慌不忙地把三隻箱子依然擺好，便順手熄了火，出了這庫房，把門依舊鎖上，便飛身上房，順來時的路線出了禁宮。他扒上禁城，依舊騰身躍下，便順太廟出了皇城，一徑到了前門，扒過城去，這才摘下鐵指甲，穿上長衣。

時已夜深，他回到打磨廠三和店，便聽得店裏依舊有劈劈啪啪推牌九的聲音。壺中客一叫門，少時裏面就有店夥把門開開。壺中客進來，便向那店夥悄聲說：「你別說我回來了，別看他們又叫我耍錢。」那店夥答應。這裏壺中客進了店房，就到了自己屋內，脫下衣服登榻安歇，思想剛才宮中所偵探出來的驚人奇事，他不禁咄咄書空，一夜也沒得安寢。

單說這夜，北城忽然有一件奇事發生。原來是安定門內住着的現任北衙門正堂的福泰家裏，夜內大鬧飛賊。那飛賊在房上亂跑，及至護院的師傅跳到房上一看，卻是一個影也沒有，眾護院的及僕人們只得點着氣死風燈看守。那福泰也親自到各院子裏查了一番，也是毫無動靜，他只得叫護院的師傅和僕人們要仔細嚴防，然後又叫人把本街官廳的老爺請來，告訴他本宅鬧賊的事。那官廳的老爺自然也是趕緊派看街的加緊打更巡查，這後半夜鬧得雞犬不寧，福泰也不敢入榻安歇，只是在裏院正太太屋內吸了兩口煙。

這時天色漸明，福泰實在是身體疲乏得支持不住了，遂就回到自己的臥室裏去上床安歇。剛一上床，不由就大吃一驚，原來是在被褥上放着一隻三寸餘長的鐵物，卻是一隻鋼鏢，下面壓着一張字帖。福泰趕緊拿起來，就見上面寫着一筆很潦草的行書，卻是：

福大人鈞鑒：月下鷹自大鬧宮禁之後，震動京師，已將十日，汝竟未將此事探出一絲線索，無用之極，實令人可笑也。今吾已探出此人，確名壺中客，現在白衣庵賣卜，請汝急速飭人，逮捕邀賞可也。

銀鏢俠啟

福泰一看，不由又是驚詫，又是羞怒，驚詫的是夜間這樣地嚴密防守，就是風兒也吹不進來，怎麼竟會叫此人能到屋裏來，往床上放這個東西？此人的本領，應該有多麼高強！羞怒的是此人的信箋上罵自己無用。當下他也不睡覺了，遂叫僕人套車，又叫跟班的給換衣裳，少時外面已然把車套好，福泰就出門上車，帶着頂馬跟騾便往北衙門去了。

到了衙門，就忙把捕役頭兒承三叫了上來。那承三是京都著名的捕頭，福泰做這個正堂，完全是依仗他在下面得力，辦案漂亮所致。承三又是個血性男子，專好爭強鬥勝，自打月下鷹大鬧宮禁，上面就交下來諭旨，限期拿辦這飛賊，但是如今已將近十日，並沒有一點頭緒。福大人雖然沒怎麼責備他，但是他也總覺得不能抬頭見人。今天一早，便有衙門裏的夥伴來找他，說是昨夜正堂大人宅裏鬧賊。他聽了就大吃一驚，趕緊就上衙門來了。

這時福大人先把承三叫上去，承三給福大人請安，並請問宅裏失盜之事。福大人把跟班的支出屋去，這才向承三說：“三弟。”承三說：“老爺不要這麼叫，小的實在不敢當。”福泰說：“我現在有一件事情來告訴你。”於是就把昨夜自己宅裏大鬧飛賊，在嚴密防守之間賊人還進入自己臥室，留下鋼鏢、字柬的事情說了一遍。然後取出那只鋼鏢和字柬來，交給承三，說：“你看，就是這個。”

承三展開那信箋來一看，不由十分驚訝，當下福泰就在旁問道：“這個白衣庵不是姑子廟嗎？”承三說：“早先倒是姑子廟，因為在前二年鬧了事，什麼姑子廟裏開花煙館哩，鬧得很不好聽，後來地面上把姑子轟了，就由和尚主持。這個壺中客我倒是知道，在前幾個月他就在那廟裏算卦，想不到他原來是這等人。現在據我看來，這真正到您宅裏留字柬的這個賊，倒許是月下鷹，他一定是跟那壺中客有仇，所以才這樣給他栽贓，可是那壺中客也絕非善類。”

福泰點頭說：“不錯，你的忖度跟我差不多，這件事只有你知我知。”說時他就把那張字柬往火爐裏一扔，登時火光一起，那張字柬便已成了飛灰。福泰便向承三說：“你也不必鹵莽辦事，探好了再下手不遲。這支鏢就交給你帶着得了，回頭左右堂兒來了，你也別露這話。”承三連說：“不能不能，難道老爺還不放心我麼。”福泰說：“是啊，不過這件事情太要緊，我不能不多囑咐囑咐你，你就多替我為難得了。”承三說：“您放心吧，回頭您聽我的話兒得了。”

當下他到了前面，並沒把此事向眾捕頭提說，大家只是談了會子那正堂大人宅裏大鬧飛賊的事情。有人就說：這也許是個什麼貓打架吧？又有人說：是大鬧狐仙吧，要不然怎麼會只聽見房上瓦響，就遍找沒有人呢？承三卻是心裏另有應辦的急事，當下他出了北衙門，到了後門大街，就搭腳雇上一輛騾車，直奔宣武門去了。

再說那壺中客，他自從昨夜在宮禁內探出那點線索，也不必再向梁二口中探詢什麼宮裏的事情了，便同掌櫃子馬三算清了店錢，拿上自己的物件離了這三和店，便回白衣庵去了。回到白衣庵，依舊是白天連門也不出，只在廟中等着人來算卦。

當日下午，日色已到平西，那晉珍堂來了，帶着一個小廝，也沒騎着馬。進屋見了壺中客，還沒問什麼話，那壺中客就把他叫到裏屋，壓着聲音把昨天自己到宮內，在那空庫內發現那人影、足跡，以及那木箱內人頭的事情說了一遍。晉珍堂一聽，不由嚇得渾身冷汗。壺中客又說：“現在我看那月下鷹，也必是曉得我們正在訪拿他。這件事到如今已然是十分緊張，第一我們要設法把他誘出，以便下手捉拿他；第二就是我們要訪一訪京都內外，這些日有什麼命案沒有，要不然如何他能有人頭藏在宮禁內？”

晉珍堂聽壺中客這樣地說，只是點頭稱是，但是因為此賊居處在深宮大內，諸事疑難，自己也實在想不出一點法子來。壺中客只是說自己今天夜間還要到趟宮內，晉珍堂卻說：“昨夜那月下鷹既然知道有人進宮，發覺了他的窩處，我恐怕他要下什麼毒手，所以不能不提防他一點。”壺中客倒是很從容地說：“不要緊，到了宮內，我們二人就是交了手，我自信也能敵得住他；他要是到這廟裏來，我要在家更好，我要是不在家，自有松鼠兒可以應付他。”晉珍堂聽到這裏，暗想道：松鼠兒這麼一個一隻眼的孩子，能夠應付月下鷹，真是奇聞了，莫非這孩子也有通身的本領嗎？

在他們談話之間，那晉珍堂帶來的小廝，卻與松鼠兒在院裏踢球玩耍。那晉宅小廝本來最會踢球，兩個石球相距十餘步遠，還有些碎磚頭阻礙着，他都能夠給踢得兩個球撞在一起；不想這個松鼠兒踢得更准，兩個球相離六七丈遠他都能夠踢着，晉宅那小廝都納悶他。

這時晉珍堂跟壺中客由屋裏出來，看見他們兩人在院裏踢球，晉珍堂停住腳步來看，就見那松鼠兒踢得十分準確。珍堂撿起那個球兒來，一個放在東牆根，一個放在西殿臺階下，相離有數丈遠，珍堂就笑着向松鼠兒道：“你能夠把這球踢着了嗎？”松鼠兒斜着那一隻眼睛，齜着黃板牙一笑，說：“這算什麼的，這院子是小，要不然再遠一點也算不了什麼。”當下他就在這西殿的臺階下，用腳尖頂着這石球，只一抬腳，用力一踢，這石球就咕碌咕碌地滾到那東牆下，碰到那邊的石球，吧的一聲正正撞得碎成兩半。

珍堂不禁吃驚，暗自詫異道：怎麼他腳底下這麼大的力量？這時松鼠兒喜歡得只是笑，壺中客在旁卻說：“這孩子腳底下倒是練得略有一點功夫了，只是手上的功夫還是不行。”珍堂說：“據我外行來看，他的武藝倒實在練得不錯了。”壺中客笑道：“少爺太過誇他了。”當下晉珍堂就說：“那麼我明天再來吧。”壺中客說：“明天還請這時候來，再聽我的話兒得了。”晉珍堂就帶着那小廝，出門去了。

單說那北衙門的班頭承三，他自打一清早，就在丞相胡同附近盤桓偵查。他倒是探出來了，附近的人差不多全知道那壺中客會武藝，因為那次打架，多少年青力壯的大漢全都被他打了。可是承三暗想道：他雖然會武藝，但是他沒有什麼不法的行為，怎麼能夠捉捕他呢？自己在這裏盤桓了一天，後來就在口外小茶館裏泡了一壺茶喝着，暗自思想這件事情的辦法。

到了日色平西，忽見晉珍堂來了，他就暗中看着，只見晉珍堂帶着小廝進那白衣庵去了。承三就暗自想道：這件事有些頭緒了！晉少爺他們老大人為月下鷹的事情下了刑部，他又上這兒找壺中客來，這樣看來，這件案子一定有壺中客這小子的事！當下他就在丞相胡同北口外等着。

少時晉少爺同着那小廝由胡同裏出來，承三就上前請安道：“晉大爺，您早吃飯了嗎？”晉珍堂一看，認得他是北衙門的大班頭承三，當下他就說：“喝！承爺，上這兒幹什麼來啦？”承三說：“閑溜，沒事兒，大爺上哪兒去了？”珍堂說：“我們到陶然亭玩了會子。”說着便一哈腰兒，帶着小廝就往北去了。這裏承三明明知道晉珍堂是上白衣庵去了，如今一問他，他卻說是上陶然亭去了，語言矛盾，足見無私有弊。但是晉珍堂總是位堂堂中堂的少爺，跟各大員、各王府全都有些來往，就是北衙門的三堂大人，也不敢說辦他就辦他，何況自己呢？

單說壺中客，他每逢晉珍堂一來，他必要送出門去，他也是另有用意。今天他又跟着晉珍堂出了廟門，就見晉珍堂剛一出北口，就被那人攔住說話，晉珍堂臉上的顏色很是不對，再說那承三是衙門裏的人，無論如何也得帶點像兒。壺中客進到那廟裏，就秘密叫松鼠兒出去，看看那人到底是個幹什麼的。松鼠兒出去，良久才回到廟來，向壺中客說：“不知道那個人是幹什麼的，就見他上官廳兒裏去了。”壺中客聽了，暗道：不好辦了，我的行動讓官人留神上了，今天晚上這趟我也去不了啦！當下他吃完晚飯，就在燈下默想此事，也不打算今夜再入宮禁內去偵探那月下鷹了。

再說那承三，他就在官廳裏吃了晚飯，睡了一個覺，等到打更的把二更都巡過了，他才出了官廳，進到丞相胡同口裏去巡邏。這時北風凜冽，黑天沉沉，承三就在丞相胡同裏，找個牆根背風的地方一蹲。

待了良久，約莫在三更多天，連一點狗叫的聲音都聽不見。承三本來是一股勇氣，滿想着把真贓實犯捉住，便下手拿那壺中客，不想訪了這麼一天半夜也沒辦好。他真覺得此案委實是有點棘手，又加這夜內寒風刺骨，他就要回官廳上去。這時忽見對面房上有條黑影，他大吃一驚，趕緊站起身來，那條黑影已然不知往哪裏去了。他暗道：這一定是那壺中客啊！當下他就靠着牆根，蹲着走，倒仿佛一條狗似的，走到白衣庵廟門前他就蹲在那裏。

這時單說那壺中客已然登榻安歇，松鼠兒在火爐旁蹲着，火都快滅了，他還抱着烤。桌上那盞油燈，燈光昏暗，都快燒到燈草芯了。松鼠兒不住打盹，用腦袋磕爐臺，可也不吹燈去睡覺。忽然壺中客一翻身由榻上下了地，光着襪底站在地下，松鼠兒也頓然精神上增起了百倍，在地下滾着，到了屋門前趴着。

這時只聽外面有人用指甲彈窗戶紙，壺中客問道：「朋友是誰？」外面說：「老子便叫月下鷹，朋友，明天咱們齊化門外頭見面。」剛說到這裏，並沒聽見那屋門響，原來松鼠兒早已由屋裏出來了。他就如同猴子撲人似的，嗖的一聲撲將過去。不想月下鷹早已知道他由屋裏出來了，當下雙手張開一迎，揪住他的胳臂一甩，就揪着松鼠兒飛身上了房，然後往下一扔。那松鼠兒被扔下來，一挺身便腳踏實地。這時月下鷹忽聽得風聲，趕緊一張手，就接着一粒鐵彈子，壺中客也飛身上房，再看時，已然不見那月下鷹的蹤影。

這時松鼠兒越出了廟牆，猛地看見地下蹲着一個黑東西，他自當是月下鷹呢，撲過去就一把抓住。那人也說：「你還往哪兒走？」並大喊道：「來人嘔！拿着賊嘍！」松鼠兒這才知道他是官人，當下只用手一捂承三的臉，下面用腳一踹他的前胸，承三登時倒在地下，閉過氣去。

松鼠兒趕緊跳進廟裏，壺中客埋怨他道：「你怎麼這麼不留神！此地咱們住不得了，趕緊離開此地吧。」當下他們師徒在屋裏就趕緊收拾東西，打成了幾個包裹。然後壺中客就提筆抽紙，寫了一張字柬交個松鼠兒，說：「你給晉珍堂送去得了，我在陶然亭後牆等你。」當下松鼠兒接過那字柬，出屋上房而去。這裏壺中客又寫了一張字柬，作為是給本廟僧人道謝，然後他就吹滅了燈，提着包裹跳出廟牆，便奔陶然亭去了。

單說那晉珍堂，自他父親收監以後，月下鷹久不破獲，他終日急得心焦似火。他也不在他的臥室裏睡了，自己只在外院書房裏歇息，每夜何嘗能夠安枕？而松鼠兒曾奉壺中客之命，白天來這裏找過一趟晉珍堂，他便留神上晉珍堂住宿的屋子，所以他如今前來一點也不費事。

當夜晉珍堂正因為白天聽了壺中客所說，昨夜他在宮禁內發現人頭之事，自己不勝驚異，又想：月下鷹的本領真是驚人，雖然現在壺中客已然把月下鷹匿藏的所在探出，但是他還未必能夠把這月下鷹捉住。自己父親在監裏是一天比一天形容憔悴，倘或要真要再過上一兩個月不能出監，他老人家身體如何禁得住？自己想到這裏，十分淒痛。

正在這時突見屋門一響，門插關卸落，雙門微開，進來一個矮人。晉珍堂不由大吃一驚，一翻身下床，就要伸手到壁間去抽寶劍。這時那松鼠兒已然進到屋裏，說：「晉大爺不要害怕，是我。」晉珍堂這才看出卻是松鼠兒，當下便問道：「你幹什麼來了？」松鼠兒說：「我師父叫我給大爺送一封信來。」當下把那張字柬交給晉珍堂，說：「我還得趕緊找我師父去呢。」說畢他依舊出屋，飛身上房而去。

這裏晉珍堂就把燈挑起，展開那張字柬來看，只見那字柬上寫着草草的字，是：

珍堂弟台如見，軻今已偵得，軻之行動已被官衙捕役所悉，此地不可復居矣，故于即日離開白衣庵，現在行蹤尚未敢定。宮下之事，日內必有頭緒，此敢告慰者也。

胡仲軻啟

晉珍堂看畢，越發驚疑自己白天遇那北衙門大班頭承三之事，他不禁覺得此事岌岌可危，倘或若被衙門知道我主使壺中客入宮內窺探之事，豈不要有滅門之禍嗎？當下便把壺中客這張字柬在燈上燒了，然後便把門關好，熄燈上床，哪裏能睡得着？當夜無話。到了次日，就聽人傳說北衙門大班頭承三，在丞相胡同白衣庵被人害死的事情，並說官人已然圍上白衣庵，捉拿大盜壺中客等等的話。珍堂聽得，嚇得也不敢出門兒了。

這且不提，單說那壺中客師徒夜內在陶然亭相聚，便一齊上了城，順着馬道，一直奔崇文門東城根角樓上，便在那裏住下。少時天色微明，壺中客便叫松鼠兒在這角樓上等着，他卻順着城往北，由朝陽門馬道下。也沒有什麼人看見他，他就安安穩穩地出了城。

這時朝暉漸升，人煙輻輳，壺中客順大街走去，只見這關廂裏倒是十分熱鬧。壺中客遂進到路南一家茶館，就聽一些喝茶的人，談說宣武門外白衣庵門首捕役被害的事，並說：那算卦的壺中客，多半就是宮裏那大案賊月下鷹！壺中客聽了，暗道：松鼠兒這孩子，手底下真是沒深沒淺，何必要他的命呢？自己正自想着，就見外面進來兩人，全都提着畫眉籠子，歪戴帽子，抹着鼻煙，倒是外場朋友的樣子。當下就有旁邊的人私自議論道："這是翼裏的。"壺中客也看出這兩個人是官人了，他反倒十分鎮定，依舊從從容容地喝他的茶。

這時又見由外面進來一人，穿着長大皮襖，青緞馬褂，貂皮帽子，打着長辮穗；年有三十餘歲，微有短髭，倒像個教學的老夫子。他進來之後也泡了一壺茶，就在壺中客旁邊的一張桌子旁坐着。壺中客也不十分注意此人，當下又略坐了一會，便付了茶資出了茶館，暗想道：昨夜分明月下鷹說，叫我到齊化門外頭與他見面，到底是在什麼地方他也沒說明，叫我到哪裏找他去？

壺中客一面想着，一面便往東走去，下了大橋，他打算往南，繞二閘回東便門角樓。正自走着，這時忽聽後面有人叫道："胡先生！"壺中客回頭一看，原來此人正是剛才茶館裏在自己桌旁喝茶的那個文縐縐的人，當下他便問："老兄是叫我麼？"那人上前幾步，陪笑道："有一位朋友託付我，交給先生一件東西。"壺中客問道："不知是什麼東西？"那人說："此地不便拿出，請先生跟我再往南走一走。"壺中客點頭說道："很好。"當下就一同往南走去。

走了約有一里多地，這地方是兩面土坡，小徑一條，十分幽僻。這人突地站着，由袖中取出一口瑩瑩小劍，面色森厲，說："壺中客，今天是你死，是我死？"此時壺中客早已把鐵指甲戴好，鐵彈子取出，當下他就冷笑道："朋友，隨你便吧。"原來這個文縐縐如同老夫子的人，便是那深宮中不可一世的大盜月下鷹。

當下月下鷹就說："壺中客，我月下鷹在宮內做的種種事情，也全是俠義行為，干你什麼事，你何必這樣苦苦逼我？別人怕你壺中客，我卻不怕你的。"說時他手挺短劍向壺中客就刺，壺中客用鐵指甲彈着彈子就打。月下鷹知道他這彈子是百發百中的，當下嗖地一縱身跳上土坡，登時蹤影全無。壺中客剛要上土坡，這時忽見土坡後一鏢飛來，壺中客趕緊一伏身，那只鏢便由自己腦袋上飛過去了。壺中客再上土坡上看時，那月下鷹已然蹤跡全無。遠遠又見有頭小驢前來，壺中客更不便去追，遂就摘下鐵指甲繞路走了。正是：

鐵彈英雄空有智，鋼鏢大盜已無蹤。

第四回　　小蹇絲鞭紅衣寄柬　　荒村冷堡素手擒人

　　話說壺中客白天在各處訪查了一天，到了天黑才扒城而上，到了崇文門東城根角樓上，那松鼠兒卻沒在那裏。壺中客便叫道："松鼠兒！"只聽嗖的一聲，那松鼠兒由角樓房桄上跳下來了。壺中客就說："你上這麼高幹什麼？"松鼠兒說："喝，師父，剛才有一大隊官兵來這裏查城！得虧我預先把東西都擱在房桄上了，我看見他們來了，就跳到桄上去藏了一會兒，要不然那還了得？"壺中客說："此地我們也待不長，一來不甚僻靜，二來太冷。"松鼠兒也說："冷得厲害。"壺中客說："咱們且把東西放在這裏，諒也沒人能動，咱們回頭到祿米倉倉庫裏睡覺去得了。"松鼠兒也笑道："那個地方倒很好。"

　　當下他們師徒又在這裏談了一會話，便一同下城。先到南小街裏一家小茶館聽了會子評書，說的是《三俠五義》，什麼白玉堂、展雄飛等，說得很是精彩。壺中客暗暗自負，自己這身本領，就是白玉堂、展雄飛也得甘拜下風！轉又想道：自己縱橫天下十數年，眼底江湖英雄都是碌碌之輩，不料如今卻遇着這麼一個月下鷹，與我堪堪相敵；我這回要是捉獲不着此人，我就算栽在這北京城裏了！他如此想着，也不聽那說書的到底說到哪裏，旁邊松鼠兒倒是呆呆地聽着，很是入神。

　　聽了半天，這時天已二更了，壺中客就向松鼠兒說："不用聽了，家去吧。"當下松鼠兒就跟着他師父出了書館，一同往祿米倉走去。在祿米倉東牆看到四下無人，便一齊跳牆進去，找到倉庫扭開鎖，師徒二人就進去了。當下壺中客與松鼠兒，就在這倉庫裏睡了一夜。

　　到了次日，天還沒有亮，他們師徒就一同出了這倉庫，把鎖頭鎖上，依舊越牆出了這祿米倉，就一同往齊化門走去。出了城天才大亮，遂就找了個茶館，喝了半天茶。壺中客就想進城去打聽打聽風聲如何，遂就付給茶資，一同出了茶館。

　　壺中客剛要跟松鼠兒說，叫他不必跟着自己，這時忽見茶館門首有一頭小驢，騎驢的是個女子，年有二十上下，生得很是嬌媚，穿着紅綢襖，梳着雲髻，綠褲紅鞋，倒好像是個新嫁娘。壺中客原是個俠義英雄，不慣見婦人，當下就要急急走去，跟松鼠兒到別處說去。這時忽見那女子一手把壺中客揪住，壺中客倒嚇了一跳，一回頭，那女子笑道："胡先生，我跟你有兩句話說。"

壺中客趕緊退後一步，說：“姑娘有什麼事？”那女子由身邊取出一塊粉綢手絹來，她打開手絹，取出一張字帖，依舊把那粉綢手絹帶起，然後把那張字帖交給壺中客，說：“胡先生一看這信，就明白了。”說畢她一轉身，纖手搖鞭，那小驢便往東去了，鈴聲麗影，越走越遠。

這裏壺中客就展開那張字帖，只見上面草草寫道：

壺中客知悉：爾我何仇，如此相逼，豈我真懼畏汝耶？今我已返裏，汝如仍不甘休，即請到薊州東柏樹村尋我，一較高低可也。

御賜綽號月下鷹周澮江啟

壺中客看罷不禁微笑，當下把這張字帖趕緊收起來，然後就向松鼠兒道：“你跟我來。”松鼠兒也不言語，只跟着他師父走。往西走到大橋，便往南去，順着護城河走了不遠，就在一個枯柳樹下停住腳步，壺中客就把那女子交給自己那張字帖兒上面的話，告訴了松鼠兒，並說自己現在打算獨自往薊州去。松鼠兒卻說：“師父帶我去好不好？”壺中客說：“月下鷹這張字柬，還不知他用的是什麼計策，我要一往薊州去，他在京城內再做出什麼事來，那豈不倒費事了嗎？所以我想，你先在這裏住着。”

松鼠兒點頭答應說：“很好。”又說：“師父看那穿紅衣裳的閨女，本事怎麼樣？”壺中客說：“那閨女我看不是月下鷹的妹妹，就是月下鷹的妻子，武藝自然不錯。”松鼠兒齜着黃牙板微笑，由身邊取出一個東西來，說：“師父請看這個。”壺中客一看，原來卻是剛才那紅衣女子包字帖用的那塊粉綢手絹。當下壺中客不由也笑了，說：“你這孩子，偷人家閨女的手絹兒幹什麼？”松鼠兒笑着說：“她要是有本事，為什麼在我偷她手絹時候，她一點也不覺得呢？”壺中客笑道：“你就先收起來吧，我這就走了。”松鼠兒說：“師父請吧。”當下壺中客轉身依舊往北邊去了。他身邊帶着短刀、鐵彈子，從此便徑往薊州柏樹村，找那月下鷹周澮江而去。

單說這裏松鼠兒，他見他師父走後，沒有人管束他了，他就喜歡得不住亂蹦。進了城，正趕得是隆福寺廟會，松鼠兒身邊約有十幾吊錢，他就足吃足花。後來他看見廟裏有兩位闊太太、四五個老媽子買了許多東西，出了廟門，就坐大鞍車走了，他就緊緊在後面跟着，直跟到東四二條那闊宅子門首，見人家下了車。松鼠兒踩好了道，轉身就走，晚間依舊到南小街那座小茶館裏去聽書。等到二更餘天他便出了小茶館，先在城根下蹲了會子，然後就到了東四二條那闊宅子門首，看得四下無人才飛身上房，就直入內宅，施展手段去偷盜。

這松鼠兒原是著名飛賊余松之子，那余松後來改名松慶余，父子二人，倚偷盜為生，就住在五塔寺的塔上。後來因為余松酒醉墜塔而死，松鼠兒就葬埋了他父親，流落江湖，做這穿窬的勾當；後來遇到壺中客手裏，才把他捉住。壺中客見他聰明狡黠，這才教他武藝，但是看着他，不叫他再去當賊。如今壺中客一離開他，他又未免有些技癢難撓，所以如今這一偷，就下了一個肥手，足盜了三百多兩銀子。他抱着銀子躥房越脊，出了這宅子，就一直回到崇文門東角樓，把銀子放在房柁上，在角樓上蹲了一宵。

-21-

　　次日黑早，他便拿着些銀兩，跳下城來，到崇文門大街一家估衣鋪裏，買了一身闊綽的緞子皮袍，又買了官靴、皮帽等物，然後找了個澡堂子洗澡，就換上衣服。出了澡堂，雇妥騾車，就到德勝門外買了一匹馬，全份的新鞍韉，並找了間店房歇了一天。到了夜內，就依舊到了崇文門東角樓，把一切東西全都取下來，順城牆走回德勝門，跳下城來回到店房，當夜無話。到了次日離了店房，就乘馬而去。

　　這松鼠兒瘦臉獨眼，賊眉鼠目，可是肥馬輕裘，舉止闊綽。住在店房裏，店家雖然看他面目鄙陋，但是因為他穿章不俗，所以也不敢不拿闊大爺待承他。他的意思就是想要趕緊催馬而行，搶過他師父，獨自到薊東與這月下鷹決一高低，也叫師父誇獎自己一下。

　　當下他就曉行夜宿，緊緊趕路，這天就到了薊州地面，他就打聽那柏樹村。人家告訴他說：“柏樹村還得由此往東，再走二十來里地才能到呢。”松鼠兒給人家道了聲“勞駕”，遂就直往正東而去，心裏不住罵道：這月下鷹，偏偏住得這麼遠，他可是跑到北京城裏頭去作案，這小子也他娘的天生來的兩條好腿！

　　當下他緊緊催馬行走，走了約有十多里地，便勒住馬，向道旁一個農人打聽那柏樹村的所在。那農人往南指着道：“你過這道小河，再走一里來地就到了。這個村子有一里多地長呢，你找姓什麼的吧？”松鼠兒說：“我找姓周的。”那農人說：“你是找鏢行周家嗎？”松鼠兒一聽說鏢行周家，他覺得與月下鷹很有些相似，當下便說：“是啊，我找的是他們大爺。”那農人說：“他們大爺早死了！那個黃臉膛，臉上長一顆大瘊子的，名叫周澹江，是他們二爺。”松鼠兒說：“不錯，我正找的是他。”

　　那農人說：“你到了柏樹村就看見他們那白灰牆了！你要找不着，向人一打聽，沒有一個不認識他們的。”當下松鼠兒道了“勞駕”，催馬往南走去，他暗想道：成敗就在今朝，我要是捉住月下鷹，從此我就大名鼎鼎，成一個驚天動地的英雄；我要敵不過他，我就趕緊快跑，好漢不吃眼前虧！一面想着，一面就催着馬走。

　　過了小橋，走了不遠，就見道旁有一頭驢，上面坐着的正是那個寄柬的紅衣女子。松鼠兒看了不由大喜，心說：好啊，我不找你，你倒找我來了！這時那紅衣女子早已看見松鼠兒來了，當下她就蛾眉直豎，把路橫住，用手裏的皮鞭指着松鼠兒，燕吒鶯嗔地說道：“你這小賊！那天把我那塊手絹偷去，現在快快還我沒事，要不然我非要你的命不可！”松鼠兒涎着臉說：“姐姐，你真是屈死我，我何嘗偷過你的手絹兒呢？”

　　那紅衣女子越發大怒，指着松鼠兒罵道：“誰是你的姐姐？”說時就一低身由鞍下抽出一口寶劍，飛身跳下驢來，奔過來向松鼠兒就刺。松鼠兒嚷說：“媽呦！”咕咚一聲摔下馬來。那紅衣女子只用腳向松鼠兒脅下一踢，松鼠兒就嚷着說：“噯呀，我渾身發麻呦，姐姐你太狠了！”那紅衣女子氣得咬着牙又踹了一腳，知道把松鼠兒定着了穴，他不能動轉了，遂就由腰間把系着的那條粉色汗巾解下，把松鼠兒手腳捆在一塊。

　　松鼠兒只是姐姐長姐姐短地亂叫，那紅衣女子越發生氣，遂就把他搬在馬上，又把驢韁繩解下來，把他捆在馬背上，她就牽着馬，提着劍走，那匹驢就在後面跟着。松鼠兒被捆在馬上，卻哭道：“噯呦，我好倒楣呀，想不到今天遇見強盜老婆嘍！”那紅衣女子大怒，回身挺劍就要結果他的性命，正是：

只見蛾眉施怒色，誰知鼠子蘊奸心。

第五回　周瘊子義結銀翅雕　松鼠兒戲耍紅衣女

　　話說那紅衣女子，因見松鼠兒口中這樣胡說，自己羞得就要結果松鼠兒的性命，轉又想道：我把他捉回家去，先把他囚起來，將來交我哥哥處治他豈不好嗎，我何必要傷他的性命呢？當下自己住了手，把寶劍收起，指着松鼠兒說：「我沒那麼大工夫殺你！我給你找個地方，等我哥哥回來再要你的命，反正你是活不了。」松鼠兒哭喪着臉說：「姐姐放了我吧，做一件好事，老佛爺也保佑你多福多壽，子孫滿門的。」那紅衣女子也不理他，只是牽着馬帶着驢，一直往正南而去。

　　不提松鼠兒被擒如何，單說壺中客自離了北京城，便往正東而去。他一路曉行夜宿，搭腳騎驢，走了三四天，便來到薊州的地面。他一打聽周滄江，原來是無人不知，指告他這柏樹村周家的地點，他便找到那周家莊院前。

　　原來這周家莊院很大，四圍白牆，大黑門，兩旁釘着木牌是「愛蓮堂周」。壺中客一上臺階，就有兩條狗撲過來，向壺中客汪汪亂吠。壺中客退後幾步，這時就見大門裏出來一個僕人，把那兩條狗叱住，然後很和藹地問壺中客找誰。壺中客就由身邊取出名帖來交給那僕人，說：「我特來拜訪這裏的周老爺。」那僕人遂請壺中客在門房落座，他便進裏面回稟，待了一會出來就說：「我們二老爺有請。」

　　當下壺中客就跟着那僕人進去，到了裏面在客廳落座。少時聽屋門一開，就進來一人，此人年有三十餘歲，薑黃臉膛，臉上有一顆大瘊子，雙目棱棱，露出兇悍之相；穿着藍貴綢長皮襖，梳着很長的辮子，身材高大，進屋門都得低頭。壺中客見此人進到屋裏，忙站起身來打躬，那人以禮相還，壺中客便請教那人的姓名。那人說：「兄弟名叫周滄江，不知胡兄見訪，有何見教？」壺中客一聽他自稱是周滄江，不由暗自詫異，因為此人並不是那次跟自己交手的那個月下鷹。

　　當下壺中客與那周滄江分賓主落座後，壺中客說道：「兄弟前來拜訪閣下，是有一件要緊的事，因為現在有仇人假冒閣下姓名，在外面闖下驚天動地的大禍。」周滄江一聽不由一驚，遂問道：「不知有什麼事？」壺中客就把那月下鷹大鬧宮禁，自己被托捉拿他，以及紅衣女子寄柬之事一一說了一番。

　　那周滄江聽了，氣得顏色更變，跺着腳大罵道：「我姓周的不幹鏢行事業已然有二年多了，所有早先的一般江湖朋友，我全都絕斷了來往。我在此務農，可稱是安分守己，從沒得罪過一個人。不知這是哪一路的狗盜，他也不睜睜狗眼，打聽打聽我姓周的是個什麼人物？焉敢混充我的名字，在外面這樣胡作非為！”說話時他氣得渾身亂抖。

壺中客趕緊勸住他道：“周兄，你也不要這樣暴跳，我們可以從長計議。”周澹江坐在那裏，吁吁地喘了半天氣，面色才漸漸變緩過來，向壺中客說：“胡兄，這不是玩笑的事，倘或此賊要在御前把我的名字刷下，我周家便是滅族之禍。”壺中客點了點頭，說道：“周兄請細想一想，你生平有什麼仇人沒有？”

周澹江說：“要說仇人，我也說不清。不瞞胡兄，我周二別號周瘊子，早年在江湖闖蕩，也頗見過些個大陣陣兒，記得有一次在山東地面，我曾用弩箭連射死過七八名巨盜。總之，死在我手底下的人至少說也得有二三十人了，綠林中銜恨我的人自然不少，不過我自打回家務農，這幾年來也從來沒有什麼仇人來找我；再說我縱是有仇人，多半在山東、徐州一帶，也絕沒有這樣本領的人。”

壺中客聽了呆了良久，自想道：這樣說來，我是上了月下鷹的當了，自己還得趕緊回北京去！這時他便要向周澹江告辭，周澹江卻說：“今天即蒙胡兄來指告此事，不瞞胡兄我現在心中是時刻不安，我也打算同胡兄到一趟北京，訪一訪此賊。”壺中客點頭說：“很好，周兄如若肯隨同兄弟去回北京，更是求之不得。不過兄弟曾在北京城內犯過大案，各衙門官人時時刻刻正在緝拿我，所以周兄如果要與我同去，說不得處處小心些。”

周澹江笑道：“那是自當，不瞞胡兄說，兄弟走了這些年江湖，也頗犯過幾回國家的王法，多少有名的捕快四處嚴拿我，也沒叫他們辦着。”壺中客暗想：這周澹江原來也是綠林出身，他剛才也曾向自己說過他的仇人很多；不用說，那月下鷹一定跟他素有仇恨，要不然豈能知道他的姓名、住處，單冒他的名字？當下二人又談起旁的話來，十分相投。當日這周澹江對於壺中客是十分款待，遂命僕人備辦酒菜，一同暢飲。後來周澹江就看曆書，見後天是黃道吉日，於是便留壺中客在他家裏住下，以便盤桓兩日，好一同喬裝改扮往北京去。

再表此時那松鼠兒，原來他自從那天被那紅衣女子所擒，就把他用馬馱往南去。其實松鼠兒骨軟如綿，他要是打算脫身逃跑，真是易如反掌。不過他是打算要看看這月下鷹的窩處到底在什麼地方，並且看看他是怎麼個人物，所以自己才這樣故意被這女子擒去，還滿口噯呦噯呦地假意央求。那紅衣女子起先還很是生氣，後來連理他也不理他，只是牽着馬往南走，一直往南走了二三里地，就來到一個所在，位址十分幽僻。

在樹林叢中有一座小廟，那紅衣女子牽馬進了樹林，她便上前叩打山門。少時裏面出來一個人，年有二十餘歲，似乎是個廚子模樣，那紅衣女子就指着松鼠兒說：“這是我捉來的小賊，把他鎖在配殿裏去得了。”那個人就把松鼠兒解下馬來，扛將起來，說道：“這個小賊倒是一點也不沉。”當下他扛着松鼠兒進了廟，叫一個小道士把西配殿開開，進了屋就把松鼠兒往地下一扔。松鼠兒連動轉也不動轉，只是閉着眼趴在那裏，一點也不言語，那人望着松鼠兒不禁倒笑了，遂就轉身出屋去，把屋門鎖上。

這時那紅衣女子已然進到廟裏，把驢和馬全都交給小道士牽到跨院去，她就進到方丈室內，向另一個小道士問道：“你師父還沒回來嗎？”那小道士搖頭道：“還沒回來呢。”這裏那女子就由桌上拿起水煙袋，盤腿坐在炕沿上，一面吸水煙，一面歎息。

這時那廚子樣子的人也進到屋裏來，向那紅衣女子說：“紅小姐捉來的那個瘦孩子，怎麼不睜眼睛啊？”那紅衣女子不由也笑了，說：“他是故意裝死！你們也不用給他什麼茶飯吃，看看他饑渴的時候還裝死不裝？”遂又說：“這一隻眼的瘦孩子就是那壺中客的徒弟，現在我把他捉來，咱們也不必怎樣處治他，等到我哥哥回來再說。”當下那廚子轉身出屋去了，這裏那紅衣女子依舊在這屋裏坐着抽水煙。

待了一會，本廟的方丈，一個胖大的老道就回來了，進到方丈室內，就向那紅衣女子說：“師妹，你今天沒迎頭看一看，那壺中客師徒來了沒有？”紅衣女子站起身來，笑着說：“我早把壺中客那一隻眼睛的徒弟給捉來了。”那胖老道說：“是麼？我看看去。”

當下那紅衣女子親自帶着她師兄到那西配殿，扒着窗戶往裏面看了看，只見那松鼠兒被捆在那裏，不住抬起頭來，睜着一隻眼睛看那胖道士和那紅衣女子。那胖道士笑道：“我聽驥飛說這壺中客師徒二人的本事高強，原來他這位令徒卻是這麼一個人。”紅衣女子說：“別看這個小賊長得很不濟，可是真能偷。”那胖道士笑道：“那是自然，你看他這身衣裳多麼闊綽，他要不是會偷，這是哪兒來的？”一面說着，一面回到方丈室內。

到了吃晚飯的時候，依着那胖老道是叫小道士到西配殿裏，喂給那松鼠兒點吃食。那紅衣女子因為松鼠兒偷她手絹的事情，所以氣不出，一死兒不叫給松鼠兒吃食，那胖老道自然也不便因此得罪他師妹，當夜無話。

到了次日一早，廟裏的人便全都起來了。那胖老道總想那松鼠兒跟自己又沒有仇恨，何必眼看着他挨餓？他就打算要看看松鼠兒，偷偷給他些吃食去，並且還不要叫自己那嬌縱的師妹知道。當下他自己便先到了那西配殿，扒着窗戶往裏面一看，不由就大吃一驚，原來那松鼠兒雖然手腳上的繩子依然沒有脫落，但是他已然靠着後牆坐着，低着頭睡覺，地下還有兩個吃剩下的饅頭和些個饅頭渣兒。胖老道暗道奇怪，這小賊並沒跑出屋去，會由哪兒偷來的饅頭啊？想罷轉身往後殿走去。

到了後院，胖老道便向東殿問道：“師妹起來了嗎？”那紅衣女子由東殿裏出來，問他師兄有什麼事情，那胖老道忙說：“捉來的那小賊繩索沒開，也不知他哪兒偷來些個饅頭吃了。”

紅衣女子一聽，不由也頓吃一驚，趕緊跟那廚子把鑰匙要過來，然後就跟他師兄到了前面，把那西配殿的鎖給開開。進屋去就見那松鼠兒跟死人一樣，見這胖老道跟那紅衣女子進到屋裏來，他連頭也不抬。紅衣女子也看見地下那碎饅頭了，當下上前就踢了那松鼠兒一腳。松鼠兒抬起頭來，望着這紅衣女子說：“你踢我是為什麼？”紅衣女子說：“這饅頭是由哪兒來的？”

松鼠兒此時卻不像昨天那樣嬉皮笑臉的樣子了，當下他就說：“你們不給我吃食，我自然會想法子找吃食。我還告訴你們，你們把我捉來，有什麼話還是趕緊說。我再等你們三天，你們要是再沒有一定的主意，我可就要找我的師父去了。”那紅衣女子冷笑道：“怎麼，難道你還能夠跑嗎？”當下她一面說着，一面就由門上把鎖門的那條鎖鏈摘下，套上松鼠兒的脖子，兜過手來，咔的一聲鎖上，說：“叫你跑！”松鼠兒閉着眼睛，依舊一聲不語。這裏那胖老道就向那紅衣女子說：“得啦，把他鎖上就得了。”說着一同出了這西配殿，又找了鎖鏈把門鎖上，當日也無話可敘。

到了次日一早，那紅衣女子又到這西配殿來看松鼠兒，不由越發叫她大吃一驚。原來松鼠兒依舊鎖在那裏，旁邊放着廚房的大饅頭笸籮和水壺、鹹菜。那紅衣女子看到這裏，自己便暗想道：這一定是那壺中客跟這松鼠兒，兩人串通着來戲耍我！她一時氣忿，便回到方丈室內取了鋼刀，要把松鼠兒拉出去結果了他的性命。剛出了方丈室，便見由外面進來一人，原來正是自己的胞兄，宮禁內的大盜月下鷹。

月下鷹進到廟裏，見他妹妹正由方丈室內出來，手裏提着刀，似乎是滿心怒氣。月下鷹忙叫着他妹妹的名字，說：“紅瑜！”那紅衣女子說：“哥哥你來吧！壺中客的那個一隻眼的徒弟，叫我給拿來了。”月下鷹說：“交我辦吧。”當下那紅衣女子把配殿開開，跟月下鷹一同進去。月下鷹就看那地下放着饅頭笸籮、水壺等物，遂問：“這是廚房的東西，為什麼擱在這屋裏？”紅衣女子就把前天如何把松鼠兒捉來，沒給他飯吃，昨天如何見地下扔着饅頭，今天他索性把笸籮給端來了說了一遍。

月下鷹微笑了笑，過去就踹了松鼠兒一腳。松鼠兒抬起頭來，一看這人精神軒爽，態度斯文，當下就冷笑着說：“喂，你們要動手，索性就給我一刀，不必這麼你踢一腳，我踹一腳地來欺侮我。還告訴你們一句話，今兒晚上你們要是再沒有辦法，明天一早可別說我就跑了。”月下鷹微笑道：“大太爺回來，能夠叫你逃脫？我枉叫皇上賜了外號！”松鼠兒瞪着眼說：“怎麼，你就叫月下鷹嗎？”月下鷹點頭說：“不錯，你認清我些。”松鼠兒說：“聞名不如見面，原來你也是這麼個腦袋啊！我還當是你是鷹腦袋，帶翅膀兒呢。”

這時那胖老道也進到屋裏，紅衣女子就說：“不如乾脆就把他拉到林子裏，把他殺死就得了。”胖老道連忙攔阻說：“不必不必。”紅衣女子說：“咳，師兄真是膽子小。”月下鷹也說：“我們但分不傷人，就不要傷人。”遂又向那紅衣女子說：“你還把門鎖上得了。”當下月下鷹與那胖老道就一同出了這配殿，往方丈室裏去了。

這裏那紅衣女子先把那廚子叫進來，叫他把饅頭笸籮和水壺全都拿回廚房去，她便把刀往松鼠兒脖子上一拍，說：“便宜你這條小狗命兒！”松鼠兒仰着臉，迷嘻迷嘻地笑道：“姐姐你再給我說兩句好話兒，把我放了得啦。”那紅衣女子也不理他，遂就出去把門鎖上，便提着刀回到方丈室內，把刀入鞘掛在牆上，然後就在旁邊站着，聽她師兄跟她哥哥說話兒。

這裏月下鷹就說：“據我看來，那饅頭笸籮和水壺，一定俱是那壺中客給放在那裏的。他徒弟被我們捉來，也是在他的計策之中，其實那壺中客卻天天在暗中保護着他的徒弟。”紅衣女子說：“哥哥你那封信不是寫着周瘋子的名字嗎？”月下鷹說：“我本來假託周滄江的名字，所為是給三師弟出六年前的那口氣，叫壺中客既得上薊州來，並且還得與周滄江兩人結成仇恨。現在我確實知道，那壺中客已離了北京城，只是還不曉得他來到這裏沒有。”

紅衣女子說：“他徒弟既然來了，他師父怎麼能夠不來？我回頭到柏樹村去打聽打聽，那周家這兩天有人到他家裏去沒有。”月下鷹搖頭說：“其實不必，我們今天晚上留點神，那壺中客必然前來。”紅衣女子說：“柏樹村東邊那唐家在周澹江家裏當廚子，他的女兒秀娥我認識，我打算回頭下午到她家裏去打聽打聽。”那胖老道在旁也說：“總是打聽打聽去好，咱把壺中客的下落打聽出來，也好防備他。”月下鷹也點頭說：“那麼吃完飯，紅瑜就去一趟吧。”隨後月下鷹又談說自己此次由京來時的事情，胖老道並主張與那壺中客雙方和好。

月下鷹慨然說：“兄弟生來三十餘年，此次入京殺仇，大鬧宮中，博得當今萬歲賜號，這可算是我生平最得意之事！我縱看古今天下英雄好漢，哪個也不如我這件事做得驚天動地，如今偏偏地出來這麼一個壺中客，與我作對。固然他是受那晉珍堂之托，但是晉珍堂的父親晉中堂雖然骨鯁忠正，但是為人殘酷，家中使女、僕人常常受他的私刑，所以我才暗中換他的奏摺，叫他受些牢獄之災。現在聽說已然有許多王公大臣具折保奏，大半不多日子他也要提出獄來，革職留任了。似這些情形都與壺中客無關，壺中客何必要與我這樣苦苦作對，必要與我決一死活呢？他即無情，我怎能讓步，如今我們二人縱不拼個生死，也得見個高低。”

胖老道聽了，便笑道：“師弟，你始終還沒改了少年時的任氣。師兄我只比你年長六七歲，在五年前的我還是使酒任氣，總不服人，自從入了三清，我早覺得以前所做的那些事情是罪過了。”月下鷹聽他師兄說了這些話，他也不語，只向他妹妹去談話，當下無話可敘。

少時吃了午飯，約莫在下午二時餘，紅衣女子便牽着小驢出了廟，往那柏樹村迤東那唐家去了。這時月下鷹因為在京都隱匿，處處得提防官人與壺中客，自然是精神十分疲乏，所以便在廟內方丈室內安歇，足睡了一天，那紅衣女子也總不見回家。

約莫在日落後月下鷹方才睡醒，這時黃昏到寺，蝙蝠飛騰，月下鷹一問小道士，說是紅師姑還沒回來。月下鷹因為知道他胞妹的本領敵不過那壺中客，所以很是不放心。當下信步出了方丈室，先到那配殿，偷偷地往屋裏一看，只見松鼠兒正在那裏盤膝打坐，正如同老僧入定一般，其實他卻呼呼地打着鼾，原來睡得很熟了。月下鷹暗道：這小賊詭計多端，我倒不可小看他！自己就轉身信步走出廟門，就見樹林陰翳，寒鴉亂飛，翹首遠望，只見曠野一片。他在廟門首往來繞了幾個彎，這時就見東北黑影裏遠遠地來了一頭小驢。月下鷹仔細一看，只見那遠處驢上正是一個女子，雖然看不清面目，但是可以斷定是自己的胞妹女俠紅瑜無疑。

那紅衣女子座下的小驢很快，來到臨近，便叫聲“哥哥”，隨着飛身下驢。月下鷹便問：“去打聽得怎麼樣了？”紅衣女子笑着說：“全都打聽出來了。”她一面牽驢進了廟，一面說道：“我到了唐家，待了一天，那唐秀娥的爹才在周家伺候完飯回家。我跟他一打聽，他說倒確實是昨天有一個姓胡的到他家來了，兩人很是情投意合。現在那姓胡的住在周家，大約不是明天就是後天，他們兩人便要上北京去了。哥哥你想，這個人不是壺中客是誰？”月下鷹見他妹妹的說話聲音很大，忙攔阻說：“小聲些，別看叫那小賊聽見。”

當下紅衣女子把驢交給一個小道士，叫他把驢牽回後院，她便與月下鷹一同進到方丈室內。這時他的師兄胖老道還正在正殿內打坐，也不便去叫他，這兄妹二人就談起那壺中客來。

這時天色已然漸漸昏黑起來，那小道士把油燈點上，胖老道也打坐完畢，進到方丈室裏，就打聽他師妹到那唐廚子家，詢問那壺中客的消息怎麼樣了。紅衣女子遂把自己到那唐家，直等到晚上那唐廚子才回來，說是昨天那周澹江家裏確實來了一個姓胡的，兩人交起朋友來了，並要一半天就上北京的話又說了一遍。她坐着的椅子緊靠着窗戶，屋裏點着很光耀的油燈，照得她雲鬢上插着的一朵綾絹花兒只管顫搖，美人花影，十分豔麗。

這時忽聽窗紙撲的一聲，由外面伸進一隻枯乾的手來，整整把紅衣女子頭上的那支絹花攎去。說時遲那時快，月下鷹喊了聲："小輩好大膽！"飛身出去捉拿此賊，紅衣女子也氣得徒手躥出屋去。那胖老道由壁上摘刀，桌上拿燈，也出屋去看。這時又聽裏院嘩喇喇一陣亂響，原來是那廚子做得菜，剛要給這方丈室送來，他端着油盤還沒走到前院，就被人由後面一腳把他踹倒，連人帶油盤碟碗全都摔倒。月下鷹趕到，連問："怎麼了？"那廚子說："這是誰缺德？踹了我後腰一腳。"

月下鷹大怒，剛要上房去追，這時那胖老道持燈拿刀，過來向月下鷹慌張張地說："師弟，那個松鼠兒不知跑到哪裏去了！"這時那紅衣女子在房上跑着說："哥哥，咱們往北邊追去吧，那松鼠兒跑了！"月下鷹登時躥上房去，就與那紅衣女子一同跳下房來，往北飛跑，追尋那松鼠兒而去。正是：

莫誇大膽驚天子，還叫奇能輸鼠兒。

第六回　俠兄妹雙騎走故鄉　勇師徒千里緝飛盜

　　話說那松鼠兒，本來賊智淵博，手段敏滑，他假裝被捉，那兩條鎖哪裏能夠禁錮得着他？所以他白天裝睡，紅衣女子雖然不給他茶飯吃，但是到了晚間，他卻褪下鎖來，把殿門的鎖開開，跑到廚房去偷饅頭吃，然後依舊把殿門和自己的手腕鎖上，還故意扔下半個饅頭，以叫他們生疑。第二天晚間，他索性又把大饅頭筐籮和水壺放在屋裏，所為大驚他們一下子。

　　次日那月下鷹回來，以及紅衣女子往柏樹村去探訪壺中客的事情，他完全知道。及至晚上那紅衣女子回來，他聽說他師父在柏樹村周澹江家裏住着呢，等到天黑他就把鎖卸掉，偷偷出來，到那方丈室窗戶前扒着偷聽。見那紅衣女子緊靠窗坐着，頭上的綾花亂顫，他這才伸手入窗，搶過那支綾花，然後就跳上房去了。這時又見那廚子端着油盤出來，他最恨這個廚子，當下就飛身下房，往那廚子的後腰踹了一腳，把那廚子踹倒，碟碗俱碎。他就飛身上房，跳出廟去，撒腿往東就跑。這裏月下鷹追出去的時候，他早已跑出二裏以外了。

　　黑天茫茫，自然不能去找那柏樹村，只好往東去走。又走了二裏，就見有一道乾河，上有一座石橋，松鼠兒到石橋底下一看，這橋底下倒是很背風，遂就蹲在那裏，良久便抱着肩沉沉睡去。

　　單說那月下鷹、紅衣女兄妹二人一同往東北追去，黑夜茫茫，哪裏去找那小子松鼠兒？紅衣女子氣的說：「我想這小賊一定是跑到周家找他師父去了，我們上周家去一趟，索性跟他們師徒決一個死活！」月下鷹說：「我們先回去拿刀去，你也不用跟我去。因為那壺中客的本領極為高強，周瘸子也是當年江湖間一時的好漢，頗不好惹，再有松鼠兒那小狗賊，你絕不能是他們的對手。我想你還是在廟裏等着去吧。」紅衣女子說：「哥哥，我這口氣真不能出！」月下鷹說：「不要緊，交我給你出這口氣。」一面說着話，兄妹便往回走到廟裏。

　　那胖老道早在門外等着，連問：「怎麼樣，捉住那小賊沒有？」月下鷹搖頭說：「沒有，早不知那小賊往哪裏跑去了。」當下一同進到廟裏。那月下鷹到方丈室內取了短刀，帶上鋼鏢，他便說自己這就上柏樹村周家去，並囑咐他師兄和他妹妹放心，然後他就飛身上房，倏時毫無蹤影。

　　單說此時那柏樹村周澹江周瘸子家裏，他正與壺中客在書房內一同飲酒吃飯，二人縱談江湖之事，高談引盞，明燭輝耀，十分痛快。這時才交初鼓，二人正在互相斟酒，忽然周瘋子把酒杯放下，一聲不語，呆呆地聽着。周瘋子闖了這些年江湖，什麼事情沒經過？此時他就知道房上有人。壺中客卻仿佛不知道似的，依舊執着酒壺給周瘋子斟。

這時忽然屋門"吧"地一摔，一人飛身進來，擰刀向壺中客就刺。壺中客一縱身跳到後牆，一酒壺"吧"地打來。月下鷹用刀一迎，把酒壺磕回，掉在碟碗上，湯菜濺得飛起，盤子也碎了。此時周瘋子由壁上摘下刀來，一轉身踢開凳子，掄刀向月下鷹就刺。壺中客又"吧"地一鐵彈子打來，也被月下鷹用刀磕回去，月下鷹就轉身飛跳出屋，嗖的一聲上房而去。

周瘋子、壺中客一齊出屋，壺中客大喊一聲："周二哥留神！"那周瘋子躲閃不及，早被月下鷹一鏢打中右臂。虧得他氣功練得到家，那鏢打上並沒打穿骨頭，反倒碰落地下，但是他胳臂也流出血來了。他趕緊把刀交給壺中客，壺中客就飛身上了房。那月下鷹順着房跑，壺中客就緊緊地跟追；那月下鷹跳到莊院外面，壺中客也跟着追到。月下鷹就回手一鏢，壺中客伸手接住，然後掄刀向月下鷹就砍，月下鷹用短刀相迎，二人積仇許久，如今始得交手廝殺，各不相讓，武藝相敵。

此時周家大門一開，僕人莊丁齊都拿着單刀木棍、燈籠等出來。月下鷹見事不好，拋下壺中客往南跑去，壺中客緊緊追隨。那月下鷹腳程飛快，又加天黑路曲，追了不到一里地，那月下鷹便已沒有蹤影了。壺中客又帶眾莊丁到各處尋查了一番，也尋不着那月下鷹，只得回去看那周澹江的傷勢。

再說月下鷹，他以一驚天動地的英雄大鬧宮禁，直可稱是綠林中曠代所無，自己本是得意洋洋，自量天下當無人能夠向自己一加禁阻，不想卻遇見這壺中客師徒，苦苦與他作對，自己天大的本領不能施展。當下他見後面的人不追拿自己了，他才放開步慢慢地走，這時天黑地暗，寒風凜冽，他不禁仰天頓足，長歎說："天啊，你既生俺月下鷹，又何必再生壺中客？但憑壺中客與我一刀一槍地交手我倒不懼，只是他那鐵彈子，得處處叫人提防！"

月下鷹一路嗟歎，回到廟內，那胖老道與紅衣女子齊問他這次去的這樣？月下鷹只說他們防備太嚴，不能下手，轉又向紅衣女子道："紅瑜，我們現在既不能取勝，在此無味，反倒給師兄惹事，莫若趕緊回家去吧。"紅衣女子氣不能出，幾乎要哭泣起來。月下鷹默然了良久，不住慨歎，遂收拾行李，便一同和衣而臥。一覺醒來天已拂曉，月下鷹起來，忙叫小道士備馬，然後他們兄妹便別了師兄，牽馬牽驢，一同出廟上了坐騎。曉色蒼茫，這月下鷹與紅衣女子兄妹二人，便離開此地往南而去。

再說那周瘋子周澹江，夜內被月下鷹打了一鏢，因為他氣功練得很好，所以傷得不重。壺中客與眾僕人莊丁回到院裏問慰周瘋子，周瘋子卻笑道："不要緊，不要緊。"然後就叫莊丁們仔細防備，他依舊與壺中客去從容吃飯，飲酒高談。少時吃完了飯，又談了一會，然後二人又上各處查了一番，周瘋子便回到裏院去安歇。

這裏壺中客依舊在那書房內，和衣而臥，暗道：早知自己把松鼠兒帶來，多少是個幫手！又想：這孩子也許是在後面跟着我了，只怕他離開我又犯他的賊性，在北京又惹什麼禍事。當下他想了一會，不覺沉沉睡去，一夜無話。

　　次日清晨起來，正在漱口，這時只聽僕人在外面問道：“胡老爺，外面有姓松的找。”壺中客問道：“此人什麼樣子？”僕人說：“也就有十幾歲。”壺中客暗笑道：這孩子怎麼會找到我這裏來了？當下就說：“你叫他進來吧。”

　　少時那僕人帶那輕裘闊履，滾了一身土，滋了一臉泥的松鼠兒，進了屋內。壺中客看他這個樣子，又是詫異又是好笑，遂問道：“你幹什麼跟我來了？”松鼠兒齜着黃牙板笑道：“我早就比師父先來了。”當下他就把自己如何在北京偷盜，置得衣裳、馬匹前來，恰遇着紅衣女子，自己故意被她捉到那廟裏，幾次戲耍，以及隔窗摘花的事情說了一遍。壺中客聽了，不住暗喜他身手巧妙，計策超人。

　　這時那周瘊子也起了床，走到前院來。這裏壺中客便請他到屋裏，給松鼠兒向周澹江引見，並把松鼠兒戲耍紅衣女子，探出月下鷹窩處的事情說了一遍。周瘊子也很誇獎松鼠兒的能幹，並向壺中客說：“現在這小侄子既然知道那月下鷹的窩處，咱們何不帶着莊丁們去捉拿他去呢？”壺中客也很喜悅地說：“很好，只是恐怕動起手來，地方官人就要出頭了。”周瘊子說：“不要緊！咱們把他捉住再解交衙門，也未為不可。”松鼠兒喜歡得跳起來，說：“就這麼辦！就這麼辦！”當下周瘊子就叫僕人去到外面，把本宅的七八個莊丁找來。

　　這幾個莊丁全都是青年力壯、血氣方剛，常跟周瘊子練些個武藝。本來昨天夜裏宅中大鬧飛賊，打傷主人的事情，他們就十分氣忿，當下聽了周瘊子的話，齊都說：“走，咱們這就走，誰要發怵，咱們大傢伙兒揍他！”當下就齊都各自找兵刃，什麼木棍、單刀等物。周瘊子與壺中客、松鼠兒全都不拿兵刃，遂就一齊出了莊院，由松鼠兒帶着，就往南邊那座老道廟而去。

　　走了一會便望見那一片樹林，紅牆微露，松鼠兒就指着說：“就是樹林子裏那座廟。”當下就有莊丁們說：“我們知道，這是座老道廟，有一個胖老道，平日倒是很安分的。”當下周瘊子就說：“你們先在這裏等着，我跟胡爺先去，別讓他們看見咱們人多；果然要是不敢出來還不甚要緊，就怕是他們急中生什麼毒手。”當下松鼠兒說：“我也在這兒等着，等到動起手來我再幫着去。”

　　當下周瘊子就與壺中客一同往那樹林走去，進了樹林，就到了那廟首上前叩門。少時就聽裏面有人答應，把門開開，裏面是一個小道士，就問壺中客二人找誰？壺中客說：“找你師父。”小道士說：“我師父出廟化佈施去了。”周瘊子一聲冷笑，怒目橫眉地向那小道士威嚇道：“你師父化什麼佈施吧，你說這話時，你也得看看現在才是什麼時候？”那小道士看見周瘊子的相貌，就有些害怕，他遂趕緊就說：“我進去再看看。”周瘊子與壺中客二人也不禁好笑。

　　這時那小道士轉身進到裏面，待了一會，就見那小道士又出來，向周瘊子說：“我師父這就出來。”說話間那小道士一回頭，就說：“來了。”只見由廟裏出來一個胖大的老道，黑髯飄灑，出來便向壺中客二人稽首。這時壺中客既驚且喜，原來這胖老道卻好像自己十年前的一位朋友，只是不敢遽然相認。那胖老道也想起壺中客來，說：“這位兄台，莫不是銀翅雕胡崇孟嗎？”壺中客說：“你莫不是齊九雄？”胖老道笑道：“你還認識我。”

　　原來壺中客大名叫胡崇孟，仲軻是他的號，後來以此諧音，改為壺中客。這胖老道本名叫齊九雄，外號人稱黑霸王，為人力氣雄猛，武藝高強，只是吃虧心慈手軟，所以在江湖間不能得志。他在前十年便惦記將來出家，後來才如願遁入三清，道號九真。

在十年前，那時齊九真在江南保鏢，壺中客卻是在江湖行俠任義，大隊的鏢車他都敢劫。所以壺中客逢是在哪一個地方做了事，哪一股道鏢行就裹足不前，官兵縣捕也都不能奈何他；只有齊九真，因為他為人俠義可欽，所以壺中客不單不劫他，而且還與他交為朋友。後來官方與鏢行要拿辦壺中客，就叫齊九真去設法穩住他，以便下手捉拿。不料那齊九真頗講義氣，他卻預先通知了壺中客，叫他急速逃避。壺中客後來也由患難之中，救過他兩回，因此二人交情頗厚。

十年未見，一旦相逢，當下便互相見禮，壺中客又給他向周瘌子引見。然後齊九真就向壺中客說：「崇孟，那壺中客就是你吧？」壺中客笑了笑，說：「老齊，你既然知道壺中客是我，你為什麼叫你師弟跟我那樣地作對？」齊九真說：「你知其一，不知其二。賢弟，咱們兄弟也有十年多未見面了，今天你既然特地來找我，又有周莊主在此，你們二位何不請到廟裏，我索性把那月下鷹兄妹的來歷向你們二位一一說明。」

壺中客冷笑道：「這分明是你跟你師弟月下鷹訂下了計策，等我們一進去，你們就下手。」齊九真正色說：「崇孟，你我這些年的交情，我齊某是個如何的人物你還不知道嗎？月下鷹兄妹實在是今天一黑早就起身走了，回他們故鄉南宿州去了。」壺中客知道齊九真素日的為人，不是那口是心非之輩，當下就向周瘌子說：「我們進去吧。」於是二人同着齊九真進到廟裏，到方丈室內落座。

齊九真叫小道士給泡茶，然後他就說：「月下鷹雖然是管我叫師兄，但是他並不是我師父楊乃莘的徒弟，他本叫張驥飛。在十幾年前，我師父在廬山修道，那時我還在江西鏢行裏。我師父便有一位老友，名叫張夢堂，他家中只有他一個同族的侄女張紅瑜，那時紅瑜不過六七歲。據張夢堂說，這女兒也不是他的近族侄女，卻是在前數年，有一個名叫張驥飛的少年，抱着這小女到他家裏，談起宗譜來，確實是遠族的本家。那時張夢堂的老妻尚且在世，張驥飛就說自己家中遭了不幸，父母俱亡，想把他小妹送到這裏寄養，夢堂夫婦也深愛此女，所以就收留下。誰想那張驥飛一去就永遠未歸，後來張夢堂才想到，那張驥飛的家裏必是遭了奇變，如今他必是到各省去尋覓仇人去了。

「後來張夫人病故，紅瑜也漸漸長大了，張夢堂便把她送到廬山上我師父門下學武。那年我在我師父那裏養病，住了半年多，也時常把武藝傳授她。所以我雖然是她師兄，但是我師父並沒教給她多少武藝，還是仗着我傳授她些武藝。後來我下山不久，便到這裏來修道。在前年我師父在廬山病故，我奔到廬山，跟紅瑜一同把我師父葬埋了，紅瑜又回他族叔張夢堂家裏住着去了，我回到這裏，二三年的工夫，我們師兄妹未曾見面。

「前些日她同着她的胞兄張驥飛來到，我看這張驥飛倒還是一個英雄漢子。據他說他們兄妹如今是要到京都去訪一個仇人，並且打聽柏樹村的周莊主，說是他師弟查天暴在五六年前曾受過周莊主的欺辱，如今他順便還要會會這周莊主。」周滄江在旁聽了，點了點頭，說：「不錯，我想起來了。」

齊九真又說：「他們兄妹在我這裏住了兩天，那張驥飛就往北京去了。一個多月才回來，就說他在京都如何把一個多年未曾尋獲的仇人殺死，並且大鬧宮禁，蒙皇上賜他外號，叫作月下鷹；只是有一個壺中客，武藝十分高強，專專與他作對。

　　「後來他們兄妹就一同往北京去了，前幾天紅瑜回來，說是張驥飛在北京還有些事情，一半天才能回來。她就天天到外面去，仿佛是等什麼人似的。那天就捆來一個十幾歲的獨眼孩子，據她說叫什麼松鼠兒，乃是壺中客的徒弟，她給鎖在這配殿裏，本打算等到她哥哥回來再為處治，怎奈這松鼠兒十分詭詐，依着紅瑜早就要把他殺死，倒是我從中勸解沒依着她。

　　「昨天張驥飛才回來，聽說那松鼠兒被捉，他也不主張殺害他。不料那松鼠兒昨天夜內竟脫鎖大鬧，逃跑無蹤。張驥飛追將下去，深夜回來就垂頭喪氣，精神不爽，跟他妹妹收拾好行李，今天一黑早就走了。臨行時他就向我說，他們現在先回家鄉去，過兩三個月再來。」

　　壺中客在旁又問道：「但不知他的家鄉在哪裏？」齊九真說：「他本來是把他妹妹寄養在他族叔家裏，他就四海漂流，尋找仇人，必是沒有家眷。這回他來，我問他由哪裏來，據他說是由安徽南宿州來，或者他們現在回家是回南宿州去。」

　　壺中客聽罷，點了點頭說：「其實我與這張驥飛素日無冤無仇，況且都是江湖朋友，更不應該互相作對，不過是因為他在京都太是橫行無忌了！那晉中堂原是個忠正大臣，他竟遞換奏摺，叫他入了獄，而且宮禁殺人，空庫內藏人頭，這些事未免太為無法無天了。我壺中客既然住在京都，且又受人之托，豈能容他在我眼前如此橫行？何況他們如今既然施展毒計，打算叫我與周大哥作對，一計報兩仇，又把我徒弟捉來，並且還打傷周大哥。這些事分明是專心要跟我作對，我要不尋到宿州，與他到底見個上下高低，這口氣怎能得出？」齊九真笑道：「兄弟，直到如今你還沒脫了當年的傲性！你說如今月下鷹橫行無忌，你卻不想你當年在江西橫行的時候了，那時你的眼睛裏又有誰呢？」壺中客聽了，也不禁笑了。

　　周瘸子在旁也說：「提起那月下鷹的師弟查天暴，我倒想起前六七年的事情。那時我在煙臺鏢店裏做鏢頭，這查天暴做米行的經紀。我是聽見他的名字就有些生氣，後來有一回在酒店相遇，犯了一點口角，我們兩人就交起手來。這小子倒是有些本領，只是他酒色過度，力量不濟，被我打了他兩拳他就吐了口血，後來他就一怒離開了煙臺，現在想不到月下鷹來給他報仇。」九真又說：「現在查天暴大半已然故去了。月下鷹倒不是必要打算給他拼命報仇，不過是順便替亡人出出這口氣罷了。」說畢又向壺中客解勸，求他不要太與月下鷹作對。

　　壺中客不便當面給齊九真一個沒有情面，所以他只是唯唯答應，說宿州太遠，自己絕不能再往下追趕月下鷹去，先回北京去再說。然後他就跟齊九真把那紅衣女子扣下的松鼠兒的馬匹要過來，別了九真，牽着馬，與周瘸子一同出了廟門。齊九真在後面送出來，壺中客就往北叫松鼠兒，說：「你來，給你引見引見。」當下松鼠兒跑了過來，壺中客向他給齊九真引見。齊九真誇獎他說：「真能幹！我在江湖闖蕩了這些年，真沒看見過這樣的小小年紀，如此本領高強。」松鼠兒接過馬來，跟着周瘸子、壺中客，以及那幾個莊丁，便一同回柏樹村去了。這裏齊九真也自進廟去，不提。

　　單說壺中客、周瘸子等人回到柏樹村周家，壺中客就說：「月下鷹兄妹現在必是逃回鄉去，因為那齊九真為人誠實，我信他必不能說假話。現在我決計要追他下去，不知大哥如何？」周瘸子說：「一來我家裏事情得料理妥當；二來我得等到臂上的鏢傷痊癒，我再南去，反正是那條南直隸的大道。”當下壺中客又作書一封，交給松鼠兒，說：“你把這封信給北京晉少爺送去，他一看這信就知道了，你送完信就趕緊回來好了。”松鼠兒就拿着信往北京去了。

這裏壺中客又在這周家和齊九真那廟裏，盤桓了兩三天，松鼠兒便回來了。壺中客又向周瘊子借了一匹馬，於是他師徒二人就離了這薊州地面，雙騎蕩塵，徑往正南而去。正是：

馳動薊北雙騎馬，　去拿月下一隻鷹。

第七回　　賀生女暴客鬧歡筵　　喪全家英雄寄弱妹

　　話說壺中客、松鼠兒師徒二人，如今雙騎南下，到南宿州去尋月下鷹。着者如今說到這裏，騰出空暇，且把月下鷹張驥飛與紅衣女子張紅瑜兄妹的詳細經歷，敘說一番。

　　原來這張驥飛原籍江西，江西人張姓以龍虎山張天師的支派為大族。張驥飛幼時就曾在龍虎山跟着一位姓張的道士學藝，學得一身武當派的本領，六載下山便闖蕩江湖，從無對手。他家中只有他父母，年都四十餘歲。他父親名叫張謹卿，本是位飽學之士，只因為科場功名無緣，屢次落第，遂與一個好友共同販茶，頗發了些財。

　　張謹卿那朋友名叫葛耀財，本是久慣走南北販茶的人，他與一般綠林盜賊都有個認識，所以走在江湖上毫無舛錯。不過因為他為人刁刻，一些買茶的老主顧全都被他給得罪了，所以他才利用張謹卿給他打幌子，他坐收成利。販茶五六年，賺了有數萬兩銀子，帳目是由葛耀才管理，他就把帳目弄得很不清楚，於是二人便反了目，打了官司。

　　張謹卿一向經營，頗可稱為一個鉅賈，走動也很廣，官面的朋友也很多。而那葛耀才一來理虧，二來惡聲素着，官面的人全都恨惡他，所以他就敗了訟。張謹卿飽囊歸鄉，走在中途，就遇見葛耀才主使出來的盜賊攔路打劫。不想張謹卿已然請了兩位鏢頭沿途保護，這兩位鏢頭一個叫震天雷，一個叫渾霸王，不單把群賊打散，而且還捉住兩個賊首，送到官裏治罪。

　　張謹卿回到故鄉麥子莊，便請了兩位護院把式保護。他也知道自己與葛耀才結下深仇，並且得罪了綠林人，他們一定不能甘休，所以便把自己的少爺驥飛送到龍虎山上學習武藝，自己並極力與官方和鏢行聯絡，並與江左著名大拳師郝龍鈞結為盟兄弟，那郝龍鈞也常常住在張家。葛耀才所勾串的那些盜賊，空自滿塞着深仇積怨，卻不敢下手報復。

　　匆匆數載，這時張驥飛已然藝成下山，負着一身驚人的武藝，連郝龍鈞都自覺不是他的對手。這年張謹卿夫人又生了一女，就是紅瑜，晚年得女自然十分快愉，於是置酒延賓，大辦彌月。

　　當日忽然有一不速之客前來，此人身材高大，濃眉大眼，頭上的辮子很小，戴着一頂小帽；進門便說自己姓毛，名叫毛連信，卻是張員外多年的摯友，眾賓客自然向他十分款待。少時張謹卿由裏面出來，一看此人自己並不認識，又想自己往年久走江湖，認識的人頗多，如今想必是舊日的朋友自己一時想不起來了，當下便很和藹地說：「兄弟着實眼拙，一時想不起閣下貴姓大名了。」

那毛連信此時面目陡然變厲，說：「張謹卿，我姓毛的並不認識你，倒是有一個朋友已然等了你七八年了！」張謹卿一看這神氣就知道不好，遂退後一步，含笑問道：「不知是哪位朋友？」那毛連信由懷中倏的一聲抽出一口鋒利如霜的匕首，說：「就是它！」此時嚇得眾賓客齊都大驚失色，又吃虧郝龍鈞沒在這裏，護院的把式也在外面了。張謹卿驚慌慌地往外便跑，打算到外面去找護院的把式，那毛連信哪裏肯讓他跑？嗖地一個箭步就追上前去，一把手揪住張謹卿，右手的匕首就要刺將下來。

他這要是鋼鋒落下，那張謹卿的性命登時就要廢掉，怎奈正在此危機之時，忽然身後有一人伸手把毛連信的手腕托住。毛連信一甩手，也沒甩開，那身後人手上一用力，把毛連信的手腕捏得碎骨似的疼，只聽噹啷一聲那口匕首摔落在地。

毛連信一脫身，躍身一旁，一看自己身後這個人原來是個二十歲上下的少年，生得雄健英爽。這人將着腕子，冷笑着說：「你要來這裏擾鬧，你也應該打聽打聽張少爺在家裏沒有？」說時撲將上去，揪住毛連信就是一掌。毛連信身捷如猴飛身躲開，一個掃堂腿，趁勢把匕首撿起來，奔上來向張驥飛就刺，張驥飛卻一腳飛來，正踢在那毛連信的手腕上。毛連信右手拿不起刀來，趕緊用左手接過匕首，這時張驥飛已然撲身而上，掄拳向毛連信就打；毛連信索性扔了匕首，與他肉搏起來。張驥飛按倒毛連信，兩人在地下亂滾，張驥飛手段毒辣，兩指齊下，便把毛連信的左眼摳瞎，鮮血淋漓。毛連信疼得滿地亂滾，張驥飛怒猶不息，撿起匕首，又向他的大腿、臀部連扎了幾下。

這時一些賓客有的跑到外面去了，有的跑到裏院把屏門關得嚴嚴的，那張謹卿這時早已跑到外面去把護院的把式和莊丁喊來。眾護院把式、莊丁們齊都拿着木棍、單刀闖將進來，就見那毛連信正在地下亂滾，血污滿地，那張驥飛按着他還不住亂踢亂打。毛連信本打算扎掙着爬起來，還與他廝鬥，但是張驥飛哪裏容他還手？這時護院把式和莊丁進到院裏，驥飛就指揮着叫他們上前，一陣亂棍，登時把那暴漢毛連信打得暈將過去。

眾人停住了棍，這時有幾個膽子大的賓客就過來出主意，先叫把那毛連信捆上，然後就點着了草紙熏他。那毛連信漸漸地才緩醒過來，他睜開血淋淋的眼睛望着眾人，依舊兇氣不減，狂笑着說：「你們既然把我打得這樣，倒是很好。告訴你們，就是打死了我，也不愁將來沒有人給我報仇！」張驥飛說：「你這個人，我們跟你遠日無冤，近日無仇，你為什麼這樣冒然前來，找我爹來拼命？」毛連信冷笑道：「這些事情你哪裏知道？你就問你老子去吧。」這時張謹卿過來，便叫莊丁們用杠子穿着繩子抬着他，請兩位親友跟着，送往縣衙去了。

這裏張驥飛依舊把眾位親友來賓請了出來，給眾人道驚，諸親友也齊向張謹卿壓驚，並問這件事的來由。張謹卿此時驚惋未息，只說這人一定是存心敲詐，因為自己素來並未見過此人，但是他一陣陣依舊發呆，心裏仿佛懷着無限地憂懼似的。

直至眾賓客走後，張謹卿就把張驥飛叫到書房，把自己數載前與那葛耀才結下深仇，和與綠林人積怨一往的事情詳細說了一遍。說時他不禁流淚，說：“這數載深仇，如今又有此事，這海似深仇更不可解了！綠林人全都毒險奸詐，你雖然負有通身的本領，也千萬還要處處留神防備，以免叫他們趁機下手才是。”張驥飛卻唯唯答應，並勸他父親不要憂愁，憑着自己現在所學的本領，就是他來上幾十名強盜，也得叫他們不能整着回去。當下那張謹卿依舊唉聲嘆氣，由是日起他就臥病不起，張驥飛卻一點不放在心裏。那暴客毛連信自被押在縣衙監獄內，因為傷勢太重，兩天的工夫也就死在獄裏了。

一連便是一載有餘，張謹卿自打那回，就得了一個驚悸之症，神經時常錯亂，而且那老拳師郝龍鈞也得了癱症，不能動轉。張謹卿因為神經衰弱，因此大改了脾氣，對於提防強盜報仇的事情倒不十分在心了。早先他是個很和善的人，如今突然脾氣改成暴戾，僕人們做事有不合他心之處，他就要打罵，後來他連護院的把式也給得罪了。

單說他家裏有一個護院的把式，此人名叫侯得本，武藝很好，在鏢行裏也混過，但是他本來是什麼出身可沒有人曉得。在那毛連信因傷死在監獄之後，便有他一個故友來找他，他卻推說沒在這裏，就沒見。

如此過了三四年，這兩天他因為跟張謹卿支工錢，張謹卿不單沒支給他，反倒跟他說了許多不受聽的話。侯得本就十分生氣，兩三天他只是整着臉，滿胸的不痛快。

這天大雪紛飛，天地一色，侯得本冒着雪出了張家，便到了村頭駱家小酒店裏。喝了半斤多酒，已有些醉意了，出了酒店用醉眼一望，這雪景一片，遠山隱隱，如同一抹白雲一般。他就想起自己在十四五年前，在山東放響馬的時候了。有一次打劫一幫官車，自己用刀砍死了七八個人，記得那天也是下大雪，人死在地下，流的血把雪都給染紅了。又想那時的景況，自己的刀揮起，帶着雪花，人着了刀，怪嚎上兩三聲就喪了命，流着的血還冒熱氣，那時有多麼痛快！這樣的營生，自己有十幾年沒幹了。

他一面想着，一面就往回走着，這時忽見迎面急匆匆地來了一人，突地一把手把侯得本揪住。侯得本嚇了一跳，酒醒了一半，只聽那人說：“老侯，你還認得我了嗎？”侯得本抬頭仔細一看，此人年有四十餘歲，面目黧黑，戴着一頂破皮帽子，穿着一件白茬兒老羊皮襖，原來卻是自己十五年前的朋友賽金剛胡五。此人是山東的巨盜，與侯得本在綠林同夥多年，所以如今一見面就這樣冒失，當下侯得本說：“老五，少見啊！”

賽金剛說：“老侯，這些年沒見面，你敢情還認得朋友？前年劉老二找你，你把他搪走；我今天可對不起你，把你給別着了。告訴你老侯，這幾年你把綠林朋友全給得罪了！大家都憋着見你面兒問問你。那張謹卿是咱們綠林中的大對頭，股子山的大頭目噴天動，被張謹卿的保鏢的殺了，江西綠林朋友哪個不恨他入骨？

“噴天動的兄弟劉桂，走遍天下去請朋友，好給他哥哥報仇，怎奈張謹卿這小子與郝龍鈞結成了把兄弟，老郝的不講情面是誰都知道的，綠林朋友們都吃過他的虧，誰敢惹他？後來請到曹州老毛的兄弟毛連信，毛連信的本事可稱得起是綠林中數一數二，他來到這裏，本打算給朋友出了這口氣，不料卻被那張謹卿的兒子張驤飛打個半死，送命在監裏。

「毛連信一死，把咱們山東的綠林朋友全都氣壞了，後來打聽出來你在他家，哪個不罵你沒有義氣？劉老二也很是生氣，由山東跑到這裏來，打算勸勸你，你也不見他的面。現在郝龍鈞已然癱了，單憑一個小小的張驤飛又有什麼可怕？所以現在山東的綠林朋友牛二、孟老七、陶子宗、祁鐵腿、趙黑鬼、劉老二全都來到，與江西省的好漢林青狼、唐玉齋、劉桂、趙貂全都見了面，訂在這兩天，就要殺害張家老小上下全家的性命。老侯你不夠朋友，我可不能不講義氣，你趁早兒自己打算打算吧！」

這時侯得本聽了賽金剛這一番話，便急得跺腳說：「五哥，你真是屈死我了，我哪裏知道張謹卿跟咱們綠林中有這樣的大仇？那毛連信早先到他家裏來，看那樣子倒像是素有仇恨，後來與張謹卿的兒子張驤飛就交起手來，竟被張驤飛給打了個半死。」說到這裏，他就跺腳說：「咳，早知道他是曹州老毛的兄弟，多少我也得幫幫他啊。」轉又說：「劉老二他也是，那一次他找我，正趕我沒在家。按說他要再來找我一趟也就會着了，不想他不但不再來找我，反倒疑我故意不見他啦，他太瞧錯我這個朋友了。」賽金剛說：「你這倒也別怨他，你這十幾年離了山東，你就音信皆無，大家都說你死了，要不是因為這張謹卿的事還找不到你哩。」當下侯得本自然也無話可答。

賽金剛又說：「現在沒有旁的話，我就問你幫這個忙不幫吧？」侯得本說：「怎麼不幫？告訴你，你們也不用費事，只要定出這個日子來，到那天你們就瞧咱的。」賽金剛說：「這都不要緊，可是那張謹卿的兒子張驤飛，這小子能夠把毛連信打個半死，想必是武藝不錯，現在我們所遲疑不決的就是這個。」侯得本一聽也不禁踟躕，遂就說：「也是，不瞞你說，那張謹卿的兒子張驤飛，年紀雖然還不到二十歲，但是他的武藝卻是十分高強。他是在龍虎山上學來的武藝，就他那次打毛連信的時候，手底下真叫脆快！我說句洩氣的話，像你我這樣的，就是十個八個，也不是他的敵手。」賽金剛皺着眉說：「要不然我怎麼來找你，咱們得想個辦法。」

侯得本說：「要有那張驤飛在家裏，咱們真是不能下手。好在有一樣，張驤飛他常常到龍虎山上他師父那裏去，每逢一去，至少也要六七天才能回來。咱們等到他上他師父那裏去的日子，就趁勢去殺他全家，你說怎麼樣？」賽金剛聽了十分歡喜，說：「好，就是這個主意吧！我現在跟劉老二住在西邊虎石鎮茂元店裏，你要等到他上龍虎山去的時候，你就到那裏去找我得了。」當下兩人又談了一會閒話，便各自分手走去。

這裏侯得本就抖了抖身上的雪，便回張家去了。他回到張家睡了個覺，酒已然醒了，他就沉思這件事情，暗道：我本打算就此洗手，永遠不幹那綠林的營生了，但是如今事情逼到這裏，我要不依着他們那夥子，我的性命也要難保。再說我在這裏護了這幾年院，也實在太膩煩了，倒不如趁着這回弄上幾百兩銀子，找個地方說個老婆，置幾畝地，也就夠下半輩了！因此他倒是十分歡喜，當下無話。

一連數日，那賽金剛、趙黑鬼等人常常來這裏踩探，有時侯德本也到那虎石鎮去，一切辦法已然完全商議妥了，就專等那張驤飛一離開這麥子莊，就一同下手。說來也是該當如此，這兩天張驥飛忽然心神不寧，暗道：自己已與師父兩個多月未曾見面了，他老人家的老病時犯時愈，那次自己下山時他老人家便有些身體不適，只是不知這些日子怎樣了？想到這裏，便到裏面去稟明他父親，說是自己要到龍虎山上看望自己師父去。

這時張謹卿正抱着他的小女紅瑜在堂屋走遛，聽了驥飛這話，他就老大不悅地說：「你倒是真惦記着你師父，總恐怕你師父病了，你不信要是現在我死了，你絕不掛心。」這時驥飛的母親在旁邊說：「你又說這喪氣話，得了，驥飛你就走吧，早點回來就得了。」張驥飛唯唯答應，遂就到馬圈內備好一匹健馬，就牽着出門，扳鞍上馬，一揮絲鞭就離了這麥子莊，往龍虎山而去。

但說那久蓄陰謀的侯得本，他眼看着驥飛乘馬走了，就到馬圈內跟馬牢子一打聽，問道：「咱們少爺又騎着馬上哪裏去了？」馬牢子說：「上龍虎山去啦，這趟又得六七天才能回來。」侯得本一聽心中大喜，遂就向那馬牢子說：「喂，你把那匹黑馬牽出來借咱騎騎。」馬牢子說：「侯師傅上哪兒去？」侯得本說：「哪兒也不去，上村子外跑跑馬去。」當下那馬牢子就把那匹黑馬備好，侯得本要了一杆鞭子，就出門扳鞍上馬，揮鞭催馬，往西飛跑下去。

那虎石鎮離這麥子莊有三十來里地，原是個很熱鬧的鎮店。當下侯得本就急急催馬，到了那虎石鎮茂元店門首下了馬，便拉着馬進店。這時那賽金剛在屋裏看見他，便迎出來說：「你來得正巧，我們正要找你去呢。」

那侯得本把馬交給店家，便同着賽金剛進到屋裏，只見那劉老二、趙黑鬼，還有那江西綠林中著名的好漢林青狼全在這裏。這林青狼為人武藝超群，足智多謀，他就住在這虎石鎮西桃林店，明着他也是位村中大戶，放些閻王帳，其實他卻是個綠林之雄；附近幾個村子的土痞無賴，他只要一聲呼喝，登時就可以召集一二百人。

侯得本進到屋內，眾人見了面，林青狼就問那張家的事情怎麼樣了。侯得本很痛快地說：「那張驥飛是剛走，這回是到龍虎山看他師父去了。」賽金剛眾人聽了齊都十分歡喜，侯得本就說：「我是淨等聽着你們諸位是如何辦法了。」

林青狼說：「我們已然辦理妥當了，我那裏可以湊四十多人，唐玉齋也可以湊幾十人。」侯得本說：「有幾十人足行，張家統共上下才有三十幾個人，其中只有七八個是早先莊裏的鄉團，人家本來就恨張老兒，果然咱們要一下手，他們一定得幫助咱們下手。其餘那些個莊丁不過是些個長工、莊稼漢，只會掄鋤使鎬，濟得了什麼事？」

林青狼說：「很好，回頭我們兩下就去分頭找人。今天晚上三更天以前在北面龍王廟聚集；趕到到了麥子莊，我們一亂拍巴掌，就請侯大哥在裏面接應我們。」當下侯得本點頭答應，說：「就這麼辦吧！晚上我們是下手越快越好。」幾個人就算商量妥當。少時林青狼走去。

這裏侯得本又跟賽金剛、劉老二、趙黑鬼談了半天，遂就起身走去。他牽着馬出了店門，就離了這虎石鎮，乘馬回麥子莊張家而去。回到張家，他聲色不動，當日白天無話。

是夜星月朦朧，寒風逼人，鼓聲悠悠，十分淒慘。那江西大盜紅眼鬼唐玉齋，與林青狼和著名的飛賊黃螞蟻趙貂，還同着由山東特來找張家為那毛連信報仇的祁鐵腿、陶子宗、劉桂、牛二、趙黑鬼、孟老七、賽金剛胡五、劉老二等，這些個暴徒帶着五十多個流氓、土棍、盜賊等，全都拿着刀槍木棍、魚叉鋤頭，也不拿什麼火亮，只是緊緊而行。野曠天低，寒風冷月，一路行走，就到了麥子莊那張家附近。

這時張家莊院裏，尋更的聲音正正交到三更，當下那唐玉齋、趙貂一拍巴掌，林青狼、賽金剛等也隨着劈啪劈啪地拍了幾聲。就見大門咚的一聲開開，那侯得本手提一口血淋淋的鋼刀，大喊道：「諸位好漢們，快進來吧！」當下眾人一齊擁入。

侯得本已把看門的殺死，眾賊就進了莊院。這時巡更的鑼聲一響，護院把式和莊丁們齊都起來捉賊。眾賊勢派很大，林青狼大喊說：「諸位朋友！咱們無仇無恨，你們要動手也是找死，不如由着我們去殺張謹卿那老兒，絕不毀害你們一點東西！」眾莊丁一看說話的這個人，是這幾縣裏著名的好漢林青狼，又見這賊人眾多，自然不敢動手。只有幾個有血氣的莊丁拼命與賊人交手，卻被那唐玉齋、劉老二、賽金剛等人率賊圍上，擒住殺死。

此時那劉桂、侯得本、林青狼等賊一直闖進內宅，那張謹卿夫婦都嚇得爬到床底下。林青狼踹開屋門，拿燈一照，由桌下揪出一個使女，被林青狼一刀戳死。劉桂由床底下把張謹卿夫婦揪出來，那侯得本就把張夫人連刺幾刀扎死。這時候張謹卿趴在地下，已然嚇暈過去了，劉桂狠命扎了十幾刀才把他扎死。然後眾賊就一陣大搶大殺，呼嘯而去。

直到天明，才有幾個莊丁前去報官。官人來到，一一驗查，只見死了一個護院的把式、五個莊丁，一個僕婦、一個使女、兩個男僕，尤其死得可憐的就是張謹卿夫婦。至於那小女紅瑜，卻幸虧被一個乳母抱她跳後窗戶，跑到後院磚堆後去躲避，眾賊在忙亂之際也沒搜到，算是沒被慘害。後來由官衙詢問，知道此事是由護院把式侯得本勾串外面賊人所起，並說那為首賊人是桃林店的林青狼。當下官衙只得一面派人跟着張家的莊丁，上龍虎山去找那張驥飛，一面派人去到桃林店去捉拿林青狼。誰想到了那林家，據說林青狼在前兩個月就上北京去了，這件事分明是有人陷害他，官人們只得暫把林青狼的兄弟林梁拘到衙門裏。

單說那張驥飛，在龍虎山得了這意外的凶耗，他就痛不欲生，別了他師父，然後就催馬下山。他也不等着與那二人並行，就一路上忍着血淚，連夜趕路，連水米也不進。一天半的工夫，就回到家鄉麥子莊，到了自家門首一看，慘澹蕭條，大門緊閉。張驥飛下馬叩門，少時裏面有一個男僕把門開開，一見張驥飛就說：「噯呀，少爺可回來了！」驥飛說：「員外和夫人的屍體呢？」那人說：「還在裏院北房床上停着了，誰敢給入殮呢。」

張驥飛把馬韁繩交給那僕人，他就趕緊跑進去，到了裏院北房外一看，屋門鎖着，也沒有鑰匙，遂就上前把鎖扭開，進到屋裏。只見那裏屋依舊血跡滿牆，他父母的慘屍已然驗畢，停在床上用被蓋着，驥飛心如刀刺，放聲痛哭，真是哭得聲嘶力竭，暈厥了數次。算是僕人過來苦苦把他勸住，驥飛才忍着眼淚，問他父母慘死的經過。那僕人就哭着把那夜的慘變，侯得本如何勾結強賊數十人，林青狼為首慘殺暴搶，以及官衙如何檢驗，如何捉拿強盜等事說了一番。並說小姐幸虧被乳娘給藏起，沒被殺害，現在住在東邊乳娘家裏。

　　驥飛查見各屋箱只內的財物，已被搶掠一空，只有佛堂櫥裏有他母親生前私蓄下的三四百兩銀子，沒被強盜翻出搶去。當下驥飛先給僕人銀兩，讓他們去給買兩口杉木棺材，然後自己便出門，到了東面一個小村子裏那乳母家中，見着自己的小妹紅瑜。那紅瑜小孩子家懂得什麼？看見驥飛來還不住叫他哥哥。驥飛向那乳娘道了謝，然後就抱着他的胞妹不住地哭泣。良久，他依舊把紅瑜交給乳娘，並說現在自己將把棺材買來，回頭就把父母入殮，紅瑜太小，也不必看她爹娘入殮了，乳娘點頭說"也是"。

　　當下張驥飛出了乳娘家裏，就一直到了縣城內，到衙門去見縣官。縣官與張驥飛原是至交，如今謹堂在自己地面遭了如此慘害，自己在官方既要擔處分，在私方也覺難以對人。當下他便把驥飛請到後面，親自接見，並表示抱歉，又說現在自己已然極力捉拿凶盜，三天之內捉着嫌疑人犯統共七名，全都拷問出來，卻系被林青狼所邀，並說此事為首純系林青狼、侯得本、唐玉齋、劉桂，還有由山東來的幾個強盜，什麼賽金剛、趙黑鬼等人，當下並把那被捉獲的幾個強盜的供詞拿出來給驥飛看。驥飛抄錄了一份，然後又拜託了縣官一番，還是請縣官急速捉捕凶盜。

　　驥飛別了縣官，出了衙門，就回到家裏，把他父母給成殮起來，次日便延僧超度。事後，驥飛又發現出他父親生前的幾千兩秘密積蓄，頗夠葬埋他父母之用，遂就把他父母暫厝在村外一座廟裏，然後他就天天暗地尋訪殺害他父母的仇人。

　　尋訪了一月有餘，雖然訪出幾個毛賊，但是這些人都是受人主使的，殺盡了他們也不能算是給自己父母報了仇恨。所以張驥飛就決意要打算走遍江湖，去尋一尋那林青狼、侯得本、劉桂、賽金剛等等巨盜。又想自己全家喪命，只留下自己兄妹二人，如今賊夥已然被擒了，這仇越發積深，自己小妹雖然寄養在乳娘家裏，但是乳娘的家裏也離此很近，將來難免一般凶盜知道自己已然出外，必要去殺害小妹。想來想去，自覺總是在遠處找一個戚友家裏，把她寄養在那裏，才能使惡人們不知。但是遠方又實在沒有至親好友，郝龍鈞雖然是住在遠處，但是他現在得了癱症，連自己父母的凶耗都不敢告訴他，如今豈能再把自己的小妹寄養在他家裏去呢？當下驥飛便翻揀族譜，見有廬山後谷陰村，有遠族張家，卻是世代書香，自己就決定把紅瑜寄養在他家裏。

　　驥飛先把家中事務料理清楚，田園產業俱託付幾個忠信的老僕辦理。然後到了那乳母家裏，說明自己將要攜帶小妹出外寄養，以免遭奸人殺害之事，並贈謝了那乳娘一百兩紋銀。他又到縣衙拜託了縣官一番，就獨自抱着他的小妹，灑淚拜辭了他父母的靈柩，遂就腰纏銀兩，身帶鋼鋒，健馬如飛，寒風古道，離了他故鄉麥子莊而去。正是：

曉鳳殘月千里路，宿恨深仇幾時休。

第八回　濟南城毛賊鼓風浪　濮陽縣難女鳴奇冤

　　話說張驥飛抱着他的小妹紅瑜，就往那廬山下谷陰村而去。原來這谷陰村也是個很大的村鎮，住戶多半是廬山上的獵戶。本村有兩家店房，大半就是為遊廬山的人棲息之所，所以設備得還是很整潔，當下張驥飛就在這村裏一家店房裏打店住下。

　　那紅瑜已然三四歲了，差不多的話全都會說了，雖然有她哥哥在面前可以哄她，但是她還一陣一陣地哭着找娘。張驥飛流着淚百般地哄她，一面卻自恨道：張驥飛你枉是條男子漢，你的父母被賊人如此慘殺，你卻不能即刻去殺賊報仇，你有何臉面生於世呢？想到這裏便是悲哀不勝，遂就跟那店家打聽本村有幾家姓張的。

　　那店家卻說：「本村倒沒有幾家姓張的，因為本村早先叫谷家村，姓谷的最多。東邊倒有個張家，家裏就老夫婦帶着兩個使喚人度日。」張驥飛說：「我說的這家是世代書香，祖上做過知府。」那店家說：「這就沒錯兒了，張家老先生早先中過舉，還做過知縣呢。」張驥飛說：「不知這老先生名字叫什麼？」店家說：「他叫張夢堂吧？人好極了，專好行善。」驥飛點頭說：「這樣說，必是我們那同族的叔父了。」

　　當日他在這店裏歇了一天，次日在此吃過午飯，驥飛就向那店家問明瞭那張夢堂的住處，然後抱着紅瑜出了店房，就往那張夢堂家裏而來。及至到了張家門首，張驥飛就上前叩門，少時裏面有一個老僕人出來，就問張驥飛找誰，驥飛說自己找這裏的張夢堂老員外。那老僕問了驥飛的姓名，然後就進去回了。

　　少時老僕出來把驥飛請進去，驥飛就抱着紅瑜進去，在客室內落座。驥飛就見這張家雖然是山陰小隱之家，但是房屋幽靜，真似高隱雅士之廬。少時那張夢堂出來與驥飛相見，驥飛就見這張夢堂高風雅範，道貌岸然，令人可欽。當下張驥飛先敘明瞭宗譜，那張夢堂也知道自己與麥子莊張家是遠族本家。驥飛就略略提說了自己家中遭了慘故，父母俱亡，而自己又須遠去謀生，拋下幼妹無人撫養，所以冒昧來此，懇求請將幼妹收留，將來自己必要酬報大恩等話。

　　夢堂聽了連說：「都是本家，這倒不要緊。」當下他便抱着紅瑜，到裏面給自己夫人去看。那張夫人本來膝下無兒無女，如今見這紅瑜十分伶俐聰明，自然是很愛喜她，而那紅瑜也一點不認生。當下夢堂就說她是自己同族的晚輩，父母雙亡，她哥哥又要出外謀生，所以打算把她寄養在這裏，作為女兒之事說了一遍。

那張夫人聽說紅瑜這樣孤苦，自己越發疼愛她了，當下親自抱着她到前面。那張驥飛見了張夫人，又流淚懇求把他的幼妹收留。張夫人又問他父母怎樣故去的？驥飛只說自己父母是得時疫病故，卻不敢說是被賊人殺害，以免張夫人恐怕賊人找到，不敢收留。那張夫人當下慨然允許收紅瑜為自己女兒，並請驥飛放心，自己必當好生看待她。

當下驥飛又拜謝了一番，遂就辭別了那張夢堂夫婦和他的胞妹，把自己滿心的悲苦奮然洗去。回到店房，他就付清店資，然後策馬飛馳回到龍虎山上。見了自己師父，哭訴了自己的父母慘死，以及寄託幼妹的經過，他便提說自己現在要海角天涯，尋覓仇人，為自己的父母報仇。

那老道人又悲又歡，遂就說：「驥飛，你家庭不幸，遭了這樣慘變，你要不設法把你父母的熱仇報復，豈不是我枉傳授了你通身的武藝？那賽金剛、林青狼等既已遠竄，想必是往山東、直隸一帶去了，你現在可以下山北去，往直魯找那幾個仇人去報仇。我還可以指點出幾個朋友來，日後有急難之時，也可以找人家去求幫助：第一是我二十年的老友葛清虛，此人也是道門中人，武藝超群，天下寡見；第二是你的師弟查天暴，現在煙臺；還有李飛雕、陶天勇之輩，都是自家人。你也不要提我的姓名，你只說你是龍虎山六道爺的弟子，他們自然要向你加些照應。」當下張驥飛唯唯答應，其實他此時的心裏卻是十分自負，暗道：但憑自己這身本領，就是打遍天下，恐怕也未必能遇得見對手。

當日他在龍虎山上住下，次日便下了山，策馬北去；風霜僕僕，走遍江湖，一連就是一年有餘。在這一年之內，他由贛至皖，由皖北入徐州，由徐入魯，由山東奔直隸，直到了北京。他經過了許多名山大川，也不知遇見過多少江湖英雄、綠林好漢，到處行俠仗義，只憑一口單刀縱橫南北，所以提起來張驥飛的名頭真是不知道的很少。

張驥飛闖蕩江湖，雖遇極惡的強盜也不願殺害他的性命，倒是跟他結個朋友，所為托他們給訪查那林青狼、侯得本、劉桂、賽金剛、唐玉齋等人的下落。其實這些人全都是綠林中著名的人物，按說他們的下落很容易打聽，怎奈一般綠林中人全都看重了江湖的義氣，不肯把他們的下落告訴，以免叫張驥飛找他們去報仇。所以大家全都隱瞞着，只是滿口假應替他尋訪，並有的言語之間，勸張驥飛不要太為已甚。張驥飛為人慷慨直爽，而且又初闖江湖，哪知道人心的虛偽？所以一連一載有餘，仇人的下落是如石沉大海，杳無音耗，有時他憤慨悲哀，便不禁痛哭。

這時他正羈遲潦倒，住在濟南一家客店，這天忽然有一個綠林小賊特地前來拜訪他。原來這個小賊名叫兔羔兒羅九，原是一個窮漢，專倚偷貓盜狗為生，漸漸與一些匪人勾結，幹起打家劫舍的營生了。後來因為被官方逮捕，他便四方逃遁，遂入在黃蜂嶺的賊黨。那黃蜂嶺的賊首叫石如柱，外號血盆口；第二個頭目便是那賽金剛胡五，手下有四十多名嘍囉，兔羔兒羅九就是一個踩盤子的小頭目。

後來那賽金剛胡五被曹州老毛及江西劉柱所邀，到了一趟江西，去劫殺那張謹卿。那胡五本來是飽載而歸，但是走在中途又遇見兩個綠林好漢，強分了他一半，他也不敢不給。胡五回到黃蜂嶺就向眾人誇耀，自己到江西遇見了多少英雄好漢，看見了鄱陽湖，也上過了廬山，開了多大世面；並說這次殺害張謹卿，為江西、山東兩路的綠林英雄報仇，完全是自己一人的力量，說了個眉飛色舞。

後來那江西大盜林青狼在江西不能存身，輾轉來此，賽金剛便請他在山上也做了一個頭目。那血盆口石如柱雖不願意，卻也無法，因為那林青狼武藝超群，而且他手中多金，把一般嘍囉買得全都成了他們的一黨，自己一個空筒子大寨主，倒要受眾人欺侮的；只有兔羔兒羅九是他的心腹，因此林青狼、賽金剛等，也齊都把羅九看成眼釘肉刺。

這時那綠林中全都喧嚷，現在江湖間出了一個霸主，名叫張驥飛，江湖上有幾多英雄齊都被他給打服；聽說此人便是打死毛連信的那位江西好漢，他與山東、江西兩路的綠林人，全都有海似的深仇，現在他正要遍處尋找劉桂、胡五、林青狼、侯得本等人。林青狼、賽金剛等人聽了這些傳說，自然是十分恐懼，但是面上依舊是傲然自誇，說是什麼那張驥飛小輩不來便罷，如若前來，定要叫他碎身此地！其實他們卻天天自危，每逢有旁處的綠林中人前來，他們必要詢問那張驥飛的行蹤。

有一天那血盆口石如柱因為滿懷塊壘借酒澆煩，不覺沉醉，與賽金剛便口角起來，勢幾動武，那林青狼並且要幫助賽金剛打石如柱。石如柱也知道光棍不吃眼前虧，當下只是耐下這口氣，從此嶺上的事情他是不聞不問，一心一意要打算剷除那林青狼與賽金剛，但是苦於無機可乘。

有一次那石如柱與羅九二人就暗地談及此意，兔羔兒羅九說："要打算除掉林青狼與胡五，真是一點也不難！因為現在他們所怕的那個仇人，江湖上新出來的霸王張驥飛，正在遍處打聽他們的下落，以報他父母的血仇。只是咱們綠林中人，一來是不知道他們的確實行蹤，二來是保守着江湖的義氣，所以不肯把他們的下落告訴那張驥飛。現在我想把那張驥飛的行蹤打聽出來，就怔去見他一回，告訴林青狼與胡五在這裏橫行，他一定要前來，那時林、胡這兩小子不單在此立不住腳，碰巧還許把命給喪掉了。"

石如柱聽了不勝歡喜，當下便說："這個主意好極了，那麼九弟你就多出力吧！果然要能夠把這林、胡兩個小子除掉，我情願把這個山嶺讓給你掌管。"羅九笑道："那我倒不敢當，先把這倆惡霸除掉了是真的。"當下兩人秘密商量妥定，由此那兔羔兒羅九，沒事時就四下打聽那張驥飛的下落。

過了許多日子，這天恰巧有一個由濟南來到小賊，也投到這黃蜂嶺上做小探子，暇時就談及那江湖上著名的張驥飛，現在正客居在濟南。羅九聽了十分歡喜，當下他就暗地去向石如柱說明，已然把那張驥飛的下落探出，自己即日便要起身往濟南去。那石如柱便囑咐他要行蹤秘密，不要使官人知道，羅九卻笑道："我在江湖踩了這些年盤子，難道如今還要露馬腳嗎？"當下他便備了一匹馬，向嶺上的賊夥只說下山踩事去，其實這油滑奸狡的小賊卻單騎北上，到濟南尋訪那張驥飛去了。

單說這天張驥飛正在店裏悶坐無事，這時忽然店家進屋來，說是外面有一個姓羅的找張爺。張驥飛暗想道：我並不認得什麼姓羅的朋友呀？想到這裏便說：

「我出去看看。」當下張驥飛便隨着那店家到了門首，一見外面這個牽馬的人跟土賊似的，長得兔頭蛇眼，張驥飛便問道：「老兄就是找我張驥飛嗎？」

那兔羔兒羅九一見這張驥飛風采軒爽，果然不愧是一條英雄好漢，忙着倒身就拜，張驥飛趕緊以禮相還。那羅九就說：「久仰好漢大名，今天才得相見！小人現由黃蜂嶺來到，特來拜訪好漢，有要事奉告。」張驥飛一聽這羅九說是由黃蜂嶺來，又見他談吐能幹，足見是一個江湖上的慣賊，自己反倒向他十分謙恭，就叫店家把羅九的馬匹接過去，然後把那羅九讓了進去。

到了他屋裏，那羅九就說：「張爺，小人來到此地，卻是向你提兩個朋友，不知你認識不認識？」驥飛說：「不知是誰？」羅九說：「這兩個人，一個叫賽金剛胡五，一個叫林青狼。」張驥飛一聽這兩個仇人的姓名，當時便面色陡變，遂問說：「不知這二人與閣下有什麼交情？」羅九說：「哪裏有什麼交情？我與這兩個惡賊勢不兩立！」遂就把那黃蜂嶺本來是石如柱、賽金剛兩個寨主，後來賽金剛被人邀往江西去殺害那張老員外，為那江西劉桂、曹州老毛的兄弟報仇；他回來便發了些財，又把那林青狼勾到山上，霸佔山寨，欺壓那石如柱。自己與石如柱實在氣憤不過，這才來請好漢仗義打這個不平，把那胡、林兩個小子趕走的事情，口若懸河地說了一番。

那張驥飛此時卻不住冷笑，說：「羅兄，你不曉得，你今天就是不來找我，我也是要走遍江湖去尋這幾個小賊的。因為江西張家就是我的家裏，只因惡僕侯得本勾串這夥凶盜，把我的父母殺死，家財搶掠一空。這樣的深仇，我已然尋訪了二、三載之久，並沒尋獲凶賊，我也托了許多江湖朋友代我打聽。」

羅九說：「張爺那你是白托，綠林中人全都有些義氣，明明知道，也不能把他們的下落告訴你。」張驥飛說：「今天既蒙羅兄你指點那林青狼、賽金剛的下落，就請你即刻帶我到黃蜂嶺，我必要把那兩個小賊除掉，一來給你們除了禍患，二來我也報了仇。」羅九聽了十分歡喜，當時張驥飛就收拾行李，然後付了店帳，便與兔羔兒羅九一同出了店門，上了馬，雙馬飛馳離了濟南城，就一直往南直奔黃蜂嶺而去。

曉行夜宿，兩天的工夫便到了那黃蜂嶺下，那羅九就勒住馬，向張驥飛說：「現在已然到了，張爺是跟我一同上山還是怎麼着？」張驥飛本是踟躕，恐怕這羅九是與他們設下奸計，誘自己上山，一齊下手殺害。但是卻又自負自己這一身本領，就是他有幾千幾百的賊人圍上自己，也不怕敵不過他們啊！當下就在馬上冷笑道：「我自然是隨你上山了！」

張驥飛與羅九一同順着山路催馬上山，走過一道山嶺，就見那山路越走越窄，荊棘滿地。羅九把手指放在嘴裏一打呼哨，少時就由山嶺上跑下來三個小賊，原來是他們那嶺上有一道山澗，上面有一座懸橋，非得由山上的人把懸橋放下來這才可以過去。那三個小賊往下一瞧，是他們踩盤子的小頭目兔羔兒羅九，還同着一個騎馬的人，看那樣子也是綠林中的朋友，當下就把吊橋放了下來，羅九與張驥飛馳馬而過。又過了一道山嶺，就見那裏有許多間草房，還有一座破廟，樹林陰翳，仿佛是山上的一座小村似的。

張驥飛與羅九走到那廟前，羅九先下了馬，有嘍囉把馬接過去。這裏張驥飛也下了馬，由鞍下抽出劍來，便向羅九說：「你帶我見那賽金剛、林青狼兩人去！”羅九便叫一個嘍囉把張驥飛的馬接過。

這時旁邊早有那賽金剛心腹的小嘍囉跑進廟裏去，告訴賽金剛與林青狼，說是羅九勾來了一個騎着馬的，現在拿着寶劍，要進來找二位寨主拼命來了！賽金剛與林青狼聽了陡然大驚，林青狼先由牆角抄起一杆長槍出了屋，就見那張驥飛已挺劍進來。林青狼抖起槍來向張驥飛就刺，大喊道：“你是哪裏來的小輩？”張驥飛“吧”地用劍磕開槍，就進步擰劍，逼將上去。

那賽金剛也提着一口鋼刀出來，大喊着叫眾嘍囉快去助手。這時張驥飛左手已然把林青狼的槍桿揪住，飛身上去，一劍扎在林青狼的臉上。那林青狼滿面流血，哇哇地怪叫，手還緊緊地揪着槍。這時眾嘍囉圍着張驥飛，刀棍齊上。張驥飛拿劍豁開，林青狼隨即倒地，他便掄劍如飛，把那些嘍囉殺得誰敢上前？

這時石如柱與羅九各提單刀喝止住眾嘍囉，不許他們動手。賽金剛見事不妙，趕緊爬上牆頭希圖脫逃，卻被張驥飛奔過去一劍劈在腿上，摔將下來，大呼饒命。張驥飛哧哧又是兩劍，剁得賽金剛的兩條腿鮮血直流。這時那石如柱就告訴眾嘍囉，自己因為恨這胡五與林青狼在這裏獨霸，所以才把現在江湖上頭一位英雄好漢張大太爺請來，為本嶺除害。那些嘍囉中雖然有的是賽金剛的心腹，但是見這位江湖上頭一位英雄張大太爺如此兇猛，誰還敢上前找死？

這時張驥飛回首再看那林青狼時，腦漿全都豁出來了，早已斃命，那賽金剛依舊鬼叫似的央求。張驥飛便罵了他兩聲，喝道：“你現在要把那侯得本、趙黑鬼等人的下落告訴我，我就饒你不死。”此時那賽金剛雖然是身負重傷，但是因為惜命，依舊不住鬼嚎似的哀求，聽張驥飛如此一問，當下他便說：“那侯得本現在住在曹州府七裏鎮陶文霸那裏了，別人我可不知道。”說到這裏，他因為傷勢太重就漸漸暈過去了。張驥飛揮劍將他腦袋割掉，又把那林青狼的腦袋也割掉，看着這兩個身首異處鮮血淋漓的惡匪，便不住心裏痛快，遙祝道：爹娘，你二老靈魂不遠，兒子現在已然把你二老的仇人殺死了！想到這裏不住淚如雨下。

這時那石如柱與羅九齊都向張驥飛道謝，又命嘍囉把這兩個屍首扔到嶺前澗裏去喂狼，然後便在店內擺酒，請張驥飛歡飲。張驥飛一面飲着酒，一面就說：“兄弟此次前來殺死這胡、林二賊，一來是因為羅兄遠路邀請，情不可卻；二來也實在是為報我父母的血仇。所以我對於二位指示之恩，也深為感謝，容日必有所報。”

當下那石如柱見這張驥飛武藝驚人，真不愧是江湖間的霸王，又見他如此的謙恭和藹，更可稱得起是一位俠義好漢，於是便說道：“本嶺兄弟們大多為四方不得志的英雄，如今在此落草，也是盼望一旦遇着賢明的官爺把我們招安，編成隊伍。可是兄弟實在無能，難以擔得起這樣的大事，打算要請好漢你做本山的寨主，不知你肯不肯屈尊？”張驥飛卻說：“石兄如此抬愛，小弟深為感謝，但是小弟現在父母大仇尚未報完，什麼事情也不敢應，所以有負高情。”石如柱也明白張驥飛是不願做這山賊的事業，也不敢過於相強他，恐怕把他招惱。

張驥飛略飲數盞，然後就要起身告別。石如柱又要贈送他些路費，張驥飛也固辭不受，於是他就策馬下山。石如柱與羅九親自把他送下山來，張驥飛在馬上一抱拳，遂就策鞭催馬往西南而去。他這一去，是徑往曹州府而去。

單說那匿居曹州府七裏鎮陶文霸家的侯得本，原來他自從在江西殺害了張謹卿夫婦，飽囊北遁，走在大江中便遇見舟賊把他打劫了，然後捆着他的手腳，把他扔到岸上蘆葦叢中。他那儻來之物完全失去，僥倖還沒把性命喪掉。在葦塘裏趴了一夜，次日天亮才敢呼喊"救人"，有行路人就把他救了。他只說自己是做買賣的，搭了江中的賊船以致被劫，算是自己向他們苦苦地央求，才算捆上扔到這裏，沒做江中之鬼。那行路的人便勸他去報官，但是侯得本自覺這財來得不義，統共所失的也值兩三千兩銀子了，要是一報官，縣官一問我哪裏來的錢財，我說不上來可怎好？再說即便報官，哪裏又准能把強盜捉住，財物追回呢？

　　侯得本有此種的感想，所以便只得隱忍下肚子疼，自己無精打采地走去；走了一天，連午飯也沒吃。到了晚間就找了一個小村落，尋着一個中戶人家，施展他的盜竊慣技，盜了些財物，事主正在睡鄉也沒有發覺，當夜他就連夜逃去。由此他就一路偷竊，到了山東地面。他先到了一趟黃蜂嶺，找了一趟賽金剛。此時那林青狼尚未到黃蜂嶺，賽金剛正在向眾人誇耀他在江西露的臉，如今這侯得本來此，又聽說他的財物全被水上的好漢給劫去了，窮困無聊來投到此地，賽金剛如何能收容他？

　　侯得本見賽金剛看自己窮困，頓加白眼，世態炎涼，殊堪痛恨，於是他就一怒離了黃蜂嶺，又漂流各處，窮困得衣食不給。後來算是有江湖上的朋友，把他薦到曹州府七裏鎮陶文霸家裏去做長工。他本打算做個護院把式，但是那陶文霸原是江北著名的英雄，豈能看得上侯得本那幾手兒稀鬆的武藝呢？於是他只得在這陶家暫且做些苦活糊口。

　　那陶文霸原來就是張驤飛在龍虎山臨別他師父時，他師父所說的那個陶天勇。此人年有五十上下，身材魁梧，武藝超群。在十年以前，他在北方鏢行中真可稱得起是第一位英雄好漢，那時他的鏢旗所指，綠林人不單不敢打劫，而且還要遠遠逃避。如今年近花甲，也掙得家大業大，所以就在曹州故鄉息影閒居，一切舊日所結交的鏢行朋友、綠林英雄完全謝絕交情。他教他兩個兒子也全都攻書學文，打算改變家聲。然而他生性既吝嗇毒狠，又加負着一身本領，所以老氣猶傲，提起江湖英雄，他便說這一般晚生小輩，哪裏有真有本領的人？

　　這天將吃過午飯，他在家中把本村一位盲目的先生找來，給他說鼓詞。這時忽聽外面一陣大亂，陶文霸登時向那盲目先生說："別說了，別說了。"遂就站起身來，打算看看外面到底為何這般大亂。這時忽見僕人慌張張地跑進來，說："老爺，快去上外面看看去吧！外面來了一個騎馬的人，找着咱們長工侯二，抽出寶劍來就扎，大半侯二許叫他扎死了。現在前頭亂極了，老爺快出去瞧瞧去吧！"

　　陶文霸聽了這話，急急忙忙地就往前面走去。到了前面，就聽得十分吵嚷，有幾個僕人長工們正要進裏面來找陶文霸，陶文霸就迎頭問道："到底是怎麼回事情？"那幾個僕人全都氣喘吁吁地說："出了人命了！"陶文霸一聽越發加倍吃驚，遂就急急問道："到底是怎麼回事情呢？"那僕人說："剛才侯二正在場院裏做活，就有一個人去找他。這人騎着一匹黑馬，年有二十多歲，見着侯得本不容分說，他抽出寶劍來就向侯二連扎了兩劍，扎完上馬就走了。我們就往北去追，他騎着的馬很快，我們也沒追上他；楊三他們也追下去了，還沒有回來呢。"

　　此時陶文霸氣得面目改色，遂就說："我先到場院看看去。"於是他就到了場院內。只見那侯得本趴在地下，渾身鮮血淋漓，不住噯呦噯呦地喊叫，旁邊還圍着些人，當下陶文霸上前，便向那侯得本說：「你且不要這樣怪叫，我問你，扎傷你的這個人是誰？與你有什麼冤仇？」侯得本卻強忍着疼痛，說：「這人叫張驥飛，是江西人，他是江湖上的大盜，跟我有兩三年的仇恨了。」陶文霸又說：「你知道他現在住在哪裏不知道？」侯得本疼得又喘了兩口氣，說：「不知道。」陶文霸便叫人把刀創藥取來。

這時那追下張驥飛的幾個長工回來了，就說那個人的馬太快，追不上。陶文霸說：「追上你們也未必是此人的對手！這張驥飛三個字，近來我倒是常聽人家提說是什麼江湖上的霸王，大諒此人必是江湖上新出來的小輩，如今他跑到我這裏來橫行，未免欺我太甚。」當下他就一面叫人用刀創藥給侯得本敷在傷處，一面叫僕人備馬，少時把馬備好，陶文霸就帶着一個僕人一同騎馬往縣城而去。

到了縣城內他就直到縣衙，去見本縣知縣，說明自己場院裏有強人前去刺殺長工候二的事情。那知縣本來與陶文霸素有交誼，當下就應允急速派捕役去訪拿，並派了兩個班頭，到陶文霸家中去看那侯得本的傷勢，並詢問他被仇人刺殺的詳情。陶文霸在這裏同知縣談了半天閒話，才告辭回去。回到家中，又到場院草房內去看那侯得本的傷勢，就見那侯得本的傷勢十分重，可是自打上了刀創藥之後，止住了些痛，倒不至於有性命之憂了。

陶文霸滿心忿恨地回到內宅，終日悶悶不樂，總是想：自己闖蕩江湖這些年，誰敢在我的頭上來尋釁？現在無端被這麼一個張驥飛小輩來到我的家裏行兇。雖然沒出人命，但是此人也是近來江湖上新出來的好漢，頗有些虛名，倘若此事要被江湖人聞知，必要說我如今老邁無能，遭張驥飛這樣的欺辱，我一世的英名豈不要從此喪盡？因此他心裏十分生氣，就打算設法把張驥飛捉住，以出這口怒氣！也叫江湖人知道知道，自己雖然年邁，到底還不能輸在這張驥飛小輩手裏。

如今單說張驥飛，原來他那天刺殺侯得本，本想就地把侯得本給刺死，但是因為那些僕人長工們人多勢眾，所以恐怕脫身不開，他便急戳兩劍，乘馬逃去。他暗想道：我這兩劍，恐怕那侯得本的性命也不能保了。我要再只管糾纏不休，那官衙捕頭們倒不怕，只是怕那陶文霸出來再與自己交手；自己與他素日無仇無怨，倘或一失手傷了他倒覺不好。

所以他就策馬一直往北，到了黃河岸邊一座鎮店，名叫崗子堡，在那裏找了一座店房住下。他天天只是在黃河岸邊看那河中渾濁的波浪，頗足激發他的壯志。他只想在這裏住兩天，便再到陶文霸那裏，打聽打聽侯得本的性命喪掉沒有。如若他已然在自己兩劍以下喪了性命，自己自然算是大仇已報，慢慢再找那劉桂、唐玉齋等人去；如若那小輩天生來的長命，兩劍下沒把他的性命喪了，我再想法去二次殺他，反正不能叫這狼心賊子倖免。

於是他一連在這裏住了三天，這天就聽店裏店家都說外面有一個熱鬧，是一個老道，拿着一個笸籮大的龜蓋子，說是他把黃河的龍王給捉來了！張驥飛一聽不由暗笑，遂就出去，就見這鎮頭有許多人圍着看熱鬧。

當下張驥飛就上前擠進人群一看，就見那人群裏卻是一個身穿百衲的老道人，鬚髮皆白，盤膝坐在地下，身旁放着一個大笸籮般的龜殼，並有一口帶軟鞘的寶劍，和法鈴一個。這老道人操着江南的口音說：「無量壽佛，貧道此次由東海將怪黿斬死。此怪屢次在黃河興濤作浪，如今被貧道除此一害，貧道將沿黃河各村化緣，為斬龍先師許真君建廟。」旁邊看熱鬧的人就紛紛扔錢。張驥飛看了不由心裏十分氣忿，暗道：這老道分明是妖言惑眾，不定是哪裏找來這麼一個死黿蓋子，來此騙錢！本想跟他打攪打攪，但是又見他老得可憐，所以便不肯太與他為難。

待了半天，這老道人把地下的錢全都揀起，由黿殼裏拿出一捆繩子來，揀出一根細繩子來穿錢。張驥飛就見這老道人把銅錢一疊一疊地穿，穿得很快，非常有趣，又見他那繩子裏有一根粗繩，一頭拴着一個鐵爪頭，分明是一個綠林人所用的扒城扒牆的搭索。當下張驥飛看着就有些詫異，越發注意上這個老道人。

這時這個老道人已然穿完了錢，旁邊看熱鬧的人也漸漸散了，張驥飛卻還站在那裏看。只見那老道人站起身來，抖了抖破衲，然後就彎腰拿起黿殼和寶劍、繩子，邁步就走。他走路很快，邁步之處，地下都有六七分深的腳印，足見他腳下力量之大。驥飛懂得這叫亮事兒，就是江湖人見面互相看出，不能當面相識，所以暗中露一露本領，以叫對面人明白。

張驥飛闖了這二三年的江湖，這些事兒早已有了經驗。當下見那老道人的銅鈴還放在地下，張驥飛也明白他是故意忘下的，自己就揀起來，追上那老道人說：「喂，老道，你把這鈴兒忘下了，給你吧。」那老道回身，笑着道聲「勞駕」，伸手來接。張驥飛把銅鈴交到他手裏，順手揪住老道人的腕子，只覺如同鐵一般地硬，那張驥飛五指用力處，換個旁的人，縱然不能骨斷筋折，也得怪叫求饒；這老道人卻一些不懼，微微冷笑，一甩胳膊，直把張驥飛扔出四五步遠。張驥飛頓覺得右臂麻木起來，趕緊提着氣緩了一會，身體才復了原；再去追時，那老道人早已去遠，不知哪裏去了。

張驥飛無精打采地回到店房裏，不住唏噓長歎，暗道：我張驥飛在龍虎山上數載學武，縱橫皖魯一帶，敢稱得起是沒有對手，不想如今遇着這樣一個老態龍鍾的老道人，未曾交手就吃了這樣的大虧！多虧這老道人手下留情，否則他再一略施毒手，我登時必要喪命。咳，足見天地間英雄不少，我一向真是眼小如豆了。當下他不禁壯志都灰，就想等到把父母大仇報復之後，自己就經營商賈，永遠脫離江湖。如此他心灰意懶，當日無話。到了晚間，孤燈一盞，獨自悶坐，思想那老道士的風采，真覺得他是一位仙風道骨，絕世的老俠。約有三更多天，張驥飛方才熄燈睡去，當夜毫無動靜。

次日一翻身起來，只覺耳畔有一個又涼又硬的東西，仔細一看不由大吃一驚，原來卻是一隻銀似的鋼鏢，底下壓着一張字束。張驥飛趕緊坐起身來，把那封信拿起來一看，只見信封上一字沒有；撕開信封，抽出裏面信箋來，只見信箋上寫道是：

濮陽城內文昌閣街難女待救，此事非汝不可為，兩三月前後，貧道必到濮陽訪汝。

　　　　　　　　　　　　　　　　　　　　　　　　　海雲道人啟

驥飛看罷，呆呆怔了半晌，暗道：不用說，這個海雲道人一定就是那拿黿殼的老道人了，看來他如今銀標寄柬，倒不是什麼惡意。

當下他就打算先到曹州，去打聽打聽那侯得本的性命如何，然後再上濮陽。轉又想：自己也不必再到曹州了，反正那侯得本在自己那兩劍以下，不死也難以再活；自己如今既然蒙這海雲道人的指點，叫我去救那濮陽縣內的難女，想必此女正在危難，而這位老道人又必是礙難親手援救，所以才找到我這裏來。江湖英雄應該救人之危，仗義除奸，何況此又系一難女，必是有惡人正在圖謀她，去晚一些恐怕就無濟於事了！當下就起身下床，店夥給他送過臉水，他盥洗己畢，然後就付清店帳，備好了馬。這時晨光熹微，曉寒侵入，張驥飛就出了店門，上馬揮鞭，直往正西而去。

濮陽縣在南直隸境內，離黃河岸不過是三四天的路程。那城內文昌閣街原是一條荒敝的冷巷，街頭小土屋內住着一家，母女二人，姓蒲，母親胡氏，女兒叫俊英。這母女二人原是安徽安慶人，因為有鄉中惡紳見俊英貌美，欲強佔為妾，胡氏母女這才逃避到此地。只因為胡氏娘家有一個內侄是鏢行中人，他有一個師兄叫藍勇，曾在貧困之時受過胡氏先夫的資助，如今聽說他在濮陽縣衙內做班頭，所以特來投他。不想到了這裏一打聽，原來那藍勇在兩年前因為與大盜溝通，官人要向他加以查辦，他早已聞風遠逃了。這母女所投未遇，於是只好在這文昌閣街租了兩間小土房，暫且匿居，幸虧胡氏手下略有積蓄，可以儉苦度日，不想卻被那安慶的惡紳又追蹤到此。

這惡紳名叫谷連雄，他叔父現任大名道的道台，他哥哥做安慶知府，直南皖北頗有勢力。如今他追蹤至此，就先到縣衙裏去見了縣官胡不鳴。那胡縣官也久仰谷連雄的財勢，當下自然竭誠招待。那谷連雄便說：自己有小妾蒲氏，被一女僕給誘拐至此，自己親自帶領僕人到這裏來訪查，探悉她們確實是在本城內文昌閣街匿居。

那胡縣官聽了，登時就要派捕役去把那胡氏母女捕來。倒是谷連雄說："不必，我可以先去勸一勸她們。她們如果要肯於好生跟我回去，此事便不必太為聲張，否則沒有別的說的，只有請大人分神了。"胡縣官連說："豈敢，豈敢。"當下暢談了一會，谷連雄就告辭走去，在本城內找了一家闊店房住下。

當日他便派家人谷正，到了文昌閣街胡氏家裏，就說："現在自家老爺已然追蹤到此，你們如果跟老爺回去，從此真是吃着不盡；你們要是不識抬舉，把老爺招怒了，可就要叫縣太爺派官人來捉你們，把你們母女押在監牢，那個苦子可就更大了！"當下蒲俊英姑娘只是痛哭，胡氏卻把谷正給大罵出去。谷正氣忿忿地走後，這裏胡氏就同俊英母女抱頭痛哭了一場，然後蒲俊英就要到縣衙裏去喊冤。

胡氏跟着她女兒俊英出了門，急匆匆地到了縣衙門首，蒲俊英涕泗滿面，喊冤告狀。那衙門口的惡官人面色森嚴，用手一推蒲俊英的嬌軀，幾乎把她給推了一跤，厲聲問道："你有狀子沒有？"蒲姑娘嚇得戰戰兢兢地說："沒……有。"惡官人又推了她一把，說："沒狀子你也來告狀？混蛋東西，快些回去，寫了狀子明天再來。"蒲俊英站在那裏連驚帶忿，淚如湧泉，呆呆地立了半晌。正是：

魚肉良民堪恨恨，虎狼官吏也洶洶。

第九回　　邀天道假手除惡人　　月下鷹雄心到宮禁

　　話說蒲俊英姑娘告狀不成，窮途無路，她母親胡氏只得勸她回去，到了家裏母女就痛哭了半天。這時天色漸漸昏黑起來，母女還是痛哭，院中也沒有鄰居，自然沒有人來勸。

　　這時忽見屋門一開，嚇得胡氏趕緊抬起頭來，連問：「是誰？」那進屋來的這個人卻說：「你們母女不必哭了，凡事都可從長計議。」胡氏一聽這人說話聲音蒼老，似乎不是那谷家的惡奴，又想：門也關得很嚴，怎麼會他就進來了呢？當下趕緊把那盞油燈點上，屋內頓然光明。胡氏母女一看這個人原來是一位鬚髮皆白的老道人，她母女真仿佛看見了神仙降世一般，便一齊跪下，哭泣說道：「我們母女現在走投無路，求神仙搭救我們吧！」

　　那老道人拂了拂袖子，說：「你們起來，這件事很好辦。」當下胡氏母女起來，老道人說道：「那谷連雄惡賊橫行霸道，我早想把他除掉，只是因為我有一樣礙難的事情。現在他既然如此欺凌你們母女，我自然不能袖手旁觀，只不知你們母女到底在安慶如何受他的欺凌和逃到這裏的詳情，請你說與我聽。」胡氏就哭訴以往的事情。蒲俊英在旁聽她母親述說以往所受的權勢欺凌，又想自己一個閨女，受人這樣欺凌，使自己的母親也跟着自己受這些危難，因此心如刀絞，自己便不禁把頭趴在桌上痛哭起來。

　　正在這時，忽聽外面急急地叩起門來，當時嚇得胡氏打住了話頭，顏色更變，渾身不住打戰。這時那老道人也怫然變色，可是還不起立。胡氏在屋裏向外面高聲問道：「是誰？」外面厲聲說：「開門！開門！」胡氏大驚，說：「這……是那谷家的惡奴……」一言未了，只聽嘩啦一聲把那兩扇板門踹散，外面擁進幾個人來，此時嚇得胡氏母女直是無處逃避。

　　那老道人立起身來，出了屋子一看，外面原是那谷家的惡奴領着縣衙幾個捕役前來。老道人大喝一聲：「你們這些惡人，欺凌人家寡母孤女，真是無法無天，快些退出去！」那些惡奴惡捕一齊擁上，有的抖起鎖鏈，口裏大罵，就要鎖這老道人。此時屋內的胡氏母女相抱痛泣，顫成一團，就聽外面咕咚咕咚地響着，並有噯呦之聲。

　　少時那老道人微笑着進到屋裏，向胡氏母女說：「你們母女趕快收拾東西，我帶你們找一個地方躲避躲避去吧。」當下她們母女就趕緊收拾東西。那老道人又到外面去了一趟，然後進到屋裏，胡氏母女已然把物件收拾好了，就跟着那老道人出了屋子。院中月色朦朧，一看地下橫躺豎臥着幾個人，也不動轉，也不說話，大半都是死了，當下嚇得胡氏母女連腳步都不敢邁了。那老道人說：“你們不要害怕，這些人都被我點住穴了。”那胡氏母女就跟着那老道人開門離家而去。

原來這位老道人是位風塵中的奇俠劍客，如今是因為看得胡氏母女被欺可憐，所以才特來援救，又加那谷連雄橫行霸道，實在是殺之猶有餘咎。其實要是這位老道人去除治他們，真可稱是易如反掌，怎奈這老道人如今入了玄門，修真養性，絕不能再開殺戒，所以如今才把她母女帶到西城角蓮花庵內。

那裏的尼姑玄悟原是這老道人的侄女，當初也是位俠女，曾在兩湖行俠仗義，獨身戰敗過四十餘名水寇。如今年已四十餘，孤身不嫁，遁入空門，在此已然修行六七年了，平日誰也不知道她是當年一位女俠。當下老道人把胡氏母女帶到蓮花庵，那玄悟也知道她母女的遭遇，多言勸慰她們，並說：“你們母女放心，在我這廟裏住着，有我保護你們，包管沒有舛錯。”當時胡氏母女感激零涕地向那老道人和玄悟女師道謝。

再說在胡家被老道人用點穴法點住的那幾個縣衙捕役，和那兩個谷家的惡奴，個個全都渾身麻木，不能動轉，如同死了一般。良久才漸漸能動彈了，前後都爬起來。然後大家虛張聲勢地各處搜了一遍，不單沒有那老道人的蹤影，連胡氏母女也不知去向。當下那惡奴谷正就嚇得滿頭是汗，說道：“哎呀，別看是遇見鬼了吧？”

捕役、惡奴就急急地到縣衙去稟報知縣，到那店房裏去稟報谷連雄。那縣官胡不鳴得報後，就趕緊派了縣衙內的大捕頭，率着眾捕役到各處查拿。緹騎四出，一夜不安，竟不知老道人與那胡氏母女的蹤影，疑仙疑鬼，嚇得那胡縣官也是心驚肉跳。到了次日，縣官還用了掩摩的手段不准聲張此事，只是派捕役暗中尋訪。那谷連雄也嚇得發毛，躲到縣衙裏去住，以便保護他。

再說那老道人，看得縣衙緝拿得不甚緊急，他才離了濮陽縣，到山東路上去找自己的徒弟華公廉，以便叫他到濮陽來，替自己除掉那谷連雄。他向來隨身只是一個大龜殼，這龜殼平時可以作箱子用，遇雨時當作雨傘，遇着江河就可以乘作船用。他還有隨身的一口寶劍、一隻法鈴，這法鈴是早先老道人闖蕩江湖時的護身武器。如遇有江湖間的巨盜窮兇惡極，武藝出眾之流，老道人只消將這法鈴作為鋼鏢鐵彈打將出去，對面的人登時就得被鈴打個腦裂身亡。

據老道人說：本人在五十年前闖蕩江湖，縱橫南北，從來未遇對手。只是在四川劍閣地方曾遇一老俠，會用鐵指甲打出鐵彈子。二人曾交手五六次，未分勝負，後來那老俠便不知去向了。這老道人至今尚時常耿耿追憶此人，又想：倘或這老俠要是傳授了門生，將來的江湖必要由他獨霸。自己雖然生平也曾傳授了兩個徒弟，但是碌碌無奇，將來豈能抵得住他所傳授的人？所以這老道人一向總是要在江湖間物色一個誠實俠義，武藝素有根底的少年，以便把自己這身武藝傳授給他。

如今他本是要去尋訪自己的大弟子，不想卻遇着了張驥飛。張驥飛曹州報仇、河岸匿居未曾看見這位老道人，其實老道人卻已然在暗中留心他的行蹤，並知道了他原來是近二年來江湖上新出來的俠士張驥飛。這老道人十分喜愛此人年少任俠，所以先略施手段，折一折他的傲氣；晚間又銀標寄柬，叫他到濮陽城去，替自己除掉那谷連雄惡霸，順便收他做個弟子，以便把自己這通身武藝傳授給他。

當下老道人先回了濮陽城蓮花庵，然後那張驥飛隨即馳馬而至。張驥飛到了城內，就打聽着文昌閣街胡氏家裏，一看只有一個看街的在那裏看房，他就向那看街的打聽，那看街的也不敢說出什麼來。

張驥飛十分生疑發悶，又想那老道人既然叫自己到這裏來，想他必住在這城裏的什麼老道廟裏，當下自己就向一個行路的打聽這城裏有什麼老道廟。因為他說話是江西口音，所以那行路的人聽不清楚，張驥飛說了兩三遍，那人才聽出一個“廟”字兒來，說：“啊，財神廟啊，就在西邊，就在西邊。”當下張驥飛道了聲“有勞”，遂就牽着馬往西走去。及至到了那財神廟一問，原來卻是一座和尚廟，哪裏有老道呢？

張驥飛牽馬離了這財神廟，呆呆地在道旁站了一會，就暗想道：那個老道人真是蹊蹺，他莫非是故意戲耍我嗎？當下他信步牽馬還往西走，都看見城牆了，往南一看，只見那靠城根有一高崗，青石磊磊，上面樹木森森，紅牆半露。張驥飛心說：啊呀，這裏原來還有一座廟呢！當下他就紉鐙上馬，揮鞭走去。

少時來到那高崗子下，這時只見由廟中崗上跑下一個小僧，招着手，嬌聲細氣地叫道：“騎馬的！騎馬的！”張驥飛仔細一看，原來是一個小尼僧，心說：又錯了！當下撥馬就要走。那小尼姑卻跑下來說：“你別走啊，我們老道爺叫你呢！”張驥飛聽着老道爺三字，遂就趕緊把馬勒住，但是又想：人家一個尼僧廟，自己乃是個江湖闖蕩的漢子，怎可去得？遂就說：“你把你們老道爺請出來吧，我不進你們的廟。”小尼姑不禁噗哧一笑，遂就說：“你等着，可別走！”當下她又跑上高崗，進廟去告訴那老道人，說是外面那人不進來。

這時張驥飛在外面馳馬繞彎，時時扭頭往那高崗上望，就見那老道人長袖翩翩，銀髯瀟灑地來到崗下。張驥飛趕緊把馬勒住，下了馬，一手牽轡，一手到地，行了個半拜禮。那老道人滿面笑容，以稽首還禮，張驥飛牽馬上前，那老道人就說：“那天多有得罪。”張驥飛笑道：“仙長哪裏的話？”

這時那小尼姑又下了高崗，把張驥飛的馬接過去，然後張驥飛就與那老道人一同上了高崗。依着張驥飛，只同老道人在高崗上談話，不進廟去，只是老道人執意請他進去，並說：“此廟乃系我侄女住持，何必如此拘束？”

張驥飛同着那老道人進到廟內，只見廟內翠柏蒼松，十分幽靜，那老道人把他讓到禪堂，有小尼姑給獻上茶來，鬧得張驥飛很是局促不安。當下那老道人就自通了名姓，原來這老道人名叫裴海雲，別號人稱遨天道人，在四五十年前，自然是十分轟轟烈烈，現在隱居嵩山太室峰間，輕易不下山現跡塵市。如今是因為來此看望侄女玄悟師傅，所以就來到這裏，不防卻遇見此事。遨天道人說了自己來歷，然後就談說那胡氏母女受谷連雄惡賊欺淩之事，張驥飛聽了自然十分義憤，那遨天道人便叫小尼姑把那胡氏母女請來。

少時玄悟女師便與胡氏和蒲俊英齊都進到這禪堂內。張驥飛見那玄悟女師是位老尼，但是因為有一身武功，所以在相貌上看來依然好像三十上下的人；那胡氏有四十餘歲，倒是位鄉間中戶人家的婦人；那蒲俊英姑娘卻是年只十七八歲，俊秀美麗。張驥飛此時十分拘泥，當下遨天道人就指着張驥飛說：“這是我請來的江湖間的著名俠士張驥飛君。現在因為我們修道的人不能與人爭氣，所以一任那谷連雄橫行無忌，不能懲治他一番。此君武藝超群，專好打世間不平之事，要打算除掉那谷連雄真是易如反掌，現在只請你們母女把以往所受的欺淩逼迫，向張君陳述陳述，以便請張君替你母女設法。”

那胡氏母女齊都流下淚來，向張驥飛施禮，胡氏便把以往的可痛可慘的事情，齊都說了一番。那蒲俊英姑娘偷眼去看張驥飛，只見他少年英爽，謙恭有禮，更不禁由感激零涕中發生一種愛慕心腸。

此時胡氏把話說完，母女拭了眼淚，張驥飛卻慨然道：“此事請交我張某一人辦理，谷某惡賊如若仍不死心，我當然不能饒他活命；如果他要遠奔他鄉，我也不能容他，就是幾千幾百里地，我也必要把他尋着！”旁邊玄悟女師見張驥飛如此英爽，自然是十分欽佩他，但是見他言談間仍舊不脫江湖好漢負氣好殺之習，便說：“如果那谷賊已然遠去，就請張君不必再追下他去，要他的性命了。”

當下邀天道人依舊叫玄悟女師領着胡氏母女，出了禪堂往後面去，張驥飛又落座和那邀天道人談了一會，他便向老道人說明自己要先到外面打聽打聽，當下他就出廟下崗去了。

張驥飛到了晚間才回來，回到廟裏，他就向邀天道人說自己已然打聽確實，那谷連雄現在還住在縣衙內，大半是已然得了病，所以不能動手。邀天道人微笑道：“他哪裏是得了病？分明是他恐怕一離開此地，在中途間遇着江湖上的俠士英雄，以至他性命不保，說來這種勢豪惡棍真是狡猾！”當下邀天道人便與張驥飛在這蓮花庵一同吃晚飯，飯畢已然日落黃昏，張驥飛遂單身挾劍出廟。

他先在本城內一家茶肆內喝了會茶，等到初更餘便出了茶肆，只見黑天沉沉，銀星滿天。張驥飛就先到了縣衙後牆，看得四下無人，就越過牆去，在牢獄後一個小空院裏隱避；也沒有人查到，他就在這裏挾劍伺機。直到夜內三更餘天，張驥飛這才施展他的鷹擊鶴飛絕技，直入那惡豪谷連雄的臥室。

那谷連雄本是那次被老道人嚇的，才來這縣衙裏托縣官之庇，以免遭那老俠的毒手，想等到事息之後自己再帶着惡奴回皖。至於那蒲俊英，雖然自己總是不死心，但是她下落難明，而且有那奇異難測的老道人在暗中那樣保護她，自己縱有天大的勢力，也難以把她圖謀到手啊！他天天又是悵悵不釋，又是恐懼自危。那縣官胡不鳴見本縣內出了這麼一個奇異的老道人，分明是古俠者的流亞，所以他想到自己一向所為，多半是昧心無良之事，未免也叫他有些自悚。天天這一個貪官、一個惡豪，只是一榻橫陳，噴雲吐霧。

不料這夜那貪官僥倖已然就寢，谷連雄尚在屋中，有惡奴谷正服侍他抽鴉片，此時張驥飛就掀開門闖入。谷正大叫一聲：“有賊！”張驥飛手起劍落，登時把他殺死，那谷連雄早已嚇得縮成一團。張驥飛就厲聲問道：“你是本縣縣官胡不鳴嗎？”谷連雄搖頭說：“不，不是，我姓谷……”張驥飛一聽他就是谷連雄，當下揚手一劍，那惡豪慘叫一聲，當時血染煙榻。此時外面更鑼亂鳴，驥飛趕緊出屋，飛身上房，躝房越脊出了縣衙。

這時夜色沉沉，路上一個人也沒有。張驥飛回到那城西高崗下，先由樹上揪下樹葉把寶劍上的血擦乾，又用寶劍刨了地，把那帶血的樹葉埋了，然後就上了高崗，到了蓮花庵前。剛要越牆進去，此時忽見殿角燈光一亮，原來是一個人站在房頂上。當下張驥飛就問道：“房上的是誰？”房上說：“是我。”驥飛聽這聲音嬌細，這才知道原來是那個小尼姑。

此時那小尼姑在房上說：“老道爺早已騎着你那匹馬出城去了，現在上鞏家屯孤塔寺去了。”張驥飛忙問道：“不知孤塔寺在哪裏？”小尼姑說：“就在城南四里多地，那裏有一個七層的石塔，很好尋找。”張驥飛答應一聲，隨即轉身下了土崗，只順着城牆往南走去。及至到了南城根下，張驥飛就爬上城牆，到了上面，又慢慢爬下過了城，他便在這夜色沉沉之中往南走去。

曉風沁骨，曠野無邊，走了有三里餘地，便見前面飛似的來了一個五尺多高的黑忽忽的東西，張驥飛倏地把寶劍亮出。此時對面那條黑影叫道：“對面莫不是張驥飛兄嗎？”張驥飛止住腳步，說道：“對面是哪位？”對面那人說：“兄弟韓五，現奉海雲道爺之命，來迎張兄。”張驥飛說聲“不敢當”，隨即走將上前，二人相見。原來這韓五外號人稱寒腿虎，原是鏢行出身，如今因為賦閑無事，所以寄居在孤塔寺滄風道人那裏。

當下張驥飛隨同他到了那孤塔寺，在方丈室內落座，那遨天道人與滄風道人全在那裏。張驥飛一見這滄風道人，原來是數年前的故友，此人曾到龍虎山上去過，當下相談甚悅。遨天道人便說：“自你走後，我便帶着他母女出了城，到這裏來了。”張驥飛遂就說了把那惡豪谷連雄及惡奴一人殺死的事情。遨天道人聽了，點頭說：“很好很好。”遂又說：“現在惡霸已除，我反倒為難起來，就是因為那蒲家母女，她母女二人如今無處投奔。”說時不由皺着眉，很是對於此事難以辦理。

那滄風道人又問道：“張老弟家中已訂下夫人沒有？”驥飛見問，不由又想起自己父母的慘死，遂就長歎一聲，說：“家門不幸，現在只剩下我孤身一人，更哪裏提得到婚事呢？”說畢淡淡地笑了笑。滄風聽了十分歡喜，說：“這就好辦了！那蒲家母女孤苦無依，十分可憐，而且那蒲姑娘端重淑嫻，與老弟年歲也相仿，現在我道人做個月老，請你慨然允下這件婚事。”驥飛聽了這話，慌得連忙站起身來，連說：“此事實不敢當。”

遨天道人在旁正色說：“驥飛，你此事實不可推辭！我自有生以來，七十餘年，闖蕩江湖也有幾十載了，所遇江湖少年英雄也不計其數，惟有對於你實為有緣。我看你的武藝已有七八成的造就，如若我再把畢生的武藝傳授給你，你將來真可橫行一世。現在我打算收你做個弟子，攜帶蒲家母女一同回到嵩山，等到過上一二載再與你們完婚。”張驥飛對於此事雖然十分願意，但是懷念自己慘死的父母，熱仇尚未完全報復，如今自己遽然訂了婚，豈不大為不孝？

此時韓五也在旁給張驥飛道喜。遨天道人又把胡氏母女請出來，叫張驥飛拜見岳母，蒲俊英姑娘在一旁低首含羞，胡氏卻十分喜悅。然後胡氏母女便往後殿去歇息，這裏兩位道人與張驥飛和韓五又談了一會，便齊在這方丈室內安歇，當夜無話。

到了次日，那張驥飛便出去雇了一輛車，遨天道人便與驥飛帶着蒲家母女，別了滄風道人與韓五，就離了這孤塔寺，直往正西去了。一路上換車宿店，曉行夜宿，走了十數天，才到了嵩山地面。在路上驥飛與胡氏母女分室而居，不交一談，胡氏知道驥飛拘謹，也不敢向他扳談。

　　及至到了嵩山，那山下各村差不多全都知道遨天道人這位老仙翁，遨天道人就叫胡氏母女寄居在山下紅山圍一個農人家中。農人年有七十餘歲，家中只是老妻孀媳，所幸衣食不憂；因為早先屢受遨天道人的大恩，無可為報，如今胡氏母女寄居在這裏，他們當然竭力款待。胡氏母女也在這老農家裏幫助操作，如同一家人一般。

　　單說那張驥飛，自此就在嵩山上華虛觀內，隨着遨天道人學藝。他本來自從在龍虎山出師之後，闖蕩南北未遇對手，他就自以為本人應該是天下無敵，武藝已然學到極峰。如今一經這遨天道人指點，他才知道自己一向所學，不過是學了十尺中的一尺，武道真銓正似汪洋大海，自己早先真是太淺陋了。

　　他在這山上學藝一連六載，武藝自然較前大為進益。這天他便向他師父面前請假，自己打算回家一次，遨天道人允許了他。張驥飛遂就下山，單騎南下，先到江西拜祭了祖塋和父母埋厝之所。舊時莊院依舊有僕人們看守，田園未荒，家主何在？張驥飛到了他父母的居室內，越發觸動他的傷心，不禁痛哭流泣。家人苦苦相勸，他才止住哭啼，遂又問了問家中的近況，家人只說是收成不錯。驥飛又到縣衙內見了見縣官，然後又到那紅瑜的乳娘家裏贈送了十幾兩銀子。他也不忍再在家中歇宿，就囑咐家人依舊好生看守田園，自己此去，還得過幾年才能回來。

　　當日他就起身趕路，連夜奔龍虎山去，見了昔日學藝的師父。那老道人也倒身體健康，聞聽張驥飛這幾年闖蕩江湖，為親復仇，如今又隨那遨天道人學藝，自己當然也是十分喜歡。張驥飛又談到那胡氏將女許婚之事，那老道人說：「你現在父母大仇總算已然報復了，你就應該急速完婚才是。」驥飛也唯唯答應，只說自己將來回到嵩山，必要把婚完了。

　　當下張驥飛便在這龍虎山上住了幾天，然後就拜別了他師父，下了龍虎山。他先到了與他父親結盟的那老俠郝龍鈞家裏看望，原來那老俠已然病故了。驥飛拜祭了一番墳墓，然後就離了郝家，徑往廬山後那張夢堂家中，去看望自己的胞妹紅瑜。

　　及至到了張家，那夢堂十分款待他，並說：「現在紅瑜已然十幾歲了，在六七歲時她就好練習武藝。我的老友廬山上的居士楊乃莘，武藝頗為高強，也很是愛喜她，我就把她送在廬山上去了。她每月必要下山兩次來看望我，現在是前兩天走的。你可以在此住兩天，我托人到山上把她找下來，以便你們兄妹相見。」

　　張驥飛聽了自己胞妹現在隨同江湖上知名老俠楊乃莘學藝，自己當然是十分歡喜，又想：自己雖然終日盼望見一見胞妹紅瑜，現在她也必是思念我，但一朝見面，我必須向她述說述說家世，以及父母昔時的慘死，那時她不定要悲哀到何等地步呢！咳，妹妹，為兄現在並不是不願和你見面，不願把父母慘死之事告訴你，怎奈現在你年歲尚幼，只好等到再過幾年，你武藝學成，我們兄妹再一同去報復那父母未盡之仇吧！當下他便向張夢堂說：「請叔父不必托人去找她了，我現在還有急事在身，過上一二年，我再來與她相見。」

　　當下這同族的叔侄又暢談了一番，夢堂便詢問張驥飛的詳細身世，並說：「你妹妹時常以此話問我，我總是不能回答。」驥飛見問，不由長歎一聲，遂就流着淚把自己的家世、父母慘死，以及自己這些年闖蕩江湖，從師學藝之事說了一遍，並懇囑夢堂暫不要把這些話告訴紅瑜，以免叫她一傷心，就不能專心學習武藝了。夢堂聽了也不禁浩歎，並勸他要好生保重自己的身體，不要過於傷心；完婚之後務必要到這裏來，以叫紅瑜得見她的兄嫂。驥飛聽了一一答應，遂就別了夢堂，乘馬而去。

驥飛離了江西地面，就由安徽奔山東，遨遊江湖，訪查唐玉齋、劉桂等一干仇人。一連數月之久，他便與宿州著名的拳師火龍姚俊、山東好漢查天暴等相交。那查天暴昔日也曾在龍虎山上學藝，算來是張驥飛的師弟；姚俊是江浙皖鄂四省著名的大鏢頭，早先與驥飛的父親張謹卿也是兄弟相稱，如今管驥飛叫老侄。

姚俊對於張謹卿所以與綠林結仇，以致喪身的因由完全知道，他就說：“老侄，你的仇人並不是賽金剛胡五、林青狼、唐玉齋、劉桂等人，乃是當年與你父親共同經商的那個葛耀才。此人早先因為與你父親爭利涉訟，輸了官司，他懷恨在心，所以在歸途中他就主使匪人打劫，卻被鏢頭震天雷等打散。葛耀才更借着此事，到各處去激動一般綠林人，以致那劉桂才請得毛連信，去到你家尋釁。後來你把毛連信打死，這才惹起山東的賊匪與江西賊匪結合，勾串你家的僕人侯得本，才慘害了你的令尊令堂。現在那賽金剛、林青狼已被你殺死；侯得本被你扎傷之後，不到一月便已喪命，至於那劉桂、唐玉齋等人，據我所知，他們都已隨着那葛耀才，往張家口經商去了。”張驥飛到如今才知道了自己父母被害的因由，又切齒痛恨那葛耀才，遂就別了這姚駿，單騎如飛，離了宿州地面，直奔張垣去了。

一路上風塵漫漫，心急如箭，及至到了張家口，遍處探詢，並無葛耀才其人。他意志嗒然，觀覽了長城古跡，也不便在這塞上風寒的地方多住，遂就離了張垣，順着驛路南下。又想起京都乃天子腳下，富貴繁華，天下無匹，他便打算到京都觀光一番，於是就順着大道直奔京都而來。

他到了北京，那時北京正是帝王之都，全國首府，春城煙靄，禁宮光輝；又值這年是天子萬壽，更是官民同慶，閭巷騰歡，熱鬧非常。張驥飛看到那皇城森密莊嚴，不由陡生壯志，當日他就住在前門外西河沿一家客店內。住了兩天，他把那禁宮的形勢看了一番，當夜三更天后他就輕身直入大內，躥房越脊，誰能知曉？他看這巍巍禁地真是別有尊嚴，就由金鑾殿砍下半片瓦來，帶在身邊。當下張驥飛依然順舊路回到店房，次日一早，他便單騎離了這王都人海，南下去了。正是：

深宮一夜來奇俠，人海單騎走英雄。

第十回　　月下鷹花燭痛親仇　　壺中客荒村認姑母

　　話說張驥飛由京都南下，回到嵩山太室峰間華虛觀，見了他師父遨天道人，就把由禁城金鑾殿上砍下來的半塊瓦，拿出笑着給他師父看了。遨天道人說：“你怎這樣大膽？京都乃天子腳下，英雄豪傑不知隱藏多少，你這樣橫行，倘若有個差錯，你這十幾年的功夫豈不就要白白地喪盡麼？”張驥飛卻微笑不語。此時遨天道人的心裏，卻正是十分歡喜他的藝高膽大，當下那張驥飛就依舊在觀中學藝，那遨天道人越發地盡心傳授給他。

　　一連又是一載有餘，這時遨天道人就不再教給驥飛武藝了，說是現在你的武藝已然學成了，只有一件大事你還沒有辦，就是你和蒲俊英姑娘的婚事。於是遨天道人就托人在山麓下給置了幾間房，擇了吉辰，便給驥飛完婚。

　　當日洞房花燭，那蒲俊英姑娘紅裝豔服羞坐床前，偷眼覷她這位英雄丈夫。張驥飛此時也飲過了喜酒，他靜坐椅上，銀燈耿耿，照到壁上懸着那口三尺長的青萍寶劍，他暗想：此劍曾手戳過林青狼、賽金剛與侯得本，雖然仇人已然殺死了三個，但是葛耀才、劉桂、唐玉齋等重要仇人尚未殺盡。慘死的爹娘，你們安知道兒子現在已娶了你們的兒媳？想到這裏，不由雙淚落下。蒲俊英姑娘看着暗自詫異，便上前慰問。張驥飛就把自己的家世，以及父母慘死，寄妹于族叔之家，現在廬山學藝；自己闖蕩南北，殺了林青狼、侯得本、賽金剛等仇人，但是尚有幾個仇人未得手刃，以慰父母之魂的始末說了一番。蒲俊英聽得翁姑慘死景況也不禁淒慘落淚，轉又雙眉帶顰，溫慰了驥飛一番。夫妻琴瑟調和，從此相敬相愛，舉案齊眉，真是英雄夫婿，賢慧佳人。

　　數月之後，那張驥飛因報仇心切，便往各處尋訪葛耀才、劉桂等人。一年有餘，不但沒訪出仇人的下落，反倒聽說了自己的師弟查天暴，在山東被薊門著名的好漢周瘊子周澹江打傷，抑鬱而死。自己本想為他報仇，但是父母大仇尚未報復，這些事情又哪有閒暇去管？而且自己又久聞那周瘊子是一位俠義好漢，也不願和他作對。單騎遨遊，走了三四省，只得依舊回到嵩山上。

　　此時那遨天道人因為年歲高邁，染病沉重，不能起床。張驥飛十分着急，趕緊要下山去延請名醫。遨天道人卻把他喝住，只說自己五十年來未曾一病，如今年邁得病，必是將要離開這人世了。張驥飛謹謹侍奉，一月之後，遨天道人裴海雲便羽化了，葬在山上。張驥飛守了一年喪，便帶着夫人蒲俊英和胡氏一同東去。到了南宿州，在城南古堡村火龍姚俊家中住了些日，蒲俊英便要叫他丈夫張驥飛帶她回家祭祖。張驥飛也是要回江西去，一來拜祭祖塋，二來見一見自己的胞妹紅瑜。

胡氏因為身體多病，不能隨去，只說：「你們南下，如若遇見鏢行中有一個名叫胡旭的，是四川瀘水人，那就是我的內侄。我們姑侄已有十四五年未曾見面了，你們如遇見他，就說我在這裏了。快叫他來見我一面。」蒲俊英說：「我現在如若再遇見我表兄，也還認得。」張驥飛說：「既是江湖上會武藝的朋友，就好找了。」當下胡氏又幫同他們收拾行李。到了次日清晨，那張驥飛就到外面雇了一輛車，車上放着行李等物，蒲俊英也坐在車上；張驥飛卻牽着他那匹馬，別了胡氏和姚氏夫婦，便離了這古堡村南下去了。

一路之上，因為那蒲俊英不能騎馬，只得沿途換着雇車，所以頗為延遲。越嶺過江，足走了一個多月，方才到了江西地面麥子莊驥飛的故里。到了家中，家中人見了少主人、少主婦，張驥飛就問自己走了這幾年，家中有什麼事情沒有。那龍鍾的老家人回說：「在去年秋天家裏來了一位姑娘，年紀有十五六歲，來到家裏就打聽大少爺，她說她就是咱們家裏的小姐。來到家裏，她便上了一趟墳，哭了半天，後來住了兩天就走了。」張驥飛知道這必是自己的胞妹紅瑜，聽那張夢堂告訴了她的家世，她才前來祭奠父母，聽畢老家人這番話驥飛也不由落淚。當下驥飛就與蒲俊英夫妻二人，到了葬厝父母的地方，素衣設奠，哭奠了一番。他便叫俊英在家裏暫住，自己單身匹馬，往廬山去尋他胞妹。

一路風塵，及至到了廬山，先到了張夢堂家中，數載未見，張夢堂越發老邁了。此時那廬山上老俠楊乃莘已然故去，張紅瑜正住在夢堂家中，兄妹見面不由抱頭痛哭。夢堂在旁苦苦相勸，兄妹二人方才止住哭啼。然後紅瑜就一面拭着眼淚，一面哭泣着說：自己生來這十幾年，並不知道自己家庭中事情和父母的生死，在去年自己苦苦向叔父詢問，叔父才把詳細的情由告訴我。我回了一趟家，祭了一趟墳地，後來我又到南京、鎮江、揚州等處尋訪哥哥，倒是有知道哥哥大名的，但是全不曉得哥哥的下落。我又不知道仇人的姓名，也不能尋仇人為父母報仇……說到這裏，越發哽咽不勝。

張驥飛也滿面流淚，說：「我本當早日就見你，把家中以往的事情告訴你，只是因為你那時年歲尚幼，而且學藝未成，又加我這些年除去在嵩山學藝，就是在北幾省闖蕩，所以不得和你見面。現在十餘年了，你我兄妹始才見面，而那仇人葛耀才、劉桂、唐玉齋等人尚未除盡。妹妹現在即已蒙楊老俠傳授了武藝，將來何妨和我一同去尋找仇人，同為父母報仇？」當下紅瑜唯唯答應，遂又問：「嫂嫂現在隨來沒有？」張驥飛說：「已然隨我來了，現在家中住着了。」

當下紅瑜急欲一見嫂嫂，張夢堂也說：「你們兄妹既已相見，就應該一同回家去祭奠祭奠父母。」當下紅瑜拜別了，遂就與張驥飛兄妹二人離了這裏，一同回到麥子莊家中。紅瑜與她嫂嫂蒲俊英相見，姑嫂二人十分相投。張驥飛又向紅瑜提說在昔日家中遇禍時，多蒙乳娘抱你藏匿起來，才致得了活命。紅瑜趕緊叫驥飛領她到那乳娘家中，叩頭拜見。十餘年來那乳娘也年歲漸老，如今見這位張小姐回來了，出落得這般好，自然也是喜歡得不可言狀。

驥飛與紅瑜回到家裏，延請僧道，在安厝他父母之處唪經超度。是日驥飛夫妻與紅瑜齊都穿孝舉哀，一般舊日戚友也全都前來弔祭，驥飛只說這些年自己在外面做武官，並不敢提闖蕩江湖殺仇之事。

開弔事畢，驥飛夫妻和紅瑜在家中約住了一月之久，驥飛又到龍虎山去拜見了師父，張紅瑜也到夢堂那裏去了一趟。兄妹回到麥子莊，便仍把家中的事情託付家人辦理，他們夫妻、兄妹便起程北上，經山渡水，一路無話。

仍舊回到宿州古堡村姚家，拜見了蒲俊英之母胡氏，胡氏看着這姻家女兒也很是喜歡，並問驥飛打聽出她內侄胡旭來沒有。驥飛說：「倒是曾向人打聽，並不知此人。」俊英說：「他們江湖人，哪裏有一定的處所？不定何時自然會遇見的。」

當下驥飛夫婦和紅瑜，就在這裏住了兩月有餘，紅瑜時時刻刻要她哥哥帶着她，出外去尋找仇人，以便為自己父母報仇。驥飛也曾考究過紅瑜的武藝，她雖然是一個幼女，但是拳腳、刀法、劍術，以及夜行的功夫，卻實是受過真傳，非一般江湖平庸之輩所能及得，所以也很願意帶着她闖一闖江湖。於是紅瑜便買了一頭小驢，擇定日期，別了胡氏及俊英，他們兄妹便離了宿州，雙騎北上，闖蕩風塵，到處尋訪那葛耀才、劉桂、唐玉齋等人。

由山東至直隸，數月之久，才知道那葛耀才現在在京畿一帶販賣綢緞布匹。當下兄妹便要北上，紅瑜就說：自己有位師兄，名叫齊九真，早先也是江西有名的大鏢頭，現在自己已知道他在薊州出家為道。張驥飛也久聞齊九真之名，當下便說：「很好，薊州離京都不遠，我們可以先到那裏訪一訪齊師兄去，順便我還要會一會那在薊州居住的，北幾省的著名好漢周瘊子。」

當下兄妹議妥，遂就雙騎北上，直到了薊州。尋着那齊九真道人，兄妹便住在他廟裏，然後驥飛叫紅瑜暫在這廟中居住，他就獨自到了京都。他也不找店房居住，只在禁宮深處庫內匿居，天天半夜回到大內，天不亮就到外面去，長街小巷，寶局煙館，尋訪那葛耀才。

一連十數日，這天居然打聽出那葛耀才的下落，原來他已更名叫諸葛江，早先在四牌樓開設緞局，現在緞局關閉，他還同着兩三個夥計住在那關閉的鋪子裏了。張驥飛又多方詢問，那關閉的綢緞店內複姓諸葛的人，確實就是自己父親生前的仇人葛耀才。他自幸尋着了仇人的下落，這天夜內，他就到了那關閉的綢緞店內，趁着那葛耀才熟睡，就手起刀落割下頭來，依舊回到宮禁，藏在那深宮空庫的木箱以內。

又伏處了兩天，那天深夜，這大膽奇俠正在施展身手於丹墀甌脊之間，此時適見皇上繪畫，他便故意驚動皇上一下，無意中蒙皇上御賜綽號「月下鷹」。後來他又見那西宮內的葛太監驕橫淩人，欺壓那宮女，不由越發地義憤難忍，於是也不管什麼叫深宮，什麼叫大內，就將那惡太監殺死。次日此事便驚動了朝廷，後來那晉中堂清晨早朝，攜帶奏摺，卻被張驥飛留上心，略施手段把那奏摺換過；不想因此就把晉中堂下了獄，那晉少爺珍堂就遍處尋訪這巨盜的下落，以便營救他父親。

此時正值那四川人胡仲軻，改號壺中客，在宣外白衣庵賣卜，攜帶他的小徒松鼠兒隱名匿居。晉珍堂原以為他就是那宮中的巨盜月下鷹，後來見面談及，才知道他卻是當年江南著名的一位奇人俠士。壺中客也深忿這月下鷹的橫行無忌，便慨然應允替晉珍堂偵拿此賊。於是壺中客便多方偵查，並且深入宮禁，把月下鷹所藏的那顆首級發現，這顆人頭卻是張驥飛所殺的那個葛耀才。

因為那與葛耀才同居的人就是劉桂與那趙黑鬼，葛耀才夜內突然失首，他二人情知這事情有異，也不敢聲張報官請驗，就在後院刨了一個深坑，把那葛耀才的屍身掩埋了。當下他們把葛耀才所遺的錢財物件均分了，次日一早就出了這關閉的綢緞店，離了北京逃走了。

這顆人頭被張驥飛藏在宮中庫內，本打算攜走，但是那血淋淋的人頭實在不容易攜帶，所以他才把那空庫內的木箱底拆下，用火烤那人頭，打算烤完之後再攜帶回薊州去。這深宮空庫燎烤人頭，雖然難免臭氣散出，但是一來因為宮中地方寬大，二來一些太監蘇拉，以及該班的人全都是十分懶惰，誰又探得出這些事？不防卻被壺中客完全給探出。

那夜張驥飛在宮中與壺中客相遇，本打算要與他交手，但是又不知此人畢竟有多大本領，倘或要是交起手來，敗在他的手內，未免不大利便，於是他便沒有與壺中客交手。後來他探聽出來壺中客的來歷，便不由十分憤恨，暗道：我張驥飛橫行南北，見過多少英雄豪傑，你一小小的賣卜的人，就敢與我作對？所以他一怒，先到了那正堂家中銀標寄柬，指出那壺中客來，以致捕役承三才去要設計捉拿壺中客。

張驥飛氣猶不出，遂深夜到了白衣庵，與壺中客師徒交手，訂下明天在齊化門外見面。次日他便與那壺中客在齊化門外野外交手，要論二人的武藝，卻正不知是鹿死誰手，月下鷹張驥飛的銀標雖然厲害，但是那銀翅雕壺中客的鐵彈子尤其難惹，以致張驥飛縱有天下武藝也難以施展，所以十分怏怏不舒。

此時張紅瑜不放心她哥哥，也來到京都，張驥飛這才寫了信，叫紅瑜面寄給壺中客，為的是使他與那周瘊子結下仇恨，自己好再從中暗算他們。不想壺中客到了薊州，不但未與周瘊子結仇，反倒交了朋友。松鼠兒又假意被紅瑜所捉，狡黠戲耍。張驥飛到周瘊子家中，鏢傷周澹江，與壺中客交手，亦未能得勝。張驥飛暗想：自有生以來，也未曾遇見過壺中客這樣的勁敵！正是「既生瑜，何生亮」，兩雄勢難併立，北方既然出了這個壺中客，我張驥飛就不必再在這北幾省來充好漢了！所以他就即日別了紅瑜的師兄齊九真，兄妹雙騎南下，回宿州古堡村去了。

一路風塵，這天便回到宿州，到了古堡村火龍姚俊家裏，見了胡氏和俊英。此時火龍姚俊聽說驥飛兄妹回來了，他便過來找着張驥飛，問他到京都去的景況如何。驥飛就說：此次兄妹北上住在薊州齊九真那廟裏，自己獨自到京都，匿在深宮大內，後來殺死葛耀才，就把他的人頭藏在宮禁內了。自己又在宮內大鬧，蒙皇上御賜綽號月下鷹，後來在西宮殺死太監，御前遞折，以至那晉中堂被押刑部。

姚駿聽到這裏，十分驚駭，說：「驥飛，你太膽子大了！不要說你在深宮大內皇帝面前如此橫行，就是那北京城裏，我們江湖人要去，也得加上一份小心，因為京都是藏龍臥虎之地，什麼樣子的英雄沒有？你這樣橫行，大犯江湖忌諱，恐怕南北英雄要聞此事，也要氣忿你目無天下豪傑，來找你一較高低！」

驥飛冷笑道：「那倒無妨！只是我此次到京都去，遇見了一位英雄，此人實在使我佩服。因為驥飛縱橫天下十餘年來未曾遇見過對手，唯獨此人，我雖然沒敗在他的手裏，然而也實難取勝。此人實在是我平生一個勁敵，有他在北方，我立誓不在北方來充好漢。”姚駿趕緊問道：“但不知此人叫什麼名字？”張驥飛便把自己兄妹在京都與那壺中客師徒，鬥智角力的事情說了一番。

姚駿聽了，不由大笑道：“驥飛，我不是譏誚你，你一向心高性傲，自以為天下無敵，如今可遇見對手了！此人原名胡崇孟，號仲軻，外號人稱銀翅雕，在三年前他是湖南、江西一帶數一數二的英雄好漢。聽說此人乃是四川大劍俠鄭武傑的門徒，你師父遨天道人一世無敵，惟有自四十歲以後就永不到四川去，便是因為川中有這一位鄭武傑。‘兩虎相鬥，必有一傷’，遨天老道人尚且如此，不願與人誓拼高下，如今你即遇着這銀翅雕，我勸你們正好要惺惺相惜，不要必分什麼強存弱死了。”

驥飛聽姚駿把壺中客的來歷說了個原原本本，當下便問道：“不知姚叔父曾與此人相識否？”姚駿說：“沒有，因為此人早先也是鏢行出身，但不知他是那一路的英雄。後來他入了綠林，單身匹馬，無論什麼貪官商旅，以及橫行暴掠、不顧道德的綠林人，他全都打劫，得了錢便散於貧困人家，向來不與江湖人交結；所以我只聞其名，未見其人。”

張驥飛聽了姚駿說了壺中客這一往的來歷，不由十分欽慕他的為人，正是所謂英雄惜英雄，好漢愛好漢。他深願再與那壺中客會上一面，不必交手分什麼上下高低，最盼與他結為好友，因此他常常與蒲俊英及紅瑜談說這個壺中客。紅瑜卻是時時刻刻地記恨那松鼠兒，她說：“我將來非得把那獨眼的小兔子捉住，要他的性命不可！”

那張驥飛的岳母胡氏，卻常常思念他的內侄胡旭，自己是深恐他一個保鏢為生的人，難免被強盜所害，他倘或要是此時不在人世，自己娘家豈不就是斷絕了香煙？心裏如此想念，卻也無法去打聽他的下落。

單說此時那壺中客師徒由薊州追蹤南下，捉拿月下鷹兄妹。他們師徒久闖江湖，南北的道路自然是很熟。這天來到宿州地面，就在東門外打店住下，然後師徒便打聽張驥飛的住址。張驥飛在此住了這些日，差不多也有許多人知道他的大名，全知道他是個做武官的，管他叫作張大爺。

當下壺中客打聽出來他在城南火龍姚駿家裏居住，於是便設法捉拿於他。但是壺中客又十分踟躕，一來是因為張驥飛武藝超群，自己雖然不至於敗在他手裏，但是要想捉拿他，卻實在不是容易的事；二來自己又不是在官的捕役，而且自己在京都也惹下彌天大罪了。但是不把他捉住，又怎能回京去見晉珍堂？輾轉想來，便想：那月下鷹張驥飛也是位俠義英雄。只可向他講義氣，不可以武力取他。我先去見他一番，他如講義氣便罷；他要不講義氣，我再與他交手，好在有火龍姚俊在那裏，他也分得出是非曲直。

當下他便向松鼠兒說明這種辦法，並說：“你且不要跟我去，因為你把那紅衣女子欺得太甚，她女人量窄必不容你，你也不可在暗中跟隨我。”松鼠兒唯唯答應。當下壺中客就叫松鼠兒給備好了馬，遂就攜帶鋼刀、鐵指甲、鐵彈子等物，然後就出了店房，騙身上馬，直奔古堡村去了。

此日那古堡村的火龍姚俊正與月下鷹張驥飛一同出門，到城西常弘寺內去找那老僧鐵臂淨朗談論武藝。壺中客來到這裏，先到門前下馬，有姚家的僕人出來，問道：「找誰？」壺中客取出名帖來，就說：「找這裏住着的張驥飛。」那僕人怔了怔，說：「張大爺出去了吧？」壺中客說：「你進去看看去。」那僕人就拿着名帖進到裏面。

待了良久，忽見那張紅瑜由裏面出來，她穿着青緞小襖，挽着頭髮，手提着一口鋼刀，怒氣衝衝地出來，用刀指着壺中客說：「壺中客，你還敢追到這裏來？你又不在官應役，我哥哥做什麼事，與你有什麼相干？你那個死不了的瞎眼小徒弟還那樣欺負我。現在我哥哥也沒在家，我也不便跟你惹氣，你把你們那瞎眼小徒弟送來就得了；你不把他送來，我也找你們去！」

壺中客經張紅瑜一罵，自己不由十分生氣，本想用鐵彈子打她，又想她一個幼年女子，自己就是勝了她，倒壞了自己的名氣。當下便耐着怒氣，冷笑了一聲，說：「姑娘，我壺中客也不願和你一般見識。回頭你令兄回來，你就告訴他，明天上午千萬叫他在家裏等我，我必然帶着我徒弟前來。」紅瑜說：「好！你明天可准帶着你那一隻眼的徒弟來，你要不來怎樣？」壺中客怒氣衝衝地扳鞍上馬，說：「我堂堂的銀翅雕，豈能跟你一個女子面前說謊？」說時催馬就走。

走了不到一箭之遙，忽聽身後遠遠有人叫道：「胡旭，胡旭！」壺中客一聽，不由頓吃一驚，暗道：在十五六年前，我名字叫胡旭，後來離了鏢行就更名崇孟，直到如今，誰能知道我胡旭之名？當下自己趕緊撥轉馬來，回頭去看。只見那姚家門首，紅瑜還提刀站在那裏，另有一個年紀老些的婦人追着招手叫他：「胡旭，胡旭！」壺中客仔細一看，不由說聲「噯呀」，趕緊下馬，牽着迎上那老婦人。

此時對面正是張驥飛的岳母胡氏。當下胡氏淚如湧泉，招着手說道：「胡旭，你還認得你的姑母嗎？」壺中客上前拜倒，叫了聲「姑母」。胡氏將他攙將起來，壺中客拭了拭眼淚，說：「姑母，侄子已有十餘載未與姑母見面了！並不是侄兒不孝，忘了姑母，實在是因為在十幾年前惹下了大禍，不得已才改名遠走。現在是因為在京都受晉中堂公子之托，來到這裏，緝拿大鬧宮禁的月下鷹張驥飛。」

胡氏說：「驥飛任意橫行，我也知道，可是你表妹已然嫁給了他，你與他也是表親，難道你還跟他作對嗎？」壺中客心裏十分為難，胡氏一看紅瑜還在那裏站着，遂就把她叫過來給壺中客引見。紅瑜知道了這壺中客原是自己嫂嫂的表兄，自己也無可如何，遂就向壺中客見禮，壺中客也無話可說。

當下胡氏就叫壺中客到了姚家，把馬匹交給姚家的僕人，然後請他到了裏面，那張驥飛之妻蒲俊英，也出來與她表兄壺中客見禮。胡氏就把自己母女當年由安慶避禍到濮陽，後來仍遭憂患，幸虧遨天道人請來張驥飛搭救，故此把俊英許配他為妻，以及那張驥飛的為人齊都說了一遍。

壺中客聽了這些話，便長歎一聲，說：「我表妹夫的英姿膽量，我是極為欽佩的，不過他此次大鬧宮禁，壓倒天下英雄，未免太近於橫行無忌，再說他掉換奏摺，陷害晉中堂，也太不似俠義行為，所以我正願見他一面，勸說勸說他。」旁邊蒲俊英說：「你妹夫在京都所做的事情，他也不跟我說，我也不敢問他，表兄如能勸說勸說他更好，現在大半他跟姚大叔又上那廟裏去了。」胡氏就向旁邊的紅瑜說：「姑娘，你認識那座廟不認識？」紅瑜點頭說：「認識，我這就去把我哥哥找來。」當下她出了屋，到了前面，就把壺中客騎來的那匹馬牽出去，扳鞍上馬，就奔那座僧寺找他哥哥和火龍姚俊去了。

這裏壺中客與他姑母又談了一會閒話，便聽外面腳步聲雜亂，屋門一開，那月下鷹張驥飛、火龍姚俊和紅瑜前後進來。胡氏便給他們引見，壺中客與月下鷹互相道歉，英雄肝膽，自然不計較往事。火龍姚俊又與壺中客互道久仰，並湊趣道：「俗語說『不打不成相識』，如今你們可以說是不打不成親家了。」壺中客與月下鷹也不由全都笑了。

此時張紅瑜見自己哥哥與壺中客兩人，本是對手仇敵，如今竟這樣和好起來，其實要說他既是自己嫂嫂的表兄，早先的仇恨也可以不提，不過他那個賊徒弟太是可恨，自己受他那樣的欺負，豈能甘休？當下她便暗地一揪他哥哥的袖子，張驥飛回頭問道：「你有什麼事？」紅瑜滿面怒氣，說：「你問問壺中客，他住在哪裏？」

當下張驥飛剛要問，壺中客早已聽見了，遂就笑道：「現在我跟表妹夫的事情，可以說是一天雲霧全散，唯獨這位妹妹我卻實在是對不起，因為我那小徒無知，在薊州時多有得罪。那孩子太為狡猾，即便姑娘找他去，他也必能脫逃，明天我把他拴來，見姑娘賠罪也就是了。」張驥飛笑道：「你那令徒也是得拴來。」壺中客遂又把那松鼠兒的來歷說了一番。當下姚駿和張驥飛就留壺中客在這裏吃了飯，到了天色黃昏，壺中客方才乘馬回去。

回到店房，見那松鼠兒正蹲在一個小凳兒上睡覺；他歷來躺臥着是睡不着，非得找一個不穩當的地方一蹲，方能睡得着。當下壺中客一巴掌把他打醒，就把自己到古堡村與張驥飛相見，認了表姻親之事說了一遍，並說：「你明天隨我到那裏去見那張紅瑜，給她賠個罪也就完了。」

松鼠兒咧嘴說：「賠罪倒不要緊，可是師父得保護着我。別看那姑娘，她可恨極了我，一見着我她必下毒手；不用別的，她要是把我這只眼睛再挖瞎了，我可就成了殘廢了。」壺中客說：「你這東西好不明白，有你師父在此，豈能叫你吃了虧？」松鼠兒點了點頭，又睡覺了。

少時點上燈，壺中客便覺發起困來，遂就叫醒松鼠兒，問他吃飯了沒有。松鼠兒說：「早吃完了。」壺中客說：「好，你既吃完了，我們就睡吧。」當下壺中客就倒在鋪板上和衣而臥，那鐵指甲依舊帶在手指上，松鼠兒依舊蹲在那凳兒上打盹。牆上掛着的那碗油燈，漸漸地昏暗起來，更鼓已交到了三更，那壺中客翻了一個身，到外面解了一泡小手，回來依舊倒身睡下。少時過了四更，松鼠兒翻身跳到地下，一躍出屋，一點聲音也沒有，然後飛身上房，就躥房越牆到了外面，直奔正南，往那古堡村去了。

原來松鼠兒在白天他師父上古堡村時，他就暗中跟隨了，他師父跟那胡氏相認他也在暗中看見了，但是卻鬧不清這是怎麼回事情，後來因為困乏了，他才回來睡覺。及至他師父回來他才知道，師父明天要帶他去見那紅衣女子賠罪。自己雖然不至於遭她什麼毒手，但是不讓自己施展兩手兒就給人家叩頭，未免太冤了！所以他鼠智頓生，拿定了主意，趁着這天色未明，便偷偷摸摸出了門。到了這古堡村姚家就飛身上房，順着房往後院走去，他還故意把腳步放重些。

這時那屋中的火龍姚俊早已由夢中驚醒，他披上衣裳，拿上三支鏢，就開開門出了屋子。一看房上有人，趕緊一鏢打去，未曾打着；二鏢打去，也被房上那人接住。姚俊大驚，進步上前，第三鏢打去，那人登時趴在房上了。這裏剛要上房去把那賊人揪下來，就見張驥飛也由他屋內出來，手提鋼刀，向姚俊問道：「賊在哪裏？」

此時松鼠兒見張驥飛出來，他便在房上站起身來，說：「張大叔，我是松鼠兒，現在我特來給紅師姑賠罪。」張驥飛招他下來，一把手把他扭住，說：「好小子，你太油滑了！」這時松鼠兒把手中的三隻鏢交給姚俊，姚俊倒很驚詫他的武藝。當下姚駿把他扭到屋裏，張驥飛也隨着進來，姚駿挑起燈來一看這松鼠兒，瘦矮獨眼，挽着個小辮扣，其形可笑。

這時屋門一開，張紅瑜挽着頭髮，穿着貼身紅緞襖，手提鋼刀進到屋裏。一眼望見松鼠兒，她不由氣得粉面煞白，不容分說，掄刀向松鼠兒就砍；松鼠兒一俯身，早跑在桌底下去了。張驥飛與姚駿卻把紅瑜攔住，說：「我們與壺中客既是表姻親，他是壺中客的弟子，我們更不可再記前仇。」當下姚駿就把松鼠兒拉出來，叫他給紅瑜叩了個頭。張驥飛又勸了紅瑜半天，紅瑜這才消下些怒氣，少時天色已亮，她就又回後面去了。

這時壺中客由店房趕了來，進門就問松鼠兒。到了裏面，見了姚駿、張驥飛和松鼠兒，那姚駿就把松鼠兒天還沒亮就來這裏給紅瑜賠罪的事情，說了一遍。壺中客自然又向松鼠兒痛斥了一頓，然後便一同落座暢談。壺中客遂向張驥飛責以大義，說是那晉中堂乃是一位公正廉介的大臣，你不該掉換奏摺，以致他身入刑部監獄，這未免不似俠義所當為；再說那周滄江也是江湖上有名氣的俠義好漢，你絕不該冒他的姓名，並打他那一鏢。

張驥飛聽了，不禁長歎一聲，說：「當時任氣橫行，如今悔也無及。周滄江那裏我自當負荊請罪，至於皇上那裏，我另有辦法搭救那晉中堂。」壺中客忙問道：「你有什麼辦法何妨先向我說明，我也好放心隨你北上。」張驥飛哈哈大笑，道：「表兄有什麼不放心？我張驥飛大鬧宮禁，橫行京城並非自負，敢稱得起可以傲笑天下英雄。你放心，我此次隨你到京都，絕不致行什麼拙志。」壺中客聽了，自然不便再問他了。

於是壺中客師徒就在這姚家住了幾天，然後把松鼠兒寄留在這裏，壺中客就要同月下鷹北上。胡氏母女還不放心，倒是姚駿從中解說，他們北上絕無舛錯。張驥飛與壺中客這才一同北上，兩位驚天動地的大俠雙騎如飛，一路無話。

二人先到了薊州，見了齊九真，敘了近況，然後便去到那周滄江家中，張驥飛當面請罪。周瘋子也是位爽快英雄，自然不計往事，反倒設酒款待。壺中客便在周家住下，然後月下鷹便重入京師。他先打聽那晉中堂的景況，知道那晉中堂尚在刑部監內，張驥飛心實不忍，當夜又輕身入到深宮，施展手段，未到天明便離開了宮禁。次日皇上升朝，便詔救了那晉中堂，只是革官降等。

原來昨夜月下鷹入宮，便把自己昔日所盜的那張蒼鷹撲月圖，由自己秘藏的地方奉還于皇上寢宮之內，並留下字柬：自稱系海南大俠，上次因有飛行大盜勾串西宮太監，預謀不軌，故爾自己入宮保護聖駕，殺死惡盜及太監，私盜御畫、遞換奏摺原系一時遊戲，草民無知，有驚聖駕，千祈聖恩寬恕，無辜被陷之晉中堂，亦務請開恩等語。那皇上平日最傾慕俠士奇人，所以發現此事，次日即將晉中堂宣赦。

　　月下鷹見晉中堂已然被赦，隨即回到薊州。那壺中客聞悉十分歡喜，便也到了京都，親見晉珍堂，提說月下鷹之俠義可欽，自己所以不便擒他交官。那晉珍堂見自己父親被赦，就已喜出望外，更何願深究？當下向壺中客表示十分感謝。壺中客隨即翩然而去，回到薊州，便與月下鷹一同南下，回宿州去了。《深宮奇俠》小說說到此處，告一結束，著者尚有關乎胡張二俠的軼事，容日在另篇述寫。正是：

銀雕蒼鶻義俠圖，　寫到淋漓也堪續。
十載熱仇尋海角，　一隻寒劍入京都。
長懷身手施禁地，　休笑英雄淪江湖。
人情鬼蜮崎嶇甚，　今日蕭條此道孤。

《寶劍明珠》

DULU WANG（王度廬）

江 湖 出 版 社
JIANGHU PUBLISHING

Jianghu Publishing
PO Box 35075 Fleetwood Postal Outlet
Surrey, BC Canada V4N 9E9
www.jianghubooks.com

THE COLLECTED WORKS OF DULU WANG

王 度 廬 選 集

Author of Crouching Tiger, Hidden Dragon

《 臥 虎 藏 龙 》 作 者

Wuxia Novels Volume Four

武侠小说集　卷四

寶劍明珠

DULU WANG

王 度 廬

Edited and Modified by Hong Wang

校 訂 者：王 宏

JIANGHU PUBLISHING　　江 湖 出 版 社

第一回　寶劍出風塵光芒一世　明珠藏繡戶惆悵中秋

裙帶飄風，蛾眉劍豎，言念舊恩，千金不顧。
繡閣春寒，西風獨倚，日日摩挲，寶劍知己。

（錄澤山花品）

　　情本乎天，俠出於性，是故古今之人無不有情。而俠風義行，則專賦於慷慨悲歌之士，尤以女子秉其纖秀，鮮有奇壯人才出乎其間。唯唐人小說，予紅拂以巨眼，寫紅線以奇技，但紅拂奇而不武，紅線武而寡情。美人俠風，沿至清代，又有《兒女英雄傳》中之十三妹出焉。然其述十三妹也，以一俠女，必欲鍾情於浮沉宦場中之安公子，未免失其風塵遊俠氣度。著者于此常生憾焉，爰摭舊聞，述此《寶劍明珠》一書，劍光釵影，兒女英雄，結以慘烈，立意故如是。然拙筆荒辭，又未知能否博得識者一笑也？正是：

不因英雄羞兒女，還將寶劍映明珠。

　　話說在前清時代，陝南鄂西一帶有一著名的俠客，名叫毒劍俠。因為此人行俠仗義，不露姓名，每一殺死貪官惡棍必留下字束，寫出除滅他的原因，下面署名就是"毒劍客"三個字，所以也不知此人的真名實姓，更沒有人看見過這位奇俠的丰采，遠近各縣差不多全震於他的大名。

　　官方因為他先後在各處做有命案十餘起，所以全都各派名捕四下偵拿，但是毫無頭緒，而毒劍俠卻依舊橫行無忌，如此就是一年有餘，毒劍俠所做的案子愈多。但是因此貪官惡紳、土豪強盜全都斂心自懼，因為果然做了負心的事情，一被毒劍俠知道，登時就許喪命。同時良善人民各安所業，貧困之家且有蒙毒劍俠資助之事，大家因為官方捕役拿得太嚴，相戒不說，然而私心無不感激，暗地馨香敬謝。

　　單說在湖北隕陽縣內有一家勢豪姓雷，家主雷明保是武舉出身，曾做過一任協鎮，便自獨霸一方。他家中有兩個護院的把式，全都是武藝超群。這雷明保橫行無忌，後來聞得江湖間出了一個毒劍俠，貪官惡霸遇之失首，所以他也有些自懼。後來他見那毒劍俠沒找到自己的頭上，所以他以為毒劍俠是怕自己家中那兩名護院的厲害，才不敢到自己的頭上來惹禍；又聽那兩個護院的把式常常說些個輕視那毒劍俠的話，所以他愈發毫無忌憚，以為自己家中這兩個護院把式足以使那毒劍俠生懼，因此他便依舊欺貧淩弱。

他的兩妾尤其刁狠，因為虐待死一個婢女，婢女的家中人便在縣衙告發了，那本縣知縣便發簽去傳這雷明保。雷明保哪裏把知縣放在眼裏？當下他便連去都不去，只由那兩個護院的把式出去，告訴那官人說：「雷老爺現在病了，不能到縣，等病好了再說吧。你們分神，回去給圓全着說就得了。」那衙門的官人差不多全都知道雷家的財勢，當下也沒有法子辦，只好就回衙門去吧，這裏那雷明保反倒大罵那知縣太不識情面。

此案擱了有半月餘，那死婢的父母屢次鳴冤，知縣也只以被告者因病不能到案為辭推脫。那死婢的父母以為這必是那知縣與那雷明保是摯友，再使了髒銀，所以才支吾此案。本想到知府衙門去告，但是一來道路很遠；二來又怕那雷家又賄了知府，到哪裏去告也是不能為自己女兒鳴冤，這老夫婦因為女兒死得甚慘，所以不顧一切，就到那雷家門首大哭大罵。那雷明保大怒，就喝令那兩個護院把式和僕人長工，一陣木棍將那老夫婦打得呼天哀地，堪堪半死。後來那老夫婦趴到土道邊又不能動轉，終日哀號，不到兩天那老夫婦先後斃命，由官方草草給葬埋了。

此事一出，凡是知道的人無不痛恨那雷家。不到十天，有一夜內，雷明保和他的二妾全都失了首級。此事一出又遠近轟動，那雷家的兩個護院的知道這必是那毒劍俠所為，於事發的第二日便嚇得逃走了。

在當夜那知縣於衙內也發現出一張字束，就是訴說那雷明保及其二妾的罪惡，並儆戒知縣以後不可再如此懼勢枉法，致使惡霸橫行、良民受害，措辭極為嚴厲，下面題名便是「毒劍俠」。這知縣因為此案無法向上交待，所以就據實呈報上司，自請處分。知府大人也因為這毒劍俠屢作巨案，至今並未破獲，自己也是時刻難安，於是便呈稟到道台那裏。

襄陽道台叫孟簡餘，也是久聞自己治下出了這一個毒劍俠。雖然他所殺的全是貪官土棍，而且光明磊落，本極可欽，但是他如此橫行，屢出命案，甚至國家官吏他都要信意殺死，實在罪不容赦。又加督撫二位大人齊都十分震怒，限期捉拿此賊，所以這道台派盡名捕，四下海捕這毒劍俠。怎奈期限已逾，不獨杳無音信，反倒又出了這一巨案，急得這位道台大人真是憂煩得要死，只得嚴飭治下各衙官人，限期五日，必要捉獲這毒劍俠，逾期重辦。

這樣一來，眾捕全都焦急欲死，此時卻驚動了竹溪縣內一名名捕。此人名叫袖箭李常，乃是綠林出身，武藝超群，尤以袖箭是百發百中；早先在武昌府做班頭，拿過著名大盜馬飛江，威名遠震。因為這竹溪縣是他的故鄉，所以他寧可在本縣當捕役，也不往他鄉去謀富貴。這竹溪縣地界川東，所以也沒見有毒劍的蹤跡，但是李常對於毒劍俠十分響慕，暗道：這樣奇俠實為可佩，只恨自己是在這裏做着捕役，否則真要訪着此人，一瞻他的丰采！心裏如此想着，不由就常常抽刀自歎，咄咄書空。

這天他接到知縣的分派，說是現在巨盜毒劍俠到處橫行，上司交派下，命各縣着派精幹捕頭，限期將此盜捉獲，必有升賞。袖箭李常便暗想道：要說自己闖了多年江湖，做了半輩子捕頭，真沒見過這樣神出鬼沒的大盜，而且按他的所作所為來說，倒頗是個義俠氣概。我現在倒要會會此人，果然要是個兇狂大盜，我再捉住他交官請賞；若是位俠意朋友，我們倒可以交一下子，勸他離開此境。當下自己便在知縣面前討了限期，回到家裏收束妥了行囊，暗帶鋼刀袖箭，並把自己早先在綠林時所用的毒藥袖箭帶了幾支，以防不虞，然後安置好了家眷，別了親友，就離了這竹溪縣往鄖陽來了。

到了鄖陽，在縣衙裏見了幾個朋友，也全是做捕頭的，李常就問到這個毒劍俠的案子，到底有什麼線索沒有？那幾個捕頭全都說不好辦，現在將將有些頭緒，大半此人已然離開這裏了。李常便問說：「怎麼知道？」那捕頭說：「在昨天夜裏子時後，聽說東門外有鄉民看見有兩輛小車、一匹馬，至多有四五個人，行蹤秘密，往南去了。據我們想，往南必是上穀城，因為那城裏馬萬金是個著名大財主，他一定是往那裏去找營生。我們得了這個信，登時就派了兩個夥計，還不知能否探得出來。」

袖箭李常一聽，暗自想道：那穀城馬萬金雖然是個富豪，但是他素日頗有善名，沒有什麼惡劣行為，那毒劍俠素有俠義之風，豈能去無故地找尋他？但是又想：他們所說的那深夜郊外走的車馬，也實在令人可疑，此地向來是盜匪橫行，若非江湖人，誰敢在深夜行路？

當下他如此一想，便拿定了辦法，遂就說：「現在既然出了這毒劍俠，實在是成心和我們吃衙門飯的人作對。雖然他尚沒敢到我們竹溪縣去騷擾，但是一來是上頭交派下來了；二來各處衙門裏的人都是我的朋友，我不能坐視不管。現在我討得是半個月的限，捉拿此賊，我幫助諸位，諸位還得幫我。」那幾個捕頭全都說：「大哥辦案的漂亮是遠近聞名，大盜馬飛江全都沒逃開大哥的手裏，如今這麼一個小小的毒劍俠，自然更算不得一回事了，我們全願意聽大哥的命令。」

李常聽得別人提到他畢生辦案最得意的事情，當然更是十分高興，遂就微笑說：「我早就想着出頭把此賊拿獲，只是他沒敢在我們縣裏去做案子，所以我不便越權行事。」幾個捕役齊都說：「那是自然，他必是也知道大哥的名氣，不敢在太歲頭上動土。」李常此時越發自負，遂就談了些別的話，然後就由這裏眾捕役請他吃飯。飯畢，李常就別了眾人，離了鄖陽縣往南去了。

他們做捕役的一切行跡全要秘密，李常又是久做這事情的經驗豐富的人，越發行動莫測。所以在穀城縣，雖然衙門裏全是熟人，但是他來到這裏卻沒有人知道。在暗中偵查了一天，並沒探聽出有那毒劍俠的一點聲息，他只得依舊離了穀城，往東南走去。

眼看來到襄陽地面，走在中途，此時日將停午，路上不斷行人，走得袖箭李常正有些疲乏，此時卻見對面來了一匹馬，馬上的人正是多年的故交紅毛李湛雄，乃是鏢行中人。當下李湛雄下了馬，叫道：「當家子，你怎麼往襄陽，找老陳去嗎？」

李常與他見禮，便說：「不是，我追一件案子。」李湛雄問說：「什麼案子？」李常說：「是件命案，老弟，你知道毒劍俠的行蹤不知道？」李湛雄說：「毒劍俠我久就聞說，但是他畢竟是個什麼人物卻還不曉得，老哥你探出點他的行蹤沒有？」李常說：「正為此事為難，我再問你一件事情，你在這條路上可曾看見有兩輛車、一匹馬？」

　　李湛雄說：「遇見了，我還很留心他們。」李常一聽十分驚喜，說：「現在他們的車馬都在什麼地方了？統共他們是幾個人？」李湛雄說：「只是兩個趕車的，一個十八九歲的姑娘，長得頗是美貌，還跟着一個騎馬的老頭子，那樣子多半是父女。我是昨天在襄陽南關看見的，他們住在太平店裏，今天一早他們一定來了。」

　　李常一聽，暗想：那車輛馬匹深夜行路，不避強盜，已屬奇異，又只是老翁少女，這越發令人可疑！當下便說：「老弟，承你指點！不瞞你說，我現在追的就是他，我還是趕緊就走；等我把案子辦完，我再到你貴局去給你道謝，再把詳細情況告訴你。」李湛雄說：「咳！你老哥怎麼跟我客氣起來了。」當下兩人抱拳致別，李湛雄上馬北去，這裏李常腳步加快，往南走去。

　　過了襄陽城池，在路上又遇到一輛熟識的鏢車，搭着腳兒走了十幾里地，下了車又往下走去，直到黃昏，便走到漢江邊一座市鎮，名叫紅荻汊。這裏原來是個船舶會合之處，運貨搭船莫不由此，附近也有幾家小店房，分明是一處小碼頭。

　　當下李常就在江邊盤桓了一會兒，此時天氣已晚，各船上炊煙全起。岸上有人就向李常說：「你要搭船過江去嗎？今天來不及啦，你先找個店住下吧。」李常說：「我倒不是忙着過江，我是跟同行的人走散了。借光，你們可看見有兩輛車和一匹馬要過江去嗎？」那人說：「看見了，早就來了，因為找不着大船才沒過江去，一個老頭子騎着馬還直着急，現在是住在北邊三元店裏了。」李常一聽十分歡喜，當下就道了一聲「勞駕」，遂就往北走去。

　　到了那三元店，一進去就見外院停着幾輛車，槽上喂着兩匹馬。李常就在裏院找了一間房，先叫店夥給備飯，順便就問出，原來那老人和那少女確實是住在這裏了。當下李常也沒看見那老人是什麼樣子，吃過飯少時天黑，李常也睡去了，當夜無話。

　　次日一清早便醒了，少時就聽外面套車備馬，李常也收拾行李算清店帳，出了店房。等了一會，果然見門首停着兩輛車，一個六十餘歲的強健老人牽着一匹紫馬；那女子出來，李常一看，原來才不過十七八歲，生得十分婀娜美麗，雲鬢斜挽，穿着粉紅緞子的襖褲，也沒着裙，穿着小紅鞋，越發顯得嬌弱堪憐。

　　當下李常不住留神看那女子，那老頭子似乎有些生氣，催着那女子上了車，放下車簾。那老頭子騎上馬，卻不往江邊去，一直往正南去了，李常遂也在後面緊緊跟隨。那老頭子一面走着，一面回頭看李常，李常越發生疑，暗道：他要不是心裏有愧，哪裏能夠如此注意我，仿佛是看出我是官面上的人似的？當下他越發緊緊地跟隨，在吃午飯的時候也在一個店房裏，午飯畢依舊往下去走。李常原是藝高人膽大，他也不怕被那老頭子看出破綻來，反正自己想着到哪裏都能隨便地把他們擒獲。

　　走了一天便到了荊門地面，李常又到了一家熟識的鏢店裏借了一匹馬，緊緊跟隨，沿路南下。這時那老頭子似乎很留心，絕早地就找店房安歇，太陽出得很高才起身走，但是袖箭李常已決定，等到了江陵，無論如何也要把他們扣在縣裏，反正他們絕對不能是普通行路的人。

　　這時秋雨蕭蕭，一路荒寒，就走到了一處驛亭，此地背山沿江，地極幽僻。天色雖將過午，雨卻越下越大，那老頭子便叫車輛停在路旁破官廳旁，自己也下了馬。這官廳殘舊不堪，早已沒有了官人，當下那車上的姑娘也下了車，就把車上的板凳放在那官廳的簷下，坐在那裏避雨，一面同那老頭子說話。

　　此時雨越下越緊，待了少時，那李常便騎馬趕到。一眼看見那老頭子和姑娘全在這裏，他也催馬過來，到簷下下了馬，直向那老頭子陪着笑，說：「這雨是越下越大啊。」那老頭子此時陡現不豫之色，遂就向李常說：「我們這裏有姑娘，不大相宜。」李常微笑說：「老先生，你太多心，我又不是年青的人，我家裏的女兒都比這位小姐年歲大。我在這裏避一會，等雨下得小些我就走，這有什麼要緊。」

　　此時那姑娘芳容也現出怒色，站起身來說：「我們走！叫他獨霸在這裏。」那個老頭子忽地大怒，由自己馬鞍下嗖地抽出一口亮森森的鋼刀，跺着腳喊說：「快走！你這個人由紅荻汉跟隨了我們一路，你是懷着什麼歹心？你若是江湖間的小毛賊，先要打聽打聽我是誰？」李常一聽這話頓然變色，由自己行李捲內也抽出單刀，說：「你叫我打聽打聽你，你卻也要先得打聽打聽我！」

　　那老頭子倏地掄刀向李常就砍，李常躲開一躍，站在雨地中向那老人說：「你來！」那老頭子暴跳如雷地掄刀就要過來，卻被那女子攔住，順手一掠短衣襟，一揚手，一物飛來，正打中李常的頭上，原來是一顆鐵彈子，登時疼痛難忍，鮮血流出。李常也大怒，頓施毒手，袖箭連珠地射出，那女子登時中箭而倒。那老頭子越發急躁，掄刀撲將過來。李常趕緊退後幾步，方欲橫刀招架，不料卻被那老頭子鋼刀砍下；李常的右臂登時砍下半截，慘叫一聲，昏厥倒地。

　　此時那老頭子再要下手，李常登時就要無活命之機，但是這位老英雄上了年歲，不肯再做殘忍之事，所以便轉生出憐憫之心，收刀住手。回來看那姑娘，那姑娘已然自己把射中的袖箭拔出，說是傷得倒不重，只是用手捂着皓腕，芳容上似乎有些淒慘。那老頭子趕緊把包裹打開，取出一貼膏藥，叫那姑娘自己貼在腕上傷處。

　　那老頭子怒猶未息，便與那兩個車夫談說。待了少時，雨已漸歇，老頭子便說：「咱們走吧。」姑娘上了車，老頭子上了馬，再回頭看那李常，雖然緩醒過來，但是臥在雨地，面如白紙，只管哼哼。老頭子冷笑了笑，便催車快走，遂就一徑往南去了。

　　這時寒風淅淅，冷雨瀟瀟，且不管袖箭李常被傷掉腕，性命如何，單說這位老英雄。原來他並不是綠林中人，也不是毒劍俠，他乃是四川萬縣著名的大鏢頭金刀侯老。他自幼便闖蕩江湖，任俠仗義，壯年也曾在長江一代做過犯法的勾當。後來改邪歸正，便在萬縣自己故鄉設了鏢局，專往各省保鏢，橫闖江湖，一般人齊都稱他老師傅，誰也不敢平視他一眼。他老妻早故，遺下一子，名叫侯天慶，替他父親經營鏢局，生意愈見發達。天慶也娶了妻，生了一女，就是這位姑娘，名叫碧英。

　　碧英姑娘自幼受她祖父、父親的傳授，又加自己聰明，練了一身好武藝，並且能用雙手打鐵彈子，百發百中。只是侯老不願叫孫女做什麼踏軟繩、耍馬戲之流，卻要使她做一個名門小姐一般，因此又請來親戚家一位老秀才，教給碧英讀書。碧英一面學武一面讀書，文章也有了相當成就，只是此時她父親天慶竟染時疫而亡。

侯老痛子情深，便也無心再做鏢局的事業，把生意只交給一個徒弟料理。自己查了查，在山西、安慶、天津、保府各處有一萬多兩銀子的帳，侯老就打算自己收去；又向兒媳商量妥了，因為碧英也十七歲了，所以打算帶着她到北京去一趟，那意想是打算在北京官宦之家，覓一個佳婿。

那碧英的母親也很喜歡，並且把一個錦囊取出，內有大顆珍珠十粒，便說：“這是在去年中秋節時，碧英的父親還在世，當着碧英說得，這十顆珍珠是在北京買的，價值千金，特為是給碧英作嫁時妝奩之用。”侯老接過珠囊，聽得提到他的亡兒，不由便是一陣淒慘，遂就把那十顆明珠交給碧英。碧英知道這是將來她的贈嫁妝奩之物，當下便芳容頓紅，接過珠囊藏在貼身。

侯老擇定了啟行的日子，然後就收束一切行李。他與他孫女全都絕技在身，自量闖遍江湖也無人敢加以欺侮，所以更不用旁人跟隨，只是兩輛車一匹馬，就北上去了。

一路所經過的地方，差不多全都有熟識的朋友，北上路中毫無舛錯，沿途把帳目也清了不少，便到了京都。在京中住了兩個多月，他便大失所望，原來京中所謂的一般官宦之家的子弟，全都是只知養鷹豢鳥，遊手好閒，毫無少年英爽氣度，直是蠢物廢人。侯老怒道：“把孫女嫁給這類人家，還不及依舊給我們江湖人。”當下他就憤憤地帶着碧英離了京都，南下回川。

此時老英雄大失所望，不似來時那樣高興，本來在安慶內還有幾百兩銀子的帳目，侯老一意回家，也不去索了。所以沿途南下，有時趕不到店房，便深夜行路，縱有綠林人出，侯老只說出幾句黑話來，便能使得對面不敢動手，好好地恭敬地把路讓開。不料走到荊襄地面，就遇着這個袖箭李常緊緊追隨，侯老也看出這李常不是綠林中人，必是衙裏捕快之類。侯老久闖江湖，自然素日最輕視一般捕快，不過細看李常，他似乎對於碧英十分注意；侯老疑他是懷着什麼歹心，所以強捺怒氣，催趲車馬快行。不料這天在避雨時，那李常又緊緊逼到，因此惹得侯老動怒；交起手來。碧英受了他一箭，侯老才憤然砍下李常一隻胳臂，若使侯老再一刀砍下，那李常必無性命。不過侯老自喪子後，自知一定有陰德虧欠之處，所以如今自己不忍再下毒手。

當下於細雨淒涼之間南去，晚間就宿在一處鎮店內，在店房裏碧英就疼痛難忍，玉腕傷處已然發紫青的顏色。侯老一看便吃了一驚，說：“哎呀！他這袖箭必是毒藥喂的，幸虧藥不深，要不然登時你的性命就要喪掉了。此賊真是可恨，要是早知他放的毒箭，我絕不能只剁了他一隻胳臂便算完事！”

當下侯碧英知道自己中的是毒箭，便不禁傷心痛哭。侯老說：“你也不要哭，現在我趕緊帶你找一家醫生去，立刻可以給你治好。”當下侯老就叫趕車的重新套車，便出了店房，深夜往下趲路。碧英姑娘坐在車裏，一路猶是傷心。正是：

忍向嬌娥施毒手，　難把隱痛訴解人。

第二回　　秋水熒熒芳心生慕　　風塵滾滾俠少涎香

　　話說碧英受到了李常的毒藥袖箭，幸是這箭是十年前造成的，現在擱得日久，藥力已然薄弱，否則碧英必要發生危險。但是這樣，這箭射中若不急速救治，碧英也要玉腕腫爛，成個廢人。如今侯老帶着他孫女連夜而行，卻是到武昌找那大瘍醫周藥仙先生去醫治。那周藥仙是著名的內派拳家，劍法尤為高強，早年也曾闖蕩過江湖，常為一些綠林人、江湖人、鏢客捕頭們治傷，因此無人不知道周藥仙，提起周藥仙來，無論遇着哪一路的人都要有個照應。

　　如今周藥仙一來年歲已高，二來本人既然精於醫術，何必再闖江湖？所以他就在武昌城內安置了家眷，掛牌行醫。但是他專治瘍傷，尤以官兵、捕役及鏢行中人，以及換裝改形的江湖強盜受了傷來找他醫治，所以他依舊不能與江湖人斷絕來往。金刀侯老與他也是數十年的交情，並且侯老早先也曾受過傷，蒙他治好。

　　當下金刀侯老帶着孫女碧英到了武昌，就在周藥仙的家門首停住車馬，侯老就帶着碧英進到裏面。周藥仙一看老友來到，自然十分喜歡，又聽說碧英受了毒藥箭，登時不敢怠慢，便施手術，給碧英在腕上敷藥貼膏藥；然後又叫出家中的僕婦，服侍碧英到後面見自己的太太和女兒。周藥仙的夫人黎氏，是江蘇大鏢頭黎虎的次女，膝前一子，叫周振名，在漢陽鏢局做鏢頭。女兒秀名，年才二十，生得容貌莊麗，也有一身驚人的本領。

　　碧英在十二三歲時到這裏來過，如今周太太和秀名小姐一看碧英出落得很好，所以十分誇愛她，並勸她說：「你受的這傷別着急，無論多重，不到幾天也必能痊癒了。」秀名並且戲笑她說：「你還不要發愁，這腕子上一點傷很不要緊，落不了大殘疾，絕不至於耽誤你說婆婆家。」碧英被說得又直臉紅。

　　由此碧英就在這裏醫養箭傷，秀名天天與她清談膩語，侯老卻與周藥仙天天暢談江湖近事。一連住了三四天，碧英卻在周家秀名的香閨內注意上一物，卻是一口寶劍。此劍紅絨繡套，一抽開寒光逼人，真是一口好劍。碧英就問：「此劍是姑姑的嗎？」秀名芳顏微紅，說：「不是，這是我父親的徒弟葉展鵰的劍，存放在我這裏了。」碧英手拿這口劍，滿心生愛，沉思了良久。旁邊秀名尤仿佛是珍愛的樣子，趕緊由碧英手裏接過，就掛在牆上了，因此碧英天天悵望這口寶劍。

　　這天那秀名忽然摘下寶劍，叫僕婦給拿到外面去了，碧英只聽得說什麼“你交給鶡大爺去”。碧英才知道這一定是本劍的主人來了，只是不知此人的風采如何，由此這口寶劍就一去無蹤，碧英也仿佛在這裏沒有什麼安慰了似的。

　　如此過了一個多月，碧英的腕上的箭傷已然痊癒。此時侯老卻想念着家裏，恨不得即時就要回去，於是周藥仙闔家親為餞行，侯老就帶着碧英、車馬離開了武昌城，西上四川去了，一路無話。

　　及至回到萬縣故鄉，那侯老越發頹唐老邁，性質也大變，不到兩年便故去了。這碧英姑娘年紀又略長，姿色越豔麗，武藝越增進，只是終身大事終是難以解決。雖然有不少至交願做大媒，提出幾位江湖有名英雄的少爺，但是不徒侯大奶奶覺得不願意，碧英本人也是強求她母親完全給謝絕了。

　　又過了兩個月，這時正在春風嫋嫋之時，碧英芳閨悶坐，十分愁鬱。這天便向她母親說：自己要到武昌看看周秀名去。侯大奶奶便替她擇了吉日，多方囑咐，才叫她起身。碧英只騎着一匹紅馬，帶着繡刀和暗器獨身而行，順流東走。沿途上雖然遇着幾位江湖人，但是碧英一提起她是萬縣侯家的，誰敢稍微得罪她？

　　碧英由瞿塘東去，到了施鶴地面，這裏有一座崇懺庵，庵內老尼僧是侯老的師妹，所以碧英如今特來看望。那老尼僧還是在前年侯老病故的時候，她到萬縣弔祭過一次，如今碧英來到，她便問碧英要到哪裏去？碧英就說自己是要到武昌周家去看望看望。老尼僧說：“但分要是沒有什麼要緊事情，還是不去為是，我托個人把你送回萬縣。因為你雖然有武藝在身，但是畢竟你是個年輕大姑娘，長江一帶什麼歹人全有，你一個人行路，未免使人不放心。”

　　碧英知道老年人疼愛自己，所以才這樣不放心，只是說現在因為武昌周藥仙的太太得病甚重，自己因為早先的毒藥箭傷是人家給醫治好的，所以如今務必得要去看望看望。老尼僧不能阻止她，遂就要托個妥實的人保護她去上武昌，碧英卻執意推脫。老尼僧見碧英年青任性，暗想自己早先也是如此，所以也頗不以為怪，又打算留碧英在庵裏多住兩天。碧英卻說是自己既然是要到周家看病人去，就不敢再在中途多耽誤，當下又和老尼僧談了一會，遂就離了這崇懺庵，便策馬向正東而去。

　　其實她這次離家，原不是專為到武昌看望周家去，卻是打算要闖蕩江湖，主要的目的就是要於風塵中擇一英俊郎君。尤其時時難忘的，就是在周家所看到的那口寶劍，並且思念一見那寶劍的主人，什麼葉展鶡鵏大爺。

　　當下她沿江一路行着，她一個女子，穿章打扮又極豔麗，自然難免使人注意，所以走在江邊馬蜂驛地面，便看見有兩個行跡可疑的人暗地追隨她。碧英性烈，又自負奇技在身，所以打算等到走到一個幽僻地方，每人打他們一彈，包管叫他們半死；但是自己又不肯下手，所以強忍怒氣。

　　走到天黑，便到了一座鎮店，自己就找了一家店房，牽馬進去。那店夥一看這一位大姑娘，單身騎着馬來宿店，不由也是覺得奇怪。但是碧英卻毫不介意，把馬交給他們，然後便進到一個單間，叫店夥把燈點上，然後就要了飯菜吃了。碧英行了一天路，所以身體也十分疲乏，但是又想到白天追隨自己走了半天的那兩個人，心裏又有些個生疑，不放心，所以又不敢即時就睡。坐了一會，才把自己馬上帶着的被褥鋪好，關好門熄燈就寢，沉沉睡去，當夜無話。

次日清晨起床，就往下走去，走了不到四五里路，便見面前山峰綿亙。碧英也不知道這山是通往哪裏，反正自己只知道是由西往東走，於是就催馬入了山口，順着那坎坷的山路往東行去。走了有五六里地，便看見山環拐角處有一座小廟，此時碧英走得口乾舌燥，所以就想要到廟內借杯茶喝。當下便催馬到了那廟前，一看那廟門緊閉，碧英就在廟前下了馬，然後便上前去叩打山門。

待了一會裏面有人答應，把門開開。碧英一看不由吃了一驚，原來開門的並不是什麼和尚老道，卻是一個三十來歲穿短衣裳的俗人，當下便向碧英說：“姑娘是來燒香嗎？”碧英說：“我不是燒香，我是走得口渴了，借杯茶喝。”那人說：“既然女施主是要喝茶，就請到禪堂裏。”碧英一聽說裏面既然有禪堂，想必是有和尚，當下就牽馬進廟。

那廟內院裏有一棵大柏樹，碧英就把馬系在樹上，然後便隨着那人進到東殿。那裏雖然是橫匾寫着“禪堂”二字，已然殘破不堪，到了屋內便覺穢氣難聞。碧英趕緊退身出來，說：“你們這屋裏氣味太難聞了！有冷水沒有？給我舀一碗來喝。”那人說：“那姑娘可得多等一等。”碧英又問說：“你們這裏有和尚沒有？”那人說：“我們這裏的和尚化齋去了。”碧英怒聲說：“什麼化齋？你們這裏必都不是好人，快給我開開門，我走！”說着便去解馬。

這時外面有人吧吧叩門，喊道：“快開門！快開門！”廟裏這個人便趕緊搶上前去，把門開開。此時外面的兩人已然擁進來，碧英一看，原來卻正是自馬蜂驛追隨自己的那兩個人，當下不禁大怒，說：“好，你們這幾個人，怎麼也不打聽打聽我是什麼人？”那兩個人嬉皮笑臉地說：“我早就認識你，咱們在前兩年就有交情嗎。”

碧英一看他們來意不善，遂就趕緊抽出刀來，一手摸出鐵彈子連珠地打出去。那將才開門的人中了一彈，正打着眼睛，就捂着眼不住“噯喲”，疼得直轉磨。那後來的兩個人倒是腰腿靈便，躲過彈子，便一同跑進西屋，一個人抄起一對護手雙鉤，一個人是一杆長槍，一齊撲奔上來。碧英見來勢兇猛，交手三合，便牽着馬往外跑去。剛跑出廟門，這時後面那兩人已隨之追出，碧英趕緊上馬，往東馳去。那兩人哪裏肯饒，一杆槍兩把鉤，隨後緊緊地追去。

碧英一面催馬走着，一面回手吧吧地鐵彈子打來。那使鉤的人腿上受了一彈，疼得跑不了了。那使槍的人身上受了兩彈，幸是有衣服遮着，所以不至於受傷，但是因為知道碧英的厲害，一面追着，一面得要留神。碧英便趁此時，催馬拐過一個山灣，直往北走去。走了有五六里地，再回頭時就不見那兩個人了。碧英騎着馬徐徐地走着，就覺得孤身遠行，無論負有多大本領，也難保沒有舛錯。

又走了有三四里地，碧英便想找一個鎮店去用午飯，但是走了半天也沒出山口，並且漸漸有些辨不出方向來了。她心裏很是着急，此時卻又聽得後面馬蹄聲響。碧英在馬上趕緊回頭一看，就見後面那騎馬的人卻是一位二十餘歲，風度翩翩的美少年，騎着是一匹白馬，穿着是一身綢緞。當下碧英一看，便粉面飛紅，又想：青年男女一同走在這荒僻山路裏，有多麼不方便！於是趕緊催馬往東北走。

這時那少年男子也馬上加快追上碧英那匹馬，從碧英的身旁經過，到臨近一扭頸望了她一眼。碧英羞得趕緊把馬一撥，那少年已然催馬走過，依舊回頭不住地笑。還有一樣最使碧英又驚又愛的，就是那少年腰掛一口寶劍，原來卻正是自己在武昌周家秀名閨房內所看見的那口寶劍，當下碧英倒不禁微笑了。

那少年撥轉馬回來，滿面笑容，此時碧英卻催馬快走。走到臨近，那少年剛要把馬一橫，攔住她的去路，但是碧英往鞍下一探手。那少年知道是暗器，趕緊退馬一躲避，碧英就趁着勢催馬越過，往東飛馳。

少年撥過馬去緊緊追隨，那碧英卻回首一揚手。那少年趕緊一俯身，卻見那物來到臨近，伸手接着一看，原來不是什麼鋼鏢、彈子等等暗器，卻是一顆很圓很大的明珠。那少年一見此景，知道此女有情，遂就笑着揚手叫道："前面那位姑娘，慢走！"一面說着一面催馬追趕。此時碧英早已拐過山路，不知去向了。

這裏那少年勒住馬，卻仔細地看那顆明珠，又驚又喜，暗想：不知風塵中竟有這樣的多情女子！他真是情不自禁，那裏肯舍，於是縱馬追趕下去，但是此時碧英的芳影早已無跡。這裏那少年一看寶劍把上的紅絨穗，又不禁一笑，心說：這風塵間的野花閑草又何必沾染？當下便慢慢地策馬走了。

單說此時那侯碧英一點癡情，如今又看見這英俊的少年，她芳心越發愛慕，因此才以明珠打去；本想那少年瞭解自己的意思，追趕下來，與自己通言，便詢問詢問他是否就是周藥仙的弟子葉展鵬。自己催馬拐過山路走去，想着此時那少年必是在後面緊緊追隨了，所以一面含着羞，一面又催馬走，但是走了一里餘地，回頭看時，卻已不見那少年的蹤影。

此時碧英不禁生了怒恨，暗道：這個人怎麼這樣不知好歹？我好心待他，他反倒對我這樣無情。當下不由芳心由愛轉成恨，一咬牙催馬直走，眼淚也不住落下。這時已走出山口，前面便是長江浩蕩，碧英拭了拭淚，催馬往江邊走去。正是：

慧性芳心空有意，　明珠寶劍本無情。

第三回　墜水明珠情心如死　驚人劍俠巨案突生

　　話說侯碧英，本來自從前年，在武昌周家周小姐秀名的閨中看見那口寶劍，她就早留了意。聽說是什麼葉展鵬少爺的，她就由此劍想到他的人，諒必是一位翩翩英俊的少年，所以自己情心縈系，就總是想着：將來自己得與此人結成姻眷，方才遂心，所以終日思念見一見此人。

　　事隔已將兩年，如今她離家闖蕩江湖，也是專為尋覓此人。不料如今竟在那山路中巧遇，既然佩着那口劍，當然那少年便是葉展鵬了。又見他風度翩翩，果然不出自己素日的擬想，但是萬也沒想到此人竟是如此無情。她兩年的希望一旦成灰，所以滿懷的羞和恨，遂就來到江邊，看見那一江春水，她便把囊中所放的明珠全數投在江水內。自己落着淚，暗泣道：這明珠是我父親特買的，為給我出嫁時妝奩之用。現在我心灰意盡，此後決志終身不嫁，還用此明珠作甚？

　　當下她就一狠心，催馬離開棄珠的江岸所在，往東走去。走了有半里多地，猛地想起，自己還往武昌去做什麼？還是回自己的家鄉去吧。當下她便撥馬順着江岸往西去了，先找了店房，吃過午飯，然後就依舊催馬往西走去。無精打采地走了兩三天，才到了巫峽迤東一座大市鎮，名叫望江集。當日天色已晚，碧英隨即覓了一家店房歇宿，一夜無話。

　　到了次日一清早，剛才起床，就聽見那店家在院中同着人談話，很驚異的樣子。碧英細一聽，卻是說什麼東面住的牛太歲，夜晚被什麼毒劍俠給殺死的事情。碧英一聽“毒劍俠”三個字，仿佛自己早先在哪裏聽說過似的，當下便叫過店夥，問他這件事情的詳因，及牛太歲是個什麼人。

　　那店夥就談起來，仿佛是很高興似的說：“牛太歲是打宜昌到我們這裏沿江的一個霸王，他是哥老會的大頭目，家裏置着二百多隻大民船，家資百萬；淨是小老婆就有二十多個，外面的姘頭還不知有多少。他本來名字叫牛占榮，外號叫紅胡太歲，長得很醜，力大無窮，刀法也高強，沒有一個不認識他的，只是欺寡凌弱，不做好事。不知為什麼，昨天晚上被毒劍俠在他家裏將他殺死，聽說腦袋都被割下拿走了。他這一死，真是為這大江一帶除了一大害！”

　　碧英一聽這毒劍俠如此本領高強，行事俠義，不由十分景仰，遂就問說：“這毒劍俠究竟是個什麼人？”那店夥說：“有名極了！沒個人不知道他，手底下的人命案足有好幾十條，可全都是大快人心的事情。這個人的本事真是天下第一，他做了這麼些案子，到處都有官人訪拿他，可從沒有一個人看見過他的；也不知他是老是少，是高個兒是矮子。」侯碧英聽了這話，越發十分欽佩，暗道：這樣的大俠客，我非得訪一訪他不可！於是便又問說：「這個毒劍俠常往哪裏去？」那店夥說：「這可不知道，我沒說嗎，各縣各府不知道派出多少捕快班頭去訪他，都訪不出一點頭緒來。」

碧英聽了點了點頭，就暗自決定了主意，遂就付清了店錢，便收束自己隨身的東西，牽着馬出了店房，暗道：我在萬縣沒聽說有這麼一個毒劍俠，想必此人是專在湖北各處，我還是往東去為是！又想：自己一個孤身女子，要打算去訪他是不容易，但是我要憑仗我的本領，也做一兩件驚人的事情，他一注意上我，想他必就找到我的頭上。縱使我們交起手來，我要是把他勝了，從此我的名氣更要舉世無雙；我要是敗在他的手裏，那時我就拜他為師，求他傳授些武藝。

當下她依舊往東走去，從萬縣東來時，她一心一意是要訪那葉展鵬；如今情絲斷，雄心又起，一心一意地又要訪這毒劍俠了。為使那毒劍俠注意自己，所以她白天走路專走大道，把繡刀就插在鞍下，垂着穗子，故意顯出是會武藝似的。因此一路上各鏢局，以及碼頭上的江湖人，便都知道有一個美貌女子，騎着馬帶着刀，不知是誰家的姑娘。但是江湖人向來有規矩，凡是會武藝的女子或是出家人，不能向他們輕易惹氣，因為第一勝之不武，敗則足恥；第二凡是出家人或女子，果然功夫平常便罷，否則必是不好惹，因為出家人心獨，女子心細，所以不容輕視。

但是江湖上也不全是明白人，所以便有人要覷覰於她。此人也是湖廣有名的英雄，名叫方文震，外號叫做鎮海牛，武藝高強，力大無窮，並且專好打不平、濟貧困，所以頗為江湖人所崇仰；不過為人性傲氣粗，向來不聽旁人的忠告，所以也有的與他不和。他本來是在漢陽保鏢，不甚得志，到長沙去了一趟，也很無聊，後來便到各處鏢局去幫忙，沒有一定的事情，但是走到哪裏去不至感受貧困。

此時他是正在宜都鏢局內閑住，便聽有由西面來的人說，現在自西沿江來了一個女子，並說怎樣打扮，怎個模樣。方文震一聽便十分歡喜，說道：「我方文震今年二十八歲了，正尋不出一個老婆來，這個姑娘這麼好，我跟她結親吧。」旁的人就說：「老方你這可別胡鬧！騎着馬獨身走路，一定有通身的驚人武藝。你要是把人家招惱了，向你施展幾手，叫你抵擋不得，那時你震海牛的英名豈不要一敗塗地？」

方文震一聽這話，越發激起他的傲氣，說：「哪裏的話，你們太看不起我姓方的了！連一個小妞兒都不敢惹，我還稱什麼英雄好漢？今天沖着你們的話，我還是非得會會這小妞兒不可，一半天你們就等着叩頭認嫂子得啦。」當下大家笑了他一陣，方文震卻洋洋得意。

當日他就出了鏢局，迎頭往西去。到了長陽縣境，就往江邊去，江邊碼頭上他也有不少熟人，他就向人打聽：「有一個騎馬的女子過去沒有？」江邊的人齊都說：「你認得這個人嗎？」方文震要笑着說：「怎麼不認識？她是你們大嫂子。」大家笑道：「你別取笑。」方文震就把自己誓欲會會此女，收她為妻的事情說了一遍。大家都知道方文震的本領高強，向來他是既說必行，遂就說：「昨天晌午，她騎着馬起這江邊經過，馬走得不快，按照路程說，現在至多也就是走到虎渡口。據由西面來的人說，她是由巴東那邊來的，她也不認識路程，只知道沿着大江往東走。”

　　方文震聽得沒錯了，遂就回到長陽城內，找朋友借了一匹馬，就離了長陽，沿江往東追去。方文震久跑大江，自然沿江的道路頗熟，所以走得很快，一路上遇着熟人就打聽那單身騎馬行路的女子，並且直說自己要收她為妻的話。江湖人都知道他本領高強，人又倜儻，所以都信以為真。

　　方文震催馬東去，走了兩天，便追上了那侯碧英。這裏正是一個小碼頭，附近有幾家店房，那碧英進到一家店房去用午飯，碼頭上的一些梢公捎夫、漁人們，看着這個英姿勃勃騎馬的姑娘，自然有些注意。待了一會，方文震趕到這碼頭上，便有那熟識他的，一看有名的好漢震海牛來到，幾個碼頭上有點名頭的遂就迎面向方文震行禮。方文震下了馬，跟幾個人相見，那幾個人便問：“方老哥，你是要回漢陽去嗎？”

　　方文震也無暇跟他們敘寒暄，只說自己有事，並且問他們曾看見有一個騎馬的姑娘沒有。那幾個人便把這姑娘怎樣穿章，怎個模樣又說了一大遍。方文震本來沒看見過這個女子，如今聽他們說得，諒必沒有錯，遂就連說：“不錯，我正找的是她。”那幾個人齊都笑着說：“方大哥，你找這位姑娘做什麼，莫非是我們方大嫂嗎？”方文震笑着點頭說：“不錯，是你們的嫂子，可是現在我還不認識她呢。”那幾個人齊都笑着說：“咳，這是什麼話，怎麼還不認識？那麼怎麼知道的呢？”

　　方文震說：“這個女子雖然我不認識她，但是她單身騎馬遠行，還帶着刀，可知她必是會些武藝，碰巧還許是綠林人。這回頭我把她攔住，問問她的來歷？並問她現在打算往哪裏去？如果她真是江湖前輩的閨女，我們恭敬放她行走；如若要是女江湖，我倒要跟她較量較量，我也正愁沒老婆，憑仗我的武藝把她收做妻子，也倒是一件好事。”那幾個人聽了，齊都說：“好，我們先給大哥道喜啦。”正自說着，就看見那女子由店房裏牽着馬出來，那幾個人便一指，說：“快看，這不是出來了嗎？”

　　當下方文震向那邊一看，就見那店房裏出來的這個女子，真是如同天仙一般豔麗，並且穿的衣服瘦窄，尤為可愛。方文震雖然生愛，反倒不敢輕佻起來，因為他本來也是個磊落的漢子，雖然素日愛說笑，但是並未曾近過女色，跟女人說句話都有些臉紅，更何況今天遇到這樣的豔裝女子。此時那女子扳鞍上馬，一揮絲鞭，催馬往東走去。這裏眾人哄着方文震說：“怎麼，方大哥，你不追下去嗎？”方文震此時就想着自己是為什麼來的呢？當下也飛身上馬，催馬如飛，追將下去。

　　方文震越追得急，那前面碧英的馬越走得快。追了不到一里地，堪堪方文震快追上了，那女子當下一勒馬，回首蛾眉直豎地說：“你追我做什麼？”方文震說：“我問你，你是由哪裏來的？姓什麼？現在要往哪裏去？”碧英越發生怒，說：“你問我這個作甚？我行我的路，與你又沒有相干。”方文震說：“我們走鏢的人，無論看見什麼可疑的人，也必要問一問，以免對於我們走鏢有礙。你快告訴我你的來歷和去處，我便放你過去，否則你別說我們江湖人無情，欺負你一個婦人家！”

　　碧英本來此時心裏就極為氣憤，又想得也許是江湖上有這個規矩？本想把自己的祖父、父親的名號告訴他，諒他一聞大名必不敢向我無禮，但是如今一聽此人竟叫自己為婦人，當下不由得又羞又怒，遂就由囊中取出鐵丸，抖手打去。方文震躲閃不及，這一鐵彈正打中前胸，當下他就噯呦一聲，胸口疼痛難忍，捂着胸伏在馬上。那侯碧英卻怒猶未息，催馬走去。

這裏方文震緩過這口氣來，扶起身伸手掏鏢，揚手打去。這一鏢正打在碧英的馬腿上，那馬受了傷，便把碧英掀下來，幸虧碧英身體伶便，未致摔倒。此時西面那些個人齊都揚手喊好，碧英大怒，順手抽刀，過來就要砍。方文震也跳下馬來，抽刀與碧英交起手來。碧英的刀法受過真傳，方文震也是湖廣著名的好漢，刀法自然高強。大戰十數合，碧英畢竟女子力弱，所以漸漸抵不過方文震。方文震不肯傷害她，又兼胸口疼痛，所以也刀法遲慢了一些。

此時碧英真是萬分危急，被逼無路，這時便有一位老英雄，手裏拿着一根槳跳過來，就把兩口刀攔住，先向方文震說：“老弟你枉稱了好漢子！如今為什麼無故地逼迫人家少女，你到底是何居心？”方文震被這位老英雄一問，真是無言可答，不由面紅過耳，當下剛要答言，那老英雄又回首向碧英道：“姑娘請走路吧。”此時碧英已然氣得流下眼淚，把刀插在鞍下皮套內，拉着馬遛了遛，那匹馬已然一瘸一點地不能跑了。碧英憑白地損傷了一匹馬，哪裏肯就此甘休？遂依舊怒氣勃勃地說：“我的馬已然被他打傷，我還怎麼走路？”這邊方文震在旁也說：“你只說我傷了你的馬，你卻不提你鐵彈子打傷了我的前胸？多虧是我還有點氣功，換個人早就喪了命。”

此時那老英雄也默默無言，遂又問說：“姑娘現今是要往哪裏去？”碧英說：“我是先到武昌，由武昌還要到別處去。”那老英雄又問說：“那麼姑娘是由哪裏來？”碧英說：“我是由萬縣來。”那老英雄一聽便覺得詫異，問說：“萬縣，你莫不是姓侯嗎？”碧英點頭說：“不錯。”那老英雄又說：“侯老是你什麼人？”碧英說：“那是我的祖父。”那老英雄說：“咳，不是外人，我與你祖父是多年的至好，去年你祖父病故，我因為在病中所以沒去。”

碧英也常聽說在長江沿岸有一位老英雄，名叫江中豹，是自己祖父多年的老友。此人在江邊有些隻船，很有勢力，自己小時候倒曾見過，但是後來這位老英雄便沒到自己家裏。又聽說他與自己祖父晚年的性質有些不相投，所以上次祖父、孫女遨遊南北，也未訪問這位老英雄。

當下江中豹向碧英說明自己與她家的交情，碧英向老英雄行禮，然後江中豹又指着方文震說：“這也不是外人，這是鎮海牛方文震，也是著名的好漢，不是什麼歹人。”此時方文震自覺沒趣，便牽馬過去和江岸那幾個熟識的朋友去談話了。這裏江中豹卻把碧英讓往他家裏，那匹馬就叫船上一個小廝給牽回去。

這江中豹闖了一世江湖，家中也頗稱小康，就住在南邊一個小村落裏。他家中有三個兒子、兩個兒媳；老妻早故，遺下一女，名叫錦娥。當下碧英被讓到他家裏，見了那江中豹的女兒和兒婦，齊都見禮，很是相投。江中豹遂說：“留碧英姑娘在這裏住兩天，那匹馬已經叫人醫治，過兩天馬的腿傷好了，姑娘再上武昌也不晚。”

碧英見江家很是款待自己，自己也不便執意不在此停留，當下只得住在這江家，並且與江中豹談起話來。問到那毒劍俠，老英雄卻說：“江湖上沒有三十年的英雄！一時的英雄真個可稱得起是驚天震地，但是一過三十年，後起的英雄一多，以前的英雄必要不為人所敬重了。這個毒劍俠也是，這兩年來，他因為在各處很做了不少命案，而且所殺的多一半是貪官惡霸，因此頗惹一般人驚異，才覺得此人彷彿是江湖間第一英雄了。其實這個人至今並沒有出頭露面，可知本領也未必怎樣高強，不過他所做的還都是大快人心的事，江湖上都是義氣朋友，自然不能向他尋釁。我現在是人老力衰，否則我必要設法會一會他。”此時碧英聽了卻只是點頭，但是始終覺得那毒劍俠可敬。

當日無話，到了晚間，那方文震卻發生大禍。原來那方文震白天見碧英被江中豹延往家裏去，他落得頗覺沒趣，就跟幾個船上的朋友談了半天話。那幾個朋友敬仰方文震的名聲，所以對他十分款待，便邀他到船艙內談到晚間，做酒肴請他吃晚飯。這時天已黃昏，方文震一來是心裏不高興，二來是胸口受彈打處還有些微痛，又加喝得有些醉了，說話也顛倒了。那幾個人便說：“天色已然不早了，方大哥還去投店去嗎？乾脆住在這船上得了。”方文震笑道：“我在江岸混了這些年，真沒在船上睡慣，今天蒙你們諸位高情，我就在船上借宿一宵，明天我還要趕路往漢陽去。”當下漁燈江水，幾個人在艙內又談了一些江湖之事，這時天已二鼓，便相繼在艙內睡去。

那方文震因為不慣在艙內歇宿，所以總是睡不着。此時酒已是漸漸醒了，他猛地起了疑心，暗道：今天白日戲耍的這個女子，原是萬縣大鏢頭金刀侯老的孫女，想她必是有通身的武藝，說不定回頭就許找我來要消白天之恨，我現在還不急須防備？想到這裏，便把鋼刀放在身邊，一轉動，胸口又有些個疼，遂就依着艙窗坐在那裏，閉着眼，良久不覺沉沉睡去。

此時忽聽得船板一響，當下方文震一驚醒來，趕緊挈刀在手，便靜心側耳地往外去聽。這時只聽江水寒風，瀟颯澎湃，良久便聽得船板上又有響聲。方文震久闖江湖，聽出確是人的腳步聲音，當下便站起身來。此時胸口依舊有些疼痛，他一手捂着胸，一手挈刀，就踹開艙門，鑽出艙去。只見迎面寒光一晃，就聽嗖的一聲，方文震躲閃不及，一劍就刺了過來。這方文震喊了一聲，還待掙扎，那人又一劍戳下，震海牛方文震便倒在船板上了。夜色血污，寒風江水，這半世的英雄可惜因為一時任性，調戲侯碧英，致遭殺身之慘。正是：

馬上嬌娘未謀得，江邊碧血已橫流。

第四回　李青松聞耗生義忿　侯碧英舞劍驚英雄

　　話說方文震被殺身死，那殺人的俠客，便把自己隨身帶着的一塊絹帕系在死屍的左臂上，倏即無蹤。艙裏的人都睡得很死，江水夜裏的聲音又大，所以方文震雖然在掙命時喊了一聲，但是也沒有人聽得見。

　　直到次日清晨，才發現江邊船上出了人命案。當下連官人帶看熱鬧的全都來了，擁擠的人很多。那留方文震在船上住宿的幾個人，卻吃了掛誤，項間全都掛上了鎖鏈。這裏官人驗着那死屍，確系被刃物刺傷身死，左臂並且系着一塊絹帕，上面寫着是：

　　　　調戲少女，殺之猶有餘辜。

毒劍俠

　　官人們一看毒劍俠三個字，就齊都大吃了一驚，本來，誰不曉得這個毒劍俠是最有名的劍俠？如今這案子是他做的，哪裏還能夠希望破獲？

　　當下一發現殺人的兇手是毒劍俠，越發喧嚷遍了。此時那江中豹老英雄，卻暗自不住惋歎，暗道：方文震也是江湖上不可多得的英雄，不獨武藝精通，為人也頗仗義。萬也想不到，如今因為一時遊戲，竟致喪命。他這一死，江湖間一定有朋友要出頭替他報仇，恐怕江湖上又要有大糾紛起來。

　　當下他就回到家裏，向碧英一提說。碧英聽了十分驚喜，心說：自己的志願本是要訪這毒劍俠，不想如今毒劍俠竟替自己報了仇！所以越發喜歡。

　　此時那江中豹卻又是歎氣，向碧英說：“方文震在江湖間闖蕩了這些年，朋友、盟兄弟們很是不少，如今一聽說他這慘死，必有人出頭尋那毒劍俠，給他報仇。再說他如今的喪身總為的是你，他們既要尋那毒劍俠，想也必要尋你。你要是走在路上，遇到他們的人，豈不要受他們的暗算？”

　　碧英聽了卻說：“我想那方文震的本領就不濟，他的朋友裏，焉能還有比得上毒劍俠的人？”

　　江中豹一聽這話卻很着急，因為碧英所說這話，完全是女人自負，卻不曉得江湖間的英雄有多少！遂就說：“碧姑娘你不知道，這方文震的武藝未見得敵不過那毒劍俠。毒劍俠只會暗中行刺，不敢明處與人交手，也未必便是本事高強，天下無敵。方文震在漢陽仁順鏢局做大鏢頭，而仁順鏢局是馬建才所開，馬建才雖然是個本事平常的人，但是他結交極廣。再說，方文震的摯友有袖箭李常、金鏢劉煜、手握洞庭楊飛，還有岳陽田家七傑。」

　　碧英一聽這「手握洞庭」四個字，倒覺得很熟，仿佛是自己父親在世時聽說過似的，當下碧英就說：「怎麼，這個『手握洞庭』也是方文震的朋友嗎？」江中豹說：「至交至交，方文震這一死，他非要出頭不可。」碧英笑了笑，說：「且不管他們出頭不出頭，我還是先到武昌去。」江中豹說：「那麼我就親身保送你到武昌去好了。」碧英搖頭說：「不必，我緊些趕路就是了。」江中豹見她很任性，自己當然也不必再勸囑她。碧英在這裏用過午飯，方才起身，離開江家往武昌去。

　　不提侯碧英往東去，一路訪着那毒劍俠。單說毒劍俠殺戮了方文震，經方文震生前幾個朋友領了屍首葬埋，噩耗傳遍，果然驚動了許多英雄：第一就是那袖箭李常的族弟李青松。這李青松年約三十餘歲，武藝高強，早先也做過鏢頭。後來因為結交江湖人，吃了掛誤官司，他才隻身遠遁，走遍南北，所做之事自然接近於綠林。但是他是個義氣漢子，向來沒做過虧心的事情，因此在江湖間頗有俠義之稱。他與方文震本是八拜之交，情同手足，與李常是遠族。

　　自李常被金刀侯老砍斷膀臂之後，經人救送回家，從此便成了殘廢，兀在家中，但是還是十分氣憤，思念報仇。適值李青松由河南來看望他，談起李常受傷之事，李青松就說：「我一定替大哥報仇。」李常又提說那砍傷了自己的老人，與那女子的模樣。李青松聽他提到他曾用毒箭射傷那女子，自己便大不謂然，覺得李常手下太狠。放毒藥箭原是闖綠林時，遇着強硬敵手時再施放，豈可加之於一個素日無仇的柔弱女子？未免不是好漢所應為，因此他對於給李常報仇的熱氣便減去了許多。

　　李青松在這裏住了半個多月，便打算往漢陽去，投仁順鏢局的馬建才，順便看看自己的盟兄方文震在那裏住着沒有。他行路很簡單，只是一個鋪蓋卷，裹着一口鋼刀。李青松闖蕩南北也就專憑此刀，他向來不使暗器，但是也沒被暗器傷過。一路上他很隨便地走着，也沒有人注意他就是江湖間的出眾好漢。

　　李青松走到漢口，這才見着江岸的朋友，一個叫周七龍，一個叫唐鐵棍。這兩人早先都吃過李青松的打，如今一見李青松來到，便迎上前來行禮，然後請到他們的船上談話。那唐鐵棍說話粗莽，便說：「李老大，你是為方師父死的事情來吧？」李青松一聽這話就很詫異，忙問說：「什麼方師父？」那唐鐵棍說：「是方文震方師父，咳！我們一聽他死了，又是氣又是哭。」李青松一聽滿不明了，但是此時面色已然變了。

　　旁邊周七龍看出，知道李青松必是不知道方文震慘死的事情，當下就說：「莫非方文震方師父在宜昌西面漁船上，夜內被毒劍俠刺死的事情，你老兄不曉得嗎？」李青松一聽，便瞪眼咬牙，把拳頭往桌上一砸，一跺腳說：「嘿……」登時暈過氣去。周唐二人也着慌了，趕緊把他撽救緩醒。李青松就嚎啕大哭，大罵毒劍俠說：「我要不把你捉住，一刀割下人頭為我盟兄報仇，我誓不為人！」當下他就叫周七龍快些把方文震被刺的詳因說出來，那周七龍就把他所知道的事情詳細說了一遍。

　　李青松聽說是因為一個女子，且有江中豹分解，他便想：我方大哥的為人，嘴頭雖愛談說婦人，但是他行事確實是個磊磊落落的漢子。這個女子不定是怎樣的人，我方大哥才與她交手廝打，毒劍俠便認為是我方大哥向那女子調戲，才下了毒手。無論如何，我方大哥是兩湖有名的英雄，為此小事你便下手刺他，目中真沒有了天下英雄！我要是不找他較量較量，一來難對我死去的方大哥，二來我此後也難在江湖充好漢了，此事諒江中豹必然知情，走，我找江中豹去。當下他就托那唐、周二人把他渡過江去。

　　唐、周二人也十分義憤，知道李青松的武藝高強，必可為方文震報仇，便慨然應允。說：「好，我們把老大你送過去。」當下兩人親自解纜，鼓槳張帆，這只船便往江中去了。這兩人自幼便是在江中船上混的，使起船來當然飛快。李青松也站在船頭，看那浩浩長江，頗增壯志，真恨不得把那毒劍俠抓過來，一刀把他劈下江去，方才解恨！又想起自己盟兄方文震當年之義，實如手足，因此又不禁傷感。

　　那周、唐二人一面與李青松談着話，一面用力渡過南北數里的長江。到了南岸，此地便歸漢陽地方轄管了，李青松一上岸，就聽那船叢中有人大聲喊道：「李老大！李青松！」青松回頭一看，原來卻是仁順鏢局的水路鏢頭劉英，當下就下了船，先與周、唐二人告別，便到了劉英的船上。劉英一見李青松就放聲大哭，說：「李老弟，你知道方兄弟被害的事情嗎？」李青松說：「我正為此事而來。」說話時已然眼淚滿面。

　　劉英把他讓到艙內，就說：「方兄弟的死音傳到我們掌櫃的耳中，我們掌櫃的一天也沒有吃飯，立誓給方兄弟報仇；現在把鏢局的生意全都不顧了，派出二十位鏢頭，上各處去與方兄弟素日相識的朋友一齊結交立誓，必要捉住毒劍俠為方兄弟報仇。只有一樣，就是因為此事的起因，是因為萬縣金刀侯老的孫女侯碧英。現在此女已到了武昌，多半是住在周藥仙的家裏，因為礙着周藥仙的面子暫時還沒能下手。還有就是江中豹那老兒，多半是與毒劍俠相識，現在只愁沒有一個人敢去見他。」

　　李青松說：「江中豹老狗，有什麼可怕？」劉英說：「現在各處的好漢全沒請到，鏢局裏的人哪個惹得過他？」李青松說：「我去。」劉英說：「你不先到鏢局裏去一趟嗎？」李青松說：「煩你轉告馬大哥，就是我先去找江中豹；一言不合，割下他老狗頭，再見馬大哥去。」說畢一抱拳，便上岸往西走去。他本來與江中豹也是素識，江中豹素日很佩服李青松的為人，並且知道他的武藝精通，翻臉不認人，所以也不敢招惹他。

　　當下李青松往西走去，連晚飯都不吃，直到日落黃昏，方才到了那沿江的村落，江中豹家門前。此時便有兩條狗撲上來咬，李青松一面斥着狗，一面就上前打門。這時裏面出來一個長工，提着燈籠仔細一看，認識李青松，就說：「喝，李大爺，由哪裏來？」李青松說：「由東邊來。」遂又問說：「你們老莊主呢？」長工說：「我們老莊主多半還在船上，沒回來吧？」李青松說：「胡說！天這麼晚他還在船上？」那長工又說：「也許是睡覺了。」李青松說：「也絕不能這麼早就睡！快去告訴你們老莊主，就說我要面見，有要事相談。」那長工知道李青松雖然到這裏來過，但是老莊主跟他沒有深交情，而且這個人不是好惹的，今天來頭又不對，當下只得進到裏面。

這時那江中豹剛吃畢晚飯，長工進來一說，早先到這裏來過的那個江北人李什麼松來了，一死兒要面見老莊主，說是有要緊的事情商量。江中豹一聽便頓吃一驚，心說：李青松怎麼找到我的頭上了，方文震被毒劍俠所殺，與我又有什麼相干？當下自己又想了一會兒，情知他既然找到門首來，要不叫他進來也不行，遂就向長工說：「你出去把那位李大爺請進來吧，就說我年紀太老，天黑不能出迎。」隨即就將自己使的寶劍掛在自己坐的椅子頭上。

當下長工到了外面，把李青松請到裏院來。江中豹出屋去迎他，李青松卻說：「老前輩何必迎我，真是不敢當。」江中豹說：「久未與李老弟見面，真是想死人，李老兄弟是由哪裏來？」李青松說：「老前輩千萬不要這樣稱呼。」說時一同進到屋裏。

那李青松雖然說話帶着冷笑，但是他鷹鼻鶚眼，一臉殺氣，進到屋裏把自己隨身的小行李捲就放在地下，順手嗖的一聲把冷森森鋼刀抽出，往桌上一放。江中豹闖了一輩子江湖，豈不知道他的來意？當下臉上顏色一點也不變，反倒笑着讓他落座。李青松坐下便說：「老前輩，姓李的與老前輩相識也有二三載了，你也必然看得出我是怎樣的一個漢子。方文震是我的師兄，我們二人不願同生願同死。他在慘死的那一天還有老前輩你給他們解圍，並把那侯碧英讓到你家來，這些事情我全都知道了，現在我立誓為我盟兄報仇，說不得我對不起老前輩。」

江中豹聽了，慨然說：「很好，你也有刀，你就下手吧。我江中豹活了這大年歲，江湖也闖過，俠義事也做過，雖死也不屈，來來，你就把我砍死。」李青松此時反倒不能下手了，其實江中豹說這話時，他的右手早已準備抽上面掛着的那口寶劍了。

當下李青松說：「我這樣問你吧，你到底是否與那毒劍俠相識？」江中豹搖頭說：「素不相識，我還早就要設法會會此人呢，只是年老志衰。」李青松此時不禁落下淚來，說：「老前輩，你不要怪我，我實在因為盟兄被害，情急痛心，來得未免猛撞些。現在我問你一句話，你告訴我，我轉身就走。」江中豹說：「什麼事情？」李青松說：「我就問的是，我盟兄為她才被毒劍俠殺死的，就是那個金刀侯老家裏的姑娘，現在她是否確在武昌？」

江中豹聽了不禁又冷笑，說道：「問她做什麼？她是金刀侯老的孫女侯碧英，雖然會些武藝，然而畢竟是一個懦弱女子；是你盟兄調戲的她，兩人才交起手來。你盟兄把她的馬腿打傷，我看見了，把他們勸開，把她勸到我家裏，給她治了治馬傷。第二天她走的，此時你盟兄就被害了。這是那毒劍俠路見不平，才去刺殺你盟兄，與這侯碧英何干？你也是堂堂的英雄，要為你盟兄報仇，應當找毒劍俠去，你縱使殺了那女子也未必顯出你的英雄，反倒使人恥笑。」李青松一聽也覺得很是，當下呆想了一會，便收起刀來，向江中豹抱拳說：「好，我走了，打擾打擾。」當下便出屋往外走，江中豹就叫長工把他送出去。

那李青松到了外面，一看滿天星斗，他便長歎一聲，往東走去。黑天沉沉，路徑坎坷，李青松道路又不熟，只得摸着黑往東走；走了有四五里，也沒看見一點燈火之光。這時便聽得後面馬蹄聲音踏踏地響，李青松很是驚詫，趕緊站在道旁轉身去看。待了一會就見遠遠飛奔來一物，李青松大驚，趕緊抽刀在手。那黑東西跑到臨近，嗖的一聲李青松頭上就吃了一馬鞭，青松趕緊掄刀去砍，說時遲那時快，一刀卻砍空了，那騎馬的人飛跑東去。李青松趕緊持刀追趕，一面潑口大罵，說：「小輩，是英雄下馬來，咱們較量較量！」步下加快，追了一里多地，天色大黑，便不知道那匹馬跑往哪裏去了。李青松跺腳發恨，痛罵不休，又恨自己身旁沒有暗器，否則豈能放他逃脫？當下便氣忿忿地往東走去。

　　又走了十幾里地，便到了江邊，就看見那江汊間泊着十幾隻船，漁燈隱隱。李青松到了臨近，便喊着說：「朋友，借個宿啊！」船裏有人答應說：「沒有地方啦。」又聽得骰盆子響，原來艙裏是賭起錢來。李青松最好賭錢，當下便一縱身跳上了船，再向船裏說：「朋友，都是當行，方便方便。」這時船裏便出來人，望着李青松說：「朋友由哪裏來？」李青松說：「由江中豹江老莊主家裏來。」那漁人說：「啊，你跟江老莊主是朋友嗎？」李青松說：「給江老莊主管上幾隻船。」那漁人說：「啊，全是當行啊，請進艙裏來。」當下李青松就隨着那漁人進到艙裏。

　　這時那艙裏賭錢的還有四個人，李青松便說：「喝！幾位來得好啊，我也湊個熱鬧。」當下那幾個人便問他姓名。李青松只說自己叫李老大，是給江中豹管船，如今是往漢陽找個朋友去。那幾個漁人就向李青松倒茶款待，又問了問西邊漁行的生意如何，李青松隨便談了幾句。他久走江湖，自然說出話來都不外行。當下大家便也請他一起賭錢，李青松賭興甚豪，來得頗為高興，但是還總是難忘將才遇到的那個深夜騎馬的人，以為那人必是毒劍俠無疑。

　　一直賭到天色將明，方才在艙裏打了個盹，此時岸上買賣魚爭吵的聲音十分雜亂，李青松也睡不着覺了，遂就拿着自己隨身的行李出了艙，與那幾個漁人抱拳說聲「再會」，就由跳板上了岸，往東走去。曉鳳旭日中，往東走了有四五里地，這時李青松一來是腹中饑餓，二來是困倦，遂就找了一家店房，進去吃了飯，便往榻上一躺，又想着：昨天遇着的那個騎馬的人，一定是毒劍俠無疑！這個人也真膽量不小，倒頗可稱得起是一條江湖好漢，自己與他作對，較量個半死也不枉此生！當下自己想了一會，心一靜便沉沉睡去。

　　一覺醒來已然過了正午，遂就付了飯錢，出了店房，便直往東走；找着一個小碼頭，搭上一隻船，便東下往漢陽去。一帆風順，日色西斜到了漢陽，就在江岸泊住，李青松一由艙裏出來，便有別的船上的人招呼他。李青松取出錢來要給船錢，那梢夫知道李青松必是這江邊很有名的好漢，哪裏肯收錢？李青松只道了聲謝，遂就又到別的船上寒暄了一番，便往漢陽城內仁順鏢局去了。

　　到了仁順鏢局，一進鏢局門首，那櫃房裏的幾個人正在那裏閒談，一見李青松來到，齊都迎出來，與他見禮。那馬建才與他握手生悲，說：「老弟，你見着江中豹，把事情辦得怎麼樣了？」李青松便流下淚來，進到店房裏，就把自己到江中豹家裏，江中豹所說的那些個話，以及自己現在打算要到武昌，去刺殺那侯碧英的事情說了一番。

　　馬建才卻說：「這件事情倒是暫時辦不得，你想她一個女子，把她殺了，反倒叫人家恥笑我們。」李青松說：「我也未必殺她，不過我這一要謀殺她，我想那毒劍俠必要出頭，那時我再專和毒劍俠交手，殺了他以為文震報仇。」那馬建才沉思了一會，便說：「我已然派人去請田家七傑和楊飛等人，且等他們來到，咱們再一同商量辦法。」李青松卻急得搖頭歎息。

　　當下一同在櫃房裏落座，旁的鏢頭們倒是向他勸解，李青松拭了拭眼淚，便說：“我也是七尺的好漢子，在江湖上也有一點小名氣，如今我的盟兄被害，我必要等着別人來到去給我盟兄報仇？我寧不愧死。”旁邊的人也全都覺得很是。

　　青松又說：“不知現在我盟兄的屍骨埋在哪裏？”馬建才說：“本來是由官方埋在江邊，我特地給起靈運來，現在暫厝在東面靈禪寺內。”李青松說：“我即時就去奠祭奠祭我的盟兄。”馬建才說：“先叫夥計們給買些紙錁去。”當下就叫鏢局裏的夥計到外面買了冥鏹紙錁，李青松、馬建才和那幾個鏢頭齊都出了仁順鏢局，就往那靈禪寺去。

　　靈禪寺就在東街，是座很大的廟宇，那廟裏的和尚宏朗禪師也是一位江湖上有名的英雄，夙與李青松也相識。當下眾人到了靈禪寺，宏朗和尚給他們開了西配殿。那震海牛方文震的靈柩就停放在那裏，前面一面靈牌，擺着幾樣供菜五供等，淒涼慘澹，不忍竟視。當下李青松就痛攪心腸，哭了一聲“盟兄”，當下拜伏在地，嚎啕起來。馬建才也撫棺痛哭，旁邊那幾個鏢頭憶起故交，也愴然落淚。哭了半天，馬建才等人止住悲哀，又苦苦相勸李青松。李青松哭得聲嘶力竭，緩了半天氣，方才泣道：“燒燒紙吧。”當下就把紙錁冥鏹都焚化了，又哭了一場。與巨集朗禪師談了半天，那宏朗也勸阻李青松，不可到武昌去尋那侯碧英作對。

　　李青松此時只知道報仇，哪裏肯聽旁人勸告？當下也沒說什麼。回到仁順鏢局內，他就叫人買來布，趕做了孝衣，披麻戴孝，真是如喪考妣一般地悲哀。往常李青松到這裏來，馬建才等必要設筵歡聚，如今大家卻都是淒涼慘澹。一到天黑李青松便倒頭睡下，夜內醒來，想起他盟兄也是暗自哭泣，次日便身體不適，臥病在這裏。

　　如今說到此處，再敘那侯碧英。她策馬東下，因為那匹馬腿傷未愈，不能多走路，所以沿途多有耽誤。一路上又常常聽江岸上的人都談說什麼鎮海牛被刺的事情，有的便激憤大罵毒劍俠，侯碧英這才相信，那方文震果然是江湖上很有名氣的人。

　　還沒過了江，便遇見武昌周藥仙派來的僕人，迎頭見着侯碧英，便說：“侯小姐，我們老爺派我來接迎小姐，快到我們宅裏住幾天去吧。”又悄聲說：“現在風聲太緊，有許多人都要暗算小姐。”侯碧英說：“周老爺爺待我這樣關心，我真是感激不盡，我現在由萬縣東下也正是為來這看望他老人家。”當下便由那周家的僕人雇了一隻船，就渡過江去了。

　　過了江便進了武昌城，在周藥仙的門前下了馬，那僕人把馬先交給鄰居一個小孩牽着，他便先在前面回進話去。那裏面又有老媽子出來迎接，便說：“侯小姐，我們老太太和小姐知道侯小姐一個人來了，還正不放心呢。”

　　當下碧英一面笑着，一面往裏院去。剛一進裏院，便迎面看見一個人站在東屋的門首，碧英一看不由就雙頰飛紅，原來那人卻正是在山路中所遇的，自己用明珠打他的那位少年，當下癡情宿恨一齊湧起，便低着頭，很快地就走進裏院。

　　這時那周小姐秀名，就迎着她說：“你真是膽子大就得了，敢一個人由萬縣來！”遂笑着挽她進到屋內。碧英又見了周夫人行禮，周夫人也說：“我聽人由西邊來，說是你一個人往東邊來了，我就知道你必是特地瞧我來啦，我真是不放心。因為現在江湖上全都是些個後起的人，不像早先你父親、你祖父和我們這裏闖江湖時，走到哪裏都有照應。還有那鎮海牛方文震，要不是有人在暗地保護你，你早就吃了他們的暗算哩。」

碧英聽了周老太太這一番話，回想自己此次頭一回單身出外東下，一路上所遇的事情，真如同一場噩夢初醒，回首想來倒覺得處處可驚。當下自己只是說：「我也是不知道江湖上有什麼風浪，再說我看望老奶奶和秀姑姑的心切，也顧不得其它了。」秀名坐在她的身旁，扳着她的肩頭說：「你倒是不怕，可是說句不幸的話，你在半路上倘或出了什麼小舛錯，我們也都擔不起啊。」

碧英又問說：「不知道是誰在路上看見我了？」周太太說：「是我們這裏一個親戚。」碧英知道是那帶劍的少年，自己想起攔珠打他的一片癡情，以及他那樣無情，不由又羞又恨，就臉紅着微歎了一口氣。周老太太也說：「你多歇一歇吧，一路上真難為你。」當下碧英小姐便與秀名閑敘起來，碧英心思縈繞着自己那攔珠之人，說話仿佛都有些個矛盾。

這時那周藥仙正出去找一個老友去一同擺碁，在晚間才回來，一見碧英來了他也放心了，更是十分歡喜。由是碧英就住在這周家，雖然她知道那帶劍受珠的葉展鵬是常在前面，自己恨不得與他見面相談，至少也向他索要回那顆明珠，自己把它碰碎，但是只恨自己終日在秀名小姐的閨中悶坐，心裏十分苦悶。

又過了幾天，這日周家僕婦們似乎很是忙碌，並說後天便是周太太的壽辰了。碧英聽了更是歡喜，說：「我來得真巧！住了這幾天就趕上老奶奶的壽辰，我非得辦點壽禮，給老奶奶祝壽不可。」周太太卻笑着說：「不用不用，到那天我就受你三個頭就是了。」秀名小姐又笑着說：「你就多住幾天吧，下月我的生日還就到了呢。」碧英說：「那一定，我也得給姑姑祝壽。」當日無話。

到了第三天，便是周太太的壽辰，外面客廳結彩，廚房備席；來了不少女賓和周藥仙的老友、晚輩們，祝禮雜陳，騰歡博粲。那侯碧英也拿出銀子來，叫本宅的僕人給買了祝禮，自己並在內宅給拜壽。一些女賓也多半是江湖有名人物的女眷，看見這金刀侯老的孫女這樣大方美麗，哪個不稱慕？後來男賓來得漸多，碧英就回避了。

到了晚間，男女賓漸散，周夫人還十分高興，在前面客廳內有兩位至親女賓和周藥仙，那執弟子禮的葉展鵬舞劍助酒。周夫人又叫僕婦到內宅把秀名小姐和侯小姐請出來，並說：「叫她們給我舞劍，你就說現在前面沒有外人。」當下僕婦到裏院去了，這裏那葉展鵬卻十分欣喜地等着看這兩位麗人出來舞劍。

此時那秀名與碧英隨着一個僕婦就來了，仙裙新裝，真如月殿仙子降臨，那葉展鵬不禁注視着這二位麗姝。那秀名小姐略一抬頭，看見展鵬，不禁低鬟含羞；侯碧英抬頭看見此英俊少年便是自己攔珠之人，當下也是又羞又恨。

周太太看見她們二人來到，便叫她們在席邊就座，僕婦給她們斟酒，至親的女賓又給她們布菜。秀名、碧英各自飲了半杯酒，周太太就叫僕婦把葉展鵬的那口寶劍取過來，送到秀名與碧英的面前，說是請她們舞劍。秀名卻謙遜，周藥仙在旁說：「秀名先舞。」

當下拉開屏風，僕婦服侍秀名寬去外面繡衣，裏面是箍身的錦襖、紅褲，系着一條粉紅汗巾，下面是黃色繡鞋；轉過屏風，便微報着，由僕婦手裏把那口劍接過來。秀名一抽劍，只見秋水寒光，森森奪目，當下花枝動，銀蛇舞，劍勢展開，婉轉騰挪，真是好一場劍法。葉展鵾是劍術家傳，如今看了秀名小姐這一趟劍，都不禁十分稱讚。

此時那侯碧英早就打算要施展本人精通的劍法，使葉展鵾看一看自己的身手。自己與他向未識面，就因為在秀名的閨中看見他的寶劍，因劍慕人，後來陌路相逢，自己不惜用贈嫁的明珠打他，這一點癡情，也可謂到了極點。但是他始終無情，以至自己把那九顆明珠全都投於江水，如今還不知他手裏的那顆明珠拋到哪裏去了？

此時僕婦也請她到屏風後去寬衣，侯碧英外面是緋色繡衣，裏面的襯襖更是鮮豔。她轉過了屏風，秀名已然收住了劍勢，碧英就低鬟倩笑着。葉展鵾一看，碧英穿的是粉紅色小錦襖，蔥心綠色的汗巾，雪青色緞褲，大紅繡鞋，金線鳳頭穗子。當下碧英由秀名的手裏接過寶劍，就見那紅絨劍穗上觸手一物，視之瑩瑩，原來卻是自己用之寄情，擲打葉展鵾的那顆明珠。當下自己又想：他倒不是無情！寶劍、明珠雖然合在一起，但是我與他卻不知有否姻緣之份。當下自己就把汗巾一掖，袖子略挽，一手指着劍訣，一手就展開劍法。

旁邊葉展鵾一看，就知道與秀名大不相同。原來周秀名的劍法是周藥師所傳，周藥師把自己女兒當做名門閨秀一般，所以只教了她兩套閨中劍法，並沒教她別的武藝。碧英卻不然，她祖父和她父親都是久闖江湖，把通身的武藝全都傳授給了她，所以碧英所學的劍法，多半是闖江湖禦強暴的毒手。碧英又精心巧意地自己新練成一套劍法，尤為新奇厲害，當下纖手嬌軀，明珠寶劍，劍法如彩鳳騰空，龍蛇攪海，劍光緊緊繞身，真是令人驚奇。葉展鵾久闖江湖，自己學劍十年，都未曾看見過這樣的好劍法。旁邊周藥仙看着也直誇：“真好！真好！”

碧英此時的劍法越發緊湊，舞了半天，周太太看得都眼花了，碧英方才收住劍勢，只是略掠了掠頭髮，並不吁吁喘息。此時僕婦接過劍去，秀名小姐就拉過她來，說：“我不知道你的劍法原來這麼好！日後你有工夫，非得教給我不可。”碧英笑着說：“姑姑別笑話我就得了，我哪還敢說教給姑姑呢？”

當下周太太趕緊叫秀名給斟酒，遂又叫葉展鵾舞了一趟劍。展鵾自然也大施生平的劍法，碧英在席間看着他自然越發生慕。少時展鵾便收住劍勢，入席與周藥仙對座同飲，那僕婦們把兩位小姐的衣裳又給她們披上，當下筵間各自開懷暢飲。少時杯盤狼藉，那周太太也醉得說話都短了，秀名、碧英、葉展鵾和那兩位女賓也全都醉意沉沉。當下藥仙就叫僕婦們把老太太和小姐、女賓們全都攙進裏院去歇息。這裏葉展鵾也拿着寶劍，披着衣裳，醉沉沉地回到書房內去歇宿，周藥仙也自去就寢，當日一場歡宴就算人散燈熄。

長夜漫漫，那葉展鵾因為今天飲酒過量，所以倒頭就睡。一覺醒來，只見窗上月影橫斜，又想：似乎剛才自己在夢中覺得有什麼動靜似的？猛然一驚，遂就挑燈而起，再看桌上所放的自己那口寶劍，已然無蹤，只有自己系在劍穗上那顆明珠，倒是瑩然放在那裏。當下葉展鵾下了床急得跺腳，持着燈遍處去找，也沒有寶劍的蹤影。開門出屋，飛身上房，只見月色蒼茫，也沒有一點動靜。

展鵾往裏院一看，就見那裏便是秀名的香閨。展鵾猛然大悟，遂就咳了一聲，飛身下房，就進到屋裏，把那顆明珠拿到手裏，心說：未免有情，誰能遺此？不過你是不知道我是個怎樣的人啊！咳，你這顆明珠，自然是出於你的情心素手，然而我那口寶劍，也是祖遺家傳，而且無論如何我也不能與你成婚，你又何必這樣癡心，把我的劍匿藏起來？又想：現在寶劍被她藏在秀名小姐的閨內，自己縱使有天大的本領，也不敢怔到裏面去把寶劍再盜出來呀？當下不禁十分着急，轉又想起：那侯碧英雖然把自己的寶劍盜去，但是她也不能拿到別處去。我且不理她，我想她一定還在夜裏來個第二趟，且等她來時我把她捉住，叫她把寶劍還我，我再向她曉以大義，我想她也必可頓然覺悟，從此就不再向我癡情了。展鶚想到這裏，便心裏坦適了一點，當夜無話。

到了次日，他也沒把這件事露出聲色來，那碧英自然也沒到外院來。這天夜裏，葉展鶚就在屋裏等那碧英前來，一夜夢驚魂跳的，堂堂的大英雄葉展鶚竟自為這件事情為難起來，所謂之投鼠忌器；如果盜自己的寶劍的人不是女子，縱使他是個江湖縱橫的大盜，我也在所不懼，只是如今她是一個女子，是真令我深不是，淺不是了；自己如此想着，到了天色將亮方才睡熟。次日午後才起，當日無話，到了晚間，葉展鶚依舊是極力嚴防。

是日夜內三時餘，那侯碧英因為把寶劍盜在自己的手內，密密收藏在自己的包裹裏，本想次日葉展鶚必然聲張此事，但是萬也沒想到，葉展鶚並沒聲張。所以今夜她輾轉難寐，便想：自己索性到外院看看那葉展鶚，也許是他以為寶劍是被外人盜去，上外面尋找去了？

當下她紮束利便就慢慢出了屋，飛身上房，順着房到了前院。就見各屋裏全都昏黑，寂悄無聲，自己便下了房。那葉展鶚的屋裏連酣睡之聲也沒有，碧英就想：一定是葉展鶚已然出外尋劍去了，自己再看看他屋裏還有什麼東西？他把自己的那顆明珠是帶在他的身邊，還是隨便拋擲了？當下便把葉展鶚的房門慢慢開開，躡足潛蹤地進去，真是一點聲音也沒有。

這時碧英剛要隨手取出引火之物，照一照屋裏，就見床上那葉展鶚翻身躍起，一手揪住碧英。碧英此時大驚，剛要抽刀，葉展鶚就說：「小姐不要多疑，我沒有惡意。」當下就把碧英撒手，並把燈點上。此時那碧英只是羞得一隻手捂着臉，羞答答地站在那裏。葉展鶚就說：「小姐待我的好意我全曉得，並且深為感激。然而小姐要知，我在前二年便跟秀名小姐訂了姻緣，對於別的位小姐，真不敢有什麼過分之想。如今敢請小姐把我那口寶劍賜還，我把這顆明珠也送還你。」此時那碧英情心遽冷，遂就說：「很好，我給你拿去吧。」當下轉身出屋，便往裏院閨房內去取寶劍。正是：

情心已死寒灰裏，寶劍空藏繡閣中。

第五回　　葉展鵬酒樓聞驚報　　華文豹狹路劫單身

　　話說侯碧英回到秀名的閨閣裏，芳心滋痛，本想要把那寶劍給展鵬送回；但是又想：自己為他癡情，由萬縣至此，一路上經過了多少風波！如今到這裏見了他，原來他卻是秀名的未婚夫婿，自己白擲了十顆珠子。如今這口寶劍既然到了我的手裏，豈能憑白地再給他退回？當下自己倒身就寢，也不還他什麼寶劍，便想：明天自己就離開這裏回萬縣吧。

　　但是此時那邊葉展鵬，本想着她在氣忿之間，一定就能夠把自己那口寶劍交還自己，所以自己只是在這裏呆等。但是都到了天明，依舊不見那侯碧英出來，此時葉展鵬不由震怒起來，暗道：天下哪有這樣無恥的女子？她向我鍾情，我倒可以引她為一個紅顏知己；如今我已然把我與秀名訂婚的事情向她說了，她怎麼還是這樣癡情不悟？想到這裏，真恨不得登時就闖到裏院，由碧英的手裏把寶劍奪回才好呢！但是自己卻真恨英雄無用武之地，遂強忍怒氣，長歎一聲，便渾身困倦，躺在床上沉沉睡去。

　　這時天已侵曉，那侯碧英不待周太太和秀名小姐起床，她就收束利便，到外面叫僕人把自己的馬備出，便向那僕人說：「我現在得趕緊回萬縣去，因為要是一等老爺、太太們起床，我就不好走了。」那僕人也不曉得這位小姐是往哪裏去，當下只得連連答應，遂就把大門開開，碧英便於這曉鳳殘月間策馬往西，出城去了。

　　再說此時那葉展鵬沉沉睡去，萬也沒想到自己的那口寶劍，已然被那多情女子帶走了。只是裏院此時卻驚慌起來，就因為周太太和秀名起床一看，碧英已然起床了，連她的隨身包裹也不知去向。秀名就說：「今天碧英怎麼起床這麼早？」周太太說：「她多半起床又在院裏練呢。」

　　這時僕婦在外屋又說：「怎麼我們從起來就沒看見侯小姐啊？」周太太一看她行李全無，便不由有些生疑，趕緊叫僕婦到各屋去找碧英，但是毫無蹤影。周太太說：「她不能沒事兒就到外面去啊？」遂叫僕婦到外面去問了問。待了一會，僕婦回到裏院說：「那位侯小姐真是的，今天一清早就走了，是外頭打更的劉二給開的門。」

　　周太太一聽，便不由吃了一驚，又暗想：碧英這是為什麼？莫非是我們哪一點慢怠了她，她犯小孩子脾氣，氣惱走了？當下就親自到外院去問那打更的。

那打更的就說，侯小姐臨走時說是不讓太太知道，一叫太太知道就不好走了，她出門往西去的。周太太一聽，便着急地說：「她一定是回萬縣去了！她來的時候，在沿途上便差些沒出危險，如今她又單身走了，這要是在半路上再出什麼舛錯，我們周家更對不起她母親了。」

當下便趕緊叫僕人們出城，到江邊看看那侯小姐過江了沒有？如若還沒過江，就趕緊給勸請回來！那僕人就走了。這時葉展鶚一聽侯碧英走了，不用說，自己那口寶劍也同時被她攜去，當下自己更是大驚，卻又不敢聲張。

待得那僕人回來，就說：「江邊沒有侯小姐的蹤影，我問江邊的熟船，說是一黑早有一位牽着馬的姑娘，獨自雇了一隻船，過江去了。」周太太和秀名聽了也是束手無計，因為碧英是騎馬走的，她渡過江還不定走哪條路，要派人追也來不及了。這時周藥仙也知道了，就說：「據我想，碧英絕不能出什麼舛錯，因為她那身本領闖江湖足以夠用，再說提起她們姓侯的名氣來，誰也不能慢怠。」周太太聽了也有些放心了。

但是葉展鶚此時，卻不肯便叫自己的寶劍被侯碧英攜走，當下就暗地收束他自己的行李，然後便去見周藥仙，說自己要往長沙找胞兄去。周藥仙問道：「那麼你這一去，又得幾時才能回來呢？」展鶚說：「我見着我哥哥，趕緊就回來。」周藥仙說：「你順便告訴你哥哥，最好你們一同回來，叫他給幫忙辦理辦理喜事。」展鶚連連答應。

那周太太知道展鶚也要走，便傳出話來，叫他沿途上訪訪那碧英，以便暗地照護照護她。周藥仙卻笑着說：「他們哪裏走得一條路上去呢？」但是展鶚卻暗自欣喜，心想老太太倒猜得真對。

當下他便拜辭了周藥仙，周藥仙以為他真是到長沙找他哥哥去，回來就辦理他與自己女兒的喜事，所以十分歡喜，並囑咐他千萬要沿途珍重，早些回來。葉展鶚只圖自己離開這裏，趕緊追上碧英索回寶劍，所以便唯唯連聲地答應。又由周家帶了一口鋼刀，並叫僕人把自己的馬備好，然後便出門上馬揮鞭，出了城。

到了江岸搭船渡江，又到了漢陽地面，他便自量：侯碧英是今天早晨走的，現在她至多走出幾十里路，自己沿江往西追趕她去，今天就許把她追住！所以催着馬飛快地往西馳去。這時天色還不到正午，展鶚一面催馬行路，一面還要訪問，但是自用過午飯，往下繼續走路，直走到日色西斜，依舊不見那侯碧英的芳蹤；就是向人打聽，也沒有人看見過什麼女人騎馬往西走路。此時葉展鶚不禁有些疲倦，暗自恨恨不已。

著書的人說到此處，還要請閱者知道，這葉展鶚，他便是那驚天動地，不可一世，手刃鎮海牛方文震的毒劍俠。他本是湖南長沙人，他父親葉文騰原是鏢行的著名英雄，後來得某帥之知遇入了軍伍，累升至總鎮官職，不幸死在任上，遺下二子，全都是世傳的武藝。長子名叫葉展鵬，文武全才，因為科試未中，所以一怒，不遇知己永久不出來做事，好在長沙家中田產豐足，頗可安居隱逸；葉展鶚卻是昂藏不羈，自己不入鏢行，不與江湖人交往，只是要行俠仗義，殺盡天下負心無良強梁之類，並且還不使人認清本人的廬山面目。所以他手下累出命案，四海捕役緝拿，但是他膽大藝高，不躲不避，平日只是一位風度翩翩的美男子，但是若是一般惡霸強梁被他知道時，他卻只消深夜飛身，略施毒手，就能叫那惡霸的性命喪掉。

　　他橫行南北也有數年之久，在江湖間向來沒與女人交談過。只是那日走在山路內，看見侯碧英，一來他看得碧英眼熟，二來是自己見她美貌多情，所以不禁生些愛慕。碧英擲珠打他，他也知道碧英的深意，自己十分欣喜，但是又想：自己已然與秀名小姐訂下婚姻，使君有婦，何必再向她鍾情？所以便情心頓冷。

　　後來又知道那方文震追趕碧英，沿途上吹說什麼要娶那騎馬的女子做老婆等話，以及在江邊方文震打傷碧英的馬，並交起手來，後來江中豹出來解勸。葉展鵾在旁邊看得十分清楚，他心裏實是氣憤，並恨這方文震會些武藝，有點虛名，便這樣橫行無忌。所以他便決定要殺死方文震，也叫江湖自負英雄的，知道知道毒劍俠的厲害：我毒劍俠雖然也是闖江湖的，但是我卻不認得他們的！

　　當下自己拿定主意，到了夜內他就到了船上把方文震殺死，並留下自己毒劍俠的名號，然後回到武昌城內周藥仙家裏，就說是那侯碧英小姐怎樣沿江往東來，怎樣中途遇着方文震，幾乎沒發生舛錯的事情說了一遍。所以那周藥仙和周太太不放心，這才派僕人前往迎接碧英。碧英住在周家祝壽舞劍，雖曾一度相見，未免有情，但是畢竟自己有了所愛，所以不便向這路柳旁花癡心，卻不料那碧英癡情不死，竟把寶劍盜去攜走，因此他才追趕下來。

　　當下他住在店裏，心裏十分悶悶焦思，就因為那口寶劍一來是自己家傳之寶，二來也是秀名最愛之物，將來成婚之後，她若見不着那口寶劍，豈不要懊悶？想到這裏便十分忿恨，又摩挲那顆瑩瑩明珠，轉又覺得她的癡情可感，當日無話。

　　到了次日依舊往西去，沿岸訪那碧英，便在中途遇着一位朋友。二人見面，便在鎮店上找了一座酒樓，上樓去飲酒談敘。這個朋友名叫黃子雲，原是宦門子弟，與葉家世交，自幼好武，不事舉業，好交結客，以至家道衰落，如今淪於江湖。當下二人故交相逢，把盞快談。那黃子雲並不知道葉展鵾就是毒劍俠，所以便說：“葉老弟，現在江湖上出了一件驚天動地的事情，你知道不知道？”葉展鵾搖頭說：“不知道，大哥你也曉得，我是個不闖江湖的人，我不侮人，人也不侮我。你不信，你打聽打聽，提起我的名字，江湖上哪個人也不認識我。”子雲說：“如今這件事很有趣，並且與你將來的新親家裏還有些干連。”展鵾一想，多半就是因為自己刺殺方文震的事情，當下故意問道：“怎會與周家有關？”

　　黃子雲說：“這件事情得由起始說，就是因為鎮海牛方文震，無端調戲四川金刀侯老的孫女，以至被毒劍俠深夜殺死在江邊的船上。那毒劍俠近二三年來所做的事情就遭江湖之忌，方文震是江湖上早有名的好漢，湖廣的英雄差不多沒有一個不認識他的，尤其是他的盟弟江北著名的豪傑李青松，和漢陽的大鏢頭馬建才，正勾結各路英雄為方文震報仇。金鏢劉煜、岳陽田家七傑現已全都來到，只等候衡山的手握洞庭楊飛了，並且李青松大病初愈，所以至今還沒有訪着那毒劍俠的下落。但是現在南北各鏢局、沿江各船隻全都下了話，反正無論毒劍俠走到哪兒，只要稍微露出一點形色來，就能被他們知道。我看毒劍俠雖然為人奇詭莫測，做事驚人，但是他畢竟人孤力單，恐怕難免遭他們暗算。將來那李青松一病體痊癒，手握洞庭再一來，無論如何毒劍俠也得喪掉性命。以後江湖間又少了一個剪除惡霸的俠客，實為可惜。”

　　此時葉展鵾聽了，卻不禁十分生氣，雖然自己知道李青松是湖北著名的好漢，手握洞庭楊飛更是湖南唯一的英雄，但是畢竟自負本領高強，當下便狂笑說：「據我看，這馬建才一類的人也都是雞腸鼠輩，方文震無故調戲行路婦女，毒劍俠才仗義殺他，這原是俠義行為，方文震卻是該死，還報什麼仇？田家七傑不過是洞庭湖畔幾個無賴，李青松是綠林中一個小輩，馬建才也是個飯桶，至於手握洞庭楊飛等輩也不過是徒負虛名，哪裏能夠與毒劍俠作對？」

黃子雲搖頭說：「不，不，你也不要這麼說。你不知道，現在無論江南江北的英雄，全都是打算會會這毒劍俠！佩服他的人自然不少，可是與他相仇的人也是很多，這要是一時失慎，登時就能有人暗算他。」葉展鶚冷笑道：「那我想毒劍俠也未必畏懼。」

當下兩人又在這酒樓上對座暢飲了半晌，但是此時葉展鶚心裏卻氣血難捺。本來自己一向就聞那李青松和手握洞庭的威名，再有田家七兄弟等輩，果然若使他們知道毒劍俠便是葉展鶚，那時真怕我難以應付。但是又想：遇不見對手，不能顯出英雄來，我索性不等李青松、手握洞庭來找我，我就先會會他們去！

自己拿定了主意，又談了一會，葉展鶚就問黃子雲要到哪裏去。子雲說：「我到武昌去，你呢？」展鶚說：「本來我是到這裏來訪一個朋友，也沒有訪着，我現在還打算往東去。」子雲問說：「你還要回武昌嗎？」展鶚說：「我且不回武昌，我先到漢陽鏢局中找我的未婚妻兄周振名，住上幾天，我還要往萬縣去。」

黃子雲說：「怎麼，你要到萬縣侯老家裏去？」葉展鶚說：「不是，那侯老父子俱已故去，現在只有他兒媳和孫女。」黃子雲又說：「他這孫女你見過嗎？」展鶚說：「見過兩次，年紀不過十八九歲，很是秀麗，武藝也頗不弱。因為周、侯兩家世交，我現在也是受周家之托，往萬縣給他們兩家辦一點事情去，順便訪兩位朋友。」黃子雲說：「你現在既然是先到漢陽去，我們就可以一同去吧。」當下兩人便付過酒資，下了酒樓，一同上馬往東去了。

葉展鶚現在的主意就是打算先到漢陽，住在周振名的鏢局裏，好在他也不知道自己便是毒劍俠，自己隱身其中，暗探那仁順鏢局馬建才等人的行動，不等李青松病好，就索性先把他殺死；等那手握洞庭楊飛來時，再把他剪除，只要是他二人一不同自己作對，其他田家七傑之輩就不足為懼了。

當下與黃子雲一路談着話，一天多的工夫就到了漢陽。葉展鶚先把黃子雲送得上了船，他才策馬進城。到了那漢陽鏢局的門首，那裏有兩個夥計都認識葉展鶚，展鶚下了馬，一個夥計就把馬接過去，一個進去傳達。葉展鶚還沒走進裏院，周藥仙之子周振名就迎了出來，讓到屋內去落座談話。

原來周振名是本鏢局的大鏢頭，專走南路，如今回漢陽還不到幾天，正要忙着把事務料理清楚，好回家去給自己母親補壽。如今展鶚前來，談起話來，便又把那方文震被殺，馬建才等廣請天下英雄，要找毒劍俠為方文震報仇的話說了一遍。葉展鶚卻說毒劍俠如何本領驚人，恐怕絕非李青松、楊飛、田家七傑等所能敵。周振名聽了卻搖頭說：「不然，不然，兄弟你是不常闖江湖，你不曉得，李青松的刀法、楊飛的劍法實在是南北無敵！毒劍俠縱使武藝高強，難道還能比得過李青松、楊飛嗎？」展鶚聽了怏怏不快，當下又閒談了一些旁的話。

這鏢局裏的一些個鏢頭全都與葉展鶚相識，當下大家便訂得今天晚間，特備酒席宴請展鶚。這時天色不過在午後三時許，葉展鶚就先出了鏢局，往大街上閒遊了一會。走到那仁順鏢局門首，只見那裏有兩個人遛着三匹馬，待了一會裏面又出來一個人，傳出話來。這裏那葉展鶚便站在旁邊等了一會，就見那裏面出來三個人，全都是衣帽闊綽，都在三十餘歲，葉展鶚只認識兩個人，一個是久在東路走鏢的安慶鏢局鏢頭金鏢劉煜，一個是這鏢局的掌櫃馬建才。當下只見這三人出門接過馬來，就上了馬，又互相說了幾句話，便一同策馬往北去了。葉展鶚遂看了看這鏢局院落的形勢，然後在大街上又閒遊了一會，便回漢陽鏢局去了。

及至晚間，漢陽鏢局內便大張筵席，十餘位鏢頭歡宴葉展鶚，就談到那方文震被毒劍俠殺死惹起的事情。大家就猜度兩方的勢力，但是全都說毒劍俠雖然本領高強，究竟是孤掌難鳴，恐怕未必敵得過李青松、楊飛等。有的就說："這件事情也許鬧不起來，因為毒劍俠此時必已遠避，他們必要找不着，再說手握洞庭楊飛也未必就管這件事情。"當下大家談論着，全都為毒劍俠擔憂。

葉展鶚自己闖蕩江湖，所做的行俠仗義，驚天動地的事情，以為必可震動江湖，天下人莫不崇仰，誰想得論起名頭來還是不及李青松和楊飛，所以自己不禁十分氣忿；又想自己索性今晚下個毒手，把那李青松殺死！但是自己也不曉得李青松住在仁順鏢局的哪間屋裏，並且素日雖然聽說他的名氣，然而究竟未曾相見過，縱是我們兩人交起手來，我也不能認識他就是李青松。所以他輾轉思想，結果決定了一個驚人的辦法，就是回頭深夜先到仁順鏢局大鬧一場；明天再去，那李青松必然扶病與我交手！轉又自負自己這身本領，他李青松縱是天神，又焉能敵我？所以他如此想着，反倒自己狂傲起來。

當下大家停止閒談，又餐了一會，便肴核全盡，連周振名全都醉了。又撤席換茶，暢談了多時，大家都是醉言醉語。談到那毒劍俠的事，都說李青松、楊飛如何本領天下無敵，那毒劍俠小輩不要說敵不過李、楊二人，就是田家七傑，他恐怕也難以勝得。葉展鶚聽了他們這一些醉後狂言，自然更是十分氣忿。但是因為他沒飲多少酒，現在雖然臉上有些紅撲撲的，但是毫無醉意，遂就只是在旁邊冷笑，心裏卻暗道：等我回頭若真個到了仁順鏢局，你們看看我與李青松交起手來，到底是誰生誰死！

少時各人全都扎掙不住，都回到屋裏大睡去了。這裏毒劍俠葉展鶚宿在周振名的屋裏，那周振名今天飲的酒特別的多，所以倒頭就睡，葉展鶚卻輾轉難眠。又見那壁上懸着一口寶劍，知道那是周振名自己使用的，周振名的劍法高強，雖然他這口劍不及自己那口鋒利，但是旁的寶劍也難敵得過，便暗想：回頭我借他這口劍用一用！待了一會，展鶚便沉沉睡去。

一覺醒來，只覺得到了夜靜更深，也不知現在是到了什麼時候了，遂就慢慢起床，紮束利便；把自己床上的被褥還堆成仿佛一個人睡在那裏的樣子，然後把牆上懸着的周振名的那口寶劍摘下，便出屋飛身上房走了。葉展鶚的飛行功夫極佳，歷來在江湖間做了這些件案，竟沒有一個人認識他本來面目便是因此。

如今他越脊躥房出了這個漢陽鏢局，便往那仁順鏢局去。一路飛行，晚風漸漸，便到了那仁順鏢局；只聽前院有打更的聲音，他便轉到西牆，飛身上牆，跳到院裏，便躡足潛蹤地往裏院走去。這時就聽得院中有一處屋門響聲，展鶚一聽有了動靜，遂就趕緊伏身牆角，側耳一聽，不料這時連聽得嗖嗖的響聲，原來是上房兩個人。葉展鶚藝高人膽大，便把手中的寶劍抽出一晃。那房上的兩個人一眼看見牆角寒光一閃，齊都吃驚，覺得此人膽子不小，一定是特來尋釁較量。當下兩人齊都掏出暗器來，嗖嗖嗖三鏢打去，卻沒有動靜，二人也不敢下去。這時那葉展鵬早已把三隻鏢接在手裏，就揚手打去，那房上的一個人當時翻身摔下房去。

這時早已驚動了一干英雄，齊都穿衣，手持武器出屋，躥上房去。這時那葉展鵬卻在下面冷笑道：「你們哪個敢下來？」這句話反倒把那房上的幾個人嚇住了。葉展鵬又說：「我今天前來正是要找李青松，今天黑夜也不便交手，明天他如果是好漢，請到江邊找我去。」說畢飛身躥上牆去，又一揚手。這裏房上的幾個人以為他是要打暗器，所以全都閃身躲避，那葉展鵬就跳了下去。這裏那幾個人趕緊跳下房去，越牆去追，但是那葉展鵬早已沒有了蹤影。

此時那李青松因為病勢還未十分好，如今突見有賊人前來，他就要出去奮勇捉賊，但是卻被馬建才和田二、田五死死攔阻，怕他久病之後體力未復，出去有什麼舛錯；李青松只是在屋中乾着急，跺腳大罵。這時那田家七傑的田三又中了鏢傷，攙到旁的屋裏去，李青松越發氣忿。那田二、田五倒是打算叫青松出去，不過馬建才卻是不放心。這時院內房上又齊喊：「跑了！跑了！」李青松空着手就要闖出去捉賊，但是那馬建才卻死也不放他出屋去。

少時外面的眾人齊都進來，就說：那賊逃走了，並說什麼明天請李青松與他在江邊相見的話。李青松聽了更是暴跳如雷，向馬建才說：「大哥，你是愛護兄弟，怕我病着出去敵不過他，可是現在這個賊人憑白地打傷了田三哥，還說了這樣的話！這個人無疑必是那毒劍俠小輩，明天你們要是再不讓我去，不但我難以對得起我方文震大哥，我李青松三個字的名頭，從今就要貶落了。」

馬建才聽到這裏，便不住落淚，說：「兄弟，我是為你好，現在放着方兄弟被害的那樣大仇，要給他報仇還多仗你來出力，因為你是方兄弟的盟弟。不過你現在病了這些日子，如今將將地好了一點，若是同他交手吃了虧，豈不是仇上加仇，於事無補？所以你想，你還是不要急躁，把病養得十全好了，再尋他去報仇。」

旁邊那田家七傑因為他們弟兄受了傷，所以也齊都十分氣忿，慫恿着李青松說：「走江湖的人還怕什麼病？病果然真是沉重得起不了床，是沒有辦法，現在李老弟已然病癒了八九成了，這要是明天真不到江邊去，豈不要叫天下人恥笑我們？」

李青松聽了這話，越是發奮，便跺腳說：「明天我非到江邊去不可！我要是與那毒劍俠小輩交起手來，還望你們諸位不要助手，只望我方大哥的靈魂在暗中默佑就是了。」那馬建才到了此時，也不能再攔阻他了，遂就說：「那麼既然如此，明天便由你去，我們可以隨着助一助威。」李青松說：「那倒可以，不過馬大哥……」說到此處，他熱淚湧流，說：「大哥，這是千載一時的機遇，方文震的大仇能報與否，就在明日，萬望大哥到時千萬不要攔阻我。」

馬建才說：「不能不能，兄弟你殺死這個毒劍俠，官司由我替你打。」大家齊說：「好，好，官司出來，我們自然不能叫馬大哥一個人受累，也得求馬大哥給我們擔當擔當。」馬建才說：「咱們全是為方文震，江湖義氣客套什麼？」當下眾人又很義憤地談了一會，便各自就寢，後半夜無話。

　　到了次日一清早，那李青松頭一個起來，今天他病體顯得又愈了幾分，梳辮淨面，眾人也前後起來。此時日已東升，馬建才、李青松、劉煜、田家七兄弟，還有旁的鏢頭就一同出了鏢店，一起乘馬往城外走去。出了城，那田二便搖着鞭子說：「走，咱們跑一氣兒！」當下各自加鞭，十幾匹馬便蕩塵飛馳，往江邊跑去。那李青松久走江北，所以馬上的功夫比眾人都高，當下他精神煥發，一點沒有病態，就搶先催馬，一面回頭向眾人招手指點，一路唧唧的聲音，飛如群星流奔，便到了江邊。

　　那浩浩的江邊泊着許多隻民船、漁船，船上的人多一半全都認識馬建才等眾鏢頭，當下就齊都迎着招呼，說：「眾位跑馬來玩一玩嗎？」眾人在江岸勒住馬，便一面向船上的人答言，一面卻不住往各處看，不知那毒劍俠是否來到。

　　此時有漁船上的一個有名人物，叫白鯉魚白二，上岸與馬建才等人見禮。那馬建才等下了馬，馬建才就說：「白老二，我們現在來到江邊，是特地訪一個朋友。」白鯉魚說：「是哪位？姓什麼的？」馬建才說：「不是熟人。」當下就把昨天鏢局裏去了夜行人，怎樣訂得在這裏見面較量的事情說了一遍。

　　那白鯉魚聽了也不禁吃驚，當下便想了一想，又問說：「那麼這個人的面貌，可有人看見麼？」田家兄弟說：「昨天夜裏天黑，我們在房上，他在下面牆角，他又發暗器，誰能下去同他交手？不多時候他就跑了，所以沒有人看清了他的面貌。」那白鯉魚聽了，便說：「這可不好辦了，因為不認識他的面貌，縱使他到江邊來，咱們也沒人知道就是他呀。」

　　旁邊又有一個水面上的朋友說：「我想這個人一定能來，他既然敢深夜到你貴鏢局裏去，又敢定下相會的地方，他必然是不怕，一定敢來，來了就不能不招呼你們眾位。」馬建才點頭說：「也對。」那白鯉魚又說：「我想這個人多半也是熟識的朋友，故意湊個趣。」

　　李青松在旁搖頭說：「不能不能，要是熟朋友，他豈能放鏢傷人？這人必是殺害方文震方老大的那個毒劍俠無疑。如果他真個敢前來，你們看，我們非要拼一個死活不可。」白鯉魚說：「雖然報仇要緊，但是也得先用話問一問他，果然他也是江湖上的熟朋友，我看倒要講些情面為是。」李青松卻憤憤地搖頭說：「不成，回頭如果此人來到，請你們看我們殺個死活！」

　　正說到這裏，就見那白鯉魚向東面招手，說：「喝，葉少爺，早起來啦？」李青松諸人回頭一看，就見自東邊來了一個騎馬的少年，這少年穿章闊綽，身體雄健，面貌雍容，一看就可知道是一個富家子弟，而且是好練武藝的人。當下那少年態度從容，來到近前，就微笑着向馬建才點了點首。馬建才也看得這個人仿佛眼熟，便也點了點首。那少年下了馬，很和藹地向馬建才說：「馬老哥，不認識兄弟了麼？」馬建才說：「實在眼拙，一時思想不起。」那少年笑道：「我們去年在會賓酒樓見過一次，你還提到周振名。」馬建才說：「哦，想起來了，葉老弟，你現在是住在漢陽鏢店嗎？」葉展鸚點頭說：「不錯。」遂又說：「我今天到江邊來，特地是來會會你們幾位。」馬建才一聽便大吃一驚，此時李青松就要抽刀。

　　葉展鸚很慷慨地說：「昨夜有一個飛賊到我住的漢陽鏢店裏，我自然是出去捉他，他施放暗器，幾乎打了我一鏢。後來他說他對於我毫無惡意，就是托我今天到江邊來會會你們，替他傳遞幾句話。”李青松趕緊問道：“是什麼話？”葉展鵬說：“他說的話很不少，只是我記不清楚，大概的意思就是他說：他名叫毒劍俠，他與你們諸位，因為什麼方文震身死的事情，有些私仇。但是他絕不是畏懼你們諸位，不敢與你們交手，實在是他想：你們諸位也是江湖上有名的人物，成名很不容易，果然要是交起手來，你們諸位有些差池，那時身敗名裂，他倒好生不忍。”馬建才、李青松聽到這裏，登時破口大罵，說：“這毒劍俠混帳鼠輩，太氣死人！”田家弟兄也齊都在旁大罵。

此時葉展鵬不由勃然變色，說：“諸位，我因為此人如此告訴，我不曉得你們到底是有什麼事情，所以才清晨起來就到這裏來奉告你們，這原是我的一片好意。你們如此一罵，是叫什麼毒劍俠聽，還是叫我聽？”旁邊馬建才說：“葉老弟，你不要多心！我們都是老朋友，你如今把這事情告訴我們，我們倒很是感謝你的好意。”他說完這些話，但是葉展鵬此時面目依然不稍為和緩，遂就說：“馬大哥，你不曉得，我葉展鵬雖然不是闖江湖的人，但是最怕人家小看我。”言至此，一蕩馬躲開，翻身下馬，嗖地由鞍下抽出光森森的寶劍一晃，冷笑說：“來！”一拍胸脯，說：“我就是毒劍俠！”

他說到這話時，這裏大家全都愕然吃驚，李青松先把眾人一攔，把馬韁繩扔給田大，把單刀抽出，一躍身飛奔過去，說：“小輩，你還我盟兄的命！”此時葉展鵬已然迎將上來，鋼刀對劍，寒光亂抖，真個是拼命地廝殺。那李青松心急刀亂，又兼以久病之身，自然難抵那毒劍俠葉展鵬。此時旁邊那馬建才便看出勢頭不好，趕緊向劉煜和田家兄弟說：“青松要不好，到這時候我們真不能不幫助他！”遂就自己要去抽刀。此時田家七傑都把馬交給旁邊的漁人，他們齊擎武器，要過去幫助李青松去殺葉展鵬。白鯉魚本想攔阻勸解，但是自己只是一個人，手裏又沒兵刃，哪裏能夠？當下只由着他們闖將過去。

那葉展鵬見眾人齊都撲奔過來，他倒收住劍勢，退後幾步把馬抓住，飛身上去，揚手一鏢打來，這裏眾人只得退後兩步。此時那葉展鵬卻冷笑說：“你們這些人一齊上來，還算得什麼好漢？”馬建才卻大呼說：“什麼好漢不好漢，我們報仇要緊！”大眾一聽這話就齊都追趕過去，葉展鵬卻撥馬飛馳，這裏眾人也都騎上馬，就追趕下去。葉展鵬在前面催馬疾馳，李青松等人一手執着兵刃，一手鞭馬，飛馳追去，這時蕩得塵土彌天，那田家兄弟又齊發暗器擲打。葉展鵬當然一個人不能跟他們許多人交手，所以只是催馬疾馳，往西逃奔，這裏眾人是拼命追趕。

跑出有二十多里地，葉展鵬這匹馬便有些跑不動了，往後看了看，自己的馬與那一群追馬相距還有一里多地，自量我還是轉路躲避躲避去吧！遂就撥馬往南，走了一里多地，便進了山口，順着山路緊緊催馬走去。葉展鵬心裏實為不痛快，暗想：我本是想要會會那李青松，兩個人互相較量較量，不想他們人多勢大，非要拼命不可。咳，自己如今露出了真面目，以後人人都曉得毒劍俠便是葉展鵬了，我再回漢陽、武昌都怕不能了；周家知道，心裏更不知要怎樣不放心。這樣想着，心裏又很是後悔，只得順着崎嶇難行的山路去走。走了也不知有多遠，便覺得身體疲倦，遂就慢慢地走，也不知那李青松等人的馬追進山口沒有。

這時便望見前面山嶺橫亙，樹林叢生，山坡上隱隱有幾間房，也不知是廟宇還是獵戶的住家。葉展鵬騎着馬又不能上山，到此真是無路可走，剛要撥馬回去，此時卻聽得一陣風聲，原來是暗器打來。葉展鵬大驚，趕緊回頭一閃身，那顆彈子便從頭上飛過。此時便見由那山坡上下來一人，大喊一聲："把馬給我留下！"葉展鵬不由大怒，遂說："真是可氣，我竟闖到賊窩來了！"

此時那山嶺上的強盜已然跑將下來，大喊道："站住！站住！"葉展鵬遂就下了馬，由鞍下抽出寶劍，說："你是打算怎麼樣？"那人見葉展鵬也抽出兵刃來，當下便說："咦，真是，又遇見硬漢子了。"遂就往近走來，一抱拳說："老兄，我先要問問你貴姓大名。"葉展鵬不便更名改姓，便說："我姓葉，叫展鵬。"

那人說："這就是了！不瞞老兄，兄弟名叫華文豹，有個匪號叫飛彈手，便住在這裏，一向指着打獵擊鳥為生；買賣有時不好，挨餓難熬，便到路上打劫兩起過往行人。可是我這個強盜與眾不同，是個講義氣的強盜，客人要有十兩，我就借三兩，並且手裏的刀也沒傷過人，彈子也沒打過人。"說話時順手往南一指，說："由這條窄山路走，出了山口往南，不到二里地，那裏便有一個大村莊。有一家大戶，姓杜，家中只有兄妹二人持家，兄叫杜錦霞，妹叫杜卿霞。這兄妹是做官之後，家財百萬，莊裏的長工也很多；兄妹倆都是武藝驚人，杜錦霞又是江湖間最有名的好漢。我本來得了什麼野雞、野兔，就擔到他那裏去賣，不想前幾天，也不知是因為哪一樣把他們得罪了，杜錦霞就說永久不許我進他們村子。你想不許我進他們的村子，我打來的東西還賣給誰去？因此我沒地方掙錢去了，才打算幹一幹這攔路打劫的勾當。"

葉展鵬說："你也是，有了野物哪裏賣不出去，何必單指着賣給他一家？"那華文豹說："老兄不知道，這地方四不靠，西北落霞嶺有十幾家大獵戶，各處的野物全都歸他們包賣，我要是一奪他們的買賣，他們就許把我的命要了。現在就求你老兄到那杜家莊裏，見一見杜錦霞，給我說個人情，叫我還到他們莊子裏去做買賣；我能有了飯吃，就再也不做這打劫的勾當了。"葉展鵬聽到這裏，便微笑着說："我是行路由此經過，再說，我與你所說的這杜錦霞素不相識，怎能去給你說情？"

那華文豹說："不是，老兄你要往山口外去，非得往南路走才成，那裏正由那杜家門首經過。杜錦霞也是個好交朋友的人，老兄你何妨就去訪訪他，順便把我這話就向他提了。"葉展鵬點頭說："就這樣吧，我給你求一求他就是了，但是以後不許你再攔路行劫。"華文豹搖頭說："不能不能，有了飯吃就不幹這勾當了。"當下又懇懇地相托了一番，並指告出山口的道路，及那杜家莊的地點，都很詳細地告知了他。葉展鵬隨即收起劍來，上了馬，就往那南山路走去。

走了不到半里之遙，山路漸寬，就到了曠野；遠遠望着西南樹木森森，自料那裏必是杜家莊，遂就緊緊催馬，往西南走去。本來葉展鵬現在的意思倒不是要為到那杜家給華文豹疏通，叫他們買華文豹的獵物，卻是他自己一來跑得身倦腹饑，打算找個地方吃飯；再說，如果看這杜錦霞真是位可交的朋友，我便同他多盤桓些，順便在他莊上隱匿幾天，也省得李青松一班虎狼苦苦地追我。

當下如此想着，便催馬到了那杜家莊前，就見那裏有幾個長工正在那樹蔭下吃飯，葉展鵬忙下了馬，上前說："借光，我打聽打聽，這裏是杜家莊不是？"那長工們答道："不錯，這裏正是杜家莊，怎麼，你是找杜大爺嗎？"葉展鵬說：

「不錯，我叫葉展鵬，由此經過，久聞杜錦霞的大名，特來這裏拜訪。」當下便有一個長工說：「我先去告訴我們大爺一聲，請你稍候。」遂就進到莊院裏去。

這裏幾個長工便和葉展鵬閒談，展鵬並打聽由這裏怎樣回漢陽去。那長工們卻說：「由這裏往東，再往北走幾里地便看見大江了，順着江岸去走，豈不就到了漢陽嗎？」正自談着話，就見由那莊院裏出來一位五十餘歲，紅臉膛的人，穿章很是斯文，手持一把摺扇，便向葉展鵬拱手說：「久仰大名，今日下訪蓬蓽，實為榮幸之至。」葉展鵬也抱拳說：「我久仰大名，早就想要到貴莊拜訪，今日路過寶莊，也非出於誠意。」那杜錦霞連說「豈敢」，遂很恭敬地將葉展鵬請進去。這裏展鵬原想：這杜錦霞兄妹在此莊雖然沒有什麼大名氣，但是也可以稱為是個英雄莊主，預料他必然是個尖利狡悍之輩。以他的名字來看，錦霞兩字雖然未必是女人名字，但是他也必是少年翩翩，萬也沒有想到如今一見此人，原來是已然中年，並且還是個很和藹誠懇的人。

當下隨着他進到莊院，就見這莊院蓋得實在是整齊講究，讓到客室內落座，就扳談起來。原來這杜錦霞的父親名叫杜子聲，也是一位久闖江湖的老英雄，同那周藥仙是很有交情的。在前三年杜子聲在世時還同周家有來往，那時展鵬就已然與周家的秀名小姐訂婚了，所以杜錦霞才聽說過這葉展鵬的名號；自杜子聲故去後，錦霞是不好交遊，所以就與周家斷絕往來，但是如今一提，雙方可以說全都是世交，當然越發顯得親近。

當下葉展鵬就提到自己怎樣在山路裏行走，怎樣被那華文豹所劫，以及華文豹托自己到此說情的等等事情。那杜錦霞聽罷倒不禁笑了，遂就說：「華文豹他只說我待他甚苛，不許他進莊來賣野物，斷了他的生計，其實不知華文豹這個人最無賴不過。他的母親死去，是我幫助他錢給葬埋的，平日我還不斷地恩惠他，但是誰知道他忘恩負義，常常地喝醉了酒就來吵鬧，向我索錢；他會打幾顆彈子，便把彈子亂向我大門打。起先眾莊丁、長工們要打他，我倒是覺得小人不可得罪，只把幾個錢給他，叫他走了。但是舍妹卻極為憤慨，親自出去就把這華文豹打了幾棍，然後叫長工們把他捆了起來，並且威嚇他，說是要把他活埋了！他這才害怕，苦苦哀求。我們告訴他，從此不許叫他再到本莊上來，自然他連野物也不能賣了；不想這小輩又改行，做起打劫的勾當來。現在既有賢弟受他之托向我來說，我就不便再與他一般見識了，回頭我派一個人去告訴他，叫他還依舊到我這賣野物來就是了。」

當下兩人又暢談起旁的話來，杜錦霞就談到那毒劍俠慘殺方文震之事，他就說：「自此事發生後，不想竟有一般人懷疑我就是毒劍俠。」葉展鵬笑道：「本來，你老兄的大號，太與‘毒劍俠’三字諧音了。」杜錦霞說：「實在，自從那方文震的盟弟李青松到漢陽後，第一次是江中豹那老兒到我家裏，問我是否就是那毒劍俠。我卻極力辯證，我哪裏曉得什麼叫毒劍俠？後來那漢陽仁順鏢局裏也有人到我這裏來詢問，我也是用一樣的話來答覆他，江中豹又出頭給我解釋，否則怕他們要拿我當作毒劍俠來報仇。」葉展鵬一聽，不由也笑了。

當下又閒談了一會，這時忽見外面長工跑將進來，說：「外面來了許多騎馬的人，都是漢陽仁順鏢局的，要來見大爺。」此時杜錦霞陡然變色，說：「他們一群人前來找我，到底是什麼用意？」葉展鵬卻面上從容，微笑說：「不瞞老兄，我就是毒劍俠。現在李青松等追我到此，我也絕不怕他，只有出去見他們，與他們交手，拼個死活就是了。”杜錦霞趕緊把他攔阻住，說是：“這如何使得？老弟，你雖然本領高強，但是他們人多勢大，你老弟如何敵得過他們？英雄不為匹夫之勇，我想老弟你還是躲避一會為是。”此時葉展鵬也無可奈何，想起自己這身本領，不想如今被人追迫到這般地步。

當下他就只得出了客室，由僕人把他領到後面一處跨院內，那裏便有幾間房。葉展鵬進到那屋裏，自己氣憤難過，真恨不得登時就跑到前面，去與他們決一生死。但是經過剛才的交手，就知道一個人的力量敵不過許多人，所以他只得強捺下憤氣，在這屋裏急得來回地走，並且只管跺腳。

此時前面那杜錦霞，先告訴僕人、長工們一番話，然後自己親自出去迎接。原來那外面真是個個都人高馬大，李青松、馬建才、劉煜、田家七傑等人全都在那門首。杜錦霞向眾人很客氣地敘了些寒暄，並說自己是正在吃煙，所以出迎遲些。那李青松卻說：“老兄不要客氣，我們今天也是因事由此經過，不成敬意地來拜訪。現在我們人多，又有馬，也不便進寶莊去了，只有一件事情要來問問老兄，請老兄千萬要實在地告訴我們。”

杜錦霞說：“我已有半個多月沒出莊子了，只要是我莊子裏的事情，我全都知道。”李青松說：“這就是剛才的事情，有一個葉展鵬的，是否到你寶莊上來了？”杜錦霞說：“不錯，剛走不大會兒。”李青松忙問說：“是真的麼？往哪邊去了？”杜錦霞說：“往南去了，他說到什麼蘆溪崗看望他親戚去。”

田三、田五還說：“老杜，你可別冤人啊！”杜錦霞正色說：“什麼叫冤人？全是江湖的朋友，我同他又沒有多大來往，他又不是殺人的兇犯，難道我還能隱藏他不成？不信請你們諸位進到我的莊院裏搜一搜去，如果搜出一個姓葉的來，你們就放一把火把我這莊子給燒了，我絕對沒有怨言。”旁邊馬建才說：“杜老兄未免言之太重，我們就看着江湖義氣吧，再見再見！”遂一抱拳，帶着眾朋友一齊上馬，連頭也不顧回便往南去了。

不提馬建才、李青松等人，一同往蘆溪崗去追趕葉展鵬，單說這裏杜錦霞把那馬建才、李青松等騙走，他就進到院內，往後院去。原來此時葉展鵬已然手提寶劍躥到房上，要往外去張望，杜錦霞便說自己已然把馬建才等全都騙說走了。葉展鵬跳下房來，又是氣忿又是自覺慚愧，十分不痛快。

杜錦霞將他請到正院屋內，此時廚役已然把菜飯酒肴備好，杜錦霞當與葉展鵬開懷暢飲。但葉展鵬的心裏始終放着兩件事情：第一就是自己那口寶劍被侯碧英盜去；第二就是不該叫馬建才、李青松等人知道我就是毒劍俠，此後他們必要時時刻刻地逼迫我，我連武昌都怕難以回去，將來與周小姐的婚事還不知何日完成。所以如此想着，又不禁浩歎。旁邊那杜錦霞又很無味地與他暢談，葉展鵬只是慢慢地應着。

這時杜錦霞也覺得他的心很亂，想必是為他自己不服隱匿，慚愧未與那些人交手，所以也用話安慰他。但是葉展鵬終是悶悶不樂，連氣地喝酒，不由便有些醉意，又只喊困倦。杜錦霞遂就請他到一間臥室裏去歇息，葉展鵬心愁酒悶，便不覺沉沉睡去。

也不知睡了多少時間，一覺醒來已到黃昏時候，葉展鵬酒也醒了，自己便暗自尋思：如此總是被他們追迫着，終是太難！我也是堂堂的好漢，若論起武藝來，也不比他們哪一個弱，就因為他們人多，我才不敢和他們拼鬥，果然如若我也是有許多朋友幫助我，自然也可以和他們作一個對！想到這裏，便決定自己也去邀請幾位朋友幫助自己，與他們對敵。但是又想：一來自己的朋友太少，二來自己現在又同不得李青松等輩，他們可以用一個死方文震來激江湖人的義憤。由此便不禁又想到那侯碧英來，暗想：她雖然是一個女子，但是她的本領高強，果然自己要與她鍾情，她必可助自己一臂之力！由此想着，不禁又萌了些情思，更覺得碧英是自己的風塵知己；轉又想：在恩施有自己的朋友驪山豹馬明魯，他是江南北的著名拳師，門下的弟子也頗不少。自己雖然與他沒有什麼深交，但是聽說他很是欽佩我的，果然我若是去找他，我想他必然看在江湖義氣上，要幫助我的。當下這樣一想，便決定連夜啟程，往恩施去找那馬明魯。

　　此時那杜錦霞又請他去閒談，少頃晚飯也備齊了。在吃晚飯時那葉展鶡卻不敢再多飲酒了，就向杜錦霞提明瞭，自己打算即刻就要連夜起身，到恩施去訪馬明魯。杜錦霞也明白葉展鶡的意思，是要請那馬明魯幫助他，所以便也不必十分挽留，遂就說：「那麼老弟必要連夜而行，我也不敢攔阻。現在月色倒好，天氣不冷不熱，正好行路，不過老弟千萬要走大路或是山路，躲避些村落才好，以免各村莊的鄉團看見生疑，引起什麼糾紛。」展鶡便向杜錦霞連連點頭。

　　當下又互相談了一會，用畢了飯，展鶡便向杜錦霞告別。這時素月東升，晶然似洗，錦霞把展鶡送出莊門，有僕人已然把馬備好，牽在門首。展鶡遂就接過馬來，上了馬，便向杜錦霞抱拳告別，當下揮動絲鞭，就往西南走去。這時月色蒼茫，照地如雪，葉展鶡順着小路，一路上便暗自思索，又不禁浩歎；轉又因明月而懷佳人，自己枉負了人家一片素心，遂由身邊取出那一顆明珠來，對着月光在馬上玩視，不禁幽懷難遣。正是：

晶晶明珠照素月，　迢迢驛路走飛駒。

第六回　　山寺中紅衣援劍俠　　長江畔素意抒深情

　　話說葉展鶤策着馬踏月馳行，也不知走出有多遠路程，只覺月光轉西，月色漸暗，大約有夜半了。展鶤的身體不禁疲倦，真是心裏煩悶，精神也覺疲倦，便想：此時倘能找一個宿頭，借宿半宵才好！但是知道各村嚴防的規矩，如若在這深夜之間，闖進人家的村莊，那時必要驚動人家村莊裏的莊丁、團練，必要疑我是歹人；但是如此連夜趕下路去，豈不太苦？遂就無精打采地如此走着，便見前面一道山嶺橫住。葉展鶤找着山路走去，山路中又見不着月光，所以也十分難行。

　　走了有二里多地，便見山路漸寬，前面有一處房屋，樹林陰鬱，走到近前才看出原來卻是一座廟宇。當下展鶤便十分歡喜，遂就趕緊下馬，上前叩門，借着山音門環亂響。打了半天門，裏面才有人答應，又待了一會，才有一個僧人把門開開。葉展鶤便提明自己由遠路來此，錯過了宿頭，在此借宿半宵。那和尚當時答應，便請展鶤進到廟內。

　　展鶤先把馬拴在頂門石上，取出草料來喂馬，然後就隨和尚到了西配殿裏。那裏有一張床榻，牆上有一盞半明不滅的油燈，展鶤就枕着自己隨身的包袱，在床上一倒。那和尚說：“廚房的火已然滅了，不能給施主泡茶了。”展鶤搖頭說：“不必不必，我歇一會就天亮了，天一亮我就起身。”說話時那和尚也自回禪堂去了。這裏葉展鶤索性起來把那盞油燈吹滅，窗櫺上也沒有月光，展鶤依舊歸榻，便沉沉睡去。

　　他在這深山古寺中寄宿，可以說是與世無爭，卻沒想到殺身的大禍幾要於此時而起。原來本廟的和尚是兄弟二人，一個叫法常，一個叫朗淨。這兩人全都是六年前之江洋大盜，因為殺人亡命，無處投奔，才入了空門，但是惡性依然不改，時與綠林人交結。

　　那田家七傑原是兩湖交界間的大盜，與這法常兄弟久有聯絡。所以今天在那杜家莊被杜錦霞把他們支走，到了那蘆溪崗一打聽，哪裏有那葉展鶤的蹤影呢？李青松便勃然大怒，說這一定是那葉展鶤被杜錦霞給隱匿起來，特地用這話來騙我們跑到這裏。劉煜在旁卻說：“這也不一定，因為那杜錦霞平日是個最膽小懦弱的人，我想他絕對不敢把那葉展鶤藏匿起來。”當下那田家老四就說：“誰管他把葉展鶤藏起來沒有，現在西邊有兩個去處：一個是三元寺的法常、朗淨兩位和尚，一個是西南虎牙嶺劉阿鵬那裏。他們是這一帶的地理仙，如若到他們那裏看看，托他們訪一訪那葉展鵑的蹤跡，我想一定不費事。”

　　旁邊李青松就說：“也許是葉展鵑由旁的路逃回漢陽去了？”馬建才搖頭說：“那一定不能。”當下李青松又說：“他是住在漢陽鏢局內，那周振名的妹子是他沒過門的妻子，我想我們若是去找周振名，他一定能夠把葉展鵑的去處說出來，不然我們索性不依他。”馬建才卻搖頭說：“那倒不可，因我們報仇是報仇，還要顧及些江湖義氣，譬如說我們若是惹惱了那周振名，他再一勾結朋友同我們作對，那就不好辦了。”李青松聽到這裏，見他們是多方顧慮，還不如自己單獨尋那葉展鵑報仇好，所以心裏十分不痛快，只得強忍下去。

　　此時大家便商量好了先到那三元寺去，當下由田家老四帶路，便往西去，走了不到十數里，便進了那山口。到了三元寺，與法常、朗淨兄弟相見，那法常、朗淨兩個和尚就說：“我們在這裏，附近一百里地以內的江湖人、綠林人，及各大莊主、鏢師，沒有一個我不認識的。回頭我們就到各處去下一個話，如若那葉展鵑小輩沒離開這一百里內，我們登時就可以把他抓回來；如若他已然走開一百里以外也不要緊，也可以去追趕捉他。”

　　當下馬建才又談了談那葉展鵑來歷，以及他的面貌、衣裝，並談了些旁的閒話。因為這廟裏太窄小，馬又多，馬都牽不到院裏來，所以田老四便說：“這裏離虎牙嶺也不遠了，我同着你們諸位到老劉那裏去吧。”朗淨弟兄也同那劉阿鵬是至交，便說：“劉阿鵬是新由河南回來，多半做了兩檔子闊買賣，現在闊得厲害麼。”當下馬建才便站起身來，說：“那麼老四，你就帶我們見一見那位劉阿鵬去。”當下便一同出了這三元寺，上了馬一同往西走去。

　　山路雖然坎坷，但是那田老四常到這裏來，一切的道路他全都很熟。當下由他帶着道在前面走，所走的全是寬坦簡捷些的路徑。出了山口，又走了有四里多地，便到了那虎牙嶺。在路上就遇見那劉阿鵬手下的兩個小夥計，一見田家七傑，趕緊過來問好，田老四就指着馬建才等人說：“這是漢陽仁順鏢局的掌櫃子，這都是江湖上一等一的好漢，如今來拜訪你們大爺，你們還不趕緊報一聲去？”當下那兩個小夥計就趕緊跑往山上去。這裏田老四在前面走着，馬建才等一同催着馬，在後面緊緊地跟隨。

　　上了山坡走了不遠，就見由嶺上西邊來了兩匹馬，田老四當下就在馬上招手，說：“喂，老劉，真少見喂！”原來那對面來到的這兩個人，一個年約四旬，面黑身胖，就是這虎牙嶺的匪首劉阿鵬，那個騎馬的瘦子卻是他的盟弟長江泥鰍小李，兩人是聞報特來接迎。當下雙方一同下了馬，田家弟兄們就給他倆人向馬建才、李青松等引見。那劉阿鵬和李泥鰍全都久聞李青松和馬建才等人的大名，如今見了面，當然十分謙恭，遂就請眾人到他們寨裏去。

　　原來他們的山寨就在第二道山峰上，卻是一座大廟，被這夥賊人把和尚趕走，他們便佔據了。那劉阿鵬與李泥鰍，他們全都有兩位壓寨娘娘，嘍囉們有四五十個，本來不足經官兵一剿，但是他們占的地勢好，行蹤又秘密，又沒做過什麼大案，所以官兵得懶就懶，也不願來剿他們，他們在此倒頗為安閒自樂。

　　當下劉阿鵬、李泥鰍同着馬建才等人到了他們的山寨裏，劉阿鵬便叫做飯的嘍囉特備酒筵，然後便一同在那廟中的大殿裏聚談。如今劉阿鵬、李泥鰍與馬建才等雖然是初次見面，但是對於馬建才卻極為恭敬，所以馬建才看他們雖然是荒山草寇，但是也頗值得一交。

此時天色已漸黃昏，那酒筵已然備好，當下幾個嘍囉就給擺桌子、端盤碗。所做的菜飯自然比不得仁順鏢局裏的大廚房，但是馬建才等人騎着馬跑了這一天，在中途草草吃的午飯，也是惦記着往下追趕，所以勞碌奔波，十分饑餓，哪裏還顧得擇食？所以連酒都顧不得喝，拳都顧不得劃，就飽餐菜飯。飯畢，酒筵撤去，天已昏黑，眾人又暢談了一會，那劉阿鵬就叫嘍囉們安備眾人的宿處，天交三鼓，大眾方才安歇。

又待了一會，此時那葉展鶚便牽着馬到了那三元寺內借宿。那法常、朗淨兩個和尚久闖綠林，豈能連這個都看不出來？所以等到葉展鶚睡去，那朗淨就把借宿客人的模樣向他哥哥低聲說了。那法常說：“真巧，這一定是那葉展鶚了！我看守他，你趕緊到虎牙嶺去給他們送信，千萬要叫他們快來。”

當下那朗淨和尚就趕緊出了廟，順着山路，在殘餘的月光中就往那虎牙嶺去了。他的路徑很熟，走了不多時間，便到了那虎牙嶺前。上了山便遇見巡山的小嘍囉，他們都認識朗淨，遂就把朗淨請到寨內。朗淨就說：“我來是有要緊的事情，無論如何也得把你們大爺趕緊叫醒。”

當下那嘍囉們就去把那劉阿鵬、李泥鰍叫醒，見了朗淨，朗淨就說：“那刺殺方文震的毒劍俠葉展鶚，現在住在我們廟裏了。”李泥鰍大喜，說：“這可真是湊巧極了！快把他們諸位叫醒了吧。”當下就把那馬建才、李青松、劉煜等人齊都喚醒，把葉展鶚宿在三元寺的事情向他們說了。大眾全都振奮起來，李青松高呼說：“咱們這就走！”劉阿鵬趕緊叫嘍囉們給備好馬匹，當下大眾就一齊乘馬下山，往那三元寺而去。

在此危促之間，原來那三元寺裏也出了驚人的事情。就是因為在葉展鶚夜入深山，到三元寺投宿時，此時早有一位俠客在暗中跟隨。葉展鶚安然睡在三元寺，那兩個和尚密計之際，這位俠客已在暗中窺探，雖然沒聽清他們商議的什麼事情，但是可知他們是要商議謀害展鶚。後來見那朗淨走去，自量一定是勾請他們的同夥去了，這位俠客便由房上飛身而下，直進了那西殿。

此時葉展鶚正是鼾聲大作，這俠客便把他推醒。葉展鶚一驚醒來，翻身要打，那俠客趕緊把葉展鶚攔住，說：“是我，是我。”聲音低而嬌細。展鶚這才看出，原來正是那侯碧英姑娘，不知她何時來到此地，當下自己心驚肉跳，剛要說：“小姐……”這時那法常和尚聽得西殿有動靜，就趕緊提着刀過來。剛一進殿，那碧英轉身掄劍，一躍身過去，利劍劈下，哪容那法常和尚還手，當下慘叫倒地。

展鶚此時也抽劍在手，過去一劍就把那法常和尚結果了性命，然後兩口寶劍在和尚屍身上拭了拭血。碧英把油燈點上，展鶚先看那躺在地下的和尚，已然鮮血淋淋，刀棄在一邊，氣絕身死；在燈影裏的碧英穿着紅緞小衣，俏影亭亭，相望着含着羞態，手裏提着的正是自己那口寶劍。此時展鶚又是感激又是敬愛，便笑着說：“多虧小姐來搭救我，不知小姐自周家出來，何以到了此地？”

此時那侯碧英又想起自己一向對於展鶚的深情，展鶚對自己的薄倖，不禁又是怨恨欲淚，遂就說：“還不快走嗎？那個和尚勾引他們同夥去了。”葉展鶚說：“勾來又當怎樣？咱們還要多殺他們幾個毛賊，出出氣呢。”侯碧英卻很着急地說：

“何必呢，我們走吧。”展鶊又問：“侯小姐打算往哪裏去？”侯碧英說：“我本來是住在杜家莊，現在我們再回杜家莊去就得了。”葉展鶊皺了皺眉，說：“我將由杜家莊來，我再不願回去了。”碧英說：“那也行，我可以回去取來馬，我跟你一同走。”葉展鶊一聽到這裏，自己倒十分覺得拘泥，當下就說：“那麼我就同着小姐一同回杜家莊去吧。”當下就各自收起劍來，葉展鶊自去把馬解下來，牽着馬，那侯碧英跟隨着他，就一同出了三元寺往東山口走去。

他們在這月色蒼茫之中，走得很慢。那侯碧英娓娓而談，就說了自己怎樣離了周家後打算回漢陽去，走在杜家莊，就遇見杜錦霞的妹妹杜卿霞，被她請到她莊裏的閨閣中，結為義姊妹。如今是因為白天聽說你也到了杜家莊內，後來那一場虛驚自己也知道，自己本想出去幫助，與你相見，但是因為終是覺得不很相宜，所以就沒有出來；後來知道你連夜走下去了，我這才追趕下來。說到這裏，又遲疑了良久，才羞澀澀地說：“我來追你非為別事，就是我把你的這口寶劍還給你，你把我那顆珠子也給我，我自己回萬縣去，我們以後就再也不同誰見面了。”

葉展鶊聽到此處，覺得碧英的聲音已然帶了慘意，又見她不住地拭淚，當然自己也是未免有情，遂就說：“侯小姐，你對於我一向的好心我是時刻難忘，如今又蒙小姐救我一命，我更是永久難忘大德。那口寶劍原是我家傳之物，再說又是我和秀名小姐訂婚之物，所以不能奉送；明珠一顆，我謹謹收藏。”一面說着，一面由身邊把那顆珍珠取出來，交給碧英。

碧英就奪將過來，怒着往地下去扔。展鶊慌得趕緊取火往地下去摸找，幸虧是摸到手了。碧英此時就哭着說：“好幾顆珍珠我都拋在江裏去了，只剩下這一顆珍珠，我還要它做甚麼？”展鶊此時也極為傷悲，說：“小姐你應知道，我的心裏比你更是苦啊！這顆珍珠我保存了多少日子，不敢遺失，如今小姐要把它拋棄了，豈不如同拋去了我的心一般？”此時碧英依舊痛哭不已，展鶊便攪着碧英慢慢地走着。

這時便聽後面馬蹄聲響，碧英大驚，便說：“趕緊躲開吧，他們追下來了！”展鶊本想與那李青松等交手，但是碧英雖然是武藝在身，畢竟是弱質女子，所以事在危機，顧不得許多，又有這一匹馬不能找地方藏匿，遂就一馬雙騎，便往東飛馳而去。

跑出也不知有多少里地，此時覺得那李青松等一定追差了道路，不能趕上了，二人才下了馬。那碧英已然十分羞澀，展鶊此時倒為起難來，說：“小姐，現在我感念小姐大恩，情願與小姐結為婚配，但是我已然與周秀名小姐訂下婚姻，小姐又與周小姐不是平輩，真是有種種的難處。”碧英聽到這裏，也明白展鶊的意思，遂就說：“我對君一向的情意，君也盡知，我也不便再說。今日君既說出此話，我更無他言，雖居妾媵我也無怨。”展鶊聽到這裏，越發感激涕零，轉又說：“小姐肯于如此屈身下就，我更是感激不盡，不過這事也要先和周家商議好了。”碧英點頭說：“那是自然。”

展鶊又說：“不過，現在我們還不能回武昌去。”碧英說：“我想連那杜家莊都不能回去，我們可往哪裏去？”展鶊此時便不禁傷悲，落下淚來。碧英倒是向他安慰說：“不如咱們往南，取道入川，到萬縣我們家裏去就得了。如若到了我們萬縣，縱使他們的人再多些追去，也有人敵抗他們。”展鶊說：“也就是這樣。」遂又要把那顆珍珠給碧英。碧英說：「這顆珠子，現在你還不要嗎？」展鶺只得收起，當下兩人便直往南去，轉道入川去了。

如今單說那馬建才、李青松、劉煜、田家七弟兄，及那虎牙嶺的劉阿鵬、李泥鰍等，他們由那朗淨和尚帶路，十幾匹馬就往那三元寺而去。他們的馬走得飛快，但是及至到了那山裏三元寺門首，就見廟門大開。朗淨吃了一驚，當時就一同下了馬，李青松、朗淨、田家弟兄、劉阿鵬等人齊都持着兵刃，進到裏面。先闖開西配殿裏，就見事故大變，原來那葉展鶺早已不知道了蹤影，那大和尚法常卻手中鋼刀拋在一旁，血泊泊地死在地下。朗淨當下就放聲大哭，此時馬建才進來看見這種景況，說：「這一定是法常大哥等不得咱們來，他就要下手，卻敵不過葉展鶺，才致這樣慘死。」

當下李青松在旁便說：「現在先別管死人，先追仇人要緊！」劉阿鵬說：「那葉展鶺要逃跑，現在絕不能在五里以外，咱們分四路趕緊去追。」當下馬建才、田大、田二、田三往東；劉阿鵬、劉煜、田四、田七、朗淨往西；李青松、李泥鰍、田五、田六往北。其實可能追趕上葉展鶺、侯碧英的只有馬建才和田家三弟兄，但是如果與葉展鶺、碧英交手，他們四個人還一定不是對手。

當下四路的人追趕了半夜，也不見那葉展鶺的蹤影，齊都又回到三元寺。那朗淨因為他哥哥這一死，他便說決定拋開這廟，隨同大眾去找那葉展鶺，以為他胞兄報仇。劉阿鵬就由他們山上叫來幾個嘍囉，辦了棺材，把那法常抬埋了。眾人又一同到了虎牙嶺上，共籌報仇之策，馬建才卻說：「依我看來，還是務必把那手握洞庭楊飛請來。因為咱們這幾個人，說句實話，除去青松兄弟能夠敵得住他，我們都不是他的對手，所以我們只能在一起；如若分開去尋那仇人，就是尋着他也一定要吃虧。」

李青松就說：「我想現在葉展鶺有幾個去處，一定可以訪拿得到，第一是杜家莊，杜錦霞昨天分明是騙我們；第二是漢陽鏢局周振名，他本來就是住在漢陽鏢局；第三就是武昌城內的周藥仙家裏。這三個地方裏，反正有一個地方能夠把那葉展鶺抓住。」馬建才說：「這三處倒有兩處為難！杜錦霞那裏，我們就是搜到他的內院也不要緊。只有周藥仙、周振名父子，漢陽鏢局和兩湖的英雄好漢、鏢行綠林，沒有一個不與他們來往的，果然咱們要是把他們得罪了，不但江湖朋友不幫助咱們，反倒要幫助他們與我們作對。」李青松聽到這裏，便急得跺腳說：「那麼這樣一說，我們這仇就不用報了？」

馬建才見李青松有些不悅，連忙解釋說：「不是那樣說，我們也得顧慮一點，否則若惹得天下的人都跟咱們作了對，也是不好辦。」李青松聽了只是默然不語，大家又聚筵了一番。到了次日，馬建才與李青松、劉煜、田家兄弟等齊都離了這虎牙嶺，回漢陽去了，一路無話。

他們回到漢陽仁順鏢局內，那馬建才便先下請帖去請那漢陽鏢局的周振名，說是到這裏有要事面談。那僕人拿着請帖到了漢陽鏢局內，周振名此時已然知道了是葉展鶺那件事情，當下他接到請帖便十分氣忿，心說：我周振名的名頭也不在你馬建才以下，憑甚麼我去找你？當下便告訴那仁順鏢局的僕人說：「就說我事忙，不得工夫上你們那裏去，請你們馬掌櫃的到我這裏來吧。」那僕人只得回去稟報馬建才。馬建才知道周振名是拿架子，當下自己只得叫僕人套車，親自到漢陽鏢局裏去找那周振名。

　　此時周振名正在鏢局裏等候着馬建才，馬建才來到，周振名就把他請進來，自己出屋去接迎。二人相見，讓到屋裏，馬建才就談起那葉展鵬。他的意思卻說是那方文震確實是被葉展鵬所殺，且無論方文震有否取死之道，不過他畢竟是在江湖有些名氣的，他盟弟李青松又是武藝高強，所以這次李青松便勾結兩湖英雄，打算為那方文震報仇，我自然也在被邀之內。前天在江邊李青松和田家七傑與他交手，後來把葉展鵬追趕往西邊去了；不料葉展鵬到了虎牙嶺東三元寺內，又把那廟裏的和尚法常殺死。法常的胞弟朗淨也是江湖出身，與綠林中人很有些聯絡，如今他胞兄死了，他也立志找那葉展鵬，為他胞兄報仇。所以現在葉展鵬真是危機四伏，大眾都知道他與閣下是未來的親戚，所以又都想要找到閣下這裏。周振名聽到這裏，便微笑着點了點頭，說：“很好，無論是什麼人，請老哥轉告他們，如若來找我時可以先通知我一聲，我就在這裏靜候。”

　　馬建才趕緊陪笑道：“絕不能真到這種地步，現在我來就是打聽打聽那葉展鵬，現在他回到貴局來了沒有？如若他已然回來了，就請他出來，我們談一談；在我們敝局裏大家宴會一番，也就把這件事情解開了。方文震已死不能復生，我們全都是江湖間的好朋友，何必結如此的深仇？”

　　周振名一聽，馬建才所說的話倒是很和平，當下就笑道：“老兄也看得出，我絕不是那怕事的人，葉展鵬也不是貪生怕死的人，他如果已然回來，我豈能把他隱匿起來，惹天下英雄笑我？他在我這裏住了兩天，前天他清晨騎着馬走的，至今未歸，老兄你要不提說，我還不知道這些事情呢。現在我對於此事的是非曲直，我全都不曉得，我也不必管；你們可以直尋那葉展鵬去，就是把他腦袋割下來給方文震報仇，我也不管。”馬建才一聽周振名的這話，自己也落得沒有辦法，遂就轉談到別處。又坐了一會，自己便向周振名告辭，遂就出門坐車，回仁順鏢局裏去了。

　　馬建才回到鏢局內，自己便想再勸告勸告李青松，叫他也要從緩，不可過急；周振名雖然說是不管葉展鵬的事情，但是如果我們真與葉展鵬交起手來，周振名也絕不能不幫助他妹夫。當下便問鏢局的夥計們說：“李大爺上哪裏去了？”夥計們全說：“李大爺剛才牽着馬，出門走了。”馬建才一聽便是一驚，遂又問說：“李大爺走時馬上有包裹沒有？”夥計說：“有兩個包裹呢。”馬建才又問田家弟兄和劉煜在哪裏，夥計們說：“也都出去了。”馬建才便想：也許是他們一同到外面玩去了？所以便也不介意。

　　待了一會，就見外面來了一個人，來找馬建才。此人是漢陽江岸有名的船戶，名叫廖三，他也有通身的本領，久闖江湖，素日與馬建才、李青松全都是很好的朋友，他也常到這裏來。當下廖三見了馬建才，便說：“大哥，你跟李青松你們哥兒倆，是怎麼犯的小彆扭？”馬建才說：“沒有，我還正要找他有話說呢。”廖三說：“他早過江上武昌去了。”

　　馬建才一聽便很是驚異，說：“這真是豈有此理！他為什麼臨走時不向我言語一聲？”廖三說：“他是惱了你了，哪裏還能再來見你？”馬建才說：“青松也真是氣傲！我們這些年的至交，我有甚麼得罪他的，他就至於這樣不辭而別？”

廖三就說：“是剛才我正在江邊照應船，他就牽着馬找我去了，叫我給了船，他好過江。他並且託付我到你這兒來，就說他多時殺了那葉展鶚，多時再來見你；他說他惱的就是你對方文震的那件事，總是必要多方顧全，不給他認真趕快去辦。”

馬建才聽了倒不禁生起氣來，面上變了顏色，說：“青松這可真不對！給方文震報仇還是我起的頭呢，難道我如今能夠變了心？不過我總是想咱們是為方文震報仇，不是要向江湖人作對。如周藥仙、周振名父子，江中豹、杜錦霞等人，全是江湖上有名的人物，果然若是招惱了他們，他們再一向我們作對，方文震的仇豈不是更難辦了？所以我主張不能得罪江湖朋友，只專找那葉展鶚；依着青松，第一就要先去不依周振名。”

廖三說：“周振名是好朋友，我們不可得罪他。”馬建才說：“還是！我是剛由漢陽鏢局見了周振名回來。周振名的妹妹是葉展鶚的未過門妻子，雖然他說是葉展鶚的事情他一概不管，但是如若葉展鶚被逼到途窮之時，難道周振名還不搭救他嗎？”廖三說：“那自然，無論如何人家是親戚。”馬建才又說：“現在青松過江，一定是到那周藥仙家裏找葉展鶚去了，周藥仙雖老猶雄，恐怕由此又惹起很大的糾紛。”廖三也說：“原來青松如此氣傲，這可真不好管了。”

談了一會，那劉煜和田家七弟兄便由外面回來了。他們也全都和廖三是熟人，當下談起話來，就說到李青松過江往武昌去的話。劉煜就說：“青松未免太為傲氣。”田三卻說：“青松真是義氣，好漢子。”當下廖三在這裏又閒談了一會，方才回去。那田三便向他們弟兄說：“咱們也應當到武昌，幫助幫助李青松去。”田大、田二等全都十分願意，馬建才卻攔阻他們，不叫他們去。田七兄弟暫時不言語，但是他們背地卻商量好了，當夜無話。

次日一黑早，天色未明，他們弟兄七個人就起了床，把鏢局的兩個夥計叫起來，叫他們把馬備好了，就一同牽馬出門，並囑咐那夥計說：“掌櫃的若不問，不准把我們走的事情告訴他。”那兩個夥計連連答應。這田家七弟兄就一同乘馬往北走。到了北門，那城門還沒開，可是已然有不少趕早路的在那裏等着了，這七兄弟就在那裏等候。天色漸曉，星辰漸稀，少時城門開了，田家七兄弟就策馬出城，到了江邊抓着了兩隻熟船，便渡過江往武昌去了。

如今單說那李青松，他因見那馬建才辦事懦弱寡斷，自量果然依賴他去辦，自己盟兄的大仇絕無報復之日，所以他才決志尋那葉展鶚去決一生死；又想：自己前日與葉展鶚交手，葉展鶚的本領實在了得，自己堪堪可以抵得過他。咳，且不論他武藝如何高強，我只有拼死。我死了自然再無能為，但是倘有一息氣在，亦必要緊尋那葉展鶚，與我盟兄報仇。因此他就先拜別了那方文震的靈柩，然後便趁馬建才沒在鏢局內，他就牽着馬出了鏢局；出城到了江邊，叫那廖三給找了隻船，便過江去了。他本是想着那葉展鶚一定是回到武昌，在他岳父家裏住着了，果然自己要是找到那周藥仙家裏，一定可以把他抓住！並且想周藥仙雖然也會些武藝，但是他年高老邁，自然沒有什麼可畏的了。

一帆風順，就到了那武昌江畔，船攏住岸，李青松便牽馬上岸，上了馬，馳進城來，就先投到自己的摯友龍天舞家中。那龍天舞是數年前江湖上首屈一指的俠客，那時李青松同他比武三次，全都甘拜下風；湖南的手握洞庭楊飛，也因為他不到武昌來。只是後來也不知因為什麼事情，他單身出外，就數載未返，音信毫無，現在家中只有老父龍湛翁和他的妻子。

當下李青松到了這裏，見了龍伯父及嫂、侄，那龍湛翁便說：“青松，怎麼半年多沒來看我？我看不見你就同看不見天舞一般。”青松一聽到這裏，便不禁傷感，遂又談起自己現在的景況，以及那方文震被害的事情，只是沒說自己現在到武昌來的意思。那龍湛翁一聽到方文震也故去了，就痛哭起來，並說：“你大哥半世英雄，闖蕩江湖，後來一去數載，生死不明。只有你和文震你們兩人還是朋友，現在沒想到文震也不在人世了！”

李青松也拭了拭眼淚，說：“伯父不要這樣悲哀，反正還有我了，我就如同是您的親兒子一般。我現在是衣食所迫，不得不浪蕩江湖，等我將來謀着了正當的事情，我就把您接請了去，奉養您終身。”龍湛翁說：“那我倒不敢遲累你，不過我勸你也要找一點正事做，幹這樣江湖事多半都沒有什麼好結果。”李青松說：“我也久有此想，不過實在是因現在還有一兩件事情沒辦。”說到這裏，就問那周藥仙現在住在哪裏？龍湛翁就告訴了他那周藥仙的住處。當下李青松便說：“我先到周藥仙那裏有一點事去。”遂就出了龍家，便往周藥仙家去了。

找到周藥仙的家門首，便上前扣門，周家的僕人出來，李青松便取出自己的名帖來，交給他說：自己是由漢陽特來拜訪這裏的老大夫的。那僕人拿着那張名帖就進到裏面回稟周藥仙。周藥仙因為前天周振名就派人來，提說葉展鵬被李青松、馬建才等人趕開漢陽，現在不知下落的事，他就十分放心不下，飲食不安，如今李青松又突然拜訪，他不禁吃驚，便暗思道：他找我何事？遂就很氣憤地向僕人說：“你就把他請到客廳吧。”當下那僕人轉身出去了。這裏周藥仙便在身邊暗帶上鋒利的短劍，到前面客廳裏去見那李青松。

周藥仙本是久聞李青松之名，聽說他的本領如何高強，做事如何狠毒，以為他必是一個鷹鼻鷂眼，極兇悍樣子的一個人；不想如今見面一看，此人原來也是個很平常的人，面上稍帶病容，而精神暢旺。當下李青松見了周藥仙，謙恭施禮，自稱晚輩，周藥仙也只得和藹對他讓座。李青松就說：“今天晚輩來到這裏，請老伯不要多疑，我李青松雖然是江湖人，但是也知道禮義。冤有頭，債有主，葉展鵬是老大夫的令婿，但他絕不該將我的盟兄方文震殺死，所以我這才立誓報仇。現在我敢請老大夫將葉展鵬的下落告訴我，我自去找他講理，跟老大夫您無關。”

周藥仙聽到這裏，不由十分傷心，就歎息着說：“李老弟，你也應為我設想一下。他是我的未婚女婿，固然他殺害你盟兄，他應當抵命，然而你想一想，我若把他害死了，我的女兒將來依靠何人？”說到這裏，不由拭了拭眼淚。又說：“還有一節，你令盟兄被展鵬殺害，你給報仇；將來你把展鵬殺害之後，必還有人給他報仇，如此仇仇相報，何時得了？”

李青松拭了拭悲憤的眼淚，便說：“那倒不必，因我這次報仇就是拼死，殺了葉展鵬，我也不活着，我也要自殺。”周藥仙長歎道：“你這樣固執，我也沒有辦法了。反正他現在沒在我家裏住着，明天我就給我女兒預備下白裙，如果你把展鵬殺死，我就叫她守寡終身。”李青松聽到這裏，卻不住冷笑說：“這些話你休來向我說。”當下他就拂袖而起，拱拱手，說聲“再會”，遂就轉身往外走去。

　　這裏周藥仙心裏十分悲痛，坐不起身來，也不往外送李青松。李青松走後多時，周藥仙方才唉聲嘆氣地到裏院去，只把此事又向老妻說了一番，並且囑咐周太太不要向秀名提說，周太太自然也是心裏十分難過。當日周藥仙一面差僕人到漢陽去，即速把振名叫來，一面便以酒澆愁，酒醉後酣然大睡。

　　單說那周秀名小姐，本來自從葉展鵬去後，資訊毫無，她的芳心裏就十分抑鬱不舒；又見這兩天自己的父母都是愁眉不展，仿佛心裏有什麼難過的事情，又背着自己似的，自己的心裏越發疑慮。今天又特別見自己母親神情悲傷，所以她才隱忍不住，便向母親一問。那周太太也是愛女兒心切，當下就把葉展鵬如何殺害了方文震，那方文震的盟弟李青松，還有馬建才一般人，打算要為方文震報仇，現在已然把葉展鵬逼走，不知下落；那李青松將才並且到這裏來索人等話，說了一遍。

　　秀名小姐聽到這裏，便不禁掩面痛哭起來。周太太倒是苦苦相勸，說：“姑娘你也別心窄，展鵬也不是懦弱的人，李青松也未必敵得過他。”秀名說：“母親不曉得，那個李青松是江湖上很有名的人，他也不在鏢行，就聽說是專闖綠林。展鵬的武藝雖然是好，可是他向來不常闖江湖，在外面朋友又少，如今跟他們結下了仇恨，早晚一定是要被他們所害。”說到這裏，便啜泣起來。

　　周太太也不由落淚，反倒安慰她說：“你父親已然叫周福到漢陽叫你哥哥去了。振名這孩子真是不孝，他從湖南走鏢回來也不回家來一趟，就如現在的事情，他在江湖上的朋友也是很多，怎麼他不給和緩和緩呢？”秀名說：“一定是我哥哥也有他的難處，咳，到現在只得聽天由命吧。”周太太依舊拭着眼淚。

　　單說那李青松，他出了周家門首就暗想着：葉展鵬必是在周家隱匿着了，否則周藥仙豈能這樣地驚惶悲慘？又想：剛才自己是可憐周藥仙老邁，而且葉展鵬與我有仇，他與我無恨，否則我一定要揪住他，逼迫他把那葉展鵬的下落告訴我！當下又想：無論如何，夜間我到他家裏大鬧一回，看看那葉展鵬出頭不出頭！

　　當下他又在街上閒遊了一番，便回到那龍湛翁家裏，心裏想起龍天舞的生死不明和方文震的慘死，自然也是十分不痛快，當下便在龍家睡了多半天。醒來已然天黑，便吃過了晚飯，又同龍湛翁在燈下談了一會。時已二鼓，龍湛翁年邁，便早去睡覺，這裏青松在燈旁枯坐沉思，良久才熄燈歸榻。又待了一會，自己便起來紮束利便，帶上短刀，遂就出了屋，一躍上房，便離了這龍家，往周藥仙家裏去了。

　　青松久闖綠林，夜行術極佳，所以如今一路潛蹤而行，就到了那周藥仙的家門首，聽了聽沒有人聲，遂就一躍上牆，慢慢下去。他白天來的時候，已然把這宅院的形勢全都察看好了，所以如今他到這院裏，路徑頗熟。進到裏院，只見那北屋裏略有燈光，後面樓上也是燈光閃灼，這裏李青松大喜，遂就趕緊躡足到了那北屋前。側耳一聽，裏面並沒有聲息，遂按着射出的燈光，尋着窗隙往裏面去看。就見裏面卻是那周藥仙在桌旁坐着，桌上擺着一本書，可能是在那裏看書，後來就伏在桌上沉沉睡去了。

　　這裏李青松便暗想道：他為什麼不睡，莫非是他已然知道我今夜必要來？又想：那樓上也有燈光，想必那裏是秀名小姐的香閨，或者那葉展鵬就藏匿在未婚妻子的樓上了？當下就轉身輕輕地上了房，順着牆再往後面走去。就見那樓上的燈光漸漸昏暗，又聽見有女子的聲音，說：“小姐請安眠吧，天色不早了。”又聽見有女子歎息的聲音，說：“你自己睡去吧，我先不睡了。”

這時燈光越發昏暗，李青松順着牆就到了那樓上，剛要近到窗前去探聽，卻見屋門突地一響，原來卻是那秀名小姐聽得人聲，趕緊抽劍出屋來。見那李青松正往這裏來，她一躍身撲奔過來，掄劍就剁；那李青松也不逃避，只是抽出短刀相迎。此時屋裏那丫鬟嚇得噤若寒蟬，發不出一點聲兒來。

這裏李青松刀雖然短，但是武藝高強，那秀名小姐又是慌忙、柔弱，哪裏抵得過青松？所以交手不到四五合，那秀名便抵擋不住。她一躍上了欄杆，打算跳到牆上，到前院去喊人；李青松真狠，也追奔過去一掌推去，正如珠沉玉墮，那秀名小姐就摔下樓去，不住地慘叫。前院打更的趕到後面來，只見那地下摔着一個人，呻吟聲音卻是小姐，更夫也不敢過去攙扶。此時李青松早已無蹤，周藥仙也被打更的驚醒。

此時全院的男女僕人齊都驚醒，打着燈籠奔到後院，就見那周秀名小姐已然摔得臉上血跡淋漓，呻吟凄慘。周太太不住痛哭，罵這賊人，又罵周振名，說是：“你要回來，何致于叫你妹妹被賊人這樣欺侮？”此時周藥仙也是跺着腳大罵，說：“我們周家幾十年來就沒鬧過賊，現在這是怎麼了？李青松到我這裏還猶自可說，他絕不該深夜到我家的閨閣中來偵窺啊！”此時那周秀名小姐被攙到樓上閨閣中，只是痛哭，周藥仙趕緊把藥取出來，叫她母親給她敷上，自己氣忿得半夜也沒睡着。

在次日上午，那周振名便把自己在漢陽鏢局的事情清理好了，託付旁人給照管，他就離了漢陽，過江往武昌來了。回到家裏拜見了他父親，那周藥仙雖然滿懷的氣憤，但是也知道自己兒子做鏢行的事業，闖蕩江湖，不能有家室的顧慮，當下也沒說什麼，只向他說：“你先到後院見你母親、妹妹去，回頭我還有話跟你說。”

當下那周振名就到後院去拜見他母親，周太太卻指着振名的臉大罵一場，周振名也不知到底的詳細情形是為什麼，只是垂首侍立，不敢還言一句。周太太說着說着，並且哭將起來，就把李青松夜間來擾鬧，秀名由樓上掉下來等等的事情說了一遍，又說：“恐怕葉展鵬音信毫無，也是被他們給殺害了。”周振名聽了又是驚愕，又是傷心，遂就向母親請罪。又到了樓上見了自己的胞妹秀名小姐，那秀名也只是啜泣。

振名下得樓來，依然到前院去見他父親。周藥仙就說了昨日李青松如何而來，起始言辭還是謙恭，後來越來越是兇橫。周藥仙說：“他走後我便很懷疑他，因為知道他是久闖江湖，無惡不作的人，恐怕他不放心展鵬真是沒在這裏，晚間一定要來偵窺，所以我晚間就沒睡，等着他，但是後來漸漸就睡去了。李青松這時候便來了，到了後院，你妹妹聽見動靜，她就出來要捉拿那李青松，但是她哪裏是李青松的對手？所以就被李青松由樓上給摔到樓下，李青松就逃走了，還不知今晚他來不來呢。”

周振名此時已然氣憤填胸，面目更色，就恨恨地道：“李青松絕不該！我們也是互相見過面的，他不該不到漢陽鏢局去找我，可到我家裏來，並且進我們的閨閣！咳，父親也不必生氣，交我辦就是了。”周藥仙說：“那李青松武藝高強，無惡不做，凡事你可要謹慎。”振名點頭說：“我自知道。”當下他便出去，叫僕人把馬備好，便出門去上了馬，就順着大街往湖廣保利鏢局去了。

這鏢局是武昌最大的鏢局，那裏有三個大鏢頭，一個叫吳龍飛，一個叫姚駿，一個叫杜子濤，這三個人全都是鄂東著名的英雄，與周振名是最好的朋友。當下振名來到這裏見了他們，談到雙方的近況，然後周振名就提到李青松如何因方文震被葉展鶚刺死，他便與我家作對。那吳、姚、杜三人也都是方文震的朋友，起始聽說青松是為他盟兄報仇，大家誰也不肯管；後來又聽周振名說到李青松如何深夜到他家裏去擾鬧閨閣，摔傷自己胞妹等等的事情，姚駿就頭一個大怒起來，說：“想不到李青松如此不講朋友義氣，這樣是欺負天下沒有講公道的朋友了！”杜子濤也說：“李青松太不對，我們找着他，問問他去。”

吳龍飛在旁卻很穩健地說“李青松現在既然在武昌了，我們到一個地方去，一定到手就把他抓來。”姚駿說：“你說哪裏？”吳龍飛說：“就是龍天舞家裏！你們想，在前幾年龍天舞與方文震、李青松是最好的朋友。龍天舞是那時唯一的英雄，不料後來就一去未歸，生死不明，現在家中只有他妻子和他老父龍湛翁，我想李青松到這武昌城裏沒處可去，一定就是住在那裏。”周振名一聽到這裏，連連點頭，說：“對對，他一定是住在龍家了，我且告辭。”說着拱了拱手，轉身就要往外去走，姚駿卻上前一手把他攔住。正是：

且休徒手攖虎爪，還需連袂到龍窩。

第七回　　春風樓群雄揮血刃　　細雨驛一劍斬情絲

　　話說周振名打算要往那龍湛翁家裏去找那李青松，卻被姚駿把他攔住，說：「周老弟，你現在打算要往哪裏去？」振名正色說：「當然我是往龍家找李青松，問一問他去。」姚駿說：「李青松也是個暴性的人，你們兩人見了面，能夠不交手嗎？」周振名冷笑說：「那難道我還怕他不成？」姚駿笑道：「何必如此，我們一同去那龍湛翁家裏，見一見李青松去。」旁邊吳龍飛、杜子濤也齊都說：「很好，我們就一同走。」當下一同出了這保利鏢局。周振名那匹馬由鏢局裏派僕人給他送回家去，這裏振名便同着這三位鏢頭，就往那龍湛翁家裏去了。

　　他們步行着談着話，到了那龍家門首就上前打門。少時裏面有人把門開開，卻正是那龍天舞的妻子。她認識姚駿，當下就管姚駿叫姚二哥，遂就行禮。這裏姚駿也以禮相還，然後便問說：「弟妹，老太爺在家了沒有？」那龍天舞的妻子說：「在家啦。」姚駿就說：「我現在同來幾位朋友，特來拜見老太爺，有一件事情商量。」

　　當下那龍天舞的妻子就把姚駿等請進到屋裏，去見那龍湛翁。龍湛翁也認識吳龍飛，當下就說：「怎麼，吳鏢頭許久未見？」吳龍飛就說：「我是剛由外面保鏢回來，所以未得暇來拜訪老伯。」那龍湛翁又望了望周振名，說：「這位鏢頭貴姓大名？」那姚駿給引見道：「這就是漢陽鏢局的大鏢頭周振名。」那龍湛翁點了點頭，遂就說：「久仰久仰。」當下又問姚駿說：「姚鏢頭，今天同着眾位枉駕來到舍下，不知有何見教？」姚駿聽了，卻望了望周振名。當下周振名就說：「我們是聽說李青松現在來到武昌，住在您的府上，我們二人是舊日的朋友，所以我如今特來拜望他。」龍湛翁不明其中的緣故，就說：「不錯，他是住在我這裏，剛出去的，你們諸位略等一等他也就回來了。」

　　當下龍湛翁看見這一干英雄在這裏，不禁就想起他的兒子龍天舞來，遂就談起。這姚駿、李子濤等人全都是早先龍天舞的敗將，但是龍天舞也對於他們很有過恩惠，如今提起來，那龍湛翁只是落淚，姚駿等也十分歎息；遂又談到那方文震，大家也十分惋惜。

　　正在此時就聽外面打門，龍湛翁說：「這一定是青松回來了。」當下周振名等全都站起身來，隔着窗戶往外去看。此時就見那龍天舞的妻子把門開開，外面果然是李青松回來了，龍天舞的妻子就說：「那姚駿同着什麼姓周的、姓吳的來找你，等了半天啦。”李青松一聽就頓吃一驚，遂就停住腳步，先把自己身邊帶着的一把匕首，暗藏在右手袖口內，然後就大踏步進去。

到了屋內，眾人齊都站起身來，互相施禮；雖然素日全沒有深交，而且久未見面，但是如今還算都相識，勉強着含笑問好。李青松就說：“多叫諸位受等。”遂又問說：“不知周大哥和諸位找我有何見教？”姚駿望着周振名就使了一個眼色。

周振名此時是仇人相見，分外眼紅，當下真恨不得立刻就向李青松拼起命來！但是又想：此處總是人家的家庭，不可太無理攪鬧人家，遂就微笑說：“是我來找閣下有事，他們幾位不過同我前來罷了。此地不便多談，我們可以到外面找個地方，傾心談一談。”李青松點頭說：“很好，我們到大街上的春風樓喝個酒去。”大眾都點頭說：“很好。”

當下就一同向那龍湛翁告別，遂就出了龍家到大街上，那裏路北就是春風樓。眾人進門就上了樓，在一間臨街的雅座裏，往下望着行人紛擾，車馬往來。那酒樓的夥計把酒菜擺上，姚駿就要了幾壺酒，然後給眾人斟上，五個人各自先喝了兩盅。那周振名一胸怒火，被酒一澆，哪裏抑捺得住，遂就站起身來，嗖地由懷裏取出一口寒光閃閃的短刀，刀把上的兩個環子唰唰地響。

振名此時面色森屬，捋了捋袖子，露出那筋肉強健的膀臂，把刀“吧”的往桌上一摔，四座生驚。周振名就向李青松道：“李老兄，你不要畏懼，我周振名闖蕩江湖，就指着義字吃飯。我們走江湖的，所維持的就是朋友，做事得要光明磊落。方文震也是我的好友，他在江邊被毒劍俠刺死，我也極為痛心，只是不知道毒劍俠果系何人，否則我也是要捉住他，替方文震報仇。

“那葉展鶚是家嚴的弟子，兼是舍妹未婚夫婿，他是官宦之後，不常闖江湖，沒想到他就是毒劍俠，方文震就是死在他的手裏。這些事我們全家沒有人曉得，直到前兩天葉展鶚被趕出了漢陽，我這才知道原來他就是毒劍俠。葉展鶚雖然是我將來的妹夫，但無論他殺方文震是否合理，旁人無論怎樣同他作對，我姓周的絕不管，這話我也曾向馬建才鏢頭說了。李老兄……”

說到這裏，周振名聲色俱屬：“你到這武昌來，見家嚴所說的什麼話都不用提，但你絕不該深夜到我家裏，闖入閨閣，並將舍妹由樓上摔下！李青松，你也是久走江湖的朋友，你想你所做的這事，侮我到何等地步？你怎麼還能抬得起頭來，見天下的英雄？”

李青松聽到這裏不禁滿面通紅，轉又煞煞地白起來，羞愧變成惱怒；遂也昂然站起身來，由袖頭取出匕首，持在手中，冷笑着一拍胸脯，說：“周振名，姓李的就是這樣做事！我昨夜由樓上給摔下來的，只是我仇人葉展鶚的妻子，不是你的令妹！”

旁邊姚駿、吳龍飛、杜子濤早已站起身來，把兩人攔住解勸。那周振名氣往哪裏出？猛地一探身，那口短刀就刺向李青松；李青松一閃，沒有閃開，一刀正刺在脅際，當時鮮血流出。青松還是微笑，突地躍身撐起，一匕首扎在振名的左臂，用力一豁，血花濺起。吳龍飛等三個人哪裏攔得住他們？但見這兩虎扭在一起，必有一傷一死。

此時樓梯亂響，一陣大亂，進屋來十幾個官人把他們扯開。他們兩人全都滿身是血，還不住地掙扎，跳罵，眾官人就把他們拉勸開。有一位是本城府衙班頭，名叫許六，當年也是個久闖江湖的，和周振名、李青松、吳龍飛等五個人全都相識，當下許六就說：「李、周二位，你們也全都是很好的朋友，有什麼過不去的？當着朋友就這樣拼命，實在使江湖朋友們恥笑。」李青松聽了許六這番話，不由冷笑道：「老許你是不知道，我們兩人本來就沒有什麼深交，如今一積上大仇，只有我存你死，天下人反正能評出是非來。」那周振名在旁依舊奮然說：「姓李的，你欺我太甚，今天我殺不死你，明天也必要你的性命！」李青松在旁只是冷笑。但是他們兩人此時身負重傷，都有些扎掙不得了，手中兵刃也被旁人接過去了。

　　此時姚駿就把他們兩人結仇的始末說了一遍，許六說：「這事情我也知道一點，冤家宜解不宜結。死朋友固然要緊，活朋友也得對得住，不看青山看綠水，全是闖江湖的，誰殺了誰也不英雄。」一面說着，姚駿又叫人給周家去送信，並到保利鏢局內叫幾個人來。少時周藥仙帶着僕人親自到來，把振名攙走，這裏吳龍飛、姚駿、杜子濤等，就把李青松攙回保利鏢局去了。

　　那周藥仙在家裏給周振名醫治完畢，又親到保利鏢局給李青松來醫治。李青松倒是十分感謝，向周藥仙說：「老伯父，我姓李的與你周家無仇。我得罪了你小姐，自知是我的不對，但是那時也不是我成心故意。我傷了振名，振名也傷了我，我們兩人折賬了；以後他就是殺我，我也不還手了，我還是找葉展鵬給我盟兄報仇。」說到此處，不禁英雄之淚愴然如雨。周藥仙見李青松是這樣的義氣漢子，也十分欽佩，又想：葉展鵬結下這不解的冤仇，將來他的性命必有危險，那時自己的女兒將何以托？所以也不住落淚，吳飛龍、姚駿、杜子濤等人只是相勸。

　　此事被各處知道了，次日便有漢陽鏢局、仁順鏢局，和早已來到武昌的田家七傑，以及他處的江湖朋友，齊都前來慰問周振名、李青松的傷勢，並給他們解勸。周振名親到保利鏢局來與李青松相見，二人反倒結成深交。後來又提到與那葉展鵬解開冤仇的話，李青松只是不語，仿佛旁人怎樣勸解他一概沒聽見。

　　田家七傑因為田三曾受過葉展鵬鏢傷，此恨不出，也是說：「無論如何，不能夠對不起方大哥。」李青松也不住地歎息，說：「事已至此，無法挽回了，你們諸位也是盡到心就完了。」大家聽了也自然是十分懊惱，對此事想不出辦法來。從此那周振名、馬建才等依舊回到漢陽去，周藥仙只是四下托人打聽那葉展鵬的下落，以便保護他，使他索性遠走高飛，躲開危機。

　　此時那李青松傷勢未愈，依舊住在這保利鏢局內，田家七傑也沒離開武昌。天天他們八個人在一起計議怎樣去尋覓那葉展鵬，結果只是商好，先暗地留神周藥仙家裏的行動，以便由他那方面探出葉展鵬的下落。

　　單說此時那周藥仙終日思慮，結果倒是秀名小姐猜着了，遂說：「展鵬多半也不能上湖南，一定是他同着那侯碧英上萬縣了。」並且說：「他們是同日走的，如何不令人可疑？再說他刺殺方文震，原是因為方文震曾欺侮了一個女子，這個女子一定就是侯碧英無疑。」

　　周藥仙回想前事，果然是馬跡蛛絲，十分可疑，因此便不住歎息着，暗想：葉展鵬已然訂下我的女兒，他還這樣與別的女子鍾情，以至惹下這樣大禍，說來也是可恨！但是誰叫我把女兒給了他，他又在我門下學藝多年，如今無論他怎樣喪盡天良，我也得救他啊。

　　所以周藥仙便找來他一個徒弟，名叫耿雲奇，是本城人，在大冶當過兩年鏢頭，最近因為惹了氣，回家來無事；為人精明能幹，馬上的功夫和暗器全都很好。周藥仙把他找來，就說了葉展鵬現在身邊的危機，及如何見得他必上萬縣去，並且說：「現在沒有旁的說的，只好你到一趟萬縣，找着你師弟；叫他索性遠走，往雲貴去，三年以後再回來。」

　　耿雲奇恨恨地說：「展鵬惹的這禍，還得叫我跑幾千里地？再說他們既然往萬縣去，必不敢走水路，一定是爬山越嶺地過施南，那些路我就不熟。」周藥仙說：「李青松為朋友還是這樣拼死，你一來替我辦事，二來救的是你師弟，你還嫌道路遠嗎？」耿雲奇說：「不是，不是……好吧，我明天就起身。」當下他就回家去收拾隨身的東西，到了次日，就騎着周藥仙家的馬匹離開了這武昌，過江往西去了。

　　在這時那田六早已探出，遂就跑回店房，趕緊報告他們弟兄，然後田三就到保利鏢局去請李青松。李青松來到，田六就把怎樣看見由周家出來一人，騎着馬出城去了，那樣子很是匆急說了一遍。李青松說：「咱們追趕下去！」遂就即時各自收束行李，李青松也回去牽馬，這裏便留下田二、田五；他們六個人一同離了武昌，渡江到西岸，也不進漢陽城去，就一同往南，順路往西去了。此時那耿雲奇過江之後，早已料到必有李青松之黨在後面追趕，所以他只是順着狹僻的小路行走；那李青松、田家兄弟雖然馬也是很快，但是卻與他走差了道路。

　　單說此時那葉展鵬與侯碧英早已入川了，渡過江便到了萬縣。碧英先不敢把他往家裏讓，就叫他暫住在城外一家店房內，她獨自進了城回到家裏。她母親侯太太一見女兒回來了，自然是十分歡喜，侯碧英便把自己路上的事情，周家的景況略略說了，只是沒肯提到葉展鵬。侯太太就說：「自你走後，親戚朋友們都來抱怨我，說是怕你在路上有什麼舛錯。現在你回來了，你就趕緊到各親戚朋友家裏看望看望去吧。」碧英說：「等我回來歇兩天的。」但是她此時倒為難起來了，因暗想道：葉展鵬已然訂了周家的小姐，我要嫁他就得做妾，我娘能允許叫我做妾嗎？所以她十分憂慮。

　　單說此時的葉展鵬住在這店房裏，一個人覺得十分的枯寂，又沒法找碧英去，遂就天天到城內遊玩去。萬縣也是川中一個大碼頭，所以城中十分地熱鬧。葉展鵬也沒有幾個地方可去，只是常常到酒店、茶肆裏去閑坐，順便打聽那侯家。原來沒有一個不知道鏢行侯家的，是什麼住在須彌巷路北的大宅子，葉展鵬只愁是不敢親自去登門拜訪；並且又想到那馬建才、李青松等人逼迫自己，如今到了這個地步，連武昌都不能回去，實在可恨，想到憤恨處，在酒樓裏就要跺腳捶桌子。他本來不是本處人，又是少年英武，天天牽着馬帶着寶劍在各處浪漫逍遙，因此就惹得許多人留神他，尤以縣裏的班頭和拳師、鏢頭們，很覺着看他差眼。展鵬也是恨不得走到街頭，迎面就碰見碧英才好，相思情望，自然神色可疑。

　　這天他由店房裏出來，就策馬進了城。到了十字街頭一家酒店門首，就下了馬，將馬拴在樁子上，叫一聲酒店夥計，說：「你們給看着一點。」遂就由馬鞍下取出寶劍，拿着進去。他在一張桌旁坐下，把劍放在桌上，並由身邊取出銀包來放在桌上，然後就叫夥計來酒。

　　這時外面進來一個年約三十餘歲的婦人，衣服襤褸，進來就向展鶚跪倒求錢，夥計就說：「出去！」往外趕她。展鶚連忙攔住，說道：「你起來。」當下就要由身邊取錢給她，忽然見她臉上有許多劃破的血跡、傷痕，十分難看，便問道：「你一個婦人家同誰打架了，臉上打得這樣重傷？」那婦人說：「不是，這是被祁大爺用藤鞭子抽打的。」展鶚說：「哪來的祁大爺，是你什麼人？這樣可恨！」夥計在旁往東邊座上兩個人望了望，就說：「得啦，您把錢給她，叫她快走吧。」展鶚搖頭說：「不！」，又向那婦人說：「你倒要告訴我。」那婦人又是遲疑，又是恐懼，又是傷心，便戰戰兢兢地落着淚，站起身來略略說了。

　　原來這個婦人姓張，他丈夫是本城一個窮秀才，現在已然故去，拖下欠債很多。尤其是萬縣鏢局的鏢頭狠心狼祁廣，他手裏有借約，說是這張姓婦人的丈夫欠他四十兩銀子，屢次來逼索，並且暗地示意，如若這張姓婦人肯給他做妾，他就可以不要了。張姓婦人矢志不肯，祁廣一怒，就把張家的傢俱全都拆毀，並用抽馬的藤條把她打傷。張姓婦人本就是沿街乞討生活，窮人尤其不敢告狀。如今是因見展鶚是個闊少爺的樣子，所以才追進求錢；如今展鶚一問她，她就全都說了。

　　當時把葉展鶚氣得顏色更變，拍起桌子來，說：「這祁廣是什麼東西，難道本城竟沒有一個肯於打這個不平的人嗎？好吧，萬縣鏢店，叫祁廣，交我吧，遲早我找尋找尋他去。」當下就取出一塊碎銀子來，交給她說：「你把這拿去吧，那祁廣你不要怕他，我一定能夠懲治懲治他，叫他不再欺侮你去。」那婦人接到了錢，便道謝走了。

　　這時旁邊坐着的那兩個人，看着葉展鶚這樣大罵祁廣，他們便叫夥計記上帳，轉身走了。那夥計就說：「大爺，你怎麼說話這樣不留神，這兩人就是萬縣鏢店的夥計！那祁廣為人極其兇惡，這兩人又是頂奸狡的人，他們回去見着祁廣，一定去搬弄是非，回頭那祁廣必定要趕來找你不依。」葉展鶚笑道：「那好極了，我再多等一等他。你還放心，我們就是交起手來也是外頭去，不能擾毀你們。」當下他就依然很從容地開懷暢飲，把這件事情仿佛毫不在意；連飲了幾杯，就有些醉意了，拍着桌子又狂歌起來。

　　唱了半天，這時就見由外面進來一個人。此人身材高大，十分雄健，一進店裏就四下張望着，那酒店夥計就有些張惶。此時葉展鶚已然把銀包帶在身旁，那人便望着夥計說：「有一個人在你們這裏喝酒，助了那姓張的婦人一塊銀子，那個人走了沒有？」說話時就望着葉展鶚。葉展鶚趕緊挺胸站起身來，說：「就是我呀！」那人說：「是你，好。」說到這裏，兇惡的臉上充滿怒氣，大聲嚷着說：「就是你看不起我？」葉展鶚毫無畏色地說：「你就叫祁廣嗎？你就是本城的惡棍嗎？我不但看不起你，並且還正要找你，懲戒懲戒你呢！」

　　祁廣說：「你姓什麼？」葉展鶚說：「你何必問我姓什麼？」那祁廣當下一手攖來，展鶚趕緊用胳膊一擋，把那祁廣給擋得退後三四步去。祁廣只覺得這人雖是個文弱少年，但是卻力量這樣猛烈，當下就有些驚訝，減了些銳氣。葉展鶚又進前一步，說：「祁廣，你現在既然來了，我就不能叫你隨便走了，現在我們也不必在這酒店裏交手，走，咱們上外面去較量。」那祁廣望着葉展鶚桌上那口寶劍，就有些遲疑。葉展鶚說：「你不要看這寶劍發懼，我就是赤手空拳！走，咱們誰用兵刃誰不是好漢子。”那祁廣怒目橫眉，拍着胸脯說：“走！出去咱們，你是哪裏來的小輩，進到萬縣裏也不打聽打聽，姓祁的是幹什麼的？”當下就一同出了酒店，站在街心。

街上的人認識祁廣是本城的霸王，當下看他這兇惡的樣子，一定是又要打架，所以就全都躲避在一邊了。這裏祁廣就撲上展鵬，掄拳就打；展鵬也施展拳法相迎，二人交手數合，便扭在一起。祁廣仗着力大，打算把展鵬給掀倒在地，但是哪裏抵得過葉展鵬有真功夫的人？

此時那萬縣鏢局又來了幾個人，全都拿着木棍要來上前群毆。葉展鵬卻用雙手一摑那祁廣的左臂，祁廣當即慘叫一聲，左臂骨頭折成兩截，倒地疼得亂叫；展鵬又狠狠地一腳踏在祁廣的背上，祁廣後脊骨折斷，登時趴在地下，疼得暈將過去。這時那鏢局裏的眾人齊掄木棍上前，葉展鵬反身進到酒店，這裏眾人持着木棍也要追進去，那葉展鵬卻手持寒光閃閃的寶劍出來，橫劍挺身問道：“你們誰敢上前來？”眾人一看葉展鵬勢頭太凶，再說他們的大鏢頭，素有本城內霸王之稱的祁廣都被打趴在地下，將將緩過點氣來，在那裏慘叫，此人這樣厲害，手裏又有兵器，真是誰敢上前？

此時那本縣衙門的班頭也聞信趕來，這裏葉展鵬給那酒店裏扔下一錠銀子，就解下馬來，上馬馳去。這裏眾衙役和那鏢店裏的人虛張聲勢地在後面喊着，追了半天，卻任那葉展鵬闖出人群，催馬走去。眾人只得去救那祁廣，祁廣脊骨和左臂全都折傷，哪裏爬得起來？大家就攙着他回萬縣鏢店去。

單說萬縣鏢店的大鏢頭濮公允，原是金刀侯老的二徒弟，武藝頗為高強。這時在鏢店裏正同幾個商人商量，要往外去走鏢，就見外面一陣喧嚷，原來把鏢局裏的鏢頭，素日自稱武藝震動川東的祁廣給抬回來了。那些人一提說祁廣怎樣被那少年毆打的事情，濮公允真是又是羞愧，又是氣憤，趕緊問那毆打祁廣的人在哪裏了？那班人齊說：“他帶着寶劍騎着馬，誰能追得上他？”

濮公允說：“真是萬也想不到！自從四十年前侯老太爺在本城立下鏢局，鏢局的人就沒在外面吃過虧，如今祁廣吃了這打，豈不是給咱們川東的鏢局丟人現眼？”遂就說：“你們到外面訪一訪去，這個人在甚麼地方？姓甚名誰？”那些夥計們答應了，一面把本城內的接骨匠請來，給祁廣接骨頭。

少時濮公允把那講鏢的客人送走，然後就出了鏢局，先到縣衙去見衙頭。他們都是熟識的朋友，就談到那毆打祁廣的人，打聽訪着他的下落沒有。那班頭們都說沒訪着，並且還說：“祁老大這頓打也挨得不算冤，他這些日也鬧得太不像話了，屢次有人來喊告他。你說我們真把他抓來辦他吧，未免太不夠朋友；若是只管由他這樣霸道橫行，又真交不上去。這回他挨了打，恕我們真不能給他出氣。”濮公允聽了也自然無可奈何，只得出了衙門，回到鏢局。

這時候就見那侯碧英小姐來了，濮公允見了，十分恭維地說：“師妹，今天來有事嗎？”碧英就說：“我聽說祁廣被人打了。”濮公允說：“他是得罪了人！有一個外來的會武藝的人，騎着馬使着寶劍，把祁廣打得很重。”侯碧英說：“這打的是一點不多！告訴你吧，那毆打他的人是我的朋友，因為他是知道我回來了，他才手下容情，否則一定非要把他打死不可。祁廣的傷治好了之後，我們也不要他了。”濮公允聽侯小姐這樣說話，自己哪敢辯駁，只是連連答應。當下侯碧英就出了鏢局，乘馬一直出城，往那葉展鵬住的店房去了。

葉展鵬本來是剛由城內打完祁廣回來，自己真覺得痛快，因又想：日後果然能將我的對頭李青松也這樣痛打一頓，那才心裏痛快呢！自己如此想着，便在屋內手舞足蹈，又雄心憤憤，想起自己以往託名毒劍俠所做的驚天動地的事情，又十分自豪。

少時外面那侯碧英就找來，葉展鵬把她讓到屋內，就說："為什麼這幾天沒有出來？"侯碧英就笑着說："我這些日子淨看望戚友們呢，哪裏有工夫來找你。"展鵬又笑着問道："那麼今天是怎麼會有工夫了呢？"碧英就說："今天我是找你不依來了。"展鵬笑道："有什麼不依的？"碧英說："你還不知道，我們萬縣鏢局在這裏開設了數十年，哪裏有一個人敢欺侮我們鏢局的人？你為什麼這樣大膽，把我們鏢局裏的鏢頭祁廣給打傷了？"葉展鵬說："碧妹，原來你是為此事來到啊！好，我倒許問問你，你們那位姓祁的鏢頭，到底所做的都是什麼事？"碧英笑着說："你別聽我說，我倒很謝謝你能夠管教他們一回。"當下展鵬也笑了，兩人便落座清談。

起先碧英談述本城的景況，後來葉展鵬就十分抑鬱、慨歎，就說："我在這裏只住了這幾天，就十分煩悶。再說我也是堂堂好漢，被李青松他們逼得我，莫非就永久不敢到武漢去了，這豈不羞憤死人？所以我打算在一半天就離開此地，去請幾位朋友幫助我，去找那李青松之輩拼一個死活，如若此後能把他們斬盡殺絕，我再回來見你；否則我被他們殺害了，也算死得不冤枉。"

碧英聽到這裏，就不禁落下淚來，說："你既然這口氣不出，必須要去找那李青松等人拼命，我原攔不住你；不過你要知道，我所希望你卻不是如此的。我是想你的身份不同，你是官宦之家，還同不得我們輩輩是闖江湖的。你應當前途遠大，不應當和江湖人一般見識。"展鵬說："你說的話雖然是好意，但是我的性情不同，要叫我在官場裏廝混，向人稱呼老爺，我是捺不下氣的，我就願意闖蕩江湖，殺盡天下強梁惡霸。"碧英只是不語。呆了良久，碧英只是說："你要幾時走？你千萬預先告訴我一聲，我給你送行。"展鵬也不禁落下幾點英雄眼淚，便說："碧妹，你我有緣，他日再見吧。"當下兩人又默坐了半天，碧英便走了，當日無話。

到了次日，碧英也沒有來，展鵬急於要走，只是得等碧英來，兩人好訣別。又過了一天碧英也沒到，展鵬又不便到她家裏找她去。到了第三天，都快到黃昏時候了，忽然有一個人來找葉展鵬。葉展鵬把他讓進來，那人便說自己是侯家的僕人，又說："因為我們小姐在前天就離家走了，她臨走的時候交我這封信，說是過三天再叫我來，把這封信交給您。"展鵬一聽頓然驚異，當下就由那僕人手中取過那封信來，然後拆開一看，就見上面寫着是：

展鵬君：吾今立志東下，到漢陽取李青松之性命，以為君除害，君請放心可也。

碧英手上

展鵬看到這裏，不由就急得連連跺腳，心說：這侯碧英一去，她哪裏敵得過李青松？一定要出岔錯無疑！當下自己就向那侯家的僕人說：“你回去吧。”遂就趕緊叫店家把馬匹備好，然後就收束他隨身的東西，付清店錢，牽馬出門，上了馬便往東疾馳而去。他心急似箭，恨不得當日就把碧英追上。但是焉曉得碧英也是早怕他趕上，所以在前兩天就走了，過三天才給他送信來，這兩三天的路程，葉展鵬無論如何追趕也是追不上啊。

　　單說碧英，她本來是一個多情的女子，自與葉展鵬綰住情絲之後，無論如何也是難以割斷，就想：葉展鵬雖然是已與周秀名訂婚，但是自己就是做他一個侍妾，也是願意的。只是因為那葉展鵬總是時時刻刻地不忘那李青松，要與李青松決一生死他才能安下心去，所以她決定志向，索性自己尋那李青松，把他除去，以省得葉展鵬永久是為他不安；縱然不幸自己抵不過李青松，被他殺死了，自己也是無怨。因此她才決然東去，又怕被葉展鵬追趕上，所以緊緊地催馬而行。

　　走了兩三天，道路便有些走錯了，再說所走的路也難以騎着馬走，所以她真是艱辛極了。又連走了四五天，才到了湖北地面，漸漸地好走些了，她慢慢地乘着馬走，但是還恐怕葉展鵬隨後追來，又想着：葉展鵬的武藝比自己總是勝強十倍，連他都難以抵得過李青松，我若是與李青松交手，更恐怕要吃虧！因此自己又決定，此去一定是只有一死，毫無所畏。

　　催馬又走了幾天，便到了杜家莊，她就想：自己前次在杜家莊杜錦霞家裏住着的時候，很蒙他們兄妹和錦霞之妻優待，現在自己倒應當去看望人家。當下她就認准了路程，往那杜家莊去了。

　　及至到了杜家莊，那長工們認得這位小姐，就是那上次曾到這裏來住過幾天的那位侯小姐，當下便進去傳達。杜錦霞親自迎接出來，把侯碧英讓到裏面去，他妹妹也由內院出來接迎。到了內院，暢談別後，碧英就說：“我那天實在是遇着了急匆的事情，與一個同鄉連夜回家去了，所以也沒得辭行。”杜家姑嫂齊都說：“我們找不着了您，真是着急，但是又想您的武藝高強，絕不致有什麼岔錯。這裏還有您的兩個包裹，和一匹馬。”碧英笑着說：“我現在倒不是取那馬和東西來，我是由這裏經過，特來看望看望。”

　　當下杜家真如同來了貴賓，十分地款待她，碧英就住在杜家了。但是碧英絕不敢在此多住，心想：杜家和葉展鵬也是好友，展鵬又知道我在這裏住過，他要追趕我，一定要到這裏來。雖然自己也是自量一個人難以敵得過李青松，很盼望他也來，好一同到漢陽去找那李青松，但是又想：自己本想盡自己一個人的力量去把他的仇人除去，若是一見着他，他一定更怕出什麼岔錯，不能叫我幫助他了。如此想着，自己沒有一點准主意。但是那杜家姑嫂卻很挽留碧英，說是非得留她在這裏住上一半個月才准她走呢！碧英無法，感于杜家姑嫂之情，也不便過於固執。

　　一連在這裏住了三天，也不見那葉展鵬來到，這天正在後院與杜家姑嫂比試劍法，就見老僕人進來說：“奶奶、姑娘和侯小姐，還是回避回避吧。”杜錦霞的太太問說：“又是有什麼事？”老僕人說：“因為那什麼仁順鏢局的李青松，同着那田家的弟兄，又來搗麻煩了。”侯碧英趕緊問道：“到底是因為什麼事情呢？”那老僕人說：“左不還是因為找那姓葉的！大爺直向他們說那姓葉的沒到這裏來，請他們到別處去找，他們哪裏肯信？一死兒說是在這兒藏着了，那意思仿佛是他們非得搜一搜才好呢。我恐怕他們搜到後院來，所以請奶奶、姑娘和侯小姐，暫且避一避才好。”

那錦霞的太太很是生氣，說：“莫非他們是強盜嗎？”侯碧英此時手裏持着寶劍，氣忿忿地站在一旁，已然滿面殺氣，隨即奮身說：“我找他們去！”就挺着寶劍往外面走。這姑嫂趕緊追上前去攔阻她，但是侯碧英十分奮勇，早已跑往前面去了。

這時那杜錦霞正在前面與李青松等人談話，杜錦霞就解釋說：“那葉展鵬實在沒到我這裏來，不信你們可以在我莊院的前後大搜一場。只是我們內院是女眷們居住，你們也必看得起我杜錦霞，絕不能把葉展鵬藏到我們閨閣裏邊。”他這樣說着，依着那田家弟兄真要把這莊院大搜一番，但是李青松畢竟是個義氣朋友，所以總是不肯。這時那侯碧英便挺劍出來，迎頭便問道：“哪位是李青松？”

此時李青松和田家弟兄抬頭一看，這位姑娘年有十餘歲，長得很是美貌，穿着短衣褲，風姿嫋娜，手持一口寶劍，那態度十分兇狠。李青松闖蕩半世江湖，萬也沒想到今天遇着一位女將，當下他便昂然說：“在下便是李青松，姑娘問我有什麼事？”旁邊杜錦霞看着這勢頭不好，趕緊就上前把碧英攔住，說：“侯小姐，李鏢頭到這裏也不是必要搜索內院，侯小姐何必動氣？”碧英此時只是挺着劍，忿忿地卻說不出一句話來。

這若是個男子，氣傲的李青松早已抽刀動手，但是因為侯碧英是一個女子，他總覺得自己是堂堂的好漢，與一個女子交手，被江湖人知道，豈不要恥笑我？所以當下他只是狂笑，說：“小姐請回閨房去吧，我李青松是不跟你一般見識的啊。”

侯碧英此時依舊是怒氣難消，心裏想：眼前就是葉展鵬的仇人，我為什麼由川東來，不就是因為要替展鵬除去此人嗎？當下殺機頓起，粉面素厲，挺劍直奔李青松。李青松終是不肯還手，只是向後退步，杜錦霞並上前攔勸碧英。但是碧英哪裏肯容讓，遂就猛地飛身躍起，一劍向李青松劈來。田家弟兄齊都抽出刀來，把碧英的劍擋住。

此時杜錦霞的妹妹杜卿霞由裏院出來，把碧英勸回裏院去，這裏李青松和田家弟兄倒不禁笑了。李青松就向杜錦霞說：“杜老哥，你看我李青松夠朋友吧？一來她是個女流，我若同她交手，未免使江湖人恥笑；二來他是老哥你宅裏的女眷，無論如何我得看在你的面上。”

杜錦霞說：“這位姑娘並不是舍下的人，她是四川萬縣金刀侯老的孫女，與舍妹相識，所以她前天到了這裏，就住在舍下。”李青松說：“原來她是金刀侯老的孫女，這更不是外人。想當年我在荊山劫過金刀侯老的鏢車，還同他交手戰過幾合；那時我震於他的大名，又經人解勸，所以沒把他的鏢劫下。算來我跟他總是有一點舊交，如今他孫女向我這樣無理，我也寬容得她。”

當下杜錦霞又說：“這倒是她女人家任性，因為她在內宅聽說老哥你們要搜索我這莊院，所以她才出來的。”李青松笑道：“無論如何我們也是不肯搜的啊！老哥你要知道，我李青松凡是這類無理的事情，我絕對不為的。”遂就轉頭向田家弟兄說：“走吧，我們到別處去。”又向杜錦霞說：“打擾打擾。”杜錦霞還要備筵留待他們，李青松卻說：“改日必來，一來我們暢談一番，二來向老哥謝罪。”

杜錦霞連說：“豈敢豈敢。”當下又送出了門，他們便一同乘馬往西走去。

　　在沿路上，那田家弟兄就向李青松說：“李老哥你是怎麼啦？我們堂堂好漢，自然不便同她一個女流交手，可是據我們想，這女的一定是葉展鶚的姘頭！葉展鶚那樣漂亮的人，倒值得這女子挺着寶劍出來為他拼命，我想那葉展鶚，多半還是就在杜家莊藏匿着呢。”李青松連連搖頭，說：“不一定，不一定，因為你們要曉得，那葉展鶚是個年青自負的人，他毒劍俠的名號震動了江湖，他的武藝又不在你我以下，必不能他隱匿起來，叫一個女人出來見我們。由這裏就可以斷定，那葉展鶚必沒匿藏在那裏。”田家弟兄聽了也覺得很是。

　　當下一同策馬往西走去，走了有三四里地，他們也沒有一定的方向，只是一面閒談着，一面慢慢地走。這時後面一陣馬蹄嘚嘚響聲，原來是那侯碧英催馬趕到。李青松等人趕緊回頭一看，就見那侯碧英手挺寶劍，來勢很凶，李青松就趕緊撥過馬來。碧英手挺寶劍，說：“李青松，下來，你我拼個死活！”

　　李青松撥轉馬頭，就說：“侯小姐，你一個女子何必如此？我和你令祖金刀侯老也都是見過面的朋友，而且江湖的義氣也要顧全些，無論如何，我豈肯與你動手？”侯碧英哪裏肯聽，就下了馬，勃然道：“李青松，來，你我交手幾合！”青松冷笑道：“既然如此，我倒可以領教領教。”說罷下了馬，把馬牽在道旁，拴在一棵小樹上；將刀抽出來，迎着碧英道了一聲請字，兩腳站定丁字步，真個是英雄氣概。

　　碧英一見也自遲疑，不過為展鶚殺仇心切，便不把李青松放在心上。這時碧英用眼一看自己的馬卻在路旁，她就把寶劍向後一背，隨手使了個刀劈峨眉的架子，向李青松劈來，李青松忙用刀遮攔。兩個人戰了約有八九合，碧英的劍一招狠似一招，青松只有招架，用刀遮攔，並不曾還手。

　　又戰了幾合，李青松道：“住！”說着跳出圈外，把刀一橫。碧英也變了招，收住了劍，道：“為何你不戰了？”青松道：“刀槍是無有眼的，小姐的劍法雖然很好，據我看卻敵不過我這刀。不過我是一個男子，與你素無深仇，就是勝了小姐也算不了什麼英雄。”這裏碧英一聽，把牙一銼，不等青松說完，忙道：“什麼你是男子，難道我們女子就要你們輕視嗎？”說着跳將過來，用劍狠狠便刺。

　　青松一面用刀遮攔，暗道：我本想不傷她，她卻不明白我的意思，看來非叫她受些小創不可！說着把刀的門路一變，反守為攻。兩個人又戰了十數合，李青松把刀順手往碧英面門一點，說聲：“着！”碧英見刀來忙用劍向上遮，一面向後退。這時李青松用了個雙掃堂腿，碧英雖然身體伶便，究竟不能立得十分牢穩，躲了青松左腿，卻沒有躲過右腿；碧英的左腿被青松的腳向裏一勾，順勢向上踢去，她身子向後一仰，用脊背着地，方要挺起身，卻被青松趕上，刺了腿上一刀。

　　只見碧英把眉頭一皺，把腿一縮，抬着頭用劍要刺青松的手腕，青松忙把刀抽出來，一面走一面哈哈大笑，道：“侯碧英，你真個是不知進退。”碧英聽了又是氣又是恨，忙由地下坐起，那腿卻因為刺得很深，血也不住地流，雖然忍得了疼痛，卻是起不來了。碧英一手拿着寶劍，一手虛按着自己的傷腿，強忍着疼痛，卻說不出話來，只用眼睛瞪着李青松。

　　李青松自此時只管冷笑，說：“本來你一個弱女子，我不願傷害你！但是因為你這樣苦苦地逼我，所以我才叫你知道知道，憑你的本領，休來和我動手，我現在也不問你是那葉展鵾的什麼人。”轉首又向田家弟兄說：“你們去一位告訴那杜錦霞，叫他們派人來抬走她。”田家弟兄當下催馬走了。

這裏侯碧英臥在地下，咬着牙強忍疼痛，只是暗自傷心，就想：如今自己受了這傷，恐怕要成個殘廢了。雖然自己是為葉展鵾，葉展鵾也不能因為自己殘廢就棄嫌我，但是畢竟是終身的缺憾！因此就聲淚俱下。李青松在旁笑着，轉又看着她可憐。

這時候那杜錦霞得了信，帶着幾個莊丁，抬着門板，上面放着被衾等物來到。李青松上前說：“杜老哥多累吧，將才萬沒想她追下我來拼命，我失手把她砍傷，請老哥將她抬回醫治。我們本打算上四川，現在知道那葉展鵾不是同她在一處，所以我們這就回漢陽仁順鏢局去了；無論是什麼人要找我去，不管他是好意惡意，我無不恭候。這件事都託付你老哥了，將來一併道謝。”杜錦霞至此時也覺得李青松不但手下太毒狠，並且他對於自己也未免欺侮過甚，但是又實不敢惹他，只得點頭皺眉。那李青松誰管他樂意不樂意，就與田家弟兄一同上馬往東去了。正是：

只憑刀下施毒手，誰知人世碎明珠。

第八回　明珠寶劍遺恨千秋　義膽鋼鋒決心一刎

　　話說李青松等人走後，這裏杜錦霞就叫長工們把侯碧英抬回，碧英只是痛哭，杜錦霞又趕緊叫僕人去請瘍醫醫治。碧英臥在床上是終日地痛哭，因傷又引起病來，纏綿了十餘天，把一個嬌秀的少女憔悴得不堪，她天天只是叫葉展鵬和她的娘。

　　那杜卿霞視碧英如同胞妹一般，對於她的醫藥極為操勞。杜錦霞也是個有義氣的人，深憐碧英現在這樣傷病交加，本想到萬縣去告知侯家，找她家裏的人來，但是路程太遠；又知道她是與那葉展鵬鍾情，也想訪着葉展鵬，但是現在江湖上全是李青松的朋友，都要想捉着葉展鵬，以為方文震報仇，因此杜錦霞就天天憂思，精神不爽。

　　這天那打獵的華文豹又到莊門前來賣獵物，他是每逢一見着杜錦霞，就要問一問葉少爺來了沒有，因為他倒始終不忘葉展鵬早先給他說情的事。這天又在莊門前向杜錦霞問到那葉展鵬，杜錦霞就特地把他叫到客廳裏，向他說："我現在有一件事情求你，不知道你能替我辦不能？"華文豹說："什麼事情大爺你自管說，連死都算上，沒有一個辦不到的。"

　　杜錦霞就問說："現在你還認識那個葉展鵬不認識？"華文豹說："怎麼不認識，那麼漂亮的人會能不認識？"杜錦霞說："這就好極了！現在因為我正找葉展鵬，有要緊的事情。他是由四川來，你必須要迎着川路走去，如遇着他，務必叫他到我這裏來。"華文豹連連答應。杜錦霞又說："還有一件要緊的事，就是葉展鵬在江湖間很得罪了不少人，一般江湖人都要尋着他報仇；你雖然是找葉展鵬，但是你還不要露出你是找葉展鵬的來。"

　　華文豹連連點頭，說："這我都知道！告訴大爺吧，我在前幾年也頗闖過江湖，憑我的彈弓、單刀，也同一般江湖有名的好漢稱兄喚弟過，川東、川北都走過，只是現在一窮就沒法子了。"杜錦霞一聽更是歡喜，當下就說："這更好了。"遂就取出來幾兩銀子，說："你先把這個拿回去，安置你老娘。你打算幾時走，就幾時到我這裏來，我給你點路費。"

　　華文豹十分歡喜，遂就接過銀子來，又道了謝，然後就說："現在是太晚了，我還是明天早晨走吧。"杜錦霞點頭說："好吧，你明天早晨來，我給你盤川。"當下華文豹就走了，他喜喜歡歡地回了家，去安置他母親；他家徒四壁，也沒有什麼行李可以收束，遂就痛飲大吃了一頓，安然大睡。

　　到了次日清早，他老娘就把他催起來。他今天也不到山上找野物去了，就帶着短刀、彈弓先到了杜家莊。杜錦霞給了他十幾兩銀子作為路費，那華文豹把銀子接到手裏，就十分喜歡地告了別，遂就走了。他雖然本領不佳，但是為人忠實中頗有些機警，所以他在路上只仿佛是一個在外面做小生意的人，如今要回家去的樣子。

　　走了幾天便來到一座鎮店，事也湊巧，只見在路旁有一處修馬掌的棚子，正縛着一匹馬，在那裏釘掌，那馬主人在一旁站着。華文豹一看就大喜，趕緊跑過去，叫道：「葉大爺！葉大爺！」葉展鵬回頭一看，此人煞是眼熟，待了一會才想起來，就說：「哦，原來是你，你姓什麼我可忘了。」華文豹說：「我叫華文豹嗎！原來葉大爺還認識我，現在是因為杜莊主叫我來，特地訪您。」

　　葉展鵬問說：「找我有什麼事情？」華文豹說：「什麼事情可不曉得，杜莊主只是給了我盤川，叫我來，只要是找着您，無論如何，必須要請您到一趟莊裏。」葉展鵬至此也想到，那侯碧英早先曾在杜家住過，現在一定還是住在他那裏了，當下就連說：「好吧，等我的馬掌修好了，我就同你走。」

　　華文豹此時真是十分歡喜，就想：天下真沒有這麼巧的事情，總算是杜莊主沒白給我路費。當下他在旁等了一會，那匹馬就已然修釘好了，葉展鵬給了錢，就牽着馬說：「我騎着馬，你步行着，我絕不能隨着你走。你現在既是已然遇着我了，你就慢慢地往回裏走吧，我先在前面趕路往杜家莊去。」當下葉展鵬上了馬往東馳去，這裏華文豹便很喜歡地順來路往回去走。

　　這時葉展鵬因為諒得侯碧英必然是在杜家了，所以策馬疾馳，急於和侯碧英一見，走了兩天便到了杜家莊。他來到杜家，天色不過將將過午，幾個長工正在地裏耕作，一見葉展鵬騎馬來到，就齊都說：「這位葉大爺可來了，也不知道華文豹見着他沒有？」當下過來兩個長工向他行禮，莊內的僕人看見也過來，把他的馬匹接過去，一面傳報杜錦霞。

　　杜錦霞就往外迎出來，與葉展鵬寒暄，讓到裏面。葉展鵬就說：「杜大哥，你派人找我有何要緊事情？」杜錦霞卻說：「此事老弟聽了莫驚，就是因為四川萬縣金刀侯老的孫女侯碧英，與舍妹相識。」葉展鵬點頭說：「不錯，我也同這位侯小姐相識。」杜錦霞說：「這位侯小姐前些日子到這裏來，就住在舍下。不料那天李青松等人，氣勢洶洶到舍下來索老弟。我自然是居心無愧，就向他們說：『除卻我的內宅以外，你隨便搜索。』李青松自然也是不肯。此時那位侯小姐就出來了，必要為老弟與那李青松決鬥，李青松還只是不肯，後來被舍妹把侯小姐勸回裏院。李青松等人走後，我也不知道，原來侯小姐又追上李青松，去與他們決鬥；到底與李青松交起手來，被李青松把她的腿部砍傷，李青松還送信來叫我把她搬回。那侯小姐一個女子，如今因傷又得了病，看那樣子真怕不容易痊癒。因為她常常地呼喚老弟你的名字，我想她必是想要見你有話說，所以我這才叫華文豹去找你。」

　　葉展鵬聽到這裏早已落下淚來，心說：碧英這癡心女子，待我如此深情，我應當怎樣報她？當下就慨然長歎說：「大哥言來，真讓我慚愧死！李青松與我作對，致令一個女子也因我受傷。侯碧英待我海似深情，李青松與我彌天大仇，我在眼前全要報復的。”遂又說：“現在侯小姐既在內宅，我想要請大哥令女眷回避一下，我與她相見一面。”

杜錦霞說：“你我如同兄弟一般，何必又回避女眷？”當下就挽着葉展鵬往後院去了。此時那杜卿霞正同着一個僕婦給碧英煎藥，碧英只是在病榻上呻吟。杜錦霞同着葉展鵬進到屋裏，先給他與自己胞妹引見，杜卿霞與葉展鵬見過禮，就轉身出屋了。

這裏葉展鵬走到床前，侯碧英抬起頭來望見他，不由就淚如雨下，說不出一句話來。葉展鵬此時也早已淚如斷線珍珠，遂說：“侯小姐，你為我受了重傷，我真無以報答你。現在你放心，好好養濟傷勢和病，我即刻就到漢陽去找那李青松，給你報仇。”侯碧英只是落淚，又伸着手，旁邊杜錦霞看着太淒慘，就轉過臉去了。這裏葉展鵬與侯碧英緊緊地握住手，碧英此時才吐出兩句話來，說：“寶劍……珠子……”葉展鵬就把寶劍和明珠全都放在她的面前。展鵬望着明珠也傷情不禁，望着寶劍又頓起雄心。

此時那侯碧英也是十分愛慕這兩件東西，轉又把寶劍叫葉展鵬帶好。展鵬就抽了抽寶劍，說：“我就憑此寶劍殺死李青松，為你報仇，回來再護送你回萬縣。”碧英露出首肯的樣子，又勉強用力地把那顆明珠交到葉展鵬手裏，二人相望而泣。展鵬又說：“小姐的深情我沒齒難忘，望小姐好生調養，我絕不能無情負義。”碧英依舊是垂淚不語。

當下那葉展鵬把明珠也收起來，就提着寶劍與杜錦霞出屋往前面去。他心裏十分憤恨那李青松，覺得此人一日不除，自己絕無顏生於世上，當下一時急憤，便向杜錦霞說：“我現在就要起身走了。”杜錦霞說：“這就要到漢陽去麼？”葉展鵬點頭說：“不錯，這就走，此人不除，我飲食都不安。”錦霞說：“那李青松的本領着實不小，老弟可千萬不要輕敵他啊。”

葉展鵬冷笑說：“我們兩人是交過手的，我所以不願和他交手的緣故，一來是他們人多勢眾；二來是我礙于周振名面上。周振名也是鏢行中人，我與鏢行中人不願太為作對。如今我這一去，只有看個強存弱死了！”他一面冷笑着說出這話，滿面殺氣，森森可畏，遂牽馬出門。杜錦霞把他送出門去，那葉展鵬就上了馬，向杜錦霞拱拱手，說聲：“大哥再見！”當下催馬往東去了。

單說此時那李青松，自從傷了侯碧英之後，他便回到漢陽仁順鏢局，專候那葉展鵬來找自己拼命。田家兄弟兒全都說葉展鵬絕不能來，但是李青松卻始終說葉展鵬是個負氣的人，他絕不能甘見那侯碧英受傷。

田家兄弟在這裏住了兩天，這天李青松的族兄袖箭李常來到。田家兄弟早先曾在江湖間吃過李常的虧，所以始終宿怨難消，又兼他們七兄弟的私事也很多，不能久為給方文震報仇的事情專在這裏。所以李常一來，他們籍此便向李青松、馬建才告辭，離漢陽走了。李青松只顧自己單身為方文震報仇，也不十分挽留他們。

田家兄弟去後，劉煜也走了。馬建才此時早已心灰意懶，不願再為方文震的事情忙碌，只好看李青松獨自尋那葉展鵬好了。袖箭李常自被金刀侯老傷臂後，也無復當年之勇，他也是勸李青松快些回江北，自己做點自己的事情，不必專為文震這件事情忙碌。李青松哪裏肯聽，只說：“大哥你不要管。”

　　這天李青松正在仁順鏢局内與李常閒談，突然見馬建才由外面進來，向李青松說：「葉展鵬現在外面找你。」李青松一聽，趕緊站起身來，說：「啊，他找我來了。」一面說着一面由牆上摘下刀來，就趕緊出去。李常也要看看這個毒劍俠葉展鵬到底是怎樣一個人物，當下同着馬建才也隨着出去。

　　李青松到了外面，就見那葉展鵬手按寶劍，牽着馬，正在那裏等候。一看李青松提刀出來，他就迎面手指着說：「李青松，你算不得好漢！你砍傷侯碧英一個女子，與方文震正是一流人物，你還稱什麼好漢嗎？」李青松說：「我雖然傷了她，但是你與她有私，如今你為情人才拼命找我，難道你就算好漢嗎？」

　　葉展鵬並不答語，就說：「我也曉得，你也往西尋了我不少日子，並且還屢在杜家要搜索我。現在我們既已見面，好了，就拼個你死我活吧。」當下他把馬韁繩撒手，一手嗖地抽出寶劍，就奔過李青松來刺，李青松用刀相迎。二人全都具決死之心，所以趨近在一起，鐵肉相博，如猛虎鬥豹，力量均敵。此時葉展鵬一劍刺到了李青松的左臂，李青松半身流下血來，依舊奮勇力鬥。

　　旁邊馬建才早已派人到漢陽鏢局去請周振名，就說現在他們兩人正在這裏拼命。振名得信就趕緊催馬前來，來到這裏時，只見葉展鵬與李青松已然全都成了血人。馬建才和李常及眾鏢頭，雖然全都手裏拿着兵刃，但是沒有一個敢上前相勸。

　　周振名來到，就趕緊由馬建才手中抄過一杆槍來，闖過去。李青松與葉展鵬二人一來都負了傷；二來都不肯把周振名拼在當中，只得齊住了手。周振名也不勸他們，只說：「不要打了！今天都負傷了，等養濟幾天，你們二位再拼命，那時不拼命不算好漢。」此時馬建才也上前，先叫人把李青松攙往後院，周振名又托人把葉展鵬攙回漢陽鏢局。

　　當晚馬建才與袖箭李常等就在仁順鏢局宴請周振名，商議給他們二人和解的事情。周振名卻朗歎道：「冤仇愈結愈深，又有情愛雜於其間，更難以和解。李青松是我的好友，葉展鵬是我未婚的妹夫，論義氣上，我拼命刎頸也得給他們和解，但是現在他們雙方的冤仇，卻不是我們所能為力啊。」當下不禁全都慘然不樂。良久，周振名又墮了幾點眼淚。待宴畢歸去，又看了看葉展鵬，只見葉展鵬身上傷痕兩處已然敷上藥，沉沉睡去了，周振名也放了一些心，到夜内安然就寢。

　　單說葉展鵬，自己白天與李青松拼鬥，只是雙方負傷，未見死活，他始終憤氣難出。在深夜間他被傷痛醒，就奮然而起，由枕邊抽出寶劍就出了屋；飛身上房，到了外面，就於黑天沉沉中到了仁順鏢局。他跳進牆去，直奔後院，就大呼：「李青松，快出來拼命！」

　　此時鏢店内除去更夫以外，差不多全都睡去了。李青松是因為傷勢疼痛，不能睡着，如今忽於深夜聽葉展鵬前來，在院大喊拼命，他就趕緊爬起身，找着刀出屋。卻不料葉展鵬聽到這屋裏響，他早已撲奔過來，李青松將一出屋，葉展鵬的劍便砍落下。李青松措手不及，當時就被砍倒在地，葉展鵬又狠心連下幾劍，不可一世的李青松當時喪命。

　　此時更鑼亂敲，各屋裏的人全都驚起。葉展鵬大怨已伸，遂就飛身上房，徑回漢陽鏢局去了。他的傷勢又疼痛起來，不能就寢，就想：這若是到了明天，仁順鏢局的人一定要找到這裏拼命。其實他們倒不能奈何我和周振名，但是畢竟惹起官司來，總是周振名的麻煩。不如自己連夜離開此地，先到杜家莊去，把這件快心的事情告訴碧英！

當下他決定了主意，就趕緊收束自己隨身的東西，馬也拋在這裏，他就出屋飛身上房。雖然此時他身上有幾處傷痕，但是毒劍俠的夜行本領終與普通江湖不同，所以他就在這深夜內出了漢陽城，連夜往西走去。走到天明又雇上車輛，在過午他就到了杜家莊，見了杜錦霞。

錦霞一看他滿面風塵，臂上裹着傷處，衣裳上還帶着些個血跡，錦霞就很驚訝，說：“怎麼，老弟你負傷了？”葉展鵬很高興地說：“雖然負了傷，但是我的大怨已伸！”杜錦霞帶着驚訝，問道：“怎麼？”展鵬說：“李青松已被我殺死了。”當下就把昨天如何在仁順鏢局內與李青松交手，如何互相受傷，晚間自己又到仁順鏢局殺死李青松之事說了一番。杜錦霞本來忿恨那李青松，如今一聽已經被他殺死，不由也十分歡喜。

當下葉展鵬淨了淨面，換好衣服，就隨着杜錦霞到了後院。只見侯碧英這兩天的病勢越發沉重，葉展鵬就把自己如何已然把李青松殺死的事情告訴了她。侯碧英聽了，自然很是喜悅，但是轉又想到現在葉展鵬的仇人是沒有了，但是自己卻身落殘廢，病體纏綿，因此便情心全死，深盼病體再加重一點，索性死去倒好，所以不禁落下淚來。葉展鵬看她這個樣子也十分痛心，又哭了半天。

屋裏只是他二人，侯碧英又要過來那寶劍、明珠，用手摸了一摸，更是淚如泉湧，但是卻說不出一句話來。葉展鵬只是痛哭，說：“碧英妹妹，你放心，如今大仇已報，你好好調養吧！咳，縱使妹妹你有個不幸，我也要削髮為僧。”碧英聽到這裏，越發痛哭。

良久碧英又想到：葉展鵬是一個俠義少年，豈可因為我叫他這樣兒女情長，英雄氣短？當下就決心把寶劍和明珠全都推開。葉展鵬也知道碧英是傷心至極，又惹起她的俠性，當下拭了拭眼淚，就說：“那麼我現在只有請你放心調養吧。”此時碧英又面目驟然慘變，哭着說：“娘……”展鵬知道碧英是想起她娘來，當下就說：“好吧，我今天就到萬縣去給你府上送信，請人來接你。”碧英這才不哭了。

當下展鵬帶起明珠，拿着寶劍到外面去，就說現在自己是要到萬縣去，給碧英的家裏送信。錦霞又問展鵬是走旱路還是走水路，展鵬就說：“我看水路近些，雖然沿江都是李青松一黨，但是他們未必都認識我葉展鵬。”當下葉展鵬也沒有行李可以收拾，就由杜家借了路費走了。這裏杜錦霞又派僕人到遠路請來名醫，給碧英醫治，但是都說她這病恐怕不易好了。杜錦霞夫婦和他胞妹卿霞全都十分淒慘焦急，碧英也自知不起，反倒欲哭無淚。

此時那葉展鵬就順着江水西下，江路茫茫，展鵬想起碧英，只是暗自灑淚。走了數日就到了萬縣，進城逕自去到侯家，見那碧英的母親。碧英的母親也知道葉展鵬是周藥仙家裏的女婿，與自己女兒有情，自己女兒這二次私離萬縣也是因為此事。她倒是不管女兒這些事情，因為女兒的姻事自己不願代她操心；不過又想：葉展鵬已是訂下周家的小姐，碧英的祖父、父親都是一世的英名，難道還要叫她給葉展鵬做妾嗎？再說她這樣獨自遠行，江湖險惡，難免是要出什麼舛錯的啊！因此她始終是憂慮，但是又無可如何。

　　這天葉展鵬本人來到，親自拜見侯夫人，陳述了碧英與他怎樣患難相共，怎樣被李青松所傷，又染起病來，以及現在在杜家莊醫養，如何沉重，很想念這裏的人的事情。那侯夫人聽了自然不禁哭了，本想痛責葉展鵬不該引誘自己女兒，但是又想：他這一表人才，通身武藝，如若自己女兒得到他這樣一個女婿，也是自己最喜歡的，但是可惜碧英無福。想到這裏一心疼女兒，越發痛哭起來，轉又向葉展鵬說：“事到如今，我也不能太不依你。你就帶着我到那杜家莊，我把她接回家來調治就得了。”

　　葉展鵬去時原是畏懼，想這碧英的母親不定要如何厲害了，沒想到今天見面，卻是這樣地慈祥，當下自己不勝感激涕零，便說：“那麼侯太太打算幾時動身？”侯太太說：“明天吧。”當日就叫葉展鵬到鏢局裏去住。

　　前些日被葉展鵬打傷的那個祁廣，現在也回他家養傷去了。這裏幾個鏢頭知道明天侯太太就要起身，並且還是到湖北去接那受傷的小姐去，大家誰不獻這個殷勤？所以齊都來見侯太太，說是要隨去。侯太太也很願意多帶幾個人，當下就請了四個有本事的鏢頭隨同東去。這四個鏢頭一個姓李，一個姓周，一個姓馮，一個姓王，全是久走鄂西、川東的，一切船隻、行李全是由他們去忙。

　　在次日一早，就有許多戚友及萬縣鏢行中人送到江邊。葉展鵬因為身上傷勢發腫起來，疼痛難禁，心裏又淒悲，還不知侯碧英現在的傷勢如何，所以就躲在艙裏去歇息。這只民船上面插着是萬縣鏢局的鏢旗，順流東下，沿路上雖然有賊船，但是也不敢打劫，更沒有人搜查船隻。

　　行了四五天，葉展鵬就叫船隻靠了岸，然後就上岸雇上車，帶領着眾人就往杜家莊去了。及至到了杜家莊，那莊門前的長工、僕人們，早知道展鵬是到萬縣請那位侯小姐的母親去了，大約過幾天就要來到了；如今見來了這幾輛車，葉展鵬在前，叫他們先進去傳報，僕人們就進去，說是萬縣的侯太太來了。少時，杜錦霞夫婦和杜卿霞齊迎出來，把侯太太讓進內院，又把四位鏢頭讓到客廳。

　　侯太太一進到杜家裏院，就覺到景況淒涼。到了屋內，侯太太落着淚向錦霞夫婦、卿霞小姐表示千恩萬謝，然後就說：“小女兒受傷染病在床上，不知是在哪屋裏？我要看一看她。”此時錦霞夫婦全都面色更變，張口結舌。倒是杜卿霞小姐慷慨地說：“已然如此了，伯母也就不必傷心了，我妹妹在前天就死去了。”

　　侯太太一聽到這句話，當時心腸都絕，就背過氣去。這裏錦霞太太和卿霞、僕婦等喚救了半天，方才把侯太太叫得緩醒過來，侯太太就哭着說：“她祖父、父親兩世英雄，她父親又早故，只有她這一個女兒；我也是活在世上就為着她，給她買下珠子作為將來的妝奩。她這樣闖蕩江湖，我也是不放心。但是一來是不忍攔她的高興，又知道她所學的武藝也不致不能抵擋強人，再說江湖上的好漢們全知道她祖父、父親的名聲，全都能照應照應她，所以我才放心叫她出門。二次她這走，事先也沒跟我說，我也不知道她到底是上哪裏去；想着她也已然在外面這些日子，哪還能出什麼舛錯呢？我又因為經營些鏢局裏的事務，所以也沒工夫去掛念她，不想她到底是把命喪了。”一面說着一面痛哭。

　　那杜錦霞就說：“侯太太且不要過於悲哀，因為現在還有為難的事。就是碧英小姐前天晚間戌時故去，至今二日，因為侯太太沒有來，所以舍下也不敢將小姐入殮。”侯太太說：“咳，杜莊主也太多心了，這樣的深恩我就無可圖報了，哪能還提到什麼不放心呢？不過她既然沒入殮，我倒得看看她死後的模樣。”當下她拭了拭眼淚，杜錦霞夫婦、卿霞同着侯太太就到了東屋裏，那裏就是一世俠女侯碧英病歿的地方。到了屋內，只見那裏素帳低垂，香煙氛氛，一個老僕婦坐在那裏，床上蓋着錦被，玉容俠骨的侯碧英小姐就仰躺在那裏，瞑目長眠。侯太太目睹死女，不禁放聲大哭，良久又暈厥過去。這裏杜錦霞夫婦兄妹也是落淚，向侯太太相勸。

正在這時，忽聽外面有男子聲音大哭，原來是那葉展鵬在外面問這裏的僕人，知道了侯碧英的死信，他就趕緊跑進裏院來，痛哭着，必要看一看侯碧英的靈柩。杜錦霞趕緊出屋說：“老弟，現在你的傷勢未好，你不必過於悲傷。”葉展鵬也顧不得什麼唐突，就直進到那停放侯碧英的屋裏，看見碧英那淒慘的屍容，不由又放聲大哭，侯老太太更是哭得心腸都絕，杜太太和卿霞就一面哭泣，一面相勸。

杜錦霞婉言向葉展鵬勸解，他也不聽，杜錦霞就正顏厲色地說：“可惜老弟你一世英雄！竟是這侯小姐，雖然是因為你才致受傷，染病身死，但是侯小姐當病重時並沒有什麼怨言向你說，你何必這樣悲痛上沒完？”葉展鵬止住哭聲，拭了拭眼淚，就說：“大哥你不知，天下得一知己極難，侯小姐一向對於我的垂青，我真沒齒難忘。侯小姐不因為我，豈能與李青松作對？不與李青松作對豈能受傷？不受傷也不致得病啊？所以侯小姐如今簡直是為我而死，我怎能不悲傷？”錦霞又百般勸解，才把他勸到前面去。

這裏侯太太便與杜太太商量，給碧英備辦棺木的事情。杜家莊雖然是個荒涼村落，但是離着縣城及大市鎮都不算遠，這裏除卻杜家的僕人、長工們外，還有侯太太帶來的人，當日就到縣城裏去買棺木；侯太太由家裏給碧英帶來的衣服，如今就做了裝裹了。

棺材是松木的，運來後，侯太太灑淚親眼視殮。此時葉展鵬又由前院過來，手持寶劍和那一顆明珠，就說了這寶劍、明珠的一段淒涼遇合，侯太太聽了更是傷心不禁。展鵬便把這口寶劍和那一顆明珠，全都放在那棺內碧英的玉軀畔，又痛哭了一場，自己便回到前院去。這裏侯太太痛泣幾絕，眼看着把女兒盛殮起來，又痛哭化紙，木棺兀然，俠骨長死，香魂何處？棺木就停放在那裏，然後侯太太就張羅着雇人，明天運靈，當日無話。

到了次日，就由杜家的長工和外面雇來的人，抬着棺材往江邊去。侯太太向杜家表示千恩萬謝，葉展鵬跟杜錦霞親送到江邊，看着把棺木運上船去。葉展鵬看得船隻悠悠地走去，他又望着大江痛哭了一番，那茫茫的江水，無情流去了美人俠骨，明珠寶劍。葉展鵬哭得聲嘶力竭，旁邊杜錦霞和杜家的僕人、長工們苦苦相勸，才把葉展鵬給勸回到杜家，從此葉展鵬就神經錯亂，只是長哭，並不似往日的英雄氣概了。

這時那漢陽的周振名，因為那天清晨就失去了葉展鵬的蹤影，後來就聽人說，仁順鏢局內住着的李青松夜內被殺。周振名一聽，頓然大吃一驚，知道必是葉展鵬所為，當下他趕緊出門，騎着馬就到了仁順鏢局。

此時那門前有許多人看熱鬧，並有官役們把門，不准閒人進內。周振名來到，把門的官役們也都認得周鏢頭，便沒攔他。周振名下馬進內，把馬交給圈上，他就進到裏面。在院中看見李青松的死屍，他們兩人雖然沒有深交，但是他也實為欽佩李青松重義氣，及本領高強，惺惺相惜，所以如今不禁淒然灑淚，痛哭起來，旁邊馬建才等鏢頭也不住落淚。

周振名哭畢，那馬建才一手把周振名揪住，說：「周鏢頭，請你同我到屋裏，我問你兩句話。」周振名同他到了屋裏，馬建才就說：「周鏢頭，你是個慷慨人，我們兩人雖然素日交情不甚近，但是偌大漢陽江湖，談起來刨你就是我，還有誰？所以無論如何，我們兄弟不能作對，使江湖人恥笑。現在我就問你一句話，我絕無惡意，就是昨夜李青松被殺，這個兇手是否是葉展鵬？」

周振名毫不思索地說：「據我想多半是他吧！因為葉展鵬昨天是住在我那裏，絕早地就睡去，今天一早他的馬匹也沒牽走，人就不知去向了。據我想，多一半是他夜內到這裏，把李青松殺死，連夜離漢陽去了。」馬建才歎道：「真是，全是江湖英雄，何苦如此？李青松與葉展鵬結仇被殺，我也難以替他報仇，自有官方緝凶；死屍驗畢，就由他族兄袖箭李常把靈運回江北。不過周鏢頭你要知道，李青松在江北的朋友很多，恐怕他們要找到你的頭上作對。」周振名歎息說：「那就顧及不得了。」當下出去，又找那李常談了一會。李常對於李青松被殺的事情，只是墮淚，也沒說什麼激憤的話；周振名倒是十分傷心，覺得自己對死去的李青松有愧。

回到漢陽鏢局，他就趕緊給家中寫了一封字束，述說葉展鵬如何突然到了漢陽，尋着李青松，二人交手拼命，全都負了傷，算是被自己把他們勸開；葉展鵬當夜就住在自己鏢局，如何他深夜私去，次日無蹤，以及李青松被殺的事情全都說明。周振名就叫鏢局裏的夥計當日給送到武昌去。

單說現在的武昌周家，自葉展鵬與李青松作對，他往萬縣去了，這裏也不知他的音信；又兼李青松那次深夜到他家閨閣裏，秀名小姐由樓上摔傷以後，周家的景況也十分淒涼。

秀名小姐知道葉展鵬與那侯碧英兩人心投意洽，現在多半是在一處了，拋下自己，他連託付一個人給帶封信來都沒有，一任自己受他的仇人欺辱，可見他是把自己拋下不顧了。所以她的傷勢雖然經家中的靈藥治好了，但是她依舊是抑抑傷心，飲食都減。周藥仙老夫婦看着也自然是十分焦心，周老太太並且痛恨那葉展鵬無良，罵那侯碧英無恥。

周藥仙倒是自己闖了一世的江湖，知道江湖間的事，葉展鵬雖無下落，但憑他的本領絕不至有什麼舛錯，他不給這裏來信也實在是不得已。至於那侯碧英，雖然他們大約是走在一起，但是究竟有無曖昧還不一定，再說小兒女的愛慕亦殊情有可原，所以周藥仙便常常向老妻、愛女開導。

怎奈周秀名小姐心腸太窄，始終是痛恨葉展鵬，每逢一傷心起來，就哭着向她父親說：「父親，快些叫我哥哥派人找着葉展鵬，叫他趕緊回來見我一面，我好當面叫他看看我有志氣沒有？是烈女不是？」周藥仙聽了這樣的話，知道女兒是要見着葉展鵬，決以一死見志，責他的薄情，這愈使他驚慌起來；反倒去派人告知周振名，縱使見了葉展鵬，也千萬別叫他冒冒失失地就回來。一面又囑咐家中人說：倘若葉大爺回來，就叫他在前院，可千萬別叫他到裏面，也別叫小姐知曉。

　　這天振名派人送來這封信，周藥仙一看，知道李青松已死，心裏就很是痛快。如今李青松一死，葉展鵬當然可以回武昌來了，慢慢地再向秀名解說，她也就釋然了。當下他就親自把這封信拿到裏院秀名小姐的閨閣裏，交給秀名看。秀名看了，知道李青松已死，自然也很是解恨，但是又因此想起葉展鵬來，所以就不禁痛哭。

　　周藥仙知道她的心事，遂又向她解勸，說：“葉展鵬多半也快回來了，他若是回來，姑娘你可千萬別心窄，因為他也是沒有法子。”秀名只說：“父親放心，我絕不短見。不過他若是回來，我也顧不得什麼禮節了，我非得跟他見面，問他幾句才行。”周藥仙也放了些心，就說：“我想他不出一個月一定回來。”由此周家的人，只是天天盼葉展鵬來。

　　還不到一個月，這天周藥仙正在屋內閑坐看書，僕人就進屋來，仿佛是十分驚喜的樣子，說：“老爺，葉大爺來了！”周藥仙說：“是嗎？”當下一面摘下眼鏡，一面站起身來，要往外面去。這時那葉展鵬已然進到屋裏，向周藥仙施禮。周藥仙一看葉展鵬形容枯槁，滿面風塵，絕不似早先那個英俊少年的樣子了，周藥仙便問道：“你這一向倒好？”展鵬慷慨浩歎說：“一切事情想師父也必曉得，我現在真是又另一條性命了。”

　　周藥仙聽他說了這個話，自然也是十分心疼，不由落了幾點眼淚，就說：“事已如此，我也不說什麼了。今天既然幸是你回來，總是蒼天保佑，只望你就先在我這裏住着吧，不必再那樣奔波江湖了。”葉展鵬只是搖頭，說：“不，我過兩三天還要走。”周藥仙趕緊正色問他說：“你還要往哪裏去？”葉展鵬說：“不一定。”周藥仙又說：“你所以遠走高飛，不過是為怕李青松跟你作對而已，現在李青松已死，你還畏誰？”葉展鵬冷笑說：“李青松何足畏？殺他的正是我。”周藥仙說：“那麼你是到底往哪裏去？莫非那侯姑娘在什麼地方等你了嗎？”周藥仙說到這裏，很是生氣。

　　葉展鵬十分痛心，忙搖頭說：“不是，侯碧英現在已然死去了。”周藥仙忙問：“怎麼，她怎麼死的？”展鵬說：“她是病死的。”周藥仙又問：“是得了什麼病？”葉展鵬至此，不由又觸起他的傷心，就痛哭墮淚，把自己與侯碧英一段寶劍明珠的結合史，以及她奮身尋李青松為自己報仇，被傷染病身死等等的事情，說了一遍。並說自己已把那口寶劍和那顆明珠，全都給她殉葬了，並說：自己現在已立定志向，要往川中深山裏尋座古廟，剃髮為僧，以報碧英，望師父成全我！說畢他雙膝跪倒，痛哭起來。

　　周藥仙此時又是落淚，又是生氣，頓着腳說：“你好糊塗！可惜你堂堂漢子，世家子弟，又負着一身本領，竟不思光宗耀祖，偏為一個女子要這樣喪志。我是你的老師，我的女兒又聘給了你，我就要管教你，現在無論如何，我不許你走！”葉展鵬站起身來，拭淚說：“師父若是不叫我走，我自然也不敢走，不過師父要知道，我人雖未死，心已然死了。”周藥仙說：“你為什麼心死，就是為一個女人嗎？”葉展鵬搖頭說：“不是，是為我的知己。”周藥仙悲痛氣憤，越發說不出一句話來。

　　此時就見裏院的僕婦進屋來，說：“葉大爺，我們太太請您到裏院去，有話說。”葉展鶚點頭說：“我也正要拜見我的師母去。”當下他就出了這屋，往裏院去。到了裏院，見了周太太，周太太就含着眼淚問道：“展鶚，你這些日子淨做些什麼事情了？”展鶚長歎一聲，說：“談起來話很長。”周太太又問說：“我真想不到，你卻是這樣的一個人。”展鶚垂淚說：“師母饒恕我吧，我現在心都死了。”周太太痛斥道：“又為什麼使得你心死？”展鶚垂淚，又把剛才向周藥仙說的那些話，向周太太說了一遍。

周太太聽說他真要棄了自己的女兒，出什麼家去，如何心裏不痛？當下就跺腳大哭着說：“你是瘋了！我的女兒既然聘給了你，就不能許你隨便悔婚啊！”葉展鶚依舊長泣着說：“師母成全我吧。”周太太真要急得向他拼死，葉展鶚倒退幾步，自己此時真無可奈何。

周太太氣得還要發作，這時忽聽秀名小姐屋裏的僕婦大喊：“哎呦！”隨即跑來，驚惶着說：“太太快看看去吧，小姐自刎了！”周太太既驚且哭，奔過去看時，那千金麗質的周秀名小姐，早已用一口明晃晃的寶劍自盡了。正是：

三尺瘦鐵，一腔碧血，此情此恨，千古無絕。

周秀名小姐自刎身亡之後，周藥仙老夫婦痛哭幾絕，葉展鶚更是哭得淚盡血竭。周藥仙、周太太連上下僕人，自秀名小姐一死，就沒有一個人理他，一句話也不向他談。周振名由漢陽趕來探他胞妹的喪，見了葉展鶚也只是向他狂笑，仿佛十分鄙視他的樣子。葉展鶚處此冷淡情形之下，他就長歎一聲，離了周家，也不辨方向，貿貿走去。此後江湖間也再不聞毒劍俠三字，葉展鶚是出家或是自盡，也無處去考查了。總之，至此已是：

禿筆殘編惟惹恨，明珠寶劍盡成空。

《風雨雙龍劍》

DULU WANG（王度廬）

汇 湖 出 版 社
JIANGHU PUBLISHING

Jianghu Publishing
PO Box 35075 Fleetwood Postal Outlet
Surrey, BC Canada V4N 9E9
www.jianghubooks.com

THE COLLECTED WORKS OF DULU WANG

王 度 廬 選 集

Author of Crouching Tiger, Hidden Dragon

《 卧 虎 藏 龙 》 作 者

Wuxia Novels Volume Four

武 俠 小 说 集　卷 四

風雨雙龍劍

DULU WANG

王度廬

Edited and Modified by Hong Wang

校 訂 者 ： 王 宏

JIANGHU PUBLISHING　江 湖 出 版 社

第一回　逞鋒芒寶劍折鋼刀　聆凶吉強徒生惡念

在河南省原武縣，那裏是靠近着黃河。一百多年之前（清代），一個冷雨淒風的早晨，黃河的水仰望着莽莽的蒼天，兩岸的田野森林都染上了濃厚的秋色。風挾着雨吹來，打在人的衣裳上簌簌地響，似乎是很沉重的，因為裏面含着許多沙土的成份。

這時有個人騎着一匹深黃色的健馬，飛馳到了河邊。他勒住了馬，張目四望，像是要尋船渡河。可是這時的河身裏只有浩蕩的濁水，卻沒有一隻渡船。這個人不禁嗟歎了一聲，只好撥回他那匹黃馬，打算要奔眼前不遠的一座小鎮。

馬踏着泥濘的大道，向東北方向行走了不遠，驀然見對面又來了一騎黑色的馬，隔着一層霧氣，看不清對方的面目，但是他立刻心驚肉跳，趕緊跳下馬來。他那只粗大的右手就握住了插在行李捲內的刀柄，他都要將刀抽出來了。對面的黑馬就往近來走，他怒瞪起了兩隻眼睛仔細去看。那匹黑馬上卻是個年有四十多歲，留着一些短短黑須的黃臉漢子，頭戴一頂大草帽，身披黑色的油布雨衣。這邊的人才喘了一口氣，把手離開了刀柄，心也放下來了。

對面的黑馬已到臨近，馬上的人揚鞭向前一指，問說：“那邊有渡船嗎？”這人就回答說：“沒有，一隻也沒有。天下雨，又涼，那些幹擺渡的人也懶得出來了！”黑馬上的人笑了笑，說：“那我就只好在這裏歇一天吧！”他倒像沒有什麼緊急的事似的，就撥回了馬。

這邊的人也上了他那匹黃馬，同時他注意到那黑馬上並無行李，只有一口寶劍，鐵劍匣都已長了黑鏽。他心中猜想：不知這人是哪一路的？是保鏢的還是教拳的？不然就許是走江湖吃黑飯的？他心中詫異着，遂就跟着那人去走。

兩匹馬在雨中一齊往東北走去，彼此都已看出來了，都是慣走江湖的人，於是就相談着，互相先問了姓名。那騎黑馬的人態度坦然，說：“我姓陳，草字伯煜，住家在新蔡縣，這次是到保定府看望一位朋友回來。昨天來到這裏，因為下雨我就沒走，想不到今天雨還是沒住，河裏還是沒有渡船，只好再住半日看吧！朋友，你是從哪裏來的？貴姓？一向做什麼生意？是保鏢嗎？”

這騎黃馬的人聽了，他便更是驚詫，同時卻又歡喜，心說：江湖上都曉得鐵掌陳伯煜的大名，他是河南省有名的拳師，我還沒有見過他，想不到今天竟能在此相會。他遂就抱了抱拳，吐露出他的真姓名。他說：“陳老哥，你的大名我是久仰得很！今天在此相遇，總算是三生有幸。兄弟名叫張雁峰，綽號人稱寶刀張三。陳老哥你可知道我嗎？我是北京廣達鏢店的鏢頭。」說畢，他揚着一張鐵青色的大長臉，看着那位著名的拳師。

陳伯煜翻眼想了一想，但他始終沒有想起來，就漠然說：「原來是北京城的鏢頭，想必素負大名，武藝高強。府上可是信陽州？現在也是要回家去嗎？」寶刀張三一聽，興頭全都沒有了，心說：我還以為陳伯煜一定也曉得我的名聲，原來他會不知道，不過他倒聽得出我的口音。於是就點頭說：「不錯，我家住在信陽州。年年在外面闖蕩，沒有什麼空閒時候，兩年多沒回家了。這回好容易跟掌櫃的告了一個月的假，回家去度中秋節。」陳伯煜便點了點頭。

兩匹馬到了那小鎮市上，共同進了一家店房，馬交給店夥，兩人就各自找了個房間。陳伯煜住的是北房，寶刀張三住在西房，相隔兩三間屋子。寶刀張三一進屋，脫了身上淋濕了的衣裳，就先將他那口朴刀從行李捲內抽出，放在身畔。他的心神時時緊張着，仿佛在他的身旁潛伏着什麼危機。店夥給送進來茶水，並問他要什麼菜飯，寶刀張三卻擺了擺手。他心中非常地煩惱、恐懼，想起這回他由北京出來，身邊帶着五十多兩銀子，是兩年來所掙的工資。本想回家跟老婆孩子過一個美滿的中秋節，卻不料半路上又惹出事來，錯處還是在他自己。

寶刀張三本來是個專心練功夫的好漢子，平素不好女色。可是那天走在邢台縣，遇見同行的好友強二虎，留住他盤桓了一日。二人喝了幾盅酒，就一同到魯家莊去看野台戲。不料望見看台上有個娘兒們，張三也沒有看出來那娘兒們是醜是俊，只覺得大概是穿着一雙紅繡鞋，張三就糊糊塗塗地把人家的繡鞋摸了一下。

這一下可就惹出大禍來，原來那娘兒們是魯家莊魯大奶奶。魯大爺現在彰德府衙當官差，就是江湖上有名的鐵棍魯蔭松。當時在旁邊看戲的還有魯家的許多族人，多半是些年輕的壯漢。一見寶刀張三調戲了他們的大奶奶，就一齊憤怒，遂就將張三圍住，拳棍齊上。強二虎在那時也跑了。幸仗張三帶着他那口寶刀，他揮刀砍傷了四五個人，當場逃跑。

他那時還不知鐵棍魯蔭松的厲害，從從容容走到河南。不料魯家莊早有人在暗中跟他下來，並且給魯蔭松送了信。張三一走到了彰德府地方，就被魯蔭松將他攔截住，交手十餘合，他就知道魯蔭松的鐵棍非常厲害，他的寶刀絕敵不過人家，所以他趕緊催馬逃走。

他想魯蔭松必不能饒了他，這時一定追下他來了。現在他又過不得河，心中真是着急、恐懼。他皺着眉，摸着那口不很鋒利的所謂「寶刀」的刀柄，心說：魯蔭松若是再追下我來，那我可就完了，不死也得受傷。我這指着走江湖吃飯的人，若栽了跟頭，還怎麼在江湖上混呢？忽然又想起剛才相遇的那位陳伯煜。陳伯煜的武藝一定比魯蔭松又高強得多了！我倘能跟他套套交情，與他一同過河，一路行走，到時即或有人打我，他也絕不能袖手旁觀。這樣一想，寶刀張三的鐵色長臉就現出些歡容。他趕緊出屋，到北房去見鐵掌陳伯煜。

這時的雨還沒有住，陳伯煜在屋中正用一塊手巾拂拭着劍柄上所着的雨水。寶刀張三一進屋來，陳伯煜就笑着說：「請坐。」張三也笑着點點頭。他卻很注意地看那口寶劍，只見劍身作蒼綠色，仿佛生了許多鏽，可是雙鋒極薄，看那樣子倒還相當之鋒利。張三就說：“陳老哥的這口劍，你已使了多年了吧？應當擦一擦。”

陳伯煜說：“這口劍你大概不認得。這是一口寶劍，善能斬釘剁鐵。這劍一共是二口，普通的劍都分雌雄，而此劍卻分兄弟，一名蒼龍騰雨，一名白龍吟風。蒼的是兄，白的是弟。我現有這口就是蒼龍騰雨劍，相隨我已有十五年之久了。”陳伯煜說話的時候，眼望着張三，手拭着寶劍，態度是非常驕誇的樣子。張三卻看不出這口劍到底寶在哪裏。

陳伯煜接着又說：“你外號叫寶刀張三，想必你也有一口寶刀了？”張三卻不由得臉紅了，說：“寶刀張三是旁人給我起的名字，我那口刀是不錯，可是還不能夠削銅剁鐵。”陳伯煜就說：“拿來我看看。”張三就回到屋中，抄起他那口厚背薄鋒，光芒刺眼的朴刀，心說：他要看看，就叫他看看吧。利鈍不說，反正准比他那口蒼龍劍漂亮得多。

他把刀拿到北屋，交到陳伯煜的手中，說：“這口刀是朋友送我的，因為我在山東兗州府拳打曹金虎、曹金豹兄弟倆，救了朋友的性命，朋友費了一百八十兩銀子，打了這口刀送給我。我拿着它闖過張家口，打過焦鐵塔；在太行山，我也憑單刀戰過三十多個強盜；前天在彰德府……”他不好意思再往下說了，因為前天在彰德府他吃了魯蔭松一鐵棍，若不是自己的手快，趕緊用此刀擋住，腦袋在那時候便已粉碎，現在也不會說話了。

可是陳伯煜並不聽他自道生平得意的事情，只是專心地看那口朴刀。他用手掂了掂，又彈了彈刀刃，然後抄起他那口寶劍，將刀交還張三，起身笑着說：“可以試一試嗎？你這口刀不錯，但我想還許比不上這口劍鋒利，來！咱們試着撞一撞？”張三卻猶豫着，心說：萬一他那口劍真是個寶劍，撞折了我這口刀，那我可就連人都丟了！他將要搖頭，卻不料陳伯煜已揮起了寶劍，向他那口刀撞去。只聽嗆啷一聲，張三的這口寶刀竟被削為兩截。陳伯煜不由高興得哈哈大笑。笑過之後，他又拍着張三的肩膀說：“對不住！對不住！我太冒昧了，將來我必要打一口好刀送到信陽州你的府上！”

張三被毀了寶刀，他一賭氣把手中的半截刀也摔在地下，他那一張長臉青中透紫，恨不得立時就與陳伯煜揪打起來。但他畢竟不敢動手，就強忍下了一口氣，反作出不在乎的樣子，擺手說：“這算什麼？陳老哥，你把我張三看得太小氣了！”

陳伯煜此時是十分抱歉，連說：“我這個人的脾氣太壞！只要看見人有好兵刃，我就想用劍試一試。咱們初次相交，我真不該如此。”張三笑着說：“客氣什麼？雖是初次相交，可是我早就仰慕你老哥的大名，只是我還不知道你老哥有這一口寶劍。好了，以後我張雁峰只叫張三，不叫寶刀了！”張三越是這樣地慷慨，陳伯煜反倒越自覺慚愧，又說了許多抱歉的話，便呼店家擺酒，遂在這屋中二人暢飲起來。二人的酒量都很大，都喝得醉醺醺的，並且談話也很相投，仿佛竟成了莫逆之交。

此時窗外的秋雨仍然瀟瀟地落着。在陳伯煜屋中用畢了早飯，張三回到他自己屋中，就跺腳暗罵：他娘的！用他那鳥劍毀了我的寶刀，他這是看不起我北京城的鏢頭！賠兩句話，喂幾口酒就算完了？我張三不那麼好欺負，早晚我要出這口氣！他又氣惱又懊煩，躺在床上就睡着了。

　　睡了也不知有多少時候，忽聽窗外有人高聲叫道：“張老弟！張老弟！河裏有船了，咱們一同走吧！”張三翻身起來，開門一看，原來是陳伯煜戴着大草帽，穿着雨衣，牽馬立於雨中。張三就問：“有什麼時候了？”陳伯煜說：“才過午，渡過河若是馬快，晚間咱們可以在許州投宿。”

　　張三一聽今晚就能到許州，到了許州那魯蔭松一定追趕不上，他遂就連說：“好！好！”並喊店家給他備馬。他收束行李，又要拿他那口寶刀，這時才想起來，刀是叫陳伯煜的寶劍給削折了。他心中一氣，本要不跟陳伯煜去走，可是又想：這時我連一件防身的兵器也沒有了，倘若魯蔭松追下我來，我拿什麼敵他那根鐵棍呢？那我不是非死不可嗎？於是趕忙拿着行李出屋，放置在馬上，他就與陳伯煜一同出門，上了馬。

　　二人並轡而行，就在雨中嘚嘚地馳到了黃河岸上。這時河中果然有兩隻渡船，可是搭客卻沒有一個，陳伯煜上前跟船夫講明了價錢，隨後二人就牽馬到了一隻船上。船悠悠地走了，上面是落着雨，下面是滾滾的濁水，兩岸都沒有人，船上只有兩個船夫。張三牽馬立在船板上，雖然他不覺頭暈，可是心裏有些害怕，暗想：不知陳伯煜是好人還是壞人？倘若他是個壞人，他再跟鐵棍魯蔭松通氣，此時只消用手一推，我就要墮在河裏淹死，我家裏的老婆孩子他們連知也不知。所以他就瞪着兩隻驚疑的眼睛溜着陳伯煜，卻見陳伯煜是從容地跟船夫談着閒話。

　　好半天，張三才盼得到了對岸，一上馬他就高興起來，向陳伯煜說“陳老哥，咱們快些走吧，趕到許州城住一夜。我還要快些回家，不然我的妻子孩兒一定要等急了！”陳伯煜說：“我也是要回家裏去度中秋。我倒沒有妻子，可我有一女兒，今年十三歲了，真是聰明伶俐。這次若不是我要看望一位老朋友，我也真不出這趟遠門。”張三又說：“快走！老哥你的馬在前，快走！”陳伯煜也催馬向前，不再說話。

　　可是他的寶劍雖利，但他那匹黑馬卻不快，又兼道路泥濘，十分難走，走了半天，大約才走出三十餘里。張三在馬上是時時向後張望，這時卻見身後遠遠地馳來了兩匹馬。張三大驚，催馬越過了陳伯煜，又急喊着說：“快走！”陳伯煜也回頭望了望，他反倒勒住了馬，從容地向張三微笑說：“不要怕！你的仇人若來到，由我的寶劍去擋。”

　　張三慌了，手中又沒有了寶刀，而從雨中追趕他來的馬，卻又正是魯蔭松和他那個幫手，魯蔭松並且離着很遠，就在馬上舉起了他那根有核桃粗的大鐵棍。張三催馬跑了一箭之遠，地下一滑，馬的前蹄一蜷，幾乎把他跌下來。

　　只見陳伯煜已抽劍在手，撥馬迎上了那兩個人。也不知他們說了幾句什麼話，就一同跳下馬來動手。魯蔭松的鐵棍向陳伯煜蓋頂砸下，陳伯煜卻不用劍去迎。他閃開了身，展開蒼龍騰雨劍，反向敵心去刺。魯蔭松急忙斜撤一步，用鐵棍去撞寶劍，陳伯煜卻又撤劍回來，一聳身到了魯蔭松的背後，掄劍直劈下來。魯蔭松急忙翻身橫棍去迎，只聽咚的一聲，連這邊的張三都聽得很真切，那根鐵棍就被劍削成兩截了。魯蔭松大驚，立刻後退了幾步，手中雖然仍提着半根鐵棍，但他不敢再交手了，他的那個幫手更是退到了遠處。

　　陳伯煜便微笑着向他們說了幾句話，然後就從容上馬，趕上了張三，擺手道：“不要怕了！把他們打回去了！”他看了看劍鋒，毫無損傷，遂就收入鞘內。張三這時嚇得那張青臉已成慘白，心說：好傢伙！核桃粗的鐵棍會能用寶劍削折，恐怕鐵柱子他也能夠給砍斷了吧？隨着陳伯煜向南又走了十餘里地，回首看那魯蔭松的兩匹馬已然沒有了蹤影，他才喘了喘氣，臉色也漸變過來，兩匹馬也走得緩了。

　　張三的兩隻眼貪婪、驚異地溜着陳伯煜鞍旁的那口寶劍，而陳伯煜卻斜臉對着張三說：“老弟，在河北我一看見你時，就覺得你神色慌張，我想一定是有仇人追下你來。我與你素不相識，本不能幫助你去得罪別人，可是在店房中我把你護身的兵器傷了，而且我見你是個誠實人，才願意隨行保護你。今天晚間我們到許州，明天我在城內找口好刀送給你，然後我陪同你走到西平縣，咱們再分手。你放心，有我跟隨你，不要說是魯蔭松，就是淮南的苗立九，他的武藝比魯蔭松高強，棍也粗重，那我也能從容對付。只是我勸你，以後不要再調戲良家婦女，因為那是江湖人最不名譽的事！”

　　張三被說得臉紅，他又囁嚅地辯解道：“那天我是酒喝醉了，不小心摸了那娘兒們的腳一下，誰知道她就是魯蔭松的婆娘呢！”陳伯煜見張三這傻樣子，他更覺得這個人誠實，遂不由笑了，就說：“這時咱們該快點走了！”於是他放馬在前，張三催馬緊緊跟隨，走了三十多里路，竟把張三的馬落後半里多遠。張三喘着氣，心裏發恨：好個陳伯煜！剛才你那馬原來是故意慢走，為的是使魯蔭松追上我，你好施展本領，賣弄寶劍，你真他娘的壞心眼，老子不領你的救助之情！

　　兩匹馬直走到薄暮的時候，雨還沒有住，已然來到許州了，在北門外找了一家店房住下。那店家與陳伯煜十分熟識，招呼着說：“陳大爺你老回來啦？你老是六月底由這裏走的，到現在有一個多月啦。這位貴姓？你兩位是住一處，還是分兩間屋呢？”陳伯煜就說：“找兩個單間吧！”店家就給他們找了兩個緊挨着的單間。

　　張三到了屋裏，他真疲乏了，就躺在床上喘了幾口氣，心說：這一天連氣帶驚嚇，再加上風吹雨打，真是人困馬乏了，天天的日子要是這樣過，非死不可！隔着一扇板牆就是陳伯煜住的屋子，燈光從板縫兒射到這屋裏，陳伯煜很高興地在那屋哼哼山西的梆子腔。張三忽然又爬了起來，隔着板縫兒去看，就見陳伯煜嘴裏哼哼着腔調，雙手卻托着那口蒼龍騰雨劍，就着燈光細細地審查，仿佛他還不放心，惟恐今天斬折鐵棍之時損傷了他的鋒刃。

　　張三一看見那口劍就連疲倦也忘了，恨不得隔着板壁就把它得到手中。他跳下床來，就走到陳伯煜的屋中。陳伯煜微微抬起頭來，問說：“老弟，今天你不覺着勞累嗎？”張三笑着說：“不累，不累，無論如何我也在江湖上瞎闖了十幾年，今天這一點路就至於累？”陳伯煜笑着說：“好精神！等些時我有個師侄來，我請你們喝酒。”他的目光仍然注視在劍鋒上。

　　張三也走過去，很關心地問說：“沒有撞壞嗎？”陳伯煜仰起頭來說：“哪能撞壞？不要說魯蔭松只拿着鐵棍來，就是他扛着鐵房梁來，我也要用此劍把它砍折！不信你看，哪裏有分毫的損壞？”張三接過寶劍來，手都顫抖了，他就近了燈，細細反復看這口劍，連劍身上所嵌的七顆金星，他全都拿大眼睛瞪了半天。他真祈望陳伯煜忽然一發慷慨，說聲：“送給你吧！作為賠償你那口寶刀。”可是陳伯煜卻趕忙地要了回去，並且又用一塊絨毛巾拭了拭劍，仿佛是怕沾了張三手上的臭汗。張三就眼巴巴地看着陳伯煜將劍收入了鐵匣。

陳伯煜將匣子放在床舖上，指了指凳子，說聲：“請坐。”遂又說：“蒼龍騰雨、白龍吟風這兩口劍全都在我的手中，因為那口白龍吟風的尺寸較短，分量略輕，所以我交給我女兒使用了。”

張三趕緊問說：“那口白龍劍比這口蒼龍劍怎樣？兩個要是撞在一起，哪口得受損傷？”

陳伯煜說：“一樣的，同爐同時鑄造出來的東西，當然是不分上下。只是顏色稍有不同，那大概是因為常用與不常用的原故。不過後來的人不單給它們分出來兄弟，還分出來凶吉。據言佩凶劍者招災，佩吉劍者納福。”

張三就問說：“那麼這蒼龍劍是屬凶還是屬吉呢？”陳伯煜卻笑着說：“這是口凶劍！”張三聽陳伯煜一說這口劍是凶物，他的心就忽然一動。陳伯煜又笑着說：“但我毫不介意，因為我以為凡劍就是凶物，哪裏還有吉之可言？我的兄弟就主張不叫我帶它，說是它能夠妨主，可是我只以一笑置之。兩口劍中我還最喜歡這口，因為它很合我的手，佩帶也有十幾年了，一點兒凶事也沒有遇見。”張三笑着說：“那是別人信口胡說，其實哪裏有那許多講究？我也不信那些話，我覺得越是凶劍才越能辟邪呢！”

陳伯煜高興地笑着說：“老弟你這話說得真對！在家時，晚間我把這口劍就放在枕邊，十幾年來連個賊也沒鬧過。老弟，你回北京時，可以路過新蔡縣到我家裏去住兩天，我把那口白龍吟風劍也拿出來叫你看看。我那女兒今年才十三歲，她就把那口劍使得飛熟，再過幾年就能與我打平手了。我今年已四十八歲了，過二年就是半百，闖了半世江湖，錢沒掙了多少，內人也早已亡故，只留下一個女兒。我的女兒跟我這兩口寶劍，就是我的三件至寶，只要這三件至寶永遠陪伴着我，我此生就滿足了！”說畢，他又微微感歎，說：“在這裏宿一晚，明天快些走吧！我那女兒一定在家等急了。”張三卻背着燈光，凝定着雙目，半天也沒有說話。

少時，窗外有腳步聲，進屋來一個少年人。他見了陳伯煜就深深打躬，叫了聲：“師叔！”陳伯煜點了點頭，遂又向張三引見道：“這是我師侄徐飛，這是我在路上結交的朋友，北京城有名的鏢頭寶刀張三。”張三一聽他提到了寶刀，自己就慚愧。徐飛向張三拱拱手，說聲：“久仰！”張三也拱手還禮，遂就說：“你們二位談吧，我回到那屋裏去。”

陳伯煜把他攔住，說：“我師侄他不是外人，我們兩人也沒有什麼話可談。你等着，我叫店家備酒，咱們三個人今晚要痛飲一番！”張三卻擺手說：“今天我不喝酒了！吃完了飯我就得睡，疲乏我倒不覺得，可是……我心裏有點兒不大舒服。”陳伯煜說：“咳！老弟你太心窄了，白天的事那算什麼？你放心吧，魯蔭松被我削折了他的鐵棍，他一定曉得我就是陳伯煜，他絕不敢再欺負陳伯煜的朋友，再說你們又沒有什麼解不開的冤仇。”張三仍然擺手說：“真不行！我現在頭暈。”陳伯煜就笑了笑，放張三走了。

　　張三回到自己屋內，店家已給他點上了燈，他卻真是心亂，一頭就躺在了床上，只聽那屋的陳伯煜對他師侄說：「這是個老實人，只是粗魯些。」張三又要扒着板縫向那屋裏去看，這時店夥就進到屋來，問他吃什麼飯。張三很不耐煩，就說：「隨便！隨便！吃什麼都行！」店夥又出屋去了，張三就坐在床上凝想，沉着他那張鐵青面皮。

　　少時店夥給他送來了飯菜，他一面吃着，一面還腦裏想事。想着想着他忽然一咬牙，立起身來，飯也不吃了，就喊來店夥把盤碗拿走。聽隔壁陳伯煜叔侄正在談話，張三就帶上錢，噗的一聲把燈吹滅，悄悄地走出屋去。

　　這時雨還落着，仿佛比白天的雨更大了。張三腳踏着泥濘，走到街上，就見舖戶多半已上了門板。他尋找了半天，才聽見一家舖戶裏有叮叮的打鐵之聲。那舖戶的雙門虛掩着，從裏面透出燈火的光亮，一閃一閃的，像是寶劍的光芒，張三就一推門走了進去。兩個鐵匠正在那裏做夜工，牆上掛着些鐮刀、鋤頭、鐵鍋等等，張三就面帶點笑意，問說：「有打得了的刀沒有？」

　　鐵匠停住錘子，仰着臉說：「幹什麼用的？」張三說：「宰豬用的。」鐵匠說：「宰豬的刀沒有，這裏倒有一把宰牛的刀，長一點。」張三說：「那也行！因為我家裏有一口豬等着宰，明天好請客，可是家裏的刀太鈍了。」鐵匠就取出那口牛刀給張三看。張三看了看，有一尺多長，刀尖上是鈎形的，倒還鋒利。一問價錢，只要兩吊錢，張三也不爭價錢，就買在手中，離了鐵舖，將刀藏在衣裏，就走回店中。

　　這時陳伯煜還同他那師侄徐飛談得正高興，張三一進屋就輕輕躺在床上，將刀掩在被底。他心中十分緊張、急躁，既盼着那徐飛快點走，陳伯煜也早一點睡，可是又盼着陳伯煜多喝些酒。等待了很長時間，街上已敲過了三更，隔壁屋裏的燈光還不滅，也不見那徐飛走，不過他們叔侄的談話是少了。

　　快到四更的時候，那屋中才關門熄燈，鼾聲也相繼而起，張三曉得，那徐飛是宿在他師叔這裏了，心裏就不禁一陣懊惱。他慢慢起來，將屋門輕輕關好，仍然手握牛刀躺在床上。想了半天，他忽然又一灰心，暗道：這事做不得！陳伯煜雖然斬斷了我的寶刀，在路上他又故意慢走，讓魯蔭松趕上我，他好施展本領逞弄寶劍，可是一個新朋友，他的名頭又比我大，竟能跟我稱兄喚弟，這也總算是看得起我，我不應當為奪那口寶劍就害他的性命。再說他也不是傻子，睡覺他未必不防備，倘或我殺不成他，再叫他殺了我，那可真冤；假定我把他殺死了，他的師侄、女兒也必不能饒我，早晚也得找我去復仇，我的鏢行飯碗也就砸啦，合不着！這個念頭打消了吧！於是他的頭腦也覺着清爽了，對於剛才所起的那種惡念倒頗為後悔。

　　他長長地呼了一口氣，刀也推在了枕旁，將要迷迷糊糊地睡去，這時忽聽鄰屋吧的一聲響，聲音很是沉重，把張三嚇了一跳。他趕緊睜大了眼睛，側耳去聽，就聽從那屋中傳來陳伯煜的一陣笑聲。陳伯煜笑過之後，就問說：「拾起來了沒有？」他的師侄徐飛就說：「拾起來了，放在桌上吧。師叔，你老人家何必在睡覺時永遠把劍放在身畔呢？」陳伯煜說：「五六年了，在家時我也是如此。自你嬸母去世後，這口劍就永遠陪伴我，日夜不離身。」說着他又歎息了一聲，叔侄二人又談起話來。

　　這屋裏的張三才曉得，剛才是那口寶劍掉在地下了。他知道寶劍現在是放在桌上，而那張桌子與自己這張床只隔着一層板壁，不由貪心又起，真想用自己這口牛刀將板壁剜個洞，就把寶劍偷過來，然後趁着黑夜悄悄騎馬逃走。可是那屋中的叔侄卻不再睡了，談起話來沒有完，張三也神經受了刺激，他也睡不着了。

　　一霎時窗上就發了白，可是天雖亮了，雨還沒住。張三披衣出屋去看，見細雨霏霏，比昨天落得略小一點，各屋中的客人還都在酣睡未起，陳伯煜的屋門卻開了。張三趕緊回到屋內，將牛刀藏在棉被內，卷好捆上。待了一會兒，陳伯煜就披着小夾襖進到這屋中，問說：“老弟，今天你想走不想走？雨可還沒住。你若不急着回家，可以在此多歇一天，下午我那師侄給你送一口刀來，明天你再走。店飯錢你全不用給，我已叫他們寫上帳了。我可得趕緊回去，昨天夜裏我做了一個夢，夢見了我女兒，想必是她也正在家裏夢着我。”

　　張三說：“咱們哥兒倆還是一路走吧！我也是急着要回家。刀現在不必要，與你老哥同行，我怕什麼？走在山裏遇見老虎我都不用跑。到西平縣咱們分手，我在那裏有朋友，我跟他們借一口刀帶着回家好了。”陳伯煜笑着說：“好好，老弟你快收拾着，咱們這就走，走到馬駒鎮再用早飯。”說畢他轉身出了屋，這裏張三反倒站着發了一會怔。

　　少時，店家已將兩匹馬備好，張三出屋，將行李捲捆在馬後，陳伯煜也攜劍走出屋來。店夥替二人將馬牽出門外，徐飛也送出門來，與他師叔及張三珍重道別，陳伯煜就上了馬在前去走。張三騎着黃馬在後，兩眼還不住盯着前面鞍旁的那口寶劍。

　　兩匹馬離了許州，順着行人稀稀的大道一直往南。約走了三十多里，不料雨更大了，陳伯煜披着的油布衣裳直往下流水，張三的渾身簡直同水雞一樣。又往下走，行了百餘里，也不知到了什麼時候，他們二人也全都沒有用早飯，因為四周圍雨氣彌漫，天地混沌，就像是一汪融化了的鉛液。雨水將道路全都淹沒了，看不出哪裏是村舍市鎮。張三被雨水淹得兩眼都睜不開，嘴裏吁吁地喘氣。陳伯煜這才收住了馬，笑着說了幾句話，因為雨聲太大了，將他的話語掩住，張三沒有聽清。陳伯煜又將馬趨近，大聲說：“不能再往下走了，找個地方歇下吧！”張三便點了點頭。

　　陳伯煜遂在馬上向四下辨了辨方向，他就帶着張三，兩匹馬緩緩地趟着泥水去走。又走了約五六里，果然走進了一處小村鎮，這裏只有十幾家舖戶，問了兩處店房，客人都住滿了，並沒有閑地方。後來有個人說：“在東邊孟家酒店的後院有兩間房，他們也招客人住，只是沒有地方拴馬。”陳伯煜同着張三到那酒店裏一詢問，酒店掌櫃說：“你們要是昨天來還沒有地方住，今天早晨走了一個客人，才騰出一間房子。那客人我勸他別走，他偏要走，非得在半路上被雨澆死不可！”

　　張三說：“我們這兩匹馬怎麼辦呢？”酒店掌櫃說：“不要緊，我可以牽到西邊毛家店裏去，明天你二位幾時走，我幾時再給牽來，絕沒舛錯，我這店開了有三輩子啦！”張三還有些猶豫，陳伯煜說：“讓他們牽了去吧，丟失不了！”張三便把馬後的行李捲解下，陳伯煜也早摘下了寶劍，酒店掌櫃叫出來一個小夥計將兩匹馬牽走，他就領着兩個客人進了店中，轉到後院。

　　這後院十分狹窄，而且骯髒，二人被讓進一間小屋中。這屋子黑得就像個地洞，只有一張破板榻，連個桌凳也沒有。陳伯煜把寶劍扔在榻上，笑向張三說：「這真是忙中反遲，今天我本想趁着雨微些，多走些路，快點兒回家，誰想到雨竟下得這麼大！什麼時候了？」他問那掌櫃的。掌櫃的說：「大約天快黑了。」陳伯煜笑着說：「胡說，哪裏有那麼晚？我們到這時還沒用早飯，你們這裏都有什麼吃的？」掌櫃的回答道：「煮麵條、驢肉，燒黃二酒。」陳伯煜笑着說：「好，你就給我們都來些，酒可多要，因為天氣冷！」掌櫃的答應一聲，就出屋去了。

　　張三脫去了身上的濕衣襪，把褲子脫下來擰了擰水，又穿上，陳伯煜就問說：「你不覺得冷嗎？我也沒帶着多餘的衣裳，你把我這件油布衣裳披上吧！」張三遂取來陳伯煜才脫下的雨衣穿上了。他坐在榻邊，身旁就是那口寶劍，他的心裏不由又一動。陳伯煜也坐到榻上，少時那掌櫃的就把燒酒和驢肉全都送來了。陳伯煜就向張三說：「來！老弟，咱們先喝着！你發怔作什麼？這雨絕不能下到中秋節！」張三也笑了笑，於是二人就飲酒吃肉，談着閒話。少時湯麵也煮好送來，二人吃完了麵依然飲酒，並且談的話也越多。

　　今天陳伯煜是更加高興，他大杯地飲酒，肆口地談話。而張三卻擎過杯來，只用酒沾沾嘴唇，口雖張開得很大，但酒卻沒飲多少。漸漸陳伯煜的臉紅了，舌頭仿佛也短了，張三又給他滿滿地斟了一杯，陳伯煜卻擺手說：「不行了！我不能再喝，我要睡了！」

　　少時，陳伯煜就斜臥在床上，微閉着眼睛，又咧着嘴向張三笑着說：「我真不能再喝了，老弟你一個人飲吧！」張三也笑了笑，仍然假作飲酒，其實他的心中卻十分地緊張。蒼龍騰雨劍刻下就在他的身畔，他很可以抽出來，一劍將陳伯煜殺死，然後他夾起行李，找着馬匹去走開。可是他不敢，他不曉得陳伯煜此時是真醉還是假醉，所以他的手仍然不敢摸一摸那口寶劍。

　　靜坐了多時，陳伯煜果然閉着眼睛，呼嚕呼嚕地睡着了。張三就大着膽，眼睛瞧着陳伯煜，手下慢慢地移動，向那口劍去挨近。挨着了，他就手握住那冷涼挺硬的劍鞘，突地站起身來。回頭看了看，陳伯煜還沒有醒，張三就輕輕將自己那捲舖蓋拉過來，同時心裏想：我是要他的性命還是不要呢？他若不死，醒來一定要去追我，我手中雖有寶劍，但也未必能敵得過他。在這一剎那間，張三就發了狠心，鏘的一聲將寶劍抽出，猛向陳伯煜的身上剁去。他只覺眼前紅光一迸，一聲慘叫，陳伯煜跳起來要撲他，嚇得他什麼也不顧，闖出屋去就跑。

　　他還沒跑出酒店，就咚地與一個人撞了個滿懷，那人叫了一聲，他也幾乎倒下。他也沒看清楚那人是誰，出了酒店撒腿就跑，也不知什麼方向，更不顧得頭上的雨和腳下的泥水。

　　跑了半天，也不曉得跑出有多遠，他的氣就接不上了。見四下無人，他就立定了身，吁吁地喘氣。這時他才知道，現在自己除了手中拿着一口沒有鞘的寶劍，身上披着一件油布衣裳，穿着一條濕褲子之外，什麼也沒有了，連鞋都跑丟了。他心說：這不行！我闖了多年江湖，手下也不是沒傷過人，怎麼這回的事幹得這樣洩氣？沒有馬匹、銀子、行李，我還怎麼回家？於是他就想再轉身回去，把那些東西奪來，可是又怕陳伯煜還沒有死，心想：那傢伙倘若忍着傷痛與我交起手來，我恐怕還不是他的對手。再說這時，那鎮上的人還不正在拿兇手嗎？

　　他終於沒膽子回去，只好冒着雨，趟着水，挾着他那口寶劍，就像個咬了人一口，又落在河裏一次的癩狗似的，低着頭往前去走。他隨走着，隨時常回頭，心裏就說：走吧！反正這樣走我也能走到家。手裏有這一口削銅剁鐵的寶劍，我還怕什麼？以後練練劍法，再走江湖，那時我寶刀張三就成了寶劍張三了！不，我不能任人叫我張三，須要稱呼我的大號：寶劍張雁峰！這時他雖然被雨淋着，可是心中非常痛快，又想今天在這荒村小鎮上殺死陳伯煜，恐怕誰也不能知道是我張三所為，因此更是放心。

　　慢慢地往下又走了有七八里，就聽身後有一陣馬蹄踏在泥水中的急遽之聲，張三趕緊回頭去看，就不禁驚叫了一聲：「哎呀！」原來從後面追趕下來一匹白馬，馬上正是陳伯煜的師侄徐飛。張三要逃已來不及，他只好鼓起勇氣一掄寶劍，站在了道旁。

　　徐飛未容來到臨近便已掣刀在手，他怒喝道：「張三！你這忘恩負義的東西！我師叔救了你的性命，你反倒害他的性命！」他隨說隨來到，嗖的一聲由馬上跳下，掄刀就砍。張三瞪着兩隻兇眼，疾忙用劍相迎。徐飛卻又抽回刀去，向左一跳，掄刀橫掃張三的腰際。張三卻慌亂了，他本來不會使劍，就胡掄了起來，一面又向後退步，徐飛卻挺刀緊緊逼來。

　　張三喊了聲：「小子你也想死嗎？」說時就覺得右手腕一疼，寶劍幾乎墮地。他趕緊抹頭就跑，徐飛掄刀從後追來。張三一慌，他幾乎跌倒在地，當時又一咬牙，索性回身亂掄寶劍，跟徐飛拚起命來。

　　徐飛的武藝雖高，可是須要顧忌張三手中的那口寶劍，所以他的刀法總是難以展開。交手約十餘回合，兩件兵刃到底是相撞在一起了，只聽嗆啷一聲，徐飛手中的單刀便被寶劍所削折。他還設法閃身轉步，要憑那半截單刀去奪張三手中的寶劍，可是張三這時的威風大振，他將那口劍就當作刀使用着，直砍斜劈；他反逼住了徐飛，兇狠狠地也要傷徐飛的性命，並且要奪那匹馬。徐飛不敢再戰，就趕緊過去先搶了自己的馬匹，張三從後一劍劈來，但徐飛早已上馬跑了。張三還在後面緊追，並大罵着：「小子，你跑了就算英雄嗎？」徐飛勒住馬，回頭冷笑着說：「好張三！你以為你就白傷了我師叔嗎？咱們十天之後再算帳！」說畢催着馬走回去了。

　　張三還追着大罵，並要追到鎮上，憑着這口寶劍去胡殺一氣，可是他跑不動了，兩隻腳生痛，他就喘着氣，忿忿地說：「饒了你們，看你們以後能把我張三太爺怎樣？」他回身去走，挾着寶劍，心裏卻非常得意，因為這一戰，他就增漲了百倍勇氣，以為自己是天下無敵的英雄。這時，秋雨瀟瀟，暮色已遮住了大地，並籠住了那座小鎮，張三就像一隻惡虎似的走遠了。

　　徐飛趕回小鎮的酒店之中，就見本地的官人已來到，並有許多好事的人都不顧雨淋，擠到這小院裏來爭着看，而陳伯煜在屋中的呻吟之聲極慘。徐飛叫眾人讓開路，他擠進店內，由官人執燈去照，就見血色滿床。陳伯煜的傷在腰際，情形非常淒慘。徐飛不禁墮下淚來，說：「師叔，兇手張三已然逃跑了，但我一定要為師叔報仇！昨天在許州我就看出張三不像好人，但因師叔不住說他誠實慷慨，我也就沒敢說什麼。今天有朋友告訴我，說寶刀張三在京城就名聲很壞，我不放心，趕緊就追下來，想不到我來晚了，師叔竟遭此奇禍！」

陳伯煜呻吟了半天，才說出幾句話來，他說：「怪我大意！我沒想到竟有人敢暗算我……張三，好一個兇狠無良心的人！」又說：「仇不必報，但劍必須追回……快些把我女兒找來！」這位名震一世的拳師，至此時竟淚如雨下。

徐飛緊皺着雙眉，垂淚答應，轉身就要走。那官人卻把他攔住，悄聲告訴他說：「你可走不得！天黑了，下着雨，你找他女兒也不能當天就找來，可是你師叔這傷，恐怕熬不過今夜，你走了，連個苦主我們都找不着。」徐飛急得搖頭歎氣，又問：「這裏能找得出刀創藥嗎？」官人指着擠在門前的一個看熱鬧的人，說：「這就是藥舖掌櫃的，本鎮只有他一家藥舖。」徐飛過去問那人，那藥舖掌櫃的卻說：「沒有刀創藥，倒有拔毒膏。」官人說：「拔毒膏哪兒成？」

徐飛真覺得束手無策，瞪着兩隻淚眼看着他師叔，只見他師叔的喘息漸微。他驚慌着趕緊走過去，就見他師叔陳伯煜忽然瞪起眼睛來，說：「好張三！早晚我女兒也得替我報仇！」他兩隻眼瞪了半天，忽然又一皺眉，呻吟了一下，可沒有呻出聲來，他的身子一陣抖動，待一會，便僵臥着死了。

徐飛緊緊握着他師叔的手，淚如泉湧，漸漸覺着他師叔的手冰涼了，他就哭喊着：「師叔……」悲痛得幾乎昏暈過去。

這一幕淒慘景象，把那些看熱鬧的人也逼得都低頭走出。官人就對徐飛說：「你哭也不濟事了，我去呈報縣衙，明天就來驗屍，你就預備着棺材吧！」徐飛點頭答應，官人也走了。徐飛就在這裏守屍，一夜之間他泣涕交流，並未睡眠。

到次日，雨還沒住，衙門裏的人前來驗屍，並傳徐飛到縣裏去了一趟，問了些話。徐飛從縣裏回來，就托本鎮上的人買來一口薄材，將鐵掌陳伯煜殮好，並雇了一輛大車。當日因為下雨，道上的水深，車馬都不能走，又在此滯留了一日。次日雨住了，大車才載着陳伯煜的靈柩，由徐飛護送往南去走。

這小鎮名叫米家集，屬於商水縣，再行百餘里才能到陳伯煜的故鄉。一車一馬，統共才兩個車夫，一個徐飛，再有的就是長眠在棺中的陳伯煜了。宿雨雖止，陰霾未開，秋風卻更加緊，滿路是沒脛的泥水，十分難行。在此淒涼的景況之下，艱難地趲了兩天半，方才來到新蔡地面，便往陳伯煜住的那錦林村去走。

徐飛此時心中更加悲痛，眼淚都滴在了馬背上。他心想：見了他家裏的人我可怎麼說呢？抬首去望，就見對面一片果樹林，隱在煙霧裏，徐飛就向那兩個車夫說：「前面就是！」車夫也都抬頭去看，卻見這時由那林中馳來了一匹白馬，越走越近，看得出來，馬上原是個十三四歲的女子。

第二回　　心摧肝碎錦村舉哀　　力盡聲嘶俠女遭難

　　徐飛仔細一看，來的這騎馬的女子正是陳伯煜的女兒陳秀俠。這位姑娘生得真是秀若春山，麗如芳樹，年紀雖不大，但體格生得很是勻停，頭上梳着兩條油亮的長辮垂在兩肩之前，俊俏的鵝蛋圓的臉兒上微微施了一些脂粉，兩顆水靈靈的眼睛就似那秋空上的星星一般。她身穿一件藍綢襖，水綠的綢褲、青繡鞋，騎在錦鞍繡韂的馬上，手搖着紅絲的鞭子。她的騎術很好，嘚嘚地就順着大道馳來。

　　這裏徐飛窘得若有個地縫兒他都要鑽進去！他不敢哭，又不敢假笑，心裏卻難受得像刀割一般。此時秀俠姑娘就似一隻彩鳳，倏忽之間來到，她清細的聲音高聲問道：“你們是做什麼的？”忽然她看出是徐飛，就笑着說：“啊呀！是徐師哥，你怎麼來啦？你……”她的眼睛觸到那口黑漆的棺材上，她突然吃了一驚，神色也變了，就急用鞭子指着問說：“這裏是誰？”

　　徐飛瞪着目，眼中就滾下來淚水，說：“這是，這是……”秀俠瞪圓了眼睛，大聲問說：“快說是誰？”徐飛淒然地說：“是我……咳！我師叔被惡人張三給殺死了！”說着他就在馬上放聲大哭起來。秀俠臉色煞白，渾身顫抖，但卻沒流眼淚。她嗖地跳下馬來，跺跺腳說：“我不信！打開棺材給我看，你們別騙我！”兩個車夫也都呆了，秀俠卻揮鞭去抽打車夫，悲痛焦急地說：“快把棺材打開！”

　　徐飛下了馬攔住姑娘，說：“姑娘不要看了，看了徒然傷心。我們設法殺死張三，給他老人家報仇就是了！”秀俠揮鞭又打徐飛，跺腳說：“我不信！我不信我爸爸會被人害死！我一定要看，你們別騙我！”徐飛無法，只得叫兩個車夫把車上的繩子解開，微微啟開棺蓋。秀俠向棺裏一看，立時她面色慘變，哎喲一聲就向後暈倒。徐飛趕緊把她托住，一面努嘴叫車夫跑往錦林村中去送信。

　　秀俠姑娘這口氣憋了足有一刻鐘，她才緩了過來，就一頭趴伏在棺材上，用手捶着棺材，用腳跺着車轅，哭喊着：“爸爸呀……”徐飛這時也不顧得勸慰姑娘了，他也口裏叫着師叔，放聲大哭起來。

　　那遣走了的車夫已到錦林村中去送了信，陳伯煜的胞弟陳仲炎，就急忙帶領着幾個村人趕來。他先把秀俠拉開，然後自己掀起棺蓋來向裏看了看，他的臉上就呈現出一種難以形容的悲慘，他瞪大了眼睛，高聲問說：“被什麼人殺的？那人跑往哪裏去了？”徐飛流着淚嚅嚅地說：“兇手是寶刀張三，北京城的鏢頭，信陽州的人。在商水縣米家集，他殺死了我師叔，就……奪了蒼龍騰雨劍跑了！”說畢，放聲嚎啕。

這時秀俠姑娘一手揪住她叔父的胳膊，哭得也心腸俱裂。陳仲炎卻把他的侄女一推，瞪着眼睛說：“哭什麼！找着那張三報仇！”旁邊有村裏的叔叔伯伯們也都上前去勸秀俠。當下陳仲炎略微拭了拭眼淚，他就指揮着眾人，將棺材抬到村裏。

陳家在這錦林村雖不算首戶，但也殷實。家中有一頃來地，雇有幾個長工。只是陳家的人口很少，老弟兄只是二人。陳伯煜的夫婦現俱已亡故，只留下那秀俠姑娘。陳仲炎倒是妻室尚在，生有二子一女，最長的兒子年已十六歲，名叫陳正仁；其次是女兒，名叫秀英，比秀俠小兩歲，今年十一；第三個男孩，乳名叫大蔭，才不過兩歲。

此時，棺材一抬進到家來，家中老小全都痛哭起來，親友們、鄰居們，也都趕來探喪。其中有一個鄰人名叫楊大壯，是陳伯煜的徒弟。他哭完了師父之後，就一手扭住了徐飛要打，並罵着說：“你這小子！你既在許州跟我師父的店裏住了一夜，難道你就瞧不出來寶刀張三那小子，是沒安着好心？你就叫我師父上這個大當？”說時他揮起拳來，卻被旁邊的人把他攔住。

徐飛就哭着辯解說：“楊大哥，你要打我，我都甘心受着，可是你別說我願意叫那張三害死師叔。在許州城我們是跟張三分屋住着，師叔他直說張三是個誠實漢子，我還能夠說什麼？再說，我又聽說師叔救過張三的性命，而且那時張三的手裏又沒有兵器……”

楊大壯一聽這話，他更是氣，說：“你剛才說米家集的官人在張三的行李裏搜出一把尖刀來，現在怎麼又說是沒有兵器？”徐飛說：“那是一把宰牛的刀，張三他藏在行李捲裏，我怎能看得見？”楊大壯瞪着兩隻兇彪彪的大眼睛，緊握着兩隻鐵錘子似的拳頭，咬着牙說：“乾脆，我師父要不是因為你這飯桶，他絕死不了！”說着撲過去，咚咚給了徐飛兩拳。

徐飛並不還手，只是爭辯着，說：“後來我聽人說張三不是好人，我也趕緊追下去。可是因為路上下着大雨，我好容易才找到米家集，到了那裏，事情就出來了。我趕緊去追張三，但敵不過，他手中有那口蒼龍騰雨劍！”

楊大壯更是生氣，說：“不用說了，你跟張三一定勾通着，你們貪圖的就是我師父的那口寶劍！”徐飛聽他這樣誣賴，不由就急了，遂也回拳相打。這兩人竟不管棺材，不管死人，也不管怎樣辦喪事了，就在當院相扭着拚打起來。親友和鄰人們勸也勸不開，楊大壯的母親在旁急得喊叫道：“大壯！你是瘋了？”

陳仲炎便挺身過去，一手將徐飛拉開，又一拳將楊大壯打倒，怒聲罵道：“你們自相爭鬥算什麼好漢？有本事的到趟信陽州，把張三的頭割來給你們的師父、師叔祭靈，那才叫作英雄！”

此時徐飛的衣裳都撕破了，胳臂也出了血；楊大壯由地下爬起來時，也已然鼻青臉腫；但兩人還都喘着氣，瞪着眼，仿佛還要拚打一陣似的。陳仲炎就想把楊大壯調開，說：“你趕快到城裏去一趟，給福山鏢店、銀槍李家、泰順誠櫃上，都去送個信兒，快去快回來！見了他們你可不准胡說！”楊大壯嗯了一聲答應着，他又怒視了徐飛一眼，就氣哼哼地走了。

　　這楊大壯今年才十九歲，他從陳伯煜學藝不過二載，還沒有出師。陳伯煜生平以教拳為生，所收的徒弟不少，但多半是些財主人家的少爺和鏢店的小掌櫃。他生前也到北京去過，還教過公侯，但那些人全都不用心學，他也不認真教。算來他生平的得意弟子只有五人：第一是淮南有名的好漢，現在鳳陽城開鏢局的金眼豹蕭淵；第二是在歸德府護院的野牛高進；第三是在京西良鄉做班頭，名叫趙鳳翔；第四是現在陳州開鏢店的擊山手侯文俊；第五就是楊大壯了，可惜楊大壯藝未學成，他師父就死了。

　　楊大壯真是傷心，同時又憤恨徐飛的無能，耽誤了他師父的性命。他一路上流着淚，跺着腳，就到了新蔡縣城裏。這縣城裏有陳伯煜生前的幾位好友：福山鏢店的鏢頭唐如彪、唐如燕，銀槍李家的李玉雄，泰順誠匯兌局的姜掌櫃。楊大壯都去給送了信。那些朋友乍聽到陳伯煜的死耗，都如在晴空中響了個霹靂，就都趕往錦林村弔祭去了。

　　楊大壯把事情辦完，也懶得回家，因為他看着師父的棺材傷心，並且看見徐飛又生氣。他晃晃蕩蕩地在街上走着，才走了一會，就見迎面跑過來一個人，驚慌地喊着說：“楊大壯！是你師父叫寶刀張三給害死了嗎？”

　　楊大壯吃了一驚，抬頭一看，原來是常往信陽州汝南府趕車的毛二。楊大壯就瞪眼說：“你這小子嚷嚷什麼？誰告訴你我師父叫寶刀張三給害死了？”毛二說：“我聽福山鏢店裏的人說的，剛才你不是報喪去了嗎？我告訴你，你要想報仇可容易，我常走信陽州，我認得寶刀張三！”楊大壯說：“好！你認得寶刀張三，走！跟我回錦林村，見陳二爺去！”說時他一伸手將毛二抓住。毛二聽得要跑，連忙說：“我雖認得寶刀張三，可是我跟他沒有交情，你拉我見陳二爺幹嗎？”楊大壯說：“我不能夠打你，就是叫你去見陳二爺，你把張三的住處告訴他，我們好商量辦法報仇！”

　　毛二卻擺手道：“我不敢去見陳二爺！陳二爺的脾氣厲害，一瞧見他我就害怕。上次陳二奶奶回娘家雇我的車，車錢兩吊五百文，陳二爺忘了給，我也不敢去要。現在他哥哥被張三害死了，他不定有多麼急了，我可不敢去見他。我可以把張三的住處告訴你，來！咱們進到酒館裏再說！”於是兩人進到旁邊一家酒肆中，要了一壺酒兩人飲着。

　　因為酒肆裏的人很多，毛二就湊近了楊大壯，低聲對他說：“我十幾歲時，就跟着我爹常趕着車到信陽州，那時張三才二十來歲，在信陽州龐家鏢店當小夥計，我就認得他。那小子長得忠厚，其實心裏可真是奸詐。他是信陽州大刀劉成的徒弟，劉成是有名的老英雄，可是他的本領卻不見得怎樣高。他的老婆叫焦三娘，是鏢頭焦四的妹子，吊眼梢、重眉毛、大奶子，人極潑辣，跟了張三有二十多年了，什麼也沒生過，抱養了個孩子，今年大概也有十幾歲啦。張三到京裏保鏢是他師父給薦的，那小子在京裏十多年，每隔兩年回一趟家，回來就帶些銀子，也不知他是保鏢掙的，還是當強盜搶來的。這些年來家裏也置了幾十畝田地，是個小財主啦！”

　　楊大壯拍着桌子說：“你先別說這些不要緊的話！快告訴我張三他的家住在什麼地方？他現在回去了沒有？”

　　毛二說：“有十天啦，我都沒到信陽州，他回去沒回去我也不知道。不過張三的家可很好找，就在信陽州城南十二里，那裏有高楊樹，地名兒也就叫高楊樹。他家是個小院落，黃土院牆，家裏養着兩條狗，一條黑的，一條黃的。」

楊大壯喝了一大口酒，扔下幾個錢，就站起身來，說：「好，我走了！」毛二追出酒肆去，問楊大壯說：「怎麼，你這就要找張三給你師父報仇去嗎？你一個人去可不行，張三在那裏有幾個把兄弟，鐵頭余五、火眼龐二、花胸脯鮑小三，那都是信陽州有名的地痞，龐家鏢店的鏢頭！」楊大壯把胳臂一掄，說：「誰管他！」說畢急忙走去。

他出了縣城，趕緊趕回錦林村。到陳家一看，靈柩已然停放好了，棺材前有一張供桌，上面擺着香爐燭台；前面一隻鐵盆，燒着紙，起着熊熊的火光。陳秀俠姑娘已換上了白繩的辮根，因為孝衣還沒趕做得，只換了一身青布的衣褲，腳下的繡鞋可已用白布蒙上了。在棺材旁放着一個棉墊子，秀俠姑娘就跪在那墊子上。她低垂着首，哽咽着，眼淚直往下流，衣襟都濕了一大片。陳二爺仲炎是正在另一間屋裏，與幾位前來弔祭的貴客敘述他胞兄被害之事。徐飛是正在指使着幾個人，用竹竿蘆席給這院中支搭一座喪棚。

楊大壯就低着頭，一直走到秀俠姑娘的近前，壓着他那大嗓音，悄聲說：「喂！姑娘，哭會子又有什麼用？人還能夠又活了？想法子咱們給他老人家報仇，找張三那小子去！信陽州離着這兒不遠，一兩天就到。不到五天咱們就回來了，帶着張三的狗腦袋，放在這桌子上，咱們給他老人家上祭，然後人命官司由我打！我為給我師父報仇，就是給張三抵命，我也心甘情願！」

秀俠姑娘抬起頭來，哭着說：「我也恨不得立刻就找張三，去給我爸爸報仇。可是我叔父剛才又對我說，現在他已派人到陳州，給我師兄侯文俊去送信了，須要等他來到，叫他給我們看家，我叔父才能帶我報仇去！」

楊大壯撇嘴冷笑，說：「那可就晚了！由陳州到咱們這兒，來去總得兩天；再說侯文俊這兩年交了許多朋友，整年的東走西逛，他還未必在家。若等他來到，恐怕寶刀張三早就跑遠了。他跑到旁處一改名換姓，咱們還到哪兒找他去？別說我師父的大仇難報，就是那口蒼龍騰雨劍，也是沒法找回來了！」

秀俠姑娘立時站起身來，大聲說：「那麼依你怎樣？咱們現在就去！」楊大壯趕緊擺手，悄聲說：「姑娘你別聲張！聲張起來二叔一定要攔擋咱們。依着我就是現在就走。我先把你的馬偷偷牽出去，你趕緊去帶上點兒錢，帶上白龍吟風劍，隨後咱們在村外土地廟見面，當時就奔信陽！」秀俠姑娘決然說：「好！你就先把馬拉走吧，在那兒等着我，我一會兒就來！」

楊大壯點頭，說：「好！姑娘你可快着些！」於是他興奮着轉身出門，就從門外一棵桃樹上解下秀俠姑娘的那匹馬，又解下了一匹也不知是哪位騎來的黑炭似的名駒。

旁邊有個看守馬匹的孩子，跑過來說：「大壯！你別動人家的馬！這黑馬是城裏銀槍李大爺騎來的！」楊大壯說：「我到村外騎着玩一會就回來。」那孩子說：「你為什麼要牽走兩匹馬呢？難道你有四條腿？」楊大壯說：「混蛋！我為是騎完了這匹馬再騎那匹，倒比比哪匹馬好。」看馬的孩子笑了笑，楊大壯就牽着兩匹馬走了。

他走到家門前，匆忙地進去取了自己的寶劍，然後就出了村。他騎着一匹拉着一匹，直奔那座破爛的土地廟。他連馬都不下，就站在那裏等候了一會兒，只見陳秀俠姑娘挾着她那白龍吟風劍，飛也似的跑來。楊大壯趕緊迎過去，秀俠就飛身上馬，大壯遞給她一杆皮鞭。她就將寶劍掛在鞍旁，一手執韁，一手揮鞭，說道：「快走！我叔父待會兒就許趕來，他一定得把咱們揪回去！」於是兩匹馬一溜煙似的直往西南走去，地下雨後的泥水都飛濺了起來。

大約走出有五六十里路，秀俠姑娘才收住韁，在後面喘着氣說：「慢點兒走吧！哎喲，慢點兒走吧！」楊大壯回頭看了看，見後面沒有人馬追來，他就說：「不要緊了，二叔他就是察覺你跑出來了，也一定猜得到你是找寶刀張三報仇去了！他也一定佩服咱們，不能追咱們回去。姑娘，咱們慢慢地走也行，反正明天准能到信陽州，憑着你那口白龍吟風劍，跟我這件兵刃，准能把我師父的大仇報了！」

秀俠姑娘拿手絹擦擦眼淚，又擦擦從鬢邊流下來的汗，依然喘着說：「大壯，這條路你熟嗎？你不能走錯了呀？」楊大壯怔了一怔，看看方向，就說：「反正我認得路，我跟咱們村裏的孟老頭兒到信陽賣過棗子，絕不會走錯，頂多了繞一點兒遠。」秀俠說：「咱們還是快走吧！別耽誤！」於是楊大壯在前，秀俠在後，兩匹馬又嘚嘚地前行。

又走下三四十里，就見前面有一處村鎮。楊大壯高興地說：「我認得啦！前面就是高橋鎮，那地方有個范猴子，他是江湖上有名的人，以開店為生。」秀俠姑娘說：「難道咱們這就找店房住下嗎？」

楊大壯搖頭說：「不，不，天色還早！你別看天都快黑了，這是因為陰天，我不過是說我在那鎮上認識個人。開店的范猴子早先是個賊，姑娘你忘了吧？前五六年，你那時大約才七八歲，有個賊到你們家裏去偷雞，叫陳二叔給捉住了，捆上打了好幾十鞭子，幾乎給打死。范猴子那時窮得很，現在他可闊了，開了一個范家老店，買賣很是發達。他也交了不少朋友，都是江湖有名人物。無論遠近，提說起范猴子來，也沒有一個人不知道了。」秀俠本來不記得有什麼范猴子這個人，所以由他說，自己並不怎樣去聽，只是策着馬走。

楊大壯又說：「要說起來陳二叔才是心狠，我師父倒是個忠厚人。那回范猴子偷雞，我師父沒在家，他老人家若在家，也就把范猴子放了。咳！我想我師父那麼忠厚的人，武藝又那麼好，手中又永遠帶着那口蒼龍騰雨劍，他老人家怎會叫人給害死了呢？我真疑心這不是真事！」秀俠姑娘聽了又在馬上啜泣起來，楊大壯就又怒罵徐飛。

往前又走了五六里，就來到了那高橋鎮，只見鎮市並不大，舖戶稀稀，往來的人也很少。可是兩匹馬尚未走出這條街，就聽旁邊有人叫說：「這不是楊大壯嗎？」楊大壯在馬上扭頭一看，就用鞭子指着說：「你這賊猴子！」秀俠也扭頭去看，就見在一家店房前，站着一個身穿土色褲褂的瘦小的人。那人向楊大壯微笑着，並直用眼盯着自己。隨後，那店房裏又鑽出來幾個人，個個是一臉橫肉，有的穿着短衣，有的赤着背，全都用一種狼似的目光盯着馬上攜劍的小姑娘。秀俠覺得這幾個人很討厭，就向楊大壯說：「快走！」楊大壯又向那范猴子開了兩句玩笑，他就帶着秀俠，雙馬走出了這座鎮市。

順着大路向西南又行了二十餘里，此時暮色漸濃，涼風愈緊，前後簡直連一個人也看不見。秀俠已覺得十分疲乏，剛說：“大壯，咱們是要走一夜嗎？”忽聽身後像敲鼓似的，一陣馬蹄之聲追來。身後的馬蹄聲越來越近，秀俠就驚訝着把馬收住，問楊大壯說：“是有人追下我們來了吧？別是我叔父他們吧？”楊大壯也勒住韁繩回頭去看，發着怔說：“不能呀！咱們已然走出來這麼遠了。”此時後面的馬匹就追到了，蹄聲雜亂，震耳地響，楊大壯就高聲向後面喊問道：“喂！你們是幹什麼的？哪兒來的？”

那邊的馬到了臨近，就點起來兩隻馬燈，向這邊照着看。秀俠跟大壯也借着燈光把那邊看得很清楚，他們一共是五匹馬，馬上幾個兇眉惡眼的漢子，原來正是剛才在高橋鎮看見的那幾個人。楊大壯一看情形不好，他就趕緊抱拳說：“諸位老哥，你們都跟范猴子是朋友吧？我們兩人也最相好，兄弟我是鐵掌陳大爺的徒弟！”

那五個人就像沒聽見他說這話似的，一齊抽出刀來，把馬圍了一個圈子，包圍住了楊大壯和秀俠。秀俠就趕緊由鞍旁抽出了白龍吟風劍。那五人之中，有一個長些黑鬍子的人，就厲聲說：“你們都下馬來，把劍扔下，要是不聽話，可立刻就要你們的兩條小命！”楊大壯依然抱拳說：“朋友們講些交情，我們才離家不遠，聽你們的口音，大概也都是老鄉？”黑鬍子的賊人就瞪眼說：“誰是你的老鄉？休說廢話！”另有兩個賊人就過來要掀秀俠下馬。

秀俠卻嗖地把寶劍一抖，厲聲說：“你們敢上前？你們敢欺負我？你們都是賊！”她大聲嚷嚷了起來，接着舞動寶劍就與兩個賊人交起手來，楊大壯也抽出寶劍與那黑鬍子的賊人交手。爭鬥了兩三合，秀俠因在馬上施展不開劍法，她就跳了下來。這時又由北面趕來了兩個騎馬的賊人，賊人一共是七個了，他們人多力眾，一擁而上；秀俠手中雖有寶劍，但因她身短力弱，所以顧應不過來，劍法也施展不開。又戰了三四回合，她就不住地向後退，可是這時就聽見哎呀一聲，似乎是楊大壯的慘叫之聲。秀俠嚇了一跳，急忙掄劍，盡力去迎殺，卻見對方的人更加眾了，大約是五六個人，一齊舞刀向她逼來。

在這危難緊急之時，秀俠忽然想起一個辦法來，就是她父親陳伯煜在世時，在傳給她武藝之際曾說過：走江湖的人如遇強敵，或是自己人孤力弱，最要緊的是不可戀戰，須趁機奪馬逃走。於是她趕緊連抖幾劍，反逼那幾個人，那幾個人就一齊掄刀向她去砍，她這回不再使用什麼輾轉騰挪的劍術，只專用劍去磕對方的刀。對方的那幾個人雖然都掄着刀，可是全都極力躲避着她手中的劍，似乎也是曉得她這口劍的厲害，但究竟現在是相逼在一起了，所以只聽鏘鏘兩聲，立時有兩個賊人的刀就折斷了。他們齊聲喊道：“好寶劍！”秀俠卻趁勢跑到了道旁，就去牽馬。她才抓到一匹馬，卻見那邊的賊人飛來了幾塊石頭，正打在她的腰上。秀俠忍着疼痛飛身上馬，也不辨方向就馳馬走去。

可是才走了不到二十幾步，不料那地上伏着兩個賊人，猛地一躍，就把秀俠的馬頭揪住了。秀俠在馬上趕緊揮劍去砍，那兩個人卻都急忙伏身，用力抱住了馬腿，同時一掀，秀俠就在馬上坐不住，立刻摔了下來。她又趕緊挺身而起，揮劍去殺那二人，那二人卻牽着馬跑開了。遠處的賊人們又趕過來掄刀殺秀俠，秀俠無法脫逃，只得又挺劍去迎戰。三五合之下，又被她的劍削折了一口刀。不防這時又有兩塊飛石打來，有一塊正打在秀俠的右手上。秀俠的手一疼，就拿不住劍了，賊人就都撲過來，她手中的白龍吟風劍就被賊人奪過去了。並且她背上也受了兩刀，但都是用刀背打的，她的雙臂也都被賊人緊緊揪住。

她就急得哭着說：“哎喲！你們這夥賊！你們要害我嗎？我叔父可不是好惹的！”就有個賊人說：“你別怕！我們不害你，我們就要你這口寶劍，你也別拿你的叔父嚇唬誰！”秀俠又跺腳哭着說：“你們要銀子倒行，寶劍可得還我，那是我爸爸陳伯煜留下的！”賊人卻笑着說：“陳伯煜早見了閻王啦！現在你好好地聽我們的話，不許掙扎。要不然，我們可要送你找你的爸爸去！”

秀俠手中沒有了兵刃，又被三四個大漢揪住，她就仿佛是一隻就縛的雛雞，一點力氣也沒有了。就有個賊人抽出一條繩索，把她的手腳都綁上了，綁得很緊，繩子勒得骨頭都生疼。秀俠就哭着說：“你們為什麼要這麼欺負我呀？”那邊有人把楊大壯也綁起。楊大壯是受了傷，他呻吟着，但是一言也不發。秀俠藉着燈光看見楊大壯滿臉的血跡，被兩個賊人架着，她就又哭喊着說：“大壯你看，他們把咱們都捆起來了，寶劍也叫他們拿去了，你跟他們講講理！”

有個賊人就拿刀比着秀俠的脖頸，威嚇着說：“你再喊？你要再哼一聲，這一刀就結果了你小賊胚的性命！”楊大壯趕緊說：“師妹別喊了，由他們處置吧！”那些賊人們就把楊大壯似豬一般的倒捆四蹄，放在了車轍上。

他們一共是七個人，就把燈籠吹滅，坐在地下歇息，有兩個還裝上煙抽着。秀俠躺在地下，忍痛抽泣着，就聽那幾個賊人在談話，原來他們正在商量辦法。其中有一個人屬聲說：“把那男的殺了，女的帶走好了！”秀俠一驚，心說：哎呀！他們要殺死大壯！卻聽另一個人說：“那不行！怎能弄出人命來？不出人命永遠不能犯案，殺死人可就有冤魂跟着了！”

幾個賊人又秘密地商量了半天，並且有兩次他們都像要吵起來，後來似乎是決定了，便有兩個人過來把秀俠抬起。秀俠不曉得他們將要把自己怎樣處置，嚇得又要哭喊，可是就覺得自己的身子是被人放在馬上了。有一個人用臂把住她，並囑咐她說：“不許掙扎！你是個小姑娘，我們絕不害你，現在把你送個好地方去，在那兒比在你家裏還享福！”秀俠哭着低聲問道：“你們要把我送到哪兒去呀？”賊人卻不答言，只聽得馬蹄亂響，這幾個賊人就都騎着馬走了。秀俠只得由着人把她帶走，她的眼淚不住地流，也不知楊大壯此時是生是死。

幾匹馬在夜色之下飛馳了半天，始終沒有停蹄，忽然秀俠似乎覺得馬走得遲緩了，睜眼藉着繁星斜月的微光去看，原來是已走上了一座高山。這幾匹馬一走到山上便非常之慢，因為前幾日落雨，山路十分泥滑，把着秀俠的那個賊人，除了用手緊按住秀俠之外，並用力勒着馬韁。忽聽前面有人喊道：“站住吧！把那小子結果了吧！”這喊聲振盪在這黑夜的高山之上，極為可怖，接着就聽是楊大壯的慘屬叫聲。秀俠忍不住罵道：“你們這夥沒天理的賊人！連我也殺了吧！早晚我叔父要給我們報仇！”她哭着，掙扎着，按着她的那個賊人趕緊捂住她的嘴，並壓着聲音囑咐說：“你喊罵都沒有用，白白叫他們殺了你！”

這時楊大壯的慘號之聲已沒有了，只有山風吹得嘩啦嘩啦地響，前面有兩個賊人哈哈大笑着，幾匹馬就越過了山嶺，又往下走去了。秀俠在馬上臉朝着下，她就想看看楊大壯的屍首，可是地下是黑茫茫的，什麼東西也看不見。她就想：白天楊大壯還是好好的，走過高橋鎮時他還跟那范猴子說笑，怎麼現在他就死了？楊大壯是好人，他怎麼會死了？他跟我爸爸一樣，被人殺死了！兩口寶劍都被人搶去了！她傷心地痛哭着，加之繩子綁得難受，馬顛得頭昏，漸漸她就失去了知覺。

及至她蘇醒過來，見自己已不在馬上，而是在屋裏的地下臥着，手腳的綁繩也都解開了，但被勒之處還是十分疼痛。她見眼前就是一張破板床，床上坐着個很胖的婦人，正在燈畔低着頭做針線，此外再無別人。秀俠非常驚詫，不知這裏是什麼地方，她又不敢問。身子稍微動彈了一下，那婦人立時就把眼睛盯在她的身上，放下針線說：“你緩過氣兒來啦？孩子你別害怕，上床來歇一會兒吧！”說着把秀俠的手一拉，就拉到了床上。秀俠就驚恐地悄聲問說：“這是什麼地方呀？”胖婦人拍了她的肩膀一下，笑着說：“你就別問啦！放心吧！我們都不是壞人，不會害你的命。你一個小姑娘，我也不能叫那幾個小子糟踐你！”秀俠的身上打着顫，又聽外屋傳來許多大漢子發出來的沉重鼾聲。

這婦人雖長得相貌很兇，可是對秀俠的態度倒還不惡。她穿的是紅布小襖、黑褲子，手裏縫補的是一件半舊的玫瑰紫色的鑲着寬邊的緞子夾襖。燈裏的清油已沒有多少了，頂針掉在床上都找不着了，婦人又直打哈欠。在她張着大嘴的時候，秀俠就看見她是缺了個門牙。婦人一睹氣，把活計向旁一推，說：“我也不做啦！明天就這麼穿吧！”因為門牙漏氣，她發出的聲音也很是特別。她又摸了摸秀俠的臉蛋，咧着嘴笑說：“你這臉蛋多嫩呀！模樣多俏呀！等着，我給你找個好婆家！”秀俠臉上一陣紅，心裏是羞澀、憤恨、恐懼交集在一起。

婦人用手一推，就跟她一同倒在床上，又拉了一領紅布被兩人蓋上。婦人用手拍着秀俠，就像拍小孩似的，並在被窩裏悄聲說：“你別害怕，我們都不是壞人，就是那個黑鬍子的人壞！他叫火眼龐二，打劫你們都是他的主意。現在他得了你那口好寶劍，不許叫別人摸一摸，鬧得別人都很不高興，可是又都不敢惹他。”

秀俠悄聲說：“那麼寶劍我不要了，你們放我回去吧！你們要能把我送回去，我一定叫我叔父給你們好多的錢！”婦人趕緊擺手說：“你可千萬別提你叔父，他們都恨他。聽說你叔父厲害極了，他殺人不眨眼！”秀俠說：“我叔父的脾氣倒是不很好，可是這三四年他常在家裏，沒殺過人，也沒有傷過人。”婦人說：“那就是三四年前，你叔父一定得罪過他們，他們這回不但是為奪你那口寶劍，還是為出氣、解恨！”秀俠哭着說：“那麼他們要把我怎麼樣呀？”

婦人說：“他們倒是不想害你，可也不能叫你回去，打算把你送到汝州去，准保有好的吃、好的穿。”秀俠聽着，不禁哽咽着哭泣。婦人又恫嚇着她說：“別哭！把那些人哭醒了可了不得，他們都能殺死你！”秀俠至此時已知道哭是無益，不順從他們也是不行。

室外那幾個賊人的鼾聲像雷似的吼着，少時那婦人也疲倦了，仰着肥胖的身體睡去，也呼嚕呼嚕地打着鼾。秀俠幾次都要爬起來，到外屋去殺傷一兩個賊人，然後逃走。但是她的胳臂和兩腿都被繩子勒得到現在還很疼，又藉着那盞垂滅的燈，看看四下的牆壁，見沒有一件兵器，連杆木棍也沒有。有一次她把心一橫都坐起身來了，剛要慢慢下床，可是那胖婦人忽然一翻身，秀俠又趕緊躺下了。她心裏恐懼地想：不行！這太危險，假如我逃不成，再被他們殺死，那我的叔父就永遠也找不着我了！我爸爸的仇恨也永遠不能報了！楊大壯也白死了！蒼龍騰雨、白龍吟風兩口寶劍也永遠找不回來了！如此輾轉尋思，她就決定忍氣吞聲，先保住性命，然後再乘機奪劍，設法逃脫。

後半夜她也沒有睡覺，不覺紙窗就發白了，外屋睡的幾個強盜就都先後醒了。那留着黑鬍子的火眼龐二進屋來把胖婦人叫醒，調笑了一陣，胖婦人也笑着，並用村野的話罵他。然後龐二就催着婦人說：“快做飯！吃完了咱們就走。”又瞪眼向秀俠說：“快幫你大娘燒火去！在路上你若敢吭一聲，我立刻就抽出劍來要你的小賤命！不瞧着你小，早不能叫你活到現在！”秀俠心裏雖然氣憤，可是極力忍耐着，一聲也不語，就跟着那胖婦人到廚房去做飯了。

做飯時她偷眼向門外去看，見是籬笆牆，院中有幾棵樹，拴着五匹馬。這地方似在荒村之中，秋風蕭瑟，木葉凋零，景況極為淒涼。秀俠一面燒火，一面又落淚，悲悼她的父親，並想着現在家裏的人不定是如何地憂急悲痛了。

少時，胖婦人把飯做好，拿到屋中，秀俠才看出原來現在只有五個賊人，大概那兩個是昨夜就到別處去了。這五個賊人擁着那胖婦人在一起飲酒吃飯，十分狂樂，秀俠就低着頭，隨他們當作僕役似的指使，但她卻時時偷眼看那放在火眼龐二身旁的寶劍。同時，秀俠也注意地聽他們講話，除了知道那長着黑鬍子的賊首名叫火眼龐二之外，並知道了一個高身材的，就是昨夜用馬將自己馱到這裏來的那個賊人，名叫鐵頭余五。

他們又說到了“張三哥”。火眼龐二拿着那口白龍劍，說：“回到家裏，我非得跟張三哥試一試，倒要看看是他那口劍好，還是我這口劍好。”余五說：“老三他一定要跟你換！因為他得了那口蒼龍劍，回到家裏就病了。他聽陳伯煜說過，那蒼龍劍是口凶劍，誰得到手裏誰就倒楣。陳伯煜佩帶那口劍十幾年，結果是喪了性命。這口白龍劍才是吉劍呢，聽說得了的人准發財。”龐二得意地笑着說：“那我可不能跟他換，到臘月我就娶我們這嫂子，我還要討個吉利呢！”說着他跟那胖婦人又作出種種醜態，並大口地喝酒。

秀俠在旁聽着，心中極為氣憤，並且很悲痛，暗想：原來他們都是仇人寶刀張三的朋友呀！這一定是張三告訴他們我家尚有一口白龍劍，他們才來打劫。因此她暗暗咬牙，恨不得立時奪過劍來，先把這些人都殺死，然後再找張三去復仇。可是她此時卻沒有那力量，並且怕被賊人看出她臉上的悲痛之色，所以她就轉過臉去。

不想有個賊人就要用手拉她，說：“小妹子，你也來喝一口！我們恨的是你爸爸、你叔父，並不恨你。你跟着我們到汝州，給你找個好女婿，咱們按親戚走！”秀俠真是忍耐不住了，將要翻臉跟這幾個人拚命，卻見那余五把這個賊人拉了回去，他說：“老七，你這可不對，姑娘是為送給大爺的，你不准沒規矩！”那賊人立刻就老老實實地坐下了。秀俠也猜不出他們的大爺是誰，可是心裏也略略明白，知道這些人一定是要把自己送到一個更壞的地方去，心裏更是着急悲痛，同時想法子應當怎樣脫身。

少時，賊人們都已酒足飯飽，便亂哄哄地出去備馬。又待了會，見火眼龐二腰掛白龍劍進來，向那胖婦人說：“快換衣裳，咱們這就走！”

第三回　　走荒山豔賊援難女　觀明月溫語感癡心

　　這些賊人不但都備好了馬，並且還套了一輛帶棚子的騾車，就由那鐵頭余五趕車。胖婦人穿着那件尚未改做好了的玫瑰紫的緞襖，秀俠隨她出來，才見這是一處荒村，廬舍都離着很遠。秀俠正要細看這四下的環境，打算尋個標記，以備脫身之後好來此復仇，那胖婦人就催着她快上車。當時她上了車，坐在最裏面，婦人那肥大的身子就擋在她的前面，也不知他們是留下誰看家了，五匹馬就跟着這輛車走去。胖婦人又扭頭囑咐說：“在路上要有人盤問，你就說我是你的娘，你是我的女兒，臉上也不許這麼愁眉不展的。”秀俠只好答應。

　　車馬隨着走，秀俠遂隔着車圍子向外去聽，聽那火眼龐二跟余五的談話。龐二說：“見了大爺可別露出我的寶劍來，你們也別提這件事！不然他若跟我要，我也不好意思不給，他那個人最貪！”余五笑着說：“也不能，你送給他一個人就行了！那麼俊俏的小丫頭，過一二年就能收房，他還能再要你的寶劍？”秀俠雖不懂得“收房”是什麼意思，可是知道他們所說的一定不是好話，心中便更憤恨、更焦慮。又聽龐二說：“咱們無妨繞點兒遠路，由南陽府過去再往北。我可不敢走方城，我怕紅蠍子。她要知道我得了這口寶劍，一定要奪了去！”

　　余五一面趕着騾子，一面大笑，說：“你看，你得了那口劍，倒弄得你前怕狼後怕虎。你放心，紅蠍子那娘兒們雖然屬害，可是她的男人跟咱們有交情，她絕不能不講理。咱們還是走方城，正經南陽府倒不好走，那裏官人盤問得嚴！”秀俠一聽，也不知道紅蠍子是怎樣的人物，想着也許是一個很屬害的女賊，但自己倒很願意他們因怕紅蠍子，改走南陽府那條路，只要見着官人，自己就要喊叫。可是，那五個賊人也都十分謹慎，他們都寧可繞遠，車馬專找那寂靜無人的小路去走，這些小路附近就有綿延不斷的峻嶺高山。

　　過午，火眼龐二等人才叫車馬停在一個小村裏用午飯。這小村子靠着山，統共不過十來戶人家，秀俠在此也不敢喊叫。龐二那些人急匆匆地吃完了飯，又趕緊催車縱馬急急地走去，走得飛快，他們彼此連一句話都顧不得談，並且臉上都現着緊張之色。秀俠很是驚疑，就偷偷地扒窗往外去看，卻被那胖婦一手把她推開。胖婦的臉上也帶着驚慌之色，說：“別往外看！這山上有個女強盜，名叫紅蠍子沈蘭妹，兇惡極了！”

　　正說着，就聽車輪馬蹄的聲音越來越緊，更有賊人的聲音說：“追下來了！”

又聽火眼龐二驕傲地說：“只是她一個人，咱們可不怕她！”又見余五扭身轉頭說：“停住停住！越跑越壞，這娘兒們可會打暗器！”說着車就停住了，又聽得哎喲了一聲，不知是哪個賊中了暗器，摔下馬去了。接着就聽後面有個女人的聲音，高呼道：“站住！”胖婦嚇得渾身的肥肉亂顫，直往後面拱，擠得秀俠都無地容身了，只得由胖婦的腿上爬過去，她倒上前面來了。她也不禁恐懼，不曉得那紅蠍子沈蘭妹，又是個怎樣夜叉似的人物？

此時就聽火眼龐二說話：“九嫂子，別認錯了人，是我們。九哥沒在山上嗎？我們還正要拜訪他去呢！”

此時紅蠍子已催馬來到臨近，只聽她說：“混蛋！別廢話！誰是你的九嫂子？扔下白龍吟風劍，把陳伯煜的女兒留下，便放你們走！”火眼龐二驚慌慌地說：“那姑娘是要送到汝州通臂猴侯大爺那裏的，侯大爺下月初三辦壽，還要娶房小。”紅蠍子斥說：“混蛋！通臂猴又是什麼東西？沒別的話說，人跟劍都留下！”

火眼龐二似是翻了臉，他說：“九嫂子，你可別不懂交情！”一言未了，只聽他慘叫了一聲，大概也是中了暗器。馬蹄又嘚嘚地一陣緊響，似是有賊人逃走了。余五也爬下車去，央求說：“太太，我可是個趕車的！”紅蠍子並不理他，將馬靠近了車轅，挺劍探身向車裏來看。秀俠也瞪着兩隻恐懼的眼睛，一看，啊呀！好個美貌的婦人！

秀俠原想着，紅蠍子沈蘭妹一定是個鋸齒獠牙藍靛臉，頭上長着兩個肉犄角，像土地廟小鬼那模樣的惡婦，可是現有一看，完全相反！這女賊原來是個眉清目秀瓜子臉兒，身材窈窕的少婦，年紀也就有二十三四，穿着紅緞襖、白羅褲，頭上戴着簪環首飾，簡直像位新娘子；又像是秀俠她們村裏李家的媳婦，那可是她們村裏最美的婦人。

紅蠍子手中執的劍正是那口白龍吟風劍。她把兩眼瞪着秀俠，眼睛雖秀麗，可是帶着一種兇光。她屬聲說：“下車來！”秀俠只得戰戰兢兢地把身子向下移動。紅蠍子一伸左臂，就把秀俠從車上抱到她的馬上。她的馬上很香，像是檀香木的鞍韉。秀俠又低着頭，就看見紅蠍子是穿着一雙紅緞繡花鞋，鞋頭上釘着個珠子串成的蝴蝶。再向地下看，見龐二和另一個賊人都中了暗器，在地下趴着，呻吟着，余五卻藏到車底下去了。紅蠍子也不去看這幾個人，她就收起了白龍吟風劍，並收起一筒細巧的袖箭，隨後撥馬抱着秀俠跑去。

馬行了三四里，秀俠就緩過氣來，見紅蠍子抱着自己的那隻手也很是細膩，並戴着玲瓏的金鐲，鑲翠的戒指。秀俠此時倒不害怕了，她很喜愛這個女強盜，就回過頭來，說：“大嬸兒，多虧您救我！”紅蠍子卻不理她，只管催着馬緊走。

少時就撥馬進了一股狹陝的山路，迂廻着上了一重山嶺。紅蠍子座下的這匹小黑馬實在矯健，她的騎術也真好，躥石跳洞，越嶺登岩，真如一條飛蛇一般，一霎時就到了一處山谷之中。這裏有個村落，紅蠍子就抱着秀俠，催馬進到這村中。村子裏有許多紅葉子的樹，被風吹得唰啦唰啦地響，景象至為淒涼。有兩個村人模樣的，拿着竹耙正在門前攏草，一瞧見紅蠍子，就齊都斂手，恭恭敬敬地說：“于九嫂子回來啦？這個小姑娘是誰呀？”紅蠍子只向他們點點頭，並沒有答話，就到了一家門首停住了馬，把秀俠抱下馬來。立時就有一個十幾歲的孩子跑過來，把她的馬牽走去蹓。

　　紅蠍子手提白龍劍，領着秀俠進了門。此時秀俠真有些驚訝，她原想着這賊穴不定要怎樣地森嚴、險惡，如今一看，卻簡直和平常的人家一樣，並且院中還擺着二十幾盆菊花，芳香四溢，就好像是一個詩書風雅之家。這裏也沒看見一個男人，只有兩個僕婦。紅蠍子帶着秀俠進了屋，秀俠就看出來一個異點：因為屋中雖然幽靜，木器也很講究，桌上也擺着磁瓶果盤之屬，可是沒有一本書，壁上也沒有一張字畫，只掛着一口寶劍，和兩條大概是為捆人用的繩子。

　　紅蠍子進屋來先不做別的，她就反復地看那口白龍吟風劍。秀俠站在離她四五步遠的地方，也眼巴巴地看着那口劍，她心裏盼望着，盼望紅蠍子是一位俠客，她一發慈心，就將寶劍還給自己，並送護自己回家。

　　可是這時候，就聽那隔着一層紅布軟簾的裏間，有呱呱的一陣兒啼。紅蠍子眼睛看着寶劍，嘴裏卻對秀俠說："你進屋看看去！他要溺了，你就給他換上尿布。"秀俠答應了一聲，揪簾走進裏間，就見裏間是很潔淨的床帳，床上臥着一個也就是三四個月的小兒，正在手腳亂動地哭着。秀俠走過去，給他換了尿布，才知道是個小男孩。這孩子小圓腦袋，挺黑，長得卻不像紅蠍子。秀俠也不知紅蠍子的丈夫是誰，為什麼要叫他那年輕美麗的太太做強盜呢？

　　此時，那嬰兒雖然換了尿布，可是還呱呱地不住啼哭。秀俠就想：他一定是想吃奶了，遂就抱出了裏屋，交給了紅蠍子。紅蠍子把她的小孩抱在手中，用另一隻手拍着放在桌上的劍柄，哄着說："別哭啦！給你寶劍玩，等你長大了，這口寶劍就給你使！"小孩兒卻不管什麼寶劍，他只向他母親的懷裏亂拱。紅蠍子只得在椅上坐下，解開了懷。在解懷的時候，雖然她旁邊只有秀俠，可是她仿佛還有點兒羞澀。

　　紅蠍子一面奶着孩子，一面掠起眼睛來，看着秀俠。秀俠就覺得她這時的眼睛是十分厲害，美麗之中帶着一種兇光，仿佛比火眼龐二等那些強盜的眼睛都可怕。只見她繃着臉兒，很嚴厲地說："本來我不應當救你，你爹爹跟你叔父都是我們的仇人！"秀俠一聽這話，不由打了個冷戰。又聽紅蠍子說："可是我瞧着你年紀小，人還老實，你要由着龐二他們把你送到通臂猴那裏作妾，你就完了。你就在我這兒吧，給我看看孩子，幫着老媽子們幹幹零活，我絕不會錯待了你。你可別想着跑，也不准出這門口，你要是不聽我的話，背着我幹了什麼事，喪了你的小命可別來怨我，別怨我不跟你先說明！"秀俠身上又打了一個冷戰，淚水在眼眶裏都不敢流出，心裏的許多話更不敢說出來了。

　　紅蠍子說完了便指揮着秀俠去做飯。秀俠低着頭走出了屋子，找着了廚房，就見兩個老媽子正在這裏忙着，一個燒火，一個淘米。秀俠一來到，那燒火的老媽子就站起來，讓給她幹。秀俠無可奈何地坐下，一塊一塊地往灶裏添柴。她生來十三歲，在家中被父親視如掌珠，哪裏做過這樣的苦事？何況現在她的身體、精神是十分地疲憊痛楚，心中更像有許多把尖刀在那裏割着刺着。她悲痛地想：我怎麼竟落到了這般地步呢？父親的靈棺還停在家中，大仇也不能報，楊大壯也被賊害死了。我才離狼窩，又入虎穴，看那紅蠍子雖然長得美麗，但是性情不定有多麼兇惡、不講理！我在這裏，幾時才能夠逃出？幾時才能夠為父報仇，奪回那蒼、白二口寶劍呢？

　　這樣想着，她就不禁對着灶內熊熊火光，淚如雨下，哭泣了一會，忍不住就哭出聲來。旁邊那個五十來歲，頭髮都蒼白了的老媽子，就伸出腳來踢了她一下。秀俠嚇得趕緊吞聲，連淚也不敢再流。那老媽子把一把米放在鍋裏，回頭看了看那個夥伴沒在屋內，她就蹲下身，擺着手，悄聲囑咐秀俠說：「你可別淨哭！叫她……」她用手勢比出個九的數目，說：「她知道了那可了不得！她有個外號，叫紅蠍子于九奶奶，誰不知道她常常地殺人！」

　　秀俠趕緊拭拭淚，就愁眉苦臉地低聲問說：「老大媽，這是什麼地方呀？」

　　這老媽子悄聲說：「這兒是方城山凹子峪楓葉村。我姓何，我們可是這村裏的好人。村裏也多半是好人家，就有五六家是壞人。剛才那個焦媽，她男的就是紅蠍子手下的，前年在光州被官人捉住正法了。紅蠍子她的男的名叫黑山神于九，是個大賊，整年在外面作案，比她還要兇，聽說現在也快回來了。你既然落到這裏，沒法子，就得忍着。少說話，耐心給她幹事，給她看孩子。等到于九回來，你更得加小心。于九的心眼最壞，瞧見姑娘媳婦他就起壞心。紅蠍子又最嫉妒，他們兩口子常打架，就是她嫌她的男人有外遇。你可真得小心點！要不然招惱了紅蠍子，她可是殺人不眨眼！」

　　秀俠聽了就點點頭，心裏卻不勝悲哀和恐懼，但轉又一想，我應當想辦法奪了寶劍，再偷偷跑下山去，我並不是一點兒武藝也不會，難道我就甘心在這賊窟之中含羞受辱，等着叫她們來殺害嗎？何媽又在旁詳細詢問了她的身世，秀俠都略略地說了，何媽也不禁惋惜，流了幾點眼淚。但秀俠這時卻倒不怎樣傷心了，她只是想着如何盜劍，如何脫逃，以及如何回新蔡縣家鄉。

　　少時做好了飯，紅蠍子又在那屋裏喊着，叫秀俠去看孩子。她似乎早就知道秀俠的名字，她就叫着：「秀呀！秀呀！」秀俠就趕緊跑過去，把孩子接過來，抱着，並且假意笑着，哼哼地拍哄。紅蠍子看了，倒似乎還很滿意，認為秀俠不錯。紅蠍子就命僕婦給她擺飯，兩個老媽子服侍着她，秀俠抱着小孩就在旁邊站着。

　　這時天冷，山中又刮來像冬天一般的寒風，沙礫子和落葉打得窗櫺都嘩嘩地響。紅蠍子這時在紅襖兒上又披了一件水綠緞子的薄棉衣服，被明亮的燈光照着，是越發顯得豔麗。她手裏拿着半盅酒，微低着雲鬢，才飲了一小口，雙眉就緊鎖起來，向旁邊的那個焦媽問說：「九爺怎麼還不回來呀？」焦媽說：「我也是不放心嗎！今天早晨孟禿子回來，他說九爺已到了鄖城縣，按理說這時是應該回來了，恐怕又在那兒叫姓花的那個娘兒們給纏住啦，九爺真是荒唐！」紅蠍子擺了擺手，說：「你別提了！提起來我真煩惱！」她遂又挾了一小箸菜吃着，用一隻手支着頭，微歎着說：「咱們九爺，早晚非得在江湖上吃虧不可！陳伯煜的武藝比他強不強？都叫寶刀張三給殺死了！」

　　焦媽回頭看了看秀俠，見秀俠抱着孩子，又在流淚哭泣。紅蠍子看見了，她就啪地把酒盅一摔，瞪着眼睛說：「你哭什麼？你看，只要你把孩子摔着，我立刻就要你的命！你爹爹陳伯煜他還不該死？他年輕時橫行霸道，不知殺死過多少條人命！告訴你，我丈夫黑山神于九，是你們的大仇家，他有兩個哥哥都是死在你父親手裏的。今明天他就回來，我還能告訴他你就是陳伯煜之女？不然，他能夠立時抽出刀來殺死你，他可不管什麼年老年小！」

　　秀俠聽了，愈發不由得身上抖顫，但眼淚卻不敢再流了。她就一聲不語，心裏卻想：我爹爹壯年時行走江湖，也一定殺害過不少賊盜。這紅蠍子的丈夫，大概就是那樣與我家結的仇。現在，紅蠍子雖無殺我之意，但是一半日內她丈夫回來了，若知道我是陳伯煜之女，必不能叫我活，這可怎樣好呢？

此時紅蠍子又瞪了秀俠一眼，就轉過臉去跟焦媽說話。她的聲音仍很淒惋，說：「雖然九爺不跟我好，可是我真是思念他！」紅蠍子如此幽思感歎，那個高身材，長得像莽漢子似的賊婆焦媽就十分地不平。她指手劃腳地說：「九奶奶，千金小姐、一品夫人都沒有你這麼賢良！九爺他在外頭荒唐，姘着野女人，一年也回不了幾趟家，你的吃喝穿戴都得自己想法子，自己下山去做買賣。像你這麼賢良的太太，簡直是天下少有！九爺，當着他我也敢說，我要是有他那樣一個漢子，我早就把他踢開了！」又說：「他哪一點兒配得上九奶奶，論人才？論武藝？」

紅蠍子卻嬌笑着說：「你哪兒知道？他雖然長得醜，可是我喜歡他，我思念他，我總怕他在外頭遇見了什麼事。彰德府的鐵棍魯蔭松，開封府的雙鈎唐永，那兩人都很會辦案，九爺在那兩個地方也都做過案。還有，現在江湖上出了一位少年英雄，名叫袁一帆，聽說劍法高強，走遍南北，從未遇見對手。他又專與綠林人作對，倘或九爺遇到他的手裏，那可真叫我擔憂！」說着又不禁緊皺着雙眉。

焦媽就勸說：「算了吧！九奶奶你別淨瞎擔憂了，九爺有金鏢護身，他也不怕什麼袁一帆。九奶奶快吃飯吧！菜都涼啦！」於是紅蠍子強笑了笑，伸着她那戴着金鐲翠戒，可也殺過人的纖手，又去夾菜吃飯。旁邊的秀俠卻呆呆地想：袁一帆一定是一位俠客，武藝比我爸爸、叔父都許強，倘若此人知道我在此受難，前來搭救我，那才好呢！

這時，孩子已在她的臂上睡着了。紅蠍子又瞪着眼說：「你發什麼怔？還不把孩子快送回去睡？要你是幹什麼的？你要是什麼事都不會幹，還不如我殺死你呢！」那何媽趕緊擺手叫秀俠把孩子送回裏屋。秀俠戰戰兢兢地去把孩子放在床上。她心裏又煩，手又慌，大概是手碰了孩子哪裏一下，孩子就驚醒了，又呱地哭了起來。紅蠍子在外屋一摔筷子，掀簾進屋，扭住了秀俠，吧吧就批了幾個嘴巴。秀俠不由得就要還手，紅蠍子大怒，立時就回到外屋，唰地一聲抽出來寶劍，要去殺秀俠。

紅蠍子豎起她那兩條纖秀的眉毛，瞪着兩隻美麗的眼睛，真像個女妖怪，持着她新得來的白龍吟風劍，進屋就要來殺秀俠。何媽要攔她，卻被她踢倒。那焦媽倒是把她揪住，說了一句什麼話，紅蠍子才停住了腳，仍然用劍指着裏屋，氣忿忿地說：「好！你還敢跟我還手！我知道你跟陳伯煜學過幾手武藝，可是別說你這幾手，就是陳伯煜他又活了，陳仲炎也找我來，我要怕他們，我就不算是鎮海牛的女兒、黑山神的妻子！你來，我給你一口寶劍，咱們對一對！」兩個老媽子又在外面勸，才勸得她重又落座，去喝悶酒。

秀俠這時又生氣又害怕，真想要把紅蠍子的兒子，這個小賊種先掐死，然後由着紅蠍子要自己的命。可是她就是捨不得這條命，並不是自己怕死，卻是懷着為父報仇之事；還有那兩口寶劍，無論如何將來自己也要設法將劍奪回，現在就不得不忍氣吞聲。

這時那好心腸的何媽又進屋來，拉着秀俠勸說：「你出去給九奶奶賠個罪吧！你真把九奶奶氣着了，你不應該還手！」秀俠只得走出裏間，忍辱吞淚地向紅蠍子行了一個禮。紅蠍子並不正眼睞她，只說：「等過兩三年你長大了，我再要你的命！」

何媽把秀俠拉到了南屋裏，這裏是何媽跟焦媽住的屋子，有一張板床。秀俠就坐在床上哭泣，何媽低聲勸說：「你怎麼能夠惹這個魔王呢？今天幸虧有焦媽勸着，不知她是什麼心思，今天竟會做了好事。要不然，你就死了，白死！這山裏，紅蠍子想要殺誰就殺誰，那不算一回事。你就忍耐着吧，沒事時念念菩薩。菩薩老爺要是瞧着你可憐，也許你就有出頭之日了！」秀俠雖然仍是暗泣着，但心裏卻平靜多了，她暗想：我還得忍，這樣死了是無濟於事。何媽勸了她一會，便又去服侍紅蠍子吃飯。那屋裏孩子哭啼了一陣，也不再哭了。這裏，室中昏黑寂靜，沒有一點燈光，窗外秋風緊響。秀俠忽然又生出了一個逃走的念頭，她想要逃，可又膽怯。

少時那屋中的紅蠍子已經吃完了飯，何媽把剩下的菜飯撤下來，就跟秀俠一起吃。秀俠哪裏吃得下去？何媽一邊吃着飯，一邊低聲談話，她倒是傾耳去聽。由何媽的口中，她知道了紅蠍子的身世。原來紅蠍子並非生來就是強盜，她是淮南著名鏢頭鎮海牛沈雄之女，家裏很有錢，武藝都是跟她父親學的。五年前她與她父親手下的一個鏢頭發生了愛情，因被她父親察覺，要置她於死命，她就同着她的情人私逃了。她那情人就是現在她的丈夫黑山神于九。于九本來就是強盜出身，好喝酒，好賭錢，好拈花惹草。可是不知道為什麼，紅蠍子竟對他非常之恩愛，就跟着他漂流江湖，也就走入了盜賊的途徑。

這一對賊夫婦在各處做了許多案，因被官府追拿甚急，他們無地立足，便不得不投到這荒僻的方城山上來。這裏因為不靠近大道，倒也沒有官人來拿他們，可也沒有客商可供他們打劫。因此紅蠍子雖住在這裏，但于九卻時常下山，到外面去弄錢，聽說他在外面也有許多女人。紅蠍子在這裏也是盜性不改，她把村中一些個年輕無賴都招作她的嘍囉，這裏就儼然做了山寨。紅蠍子不單在此據山為王，並且還到遠處行搶，因此無論遠近，皆莫不知紅蠍子之名。又因為她的丈夫對她不好，所以她的性情變得更為暴虐。今天她雖然沒有殺死秀俠，但心中仍然忿恨。

少時那焦媽就回到南屋裏，她用手指着秀俠說：「剛才要不是我勸着九奶奶，你的命早就沒有了！你這小不要命的，早晚得叫九奶奶殺了你！」秀俠一聲不語。又待了些時，焦媽就催着她睡覺。一張很窄的板床，兩個老媽子挾着她，她連動也不敢動一動，更休想逃跑。但因身體疲乏，心中愁苦，她就沉沉入了夢境。在夢中她夢見了她的父親，並夢見紅蠍子，又夢見她父親與紅蠍子爭鬥起來，而自己又仿佛已被慘殺。

由次日起，秀俠雖然心中仍時時痛苦，但卻不再表露出來。雖然時時想逃，但也不輕舉妄動。她只是極力地忍耐着，看孩子、做飯、掃地，如同一個很安分的小丫環。紅蠍子雖然對她仍無笑容，但是也抓不着她的錯處。

紅蠍子每天是清晨就起來，在院中練劍、打拳、蹓房，然後就澆花、奶孩子，這是她日常的功課。有時有人站在門外找她，她就命人備馬，提劍走了，須要半日才能回來，回來時必要帶來些打劫來的東西。她很少有歡笑，整天除了急躁、兇橫，就是發愁傷心。她每日都打扮得很好，一日要梳妝兩三回，衣服至少也要換兩套。可是，她所期待的人總是不來。她疑神疑鬼的，神情總是不安，半夜裏秀俠常見她那屋中還有燈光，就想她大概心有所思，輾轉不能成寐。

秀俠在此一連住了五六日，這天紅蠍子的丈夫黑山神于九就回來了。秀俠趕緊藏在南屋，不敢露頭，只扒着紙窗的破洞向外去看。就見那黑山神身高體大，長得真跟一座鐵塔一般，腮上生着刺蝟似的鬍子，說話的聲音發啞。他帶來了兩個小賊，他命兩個小賊把兩隻大箱子放在院中，就又命他們出去了。

這時紅蠍子穿着紅衣綠褲，雲鬢低垂，微敞前胸，抱着孩子由屋中走出來，嬌媚地向她丈夫說：“你怎麼才回來呀？我真不放心啦！”又向孩子說：“叫你爸爸，問你爸爸給你帶來什麼好東西了？”黑山神啞着嗓子笑了笑，又要親親孩子，孩子卻被他那刺蝟鬍子一扎，哇地哭了。紅蠍子便跺着腳，抱怨她丈夫說：“你瞧你，這討厭的鬍子也不剃？”黑山神說：“我為是留着回來叫你看的。”紅蠍子就嬌笑着，一手拉着她丈夫，一手抱着孩子往屋裏去了。

這時何媽跟焦媽也都不幹事了，都躲在南房裏，側耳聽那北房裏的夫婦談話。只聽孩子這時倒已止住了哭啼，黑山神啞着嗓子說着笑着，紅蠍子卻嬌嬌滴滴地媚語。待了半天，忽然那屋的門一響，黑山神又走了出來，他回首說：“不行，我還得趕快走，過幾天我再回來！”屋裏的紅蠍子好容易盼得她丈夫回家來了，不想未容少敘相思，黑山神就又要走，她便急忙忙從屋中追出來，問說：“你還要到哪兒去呀？”黑山神擺手說：“你就不用管啦！你就聽我的話，這兩天少下山，我四五天准能回來。”說時他揚長而去，紅蠍子流着淚追出門去。

這裏焦媽就向何媽說：“你看，九爺他是野了心啦！回到家裏待不住，九奶奶是白跟他好，這才叫癡心女子負心漢呢！”少時就聽牆外一陣馬蹄響，大概是黑山神騎着馬走了。紅蠍子就掩着面，進門就直回到北房。這整整一天，她都沒有吃飯，連孩子都不願喂。秀俠知道她的心煩，倘或招惱了她，她一定又要殺害自己，所以除了在南屋，就是在廚房，不敢再到北房裏去了。好在今天紅蠍子像是也忘了秀俠，並沒有叫她。

到了晚間，何媽沒吃晚飯就回家去了。她的家也在這山裏，她還有兒子、孫子，因為今天是中秋節，她須要回家去團聚。焦媽是在這佳節又想起了她那因犯法被殺的賊丈夫，她哭了一陣，喝了些悶酒，也就睡去了。北房中也沒有燈光，紅蠍子大概已傷心過甚，獨自擁衾睡去。

天邊的月色很圓，如同一隻玉盤似的。秋風吹着落葉，吹着草根，並吹着院中那幾十盆菊花的疏影。蟋蟀又在砌下唧唧地叫着，更顯出一種淒涼的意味。秀俠站立庭中，仰觀明月，耳聽秋聲，心中不禁傷悲，但趕緊又把這傷悲壓住，心裏想：我為什麼不趁此時逃呢？此時不逃，什麼時候才能逃呀？於是她就要到北房中去竊劍，可又想：劍一定是在紅蠍子的身畔放着，倘若被她察覺，那時自己不但不能逃了，還必要被她所殺。不如先設法逃命，只要能回到家中，將來叔父一定能夠設法將寶劍奪回。於是她就不遑他顧，趕緊啟開大門，偷偷走出。

只見月光照着山谷，山谷中紅葉蕭蕭，家家閉戶過節，卻看不見一個人。秀俠尋不着紅蠍子的那匹馬，只得驚慌慌的像一隻被獵犬所追的小兔，離了山村，尋着了山路就向下飛跑，跑了十幾步她就跌倒了，腿也磕破了。她趕緊爬起來再往下去跑，又像身後有人追來似的，她越慌，就越覺得腳下不利便。這山路是十分迁廻，地下的石頭又絆腳，兩旁的嶒崚怪石像猛獸，像山鬼，又像強賊，都在那裏蹲着。幸仗月光皎潔，把道路倒照得很清楚，還不必摸索着前行。

跑了半天，秀俠就喘不過氣來了，山風吹得她身上也發冷，她只得慢慢向下去走，但心中仍然驚慌着。又轉過了一道山環，卻聽一陣風吹來了一種淒慘之聲，似乎什麼地方有人在啼哭，並且聲音很細，似是女子的哭聲。秀俠心中就驚愕着，暗想：這是什麼人？莫非也是跟我一樣的被難女子？腳步也不由得發怯。再往下走，哭聲就越清楚，漸漸如在耳邊了。忽然她定睛一看，就見前面離有二十步之遠，月光下有一個女子，披着青衣服，坐在一塊石頭上。她低着頭，用一塊白手巾掩面，嗚嗚地哭着，越哭越慘，越哭聲音越微弱。

秀俠就不由止住腳步，起先她驚悚着，以為這許是個女鬼，後來竟不覺被這種悲聲把自己的眼淚也勾下來了。她就走過去，一看那女人是梳着頭，她就拍着那女子的肩膀，婉言勸着說：「大嫂，你不必傷心啦！是為什麼事呀？這山裏很冷，哭病了可不好！」那女子一見有人勸她，她就驀然抬起頭來，立時四目相視，藉着月光彼此倒都看得很清楚。秀俠就吃了一驚，身上又不禁顫抖，原來這人正是紅蠍子。此時她想跑已經不能，只得驚慌站立。

紅蠍子身旁放着那寶劍，但她倒沒有發脾氣。她也呆了一會，就和婉地問說：「你是幹什麼來了？」秀俠顫顫地說：「我是……見九奶奶今兒一天也沒吃飯，晚間又提着寶劍出來，半天也沒回去，所以我不放心，我就……」她說出了這話，還想着紅蠍子必然不能相信，卻不料紅蠍子就拭拭眼淚，長歎了一聲，說：「咳！我待你那麼不好，你卻這樣關心我，叫我的心裏更難受！」紅蠍子說完了這句話，就拉着秀俠的手說：「你以後別再怕我了，我不能再跟你發脾氣啦！你可憐，我也很可憐！」說着她惋歎着，又不禁地拭淚。

秀俠倒很是驚訝，不曉得紅蠍子是什麼心意，只見她又仰首望了望山間的明月。她這時的容貌溫柔和婉，尤其因為她剛哭泣過，睫毛上的淚水被月華照着，晶瑩瑩的跟小珠子一般。她雲鬢蓬鬆，穿的是青緞子的夾斗篷，裏面露出來紅襖，真似個降凡的仙女，或是落難的閨秀，絕不像是那兇賊黑山神之妻，一個殺人不眨眼的女魔王。

此時山風吹得更緊，秀俠不禁打了個冷戰，紅蠍子就把她自己的黑緞斗篷脫下，給秀俠披上。秀俠受寵若驚，忸怩着說：「我不冷！九奶奶你穿着吧！」紅蠍子卻一定讓她披上，並溫和地拍着她的肩膀，說：「你別再叫我九奶奶，我討厭這個稱呼。我娘家姓沈，以後你就叫我沈姑姑好了。」說到這裏，她又歎了口氣，道：「你別以為我是壞人，是強盜，其實早先我也不是這樣。咳！早先我雖不是小姐，可也是個好人家的姑娘，都因為我嫁了九爺，我才變了脾氣的。我為九爺真受過不少的苦，我還救過他的命，可是他，他的心卻那麼硬！今天是中秋節，別人都團圓，他卻回到家裏待了不大的工夫，又急匆匆地走了！」說着，她又悲哀地哭了。

秀俠也被她哭動了愁懷，想起去年在家時，跟父親在月下吃果子，談笑話，那是多麼快樂！而現今卻不料落得這麼淒慘。她將要向紅蠍子哭求，放她下山回家，卻見紅蠍子又拍着她的柔肩，說：「風太冷，咱們回去吧！從現在起我不再待你壞了！你就安心在我那裏住着，陪伴我，我想費三年的工夫教成了你的武藝，然後我帶着你去找寶刀張三，為你的父親報仇，奪回來那口蒼龍劍。你就使用那口，我使這口白龍劍，咱們兩人就在這山上享福，管保沒有人敢來惹咱們！＂秀俠聽了，心中卻又不禁吃驚。

第四回　　楓葉村雪天死大盜　　凹子峪半夜遁飛駒

　　紅蠍子說完話，就把一隻手臂搭在秀俠的肩上，背着月光往山上去走。秀俠一面隨着她走，一面卻心中想：她要教給我武藝，幫助我找寶刀張三去替父報仇，自然是很好，就是送給她一口寶劍也可以；只是她想叫我在山上長住，同她在一起做強盜，那如何能成呢？我父親生前最恨強盜，我叔父是只要見個小賊都要痛打。我們是清白的人家。我現在不幸落難，陷於賊窟，為保全性命在此暫時住着，是出於無奈。但是，要叫我將來跟她一起去打劫，去做賊人，那如何能行？

　　秀俠心裏雖這樣想着，但卻不敢跟紅蠍子說出來，因為紅蠍子現在的脾氣才變得好些，倘若自己一句話說出使得她不樂意，她又把臉變了，那可怎麼好？於是秀俠就隱藏着心中的憂慮，面上故意裝作喜歡，並且故意跟紅蠍子表示親近，又婉轉地說了許多安慰她的話。那紅蠍子本來是滿腔的離情苦緒，沒有人給她溫暖，如今有了秀俠，就像是個女伴，是個姊妹似的這樣安慰她，她竟十分感激。兩人就搭着肩，挽着手，回到了山上楓葉村中。

　　到了家裏，這時那焦媽已經睡熟了，紅蠍子就跟秀俠兩人一同到廚房，一邊說笑着，一邊熱了菜，篩了酒，便拿回北屋中。紅蠍子就讓秀俠陪着她喝酒，並打開一扇窗櫺，為是看那天邊的秋月。她還細細地詢問了秀俠家中的情景，又打聽那兩口寶劍的故事。秀俠便忍淚回答，並說自己想要回到家裏去看看，然後再回山上來。紅蠍子聽了，起先是面色一變，後來她又細細地尋思了一會兒，就說："其實我叫你回新蔡縣去看看也可以，可是你叔父必不能再叫你出來了。你叔父那人我雖沒見過，可是聽說那人極為可恨，專與我們綠林人作對，你回去跟他住在一起也絕無好處。你就安心住在我這裏吧，住長了你就知道了，我們這兒一定比你家裏還好。"秀俠聽了，便不再作聲。

　　當下二人飲酒談話直到深夜，紅蠍子已然微醉了，她才叫秀俠與她一同就寢。當晚，紅蠍子睡得很甜，白龍吟風劍就在外屋的牆上掛着，秀俠有幾次都想起身逃走，然而她又沒有那膽量，因為窗外的月光明亮，簡直如同白晝一般。到三更以後，窗外的月光倒是發暗了，可是那個嬰兒又不住地啼哭，就把紅蠍子給驚醒了。紅蠍子一醒，她就不能再睡了，又跟秀俠談閒話。直談到天色將明，紅蠍子仍然說着，秀俠卻在不知不覺之中睡去了。

　　次日秀俠醒來時，就見紅蠍子正在院中練劍，劍勢如鳥轉鷹翻，陪襯上紅蠍子今天換的一身大紅綢子的衣褲，更如丹鳳一般，華豔絕倫。練完了幾套劍，她又試她那細巧的袖箭。那袖箭不過是在袖口裏藏着，抽出來是一隻八寸多長，很細的刻着花的竹筒。竹筒的上面有個黃銅的箍子，那就是彈簧。她另從一個衣袋裏拿出個皮套，皮套裏有十幾枝又細又短的箭，但箭頭卻極為鋒利，被陽光照得發亮。

紅蠍子在東牆上掛着一個棉布做的小口袋，就像是個煙袋荷包似的。她站在西牆，相離約五六丈遠，她就一枝一枝地裝着箭去打。她的手只隨便起落，並不必仔細地瞄準，但不多時間，她就將那十幾枝箭完全打在那小棉口袋上，使那小棉口袋變成了個小刺蝟，一枝也沒有虛發。秀俠在窗裏看了，又驚訝，又羨慕，心說：哎喲！她的本領怎麼這麼好呀？她又似乎很惋惜，暗想：一個本領高強，年輕美貌的人竟做女盜！嫁了個兇惡醜陋的強盜丈夫，她那丈夫還對她不好！

此時紅蠍子已將袖箭全都收起，她手提着白龍吟風劍，忽然看見窗裏的秀俠，她就笑着招手，說：“出來，來！我教你練武！”秀俠就假裝作喜歡的樣子，跳跳躍躍地跑到院中來，說：“我還沒洗臉梳頭呢！”紅蠍子指着自己那微微蓬鬆的雲鬢，笑着說：“誰梳了？你看我也是沒梳頭！咱們先練練武藝。我不是說大話，只要你能專心跟我學，一年的工夫，我就准保你所向無敵，江湖隨你走！”

她遂就先用那口白龍吟風劍舞了幾個姿勢，便將劍交給秀俠，說：“你練吧！別害羞，武藝都是一步一步才學成的。我由七歲時就學劍，十歲又學袖箭，為這兩件武器，不知受過我父親多少次打。我父親的脾氣很怪，待女兒一點也沒有情面！”說到這裏，她不禁又思念起她那五載未晤的父親。秀俠接過白龍吟風劍來，心中更是難過。兩個人的心裏雖都各有悲傷，臉上雖然都帶出一些愁慘之色，可是彼此都沒有說出。

當下秀俠略一斂神，右手握劍，左臂平伸，腳下騰挪，劍光抖起。她原想將她父親所傳的劍法施展一套，可是臨時又改變了主意，暗想：我不能露出會武藝來，若叫紅蠍子看出，她必要時時提防我了。於是她就故意將劍瞎掄了幾掄，然後就收住劍喘息，並裝作慚愧的樣子。

紅蠍子倒過來安慰她，笑着說：“你別發怵，只要肯用心練，不久就可以學成我這樣的本事，早先……”說到這裏，紅蠍子笑得接不上氣，她拍着秀俠的肩膀說：“我聽人說陳伯煜的女兒是好劍法，我心裏還有點氣憤呢！那天見你被火眼龐二他們裝在車裏，你一點辦法也沒有，我就看出來你不行。如今一看，原來你對劍法是一點也不會，咳！你怎麼這麼荒唐呀？你既不會劍法，可又帶着這麼好的寶劍出來，找寶刀張三報仇，那如何能成？你不是自己找着受苦遇難嗎？”說得秀俠不禁落下了眼淚。紅蠍子又笑着勸她說：“別哭！你就拜我為師吧，以後天天我傳授你武藝，可是你將來別忘了師父對你的好處！”說畢這話，她就高高興興地指點秀俠的劍法，隨說隨以劍作比。

秀俠的武藝原有根底，紅蠍子所說的雖很簡略，但她卻都明白。她就更覺出，這女盜的劍法實在精熟，真堪與自己的亡父相比，而不分上下，或者比自己的叔父陳仲炎的武藝還要強些！所以她的心中便轉了念頭，不再急着下山逃走，她要從這女賊學會劍法，尤其要學會她那百發百中的袖箭。耐心地在此住上一二年，待藝成之後，自己再索回了白龍劍，去尋寶刀張三，為父復仇。

　　待了一會，那焦媽起來了，何媽也來了。兩個老媽子見紅蠍子忽然又對秀俠好了，而且還十分親熱，她們就不禁驚訝。紅蠍子在院中教了半天劍法，秀俠都學會了，紅蠍子就很喜歡秀俠的聰明，就更對她好，也不叫她下廚房去做飯了，只叫她幫着抱抱孩子，用飯時二人也是在一起吃。秀俠一口一聲地向紅蠍子叫沈姑姑，但是看她倆那親密的情形，簡直如同姊妹一般。

　　何媽看了這種情形，她倒是十分歡喜，她伺候着，更是高興。可是那焦媽卻十分妒恨，氣得跟個蛤蟆一般。秀俠知道這焦媽也是個強盜的妻子，看她那兇橫的模樣，大概什麼都做得出來，所以就對她不敢得罪。每逢要吩咐她做點什麼事，必要先笑着，就像請托似的。所以兩天之後，就把那焦媽也感化得消了妒恨，並且沒事時，也很高興地跟秀俠談天。由她的口裏秀俠又知道了許多關於紅蠍子的事情，知道紅蠍子在這幾年之內作案無數，多處的官人都正在捉拿她。可是因為她的武藝太好，這座山的形勢又極為僻靜、兇險，所以官人才對她莫可如何。

　　秀俠來到這裏約兩個月，見紅蠍子倒是不常常下山去打劫，可是她的銀錢似乎是很多，衣服首飾也不計其數。秀俠就明白，紅蠍子在過去一定是做過大案，並且不定殺過多少人。所以紅蠍子雖然對秀俠很好，可是秀俠心中總是警戒着，自己真心的話絕不對她說一句。

　　這時，山中的木葉脫盡，北風吹起，十分寒冷。紅蠍子把她自己的舊棉衣給了秀俠兩件，讓何媽拆洗了，改小了，給秀俠穿。她仍然每天教授秀俠武藝。她是越教越有精神，秀俠也是越學越有興趣，更因為每天兩人舞劍打拳，都十分忙碌，所以倒忘了各人心中的愁思。

　　時間一天一天地過去，轉眼已進入了嚴冬。山中落了大雪，四面的高峰峻嶺都成了銀色的，天空卻像黑鉛那般陰沉。就在這大雪飄飄之中，忽然黑山神于九回到家裏。黑山神進門的時候，是被兩個人抬着，他披着大羊皮襖，那羊皮就跟雪那樣的白，可是卻染了幾處血跡。紅蠍子一看見了，她就不住痛哭，和那幾個隨她丈夫來的人雜亂地談話。秀俠本來很驚訝，打算要聽一聽，黑山神在外面到底是被什麼人所傷，傷得重不重，可是那何媽就拉着她，悄聲說：「快走，跟着我走吧！」秀俠驚訝着，也猜不出這事與自己有什麼相干，就跟隨何媽到了門外。就見外面，在那枯凋了的楓樹上拴着四匹馬，馬都低着頭啃雪，卻沒有一個人顧得來喂。何媽就帶着秀俠踏着雪走，村裏也沒有一個人。

　　出了村子到了山坡上，才看見有幾間茅屋，石頭院牆，原來這就是何媽的家。何媽讓秀俠到家裏，這才悄聲告訴她說：「陳姑娘，我把你護到這兒來，是九奶奶的主意。九奶奶她早就囑咐過我啦，說是只要九爺一回家來，就讓你到我們這兒住些日子，因為……」說到這兒她覺着很不好意思，就又說：「焦媽是個壞人，她盼着九爺把你收作小奶奶。那樣一來，九爺就能長在家住了，不至於再到外面姘女人去啦！九奶奶早先也打算那樣辦，可是現在你當了她的徒弟，她覺着你很好，她就不忍得那樣把你糟踐了，所以才叫你到我這兒來住些日。九爺受的傷不太重，大概養些日他還要走，可是不能叫他瞧見你，只要他一瞧見，他可就永遠惦記上了，你就早晚脫不開他的手。」

　　秀俠一聽，不禁臉紅，同時心中十分難過，因為自感到處境是太危險可慮了。但紅蠍子那樣一個盜婦，竟能如此關照自己，卻又實在難得。何媽說完了那些話，就又囑咐秀俠說：“陳姑娘，你可千萬好好在我家裏住着，別出門。九爺這次帶回來的那幾個，也都是壞小子，倘若你在我家裏出了點什麼舛錯，紅蠍子她可就許要了我的命！”秀俠連連點頭，說：“我絕不能累上你！”待了一會兒，何媽就走了。窗外的密雪仍然飄着，屋裏很黑，秀俠悶悶地坐着，心中不勝煩慮，她想逃又不敢逃，不逃卻又覺身邊時時有危險。何媽的家裏有兩個兒子，一個兒媳，三個孫子，很是熱鬧，秀俠由此又不禁思念起自己久別的家。

天色都快黑了，雪愈下得密，忽然，秀俠眼見着由窗外石牆之上跳下來一個人，站在雪地上。秀俠吃了一驚，定睛一看，才看出是個女人，正是紅蠍子。她那身紅衣裳站在皓白的雪地上，更顯得十分的豔麗。秀俠立時把眉頭展開，趕緊迎了出去，笑着叫道：“沈姑姑，你真漂亮呀！”說到這裏，又覺得自己不應當太喜歡了。就見紅蠍子的兩眼又迸出兇光來，臉色也跟往日大不相同，她倒背着兩手，忿忿地看着秀俠。秀俠心中就不禁又害怕，她趕緊溫和地問說：“聽說九爺這次回來，是受了傷了，不知道重不重？”紅蠍子瞪着眼，厲聲問道：“你知道九爺是被誰殺傷的？”秀俠戰戰兢兢地搖着頭說：“我不知道！”紅蠍子把手抬起，原來她身後藏着那口白龍吟風劍，秀俠趕緊向後退了兩步。紅蠍子雖狠狠地舉起寶劍，但卻不往前來逼，她就厲聲說：“殺傷我丈夫的就是你那叔父陳仲炎！我丈夫的左手都被他砍掉了！我對你這麼好，你叔父卻害我家的人！”秀俠嚇得渾身顫抖，說：“我不知道，我來到山上快四個月了，我叔父做的事我如何曉得？”

紅蠍子的臉色突然又緩和了，她走過來，一手提劍，一手又拍着秀俠，安慰着說：“真氣極了我啦！你叔父真可恨，早晚我一定殺了他，給我丈夫報仇。可是我不恨你，你是小孩子。我來不過是叫你知道知道，你叔父有多兇狠，比我們做強盜的人還狠！以後你別姓他那個陳啦，你改我娘家的姓，也姓沈吧！”秀俠點了點頭。紅蠍子又囑咐她說：“你別害怕，在這裏好好住着吧！我還得走。咳！你叔父真可恨，九爺現在疼得連話都不能說，我還得趕緊回去看看！”當下紅蠍子又跳牆走了。

這裏秀俠卻對於她的叔父陳仲炎不勝思念和欽佩。她此時心中最惦念的就是：不知叔父陳仲炎是在什麼地方殺傷的于九？更不知叔父出來是為尋找自己呢？還是為尋找寶刀張三報仇？仇也不知報了沒報？因此她心中十分不安，想要設法去打聽，可是紅蠍子又不准她離開這裏。天又晚了，雪又大，何媽也沒再回來看她。這一夜，秀俠做了許多怪夢。

到次日，她就盼着何媽或是紅蠍子前來，可是直過了正午，仍不見她們的蹤影。外面的雪還是落得很緊，院中的雪都有二尺多厚，看樣子這雪似乎是想把這座坎坷的陵谷填平了。秀俠像個囚犯似的在這裏待着，心中想不出一點主意，眼前又尋不出半點機會。

晚飯之後，忽然何媽急匆匆地跑回來，見了秀俠就說：“陳姑娘你快去看看吧！九爺死了！九奶奶哭得暈過去好幾次，誰勸也不行，只有你，你快給勸勸去吧！”秀俠吃了一驚，面色都變了，她趕緊擺手說：“不行！我不能去見九奶奶。九奶奶昨天來了，她說她丈夫是我叔父給傷的，其實我連想也想不到，可是我見了九奶奶，她一定要殺我！”她驚慌得身上直打戰。

　　何媽也驚得怔住了，說：“哎呀！原來那什麼陳仲炎，就是你的叔父呀？那個人可真厲害。他是在中牟縣遇見了于九爺，于九爺還帶着七八個人呢，他們只是兩三個。九爺也沒招惹他，可是他就動起手來，不但傷了九爺，連九爺的兩個盟弟都給殺死了！”又說：“昨天九爺回來，我看他還能夠睜眼，我還以為傷不大重，可是沒想到他的一隻左手全都沒啦！真慘！哼哼了一天一夜，到現在才死，九奶奶哭得成了淚人。”

　　正說到這裏，忽聽外面咕咚咕咚地打門。何媽把話頓住了，回過頭，驚訝着往窗外去看。秀俠趕緊拉住何媽，驚慌地說：“千萬別給他們開門，這一定是九奶奶他們要來殺我！”說時她渾身哆嗦着。這時外面仍然咕咚咕咚地捶門，並有幾個男子的聲音喊道：“快開！快開！”秀俠在這危急萬分之時，只得把心一橫，她暗想：我不會跟他們拚命嗎？我近幾個月來從紅蠍子學武，武藝已進步多了，我跟他們拚一拚，也許能夠逃走。她瞪着眼睛四下看了看，可惜這屋中沒有一件兵刃可使。她就趕緊跑出去，又到何媽的兒子的屋中，這屋裏的人全都嚇呆了，小孩子也不住地哭。

　　那何媽的二兒子名叫何石頭，年才十七八歲，他由床下找出一口鐵片刀來，向秀俠忿忿地說：“給你刀，你跟他們拚去！別向他們求饒！反正你們是仇人啦，紅蠍子饒得了你，別人也不能饒你。你拚去，我有一杆槍，我幫助你！”秀俠望着這強壯的小夥子，她倒不禁十分驚訝，便接過刀來。何石頭又要去找他的扎槍。何媽卻進來，哭着把她的兒子攔住，跺腳說：“你別給我惹事呀！”何石頭的兄嫂也都把他攔住。

　　這時外面那些人捶了半天，見門還不開，他們就有兩個人跳上牆頭，連人帶大堆的雪全都滾在院裏。他們爬起來就打開院門，外面七八個大漢子都拿着鋼刀、木棍闖了進來，一齊嚷嚷着說：“何大媽！把那丫頭弄出來，她是陳仲炎的侄女！她叔父殺死了九爺，我們得替九爺報仇！”秀俠見外面來的人太多，她手中雖有兵刃，可是不敢上前去動手。那何石頭卻握着拳頭要撞出去，替秀俠打不平，但他的哥哥卻把他抱住，他嫂嫂並捂着他的嘴。

　　何媽是擋住屋門，她一看，這七八個大漢裏，除了兩個是常隨着于九到外面去的強盜，其餘都是村裏的熟人，都是紅蠍子的手下，於是她就不怎麼害怕了，她也高聲說：“喂！你們這些小子，別在我這兒混鬧！陳姑娘在我這兒住是九奶奶的主意，有什麼事兒，你們請九奶奶來，我就把陳姑娘交出去。你們來可不行，你們休想進我的屋子！”

　　外面的人說：“好！請九奶奶去！請九奶奶去！”於是就有人走了，可是這裏還有幾個人抱着刀，堵着屋子。何媽便回過頭來，悄聲告訴秀俠說：“你別怕，九奶奶來了，我替你下跪求她！”其實秀俠這時倒不恐懼了。她眼望着那忿忿地要替自己打不平的何石頭，心說：人家都肯為我拚得出去，難道我倒拚不出去嗎？紅蠍子來了，我就跟她鬥一鬥！

　　少時，外面就有人悄聲說：“九奶奶來了！”何媽剛要跪下向紅蠍子央求，求她別害秀俠，卻見紅蠍子仍然穿着大紅的衣裳，鬢發蓬鬆，臉上掛着淚痕，咬着嘴唇，瞪着兩隻冒着毒焰的眼睛。她手中卻未帶寶劍，只拿着一根皮鞭子。進門來她就向那幾個大漢子怒罵道：“誰叫你們來的？沒有我的話，你們憑什麼來此攪鬧？"說着就揮動皮鞭，狠狠地向那幾個大漢的背上去抽，只聽吧吧的響聲驚人。幾個大漢也不敢還手，並且連哼一聲也不敢，就一齊向門外跑去，有的跌倒在雪裏，爬起來又跑。

紅蠍子把那幾個大漢全都打走了，這事倒真出乎何媽等人的意料之外。她又氣喘吁吁地走進屋來，向秀俠說："走！跟我回去吧，我看他們誰還敢害你？"說着，伸過一隻手來拉住秀俠。這只手雖然凍得很涼，然而是柔軟的，秀俠不禁感動得落下淚來，她哭着向紅蠍子說："沈姑姑！我叔父殺死了你的丈夫，你卻對我這麼好……"紅蠍子流着眼淚，但又微微地笑着，這一笑就仿佛是雨中開放的桃花。她溫柔地說："傻丫頭！你叔父殺了我男人，干你什麼事？冤有頭，債有主，我絕找不到你一個小姑娘的頭上。別怕！跟我回去！我現在的心裏真難受，你勸勸我吧！"說着，她連手中的皮鞭子都扔在地上了，又掏出一塊繡花的手帕來，掩面不住痛哭，秀俠也汪然而泣，這時連那何石頭全都怔了。

何媽婆媳在旁邊勸了半天，紅蠍子方才止住哭啼，然後她自己撿起了皮鞭，就拉着秀俠的手走出門去。這時的雪更大，紅蠍子的紅衣褲都被雪沾成了白色，頭髮上也覆滿了雪，仿佛戴了一頭白花，眼淚都在臉上結成了冰，她的兩隻腳踏在雪中，更成了玉筍。

秀俠跟隨她回了家，就見在那裏的許多大漢，還都不住向自己怒目相視。秀俠見紅蠍子對自己雖無殺害之心，但這些人卻恨自己入骨，心中就忐忑不安。紅蠍子把秀俠帶到北房中，就見那床上躺着黑山神于九的屍體，那連鬢鬍子、大黑臉、帶毛的胸脯，和那斑斑點點的血跡，簡直如同一隻死熊一般。紅蠍子看了，又不禁抽噎着痛哭。秀俠倒並不為黑山神傷心，卻由這具死屍又想起自己父親的慘被殺害之事，她便也不禁汪然流淚。紅蠍子就拍着秀俠的肩頭，說："秀！咱們現在都別哭啦，咱們得商量個辦法，就是我打算為我丈夫報仇。現在你叔父在中牟縣劉鳳皋那裏住着，與他同行的有陳州的鏢頭侯文俊，許州的鏢頭徐飛，九爺就是被他們殺死的。明天把九爺葬埋了，後天我們就走，到中牟縣。因為我不認識你的叔父，所以須你指點我，到時你只告訴我陳仲炎是誰就行，不必你幫助我。殺完了陳仲炎之後，咱們兩家的冤仇就算都解開了，咱們依舊回到山上來學習武藝。要不然，我也保護不住你，因為九爺手下的那些人，非要立時就殺死你不可！"

聽了紅蠍子這些話，秀俠不禁身上顫抖，暗想：這是什麼事兒呀？她叫我領着她去殺我的叔父，這如何能成？但是，見紅蠍子說完了那話，就忍着淚，繃着臉兒，瞪着兩隻冒着兇光的眼，又命焦媽和幾個嘍囉給死屍換衣裳，在這種景況之下，秀俠就不敢駁回，也不敢請求或央告，她只得退到外屋，呆呆地站着。

過了些時，外面又抬進來棺材，也不知從哪裏還弄來的燒紙，就將黑山神入了殮，焚化着燒紙，許多嘍囉都放聲大哭他們的九爺。紅蠍子這時就似兇神附了體，她並不再悲傷，就掄着那口白龍吟風劍，大聲喊道："不許哭！"她喊出這句話來，許多大漢子都一齊住了聲。紅蠍子以寶劍剁地，狠狠地頓足，說："你們哭什麼？等報完了仇，殺死了陳仲炎，你們再來哭！棺材就停在這裏，後天……"她瞪眼望着庭中飄飄的大雪，忽又一咬牙，說："明天清晨咱們就走！"秀俠一聽紅蠍子說是明天就要走，她就嚇得顏色更變，那些大漢卻都非常高興。

紅蠍子又到院中，在雪天下，與那些大漢子聲音嘈雜地又商量了半天，隨後那些人就漸漸散去。紅蠍子進到屋中，將白龍劍又收入鞘內掛在牆上，她就叫那焦媽替她收拾行李。焦媽也是很興奮的，並時時用眼瞪着秀俠，秀俠卻永遠捏着一把汗。

到了夜間，紅蠍子很早就睡去了，孩子叫秀俠抱着拍着。秀俠一面拍着那強盜的孩子，一面緊張地想着：無論如何今夜我得趕緊逃走！即使明知被他們發覺追上，就一定得殺了我，但我也得逃。我得趕緊到中牟縣找我的叔父和兩位師兄，叫他們得防備着，因為紅蠍子的袖箭太惡毒，只要叫她找了去，叔父必然沒命。這時，窗外的雪仍然密密地落着，北風呼呼地響，也不知是什麼時候了，孩子已躺在自己的臂上睡熟，紅蠍子在床上發出了鼾聲。秀俠就將那孩子輕輕地放在紅蠍子的身畔，她躡着足走到外屋。

只見外屋就停着那口可怕的棺材，棺材前有兩枝將要燒盡了的蠟燭，突突地發着淒慘的光亮。屋門並沒關閉，院中也無人聲，秀俠曉得那些嘍囉都是在這村裏住家，現在他們一定是各自回家去睡覺，好預備明天走路。只是，隔着門縫去看，見那南屋裏的燈光還很明亮，不知那焦媽是睡熟了沒有。秀俠一眼又看到壁上掛的那口白龍吟風劍，心中更是突突地跳個不止，但她不敢稍微耽延時間，就企着腳將那口寶劍摘下。寶劍一到手中，立時勇氣就有了，她就悄悄地先將棺材前那兩枝蠟燭吹滅，然後輕輕推開了個門縫，側身出屋，踏着地下很厚的積雪，走到大門前。一看，門關得很嚴，她就到牆邊一聳身，便上了牆頭。然而那牆頭上也有很厚的雪，秀俠立腳不住，一下就把她摔到了牆外，幸因地上的雪厚，雖然她躺在了地上，但卻沒有一點聲音。她趕緊挾着寶劍爬起來，這時忽地又刮來了一陣寒風，這陣風刮來得很猛，幾乎又把秀俠吹倒。堅硬的風，大塊的雪，擊得秀俠的臉生疼，眼睛也迷住了，但她掙扎着，迎着北風驚慌地去走。

沒走多久，忽聽耳畔騰起了一陣聲音，她嚇得身子一顫，止住了步，發怔地去看。原來是旁邊有戶人家，籬笆裏射出燈光，照在雪地上特別明亮，那籬內的草屋中人聲嘈雜，並有骰子擲在瓦盆裏之聲。秀俠猜想：在裏面賭錢的必是那夥強盜。她見門前的一棵樹上繫着兩匹馬，都沒有人看着，她立刻又驚又喜，便偷偷地走到近前，解下一匹馬來，騎上就走。這馬上並無鞍韉，馬身是白色的，着上了厚厚的雪，更顯得潔白。同時這匹馬跑得還很快，四蹄撓起來雪花，一點聲音也沒有，少時就出了楓葉村。

此時就是尋找山路太為困難，因為山嶺、路徑，甚至於每塊石頭都是白的，可以說此時的天地是渾然一色，什麼也分辨不清楚。秀俠催着馬，心中十分着急，就像亂撞似的，撞了半天方才闖進一股山路之中。山路還不太窄，可是極為迂迴曲折，並且很陡，所以秀俠這匹馬不能夠快走。她心裏卻極為焦急，又須提防馬被雪滑倒。她一隻手勒着韁繩，一隻臂挾着白龍吟風劍，在風雪之中，像一個逃亡的小獸那樣躅行，不多時便走下了山，到了平地。

這平地上的雪更厚，更是什麼也看不清，方向秀俠也不知道，她就催着馬盲目地走。忽然回頭一看，卻見那山上的皚皚白雪之中亮起了一片火光，秀俠心說：不好！他們追下來了！於是緊緊催馬走去。但走了不遠，她忽然一慌，竟從馬上跌下。幸虧地上是雪，沒有跌着，同時那匹馬是受過訓練的，它把人摔下去之後，它就站住不動。秀俠趕緊爬起來，拾起來寶劍，又向馬背上去蹦，她費了很大的力才又上了馬。可是這時後面就有馬追來，馬上的人高聲喊着，那聲音在寒風裏抖動着，就聽是：“秀！秀！回來吧！秀！”秀俠心中更加驚慌，就趕緊用劍鞘擊馬，不顧性命地一直跑去。

跑下了很遠，秀俠就接不上氣了。她收住了馬，叫自己喘口氣，馬也喘喘氣。再回頭去看，後面遠處已沒有了火光，紅蠍子的追叫之聲也沒有了。但她還是不放心，因為看道旁還有山，還沒算離開危險的地帶，她就依然催着馬去走，跑一會兒，喘一會兒，但總是不停。所過的村莊、道路、河冰、橋梁全都是白色的，靜靜的，沒看見一個活動的東西，直走得她頭昏身倦，馬也像是跑不動了，這時她才知道，雪已然住了，而面前那天際茫茫的雲霧之中，現出些光明。她不禁驚喜：哎呀！我還沒走錯了路！一直走就是東，太陽快出來了！又回頭看看沒有人追，左邊的高山也退盡，她喘着氣，抽出白龍吟風劍看了看，又歡喜得要笑。

但忽然在她的面前又現出來一個難題，那就是自己現在身邊一個錢也沒有，中牟縣離此很遠，又不是一天兩天能趕得到的，自己可在哪裏吃飯投宿呢？她一面催馬前行，一面發愁，不覺面前的陽光越來越明，路上也偶然能看見一兩個趕路的人了。地上不但是雪，還有冰，陽光越升，雪也越薄，冰反倒越厚，馬蹄踏在上面，就發出喳喳的響聲。

此時路旁的村莊屋宇都已在雪中出現，樹木沙沙地在風裏抖動着寒枝上的積雪。秀俠也拍了拍身上的雪，又掃了掃馬背，然後呵着手，挾着劍，往東去行。就見面前是一座市鎮，過了這處市鎮，路上的人就更多了。挑擔的、背包的、趕着牛車的、騎着驢馬的，什麼樣子的人都有，都是向同一方向去走。秀俠跟隨着他們，並向他們問道：“借光！這是什麼地方呀？”

同行的這些人本來都正在注意着她，她是太使人注意了：十三四歲的小姑娘，兩條小辮上紮着白頭繩，可穿着紅緞棉襖，青緞夾褲，臂挾着寶劍，還騎着一匹沒有鞍韉的健馬。於是就有個騎小驢的老者，問說：“姑娘，你要往哪裏去？”

秀俠見問一怔，倒像是不知如何回答，她遲疑了一下，就說：“我是要到中牟縣，去找我叔父……”說出這句話來，卻又自悔失言，因想：倘若這裏有與黑山神相識的，與我叔父有仇的人聽了，那豈不又要惹出禍事？於是她趕緊又說：“我叔父在那兒做買賣，開舖子……”見人家都注意她手中的白龍劍，她就說：“我叔父開鐵舖，賣刀槍，他也收買刀槍。現在是別人有一口寶劍托我給他送去，賣給他，這口劍……”她怕又因劍得禍，就說：“也不是一口什麼好寶劍，頂多了也就值十兩銀子。我還順便看看我叔父，因為我跟我叔父有好幾個月沒見面了！”末了這句，倒是她的真話。她不禁心中一疼，眼淚就要流下來。

旁邊的人都嘖嘖地誇讚，那老者就說：“真不容易！一個小姑娘竟走這麼遠的路？可是中牟縣離這兒還遠得很呢！這兒是舞陽縣地面，往東北九十多里才是許州，過了許州再往北走很遠，那才是中牟縣呢！”秀俠一聽這裏離許州很近，她心中就又想出個主意來，她想：自己忍饑忍餓再走一天，九十多里路騎着馬走一天，大概能夠趕到。只要一到了許州就好了，師兄徐飛現在雖同着叔父在中牟，可是他那鏢店的人都是父親、叔父的好友，他們一定能幫助自己走到中牟的。

這時身後又有馬蹄之聲，她趕緊回頭去看，見是四匹馬，馬上的人倒都衣帽整齊，不似凹子峪的那些強盜。於是她就向那騎驢的老者詢明了往許州去的路徑，就催馬走去。走出了三四里地，在馬上回頭一看，見那牛車、荷擔背包的人，和那騎驢的老者都已丟在後面多遠，可是那四個騎馬的人卻趕上來了。

第五回　忍饑耐苦千里尋親　仗義扶危雙鈎拒盜

　　秀俠不禁暗暗吃驚，因見那馬上的四個人雖然不似強盜，可都是二三十歲的壯漢，馬上都帶着刀，都把亮亮的眼睛盯着自己。秀俠就非常疑慮，倒不敢快走了，故意把這四匹馬放過去，讓身後那騎驢的老者又趕上。她還是與這老者同行，並問說：「老伯伯，你是要到哪裏去？」那老者說：「我是南陽府的人，有個閨女嫁在郾城縣，現在我是看我的閨女去。」秀俠隨着這老者去走，走下二十多里，前面那四個騎馬的人便已去遠，看不見了。但秀俠卻又提防着後面，恐怕紅蠍子帶着嘍囉追趕下來，所以她就漸漸把馬催快了些，離開了這個騎驢的老人，順着大道往東北去走。

　　又走了二三十里地，就過了郾城。此時天色已過正午，太陽從雲中露了出來，地上的冰雪漸漸融化，路上十分難行，可是往來的人更多。從昨晚直到現在，秀俠腹中水米未進，她已又饑又渴。同時她騎着的這匹馬也累了，也餓了，無論怎樣揪它的鬃，捶它的後胯，它也是不快走，走上幾步它就站住，低着頭去啃地上的冰雪。秀俠十分着急，心想：這可怎麼好？今天要趕不到許州，我就連住的地方都沒有。身邊無有分文，馬也沒草料，人不吃可以，馬不吃哪兒成呀？她又時時回頭向後去望，總覺得紅蠍子那些人是要追來似的。

　　又向前走了不遠，便又看見了一座城池，向路旁的人一打聽，原來前面是臨潁縣，過了臨潁便是許州。秀俠心中就更急，可是座下的這匹馬更不能快走了，而且自己也覺得頭暈眼眩，周身無力。但是沒法子，她只得掙扎着再往下去走。

　　又走不多遠，就進了一個村莊。這村子裏養着許多條大狗，一聽見馬蹄聲，就齊跑出來，圍住馬汪汪地亂吠，馬更不能向前走了，秀俠就像是陷在了狼群裏。這些狗個個張着大口，呲着尖牙，都仿佛比狼還要兇惡。秀俠就抽出寶劍來，晃動着，向那些條惡犬威嚇，並尖聲呼叫道：「有人沒有？看狗來呀！」

　　她這樣一喊，就見從一家柴扉裏跑出來三個人。這三個全是年輕的男子。秀俠一看，就不禁更吃一驚，原來其中有兩個很眼熟，就是早晨在路上遇着的那四個騎馬人之中的兩個，秀俠立刻驚慌了，以為自己又走進了賊窟。可是見那三個人倒還都無惡意，他們只是一面趕着狗，一面用驚疑的目光向秀俠來望。

　　這三個人中有一個高身材的，他就上前將秀俠的馬匹攔住，問說：「姑娘你先別走，你拿着一口寶劍，到底是要往哪裏去？在路上我們就想問你，可是沒好意思。”秀俠見這人說話雖然和藹，但自己心中仍是疑懼，就說：“我要到許州去看一家親戚！”那人又問：“姑娘，你的親戚姓什麼？住在許州城裏還是城外？”

秀俠尚未答言，就見從那柴扉裏又出來兩個人，其中一個約有四十多歲，這麼冷的天他可光着脊梁，顯見是才練完武藝。這人上前來，就向秀俠抱拳說：“姑娘你別疑惑，我們不是歹人。這裏叫宿家莊，我名叫雙鈎手宿雄，這幾位都是我的盟弟，他們都是各路的鏢頭。因在路上看見姑娘，覺得你形跡可疑，現在你又從這里路過，我們才想問問你，並無別意，你放心！”另有一個人就說：“先把她的寶劍要過來看看！”

秀俠立刻急了，便嚷嚷着說：“你們為什麼不許我過去？我的劍不許你們看！”她一面掄劍，一面催着馬要走，就見那光着脊梁的人舉臂高呼，說：“姑娘！我們就問問，你是否是陳伯煜之女？那口劍是否是白龍吟風劍？”秀俠才催馬闖出了幾步，一聽到這話，她倒怔住了。她就勒馬回頭去看，就見身後那幾人倒是不似有什麼歹意，於是她就問說：“你們認識陳伯煜嗎？”此時那雙鈎手宿雄已披上了一件棉襖，他說：“我們怎麼不認識？在十年前我就受過鐵掌陳大爺的好處，直到現在我還欠着陳大爺幾十兩銀子沒還，可憐陳大爺，在秋天被寶刀張三那王八羔子給殺害了！”

宿雄身後的幾個人就齊聲問道：“小姑娘，你是秀俠小姐不是？不必瞞我們，陳二爺是前些日從這裏過去的，他曾託付我們，尋找他的侄女秀俠！”秀俠聽到這裏，不由熱淚汪然流下，便點頭說：“是，我就是秀俠，你們哪位知道我叔父現在哪裏？”宿雄等人見秀俠自認是陳伯煜之女，便齊都歡喜，說：“姑娘，請到家裏歇會兒吧！別着急，我們一定能送姑娘去見陳二爺。”秀俠此時正在饑渴交加，彷徨無計，如今見雙鈎手宿雄等人，誠意迎她到家中去休息，她就像遇見了救星，趕緊收了寶劍，下了馬。宿雄叫人把她那匹馬接過去餵飼料，他就領着秀俠進了柴扉。

秀俠見門裏有六七間房，宿雄有母親，還有妻子。那幾個人都是宿雄的盟兄弟，名叫李殿傑、秦保旺、馮玉、貫龍江。這四人全是開封府的鏢頭，如今是在南陽卸了鏢車回來。向來他們從這宿家莊路過之時，必要來看一看盟兄。如今又因在路上看見了一個行跡可疑的女子，所以來向他們的盟兄一提說，雙鈎手一聽就十分驚詫，趕緊派了他的胞弟宿勇，騎着馬迎頭打探那女子是否陳伯煜之女。宿勇走後還沒回來，秀俠姑娘就騎着馬來到莊中。

如今雙鈎手宿雄見秀俠吐露了真情，說了她遭難脫難之事，宿雄就說：“姑娘你幸虧遇見我，不然就是紅蠍子追不上你，你也休想走得到中牟。因這條路上有不少黑山神的夥伴，你騎的那匹馬他們都許認得，這白龍吟風劍更惹人注目。”宿雄又說：“我在鏢行多年，去年保鏢至穆陵關，遇着了一位少年俠客，名叫袁一帆，我們兩人因為一些小事就爭鬥起來，我敗了。我就發誓，如出不了這口氣，我就永遠不保鏢，所以我就回到家裏來專心練武，除了盟兄弟之外我一概不見。說實話，我並沒見着陳二爺，不過我聽說陳大爺被寶刀張三殺死，陳姑娘也失了蹤，陳二爺出來是為兄報仇，並要尋找他侄女的下落。那天我聽說陳二爺到了許州，就趕緊去見他，可是我到了那兒，他已經走了。姑娘，現在你既到了這裏，我們可不能再叫你隻身遠行了。請你在我們這裏歇一天，明天我們幾個人辛苦一趟，把你送到中牟，去見陳二爺。如若陳二爺沒在那兒，我們還得送你回新蔡縣。至於將來尋着寶刀張三為陳大爺報仇的事，我們也得出力，因為陳大爺是我們的前輩英雄，對我們也真有過好處！”

　　秀俠見宿雄是這樣豪俠慷慨，熱心地要幫助自己，不禁感激得落淚。雙鈎手宿雄的母親也是個很慈祥的人，年有七十多歲了，聽了秀俠的悲慘遭遇，她也十分惋歎，又知道秀俠直到此時還沒有吃午飯，就叫兒媳燒火，給秀俠做吃的。宿雄把他那幾個盟弟都挽留住，就說：“你們都不必忙着走了，咱們沖着死去的陳伯煜，得管這件閒事，想法把那姑娘送到中牟縣見她的叔父。我想陳仲炎現在一定是住在小信陵劉鳳皋那裏。”他那幾個盟弟雖然答應了，可又都像有些為難似的。那個李殿傑就說：“不過，要是因此得罪了紅蠍子，那可怎麼辦？”雙鈎手宿雄卻冷笑道：“怕那惡婦作什麼？只要我見了那惡婦的面，我就要叫她知道知道我雙鈎的厲害！”

　　此時宿雄的妻子已將飯做好，秀俠就在老太太的屋內吃飯。但她時時提心吊膽，時時在聽隔壁屋內宿雄等人的談話，總覺得有什麼禍事就要發生在眼前，又仿佛那禍事若出來，就是宿雄等人也攔擋不住似的。

　　吃完了飯，宿老太太就不斷地跟秀俠閒談話，但秀俠卻總是扒着窗上嵌着的一小塊玻璃向院中去看。就見自己騎的那匹白馬已牽到院中，跟那幾個人的馬匹全都繫在一棵枯樹上。院中的陽光時隱時現，但天色確已不早了。秀俠從身旁抽出白龍吟風劍，用衣袖擦了擦，又不禁想到自己為此劍所遭的危難，更想到那口蒼龍騰雨劍，她就又不禁凄然墮淚，淚灑在劍鋒之上。

　　少時，忽聽籬牆外一陣馬蹄之聲，秀俠就吃了一驚，又聽有人在吧吧地叩打柴扉，秀俠更驚懼了。她右手緊緊握着劍柄，扒着玻璃向外去看，就見那宿雄手提着一對護手雙鈎，出來把柴扉開開。進來的是個十八九歲的小伙子，牽着一匹黑馬，頭上流着汗。秀俠心想：這一定是宿雄的胞弟宿勇了。這宿勇一進了門，就驚慌慌地問他哥哥，說：“陳伯煜的女兒沒從這裏走過去嗎？”宿雄瞪着眼睛問說：“有什麼事吧？”宿勇就說：“紅蠍子追下來了，現離這裏還有十幾里，大概少時就到！”

　　宿雄一聽紅蠍子追趕來了，他就叫他的盟弟和胞弟準備與紅蠍子廝殺。宿老太太卻在屋中說：“別惹禍呀！紅蠍子是出名的女賊，女魔王轉世，咱們可惹不得她呀！想法叫陳姑娘在草垛裏藏一藏，她找來就說咱們沒瞧見就得了！”宿勇卻在院中說：“人能藏，馬還能藏嗎？這匹白馬是黑山神于九騎的，路上有許多人都認得這匹馬，所以紅蠍子才知道陳姑娘是往這邊來啦。”李殿傑等幾個鏢頭也全都驚慌慌地，都說：“還是叫陳姑娘避一避才好，不然紅蠍子來了一定是禍事，那娘兒們的袖箭太厲害！”宿雄卻搖晃着雙鈎說：“我不怕！紅蠍子來了你們都不用上手！你們這些軟蛋包，我宿雄可不怕那娘兒們！”他連柴扉也不關閉，擎着雙鈎站在門前去等紅蠍子。他的妻子在屋中嚇得面無人色，老太太卻不住念佛。

　　秀俠一橫心，提着白龍吟風劍就走出屋子，她到院中解下那匹白馬，向外就走。宿勇、李殿傑等人都攔住她，問說：“姑娘你要往哪裏去？”秀俠就說：

“我要走，我不能連累你們眾位！”說時牽馬出門。宿雄又趕過來，說道：“姑娘你別出頭！我在這兒等着紅蠍子呢！”秀俠卻上了馬，說：“你們對我這樣好，我就很感謝了，怎忍再連累你們一家人？紅蠍子是最兇狠的，雖說你們的武藝好，可是敵不住她的袖箭！”說時，她就催馬走出了村子，後面許多條大狗依舊追着她的馬亂咬。

這時雙鈎手宿雄也進門去解馬匹，他騎着黑馬提着雙鈎，就出村追上了秀俠。他大聲喊道：“陳姑娘，你不是怕連累我家嗎？可是我也不放心叫你一人去走，我要跟隨你到中牟縣。”秀俠在馬上回首說：“宿大叔你請回吧！不要管我，我能一人走到中牟縣！”宿雄卻仍然不肯回去。這時，忽見那十幾條大狗又一齊像瘋了似的咬着回村裏去了，宿雄就一驚，臉上變了顏色，向秀俠說：“一定是紅蠍子那些人到了村中，咱們往西邊樹林中避一避！”

往西邊有一片蒼翠的樹林，也不知是松樹還是柏樹。宿雄催馬在前，秀俠在後跟隨，走不到半里，便進了林中。林外的雪雖都已被陽光曬得融化，但林中的雪仍有一尺多深，見不着陽光的枝葉上，仍刮着雪，像開着茂盛的白花一樣。秀俠喘了喘氣，便問道：“我們躲在這裏，家中不要緊嗎？那幾位不能跟紅蠍子打起來嗎？”宿雄搖頭說：“不要緊，只要你我不在那裏，他們便不能打起來，紅蠍子也不能將我的家裏人奈何，因為紅蠍子雖然兇惡，但還不是不講理，她比她的男人好得多了。”

秀俠又想起紅蠍子對待自己的恩情，如今自己奪劍逃走，雖然是為勢所迫，但也未免太寡情了。正在想着，又聽樹林外遠遠之處狗又吠起來，宿雄趕緊跳下馬去，走到林外去看。忽然他又跑進來，向秀俠說：“紅蠍子她們出了村子了，一共五六個人，都騎着馬，姑娘仔細些！”正在說着，就聽馬蹄聲漸近，犬吠之聲也漸近。

秀俠心裏緊張着，她抽出白龍劍，隔着一行樹木向外去看。就見那邊是紅蠍子領頭，個個手中全拿着刀，他們因為尋着了地上冰雪中的蹄跡，竟往這林中搜索來了。秀俠大驚，驚慌慌地向宿雄說：“這可怎麼好？”宿雄卻微微冷笑說：“既是躲不過，那咱們只好跟她拼了！”秀俠說：“咱們只是兩個人，怎能拼得過她們？紅蠍子又會使袖箭！”宿雄說：“那麼你就先逃走，往西逃，三十里有個大石溝，那裏住的李雲慶是我的好朋友，可以去投他，少時我就去！”正說話間，就聽馬蹄聲與犬吠聲已到近前，紅蠍子將要進樹林來了，宿雄卻手提雙鈎，催馬闖出林去。

就見那紅蠍子身後帶着六個人，全是凹子峪的嘍囉。紅蠍子雖然死了丈夫，但並未穿孝，上身是紅棉襖，下身是綠夾褲。一到面前她就下了馬，用手中寶劍指着宿雄說：“你就是雙鈎宿雄嗎？你把陳秀俠藏在哪兒啦？讓她放膽出來，告訴她我不殺她，我只要那口白龍劍！”雙鈎手宿雄卻一陣冷笑，說：“人家陳家的寶劍你如何能要？陳秀俠沒在林中藏着，不信你進來搜！”紅蠍子說：“好！搜就搜！如若搜她出來，我可就不講情面了，連她帶你都得死！”說時，她瞪着兩隻冒着兇光的眼睛，挺劍向林中便走。宿雄卻在馬上冷不防一掄護手鈎，將紅蠍子的頭髮鈎住。紅蠍子趕緊一歪頭，橫劍將鈎架住，但頭髮還是沒脫鈎。那六個嘍囉一齊掄刀向宿雄去砍，宿雄用一隻鈎去敵眾人，一隻鈎就按下來要鈎下紅蠍子的脖頸。紅蠍子極力掙扎，才算脫開，但髮髻也散亂了，並被宿雄鈎下了一大綹頭髮。

　　紅蠍子真氣極了，掄劍躥起，去砍馬上的宿雄。宿雄用右手的鈎一磕，只聽當的一聲，就將紅蠍子磕得手痛。宿雄又把鈎法展開，三五回合他就將兩個嘍囉都鈎下馬去，然後雙鈎齊向紅蠍子去取。紅蠍子以寶劍相迎，又三四合，紅蠍子就覺得宿雄的力氣太大，而且他在馬上，自己的劍夠不着他。紅蠍子就退後幾步，由懷中去掏袖箭。宿雄曉得她的暗器快來了，就狂笑着罵了聲：「狗賊婦！」撥馬就進了林中，在林中並大聲喊道：「紅蠍子，你狗賊婦要敢進林中來，可留神老子的飛鏢！」他這樣一說，那紅蠍子跟幾個嘍囉真不敢進來了，但都向林中潑口大罵。那十幾條狗也圍着他們的馬汪汪亂咬。

　　林外的聲音十分嚻雜，但林中卻很寂靜，沒有一點兒聲音。宿雄在林中四下找了找，卻已不見了秀俠人馬的蹤影，他從雪上的蹄跡辨出，知道秀俠已走出樹林，往西逃去了，心說：「好！叫她逃遠了些，我在這裏再支持一陣。」於是紅蠍子等人在林外罵着，他也在林裏罵着。相罵不多時，紅蠍子氣得忍耐不住，就騎上馬，帶着四名嘍囉闖進林中。宿雄撥馬穿着樹木來回地走，只向他們罵，並不叫他們追着，也不迎上與他們爭鬥。紅蠍子氣得臉色煞白，渾身亂顫，連打出四五枝袖箭，都釘在了地上。這時宿雄卻哈哈大笑，高興得不得了。

　　宿雄見紅蠍子手中的幾枝袖箭已經打完，並見紅蠍子氣得要昏過去，她身後的那幾個嘍囉根本連刀都不會使，他便想乘機將這橫行一時的女盜制於死命。於是他撥馬走出樹林，回頭向着林中喝道：「狗賊婦，滾出來！嘗嘗老子的雙鈎！」

　　紅蠍子立時催馬追出林來，狠狠地掄劍向宿雄就砍，宿雄用雙鈎相迎。二人起始還在馬上爭鬥，後來就一齊跳下馬去廝殺。雙鈎手宿雄所使的這種兵器十分厲害，前端是鈎，後端是劍尖似的，有月牙形的護手，鈎身雙刃鋒利，又像是寶劍一般。宿雄不但鈎法精熟，而且身強力猛，所以在河南鏢行他是個頭等人物。而紅蠍子纖細窈窕，手中的劍也僅二尺多長。就如一只梅花鹿與猛虎在爭鬥，又像是一隻美麗的小鳥跟蒼鷹相搏，然而她卻一點也不肯示弱。只見她那口寶劍，嗖嗖嗖如閃電，似銀蛇，上下飛騰，前後遮護，並時時以狠毒着數向宿雄去取。宿雄雖然不至於全無招架，但是鈎法卻被逼得難以展開。尤其是鋼鈎與寶劍交磕在一起之時，只聽嗆啷啷的震耳的金聲，宿雄他已使盡了生平膂力，然而紅蠍子的寶劍竟不能磕開，他便想着：啊呀！這賊娘兒們有這樣大的力！

　　相戰二十餘合未分勝敗，此時就見由西邊跑來了一群人，原來是宿勇、李殿傑等人。他們招集了村中十幾名壯丁，又請來了幾位官兵，一齊持着兵刃捉拿紅蠍子來了。紅蠍子手下的那幾個就一齊催馬掄刀過來殺宿雄，並彼此驚慌着說：「飄吧！」飄就是走的意思，可是紅蠍子依然戀戰，絕不肯走。宿雄又以雙鈎向這幾個人招架了片時，那邊的一群幫手便已趕到，當時那幾個嘍囉都往四下驚奔。

　　紅蠍子卻更兇狠了，她已抄了馬飛身而上，但仍不肯走。在眾人的包圍中，她揮動寶劍，亂殺亂砍，簡直是個兇狠的女魔。她的髮髻本已被鈎得散亂，這半天的戰鬥，頭髮都抖開了，亂蓬蓬的三尺多長的烏絲，披在後面，灑在前身。她那眼睛射着兇光，那使人怕也使人愛的雙頰流着涔涔的汗。她的左臂大概是受了宿雄一鈎，從鮮豔的衣服上流下血來，但她還不顧疼痛，奮勇爭鬥。宿勇、李殿傑等人刀槍亂上，一齊大呼大罵，說：「拿住紅蠍子，要活的！」

　　紅蠍子的身上大概又受了一處傷，此時她一個幫手也沒有了，便一手掄劍抵擋眾人，一手就由懷中又掏出了箭筒，和一皮袋袖箭。她一將這暗器取出來，宿勇和李殿傑等人就一齊說：「小心點！這娘兒們要使袖箭了！」紅蠍子趁着眾人各自提防暗器，不暇進逼之時，她就將劍插入鞘中，左手續箭，右手按簧，袖箭像飛蝗一般，嗖嗖地向眾人射來。立時李殿傑墜下馬去，一個官人也中了箭，兩個壯丁都被射倒，宿雄也不得不往旁去躲，紅蠍子就趁此時闖出了重圍，隨走隨還回身射箭。宿雄又帶着幾個人向下追了有半里地，就見紅蠍子飄灑着頭髮，騎着馬，像飛似的往北逃去了。他們明知追趕不上了，便只得回來。

　　這裏秦保旺和幾個官人、壯丁已捕住了三個賊人，都是受了傷，就捆綁起來，就由官人給押往縣城去了。這裏幾個中了袖箭的人，傷勢倒都不大厲害，可是都怕紅蠍子前來復仇。宿雄也很擔心，就命人加緊防備，並說：「晚間把狗都要放出去。」院中有個柴草垛，宿雄也叫人挪開，恐怕紅蠍子晚間來此放火，並叫他兄弟宿勇，盟弟李殿傑等人及眾壯丁輪流防守，一夜不許睡。他看着都已佈置好了，這才又牽上馬，提着雙鈎，向他兄弟等人說：「我還得走！我叫陳姑娘奔大石溝找李雲慶去了，可是那股路極難走，她未必能找得到，我很不放心，我要追去看看，咱們幫人幫到底。」說着，他就出門走了。

　　宿雄順着曲折的小道，策馬往西走去。走到那片松林的後面，再往西，越過了兩個村子，就望見面前有一座山嶺，那就是大石溝。這時山色是黑的，但山后噴着霞光，有成群的暮鴉呱呱叫着，由那山邊飛往松林中去了，天色真已不早了。宿雄催着馬走，同時驚覺地瞪着眼四下張望，惟恐紅蠍子沒跑遠，現在又繞道追上自己來。他心想：其實紅蠍子雖然兇猛，且會打袖箭，可是自己並不怕她，只怕的是她暗中尾隨着自己，跟着自己把陳秀俠找着，然後她再暗中下手，殺死了陳秀俠，劫去了白龍劍，那豈不更糟！

　　他一面提防着，一面去走，少時就進了大石溝。大石溝是在山中的一股很寬的道路，附近有稀稀的人家。宿雄一走進來，就直往他的好友李雲慶家去，但還沒有走到，就見迎面來了一騎馬，宿雄倒吃了一驚，趕緊收住了韁。及至對面的馬來到臨近，他才借着晚霞映到山裏的餘光，看出是陳秀俠，他即叫說：「陳姑娘，你找到李雲慶家裏沒有？」

　　秀俠卻顧不得回答，她只驚慌着問說：「紅蠍子走了沒有？」宿雄說：「被我們打跑了。還捉住了她三個嘍囉，都押在衙門去了，你別怕了！」秀俠這才說：「我好容易才找到李家，可是聽他家裏的人說，李雲慶是往開封府去了，是前天走的。」宿雄也不由一怔，秀俠又說：「我就也沒有進去……」剛說到這裏，忽然她又哎呀一聲驚叫，說：「紅蠍子又來啦！」

　　宿雄趕緊回頭，只見一騎馬飛似的向他二人趕來。那馬上的人模樣雖看不清，但是看那飄灑的頭髮就知道是誰了。她人馬未到，先嗖地飛來一枝袖箭，果然是紅蠍子。於是宿雄趕緊向秀俠說：「快隨我走！」當下宿雄催馬在前領路，秀俠鞭馬在後跟隨，兩匹馬就像驚弓之鳥似的，飛一般向西逃去了，鐵蹄敲在石頭道上，嘚嘚嘚地奏出急邊清脆的響聲。後面那匹馬也箭一般的趕來，只聽紅蠍子高聲地呼喊着：「秀！秀……」秀俠心中悲痛恐懼，連頭也不敢回，只催馬緊走。

　　少時，他們這兩匹馬就走過了大石溝，出了山口。宿雄因見她騎的這匹馬很快，就把她放了過去，催着她說：“你在前面，快走！一直走！快！快！”當下宿雄就摘下雙鉤，兩手一分，橫馬斷後，秀俠就在前飛奔去了。紅蠍子也越過了山路，追近來了，宿雄便掄鉤迎將過去，大聲喊說：“賊娘兒們！你不要命了嗎？”紅蠍子卻撥馬躲開，她又顫又喘，擺手道：“你別管！我追的是秀俠，我要那口寶劍！”宿雄卻喊道：“有老爺在你就休想追！休想要劍！”他掄鉤撲上來，紅蠍子也狠狠的用劍相迎，這一女一男，一口劍兩把鉤，雙馬往來，又交戰了十餘合。宿雄見秀俠已經去遠，就不肯再多費力氣，他亂舞着雙鉤，逼得紅蠍子退後幾步，他就哈哈狂笑，罵了兩聲，撥馬又向西北跑去。紅蠍子氣得幾乎由馬上摔下來，她喘了喘氣，又催馬去追。

　　追下又有半里地，天漸昏黑了，秀俠的人馬已沒有了蹤影，可是宿雄在前面相離不遠，已將被她趕上。紅蠍子就又取出袖箭，一按彈簧，嗖的一箭，正射在宿雄的右膀子上。宿雄便伸手由肉中將箭拔出，吧的往下一摔，回首罵道：“賊婆娘，狗賤婦，你這箭就能射得倒老爺嗎？”紅蠍子氣得又要再打袖箭，宿雄卻一面潑口大罵，一面催馬向前狂奔。

　　那前面黑壓壓的又有一片樹林，宿雄催馬逃到林中來，原來秀俠也在那裏。秀俠驚慌慌地說：“宿大叔！如果紅蠍子追進林裏，不如我去見她，就把白龍劍給他，以後再設法追回。”宿雄生着氣說：“憑什麼？只要她進林來，我就叫她死！”說時林外一陣嘚嘚的馬蹄聲，原來是紅蠍子趕來了。林中的秀俠嚇得動也不敢動，宿雄卻哈哈大笑，說：“賊娘兒們！只要你敢進林來，那可就是找死呀！”卻聽蹄聲不停，嘚嘚的聲音越來越小，似是那匹馬已走往別處去了。宿雄就回首說：“怎麼樣？我諒紅蠍子也不敢進林來。”

　　他下了馬走出樹林，往四下看了看方向，他就趕緊叫說：“陳姑娘！陳姑娘！”秀俠由林中騎馬走出，宿雄就說：“好辦了！現在天這麼晚，咱們也不能在林裏藏一夜，回我家裏也不穩妥。反正這時即使紅蠍子再追回來，咱們也不怕她啦！她那袖箭在黑夜裏打不准。”遂又壓下一點聲音，說：“往西十里地，有一座海潮庵，是尼姑廟，那裏的尼姑名叫法師父，年有六十多歲了，跟個老和尚一樣，有膂力，會武藝。她那座廟孤零零在山凹裏，廟中又沒個男人，可是三十多年來沒出過事，連強盜都不敢往那裏去，你就可知那老尼姑是有多大的本領了。我雖沒到她廟中燒過香，可是我想她也略略曉得我的名氣，我把你送到那裏暫住，管保紅蠍子不能找了去。你只要在那裏躲避三五天，然後我就把家裏那點事料理好了，我就送你到中牟縣找你叔父去了。”

　　秀俠想了一想，就說：“人家那廟裏能夠收留我嗎？”宿雄說：“一定能收留，你是個落難的姑娘，尼姑就不能不發慈悲。”當下秀俠想了想，自己現在無處投奔，只好由着宿雄安置，於是她就點點頭答應了。宿雄就收鉤上馬，帶着秀俠繞過了樹林向西去走。因為沒有紅蠍子在後追趕，他們倒也不必催馬急奔了，所以就慢慢地走。

　　這時雖已天黑，可是地上的殘雪還能使人認得出路徑。宿雄在前，秀俠在後，兩匹馬踏着殘雪，在夜色混沌之中向西去走。那北風就像刀子似的，割着他們的臉。宿雄這時肩膀上的箭傷很痛，大概流了不少的血，但他忍着，不作聲，心裏想：

這算什麼？叫個賊娘兒們射了一枝繡花針似的袖箭，我雙鈎手就能疼得叫喚嗎？那樣，我也太不是漢子了！秀俠卻在馬上低着頭暗中流淚，她想：我為了報父仇，為了這口寶劍，受了多少苦難？紅蠍子她雖然兇狠，但對我實在不錯。自然我不能跟她那樣的強盜為伍，寶劍也不能給她，我是應當逃，可是我這次的逃，總多少有點兒對不起她吧！

二人心思不同，但馬卻往同一方向走去。走約十里，天色越發昏暗，就又進了一股山路。這股山路很窄，兩旁怪石嶒峻，秀俠看着便很害怕，並見宿雄對於這裏的路徑也像不大熟悉。又走了多時，找了半天，才來到一座廟前。廟並不大，門外像是有幾棵不很高大的松樹。宿雄就說：“到了，下馬吧，馬就拴在這裏，不要緊，沒人偷。這裏你就是請個賊來，他也是不敢來。”秀俠心中很驚訝，不知這廟中的老尼姑究竟是怎樣的人。

下了馬，宿雄將兩匹馬全都拴在樹上，他就上前打門。他打得很急，那門環子吧啦吧啦的，在這夜靜的荒山裏，十分響亮。少時就見由那廟門的門縫裏，透出來一線燈光，就有個女子的細聲問：“外面是誰？”宿雄便隔着門，恭恭敬敬地答道：“我是東邊宿家莊的宿雄，現在帶來一位受難的姑娘，要來見法老師父，求慈悲慈悲！”裏面沒有言語，那線燈光也忽然逝去。宿雄就回身坐在廟門前的石階上，他悄聲囑咐秀俠說：“回頭見了那老尼姑，你別說話，你就哭好了，她一定能收下你。”

又待了半天，宿雄又聽見門裏的腳步之聲，他就站了起來。裏面一響，門就開開了，現出來一隻燈籠和兩個女僧。秀俠在這邊仔細去看，就見其中果然有一個身材很高，滿面皺紋的老尼。雙鈎手宿雄借着燈光，望了望這兩位女僧，他猜着這一定是那法老師父同着她的徒弟，遂深深作了一揖，說：“老師父，黑天半夜地我們來到這裏，多有驚動！可實在是有急事。我是東邊宿家莊的宿雄，早先以保鏢為生，我的老娘也常來這裏給菩薩爺燒香……”那老尼似乎知道他的來歷，便擺手不叫他說，指着門外的秀俠，問說：“她是你的什麼人？”

宿雄叫秀俠過來，秀俠就哭着，向老尼行禮，老尼也還了問訊。宿雄就把秀俠的家世，和她的遭難的經過，以及現在被紅蠍子逼迫的情景都說了一遍。末了他就說：“這個小姑娘，我沒法安置她，想來想去，我就忽然想起應把她送到這兒來。我瞧這兒頂穩妥，一來是地方僻靜，二來是老師父的威名，足能把那賊娘兒們鎮住。再說，只叫她在這裏住四、五天，我就……”說到這裏，那老尼已領着秀俠進去，就把廟門關上了。

宿雄雖然還沒把話說完，可是他已然放了心。他又坐在門外石階上歇了一會兒，喘過氣兒來，傷勢也不怎麼疼了。他就想：沒想到法老師父竟這麼容易見，也算陳姑娘該脫此難。她這匹馬繫在門前也不大妥，賊倒不能偷去，可是紅蠍子倘若來了呢？一瞧見馬，她就知道人在廟裏了。於是他連自己的馬全都解下來，他就騎着一匹，牽着一匹，往山外走去，在黑夜間趕回了宿家莊。

這時，雪後嚴寒，北風越刮越緊，山裏更為寒冷。陳秀俠被讓進海潮庵內，那老尼的徒弟，一個三十多歲的女尼，就把她帶到一間空房裏去住。這空房裏也沒有燈，秀俠摸了摸，就摸着一座破灶和一舖土炕，似乎這裏早先是個廚房，炕上有一張席，一條棉墊子。秀俠臂間還挾着那口白龍劍，她就先將寶劍放在炕上，又將屋門關好。隨後她脫了鞋，上了炕，身躺在涼席上，上面蓋着那條棉墊。雖然冷得她直哆嗦，可是這一天的驚慌危險，到如今都算度過，她又不能不自慶僥倖，同時感謝宿雄，心想：多虧了這個人！

第六回　蕭寥古廟老尼收徒　荏苒華年女郎成技

　　秀俠躺在炕上，想了一會，雖然身體疲倦，但卻不能睡眠，因為仍然提着心，惟怕紅蠍子會追到這裏來。這裏的老尼雖然會武藝，可是哪能敵得過紅蠍子那樣兇狠呢？倘若因為自己，把這廟中的尼姑全都連累了，自己的罪過有多麼大呀？又想宿雄，那位慷慨仗義的好漢，不曉得這時他是還在廟外受着寒風呢，還是已經走了？此時就聽梆梆的敲木魚之聲，不知是從哪間殿裏發出來的，並有低聲念經之聲，聲音單調呆板，不覺着就將秀俠催得睡了。

　　秀俠也不知道自己睡了有多少時候，因為夜愈深，屋內也愈冷，她就被凍醒了，覺着身子冰涼，手腳縮成一團，又翻了個身，她就側耳向窗外去聽。只聽得窗外山風怒吼，呼呼的，仿佛飛沙走石，連一聲更鼓也聽不見，那木魚聲和念經聲也早就停止了。秀俠不由身上打戰，雖然還有些困倦，卻再也睡不着了。這時忽聽見窗外，風聲裏夾雜着一陣馬嘶之聲，這聲音極凄慘，極恐怖。秀俠立刻驚得坐起身來，手中緊緊握着白龍吟風劍，悚然地又專心去聽。只聽得馬又嘶叫了幾下，似乎離着這裏很近。秀俠忽然想起，這一定是宿雄還沒有走，不然就是自己從方城山騎來的那匹馬現在還在門外了。

　　由此她又覺得自己是錯疑了，真應當鎮定一點，不必大驚小怪。自己經紅蠍子指點了之後，劍法較前已有進步，雖然因為年小力薄，還不能與兇猛的強盜交鋒，可是倘若經叔父再教導幾年，也就可以單身行走江湖，不至再為人所欺了。不然將來可如何殺死寶刀張三，奪回蒼龍騰雨劍，為父親報仇雪恨呢？一想到這裏，她又不禁熱淚滾滾，淚水都灑在席上，連臉全都濕了。

　　她悲痛了一會，就覺得頭昏，將要再沉沉睡去，驀聽房上的瓦喳喳一陣亂響，又聽有兵刃相磕的鏘然之聲，似是有兩個人在房上交起手來。秀俠嚇得渾身亂顫，趕緊又爬起，此時就聽噯喲！咕咚！像是有人從房上摔下。秀俠聽那摔下來的人，聲音像是紅蠍子，噯喲噯喲連聲慘叫，又聽她喊罵說：「干你們尼姑什麼事？我找的是秀俠，秀俠！你這沒良心的丫頭，藏在哪裏了？」秀俠心中又驚，又慚愧。

　　此時窗上就現出了燈光，只聽那老尼在院中嚴厲地說：「你這賊婦！深夜敢到我這裏攪鬧？你這些年殺人無數，我都知道，但我是出家人，不願開殺戒，現在稍微給你一點懲戒。你若再來，或是再為非作歹，我可就不能饒你了！」遂就命人將廟門開開，驅紅蠍子出去。紅蠍子似是被老尼給降服了，一聲也沒敢言語，又噯喲了兩聲，大概就爬出廟去了。接着又聽見關廟門聲，燈光在窗上又晃了一晃，便逝過去了。少時，一切聲音又皆息止，連馬嘶聲也沒有了，只有山風仍然呼呼地吼着。

秀俠此時驚慌過去，卻很難受，仿佛又很慚愧似的，她不放心紅蠍子，心想：她受的傷一定很重，也許走不出這座山就痛死了。咳！她雖是個兇狠的強盜，但是她也很可憐呀！忽然又想：這裏那位老尼武藝太好了，大概在房上僅有三四回合，她就將紅蠍子打下房去，她的武藝該有多麼好呀？我現在年歲尚小，倘若她能收我為徒，教我武藝，我刻苦學上三年五年，到了十六七歲時再走江湖，那時必不能再受別人的欺凌，也容易給父親報仇了。她這樣一想，心中頓時萌生了好多的希望，剛才那些驚恐悲傷，此時又都沒有了，只盼着快些天亮，好見着老尼，請求傳授武藝。如此，她更是睡不着了。

又過了些時，窗紙就漸露白色，山風也漸定了。小鳥發着各種的鳴聲，在庭前簷下撲撲地飛，那殿中也嗡嗡地敲起來鐘聲。秀俠就起來，身體覺着非常不舒服，但心情卻甚緊張。她慢慢地開門到了院中，就見地上凍着一層薄冰，在薄冰上有一汪血跡，雖然也凍得凝結了，可是還十分鮮紅。秀俠吃了一驚，暗想：紅蠍子受的傷原來這麼重！

正在呆呆發着怔，就見那老尼從正殿中走出。這老尼雖有滿面的皺紋，但精神十分矍鑠。她的身材很高，站立着有如一隻老鶴。秀俠趕緊回身行禮，老尼就問：「昨夜的事你知道嗎？」秀俠點頭道：「我知道，多虧老師父將我救了，不然我一定被那女賊殺死！」老尼似乎微笑了笑，說：「你就放心在這裏住着吧，住個三五天，宿雄把你接走。以後，只要你謹慎一些，那女賊就不會再去害你。」

秀俠聽了這話，卻跪在地下，落淚說：「我不想走了，我是沒有父母的孤女，請老師父收下我吧，我願意削髮！」那老尼聽了，似乎有些詫異，說：「你如何能受得了這裏的清苦呢？要想做個佛門弟子，須得具有仙根，我看你是一點仙根也沒有的樣子。」秀俠直挺挺地跪着，又說：「老師父，我真不願意離開這裏了。我也不是想將來成佛作祖，我只是想：我才十三歲，但我受的災難太多了！我不知我父親、叔父他們生平結下了多少仇人？只要我一離開這裏，就許有人將我殺死！所以我情願在此受苦，跟老師父學幾手武藝，好用它防身，將來好不至於被人害死。千萬求老師父慈善、憐憫！」

那老尼怔了一怔，又詳細地把秀俠的身世詢問了一番，便微微歎息，念了聲阿彌陀佛，說：「既然這樣，你就暫時在這裏住着吧！也不必落髮，因為我見你的兩眼不好，不是能在此刻苦修行的人。」秀俠也不知道自己的眼睛有什麼不好，但是聽說老師父肯收留她了，她就很是歡喜，站起身來，用手彈了彈膝蓋上沾着的冰土。那老尼便轉身回到偏院去了，少時又有個年輕的尼姑出來，交給了秀俠一柄鐵鍬，叫她去鏟院中的冰，鏟完了院中的又去鏟廟門外的冰。秀俠做了半天勞力的事，身上就出了許多汗，但是她一點兒也不覺着苦，反倒很喜歡。

少時聽得一陣馬蹄之聲，秀俠始而是一陣驚愕，繼而一看，原來是宿雄同着貫龍江來了。秀俠就更是歡喜，招着手叫說：「宿大叔！」宿雄來到臨近下馬，第一句話他就問說：「紅蠍子昨夜沒找來吧？」秀俠手拿着鐵鍬，趕上兩步，悄聲說：「昨晚紅蠍子真來了，可是被老尼姑給殺傷驅走了！」她遂就把昨夜的情景詳細說了一遍。那貫龍江牽馬在旁，都聽怔了。宿雄就拍了他盟弟肩膀一下，說：「怎麼樣？你還不信我的話！我早知道那老尼姑是一位奇人，只因她是個出家人，又是個女流，不然我早就跟她交了朋友，請她幫助我鬥袁一帆去啦！」

秀俠又說：「宿大叔，我還告訴你，我現在不走了。老尼姑已把我收下，許我在廟裏長住，教給我武藝。」宿雄也喜歡着說：「那可真好！可是，她收你作徒弟，不叫你剃頭髮嗎？」秀俠搖搖頭，說：「本來我倒是願意落髮，可是法老師父她不肯叫我出家，她說我……」

宿雄說：「還是別當尼姑才好，不然陳大爺在墳墓裏也得傷心。這樣很好，你若跟法老師父學藝二三載，武藝准能邁過了紅蠍子。那時再去找寶刀張三，為陳大爺復仇；遇着合適的少年人，你再弄個小女婿子。」

秀俠聽了，不禁又是傷心，又是臉紅，貫龍江在旁不住地笑。宿雄卻說：「真的！我宿雄心裏有什麼，嘴裏便說什麼。真到那時，不但墳裏的陳大爺，世上的陳二爺要喜歡得閉不上嘴，就是我們這些朋友也得高興！」秀俠卻手挂着鐵鍬，不住悲泣，說：「宿大叔，沒有你我也脫不了這許多災難，你對我的恩德我永遠也不能忘！」

宿雄連話都窘得說不出來了，只說：「哪裏哪裏，咳！這都是應該的。」想了一想，就又說：「既然這樣，我就放了心，我也不進廟見法老師父去了。姑娘在這裏，雖很穩妥，可是還要小心謹慎才好。現在我們就走，把這些事都告訴陳二爺。陳二爺要有工夫，他一定來這裏看你。」秀俠垂着眼淚，一聲一聲地答應。宿雄就向他盟弟說：「咱們走吧！」於是這兩條漢子就一齊上了馬，揮鞭向山外走去。宿雄跟貫龍江走後，秀俠又不禁落了幾點眼淚，是一種感激之淚。她覺着這些人對她太好了，使她無法報答。

把廟外附近的殘雪薄冰鏟去了之後，她就累得氣喘吁吁，遂走進廟去，放下鐵鍬，回到房裏歇息。少時，就有那年輕一點兒的尼姑給她送來了菜飯。飯是非常的簡單，只是一碗帶着糠皮的黃米粥，半個黑麵饃，有用鹽醃過的野菜一兩根。秀俠卻因太餓了，所以吃得倒很香。

午後，那尼姑又領她到裏院一間屋裏。這屋裏有兩架紡車，有一個小尼姑，和她就在一起紡線。那小尼姑不過才十五六歲，比秀俠略大，她的名字叫智圓。據她自己說，她是山後一家大戶的使女，因為受不了那裏太太的虐待，她才來此為尼。由她的言語中，秀俠並知道了這裏的情形。原來這裏有尼姑六名，現在來了她，總共才七個人。廟裏沒有什麼出產，常來此燒香的人也不多，只仗着紡些線、織些布，托人到附近市上去換些柴米。

秀俠知道了這廟中的清苦情形，她就越發勤儉。一連過了七八日，廟內並沒有什麼事情發生，秀俠只是終日紡線，老尼不叫她燒香拜佛，也不再叫她打掃院子，更不教授她武藝。

這天是第十天的頭上了。下午，秀俠正跟那小尼姑在屋中紡線，忽然老尼派了個弟子來找她。她也猜不出是什麼事，停止了紡績，隨那三十多歲的尼姑，到禪堂中去見老尼。到了禪堂中，老尼就叫她的弟子避出去，單單留下了秀俠，就囑咐她說：「今晚你早些睡，等到三更，你看正殿燒過了子時香，你就到院中去等我。」說畢，老尼就坐在那裏，闔上了眼。秀俠輕輕答應了，慢慢退身出去，心裏卻十分喜歡。回到屋內，仍然專心紡績。但到了晚飯之後，她就回到前院自己住的屋內，很不耐煩地急盼着天黑，盼着快到三更，盼着快燒那子時香。

待了一會，天色就黑了，山中沒有更鼓，也不曉得這時有幾更天。秀俠在屋中很焦急，睡也睡不着，仿佛手腳都不能由着自己控制了，都要踢打跌跳起來。今夜的山風也顯得平靜，不似往日那般猛烈，夜卻更長，無論怎樣盼，那正殿中也是不燒子時香。這時廟中岑寂，各女尼都已睡去了。秀俠便把身子紮束得很利便，兩根辮子改成兩個抓髻。出了屋子，一看星斗滿天，四顧無人，北邊正殿也是黑洞洞的。秀俠遂就先踢踢腿，掄掄拳，打了一趟潭腿。然後她又到屋中取出白龍吟鳳劍，在院中一抖寒光，輕輕舞了一趟，便收住了劍勢。她站着發怔地想：法老師父叫我今天半夜在此等她，她一定是要傳授我武藝，可不知她練的是哪一家？倘若她所練的與我父親傳授我的不同，那我可是前功盡棄，須要從頭學了。

想了一會，便聽裏院有響動，像是禪堂的門開了，又聽見微微的腳步之聲，秀俠就趕緊跑進屋裏去。她心中又好笑，暗想：法老師父是叫我等燒過了子時香再到院中候她，人家的香還沒燒，我倒先在院中練了半天，這多麼可笑呀！她扒着窗往外去看，就見果然是老尼姑出來了，走得很慢，手裏有點亮光，像是拿着個紙煤子。待了一會，老尼就進了正殿，正殿內的佛燈卻不亮，香煙也不起，木魚也不響，也不曉得老尼是在殿中幹什麼了。好大半天，老尼才拿着一股香走出來，香頭的火光熊熊地燒着。她隨手一抖，火就縮了下去，但煙卻冒得更濃。老尼就彎着腰，一步一步地挪着，把手中的香分成一根一根地插在院中地下。秀俠在窗裏越看越發呆，覺得很怪，因見地下那一點點發着火光的香頭兒，不像是隨便插的，有角度，有層次，仿佛老尼是拿着香頭兒要擺什麼陣勢。不多時就擺好了，院裏密密匝匝，像爬滿了螢火蟲，秀俠真猜不出老尼為什麼要做這些玩藝。

此時，在萬點火光圍繞之中，那老尼就向屋中點手，說：“秀俠，你出屋來吧！”秀俠在屋中答應了一聲，便手提着白龍吟鳳劍走出屋去。老尼卻說：“先把寶劍放下！剛才我看你在院中打拳舞劍，笨得很，無怪你要受紅蠍子的欺負。”秀俠一聽，趕緊把寶劍放在地下，走過來，有些戰戰兢兢的，心說：你老師父是剛出來，怎會我打拳練劍的事，也竟知道了呢？

秀俠垂下雙手，立在老尼的面前，老尼就指着滿院的香火，說：“這就是為你預備的。你應當先練身手，練好了身手，再學寶劍。練武技是為護身，是為制敵，不是為耍出來好看。剛才你打的那拳，舞的那劍，悅目倒真是悅目，但拿在江湖上，便一點兒用處也沒有，我真不曉得你當初是怎麼學的？現在我先教你練腰膊和腳下的功夫，你來看！”

老尼現在身穿的本是半截的僧衣，挽起袖子來，就很為便利。於是老尼施展開拳法，拳揚腳起，跳躍如飛，真如一只猿猴，又如一只燕子。只見她忽往忽來，倏前倏後，她所走的步法雖然快，但都有一定，都是在香火的叢中。她的一套拳打完，腳走遍了全院，結果並沒撞倒一炷香，秀俠只覺得自己的兩眼都繚亂了。然後，那老尼就向秀俠說：“看清楚了沒有？你也不必打我那樣的拳腳，你只要來回跳躍，要快，還要不撞倒了香，如此練熟，我再教給你武藝！”說畢，老尼轉身回往裏院。

這裏秀俠就開始練習。但是她才跳了一步，就撞倒了三四炷香，還不敢快，慢慢地跳着，也很容易就把香踏滅。秀俠就覺得這件事真難，不過又覺得仿佛練把戲似的，很是有趣，所以她就用心去練。直練到天明，她的身體疲倦了，地下那些香也多半被她撞倒了，踩滅了。她就用寶劍按照栽香的地方，在地下刻上痕跡。當日白天因為紡績，無暇練習，但到近黃昏時，廟門關閉好了，裏院的尼姑們也都不出來了，外院只剩下秀俠一人，她就按着地下劍刻的痕跡，栽上香就又專心練習跳躍。

　　如此一連又練了十幾天，跳躍的時候，地下的香頭兒碰倒的漸漸少了，並且秀俠也漸增趣味。她練的時候，老尼並不看着她。每天早晨老尼只是到院中低頭查看一番，嘴裏還默默念，仿佛數那撞倒和踏滅了的香頭數目。有時秀俠真臉紅，羞得流眼淚，因為地下橫七豎八全是被自己踏斷了的香。

　　又過了十來天，這天忽然陳仲炎帶着徐飛來到。秀俠一見了她的叔父，便不禁失聲痛哭，訴說了以往的遇難脫險之事。陳仲炎卻一點眼淚也沒有，他只繃着一張白煞煞的臉，皺着眉低着眼，咬着牙說：「你的事我都聽宿雄說過了。你就在此好好學武，不要管外面的事，外面有我。我要殺盡了寶刀張三的全家，殺盡了紅蠍子那夥盜賊！」

　　秀俠又垂淚問：「叔父，仇人寶刀張三現在有了下落嗎？紅蠍子倒不要緊，一來她是個女的，二來我看她不是太壞的人。」陳仲炎一聽，臉上便現出不悅之色，瞪了秀俠一眼，倒幸是沒申斥她，只說：「你不要管！一個月之內我必能捉住寶刀張三，要他的狗命！」說着，陳仲炎去見老尼，佈施了些香資，便帶着徐飛走了。

　　從此，秀俠更安心在這裏居住，白天紡線，晚間練武，漸漸忘了歲月的流去和山中氣候的變化，一連過了兩三年。這兩三年內，秀俠雖曾由家中接到幾次衣服和銀錢，可都是由尼姑轉交給她，她並沒見着家裏來的人，所以也無法打聽家裏的事。不過此時她的武藝已進步得多多，足堪自慰。那跳躍的功夫早已練得嫻熟，並且進一步學得能夠回避刀劍，抵禦暗器，以及蹦簷越脊，一切的技藝，現在老尼又開始教授她劍術了。秀俠越發刻苦研求，希冀再學一二載，便離廟出山，到江湖重走，不單要給父親報仇，還要為陳家爭爭名氣，因此一心練武，不問外事。

　　可是這時又春回天暖，草綠山青，每天必到廟中來的那幾個熟識的小鳥，也都學會了更清新的歌，唱得人的心裏不禁發軟。這一年陳秀俠的芳齡已十七歲，尼庵中找不出一面鏡子，連塊玻璃也沒有，所以秀俠難以看得見自己的芳容，但覺得自己身體已長得很高，處處都已是少女，而不是小孩子了。今年，她也覺得這春天仿佛特別的可愛，什麼都是美麗的。山裏尚且如此，山外一定更好，因此她芳心悠悠，仿佛有點兒難耐寂寞。智圓這時也成了個身材很高的少年尼姑，秀俠常常幻想着：假若不是出了家，讓她留上頭髮，擦上胭脂，也一定很好看呀！

　　這天兩人織完了布，紡完了線，出了屋子，忽見有兩隻小燕子自天邊飛來，飛得極快，掠動着剪形的小尾巴，互相呢喃地叫着，就投到正殿的後簷之下。智圓知道那裏有它們的舊巢，就高興着說：「這一定是去年那一對燕子，現在它們又回來了，它們兩個倒真好！」智圓說話本是無心，可是秀俠聽了，就不由一陣臉紅耳熱。此時法老師父又從禪堂之中走出，智圓趕緊低着頭，到東配殿裏去打掃香案。秀俠卻像被人發現了什麼隱私似的，她趕緊走到前院，就回到自己住的房裏。

此時她身上仍穿着薄棉的衣服，便覺得有些暖洋洋，嬌慵慵，一頭便躺在炕上，對什麼都懶得去做。照例，晚間子時以後還要起來練武，往常她到夜間是最高興的時候，至少要舞幾趟劍，打幾套拳，躥三四次房，但今天她卻不願起來，在枕邊思緒纏綿，約莫快到三更之時，她才迷迷茫茫地睡去。

也不知睡了多少時候，就覺有人將她推醒，秀俠睜開眼睛一看，見是法老尼。這時窗上都發白了，原來自己昏沉沉地睡了一夜，連武也沒練。她就不由得一陣臉紅，趕緊下了炕，笑着叫聲："師父！你老人家起得早？"老尼微點了點頭，就說："秀俠，你的武藝學成了，不必在這裏住了，今天你就走吧！回家見你的叔父去吧！"

秀俠突然聽了這話，她不禁又驚又喜，就流下兩行眼淚，搖頭說："師父我不願意離開您！"法老尼卻微微搖頭，說："你應當回家去了，這裏你不能再住了！"秀俠拭了拭眼淚，說："我離開這裏之後，還能常來看師父嗎？"

老尼說："你是我的弟子，你若不忘本，以後可以隨時來看我。不過有一樣，你若手中殺死過人命，就不必再來了，我這佛門善地是不許兇徒走進來的！"秀俠說："我跟師父學得的武藝，到外面去自然要行俠仗義，絕不能像那些盜賊似的，胡作非為。以後我就是遇見了壞人，也不能輕易下手傷害。不過那殺死了我父親的仇人寶刀張三，我可必須……"說到這裏，她的兩行熱淚又滾下。法老尼卻擺手說："不必多說了，你快些收拾東西走吧！你家中歷年所送來的銀子，足夠你的路費。"老尼說畢話，就走去。

當時秀俠又拭拭淚，就把隨身的東西都收在一起，打成了個包裹。法老尼又命智圓給她送來了一個包裹，那裏面就是歷年她家中送來的錢財。秀俠先到禪房，向老尼叩首辭別，然後又灑淚與眾師姑分手。她就將兩個包裹繫在一起，扛在肩上，另一隻臂就挾着那口白龍吟鳳劍，走出廟門。

那智圓就跟隨她出來，向她悄聲說："秀俠，你站住，我有一件事托你！"秀俠趕緊止住步，回身問說："什麼事？你就說吧！"智圓卻微微有點臉紅，說："我來到這兒也有四年啦！我是這山后李員外的太太送來的，本來我不願出家，但在當時沒有法子。現在，這麼些年了，我在此也死了心！李員外有個兒子，名叫李玉彪，我這裏有一件東西，求你交給他！"說時，這年輕的尼姑，從她那肥寬的袍袖之中，拿出來一個紅緞的小包，塞在秀俠手裏，就驚慌地說："你趕快收起來吧！這事不忙，三年五年之後，你再給李玉彪也不要緊。反正，我是在這裏一輩子了，我已死了心！"秀俠見她說這些話時，是十分悲淒的樣子，不禁有些生疑，便點點頭說："好吧！你就放心吧！我一定給你去辦！"遂就離了廟門轉身走去。

走了幾步，回首看智圓已然進到廟裏去了，秀俠便把手中那紅緞小包打開一看，原來裏面卻是一對赤金耳墜。秀俠不禁吃了一驚，同時就覺得臉上也有點兒發熱，心裏像被什麼撩逗了一下似的。看這遍山的野草，撲面的東風，往來飛舞的雙雙蝴蝶，在樹叢中吱吱柔語的成對兒的小鳥，都使秀俠心中生出一種欣喜悅愛之情。

少時走出了山口，就看見在大道之上有往來的行人車馬，秀俠現在就如同是才離開了清靜無為的世界，又踏進了紅塵。秀俠對這囂擾的紅塵並不厭煩。她想：現在我已學成了武藝，再也不怕遇着什麼危難，被誰欺辱了。現在第一就是先到宿家莊，見着雙鉤手宿雄，跟他借一匹馬，隨後自己就要回新蔡縣錦林村去了。

秀俠背着包裹，挾着寶劍，緊緊行走。走到了晌午，方才出了大石溝，來到了宿家莊。一進了村子，幾隻狗就撲着她，汪汪地亂吠。秀俠趕着狗，來到宿雄的家門首，就見柴扉緊閉，籬笆上還貼着幾條白紙，被風吹得微動。秀俠上前一打門，裏面有人把門開了，出來的原是雙鉤手之弟宿勇。宿勇身穿重孝，鬍鬚很長，一見秀俠，他幾乎不認識了。等到秀俠叫了聲："宿二叔！"又說："我現在離了廟，要回家去，先來此拜見宿大叔！"宿勇這才想起來，他就說："哎呀！原來是陳姑娘。姑娘你的武藝學成了吧？我哥哥是前幾天走的，他大概是往商水縣去了，我嫂嫂現在家，姑娘請進來歇息吧！"

秀俠點點頭，慢慢走進柴扉，見了宿雄的妻子何氏，一問，原來宿老太太已經病故，現在才過了一百天。秀俠也表示了一番的吊慰，何氏留她在這裏用畢了午飯，還想留她住幾日，秀俠卻說："我還要趕緊回家去，望看我的叔父、嬸母！"遂就托宿勇給她找來了一匹馬，備好了鞍韉，將行李都綁在馬上，寶劍卻掛在鞍旁。然後，秀俠就牽馬出了柴扉，又與宿家叔嫂作別，便出了村子，揮鞭順大道馳去。

宿勇給她借的這匹馬，鞍韉雖舊，但是十分矯健，在大道上就像一條飛龍一般，蕩起來很高的塵土，路旁的人都停車駐馬向她來望。尤其因為她是個女子，鞍旁又掛着寶劍，所以就更都十分注意她。秀俠卻愉快自得，快一會慢一會地，沿途向人詢問着路徑，到傍晚時，就來到了商水縣。

這商水縣是個很熱鬧的地方，距新蔡縣不遠，若連走一夜，不到天明便可回到家鄉。可是這時秀俠卻覺得腹中饑餓，而且座下的馬匹也渾身是汗，噗噗地氣喘，顯然它是很疲倦了。秀俠來到西關，抬眼望見了城樓，她就下了馬，牽着馬在街上走，街上的人也都很注意她。她看見路北有一家很大的店房，就牽馬進去，只見裏面亂哄哄的，院中停着幾輛車，棚下拴着十多匹馬。秀俠就向櫃房裏問說："你們這店裏有單間嗎？"店夥在櫃房裏漫聲回答說："沒有啦！連大屋子都住滿啦，你到東邊問問去吧！"秀俠生着氣，就轉身牽馬走出了店門。

剛往東走了幾步，這時忽見身後嘚嘚的一陣蹄聲，由秀俠的身旁擦過去了兩匹馬，後面那匹馬上的人並用皮鞭把她的頭髮掠了一下，那兩個馬上的人全穿着很闊綽的衣服，一個年有三十餘，一個不過二十上下。秀俠正要發怒，卻見那兩人都回首向秀俠一笑，一齊催馬向東疾馳去了。秀俠將要上馬去追，去質問他們，但又見他們鞍旁全都掛着寶劍，她就不禁吃了一驚，暗想：這是什麼人？莫非又是江湖上的壞人嗎？

她牽着馬在街上發了一會兒怔，便又往東走，就找着了一間店房。這店裏雖然也很雜亂，可是還有個單間。秀俠到了屋中，就把寶劍和包裹都放在炕上，叫店家開飯。用畢了飯，天色就黑了，秀俠關上屋門，躺在炕上去睡，腦裏卻尋思剛才那兩個騎馬的人。

過了一些時，忽聽窗外有一個很粗的聲音，叫道："店家！店家！你們這裏是住着個騎馬來的姑娘嗎？"秀俠頓時吃了一驚，坐起身來側耳向外去聽。外面的人聲音又小了一些，大概是向店家問了許多話。秀俠聽這聲音雖略有點熟，可是想不起來是誰。扒着窗紙的破洞向外看了看，只見外面黑忽忽的，各房中的燈光也都不明亮，院中只有黑影幢幢，卻看不見人的面目。本想要起來，開了屋門去看看問問，可是自己此時的身體太疲倦了，而且又怕因此再惹出什麼事來，她就一聲也不語，心想：等他們拍門問我來的時候再說，還不定是什麼人，安着什麼心呢？

待了一會，窗外人的說話聲音就沒有了，大概是走開了，秀俠也覺得一陣昏昏然的，就睡去了。一覺就睡到了天明，起來洗洗臉，吃了點早飯，就叫店家備馬。她付清了店錢，出門上馬，就離開了商水。這時太陽已升得很高，天色不早了，因為清早趕路的人都已經走過去了，路上反倒行人稀稀，車馬尤其少。秀俠就揮鞭放彎，縱馬飛馳。

往南行走不過十餘里，忽然秀俠又趕緊將馬收住，驚訝着向前去看。原來面前一箭之遙有兩匹馬，馬上正是昨天在商水所遇見的那二人。這兩人都是錦鞍繡劍，得意洋洋，他們在前面也不走了，只管回頭來看秀俠。秀俠就心裏想：這二人雖都衣服闊綽，像貌不俗，可一定都不是好人，昨晚到店中探問我的，大概就是他們。她本想要撥馬躲開這兩個人，可是又想：我何必要怕他們？遂就大大方方地向前去走。

前面那兩匹馬本來並立在一起，如今就分列在兩旁，中間容開了一股道，讓秀俠過去，秀俠便正色直直地走過，仿佛根本沒看見他們似的。可是才走過去不到二十幾步，就聽見身後那兩人一齊哈哈大笑。秀俠知道那二人是有意調戲自己，便氣得由鞍旁去抽劍，要與那二人去廝殺。但又一想：何必呢？在路上若一惹氣，今天晚間就趕不到家中了。遂把劍又收回，憤然揮鞭走去。

往南走了又二十里，便見前面有一大片樹林，這條路須由林中穿過去才行。秀俠到此，未免有些踟躕，她曉得逢到密林深山，必有強人潛伏，何況這條路又這麼靜！秀俠收住了馬，四下張望了一番，見林中沒有什麼可疑之處，她才策馬再向前去走。進了樹林，行走不遠，就聽耳旁有人叫道：“秀俠姑娘，你看見北邊那兩個人了沒有？”秀俠在馬上不禁一怔，扭頭去看，見由一棵大樹的後面轉過來一條大漢，身穿短衣，手提雙鉤，原來正是雙鉤手宿雄。秀俠又驚又喜，趕緊跳下馬來，說：“宿大叔！我到你家中去看你，你沒在家！我知道老太太也故去了。”宿雄說：“我知道你出山了，到家中找過我。我昨天聽說有個帶馬的姑娘住在商水縣店裏，我想多半就是你，就到店中去打聽，可是沒打聽出來……”秀俠說：“哎呀！原來昨天到店中去問我的就是大叔呀？”

宿雄正要答話，就聽林外有馬蹄之聲，宿雄就急忙說：“我的仇人來了！秀俠你等着，一會兒我就把事情辦完！”當下他就把兩個指頭放在嘴裏，一打呼哨，林中就出來他的三個伙伴，原來正是他盟弟李殿傑、貫龍江，還有一個黑面小伙子。都提着刀，由宿雄領頭，一齊跳出了樹林。

秀俠看了，很是驚詫，便趕緊將馬繫在樹上，也抽出白龍劍。走到林前一棵大樹後，向外望去，只見外面來的正是剛才在路旁調戲自己的那二人。宿雄這時暴跳如雷，雙手舞着鉤，向那年有三十來歲，身穿藍綢夾襖的人，怒罵道：“姓袁的！滾下馬來！老子這回若再敗在你的手裏，便誓死不走江湖！以後見了你，永遠給你磕頭！"

　　那姓袁的從容下了馬，隨手抽出寶劍，冷笑着說："宿雄！今天這大話可是你說的。現在你有三個夥計，我只有一個師弟，咱們不許他們上手，就在此再分個勝負。以前我因看你也是一條好漢，所以未肯傷你，現在可說不得了，我要給你個厲害的看看！"說話之間，只見白刃飛騰，雙鈎齊舞，相殺了起來。這裏秀俠也忍不住要闖出林外，去助宿雄與那人交手。

第七回　　戰名俠初次試白龍　　尋宿仇單身渡黃水

　　秀俠在林中見那姓袁的劍法精熟，身軀利便，宿雄的雙鈎漸漸招架不住。李殿傑、貫龍江和那黑面年輕人，都一齊掄刀上前幫助宿雄。姓袁的卻毫不畏懼，臉上一點兒也不變色，並不許那師弟上來幫助他。他就猿臂直舒，將身閃動，劍光嗖嗖地抖起，直敵住了對方的一對鈎和三口刀。秀俠站在樹旁看着，暗想：這個人的武藝太好了，他的劍法似又在紅蠍子之上！

　　此時不但是宿雄，連李殿傑等三個人也敵擋不住了，那姓袁的十分驕傲，一面舞劍逼着四個人後退，一面狂笑道：「你們還不服輸？若不服輸我可就要傷你們了！」又說：「你們還有人沒有？有人就快由林中爬出來！人越多越好，湊在一塊，好嘗嘗我袁一帆的寶劍！」

　　秀俠在林中一聽，原來此人就是當代的大俠客袁一帆，她起先是驚訝，後來又憤怒，便掄劍一越而出。袁一帆忽見由林中出來一個十六七歲的女子，他倒覺着非常詫異，趕緊退後幾步，橫劍笑着說：「宿雄，你的老婆怎麼也出馬了？」

　　宿雄掄着雙鈎，直嚷嚷說：「姑娘別管！」秀俠卻挺劍越步向前直取袁一帆。袁一帆抽劍反腕轉向秀俠去劈，秀俠閃開，又斜進步，用劍去削對方的左臂。袁一帆卻翻劍去迎，秀俠的劍就勢去磕，兩劍便觸在一起，只聽鏘的一聲，白龍吟風劍立時將對方的劍斬成了兩段。

　　袁一帆驚得趕緊跑開，搶過馬來騎上，與他那師弟催馬跑了幾十步，又駐馬回頭來看。宿雄還要提着雙鈎趕上去，秀俠卻把他攔住，說：「宿大叔不必追他們了。我聽人說袁一帆也是個俠客，不是什麼壞人！」宿雄還瞪目向那邊看，李殿傑等人卻都驚訝地瞧着秀俠手中的劍。

　　秀俠剛剛進林去收劍解馬，忽見那邊的袁一帆又撥馬奔過來了，在一箭之遠他就收住了馬，向宿雄說：「宿雄！今天算是你找着了好幫手，可是你得把你那幫手的姓名說出來！」宿雄用眼瞧着秀俠，秀俠便冷笑着，道出來姓名。袁一帆聽秀俠道出了姓名，他就不禁吃驚，但又笑了一笑，說：「哎呀！你原來是陳伯煜的女兒？」秀俠厲聲地質問說：「我聽說你袁一帆也是一個有名的俠客，為什麼你這樣地驕傲？剛才在路上你並且調戲我。」宿雄一聽袁一帆在剛才曾調戲秀俠，氣得他又要舞動雙鈎奔過去。袁一帆卻撥馬就走，一邊走，一邊回頭舉手，高聲說：「秀俠姑娘，再會吧！」當下他就跟他那師弟一同策馬飛馳向北去了，這裏的宿雄依然氣忿忿地說：「他這回走，沒完！以後我們二人還得較量較量！」

陳秀俠就說：「我勸宿大叔以後也不必再惹這些閒氣了。宿大叔，現在你在什麼地方保鏢了？」宿雄擺手說：「這幾年來我就沒保鏢，只因為袁一帆那小子，使我無顏再走江湖。我跟他交戰過五回，我倒輸了三次。只有去年在許州，今天在這裏，算是打的平手。我若不將他打輸，掙回來臉面，永遠我也不能再保鏢！」秀俠又問：「我叔父他現在哪裏？宿大叔你可知道嗎？」

宿雄搖頭說：「他在哪裏我可摸不清！自陳大爺死後，陳二爺就帶着徐飛東奔西走，遍處尋找寶刀張三。有一次在信陽州，他已與張三走了對面。他一刀已將張三砍傷，但不防出來了張三的老婆，揪住了陳二爺要拼命，張三就趁機逃跑了。這幾年張三也沒回北京，蒼龍騰雨劍也沒在江湖上露面。陳二爺只是各處瞎找，沒找着仇人張三，反倒結了許多新冤家。據我看，陳二爺的性情太急躁，江湖上只有怕他的、恨他的，卻沒有肯幫他忙的好朋友，他一輩子也休打算找着寶刀張三。陳大爺的大仇，就指着姑娘你給報了！」

秀俠一聽，不由雙目垂淚。旁邊李殿傑、貫龍江等人都誇讚說：「姑娘的武藝學得這樣好，連袁一帆都敗在姑娘的劍下，現在江湖上，恐怕沒有人武藝再能超過了姑娘。憑這身武藝，要給陳大爺報仇還難嗎？姑娘不必發愁！」秀俠點點頭，又咬一咬牙，就向宿雄說：「宿大叔，再會吧！」

秀俠因為要即日就趕回新蔡縣故鄉望看，所以不暇與宿雄等人多談。她收了白龍吟風劍，解下了馬，便與宿雄等人分手，又離了樹林，單騎南去。因為心急，馬就很快，一路風景她也不暇玩賞。到傍晚時，天際鋪展着燦爛的晚霞，山背後發着血色的陽光，錦林村那片果樹林開滿了濃桃郁李，在這時秀俠就來到了。她睜着秀目，看着這一片淒豔的風景，淚水不禁滾落下來。她揚着纖手，搖着馬鞭，但手腕卻覺得酸痛無力，心頭也覺得緊張，又很悽楚。

馬將來到村前，忽見前面有一個人趕着一頭耕牛，像是耕畢了田地，要回家的樣子。這人是個二十來歲的黑胖漢子，他聽見了馬蹄聲回身一看，便連他那頭牛都呆得站住了。秀俠也勒住了馬仔細去看這人，二人在霞光之下一對臉，秀俠比那個人還要驚訝，她就說：「哎呀！你是……楊大哥嗎？」心裏卻想：三四年前自己第一次遭難，楊大壯是被那些賊人由高山上推下去了，他怎會沒死？

這趕牛的人果然是楊大壯，他看出來秀俠，就把鞭子都扔了，跑過來說：「秀俠姑娘，你回來啦！」秀俠笑了笑，卻又眼淚直滾，同時看出來楊大壯是比三四年前又黑又胖，並且右腿有點發瘸。楊大壯說：「姑娘你的武藝學得怎麼樣了？我聽陳二叔說，這幾年姑娘你也受了不少苦！可是不要緊，只要你學成了武藝，早晚咱們能給我師父報仇。那次我們被那群賊人捉住，那群賊人都是信陽州龐家鏢店的，是因為他們聽說張三得了蒼龍劍，他們才又來找便宜，要奪你那口白龍劍。姑娘，你那口白龍劍並沒丟失不是？」

秀俠拍着鞍旁掛着的寶劍，傲然地說：「這不是？」楊大壯笑着說：「好啦！好啦！姑娘快回去見見陳二嬸，二叔他沒在家。我把牛趕回去，回頭我再找你去細談，我還得跟你商量商量給我師父報仇的事呢！」秀俠點了點頭，遂策馬進莊，到了她的家門前。

她家門前一切什麼都沒改變，只是有一種說不出的淒涼滋味。在門前有幾個鄰人和婦女，都直着眼睛瞧秀俠。還有一個五六歲的孩子正在門前踢毽，瞧見了秀俠，他就直着眼問說：“你找誰呀？”秀俠熱淚盈眶，難以說出一句話來。此時就有個鄰家的婦人，想起了三四年前秀俠的模樣，就嚷嚷着說：“這是陳大姑娘吧？”秀俠含着笑，又流着淚，匆匆向一些舊鄰行禮，便繫上馬，解下寶劍，拿起包裹，說：“諸位叔父嬸母，回頭再談吧！我先看看我的嬸母去。”說着向門裏就走。

剛才踢毽子的那個小孩子，也跟着進來，跑着揪着秀俠的衣裳，說：“你是我的大姐姐呀？”秀俠才知道這孩子就是她叔父最小的兒子大蔭，早先才兩歲，還不很會說話，現在竟長得這麼高了，遂就含淚笑了笑。大蔭卻又在前跑着，並高聲喊道：“娘！我大姐姐回家來啦！”

秀俠一進到裏院，到了堂屋，就見迎面一張桌子，上設着香爐燭台，中間擺着一座靈牌，上寫“亡兄陳公諱伯煜之靈位”。秀俠一見，立刻心如刀絞，便把行囊寶劍全都撒手，跪倒在地，失聲哭道：“爸爸呀……”

此時她的嬸母帶着女兒秀英全都過來，哭着攙起來秀俠，解勸了半天，才齊都止住淚，但仍都咽哽着。秀俠一看，嬸母比早先蒼老了，可是十五歲的堂妹卻出落得很秀麗。當下她的嬸母把她帶到裏間，就問了許多這四年來她所遇之事。秀俠都流着淚說了，並問她的嬸母。她嬸母就歎息着，也把家中的事大概說了一遍。

原來這四年來，家中的基業雖未變動，生活尚稱富裕，只是因為陳伯煜一死，陳仲炎的脾氣就變得更暴烈。三年以來只回家兩次，統共住了不到三四個月。他整年只是東奔西走，遍處尋找寶刀張三，連睡夢都喊着為他哥哥報仇之事，因此家中樂趣毫無。

秀俠又問她那堂兄陳正仁，因想那堂兄比自己年長三歲，現在已然二十了。她嬸母見問，卻不禁歎息，說：“你不要再問你那沒出息的哥哥了！”陳二嬸母一聽提到長子正仁，她就傷心，說：“你哥哥正仁，今年二十歲了，武藝跟城裏銀槍李大叔也學得不錯，可是他不務正業。你叔父這幾年不常在家，沒人管束他，他就整天在城裏賭錢喝酒……”

正自說着，就忽聽窗外有人高聲叫說：“娘，是我大妹妹回來了嗎？”陳二嬸母仿佛怕她兒子似的，就悄聲說：“咱們正說他，他就回來了！”秀俠站起身一看，這所謂賭錢喝酒沒出息的堂兄，原來是身短精幹，氣度昂然，穿着一身夾褲褂，手裏提着幾串錢，大概是才贏來的。他一進屋來，就揚着眉毛說：“剛才我遇見了楊大壯，他說你學成武藝帶着白龍吟風劍回來啦！好啦，楊大壯想法借馬去啦！咱們明天清晨就走，我一定能找着張三，替我伯父把仇報了，我還要會會紅蠍子呢！”

秀俠發着怔，還沒答言，她嬸母就站起身來攔住秀俠，說：“哎喲！大姑娘你可別跟他們去！他淨喝醉了闖禍！楊大壯瘸了一腿，性子還是那麼渾，上回不是嗎？你要不是跟楊大壯一同走，還許不至於出岔錯呢！姑娘你千萬別跟着他們，別聽他們的話！”接着又歎了口氣，說：“咳！依我說報什麼仇呢？俗話說‘冤家宜解不宜結’，你爸爸也許跟寶刀張三前世是冤家！”

陳正仁一聽他母親的話，他卻不由撇着嘴大笑，說：“依着娘這麼說，我伯父就是該死？張三就算白殺了人？仇不報，蒼龍騰雨劍也得追回來，我還想用呢！大妹妹你壯起膽子，明天咱們三人就動身上北京。我爸爸跟徐飛現在都在北京，寶刀張三藏的地方大概也離着北京不遠。咱們去，非得幫助我爸爸殺死寶刀張三，追回來蒼龍劍！」

他母親卻跺着腳，勸秀俠快別聽他的話，並勸秀俠既然回來了，就應當在家中作閨女，不要再奔走江湖去尋仇人。秀俠卻雙淚直滾，心中拿不定主張，半天她才說：「現在回家來也得歇息幾日，報仇的事慢慢再商量。」當時陳二嬸就把她的大兒子推出屋去了，楊大壯站在二門扯着大嗓音叫秀俠，陳二嬸也沒讓他進來。

這時天色漸黑了，外面又來了城內福山鏢店的鏢頭唐如燕，帶着三四個夥計。這唐如燕有一身好武藝，他是陳伯煜生前的好友，自陳伯煜慘死之後，陳仲炎又終年在外尋仇，恐有歹人來家暗算眷屬，所以他就每天晚間帶着幾個夥計來此護院，四年如一日。當下秀俠也出去拜謝了，晚間秀俠就同嬸母、堂妹宿在一間屋內。四年來她艱苦流離，除了宿在胖婦的家中，宿在紅蠍子的山上，或是宿在尼姑廟中，從沒有今天在家中這樣安適地躺臥，所以跟她嬸母、堂妹談了一會閒話，就沉沉睡去。

到了次日，陳正仁、楊大壯又來悄悄地催她走，她卻搖頭說：「不去，過些日再說吧！」其實她的心中已暗暗決定了主意。她在上午先叫嬸母帶着她到父親的塋地去。陳伯煜就埋在村外那一片果樹林後，墳高三尺，前面有一塊石碑，碑的陽面跟那靈牌似的，刻着亡兄陳公諱伯煜之墓。碑的陰面卻刻着：

天下聞名陳鐵掌，　蒼白風雨兩條龍。
一旦死于惡人手，　親生幼女又失蹤。
深仇大恨若不報，　胞弟仲炎非英雄。

由此幾行字，秀俠就知道叔父報仇心是比自己還急切呀！她在墳前磕了頭，哭了一陣，灑了許多眼淚。眼望着墳前一片紅得似胭脂的桃花，白得似雪的李花，她不禁淒涼傷感。這傷感不僅是悲父親的死、冤仇的未報，並有些對身世的憂愁。

少時隨着嬸母歸家，她就托人到城中買了一匹青布，並托鄰居的大媽嬸母們，給她做成幾身夾的、單的衣褲和鞋襪。她在家仍然不放下功夫，天天早晨要打拳、舞劍，下午要到村外練習騎術，當晚卻又練習躥房越牆等等的夜行功夫。她的堂兄和楊大壯天天來催她走，勸她去報仇，她也不理，她嬸母看着倒是很安心。

到了第六天，一切的衣服鞋襪都已做好了，秀俠這才預備着重走風塵，去報父仇。這天是午後二時許，村裏張叔父的女兒放定，陳二嬸被邀去幫助陪親娘，秀英也同去，臨走之時還要帶秀俠去看看熱鬧，說：「張家大妹嫁的是東莊趙財主家裏，這回放定，綢緞首飾一定不少，你為什麼不去看看熱鬧？有許多人也都想瞧瞧你呢！」秀俠卻搖頭，笑着說：「我不想去！」說話的時候，臉上卻不禁紅了紅。

陳二嬸就說：「那麼你就看家吧！你哥哥回來他要再跟你囉嗦那些話，你就罵他，別理他，千萬別答應跟他和楊大壯走。”秀俠點頭答應。陳二嬸又歎了口氣，就帶着她的女兒走了。

她們母女走後一會兒，秀俠就趕緊收拾包裹，帶了許多衣服、銀兩，和那口白龍吟風劍，然後出去備馬。現在家中只有一個幫助做飯的僕婦，秀俠就把自己即刻要走的話對她說了。那僕婦驚慌着，就要去找她的主人。秀俠卻把她攔住，自己又向堂屋去望，對着父親那靈牌灑了幾滴眼淚，便急匆匆地提着包裹、寶劍跑到門外，把一些東西全都放在馬上，她就解下馬來，騎上去，揮鞭就走。

今天因為村中有個人家有喜事，一些婦女們都去看熱鬧，所以各家門前的碾盤子上，也沒有婦女坐在那裏做活、談天、曬太陽，所以沒有一個人攔阻秀俠，她就策馬出了錦林村。但桃李樹前卻有一群孩子嚷嚷着跑過來追她的馬，秀俠卻揮鞭策馬緊緊地走。田地裏又有一個鞭着牛耕地的人，向她高聲叫道：“秀俠！大姑娘！你上哪兒去呀？”秀俠回首一看正是楊大壯，她就更連連地揮鞭，劍鞘磕着馬鐙叮叮亂響。

她順着大道一放馬，就跑出了二十多里路。走過了新蔡縣城，她的馬才緩了一些。揮鞭再向西北去走，在路上不稍停留，一直走到了汝南府。這時天已薄暮，秀俠腹中甚為饑餓，便在關廂找了一家店房進去，先由馬上解下來行囊和白龍吟風劍。秀俠這次住在店房裏，卻膽子很壯，行動也大方豪爽。因為自從前次她戰敗了名俠袁一帆，已證實她自己的武藝高強，寶劍鋒利，對什麼事她也不怕了，並且好像希望着有個人來，再跟她鬥一鬥才好。

一宿之後，次日清晨秀俠就起身，由汝南府往北去走，趕行了四五日。這天黃昏之後，她就來到了黃河南岸。天已黑了，河中雖漂着幾隻船，船上有星星的燈光，但秀俠呼叫了半天，卻沒有叫過來一隻。對此沉沉的長天，茫茫的大河，秀俠胸懷一壯，但轉又淒惻地想：聽徐飛說，我父親當年就是在黃河岸邊與張三相識的，不遇見那壞人，我父親現在一定還健在，我又何至於幾年來受苦奔波？

灑了幾點眼淚，她又撥馬回去來找村鎮。離着河岸不遠，就見有一座市鎮，秀俠就緩緩策馬走去。到了臨近，見這市鎮很小，有四五家舖戶、兩家店房，店房裏不但沒有單間，並且都住滿了人。秀俠就很是為難，暗想：今晚我可在哪裏住呢？既渡不過黃河，又找不着宿店，可怎麼好？

她先找了個餅子舖，買了兩個餅子，就倚着馬吃了，然後站着想了一會，她便向那餅舖掌櫃去問，這附近還有旁的市鎮沒有？那掌櫃的就說：“這裏是歸中牟縣管，往東南三十里就是中牟縣城。”秀俠暗想：三十里那太遠了。掌櫃的又說：“過了河就是老龍鎮，那個市鎮很大，店房也很多。”

秀俠說：“我剛才到河邊去，船叫不來。”那掌櫃的說：“那麼寬的河你自然是叫不來！你到隔壁去買個紙燈籠點上，河裏的船一瞧見了燈籠，他們就到岸上迎你來了。現在黃河還沒來大水，春天也沒有什麼大浪頭，三更天都有人渡河。”秀俠聽了，心中甚喜，因為自己也怕堂兄和楊大壯他們趕來，又生麻煩。

她將要到隔壁去買紙燈籠，但忽然又想起了一件事，就趕緊又問說：“可是，那河中的船隻……沒有黑船嗎？”餅舖的掌櫃卻搖着他的胖腦袋，連聲說：“沒有！沒有！”秀俠便道了一聲：“勞駕！”往隔壁一家小雜貨舖去買紙燈籠。

那雜貨舖的夥計給她的這只燈籠就很是奇怪，是用秫秸的外皮包成的，渾圓，不大，外面裹着紅紙，裏面點着紅蠟燭，這種燈叫作"火葫蘆"。秀俠就問說："你們還有白紙的燈籠沒有？"夥計說："沒有了，這火葫蘆還是新年的存貨。"秀俠注意去看那夥計，只見他尖嘴猴腮，似不是個好人，心中就一陣疑慮。但她微微地一笑，便扔下了錢，把紅燈繫在馬上，騎上馬就走了。

離了市鎮，少時又到河邊，她座下的馬，蹄聲嘚嘚，紅燈在晚風之中微微動盪，一明一滅的。岸邊泊着幾隻船，就有兩個船夫上岸來兜攬生意，離着很遠就問說："掌櫃的，要過河嗎？"

這兩人來到臨近，一看，原來不是個掌櫃的，卻來了個"內掌櫃的"，並且牽着馬，馬上還有個大包裹。他們就都直了眼，呆呆地看着秀俠，又看着那只紅燈籠。秀俠就問說："現在還能過河嗎？"兩個船夫齊都說："能，能，現在正刮着東南風，一會兒就能渡過去。"遂就有個船夫把馬接過去，到了岸邊，秀俠就隨着馬匹，上了一隻船。

這只船很大，沒有艙，只搭着個席棚兒。兩個船夫解下纜來，就每人撐着一枝篙，駛動了船，悠悠地向北去走。秀俠就站在她的馬旁，有個高身材的船夫一面撐着篙，一面就問說："大嫂，你是從哪裏來？"秀俠也不答他。

兩個船夫呆了一會兒，又哦哦地唱起他們的歌來。秀俠向對岸去看，只見對岸有幾處燈光，越走就顯着亮，原來船已行到了河心。忽見一個船夫放下篙子，秀俠就吃了一驚，只見那船夫鑽進了席棚裏，秀俠就更加戒備，手已摸住了白龍吟風劍的劍柄。待了一會兒，那船夫又由席棚裏鑽出來，手中就拿着一把刀，另一個船夫也停住了篙，兩人就齊聲說："大嫂，我們不難為你！包裹、馬匹我們留下，腕子上的鐲子扒下來……"

這個賊的話才說到這裏，秀俠就鏘地一聲抽出了白龍劍，其勢如急風閃電，只一下，那拿刀的賊人就噯喲一聲栽倒。那另一個手中無刀的賊人趕緊退後幾步，要由船板上抄起篙來打秀俠。秀俠一個箭步跳過去，將劍平平地向那賊人的頭上一拍，吧的一聲，那賊人嚇得就要往河中去跳。秀俠卻用劍擋住他的前胸，威嚇着說："不許動，動一動我就要你的命！"那賊人站着，哭聲央求說："奶奶，饒了我吧！"

秀俠又用劍向這賊人的頭上擊了一下，說道："在南岸我買燈籠時，就看出來了，那鎮上的餅舖、雜貨舖都跟你們是一夥！你們一定是久慣劫人，不知劫過了多少錢財，害了多少性命！"這賊人趕緊說："我們兩人才幹了一年多，沒劫過多少人，也沒害過命。奶奶，現在我碰了這個釘子，我再也不敢了！"秀俠喝一聲："快些撥船往北岸去！"

這賊人就趕緊依着話，拿出篙來又撥船，秀俠的寶劍仍然伸着，挨近這賊的脖頸。少時，這只船就攏到了北岸，賊人恭恭順順地搭上了跳板，秀俠就牽着馬上岸。這時她才收起了寶劍，上了馬，直往對面有燈光之處去走。

馬很快，二三里地霎時即到。這老龍鎮是黃河北岸的一個大市鎮，商業繁盛，只店房就有十幾家。秀俠很容易地就找着了一家很大的店房，一個很乾淨的單間。在店房中，她因為剛才在河中所遇之事，刺激得她睡不着覺，就對着一盞孤燈悶悶坐着，腦裏思前想後，有時哀痛欲絕，有時又慷慨奮發。

這店房中，今天住的客人很不少，天色也不過將將二鼓，許多屋裏的客人都還沒睡，都在亂哄哄地談話。忽然聽見院中有敲打竹板之聲，隨着竹板又有女人的纖細聲音，唱道：“可歎我離家已有三千里，凍餓飄流不能言，今日幸虧見小姐，賢小姐……”聲音十分婉轉，竹板聲也敲得有疾徐，有高低。秀俠一聽，心中不禁掠起來悲思，就站起身來推開屋門，去看這院中可憐的歌女。

　　店中的院牆上掛着一盞帶玻璃罩子的風燈，院中的一切景象在燈光中都能看得見。歌女的身材很矮很瘦，面目因背着燈光看不大清，但是衣服襤褸，樣子極為可憐。旁邊那大概是她的老祖父，傴僂着身子，手拄着一根拐杖，另一隻手就替他的孫女敲着那有節奏的竹板。老人身上並掛着個瓦罐，看這樣子只是賣唱乞食，不是串店房的妓女之流。所以各房中的客人都不來理她，都照舊說笑着，由着這可憐的祖孫在夜色下，寒風裏，抖顫着歌唱。

　　秀俠看了不禁憫然，就要回身由行李中去取錢。這時，忽見有一人由西邊的客房中出來，說：“別唱了。”這人大概是把一錠銀子交到那敲竹板的老翁手裏，那老翁是又驚喜、又感謝，就推他那個孫女說：“快謝謝老爺吧！”那可憐的女子已然停止住了歌聲，她向那客人屈了屈腿，那客人就拂拂手說：“你們走吧！”他遂就轉身回屋。秀俠很注意這個人，在這人一開門進屋時，屋中的燈光和院中的燈光，把這人的面目、服飾照得很清楚，原來是個高鼻梁兒，梳着長辮，身體挺拔的年輕人，穿着一件閃亮的長袍，好像是個富家公子。

　　這時這人已進屋去了，窗上還幢幢地搖着人影。那賣唱的女子和那可憐的老翁也走了，秀俠才慢慢地關上了門，心中很敬慕那少年客人，暗想：這真是個好人，不知他是個幹什麼的？坐在床上發了一會兒怔，忽然自己不知為了什麼，臉就熱了起來，心中又是一陣難過，便把拳頭向劍鞘上狠狠地一擊，吹滅了燈，躺在炕上就寢。可是她卻睡不着，輾轉反側，總像心中新添了一件事似的，並想起來許多舊事，什麼紅蠍子、黑山神、智圓……又想起她小時捉過一對蝴蝶兒，弄死了，她母親就說那蝴蝶兒是一對薄命的夫妻。由那次起自己的心裏開始懷上了對夫與妻的關係的疑問……直到四更以後，她方才朦朧睡去。

　　次日起來，一看日已高升，秀俠就要到院中去喊叫店夥，這時忽見昨日那個少年正由西房中走出。他才一到院中，就喊叫店夥給他備馬，此時秀俠倒住了口，也不叫夥計了，並且回身進到屋裏，可是把屋門又留了一道縫子，她就扒着這個縫兒偷眼向外去看。就見這少年不但是高鼻梁兒，顯着人物英俊，並且眼睛也很大。那兩眼就似秋天的晨星，光明而且澄潔。他的年紀不過二十上下，但身軀很高，可是一點兒也不臃腫呆板，很是挺拔瀟灑。他穿着一件淺灰色有團龍花樣的夾袍，腳下卻是青緞便鞋，不像官員，也不像書生，當然更不是販夫走卒之流。少時，店夥就向他說：“張少爺，您的馬備好了！”這個人就點點頭，回到房中去取行李。

　　他一把行李取出來，秀俠便更是詫異，原來他的行李也跟自己的一樣：只是一隻包裹，一口劍。秀俠就特別注意此人的劍，只見他這口劍的尺寸與自己的這口也相差不多，不過他的劍鞘卻極為漂亮，鯊魚皮上還嵌着些寶石似的東西。秀俠又想：莫非這人的劍也是一口寶劍嗎？比我這白龍吟風劍還要鋒利嗎？由這口劍一看，這人是必定會武藝無疑了！

　　此時院中姓張的少年已將包裹和劍都繫在馬上，店夥給他牽着馬，他跟隨着，就往店門外去了。秀俠很想追出去，看這人到底往那邊去走，可是此時她就覺得臉上一陣發熱，仿佛做了什麼虧心的事情似的。

她回到床頭，呆呆地怔了一會兒，陽光就已撲上了窗櫺，院中卻又有人高聲談說起來。大概是店夥對客人說："昨兒河裏出了事，駛擺渡的癩頭韓五叫人殺傷了！他那同伴小朱到衙門告了狀，說是昨夜他們載了個牽馬的女賊……"

秀俠聽到這裏就大吃一驚，立時站起身來，側耳向窗外去聽。聽那店家所說，就是昨夜被秀俠饒了性命的那個賊人，到衙門告了狀，說是昨晚有個渡河的女賊，把他們數日的積蓄完全劫去，並殺傷了韓五。

秀俠一聽就不由氣憤填胸，那賊人竟如此可恨！她真後悔，不該昨晚饒了那賊的性命！又想到衙門去反告，連河南岸那餅舖、雜貨舖的人也全都控告了，告他們都與賊船串通。可是轉又一想：說他們都是賊，自己卻又沒有憑據，而且又有急事在身！因此她就把對剛才那少年的想像完全丟開了，連臉也顧不得洗，早飯也顧不得吃，就又出屋喊叫店夥，快給她備馬。

秀俠急匆匆地提着包裹、寶劍出來，繫在馬上，就牽出店門，上馬揮鞭就走。一直走出了老龍鎮，她也不知有無人注意她，只是沒有人攔阻，於是她就急忙策馬，向北飛馳而去。此時路上的行人車馬很多，都被她越過去了。

她越走越遠，走了約有五六十里，天色已然近午，她便由大道又走進了偏路。這條偏路比正路還平坦，並且因為路上清靜，可以放心縱馬快走，不必留神躲避車馬。又走下了十餘里，她就有些疲乏了，遂收住了馬，喘了一喘氣，就緩緩地向前又走。這時卻聽身後傳來一陣嘚嘚的馬蹄之聲，秀俠趕緊回頭一看，卻不禁十分驚異，同時臉又有些發熱，原來身後來的正是自己在店中遇見的那個美少年。

只見這少年向秀俠微微的一笑，馬來到了臨近，他就擺手說："姑娘你別走這條路！這條路很容易出麻煩，你還是往東，走那股大道去吧！"秀俠雖不是生平沒跟男子談過話的女子，但在這僻靜的路上，跟一位英俊的少年談話，她還是第一次。所以她的臉上就像得了病發了燒似的。她就回身來問說："為什麼呢？莫非這條路上有強盜？"少年的臉上也紅了一紅，搖頭笑着說："沒有，總之這條路不好！姑娘你是個單身，雖有寶劍護身也不行，還是走大道去吧！姑娘你打算往哪裏去？"秀俠忽然把面色一變，冷冷地說："你不要來管我！"說着就揮鞭策馬，依然順着這條偏路走去。

隨走着，她心中就想：那少年一定還在身後跟隨着我呢！今天他比我先出的店房，可是現在他倒走在我的後頭，一定是他故意尾隨着我，可不知這人是個好人還是壞人？想了一會兒，也走了些路，忽然回頭一看，原來那少年已沒有了蹤影，大概是早就往別處去了。秀俠的心中反倒感到一層寂寞，便隨走隨回頭去望。

又走下三四里地，秀俠就覺得很饑餓。在馬上向四下去看，只見遍地禾黍，遠遠一脈青山，村落稀稀，田地裏的農人也不多，竟不知到哪裏才有村鎮。秀俠又往前走，忽見迎面來了三個人，有兩個人是抬着個什麼東西，一個人在後跟隨着，都是無精打彩地走。漸漸，雙方走到了臨近，秀俠又吃了一驚；原來見那兩個人是抬着兩根杠子，杠子上綁着一塊木板，木板上臥着一個滿頭鮮血、衣服破爛的男子。跟隨的那個人年有四十來歲，愁眉不開，怒容滿面，但是又極力忍抑着的樣子。秀俠就立時收住了馬，問說：“是怎麼回事？這人是遇見強盜了嗎？”

　　那跟隨的人望了秀俠一眼，就忿忿地說：“強盜？強盜也不能這麼霸道！”說着他並不停步，依舊跟隨那兩個抬着負傷者的人去走。秀俠卻撥馬呼叫說：“你們站住！把詳情告訴我！我是鐵掌陳伯煜的女兒陳秀俠，我專管世間不平之事！你們這裏如有欺壓鄉民的強梁惡霸，就快指給我，我能去，憑着我這口寶劍能為你們剷除他！”

第八回　鬥強梁深莊抒孤憤　觸情網茅店暫雙棲

　　三個人一聽秀俠這話，他們全都怔了。那在板子上躺着的，呻吟負傷的人忽然怒喊道：「俠客，你得打這個不平！薛老虎搶去了我的婆娘，還把我打得這樣！」秀俠跳下馬來，吩咐說：「把他放下，你們對我說說，薛老虎是怎樣的一個惡霸？」

　　那跟隨的人就看了看前後，見沒有什麼人來，他就忿忿地說：「薛老虎是本地的一個惡霸，他有錢有勢，人稱他薛七太爺，背地裏叫他色老虎。他是臨潁縣的大紳士，可是無惡不作。這受傷的人是我的兄弟胡三，我叫胡二。我兄弟在五年前就訂下了妻子，是東莊孟家的姑娘，上一個月被我兄弟娶過了門。昨天早晨，姑娘的母親接她女兒回娘家，不想一到娘家就沒有了蹤影。她娘家的人來告訴我們，說是姑娘跑了，並且要叫我們退回嫁妝。我兄弟急了，到各處訪查了一天，才知是薛老虎派了人拿車搶走。聽說有人看見，我那弟婦在車上直哭直罵，可是沒人敢管這件閒事。剛才，我兄弟胡三氣極了，就提着長槍去找他們理論。薛老虎就指揮他家的護院人余五、盧九，連莊丁一共是三十多人，刀棍齊上，就把我兄弟打成了這樣。我去了叩頭央求，並應得不報官、不聲張，拿全家的性命作保，這才把我的兄弟抬回來！姑娘，你要打不平雖是好意，可是……連姑娘你也惹不起他們呀！你雖有寶劍，也敵不過他們的人多呀！何況，我的全家……」這胡二跺腳歎息，那胡三卻忍着傷痛，大喊道：「行俠仗義的小姐！你千萬要管這件事！千萬求你給剷除這隻老虎，不然誰家也不能有乾淨的妻女！」

　　秀俠此時芳容氣得發紫，便問說：「那薛老虎住在什麼地方？」受傷的人說：「就在北邊，過了小河，柳樹林外有高院牆。」秀俠說：「好了！我給你們去出氣！替你家奪回媳婦，替你們這一方除害！」說時飛身上馬，揮鞭走去。那胡二還在後面追着喊：「俠客姑娘！咱們商量商量你再去吧！」秀俠卻連頭也不回，催馬急走。

　　不過三四里，就看見面前有一條小溪，水清見底，兩岸相距不到一丈。秀俠一鞭馬，就飛越而過。再走，就望見眼前有一片柳樹，翠縷千條，迎風拂動，地上生着許多青草，並雜有藍色的、黃色的朵朵野花。這麼幽美的地方，真令人不信是有個兇橫的人面老虎在此居住！

　　秀俠撥馬繞過了樹林，就看見了一處村莊，有高高的院牆。牆外有幾個莊丁樣子的年輕漢子，都光着脊背在那裏摔跤、說笑，地下扔着衣服、石頭，還有刀槍棍棒等等。他們一見來了這騎着馬的青衣年輕姑娘，就齊都直了眼。秀俠的態度是凜若冰霜，怒聲問說：「你們把薛老虎叫出來！我有話要問他！」

那幾個莊丁一聽秀俠這話，他們不但不怕，反倒彼此笑了，互相說着：「咱們七太爺現在真是大交桃花運，又有這麼漂亮的娘兒們自己送上門來了。」秀俠卻催着說：「快把薛老虎叫出來！我要問他為什麼霸佔良家婦女、毆傷鄉民、橫行一方！」那幾個莊丁齊都吐着舌頭，笑說：「喝！真了不得！這傢伙比城裏的爛蜜桃還兇！」遂有個人就努努嘴，少時他們就找出一個人來。

這人好像是他家的護院人，身高面黑，秀俠一看，倒不禁吃了一驚！原來此人自己認得，正是自己第一次遭難時的一個賊人！那天他們帶着那胖婦，要將自己拐到一個壞地方去，半路為紅蠍子所劫。火眼龐二等人都受了傷，這余五因為他躲在車下，才沒有被紅蠍子發現，想不到他又到這裏給薛老虎來護院。

此時余五也認出來是秀俠，他就哈哈大笑，說：「我說是誰呢？原來是陳伯煜的女兒。三四年前我抱着你，跟你騎過一匹馬，那時的事情你還沒忘罷？好啦！好啦！快下馬來，咱們兩人敘一敘舊日的交情罷！」當下秀俠氣得臉上去紅又紫，就罵道：「渾蛋！狗強盜！你休以為我還是四年前被人隨意欺辱的小姑娘，這次我出來，正想找寶刀張三和你們這一夥報仇呢！」說時跳下馬來，抽出寶劍。

那余五退了兩步，仍然笑着，說：「喝！真厲害！還要報仇？現在沒有紅蠍子再救你了，你可別不知好歹呀！」秀俠一個箭步上前，掄劍就剁。便有幾個莊丁都已抄起來單刀木棍，攔住秀俠來打，但他們這些兵刃一遇見了白龍吟風劍，簡直就像是紙糊的刀，秫秸做的棍，只聽嗆啷嗆啷、哧嚓哧嚓，這些兵刃全部紛紛變為了兩段，嚇得那些人魂都飛了，趕緊驚慌四奔。鐵頭余五哪還敢交手？他抹頭向莊裏就奔，卻被秀俠飛步掄劍，追趕過去，只聽余五哎喲一聲慘叫，這個賊的一隻右手，連腕子都被削下去了。那些莊丁都拼命地跑進了莊子，關閉了大門。

秀俠先提劍去逼余五，余五躺在地下亂滾，慘切地呼叫着：「媽喲！媽喲！饒命……」秀俠又用劍拍着余五的頭，逼問說：「你跟寶刀張三相識，你可知他現在藏在什麼地方？快說，不然我還砍你一劍！」余五痛得連滾也滾不動了，他就仰臉臥着呻吟，聲微力弱地說：「寶刀張三發了財，他不認得舊朋友了！他在北京……」說到這裏，就疼得昏暈了過去，如同死人一般。

秀俠又過去，掄劍去劈那莊門。莊門雖閉得很緊，門上並包着鐵葉子，十分堅固，可是禁不住白龍吟風劍的鋒利，只消三五劍，便把門給砍了個大窟窿。裏面的人聲十分慌亂，彷彿豹子就要闖進了門，又像大水就要衝上了堤防。秀俠又連連掄劍砍門，並向裏喊說：「快叫薛老虎出來！」秀俠此時怒氣勃勃，真要劈碎了大門闖進去，殺死那薛老虎。可是裏面亂了一陣之後，忽然兩扇門大開了，秀俠倒趕緊退後幾步。就見裏面走出一個七八十歲的老頭子，見了秀俠就深深打躬，央求着說：「姑娘別生氣！我們知道姑娘是一位俠客。我的侄子薛七他作惡多端，我管束他他也不聽，現在他也合當遭報。可是，他現今沒在家，他往城裏去了。」

秀俠怒聲說：「薛老虎他不要怕我就躲起來，快叫他出來，不然我要進去搜！”那老頭兒說：“姑娘就是進來搜也不妨事，我那不肖的侄子真是沒在家，他帶着那孟家的女兒到縣裏置首飾去了。”秀俠就問那老頭兒說：“你侄子薛老虎得什麼時候才能回來？”那老頭兒說：“大概到晚間才能回來，他們在縣城裏還要望看幾家親友，城裏新近又來了個戲班子，也許他們還要去聽戲。”

秀俠想了一想，便冷笑說：“我也不管你侄子是真沒在家，還是假沒在家，我就限你們今天把薛老虎所強佔的婦女全都放出來，各自送走，交給她們的本夫或父母。從此以後你侄子不許再欺凌鄉民，不許再霸佔婦女。明天我再來，叫你的侄子等候我，見了面我再教訓他！”說畢，秀俠轉身收劍上馬，揮鞭就穿過了柳林，直往北去。往北又走了三四里，忽然她又將韁繩勒住，暗想：不對！今天我殺傷了鐵頭余五，倒在無意之中把我仇人張三的下落打聽出來了。可是人家胡家媳婦被占、丈夫被毆之事，我並沒有給辦好，這行嗎？這能算是俠義嗎？她在馬上想了一會兒，便又另外決定了一個主意，於是又撥馬往南去走。

走了幾里地，就見道旁有兩個人正在等她，一見着她，就齊叫說：“小姐！小姐！”秀俠一看，其中就有那胡二。胡二跑過來，很急地向秀俠悄聲問說：“小姐，怎麼樣了？你見着薛老虎了沒有？”秀俠搖頭說：“我沒有見着，我到他莊前跟他家的護院人打起來，把那余五殺傷了。後來我要闖進他的莊門，裏邊卻出來個七八十歲的老頭兒，向我苦苦央求。他自稱是薛老虎的叔父，他說他的侄子是帶着孟家的姑娘進城打首飾去了，到晚間才能回來。他應許我說，只要他的侄子一回來，他就一定叫薛老虎把他所霸佔的婦女全都放回。”

胡二卻不禁跺腳歎息，說：“小姐你受他們的騙了！那老頭子不是薛老虎的叔父，他是薛家的老管家，本地的人都叫他狼狽，專幫助他們主人做壞事，他的壞主意最多。剛才一定是薛老虎見你姑娘難惹，他不敢出頭，就叫那老狼狽先把你騙走，隨後他們一定去叫官人。”秀俠冷笑了一聲。胡二又說：“我那弟婦跟我的兄弟很是和睦，她恨極了薛老虎，現在絕不能跟薛老虎進城去打首飾。薛老虎一定是躲在莊裏，他絕不肯把我弟婦放回來！”

秀俠怔了一怔，又冷笑了一聲，說：“不要緊，無論他們怎樣狡猾，兩三天之內我一定能將你的弟婦救出，並替你們這一方除害。現在你先給我找個地方，叫我用一頓飯。”胡二就向西邊一指，說：“請小姐到我們家裏去吧？”秀俠搖頭說：“我若到你們家中去，就難免給你們惹禍，還是你給我找個別的地方才好。”旁邊那個短小的漢子就說：“姑娘到我那裏去吧！我那裏還清靜。”胡二就指着那人說：“這是我的表弟李四，他就住在我們村裏，家中沒有別人，只有他的老婆。”秀俠想了一想，便點頭，於是牽着馬，就隨這兩個人往西邊的村中去走。

到了那李四的家中，李四的老婆就做了飯，請秀俠吃了。胡二又帶了一個老婆婆和一個婦人來給秀俠叩頭哀訴。那老婆婆是有一個女兒，被薛老虎強佔了去。在薛家莊不到半月，就把一具可憐的女屍送了回來，附帶着有五兩銀子，並連嚇帶哄，不許她們聲張。那婦人說，她的丈夫因為好喝酒，喝醉了，跟薛家莊的護院人打了架，並罵了薛老虎。在當時薛老虎並沒表示什麼，可是過了一個月，縣衙裏就來了人，把她的丈夫抓到衙門，牽連到盜案之中，現在已解往府裏去了，也不知是生是死。這村裏的人都把秀俠看作神人，看作他們的救星。

秀俠也滿口答應了，一定要為他們這地方除害。可是又想：自己只是孤零零的一人，又不能去任意殺人枉法，倘若那薛老虎運動出來些個官人，替他嚴守着莊院，那就無論是白天是夜裏，我也不能下手呀？她思索了半天，就先叫胡二、李四等人出去打聽那人家莊裏的動靜，自己只在這裏等待着他們來報信。

等了一會兒，那短矮的李四就先跑回來了。他非常地興奮，又有點驚慌，一進屋來就說：「怎麼樣？這都是那狼狽給出的主意！他叫薛老虎藏在家裏，他把衙門十幾個捕役都給請來了，並叫來幾個人，都是城裏的地痞無賴，幫助給他護院。」秀俠微笑了笑，說：「不要緊，我有辦法！」這時胡二又回來，神色更為驚慌，說：「官人來了！要到村裏來搜小姐，小姐你先避一避吧！他們都知道李四是我的表弟，一定到這裏來搜！」

秀俠卻吃了一驚，趕緊起身出屋。一看她那匹馬並未卸下鞍韉和行囊、寶劍，就急匆匆地牽馬出門，認鐙上馬，揮鞭向村外馳去。走進了一股幽靜的小徑，隔着麥苗在馬上向北面張望，果然見有幾個官人手中都提着刀棍鏈鎖，往胡家那村中搜查去了。秀俠就一放馬，蹄聲嘚嘚，像飛似的順着小徑一直往北。

走出有二十多里，這時忽見前面有一匹馬，馬上的正是自己在老龍鎮遇見的那姓張的少年。秀俠立時將馬收住，心中十分驚異，暗想：這個人的行蹤太詭秘了！這半天來一定他都在尾隨着我，不知他安的是什麼心？此時那少年瞪着一雙炯炯有神的眼睛，向秀俠望了一望，便撥馬又往西去了。秀俠眼見那少年的人馬影子消逝了之後，她勒着轡繩，發了半天怔，心裏就像牽掛上了一件什麼東西，覺着有點兒發沉，於是她也懶得再催馬快走了，就慢慢地，一面走一面想事，緩緩地來到了對面的山前。秀俠回首去看，田塍和路徑之上很少有往來的人，陽光已轉向西去，秀俠的身體倒不疲乏，但心情總是恍恍惚惚的，她就策馬走進了山口。

只見這山並不太高，也沒有什麼奇峭的峰嶺，但遍山是青草短樹，和悅目的野花，風兒吹到臉上柔柔的。一對對的蝴蝶在柔和的風兒裏飛舞，它們以一種輕薄的神情去逗弄那些含羞獻媚的野花；有的又像嘲笑似的，故意在秀俠的頭上臉前飛繞。秀俠懶懶地下了馬，把馬就放在山坡上，由着它去啃青草。自己就在草上鋪了一塊青綢手帕，坐下，低着頭，出神地用手揪揪草、掐掐花，那無數的小鳥就在她耳旁唱着清亮的情歌。

坐了一會，秀俠就不禁打起盹來，她張口打了個哈欠，睜眼看看四下無人，那匹馬也臥在山坡上，像是很有心事的樣子。秀俠就想：不如我在這裏睡一個覺，睡醒之後，天色大概就黑了，我再往薛家莊。於是她站起身來，手裏甩着手絹，嘴裏哼哼着，自然就哼哼出來幾句經文。這是在尼姑廟時，那智圓常常一面紡線一面唱的那幾句。秀俠又不禁想起那多情的尼姑，想起在自己行囊中收着的那對金耳墜，心說：把事情都辦完了，我還得給智圓辦那件事情去呢！可是把父親的仇和別人家的閒事全都辦完之後，我個人的事又有誰來管呢？因此，心中又不禁一陣傷感。她走到馬前抽出寶劍，就躺在山坡青草之上，把寶劍壓在身底，她就合上眼，不知不覺就沉沉睡去。

也不曉得過了多少時候，忽然被一種聲音所喚醒，只聽耳畔有男子的聲音喚道：「你在這裏睡覺，不甚穩妥！」秀俠睜開眼睛一看，不禁吃了一驚，原來又是那個少年！這時這少年並沒穿長衣，只穿着青綢的短褲褂，牽着馬，與秀俠相離不過兩三步遠，他那英俊的丰姿被秀俠看得更為真切。秀俠趕緊站起身來，一掄寶劍，說：「你是什麼人？敢來跟我談話？」同時不禁臉燒了，耳熱了。那少年卻微微一笑，和聲悅色地說：「我是好意！小姐，我已曉得你是怎樣的一個人了。從老龍鎮我跟你到此，我早就想跟你談談，可是總怕唐突。現在官人快搜進山來了，你快些上馬去吧！」

秀俠吃了一驚，向兩旁張望了一番，但又搖搖頭說：「我不怕！我有寶劍，無論來了多少官人我也不怕。」少年的眼睛也盯在秀俠那口寶劍上，他就很着急地說：「這不是怕不怕的事，在黃河上你殺賊人可以，在薛家莊你殺惡霸也可以，但你卻不可傷了官人。否則你就成了罪犯，成了強盜，到處要有人捉拿你了！快走快走！官人快要進山來了！」秀俠聽了這話，就趕緊收劍上馬，下了山坡，繞着山路馳去。

那少年也騎着馬在後面緊緊跟隨，一霎時就走出了山口，少年卻哈哈一笑。秀俠就曉得了，並不是有什麼官人要來搜山，原來是這少年誆騙自己，當時心中發起一陣惱恨，要拿馬鞭去抽少年。少年卻撥馬躲開了。他依舊笑着說：「姑娘你別生氣，我並不是故意要戲你，實在是我見你在山中睡覺太冷。」遂用鞭向西北方向一指，笑着說：「那邊有一座小鎮，鎮裏有酒店，我們可以先到那裏去飲幾盅酒。晚間，我幫助你到薛家莊，把那惡霸剪除！」

秀俠聽了這話，惱恨就全消了，臉又發起熱來，就順着這少年的鞭梢向那小鎮上去望。然後又咬着嘴唇沉思了一會兒，便向少年點了點頭，又問說：「你是誰？你是幹什麼的？你為什麼有閒工夫這樣跟着我？」那少年笑着說：「暫時你就先不必問了，等到了鎮上酒店裏咱們再談。」

秀俠說：「那你也得把你的姓名告訴我。」少年說：「我姓黃，名叫黃一飛。」秀俠卻冷笑着，心裏想道：在老龍鎮上明明聽店家叫你為張大爺，如今你又姓起黃來了？你連准姓都沒有，一定不是什麼好人！此時少年撥馬在前面走，他又回過頭來，笑了笑說：「姑娘！我的姓名你已問過了，可是我也得打聽打聽你貴姓呀？」秀俠就不假思索地脫口說：「我姓張。」說出之後，卻又後悔，仿佛自己吃了什麼虧似的，不由一陣羞愧。

少年也怔了一怔，就說：「張姑娘！」他一面策馬向前走，一面回過頭來說：「在老龍鎮上，我一見了你的面，一見你這口寶劍，我就知你必是當代的一位俠女。當代會武藝的人很多，可是俠女簡直沒有一個。只有個紅蠍子年輕貌美，武藝不錯，但那是個盜賊！」秀俠一聽這少年提起了紅蠍子，她就不由心中一動，仿佛非常想念她那位故人。遂問說：「你提說紅蠍子，你可知道紅蠍子現在何處嗎？」

那少年回過頭來望了秀俠一眼，然後又搖搖頭，說：「我不曉得，只聽說江湖上有這麼一個女人，性淫貌美，手辣心狠，是河南省出名的女強盜。自從她丈夫被陳仲炎那兇徒給殺死了之後……」秀俠一聽這少年稱自己叔父是兇徒，她不禁又驚又憤，但一點也不露聲色。只聽那少年又說：「紅蠍子的窟穴也被官人圍剿了，她算是漏了網，可是她的宿習不改，依然為盜，不知又盤踞了什麼山，也不知她又姘識了哪個大盜。」

秀俠就反駁說：「你說的不對，陳仲炎跟紅蠍子雖然與我全不相識，但我卻聽說他們都是好人。陳仲炎的大名，江湖上全都知道，這幾年他為他胞兄報仇，歷盡江湖，受盡了辛苦，沒有一個人不敬佩他的。那紅蠍子人人都知道她是個女魔似的強盜，但我曉得，她確實也是個賢淑的可憐的婦女！」少年一驚，把雙目就直瞪在秀俠的臉上，看看秀俠的頭，又看秀俠的腳。秀俠就冷笑說：「你疑惑我就是紅蠍子嗎？」少年笑着，搖了搖頭，連說：「不是，不是，紅蠍子現在至少有三十多歲了，你的年紀不過才十七八。姑娘，我絕不能胡疑你，我看出來你確實是一位俠女，在黃河你殺傷水賊，在薛家莊你殺傷他們的莊丁，我雖都沒在旁看見，可是我想姑娘你的武藝必定高超。你使寶劍，我也使寶劍，所以我對你更是敬佩！」秀俠笑一笑，少年就策馬向前走，秀俠依然在後跟隨。

　　走不了幾步，那少年又回過頭來問說：「姑娘，你是從哪裏來？要往什麼地方去？你可以告訴我嗎？」秀俠說：「我是從江南來，現在要往北京去尋訪親友。」少年說：「那好極了，我也是要到北京去，我們可以一路同行。」秀俠問說：「你是哪裏的人？」少年說：「我是南陽府人，家卻在北京。三年前我到襄陽投師學藝，現在才學成了武藝，想要回到北京看望父母。」

　　二人說着話，就進了那小鎮，在一家小酒店前下了馬。少年就將秀俠的馬接過去，連他的馬都繫在一根木樁上，秀俠卻將自己的白龍吟風劍拿進了酒店。二人便要了酒，對坐着，並笑着，輕輕地談話。秀俠本來不常喝酒，並很厭煩酒的辣味，但如今酒一沾唇，卻覺得是甜津津的，才抿了半口酒，她就領略了醺醺的醉意。那少年的臉也漸漸起了紅暈，這種紅暈在秀俠眼中看來，簡直如朝霞那般美，如春花那般燦爛。

　　兩人談着話，所說的不過是江湖上一些閒事，但兩人雖都相互喜愛，可是又都各懷着猜疑，都不肯說出實話。那少年仍然自稱姓黃，名叫一飛，號叫雲傑；秀俠卻自稱為張秀姑。少年自稱為北京富商之子，襄陽名拳師之徒，而秀俠則假說自己是江南鏢師之女。二人雖都說着假話，但卻越談越親密。

　　飲酒後，二人便離了酒肆，又同往鎮上一家店房去休息。在店房中二人找的是一個單間，店家看了他們，以為他們是一對夫婦。那少年把他的行囊和秀俠的包裹都拿到屋中，然後就笑着一拍秀俠的肩頭，說：「咱們兩人萍水相逢，就談得很是相投，這真是前緣。」秀俠臉紅了紅，躲到一邊，便說：「我們雖然相識，但不可共行共宿，不然是要被人笑話的。現在休息一會兒我還要走，我還要去救那胡家的媳婦，剪除那惡霸薛老虎。」少年說：「我願幫助你！」

　　秀俠搖頭說：「你不用幫助我！聽說那薛家莊現在有不少官人，倘若你去了被他們捉住，我也不能去救你。你不要看我年輕，是個女子，但在四年前我就闖過江湖。我的武藝不是誇口，就是紅蠍子也敵不過我。江湖上有名的袁一帆，也在我劍下吃過虧！」那少年吃了一驚，就問說：「你認識袁一帆嗎？」秀俠搖頭說：「我不認識他，早先我聽人說他是位俠客，後來我才知道他卻是個壞人。現在江湖上我只知道有兩位英雄，一個是陳仲炎，一個是雙鉤手宿雄。」

　　少年冷笑了笑，說：「你我雖然相投，但在江湖上所崇拜的人物可不一樣，這倒也不必爭論。」說時，看少年就又將秀俠那口白龍吟風劍抽出來，看了一看，他的臉上就更顯出驚訝之色，問說：「張姑娘，你這是一口寶劍嗎？」秀俠見問，並不立時回答，她想了一想，才搖頭說：「不是什麼寶物，可是我家傳的，倒還鋒利。"少年將劍就入了鞘，仿佛並沒怎樣注意似的，他卻時時用眼看秀俠的容貌，看得秀俠一陣一陣的臉熱。她就自己出去喊店夥，叫店夥快給她做飯，然後又回到屋裏。那少年就說："忙什麼的？三更以後再去也不遲，到時我一定要幫助你。"秀俠搖頭說："我不要別人幫助。"

少年笑了一笑，又把眼直盯在秀俠的臉上，嘴唇動了動，幾次都欲語復止，半天他才說："姑娘，我再問你一件事？"秀俠說："什麼事？"少年笑一笑說："我要問你有了婆家沒有？"秀俠的臉上更是發熱，同時又有點兒氣憤，就說："這件事你問不着！"少年笑着說："雖然不該問，可是說一說也無妨。現在你是走在江湖上，並不是在閨閣裏。我們二人萍水相逢，既然相識了，就是朋友，我問你這話，也是一番好意，假若姑娘你還沒有訂下婆家，我可以為你做媒。我認識一位朋友，他姓張，與你是同姓，今年才二十三歲，家中豪富，年少風流，並且武藝高超……"

秀俠剛要發怒，攔住他的話，卻見店夥把煮得的兩碗湯麵送了進來，少年就止住了話，秀俠也不能再生氣了，但她的雙頰已如玫瑰那般的嬌紅了。少年還笑着向她談話，秀俠卻一聲也不語，默默的吃麵，連眼皮也不抬。少時秀俠用畢了晚餐，就叫店夥去備馬，少年只用眼瞧着她，微笑着，並不攔她。又待了一會，店夥進屋來，說："大嫂，你那匹馬我們已給備好了。"秀俠就挾着寶劍提着包裹，並給了店家幾十文錢。那店家卻發着怔，眼望着那少年。少年搖頭笑着說："我們並不是一塊兒的，她要先走，還往別處去辦事，我還要在這裏歇會兒呢。"

此時秀俠已然出了店門，她上馬就走，還按着來時的道路，走進了那花草芳菲的山中。這時候天已薄暮，空中還留些晚霞，那顏色紅中含紫，就似美人的醉臉一般。晚風吹起，挾來些花草的香氣。秀俠催馬走過了這脈山，天色就已昏黑了。她先到西南方向那小村裏，找着李四的家門，把柴扉敲了幾下。李四就走出來，秀俠牽馬進去，就悄聲問說："白天我走之後，那官人進村來搜查了沒有？"李四說："胡二家跟我這裏全都搜到了，他們向我盤問，知道姑娘的姓名不知？我說我就沒瞧見今天有個騎馬的姑娘由這裏走，官人倒幸是沒把我跟胡二抓去。"

秀俠點點頭，發了一會兒怔。李四又請她到房中去坐，秀俠也覺着這時還太早，遂就將馬繫在院中的樹上，她隨李四進了屋。李四的老婆立時又燒水泡茶，忙着伺候秀俠。這李四雖然是個很窮苦的小農人，可是他的家庭頗為快樂，他的老婆年紀與他相等，也就是三十來歲，長得也不難看，跟她的丈夫說話，永遠是溫言柔語的，李四也常向他妻子帶笑着說話。

秀俠在這裏雖然是位上賓，頗受他夫妻的恭維伺候。可是自己卻覺得局促不安。她環顧這間小屋裏，土炕、紙窗、破桌、瓦甕，黯淡的菜油燈，倒覺得頗堪羨慕。同時又想起今天遇見的那黃一飛，在酒肆中、在茅店裏，與自己的那番情景，又不由得陣陣臉紅。

跟李四夫婦談了一會閒話，李四便出屋去了，李四的妻子坐在燈旁做針線，秀俠卻隔窗坐着。過了許多時，李四方才回來，並同來胡二。秀俠就問胡二說："你兄弟的傷勢怎麼樣了？"胡二說："他的人還很清醒，大概不至於死，他還要求小姐救回他的妻子。"秀俠說："我今晚把她救出來，若叫她立時就回你家去住，可也不甚妥，你們想想，還有什麼地方能夠暫時安置她嗎？"

　　胡二就又跟李四夫婦商量了半天，後來就說：“我這表弟婦的娘家是山北的人，離這裏有四十多里地，那兒倒很穩妥。小姐若把我弟婦救出來，當晚我就可以套一輛車，把她送去。”秀俠說：“這就好辦了。”遂又問：“現在是什麼時候？”胡二說：“現在有二更多天。”秀俠就站起身來，說：“我這就走，一定能到薛家莊把你的弟婦救出，你們現在就套好了車在山中等着我吧！頂好你們點一隻燈籠，我好迎着燈光去找你們，就把救出來的人交你們送去。”胡二跟李四連聲答應，秀俠就出屋解馬，李四趕緊過去開了柴扉，秀俠出門上馬，向村外走去。

　　此刻天黑如墨，繁星萬點，都似閃爍着窺人。騎馬走在大道上，秀俠就辨明了那薛家莊的方向，揮鞭急急地走去。少時過了那條小溪，秀俠就將馬收住，款款地又向前去走。走了不遠，就來到那片柳林之前，秀俠遂下了馬，將馬牽到林內，繫在樹上。然後她抽出來白龍吟風劍，步行着急急地往那薛家莊院走去。還沒有來到那高牆之前，就聽梆梆梆三下更聲，更聲像是往近來了。秀俠就立時頓住腳，蹲身藏在一個碾盤子的後面。少時就見有四個巡更的人，敲着梆子由南牆轉了過來，進到這場院裏的一間小屋內，小屋內立時就有了燈光，並聽那個人大聲地談話。

　　秀俠伏着身，轉往北牆後，這裏寂靜無人，秀俠將腰間的一條青綢帶子繫緊了一些，便把寶劍插在背後，然後她就拿出來在尼姑廟中四年所學的身手，一聳身就扒住了牆頭，然後盤腿而上，立在牆頭又一躍，就躍在那座大房的後簷上。然後她腳下纖纖的軟底鞋就踏着房瓦，往前走去。卻見那院中是三合房，全有燈光。

第九回　窺深莊女郎展奇技　對寶劍俠少頹情心

　　秀俠見各房中都有燈光，知道薛老虎果然早已防備她，就不勝焦躁，心說：這可怎麼辦？我跳下房，闖進屋去殺死薛老虎，然後我脫身逃走倒很容易，但是我若救不了那胡三的媳婦，也算白來這一趟呀！她伏身踏瓦，由北房走到東房上。就見那北房三間，很是寬大，屋內的燈燭也特別的輝煌。窗上人影幢幢，仿佛有許多人都在那裏，時時騰起來談笑之聲。在那聲音裏並雜有柔媚的女人聲調。

　　此時，就見這東房裏走出來一個人，秀俠就趕緊趴在房瓦上。那人卻走到了院裏，向北屋裏說：「你們還沒喝足嗎？來，到東屋來，老張他要推四十兩銀子的牌九，你們來壓吧！在那屋磨煩什麼？也該叫七爺跟兩位七嫂子歇會兒啦！」藉着從北房透出來的燈光，隱約可以看出來，這人穿着官衣，卻是個官人。

　　秀俠趕緊又爬到後廈，探出點頭來向北房去看。就見北房裏先是有幾個人答應，接着房門就開了，出來了四五個人，有的穿官衣，有的穿便服。裏面並有個身穿閃着光的緞子衣裳的大胖子送這些人出來，這些人就都回身說：「我們到東屋推牌九去，無論如何我們也得熬這一夜，七爺你就放心歇着吧！我們敢擔保，那使寶劍的小娘兒們一定不能來。」

　　那個被稱為七爺的就是薛老虎，他哈哈大笑說：「不怕！我很放心。其實那使寶劍的小娘兒們若來，我倒更喜歡！我這幾個屋裏的人，舊的是太舊了，不順手的又太不順手，我倒想弄個會武藝的小娘兒們，嘗嘗新鮮味道，一來叫她陪我睡覺，二來叫她給我護院。」旁邊大概有個人是在這裏護院的，大家就都拍着他的肩膀向他一陣笑，那個薛老虎笑的聲音比誰都大。房上的秀俠此時氣憤填胸，真想立即跳下去，揮劍就把他殺死。

　　這時，房下那夥官人跟護院的都進東屋去了，待了一會，屋裏就傳出摔骨牌聲和狂笑聲。北屋卻有個僕婦出來，把門輕輕帶好，轉身往西面一個小門裏去了。秀俠在房上站起身來，輕輕地由東房踏過了北房，到了西邊。原來這裏有一個跨院，很小，只有南北共四間房。南房黑洞洞的似無人居住，北房的窗上卻浮着燈光，那僕婦就進了這北屋內。

　　秀俠也由房上跳下，雙足落地，一點聲音也沒有。她就輕輕地走到那屋門前，只聽剛才進屋去的那僕婦，跟她的同伴說話，說：「那幾個當差的老爺們，都沒有一點規矩，當着兩位姨太太他們嘴裏什麼話都說，七爺也滿不在乎！」

　　秀俠從背後抽出了白龍劍，驀然將屋門一拉，屋中有三個僕婦，同聲問說：“是誰？”秀俠卻站在屋門口，把寶劍一晃，厲聲說：“不許作聲！”就有個僕婦嚇得咕咚跪下了，那兩個也都戰戰兢兢地躲到了牆角。跪在地下的這個僕婦就向秀俠叩頭，央求說：“小姐！饒了我吧！我是雇用的，薛老虎做的壞事都與我不相干……”秀俠擺手說：“我不殺你們，你小聲說話！告訴我，那孟家的女兒胡家的媳婦在哪屋裏？”

　　躲在牆角的一個僕婦，就向窗外指着，打着顫說：“就在這南屋鎖着了。”秀俠就又問：“還有什麼搶來的婦女沒有？快告訴我！”跪在地下的那個僕婦說：“再沒有啦！薛老虎倒是霸佔過不少，可是都依了他，都做了他的姨太太了！”秀俠又威嚇着說：“不許你們動！”她遂就一手持劍，一手擎起來桌上的一盞油燈，出了屋。

　　她走那南房前，用寶劍削落了鎖頭，踢開門，進屋用燈去照。就見屋中是空洞洞的，連一些傢俱也沒有。地下臥着一個婦人，手腳都被繩綁着，頭髮蓬鬆，看不清楚面目，尤其可憐的是這少婦渾身的衣服都被撕毀，露着脊背。

　　秀俠把燈和劍放在地下，就上前將這婦人扶起。這婦人被秀俠扶起，卻只是吙咻吙咻地喘息，不能呻吟。秀俠知她口中塞堵着東西，遂就由她口中揪出來一條很長的汗巾，她這才哭出聲來。秀俠囑咐說：“小聲些！”遂又用劍將婦人手腳上的綁繩全都割斷。這時外面卻人聲鼎沸，喊說：“有賊！有賊！”秀俠大驚，先將地下的燈吹滅，然後背起這婦人來，並囑咐說：“抱住我的肩膀，不要怕！”遂就提劍跳出屋去。

　　這時那些官人和護院的都已各持兵刃，闖進這小院來。秀俠卻背着那婦人早已上了房，急匆匆踏着瓦走，就像一隻狸貓似的，頃刻之間她就由北邊的後牆一躍而下。莊內還亂騰騰的，喊聲四起，燈火齊明，一群人在那裏瞎拿亂捉。秀俠卻早已進了柳林中，用劍割斷了馬韁，她抱着那婦人就上了馬。嘚嘚的蹄聲緊響，這匹馬就飛出了樹林，越過小溪，像一枝箭似的往北走去。

　　走出約二里之遙，秀俠見身後沒有喊聲了，也沒有火光了，她才將馬勒住。就問說：“你是孟家的姑娘，胡三的媳婦嗎？”那婦人答應了一聲，秀俠說：“好，我先給你穿上一件衣服，然後我送你見你的大伯！”說着，秀俠就在馬上，把自己身上的小夾襖上罩着的一件青布單褂脫下，就給婦人披在身上。婦人卻哭啼着，說：“我對不起我的婆家！我男人也叫薛老虎打死了！我沒臉再見我婆家的人……”

　　秀俠說：“你不要哭，你男人他並沒死！你別傷心，我把你交給你的大伯，我還要趕緊回來殺那薛老虎！”說着秀俠藉着天上的星光，仔細找着了往北山去的那條路，她就載着這婦人，催馬走去。只見黑天沉沉，銀星灼灼，晚風嗖嗖，雙人匹馬，馳奔如飛，不多時就進了那北山的山口。

　　此時，山中的花草都掩覆在夜色的幕下，連一聲鳥叫也聽不見，對面，遠遠的卻有一隻磷火似的燈光。馬迎着那盞燈走去，少時來到臨近，這邊就是一輛騾車，車上的胡二、車下的李四，齊聲問說：“陳小姐，把人救來了嗎？”秀俠就說：“救來了，你們把人攙下去，上車快些走！”那婦人哭着，就被胡二、李四扶下馬來，攙上車去。胡二又過來，向秀俠感激涕零地說：“陳小姐，我們將來怎麼報你的恩呀？」秀俠卻急急地說：「快走，快走！這些話都說不着，你們就想法把這媳婦藏嚴密了，別叫她露頭，因為我只能給你們救回來人，卻不能永遠保護着你們。」當下那婦人的哭聲仍然沒斷，車聲轔轔，燈籠一明一滅的，就順着山路往北去了。

這裏秀俠又撥轉馬頭，輕快地又走出山來，想要重到薛家莊將那薛老虎殺死。她催馬又往東去走，才走了不遠，忽見迎面發出一陣蹄聲，也來了一匹馬。秀俠吃了一驚，趕緊將馬收住，一手摸劍，向前問道：「你是做什麼的？」前面的那匹馬也來到臨近，馬上的人也高聲說：「張姑娘，你把人救走了，你還要往哪裏去？」秀俠聽出來就是那少年的聲音，不由暗笑，心說：你這時才來幫助我？我早把人救出去了。遂說：「你別管，我還要回去殺死薛老虎！要留着他，還是本地的禍害。」

那少年卻笑着說：「不用你去了，剛才你走後，我已結果了薛老虎的性命。可是，殺死了他，本地的官衙一定要緝凶，就許又連累那媳婦家的人。我現在就往縣衙，趁着黑夜向本地縣官嚇一嚇，告訴他，殺人者是我張雲傑，與別人都無干，他若認真辦案，可以派人去捉我。倘若誣陷良民，我就要取他的首級。」說時是很急快，那少年就催馬過來，與秀俠二馬相擦之時，他還就勢拍了秀俠的肩頭一下，溫柔地說：「姑娘，我真欽佩你的武藝。請你再到那店中去等候我，我少時就去，咱們倆再詳談。」說時少年的馬飛馳走過去了。

這裏秀俠勒馬呆呆地站立，微寒的晚風吹着她，但她的臉上還不由一陣發燒，雖然說了幾句話，但秀俠並沒再看見那少年的容貌。一瞬間少年走過去，她回首去看，夜色卻吞沒了那少年的人影馬跡，耳邊只聽有嘚嘚的蹄聲，漸漸地消逝了。秀俠心中倒覺得好笑，暗想：白天他還跟我假稱叫什麼黃一飛，現在匆促之間他又不打自招，又說他叫張雲傑，大概這才是他的真名實姓。可是他到現在還不知道我的來歷呢！到店房中等他回來，我就詳細告訴他吧，或者這個人還能幫助我去找寶刀張三報仇。

她撥過馬來，又順着這條路，再向山那邊去走，但此時她的馬卻走得很慢了。她一邊走，一邊就想：在我救那婦人走後，薛家莊就已然大亂，今天若不是我的武藝高強，就怕逃不出來了。可是在那護院莊丁和官人各持兵刃，紛亂搜拿之間，那張雲傑還能夠趕了去將薛老虎殺死，然後他又從容騎着馬逃出，這個人的武藝也真不弱了。只可惜我不知縣城是在哪裏，不然我也趕了去，與他競一競身手！

秀俠的心中又是羨慕，又覺驚奇，不覺得馬就走過了黑莽莽的山路，眼前卻又望見了那處鎮市，就是白天自己同那少年對飲，和一同在店房中休息了一會兒的地方。此時她的心中又很躊躇，暗想：我若到那店房去等他，少時他一定去，不定又要對我說什麼話。那人初見我時是很靦腆，但後來他又很不規矩。我們一對年輕男女，深夜同住在一處店房，倘若被人知道，成了什麼事情？即或沒人知道，我也……她輾轉尋思，既覺着這樣做是不對的，可又有些留戀不舍。眼看已來到市鎮上，鎮上雖街道清清，更鼓徐徐，可是店房門首還懸掛着很明亮的燈光。秀俠在馬上逡巡了一會兒，忽然一下決心，就揮鞭策馬，急急走過了這座市鎮。

鎮外也是黑夜之下的莽莽曠野，秀俠就催馬急走，一直走過了許多岑寂如死的村莊。她在馬上覺得疲倦了，東方卻已發現了微微的曙色。秀俠看見天光快亮了，就很欣喜，暗想：我趕緊走，先找個地方歇歇，索性歇一天，那張雲傑一定就走過去了，那麼我們也就不能遇見了，倒好！她振奮着已然疲倦了的精神，鞭着那喘吁吁已經不能快走了的馬，又走了五六里，天色就亮了。眼前有一片房屋、街道，知道又是一處市鎮，她就又緊緊揮鞭。少時走進了市街，就看見一家店房，門首掛着笊籬，土牆上寫着“彭家老店”。

這時店中的雄雞正在喔喔地啼叫，店門開了，一些背包的、擔貨的、坐車的客人都已動身往外走，秀俠卻困眼朦朧地牽馬進去，所以店家很是驚詫，接過馬去就問說：“大嫂，你是走了一夜路嗎？”秀俠說：“你就不用問了，快給我找個單間，我要歇息。”店家見這位姑娘帶着寶劍，一身青，腰間又繫着綢帶，不似普通的婦女打扮，他們雖然不敢多問，可是臉上仍然帶着驚疑，就給找了間單屋子。

秀俠提着包裹和寶劍，進了屋，就向炕上一坐，店家問她是先睡覺還是先吃飯？秀俠就說：“你快給我拿一壺茶來吧。”店家答應着，待了一會兒，就給秀俠泡來了一壺很熱很釅的茶。秀俠喝了幾口，覺得又有了些精神，便又叫店家給做飯。她就呆呆地坐着發怔，心裏十分不安，仿佛有一件不放心的事似的，就想：昨夜那張雲傑殺死了薛老虎之後，他又往縣衙去了，縣衙一定是在城裏，他騎着馬怎能進城呢？他不至於被衙門的人捉住吧？仿佛有一團疑問堵在心裏，總是釋不下。少時，店家送來了菜飯，秀俠在吃飯時仍然呆呆地發怔。飯後就把屋門關好，她躺在炕上又思慮了半天，方才沉沉睡去。

醒來天色已過了中午，身體的疲乏消去了，又覺得很有精神，她便把屋門開開叫進來店家。店家進來還是張口瞪眼，露着驚慌之色，秀俠看出來這店家是覺出自己的形跡可疑，遂就故作從容地問說：“店家，你們這兒是什麼地方？”店家答覆說：“大嫂……”看了看秀俠腦後直垂的髮辮，他趕緊又改口說：“姑娘！我們這裏是湯陰縣新市鎮，姑娘你一個人要往哪兒去呀？”秀俠說：“我要到北京去。”

店家一聽是這麼遠的路，他就越發驚疑，說：“這麼遠的路，姑娘你一個人行走嗎？路上現在是不很平靜呀！”秀俠一聽這話，也不禁驚訝，遂問說：“怎麼不平靜？我聽說近幾年來河南的大道上也沒有什麼盜賊。現在我從江南來，一路看見的客商很多，並且也沒有什麼事。”店家卻連連搖頭，說：“別處也許沒事兒，我們這一帶近來可真不好走。上個月，淇縣出了三條命案，五六個村子被劫。前天離這兒不算遠，新鄉一幫客人又被劫了，還傷了幾個人。”

秀俠驚訝着問說：“據你這樣一說，這附近一定是有大夥的強盜？”店家說：“可不是，聽說響馬足有五十多個人，兇極了，是從泗洲一帶來的，為首的是早先河南省有名的女賊……不是，不是，是個行俠仗義的女大王——紅蠍子于九奶奶。”店家說這話時兩個眼珠向秀俠亂轉，臉上表露出一種驚疑、恐懼，仿佛他說出來女賊兩字，都怕秀俠立刻抽出身旁的寶劍殺他似的。秀俠就說：“你放心！我可不是紅蠍子，我聽人說，紅蠍子現在足有三十多歲了。”店家帶着懼色，趕緊賠笑說：“哪能，哪能，我怎敢胡疑惑姑娘呢？我看姑娘多半是位保鏢的女達官。”

秀俠笑了笑，店家又說：“可是，姑娘你走路也得小心一點。據說紅蠍子手下有兩個女徒弟，都長得天仙似的，年紀麼，大概，大概……」秀俠又覺得這事很新奇，心說：我走後，怎麼紅蠍子她又收了兩個女弟子？此時店家的眼珠仍向秀俠的身上亂轉，他又說：「近來我們這一帶淨鬧女賊！剛才，有從南邊來的客人說，昨天晚上那裏有名的大財主薛老虎，也被一個女……女的給殺了！」秀俠聽到這裏，她卻不禁臉色一變，發了一會兒怔，又噗哧一聲笑了。

　　店家的意思就是說：這附近的幾縣現在女賊縱橫，紅蠍子及她兩個妙齡的徒弟，都使寶劍，時常出沒於附近各村鎮，昨天薛老虎那件案子，官方也認為是她們做的。現在幾縣的名捕能探，天天在各處訪查，專注意形跡可疑的婦女。秀俠這個穿章、這個年齡、這口寶劍、那匹馬，簡直真有嫌疑，尤其秀俠是今天一早才來投店，自己也承認是昨天走了一夜的路。店家表明並沒疑心秀俠是賊人的一夥，可是勸秀俠趁早兒離開這裏才好，要在附近有熟人最好一路同行，把寶劍藏起來，以免被官人抓錯了。因為現在附近的幾縣捕快全跟紅眼虎兒似的，他們不敢去捉拿紅蠍子，可是願意抓上一兩個土娼暗妓，或是沒名小姓的婦女，去暫時搪塞差事。

　　秀俠此時卻不禁冷笑，說：「我的時運真不好！怎會一走在這裏就正趕上這裏鬧女賊？女人走路真難，那麼我就快走吧！別教我再在這裏打上冤枉官司。」說着她就趕緊叫店家給她去備馬。店家也像巴不得她快點走，就趕緊答應了一聲，出屋去了。這裏秀俠心中也很緊張，急匆匆把行李收束好了，提着寶劍和包裹出屋。店家把馬給她牽過來，秀俠就將手中的東西放在馬上，然後她牽馬出店。忽然想起還沒付店錢，這時店家也追來，秀俠就不禁笑了一笑，問說：「多少錢？」店家說：「不要緊，先給姑娘記上帳吧，等姑娘從北京回來在我們這兒歇着時再給吧！」秀俠卻說：「你們這裏正鬧女賊，你們這裏的官人正要亂拿女的，以後我還敢到你們這裏來？」說着，從身邊掏出一小塊銀子給店家，她就上馬揮鞭，向北走去。

　　還沒有走出了這個市鎮，忽見路東有一家小茶館，跑出來兩個人，都身穿便衣，張着胳臂就把她的馬攔住。秀俠吃了一驚，明知這必是衙門裏穿便衣的捕役，但她鎮定着，反倒瞪着秀目，發怒說：「你們是做什麼的？敢攔擋我的馬！」這兩個穿便衣的捕役，一個緊緊揪住秀俠馬匹的彎頭，另一個就抿着嘴微笑，說：「沒有什麼的，我們就是瞧着你有點兒眼熟，你是起哪兒來的？」秀俠發怒說：「你管我呢？反正我不是紅蠍子，我也不是女賊，你們若有本事應當捉她們去，不要隨便欺侮良家婦女！」說着她將馬鞭交在執韁的那只手裏，一歪身，鏘的一聲抽出了白龍吟鳳劍。那兩個捕役一看見了奪目的劍光，就趕緊往旁邊去躲，秀俠便趁勢催馬，蹄聲嘚嘚如連珠，飛似的向北馳去。

　　離了這新市鎮，一直往北，走出五六里回頭一看，見有四五匹馬蕩着煙塵追來。秀俠趕緊收劍，緊緊揮鞭，穿過幾個村莊，離遠了大道，順着田間小徑去走。曲折地又走下有二十餘里，回身再看，身後已經沒有了追騎。她這才收住馬，喘了喘氣，她倒不禁自笑，心說：我是為什麼呢？我又不是紅蠍子的一夥，薛家莊的難婦雖是我救的，但惡霸卻不是我殺的，我何必像賊似的要跑呢？但又想：紅蠍子如果真在附近，我倒想要見見她，我們兩人敘一敘故舊，我倒怪想她的！她那個女徒弟不知怎樣，模樣到底長得如何？年歲比我大還是比我小？武藝比我高還是比我低？我真得見一見她們，我一來要同她們比比武，顯一顯我四年學成的武技，同時我要用忠言勸導她們，在江湖行俠仗義可以，但打家劫舍不單是王法所不容，也給一般會武藝的女子貽羞……

她一面想，一面策馬前行，春風吹着她的鬢髮，心中非常興奮。她覺得這大地的風景與人事的演變，全都是很新奇的，全都令自己高興。正在走着，過了一座石橋，石橋之下是碧澄的流水，流水的兩岸是稀稀的槐柳樹木，隔岸樹枝上嘹亮的鳥聲，在橋頭都可以聽得見。她才一下了橋頭，就聞有人呼叫道：「張姑娘！張姑娘！」秀俠頓吃一驚，收住了馬，四下去看，只見西邊遠遠的有一匹馬正在溪旁飲水，前後左右都沒有一個人。

秀俠怔了一怔，但也就明白了，因為她看出來，河旁飲水的那匹馬就是那少年張雲傑所騎的馬匹，而除了他誰也不能叫自己為張姑娘。她就裝作沒有聽見，從容地向前走去。此時卻聽呼喇一聲，由身旁一棵很高的柳樹上跳下一個人來，這人哈哈大笑，笑得連腰都直不起來，秀俠一看正是張雲傑，他身穿短衣，衣上沾着許多柳葉，大概是他早就見秀俠來了，他故意爬上樹去，為的是嚇秀俠一跳。

秀俠心中不禁一陣情思撩動，一陣飄飄蕩蕩的，就仿佛那千萬條被春風撩動的柳絲一般。但她趕緊收斂住了心情，連笑也不笑，就莊重地依然策馬去走。後面的少年卻又叫道：「張姑娘！張姑娘！」秀俠並不回首，就像沒聽見似的，只管向前去走。那少年便趕緊由地下撿起他的包裹和寶劍，跑過去牽了那匹馬，騎上向秀俠就追。他這樣一追趕，秀俠就馬行得更快，更不理他。張雲傑又在後面笑着，叫着張姑娘，並高聲說：「張姑娘，我已曉得你的來歷了！你是紅蠍子的高徒，你大概還有個師姊妹。現在有好幾縣的人都正在傳說你們的大名。怪不得，原來你是個老江湖！張姑娘，駐駐馬，聽我說，放心，我不是官差！」

前面的秀俠一聽這話，她卻不由得發怒，鏘的一聲又亮出了白龍吟鳳劍，就收馬回身。瞪着兩隻秀麗的眼睛，斥道：「胡說！誰是紅蠍子的一夥？你才是薛家莊殺人的正兇，你不要以強盜來污我！」張雲傑見秀俠亮出劍來，他不但不怕，反倒更笑。他昨天本已不莊重，今天更大膽向秀俠調戲了。他說：「女好漢，昨日我錯過了良緣，今天咱們應當找個地方親近一會兒，雖是江湖狹路相逢，可一定是月下老兒給咱們牽的線，女好漢，小娘子！」

秀俠一見這少年竟如此輕薄，她不禁轉愛為恨，厲聲罵道：「住口！」等少年的馬匹趕到近前之時，她驀然回身，擰劍向張雲傑的胸膛就刺去。那張雲傑一閃身，趁勢就由馬上跳下來，說：「好呀！我只曉得你在黃河殺水賊，薛家莊救難婦，卻還沒領教過你的武藝。好！好！下馬來！咱們倆較量一番，我若敗在你的手裏，我今天要認你為女師父；你若敗在我的手裏，說不定你得跟我找個地方做一番露水夫妻！」

他的話說到這裏，秀俠已由馬上一躍而下，搶劍向張雲傑就砍。張雲傑趕緊閃身躲開，斜走一步，反劍要去刺秀俠的腋下。秀俠將身向後去撤，縱步伏地，轉取張雲傑的腿部。張雲傑跳起來，笑着，擎劍向秀俠嗖嗖連砍。秀俠仍然撤步，蓄勁擬趁虛進取，但張雲傑一步也不肯讓，劍勢一步也不松，連逼幾步，又挽花透劍去刺秀俠的乳部。秀俠真氣極了，突然用劍尖將張雲傑的寶劍撩開。張雲傑又閃身縱步，劍如鶴翅展開，說聲：「留點神！」霍然一劍劈下。秀俠急忙橫劍去迎，雙劍磕在一處，只聽嗆啷一聲響亮，張雲傑的劍就被削成兩段。驚得他趕緊持着半截劍跑到一旁，面色如紙，喘吁吁地問說：「張姑娘，你到底是誰？你這口劍是從哪裏來的？」

秀俠卻忿忿地瞪了張雲傑一眼，並不過去再追他，就將馬牽住，上了馬，白龍吟風劍入了鞘，她才屬聲說：「誰姓張？你以為你姓張別人也姓張？你以為非得女強盜才會武藝？你眼睛瞎了！」她本想說出真姓名，但又不知這張雲傑是什麼人，遂又一聲冷笑，揮鞭從容走去。

這裏張雲傑見秀俠的駿馬帶着名劍，馱着俏影走去，他發了半天怔，不但不敢再去追趕，連渾身的力氣也沒有了。他皺着眉，吧嗒一聲把手中的半截劍也扔在地下，牽過馬來，又發了半天怔，然後才上了馬，無精打采地去走。此時眼前秀俠的倩影已經去遠，已經轉道向東去了。這裏張雲傑皺着眉，咬着嘴，只管由着坐騎去走。他連方向已分別不清，走了會兒，他又懊喪地歎了口氣。

這少年張雲傑，他是才從襄陽名拳師金劍大俠諸葛龍之處藝成歸來，他的啟蒙師原是信陽州的大刀劉成。本來他也是個寒家子弟，他的父親不過是北京一個無名的鏢師，家也不在北京居住。因為他的父親三年前無意中發了一筆大財，家中頓富，所以全家便搬往北京去了。搬往京城後不到一月，他就赴襄陽學藝。這幾年家中的事和江湖上的事他全都不知。

只是在三年前辭別他父親之時，他那黑臉的，永遠疑神疑鬼的，白天不敢開門，晚間必將房門上鎖的父親，對他曾囑咐過：「走河南時可要小心！新蔡縣的陳仲炎是我的仇人，我見了他必不得活！他家有一口白龍吟風劍，是天下至寶，斬釘截鐵，你可要小心！走在河南不要說姓張！」所以張雲傑就深恨那陳仲炎，並且深深記住了白龍吟風那口寶劍。

如今他路遇着秀俠，起先以為秀俠是個鏢師之女，後來因聽路人傳說紅蠍子有兩個女徒，他又疑秀俠即是那女盜的門人。可是，別管秀俠是俠是盜，秀俠那俊俏的姿容，嬌媚的談吐，新奇的舉止，義烈的行為，已攝去了他的魂，已繫去了他的心。原想這樣女子不可多得，自己尚未婚娶，正好與她匹配，可是不料如今他試出了秀俠的寶劍，又聽秀俠自認不是姓張，他就不禁情心灰冷，暗暗歎道：她那口劍莫非就是白龍吟風劍嗎？她是陳仲炎的女兒嗎？如果那樣，我就今生休想了！因為我們兩家是仇人！

他無精打采地策馬往北去走，心中像失去了一件寶貴的東西，又像把這次藝成歸家，乍走江湖的傲氣和勇氣全都喪失了。他唉聲歎氣着，走得很慢，直至傍晚時方才到安陽縣。他進了城，就去找客店，這客店裏的人全都住滿了。那店掌櫃見他穿得很闊，就說：「大爺，我這櫃房裏還有一張空舖，你就在這裏歇下吧！」張雲傑也懶得再去找別的店房，就把馬交給夥計，被掌櫃讓進櫃房。屋中陳設得還很款式，迎門有一幅對聯，寫的是：「萬兩黃金容易得，一個知心最難求。」這又像劍戳了他的心，對聯像是在諷刺他，好像是說：你把好姻緣錯過去了！你要知道，世間像那樣武藝高、容貌美的女子不但少，簡直是沒有啊！

張雲傑懊喪着，店家卻非常歡喜，他連忙搬凳子，說：「大爺請坐，大爺從那哪裏來？我猜吧！我聽大爺的口音是信陽州，你上哪兒去？」店掌櫃打着藍青官話。旁邊一個小鬍子穿着坎肩，抽着旱煙袋，像是個雜貨舖掌櫃子，來此閑坐的人，就幫腔說：“我瞧這位大爺多半是要進京趕考去？”店掌櫃也說：“對啦！今年開的是恩科。”

張雲傑卻覺得十分不耐煩，連話也不答，就問說：“是哪張床？”店掌櫃說：“這張！這張！”他就把靠牆的一張床拿笤帚掃了掃，並說：“你這時候來，絕找不着店房啦！你是斯文人，我才留你在這兒住。這兒很清靜，過二更我也回家，夥計們另有房子。就是這位高掌櫃，他是我的表親，今天才從道口鎮來。他做糧行的買賣，會說書，晚上你就聽他給你解悶兒吧！”又問：“大爺貴姓？”

張雲傑脫口說：“姓張。”說出來，自己心裏卻後悔，暗想：我為什麼偏要姓張呢？我是我父親抱養的，本來我不是他的兒子，為什麼我要叫他父親呢？當初為什麼認一個與陳家有仇的人作父親呢？他心裏懊喪極了，就向店家說：“先給我來飯，多來酒！”店掌櫃答應着，先給他倒了一碗茶，然後又出屋去吩咐夥計給熱酒備飯。張雲傑仍然緊皺眉，離開了杌凳到那張床上去躺。躺在床上他就閉着眼凝思，就覺着秀俠那青衣素影，寶劍寒光，在他的眼前不住飄蕩似的，他就又長長地歎了口氣。

少時，聽夥計在他耳旁說：“飯好了。”張雲傑睜眼向桌上去看，就見那裏擺着一盤菜、一碟鹹肉、幾個饅頭，另外有一份酒壺、酒盅。他就懶懶地過去，又坐在凳兒上，拿起酒壺來，滿滿斟了一盅，一口就飲下去。然後他又就着壺嘴，咕嘟咕嘟地喝，心想：白龍劍，陳家的俠女，我與你無緣了！張雲傑在這櫃房裏悶悶地飲酒，店掌櫃跟他那表親在一邊談閒話。過一些時，忽聽外面又有人呼嚷着說：“店家！店家！還有屋子沒有？我們一共六個人呢！”這店掌櫃連店房都懶得出，就隔窗向外喊道：“沒有屋子啦！上別家住去吧！”

他把外面的客人支走了之後，自己又叨嘮着，說：“這時候才找店？就讓他們找去吧！連間馬棚也准保他找不着！這城裏連關廂三十多家店房，現在准保住得滿滿的。多少往北去的客人車馬，還都有保鏢的，從三天前就在這兒住下啦！都不敢再往北去，都怕叫紅蠍子給螫一下！”張雲傑一聽店家提到了紅蠍子，他就立時放下了酒壺，回過頭來問說：“掌櫃的，怎麼？紅蠍子是在這一帶鬧得很兇嗎？”店掌櫃說：“怎麼不兇？這麼多年來，河南也沒出來過什麼大盜。黑山神于九活着的時候，他老婆紅蠍子在方城山，鬧得雖也可以，可還沒有現在這麼兇。現在她有五六十名嘍囉，兩個女徒弟，她那兩個女徒弟都不過十七八歲，寶劍袖箭全行！一個大蠍子帶着兩個小蠍子，誰還敢惹？”

旁邊那會說書的高掌櫃就說：“紅蠍子也算是個異人，她就像是樊梨花、劉金定，帶着兩員女將，帳下有五百親兵。”店掌櫃笑着說：“那麼你就快當薛丁山、楊宗保去吧？”他的表親卻搖頭笑着說：“我可沒有那麼大的本領！我要遇見梨山老母教我幾手武藝，我再把鬍子剃了，我可就敢去。”

張雲傑又喝了一盅酒，心中卻又發生一種奇想：那姑娘一定是我的仇家之女。雖然她對我有點兒情意，但姻緣是無分了。我不能鰥居一生，我必要尋個會武藝、貌美的女子為妻。紅蠍子的那兩個女徒之中，或者就給我預備着一個了。因此他又一時興奮，便問店家說：“不知紅蠍子現在盤踞在什麼地方？我倒想去看看她跟她那兩個女徒弟。”店掌櫃卻笑着說：“得了我的大爺，你別說笑話兒！我勸你就在這兒多住幾天，先別往北去！”

　　張雲傑聽店家勸他不要往北去走，他就不禁微笑。旁邊那高掌櫃，卻把眼光投到張雲傑的臉上，說：「這位大爺要遇見紅蠍子，頂多了行李被劫，命是不能喪的。自古嫦娥愛少年，書上說的那些女將，哪個不是搶去個漂亮小伙，強逼着成親呢？」張雲傑越發笑了。

　　那店掌櫃卻連連擺手，說：「大爺您可別聽他的，他是成了書迷啦！紅蠍子可不像古來的那些女將，聽說她不愛漂亮小伙，倒愛傻大黑粗。早先那黑山神于九就長得比我還難看，可是紅蠍子至今還穿着孝，她沒改嫁別人。大爺您千萬別上他的當，我們開店的不願客人一離開這兒就遭事，您還是別走吧！等兩天，客人聚得多了，再一同走，再過太行山。」張雲傑聽了這話，他就知道那紅蠍子的盜群現在是盤踞在太行山，他笑了笑，並不再言語。

　　吃過了飯，他就覺得在這裏待着很沒有意思，而且天色還不到二更，他就到床邊打開了包裹，換上一件漂亮的長衫，帶上些銀兩，走出了店門。這門外就是大街，商舖十分繁盛，站在街上一看，到處都是燈光，真如同上元燈市一般。張雲傑信步走着，他因自己沒有兵刃，想找個舖子買一口寶劍，可是找了半天，也沒見有擺着兵器的舖子。眼看將走到北門，忽聽有一陣絲竹之聲，吹進了他的耳鼓。他站住身細細地聽，就聽絲竹聲音中雜着咚咚的鼓響，並有女人的柔細的聲音歌唱。扭頭一看，原來是街西有一家茶樓，樓上燈光輝煌，那弦聲、鼓聲、女人歌唱聲，就是從那樓上傳下來的。

　　張雲傑走過去，就見那裏的橫匾寫着是「太平茶社」，門前掛着兩面木牌，上面紅紙金字，寫着是：「本社特請開封府豔群班小玲寶、梁美容、張玉子各位姑娘，登台表演拿手墜子書、蓮花落。」張雲傑這時本已有點醉意，愁悶未消，口又渴，他遂就進了茶社。

第十回　鬧歌場鐵拳驚鶯燕　投旅店女盜獻溫柔

　　張雲傑順着樓梯上了樓，就見眼前現出一座綺麗的歌場。這樓上的地方很是寬廣，天花板上懸着六隻玻璃燈，照得通明。當中一個台子，台上擺着一張長方桌子，桌上放着兩盞方形的玻璃燈，上面用紅漆寫着"豔群班"。桌後坐着一個年老的人，手持着個弦子，微揚着臉兒，像個瞽者似的，用戴着象牙指甲的手指頭，撥出來圓滑如珠一般的弦聲。旁邊就是一個歌女，站在鼓架子後面，一手搖着小竹板，一手持搥敲着鼓，隨節和弦，唱出來嬌媚的聲調，並把眼睛向台下那二三十個衣履整齊的顧客去投。顧客們多數像商號掌櫃，少數像富家子弟，形態不一，有的噴着水煙旱煙，有的就彼此閒談，有的拿着茶盅往下頦去送，眼睛卻呆呆地望着台上的歌女出神兒。

　　那個歌女的年紀至少也過花信，並不美，臉上雖然擦着許多胭脂粉，但掩不住本來的雀斑。梳着條長辮，穿着紅衣裳綠背心，沒有多麼動人之處，可是她的嗓音卻很清亮，如百靈鳥一般在那裏唱。她唱的是什麼，張雲傑也聽不懂，只隱隱聽了一句："這才是，流淚眼望着流淚眼，斷腸人對着斷腸人……"張雲傑覺得心裏很不是滋味。旁邊有個茶房嚷道："一位！"又過來說："大爺在這兒坐台好不好？正對着台，待一會兒小玲寶就出來。"張雲傑卻搖着頭，兩眼直向台上去看，他見台上有簾子，大概簾子後就有什麼小玲寶。

　　他正在發着怔，忽見東邊靠着窗的一個坐位，站起兩個人來，仿佛找什麼熟人似的，向他這邊很注意地看了一下。這二人都是強壯的少年，其中一人身材極高，左臉上有一塊刀疤。張雲傑就非常注意此人。他見這兩人又都落了座，又見旁邊還有一個空位子，他遂就走過去。那邊一共是三個人，都又扭着頭向他望了望。

　　張雲傑落了座，臉正對着那邊的桌，相離不過兩三步。茶房給他沏上茶，張雲傑就喝了一盅。台上這個不大貌美的歌女正唱在精彩之處，一些顧曲者也都聽得很出神，有的還暗暗叫好。張雲傑座旁的那個臉上有刀疤的漢子，卻十分地不耐煩，他說："這娘兒們還儘自磨煩什麼？快點叫小玲寶出來吧！老子花一吊錢來聽的就是她。"

　　旁邊他那朋友，一個瘦面的少年說："我倒願意三爺來時再叫小玲寶出台，三爺很賞識小玲寶。"那臉上有刀疤的漢子，又向同桌另一個少年問說："三爺今天准能來嗎？”那少年穿得很講究，精神很軒昂，他點頭說：“一定來，昨天就同着泰來鏢店的幾個鏢頭來過這兒一趟了，何況今天他又曉得咱們在這裏等着他。”那個臉上有刀疤的就不住扭頭，向樓梯那邊去望，只要有人上樓來，他就非常注意，仿佛他有什麼要緊的事，等着那位三爺前來辦理似的。

張雲傑這才知道，他們都是鏢行的人，心中便不禁很輕視，暗道：紅蠍子在附近鬧得這麼兇，客商都不敢往北走，你們這些飯桶鏢頭大概連買賣也都不敢做了，所以才跑到這兒來聽說書。

此時台上那個歌女唱完了，下了場，掀簾進後台去了。一般顧曲者就都眼巴巴地等着第二場的歌女出來。台上沉寂了一會兒，那彈弦子的人喝了一口茶，重新把絲弦調了調。這時紅簾一啟，裊裊娜娜地又走出來一個歌女，長得雖僅中姿，可是眉目間頗有些醉人之處。她穿着一身蔥心綠，到鼓架前拿起了檀板，又敲了兩下鼓，未曾開口先向台下嫣然一笑。那臉上有刀疤的漢子就像發了瘋，直着眼咧着嘴，大聲笑道：“我的乖乖！咱老爺從開封到這裏來，想不到還能看見你呀！”

那台上的就是小玲寶，她曼起珠喉，清楚有味地念了幾句西江月，然後就唱：“自古說冤家不到頭，到頭淚交流，有的是恩愛夫妻難長久，有的是薄命鴛鴦霎時休；俏郎君難逢多情女，美佳人總遇不見好風流……”臉上有刀疤的人就發狂地嚷說：“咱老爺可就遇見你啦！乖乖！”

張雲傑非常生氣，覺得這臉上有刀疤的人簡直是成心搗亂，他真想過去把這傢伙一拳打倒，揪着他的腿扔下樓去。但這時忽然那三人齊都站起身來，張雲傑也扭頭去看，就見由樓梯上來一人。此人年有三十來歲，相貌不俗，穿章非常闊綽，尤其可異之處，就是此人身佩着一口寶劍，令人一看，就曉得是個會武術的人。

張雲傑就很注意，見此人來到近前，向那三個人抱拳，說：“對不起，對不起，叫你們三位受等！”那瘦臉的人就向那臉上有刀疤的引見，說：“這就是開封府來的鐵太歲姚鏢頭。”這鐵太歲見了來的人，他便恭恭敬敬，深深一揖，說：“袁三爺，兄弟久仰你的大名，就是沒處拜訪你去。現在聽陶二哥說，才知你已來到此地，我才想見見你老哥的面。還有我那件事，陶二哥也跟你老哥說過了，沒別的，只求你老哥多幫忙，把我的鏢找回來。要不，兄弟這碗鏢行飯就不能吃啦！”

那帶寶劍的人卻擺手說：“不要着急，我這次被本城十八家鏢店請來，就為的是辦這件事。紅蠍子這回我也要把她拿住，何況是她的徒弟劫了你的鏢！”旁邊張雲傑一聽，不由越發注意。就見那四個人都落了座，他們一面聽唱書，一面談閒話，就聽他們稱呼那帶寶劍的人為袁三爺。那個衣服闊綽的少年是姓萬，他呼這袁三爺為師哥。

袁三爺將寶劍解下放在桌上，旁邊人給他倒茶，他的臉卻對着台上那媚態柔喉的小玲寶。這時那鐵太歲似乎規矩了一點，他又自言自語地說：“她娘的！紅蠍子那個女徒弟，長得真比小玲寶還迷人，簡直是個小母蠍子，拿她的袖箭蟄了咱一下，咱就把鏢車扔下啦！咱保鏢八年啦，從來也沒有見過這麼美的人！”那姓袁的卻一句話也不說，只管笑微微地看着台上的小玲寶，根本他沒把鐵太歲丟鏢、紅蠍子師徒橫行的事放在心上，台上咚咚地打着鼓，他也輕輕地敲着劍鞘。

　　這半天，張雲傑只注意聽這四個人談話，卻沒有留神台上的小玲寶已將書唱完，慢款纖腰，輕移玉步，走回簾裏去了。那鐵太歲還說了聲：「我的乖乖，回去好好歇着，別累着！」姓陶的卻瞪了他一眼。那袁三爺卻喝了一盅茶，點手叫茶房過來，茶房恭恭敬敬地說：「袁三爺，你有什麼吩咐吧？」姓袁的卻說：「叫小玲寶出來，陪我們哥兒幾個喝會兒茶。」茶房卻作難地彎着腰悄聲說：「今天福通櫃上的馮五爺在這兒啦。小玲寶要來陪你，不陪馮五爺，馮五爺一定不願意。那孩子年紀小，又是初次到彰德府來，求三爺多包涵一點兒，明天叫她到你的店房裏，再……」

　　這茶房的話還沒說完，那鐵太歲就吧的把掌向桌下一擊，回手又一拳，正打在茶房的鼻子上，他罵道：「不識抬舉！小玲寶在開封連老爺都陪過，今天袁三爺喜歡她，要她來陪陪，你倒先攔頭……」茶房捂着鼻子跑到一邊，順着手指縫兒往下汪然流血。那袁三爺和姓萬的、姓陶的卻把鐵太歲攔住，都說：「不要急！不要急！」鐵太歲卻暴跳如雷地說：「他是瞧不起咱，瞧咱弟兄不像人物字號，弄出個什麼馮五爺來壓咱！馮五爺是啥東西？袁三爺，兄弟今天替你掙個面子，你看咱進後台把小玲寶給你拉出來！」

　　此時滿場一陣大亂，鐵太歲就跳上了歌台，他像一隻餓虎似的，就要進簾子裏去抓小玲寶，卻不料身後有一人也跳到了台上，一手揪住他的衣裳。鐵太歲剛一回頭，身後的人就也向他的鼻上擂了一拳。鐵太歲哎喲一聲，張着兩手就去抓那人，那人卻拳腳靈活，抄住鐵太歲的胳膊向後一摵，鐵太歲的腰就彎了下去。那人又用腳向鐵太歲的屁股上一踹，只聽咕咚！嘩啦！鐵太歲就由台上跌下。跌到台前一張茶桌上，壺碗紛飛，連桌椅也倒了，台上的玻璃燈、鼓架也都摔下來。簾裏的一群歌女也都驚慌地奔出，想要往樓下去跑，一時嬌啼驚叫，紅紫紛紛，如被暴雨淋落了的桃花，如被彈弓驚飛起來的鶯燕。

　　將鐵太歲由台上打下來的這人正是張雲傑，他掖着衣裳，挽着袖頭，握着拳頭，忿忿地向台下說：「你是什麼東西？花幾個錢來這裏聽書，就敢毆打茶房？欺淩弱女？攪亂別人？」那鐵太歲費了半天力才爬起來，他怒衝衝地抄起一把椅子，向台上的張雲傑就砸。張雲傑卻一手將椅子接住，再伸那只手用力一奪，就奪在他的手中。椅子一到手，他就高高舉起來，反向鐵太歲去砸。

　　此時忽有那姓袁的人趕到，他手疾眼快，立時將砸下來的椅子接住，他昂然向台上說：「朋友！講點交情！你把他打下台來也就夠了，還真要把他打死嗎？」張雲傑卻冷笑着，問道：「姓袁的，你是幹什麼的？這個人要不仗着你的勢力，他也不敢在此胡鬧，你叫什麼名字？說出來，我要聽聽！」那姓袁的卻微笑着，說：「朋友，我要說出姓名來算是欺負你。你小小年紀，我看你也是初走江湖，不必這樣氣盛，不必自己找虧吃。人家這裏是生意，也不容咱們兩人在此鬥氣。你把我的朋友打了，算是你的拳頭硬，有本事，可是你得及早走開，別在我袁一帆的面前稱好漢。走！我容讓你這一次，從此我認識你這個朋友了，以後咱們走到江湖上再見面。」

　　張雲傑一聽，這姓袁的原來就是豫楚之間著名的俠客袁一帆，他就不勝驚詫。把對方打量了一番，他就抱拳說：「久仰！久仰！原來袁一帆卻是這麼一個貪花好色、濫交匪徒、倚武淩人的俠客？好俠客，我領教你了！可是你要想今天讓我走，那是休想，除非你的拳頭能敵得過我的拳頭！”張雲傑傲然地說出了這話，台下的人便都大驚。那挨了打的鐵太歲已往桌旁去抄袁一帆的寶劍，卻被那姓陶的和姓萬的給攔住了。一些聽書的人多半紛紛下樓跑了；歌女們都躲躲藏藏，依舊驚啼；茶房都央求着、勸着，但卻不敢上前。

　　袁一帆先從容地說：“別把姑娘們嚇着。桌子搬開兩張，對不起！今天我要借你們這地方，會一會這位晚出世的英雄！”袁一帆說出這話來，就像他發出一聲號令，那個姓萬的和姓陶的就趕緊過來，搬開了三張桌子、幾把椅子，當中騰出一塊空地方來。那鐵太歲還在一旁嚷嚷着，說：“三爺，給你寶劍，你把這小子砍死了，有我去抵命！”袁一帆卻擺手，從容地說：“不要寶劍，我跟這位朋友無仇無恨，他現在手中又沒有傢伙，我何必要動鐵器？”他一邊說着話，一邊挽着袖子，掖衣裳，並不着忙。

　　此時張雲傑就躍下台來，先發制人，掄拳向袁一帆就打。袁一帆閃開身，回拳相迎。這三張桌子的地方非常狹窄，可是二人腳起拳落，打得非常緊張，並且身軀閃轉騰挪，全都極為敏快，誰的拳頭也近不得誰的身。往返六七合，袁一帆就扣住了張雲傑的右腕，張雲傑的左手也攥緊了袁一帆的右手，二人相持着，用腳相踢，用膝相頂，角起力來，但誰也不能將誰扳倒。由樓板上又相持到台上，眼看要揪扯着到了後台，就如兩隻猛虎一般，相搏着不能解開。

　　這時那鐵太歲卻登到一張桌子上，他揪下天花板上懸着的一盞玻璃燈，掄起來向張雲傑砸去。只聽嘩啦一聲響，有幾個沒逃下樓的歌女又都驚啼亂叫起來。玻璃燈並沒打着張雲傑，袁一帆也躲開了，可是那燈碎了，裏面的蠟燭引着了那後台簾子，竟熊熊地發起火來。火這一起，人聲更亂：“着了火啦！”沒逃下樓去的人都驚慌亂嚷，向樓梯下去滾。

　　姓萬的、姓陶的，和茶房們趕緊取水撲火，張雲傑和袁一帆也互相撒下了手，顧不得再打了，也都慌着幫助救火。火倒是沒燒起來，一霎時就撲滅了，可是滿樓上彌漫着濃煙。那惹了禍的鐵太歲卻又趁着煙起，他抽出袁一帆的寶劍向張雲傑的後心就刺。不想張雲傑早有防備，一閃身躲開了劍，反抄住了鐵太歲的腕子，用力奪到手中。緊接着一腳將鐵太歲踢倒，寶劍隨之落下，這時就又有人驚叫道：“殺了人嘍！”張雲傑劍傷鐵太歲之後，自己卻提劍衝開了迷漫的濃煙跑下樓去，樓下的人也很亂，張雲傑就說：“不要緊了！火已撲滅了！”

　　他趁亂走出這座歌樓，急匆匆就走回到店房中，櫃房裏卻恰巧無人，張雲傑就將寶劍藏在床褥下。他見桌上的酒壺還沒撤下去，便抖開衣襟，展開袖頭，一人慢慢地斟酒喝着。一扭頭，又看見了牆上的聯語：“萬兩黃金容易得，一個知心最難求。”他微笑着想，剛才雖然惹了一場閒氣，可是見識了名俠袁一帆的武藝，也不過如此，又得了這一口寶劍。好了！明天可以到太行山找紅蠍子去了，看看她那兩個徒弟之中，是否有我的一個知心？

　　這時，他倒不似剛才那樣煩悶。喝過了一盅酒，那店掌櫃和他表親才從外面回來，一進屋來就說：“張大爺，您沒看見剛才太平茶社着火？那場火幸虧撲得得快，要不然還得像三年前似的，燒了多半條街！”張雲傑故意問說：“為什麼着的火？”

　　店掌櫃說：“太平茶社新近由省裏招來一群唱書的娘兒們，台柱子是叫小玲寶，是個迷人精，招得一些色大爺們天天去，我就看着要出事！果不其然，今天恰巧有袁三爺帶着朋友到那裏。袁三爺是河南省有名的好漢，這次是被本地的衙門和鏢行特請來捉紅蠍子的。那位爺武藝雖高，可就是有點兒好色，剛才在那茶樓上大概就是為了小玲寶，有個年輕小伙子跟他吃了醋，打起來了，把燈撞砸了就引起了火。現在火倒是滅了，可是聽說又有人受了傷，官人都去啦！現在鬧得滿街的人，張大爺您不去看看熱鬧嗎？”

張雲傑卻微笑說：“我不去看，那有什麼可看的呢？”說畢仍然飲酒。這時院中也議論紛紛，那高掌櫃卻叼着他那杆旱煙袋，搖頭說：“不行！娘兒們就是禍水！動兇起火多半都為娘兒們。書上說的多少英雄，都是受了娘兒們的害！這年頭兒陰氣太盛，紅蠍子就夠兇的了，他們偏偏又弄來個小玲寶，幾乎燒了半條街！”

這間櫃房裏，店掌櫃和他那個表親又談說袁一帆之事。原來現在官方和鏢行對於紅蠍子那一群強盜竟是一點辦法也沒有，惟有仰仗着那袁一帆了，大概袁一帆兩三日內便要帶着幫手去往太行山捉拿紅蠍子。張雲傑又暗自思想，心說：現在我又不是急於回家，為什麼不往太行山走走。倘若紅蠍子那兩個徒弟之中，真有一個年輕貌美的，我可以救她出來，將她的盜性改了，就叫她做我的妻子了……因此他決定明天就離開這裏。

到了約莫三更天的時候，店中的旅客大半已睡去了，店掌櫃也就回他的家裏去了。櫃房裏把燈熄了，張雲傑就和那高掌櫃分躺在兩張床上談閒話，張雲傑就把由此往太行山的途徑全都套出來了。過了三更，那高掌櫃就呼嚕呼嚕地打着鼾聲睡去了。張雲傑卻沒睡着，他等待那高掌櫃睡熟了之後，又慢慢地起來，悄悄地把褥下壓着的寶劍拿出來，用衣裳裹起，然後包在包裹裏，他這才貼貼實實地睡去。

到了次日，白日張雲傑一天也沒有出店房，就聽別人談說，昨天在太平茶社受傷的那鐵太歲的傷勢很重，袁一帆現在極為忿忿，要鬥鬥昨日與他交手未決勝負的少年，又聽說衙門的人要搜查店房。張雲傑只是暗笑，可是這一天並沒有什麼事情發生。到傍晚時，張雲傑趁着店掌櫃出屋忙亂着招待客人之時，他就叫了一個夥計將他的馬匹備上，付清了店賬，他就出門上馬，直出南門。這時城門還未關，守城的官也沒有注意他，更未遇見袁一帆那些人。他出了城，轉往北去，就辦明了往太行山去的方向，順路揮鞭走去。

馬行得很快，可是走了不到三十里已晚霞俱散，夜色漸深。他仍然往西北去走，又走了二十餘里，便望見眼前有燈火朦朧的一座小鎮，張雲傑就心想：且在這裏歇宿一晚吧，明天清晨我再赴太行山。

馬來到臨近，張雲傑就見這座市鎮是太小了，稀稀的只有三五家舖戶，其中大概只有一兩家店房。張雲傑就到一家店門前下了馬，一看，就見是一間大屋子，屋裏放着兩輛大車，還有十幾個人。張雲傑還沒開口，就聽有個人問說：“幹麼的？是住店的嗎？沒有地方了，都住滿啦！”張雲傑很為詫異，因為這說話的人並不像店家，卻是個穿着一身黑衣裳，身體雄壯，跟兩三個人圍在炕上談天的客人。張雲傑藉着這大屋子的燈光向裏面去望，就見裏邊似乎還有個小院落，大概還有單間。張雲傑就問說：“店家在哪裏？你們後院不是還有單間嗎？跟客人商量商量，勻出點地方來叫我歇一晚好不好？多花幾個錢都不要緊。」

　　他說出了這話，就見旁邊一個頭上蒙着手巾的店家卻用眼溜着那幾個客人，仿佛他自己倒作不了主意。那個一身黑的客人卻向張雲傑瞪了眼，怒聲罵說：「娘的皮！還囉嗦什麼？店叫老子包下了。你拿出元寶來，老子也不叫你住，滾你娘的！快……」張雲傑也厲聲問說：「你為什麼開口就罵人？」那漢子握着拳頭要奔過來，說：「罵的就是你！你小子找打，不想活到明天了？」另外卻有個客人把這人攔住，他們三個人之間彼此使了個眼色，然後這瘦一點的客人臉上露出一種假笑，就擺手給勸解，說：「別打！別打！都是出門在外的人，總好通融！」他就向那店家說：「把這位客人請進來吧！」店家似乎是很懦弱的，出了店門。

　　張雲傑就說：「我這裏還有一匹馬，你給牽進去吧！」店家卻把張雲傑一推，低聲說：「走！走！快離開這兒吧！」張雲傑不禁吃了一驚，心中立時明白了。現在地方不靖，這裏又荒僻，說不定這店房是被賊人盤踞了。這倒真恰巧，如果紅蠍子也在這裏，我可以不必費事往太行山去了。於是便不聽店家的話，由馬上摘下自己那個長長的包裹就直走到店裏，回首高聲說：「店家，把我的馬匹牽進來吧！」

　　張雲傑一進來，這大屋裏的十幾個人都直着眼看他。那個瘦臉的人騰出個地方，說：「請這邊來！」又指着剛才罵張雲傑的那漢子，說：「這是我的兄弟，他說話鹵莽，對不起！其實出門在外的人，應當彼此通融。天又這麼晚了，這地方只有一家店，能看你老哥摸着黑兒再往別處去嗎？請坐！這酒還熱，喝一盅！」張雲傑笑着抱拳，坐在這個人的身畔，把包裹就放在膝上，就問這瘦臉的人說：「貴姓？」這人說：「姓朱。」又指指旁邊那漢子說：「這是我兄弟朱二，我名朱大。今天這店裏全都是我的夥計，裏邊單間還有我們的家眷。我們是販皮貨的，在省裏做完了買賣，現在要回山西去。」張雲傑點了點頭，見他們這幾個人裏沒有一個像做買賣的，旁邊的包裹行李倒是不少。

　　此時那朱二又瞪着眼睛問說：「你是幹什麼的？」張雲傑卻微笑着說：「什麼也不幹，不過是在江湖間走走。」朱二臉上露出驚異之色，問說：「那你靠着什麼吃飯呢？」張雲傑仍然微笑，說：「到處有朋友，就到處餓不着。」旁邊的人一聽他這話，就都趕過來圍着他，有個人還跟他說了幾句黑話。張雲傑卻搖頭笑道：「朋友，我聽不懂你的口音。」那朱大使眼色叫眾人都躲開，他就拍了張雲傑的肩膀一下，說：「朋友！我們明白啦！這麼晚你來到這裏投店，我就瞧出你必是跟着我們來的。咱們是一家人，都是作一行兒買賣的，有話更好說了。」這時那店家已把張雲傑的馬匹牽進來，朱大就又說：「你在這兒住一宵，茶飯店錢由我們哥兒幾個付，還准保叫你人馬平安。咱們交這一回朋友，可是你得通出來姓名，以後再見面也好招呼。」

　　張雲傑一聽，這夥賊竟公然說明了，並且已認為自己也是綠林中人，遂就笑了笑說：「好了，細話咱們也不必說了，我謝謝諸位，兄弟叫黃一飛。」朱大聽了一怔，歪着頭細想。那朱二這時便也不瞪眼了，他斟了滿滿的一盅酒，交到張雲傑的手裏，說：「喂！朋友，你喝！」張雲傑接過酒來，一飲而盡，便不向眾賊們再多問話。這夥賊卻都以驚疑的眼光來看他，好像有點恨，可又有點害怕，就見已有人進到後院去了。

　　看此情形，這夥賊雖未必就是紅蠍子的手下，可是在這附近一定有些威名，不然這裏的店家不能像一隻老鼠似的，貼伏着，聽他們這個指揮，那個呵斥。這裏除了張雲傑之外沒有一個外人，也許是早先有別的旅客已被他們攆走或害死了。看他們在此橫行無忌，什麼也不怕的樣子，又可見這鎮上就是有幾個官人也是勢極孤單，不敢來抄他們。他們的行李都很充實，分明是他們才從遠地方劫了不少的財物，走到這裏都困乏了，所以才將這店房盤踞住，歇宿一晚，明天好回山。張雲傑心裏就想：既然遇到了這夥人，我就得看個水落石出。不過我可得掙扎着精神，不能睡覺，否則他們能趁我熟睡時將我害死的。

　　此時忽見由後邊進來了一人，這人的身材很高，可是面色蒼白，穿着一身藍緞衣褲，繫着紫紅色的帶子。來到了張雲傑的臨近，他就問說：“你是幹什麼的？”張雲傑轉過頭，仰起臉來，從容地答覆說：“我也是在江湖上瞎混的，剛才我已跟那幾位全說明白了……”說到這裏，他忽然覺出這人的神色有異，就見這人的一隻手已悄悄地伸到小夾襖的下衣襟裏，他就驀地掄臂一拳，砰的一聲就把那人打得往後一仰身。張雲傑跳下炕來，雙手將那人按倒，那人還掙扎着。有兩人過來又要按張雲傑，都被他用腳向後踹倒。他從那人的衣服裏搜出一隻雪亮的匕首，他就持着匕首冷笑道：“好朋友，你竟想暗算我？”這時那朱大、朱二已將那長包裹打開，朱二拿着一口寶劍跳下炕來向張雲傑就砍。張雲傑卻手疾眼快，挺身而起，吧的一下就奪過了寶劍，同時腳下一絆，就把朱二絆倒，咕咚一聲摔到那人的身上。

　　此時屋中的群盜一起慌亂，張雲傑卻笑道：“不要慌！咱們打架歸打架，朋友還是朋友！”張雲傑這幾下身手，就把十幾個賊人全都震懾住了。那朱大高站在炕上，連連擺手說：“別打了！別打了！一家人，又是新朋友，何必傷和氣呢？”那朱二和那穿藍緞衣褲的人全都爬起來，呼吁地喘氣。張雲傑卻神色不變，一手拿着匕首，一手執着寶劍，微微冷笑，說：“今天我來找你們就是為跟你們交交朋友，不想你們不懂……”

　　說到這裏他忽覺得不好，趕緊一閃身，卻聽嘶的一聲，一枝袖箭釘在他身旁的牆上，離着他的身子不過三四寸。這時群賊都蕭然無聲，張雲傑揚目一看，卻見那通後院的門旁，燈光所照不到的地方，站着一個很窈窕的人。這人漸漸往近走來，燈光也漸漸照到了她的全身，張雲傑一看卻是個婦人，年紀好像也就在二十四五，長得頗有姿色，並且清秀凜然，全無淫蕩之態。她穿着一身緊身的綢青小褲襖，袖子很短，露出來兩隻白銀鐲子，頭上雲髻整齊，戴着白銀的首飾、白銀的耳墜，手中並沒拿兵刃，只拿個小竹筒，輕移玉步，來到相距張雲傑三步之遠的地方，她就站住了，用一種很兇毒的目光盯着張雲傑。

　　張雲傑就微微一笑，說：“真巧！我本想到太行山去找紅蠍子，沒想一來到了這裏就……”說到這裏他又用寶劍掃落了對方發來的一枝袖箭，神色不變，又笑着說：“真美貌！果然名不虛傳！”對面的婦人嗖嗖又打來幾袖箭，全都被張雲傑給掃落。張雲傑反把寶劍向婦人一扔，婦人就接住了劍柄，張雲傑就手持着匕首，又笑着說：“你那袖箭沒用，不如給你寶劍，愛比武，我就用這口短刀迎你！”對面婦人手中有了劍，她卻倒退一步，很急促地輕聲問道：“你是誰？”張雲傑說：“我向你手下的人已通過名姓了，我姓黃，叫黃一飛，該問你呢？”

對面的婦人又問道：“你跟袁一帆相識嗎？”張雲傑卻搖頭，說：“他叫一帆，我叫一飛，我們並不是一家。”那婦人的顏色便漸漸緩和，目光就從張雲傑的頭上直到腳下掠了一番。張雲傑倒被這婦人看得不禁臉紅，便瞪着眼說：“你是紅蠍子不是？快些說！”那婦人卻一聲不語，把劍一扔，轉身進後院去了。

　　這裏朱大卻過來說：“朋友，你不該叫出我們九奶奶的外號！她是無心殺你，要不然第一枝袖箭你就吃不消。”又說：“我們九奶奶是最正氣，你看我們九爺死了已有四年多，她至今還穿着素，你剛才不應該胡說！”張雲傑只微微冷笑。這時旁的賊人連被張雲傑所打的那兩個賊人，全都不敢再向他挑釁了。朱大又說：“你們都認識認識，黃爺是咱們一家。”遂又拍拍張雲傑的肩膀，說：“黃爺，你把寶劍收起來吧！我進裏邊問問九奶奶去，她一定有話，說不定要請你幫忙，以後做我們的頭目。”張雲傑微微笑了笑，收起寶劍來，並把匕首還給那個穿藍緞衣裳的人。

　　那人原來名叫黃面狼，他也是紅蠍子的大頭目，當下他就也向張雲傑賠罪，並笑着說：“你要早說你不是袁一帆的一夥，我就不至於得罪你。我們所恨的人只有兩個，一個是袁一帆，一個是陳仲炎。”那朱二又擎着一盅酒來給張雲傑喝，也說：“剛才都是把名字鬧差了，你這個‘一飛’跟那個‘一帆’簡直分不清楚。”張雲傑就接過酒來，微笑着飲了半口。這時朱大又從後院走出，他臉上很嚴肅地走過來，就低聲向張雲傑說：“我們九奶奶請你。”張雲傑點點頭，就將寶劍放在炕上，酒盅交給那朱二，昂然隨着朱大往後院去。

　　這後院也十分狹小，拴着三匹馬，就把地方都占滿了。有兩間小屋，窗戶都傾斜了，窗紙也破爛不堪，被風吹得唰啦唰啦亂響。一間屋裏燈光不明，另一間的窗上卻燈光很亮，並印着屋裏紅蠍子的俊俏側臉，張雲傑不禁微笑。朱大上前把屋門拉開，隨手他又把屋門閉上，他卻沒進來。這屋中只有一舖土炕，一張破桌，燈就放在桌上。紅蠍子是在燈旁俏立，她素裝玉膚，風致娟然，真如一樹梅花。紅蠍子見張雲傑進屋，她只微轉臉看了看，隨後又把臉去對着牆角，她就輕聲說：“現在你要跟我實說，你到底是做什麼的？”

　　張雲傑微笑了笑，說：“你就放心我吧！我絕不是官方的人，也不是袁一帆派來的，來此絕不是想要和你們作對。”紅蠍子又說：“我不信，你忽然來此是沒有貪圖的！”張雲傑又笑了，說：“說起我的貪圖，也不算大。我就是聽江湖人傳說紅蠍子之名，鬧得附近幾個縣，客商全都斷絕了，這倒不足為異。最使我高興的是，我聽說紅蠍子跟她那兩女徒弟全都美貌絕倫，有人說長得跟天仙一般，我這才想來看看。本來到太行山去找你們，不料走到這裏就遇見了。果然名不虛傳，紅蠍子你真是一個標緻的人物！”

　　紅蠍子轉過臉來，她的臉上像鋪着一層秋霜，瞪着眼睛說“你可不准無禮！我是孀居。”張雲傑拱手笑道：“這倒是我的錯了！我原來不知綠林中還有守節的寡婦，賊窠裏還有貞節牌坊……”紅蠍子瞪眼說：“誰是賊？”張雲傑笑道：“你是個女賊。現在，你這位女賊我是瞻仰了，可是你門下的那兩個小女賊我還沒見着。只要看一看她們，我就走！”紅蠍子冷冷地說：“她們沒在這兒。”說畢話，咬着嘴唇，低着臉，像是很生氣，但又像在想什麼。

　　張雲傑又笑了笑，就說：“既然你那兩位高徒全都沒在這裏，想她們必在太行山上。你們幾時回山，我也想同你們前去。只要叫我見一見她們，認識認識她們就是。我絕不管你們打家劫舍的事，也不想在你們山上招女婿。好了，你放心吧！你是位節婦烈女，我不便在你屋中多待，我要往前面去了。"說畢，張雲傑轉身就要出屋，紅蠍子卻一手揪住了他的胳臂。張雲傑還以為她又要動武，便轉身握拳，蓄勁以待，卻不料紅蠍子並沒怎樣橫暴，她只是拿眼睛盯着張雲傑的臉，那毒辣的目光就漸漸變為溫柔，那秋霜一般的臉色，也漸漸泛起了紅霞。

第十一回　　逢劫騎皓手攄單身　　宿盜窟銀燈消永第

　　張雲傑本來是拿紅蠍子調笑，同時預備再與紅蠍子交手，將這橫行多年的女盜打服，雖然不想殺她，可是也要強迫她們散夥；至於他的情愛之心也是在想着她的那兩個女徒弟，並未為紅蠍子的美色所誘。可是，如今紅蠍子這麼一臉紅，他也不禁臉上有些發燒，便正色將紅蠍子的手拿開，說：「你這樣，可就不像是個節婦了！」

　　紅蠍子卻嬌羞着，悲傷着，用顫顫的聲音說：「你不要走！我自從丈夫死後，沒有一個男子敢對着我的臉說話。可是你既來了，我就不能放你走開。你坐下，我跟你有話說。」她又要拉張雲傑，張雲傑卻擺手說：「你不要動我，我不走，你有話就快對我說吧！」紅蠍子卻默然了半晌，臉是越來越紅，她又問：「你說實話！到底你是幹什麼的？我看你武藝很好，相貌又不似江湖人。」

　　張雲傑怔了一下，就說：「剛才我跟你說的沒有什麼假話，只是，我確實不是個賊，我才從襄陽學藝完畢，我的家裏也很有錢。你的名字我早就曉得，也知你顏貌美，但還不曉得你的性情竟是這樣的溫柔，也不像個蠍子，倒像是一條蛇……」紅蠍子又瞪眼說：「你不要罵我！」張雲傑又笑一笑說：「實在，我今天一見你，就覺得你很好。像你這樣的人何必要帶着一群嘍囉，遍地橫行？倘若被官兵捉住，綁到市上正法，不知要有多少人傷心呢！你若願守節，可以找個深山古寺去落髮修行；你若不耐淒涼，也無妨找個荒村僻地嫁個男子。你雖身負重案，可是只要你一隱起來，官人也就無法捉捕。要再這樣下去，就是袁一帆不來拿你，恐怕你早晚也難脫法網！」

　　紅蠍子聽了他這番話，始而是忿忿的，繼而又有點悲傷，就連連擺手說：「你別說了，不用你來勸我，我早都明白。我走到這個地步，你是不知道，咳！我也不必跟你說！只是……咳！」她唏噓婉轉，不禁黯然墮淚，又說：「我告訴你，我本來不是強盜，因為我丈夫于九他做了賊，我才也幹了這事！我對他太好了，他可對我不好。四年前他被陳仲炎所殺，先前我還想為他報仇，為他守節，但近年我不那樣想了。我打家劫舍，並非是為財，我是想要找個好男子，要有本領還要年輕，我就願意跟他去改邪歸正了……」

　　張雲傑不等她說完，就趕緊擺手說：「你可不要妄想，我絕不能娶你！將來我遇見了好人才，倒可以給你們做媒。」紅蠍子一聽這話，她就把臉又放了下來，又如冰霜一般，雙眼又瞪出了火，她回手抄起了寶劍，狠狠地咬着牙說：「你不識好歹嗎？我一見你的面就把心腹的話告訴了你，你不識抬舉，你還想能活着走出這間屋子嗎？」

張雲傑卻冷笑着說：「我覺得你長得很美，身世很可憐，倒是真的。你要想叫我當山大王的駙馬，做紅蠍子的丈夫，那可是休想！我並不怕你的寶劍……」才說到這裏，就見紅蠍子的劍唰的一聲劈下。張雲傑趕緊閃身躲開，一聲冷笑，踹開門出了屋子。紅蠍子追了出來，張雲傑卻已上了房。紅蠍子又追到房上，寶劍向張雲傑去刺。張雲傑又閃身躲開，同時一腳踢起，正踢在紅蠍子的手腕上，寶劍就掉落在房下。

紅蠍子狠狠地用兩拳來打張雲傑，張雲傑很快地就揪住了她的兩隻腕子，微笑說：「不必動武！你的武藝不錯，可是要想在我的面前旋展，還不行。我見你很好，不願傷你，我走了，今天我對你說的那些話你要都記住！」說畢，跳下房來。這時那另一間屋裏，卻出來三個強盜，全掄刀要來砍張雲傑，卻被房上的紅蠍子厲聲呵斥住，紅蠍子站在房上說：「不要攔他，讓他去走！」

張雲傑微笑着，將要去解馬，卻覺得左臂一痛，原來中了一袖箭。張雲傑用手將箭拔出，就仰着臉，拍着胸膛，向房上說：「再來！只要你這袖箭不是毒藥煨的，我就不怕！」房上的紅蠍子又嗖嗖嗖來了三枝袖箭，全都被張雲傑用手接住。張雲傑手中拿着四枝箭，仍然向房上傲笑。房上卻沒有袖箭再飛下來，大概是紅蠍子的箭已經用盡。張雲傑便從地下拾起那口寶劍，又過去解下了自己的馬匹，便昂然牽馬往外去走。

走到那間大屋子，就見朱大、朱二、黃面狼等人都已亮出來兵刃，張雲傑就一手牽馬，一手橫劍說：「朋友！把我的衣包還給我，我要走了。你們九奶奶要嫁我，我不願幹！」朱二卻瞪眼罵道：「放屁！你小子還想出這個門嗎？」朱大也向他身旁的十幾個人一努嘴，眾盜就都掄着刀棒撲過來。張雲傑急忙舞劍去迎，噹的一聲將黃面狼的刀磕飛，又一腳將朱二踹倒。

這時紅蠍子卻又站在後面的門口，厲聲喊道：「不要攔阻他！叫他去走！」這聲音真比雷還厲害，朱大、朱二等一干人都止住了手，並且肅然地一聲也不敢言語。張雲傑又回首看了看紅蠍子，就見紅蠍子此時並未拿着兵刃，但兩眼比剛才更為惡毒。張雲傑就又冷笑了一聲，便牽馬走出門外。只見微有月色，但街道寂靜，所有的門戶全都關上了，連一條狗也沒有，張雲傑就策馬向北走去。

此時他的心中不但煩惱未退，而且覺得十分晦氣，就想：真沒想到，紅蠍子一見了我就要嫁我，到底是強盜，不顧臉面。若論她的才貌，實在不在那使寶劍的張姑娘之下，可是她的名聲太壞了，又嫁過黑山神，我怎能要她呢？他越想心中越懊惱，並且生氣，覺得茫茫天地之間，恐怕再也覓不着一個自己中意的女子，又加左肩上的箭傷有點痛，所以馬行得不快。在微茫的月色下，走過幾個村莊，並沒離開大道，也沒看見一個人和一盞燈。

又往前走了一些時，便聽前面嘩啦嘩啦的一陣亂響，似是有潮水湧來。張雲傑不禁收住了馬，驚訝着想：莫非前面有長江大河嗎？正在發怔，就聽那聲音越來越大，越來越近，眼前有一片黑壓壓的東西滾湧而來。將至臨近，張雲傑才看出，原來是一群馬匹，他就更是吃驚，心想：這一定是乘夜去剿拿紅蠍子那些賊的官兵！他趕緊撥馬向道旁的田地去躲，不料對面早有人看見他了，立時唏唏地一打口哨，馬匹就都停住了，並有人將馬燈的布罩揭開，顯出來兩盞很明亮的燈光。馬上的人就高舉着燈籠，喊道：「看看是什麼人？先別動手！」又聽有兩個女人同聲嚷了幾句黑話，她們倒沒看見張雲傑。

可是躲在田地中的張雲傑卻把這邊看得很為清楚，就見這邊一共有二十多匹馬，在煙塵燈影裏顯出許多高矮不等的漢子，都明晃晃地拿着鋼刀，其中並雜有兩個女人。張雲傑就催馬向前走了兩步，定睛去看那兩個女人，就見都是二十上下，都梳着雙抓髻，持着雙寶劍，穿着一身青，就像戲台上的什麼女妖精似的，一個是很胖，圓臉；另一個也模樣平常。張雲傑就不禁笑道：「紅蠍子的兩位高徒不過如此，今天我算都領教了！」遂放馬橫沖過去，揮劍高呼道：「朋友們！你們都是紅蠍子一夥嗎？不必大驚小怪，剛才我跟朱大、朱二都做了朋友。你們九奶奶想要嫁我，但我沒有答應她。」

他這話才一說出，就見那兩個梳抓髻的女子齊都大怒，一齊催馬掄劍過來。張雲傑心中正喜歡，因為自己正想要試試紅蠍子這兩個女徒弟的劍法如何，他就在馬上施開劍法。與兩個女子戰了六七合，他就看出這兩女子的劍法並無甚奇特，他就不願再戰，想要乘隙走開。卻不料這時二十餘個賊人一齊把他圍住了，刀棍齊上，使張雲傑無路可逃。他奮勇舞劍亂砍了一陣，被他砍傷了五六個賊人，但他的右臂上也吃了一刀，疼痛得難以執劍，就摔下了馬去。眾賊一齊下馬，有的就揮刀要砍，有的卻說：「捆他起來！因為他說他認得九奶奶呢，咱們得把他交給九奶奶去發落！」於是就有人又去取繩綁他。

這時，忽然從南邊有一匹馬闖入，燈光照着馬上的俏影，原來正是紅蠍子。紅蠍子似是單騎追着張雲傑前來的，眾賊一看見了她，就齊說：「九奶奶，我們捉住了一人，他說他認得朱大、朱二，是殺還是綁起來？」那個胖圓臉的是紅蠍子的大徒弟冒冒失失地說：「這人真可恨，他剛才滿口胡說，說九奶奶要嫁他，他不幹。」紅蠍子卻惱羞成怒，揮起鞭子向她這徒弟連抽，她這徒弟只是閃躲，卻不敢還手。那十幾個大漢也都呆住了，不敢作一聲。她把那徒弟抽打了十幾鞭子，方才住手，然後她吩咐把張雲傑扶起來。

張雲傑右肩上受的這一刀卻不像左肩的袖箭那樣輕，向下不住地淌血。但他站起身來，神色仍然不變，瞪着眼順着馬燈的光亮看着紅蠍子，他就又傲然一笑，說：「佩服你們！你們的人真多！」紅蠍子卻不言語，只用眼瞪了瞪他，又向手下的人說：「也不必綁他，我要帶他回山發落。給他一匹馬，攙扶他騎上。翠環、徐五，你們跟我押着他回山，看他怎麼跑？」又向那剛才被打的女徒弟說：「金娥，你帶他們到石梁鎮馬家店跟朱大他們聚齊，明天也回山，安陽縣那件事情且不用管了！」她在馬上真如一員女將指揮着，她手下的嘍囉莫不貼耳聽命。

這時張雲傑已被兩個賊人攙扶着上馬，他那左手還能執韁，紅蠍子又瞪眼向他說：「黃一飛，你是願意死，還是願意跟我走？」說這話時，她的聲音很是暴戾，可是眉梢眼角仍然帶着些溫情。張雲傑卻還是微微冷笑着，說「隨你的便！我既因人單勢孤，右臂受傷不能拿劍了，就只能聽你們的了，愛殺就殺，愛砍就砍。想請我到你們山上去看看，養養傷，我也可以走一走，可是……」他本想說，自己無論如何不能接受紅蠍子的情意，但是紅蠍子眼中的毒火復發，冷森森的劍也離着自己的身子很近，旁邊那些賊人也都很兇狠地專看他們九奶奶的眼色，張雲傑就心裏說：好漢不吃眼前虧，我若招得紅蠍子惱羞成了怒，死也是白死，不如用些手段對付她。遂就把話咽下，笑一笑說：“不必細說啦，我聽你們的吧！”

紅蠍子聽張雲傑說出了這話，她眼中的兇光又漸漸收斂，收起劍來，便用馬鞭指揮她那女徒弟金娥說：“你們往石梁鎮去罷！明天千萬要回山，不准再做旁的事！”那個胖臉的女徒弟就帶着五六騎人馬走了。這裏還留下十幾騎人馬，都聽着紅蠍子的號令，就挾持着張雲傑轉向北去。馬燈又用黑布罩子籠起，一群馬又蕩起來潮水一般的聲音，就在朦朧的夜色之下走着。他們對於路徑似是很熟，曲折宛轉行了約三十里地，這時前面就有黑壓壓的一片樹林和房屋。紅蠍子就將手放在口中打呼哨，其聲如鷹叫，又如鶴鳴，伴隨嘩啦嘩啦的馬蹄聲，極為可怖。天上星光漸稀，月色愈黯，大約離着天明已不遠了。頭一匹馬上的一個盜賊已把馬燈的罩子揭開，也高聲喝着：“哦！哦！”對面的村莊裏也有呼嘯之聲相應和，並見有兩盞燈光，幾個人迎過來了。

張雲傑心說：紅蠍子到處有賊夥，她江湖的門徑又這麼熟，恐怕袁一帆來也要失敗。若留下這個女強盜，將來不知要有多少人受害。這回我倒要下些耐心，用些手腕，為江湖上劃除了這兇悍的女賊，算是我出師以後第二件俠義行為！腦裏雖然不斷地計畫着，可是肩膀的傷是太重了，又跑了這些路，他不由覺得疼痛難忍，頭一陣暈，就從馬上歪下來了。

但立時有人將他扶住，並沒使他摔在地下。扶住他的這人正是紅蠍子，原來她時時在照顧張雲傑。當時兩匹馬一停住，其餘的馬卻都仍向前走去，紅蠍子就將馬靠得離張雲傑很近，以她的柔臂，很親熱地攬着張雲傑，並像責備小孩子似的說：“誰叫你的性情傲，不聽我的話呢？你想，我們在這一帶的人若安置得不多，我們就敢在石梁鎮那店房裏安心地住着嗎？你大概也是才出家門，不明白外邊的事情。今天幸虧我趕了去，我要晚去一步，你，你這小冤家，就早死了！”她憐愛中雜着怨恨，用手指頭輕輕戳着張雲傑的臉。

這時那邊莊裏的人迎過來了，說是他們三莊主請九奶奶去歇息、喝茶。紅蠍子似是很有架子，一句客氣的話也沒說，就伴着張雲傑過去，到了前面那莊內。這座莊子很大，附近的住戶也足有幾百家，那莊裏的三員外出來，就把紅蠍子等人恭迎到莊裏。張雲傑只見燈光裏人往人來，高房大廈，似是個頗有錢並且有名的人家，不曉得紅蠍子為什麼在這裏這樣的熟？

他被幾個人押到一座小院中，院裏有三間北房，先有人進去點上了燈，然後就有人把他推進去，緊接着把房門上了鎖。張雲傑望着屋門又不禁微笑，聽門外還有往來的腳步聲，可見是有人在院中看守着他了。他就從外間走到了裏間，見這房子是兩明一暗，外屋只陳設着幾套粗笨的木器，裏間卻佈置得十分雅潔。靠牆是一張兩人睡的木榻，有檀木隔扇，隔扇心都嵌着小幅的字畫，還掛着紅緞的夾幔帳，床上有兩份被褥。右首是一張琴桌，擦得很光亮，卻沒擺着什麼東西，左首是兩隻細瓷繡墩。隔窗一張紅木茶几，上擺着一隻古瓶，分列着兩把椅子，椅上都有紅絨做的棉墊子。牆上也掛着一條橫幅，畫的是“麻姑獻壽”，還有一幅對聯，聯語很俗，上款卻寫的是“煥雄三兄雅屬”，張雲傑暗想：所謂煥雄三兄一定就是這裏的三員外了，不知是怎樣的一個人物，總不是個好東西吧？或者他也是紅蠍子的一個姘夫，不然他如何能與女盜勾結？

　　此時張雲傑已很疲倦了，兩肩都非常疼痛，就將身子慢慢放在那張木榻上，只覺得床上墊得非常柔軟，而肩上卻又一陣發熱，大概又淌出許多血來。他疼得自己連動也不敢動，就不由暗歎了一聲。心說：我怎麼會陷在紅蠍子的手裏？我也未免忒大意了！這時忽聽屋門的鎖頭響，張雲傑不禁吃了一驚，緊接着是一陣腳步聲，有人走到了裏屋。張雲傑藉屋頂懸掛的一盞紅紗燈的光線去看，卻見進來的原是紅蠍子的那個女徒弟翠環。這翠環是十八九歲的一個細身量的女子，模樣平常，但眼睛卻有點兒媚態，尤其兩個抓髻兒，更顯得她是嬌小玲瓏，穿的雖是青衣裳，可是敞着脖領，露出一點紅綾抹胸和金鎖鏈。翠環雖然繃着臉兒，手上提着一口明晃晃的鋼刀，但神氣並不太兇惡，她瞧了瞧張雲傑，就說：「你好好在這兒躲着，老實一點！九奶奶少時就來。今天還不算便宜你？你得罪了九奶奶，傷了我們五六個人，換個什麼人也休想得活命！」

　　張雲傑卻微微笑着，說：「我並沒有想叫你們饒我，我更不能向紅蠍子乞憐！」翠環立時舉刀說：「不許說九奶奶的外號！」張雲傑卻仍然笑着，說：「那難道也令我管她叫九奶奶嗎？我可不幹，她殺了我，我也叫她紅蠍子。我還告訴你，我離開彰德府，就為是單槍匹馬到太行山。我並不是想見紅蠍子，卻是想看看你們姊妹，因為我聽說你們姊妹都跟天仙似的，尤其是你……」張雲傑說到這裏，笑吟吟地望着這個妙齡女盜。翠環卻臉色漸漸緋紅，高高舉着刀。

　　張雲傑又笑着說：「你殺了我才好，因為我就是為着你來的！我家中有萬貫家私，但我現在二十歲尚未娶親，就是因我想在江湖中尋一貌美的女子。如今我見着你了，我很中意，但有你們九奶奶作梗，我知道我絕不能與你成為夫妻。可是我告訴你，她叫我跟她結配，叫我作強盜的丈夫，那也絕對不行，早晚我這條命是得被她結果了。可是你得明白，跟紅蠍子做強盜絕無好收場，早晚被官兵捉住便是剮罪，年輕輕的那麼死了是多可憐！」他這樣說着，翠環就舉刀瞪眼，但又仔細地諦聽着。這時窗外又有了腳步之聲，翠環就趕忙轉身往外屋去了。

　　待了半天，沒有人進來，翠環卻又進來了。這次她卻不再舉刀，臉色也不再嚴厲，她跑到榻旁，扒在張雲傑的耳邊，悄聲說：「你先順着九奶奶，留着這條命，慢慢再想法子！」說完了這兩句話，她似乎是非常地羞愧，並且懼怕，就趕緊又出屋去了，就聽鎖頭一聲響，是她又把屋門鎖上了。這裏張雲傑就想：第一個辦法是成功了！且想第二個辦法，如何應付紅蠍子？他仍然靜臥着想，因為專心去思索，反倒忘了傷痛。又待了些時，就見紅蠍子悄悄走進來了。張雲傑趕緊閉上了眼，只覺得紅蠍子漸漸來到他的身邊，他就微微呻吟着。又聽得紙聲窸窣，覺着紅蠍子往自己的肩頭傷處上了許多藥，並用她那纖手輕輕地給按。張雲傑忽然把眼睛睜開，見紅蠍子與他相離不到一尺，他就笑了笑說：「你們這是什麼意思？由我死去好了！何必把我的傷治好，也叫我隨着你們去做強盜嗎？」

　　紅蠍子趕緊用手堵着張雲傑的嘴。她的手很香，她的銀鐲觸到臉上冰涼，但她的氣色卻是溫暖的，神態卻是嬌媚的。她低着聲，溫言軟語地說：「你別罵什麼強盜強盜，我聽見了不要緊，可是我手下的人聽了，他們一定要恨你！我敢跟你起誓，我真不願再做強盜了！可是你想我怎麼辦呢？我手下的人沒法甩開，甩開了他們，我自己就許被官人捉住，而且他們也必不能容饒我！」說到這裏，她微歎了一口氣，又感慨地說：“我現在弄得是走投無路，騎虎難下，我有一心的委屈沒處去說，也沒人可憐我。我對別人常用好心腸，但別人對我都是忘恩負義，四年前有個陳仲炎的侄女陳秀俠……”

張雲傑至此時卻不禁睜大了眼睛，傾耳去聽。紅蠍子就把她在四年前怎樣救了陳秀俠，待秀俠如何的好，後來秀俠拿了白龍吟風劍逃走，等等一些過去的事說了一遍。她隨說着，隨傷心感歎，此時竟似一極其可憐的溫婉婦人，想要博取知心人的同情。張雲傑卻是另有所感，也不禁長歎了一聲。他所感歎的不是別的，卻是他聽了紅蠍子的話，知道了那自稱姓張的姑娘必是陳伯煜的女兒，那口劍已沒有問題了，一定是白龍吟風劍；並聽紅蠍子說了當年陳伯煜被殺，蒼龍騰雨劍丟失的經過，他更明白了自己父親與陳家結仇的原因。他此時是完全絕望了，歎息着，心裏想：完了！我家跟陳家的仇恨是永遠也解不開了，我也永無緣跟那秀俠親近了！因此心情十分頹靡。

旁邊這美麗的婦人，江湖聞名的女盜紅蠍子，又溫柔地說：“你還發什麼愁？今天不過稍稍叫你受了點兒苦，可是這也算給你這才走江湖就心高氣傲的人一點教訓。你這傷我包好，我這藥是特別的方子配成，是我丈夫黑山神……”說到這裏，她卻又一陣難過，就低着頭，淒惻婉轉地說：“所以我說，別人都對我沒良心，以後你真別也沒良心！我實沒想到，于九死後我的心就跟一棵枯樹似的，也萬沒想到又嫁人。就是近來，我雖心裏有點兒活動，仿佛時刻不安似的，但我做夢也沒想到遇見你。我現在對你，是什麼臉也不要了，連性命我也情願捨得，可是你千萬別叫我傷心！”

張雲傑默然了半天，就正色說：“我也是想不到！既然你對我這樣有情，我可也不是無情的男子，但是話也得說明了，你要叫我在太行山做你的壓寨丈夫，我可不幹！無論如何你得改邪歸正，不但得把你的嘍囉都遣散，你還得安安分分跟我回到家裏去做我的老婆。”紅蠍子溫婉地說：“那是一定！我都想好了，我嫁了你，以後我連屋子也不出，不然被官人知道，連你都得死。可就是一樣，我不能即刻就走，我得回山把事情慢慢地清理了，然後咱們還得悄悄地逃了，不然我手下的人一定不放我走！”張雲傑就說：“那行，再說我的傷若不養好，我也不能就跟你成親。”紅蠍子嫣然笑了，她並不勉強張雲傑，兩人就又喁喁地談着。她溫柔端秀，一點兒也不狂蕩，簡直不似是殺人放火的淫惡盜婦，卻像一個嫻淑的閨門女兒。

談了半天，紅蠍子怕張雲傑疲倦了，就拉被給他蓋上，叮囑他好好睡覺。紅蠍子又依戀不舍了一會，就輕輕地走了。她走後，沒再聽見屋門的鎖頭響。張雲傑卻心裏很急，肩膀的刀傷又痛，無法睡得着。他就瞪着眼看着床頂，看着懸着的那盞燈，又看看這裏間的屋門。卻見那翠環身子站在屋外，臉卻露在屋裏，四眼相射之時，那翠環就一笑，很帶一點媚態。張雲傑就低聲叫她：“來！來！”翠環向窗外努努嘴，又在胸前擺了擺手，表示院中還有人，她不敢過來。這紅娘似的小丫頭這般媚來媚去，剛才紅蠍子又是那般溫柔，張雲傑不免也有些銷魂，可是自己的心中還是有了主意，就暗暗罵道：賊婆娘，我怎能娶你？我有個強盜的老子也就夠倒楣了，我還真能再娶個強盜妻子嗎？可惜自己肩膀有傷，手中無劍，不然就可即刻闖出屋走去。

　　他閉上眼，大概是稍微睡了一會，天色就亮了。紅蠍子又進屋來，身上雖然仍穿着青衣，腕上雖然仍帶着白鐲，可是臉上卻擦了一些脂粉。白天看她，比燈下顯着越發嬌豔了。她仿佛比那翠環還年輕，還嫵媚，臉上帶着點笑，又帶着點兒羞。她在前，翠環在後，走近了木床前，紅蠍子就說：「咱們該走了！這是方家堡，這裏的方三員外早先也是綠林中人，他多年前洗手不幹了，可是還與我們有往來。他們這裏倒很嚴密，可是離此三十里地鎮山集就屯着五六十名官兵，倘若走了一點風就不好。咱們得趁早走，不到晌午就能回山，你這就跟着我們走吧！」

　　當下她叫翠環幫着，把張雲傑攙扶得下了床。翠環的手微微重些，大概是觸了張雲傑的肩膀一下，紅蠍子立刻就是一掌。她的臉色嚴厲起來，眼睛裏也冒出了兇光，罵道：「該死！」那翠環挨了打，一聲也不敢言語，張雲傑卻勸說：「不要打她！」紅蠍子又嫣然一笑，說：「這麼笨拙的丫頭，將來我怎好替她選女婿？」

　　出了莊門，這時玫瑰色的太陽光才染上莊院的牆頭，雄雞還在架上喔喔地啼着。門前很亂，眾盜都已備好了馬，紅蠍子又威風凜凜，命人扶張雲傑上馬，她就一馬當前，率領着眾盜群馬，離了這方家堡向西走去。蹄聲雜遝，聲音如潮水一般，蕩起來塵土如刮着大風，下着大霧一般。張雲傑雜在馬群裏，他就也似一個強盜，向西走着，越走土地越荒，村落越少，地勢越高，等到太陽高升之時，他們已經上了山嶺。群馬踏着山坡，繞着山路，又走了多時，眼前便展開了一片平谷。這裏有歪歪斜斜的許多木板和石頭、泥草搭成的比馬棚還不如的房屋。有一群強盜歡躍着迎過來，嘴裏嚷着黑話。紅蠍子也勒住馬，她真像一個女大王，威風凜凜，手指口說，所說的也都是盜賊的黑話，張雲傑一句也沒有聽明白。

　　此時翠環也很有威風，她指揮着兩個人就把張雲傑攙下馬去。紅蠍子也下了坐騎，看了張雲傑一眼，倒並未當着她手下的人現出來什麼媚態，可是她那些手下的人卻都偷眼向張雲傑的身上來瞄。紅蠍子又用尖厲的聲音向翠環說了幾句黑話，翠環就惟勤惟謹地帶着兩個人，把張雲傑攙到了一間屋內。

　　這屋子的外表雖然不像樣子，可是屋裏真闊，四壁都掛着狐皮豹皮，支着一張低板床，床上有很厚的羊毛氈，氈上還鋪着虎皮。床旁有只大木箱，就算是桌子，箱上擺着銀壺銀盃和檀木鑲蚌殼的鏡盒，還有只西洋小座鐘。這一定是紅蠍子的香閣，這些東西當然全是劫來的。張雲傑一在床上坐下，那兩個男強盜就出去了，翠環卻媚笑着，故意把拳頭向張雲傑受傷的肩膀搥了一下，她說：「為你！九奶奶打我，你來到這裏看你還怎麼跑？」張雲傑肩膀痛得一皺眉，伸手去拉翠環的腕子，悄聲說：「你先別走，我同你有話說！」翠環卻一甩手，說：「這時我沒工夫！」她又回首一笑，就走出去了。張雲傑在這屋裏又氣又急，外面卻吵吵嚷嚷的，人聲中夾雜着馬叫。因為有一扇板子門擋着，所以外面的一切情景他在屋裏無法看見，他只好將身子躺在虎皮上，喘着氣歇着。

　　過了許多時，外面的聲音漸漸消停一點了，忽然門一開，紅蠍子帶笑進來，張雲傑就問說：「這就是你的屋子嗎？」紅蠍子點了點頭，就坐在張雲傑的身畔。她也是很疲乏的樣子，喘着氣，就說：「你等一等，我叫人給咱們熱酒去了。」張雲傑帶點譏諷地說：「你這裏的東西倒都很富足。」紅蠍子微歎了口氣，說：「幹這種事，不知幾時就被官兵捉住殺了，還會不圖個眼前快樂？」張雲傑說：「你當慣了女寨主，銀錢和一般東西都來得容易。將來嫁了我，上有公婆，無論如何也不能叫你隨便，你能受得了嗎？”紅蠍子點頭說：“我能受得了！我也不是那種沒志氣的人。再說我都想過了，將來我嫁了你，實在連屋門都不能出，無論是誰我也不接待。我這身武藝擱個三年五年的也就完了，那時我若再有個……”說到這裏她一陣臉紅，但同時又有些傷心似的。她低着頭擺弄那褲子上的老虎尾巴，又歎了口氣，說：“只要叫我在你家裏享二年福，我死也不後悔，這強盜的勾當，我真不願意幹了！”

此時門又一聲響，紅蠍子問聲：“是誰？”外面答應一聲：“是我。”門開了，進來一個女子，不是翠環，卻是那胖胖的金娥。張雲傑就曉得金娥一定是同着朱大、朱二等人從石梁鎮趕回來了。紅蠍子跟張雲傑真是親如夫婦一般，在她的女徒弟面前全無避諱。金娥昨夜率領群盜與張雲傑爭鬥之時是那樣的兇悍，但此時她竟規規矩矩，如同一個受虐待的使女。張雲傑覺得紅蠍子真是奇怪，可以說是個怪女賊、怪女傑。

金娥服侍他二人淨過面，喝過茶，翠環又笑吟吟地端進來酒，酒之外還有煮的肉，炒的菜。張雲傑心說：這倒不錯，想不到此次我來到這裏竟美酒佳人一併得到！紅蠍子斟酒給張雲傑喝，金娥、翠環都退出了。張雲傑就問說：“你知道安陽縣的官人和十八家鏢店，請出來袁一帆拿捕你們嗎？”紅蠍子淡然地點頭說：“我知道，此次我們到山外去，就為的是跟他們鬥一鬥！”張雲傑說：“難道你不怕袁一帆嗎？”紅蠍子冷笑了笑，說：“我怕他作什麼？在我的眼裏頂多當他跟寶刀張三是一樣，都是江湖上的狗子。”

張雲傑臉色一變，又笑着問說：“那麼在現今江湖上，你沒有一個害怕的人嗎？”紅蠍子昂然說：“沒有我怕的，只有……只有陳仲炎，我顧忌他一些。鐵掌陳伯煜現在若活着，我或許也怕他。還有就是一個老尼姑，那算是個特別的人了，不但我，連陳仲炎也不敢惹她。當初我追趕陳秀俠到了她的廟裏，我就吃了虧，幸是傷不重，養些日就好了，我也沒有殘廢。那時我本想找她再去較量，可是後來我在江湖上一打聽，聽說她名叫北斗劍，法弘老尼，三十年前在江湖稱霸，無人能敵，所以我就不想再找她去了。”

張雲傑聽了，卻不禁默默地想着：莫非陳秀俠的師父就是那法弘老尼嗎？那麼我更不能妄想了！遂就發着愁怔了半天。紅蠍子還以為他是憂懼在山裏住着太為危險，便寬慰他說：“你別怕，我們這座寨就是一千名官兵來了，他們也打不破！再說在我們這裏至多住上半個月，你的傷稍微好點，我這事情也就都安頓好了，那時咱們就走。”張雲傑微笑着，勉強飲酒，假意與紅蠍子親近，心中卻不住盤算。當日他在這裏住得倒很平安，晚間紅蠍子命人在旁邊支了一個矮榻，就與張雲傑同室就寢。張雲傑夜間總時常驚醒，醒來就想忍着痛，到外面盜一匹馬，趁着黑夜下山，離開這盜巢、這欲海，可是門外總像時時有人把守，外面的更聲也像永敲不斷。藉着台子上的銀燈，看那在燭光下掩被熟睡的紅蠍子，在她那烏髮皓腕之旁，卻無時不伴着一口森森白刃。

第十二回　　辣手狠心波濤覆豔　　橫財暴富日夜驚愁

　　張雲傑瞪眼把紅蠍子看了半天，原想趁她睡熟，悄悄抽出來她身旁放着的寶劍，先出屋把守門人砍倒，然後奪一匹馬就往山下去逃。但又細一想，卻有許多難處：第一是自己這只受傷的右臂不太靈便；第二是身體太疲乏了；還有第三，就是這山路迂廻，不但路徑不熟，連方向都難得辨清，逃不成被他們殺死不值得，被他們捉回來更可恥。他想了半天，就暗暗冷笑，心說：索性在這賊窟多住幾天，反正這幾個妖媚的女人纏着我，我並不吃虧，慢慢再想法子逃走，臨走時也得給她們點手段，叫她們看看。於是放下了心，閉上眼睡去。

　　睡到半夜忽然覺得身旁有人，屋中的燈是已然滅了，身邊是誰他也看不清，只聞得有一股麝香直沖到腦袋裏。張雲傑微微一翻身，手就碰到身旁人的頭上，覺着是個髮髻，同時噗哧一聲，發出了紅蠍子的笑聲。張雲傑心裏一動，轉又忿忿地暗罵一聲：無恥！他便仍舊假裝沒醒，一夜就這麼度過去了。

　　次日，紅蠍子對張雲傑更是親密，張雲傑卻裝作肩上傷痛得很厲害，不能坐起身來。紅蠍子也很憂慮，於是她索性不離開這屋子了，張雲傑倒感到無計可施。過了中午，有人隔着窗戶請紅蠍子說話，紅蠍子才走，可是她又派那金娥來在屋中伺候張雲傑。這金娥胖胖的臉兒，長的全是橫肉，模樣雖算不得怎樣醜惡，可是態度太兇。她就跟張雲傑沒笑過一回，腰帶上永遠掛着袖箭和竹筒，另外還有一把鋒利的匕首，張雲傑也不理她。

　　如此待了半天，紅蠍子方才又進屋來，臉色也有點兒不好看。她坐在張雲傑的身旁發了一會兒怔，就向金娥說：「你出去！」金娥聽了吩咐，立刻轉身出屋。這裏紅蠍子就向張雲傑說：「我告訴你一件事，袁一帆快來了！今天或明天我們必有一場惡戰！」張雲傑聽了這話就不禁吃了一驚，心說：如果袁一帆帶着官兵來到，把山攻破，那時紅蠍子倒許跑了，可是把我捉住，按強盜的罪名去懲辦，那我才冤呢！於是他費盡了思索，雙眉緊皺，紅蠍子便握着他的手，溫柔地問說：「可惜你的身上負着傷，不然你可以幫助我敵擋袁一帆，我看你的武藝一定在袁一帆之上。」

　　張雲傑卻搖頭說：「再比我武藝高的人也不行！因為我在彰德府住過兩天，跟袁一帆見過面，曉得他的武藝確實高強，並有十八家鏢店的鏢頭幫助他，聽說府衙縣衙還派了三十多名捕快聽他指揮，又由朱仙鎮、道口鎮調來兩隊官兵，至少也有兩千人！”紅蠍子一聽嚇得臉色變白，說：“他們不至於有那些人吧？”張雲傑反問說：“怎麼沒有？你們鬧得這事情有多大？幾縣的客商行旅全都斷絕，官方不多派些人來，能夠剿滅了你這紅蠍子嗎？”紅蠍子捶了張雲傑的後腰一下，嬌笑着說：“不許你叫我紅蠍子！”又發着愁說：“可是我這裏的人不太多，刨出金娥、翠環，沒有什麼有本領的人！”張雲傑悄聲說：“那咱們就得趕緊想法子，或是帶着這些人趕緊逃走！”紅蠍子說：“帶了這些人馬遲累，可逃到哪兒去呢？本來我們是在泗水一帶住不住，才到這裏來的！”

　　張雲傑說：“那麼……”他把聲音壓得極低，附着紅蠍子的耳朵說：“今天就趕緊逃走，只是咱們倆人，逃回北京我家裏做夫婦去！”這句話似乎正說在紅蠍子的心上，她的手握得更緊，也悄聲說：“我也是這個主意，可是我們得先想想是怎麼個走法？你倒不要緊，我要拋下跟隨我多年的這些人一走，他們一定要跟我翻臉，一定要把我殺死！”張雲傑就說：“要不咱們兩人分途下山，或是我先走，你後走？”紅蠍子點頭說：“這倒是個法子，不過……”

　　張雲傑卻明白她的心，就微笑着說：“你別不放心！我可以發個誓給你聽，我要是對你負心，叫我不得……”紅蠍子趕忙捂住了他的嘴，不許他發出惡誓，並急得直跺腳。張雲傑卻笑着，等紅蠍子的手抬開，他又悄聲說：“人人都有個良心，你對我這麼好，我要再騙了你，那我真是禽獸不如了！”紅蠍子立刻慨然說：“好了！既然你說出這話麼，那咱們倆就憑良心啦！”她又把聲音壓下，就說：“這座山後面有一股小路，可以直到涉縣，那裏有個俞家莊，莊裏的首戶俞大純是早先被我救過命的人。等會兒，我率領手下的人下山去，迎敵袁一帆，這裏只留下翠環，我就叫翠環帶你到俞家莊。你們在那裏住兩日，我就可以找你們去，咱們再想法子繞路去往北京。”張雲傑說：“那地方嚴密嗎？”紅蠍子點頭說：“嚴密！翠環認識他們，你只要隨着翠環去走，便絕無舛錯。”張雲傑便點點頭。

　　這時就聽外面人聲雜亂，連次有人隔着窗戶來請九奶奶。紅蠍子便推開門，向外面尖聲喊着說：“不要慌！都快些預備着！少時咱們就下山去迎他們。你們都把膽子壯起些來！袁一帆不是三頭六臂，有什麼可怕？”她的話一喊出來，外面的雜亂之聲立即停止。紅蠍子又關上了門，把那只箱子上的燈台、鏡奩全都挪開，從身邊掏出鑰匙來，打開箱子。就由箱底掏出一個藍緞子的包兒，塞在張雲傑的衣領裏，囑咐他說：“帶好了！有這包東西，我們終生不發愁了！”

　　張雲傑說：“我們走了，你一個人可怎麼辦呢？”紅蠍子微笑說：“你放心我吧！這些人跟隨了我多年，我不能扔下他們就走。袁一帆多管閒事，前來欺負我，我也不能不給他個厲害看看；可是我還一定不能受傷，一定能前去找你！”說畢話她又把箱子鎖上，就向張雲傑媚笑了笑，即轉身出屋。張雲傑不禁發怔。

　　少時翠環忽又手提雙劍走進屋來，張雲傑瞧見了翠環就不禁一笑，翠環卻把手中的雙劍向張雲傑的頭上一晃，寒光刺着張雲傑的眼睛。張雲傑仍然笑着，翠環就說：“你別以為我跟你是鬧着玩！剛才九奶奶已經囑咐過我了，叫我回頭把你押往俞家莊去；在路上如果你有一點不聽話，我就能立時要你的命，九奶奶把你的死活交在我的手裏了！”張雲傑冷笑道：“我看你有多大的手？”又拉了翠環一下，悄聲說：“將來我跟你們九奶奶成夫妻，收你作二房，你願意嗎？”翠環卻啐了他一口，紅着臉兒轉過身去。張雲傑心裏倒很覺得奇怪，因為覺着紅蠍子的這個女徒弟嬌羞忸怩，仿佛也不似久在盜窟裏廝混的人。

這時外面的聲音更亂了，紅蠍子紮束利便，頭上包着紅花手巾，手提寶劍匆匆走入，她一面又取鑰匙開箱子，拿出兩個包兒來給翠環，一面說：「我這就走，我走後待一會兒，你們也趕緊走！」翠環就說：「九奶奶，這只箱子還要帶走嗎？」紅蠍子卻屬聲說：「小點聲兒說話！」她把鑰匙扔給了翠環，又向張雲傑投了一眼。張雲傑向她笑了笑，紅蠍子就一句話也沒說，提劍匆匆出屋去了。

外面蹄聲雜遝，人語嘈雜，漸漸微了，也遠了，翠環就回首說：「他們都走了，咱們也預備着吧。」她遂就翻箱子取東西，把細軟之物和衣服等等打了一個大包裹，隨後她又跑了出去，兩口寶劍就放在這裏。張雲傑此時的精神十分緊張，就想：群賊都已下山了，這裏也就留下幾個不中用的嘍囉；我的左臂還能使力，不如我抄起一口寶劍就勢逃走。他的手剛要去摸那劍柄，忽然翠環又跑進屋來，笑着說：「起來吧！還用我攙你起來嗎？」張雲傑就故意問說：「馬匹備好了嗎？」翠環說：「外面有兩匹備好了的馬。」張雲傑又問說：「不至於有人攔阻咱們吧？」翠環把眼一瞪，說：「誰敢攔阻？」她又拿起雙劍，向張雲傑笑了笑，嬌聲說：「現在只好委屈你一點，你還得聽我的吩咐！可是過後，我跟九奶奶就什麼都聽你的啦！只要你別昧了良心。」張雲傑便站起身來，說：「別廢話！要走就快走！」

翠環推開門，喊進來一個嘍囉，命把包裹提出去，然後點手叫張雲傑出屋來。外面果然已備好了兩匹馬，一匹紅馬，一匹黑馬，那只大包裹已叫嘍囉綁在紅馬上。翠環的雙劍已然入鞘，她就接過來皮鞭；又命兩個嘍囉攙張雲傑上馬，並也給了張雲傑一隻鞭子。翠環就也扳鞍上馬，向那兩個嘍囉說：「你們好生在這裏，不到天晚我就回來！」兩個嘍囉都答應着。遠處還有幾個小賊，向他們這邊看了看，就彼此笑着。翠環便叫張雲傑的馬在前，她在後邊指揮着方向，兩匹馬就反往上面走去。

越過了一道山嶺，地勢就越來越低，路也越窄越彎曲。張雲傑嘴上跟翠環說着笑話，說得那翠環忽而羞，忽而笑，忽而又怒又急。他的心裏卻非常煩惱，暗想：弄這麼兩個強盜婆到家去，我一輩子就休想翻身了！如果這翠環有紅蠍子那一付模樣，紅蠍子有她這年歲、嬌憨，我也還值得，如今……我非得設法脫身不可。

出了山口，日已向西，天上的雲光漸變為金紅色，一條小路空寂無人。張雲傑的馬在前，他回過頭來向翠環笑問道：「你跟九奶奶學了這身武藝，不算容易。將來跟我回到家中，可就得天天在屋子裏，不能出門了，你能夠受那寂寞嗎？」翠環臉紅了一紅，說：「那有什麼不能受的呢？無論如何也比當強盜好；當強盜，將來怎是個了局呢？」張雲傑說：「你現在是這樣地想，可是叫你在閨房中住些日子，你就一定受不了啦！平日你們是風高放火，月黑殺人慣了的。」翠環說：「胡說！金娥她倒是常殺人。我，我只誤殺過一個，殺死之後，我也很難過，因為我的親娘她還是念佛吃素的人呢！我要不是三年前被九奶奶劫上山去，到現在我也是個小姐呢！」

張雲傑微笑了笑，心中卻有些不忍，暗想：假定是那金娥跟隨着我，我倒可以把她殺死，之後我一走；現在這翠環也是個可憐的人，我怎忍得下手呢？心裏不禁猶豫輾轉。忽然前面望見了一道河流，據張雲傑猜想着，這一定就是彰河的上游。翠環卻用鞭指着說：“過了這道河，就快到俞家莊了！”

張雲傑見四顧無人，河中連一隻船也沒有，就不由下了毒辣的決心。但表面上他還是從從容容地笑着，又問翠環說：“你本是良家女子，因被九奶奶劫了去，教給了你武藝，你才落草為盜，那你不恨她嗎？”翠環說：“早先我也恨她，可是後來我不但不恨她，反倒愛她；因為她待我太好了，她做的事都叫我心服。”張雲傑就收住馬，又進一步探問說：“你們九奶奶對我那樣多情多義，使我無話可說了，所以我才答應了她。但，這是背着她說，我真嫌她的年歲比我大，而且她的武藝又太高，脾氣也怕一時改不了。”

翠環把鞭子向張雲傑的馬後一抽，說：“得啦！你別說啦！我明白啦！你打算叫我把九奶奶拋了，我一個人跟你過日子。以前我倒是有那個心，現在我見九奶奶這麼好，我又不忍了！再說我又想：咱們若把她拋了，跑到哪裏去，她也能找得着咱們，那時她的臉兒可就不能像如今這麼好看了！真是，男人家沒有良心！一轉眼工夫，你就教給我向九奶奶忘恩負義；我把這話要向九奶奶說了，她一瞪眼你就得……哼哼！”張雲傑微笑着，點頭道：“不錯！紅蠍子收了你這個徒弟，果然有了良心，我是試探你了！”翠環撇了撇嘴，微笑着。

眼看已來到河邊，張雲傑就作出發愁的樣子，說：“這裏又沒有橋又沒有船，可怎能過去？”翠環說：“這河水不深，騎着馬能走過去，你別怕！壯起點膽子來！你要是掉下馬去，我可不能救你！”張雲傑說：“那麼，你在前邊走吧！”翠環就笑着，輕視着張雲傑，她的馬就先下了河。張雲傑的馬也下了水，緊緊地跟隨着。在河邊水也不過才到馬脛，可是一走到河心，水就快到馬肚子上；四顧茫茫，波浪滾滾，翠環也臉帶懼意，直說：“小心着！小心着！”張雲傑在她身後卻突生歹意。

翠環只顧勒着馬，令馬蹄試探着河水的深淺去走。張雲傑在後面驀然探身伸出那受傷的左臂，揪住了翠環的肩頭，翠環“哎呀”一聲，說：“慢點揪我！你別害怕！”張雲傑卻把牙一咬，用力一推，翠環叫都沒有叫出來，只聽“撲通”一聲，這十七八歲的女盜就落於河水之中。張雲傑卻趕緊策馬，“嘩啦嘩啦”一陣水聲，少時就上了北岸。張雲傑忍傷發狠催馬緊走，連頭也不回；直走了幾十里路，天色便昏黑了，他才找了一處鎮店住下。他不住地歎氣，暗道：我對翠環所行的手段未免太狠了！但也是沒法子！他又打開紅蠍子給他的那個藍緞包兒一看，見裏面盡是些大顆的珍珠、大塊的寶石，便不禁冷笑，暗道：我倒是跟我父親一樣，無意中發了一筆不義之財！可是人是闊了，品格卻丟了，天下的英雄俠義、美女才媛，誰還能瞧得起我？

次日，他就在這附近的縣城裏找玉器局賣了一塊寶石，得銀一百二十兩，便買了兩件衣服、一口寶劍，並買了些刀創藥，自己敷在右肩傷處。他連馬匹都用賤價賣了，雇了一輛跑長趟子的騾車，坐在車上，放着車簾，按着驛程去走，約十日便到了北京。

騾車趕到了北京城東郊六里屯，這裏就有他的宅院；一片新蓋的瓦房，兩邊有莊門，有二三十名莊丁和長工。他一下車，就有莊丁迎過來，說：“少爺回來了！”張雲傑點點頭，就向門裏就走。走到第二進院內，就見他父親正在院中澆花，一瞧了外面有人進來，卻嚇得扔下了噴壺往北屋裏就跑。張雲傑叫了一聲：

“爹！”追到北屋裏，卻見他父親手舉着一口寶劍，面色蒼黃，用一雙恐懼的眼睛看着他。看了半天，他父親才認出原來他是出外學藝三年的兒子，便把舉劍的手放下，拱着大鬍子笑道：“原來是你呀？”張雲傑卻臉無笑容，一點也不像見了久別的父親，只直着眼看他父親手中的那口蒼綠色的寶劍，他恨不得把他父親手中的劍奪過來搗毀。

張雲傑的父親，原來就是當年害死陳伯煜的那個寶刀張三。當年他因為垂涎那口蒼龍騰雨劍，生了歹心，在米家集小店裏把忠厚的萍逢之友陳伯煜殺死，又被徐飛追趕；下着大雨他倉猝而逃，沿途跟乞丐似的，才狼狽回到了信陽州。到家中又被他妻子焦三娘辱罵了一頓，他心中擔驚駭怕，又想着陳伯煜多半是沒死，徐飛一定要去通知他家裏的人，並招請一班朋友給他的師叔報仇。那樣一來，自己別說在家裏住不住，連北京鏢店也不敢回去了，江湖飯也休想再吃了，而且還時時有性命的危險，所以他一懊惱，就病倒了。過了幾天，張三就又聽說龐家鏢店的火眼龐二等人都去往陳家，圖謀那口白龍劍，現在全沒回來，全都是生死不明；並聽說陳仲炎將要來到信陽找他。陳仲炎的武藝超群，性情又毒狠，劍下殺人不眨眼，張三就嚇得魂都飛了；他就收拾了個小包裹，夾上蒼龍騰雨劍，帶病逃走。

他連大地方都不敢去，只跑到伏牛山赤眉城那一帶去躲避。這一帶全都是荒山，連強盜都不願在此勾留，張三在此彷徨了有兩個多月，已然混得鞋破衣爛，跟個叫化子一般了，除了那口蒼龍騰雨劍。他是藏在山裏一個山洞裏，此外什麼也沒有了。他白天在荒村乞食，有時搶件破棉襖，或打劫上三四串錢；晚間便睡在山裏的石洞內，他簡直成了個餓鬼。

這伏牛山靠近赤眉城，山裏石洞很多，本來在東漢時代，這裏是赤眉賊眾軍盤據之地。張三對於歷史他當然不知道，可是他看見山中這些石洞卻覺得奇怪，因為很容易看出這些石洞都是人工鑿成的，若干年前這裏一定住過人；於是他就在閑悶無聊之時，提着蒼龍騰雨劍去鑽山洞。他就像是一隻老鼠，把山中四五十座山洞全鑽遍了，在洞裏找着了許多碎銅爛鐵，這本是千年前赤眉賊所遺留的殘盔剩甲、斷戟折槍，張三卻當作寶貝似的收藏着；慢慢積得多了，便拿破衣服包着，背到內鄉縣去賣給鐵舖。

張三的希望本來很小，頭一次不過賣了兩串錢，喝了酒買了些乾糧，並買了個鎬頭，回到山裏來，仍在洞裏刨石頭找爛鐵；原想倘若這些爛鐵永遠刨不盡，那麼自己就永久在這裏窮混着，陳仲炎絕不會找到這裏來，可是不料這天他在一塊爛鐵裏忽然發現了兩塊東西，黃澄澄的，也不像銅，用手掂了掂，分量很重。張三明白了，曉得這是黃金，於是張三就像作夢似的，起了許多美妙的希望。

他先把一塊金子拿到遠處縣裏換了錢，置了許多乾糧、買了麻袋，買了燈籠，買了利斧、鐵鍬，偷偷又回到山中，連夜地挖掘。這夜他居然在一座山洞內的石壁間發現了一扇鐵門。他利用蒼龍騰雨劍將鐵門劈開，他真疑惑自己是在作夢了！原來裏邊現出來許多珍珠彩玉、黃金白銀、古銅古鼎等。於是張三就設法先給掩埋起來，他先帶走了些細軟之物，到盧氏縣把兩塊玉就換了許多的錢，然後置了闊綽的衣服。又到三川鎮充大商人，買了一個小舖子，在本地找了個夥計，擺上幾件不大好的玉石，暫且開了個玉器店。他便借着作買賣為名，又走了兩趟伏牛山，就把他發現的那些寶物全都搬運出來了，都裝在箱籠裏；然請了保鏢的，運送貨物到了京都。一到北京，他就絕不到南城去會那些鏢行舊友，只專與東城一些玉器行的人交往；住的是一家大客棧裏，出入必坐轎車，所以也沒人認識他。

約有半年，張三就在齊化門外六里屯買了三頃多地，置了一所大莊院，雇了幾十名莊丁，並托人到信陽州把他的家眷接來。他也留上了鬍子，天天吃雞鴨魚肉，也發胖了，並拿出資本在城內開了一家玉器行、一家銀樓，他居然成了富翁。他的姓雖然沒改，可是名字卻改成了"張得寶"，僕人都呼他為大老爺，替他管事的人都呼他為"東翁"；除了他的妻子焦三娘、兒子張雲傑，簡直就沒人曉得他就是寶刀張三。

張雲傑本是張三抱養的兒子，這時就已然十七八歲了，已在信陽州大刀劉成的門下，學會了相當熟練的武藝。他對他父親與新蔡陳家結仇的原因雖不深知，可是他父親這筆財發得不明，他是早就看出來了。張三也怕家裏有個二十歲上下的少年人容易給他惹事，所以就拿些金銀來送兒子往襄陽去投名師學武，並囑咐兒子在外千萬別跟人提說寶刀張三之事；在河南除非遇見熟人，別自己承認姓張，尤其對於陳仲炎，更要小心躲避。

張雲傑出外三年之內，寶刀張三在這三年之內，連大門也沒出過，天天提心吊膽，夜夜睡臥不安，總怕陳仲炎找來殺他。他的妻子焦三娘是抽上了鴉片煙，雇用着三個婆子服待她，連炕都不常下。不過有時張三感到寂寞了，向妻子提出點話來，說："太太！你瞧咱現在發了大財，可惜沒個親兒女；你又抽上了煙，處處需人服侍，可誰來服侍我呢？我聽說老莊頭的孫女今年十八歲，長得頂粗笨，人還老實，新近守的望門寡……"

他的話還沒有說完，焦三娘立即大吃其醋，撿起翡翠煙槍沖着張三就打，大聲罵道："什麼？你想弄個小老婆？你也是買鹹魚放生，不知死活啦！你寶刀張三當強盜、掏石洞發了這一筆邪財，你就真想守得長嗎？不定幾時，姓陳的就來切斷了你忘八脖子，哼！你還要弄小老婆？"張三嚇得捂着耳朵就跑，從此再也不敢起這想頭，再也不敢招怒了老婆揭他的底。

所幸三年以來無事發生，魚肉把他養得越來越胖，連早先那幾手兒笨武藝全都忘了。天天晚間鎖上他睡覺屋子的那扇鐵門，還要捧着那口蒼龍騰雨劍默禱一番，心說：沒有你我也發不了財，可是不因為你，我也不能在四年前做出那件歹事。陳伯煜生前說你是一口凶劍，現在盼你化凶為吉，保佑我家永遠平安，保佑外人永遠不知我住在此地。有時他的貪生畏死之心，竟使得他淒然對劍落淚。

這天忽然他的兒子張雲傑回來了，寶刀張三就不禁又喜又驚，喜的是因為想着兒子藝成歸家，一定是本事高強，可以給自己保鏢，陳仲炎就是再找來，也有人替自己抵擋了，還許倒把陳仲炎打個落花流水呢！驚的卻是見兒子的顏色十分不好，又瘦又黃，而且臉上沒有一點高興的樣子。他就拱着大鬍子，笑着說："好兒子！你走後我時時不放心，老怕你的武藝學不成，又怕你路過河南出了什麼錯。好了，現在你平平安安回來了，總是托天保佑。可是你怎麼氣色不大好呢？一定是路上勞累的。咳！你快見見你娘去吧！你娘在後院北房呢，跟你娘說幾句話就回書屋歇息吧！"張雲傑點了點頭，卻一聲也不語，就走到後院北房中，見了他的母親焦三娘。

　　焦氏三娘正躺在木榻上抽鴉片，有個半老的婆子給她捶腿，一見兒子回來，她也很是歡喜，問了問雲傑在外學藝的事，隨後就說：“我就盼着你回來，你回來了家務事我也可以省點兒心。有好幾家都來提過媒，我全沒答應。你回來就好了，慢慢的要有合適的姑娘呢，我就給你娶過來，也得讓我當當婆婆享享福啦！你那個老子是財鬧的，越來越糊塗了，整天在家不出門，老怕他的財被誰偷了似的；自己的臥房打了個鐵葉子門，好像監牢獄，天還沒黑他就把自己鎖在裏頭。我問他是為什麼這樣害怕，難道真是早年犯過什麼大案，現在良心有愧嗎？他也不肯說。你回來好，要不然咱們的財都算是白發了，長工佃戶哪個在這三年不是都發了大財？你回來好，家裏總有了個撐得起家業的男子！”

　　張雲傑聽他母親這樣說着，他腦裏卻往別處想着。在他母親眼前站了一會，便轉身出屋，就見他父親也在外屋裏，拱着大鬍子又直向他笑，並拉着他的手說：“來！到書房歇會兒去吧！你娘是個貧嘴子，被她一說，我是一個錢也不值了。我生平慷慨，哪做過什麼虧心事？陳仲炎……雖說跟我有過點兒仇，可是我有了你，也就不怕他了！”

　　張雲傑隨他父親到了書房內，寶刀張三就喊來僕人，叫去催着廚房快給少爺做菜熱酒。張雲傑坐在一把紅木的椅子上悶悶地喝茶，他父親坐在對面木榻上，像是陪着貴客似的，說話總是帶笑，就細細詢問他兒子這幾年來在襄陽學藝的經過，並問那陳仲炎現在什麼地方。

　　張雲傑自覺雖然寶刀張三雖然不是他的生父，可是究竟自己也是從小被他撫養大了的，所以心中雖然憤恨，究竟又有些憐憫，便說：“爹！你聽了可千萬別害怕！我在路上聞說，陳仲炎現在正在北京！”張三一聽，臉色都嚇得蒼白了，就急切地低聲說：“那麼，他一定是尋找我來了！可是，他絕不能知道我住在這裏吧？”張雲傑說：“只要爹你不常出門，不與人交往，我想陳仲炎絕不會找來；即或找來也不妨，我可以抵擋他。”

　　張三一聽，又壯起來一些膽氣，就搖頭說：“我不怕！無論鏢行人或是什麼人，這三年來誰都不知道我是發了大財隱在這裏；再說這裏是天子駕下，陳仲炎也絕不敢殺人。我為什麼叫你去學武藝？就為的是叫你保護我。襄陽諸葛龍傳授出來的武藝，走在江湖上，包管誰也敵不過。我那口劍削銅斬鐵，回頭我就給你；你有了那，我就更不怕了。

　　“還有一件事，就是給你說媳婦的事，到底怎樣辦呢？早先我想給你說個會點武藝的姑娘，可是後來我又想：既說會武藝的姑娘，就得跟江湖人家作親家，那麼一來，人就都曉得咱們的底細了。咱們現在有這麼些錢，永遠花不窮，又不指着走江湖吃飯，為什麼還要跟他們那些人來往呢？所以我想，不如說個本分人家的姑娘……”

　　張雲傑連連擺手，煩惱地說：“什麼人家的姑娘也別提！三十歲之內我絕不娶親。若不娶親我還能在家中住些日，假若爹娘給我訂下了親事，我是即刻就走！”張三一聽兒子的這話，他不由呆呆地發怔。這時廚役已把菜飯和酒送到屋來。張雲傑悶悶地喝了酒吃了菜飯，便倒在床上歇息。張三陪着兒子也喝了一盅酒，因見兒子精神不大好，他也不敢多說話，就出了屋。

　　少時他就把那口“蒼龍騰雨劍”捧進來，拿到他兒子的面前，拱着大鬍子笑着說：“這口劍名叫蒼龍騰雨劍，能斬釘削鐵，無論什麼兵刃碰見了它，便必成兩截。當年陳伯煜親口對我說，這寶劍天下只有二口，都在他的手中；那另一口是名叫白龍吟風，他因喜愛他的女兒，就給他的女兒佩帶了，現在多半陳仲炎就是拿着那口劍要找我給他哥哥報仇。現在我對你說實話，要沒有這口劍，自然我與陳家結不了仇，可我也發不了大財。現在我給了你，你千萬要好好地收着，將來遇見仇人時，你好用。”

張三這樣說着，他的兒子張雲傑卻躺在那裏，閉着眼，對這樣稀世的寶劍連看也不看。張三以為兒子是太疲乏了，遂就將蒼龍騰雨劍掛在牆上，然後輕輕地說一聲：“你好好地歇着吧！”就又叫來僕人把杯碗搬出去，他也隨之出屋，並把屋門輕輕帶上。

這裏張雲傑其實並未睡去，心中說不出是怎樣地煩惱，腦裏總有兩個少女的影子在飄來飄去。想到那馬上嬌姿的陳秀俠，張雲傑的心裏就恨恨的：怎麼那麼巧呢？偏偏她就是我們的仇家之女呢？想到那水中浮沉的女屍翠環，心裏又懺悔着：那女子，我待她的手段未免太毒狠了些！

他這間書房很為安適，而且有兩個僕人常進屋來伺候他，但他的心緒卻十分不寧，不但夜裏作了許多惡夢，兩肩的傷處也很疼痛；他這傷被衣服遮掩着，他又不願對他的父親和別人去說。到了次日，他就想進城去找個大夫看看。於是，他盥洗畢，就換上一身闊綽的衣服，命僕人備了馬，他便走出門去。有個名叫來升的僕人笑着說：“少爺，你是要進城嗎？老爺叫我跟了你去呢！”張雲傑卻搖頭說：“我不叫人跟隨我！”說着，他就接過馬鞭，上了馬。出了莊門，眼前就展開一片仲春的美景，張雲傑卻因兩肩有傷，馬不能走得太快，可是六里屯離着京城不遠，不多時他就走進了齊化門關廂。

齊化門是由京城往京東各縣、通州、東壞鎮幾個富庶地方的必經之路，所以這關廂長約四里，兩旁全是繁華的商號，充實的貨棧；街上人煙稠密，車馬紛紜，簡直比城內最繁盛的大街不在以下。張雲傑走到街中心，前面兩輛載重的騾車就又在一處，把路塞住了，誰也不肯往後去退，兩個趕車的人爭吵着，互相罵着。張雲傑就笑了笑，只好下了馬。

他看旁邊高台上有一家茶館，他便牽馬上了高台，將馬繫在一根石椿子上，遂到茶館裏找條板凳落座，向堂倌叫着說：“沖一壺香片來！”堂倌高聲答應着。張雲傑就看這旁邊的坐客，見都是些鄉下人，有的像是趕驢的，只有自己是穿着一件雲緞夾袍，夾在這些人裏，特別的引人注目。這時堂倌一隻手拿着綠豆色的粗茶壺、茶碗，另一隻手提着開水壺，走過來，臉上帶着一種很廝熟的笑，說：“大爺，您可真有些日子沒來了？”張雲傑不由很是詫異，因為他沒在京城住過多久，不知道這些茶館的堂倌向來是無論見着什麼人也是很熟，所以他以為堂倌是認錯了人，便說：“昨日我才到北京來，怎麼你就認識我呢？”堂倌卻笑着說：“大爺在京城是常來常往，誰不久仰大爺！”張雲傑又不禁一怔，笑了笑。

堂倌給沖上了茶走去，他就心說：如果要是誰都認識了我，那可真糟！將來紅蠍子就許來此尋我。我家中有個不能見人的父親，外邊又有個向我纏擾的盜婦，我就是有天大的本領也此生此世永不能翻身了。他暗中歎息着，自己斟了一碗茶；就見那深綠色的水在碗裏蕩漾着，中間飄着一朵茉莉花，仿佛是個女子的屍體似的。他又往街上去看，見往來有騎驢的村婦；雖然是毛驢，驢上雖是醜陋的婦人，可是不禁又想起了秀俠，他便一摔茶碗，心說：“我張雲傑真是生來不幸……”

他才要叫過堂倌來，打聽城內有什麼專治刀創的名醫，忽見道上由東邊跑來一匹黑馬，馬上是個十八九歲的小廝模樣的人，正是他家用的來升。來升兩眼東瞧西望，仿佛是尋找什麼，街上有不少人都向他招呼，他的眼還發直。張雲傑心說：這小廝在街上倒是很熟；遂就離座，招招手，高聲叫着：“來升！來升！”那來升一眼往高台上瞧見了張雲傑，就笑着說：“少爺，我正在找你呢！”他遂也下了馬，將馬繫在椿上，跑過來笑着說：“少爺，你走後老爺就不放心，知道你在城裏不熟，罵了我一頓。問我為什麼不跟着你來，我這才趕緊跑來找你。少爺，你怎麼在這兒喝茶？進城到咱們櫃上喝去好不好？在那兒有多麼舒服？這是野茶館，背煤的、趕腳的才在這裏喝茶，你是少爺！”

張雲傑就瞪眼說：“別說廢話！你現在既隨我出來，你可就得時時聽我的話，我同不得老爺那樣由着你們矇騙，跟我出來，不許多說一聲話！”來升答應：“是！”張雲傑又說：“白天咱們進城到什麼地方玩了，回去不許對別人實說！”來升以為他的少爺是想要到花街柳巷去走一走，便又忍笑說：“那是一定！”張雲傑就說：“好了！只要你肯聽話就行，先去把馬解下，你先帶我找一個專治刀傷的大夫。”來升不由發了怔，直着眼睛瞧着他們這位少爺，只好過去解馬。

張雲傑在這裏付了茶資，一同下了高台，來升就牽着兩匹馬發呆，問說：“少爺！你找治刀傷的大夫可幹嘛呀？”張雲傑說：“你不用打聽！你就告訴我，北京城內有哪個治刀傷的大夫最為出名？”來升說：“要說治刀傷的大夫，只有前門裏兵部窪的‘李一貼’，他不但能治刀傷棍打、跌打損傷、疔毒惡瘡，還管治婦女月經不調。”張雲傑說：“他准靠得住？”來升點頭說：“一定靠得住！九城出名的，還能治病沒把握嗎？”於是張雲傑便上了馬，來升跟隨着，就進了城。

二人騎馬進了齊化門，張雲傑對於街道是十分生疏，只由來升帶着他走。只見往來的車馬很多，男女老幼，買東西的，在街上閒逛的，簡直使他的兩眼顧不過來，他又想：在河南時，陳秀俠她是赴京去找她的叔父，現在大概已然來到了京門，假使我們遇在一起，那是多難為情呀！她若跟隨我的行蹤去走，到六里屯找到我的家，那時她一定不肯寬恕我的父親，我也必不肯眼見我父親身遭慘死；我們必然要有一場惡戰，那時還不定我們誰殺死誰呢？一邊走，一邊暗自歎息，生恐遇見秀俠，可是來升帶着他迤邐地走到了前門內兵部窪，他也沒遇見一個騎着馬的女子。

少時到了“李一貼”的門首。李一貼的粉牆上都畫着許多膏藥，門前停放着兩輛騾車，可見是生意不錯的樣子。一進門是門房，張雲傑下了馬，就向來升說：“你把馬拴上，你就在門房等着我好了。”來升又答應一聲：“是！”張雲傑就到那北屋裏找大夫去治傷。一進屋，見有許多人在那裏等着。李一貼是個四十來歲的人，他很忙，有一個徒弟幫助他，他治完了一個又治一個。可是來這裏治病的人，多半是些街頭上的窮光棍，大半在賭局裏打了架，負了傷，才來這裏求醫；再不然就是嫖土娼得了花柳病的，沒有什麼像樣兒的人。所以張雲傑一進屋，李一貼就非常注意，連忙說：“是買膏藥還是要看病？”張雲傑說：“我的身上有點兒傷，要請你給看看。”李一貼就說：“好好，稍微等一等。”那個徒弟就請張雲傑在旁落座，並給倒過來一碗茶。

李一貼又忙了一陣就過來，解開張雲傑的衣裳，露出兩肩的傷，旁邊有看病的人也伸着脖子來看這位大爺的傷勢。李一貼果然不愧是療傷的老手，他一見張雲傑兩肩的傷勢，就看出來一處是刀傷，一處是中了袖箭，當下他就說：“不要緊，傷口不大，只要天天來，半個月之內我包管你好。”當日，張雲傑的兩肩上敷了些面子藥，並貼上兩塊膏藥，就給了診費，同來升一起騎着馬在街上逛了逛，就出城回六里屯。從此每天必進城來看病，有時騎馬來，有時坐車來，有時就步行着。那個來升本是個很精明的小廝，可是他隨他少爺進城五六次，到底也不知少爺治的是什麽病，病是怎麽得來的。

這時張雲傑肩上的袖箭傷已經完全好了，就是那處刀傷須再治幾天方能痊癒。北京城內的街道他已漸漸走熟，他父親在東城開設的那家“富盛首飾樓”，在前門外蠍子廟開的那家“得寶玉器局”，他也都常去閑坐；當然，他是少東家了，他只要一去，那兩處買賣的掌櫃夥計們就無不恭謹地接待。

這天因為天暖，張雲傑已換上了一件藍綢長衫，辮子梳得得很光亮；兩肩傷勢漸愈，雙肩已能動轉自如，更覺得身體清爽多了。今天他是坐着騾車進城來的，看完了病，才不過上午十點多鐘，來升跨着車轅就說：“少爺！咱們這就出城嗎？回到莊子裏一待，那多麽沒意思呀！今天‘三慶’家的戲是全本《鐵冠圖》，一定得加凳子；咱們先到蠍子廟，跟徐掌櫃談談天，然後去訂個座兒，樂上一天，你說好不好？家裏又沒有少奶奶，你幹麽忙着回家呀？”張雲傑在車裏笑了笑，就想：其實玉器局那位徐掌櫃是很能說的一個人，他知道的北京典故很多，不用去聽戲，只要聽他說一陣，也就夠開心的了；不過就是那胡同的名稱太不好，偏偏叫作“蠍子廟”。張雲傑在車上猶豫了半天，才說：“去就去吧！到那兒歇會倒可以，戲我可不耐煩去聽！”車走着，就走出了前門。

這前門外是北京最熱鬧的地方，所以人往人來，簡直跟螞蟻似的那麽多。他這輛車還沒走過正陽橋，卻見外面人聲嘈雜，仿佛有什麽事情似的。張雲傑從車中探出頭來去看，就見有許多人都往東邊跑，並且人群之中有閃閃耀眼的刀劍光芒。他很為詫異，就推了來升一把，說：“你下去，打聽打聽這是什麽事？”來升說：“管他們呢？這一定是什麽地方有人比武，所以這些人才追了去看熱鬧！”張雲傑一聽，就更是驚訝，叫車停住，推來升下了車，命他去打聽。來升卻笑着說：“這位少爺！咱們不去吃飯聽戲，可打聽這些閒事做什麽？這些事天天都有，都是一些鏢頭們混鬧，時常出人命！”

來升下車抓住一個人，打聽了一番，便回來跨上車轅，笑着說：“這齣戲比《鐵冠圖》還熱鬧！是河南新蔡縣的鐵面靈官陳仲炎。”張雲傑聽了立時神色改變。來升接着說：“這位陳爺來到北京有三四個月了，使着一根鋼鞭，簡直把北京城會武藝的人全給打服了，沒有一個不甘拜下風。今天聽說是打正定府出名的耿家三豹，頭一隻豹子耿大哥是被陳仲炎打敗了，今天第二隻豹子又來了，在打磨廠安家鏢店一較雌雄。少爺你剛才沒看見嗎？捧刀的那個人就是耿老二，那身材多麽雄壯！胳臂頭子多麽結實！真要把那麽大的漢子打趴下，可實在不容易，就看陳仲炎的功夫啦！今天是棋逢對手，將遇良才，要不然能夠有這些人趕着去看熱鬧？”

　　張雲傑也要下車，說：“我們也去看看熱鬧好不好？”來升卻把他攔住，說：“少爺，您可去不得！看比武可同不得看旁的熱鬧，刀槍沒眼，說不定時運背點就許受誤傷！”張雲傑說：“這麼些人都去看熱鬧，哪能就單單誤傷了我們？”來升說：“再說也擁擠不上呀！安家鏢店院子雖大，可也容不下這些人。我們去擠了一身汗，結果連個刀槍影兒都看不見，那有多麼冤！”趕車的也說：“少爺不必去瞎擠，一定也擠不進去，這比舍錢還得人多。”張雲傑只好作罷了，仍舊由着車走去，心裏卻馳想着：那陳仲炎一定是武藝高強，鋼鞭又沉又重，耍得神出鬼沒；而在他的身旁必有一位手持白龍吟風劍的美貌俠女，那就是……想到這裏，張雲傑不禁又歎了一口氣。

　　到了蠍子廟得寶玉器局，這裏的夥計又對少東家竭誠地招待，掌櫃徐大又跟張雲傑談天，說：“少東家，《鐵冠圖》倒是得聽一聽。李自成大戰棋盤街，棋盤街就在前門裏頭。崇禎爺是吊死在煤山，煤山就是景山，現在那棵樹上還掛着鎖鏈呢！”張雲傑也無心聽他肚子裏的這些典故，只發呆地想着那邊的陳仲炎與人比武之事。

　　他主僕就在這裏用過了午飯。來升時時惦記着叫他們少爺帶他去聽戲，可是張雲傑躺在櫃房的木炕上，一點也沒有走的意思。過了些時，忽聽院中有兩個人嚷嚷，一個說：“陳仲炎的武藝真是蓋世無雙，楚霸王、伍子胥再出世，也未必是他的對手！”張雲傑就把那兩人都叫進屋來。這兩人原都是本舖子磨玉器的工人，他們都是才從那裏看完了比武回來。進到屋中，經張雲傑一問，他們兩人就高興極了，手舞足蹈地說：“剛才耿二豹的大刀這樣一劈，陳仲炎的單鞭就那麼一迎；耿二豹的刀是鳳凰展翅，陳仲炎的鞭是虎尾抽人，嗆嗆嗆！哱哱哱！十來個回合，耿二豹偌大的漢子就趴在了地下！陳仲炎真高！”徐掌櫃抽着水煙袋說：“快鬧出事來了！陳仲炎來到北京，今天打張三，明天打李四，早晚他就是遇不見對手，也得叫衙門把他抓了去。”

　　張雲傑卻直着眼睛呆呆地問說：“陳仲炎今天與人比武，他只是一個人嗎？”那個人說：“向來他與人比武是單人匹馬，他有個師侄徐飛，不大管事兒，只是在旁邊看着。”張雲傑搖頭說：“不是，我問你們那跟隨陳仲炎的是否有一女子，此女也就十七八歲，貌美絕倫，手持寶劍。”那兩人發着怔，都搖頭說：“沒看見過！大概陳仲炎在這兒沒有家眷吧？”

　　掌櫃徐大卻在旁連連擺手，說：“算了！算了！你們都越說越入迷啦！你們才說陳仲炎是楚霸王，少東家就又想起虞姬來了，你們快出去吧！”又拉了張雲傑一把，說：“咱們還是說旁的話吧！管他什麼陳仲炎？”

第十三回　賺豪雄假妝投旅店　尋仇恨誠意結新交

　　當日，張雲傑也沒有去看戲，回到家中只管發呆，精神卻十分緊張。他將蒼龍騰雨劍拿到手中，在院中鷺伏鶴行，腳飛劍起，才舞了一會，便覺右肩仍有些微疼痛。他的父親張三卻站在堂屋的門口大笑，連說：「好劍法！我走了半輩子江湖，也沒瞧見過你這樣的好本事，不愧是諸葛龍的徒弟！」

　　張雲傑看了他父親一眼，見他父親雖是笑着，可是那臉色就仿佛帶着一層晦氣似的，心說：你還笑呢？你的仇人已然來到了！他比靈官還兇，比霸王還猛，只要他把你抓住，你還想活？又看了看手中的蒼龍騰雨劍，便不由一陣憤恨，心中說：殺了人搶來的東西，我絕不用它！便提着寶劍進書房去了。張三進屋來跟他的兒子帶笑說了幾句話，他的兒子全不搭理，他又帶着笑走出屋去了。由當晚起，張雲傑就加了些防備，到深夜躥上房去巡查一次。他父親寶刀張三把自己鎖在大鐵門裏熟睡，倒也不曉得他兒子的事情。

　　次日，張雲傑依然帶着來升去進城，到了李一貼之處，就見看傷看病的人仍然不少。張雲傑一進屋中，李一貼就指着杌凳笑着說：「請坐！請坐！一會兒就看完。」張雲傑搖頭說：「不忙。」便在旁邊坐下。就見此時李一貼正在給一個大漢子治傷，這大漢赤着背，背上腫得跟駱駝似的，並且又青又紫，似是被鐵器所打傷。旁邊有個人扶着這大漢，這個人年有四十多歲，微微有些黑鬚，身體很高人很瘦；神態卻極為軒昂，兩眼炯炯的，猶如明燈一般；身穿的是一件灰布大褂，青皂鞋。兩旁等着看病的人，全都仰着臉，驚奇仰慕地看他，並有的彼此私下悄聲談着，張雲傑就覺着這人一定有些來歷。

　　李一貼給那大漢的傷處也不知上了些什麼藥，就痛得那大漢不住氣喘，黃豆般的汗珠在背上亂滾。旁邊那個人便說：「二弟，忍耐着點！你傷處痛，我的心裏更不好受；我真後悔，昨日那一鞭我把你打得太重了！」張雲傑一聽這穿灰布衣服的人說了這話，他不禁吃了一驚，便也仰着臉用眼直直地去看這人。這人的態度頗為誠懇，那漢子身上有傷，仿佛他的身上也感到疼痛，他也不住地皺眉歎氣。李一貼給那大漢的背上敷完了藥，就說：「先坐一會兒，把藥晾一晾，再貼膏藥。」那大漢微微把腰直起來，他們還跟着有幾個人，都像鏢店夥計的樣子，就過來把大漢扶着。大漢咬着牙，喘着氣，有人替他擦頭上的汗。那個穿灰布衣服的人卻在屋中來回走着，顯出來他的心情是十分不安。

　　這時李一貼到了張雲傑的身旁，張雲傑就將自己的衣服解開，露出來兩肩。那李一貼就揭開膏藥，詳細地查看，他連連說：「不要緊了，那袖箭打的傷就算全都好了，就是這右肩的刀傷才新長出肉來，還有點嫩；可是再貼幾回膏藥，也就好啦！」此時那個身穿灰布衣服的人正走在張雲傑的近前，他低着頭看張雲傑的兩肩，張雲傑也微仰起臉來看他，此人就向張雲傑說：「朋友，這傷是怎樣落的？袖箭的傷在肩上，想必是從高處射下來的吧？」張雲傑笑了笑說：「老兄有眼力！因為袖箭是從高處來的，我才沒防備；若是從平地上，別說袖箭，就是再輕巧再厲害一點的東西，我也叫它近不得身。」那人又問：「這右肩上的刀傷呢？」

　　張雲傑說：「這是因走在河南路上，遇着了一群賊人。賊人二十多名，我只是一個，又在黑夜間，我砍死了他們五六個，自己的肩上只受了小小的刀傷，這不能算是給江湖人洩氣吧？」那人的臉色露出些驚異之狀，就又問：「你在河南遇見的強盜，莫不是著名的女盜紅蠍子嗎？」張雲傑搖頭說：「我倒不知他們是誰，其中倒是有三名女盜，但都已被我砍傷。」那人的臉色更顯出驚訝，就問說：「朋友貴姓大名？」張雲傑說：「草字雲飛，姓華。」那人一怔。張雲傑又問：「老兄怎麼領教？」那人說：「我叫陳仲炎。」張雲傑就淡淡地說了聲：「久仰。」

　　張雲傑的肩上貼好了膏藥，轉身向外就走，陳仲炎卻隨出來，說：「華兄留步。」張雲傑站住，故意發怔地問說：「什麼事？」陳仲炎上前兩步說：「兄弟陳仲炎，新蔡縣人，為尋殺害胞兄的仇人惡賊寶刀張三，才來到北京，現欲結交天下的英雄豪傑。華兄與我雖初次會面，但我就知華兄必是久走江湖，武藝出眾；敢請華兄留個地點，暇時兄弟好去拜訪領教！」張雲傑抱拳說：「不敢當，兄弟我住在西河沿悅來店，我來此還不到一個月，陳兄現在下榻何處？」陳仲炎說：「我那地方不很方便，今天下午四點鐘我准去拜訪華兄。」張雲傑連連點頭，說：「好，我在客房中恭候！」說着二人互相抱拳，張雲傑就忙忙向外走去。

　　這時來升跟隨出來，他的臉發白，眼發直，說：「少爺……」張雲傑就上了車，囑咐來升：「少說話！」驟車向東走着，張雲傑就說：「出前門！」趕車的人答應了一聲。來升就扭頭向車裏問說：「少爺！剛才跟您說話的那人就是陳仲炎，他昨日把耿二豹打傷了，今天又帶着來治傷，您別瞧不起那瘦大個子，那是霸王！剛才他跟您說的話我都聽見了，可是您就該跟他說實話，頂多了借他一點盤纏用，剛才您怎麼說是姓華呀？說是住在悅來店呀？我的少爺！」張雲傑卻厲聲囑咐說：「少說話！」來升皺着眉，歎了口氣。

　　此時車已走出了前門，張雲傑先在大街上花了十五兩銀子，買了一口很鋒利的寶劍，便叫把車趕到西河沿悅來店門前停住。來升就悄聲說：「少爺！難道咱們真來到這兒住店房嗎？」張雲傑又說：「少說話！」他遂在前進門，叫店家給他找了個款式的屋子，命店家在水牌寫上「華雲飛」的名字。進屋來他就悄聲向來升吩咐，說：「你趕緊到玉器局取銀一百兩來備用，囑咐他們，無論是誰在街上遇見我，不許叫我為張少東家。今天咱們就在這店裏住了，不出城了，若露出一點馬腳來，我就饒不了你的命！」來升咧着嘴說：「少爺！您這樣做，是圖什麼呀？」張雲傑不許來升細問，並催着來升快些走了。他一個人在屋中來回走着，又抽出寶劍來看了看，心說：陳仲炎，你找不着我的父親，但我要找找你；不但找你，我還要……他精神很興奮，來回走着，腦中安排着計畫，想要逐步去實行。

待了一會，來升就回來了，拿來了一百兩銀票，並說：“少爺，你打算怎麼辦我都不攔着，跟你吃一鋼鞭，我都沒有怨言。可是我是老爺派來跟着你的，咱們今天不出城，老爺一定疑惑我們是有了什麼差錯。剛才我跟徐掌櫃商量了半天，徐掌櫃也很着急，他已派了何夥計出城，把這件事情告訴老爺去了！”張雲傑吃了一驚，心說：這件事若叫自己的父親知道，他豈不要嚇死嗎？又細一想，覺得叫他知道了也好，他可以防備防備；不過若是有人嘴不嚴，或因玉器局的人常往六里屯去，被陳仲炎知道了底細，那自己反倒弄巧成拙，於是又切實向來升囑咐了一番。

他急盼着陳仲炎來，來升只要聽見窗外有人一說話，他就不禁驚慌失色。約莫有四點來鐘，果然陳仲炎前來拜訪。張雲傑仍然拿着一點架子，到屋中分賓主落座，來升的兩手發顫給獻上茶來。陳仲炎就詳細詢問張雲傑是哪裏的人，從哪位名師學的，是哪家哪派的武藝，現在來京是有什麼事。張雲傑卻隨口而說，他說：“兄弟是南陽府人，但多年行走兩湖；武藝是從巫山道士學來的，是內家武當派。此次北來無事，只是為遊覽京門的名勝。”陳仲炎表示敬佩，喝過一碗茶之後，陳仲炎就露出激昂憤慨的樣子，先說了他胞兄陳伯煜于四年前被害之事，然後他就說：“四年以來，我到北京兩次，其餘的時間也盡在江湖流浪中度過，但仇人寶刀張三的行蹤仍未覓到。所以我見了人便要打聽，因為我的大仇一日不報，我就一日不能心安。華兄久走江南，可曾聽說過那惡賊張三的下落麼？”

張雲傑聽陳仲炎向他詢問寶刀張三的下落，他的臉上也不禁微微變色，心中所感覺的並非驚恐，卻是一種慚愧。他翻着眼睛想了一想，說：“姓張行三的人很多，但寶刀張三我卻沒有聽說過。”陳仲炎就又說：“此人原名張雁峰，可是他久在江湖廝混，又不怎麼出名，所以人只曉得他的排行，卻不知道他的名號。”張雲傑點了點頭，就說：“以後我若遇見此人，我一定把他擒住，或是殺了。因為兄弟也專好打天下不平之事，見了這樣貪利忘義，行兇害人的人必不能容饒！”

當下陳仲炎又抱拳懇托了一番，便要告辭，張雲傑就說：“陳兄今日下訪小弟，實感榮幸，不知陳兄的寓所在哪裏？請告訴我，日內我好拜訪。”陳仲炎卻說：“我現住在東城堂子胡同敝友余岳峰之處，是在那裏寄寓，客人去了難免招待不周。華兄還是不要去，以後我一準常來拜訪。”張雲傑便把陳仲炎的住址牢牢記在心裏。

送陳仲炎走出之後，他回到屋中就向來升說：“你還害怕嗎？你看今天陳仲炎見了我，他是多麼謙恭！”來升仍然搖頭，說：“少爺！他現在求您給他打聽事，他還能夠不謙恭？可是，只要一個言語不合，他翻了臉，你就留神他那鋼鞭吧！”又說：“剛才徐掌櫃也叫我勸你別招惹陳仲炎，不但別惹他，也別跟他交朋友；因為陳仲炎得罪的人太多了，各路的鏢頭拳師沒有一個不恨他的。雖然別人的武藝全都不如他，見了他都恭恭敬敬，可是別人的心裏都不服氣，早晚他還是得在京城栽跟頭。”張雲傑微微地笑着，又說：“少說話！”他仍然在屋中來回地走着，漸漸又想好了一個主意，就向來升問了那堂子胡同所在的地點，隨後他就往屋外去走。來升追出來問說：“少爺！你上哪兒去呀？”張雲傑就說：“你不要管，你就在這店裏好好待着，不准滿處亂跑，少時我就回來。”說着，張雲傑走出悅來店，到前門雇了車就出去訪陳仲炎。

這時天色已然不早了，霞光如血，照着城樓，也照着宮城。這輛車走過了東單牌樓，張雲傑就讓車停住了。給了車錢；下車往北走了不遠，就見有一座高高的牌坊，木頭匾上寫着“東堂子胡同”，胡同很寬，他就走了進去。張雲傑的兩眼東瞧西望，就見兩旁都是大門戶，還多半關着門，他也猜不出哪個門裏才是陳仲炎所住的地方。他一直往東走，胡同漸漸窄了，小門也漸多，雜貨店、肉舖、酒店，也有不少住家。張雲傑就信步走進了一家酒店，一看屋子很窄，可是喝酒的足有一二十人，一個擠着一個，都在說笑談天。張雲傑就找了個板凳邊兒坐下，旁邊和對面都是些不相識的人。

酒店夥計過來，先在張雲傑的面前擺了四小盤酒菜，然後問說：“大爺！喝白乾還是喝紹興？”張雲傑說：“來壺白乾吧！夥計，我先跟你打聽一個人……”那夥計因為正忙着，一聽說要“白乾”，他就趕緊到櫃上去取，張雲傑後面說的話，他全沒有聽見，張雲傑就笑了一笑。待了一會兒，這個夥計把“白乾”取來了，張雲傑才拉住他，問說：“我打聽一個人，現在京城有名的鐵面靈官陳二爺陳仲炎，他是住在這條胡同哪個門裏？”

夥計用眼注意地看看他，就朝一邊努了努嘴，悄聲說：“那邊桌旁的兩位，就是陳家的人。”張雲傑順着夥計指的方向去看，果然見裏首有二位酒客，全都很年輕，一個是又黑又胖，穿着粗藍布的衣裳，像是個鄉下人；一個卻是身短精悍，氣度昂然，捏着鼻煙往臉上抹。張雲傑心說：這二人之中一定有一個是陳仲炎的師侄徐飛。因見他們那邊還有個空座位，隨就向夥計說：“你給我挪過去吧，我們是一塊兒的。”

當下夥計拿着他的那四盤菜一壺酒，挪到那桌上，那個短小的人正把一條腿蹬住板凳，張雲傑就把身子向那條腿上一頂，說聲：“借光！”那人的腿就被頂了下去了。那人瞪了他一眼，張雲傑卻像不大覺得，就坐下了。張雲傑把那四盤酒菜，一盤鹵煮麻雀，一盤蔥絲拌豆腐乾，一盤老醃鴨蛋，一盤小方塊兒的兔兒肉擺成一列，像供神似的，把別人的菜盤酒壺都怔給推到一邊。那個黑胖臉的鄉下人立時發怒，瞪眼掄拳；短小的人卻向他的朋友使眼色，攔住了，兩人全注意瞧着張雲傑。張雲傑卻一切不睬，只端端坐着，仿佛自己把自己給供上了；他用筷子夾菜，笑微微地自斟自飲。

那鄉下人忍耐不住了，把拳頭向桌上一擂，“咚”的一聲，震得杯盤皆動，酒壺都倒下了。他黑臉發紫，罵道：“什麼東西！成心來搗蛋！不認得俺楊大壯？”旁邊的座客全都吃驚扭頭。掌櫃的也過來，向張雲傑作揖，說：“大爺請那邊坐，那邊寬綽！”張雲傑卻聲色不動，說：“為什麼呢？這邊不是頂好嗎？奇怪，為什麼叫我挪？坐這張桌子不是也一樣的花錢？”楊大壯此時已站起身，舉臂握着拳頭向張雲傑就打，罵道：“什麼東西？”拳頭卻被張雲傑托住了。楊大壯用另一隻手抄起了酒壺向張雲傑的頭上就砸，張雲傑急忙將頭一閃，酒壺就飛到了鄰座；同時他托住楊大壯拳頭的那只手又一反扣，向懷中一帶，身子站起來又向旁一閃，楊大壯就連人帶板凳全都躺下了，桌子也幾乎翻了，酒壺盤子紛紛滾在地下。

掌櫃和夥計全都趕過來勸架，旁邊的酒客都驚慌着往外去走，那個短小精悍的人卻站在板凳上喊道：“哪兒來的小子？”一下就撲過張雲傑來，掄拳就打。張雲傑右手推開了他的右手，自己的左手頂去，“呼”的一聲，就打了這人的胸上一拳，這人痛得一彎身。那邊楊大壯由桌下爬起來，抄起板凳向張雲傑就砸。張雲傑一下就抓住了板凳腿，再一下就奪了過來，他就用板凳護身向外去退走，退出了酒店。門外已擁擠了不少人，就聽有人說：“了不得！那人是鐵面靈官的兒子！”張雲傑卻冷笑，高聲說：“諸位閃開！給我們讓出個寬敞地方，我要請諸位看看！叫鐵面靈官的兒子趴在地下吃屎！”

　　酒店中的二人已然奔出，楊大壯瘸着腿暴跳如獅子一般，手中拿着切肉的一把短刀；陳仲炎之子陳正仁卻從腰間亮出匕首來，雙方齊上。張雲傑只用一條板凳迎敵，“唪嚓唪嚓”亂打了一陣，楊大壯的頭就破了，陳正仁卻轉身跑了。楊大壯扔了刀，過來奪張雲傑手中的板凳；張雲傑卻把板凳一扔，撲過去，使了個掃蕩腿，楊大壯“咕咚”一聲就摔倒在地。他氣喘喘的才要往起爬，張雲傑又向他胸上踹下一腳，楊大壯就又仰倒在地。旁邊就有人哈哈大笑，忽然又有人警告着說：“別笑了！”並有些人急忙忙地散去。楊大壯坐在地下，腦門子滿是血，哼哼地罵說：“好小子！留下姓名！”

　　這時忽見由西邊來了兩個人，正是剛才跑走了的陳正仁，把他的父親找來了。那鐵面靈官陳仲炎手提着一隻三尺長核桃粗的鋼鞭，掖襟挽袖大踏步走來；陳正仁提着口刀在前邊跑着。憤怒的指着說：“就是這個人！”陳仲炎一看是張雲傑，就站住了身一怔。張雲傑卻含笑抱拳說：“陳兄！你是要來給我們勸架嗎？”地下坐着的楊大壯卻怒叫着說：“二叔！打他！這小子成心來找咱打架，看不起咱們！二叔，劈死他！”

　　陳仲炎繃着臉，上前問說：“華兄，為什麼事，你打了我的兒子和師侄？”張雲傑驚訝着說：“啊呀！原來這是令郎和令侄呀？對不起！對不起！我們都是喝了點酒，吵起來了，小事小事，我給二位賠罪！”他隨就向楊大壯和陳正仁拱手賠罪。楊大壯也發怔了，擦擦血爬起來，陳正仁卻悄聲告訴他父親，說：“這人是故意來戲耍咱們！”陳仲炎把鋼鞭交給他的兒子，過來就一把手將張雲傑拉住。張雲傑神色不變，仍然笑着說：“陳兄，我給他們兩人賠了罪，還不行嗎？”陳仲炎卻揪揪張雲傑，說：“請華兄跟我到街上，我們找個地方談談！”張雲傑點頭道：“好！”於是張雲傑就像被拖着似的，被陳仲炎帶走了，這裏看熱鬧的人就都說：“事情不妙，那小子一定是輕則傷，重則死！”

　　出了東堂子胡同的西口，來到了大街，張雲傑就將手一甩，說：“陳兄，這不像樣子，你說到哪裏去，我就同你去好了！”他這樣昂然的一說，陳仲炎反倒向後退了一步，他把張雲傑從上至下打量了一番，還問說：“華兄，你到底是什麼人？”張雲傑說：“我叫華雲……飛。”陳仲炎抱拳說：“華兄你說真話！”張雲傑說：“我說的全是真話。我由河南北來，一來是為療傷，二來實為會會你老兄，並要想見見你的令……郎！”陳仲炎說：“小兒正仁他是新近才來京的。還有那楊大壯，他是先兄的徒弟，他們二人來此幫助我，我頗不願意；因為他們的武藝都很平常，而且還年輕，愛惹事。”張雲傑冷笑說：“我想他們一定常常惹事，而且每次惹了事，打不過人家之時，你老兄必要提着鋼鞭出來幫助他們？”陳仲炎連連搖頭，說：“不是，不是，我陳仲炎來此是為報兄仇，並非為凌辱江湖朋友。這幾次我與人比武，全是我不得已才做的；也因為現在一般江湖人，你若不先把他打服，他就不能誠心與你結交！」

張雲傑搖了搖頭，冷笑說：「也不儘然，我也是江湖人，你若不打我，我還可以與你推心剖膽；你若是攜帶你的令郎、高徒要來欺我，那麼我就⋯⋯也要對不起了！」說畢冷笑着，轉身揚長而去。往南走了不遠，他就又雇了一輛騾車回南城，在車上他倒不禁笑了。車出前門，這時天色已然黑了，走過正陽橋時，就聽趕車的人跨着車轅，自言自語地說：「這些無賴，不定又要等着誰打架！」張雲傑扒着車窗向外一看，見是橋頭的西邊站着十幾個人，還有白光閃閃的，仿佛有人手中拿着刀，張雲傑就問：「這些人拿着刀等着人打架，不是跟強盜一樣了嗎？官人怎會不管他們呢？」

趕車的人說：「官人查街的時候前面必有燈籠開道，他們看見燈籠從遠處來了，就散開；等燈籠走過去了，他們又聚在一塊兒，您說官人可有什麼辦法？他們時常毆傷了人，就一哄而散。今天不定又是誰要遭殃！」張雲傑又在車上笑了笑，心說：也不怪陳仲炎拿他的鋼鞭打這些人，也真該打！

此時車已走進了西河沿，又半天才來到悅來店門前。下了車進店，要叫櫃上開發車錢，那櫃上的人卻說：「華爺回來啦？陳二爺剛才來，現在您屋裏等着您呢！」張雲傑不由一怔，趕緊問說：「哪個陳二爺？」掌櫃的人說：「有名的鐵面靈官陳二爺，剛才騎着馬來，現在您看，馬還在圈裏呢！」張雲傑心中一驚，暗道：剛才與陳仲炎分手，如今他又騎着馬趕上前來，找我是有什麼事呢？遂向櫃上的夥計說：「把外面的車錢給了吧！」

他心中納着悶，但態度故作從容，就走進裏院。只見自己那間屋子燈燭輝煌，來升卻站在屋門口；一見着他們少爺，他就趕緊迎過來，驚慌慌地悄聲說：「少爺！陳仲炎又找你來了！這可怎麼好？」張雲傑也悄聲問說：「他沒向你打聽什麼事嗎？」來升搖頭說：「沒有，他進門來就說：『你們少爺還沒回來不是？』我就說：『還沒回來。』他說：『那麼我在此等等。』就在椅子上坐下來了。我給他倒了一碗茶，他也不喝，他只是坐在那裏發怔，真叫人瞧着害怕！」

張雲傑笑了一笑，又擺手悄聲囑咐說：「千萬少說話！」他遂就笑吟吟地走進屋裏，只見陳仲炎穿着那件大棉襖正在屋中發愁坐着，張雲傑就說：「哈哈！陳兄！你的行蹤神出鬼沒。我們才在東城分手，你怎麼又先來到了這裏？」陳仲炎站起身來，態度非常誠懇，說：「我是騎着馬趕到，你大概是坐車，自然我要先到。華兄，剛才我聽了你的忠言，我十分後悔，我也自覺得，來到北京這些日，我是太露鋒芒了！現在不但舊仇人寶刀張三是毫無下落，我反倒在此結下了許多新仇，牽墜得我想離開此地也不行。所以我見華兄少年慷慨，是個江湖上難得的人物，所以我才願與華兄誠心結交，並向華兄請教；我怎樣才能脫去了這些江湖人的糾纏，而去辦自身的至急之事？」

張雲傑一面叫來升倒茶，一面勸陳仲炎說：「陳兄不要憂煩，我勸你趕快離開此地。你想，寶刀張三既是躲避了四年，不敢與你見面，可見他是自知武藝敵不過你。如今在北京你終日與人比武，弄得聲名大震，那張三還沒有耳朵？不用說他沒在京都，就是在此地，他也早已跑了，還能找上你的頭來送死？」陳仲炎歎了口氣，說：「我也是這麼想！我與人比武並非我情願，是我為尋找仇人下落，不得不與江湖人往還。但那些江湖人你是曉得的，他們知道我是鐵掌陳伯煜的兄弟，便想與我比武，除非我認輸才行，可是我陳仲炎向來又是強性，絕不低頭服人，所以才弄成這樣。兩三個月來我打服了直隸省數十名英雄，他們明着與我結交，其實心中怨恨；在北京他們還不敢怎樣，但我若一離開此地，他們一定要在途中設計陷害我！”

張雲傑聽了，不禁心中一動，又聽陳仲炎說：“因此我才想結識一位好友，助我以報兄仇。我見華兄慷慨磊落，不同那些人，而且來此遊覽……想必很是閒散。倘蒙不棄，我願與華兄結為八拜之交；尋着寶刀張三，報了我殺兄的大仇，我陳仲炎終身不忘！”張雲傑臉上微微變色，就擺手說：“拜盟兄弟我可不敢，因為我太年輕。至於助你報仇之事，那是朋友應當做的，只要我尋出寶刀張三的下落，查明他確是惡人，我必替陳兄下手；但是如果這人已經改過向善，隱遁山林，不再作惡，我也勸陳兄饒恕了他，因為冤家宜解不宜結！”

張雲傑的話說到了這裏，陳仲炎的臉上就帶出不悅之色，連連搖頭，說：“什麼仇家我全可解，惟有張三，我饒不了他！”張雲傑說：“既然如此，只要我尋着了張三的下落，我必設法告訴你，至於殺或饒，那全憑陳兄！”陳仲炎起身抱拳說：“拜託！拜託！明天我帶領小兒和師侄前來謝罪。過幾日我便要往旁處去，他們留在此地，請華兄隨時幫助，以免人欺。”說畢又拱手，便出屋回去。

陳仲炎走後，張雲傑憤怒地站立了半天，忽然他又想起一件事來，就抄起了寶劍往外就走，來升說：“少爺您還上哪兒去？”張雲傑說：“少說話！”他提劍出了店門，一直向東跑去，跑到了正陽橋，就見這裏人聲嘈雜，並有“乒乒乓乓”的一陣鐵器和木器相擊之聲。張雲傑趕緊抽出劍來，飛奔過去，只見這裏是三十多個人各持器械正圍住一個人毆打，被毆打的正是陳仲炎；只見他手中舞着一杆從別人手中奪來的木棍，上下翻飛，打得那些人此上彼僕，無法將他按倒。張雲傑便加入進去，一手晃動寶劍威嚇眾人，一手拿劍鞘向眾人的頭上亂抽，並大罵道：“你們是要造反嗎？”他從人叢中將陳仲炎救出，眾人復又圍上來，又被張雲傑打倒了幾個。

這時遠遠之處就來了兩盞燈籠，就有人說：“官人來啦！”遂就一哄而散。張雲傑也怕官人來到，要惹官司，他也顧不得再找陳仲炎的那匹馬，就趕緊叫來了一輛車，攙扶陳仲炎上車，囑咐趕車的人說：“趕到東堂子胡同！快些！快些！”趕車的揮動皮鞭，車輪在石頭道上“咕嚕咕嚕”地響，就趕進前門裏去了。這時城門已關了半扇，天黑如墨，銀星萬點，新月一鈎，吹着微寒的春風。陳仲炎在車裏坐着，呼呼地氣喘。張雲傑就問說：“陳兄受傷了沒有？”陳仲炎說：“不要緊！”騾車走得很快，逶迤地到了東堂子胡同，張雲傑就問說：“陳兄你住在哪個門戶裏？”陳仲炎喘着氣說：“攙我一把！我向外看看！”張雲傑攙住陳仲炎的胳臂，就覺得兩手發濕，知道他的身上已受傷流血。陳仲炎向外看了一看，便說：“車停住吧！就是路北這個門。”

當下車停住了，張雲傑先跳下車去敲門。門敲了幾下，裏面就有人出來，藉着車後掛着的那紙燈籠的燈光，可以看得清楚，出來的這人正是陳正仁，張雲傑就抱拳說：“陳兄弟，現在你令尊受了傷，在車上，你幫助我把他攙下來吧！”陳正仁一聽他的父親受了傷，他就立時大怒，問道：“我父親是被誰傷的，是你嗎？”車上的陳仲炎卻申斥說：“快來攙我！你華叔父幫助我打散了那夥土棍，你不知感謝，反倒向你的華叔父發橫！”陳正仁立時不敢言語了，趕緊到車旁來攙他的父親。此時由門裏又出來兩個人，一人手中提着一隻燈籠，正是黑胖瘸腿的楊大壯；另一人，張雲傑看見了，就不禁吃驚，原來正是身穿青衣，手提白龍吟風劍，俊眼圓睜的陳秀俠姑娘。

張雲傑、陳正仁將陳仲炎攙下車來，陳仲炎見侄女手提寶劍，怒視着張雲傑，他就說，“不可無禮，來見見！這是華雲飛叔父！”張雲傑心說：要糟！姑娘卻知道我叫黃一飛，又叫張雲傑。他生怕姑娘把他的假名姓說穿了，心裏咚咚亂跳，不料陳秀俠把眼睛又盯了張雲傑一下，點點首，輕輕叫了聲：“華叔父！”張雲傑不禁連脖子都發熱，幸仗燈光昏黯，才遮住了他的羞顏。

陳仲炎被攙扶到北房內，北房三間很是寬敞，燈也很明，室中的陳設也頗講究。陳仲炎坐在一張太師椅上，右臂、左脅全都往下流血，衣袖盡已染紅。秀俠趕緊去取了一包刀創藥，為她叔父解開衣懷，敷上藥，她低着眼皮，對張雲傑連看也不看。幾上的銀燈正照着秀俠的粉面，張雲傑就見她比以前更為嬌豔，而且有一種嫵媚的閨閣氣派，比在江湖間相遇之時更是動人。張雲傑臉仍紅着，心中非常地難受，陳仲炎向他看了一眼，就又向楊大壯說：“給華叔父搬椅子！”張雲傑說：“不客氣！”楊大壯瞪眼發呆地看了張雲傑一下，就搬了一把椅子，請他落座。

張雲傑此時卻覺得十分拘窘不安，偷眼看了秀俠一下，見秀俠那柔潤的黑髮，纖細的手指，緊瘦的衣裳包着窈窕的身段，真令人銷魂。同時他猜想着，姑娘一定心裏冷笑呢，大約是說：哼！此時你又姓華哩？別以為我不認識你，不害羞！張雲傑一向是能說，此時他卻說不出一句話來，半天才說道：“陳兄，現在覺得傷勢怎樣？”

陳仲炎卻笑着搖了搖頭，說：“不算什麼！一點點輕傷，到你我的身上還算事嗎？”又望了兒子和侄女一眼，說：“我早料到何永龍、高文起、耿大豹、耿二豹那些人，雖然敗在我的手中，我待他們也很好，但他們必都在心中恨我，早晚必定尋仇；可是我還沒料到，他們曉得我今天單身出城，竟在正陽橋頭暗算我。他們一共有三十多個人，我卻孤身徒手，所以若不虧你們華叔父趕來相助，我一定受傷更重！”

陳正仁跟楊大壯齊都扭頭瞧着張雲傑，秀俠卻仍然不抬眼皮，陳仲炎就又說：“你們華叔父的武藝超群，人品也不同那些江湖人，你們以後對華叔父都要尊敬！剛才我已然向他拜託，將來我走後，就叫他留在北京，幫助你們尋找惡賊寶刀張三的下落，以報大仇，以後你們都要聽華叔父的話！”陳正仁、楊大壯齊都恭敬地向張雲傑拱手，秀俠姑娘卻背着燈彈了幾點眼淚，掏出一塊手帕來擦拭着眼睛。

張雲傑在這裏坐着，覺得心中很不是滋味，就站起身來說：“天不早了，我要回去了。”陳仲炎卻說：“前門城門已關，你還怎能出城？我這是借的房子，頗有富餘，叫人打掃出一間來，今夜你就在這裏宿下吧！明天我還要跟你商量商量，如何才能出今天這口氣！”張雲傑歎氣說：“我勸陳兄算了吧！俗語雲：‘冤家宜解不宜結’，無論大仇小仇，總是解開才好，否則冤冤相報，哪有個完？”

　　話才說到這裏，陳正仁、楊大壯齊都面現怒色，秀俠也瞪了他一眼，仿佛都忍不住要用話反駁他。陳仲炎卻微微冷笑，說：“華兄！你閱世太淺，沒怎麼與人爭鬥過，所以你不知冤仇積在人心中的難受情形。如今的小仇不談，只談先兄被害之事。我為尋寶刀張三，四年以來，食不飽、睡不安，到如今這麼暖的天氣我還穿着大棉襖；實在是我懷念兄仇，已忘了寒暑！”

　　陳仲炎說出了這話，秀俠在旁越發傷心，以她的手帕捂着臉，不住抽搐着哭泣。陳仲炎就長歎了一聲，說：“我這侄女真是可憐！她父親生前，與她相依為命，自她父親死後，她為報父仇，在外受盡了顛沛困苦；如今來到北京找我，我就不令她再出門了，因為倘若她再有些舛錯，我更難以對先兄。我的仇人太多，今天受了些小傷，還算是幸事；萬一將來我兄仇未報，就有了意外，望華兄對他們加以善視。我陳家缺少近親好友，全賴江湖知己，道義相重，將來倘能助我家殺死惡賊張三，我們無法報恩，只想……”他看了侄女一眼，卻不再說話了，秀俠也掩面出了屋。陳仲炎這才說：“只要有人將先兄大仇報了，將蒼龍騰雨劍奪回，將惡賊寶刀張三殺死，那人若還是年輕未娶妻，我便將我的侄女兒許配于他。”張雲傑聽了這話，才明白陳仲炎與自己相交之意，當下怔怔地沒有言語，心中卻慚愧與憤恨並集，也不禁暗暗地歎息。

　　待了一會兒，陳正仁叫進一個僕人來，命給張雲傑收拾個宿室。張雲傑這時也恨不得找個地方就一頭躺下。陳仲炎又說：“我們為什麼要來到北京呢？就是因聽人說惡賊張三現在匿藏於此，那惡賊不知怎樣偷盜，發了一筆大財，大概已改了名姓。他有個兒子，不知叫什麼名字，聽說從信陽州大刀劉成學過武藝，這時也一定住在北京。我要是尋着了他，我一定將他父子全都殺盡！”末了這句話陳仲炎是忿忿地喊出，張雲傑心中又驚又憤，便隱忍着不言語，臉上也不露出神色。

　　此時僕人進來，說：“床已然舖好了！”陳仲炎點點頭，帶笑向張雲傑說：“天不早了！請華兄休息吧！明天再談。”張雲傑慢慢站起身來，陳正仁在後隨着他。一出屋門，迎面正遇見秀俠，兩人的眼睛不防就對在一處，張雲傑的臉上就又一陣通紅，心中又一陣難受；沒同秀俠交談，他就隨着陳正仁進到那已收拾好了床榻的西屋。

　　這西屋裏佈置得也十分古雅，書架上琳琅滿目，幾上擺着銅鼎瓷瓶，壁間也懸着名人字畫，由此可知這裏必是個讀書之家，不明白一個江湖聞名的鐵面靈官為什麼能在此寄寓。陳正仁白天跟張雲傑打了個架，這時卻對張雲傑甚好，他笑着說：“華叔父，你喜歡賭錢嗎？我們這兒有幾個人，咱們可以推牌九！”張雲傑卻搖搖頭，說：“吃喝嫖賭裏邊都沒有我！”陳正仁哈哈一笑，說：“那麼我們可到別的屋裏玩去了！華叔父你要須人伺候時，你就喊‘得旺’，就有人來了。”張雲傑點頭說：“好，兄弟你請便吧！”陳正仁就走出去了。

　　張雲傑在屋中對着一盞青燈悶悶不樂，想起剛才見了秀俠時那種情景，不禁銷魂；想起陳仲炎的話卻又感歎，心中煩惱至極，一抱頭向木榻上躺去，覺得發昏。也不知過了多少時間，遠處更鼓遲遲已交了三下，張雲傑就“咳”地長歎了一聲，坐起身來，想解衣熄燈去睡。這時忽聽窗外有人輕聲叫道：“華叔父！”張雲傑不由打了個冷戰，趕緊向外問道：“是誰？”

　　窗外卻是很溫柔的聲音，答道：“我是秀俠！”張雲傑心裏一動，臉上立時發熱。窗外卻是一陣低微的笑聲，說：“華叔父，在河南時你騙我，說你叫黃一飛，又叫張雲傑，原來你姓華！”張雲傑的臉上像火烤着似的，同時心中十分緊張而且難受，就也笑了笑，說：“那時你也沒用真名姓，我要知道你是陳仲炎的侄女，我絕不敢向你那樣無禮！”

　　窗外也默然了半天，似乎秀俠聽說起在河南相遇之事，她很是羞澀。忸怩了半天，就微歎了歎說：“那些事就別再提了！我也不敢跟我叔父去說，我叔父的脾氣不太好。現在我來見華叔父，求你跟我叔父說一說，放我去出門找寶刀張三，為我父親報仇。我三四年來刻苦學習武藝，為的是什麼？但是我到北京來，一見了我的叔父，他就不准我再出門了！他辦事又太慢，我天天着急，像這樣，幾時才能尋着那惡賊寶刀張三呢？”秀俠姑娘在窗外說話的聲音是越來越淒慘，後來竟轉為嗚咽的哭泣。

　　張雲傑心中也像刀割似的，咬着牙，聽了半天，才說：“好吧！一半日我跟你叔父提一提，勸他放你出門。但是……姑娘你可別惱，你也應當時常勸勸你的叔父，冤家宜解不宜結！寶刀張三，人固可殺，但四年以來他未必不後悔；他消聲匿跡，時時擔心他的性命，也夠可憐的了。我雖與他素不相識，但我生平最喜為人排難解紛。姑娘，只要你能勸得你叔父不傷張三的性命，天涯海角我也把張三尋來，叫他叩頭謝罪，聽憑懲罰，只要留他一條性命就是，不然我可不能幫你們的忙；倘若遇見張三，知道他確已改過向善，我還許助他逃命。因為人人皆有好生惡殺之心，你們報了仇，不能使你父親重生，徒然再死個別人。姑娘，你是個寬宏大量的人，請你仔細想一想！”

　　窗外的秀俠半晌也沒有言語，悲聲也止住了，似乎她的芳心正在細細地思忖。張雲傑希望她的答覆，待了良久，才聽秀俠說：“我倒沒什麼！仇我忘不了，可是殺死個活人我也不願下手。惡賊張三要是有兒有女有老娘，我更不忍殺他解仇，我也很願意……”張雲傑一聽，心中非常痛快，又聽秀俠說：“就是……勸我叔父絕勸不成，他現在恨極了仇人，不殺死張三絕不甘心。他還聽說張三有個兒子，也二十多歲了，他見了也一定要殺！”張雲傑一聽這話，眉頭又緊皺在一處，同時心中有些憤恨。

　　窗外的秀俠又說：“我就是想出去，找着寶刀張三，看他那個人到底是多麼兇惡？他若真是惡人，我就把他生擒了，交我叔父殺他；他若是不太壞，早先做的事不過是一時糊塗，那我就砍他一劍，叫他負傷可不至於死，然後我叫他父子趕緊去逃生！”

　　張雲傑咬着牙，悶悶了半天，就說：“好吧！明天我一定勸你叔父叫你出門。我還有幾句話要向你說，明天晚飯後，請你到西河沿悅來店去找我。”張雲傑說出了此話，心裏又盤算着新的主意。

　　窗外的秀俠卻又默然了一會，就帶着點笑聲兒說：“有什麼話你不會這就說嗎？別悶人！”張雲傑有些銷魂，也笑了笑，說：“偏要悶會兒你！誰叫你在河南削折了我的寶劍？”窗外又噗哧一笑，說：“將來我賠你。報了仇，我送給你那口蒼龍騰雨劍！”張雲傑的心中又一緊，卻仍然作出笑聲，說：“那我可不敢要，聽說你叔父要想將來取回那劍為你擇配。”窗外的秀俠卻又默然了。

　　張雲傑就扒着窗向外低聲說：“明天晚飯時你千萬到店房找我去，我請你吃飯。還跟咱們在河南時一樣。這件事就是叫你叔父知道了也不要緊，因為我今天救了他，他非常欽佩我，不能責罰你，也不能與我斷絕了交情。”窗外的秀俠一聲聲地輕輕答應。

　　張雲傑的心中又痛快極了，心突突地跳，剛要再說話，卻聽秀俠說：“我睡覺去了，明天見吧！華叔父！”說畢了這話，就聽輕輕的一陣腳步聲，秀俠就走了。張雲傑又呆怔了半天，聽遠處更聲已交了四下，他這才熄燈；掩被躺在榻上，心裏卻十分紊亂，又是喜悅又是愁，一番難過一番恨，直到天亮也沒闔眼。

　　次日，在這裏的僕人得旺伺候他盥洗完畢，他又到北屋中；見陳仲炎躺在床上，傷似乎很不輕。秀俠正在床旁伺候，與張雲傑見了面她並沒抬眼皮。張雲傑跟陳仲炎又談了幾句話，他便告辭走去。一出大門，正見有個人牽着一匹白馬，跟陳正仁在門前說話。張雲傑站住聽了聽，才知道這人是前門外鏢店的，他把陳仲炎昨晚在正陽橋丟失的那匹馬找到，特地送來討好，並說：“何永龍、耿大豹、耿二豹那些人現在還不服氣，他們還要鬥鬥陳二爺，並正在打聽昨晚救走了陳二爺的那個人是誰呢？”陳正仁聽了，卻面現懼色，向張雲傑看了一眼，也沒搭理。張雲傑就逕自走去，到大街雇了車，回到前門外店房。

　　張雲傑一進悅來店，見自己的那間房子鎖着，來升不知跑到哪兒去啦。店夥趕來給他開門，說是：“您用的那個人今天一清早就出去了。”張雲傑很是生氣，到了屋內，店夥沏來茶；他喝了一碗，就倒在床上去睡。也不知睡了多少時候，睜眼一看，見屋中有三個人，一個是來升，一個是玉器局的徐掌櫃，一個卻是六里屯家中的僕人張福。張雲傑就翻身起來，發怒道：“你們都來到這裏幹什麼？”張福卻說：“奉太太命，請少爺回去，老爺現在得了暴病！”

　　張雲傑吃了一驚，站起身來，用極小的聲音說：“除了來升在這裏，你們都快走！我告訴你們實話，你們誰要說出去我就要誰的命。陳仲炎是老爺的大仇人，他來北京就是為尋老爺的下落，老爺一定是得了信，所以憂煩病了。我現在與陳仲炎結交，就為的是解開兩家的仇恨，一點破綻也不敢露，露出來必有一場惡鬥，老爺必死。你們快走！在街上見了我，也不許露出認識我的樣子，快走快走！”這三個人嚇得臉全白了，徐掌櫃與張福趕緊退出。來升在這裏呆呆地站立，嚇得跟個木頭人一般。張雲傑又囑咐道：“少說話！別露出破綻就行，陳仲炎雖然武藝高強，可是我不怕他！”來升點頭，一聲也不敢言語了。

　　開完了午飯，張雲傑就在屋中悶坐一會兒，閑走一會兒，時時發呆的翻着眼睛想。那來升就似個泥胎偶像，既無事可幹，又不能言語。日色在窗上漸漸轉移，時光是不早了，張雲傑就命來升到櫃房取來紙筆，開了一個菜單子，命來升出去到飯莊去叫，並叫店夥在屋中擺好了桌子，對面放了兩把椅子，說是自己今天要請客。來升很納悶，心說：難道少爺還是要請鐵面靈官喝酒嗎？那傢伙喝醉了可就許耍起鋼鞭！他翻眼瞧着少爺，見他們少爺倒是很高興的樣子，並吩咐他把屋子收拾乾淨了。

　　待了一會兒，飯莊的人送來了半桌席，都擺在桌上，張雲傑親自擺筷子，細細地擦那酒盅。酒席都預備了，日色已由窗上逝去。張雲傑心神不安，急盼着客人前來；來升卻不住地眨眼，因為他雖明知陳仲炎不會往他的頭上敲一鋼鞭，可是不知為什麼，他只要一看見陳仲炎就害怕。

　　張雲傑在屋中亂轉了半天，時時把懷中的一隻手錶掏出來看，後來他着實忍耐不住了，就到店門外歪着臉往東去看；看了半天，天色都發黑了，才見由東邊來了一匹白馬，馬到臨近，原來正是秀俠姑娘。張雲傑迎上幾步，笑着說：“說來，你就真來了！我還怕你爽約呢！”秀俠收住馬，瞪了他一眼，微笑着說：“憑什麼我爽約呢？”說着騙身下馬。

　　張雲傑趕緊叫店夥出來接馬，秀俠卻由馬旁摘下來兩口寶劍，把一口交給張雲傑，說：“這是你的，今天早晨你忘了帶走了，我叔父叫我給你帶來。”張雲傑笑着接到手裏，說：“帶來不帶來都不要緊，反正我這口劍碰到你那口劍，也得變成兩段！”秀俠又瞪了他一眼，說：“少說這話！”

　　張雲傑笑吟吟地把秀俠帶進院裏，一進屋，那來升先是嚇一跳，後來倒直着眼傻了。張雲傑笑着說：“請坐！請坐！”秀俠卻雙頰發紅，說：“這麼些菜是給誰預備的呀？”張雲傑笑着說：“就是為你預備的，這是一席賠罪酒，在河南的事，想起來我真羞慚！”秀俠微笑了笑，被讓在上首，斜着身坐下。此時桌旁點了兩枝很明亮的蠟燭，燭光灼灼地照着秀俠的青衣、黑髮，更照着秀俠的羞澀含情的芳顏。張雲傑就見她雖然是穿着孝，身上沒有一點豔麗的顏色，可是臉龐兒卻顯出嬌紅；這不僅是因為她忸怩，使她臉上發燒，還是由於女兒的愛美心，出門時必要擦點兒胭脂。張雲傑不禁心旌搖搖，笑着，嘴都閉不上。

　　他滿滿斟了一盅酒，雙手送到秀俠的眼前，說：“這盅酒，一定勝似咱們在河南野店裏飲的那盅酒，請喝！”秀俠卻擺一擺手兒，說：“我不喝！我要先喝茶！”張雲傑一聽秀俠說要喝茶，以為她是渴了，趕緊叫：“來升！倒茶！”來升正發着怔，聽了話嚇得一哆嗦，答應了一聲，趕緊去倒茶；不防“吧嚓”一聲，茶碗掉在地下摔了個粉碎。張雲傑回頭瞪了一眼，斥聲：“慌什麼？”秀俠卻低頭抿着嘴兒笑。來升趕忙又另拿了個茶碗，倒了一碗茶，雙手托着錫茶盤晃晃悠悠地過來。秀俠就伸着纖手接過來茶碗。那口白龍吟風劍就放在她的椅旁。來升看見，又像見了蛇似的連退了兩步，張雲傑便用眼瞪他的僕人。

　　這時秀俠拿起茶碗來，笑微微的說：“我喝茶你喝酒！”張雲傑也笑着說：“好！你真聰明！”於是各自飲了一口。秀俠就說：“今天是我叔父派我來的，因為我叔父叫我哥哥跟楊大壯來找你，他們都不敢出前門，所以我自告奮勇帶着寶劍來了。我叔父找你有事，因為今天已得到了寶刀張三的下落。”張雲傑吃了一驚，臉色一變，又趕緊故作從容。

　　秀俠接着說：“我們為什麼要來到北京呢？因為我父親有個徒弟名叫趙鳳翔，他在京西良鄉縣作班頭。他聽人說，張三是隱藏在京城附近，所以我叔父派了野牛高進在密雲縣，擊山手侯文俊在通州，徐飛在保定府，各處訪查張三的下落。今天你走後徐飛就派了人來，說紅蠍子的賊眾已被袁一帆打敗，逃竄北來，寶刀張三就混在那賊群裏，有個人看見過他。”張雲傑聽到這裏，他才放了心。秀俠又說：“我叔父很着急，因為他受了傷不能前去，紅蠍子的賊人又很多，徐飛他們絕不是對手，我叔父才叫我來請你；請你趕緊南下，去幫助他們，好把張三捉着。”

　　張雲傑點點頭，沉思了半天，就問她道：“紅蠍子那夥賊人現在哪裏？離京城還有多遠？”秀俠道：“離京城可還遠呢！現在還沒到保定，他們大概是順着太行山要往口北一帶去竄。”張雲傑笑了笑，就說：“相離還有那麼遠，忙什麼？再說還得詳細探聽，張三要沒在紅蠍子的手下，咱們犯不上去以寡敵眾！來！拋開這事不要提，先喝一杯茶。”

張雲傑又飲了一盅酒，秀俠也偷偷地把剛才斟的那酒喝了。張雲傑假作沒看見，心裏卻暗笑着。吃了幾箸子菜，張雲傑又執着酒壺為秀俠滿滿斟了一盅。這次秀俠並不推辭，她纖手拿着酒盅兒，用嘴唇抿着，四五口才把一盅酒飲盡。她的雙頰越發嬌紅，被燭光映照着真如雨後晴霞，又如在陽光下開放的玫瑰。

張雲傑對此佳人，既愛且慕，可是心中卻萌了一種傷感，暗想：這女子對我頗為有情，她的叔父也待我不錯，我若向她家求婚，是很容易的一件事；一個人娶了這樣才貌雙全的女子，也可以終身無憾。但是，我是誰呢？我真是什麼華雲飛、黃一飛嗎？我不過是她家的仇人之子張雲傑！我的父親殺死了人家的父親，奪去了人家的寶劍，使人家銜仇受苦，在外奔波了三四年；如今我又假裝另一個人來娶人家的閨女，那我豈不成了一個奸狡惡毒的小人？紅蠍子的徒弟翠環，我可以把她推下河去而不悔，因為那是個女盜；如今這秀俠是良家的女子，她父親叔父全是江湖聞名的俠義，我豈可以傷天害理的行為加諸人身？何況事情只能欺瞞一時，早晚她必曉得我是張三之子，到那時我可怎麼辦呢？即使她不忍殺我，但我還有什麼臉面作她的丈夫？因此心中慚愧難名，惆悵不置，就歎了口氣。

對面的秀俠卻停住了筷子向他掠了一眼，張雲傑又假作笑意，說：“我們快些吃吧！吃完了飯你趕緊進城，不然恐怕城門關了，我這裏又沒有富餘地方叫你居住，而且……而且不方便！”秀俠又用明媚的眸子掠了張雲傑一下，並沒言語。張雲傑又笑着說：“實在，我並非是催你走，是因在我這裏不便，我們現在已非在河南相遇之時了！那時可以彼此無拘，現在，我與你叔父是朋友，你便是我的侄女！”說到這裏又微微地歎氣。秀俠的臉上也突然現出悲戚之色，忽然她把筷子一摔，站起身來提着寶劍向屋外就走。張雲傑趕緊追出屋去，一把揪住秀俠的右臂，問說：“怎麼，你生了我的氣？我是怕城門關了，你進不得城。”秀俠卻轉臉嫣然一笑，嬌聲說：“我也忘了城門要關，你一提，我就吃不下去了，我就得趕緊回去，我生你的氣幹什麼？你可真心眼多！”張雲傑緊緊拉着秀俠的胳臂，倒捨不得叫她走了。

這時來升也出屋來了，張雲傑又把秀俠拉回屋去，秀俠就溫柔地低着頭笑說：“剛才你催着我走，現在可又揪我回來，關了城門我回不去，第二天你可跟我叔父說去？”張雲傑笑着說：“前門關的晚，我們多談幾句話不要緊，你再請坐，再吃點什麼？”秀俠卻搖頭說：“我不吃啦！本來我今天是吃完飯才來的，進了門，我瞧你全預備好了，才不好意思說我已然吃了！”

張雲傑笑了笑，說：“我要跟你說幾句話。實同你說，我同你叔父結交，就為的是見你。”秀俠驀然抬頭看了看張雲傑。張雲傑也面上發紅，呆了一呆，才說：“你別疑惑我是存着壞心，我只是敬慕你。自從在河南我們見面之後，我就對你時刻難忘，起先我以為你是個江湖女子，後來我見了你的寶劍，才知你是陳伯煜之女，我就越發敬慕。只是……”

　　張雲傑的話還沒說完，秀俠就已低頭垂下眼淚，宛轉地說：「我也……敬慕你，我父親慘死後，我就再沒有個親人！我叔父他脾氣暴躁，不明白我的心。你若能幫助我報了我父親的仇……我願……拿你當個親人！」張雲傑安慰說：「不要傷心！不要傷心！」自己的心裏卻十分難過，又歎了口氣。半天，忽然秀俠掏出手絹擦了擦眼淚，她又笑了，就又掠了張雲傑一眼，說：「我走啦！明天你到我們那兒去一趟好了。」張雲傑點點頭說：「好罷！我送你進城。」秀俠卻把他攔住，笑着說：「你送我什麼？我騎着馬，一會兒就能回家！我有寶劍，什麼人也不怕。你別送我，我走了！」說着，秀俠便向屋外走去。

　　張雲傑依舊送出來，到了店門外，張雲傑叫店夥把馬匹和皮鞭交給了秀俠。秀俠先將白龍吟風劍掛在馬鞍之下，然後她扳鞍上馬，又向張雲傑嫣然一笑，說：「你請回吧！」張雲傑笑着點了點頭，當下秀俠就揮鞭向東走去，走了幾步還回頭看了一看。這裏張雲傑直着眼往東去瞧，就見月色已吞蝕了馬上秀俠的俏影，只有幾盞燈稀稀的，與天上的星光爭耀。他還恐怕秀俠發生什麼舛錯，就往東去走，直走到了正陽橋，四顧茫茫，早不見秀俠往哪裏去了，他悵然若有所失，長歎了口氣，就無精打采地回到店房。

　　一進屋，見來升一個人坐在剛才秀俠坐的那把椅子上正在大吃大喝，一見他們少爺回來，他就趕緊站起身，擦擦嘴。張雲傑說：「你就吃吧！」說完了，便走到床旁，將身一躺，雙手摳着腦袋，一聲也不發。來升在那裏吃喝足了，店夥和飯莊的人就進屋來收拾杯盤，那店夥並把來升拉出房去，悄聲問說：「剛才來這兒陪你們少爺喝酒的那個姑娘是誰呀？」來升搖頭說：「我不知道，他們說話的聲音小，我也沒聽清楚，大概是我們少爺叫的條子？」店夥搖頭說：「不是，窯子裏的姑娘哪有騎馬帶寶劍的呢？」

　　二人這樣密密地議論着，房中的張雲傑卻叫來升，來升趕緊進屋，問道：「少爺，吩咐什麼事？」張雲傑依然躺在床上，緊皺着眉說：「快些收拾完了，關上門睡覺！」來升答應了一聲，心說：這位少爺白天睡了半天，怎麼現在又要睡呢？還沒交二更呢，我又才吃得很飽……但他又不敢多說話，少時就收拾好了桌子，把房門關上，兩枝蠟燭也都熄滅了。來升就在旁邊小木榻上躺着，但他哪裏睡得着呢？肚中的酒肉撐得他十分難受，又猜不出他們少爺忽而請來鐵面靈官，忽而又請來這位帶着寶劍的漂亮姑娘，到底是存着什麼心？這一夜，那大床上的張雲傑也是輾轉反側，睡眠不安，並且他時時用力地捶床，長聲地歎氣。

　　次日，張雲傑又有了精神，換了一身整齊華麗的衣服，去看陳仲炎。在病床旁又見了秀俠，但二人並沒有說話。陳仲炎的傷勢雖不太重，可是還不能起床，在床上就提到了昨日秀俠所說之事，他說：「華兄弟，昨日你侄女想必已跟你說過了，那寶刀張三現在紅蠍子的群內，已將到了保定府，我想請華兄去一趟，幫助徐飛他們把惡賊擒住。好兄弟，你若怕賊勢過眾，一人難敵，或是你不願與紅蠍子那婦人交手，那我可以派我侄女攜白龍吟風劍與你同行；到時叫她專敵紅蠍子，你去把家兄的仇人捉來。然後，說句爽快的話吧！倘若華兄你家裏沒有夫人，你再不棄，我就願把侄女嫁你！」

　　聽他說到這裏，秀俠姑娘的臉上就一陣發紅，低着頭走出裏間。在外屋她頓住了腳，側耳向屋裏去聽，只聽張雲傑慨然說道：「寶刀張三既在紅蠍子的賊群之內，我不消秀俠姑娘幫助，也能夠把他活捉或是殺死。只是……陳兄所說的話我卻不敢答應，因為那樣一來，我就是為你陳家的姑娘我才管這件事，顯得我這人太不磊落了，我雖尚未娶妻，可是……我願終身不娶！”秀俠聽到這裏，不禁心頭發生一陣怒恨，她就一跺腳走出屋去。

　　她住的是內院東房，那內院就是房主余岳峰的家眷。余岳峰是禮部郎中，早先曾作過河南某縣的知縣，陳伯煜生前曾幫過他不少的忙，因此陳仲炎父子叔侄此次到北京來，為陳伯煜報仇，他便招待在他家。余家只有位曾小姐，小姐是溫柔嫻雅，終日念佛讀書，與秀俠不大說得來。如今秀俠回到屋中，她就悶悶地坐着，想張雲傑真可恨，卻又可疑。自從在路上與我相遇，以及昨日在他店中的情景，他是處處對我輕薄；但如今我叔父爽直地說出了婚事，他怎麼反倒拒絕了呢？這真真可恨。他沒有准姓名，又沒有准脾氣，來歷更是不明，他花的是哪裏來的錢呢？故意來到北京會我們，是存着什麼心呢？我非要去找他問問不可！

第十四回　　小室斟情突來怪客　　雙雌鬥劍互爭情郎

　　秀俠暗恨了一會兒，猜疑了一會兒，便又到外院見着楊大壯，就急急地問說：「華雲飛他走了沒有？」楊大壯說：「將才走。」說着話眯縫着眼睛不住向秀俠嘻嘻地笑。秀俠就發怒說：「你笑什麼？」打了楊大壯一拳，說：「快給我備馬去！」楊大壯仍然笑着，秀俠就跑到裏院取了白龍吟風劍，隨後出來。楊大壯已將馬匹備好，牽到了門外，秀俠就繫好了寶劍，接過來馬鞭，向楊大壯說：「別告訴我叔父我走了！」楊大壯點頭，問說：「師妹你到哪去？」秀俠上了馬，說：「你別管！」楊大壯說：「師妹你可別去找華雲飛！那傢伙賊頭賊腦，我看他是沒安着好心。他絕不是好人，我跟正仁我們正要探聽他的來歷呢，你千萬別又去找他！」秀俠回首冷笑道：「我認識他是誰？我去找他做什麼？」說着就策馬向西走去。

　　出了東堂子胡同的西口就是大街，此時正在下午兩點來鐘，街上的人正多，車馬紛紜；可是騎着駿馬，青衣攜劍的女子，也只有秀俠這一人，因此沒有一個人的目光不注意到她的身上。秀俠卻催馬緊走，那馬蹄嘚嘚地敲着石頭道，發着清脆的響聲，銅鐙磨着鐵劍鞘叮叮地響，她腦後的一條長辮如同一條青綢似的在後飄着，街上就有些無賴拍掌叫道：「好馬！好漂亮的人！」陳秀俠卻連頭也不回，一直走出了前門。在正陽橋頭向來是有許多流氓地痞的，他們見了馬上的年輕姑娘，也不由個個都吃驚發迷；可是其中有人認識這就是陳仲炎的侄女，就有人一轉頭溜走了。

　　秀俠催馬直進了西河沿，到了悅來店的門前。這裏站着兩個夥計，他們全認得秀俠，秀俠就下了馬，把寶劍解下，馬交給夥計。她手提寶劍，匆匆往裏就走，到了張雲傑的房間前，她就向裏問道：「華叔父在屋中沒有？」問了兩聲沒人答言，她就拉開門進屋。一看屋中也沒有人，四面細看，見也沒有什麼行李，秀俠就越是驚疑；便把寶劍放在桌上，她自己坐在椅上，專心等待張雲傑歸來。

　　等候了半天不見張雲傑回來，倒是那僕人來升偷偷摸摸地進了屋，秀俠就問說：「你們的少爺回來沒有？」來升磕磕絆絆地答道：「回來了，可又走了，出城去了！」秀俠趕緊問說：「出城是往哪裏去了？是往保定府去了嗎？」來升的臉上變了變色，趕緊搖頭說：「不是，不是，是出西直門啦！大概是往西山去啦！」秀俠又問：「到西山做什麼去啦？」來升一聽這位小姐不住地刨根問底，他就更慌了，連說：「大概是，訪朋友去了吧？」秀俠又問：「你們少爺到底是哪裏的人？他到底到北京來做什麼？」這來升倒是頗能回答，而且所答的與張雲傑對陳仲炎所說的又完全吻合，因為張雲傑早把這些假話教給他了。秀俠聽了，心中的疑思又漸漸減去。又等了半天仍不見張雲傑回來，秀俠心中就很着急，就想不等他了，回家去，以後再也不理張雲傑，看日後張雲傑對自己是疏遠還是親近？

她正要拿起那寶劍走去，忽見屋門一開，進來了一個夥計，這店夥就向秀俠問說：「姑娘是姓陳嗎？是新蔡縣陳大爺的小姐嗎？」秀俠聽了，不禁一怔，就問說：「什麼人叫你來問我？」店夥說：「是個河南口音的人，打聽姑娘，我說姑娘不在這兒住，他卻不相信，他說他剛才在街上看見姑娘到這裏來了。」秀俠十分驚疑，趕緊又問說：「這人走了沒有？」店夥說：「走了，他說他們是今天早晨才由河南來的，住在珠市口什麼店裏。他是個僕人，是他主人叫他來的，他的主人今晚要來這裏拜訪姑娘，請姑娘等一等他。」秀俠急躁着說：「說了半天，他家主人到底姓什麼叫什麼？跟我是怎麼認識的？」店夥說：「我們也沒細打聽，就聽他說，他家的主人名叫黃一飛。」秀俠生氣地一摔寶劍，說：「胡說八道！去吧！」店夥怔柯柯地看了來升一眼，就退出屋去。

這裏秀俠一轉臉，忽然自己向自己笑了，心說：這一定是他！我在這裏等候他，他卻跑到別處派個人來戲耍我；因為除卻了我，沒有人知道他曾叫過黃一飛。可是他對我這樣地耍笑，究竟又有什麼用意呢？悶悶了良久，天色已然傍晚，忽然張雲傑回來了，秀俠故意扭過臉不理他。來升上前說：「少爺你才走，這位小姐就來了，在這兒足足等了你一天！你吃完晚飯了嗎？」張雲傑卻沒有答言，向來升使了個眼色，把來升支出去，張雲傑就向秀俠說：「明天我就要走了，我自己去尋找寶刀張三，替你家報仇，也不必你們幫助。我走後十天之內，必派人送信給你，你就可以都明白了！」

秀俠一驚，立起身來，急急地問說：「你要往什麼地方去？」張雲傑冷笑道：「你們叫我往保定，我當然是往保定去。」秀俠又問說：「為什麼你不叫我們隨了去？」張雲傑冷笑說：「你們跟了去徒然礙事，並不能夠幫助我！」秀俠氣得把話噎住了，喘了喘才又問說：「那麼，你幾時才能回來？」張雲傑歎了口氣，說：「不一定，我跟你說實話吧！自從在河南我們相遇之時，我就愛慕你的美貌，欽佩你的武藝，想要與你成為夫婦。」

秀俠垂下淚來，臉紅着說：「今天不是我叔父對你說了嗎？只要你能替我的父親報了仇，他就能叫我們……作夫婦！」張雲傑卻搖頭歎息說：「不能，不能，我已當面謝絕了！」秀俠含羞帶恨地問說：「為什麼你不願意？」張雲傑慘笑着說：「也不為多大的原因，只是我忽然又良心發現。咳！日後你必明白，此刻不必多說！」忽見秀俠一頭伏在桌上，嗚嗚地痛哭，張雲傑心中如同刀割一般。

本來在昨日他還想要用一種欺騙的手法，先與秀俠成親，然後再解兩家的仇恨，但今天他去見了陳仲炎，陳仲炎是誠實爽直，秀俠又是溫柔婉順，突然感動了他的良心，他不忍再欺騙人家的叔父、侄女，所以當面就將婚事謝絕了。後來回到六里屯家中，見他的父親寶刀張三自得了陳仲炎急切尋仇的資訊之後，已然憂慮得半死，見了兒子就作揖求救。因此張雲傑又想：這樣一個昏庸愚懦的可憐人，即使早先作過壞事，如今也應當寬恕他了；但陳仲炎必要置他於死才能甘休，也未免太量狹。所以張雲傑便與他的父親商妥，想在明後日就離京遠走，以避陳仲炎……不料如今秀俠這一哭，卻又使他的心腸都軟了，他只是連聲歎息，說：「你不曉得，我們兩人是有緣無命！」秀俠氣忿忿地質問說：「什麼叫有緣無命呢？」張雲傑說：「俗語說：有緣千里來相會，無緣對面不相逢。我們相會過了，而且彼此甚好，可見是有緣；無命是……今天我算了個卦，又請先生給合婚，都說是婚姻難成！倘若結了親，必定有一個要夭死！咳！」

秀俠說：「我不信那些算命的瞎子的話！我也不是沒廉恥，就是，前兩天你對我是那樣，如今你忽然又對我這樣，你不是有意戲耍我嗎？」張雲傑笑道：「那麼這樣，你再用寶劍來殺我吧！」秀俠卻哭着說：「我殺你作什麼？可是我告訴你，你休想走！別說你去替我父親報仇我要跟着，就是你到別處去我也放不了你。告訴你華雲飛，我早就看出來你這個人可疑，華雲飛、黃一飛、張雲傑，還未必都是你的真名實姓呢！」張雲傑吃了一驚，故意作笑問說：「那麼你看我像是個什麼人？」秀俠說：「我猜你許是一個作武官的人，來京辦公事，或者你家中原有妻子，可是這些事只要你實說了，我們都容易商量！」張雲傑不禁笑了，又歎口氣，說：「你猜得全錯了！其實我跟你說實話也不要緊，但我……」

正說到這裏，忽聽來升在院中說：「陳姑娘，有人來訪！」秀俠吃了一驚，立時收淚站起身來，拉住張雲傑的胳臂悄聲說：「白天我在這裏等你，有個自稱黃一飛的人來找我，是你嗎？」張雲傑發着怔說：「沒有呀……」正在說着，屋門開了，那來訪的客人翩然進到屋中。因為屋中很黑，來客又戴着黑帽子，披着黑斗篷，面目看不見，影影綽綽，見是身材頗為苗條，像是一個婦人。張雲傑趕緊去點燈，紅燭一亮，張雲傑、秀俠，和這來客一對面，六隻眼睛對在一起，忽然全都直着眼睛發了呆，彷彿是三個人萬也想不到的事情，居然發現在眼前。

假冒黃一飛之名來訪秀俠的這客人，突然看見了張雲傑，立時就翻了臉。她「唰」地一聲抽出了光芒芒的寶劍，她把青緞斗篷一甩，裏面露出一身銀紅色的緊身小衣褲；頭上黑貂皮的女帽壓着烏黑的鬢髮，鬢髮下有一對金耳墜亂搖亂擺。她秀目圓睜，芳容震怒，寶劍向張雲傑一指，屬聲說：「娃黃的！想不到在這裏捉着你！」張雲傑的臉變得紫紅，由壁上摘下寶劍，冷笑着說：「哼！你好大膽！竟敢到京城來！」

秀俠卻也十分詫異，因為來的這位客人，正是自己四年之前的故人，江湖聞名、處處緝捕的女盜魁紅蠍子。她竟敢混進了京城，本已就太令人驚訝了；她又與張雲傑相識，而且還這樣怨恨，更是叫人驚訝。秀俠也就抽出了白龍吟風劍，先趕緊把張雲傑遮護住，然後向紅蠍子急急擺手，悄聲說：「于九嬸娘，您別着急！有什麼事可以慢慢商量！」

紅蠍子看了秀俠一眼，就說：「沒你的事！你少管！我今天來是為看看你。咱們姊妹有四年沒見了，你雖對我沒良心，可是我依然跟你好，想不到的是在這裏我遇見他！我冒着剮罪到北京來，就為的是找他！哼哼！」說到這裏，她雙目落淚，兇悍之氣全都消了，就又說：「黃一飛！你也別害怕！快些扔下寶劍隨我走，不然你就喊來官人快來捉我！可是我先告訴你，就是把我捉到當官，定了我的剮罪，我也要說出你是我的丈夫；我作強盜六七年，所搶劫的珠寶全都給了你！」

秀俠一聽，大驚失色。張雲傑這時的臉色也煞煞的白，他微微笑着說：“好吧！紅蠍子！我隨你走就是了！”當下他放下了寶劍，移動了身體。秀俠卻用手將他揪住。張雲傑從容的擺手說：“你別攔阻我！現在你明白我的來歷了吧？也明白我為什麼不願與你成親了吧？”說着把手奪過來，就向紅蠍子說：“走吧！別耽誤了工夫。”紅蠍子披上黑斗篷，然後又徐徐收了她的寶劍，就一隻手還拿着袖箭的竹筒，向秀俠笑一笑，說：“對不起，我搶走了你的情郎！”說畢話，紅蠍子就押着張雲傑出屋走去。

秀俠將劍入鞘，趕緊追出；追到了門前，就見紅蠍子與張雲傑已上了一輛轎車，向東走去。那來升在門首發着呆，向秀俠說：“怎麼回事呀？我們少爺跟着那位太太走啦，上哪兒去了？”秀俠悄聲說：“趕緊在後跟隨！看他們那輛車到什麼地方？”來升嚇了一大跳，聽了命，趕緊向東追着車去走。

這時四下都已昏黑，秀俠心中難過已極。她在門外站立一會兒，便回到屋中，雙淚不禁滾下，心中淒惻地想：原來張雲傑是紅蠍子的男人，可惜自己竟多日鍾情於他。雖然他很有良心，未使自己失身，但是怎能使自己忘了他這個人呢？他雖然為盜，但也必不得已，一定是被紅蠍子逼的，他逃到北京也為的是要改邪歸正，但不料又被紅蠍子給捉獲，我怎樣才能救他呢？於是她又盼望來升回來，知道了他們住在什麼地方，自己好設法去救；只是這件事還不能辦得太急，否則被官人知道了，不但張雲傑的性命難保，連自己與叔父也要受連累。

等了不大的工夫，來升就回來了，哭喪着臉說：“小姐，我追不上！車進打磨廠去了，我被一個不認識的大漢子揪住，他問我追人家的車幹什麼？我說沒追車，他就揪住了我不撒手，等到那輛車去遠了，他才打了我個耳光把我放開。”

秀俠聽了，更為詫異，就想紅蠍子手下的人，混進城來的一定不少。她又叫來升去問問店家前門的城門關了沒有，少時來升回來說是：“城門也關了，都快九點了，小姐你也回不了家啦！你就在這兒住吧，我到一個買賣家住去。等到明兒我們少爺要是還不回來，那咱們再想法子去找他吧！”秀俠點了點頭，來升就哭喪着臉走去。這裏秀俠心中既是憂慮，又復悲傷，倚着紅燭，對着白龍吟風劍，思來想去，她便決定明天清晨起來，就到打磨廠一帶去訪查；只要准知紅蠍子在那裏居住，自己就可以設法援救張雲傑。

思量良久，忽然又聽窗外有男子的聲音，叫道：“陳秀俠姑娘！”秀俠又吃了一驚。才握住劍柄立起身來，就見屋門開了，進來一個雄壯的男子，穿着青布大褂，頭戴小帽，像是個商人，可是面貌有些廝熟。這人就向秀俠一抱拳，悄聲說：“姑娘不認識我了吧？我是凹子峪楓葉村中何媽的兒子何石頭，早先下大雪的時候曾與姑娘見過……”秀俠越發吃驚，趕緊擺手叫他說話再小聲些，自己隨也挪身向前走了幾步，低着聲音問說：“你來到這裏有什麼事？快說完了快走！”

何石頭說：“是九奶奶派我來的，這一向我都跟隨着她；我是沒別的法子可以吃飯，九奶奶也早就想洗手。黃一飛那小子聽說還是個少爺呢！會點武藝，九奶奶看上他的人物漂亮，把他搶到太行山與他成了親，並約定一同脫逃，找個地方藏起來去過日子。想不到那小子負心，背着九奶奶跑了。九奶奶為他幾乎與手下的眾頭領反目。現在我們由河南逃到了直隸省，是被袁一帆率領官人逼的。

九奶奶帶着我們幾個人於昨天進城，本來就為是尋找黃一飛；九奶奶的脾氣你知道，只要是她看上了一個人，她就永遠不死心……」

秀俠趕緊把他攔住，問說：「不要多說廢話！現在黃一飛死了沒有？」何石頭笑着說：「九奶奶如何捨得叫他死？這時正流着眼淚低聲勸他呢！九奶奶派我來就是求姑娘別傷心，她說早先她與姑娘的交情她至今沒忘，白龍吟風劍她也不想要了。姑娘的叔父把她的丈夫殺死，可是那件事與姑娘並不相干。今天因為關城了，她沒法子走，明天她就將張雲傑帶出北京。她請姑娘對此事不要聲張，聲張起來彼此不便！」

秀俠冷笑了笑，就又問道：「明天你們打算出哪個城門？因為張雲傑對我有過好處，我想要再見他一面。」何石頭怔了一怔，就點頭說：「老實告訴姑娘也不要緊，可是沒有九奶奶的吩咐我不敢說。反正我們一定要從高碑店經過，姑娘可以騎着快馬到那裏去等我們；但是見了九奶奶之面，千萬別說是我告訴姑娘的！」秀俠就點頭說：「好！你走吧！」何石頭走後，秀俠知道何石頭是個誠實的人，想他不至於欺騙自己，而且知道紅蠍子對自己是懷着些畏懼之意。並且聽剛才何石頭所說之話，曉得張雲傑實在是個潔身自好的人；他只是被紅蠍子脅迫得無法，正如早先自己被劫到方城山上是一樣，因此越發不禁地同情和憐愛，一夜夢寐不安。

次日清晨起來，便叫店夥給她備馬，她在房中草草地盥洗。這時來升就回來了，依然哭喪着臉說：「小姐！我們少爺還沒回來嗎？」秀俠說：「我就找他去，你有銀錢可借我一用。」來升說：「銀子有的是，都存在櫃上啦，我給您拿去！」秀俠說：「有十兩就夠，快點拿來！」來升跑出去拿來了十幾兩銀子，並說馬已備好了。秀俠又囑他不要大驚小怪，不要滿處去說，她就帶上銀兩，拿着白龍吟風劍，出門上馬；先略略打聽了往高碑店的路徑，然後就揮鞭走去。

她先到前門大街及打磨廠一帶徘徊了半天，並無所得，然後她就出了彰儀門，在往高碑店的大路之上，隨走隨往前後去看，只見車馬行人絡繹不絕，可是並不見紅蠍子那可疑的車馬。過了蘆溝橋和長辛店，天色已過了中午，暮春的天氣，處處刮着熱風，她找了處野店，用了一頓午餐，依然上馬，且行且駐馬四下觀看。路上的人仿佛全對她生了疑惑，可是秀俠全不睬理。她的白馬蕩着沙塵，鐵劍擊着銀鐙，素手揚着絲鞭，鬒髮垂在柔肩，俊眼掠望着這一股兩旁是田禾的平陽大路。

時已傍晚，路上車馬漸稀，忽然她回首一望，見遠遠有兩匹馬馳來。她趕緊收韁撥馬，就見身後的兩匹馬越走越近，秀俠看出其中一人就是何石頭；再往遠處去看，卻有一輛騾車馳來，秀俠明白這兩匹馬是開道的。她見了何石頭就裝作不認識，反催馬迎着車沖去。跟着何石頭在一塊的那個賊人一見此情景，便「啊呀」了一聲，接着說了兩句黑話，也撥馬過來。此時秀俠的馬已將車攔住，她手按劍柄，向車裏叫道：「于九孃！我要見見黃一飛！」那趕車的人跳下了車轅，腰間抽出了白刃。何石頭與那賊人也一齊撥馬趕回，個個亮出刀來。

忽然車簾從裏被寶劍挑開，露出了紅蠍子的半面，她滿頭的金首飾，雙頰的濃胭脂，穿着紅緞繡花衣裙，直像個十八九歲的新媳婦。張雲傑坐在她身後，也穿得很闊。紅蠍子一手揚着寶劍，一手擎着袖箭，向秀俠笑了一笑，說：「陳大妹子，你是給我們來送行呢？還是你捨不得黃一飛呢？昨天的情景我也瞧出來了，怪不得他跟我負心，原來他是叫你給迷住了。現在的事情好辦，你也跟我們回凹子峪去，咱們作姊妹，在一塊兒，他是咱們兩人的，咱們倆不分大小，永不犯心！”

秀俠卻說：“哼！紅蠍子你真不要臉，當初你劫了我一個弱女，如今你又劫了人家一個好人！”紅蠍子也立時變了色，但仍然冷笑着，說：“喲！早先我沒肯殺的人，現在倒來跟我作對了！你四年來跟北斗劍法老尼又能學得出什麼驚人的武藝？你那口白龍吟風劍就能把我嚇着嗎？嘻嘻……”她一邊說，一邊解裙子，等到她的裙子解下，突然她的袖箭就突突連放了四枝，但都被秀俠的纖手接住。紅蠍子甩下了紅裙，只穿着紅緞衣白綢褲，鑽出車來，就站在車轅上，掄劍向秀俠就剁，並罵道：“沒良心沒羞恥的小娼婦，你敢攔路來爭我的男人？”

秀俠的白龍吟風劍已經抽出，要去削紅蠍子的寶劍，紅蠍子的寶劍趕忙躲閃。不料這時張雲傑也由車中鑽出來，從後面一推她的雙腿，紅蠍子的身子就摔落在車下。秀俠的劍已揚起來，正在欲下未下之時，身旁的兩個賊人一齊掄刀而上。秀俠趕緊舞劍回身，“鏘鏘”幾劍，就將賊人的兵刃斬斷。

紅蠍子此時已挺身而起，先突突打了幾枝袖箭。兩枝又被秀俠接住，三枝都釘在白馬的身上，秀俠也跳下馬來。紅蠍子瞪眼咬牙，掄劍逼過，秀俠舞劍相迎，於是在這黃昏古道之上，纖手嬌軀，紅衣寶劍，便展開了一場惡戰。此時深青色的天空上尚餘有胭脂般的晚霞，大路上是兩道寒光“嗖嗖”地飛舞，兩條嬌鸞彩鳳一般的纖軀，宛轉騰挪，左撲右閃。紅蠍子是知道秀俠的寶劍鋒利無比，不敢以自己的兵刃去接觸，秀俠也是時時要提防着對方的暗器，雖然兩人各自小心，可是各不相讓。

趕車的和那賊人都搶了馬向東跑去了，何石頭把馬撥到了一邊，他高聲叫道：“九奶奶！咱們快走吧！”張雲傑站在車上，也高聲喊道：“秀俠快走！他們後面還有許多人就要來到！”秀俠卻擰劍向紅蠍子就刺，狠狠地說：“今天我要殺死你這女強盜！”紅蠍子閃身避開，返劍直斫，說：“拚出命來我也不能叫你嫁那男強人！”秀俠罵：“不要臉！”紅蠍子也罵：“沒良心！”秀俠罵：“強盜婆！”紅蠍子又罵：“賤婢子！”“嗖嗖”的寒光隨着咬牙切齒的詬詈聲是越來越急。

那邊張雲傑卻由車上撲到何石頭的馬上，猛力就奪過了他那口鋼刀。何石頭罵着說：“小子你別認錯了人！”張雲傑持刀奔向秀俠與紅蠍子，此時就聽“嗆啷”一聲，原來紅蠍子手中的寶劍已被白龍吟風劍削斷。紅蠍子反撲過張雲傑來，要奪搶他的刀，張雲傑卻擺手說：“你別急，我們何必拚命？有什麼話慢慢商量就是了！”這時陳秀俠也走過來，一手提劍，一手拉住紅蠍子的胳臂，說：“于九嬸，咱們倆當年不錯，今天不應當翻臉！”紅蠍子轉臉啐了一口，說：“不要臉！”秀俠退了一步，也很生氣。何石頭卻在一旁說：“九奶奶！咱們走南闖北十多年，什麼事割不下扔不下？連兒子都扔下了，天下就單單少他一個黃一飛？九奶奶你慷慨一下，就叫他們當夫妻去吧！”紅蠍子聽了何石頭這樣的勸說，她便把張雲傑撒了手，不住地放聲大哭。她真傷心極了，哭得兩腿無力，就“咕咚”一聲坐在地下，仍然拿手絹捂着臉痛哭，哭得她真是聲嘶力竭。

　　張雲傑蹲下了身，就勸她說：“你也不必如此傷心，沉下點氣，聽我把話說明白了！”張雲傑就感慨地向紅蠍子說：“你不要怨我無情，只應怨你這些年來做的事太無顧忌，鬧得名聲太大。雖然你情願嫁我，情願匿藏在家中永不出戶，但是早晚也要被人發覺。一旦犯了案，連累我不連累我倒不要緊，只是倘若將來你被官人拿獲，我又無法救援，你死了也太為可憐。所以我想，這時你不如走往一個幽僻的地方，躲避上五六年，那時官兵不再嚴緊捉拿你了，世上的人也都把你漸漸忘記了，我們再為相會！”紅蠍子聽了這話，收住了眼淚，卻不住地嘿嘿冷笑。

　　此時秀俠又走過來要向紅蠍子說話，卻又聽一陣蹄聲亂響，原是由東邊跑來了十幾匹馬。張雲傑就大驚，拉着紅蠍子說：“我們到別處講話去吧！你手下的人趕來了，他們若看見你，一定是以為你受了欺侮，難免要上手與我們爭鬥！”秀俠轉身，手挺白龍吟風劍要趕過去與眾盜廝殺。紅蠍子卻一挺身站起來，拉住了秀俠，說：“幹嗎呀？你還要顯顯你的才能嗎？憑你的白龍劍，還能真把我手下的人殺盡了嗎？”她便迎着東面緊跑了幾步，口中“哧哧哧”三聲呼哨。那邊的群馬本來跑得很快，忽然聽見了呼哨之聲，就一齊把馬收住，沒有一個人敢再往前走一步。

　　這裏紅蠍子又回身走過來，她就喘了口氣，又拭拭眼淚，就向張雲傑和秀俠說：“你們走吧！許你們向我負心，我卻不願待你們太狠。你們將來成了親之後，全要捫心想一想；江湖上有個紅蠍子，她雖然是個女賊，可是她對待你們兩人可並不錯！”秀俠又走近一步，說：“九嬸兒，以後你如遇見了什麼為難的事，只要我們知道了，我們拚出一切也要給你幫忙！”紅蠍子卻微微冷笑，說：“算了吧！無論我到了什麼地步，也絕求不着你們，我只盼望你們好就是了！”說畢，紅蠍子就上了車，叫何石頭給她趕着，這輛車就迎上了那邊的群馬，轉往旁的路上去了。

　　少時，車消馬逝，天空已星月交輝，這裏只留下了張雲傑和陳秀俠二人。秀俠到旁邊牽過來她的馬匹，收起來白龍吟風劍，就向張雲傑說：“現在你打算怎麼辦？你是要往哪裏去？”張雲傑卻發着怔，半晌無語。秀俠不禁有點兒着急，跺着腳說：“你到底是家住在哪裏呢？你在別處還有什麼朋友？我可以把你送了去，你暫且在那裏隱藏。然後，報了我的殺父大仇，我就找你去，那時……”說到這裏，秀俠的話也噎住了。

　　張雲傑卻歎了口氣，說：“本來我並非強盜，我何用隱藏？陳姑娘你待我這樣的好，我真不能不對你實說了。在河南我們初次見面，那時我就愛慕你，那時我就立誓非你不娶，可是……實同你說，我不姓華也不姓黃，我本來名叫張雲傑，家就住在京東六里屯。我的父親名叫張……得寶，他是玉器行的，他那個人有些瘋瘋癲癲；我的母親又抽大煙，脾氣也很不好，我怕你到了我家中受委屈，所以，昨天你叔父向我說了那些話，我不敢應允！”秀俠卻說：“那算什麼的？女兒家出了閣，還能挑剔公婆不好嗎？紅蠍子一個強盜，她尚且情願作了媳婦永遠不出房門，我父母在世時，也是教給我謹守禮節。”

　　張雲傑又歎了口氣，說：“我都知道！你對我如此的好，但我自思實在對不起你！這樣辦吧！你先隨我到家中，你去看一看，如果你見我的家中還可以住，那麼我們便去見叔父，訂下了婚姻；你若看我的家中實在不好，那就作罷！”秀俠笑了一笑，說：“連昨天帶今天，我已有兩日沒有回家了，見了我的叔父，我也發愁無話可說。既是這樣，我就跟你回家去；見了老爺子，老爺子若也看着好，就請他老人家送我去見叔父，順便求婚。我叔父必然也很喜歡，那，就算把事辦完了。至於給我父親報仇之事，那以後再說。老爺子既在玉器行，想必常往各地去作買賣，在外認識的朋友也必不少；將來我還要求求他老人家，給我去訪問惡賊寶刀張三的下落！”秀俠說了這話，她的心情是十分喜歡。張雲傑卻感愧得十分難過，眼淚都幾乎掉落下來。

　　二人隨說着話，隨就往東邊去走。秀俠是騎在馬上，張雲傑是步行，張雲傑因為心裏是很沉重，所以腳下也像墜着兩塊大石頭，走得很慢；秀俠是心中暢快，座下的馬也時時揚起頭掀起蹄子來，要往前奔跑，可是秀俠緊緊扣了絲韁，就向張雲傑問說：“你走着不覺累嗎？你來騎馬我下去走好不好？”張雲傑搖頭說：“不用，我可以走許多路。”

　　秀俠在馬上又笑了笑，問說：“昨夜紅蠍子把你帶走，安置你在什麼地方？她沒有給你苦吃嗎？”張雲傑說：“她把我帶在一家店房裏，那店房裏都叫她的手下人給住滿了。她的膽子真大，自稱是某鎮台的夫人。她把我帶到那裏十分的秘密，連一句大聲話也沒有說，只是悄聲地數責我，叫我跟她去走。實在，假若今天你不來救我，我也就甘心跟她走了，因為我覺得她那個人也不錯，雖是個強盜，但她頗知恩情。”

　　秀俠立時不高興，說：“那麼我給你馬匹，你就快追他們去，還可以追上她，你跟他們去走吧！她是知道恩義的人，我卻是無恩無情！”張雲傑笑着，趕緊辯解說：“我並不是誇讚她，你早先也曾與她相處甚久，你必也曉得她；她所做的事雖然兇悍萬分，殺剮有餘，但她實在也是個可憐的人！”秀俠說：“我比她更可憐！她還不必滿處去尋找仇人！”張雲傑歎了口氣，就不再言語了。他隨着馬走，馬蹄款款地敲着土地，地下薄薄的有些月色，四周卻是空寂無人。

　　又走了半天路，秀俠才又在馬上發話，問說：“你沒向紅蠍子問問嗎？寶刀張三那賊是否在她的手下？”張雲傑一聽這話，心中又一陣發緊，就搖了搖頭，漫答道：“我問過了，她說沒有！”秀俠也就不再問了。又向下走了一些路，忽然秀俠用鞭向前一指，很喜歡地說：“快瞧！那邊兒有燈。”張雲傑也向前一看，只見東邊稀稀的有幾處燈光，就也不禁笑了笑，說：“那邊必定有店房，咱們就到那裏歇宿去吧。”於是張雲傑也加快去走，秀俠的馬緊緊隨行，就到了鎮中找了旅店。一夜，星月的微光照着這小小市鎮，店房中有暗暗的燈影和喁喁的情談。

　　次日，雄雞在架上“喔喔”地唱着歌，店家給雇來一輛車，素釵烏鬢的秀俠姑娘，攜帶着白龍吟風劍上了車，臨放下車簾之時，她還向張雲傑嫣然一笑。張雲傑此時也眉頭展開，跨上了馬，就揮鞭隨車走去。車裏還常常發出嬌音，向外叫道：“雲傑！雲傑！”張雲傑在馬上，也扒着青紗的車窗向車裏說話，並且笑着，春風陣陣地吹來，煙塵一團團地蕩起。

　　車馬繞過了永定門，再向東北去走，壯麗的北京城垣就漸漸從身旁逝過去了。車馬從大道走入了曲折的小徑，兩旁盡是很高的田禾，村子裏的狗撲出來，追着車馬汪汪地亂吠，張雲傑用鞭子趕狗，口中說着：“咻！咻！”車裏卻發出格格地笑聲，秀俠扒着車窗往外看，張雲傑也笑着。車馬不停地向前去走，忽聽前面有人高聲叫道：「少爺！少爺！」張雲傑一看，原是來升同着另一個僕人走來；看那樣子，來升是回家來報告了張雲傑失蹤的真情，如今又同着另一個僕人再進城去想辦法。張雲傑先向來升使了個眼色，催馬迎上去，悄聲問道：「老爺在家了嗎？」

　　來升也悄聲回答說：「在家啦！您叫那位太太帶走，陳小姐騎着馬找您的事，我都沒敢對老爺說；因為老爺一聽人提說陳仲炎，他就渾身打哆嗦，要斷氣。只是太太知道了，太太很着急，昨天親自進城叫櫃上的人給想辦法去了，大概是住在徐掌櫃家裏了，到現在還沒回來，我們正是要進城見見太太去。」張雲傑說：「不必去了，你們先快些回家，把書房那口寶劍藏起。告訴老爺，我帶回來一位秦小姐；秦，不是陳，說清楚了，過幾天我就要與這位小姐成親。快去！快去！叫老爺打起精神來接待人家，快去！先走！」來升和那僕人齊都一瞪眼，可不敢多問，轉身就跑。這裏張雲傑將馬壓住車，並回身向車中說笑，故意慢慢地走。

第十五回　證恩仇墮馬傷芳心　分敵友揮鞭擊寶劍

　　又走了些時，車馬就進了廣大的莊院，停住了。狗都被人看守起來，聽不見一聲吠叫，許多莊丁僕役都探頭探腦的看這輛車。秀俠下了車，向左右看看，又向張雲傑微微一笑，臉上有點兒紅，隨張雲傑走上了大門的台階。邁過了門檻就是門洞，門洞裏早站着來升和另外一個僕人，並且還有一位老爺。這位老爺穿着藏青色的綢袍子，青雲緞馬褂，頭上戴着一頂青緞瓜皮帽，一見了秀俠就拱手，並且拱着大鬍子，說：「這就是秦小姐吧？我兒子真是有造化。秦小姐，請進請進！可別笑話我們的家！」是秦還是陳，秀俠並沒聽清楚，因為她的神情有點緊張，心裏感到有點兒羞澀。張雲傑在旁就說：「這就是我的父親！」秀俠就恭謹地深深萬福了。

　　寶刀張三又連連作揖，唾沫星子都由鬍子裏噴出來，連說：「不敢當！不敢當！」他一邊在前慌忙着領路，一邊回過頭來看他這位兒媳，不禁又咧着嘴笑，心中佩服說：我兒子真有本事，不知從那里弄了個小媳婦來？看這樣子也就有十七八。真是，別說我們這小小的六里屯，就拿我寶刀張三生平所走過的地方來說，也沒有看見過這樣溫柔標緻的姑娘呀，多半娘家還是個念書的。他高興着，連門檻都忘了，幾乎絆了個大跟頭。這幾日因為聽說兒子在城內與陳仲炎見了面，嚇得他無時不心驚肉跳，憂煩欲死，這時卻把那些事全都忘了。他趕緊去把書房的屋門拉開，彎着腰說：「秦小姐請屋裏坐吧。」

　　秀俠覺得怪不好意思的，站住身，恭謹地微微帶笑說：「我不敢當，老爺子先請吧。」寶刀張三的腰彎得更下，陪笑讓着說：「姑娘別客氣。這是頭一回到我們家裏來，你只要不嫌我們的家裏窮，不嫌我是個粗人，不嫌我兒子，這就，這就……很好啦！請進吧，別客氣，別客氣。」秀俠感激地笑了笑，又抬起眼皮來看了張雲傑一下，張雲傑也說：「別客氣。」秀俠就忸怩着輕輕走進屋去。

　　進到屋內，張三恭敬地請秀俠上座。他看了看這個姑娘，然後又看了看他的兒子，覺得真是天生成的一對兒，就拱着鬍子說：「姑娘的家裏都有什麼人？姑娘的爹是做官的還是做買賣的？」秀俠欠身才要回答，張雲傑就說：「爸爸你快出去，吩咐廚房他們預備幾樣菜，我們還沒吃午飯呢！」張三聽了兒子的話，就仿佛僕役聽了主人的命令似的，答應一聲，趕忙就回身走出屋去。

　　這裏秀俠又看了張雲傑一眼，微笑着說：「你不去自己吩咐廚房，怎叫老爺子又跑一趟？”張雲傑笑着說：“我吩咐他們不動，叫僕人告訴廚房，他們又說不清楚；我父親他很會烹調，須要他監視着，僕役才能做得出好菜飯來！”秀俠笑了笑說：“我倒不在乎什麼好菜飯，叫老爺子這樣為我勞累，我真覺心裏不安！”

　　張雲傑就問說：“你覺得我父親這人怎樣？你恨他還是喜歡他？”秀俠笑着說：“你看你問得有多麼怪？才一見面，老爺子又對我這樣好，我怎能恨他？”張雲傑說：“不過他是很瘋癲的。”秀俠搖頭說：“我看他老人家一點兒也不瘋癲，比我叔父可慈祥得多了。”張雲傑面容淒慘，接着又說：“給你一口寶劍叫你殺他，你能下得了手嗎？”秀俠一怔，面色也變了。張雲傑就說：“假定他早前與你家有過深仇，但這幾年，他洗心革面，成為了一個庸愚瘋癲的人，一提起了早先的事他就懺悔，你還不能饒他嗎？”

　　秀俠聽了這話，突然站起身來，急急地問道：“你這是什麼話，他到底是誰？”張雲傑慨然說：“我不願再瞞你，他就是寶刀張三，我就是他的兒子！”秀俠一聽，驚得她目瞪口呆，說不出一句話。

　　此時寶刀張三笑嘻嘻地親手拿着一壺酒，一對酒盅，帶着僕人端着兩盤酒菜又進來。張雲傑就迎上去，指着秀俠急急地說：“爸爸我告訴你實話，這位陳姑娘不是別人，她就是陳伯煜的女兒，陳仲炎的侄女陳秀俠！”寶刀張三沒等他兒子把話說完，他就臉色慘白，兩眼發直，撒手掉了酒壺酒盅，“咕咚”一聲躺在了地下。

　　陳秀俠忿忿地向外就走，張雲傑趕緊追出屋去，說：“你慢走！現在我已指點了你家的仇人，由着你下手去報仇！”秀俠連頭也不回，走到門外厲聲喊道：“給我寶劍！”門房的僕人詫異着說：“車上那口寶劍在這裏！”有人捧出劍來交給她。

　　秀俠“唰”地一聲抽出了白龍吟風劍，張雲傑卻在後揪住秀俠的雙臂，說：“秀俠我告訴你！他當初雖是壞人，但這幾年他早已改過了，我不能眼見他那一個可憐的庸人遭人慘殺，何況他又是我的父親？我必要保護他！”秀俠掙扎着雙臂，回過頭來狠狠地啐道：“你們父子都不是好人！他殺死我的父親，你還騙了我！”說着汪然流下淚來。

　　張雲傑說：“我若安心騙你，前天我就答應了你叔父的話，也不能帶你來到我家，把實話告訴你。我的意思就是想先解開兩家仇恨，然後我們再結親，那麼我的良心就對你無愧了！我原想你一定是心地寬宏的一個奇女子，但不想你的心腸竟是這樣的窄。既然如此，那就請你暫先回去，見你的叔父把話說明，如欲報仇，就請快來，我們父子絕不逃避；如若可以憐憫我的父親，那我願意替我父親受罰，殺剮我都願擔受！”遂吩咐僕人將馬匹牽過來，請姑娘上馬。

　　秀俠此時淚落紛紛，張雲傑攙她上馬，她就一手持韁，一手握劍，淚眼看了張雲傑一下。渾身亂抖，點點頭，又悲慘憤恨地說：“好好好！你們父子真厲害，我沒想到！”說畢催馬走出了莊子。張雲傑也趕緊拉過一匹馬，騎上追了去。此時秀俠的馬已向西走去，只見她的寶劍已然收起，隨走隨拭眼淚。張雲傑在後心中十分痛苦，也不敢招呼。秀俠的馬向西走了有二里多地，忽然她又轉彎往南去了。張雲傑倒吃了一驚，暗想：她不往西去回到城裏，可往南去做什麼？

　　忽見秀俠已越過了一座石橋，馬匹順着溪流柳岸去走，走得十分地慢，張雲傑就催馬趕上去，叫道：「秀俠！你也不必傷心，我錯了！我若早知兩家仇恨如此難解，就不該向你鍾情，昨天你救我，我就不該接受你的好意……」張雲傑的話才說到這裏，忽見秀俠由馬上栽倒下來。張雲傑大驚，趕緊也跳下了馬，上前蹲着身一看，原來秀俠因為悲痛過度，竟一陣昏暈摔下馬去。只見秀俠面色慘白，頰間眼角掛滿了眼淚，雙目也閉上了，胸脯卻不住急遽地喘息。張雲傑就急急地叫着：「秀俠！秀俠！」

　　此時秀俠的那匹馬向南跑去了，又被農人截回來。張雲傑歎着氣，站起來，過去接過了馬，就向那農人拱手說：「煩勞你快到六里屯張財主家，叫那裏的人快套一輛車來，這個姑娘現在得了急病，須要趕緊用車送回家去。煩勞大哥快去一趟，回來我必重酬申謝。」那農人說：「不要緊，我替你送個信去。」遂就走了。

　　張雲傑依然蹲下身，見秀俠的氣息已然緩過來了，眼睛也微微地睜開。張雲傑就扶她坐起來，問說：「你覺得怎麼樣？」秀俠微微搖頭，抬起手來掠了掠髮。張雲傑又問說：「你為什麼不往西走回城裏去，可往南來作什麼？」秀俠把眼一瞪，激烈地說：「我還有什麼臉面進城去見我叔父？你把事情辦得多厲害？哼……你的心機比你爸爸還厲害，連紅蠍子都上了你的當。我們陳家的人都是忠厚誠實的人，自然更鬥不過你們了。」說着，眼淚不禁往下洶湧，又抽搐着說：「我沒有臉去見我的叔父，我也沒有臉回家見我父親的墳，你不用管我了，隨我去走吧！」

　　張雲傑連聲歎息，說：「那何必？你剛才說得對，我們父子已將你陳家害成這樣，現在若再讓你一人去飄流，我更是萬死不能辭其咎。說句決斷的話，你若一定要獨身去走，那我就立時自刎在你的眼前，我的良心叫我不能再負你了。寶刀張三本來不是我的父親，我是自幼抱養過來的，他對我並無恩情。只是我見他愚懦得可憐，他對早先的錯事也頗懺悔，所以我不忍眼見他身首異處。剛才他已被你嚇得昏厥了過去，此時也許已然死了。他死並不足惜，但你要因為此事就離家遠走，一個年輕女子到外面去飄流，我也……真不能叫你那樣去做。現在，我想事情也很好辦，我送你進城；見了你叔父，我據實陳說，聽憑他怎樣辦理！」秀俠流着眼淚，聽張雲傑說了這許多話，她並沒有還言。

　　少時，那個農人就由張家叫來了兩個僕人和一輛車。張雲傑迎過去，先向那農人道謝，並贈給了一塊銀子，然後又向僕人問說：「老爺現在怎麼樣了？」僕人回答說：「老爺緩醒過來了，關上了大鐵門，一個人在西屋裏了。」張雲傑又歎了口氣，過來又往前攙扶秀俠，說：「我用車送你回去，我見你叔父把話說明！」秀俠卻把張雲傑一推，自己挺身站起，冷冷地說：「用不着你們送！我會自己回去！」說着自己就去解馬，不用眼看張雲傑。張雲傑也不免有點兒氣憤，就說：「那麼你先等一等，那口蒼龍騰雨劍我取來交你帶回吧！」秀俠忿忿地說：「你爸爸殺了人才得着那口劍，何必輕易又還給我？」說着解下絲韁，上馬揮鞭，順着河岸向北走去，連頭也不回。這裏張雲傑發呆了半天，一生氣，就也上了馬，吩咐趕車的和僕人說：「回去吧！」他先催馬走了。

　　張雲傑飛似的催馬回到莊內，就見莊中的僕人們全都亂了，都紛紛地談說着，尤其是來升最為驚慌，他拉着張雲傑的胳臂說：「少爺！怎麼辦呀？進城去叫太太回來吧？」張雲傑說：「叫太太回來有什麼用？你們大家都安心，這是一件小事，不過是有老爺早先的一個仇人，他現在要來報仇罷了！”眾僕人齊都忿忿地說：“他們還能來到咱們這兒硬殺人嗎？少爺別着急，我們都預備着傢伙，只要陳仲炎他們來了，我們就把他打走。”張雲傑說：“好，你們趕快預備着。”遂就進到裏院。

到了西屋前，屋裏的寶刀張三一聽見門外的腳步聲，就像狼嚎一般地嚷嚷，說：“是誰？進屋來我可就跟你拚命！我寶刀張三當年打過曹金虎、曹金豹，殺過焦鐵塔，也是一條好漢，你要進來，可要小心我手中的蒼龍騰雨劍！”張雲傑隔着門說：“爸爸你別發威了！也別害怕，陳秀俠已然走了，她不能來害你，只是陳仲炎必不甘心。你快些把蒼龍騰雨劍給我，我就去找他。”

屋裏的寶刀張三側耳聽清了外面他兒子的聲音，這才把屋門開了一道窄縫。他的臉色蒼白，鬍鬚亂顫，一見了他的兒子，他就放聲大哭，說：“雲傑呀！你快快救我吧！我的功夫都擱下啦！我一定打不過陳仲炎！你雖不是我親生的，可是我養你這麼大也不容易，我還給你掙下了這萬金的家產。你既跟陳伯煜的女兒交好，就快給我求求情吧！我願送他們一萬銀子⋯⋯”張雲傑擺手說：“爸爸你別着急，我絕不能叫他們殺了你。你把寶劍給我，你快把大鐵門關嚴，不要驚，也不要難過！”寶刀張三由門縫把劍遞給他的兒子，他的眼淚紛紛下落，又說：“你可也要小心！陳仲炎難惹！”張雲傑點頭說：“我曉得！爸爸放心吧！”張三關緊了大鐵門，在屋中還不住地哭泣。

張雲傑就提着寶劍出門，吩咐僕人嚴守莊院，並叫來升備馬。此時院裏有僕人又拿出來一枝劍鞘，張雲傑將蒼龍騰雨劍入鞘，掛在腰間。來升牽馬過來，張雲傑就上了馬往莊外去走。來升隨着騎馬出來，他就面帶驚慌，問說：“少爺！咱們是要上哪兒去呀？”張雲傑說：“你不要多問了！跟着我走。我要與人爭鬥起來，你就躲在一旁，陳仲炎雖然兇橫，但他也絕不至於傷你！”來升不敢再問了，只是越發害怕。張雲傑催馬緊走，同時心中思索着見了陳仲炎應當怎樣辦理。少時，兩匹馬就進了齊化門，轉往南去，進了那東堂子胡同。來升在後面收住了馬，他不敢向前再走了。張雲傑也下了馬，將馬交給來升，囑咐他在此等候。

張雲傑就掛劍直到陳仲炎的大門前，他不由愕然停住了，原來此時兩扇大門都開着，裏面拴着一匹馬，有個人蹲在那裏喂草料。陳正仁站在旁邊正跟那人說閒話，他一轉頭看見了張雲傑，就把眼一瞪，態度與前兩日大不相同，點了點頭說：“喝！你來啦？很好，我父親正在裏邊等着你呢，進來吧！”他就點手叫張雲傑隨同他進去。

張雲傑此時的心情是十分緊張，如臨大敵，隨着陳正仁進到屋內，他又不禁一陣發怔。原來數日未見，陳仲炎仿佛臂傷已愈，穿着青布短夾襖，灰布褲子，精神興奮，正在那裏會客；客人是衣服華麗，面目十分廝熟。張雲傑就站立住了，不由臉色變白。陳仲炎與那客人都挺身立起，陳仲炎的面色發紫，但還故意作出點笑容，點點頭，急快地說：“華兄來此甚好，我給你引見一位朋友！”

張雲傑拱手說：“不必引見了，我認識，這位朋友是河南有名的人物袁一帆，我同袁兄在彰德府曾見過面。”袁一帆微微笑着，也拱拱手，一句話也不說，拿眼看着陳仲炎。陳仲炎卻把臉一繃，向張雲傑說：“華兄，昨天我聽袁兄說了，你也是一條剛強有膽氣的漢子，你曾在彰德府大鬧歌樓，在太行山紅蠍子把你捉住了，你都能夠設計脫身。可是，好漢應當行不更名坐不改姓，你到底是華雲飛，是黃一飛，還是張雲傑，我要請教請教你！」張雲傑冷冷一笑，他暫不回答這話，轉問說：「令姪女秀俠姑娘現在回來了沒有？」

陳仲炎震怒着厲聲說：「你問她作甚？」張雲傑說：「因為我已把我的真名姓、真來歷告訴了她！」陳仲炎詫異着說：「她是剛才回來的，她可沒對我說什麼。現在且莫提她，你就跟我說實話吧！你到底姓什麼？你的父親是誰？」袁一帆在旁傲笑着，說：「朋友，你的來歷我早就知道了，千萬別再瞞人了！」張雲傑嘿嘿一聲冷笑，拍了拍腰間的蒼龍騰雨劍，就說：「我今天來正是為說明了這件事，不必你袁一帆來撥弄是非！」

陳仲炎見了那口蒼龍騰雨劍，他立時回手抄起了鋼鞭，袁一帆也亮出劍來。張雲傑退後兩步，把蒼龍騰雨劍抽出，並擺手道：「且不要動手！陳仲炎兄，拋去了我的家世不談，你我相交以來，頗稱莫逆，你並且有意將你姪女嫁我。前天昨天我遭受了一點困難，若不虧你姪女搭救，此時我也不能脫身。咱們有天大的仇恨，可也有一點友誼，現在請你們容我一刻鐘，叫我把話說完！」

此時陳仲炎已氣得身上發抖，右臂舉起了鋼鞭。袁一帆卻把他攔住，說：「就叫他說完。」張雲傑就昂然地說：「實不相瞞，我名叫張雲傑，自幼被寶刀張三收養。他雖不是我的生父，我也頗憎惡他那為人，可是我很可憐他，因為他早先害死了陳伯煜，是他一時糊塗，但後來他頗知改悔！」話未說完，陳仲炎已跳起來一鞭打下。張雲傑疾忙以劍相還，只聽「噹啷」一聲，蒼龍騰雨劍雖然鋒利絕倫，可是卻斬不斷陳仲炎那杆沉重的鋼鞭，並且能感覺出陳仲炎的力氣極大。張雲傑就急急地說：「總之，冤家宜解不宜結，我願兩家釋仇和好，叫寶刀張三向你們磕頭認罪……」陳仲炎又一鞭打下。

張雲傑倒退着跳出了屋子，身後又有陳正仁、楊大壯一齊掄刀向他來砍。張雲傑翻身舞劍，只聽「唭唭唭」，那二人的手中兵刃便全被削為兩截。這時陳仲炎已追了出來，鋼鞭狠狠地打下，張雲傑又用劍去迎。交手三四回，袁一帆也上來戰他，張雲傑就向後緊退，冷笑着說：「袁一帆，有你甚事？你也來此欺侮我？」袁一帆卻罵着說：「張三的兒子！你跟狗一般，袁大爺絕不容你活在人世！」說着他的寶劍像毒蛇似的向張雲傑刺來。陳仲炎的鋼鞭又像一條房梁由頂門砸下，同時楊大壯和陳正仁又都換了兵刃，一刀一槍，從張雲傑的背後襲來。

張雲傑被四個人包圍住，他的衣服既長，腰間又懸着個劍鞘，所以動轉頗為不敏捷，只仗着這口蒼龍騰雨劍左迎右拒，上遮下攔。只見劍光鞭影、刀風槍花，「嗖嗖嗖」、「唭唭唭」，惡鬥了十餘合，陳正仁與楊大壯的兵器又都變為兩截了。張雲傑略緩了一口氣，但陳仲炎越逼越近，鋼鞭一下打得比一下狠。袁一帆又展開劍法，專取他的右側。張雲傑是一刻也不休息，一着也不敢鬆懈，跳躍於庭中，綠色的劍光，緊緊護着他的身子。但是過了二十餘合之後，他的力漸微了，劍法也紊亂了。陳仲炎就猛撲上來，一鞭蓋頂打下，又被張雲傑以劍接住，「當」的一聲巨響，寶劍還是未能斬斷了鋼鞭，就覺得陳仲炎的力大驚人。張雲傑趕緊向旁去閃，袁一帆又一劍削來，張雲傑退身掠劍，乘虛就跑。

他跑進了裏院，不想秀俠手持白龍吟風劍正由屋中出來，袁一帆隨後趕進來，說：「姑娘！快把他截住！」陳仲炎也掄鞭跳進來，逼上張雲傑。張雲傑喘吁吁的，只得止步回身應戰。這次是陳仲炎從正面獨戰張雲傑，袁一帆是在旁邊，他專尋張雲傑的破綻，就以劍去刺。又四五合，張雲傑的手腕都被鋼鞭震得發麻了，而袁一帆的着數又惡，他更難以防範。

不料這時秀俠姑娘飛撲上來，寒風一起，加入了戰鬥。只聽"嗆啷"一聲，她就將袁一帆的寶劍削成兩段。袁一帆大驚，轉身便跑。陳仲炎卻大怒，掄鞭向他的侄女打來，罵道："沒廉恥的東西！你竟幫助仇人！"秀俠的面色慘白，她以白龍吟風劍擋住了他叔父的鋼鞭，一隻手向後搖着，急急地說："快走！快走！"張雲傑趁空往外跑去，陳仲炎又喝道："往哪裏跑？"掄鞭去追，不想又被他的侄女攔住。他抖鞭"唼唼"砸去，秀俠卻宛轉着以劍遮擋，同時哭着說："叔父，他父親是咱們的仇人，可又與他有什麼相干呢？叔父忘了他曾救過你？"陳仲炎暴跳如雷，望着張雲傑的背影飛鞭打去。鋼鞭飛到外院，打在牆上，張雲傑早已跑了。這裏陳秀俠卻哭着跪下，揪住他叔父的腿。陳仲炎一腳踢去，踢得秀俠"噯喲"一聲，扔了白龍劍滾到一旁。

陳仲炎跑到前院拾起鋼鞭，追出了大門，卻見張雲傑早已無蹤。袁一帆正在上馬，他就向陳仲炎冷笑着說："陳二哥，令侄女既然護着仇人之子，我可也不能多管這件事了。"說畢一拱手，帶着空劍鞘策馬走去。陳仲炎氣得一句話也沒有說，渾身亂顫，提鞭轉身進內，罵道："好丫頭，無恥的東西，不想我哥哥會生下你這種女兒！"陳仲炎急忙跑到裏院，見秀俠還坐在地下哭泣，他就憤怒着走近前，狠狠舉起了鋼鞭。鋼鞭舉在秀俠的頭上，她卻不起來閃避，只是低頭掩面痛哭。楊大壯瘸腿奔過來托住了陳仲炎的胳臂，陳正仁也跪下向他父親求情，將說："爸爸不可……"陳仲炎便一腳將兒子踢倒，又一手將楊大壯推開。秀俠只閉目等死，但陳仲炎的鋼鞭卻沒有砸下。這時那余岳峰、余太太，和僕人們全都由屋裏跑出，都擺手說："陳二爺！這可使不得！"陳仲炎狠狠的又一腳將秀俠踢得躺在地下，他把鋼鞭放下來，眼裏卻不住掉淚。

那余嶽峰過來，把陳仲炎勸住，說："二爺，這你可真不對。在我的家裏，你與那個少年掄鞭動劍地打架，本來就是不該，將才我們是不敢出來勸解，現在你又要殺死姑娘！陳伯煜是我的老朋友，他死後只留下這一個女兒，你是她的叔父，踢她打她都還可以，只是在我這裏，不能叫你傷她！"

陳仲炎的怒容漸漸變為淒慘，他就長歎了一聲，說："我哥哥他真可憐。他身遭慘死還不要緊，那是我們江湖上常有之事，但他這女兒真給我們新蔡陳家丟盡了名聲，叫朋友跟仇家都要恥笑我們！余大哥，你不必管我家的事了，在你這裏我不要她的性命就是，但是我不能再叫她在我的眼前！"此時秀俠已被余太太和丫鬟們攙扶起來，她低着頭仍在痛哭。陳仲炎就怒呵着說道："你快走，不許你再回來！出了門，不許你再姓陳，隨你去做什麼無恥之事，只不要再來見我就是。"余太太卻說："她一個姑娘家，你可叫她往哪裏去？"遂就同丫鬟把秀俠攙進屋裏去了。陳仲炎便忿忿地由地下拾起來白龍吟風劍，一手提鞭，一手提劍，走往前院去了，這宅中的一場風波才算平息。

秀俠坐在余太太屋中仍然哭泣，余嶽峰也在旁歎息，說："你叔父的脾氣真太暴躁，他既然恨上了你，你還是不宜在這裏。既然你也有一身武藝，當初就是一個人從家裏來的，如今還是一個人走吧！回到新蔡縣家中暫住，反正你叔父也暫時不能歸家。等到一兩年後，他未必不思念你，那時他的怒氣消了，你們叔父侄女再為見面！”秀俠哭泣着不語。

待了一會兒，楊大壯和陳正仁又都進屋來，楊大壯說：“陳二叔現在還是生氣，他叫你立時就走。我想，你既跟張三的兒子相好，你就找到他家，把張三殺死，以後的事就好辦了，我們也就容易給你求情了！”余嶽峰在旁說：“京都大地，怎可以隨便殺人呢？姑娘你若自己有把握，就到張三家中把他捉住，去報官告狀，翻起四年前在河南他慘殺你父親之案，官家查明了必可判他死罪，也就算給你父親報了仇了。”

陳正仁冷笑了笑，又向他的堂妹說：“我跟大壯去幫助你，只是白龍劍現在叫我爸爸收起，他不能再給你用了。”楊大壯又說：“要不然你跟我們一同到前院，你說你願戴罪立功，領着他去找張三報仇。殺死寶刀張三之後，他也就不再生氣了！”余太太嚇得臉都白了，說：“噯喲，你們怎麼淨講究隨便殺人呀？我記得陳伯煜活着的時候，他也不能像你們這個樣兒呀！”

秀俠的耳畔聽眾人這樣亂說着，她掩面流着淚，心中卻算計着主意，翻來覆去她是忘不了和張雲傑的那段柔情，尤其想張雲傑已然良心發現吐出實話，並領着自己到他家中去見了他的父親張三，他也真真可憐。誰叫他又是張三的兒子呢？他庇護着張三，也是因為他不忘養育之恩，他確實是個好人。而張三，雖然當年他將自己的父親害得那樣慘，可是現在，他已變成了個瘋瘋癲癲、膽小如鼠的人，自己縱能下手殺他，但是又有什麼用呢？只是，冤仇既不願去報，婚姻也不能再結合，叔父也與自己絕恩斷義了，故鄉也無顏再歸。若說去找張雲傑，與他同逃，那又顯得是太無恥了。百般無奈，如處絕途之中，她忽然又想起了一個去處，隨就下了決心，拭了拭淚說：“好，我這就走。”

楊大壯、陳正仁二人都很喜歡，就齊都興奮地說：“好了，今天咱們就去要寶刀張三的狗命！”秀俠卻搖頭說：“我不知張家的住處，我也沒有見過張三，你們可以去找他。他大概是住在京城附近。可是，張三是該死，但張雲傑，他又與咱們有什麼仇恨呢？”楊大壯聽秀俠到如今仍不忘情于張雲傑，他就不由有些生氣，說：“師妹你是怎麼啦？寶刀張三的兒子還能有好東西嗎？當初二叔就錯了，他不該與張雲傑那麼個來歷不明的人交朋友。師妹，我真不願說你什麼，二叔既叫你走，我就給你預備一匹馬一口寶劍，你就快走吧！”陳正仁也暗暗罵了秀俠一句，他也忿忿地走開。

楊大壯出去了多半天才回來，站在院中高聲喊叫着說：“師妹！馬都給你備好了！”秀俠也沒應聲，就抑鬱地走出屋，又到了自己的屋內，把隨身的包裹收拾好了，便提着走出。到了門外，斜陽已照着胡同，天色不早了，楊大壯牽着那匹白馬在門前，馬鞍下掛着一口很平常的寶劍。楊大壯的臉色非常不好，歎了口氣說：“師妹，想不到你竟是這麼個人！寶刀張三在什麼地方住你全不肯說！咳！你回家去吧！在路上千萬要謹慎些。你回去不久，我們也就把事辦完了，也就回去了，盤纏你夠用嗎？”秀俠低着眼睛說了聲：“夠用！”她便接過來鞭子上了馬，黯然地，一聲也不語，就向東走去。

秀俠騎着馬由東轉北走着，扭頭一看，就看見了齊化門的城樓。她心中忽然一動，在馬上發呆了一會，就想：今天我又救了張雲傑，他也必能想得到，他走之後我必受叔父的斥責；可是他就忍心地不管不顧，逃了他的命就算完了嗎？那也太便宜他了！不行，我得找他去！於是秀俠催馬向東，一直出了齊化門。此時因為天色晚了，許多鄉民商販都擁擠着出城回家，所以秀俠的馬匹不能快走。她尚未走出關廂，忽聽耳邊有人高聲叫着：「陳小姐！陳小姐！」秀俠一怔。勒馬站住了，向兩邊去看，卻尋不着呼叫自己的人。

　　待一會，就見有個人躱着車馬過來，原來正是來升。來升驚惶惶地問說：「小姐您沒有看見我們少爺嗎？」秀俠不禁一怔，問說：「他沒有回去嗎？」來升搖頭說：「沒有，由您的家門出來，出了城門，他忽然又改變了主意，叫我在這兒等着他，他拿着寶劍又進城去了；臨走的時候他囑咐我，說是如若到關城門的時候他還不回來，就叫我在這裏打店住下。」秀俠發着怔，勒住馬思索，可是身後來的人都喊叫說：「借光！借光！」秀俠只好下了馬，將馬牽在道旁，又問說：「你們少爺二次進城，他的神情怎樣？」來升說：「自從今天回家他的神情就不好，剛才由您家門裏出來，他喘吁吁地，臉色是煞煞的白，半天也沒緩過顏色來。他出了您的家門，帶着我上馬就跑，可是一跑出城來，他又勒住馬發怔，像是要哭的樣子，忽然就下了馬，解下寶劍用胳臂挾着，就進城去了。他囑咐我的話就是不叫我跟進城，也不叫我回家。」秀俠心中猜疑着，暗想：這是什麼道理？

　　來升又指着北邊的一座高坡，坡上有一家茶館，門前的木椿子上拴着兩匹馬，來升就說：「那兩匹馬就是我跟少爺騎來的！我們少爺的脾氣真怪，一會兒就一變主意。」秀俠說：「他既然叫你在這裏等他，想他一會必定回來，我也是要見他一面，那麼咱們二人就在這裏等他一會兒吧！到關城門的時候他若是再不出城，我們再走。」

　　來升接過了秀俠的馬，就帶着秀俠往高坡上的茶館去走，他一面走一面歎息着說：「這些日子，也不知我們少爺弄的是些什麼事？我們當下人的也不敢多問，剛一問他就瞪眼說：『少說話！』我們少爺沒回來的時候，老爺雖有點瘋瘋癲癲的，可是家裏還平安，現在，簡直鬧得真是雞犬不寧。陳小姐！其實我不該多說話，可是我知道陳二爺跟我們少爺很有交情，小姐跟我們少爺也……不錯，有什麼仇兒也就解開得啦！何必這麼鬧呢？我們老爺終朝每天不出門，一聽見外邊有點兒什麼事，他就臉白身子顫，那樣的人還能活多少年？您就勸勸陳二爺饒了他吧！」秀俠緊皺着眉，囑咐說：「別多說話！等你們少爺回來商量！」

　　到了茶館前，來升就將馬繫在了椿子上。秀俠因見茶館裏許多人都在吃飯，她就不願進去，站在高坡上向下一看，卻見道旁有個牽着馬的人，仿佛躱躱藏藏的樣子，原來正是她的堂兄陳正仁。下面的陳正仁正仰面往坡上來看，忽然看見秀俠發覺他了，他趕緊牽馬轉身就走，仿佛很詭秘的樣子。秀俠忽然明白了，知道叔父所以逼着自己走開，就是想到了自己必然去找張雲傑；他們便在後暗暗跟隨，就可以找着張三的住處。她心中非常驚訝，可是又想：我自己不能去報父仇也就完了，現在張雲傑又沒在家，難道我還真要給仇人隱瞞着住處嗎？她隨就回首向來升問說：「你們老爺現在怎樣了？」來升怔了怔，就說：「他今天不是又嚇得半死嗎？現在大概是自己把自己給關在大鐵門裏，不敢出來了！」

　　秀俠又凝着目想了半天，再向坡下去看，見陳正仁牽着馬已不知往哪裏去了。秀俠的心裏又輾輾地轉，悲痛地想道：已然如此了！我索性作個不孝的人，就饒寶刀張三一條命吧！轉首見旁邊有一家店房，她此時心中十分難過，身上有幾處因被叔父踢過，也覺得很是疼痛，就向來升說：“我要到那店裏歇歇去！你在這裏等着你們少爺，他若來了，就叫他到店中見我去。”來升答應着，就連馬匹都牽到那家店裏，替秀俠找了個房間。秀俠來到屋中，不禁想起昨夜與張雲傑在店中的情景，她又不禁落淚，並且反倒不放心張雲傑。店家問她吃什麼飯，她也搖頭，不說話，就倒在炕上哭泣。身旁有她的行李和寶劍，她一狠心，就抽出半截寶劍，想要自刎，但是又一陣悲痛，淚落在劍鋒上。這口劍已不是自己攜帶多年的那口白龍吟風劍了，而是一口生着鏽的頑鐵。她心痛欲絕，不禁伏在炕上，哭着叫說：“爸爸……”

　　少時天色黑了，那來升在外面等得人都不大見了，城門都關上了，已交過了初更，還不見他們少爺張雲傑回來；他只好也到這裏來，找了一間店房。他到秀俠住的屋中看了看，見秀俠的眼下永遠掛着淚珠，獨自坐着對燈發怔，他一句話也沒敢說，就退身出了來。剛一出屋，忽然有個人一把手將他抓住。抓住了他的人，是個年輕漢子，來升嚇得剛“啊”了一聲，這漢子卻拍了他的肩膀，悄聲說：“來！我要向你問點事！”遂就強拉着來升，到了店門外。這漢子就問說：“你是張雲傑家裏用的人不是？”來升剛搖頭說：“不是！”這漢子手中有個明晃晃的很短很尖的東西，已對準了來升的胸膛，冷笑着說：“你別不說實話，我早就知道你住得離此很近，在這裏找店房不過是為遮我們的眼目。小子你快些實說！告訴我，你主人家住在什麼地方，我就放了你，不然……”

　　來升嚇得渾身哆嗦，連說：“大爺！我說實話就是了！我家主人住在東邊六里屯！”這漢子又問說：“在六里屯什麼村子？”來升說：“到了六里屯就瞧見啦，是新蓋的瓦房，財主張家，沒個人不知道。”這漢子又問說：“那位陳姑娘，她住在這兒是怎麼個打算？她跟你家少爺成了夫妻沒有？前兩天她是住在你們那裏嗎？”來升搖頭說：“不是！”因為有一把短刀對準了他的胸膛，他不敢不說實話，遂就磕磕絆絆的把他們少爺和陳小姐這幾日的情形略略說了。這個漢子冷笑着，說：“我是陳小姐的哥哥，你去告訴她，叫她快些離北京，明天一早趕快就走，不然，可連她的性命全都不保！”說畢，氣忿忿的轉身走去。

　　這漢子正是陳正仁，他如今已問出了寶刀張三的住址，可是黑天沉沉，他當日已不能去找，城門已關閉，他也不能進城去向他父親報告，他就也在附近找了店房住下。這時，天色已交了二鼓，城外如此，城中也出了一件奇事。原來陳仲炎自遣兒子追隨秀俠去後，他心中煩惱，晚飯也沒有吃；躺在床上不住咬牙切齒地低聲罵着，說：“好個惡賊張三，我非殺死你們父子不可！”又說：“咳咳！秀俠你那無恥的丫頭！不想你為了私情竟忘了仇恨！好！等着我！等我殺完了張三父子，我再要你的命！然後我棄了家口，獨自去入山修行！”正在忿忿地自言自語，忽見床前立起一個人，手持綠光閃閃的一口寶劍。

　　持劍而來的這人正是張雲傑，他是趁着這黑夜跳牆進來，偷偷地伏着身，到了屋裏。走到床前他才驀然站起了身，把正在仰面躺臥的陳仲炎嚇了一大跳。陳仲炎將要翻身坐起，卻被張雲傑將他按住，同時，蒼龍騰雨劍的鋒刃已貼在他的脖頸上。張雲傑的第一句話，就是問說：“今天我走之後，你的侄女她怎麼樣了？”陳仲炎身子仍然仰臥着，他不敢動一動，就傲然地說：“你問她作甚？她已不是我陳家的女兒了，我已把她驅走了！”張雲傑面色一變，又逼問說：“她是什麼時候走的？是往哪裏去了？說實話！”

陳仲炎忍住氣，回答說：“我也不知她往哪裏去了，她有一身武藝，什麼地方不可以去？也許她又去找你。可是張雲傑，我的侄女嫁誰都行，但你若想娶她，可是你自尋死路！”張雲傑也冷笑着，說：“此時你還敢發橫話，我的寶劍再近半寸，你的性命就完了！”陳仲炎笑着說：“那不要緊，我哥哥死了有我替他報仇，我死了還有別人替我報仇。歸結一句話，你張家與我陳家，要想解開冤仇，這生這世是辦不到了！”

張雲傑聽了這話，不禁緊緊地皺眉，說：“我們兩家何必如此呢？”陳仲炎說：“何必如此？那要問問你們自己。你的父親為得一口寶劍就慘殺了我的胞兄，你又換名改姓引誘我的侄女，使她迷於私情竟忘了父仇，這種欺侮，就是草木也不能忍受！哼哼，張雲傑，除非你現在殺了我，不然我還是要殺你！”張雲傑說：“事實並非這樣，我父親張三確實罪無可逭，但是我並非有意引誘你的侄女；不然前天你有意將侄女配我，我就答應了，不會拒絕。”

陳仲炎說：“我將侄女配你，是要叫你先幫助我們把仇報了才行。無論是什麼人，只要他殺死寶刀張三，我就將侄女配他；假若此時你能把張三的首級送來，我還可以喚回秀俠，叫她嫁你。殺死張三者就是我家的恩人、朋友；庇護張三者就是我家的對頭、仇人！”張雲傑狠狠握劍，指着陳仲炎說：“你的心也太偏狹！”陳仲炎把眼閉上了，說：“我陳仲炎是鐵打鋼鑄的好漢，你用手段欺騙我，用寶劍威嚇我，都是無濟於事，誓死我也要報仇！”

張雲傑歎道：“你太執拗，即使你報了仇，於你又有什麼好處？我化名與你結識，在正陽橋救了你的性命，全為是化仇為友；不想你只記得仇恨，卻忘記了好處。現在你已在我的劍下，但是我還不願殺你，只請你平心靜氣地想一想。你若願意解仇，那我就叫寶刀張三向你賠罪，怎樣辦都行，即使叫他披麻帶孝到你胞兄的墳上叩頭，他為了顧惜性命，必然也能答應。你是沒見着他，他現在可憐極了！四五年前他作鏢頭時是十分兇悍，但後來他發財享了福，已然變得極為懦弱，你真應當寬恕了他。至於以後，你若願兩家相好，我情願以厚禮聘娶你的侄女。你若答應了，現在我就走開，這口蒼龍騰雨劍我也立時還你！”

陳仲炎睜開眼睛想了一想，便點點頭說：“如果寶刀張三能在我胞兄的墳前，披麻帶孝去叩四個頭，那我也可以甘休，但是空口無憑，你須給我寫下一個字據！”張雲傑說：“可是你也應當寫一張字據給我。”陳仲炎點頭說：“也行！但是我不會寫字，你替我寫來，我畫押就是了！”張雲傑看了看陳仲炎的身邊並無兵刃，又見遠處桌上放有紙筆，他便慨然說：“好！我寫來給你看，你陳仲炎既是好漢子，想你也不能說出話來又反悔！”遂就將蒼龍騰雨劍離開了陳仲炎的脖頸，退後幾步離了床邊。

他到那邊桌旁抽出來紙，打開了墨水匣，不想陳仲炎由他的被褥下抄起了一口寶劍，突然翻身而起，一躍下床，掄劍就砍。張雲傑說：“好！你這個無信的匹夫！”兩口寶劍交磕在一起，只聽“嗆啷”一聲各無傷損。陳仲炎挽劍就刺，說：“跟你這賊人之子，我還講什麼信義？”“嗖嗖嗖”白龍吟風劍連抖連刺，“當當當”蒼龍騰雨劍緊敵緊迎。張雲傑跳上了桌子，踢落了筆硯和膽瓶。陳仲炎在下面舉劍直逼，竟不容張雲傑還手。

　　室內，雙龍寶劍攪起了風雨，兩位豪傑決定了生死。金器相擊之聲傳到戶外，楊大壯就在院中高聲喊問說：「二叔！你屋裏怎麼回事？」室內並不回答。陳仲炎劍若疾風，張雲傑也身如飛燕，由桌上跳到椅上，由椅上又跳到床上。陳仲炎緊緊進逼，張雲傑翻身下斫，陳仲炎閃身躲開。張雲傑跳到地下，陳仲炎一劍直劈下來，張雲傑橫劍去迎，同時退到外屋。

　　外屋的地方一寬敞，二人的劍法都展開，但相逼得愈近，劍接觸得愈急。張雲傑迎不住陳仲炎的力大，他一邊迎戰，一邊尋找門戶。又三四合，他就一聳身跳到了院中，卻不料楊大壯拿着一口刀又向他砍來。張雲傑趕緊閃身躲開，用劍去迎楊大壯的刀。楊大壯抽刀未及，「噹啷」一聲，他那口刀又被削下去半段，他連刀把也撒了手，趕緊瘸着腿跑開了。

　　此時陳仲炎已追出來，身如飛鶴，劍似毒蛇，向張雲傑當胸刺去。張雲傑轉身避開，以伏地回風的劍法向陳仲炎橫斫。陳仲炎又避開了，換了劍式，躍起來執劍猛削，一下接連一下。張雲傑避免陳仲炎的力大，只以巧妙的身法躲閃，急速的劍法刺戳。如此，兩個人又在院中交戰了十餘合。忽然張雲傑飛身上了北屋，陳仲炎急追上去，張雲傑虛晃一劍，轉往西房跑去，陳仲炎依然不捨，又追過去。

　　又戰了兩三合，張雲傑仍然奮勇掄劍敵擋，這時忽然由牆外又跳進來一個人，進到院中來就飛身上房，手中也持着一口寶劍，說：「陳二哥閃開，叫我來鬥鬥這寶刀張三的兒子！」來的這人正是袁一帆，他乘虛擰劍向張雲傑的左肋刺去。張雲傑閃身避開，想以蒼龍騰雨劍斬斷他的劍，但袁一帆又將劍撤回，同時陳仲炎的寶劍又斜削下來。張雲傑孤掌難鳴，勉強招架了幾下，回身便跑，卻不料袁一帆一劍正砍在他的左臂之上。張雲傑左臂負傷疼痛難忍，一隻右手又招架了幾下，就趕緊回身逃走。他驚慌如鬥敗了的一隻雄雞，鎩羽而逃。陳仲炎與袁一帆仍然在後緊追，但因陳仲炎的舊傷本未全愈，今天格鬥了多番，身體力氣已然不能支持；而袁一帆雖然手腳敏捷，但他自知手中的兵刃又太劣，所以就一任張雲傑逃走了。

　　張雲傑跑過了幾道房屋，便跳下平地。這裏是一條昏黑無人的小巷，張雲傑喘了兩口氣，趕緊又跑。他卻覺得傷勢難忍，血不住順臂往下滴流，咬着牙忍痛而行，便回到了東四牌樓他家所開的「得寶首飾樓」。此時已經更深夜靜，首飾樓已然關了門板，可是做手工的屋裏還有燈光，有三四個匠人正在那裏打首飾。張雲傑跳下房去，一進屋便連人帶劍栽倒在地，把幾個工人齊都嚇得一聲驚叫，都放下作工的器具持燈來看。

　　他們便認出這是他們的少東家張雲傑，就有人問：「少東家你怎麼啦？」張雲傑擺手說：「不要驚慌！把我攙扶起來！到櫃房去！小心！不要動我的左胳臂！」他自己也扭頭去看，就見左臂鮮血淋漓；這幸虧還是被袁一帆的劍砍的，若是陳仲炎的白龍吟風劍，恐怕這只胳臂早已斷了。他便咬緊了牙根，絕不呻吟。待了一會，本店的掌櫃的就披着衣服驚慌慌地跑來，問他是怎麼回事。張雲傑卻絕對不說，只悄聲說：「把我抬到櫃房歇歇就是了，旁的事你們不必管！明天，無論是誰，不准把這些事向外人去說！」因為他是少東家，所以他說出來的話沒人敢不答應。當下他就被人抬到了櫃房，一夜傷疼得他哪裏睡得着覺。

　　次日，天色將明，他就囑咐這裏的掌櫃去告訴城中住着的他那母親，請她在十天之內千萬別回家；然後叫人雇來了一頂轎子，他帶着蒼龍騰雨劍臥在轎裏，由這裏的掌櫃跟着轎，就在晨光熹微之下出了齊化門。

第十六回　　車走飛塵難逃殘命　　馬阻驟雨愧見紅娥

　　剛走到關廂，就見迎面來了一個人，將轎攔住，攔住轎輿的這個人正是來升，因為他認識首飾樓的掌櫃，就問說：「這轎子裏面坐的人是誰？」掌櫃的說：「是少東家。」來升趕緊掀開轎簾一看，就見張雲傑在轎裏半倚半坐，面如黃蠟，左臂連大襟上滿是鮮血。他不禁吃了一驚，張雲傑就問說：「來升！你昨天沒回家去嗎？」來升搖搖頭說：「沒……沒有，我跟陳小姐都住在這邊的店房裏。」

　　張雲傑吃驚地問說：「哪個陳小姐？」來升說：「就是您的那位陳小姐。」張雲傑又問：「她現在哪裏？」來升說：「就在這邊店房裏，她說她要等着見您一面。」張雲傑趕緊命轎子放下來，就要下來，那首飾樓的掌櫃的說：「哎呀！少爺您別下來！」張雲傑搖頭說：「不要緊。」他下了轎，也不用人攙扶，就叫來升帶路，走進了那家店房。

　　此時秀俠正在收束她的行李，她由行囊之中又發現了前幾個月離開尼姑廟時，那智圓交給她的那副金耳墜，她呆呆地看着，想到：這痛苦的情枝恨葉，即使是已遁入空門潛心修行的人，也難以將它完全拋開，完全斬斷；這種力量，竟使自己忘掉了殺父的大仇，變更了自己四載所懷的志願……想到這裏，她又不禁潸然淚下。就在這時，忽然來升把屋門開開，張雲傑走進屋來。她一見張雲傑這樣子，又不禁吃了一驚，趕緊問說：「你是怎麼了？誰傷的呢？是我叔父嗎？」張雲傑搖手說：「不必細問，我們兩家仇恨是無法解開了！早知如此，此次在北京我就不該跟你再見面，或者我應當隨紅蠍子去！」

　　秀俠滾下眼淚，說：「早先的話就別提啦！現在我想只有一個法子，我既已離了家，我叔父都不再認我了，你不妨也把家拋開。我們一同走，走到外面，我不再姓陳，你也不用姓張了；我們都改了姓名，不再提舊事，隨他們兩方的老人家去殺去打，我們口中再也不提那仇恨二字。」張雲傑點頭說：「你的主意很好，只恐怕那樣你叔父仍然不饒我的性命。你一個女子如此寬宏大度，我很感激，現在你對我張家父子恩已很厚，但婚姻之事，我現在不敢再希望了！」

　　秀俠拭着淚說：「那麼，難道你就在這裏等着叫我叔父殺你嗎？他的力大，又有袁一帆、楊大壯幫助他，你現在臂上又受了這麼重的傷，你如何敵得過他們？你要是隨同我走，沿途我可以幫助你、保護你；但在這北京，我卻不能幫助你，因為我捐棄了父仇，見了仇人都不殺害，並且替他隱瞞着住址，這已經很對不起我的父親了，我如何能再庇護着你們，去與我叔父為難呢？」

　　張雲傑點頭說：「你說得對！可是我現在也不願跟你逃走。我父親張三，我怕我救不了他了。可是你叔父這樣偏狹兇狠，又請出來個袁一帆幫助他，我也實在不服氣。你走吧！我這就回家，此後我仍然盡力設法再與你叔父解和，他若仍然不肯，那我只好把性命交付他了！」秀俠的臉色也一變，由包裹內取出一包刀創藥交給張雲傑，說：「這是雲南白藥，專治刀傷，你可以拿回去療治你的臂傷。我由昨天在此住下，就為的是要見你一面，如今見了，我也就要走了。我走往河南，要回到我師父那裏，我想等你到今年年底。你若跟我叔父把仇恨解開，你就可以去找我，但若過了年底，你就不用去了！」說到這裏，秀俠低頭落淚。

　　張雲傑深深歎息，就點頭說：「好吧！我願不到年底我們就能見面。可是如若到年底我仍不去，那就是這件事還沒了結，也許我已被你叔父所殺。可是，無論我去與不去，我還是盼你不要灰心，以你這樣年輕人不應當去落髮為尼。我張雲傑實在是個庸才，風塵間盡有英俊人物！」秀俠拭淚不語，提起來包裹來就要出屋。張雲傑卻抬起右手來，說：「這口蒼龍騰雨劍你拿去吧！為了我，你不忍殺死你的仇人，但這口劍你應當拿回，埋在你父親的墳裏。」秀俠淒然搖頭，並不伸手去接，只把行李綁在了馬上。

　　張雲傑送秀俠出店門，說了聲：「沿途珍重！」秀俠上了馬，淚水仍然向下直流，她向張雲傑望了一眼，說：「剛才的話你記住了！」遂就揮鞭向東走去，她芳心酸痛，也不忍回首來望。張雲傑見秀俠就這樣揚長而去，不禁感歎。來升攙扶他上了轎子，他就吩咐說：「回去吧！」於是轎子顛悠悠地走去。張雲傑在轎中傷處既疼，心中也頗難受。

　　少時回到六里屯家門前，就見門前的許多僕人莊丁，正在一塊賭錢亂鬧，仿佛沒人管束了。張雲傑十分生氣，下了轎就申斥道：「沒人管束你們就可以胡鬧了嗎？一群混蛋！」僕人莊丁嚇得全都垂手侍立。張雲傑瞪着他們，卻又有點兒後悔，暗想：現在正用着他們，得罪不得！遂就改換了口氣，說：「你們看見我身上的傷了沒有？這是被城裏一個姓陳的所傷，那是我們的仇家，一半日他們還許來到這裏攪鬧！可是你們眾人都在此多年，我們待你們向來不錯，倘若我跟老爺都被人害了，你們也就全都沒有飯吃了！從現在起，大家打起了精神，會武藝的人預備下刀棍，夜裏不許一齊睡覺；你們幫助把這家保住，將來事情完了，就是你們大家的功勞，一定都有重賞。」

　　眾僕人莊丁聽了，年輕力壯的就很高興，掄着拳頭說：「少爺別着急！這算不了什麼，誰敢來找尋老爺跟您，我們就把他打走的。」於是這些人就紛紛去找鋤頭、拿木棍，並有的還預備下單刀、花槍、梢子棍。年老的人卻都想要躲避，有的人還要請假辭工。

　　張雲傑吩咐把莊門關上，進到院裏，他先到那西屋，就見大鐵門仍然緊閉，屋中卻有他父親呻吟之聲。張雲傑扒着窗戶往裏去看，這窗戶是留得很小，一個人絕鑽不進去，所以室中的光線非常低暗；就見寶刀張三披頭散髮，蜷伏在床上，真如個死囚一般。張雲傑不禁更加憐憫，同時憤恨，暗想：好！陳仲炎，事既至此，咱們索性鬥一鬥，拚一拚了，倒看看結果是誰生誰死？他忍着傷，回到書房中，把秀俠給他的那包刀創藥，叫來升給他在傷處敷上。蒼龍騰雨劍就放在身旁，這使他不禁又想起，昨日把秀俠延請到這屋裏時的先後情景，他便又長歎一聲。

當日白晝沒有什麼事情發生，晚間張雲傑更加驚恐，他就吩咐僕人莊丁們分成兩班，輪流着睡覺，輪流着防守。院中整夜支着燈籠，整夜有人，各屋中卻都黑暗，沒有燈光。這夜張雲傑倒沒想到陳仲炎准能來，可是來升卻心驚膽怕，直到天亮，倒是沒有什麼事情發生。可是來升他卻說："三更天時，我看見房上站着兩個人！"

下午，張三的妻子焦三娘回來了，並有銀樓掌櫃的太太隨來給她作伴。她回到家裏就大罵她丈夫該死，看見了張雲傑的臂傷，她又暴躁着說："為什麼不告狀去呢？白白受了他的傷，他還要來到家裏殺人？沒有王法了嗎？"張雲傑卻說："告狀沒有用，陳仲炎也認識作官的人，而且咱們家裏的財發得不正，經官一抖落，就壞了。此時只有兩個辦法，一是時時防守，日夜有人輪班，或者陳仲炎還不敢怎樣，不過日子一長，就難免疏忽，照舊叫陳仲炎能夠得手；另一個法子就是，我保護着我爸爸躲開，躲到我師父諸葛龍那裏。陳仲炎雖然力大鞭狠，可是比我師父的武藝還差得多，再說那裏有我的許多師兄弟。"焦三娘說："那麼你就帶着你爸爸走吧，我在家裏看家，我不怕！陳仲炎要是敢來，我就一個嘴巴把他打出去！"張雲傑就說："且看一二日再說。"

他回到書房裏，又往左臂敷了些藥，然後右手提着蒼龍騰雨劍掄了一掄，他覺得還行；假若與陳仲炎交起手來，自己單臂雖不能取勝，可是也不至於立時就被他殺死。於是他就決定了，心說：走罷！到了襄陽，把父親安置在師父諸葛龍之處，然後糾集師兄弟們，再與陳仲炎、袁一帆決一生死，最後還要去訪一訪秀俠。張雲傑的精神又因此振奮，於是隔着窗戶，把這種計畫向鐵門內他的父親說了。張三在屋中哼哼着說："我也願意躲一躲，別回河南，索性往遠處去，陳仲炎他也就沒法子去找了，多帶些珠寶，到哪兒都能隱起來當財主！"

於是張雲傑就着手作出外避仇之計，他辦得很嚴密。第二天清晨，兩輛車都放着車簾，就離了六里屯，他設定的路線是過通州，沿着北運河的河岸去走。走到天津棄車登船，就順着運河南下，到了淮陰再換車，穿皖省奔襄陽。第一輛車上是寶刀張三帶着個僕人張福，兩人在車裏本來就很擠，還放着一隻大包裹，這包裹裏就是張三的一半家產。張雲傑是坐在後面的那輛車上，他隨身只是衣包和那口蒼龍騰雨劍，身上揣着個藍緞小包，裏面有珠寶翠玉。他想着如若路上遇着紅蠍子，就將這東西還給她。

車輛順着大道而走，天氣很熱，張雲傑的臂傷又痛，車簾又不敢打開；並且只要聽見車外有馬蹄之聲，他就驚恐着，扒着車窗上的玻璃往外看去。外面是滾滾的熱風，吹起來萬丈高的黃土，真如在沙漠之中行旅一般。第一天走到楊村，天色還不晚，便找了店房住下了。張雲傑與他父親同住在一間屋內，張三連炕外都不敢坐，永遠叫兒子遮擋着他。張雲傑又煩惱、又生氣、又無法，好容易才捱過了這一夜。

次日起身再走，不料才走出了三四里地，卻有一陣雜遝的馬蹄聲從後趕來，就把兩輛車攔住。張雲傑已隔着窗看見了，馬是一共四騎，人是陳仲炎、袁一帆、楊大壯、陳正仁。這裏離着天津衛尚遠，沿途的車馬很多。此時陳仲炎已喝令前面趕車的把車簾打開，他與寶刀張三見了面，可是彼此全不認識。張雲傑就手提蒼龍劍由車上跳下來，袁一帆卻在馬上向他擺手，冷笑着說：“別動手！別動手！這是大道，往來有經商的也有為宦的，我們絕不能在此殺人。可是你也別呼援求救，小心鬧到當官，你爸爸四年前殺人的事雖還得細審，你本人在太行山跟紅蠍子軋姘頭，那可是最近的事，彰德府押着好幾個被捕的紅蠍子手下的賊人，隨便提一個來全是證據。”張雲傑面色慘白，冷笑不語。

這時卻聽得前面車上發出一陣慘呼之聲。原來此時陳仲炎已向趕車的人問明白了，在車中縮作一團的人就是六里屯的張財主。他憤恨填胸，不顧一切，“唰”地抽出了白龍吟風劍就向車裏刺去。張三怪叫一聲，張着雙手去揪劍鋒，但鮮血已迸流在車上。張雲傑掄劍奔上去，卻被袁一帆、楊大壯、陳正仁的三件兵刃擋住。陳仲炎抽劍回來，又要殺張雲傑，袁一帆卻向他擺手，楊大壯也推了他一把，說：“二叔，咱們走吧！”陳仲炎怒目看着張雲傑，臉上發出一種快愉的笑，說：“仇報完了，把蒼龍騰雨劍給我，你我兩家就仇恨都消，我的侄女隨你去娶吧！”

張雲傑臉白如紙，微微一笑，把手中的劍反過來，遞給陳仲炎，怒聲說：“拿去！”陳仲炎手中已有了雙龍二劍，就招呼眾人撥馬走去。袁一帆臨走時還向張雲傑說：“你快報官去吧！”張雲傑卻啐了他一口，說：“你把我看作了懦夫！”那四匹馬“嘚嘚”地飛馳向北去了。張雲傑氣湧在胸頭都喘不過來。他走到前面的車上去看，見那趕車的和僕人張福都嚇得不能動彈，他的父親寶刀張三已如同一口肥豬似的死在車裏，但他並沒流淚。這時路旁剛才驚走的旅客，已找來了官人，張雲傑只說遇見了截路的強盜，自己卻不知強盜的姓名。

當日就把張三的屍身拉到鎮上店房裏，備了棺木，派張福坐着一輛車回家，張雲傑就住在這裏。過了兩日，由六里屯來了四個僕人兩輛車、兩匹馬，同來的有他們所開的玉器局的徐掌櫃。張雲傑就吩咐徐掌櫃把他父親的靈柩運走，他自己並不回家，也不留下一個僕從。

他又歇了兩日，便備了馬匹，置了寶劍，孤身南下。此時大地如同火燒的一般熱，天際烏雲滾滾，他滿腔憤恨，雖然左臂傷痛，但仍要急急趕路。行走六七日，他已然疲憊不堪。

這日行到一個所在，天色還早，卻見四周昏黯，沉雷滾滾，大雨已將落來，張雲傑就催馬急走。此時道旁田地中的農夫農婦也紛紛往村裏去跑，忽然見有一個村女站在田徑之中，呆呆地望着他；這個村女衣裳裏兜着許多東西，大概是才從田地裏摘了什麼豆角之類，因為要下雨才跑回來了。與張雲傑眼睛對眼睛的一看，她就恨恨的罵起來。張雲傑是又驚又慚愧，原來這人正是紅蠍子的女徒，在彰河上游被自己推下水去的那個翠環，不知怎麼她又復活了。

此時翠環由地下揀起土塊向張雲傑就打，又跑過來，大罵着說：“你還有臉站在這兒不走？天雷眼看就打下來，劈死你這忘恩負義的狠心人！呸！你瞧，我還活着呢！沒淹死！”張雲傑把寶劍抽出扔在地下，說：“給你寶劍你殺死我吧！我實在後悔過去的事，我也不願再活着啦！”翠環罵着說：“你不願活着？我才不願殺你呢！你去吧！跟那什麼使寶劍的丫頭去吧！將來叫她也把你推在河裏，你那時才算遭報！”張雲傑歎氣說：“不用將來，現在我就已遭受了報應……”說到這裏，大雨點已經淋下。張雲傑依然勒住馬不走，感慨地大聲說：“實不瞞你，我本名叫張雲傑，寶刀張三是我的父親。可是現在我父親已被陳秀俠的叔父殺死。至今我才知道，所謂江湖的俠義，還不如你們作強盜的人量大……」

　　翠環又啐了一聲，罵道：「到現在你還說我們是強盜？憑良心，不定誰是強盜生的強盜養的呢？」此時大雨已淋濕了翠環的衣褲，她的鬢上也向下流水。張雲傑下了馬，從地下拾起劍來，說：「雨下起來了！你在哪裏住你就快回去吧！我也要趕快走，去找我的師父幫助，好替我的父親報仇。今天這一面我就是告訴你，我很後悔，我真真對不起你們！」說着上馬就要走。翠環卻抓住他的左臂，手正搯在傷處，他不禁「哎呀」了一聲。翠環就哼哼地冷笑，說：「你真想走就能走嗎？這兒還有個人要等着見你呢！」張雲傑問說：「是什麼人？」翠環冷冷地說：「反正你認得她，我能饒了你，她可饒不了你。走！你不是不想活着了嗎？那我就送你上一條死路！」張雲傑說：「不用說了，一定是你那師姐金娥，我去見她，她要殺我我也絕不還手！」

　　此時大雨瀟瀟地落着，張雲傑就牽馬隨着翠環去走，兩人都如同水淋雞一般。翠環還隨走隨罵着，她又恨又悲，眼淚隨着雨水自頰間滾下。張雲傑兩腳在泥水中跋涉着，羞愧欲死，同時他也看見了翠環的腦後是梳着個髮髻，就想她必然已嫁了人。走過了幾條泥濘的曲折小徑，才望見了煙雨中的一個小村落，這村子生長着密密的綠樹，也不知是榆是柳。張雲傑的兩眼都已被雨水淹疼，什麼東西都看不清楚了，只仿佛這村子的背後雨氣騰騰之中，有一座高大的屏幛。

　　進了村子一看，人家很少，都是蓬門土屋，朽陋不堪。翠環又推了張雲傑一下，張雲傑腳下一滑幾乎摔倒，馬蹄險些沒踢傷了他的眼睛。翠環就說：「把馬拴上吧！沒人偷你的馬！我們這村裏沒有賊，也沒有面上笑心裏可想着害人的，狼心狗肺的小子！」張雲傑一句話也不敢話，找了棵樹，把馬拴上。

　　翠環已到一個柴扉前去叩門，待了會兒，裏邊有人把門開開了。出來的是個很粗魯的年輕漢子，頭上戴着一頂破草帽。翠環仿佛就是這個人的妻子，她對着這人說了幾句話，她就進門裏去了。這人卻氣忿忿的過來，抖手就打了張雲傑兩個嘴巴。第三個嘴巴正要打下來，卻被張雲傑扣住了他的雙腕，發怒着說：「我是隨翠環來的，我對她有愧，她打我罵我，甚至於殺我都行，你是什麼東西？也敢來欺侮我？」說時騰出一隻手來要抽寶劍。翠環卻又出來了，瞪着眼睛說：「你還發橫呢？快滾進來吧！九奶奶要審問你呢！」張雲傑一聽紅蠍子也在此地，他不由手一發顫，怒氣全無。翠環就揪住他那只受傷的胳臂，那漢子叉着他的脖子，就強迫着他進了門，到了屋內。

第十七回　嬌嬈女盜瀕死懺情　永久仇家臨危援手

　　這屋裏外屋灶上燒着很香的黃米飯，裏間的牆上掛着劍、刀。翠環拉張雲傑到了裏間，就見炕上有一床紅布被，被裏臥着病傷垂死的紅蠍子。外面雨聲挾着雷聲，室內十分昏暗，紅蠍子的低微呻吟也被掩蓋住了。這嬌嬈的女盜魁，面容蒼白，瘦了許多，眼睛也像睜不開，但她的髮髻還叫人梳得很整齊，炕前還放着梳頭匣。她見了張雲傑，只微微的一笑，全無惡意，並聲音低微地說了幾句話。

　　翠環蹲在炕邊側耳去聽，半天才把話聽完，她就站起來，忿忿地轉告張雲傑說：“我們九奶奶跟你說，那天她自北京走後，走了不遠就遇見了袁一帆的手下人，帶着很多的官兵，把她們圍住。她因為傷了心，所以無力氣再與人爭鬥，身上就受了四處重傷，逃到這裏，怕也不能好了。她後悔當初失身嫁了于九，以至為盜，後來想要洗手也不能了。她有個孩子今年已五歲了，在南陽府韓秀才家裏寄養。她早先救過韓秀才的性命，她知道韓秀才不能把她的孩子錯待，可是聽說那秀才的婆子人很惡毒，她不放心。她叫你將來把那孩子抱了去，叫你那殺了你爸爸的婆子去撫養。九奶奶託付了你們，就看你們的良心啦！”

　　張雲傑聽了，不禁低着頭落淚，說：“我一定盡心盡力！可是陳家的秀俠，已與我情盡義絕，她的叔父殘忍兇暴，殺死了我的父親，我誓必報仇！”紅蠍子卻微笑着說：“你來……”張雲傑把耳貼在她的枕邊，就聽紅蠍子的聲極低微，伴着呻吟說道：“我自從作強盜以來，殺死過不知有多少人，開始早先我並不覺得懺悔，因為我不知道被殺的人是多麼痛苦，現在……我知道了！假若我還能活，我一定要出家修行。我勸人無論是誰，千萬不可殺人，不可結仇。你們跟陳家已經抵過來了，已經一報還一報，夠了！何必再往下結仇？你要是不肯忘掉了父仇，那翠環也就應當立時把你殺死。你想一想，你對翠環的手段，比陳仲炎對你家的手段辣不辣？”

　　紅蠍子說的這話，翠環也聽得清清楚楚，她不禁又流淚又頓腳。張雲傑卻羞慚、悲痛、感激，真覺得無地自容。紅蠍子似乎是“人之將死，其言也善”，訓誡完了張雲傑之後，她便閉目靜靜地躺着，呼吸並不沉重，只是有時因傷疼而微微地蹙眉。

　　窗外的雷雨聲還很大，仿佛天地都震怒了。張雲傑直起腰來，拉了翠環一把，翠環趕緊奪手走開，含着淚指指門簾，說：“外屋有人！”張雲傑低着頭垂淚說：

“我實在對不起你們，我想不到你們都是這樣的好！”翠環冷笑說：“你知道我們好了，可是晚啦！我已然嫁了他……”說着指了指門簾外，張雲傑就問說：“他是做什麼的？”翠環說：“他也是我們一塊兒的，那天我跟你走了，他覺着可疑，他就在後面暗中跟隨着咱們；你把我推落在河中，你跑了，他就趕過來救了我。他雖也是個盜賊，而且武藝不高，人也粗魯，年紀又比我大得多，但因為他救了我的命，我只好嫁他，現在我覺得他比你還好！”張雲傑暗歎了一聲，翠環又說：“你就在這屋裏吧！等着九奶奶或死或好，才許你走，可是你放心，我們絕不能傷你！”說畢，冷冷地掀簾出屋去了。

　　張雲傑坐在炕邊，撫摸着紅蠍子的手，他心中極為悲痛，想着：紅蠍子與翠環都是極為可憐的女人，而秀俠此時又不知飄零於何地？自己涉世未久，便遇到了這許多未了的情劫，難消的仇恨，也實在是不幸已極。此時他身上的衣服盡濕，雨水也浸進左臂未愈的傷處，十分疼痛。窗外的雷雨咆哮着，攪得他頭昏，他就一歪身也躺在了炕上。

　　紅蠍子卻微微睜眼，握着他的手說；“你不要難過，也不要害怕。翠環雖然恨你，可是我勸得她已不至於殺你，等雨住了你就可以走。陳秀俠是個很好的孩子，她是我第一個徒弟，至今我仍喜歡她，她也不會忘我。你還是趕緊找她，去與她結為夫婦，只盼你們將來不要忘記了我。”張雲傑卻一聲冷笑，說：“那件事還提什麼？當初我嫌你們是綠林中人，不肯娶你們，可是我又怎能娶個仇家的女子？我張雲傑以後要作堂堂正正的人，不再迷於兒女柔情，也不再作那卑鄙狠毒、欺人自欺的事。”

　　當夜張雲傑就在這裏住下，到次日雨才停止，紅蠍子就催他走，但他卻不願走開。這裏沒有多少人，只是翠環夫婦，他們每天要到田間去操作，所以紅蠍子的湯藥就全賴張雲傑服侍。張雲傑在這裏住了幾天，他見翠環和她那丈夫全都跟安善的農民一般，並沒有什麼匪人與他們來往；村中的住戶也全都勤勤儉儉，沒有什麼壞人，而紅蠍子在此養傷更是極為嚴密安穩。張雲傑的臂傷也漸愈，同時與紅蠍子彼此真情相見，越發難以割捨。張雲傑也很想在這裏隱居，與紅蠍子結成夫妻，將來再把母親請來，把紅蠍子那兒子也找到。紅蠍子也未嘗不如此想着，可惜她的傷勢一天比一天重。在一天的黃昏時，她呻吟了一陣，流了些眼淚，竟致氣絕。這橫行一時的女盜魁落得這樣的結果，雖然不足為惜，可是張雲傑與翠環，及翠環的丈夫，全都嚎啕大哭。

　　本村又沒有棺材匠，只好由翠環的丈夫帶着幾個村人，到離此很遠的鎮上去買棺材。這裏只剩下翠環和張雲傑，翠環就拭着淚說：“她已死了，把她埋葬之後你就走吧！在南陽的她那孩子你若能管就管；不能管，將來我們自會把他接來。”張雲傑長歎無語。

　　正在這時，忽聽一陣馬蹄雜遝之聲闖進村裏來了，翠環和張雲傑齊都大驚，一齊由壁間抽刀取劍。這時就聽得外面急急地敲打柴扉，翠環向張雲傑擺手，說：“你不要動！我出去看看！”說着她就背着手兒拿着刀走出屋門。張雲傑的眼前就是那僵臥着的，顏色如生的紅蠍子的屍身。他心戰手抖，側耳聽着，就聽外面的柴扉開了，翠環在和另一個女子說話，說；“你來了正好，九奶奶死了！”隨着就聽見一片哭嚎聲，不是一個人發出的，並有馬的嘶鳴。

　　這時有腳步聲響，就進來了幾個人，一齊哭着：“九奶奶……”為首的是個短衣女子，正是金娥。她本來滿面是淚，但忽然看見張雲傑也在此處，她就怒目圓睜，“唰”地一聲從腰間抽出了鋼刀，向張雲傑就砍。翠環從身後托住了金娥的腕子，說：“師姐別傷他，九奶奶沒斷氣的時候已經饒了他啦！”金娥忿忿地說：“九奶奶是好心人，饒了他，我不能饒！”

　　翠環說：“你想殺死他也無用，現在他也明白一些了，知道了到底是誰對不起誰。他本來不姓黃，他是寶刀張三的兒子張雲傑。”金娥聽了這話，不由哼哼一聲冷笑，說：“原來你就是張雲傑，你爸爸被陳仲炎和袁一帆殺死在路途，你卻跑到我們這裏來藏躲？”

　　張雲傑昂然說：“我不是來此藏躲，我原是要往襄陽找我的師父，好助我報仇。走在此地遇見你師妹，我為向她謝罪才到這裏，又因九奶奶在此養傷，我幫助服侍，才住到今日。現在九奶奶已經死了，我也就要走了。過去做的事我全都後悔，但都已無法挽回。九奶奶和翠環她們都已寬恕了我，你若仍不肯饒，就請你揮刀，我張雲傑若躲一躲，或是擋一擋，就不是丈夫！”金娥卻冷笑道：“你是誰的丈夫？”

　　翠環問說：“今天你們為什麼來到這兒？”金娥說：“我們才從大名府來，現在袁一帆和他的師弟萬兆山，和陳仲炎、楊大壯、陳正仁等人，都已到大名府。”張雲傑聽到這裏，不禁就吃了一驚，金娥又說：“他們的人雖不多，可是我們已探出，他們有兩口削鋼剁鐵的寶劍，我才來……現在九奶奶既然死了，只有師妹你去幫一幫我吧，咱們倆好為九奶奶報仇！”

　　翠環聽了這話，卻一點也振不起勇氣，她並且很猶豫。張雲傑就說：“我同你們去！袁一帆、陳仲炎是你們的仇人，更是我的仇人，我同你們去報仇！”金娥點頭說：“好！咱們即刻就走！”又向翠環說：“你在這裏！棺材來了將九奶奶盛殮起先別埋，等我去把逼得咱們東走西竄、五零四散的仇人袁一帆捉住，再把害死于九爺的陳仲炎殺死，然後我們祭完了九奶奶，再掩埋！”當下這金娥就掄着刀指揮着張雲傑一同出去。

　　天色雖然黑了，可是還有朦朧的月色，那顏色十分愁慘。這村前卻馬蹄雜遝，人影幢幢，原來紅蠍子手下的強盜現時還有三十多名，都歸金娥統轄了。金娥騎着大馬，一手搖鞭，一手掄刀，高聲說：“走！”於是許多匹馬全都隨她走去。張雲傑也騎馬攜劍，緊緊隨她去走。金娥卻還嫌他的馬慢，回過鞭子來抽他。他的臉上都被抽了兩鞭子，一流汗就浸得很疼。他本來很生氣，但現在四邊全是金娥的手下人，而且前嫌並未全消，倘若把這女盜惹惱，自己立時就要被他們置於死地。他便忍住氣，夾在馬群裏隨金娥緊走。金娥用黑話指揮着眾盜，鞭子“吧吧”地響，鋼刀時時舉起，在月下閃着光芒；她的頭髮已不是兩個抓髻了，而是隨便挽起，亂蓬蓬的，簡直像個女鬼。

　　馬群順着曲折的路徑去走，走了許多時，金娥帶領他們就上了一座高山；山路極陡，崎嶇難行，樹木又多。但是轉過了一個山盤，就看見了一片平谷，金娥那尖厲的嗓音高喊了一聲，眾盜就齊都收住馬。金娥用黑話指揮着，眾盜就一齊下馬，有幾個就走下山探聽去了；其餘的人有的尋找草坡去喂馬，有的坐在山石上歇息、談話，並拿出他們馬上帶着的東西大吃大喝。

　　金娥卻仍在馬上，叫張雲傑近前，把她抱下馬去。張雲傑無法，只得聽她的吩咐去辦。金娥卻百般玩弄張雲傑，並說：“九奶奶跟我翠環師妹全都要嫁你，你全都不要，現在看你怎能逃出我的手心？我可同不得她們那樣貞節，現在人都歸我管了，我隨便叫他們伺候我，可是他們都不配作我的漢子。你還不錯，以後我吩咐你怎樣你便怎樣，不許違背，否則我可刀下無情，我不能像她們那樣好心腸！”張雲傑卻微笑着，說：“什麼話？我只怕你不依從我。當初我獨自去找你們，就為的是想娶你或翠環，可是不想被你們九奶奶把我拉住了，所以我才設法脫身。現在她們已一死一嫁，我只好叫你作我的夫人了！”

　　張雲傑是臥在地下，身旁就是金娥。金娥由懷裏掏出魚肉，又命人拿來酒，她大口地吃着喝着。張雲傑心說：這才是真正的強盜！金娥把酒往張雲傑的嘴裏灌，把肉往張雲傑的臉上扔，大聲地說笑：說她殺完了袁一帆，就要率眾回凹子峪，從此她就是大王了。她要招幾千人，她要收多少男女徒弟，她要使手下人都有馬，都會使袖箭。她並說要造起一面大旗，繡上“替天行道”四字，她要舉大事，封軍師，任宰相。但她說了一陣就醉倒了，睡熟了，四旁的賊眾也都發出了鼾聲，只有幾個人提刀往來着巡邏。

　　天空的月色已由雲中掙出來，十分的清朗，樹根草底蟲聲唧唧，伴着那潮水似的眾盜的鼾聲。張雲傑坐起身來，仰觀明月，又看看眼前；想想過去，再想想以後，他的心中忽然又變了主意，由那主意他又細細的計畫起來。

　　不覺就到了天明，眾盜也齊都爬了起來。金娥也醒了，她一面挽着頭髮，一面又派了兩個人下山去踩探。張雲傑便自告奮勇說：“我來是為報仇，你也得讓我辦點兒事呀？”金娥說：“好！你也出去幫他們踩探踩探。陳仲炎、袁一帆他們昨天宿在大名府南關，今天他們要起身，一定從山下經過，看見了他們不要動手，報告我來，咱們再一齊下山去截殺他們。”又說：“你若騎馬帶刀就很容易被他們看出來，他們若看出咱們在此等着了，就許撥馬回去，去找官人，那可就壞了。今天就是誰的人多誰得勝！給你兩隻鏢，你會使嗎？”說着金娥由旁邊的盜賊手中要過來兩隻鋼鏢，張雲傑就下山而去。

　　到了山口，他卻止住了腳步，向外一看，原來眼前就是黃河，濁水滾滾，上面飄浮着一兩隻小船；兩岸全是黃沙，連樹木草根都很少，別說村落。這裏的山就像一隻猛獸似的蹲踞在這裏，一眼望去，就可以看見周圍二三十里之內有無人蹤。張雲傑並不往山下去走，他反倒攀樹登石，往山上去，找了個僻靜的地方將身隱住。張雲傑所藏身的這處所是在一個懸崖上，說是懸崖，其實距平地不過三丈多高。下面正是大道，大道上有被馬踢的車軋的很深的土，雖然前幾日下了一場大雨，可是早就又被太陽給曬乾了，鬆鬆的像是個大香爐，被風一刮，就彌漫起萬丈的黃塵，能使人的眼睛都睜不開。張雲傑在上邊卻有兩旁的叢樹遮着，連沙子都觸不到他的臉上，真是個好處所。他就坐一會兒站一會兒，向下去望，就見黃河越來越黃，兩岸的沙子越來越亮，因為太陽漸漸升高了。

　　天很亮，簡直看不見下面有一個人往來。張雲傑都等得心焦了，才見遠遠跑來兩個黑點，越來越近，及至來到了北岸，才看出原是五匹馬，是兩匹黑的三匹白的，馬上的人仿佛都戴着大草帽。這時山根下已有兩個光着脊梁的賊人，跑上山去報告金娥去了。張雲傑在這兒看得都很清楚，只見那五匹馬涉水過河往這邊走來，少時就都登上了南岸，兩馬在前，三馬在後，馬蹄蕩着沙塵走得很快。馬上的人衣帽看得很清楚，漸漸離着山不遠，連模樣都可以看出來了：其中一個穿着白小褂黑褲子，騎黑馬，頭戴大草帽，頰下有黑鬍子的人正是陳仲炎；在他旁邊騎着白馬，綢袍子飄飄的人正是袁一帆。張雲傑看見了這兩個人，不禁胸中燃燒起了怒恨，但又想：現在報仇是很容易，量小手辣的陳仲炎本來該殺，但是以後又將如何？我就永遠與他家結仇，拋了秀俠永不相見，而甘作那金娥女強盜的壓寨丈夫嗎？

不容他想，這時金娥已率領三十多名強盜沖下山去。金娥下身穿着紅褲子，上身只穿着個背心，頭髮在後挽成個亂團，真如同一個女妖。她掄動着一對雙劍，帶領眾盜，如同一窩蜂似的，就把那邊的五匹馬圍上了。似乎他們彼此並未怎樣說話，就都抽刀動劍拚鬥起來，殺得真兇，只見白光閃眼，人馬翻騰，揚起來數十丈高的塵土，有的人也中了傷紛紛落馬，馬匹就踏着人竄逃。

張雲傑站在懸崖上瞪着大眼，精神緊張到極點。只見那邊越殺越緊，落馬的人越多，爭戰的人越少，忽見陳仲炎雙手擎着雙龍劍破出重圍而逃，金娥也舞劍來追。就在陳仲炎將將走過張雲傑的眼底時，金娥就從後面發了幾枝袖箭。陳仲炎中了箭向馬下一撲，那匹黑馬把他拋下就跑了，他的雙龍劍也撒了手，才要爬起來，不料金娥又是一箭，他又趴下了。同時金娥已催馬來到，陳仲炎的命就在頃刻之間。

忽然金娥"哎喲"一聲，也翻身落馬，她的頭頂中了一鏢，立時死去。張雲傑如飛鷹似的，從崖上跳下去，先過去將金娥的那匹馬揪住，又把陳仲炎抱起放在馬上，急急地說："快走吧！"後面有個強盜騎馬趕來，張雲傑又一鏢，將那強盜也打落下馬。此時陳仲炎渾身是土，身中數箭，趴在馬上說："啊呀！你為什麼來救我？"張雲傑揮手說："快逃！快逃！"他匆忙由地下揀起兩口寶劍，交給陳仲炎一口，他就舞着一口奔過去與群賊交戰，想再救陳正仁等人，可是此時陳正仁、楊大壯、袁一帆都已負傷落馬而死，只有那姓萬的是早就涉水逃走了。

賊人也死傷了二十多，只剩下九個，張雲傑又斬斷了他們幾件兵器，就高聲喊叫說："紅蠍子跟金娥都已死了！你們還不散夥？"這餘下的賊人裏就有那個何石頭，他止住了他的夥伴，又彼此打了幾句黑話，就一同騎着馬向東去了。張雲傑也趕緊抓了匹馬往南去跑。這裏黃沙上只拋下些斷刀折劍，死的人臥在血泊中，傷的人在沙裏呻吟着亂滾；天上鷹鷂旋飛，如收兵後的戰場一般，河中飄着的漁船也早就都遠避了。

張雲傑催馬緊走，走了三十多里，並沒看見陳仲炎是逃往那裏去了，他就進了偏道。這裏兩旁都種的是高粱，四顧無人，張雲傑就下了馬，喘吁吁地坐在了地下。他的心裏很氣惱，仿佛把事作錯了似的，又把手中得來的這口寶劍一看，倒楣！原來還是那口"蒼龍"。張雲傑在這裏歇息了半天，漸漸有了精神，又高興起來，心說：好！好！現在兩家冤仇還不算解開嗎？只有陳仲炎負疚於我，我卻對他們沒有什麼虧心了。好！我去找找秀俠，把這些事告訴她！於是張雲傑站起來，抖了抖身上的土，就上馬走出了田地。他尋着大道，一直往南，同時兩眼向兩邊去望。走了不遠，便找着了翠環住的那個村子，他便撥馬順着小徑，向那綠樹森森的小村中走去。

少時進了村，卻見村中有幾個人都怒目狂喝，說：「小子！你還敢回來？」張雲傑一看，原來正是剛才河邊逃走的那幾個賊人，其中就有那何石頭。張雲傑收住馬，連連擺手說：「諸位不要急躁！陳仲炎是我的仇人，你們全是我的好友。但剛才我放走了仇人，可把你們全攔住，這並不是我的主意，是九奶奶臨死之前她囑咐我的。不信你們可以去問翠環！她臨死時囑咐我，第一叫我去照顧她寄養在別家的孩子，第二叫我把你們打發走，因為她早就不願再幹這強盜的營生，也不忍叫你們將來都被官捕去正法。」

旁邊還有人向張雲傑怒罵，握着拳，仿佛要過來打他似的，何石頭卻把那幾個都攔住，他就向張雲傑說：「張大爺，你說的話對！我們也早就想洗手，跟着九奶奶時還有點高興、痛快，這些日跟着金娥，他娘的，不如跟個母狗！我們也覺得幹綠林的太丟人了，可是，不幹這個幹什麼去呀？腰裏分文無有，到處有人捉拿！」張雲傑說：「這個好辦！九奶奶她早替你們想好了法子了，來⋯⋯」

這時那翠環已出了柴扉，她向張雲傑點手說：「有什麼話不會進來說嗎？在外邊吵嚷，是怕別人不知道嗎？」張雲傑就下了馬，一手提着蒼龍騰雨劍，一手點着說：「來！來！咱們進門去談！」當時何石頭等幾個人就隨着張雲傑進了柴扉。此時紅蠍子的棺材正停在院中的地上，前邊還供着兩盤炒菜，有一堆紙灰，張雲傑見了，心中不由又有些悲痛。他先到了屋內，將自己帶來的包裹打開，這裏邊就有他父親寶刀張三遺下的一半財產，並有在太行山時紅蠍子給他的那緞子小包，裏面珠翠累累，盡是紅蠍子多年所劫的貴重之物。

張雲傑把這緞包就拿出來，向眾人說：「這是九奶奶若干年來的積蓄，她臨死時囑咐我分配給你們。東西雖然細微，可是你們的人數不多，每人至少可以分上幾兩銀子的東西。你們拿了去秘密變賣，往遠處去隱名改姓，從今都洗手作個善良的人，庶不愧九奶奶對你們這番好心！」說着，他按照人數把珠寶平分了幾份，都放在地下，又說：「諸位隨便去拿吧！拿了趕緊走，在這裏時間若長了，也給翠環招事。諸位若嫌不夠，我還有點銀錢，也可以借給眾位，咱們交個朋友，將來後會有期。」

眾人卻齊都搖頭，沒有一個人過來彎腰拿，都說：「九奶奶還有後人，這些東西還是給她的後人留着吧！我們走就是啦，用不着要這些勞什子。」張雲傑卻說：「這是九奶奶的東西，也是諸位多年替她掙了來的。她那兒子還小，而且有我去照管，這些東西若給了他不但無用，還許由此惹禍。諸位全是好漢，此後都要改邪歸正，沒點謀生的本錢也不行，還是請拿去吧！」何石頭和翠環全都在旁勸說，這些良心發現的強盜才各自把珠寶收了，並不爭競多少。

此時張雲傑含着悲痛，在紅蠍子的靈柩之前焚化了一些燒紙，然後這些人就幫助把靈柩埋在村後的山坡下。翠環與何石頭等人都放聲大哭，張雲傑也落了些淚。諸事已畢，何石頭等人齊都向張雲傑拱了拱手就走了。張雲傑仍然回到翠環家中，他也動手收束自己的行李，並取出些金銀珠玉，約值一千兩銀子的東西，請翠環到屋中，就把這些東西給她。

不料翠環卻用手一推，瞪起眼睛來說：「你給我這些值錢的東西，是為補償我被你推落水去的那條命嗎？快收回去！快走！」張雲傑感歎着說：「到此時你還忘不了過去的事？這些東西我並不是送給了你，就彌補了我早先的過錯，我是也願你們拿它置上田產，從今就在這裏享福。”翠環說：“享福也用不着享你的福，我們會在此安分居住，吃喝也用不着你！”

張雲傑長長歎息，說：“那麼把這些東西暫時存放在你們這裏，將來我把九奶奶那兒子接來，也許送到你們這裏來，那時就可以拿這些錢養活他。咳！你不知道，將來我仍是孤身一人，攜帶那孩子也不便！”翠環問說：“你不是要娶親去嗎？娶那會使寶劍的陳家女兒，聽說那女的長得比我們九奶奶還強，她又會迷你！”張雲傑搖頭說：“我們二人雖沒有什麼怨恨，但我的父親殺死了她的父親，她的叔父又把我的父親殺死，要想成親，就得先算清這筆賬，但是哪能一時就算清呢？”

此時就聽窗外翠環那丈夫粗暴的喊着：“快打水來！在屋裏嘀咕什麼？姓張的你快走！別招老子翻臉！”翠環突然流下淚來，低聲說：“東西我收下了，你快些走吧！”她隨把張雲傑給她的東西都放在箱子裏，趕緊出屋幫助她丈夫去打水。張雲傑提着包裹及蒼龍劍出屋，在院中備馬，就見翠環搖着轆轤打水，她那粗暴的丈夫提着大水桶去澆菜，全都不理他。張雲傑就牽馬出了柴扉，抑鬱的往村外去走。

此時天色已過中午，十分炎熱，張雲傑上馬走去，當日行了四十多里路，便找了個鎮市投店歇宿。晚間，屋中悶熱，蚊子成群，許多旅客全都在院中乘涼，張雲傑就聽他們說：“今天早晨舊黃河的東邊出了一件事，死了七八個人，受傷的有十幾個。看那樣子是盜賊打劫客人，可是官方把受傷的人帶到衙門，又問不出來口供。不過聽說死的人裏，有幫助官人打破紅蠍子的袁一帆，還有兩人，聽說是陳仲炎的兒子跟徒弟。”張雲傑聽店裏的人這樣談說着，他自己一聲也沒敢言語，心中只是惆悵。

次日離店策馬南去，直奔許州。但一到了許州他卻又勒馬彷徨，不知往哪裏去才好，因為雖聽陳秀俠說過，她學藝的地點是在許州附近的一座山裏，山裏的尼姑廟名叫“海潮庵”，可是山的名稱、方向，自己卻沒有詳細打聽。於是張雲傑就進城先拜訪了兩家鏢行，詢問俠客法老尼所住持的海潮庵是在何處，可是沒有人說得出來。他又向幾家店房和一處尼姑廟去打聽，結果是全都沒有人知道。

張雲傑心中十分納悶，出了城，望着山他就走，見着人他就打聽。走出了很遠，居然有一個趕着大車的莊稼人告訴他了，這人就指着西邊遠遠的一座青山，說：“看見了沒有？那山后有個李家村，住着位朱員外，那員外前些日可把山裏的一座尼姑廟重修了。那尼姑廟很小，是叫海潮庵不叫？我可也不知道。”張雲傑道了謝，於是催馬向山走去。

走了半天，方才來到山的近前。他尋着了山口進去，但見遍地是綠草蒼松，野花茂盛，尋找了多時，卻沒看見一處人家，更沒看見什麼紅牆寺宇。他繞了多半天，連方向都走迷了，才尋着山路出去；就望見了一個很大的村落，有人在田裏耕作。張雲傑下了馬，向人一打聽，才知道這裏就是李家村，並聽人說，前些日有一位騎着馬的姑娘前來，見了這裏的李員外，後來那位姑娘就進山當尼姑去了，出家的地方就是山中的海潮庵。李員外並且將那座廟重修了一下，現在已然修完了。

張雲傑吃了一驚，並且心中十分難過，就趕緊求個人帶他去見李員外。原來這個李員外，就是海潮庵的尼姑智圓的情人。秀俠曾于半月前來此，將智圓託付的那一對金耳墜交給了李員外，李員外思念舊情，才修了山中的那座廟。當下李員外見了張雲傑，明白了他的來意，就說：“陳姑娘現在山中廟內居住，潛心修行，可是她尚未落髮！”

第十八回　千回衷曲訂此良緣　百煉精鋼沉于濁水

張雲傑就請李員外派了個熟悉山路的人，帶他重進山內。他牽馬走着，雖然知道秀俠並未落髮，有些放心了，但尚不知秀俠的心境現在改變得如何？而且冤仇雖解，血跡猶存，自己當初雖主張釋怨結親，但這時若叫自己娶一個殺死義父的仇人的侄女，也實在心中不無抑悶。總之，當初火一般的情愛現在仿佛都隨着那冤仇而冷淡了，今天，見上一面就是了！說明白了，也就是了！

此時山間的野花鬥着芳菲，小鳥唱着情曲，但張雲傑的腳步極為遲緩。繞了半天，方才看見山凹之處有一堵紅牆，是新修飾的；走到門前，見門上有很明亮的金字，正是“海潮庵”。山門裏有細微的鳥聲，並有輕輕的木魚之聲，帶路的那個人就回首說：“到啦！”張雲傑點頭說：“謝謝你！你回去再謝謝李員外。”他卻不即時去打門，先將馬繫在一棵樹上，然後才上前將獸環敲打了幾下。這時領他來的那個人已然走了，山中寂靜，只有門環聲、鳥聲、木魚之聲，急緩輕重相應合着。

待了良久，才見裏面有人把門開了。出來的人，是兩個年紀都不很大的尼姑，張雲傑就躬身說；“這裏住着有一位陳秀俠姑娘嗎？我姓張，找她有幾句話要談談！”兩個尼姑彼此望着，一個就說：“是找陳師姐的！”另一個就向張雲傑說：“你就在這等一等吧！”張雲傑答應了一聲：“是！”退後幾步，兩個尼姑就又走進去了。待了不大工夫，就見由門內姍姍走出來青裙青衣的陳秀俠，她的芳顏上雖然未塗脂粉，可是雲鬢依然，辮子梳得很整齊，臉上似比早先瘦了，也顯着年歲稍長，但是姿容卻比在北京之時更為俊秀。她見了張雲傑，就微微地笑，細聲兒說道：“你是從北京來嗎？”說着，來到張雲傑的臨近，眼波飄起，表示出來一種疑問，一種傷痛，一種欣喜，一種柔情。

張雲傑卻毫無悅色，只是歎息說：“我來告訴你一件喜事，你陳家與我張家那數載的深仇，現在，已然完全消解了！”秀俠驚疑着，搖頭說：“我不知道，我自從來到這兒就沒再出山門，外面的人我一個也沒見着。我想，到年底你要再不來，我就要落髮修行了。”張雲傑點頭說：“是呀，冤仇若不解開，我也是不敢前來見你，可是冤仇也不是輕易能解開的，乃是我的父親寶刀張三流了血，喪了命！”秀俠吃了一驚，張雲傑又說：“並且我張雲傑以德報怨，在黃河岸救了殺死我父親的……你那令叔！”遂把已往的事詳細說了一番，然後說：“你想，過去是冤仇未解，使你為難，現在可好了吧？”秀俠擦了擦眼淚，點頭說：“那麼我這就收拾東西跟你走吧！”

張雲傑卻擺手說：“別忙，我還有許多事情尚未辦完。第一是紅蠍子已死，你知道嗎？”秀俠驚訝着說：“是嗎？”張雲傑又把紅蠍子和翠環之事，略說了一番，並感慨着說：“她們雖然是女盜，但她們心寬量大，待我情重恩深，我是永不能忘！”秀俠的神色漸變。張雲傑又歎口氣說：“第二，張三雖非我生父，但他那樣昏愚懦弱、改過悔罪的人，終於不免一死，也真令我傷心；等到我將這傷心養好之時，再來找你吧！今天先奉還你家這口蒼龍騰雨劍，一切的罪過都由此劍而起，我不願再見它，請你收回去吧！咱們兩家的賬就算是全都清了！”說時，他由鞍旁解下了那口蒼龍騰雨劍，用雙手托着交給秀俠。

不料秀俠接過來就“噹啷”往地下一摔，氣憤得流淚，點頭道：“好，你走吧！仇都完了！我們報清了，再也不用找你張雲傑，你也不必再來啦！”張雲傑變色，問說：“你這是為什麼呢？難道你覺着我說的話還不對？”秀俠淚如泉湧，點頭說：“對！你說的話都對。我只恨我，在北京時我為什麼要心軟？為什麼不親手殺死我父親的仇人張三？為什麼要離開我叔父？假定有我跟隨我的叔父，就是千百個強盜也能抵擋！還用得着你去救我叔父，自鳴得意，說什麼以德報怨的話來氣我？幸虧你來得早，我知道你原是這麼個人，否則，我還……”說到這裏，陳秀俠悲哽得說不出一句話來了。

張雲傑十分後悔，就歎氣說：“我原知道你是心地寬宏，為我們兩家冤仇之事很是為難，很是受苦，很是忍痛傷心！”他用手去拉秀俠，不料秀俠“吧”地一推，把他推得倒退了兩三步。秀俠由地下拾起來“蒼龍騰雨劍”，灑着眼淚就走進廟裏去了，隨手關上了廟門。張雲傑站在這裏發怔，又氣憤又後悔，同時又怕秀俠回到廟中自殺了。他又不敢打門或跳牆進去，就在廟外着急、徘徊。

待了一會兒，廟門又開了，走出一個二十來歲的尼姑。張雲傑就上前說：“請把陳姑娘叫出來，我再跟她說幾句話！”這尼姑卻擺手說：“她在裏邊哭得很屬害！施主你是姓張吧？”張雲傑點頭說：“是！”這尼姑說：“我是陳秀俠的師姐智圓，她這次來把她在外所遭遇的事情全都告訴我了。她受了佛門點化，情願不報殺父的大仇，來到這裏她就日日隨着我們念經，求兩家的冤仇解開！將才，你不該逼她太甚！”張雲傑慚愧得低下了頭去，說：“請師姑方便一下，叫我進去向她賠罪！”智圓卻說：“施主既不燒香，這廟中是不能進來的，因為本廟的清規太嚴。”張雲傑搖頭歎息。智圓又說：“施主可以到山外找個地方暫住兩日，容我把她解勸好了，你再來見她。”張雲傑點頭說：“那麼，煩勞師姑多多向她勸解吧！就說我都認錯了，想再跟她見一面。”智圓應了，遂進廟，又關上了山門。

張雲傑解下馬來，牽着走去，心中非常惆悵。不覺出了山口，一看是一片平原大地，沒有多少村落，遠遠有一片蒼林。張雲傑忽然站住了，發了一會怔，又忿忿地想：算了吧！只叫我體諒她，她卻絲毫不體諒我。她陳家都是對的，我張家的人就只該死，這樣，還結什麼夫婦？我張雲傑也是堂堂男子，難道就連這件事都割不開？於是他又扳鞍上馬，揮鞭走去，一直往南，專心要到南陽去探問他故人紅蠍子的遺孤。三四日就走到了南陽，張雲傑進了城，依照紅蠍子臨歿時所告訴他的地點，就在一條極狹窄、頂骯髒的小巷裏，找着了那韓秀才的家。只聽裏面有"哇啦哇啦"一陣小孩子的讀書之聲，像是一群老鶴叫似的，原來是韓秀才教着學房。張雲傑將馬繫在門環上，手提着他的行李進門。

忽聽有個婦人說："你是找誰的？我們這兒的學生不買你的筆！"張雲傑一聽，這婦人錯以為自己是串書房賣筆的客人了，遂搖頭說："不是，我是要找韓秀才。"婦人問說："你找韓秀才有什麼事？"這婦人說話很橫，長着一臉的兇肉，年紀有四十多了。在院中有個孩子正蹲着剝豆角，穿着件破衣裳，一臉的鼻涕，很瘦，不過才四五歲，很像是紅蠍子所說的她那兒子。張雲傑就也發橫說："把韓秀才請出來吧！我要見他有要緊的事！"婦人這才忿忿地到屋中叫出來她的丈夫。

這韓秀才有五十多，長袍坎肩，倒真像是一位"老夫子"。他見了張雲傑，露出很驚異的樣子，向張雲傑遞笑說："您找我有什麼事？"張雲傑一拱手，說："你是韓先生？"看旁邊除了那婦人、孩子之外再無別人，他就走到近前悄聲說："你認識于九奶奶嗎？"韓秀才嚇得臉都白了，連連擺手說："我不認識！"張雲傑用力一拍他的肩膀，笑着說："你別害怕！我是九奶奶的朋友，現在來就是為將她的兒子領走。"

韓秀才指着剝豆子的那個孩子說："就是他！因為在兩年前我由盧氏縣散館回家，路過⋯⋯遇見了⋯⋯許多好漢，幸虧九奶奶把我救了，沒殺，叫我在山上住了兩個月。九奶奶見我不錯，又因為她又要到遠處去，帶着公子不便，所以才託付我⋯⋯"張雲傑冷笑說："託付了你，你就帶他在家裏，叫他受苦？四五歲的孩子就叫他幹活兒？你以為我們就得不到消息，不敢進南陽城嗎？"韓秀才連連擺手急辯，說："沒有叫他受苦！不過因為我家道貧寒⋯⋯"張雲傑一掌，幾乎將韓秀才推得坐在地下。他就過去抱起了那孩子，擦擦孩子臉上的鼻涕，笑着說："跟我走吧！我帶你找你媽媽去！"

這個孩子倒很聽張雲傑的話，張雲傑就抱着他離了韓家，又不敢在南陽多留，所以就出城而去，馬後帶着包裹，馬前帶着孩子，一直往東，先找了一個大市鎮住下。他給孩子洗乾淨了，換上新衣，自己也置了衣服和寶劍，這孩子倒很像是他的少爺。本來，紅蠍子給他起過名子，叫他大熊兒，他對於他母親的模樣早就不記得了，他爸爸是誰他更不知道。張雲傑由這孩子，又想到自己從這麼小就入張家寄養，張三於自己實有父子之恩，不替他報仇，反釋走了陳仲炎，也就夠了，難道還真要娶仇人之女嗎？可是，雖然心中極力地往寬處想，不再回憶那些私情，但是秀俠的容貌總不能在他的腦裏消除，並且使得他睡夢都不得安。他非常地恨自己，到了遂平縣，他就想撥馬北上，帶着這孩子直回北京，把孩子就寄養在自己家裏，海潮庵內的秀俠他也不想見了。

往北走到西平縣，天色已近中午，那孩子餓了，他便走到一個市鎮駐了馬，把孩子抱下來。道旁就是一家茶飯館，門前搭着涼棚，棚下擺着許多座位，張雲傑將馬繫在涼棚的柱子上，拉着孩子找了座位，就要茶要麵。天很熱，眼前就是往來的大道，車馬一過，便見塵土飛揚，霎時就能使一碗清茶變成泥水。張雲傑就笑着向那孩子說："快些吃！吃完了咱們快些走，早些回北京早些去玩兒。"孩子大口吃麵，張雲傑一邊吃着，一邊想起來以往的事情，又很煩惱。

正在這時突見由北邊飛馳來了三匹馬，馬上的人都是強壯的漢子，都戴着大草帽。一來到鎮中，三匹馬就全都慢行了，張雲傑注目去看，他忽然吃了一驚，原來其中的一人有黑須，正是鐵面靈官陳仲炎。陳仲炎也看見他了，忽然就收住了馬，向旁邊的人說了幾句話，他就下馬來找張雲傑。張雲傑臉色陡變，也不起身，身旁預備下寶劍。

只見陳仲炎摘下草帽，拿手巾擦着臉上的汗，喘吁吁地走到了涼棚之下。張雲傑臉色發紫，坐着，連頭也不轉。陳仲炎就站在他的背後，說："我正找你，不想在這裏遇見！你有工夫沒有？可以同我到鎮外，有些話我要對你說。"張雲傑憤然站起，轉頭說："那有什麼不敢？走！"說時要抽寶劍。陳仲炎卻把他的胳臂按住，說："你別錯想了！我來找你，是毫無惡意。早先我與你為敵，是因為你庇護着寶刀張三，現在兩家的血海冤仇都已了清，你我仍然是朋友！"張雲傑嘿嘿一聲冷笑。

此時那隨從陳仲炎的兩個人都牽着馬走近，陳仲炎卻擺手叫他們退後。張雲傑扔下寶劍，憤恨地望着陳仲炎，冷笑說："仍是朋友？你陳仲炎倒真會說話！你陳家的人死了便是冤仇，別人改悔、哀求、乞命，你們全不能饒，我的父親便只該死？姓陳的，你何必再來找我？你也不必憂慮我將來找你報仇。黃河岸邊的那件事就是我告訴你，我張雲傑的心地卻與你們不同，我寧願以德報怨，寧願人負我，我不負人。可是我並不怕誰，我更不是忘掉了父仇，圖謀誰家的閨女！事實具在，將來你更能看得出，我張雲傑……"說到這裏一拍胸脯，說："是光明磊落的丈夫！心地寬宏的好漢！朋友我是不敢高攀了，但將來你陳家的人如再有危難，我還是要拔刀相助，不索報酬！"

陳仲炎伸着大拇指說："好漢！"喘了口氣又說："但你以為我陳仲炎就是心小量狹的匹夫嗎？我這人只是恩怨分明。張三殺死我的哥哥，無論他逃到哪裏，他怎樣乞求饒命，我也一定要他的性命！可是你，在北京前門，在黃河南岸，兩番助我，我也不能把那忘記。你現在若想替張三報仇，就請上劍，陳仲炎絕不還手！"張雲傑冷笑道："我若想殺你，那天何必又救你？"

陳仲炎說："好！既然這樣，我可以送你一件東西，你可以拿回去祭你父親之靈！"說時，由腰間"鏘"地抽出了白龍吟風劍向左臂一砍，立時他自己的左手便掉落於地，鮮血迸出，濺了一身一地。張雲傑大驚，忙扶住了陳仲炎，那兩人都棄馬跑過來攙扶。陳仲炎疼得面色如紙，頭上的汗珠有蠶豆那麼大向下墜，但他依然大笑，說："我陳仲炎不欠債！你不傷我，反以好處來傷我的名聲，我不幹！給你一隻手！你要頭我也立時給你割下！"此時茶館裏的人全都大驚，那孩子嚇得直哭。張雲傑幫助那兩個人抬着陳仲炎，將他送到附近的一家店裏，自己也就帶着那孩子在同店內找房子住下，陳仲炎已痛得昏死過去了。

隨陳仲炎來的這二人，一是徐飛，一是雙鈎手宿雄。原來陳仲炎是自黃河南岸被張雲傑所救，負傷逃走，他在一家店裏養好了箭傷後，又去與大名府官衙接洽，認了他兒子陳正仁和楊大壯的葬埋之地，祭奠過了。此時徐飛也由保定趕到，依着陳仲炎還要單身去搜尋紅蠍子的盜眾，但被徐飛勸止住了，便南下打算回新蔡縣，去祭奠陳伯煜的墳墓。走在許州會見了雙鈎手宿雄，宿雄因為過去受過陳伯煜的好處，所以他也想到那墳前去叩幾個頭，於是也跟隨着南來。陳仲炎在路上抑鬱不舒，雖然兄仇已報，可是他反倒煩惱加甚：這煩惱並不是為他的兒子慘死，也非為侄女遠去，只是覺着對張雲傑仿佛有些虧欠似的。他便決定回家祭兄之後，仍舊出來，設法找着張雲傑，以報答兩次援救自己之恩。因為陳仲炎想着，非得那樣，才算是自己恩怨分明，剛強磊落，不是只知報仇，而不知報恩的量小心狹的小人。所以如今他便慷慨激昂，斬斷了自己的左手。

陳仲炎疼痛得昏暈了幾次，後來敷了些藥，漸漸蘇醒過來，見張雲傑、宿雄、徐飛全都在他的眼前，他就微笑着說：「你們何必對我如此關心？江湖人的手腕都該斬斷！我的兄仇報了，張雲傑兄也不願再與我為仇，我覺得我這身子都無用了，我很願早死，隨從我胞兄于地下！」又向張雲傑說：「我的侄女秀俠，此時多半在她師父法老尼之處，你去找她成親去吧！她那孩子跟你我都是一樣的可憐，都是不幸遇着了這種命運！」張雲傑此時也只剩有感歎唏噓，反倒覺得陳仲炎很可敬，也認為這仿佛是一種命運。自己的父親寶刀張三和鐵掌陳伯煜生前本有冤孽，今生應當由自己和陳仲炎叔父侄女以痛苦償還。不過他恨極了那口「蒼龍騰雨劍」，認為一切的血仇，皆由那個冥頑不靈的東西而起，此時是未在他的手下，否則他真要把那東西捶毀。

陳仲炎在這裏養傷，張雲傑和宿雄又往海潮庵去找秀俠，想要叫她來與她的叔父見面。張雲傑帶來的那個孩子大熊，就留在店房中，由徐飛暫時照顧。這孩子本來太小，連他自己的來歷他都說不清，所以徐飛也絕沒有想到，這就是大盜黑山神于九和紅蠍子之子，而他的父親就是死于陳仲炎的手下，他母親的部下人卻又把陳仲炎的兒子殺死，說來他們之間又是有一層孽債，又是有許多深仇。但這孩子還跟陳仲炎很好，他時常到床前望着陳仲炎笑，陳仲炎也很和氣地問他話，他卻說不大明白。

三四日後，張雲傑與宿雄回來了，說是秀俠已離開了尼姑廟，據那廟中的人說：「她是攜帶着那口蒼龍騰雨劍回家去了。」陳仲炎此時傷雖未愈，可是已能夠下床行走，他就向張雲傑說：「我要回新蔡縣去，最好你也能隨我們去。到我家裏，我將我的侄女配給你，因為我早有此心！」張雲傑長歎了口氣，便答應了。當日就講好了一輛騾車。次日，陳仲火跟那孩子坐在車上，張雲傑、徐飛、宿雄都一齊騎着馬，就離開這裏往南偏東走去。

雖然天熱，而且那輛車走得很慢，但是兩天的路程就到了新蔡縣錦林村。此時，村中的果樹生滿了綠葉，結着很大的果實，附近的田禾也都長得很茂盛。村中人都十分閒散，可是一見陳二爺回來了，缺少了一隻左手，而且隨來了徐飛和兩個面生的人，另外還有個很瘦很黑的小孩，只少了陳正仁、楊大壯二人，就齊都驚愕了。陳仲炎感慨萬端，向村中父老點首問好，卻不多說話，就一直進到家內。張雲傑現在是只想再見秀俠一面，可是沒有見着。徐飛把他跟宿雄讓到一間空閒的房子裏，大熊就在門口跟村裏的孩子們玩上了。此時天色尚早，還沒到午飯的時候，張雲傑時時推開門去看，只聽院裏有一片哭聲，出入的鄰居和親族們，都低着頭擦眼淚，張雲傑也非常難過。

午飯後，就見徐飛換了孝服，進屋來向宿雄說：「二叔現在就要帶着咱們到墳上去祭奠，可是張兄也去嗎？」宿雄說：「他是一定要去的，舊事不說了，將來他就是陳家的女婿啦！」張雲傑自覺十分慚愧，就說：「倒不是為這個原因！只是，陳老伯父是當年的一位英雄，江湖上有名的前輩，我既然來到此地，便應當去拜祭一番。”說話之時，只見由裏院出來了一行人，頭一個就是陳仲炎，他雖沒穿孝，可是放聲大哭，一隻胳膊下垂着，另一隻臂被人攙扶着。在後面的是他的夫人、他的女兒和他一個小兒子，另外還有一位身穿重孝的姑娘，被鄰居的兩人婦人攙扶着，這就是秀俠。秀俠哭的是最厲害，因為這是陳伯煜死後四年，第一次報復了仇恨，全家舉哀之日；又加了陳仲炎斷臂，陳正仁、楊大壯都為此事慘死於外，所以越發傷了大家的心。幾乎滿村的人都哭着，都往村外陳伯煜的墳墓弔祭去了。

張雲傑已然跟隨着走出了村子，但他見這種情形是太淒慘了，使他也不禁眼淚汪然而下，就想：陳伯煜生前必是個好人，只為了一口寶劍賈禍致死，想當時自己的父親寶刀張三，不定是怎樣的殘忍？後來他死，確實也是不屈。自己是兇手的兒子，雖然如今兩家仇恨都已解開，但自己有什麼顏面在此招親作婿？他心中既痛且愧，就退身回來。趁着一干人都哭着往墳致祭，這時村裏幾乎都有沒有什麼人，張雲傑就備好了自己的馬匹，收拾好了行李，然後為陳仲炎留下一張紙條，找着了大熊，把他抱上馬去就走，連頭也不回，身邊遠遠之處，仍有群哭之聲，悲哀淒切，送入他的耳鼓。

張雲傑加緊揮鞭，就離了新蔡縣一直往北去走。因為天熱，而且大熊受不得馬顛，所以他跑一跑就要歇一歇。走了七八天，方才到了朱仙鎮，正在走着，忽聽身後有人大聲叫道：“張雲傑！你還不站住？我給你送親家來了！”張雲傑驚愕得趕緊回頭去望，卻見是身後來了三匹馬，兩黑一白，黑馬上是宿雄和徐飛，白馬是在最後，馬上的人穿着青衣，正是秀俠。宿雄催馬來到張雲傑的近前，他就哈哈大笑，說：“冤仇都解了，喜事到了臨頭，你反倒撒腿跑開，難道陳二爺說出了的話又不算了嗎？你應了的又不應了嗎？好了！我本想把親事給你送到北京去，現在既遇見你了，我們就不管了。我們還要趕往大名府去運陳正仁跟楊大壯的靈柩，再會！再會！”說着，他跟徐飛的兩匹馬就越了過去，二人回首在馬上抱拳，齊笑着向他們賀喜。

少時兩匹馬向北去遠了，這裏張雲傑反倒極為慚怍，便抱着大熊下了馬。就見秀俠緩緩地策馬過來，她先問：“你既在海潮庵跟我說了那些話，為什麼又答應了我叔父許親之事？既然答應了，並且你已到了我家中，可為什麼你忽然又不辭而去？”說話的時候露出來幽怨。張雲傑歎氣說：“因為陳二爺自己傷了胳臂，我才知道他為人的恩怨分明，這才答應了親事；但一到你們家裏，我見你們祭墳時那樣地痛哭，我又覺得冤仇雖解，但過去的兩家遭遇都是太慘了，恐怕誰也不能忘記，我才帶着這孩子走了！”

秀俠問說：“這孩子是誰？”張雲傑說：“這不是外人！”遂又把紅蠍子托孤之事補說了一遍。秀俠不禁掏出手帕來擦擦眼淚，下了馬，親密地拉住這孩子的手，問他說：“你是不記得了！你小的時候我還抱過你呢！”張雲傑說：“現在一往的事都不要再提了！我們把這孩子帶回家去，應當視如己生，只是，我們成親，是否還要辦事呢？”秀俠的臉上微微一紅，說：“依着我，我一定要往海潮庵去落髮，現在都是奉我叔父之命。我叔父叫我到你家裏去，他說是一載之後再歸寧。”

張雲傑聽了秀俠這話，他對於陳仲炎愈加感佩，遂又向秀俠解釋那天自己在海潮庵前說話的寡情。秀俠卻着急說：「不要再提啦！連昨天經過的事也不要再提了！今天算是我們頭一次見了面。」張雲傑不禁笑了，卻又暗暗歎息着。於是二人上馬，輪流抱着那孩子，在炎天大道之下，隨走隨談話，漸漸越談越近，恢復了二人昔日的情愛，全都解開了多日的愁顏。

不過張雲傑仍然有一件不痛快的事：秀俠的馬上帶着兩個包裹，一個是她隨身的衣物，一個卻是她叔父、嬸母和親友，及村人們送她的妝奩；並有一雙陪嫁之物，那就是「蒼龍騰雨」、「白龍吟風」兩口寶劍。秀俠說是她叔父陳仲炎叫她帶走，為的是她與張雲傑夫婦二人各使一口。雙龍劍本是兄弟劍，但此後若改成為夫婦劍、雌雄劍，或者自然就免去了吉凶之說。張雲傑對白龍劍無甚話說，但對於那口蒼龍劍，他實在是心中憤恨，就想把它毀壞了，可是又知道那口劍的鋒利，即用千斤之重的鐵錘，也難以將它砸斷；投之洪爐也未必立時就能熔化，那真是一塊頑鐵、一件凶器！為了它……張雲傑真不敢再想往事了。

走了一天，投店歇宿，次日起身就來到黃河南岸，呼來擺渡，載馬過河。當渡船走到河心之時，只見濁水蕩漾，看不見底，不知有多深，而且水勢流得很急。秀俠坐在船板上，想起了她上次夜渡黃河，在船上傷賊之事，記得那天渡過了河到了老龍鎮，在店中就與張雲傑見了面。她抬起頭來，看了看牽馬在船上站立的張雲傑，雖容顏較前憔悴，但英俊依然；昔日是路人，後來為仇家，今日竟成眷屬，她心中一陣柔情撩蕩，卻又有些感歎。

可是，突然間，見張雲傑由馬鞍旁摘下了那口蒼龍騰雨劍，瞪目咬牙，高高將劍舉起，一下就投入了河中，當時光芒鋒利的寶劍便沉入了河底。秀俠臉色大變。張雲傑卻笑着說：「這樣，我的心才算痛快了！」秀俠見張雲傑將寶劍投入水中，她就明白了張雲傑的用意，當時沒說什麼，只是不禁一陣傷心。船夫們很覺得詫異，那孩子卻覺得好玩。過了河，沒有了蒼龍騰雨劍，張雲傑反倒十分歡喜。

行了十數日到了北京，六里屯中景況依稀，家人還都照舊操作。主人張得寶（寶刀張三）已經在新買的大墳地內葬埋了。主婦還照舊抽她的大煙，她認為這是「冤冤相報」，她丈夫是該死。不過兒子張雲傑一回來，而且攜來個年輕俊美的兒媳，她倒是忽然增加了一些歡喜。雖然家裏的來升、張福等人都認識秀俠，都可以大略猜得出來是怎麼回事，可是張雲傑隱瞞着他的母親，只說：秀俠是他師父諸葛龍的女兒，他師父將女兒許配給他了。那孩子大熊，他只說是一個友人遺下的孤子。

草草地請了櫃上的人和近鄰吃了一次喜酒，張雲傑與秀俠便結為了夫婦。秀俠梳了頭，成了少婦的裝束，終日不出門戶，只是事奉婆母和撫養那故人之子。他們夫婦因為經過了無數的患難，所以極為恩愛，並且鑒於江湖仇殺的可畏，張雲傑決定不與江湖人來往，他只是照管城裏的兩個買賣，並經營田莊。

一年之後，張雲傑送秀俠歸甯。此時紅蠍子的盜眾已然消滅，翠環隱于山村，已然抱了孩子。他們到了新蔡縣，見陳仲炎體健猶昔，雖然缺了一隻左手，可是仍然要天天練武，對待侄女和侄女婿倒還好，往事是一概不提了。此時秀俠已有孕，在娘家生了個男孩，住了一年多，便將孩子交與嬸母撫養，叫他姓陳，作為是陳伯煜之孫，並將「白龍吟風劍」留下，以取吉利，然後夫婦又北返。

　　此時大熊已然入塾，連他自己也不知道他父親原是當年的一個大盜，他的母親更是名震江湖、縱橫數省的女盜紅蠍子。歲月如流，沒有了那些仇殺毆鬥的事，他們的生活便也都無事可述，因此，"風雨雙龍劍"這部小說，只好擱筆。

《彩鳳銀蛇傳》

DULU WANG（王度廬）

江 湖 出 版 社
JIANGHU PUBLISHING

Jianghu Publishing
PO Box 35075 Fleetwood Postal Outlet
Surrey, BC Canada V4N 9E9
www.jianghubooks.com

THE COLLECTED WORKS OF DULU WANG

王 度 廬 選 集

Author of Crouching Tiger, Hidden Dragon

《 卧 虎 藏 龙 》 作 者

Wuxia Novels Volume Four

武 侠 小 说 集　卷 四

彩
鳳
銀
蛇
傳

DULU WANG

王 度 廬

Edited and Modified by Hong Wang

校 訂 者 ： 王 宏

JIANGHU PUBLISHING　　江 湖 出 版 社

第一回　碧海青山俠少駐馬　陽春芳樹閨女弄情

　　山東省日照縣東北方向有一座巍然高聳的山峰，名叫琅琊台，這原是大珠山的峰嶺。它與正北邊的小珠山，如同巨靈神的兩支胳膊，環抱着當中的一片小平原：靈山衛。由這裏往東看，汪洋的海水已在眼前了。海中島嶼無數，其中最大的最著名的就是水靈山島。這周圍是沙平水廣，島綠山清。每日風帆片片，海鳥回翔。撥個小板船，在海中撒下一片網，呆一會就能拉上來千百條活蹦蹦的大魚，真個是魚米之鄉。陸地上還可以種稻，種麥，種黍，所以人民的生活也很容易。

　　這部《彩鳳銀蛇傳》說的是前清時代，大概還在嘉慶、道光年間以前。琅琊臺山的山根下有一個小村落，因為這村中的房屋牆全是用石頭壘成（這靠着山的地方，石頭比柴草還不值錢），所以就叫作白石村。村裏稀稀有四十多戶住戶，多一半是打漁，少一半是種地。因為是聚族而居，所以全村有兩個姓，就是黃、李二姓。

　　這裏的人賣魚糶穀都要到北邊靈山衛，因為那裏有一個很大的市鎮，除了打官司之外，很少與縣城往來。這裏也沒有什麼念書的人，當然更沒有秀才、舉子了。可是人人都會武藝，年輕的漢子且不說，即使是老頭子、小姑娘們也都會打拳練槍，個個都是一付好體格。別人要想欺負這村裏的人，或是從村裏偷一隻雞，或是到山上砍棵樹，那是必要遭一場苦打的，還許喪失了性命。

　　這天，是初春二月的天氣，海風吹來還很寒冷。傍午之時，正在漲潮的時候，潮水沖打着沙灘嘩嘩地響，如千軍萬馬一般的雄壯。這裏忽然來了一個異鄉人。這地方的孩子見到的都是叔叔伯伯，除了每年來此收租一次的衙門裏人之外，向來就看不見一個陌生的面孔。如今來的這個人，不但面目生疏，而且還牽着一匹鐵青色的大馬。馬在此處更是輕易也看不見，所以第一個發現的黃家的杏姑娘，她就趕緊向女伴招手，叫着說：“快來看呀，看馬來呀！”

　　正在海濱濕沙子上扒蛤蜊的一群女孩子，全都回過來頭，就見岸上有一人牽着一匹鐵青色的大馬，往這邊走來。這些女孩子們都直着眼去看。有的還不信，說：“這是騾子。”獨有杏姑娘斷定這是馬，說：“你們看！騾子的脖子上哪有這麼長的毛呢？我跟我本家三伯到靈山衛去過，瞧見過馬，馬就是這個樣子！”

　　一群女孩子們這樣地嚷嚷着，那牽馬的人也止住了腳步。這人很是年輕，有二十多歲，穿的衣也很講究，是緞子的。在這裏除了李大爺爺家，沒有人穿過緞子衣裳。藍色的緞子映着日光，也閃閃的跟海水一樣，這些女孩子的眼光就更亂了。牽馬的少年人卻把他的馬松了手，就放在岸上。他走到沙灘上來，笑着問了幾句話。也不知他說的是哪一省的話，這裏的女孩子們全都聽不懂，只管翻着眼睛擺着頭。

此時，那自以為認識馬的杏姑娘，卻帶着一些女孩子跑到臨近去看馬。她們這些女孩子沒有一個過十二歲的，從灘上跑到岸上，並且都嚷嚷着、笑着，就如同是海上爬過來的一群小妖。所以一下子，那匹鐵青色的大馬就差了眼，如同一條烏龍似的，暴怒起來，狂奔起來，四足飛蹻向南奔去。同時有一聲慘叫，那離着馬最近的杏姑娘，就被踏倒在地下了。別的女孩子也都驚奔、大哭、亂嚷，沙灘上的人也都驚喊着：「哎呀……」

那少年的馬主人也顧不得再問話，就趕緊回身跑到岸上；一看，地上躺着個衣裳很破的十歲上下的小姑娘，前胸的衣服還留着蹄痕，手腳發僵，口目緊閉，已然昏暈了過去。這少年十分着急，趕緊蹲下了身，摸摸小姑娘臉倒還熱，也喘着氣。

少年剛站起身來，忽見從西邊的山村裏就跑來了許多人，其中有幾個大漢，都手執長槍。這少年就不敢動一動，等到幾個大漢來到了臨近，他就上前拱手，歎息說：「真想不到！我一時的大意，叫馬驚跑了，誤傷了貴村中的小孩，怎樣受罰，我都願意！」他的話也許這些人聽不懂，當時很多瞪着大眼睛的大漢就把他圍住，槍頭都對準了他的前胸和後腰。有兩個人上前，就用粗草繩綁住了他的手腳。這少年被人捆綁上了，他的臉色也突然變紫，但是低頭看了看身上纏繞的草繩，他的臉色又漸漸緩和，好像不十分驚慌的樣子。他是一張長方的臉，面色微黑，似是久經風塵之人，但人物英俊，雙目尤其炯炯有神。他從容地向眾人說：「諸位！我是一時大意，叫馬踢傷了貴村的小孩，我實在抱歉。可是，諸位把我送到衙門去治罪，我甘受，要用私刑可不行！」

旁邊的人哪管他的話，就擁着、罵着，還有用拳頭打，把他推到村前，綁在一棵大榆樹上。這回他身上纏繞着的可不是草繩而是麻繩了，少年就是想掙扎也不行了。他被人剝去了上身，他的肩膀、胸脯都是很強壯的，仰着臉笑，說：「諸位，打算怎麼樣呀？」

此時圍上了一大群人，有男子，有老婦，有媳婦，有大姑娘、小孩，都帶着恨意圍觀着，都說：「哪兒來的這個外鄉人？馬他不牽着，可放開了撞傷了黃家的小杏，該打！打完了再交縣！」於是有個雄壯的漢子，就用那繫錨的粗繩，掄起來向這被捆的少年沒頭蓋臉地抽。只聽「嗖！吧！」惡黑蟒似的繩鞭在少年的肉上，立刻就是一條青痕，再一下，交叉上了便變成紫色。「嗖嗖！吧吧！」看不見繩子的影子，只見這少年的臉上和身上一條一條地加添傷痕。十幾下之後，這英俊的少年就改變了模樣，身上、臉上，左一道、右一道，如同個花魚似的。這被打的人卻不吭聲，只是抬着臉，閉着目，咬着牙。

忽然一繩子正抽在少年的鼻子上，只見鮮紅的血汪然流下來。人叢裏立即有人一聲驚叫：「呀！」原來是本村的黃大姑娘，就是受傷的杏姑娘的胞姐，嚇得暈死了過去。這行刑的漢子仍然高掄粗繩向這少年的身上抽打。旁邊就有人說：「你還不央求？說幾句好話也就把你放了！」少年依然不語，並且從容地微笑了笑。"嗖嗖！吧吧！"頃刻之間，他已無完膚，被打得垂下頭去，可是還沒有哼一聲。這樣一來，把那行刑的漢子都嚇怔了，他的胳膊已沒有了力，兩隻手因為攥繩子太用力，都發青了。少年卻又喊了一句："再打呀！"

這個堅硬耐打的少年可真真叫人驚佩，全村中的漢子向來是欽佩這種人。於是，不但不打了，反而都消了氣，而且說："好壯實！真咬得住牙！"有人上來解下來綁繩。本想這個人一定要癱倒，可是不想這少年忽然把腿一挺，瞪起了眼睛，說："諸位再來幾下吧！兄弟一時大意，馬撞傷了貴村的小孩，心裏很抱歉。求諸位多打幾下，好叫兄弟我心裏舒服！"因為他的牙已然破了，一說出話來，便噴出來許多鮮血，渾身上下也跟血人一般。他是興奮極了，身上也疼痛極了，頭一陣昏，身子便立時往下癱倒，可是當時就有人把他攙扶住了。

此時本村中的首富李大爺爺已經聞訊前來。李大爺爺已經鬚髮皆白，穿着青鍛長棉袍，外套絳紫色的大坎肩，頭戴鍛帽，足登鍛鞋，銜着長杆旱煙袋。他走過來看了看被打的少年，就申斥旁邊的人說："怎麼把人打成這樣？"又問："黃家的小杏傷得重不重？"大家都說："很重。"有人又說："這人是故意放開他的馬！打他，他也不央求，所以招人生氣，要不然也不能把他打得這樣重！"李大爺爺皺了皺眉頭，吩咐道："把這人抬到我家裏去，等他緩過來，問問他是幹什麼的？"又問："他那匹馬截回來了沒有？"旁人答道："沒有人去截，大概是跑遠了。"李大爺爺又吩咐人去把那匹馬給截回來，當下有幾個人就找馬去了。

這裏，幾個漢子就把被打傷的少年抬起，他們現在卻是輕輕的，雙手都不敢觸動這少年身上的傷痕，就抬往首戶李家去灌熱湯救治去了。此時婦女們全都走去；老年人都低首歎息，說是"打得不輕"；年輕的漢子卻都暗暗佩服，心說：這小子！也不知是個幹什麼的？他真能熬得住打！

李大爺爺又往受傷的杏姑娘家裏去探視。杏姑娘家中是很窮，只是老母帶着一兒二女。今天，兒子到海裏打漁還沒歸來，小女兒被馬踢傷了，大女兒又因為剛才看打人，驚嚇得在屋中直哭。李大爺爺來此安慰了一番，就走了。呆了一會兒，有鄰居的漁人回來，說："老三的船往遠處去了。今天的潮大，偏口魚總不上鉤。老三跟偏口魚賭上氣了，他說今天不釣上十幾尾絕不回來。他帶着燈啦，也許要在海上過夜！"黃老婆婆的心裏非常掛念，她的兒子老三雖然打漁也有五六年了，可是每天他入海裏總使她老人家不放心。這也難怪！因為本村年年總要有人葬身在海裏。村中許多寡婦，許多斷了後的可憐的老婦人，到清明時節總要到海濱去哭祭。今天，黃老婆婆特別的不安，尤其是因為女兒小杏被馬踢傷得很重。

小杏姑娘是躺在板床上，兩隻小眼睛微微能夠睜開，她哭着說："我疼！腰疼！"黃老婆婆趕緊過去安慰她。旁邊坐着的她的姐姐黃大姑娘，乳名叫梅姑娘的，正在做針線，眼角還掛着為那挨打的少年所流的眼淚。她就說："你忍一忍吧！人家又不是故意叫馬撞你的！你看李小八把人家打得有多麼重，都快打死了！比你這樣的傷疼不疼？咱這裏的人有多麼狠呀……"黃老婆婆也歎氣說："真是！今天那個外鄉來的小伙子也真可憐！"屋內是杏姑娘的呻吟和黃老婆婆的歎息聲，外面風吹得樹響，並帶來隱隱的濤聲。

直到天黑，梅姑娘和杏姑娘的哥哥黃老三倒是回來了，可是一尾偏口魚也沒打着，很喪氣的樣子。聽說了今天村裏發生的事，又看了看他幼妹的傷勢，他就恨恨地說：「那人該打！」晚飯後不點燈就各自睡覺。黃老三是夢着海裏的魚，一大群都投入他的網裏來了，還夢裏釣了滿滿一船的偏口（即比目魚）。杏姑娘負傷呻吟，不住地說：「馬！馬！」梅姑娘在夢中卻夢見那被打的少年，渾身血痕，鮮血淋漓，仿佛早已死了。

村中更聲遲遲交過了五下，少時天色就亮了。海面上吐出了朝陽，海水已漸漸退落，風帆都離岸往海中駛去，村中卻傳遍了關於昨天闖禍挨打的那少年的消息。村裏的人傳說：昨天挨打的那傢伙，原來還是個舉子呢！他名字叫葉允雄，是南方人，上北京趕考由這裏經過。那傢伙家裏還很有錢，褲子裏藏着很多銀票。馬也找回來了，李大爺爺跟他談得還很相投呢！於是村裏人都很後悔，想着人家是一個讀書的，怎可以昨天把人家毒打了一頓呢？梅姑娘聽了，心裏更是惋惜。這村中只有李大爺爺是個讀書人，如今連上這葉允雄，也是有兩個了。

二十多天以後，葉允雄的傷已經養好，他跟李大爺爺也成了莫逆之交。這天，葉允雄換得一身整齊的衣裳，梳着黑亮的辮子，叫李大爺爺的一個孫子帶着他到黃家，為是看看杏姑娘的傷勢，道個歉，明天好就走了。到了黃家，李大爺爺的孫子李四隔着窗紙問說：「黃大媽在家沒有？」屋中是嬌細的聲音回答：「沒在家，誰呀？」屋門推開了，出現了一位十七八歲的大姑娘，長的是瓜子臉，高鼻梁，兩道很清楚的眉毛，一雙秀麗的眼睛，梳着很黑很亮的一條辮子，穿的雖是土布衣裳，可是掩不住她天生的麗質。她把眼向葉允雄斜盯了一下，葉允雄的眼睛便有點發直。李四就說：「梅姑娘！大媽跟老三全都沒在家吧？這位是葉大爺，上回他的馬不是把這裏的小妹撞了嗎？聽說小妹的傷也快好了，葉大爺明天就要走，今天是特來看看小妹妹，順便道個歉。」

葉允雄就深深作揖，說：「那天實在是我的疏忽，不知小妹好了沒有？我特來看看！」梅姑娘抿嘴一笑，搖頭說：「不要緊！她前幾天就好了，現在又到海邊玩去了！葉大爺請屋裏坐？」葉允雄邁腿就要進屋，李四趕緊向他使眼色。葉允雄才躬身說：「不！不！那麼請姑娘向伯母說吧，我今天是特來道歉，待我由京回來，再見伯母！」梅姑娘搖頭笑着說：「別客氣！」梅姑娘的眼又盯在葉允雄的臉上，就見這少年的額上還留有兩條青色的鞭痕。她想問：您倒好了嗎？可沒有問出來；葉允雄轉身隨着李四走去，好一條雄健挺拔的男子背影，叫梅姑娘依着門發癡了半天。

葉允雄出了黃家的柴扉，他卻往海邊走去，在海邊望着海水發了半天怔，又找着那些扒蛤蜊的女孩子問哪個是杏姑娘。杏姑娘卻沒忘了被馬撞傷的那點仇恨，罵了一聲：「打不死的東西！」她回身就走了。葉允雄也像個小孩子，蹲在沙灘上跟那些女孩子說話。他也學着說本地土語，所以女孩子們都能明瞭他說的是些什麼。他就問：「杏姑娘的家裏全有什麼人？杏姑娘的姐姐梅姑娘今年十幾歲？她有了婆家沒有？」女孩子都向他搖頭撇嘴，說：「你問這做啥？我們不知道！」葉允雄又見沙灘上有幾個漁人在練武，單刀、長槍在陽光下閃耀着，在海風裏抖動着，個個人都驕傲異常。並有個漢子過來，把葉允雄推了推，說：「小子！你傷好了怎麼還不走？索性吃上李大爺爺的家了？你小子可提防着，李小八還想打你呢！他說不把你打出聲來，他不是好漢！」說着又用手一推，葉允雄趕緊避開。這漢子還要用手去推，想把他推落到潮水裏去，葉允雄卻很快地就跑到岸上。這裏的一些練武的人，齊都鼓掌大笑。

葉允雄連頭也不回，就走回李家，在屋中又不禁發怔。半天，李大爺爺進屋來，問說：「明天你就要走嗎？路費夠不夠？」葉允雄卻說：「路費倒夠，只是我又不想走了！」李大爺爺詫異地問說：「為什麼？難道你不想趕考去了嗎？」葉允雄卻搖着頭說：「我臉上還有傷，就是到了北京，這幾條青記也一時褪不下去，趕考官焉能准我進場？我看這裏還不錯，我想在這裏居住半年，散散心，然後我回家取了書來，在這裏攻讀三年，等到下科我再進京入場。」又說：「我生在南方，所見的不過是些小山小水，所以所作的文章氣派也非常狹小。如今我見了這汪洋大海，才使我胸襟一寬，我想如果在此居住幾年，將來文章自會作得開展了。」

李大爺爺也點頭說：「很好！本地也缺少讀書人，許多孩子都不能上學，找不着好老師，所以一代一代總是些漁夫農戶，沒有一個得到功名為地方爭光的。葉兄，你以後在此常住了，還可以立一個學塾。」葉允雄點頭說：「那好極了！」由此，葉允雄就住在這白石村中。由白石村順着山坡往上去走，到了小珠山的絕頂，那地方有座山神廟。葉允雄曾到那裏去過一次，因見地點清幽，而且有兩間配殿還很完整，又沒有道士居住，他就想自己拿出錢來，雇人修葺修葺，把那裏就作為他的書齋。可是李大爺爺卻向他連連擺手，告訴他道：「那地方可住不得！白天上去玩玩倒還可以，可是夜間不能在那裏。那地方豺狼虎豹、山魔海怪全都有，所以早先那裏本來有兩個道士，後來也不敢住在那裏了！」葉允雄卻微微地笑，說：「讀書人最不信鬼神！豺狼麼，我看本山不大，峰頭也不多，大概還沒有什麼猛獸？」但是李大爺爺極力不主張他去住，並在家裏佈置出一間書房，叫他的兩個小孫子，並同村中幾個優秀子弟來入學，請葉允雄教授。從此，葉允雄在本地有名了，大家都叫他葉老師。

此時已是四月天氣，氣候涼爽的海濱，此時也暖和了，桃李花已然開謝，海棠正展開它垂珠一般的花朵。白石村附近多海棠，開得極為茂盛，紅色的、白色的，遠望如一團團的麗雲。葉允雄這些日子本來就沒有精神教書，而且他總仿佛有種心事，使他夢魂不安似的。這天他叫幾個學生們在屋裏習字，他卻趁空走出來。他現在穿的是一件軟綢的長衫，被風吹得飄飄的。此時，村中人都往田間耕種，或往海中捕魚，婦人們多半是往海邊去曬網補網，小孩們也都往沙灘玩去了。村中靜悄悄的，山上也沒有人，只有海棠如一隊一隊的豔妝美人，在春風裏惆悵；又像是都擺弄着仙裾，在迎接他去遊賞。

葉允雄悠閒地倒背着手兒走出了村子，見山凹裏海棠開得更是茂盛，他就順着山徑，往那邊去走，少時就走進了一片小小的山谷，這裏簡直是雪海雲窟，海棠花不知有多少萬朵，引得蜂蝶亂鬧，可惜沒有另外的人來此賞玩。葉允雄就心說：本地的人真是俗氣！他們只知勤儉謀生，卻不知趁此芳春，來這裏尋樂。葉允雄正在這裏發呆，忽然前面遠遠之處有一個紫色的影兒一閃。他注目去看，原來是個村女正在那海棠林間，手拿着一塊紫綢手帕撲蝴蝶。他只能看見那個背影，見是一條長辮來回地擺。女子穿着白土布小褂，藍布長褲，雖然不豔麗，可是那女性的柔美身體曲線吸引了他；他看出這女子的年齡必已不小了，只是不知臉兒長得怎麼樣？

　　他見四邊無人，於是就笑着，放膽地說：“撲不着，用手帕撲蝴蝶哪成？”林間的女子聽見有人說話，就趕緊一回頭，那比海棠還秀麗動人的臉兒就露出來了。葉允雄倒吃了一驚，真出乎他的意料之外，原來這正是他夢魂不忘的那個黃家的梅姑娘。他就笑了，梅姑娘也向着他笑了笑，臉通紅，比那紅海棠還紅。葉允雄就慢慢地往近走去，梅姑娘站住身沒動，可是她的臉嬌紅極了，並露出點害怕的樣子，連眼皮也不敢抬。葉允雄走到距離兩步之遠，梅姑娘的微微低着的芳容，連纖手摘的幾支海棠花和一塊紫綢手帕，他都看得十分真切了，就帶笑問說：“梅姑娘！你令妹小杏的傷可全都好了嗎？”梅姑娘噗嗤一笑。抬起嬌紅的臉來，說：“早就好了！上次不是告訴過您了嗎？”葉允雄笑着說：“我還怕她沒十分的好，這幾天我也沒看見她。梅姑娘你今天幹嗎來啦？掐花兒來啦？這海棠可真開得好！”梅姑娘歪着頭一笑，纖細的聲音說：“因為我在家裏沒事做，才……”又笑一笑，話不往下說了。

　　葉允雄向四下看了看海棠花，又低頭看了看梅姑娘的芳容，就說：“海棠雖好，可惜不香，不如梅花，梅花又不如……”說到這裏，他輕薄地說：“梅花可又沒有梅姑娘你標緻。真的，這村裏的姑娘不少，可是據我看，你是村裏第一個美人！”梅姑娘聽了他這話，不但不惱，反倒一笑，一轉身就低着頭往林間深處去了。葉允雄也隨着去走，只見兩隻白色的小蝴蝶圍着梅姑娘的身子飛，梅姑娘嬌軀輕轉，拿着紫綢手帕去撲。葉允雄見梅姑娘撲不着蝴蝶，他就笑着走過去，說：“交給我吧！”他由梅姑娘的手中奪過來手帕，又由衣服上摘下一個銅紐扣，將紐扣繫在手帕上的一角。他掄動着，就跟舞動小錘兒似的。此時剛才那兩隻蝴蝶已經飛遠了，可是又有幾隻黃色的和豆青色的大鳳蝶飛來。葉允雄掄動着“小銅錘”，梅姑娘卻不禁笑着，掩住口說：“這哪能打得着？”

　　這時有一隻鳳蝶飛近了，並且飛得很低。葉允雄定睛去看，忽然他把手帕一抖，那銅紐扣正打在蝴蝶的美麗的翅子上。蝴蝶向下一跌，振翅掙扎着又要往上去飛，葉允雄一伸左手就把蝴蝶捉住了。梅姑娘張着手驚奇地叫了聲哎喲！葉允雄接着又打着了一隻，一併交給梅姑娘，梅姑娘卻說：“別打了！別打了！這蝴蝶太可憐！”葉允雄把手帕交還給梅姑娘，又笑着說：“多打幾個，拿回家去，用針插在紙窗上，看着玩豈不好？”梅姑娘搖頭說：“不！那太狠心……”說到這裏她忽然落下淚來了。葉允雄很為詫異，趕緊近前兩步，問說：“怎麼了？”梅姑娘咬着嘴唇兒悲戚無語，葉允雄卻驀然說：“梅姑娘！我想娶你！”

　　梅姑娘轉身就走了，她穿過海棠林走去，一手拿着手帕和蝴蝶，一手拿着一叢紅白相映的海棠花。她是低着頭，半跑半走，並沒回頭。然而葉允雄不禁對着這姑娘的後影發怔，並叫着說：“梅姑娘！我想娶你，你願意嗎？”梅姑娘還是沒回頭，就走了。這裏葉允雄笑着，在林間繞了幾個彎兒，也折下幾枝海棠，在手裏拿着。雖然無香，他可直往鼻子上嗅，失魂喪魄地走出了這山凹，見前面已沒有了梅姑娘的俏影，想是她已然回家去了。他悵然的，兩眼有點發直，忽聽旁邊有人叫着說：“姓葉的！拿塊石頭砸在腦袋上，講究不哼哼，你能嗎？”葉允雄轉頭一看，見是第一天來此時，用繩子毒打自己的那個李小八，他就連理也不理，一直走去。身後卻飛來一塊石頭，咕咚一聲，幾乎打着他的後腰。

　　這時，梅姑娘已回到家裏。她的心都像丟失在海棠芳林之間了。她看着折來的幾枝花，好像也變成了那少年英俊的臉。蝴蝶傷了翅子，已不能再飛，那少年是有多麼能幹的手段，可又有多麼狠毒的心呀？“梅姑娘！我想娶你，你願意嗎？”這句話依然在她的耳邊響着。她應當說：“我願意！我為什麼不願意呀？”可是又想，這應當是由她母親、哥哥作主意的。此時屋中沒有人，她哥哥是往海裏打漁去了，她母親是在沙灘曬網去了，她的妹妹也是往那裏玩去了。她拿起來針線卻縫做不下去，因為心仿佛丟失了，被那少年拿走了。她低頭擺弄着自己的那塊紫手帕，這上面還繫着個黃銅的紐扣，這是，那少年的衣裳上的……

蝶兒僵臥着，花兒垂着，她哥哥打來的裝在木桶裏的鱔魚，還不住地在嘭嘭亂動。這時忽然窗外有腳步之聲，門開了，露出來一個年輕漢子，這人正是李小八，他哥哥的拜把兄弟。李小八並不進來，只向屋裏探頭問說：“梅姑娘，你剛才是往山裏去了嗎？”梅姑娘驚慌着搖頭說：“我沒去！”李小八冷笑着說：“沒去，你哪兒來的花？”梅姑娘臉紅着說：“是在村裏折的！”李小八說：“村裏的樹那麼高，你能夠得着？別瞞我，我早瞧見你們啦！你先從山裏來，姓葉的小子後從山裏出來！”梅姑娘急急地說：“沒有，我到山裏，那時還沒有人，我沒有看見姓葉的！”李小八卻退回頭去，把門一摔，隔着窗憤憤地說：“丟臉！”梅姑娘掩着臉在屋中痛哭，她曉得李小八一定去告訴她的哥哥，他們一定又要綁起那少年來打，打死……

她哭了一會兒，便急匆匆跑出門去，跑到李大爺爺的門首。她想進去告訴葉允雄快跑，可是她不敢進去，只聽見門裏有一片琅琅的讀書之聲，她逡巡了良久。這時忽見李小八帶着一群漁人回來了，其中就有她哥哥黃小三。她剛要找個地方躲避，忽然被她哥哥一眼看見了。那漢子手拿一根扎槍，立刻就氣忿忿的趕了過來。黃小三抓住他的妹妹梅姑娘，瞪着眼說：“快告訴我，在山裏姓葉的跟你幹什麼丟臉的事來的？”梅姑娘哭着說：“我沒瞧見他，我真沒瞧見他！”旁邊就有人嚷嚷着說：“那小子住在這兒不走，假充斯文，欺辱咱村的姑娘！不行！”有人就抱來了一大捆刀槍分給眾人。李小八尤為氣憤，跳起腳來罵，說：“今天就是李大爺爺再出來給說情也不成！非得把他打得出聲兒，打死他！”眾勢洶洶，在門前吵鬧。梅姑娘呀的一聲慘叫，身子又向後暈倒。

這時門裏的讀書聲也停止了，有人先進去稟報李大爺爺，李大爺爺也難以壓下去眾怒，只說：“你們把事情問明白了再打他，打完放他走好了，可不准把他打死！”得到了李大爺爺的同意，於是就湧進來幾個人。可是這幾個人還沒有闖進書房，那葉允雄就已然走出來了，他仍然身着綢衫，面上毫無畏色，就擺了擺手說：“有什麼話到外面去說，在這裏小心驚嚇着我的學生們！”眾人說：“好！”於是兩個手裏拿着槍的人，就架住他的臂膀，走出門來。

此時門外的人聚得很多，男女老幼都有。梅姑娘也像個犯人似的，她的母親叫兩個鄰居的婦人揪住她，指着她的臉哭着罵，那杏姑娘也沖着葉允雄不住地咬牙。葉允雄卻把面色一變，顯露出來一種殺氣，他說：“你們不要逼梅姑娘！剛才她在山裏並沒跟我說話。倒是我，我說我要娶她，她聽了我的話，她就生着氣跑了，怪我！絲毫都不怪她！”

眾人一聽，越發暴躁如雷，有人說：“好小子！李大爺爺還請你教書，拿你當個人看，原來你比狗還不如？”黃小三氣得挺槍過來，說：“憑你，配娶我的妹妹？」揪着葉允雄的那兩個人，就把葉允雄的兩隻胳膊向後一撅，想要捆上他。卻不料葉允雄的兩隻臂不像第一回那麼柔軟聽話了，就如同兩根生鐵棍子似的，並且一掙扎，反將兩個揪着他的人摔在一邊。

　　此時黃小三的長槍已向他的咽喉刺去。黃小三的槍法本來很好，在村裏除了他族兄黃鐵頭，就得數他。可是他的槍尖猛刺了來，一下就被葉允雄握住，同時他感覺到對方的力大，就不由得松了手。葉允雄奪過槍來卻把槍尖握在一隻手裏，他抖起來槍桿就打。眾人也都刀槍齊上，可是葉允雄的身軀靈便如猿虎一般，他東躥西跳，前遮後攔，別人的兵刃休想近得他的身，他的槍桿還趁空向人的頭上去打。少時，李小八的頭就破了，流了一臉的血；黃小三的左眼也被打了一下，睜不開了；別的人有的手腕被擊，扔下了刀；有的背上吃了一棍，連脖子也直不起來了。但眾人仍都罵着，還往前撲，婦女和小孩們卻早已驚跑到遠處。只見葉允雄越打精神越大，面上也越帶笑，身手也越靈活。

　　此時忽然又來了一批生力軍，就是那本村的槍法高強有名的黃鐵頭來了。他的槍如毒龍惡蟒，直向葉允雄的前胸來取。可是吧的一下，就被葉允雄用槍桿磕開。同時葉允雄的槍一換手，槍尖向前，抖了個梨花擺頭。那黃鐵頭失於招架，立刻就大腿中了槍，栽倒在地。本村槍法第一的人都沒有兩三回合，就受了傷，別的人立刻就都不敢上前去了。

　　此時那位李大爺爺把葉允雄的槍法已然看夠，他就先大喝一聲，叫眾人住手，然後走過來拍着葉允雄的肩膀，笑着說：「好槍法！我早就懷疑你是一位精通武藝的人，可是還拿不准，如今，真是本村來了一位好教師。」又向眾人說：「你們看見了沒有？人家剛才使的那才叫槍法，才叫真正的武藝，你們平日練的那些都拿不出去。得啦！今天的事不必提了！以後，葉老師教孩子們念書，也請他教給教給你們武藝吧！」葉允雄也一笑，便扔下了槍，被李大爺爺拉着進門去了。這裏的人個個全都垂頭喪氣，那黃鐵頭瘸着腿還直講說，為他剛才槍法失神之處辯護；李小八身上挨了六七槍桿，三四處都流了血，疼得他不住地哎喲叫喚。

　　由這天起，葉允雄在本村中更是出了名，別人都恨他，可是更佩服他。李大爺爺命人拜他為師，跟他學槍法，學拳腳。別人都當面答應着，可是背地裏全都偷懶不幹。黃鐵頭專等着把腿傷養好，以便練槍報仇。

　　梅姑娘家是把她看起來了，不叫她出門，她也無顏再出門。可是有一件怪事，只有梅姑娘一人知道，她沒向人說過；就是自從打架的那天起，每到半夜三更，窗外總有腳步的聲響，是很輕微的。起先她以為是貓，又以為是鬼，她很害怕，因為她睡覺的地方離着窗子最近，而且她這個屋子裏，她的母親、哥哥、妹妹全都是睡得很熟，只有她，本來就時常失眠，如今更不得睡了。到了第四天，這日的晚間，已然敲過四更了，忽然窗外有人悄聲說：「梅姑娘！我很想你！明天到山上去吧？在海棠林裏等我，我有許多好話要對你說！」梅姑娘嚇得渾身發顫，伏在被底，心裏又驚又喜，但不敢還一聲。第二天，連飯她也吃不下去，時時想要趁空出去，然而她的母親總不離屋。她只能想像着那山裏的海棠林，思念着那壯美的少年。村裏人只曉得葉允雄是文武全才，可是獨有梅姑娘曉得，他還有另外的一種本事。

　　這時，黃小三與李小八等人天天商量密計，他們就商議定了一個主意。於是李小八見了葉允雄是特別地要好。第一是他先道歉說第一次他下手打葉允雄，是他不知道葉允雄的武藝高超，否則就是成心讓他打，他也是不敢打；第二是他要做媒，他說他是梅姑娘的乾哥哥。梅姑娘今年十八歲，現在正在找婆婆家，他要是去跟他乾媽說，一定能成。葉允雄也相信他的話，就也樂於跟他接近，因此黃小三也慢慢地熟了，見面總要打個招呼。

　　這天，天很熱，村裏的海棠花全都謝了，梅姑娘又不出門，葉允雄頗為悶悶。散學之後，天色尚早，就閒步到海濱。卻見黃小三和李小八正在解纜，他們就一起招呼道："葉老師！跟我們到海裏玩玩去呀？"李小八的這只船很小，沒蓬沒帆，本地人管這叫舢板。葉允雄很高興，他就說："好吧！我正想到海裏去遊玩，可是今天浪頭大，你們這船准能保險嗎？"李小八笑着說："你要沒這膽子，你可就別上來了！告訴你，你看……"他伸手往海邊的遠處一指，說："看看人家？那是木筏子！我們這兒，連梅姑娘、杏姑娘都常到筏子上來玩。有一天這船上坐着杏姑娘，我都快把她載到水靈山島了，那天又正遇上大風浪，可是杏姑娘的臉上連顏色也沒變，那小姑娘真大膽！"

　　葉允雄冷笑着說："一個小姑娘都敢乘船，難道我就不敢嗎？"說着，他向海潮緊跑了幾步，一縱身就上了那只舢板，李小八和黃小三倒不禁都吃了一驚。葉允雄站在船上指揮着說："快走吧！今天天還早，能趕到水靈山島嗎？我想到那裏去看看！"老三、小八兩人都不言語，一個管着舵，一個搖着槳，這只小舢板就衝開了海潮往海中駛了去了。風很大，小船東倒西歪，有幾次都像要翻了，浪濤越過了船舷，有時嚇得李小八都哎喲哎喲地驚叫。黃小三使力搖漿，這只船就猛往前進，少時就離開海岸有一里多遠了。

　　此時天氣漸晦，風濤愈大，遠處的帆都擺擺搖搖的，這只小船越發難以往前進。葉允雄卻面無懼色，他高聲問道："咱們能到水靈山島嗎？"李小八搖搖頭，也大聲說："那兒可不能去，那島上有比你的本領還高的人！"葉允雄笑着問說："是誰？那人姓什麼？你們怎麼會知道那人比我的本領還高？"李小八沒有答言。

　　這時黃小三卻把槳提出來往船上一摔，他把雙手往腰間一叉，臉色變為深紫，瞪起眼睛來說："姓葉的，我早就想要跟你說幾句話，總是不得工夫，今天咱們來談談吧！我問你，到底那天在山裏你跟我妹妹是說了什麼話？是存着什麼心？你快說！"葉允雄卻面色不變，微微一笑，說："原來你們將我誘至海中，是想要我的性命！"接着又從容不迫地說："我早就把那天的事情向你們說明白了！那天，全是因為我。說實話，我愛梅姑娘，我為什麼不走，住在這裏？就為是想要娶她！"

　　他的話才說到這裏，黃小三和李小八兩人就如同兩條莽牛似的，把葉允雄往水裏連推帶頂。葉允雄也並不抵拒，就聽噗通一聲，他的整個身子就被推下了船去。只見海濤洶湧，葉允雄就連個面兒也沒露，就沉下海去了。這裏李小八哈哈大笑，黃小三又罵了幾聲，二人就使力撥着船往沙灘去攏。此時海風愈大，潮水愈高，兩人的渾身上下都濕透了，小舢板也幾乎傾覆了兩三次。好不容易才將舢板掙扎得離了海水，到了沙灘上，兩人就拽着船上岸。回首一看，浪緊風狂，汪洋一片黑色，想那葉允雄的屍身已不知沖卷到哪裏去了。

　　二人抬着舢板到了乾沙子上，在橛子上繫好，李小八就拍着胸脯說："他媽的，到底那小子是傻瓜！什麼文武全才？叫他見龍王爺說話去吧。以後，咱們得跟李大爺爺說說，再有什麼外鄉人來，別叫他再那麼寵着了！今天的事，對誰也別提說，那小子的屍首不定潮到哪兒去了！」黃小三此時卻悶悶不語，他歎了口氣，又自言自語地說：「過兩天，得弄點紙錢給那小子燒一燒，別叫他的鬼魂纏住了咱們！」李小八冷笑說：「哪兒的事？那小子就是有鬼，也只能是個色鬼，他許去嚇唬梅姑娘，可纏不着咱們！」

兩人坐在沙灘上歇了一會，這時又順着浪濤回來了兩隻漁船。李小八過去幫忙拉船，黃小三卻要回家吃飯去。這時天色已經不早了，山村的樹木影子都發黑。黃小三這些日子的怒氣雖然出了，可是心裏仍是不痛快，不知為什麼，那姓葉的死在海裏了，倒叫自己覺得很可惜似的。他抑鬱地進到村裏，到了自己的家門首，剛一推開門，卻聽屋中正有人說話。黃小三倒不禁一怔，心說：這是誰來了？又見自己的妹妹站在窗外，低着頭，屋中卻是男子的聲音。他覺得真是奇怪，就不由怔住了！

黃小三一拉屋門，就見屋中坐着的正是剛才落在海裏的葉允雄。葉允雄正在與自己的母親對面談話。他面容紅亮，衣履都是新換的。見他進來，站起身來就笑着說：「黃三哥怎麼才回來？我怕老伯母不放心，才特來告訴她老人家，說今天海中風浪很大。可是你跟李小八都沒去遠，少時必能回來！」黃小三的臉色一陣發白，一陣發紫，並沒言語。葉允雄便起身告辭。黃老婆婆說：「小三，你送送葉老師，人家關心我，剛才特意來看我！」黃小三凝着眉毛走出去，他妹妹卻低頭含羞走了進來。

黃小三到了門外，就說：「喂！姓葉的！你是怎麼回事？」葉允雄回身站立，眼睛瞪起來，直對着黃小三。他先是微微一笑，然後正色說：「我來到你家不為別事，也不是要見你令妹，卻是專為等候你。請你再去告訴李小八，以後不要白費力氣！在我的手中無論賣弄什麼小手段，皆是一點用處也沒有。我來此，與你們無害。你令妹如能嫁我，我可以厚禮迎聘；如不能，我葉某也絕不能強娶人女，或調戲人家清白的姑娘。現在我也不願在此久留了，只是本村的人都待我不錯，我再為本村做上一兩件好事，我就要走了。好，話我已說明白了，今天的事我們彼此都不要介意吧！」說畢，葉允雄拱手走去。

這裏黃小三的臉上倒不禁發燒。回到屋中，他緊皺着眉頭，坐着發呆。他的母親黃老婆婆在旁邊說：「我看，這姓葉的人真好，咱們這地方哪去找這樣的好人才？不如，依我看，把你妹妹梅子給他吧！也省得外面的人都談論！」梅姑娘此時正在灶台旁邊燒柴煮飯，黃小三看了他妹妹一眼，卻沒說什麼，也沒答覆他母親的話。少時，梅姑娘把飯做好了，黃小三就草草吃了兩碗，又跑出村去找李小八。

原來李小八每晚給人看船，他就住在一隻大魚船之上。黃小三一進艙，見李小八正跟幾個漁人高興地飲酒，黃小三就把他拉出艙來，悄悄告訴他說：「姓葉的沒死！剛才他倒比我先回去了，他還說……」李小八卻嚇得把脖子一縮，說：「哎呀！那小子竟有這麼大的本領？」由這次起，李小八一見到葉允雄，他就要躲藏起來；黃小三也是，一見到葉允雄就不禁臉紅。可是葉允雄照樣很和藹，他每天都要到海邊散步。雖然他總穿着長衫，可是幫人推船解纜，他都肯幹。所以早先恨他的那些人，現在不但不恨他，反而特別跟他親熱。

這些漁船本來時常地出事。春夏之交的天氣，颶風仍然常常吹來，漁人為了生活，雖然明知颶風將至，可是還在海中戀戀不捨地捕那些魚。有時颶風驀然吹到，起帆歸岸便已來不及，稍一不慎，便連船帶人都翻落在海裏。有一次就是遇見了大風，有本地的一隻最大的漁船整個都傾覆在海裏，那船上就有跟葉允雄最作對的黃鐵頭。全船十幾個人皆被人所救，那救人的義士只是一人。此人奮勇搶身入海，由驚濤駭浪之中將十幾個人先後救到岸上。等到這十幾個人都緩過氣來時，那位義士卻已經走開了。

可是眾人剛才在半昏迷之中，也都看出來了，援救他們的那位義士，正是葉允雄。於是眾人就提着魚，買了酒，去給他道謝。葉允雄卻極為謙遜，他說："本來是一件小事情！兄弟住在這裏多蒙諸位優待，別的事幫不了諸位，既然自己略識一點水性，見諸位在海上失了事，難道還有不出援手的道理嗎？"他這樣一客氣，使一些受恩的人對他越發的感謝了。那黃鐵頭本來還時時想着，腿好了，再練練槍，好同葉允雄一決雌雄；但自有了這件事以後，他對葉允雄簡直是佩服得五體投地，即使在背地裏談話，他也要伸着大拇指稱呼葉老師。為這事那李大爺爺也更對葉允雄尊敬，就是黃小三的心中，總還是抑鬱不舒。

這一日，又因海中的浪大，他沒釣到幾尾魚就趕緊回來了。回到家中，見屋中有鄰居的婆婆正跟他母親說話，說的又是他妹妹梅姑娘的婚事，似乎是什麼靈山衛的米店掌櫃的要說二房。黃小三聽了，心中非常不快。等到這鄰居的婆子走後，梅姑娘也沒在屋，黃小三就忽然向他母親說："不必亂給我妹妹提親了，就叫她嫁給那個姓葉的吧！"黃老婆婆聽了兒子的話，倒是很為詫異，就說："這些日子不都是你不願意嗎？要依着我，早就把你妹妹嫁給他了。真是，在咱們這村子，哪還能找出那麼好的人來呀？"黃小三說："早先我恨那姓葉的，我恨他一個外鄉人來到咱們村裏，不做好事，放他的馬撞傷了小杏，還調戲我妹妹，我恨他極了，恨不得將他害死！"黃老婆婆說："哎喲！你可別做那事呀！你別說害他，你就是打他，也打不過呀！"

黃小三點頭說："我知道！我說的這也是早先我的想頭，現在我不恨他了，我還佩服他，他真是個好人。把我妹妹給他，並不辱沒咱家。可是，得我去跟他說！"說着，他站起身子就要走。他母親說："還是把李四找來，叫他做媒吧。哪有自己搶着去把姑娘給人家的呢？"黃小三已走出了屋子，回首搖頭說："用不着媒人，我自己去和他說！"於是黃小三就一直走到李大爺爺的家裏。此時葉允雄才把學生散了，他正在屋中悶坐，若有所思。黃小三驀然一進屋，他倒十分詫異，因為兩人本來是對頭。這一向葉允雄雖然總是胸無芥蒂的樣子對待黃小三，可是黃小三見了他，從不跟他說話。如今這年輕的漁人忽然臨至，見了面就先拱手，說："葉老師，今兒咱倆和解了，過去的事彼此都不必說了。你不是喜歡我的妹妹梅姑娘嗎？好！現在我就把梅姑娘嫁給你吧！"

葉允雄聽了這話，倒不禁臉紅，連連拱手說："黃三弟你不要說笑話了！過去咱倆的事我早就忘記了。至於令妹的事，咳！說起來真叫我慚愧！當初在海棠林中我不過跟她說了幾句話，就弄得流言四起，使她一個潔白的女兒蒙受侮辱。我不即時走開，也為的是這緣故。因為我自知初來之時不免有些處輕狂、冒失，所以遭人所忌，現在我極力要使村中人都知道，我葉某是個好人，漸漸地對我與梅姑娘之事也就不加猜疑了！」黃小三伸着大拇指說：「你是好人！連我都知你確是一位好漢。現在你就爽快答應吧！只要應一聲，我妹妹就算嫁給你了！」

　　葉允雄聽了這話，倒不由坐在椅子上怔了一會兒，良久才笑着說：「這樣，真是我的榮幸了！我一定用厚禮迎聘令妹！」黃小三搖頭說：「厚禮倒用不着，我們打魚的人給姑娘找女婿，倒不是想高攀貴親，也不是想要厚厚的彩禮。只是，你得應我家一件事。」葉允雄有點詫異，問說：「什麼事？」黃小三說：「我們這地方，把姑娘嫁遠了，便叫人笑話＇！尤其我家裏，我的老娘時時刻刻也捨不得離開女兒。你是個外鄉人，你家在哪兒，家裏是怎麼回事，我們也不能知道。我的妹妹要嫁給了你，你將她帶走，叫她一輩子不能跟我娘見面，那也不行。所以現在你要說明白了，你娶了我的妹妹，便不許你再離開此地。」

　　葉允雄聽了這話，他倒不禁考慮了半天，就說：「本來我是想這幾天就要走的，現在既有了這事，我只好不走了。這裏風光優美，村裏的人又對我很好，尤其此處的李大爺爺，他真沒拿我當作外人，我也願意在此長住。將來我也可以打只漁船，到海中去捕魚，就以此為家了。」黃小三聽了很是喜歡，說：「那麼咱這事就算定規了！」當下葉允雄親自到裏院請出來李大爺爺。李大爺爺到書房中一聽黃小三所說的意思，他也不禁拈着白鬚微笑，並自願做媒人，黃小三就高興着回去了。

　　次日，葉允雄就派了李家的僕人，給黃家送來了彩禮四十兩，錦緞兩匹，鵝一隻，酒兩甕，金銀首飾一匣，換去了梅姑娘的庚帖。於是全村的人都知道了此事，見了葉允雄便都笑着說：「葉老師恭喜！」黃家也是喜氣洋洋，黃老婆婆很是高興，杏姑娘也整天說將來她要騎她姐夫的那匹馬。梅姑娘卻越發整日不出門，只在家中含欣帶喜，半羞半笑地趕做她的嫁衣。黃小三是去掉了一樁心事，照常下海捕魚。不過他的盟兄弟李小八卻與他絕了交，暗地罵他說：「不識羞！把自己的妹妹給外鄉人做老婆，還是起先就勾搭上了的！」

　　因為葉允雄將來結了婚，就不便再在李大爺爺家中住了，所以他先得蓋房子。好在他很是有錢，便在村中買了一塊地，雇了幾個人，抬石頭，鋸木頭，打算建起三間房屋，作為他的新居。他並且很有心思，把一棵柳樹、兩棵海棠全都圈在他的圍牆裏。那柳樹的枝幹纖纖的，好像梅姑娘的細腰，柳葉像梅姑娘的清眉秀目，並有鶯兒、燕子嘹亮地為他們預唱新婚之歌。兩棵海棠雖已綠葉成蔭，無復濃豔，可是葉允雄想到這樹明春盛開之時，一定是異常有趣的。此時葉允雄專等待新屋告成，他就要迎娶新婦了。這幾天他是特別高興，仍然常到海邊去遊玩。可是這時候海中就出了一件事。

　　原來又是本村有名的黃鐵頭。前日他的漁船在海中遇見了颶風，他為避風就誤駛進了水靈山島。島上的人認為是要去偷魚，所以將黃鐵頭打得遍體鱗傷，並且將帆蓬割斷，船舵打折。他那只船在海上漂流了一天一夜，方才回來。因為這件事就使本村中的人全都激昂了，村中連老帶幼全都擦拳磨掌，都說水靈山島的人欺負了他們，他們得出這口氣。因之紛紛談論，尤其是黃小三最為暴躁，他要立時就召集全村的漢子，各持刀棒，駛着大船，到水靈山島去復仇。

　　可是李大爺爺出頭來勸阻，他搖動着白鬚，說：「這口氣鬥不得！水靈山島上的人個個都比我們這裏的人有本領，他們那裏有一位鎮海蛟魯大紳，是海中的霸王。本來他們跟咱們這裏就約定過，彼此分海打漁，誰也不許越界。船隻要走錯了道，便算有心偷魚，被人毀了船，打傷人，絕不准抱怨。現在這口氣且忍下吧，不必招惹那魯大紳！」眾人聽了全都不言語了，仿佛都為魯大紳的名頭鎮嚇住了。

葉允雄在旁邊聽了，卻不住地冷笑。他看見黃小三、李小八二人都在旁邊了，他就點手叫二人過來，問道：「上次我們一同坐船到海中去，你們曾說水靈山島上有個英雄，連我葉允雄也惹他不起，不知就是這鎮海蛟不是？」李小八點點頭說：「要說起鎮海蛟的本事來，實在比你高太多了！」葉允雄知道李小八是有意刺激自己，他就微微地笑，說：「你就實說吧！你也不要長他人的威風，滅咱家的志氣。你告訴我，那鎮海蛟魯大紳到底有多大本領？」

李小八就說：「鎮海蛟的本事可大了！他有三十多隻大魚船，手下有一百多弟子。他的武藝高強，水旱皆通，長槍單刀，寶劍飛鏢，無不精通，就是不許別處的人到他那裏打漁。他平日可也不侵犯別人，但是只要有漁船漂到他那裏，他認為是偷了魚，那就休想回來。這次，他把黃鐵頭打了一頓，拆了船，割破了帆，叫他回來，這還算是好的呢！」葉允雄聽了冷笑，說：「好！我要會會這個鎮海蛟！」說着他離了海灣，轉身回到村中。黃小三趕緊跟着他走，卻見葉允雄回到李大爺爺的家中，就換了一身短衣褲，綽了一杆紅纓子的長槍出來。他看見了黃小三，就說：「你駛一隻船，把我送到水靈山島，我要跟那鎮海蛟鬥一鬥！」黃小三高興着說：「好！」

當下葉允雄又昂然走到海邊，這裏一些漁人一聽說葉老師要到水靈山島去鬥鎮海蛟，有的就高興歡躍，有的卻有些恐懼，說他這一去恐怕就惹下禍事。李小八卻拍着手掌說：「葉老師，你得替本村爭這口氣，叫梅姑娘知道了，她更得盼着快嫁你了！」李大爺爺在岸上連連擺手說：「去不得！魯大紳不是好惹的！」葉允雄卻已然跳上船，船上的黃小三帶着三四個壯年漢子，已然張帆駛舵往海上進發了。這裏海灘上的人有的着急，有的歡笑。那李小八卻在孩子群中把杏姑娘找着，推了她一把，說：「你快回家去吧！你哥哥帶着姓葉的到水靈山島闖禍去了！你哥哥是本村人還許不要緊，那姓葉的絕回不來。告訴你姐姐，叫她別做新衣裳啦，預備給姓葉的穿孝吧！」杏姑娘就哭着跑回家去了。

這裏眾人提着心，眼看着那隻船走遠。只見波濤滾滾，海鳥回翔，少時那隻船的帆影已落下了水平線。李大爺爺歎息着說：「葉允雄太為性傲，這次，多半是要吃虧回來！」說着，他晃動着白髯，嗟歎着走去。

第二回　　戰海山美女折豪傑　棲古寺良緣成幻夢

　　水靈山島與這白石村向來是互相隔絕。這裏的人雖然打漁也時常到深海中去，可是只要一看見遠遠的那座山島，就趕緊扯帆轉舵不敢近前。他們雖都知道鎮海蛟魯大紳難惹，可是究竟魯大紳是個胖子還是個瘦子，究竟有多大年紀，他們也無從見過。

　　當下，這只漁船破浪前進，黃小三和那幾個小伙子高唱着漁歌。走了半天，就見眼前有一座青翠奇秀的山島，趴在汪洋大海之中，遠看如一只青色的大螺蟻一般。葉允雄站在船頭就用槍尖指點說：“就是那裏嗎？”黃小三點頭說：“對了！”遂高聲吆喝着說：“多加勁兒！”三四個壯漢一齊用力鼓槳，個個人從頭上向脊梁上流汗，船隻像箭一般的往前去駛。眼前島上的樹木都看得清楚了，並且那邊有三五隻舢板如飛箭一般地迎面而來。這裏的人個個精神緊張，臉上都變了色，黃小三並要由船板下取刀，葉允雄擺手向他們說：“不要慌！我們到了島上，見了魯大紳，也是先要跟他們講理，並不是一見面就要打起來！”

　　此時那幾隻小舢板已經到了臨近，船上幾個漁人都高聲問道：“什麼地方來的？”葉允雄高聲回答說：“由白石村來的，我姓葉。我要見你們這裏的鎮海蛟魯大爺，有一件事要理論理論！”幾隻舢板上的人一聽這話，立時就有人亮出刀來。這只漁船依然向前進駛，少時來到了島邊，船隻在岩石旁攏住。這裏的漁人氣勢洶洶地把他們圍住。葉允雄提槍上岸，身後隨着黃小三等人，也都提着鋼刀、鉤鐮槍，等等。這裏的人就擁着他們往上去走。

　　葉允雄見這島上樹木叢生，田舍相望，人家也頗不少。來到一家大戶的門前，這裏的人就叫葉允雄在此等候，他們就向門裏傳達去了。葉允雄打量着這所宅院，就見比白石村李大爺爺的家宅還似富庶得多多；又看這樣子島上的人也頗不少，也是漁農各半，風景似比白石村還要優秀。正在看着，就見大門裏走出一個人，穿的褲褂很是整齊，年事已有五十多了，身高黑髯，精神昂爽，看這氣派，一定就是鎮海蛟了。

　　這鎮海蛟把葉允雄打量一番，就問說：“你們是由白石村來的？提着槍、帶着刀來找我，是想較量較量嗎？”葉允雄吩咐黃小三等人都退後，他獨自上前，就抱拳說：“我姓葉名允雄，我本是新近才到白石村的。”那鎮海蛟一聽葉允雄道出了姓名，他就不禁現出詫異之狀，又一陣冷笑，說：“啊呀！原來你就是葉允雄。近來我聽說白石村中來了一位奇人，皮鞭子打幾千下他不哼哼，十幾個人上前他也不畏懼。昨天黃鐵頭來此偷魚，我們將他管教了一頓，割了他的帆蓬，拆了他的舵；他還拿出什麼葉老師的名頭向我來威嚇，叫我們要仔細提防。好！你如今來了，正好！」

此時他身後早有人拿出一杆金背大砍刀，刀光閃閃奪目。鎮海蛟回手抄過來，雙手握着刀柄一震，刀上的銅環琅琅亂響。他就又傲然說：「來較量較量吧！你的槍若能勝得了我這口刀，我訂打龍頭大船，送你回白石村；你若敵不過我，那你也休想在這沿海一帶停留！」說着大刀掄起，狠狠劈來。

葉允雄急忙閃開，鬥起槍來迎戰。二人用的全是長兵器，一刀一槍，如在戰場上一般地廝殺起來。鎮海蛟力大身長，刀沉手快；葉允雄的長槍飛舞，尋機以巧致勝。二人一來一往，殺了十餘合，旁邊的人都跑到遠處觀戰。只見二人越殺越緊，可是葉允雄的長槍利便，漸漸他就占了上風，逼得鎮海蛟不斷往後去退。黃小三就舉臂叫好，說：「妹夫！再努點勁兒！」

此時忽見自那大門之中又跑出來一人。這原是個女子，穿着紅褲子白汗衫，頭上梳着辮子，手持一口撲刀，鳳目瞪起，說聲：「爸爸閃開！」她爸爸還沒有退後，她已然上前，揮刀向葉允雄就砍。葉允雄只覺得紅褲子的顏色很是刺眼，知道加入了一員女將。他不暇細看，只將一杆銀槍，抖起來如飛蛇一般，敵住了兩口刀，絲毫不敢懈怠。此時鎮海蛟魯大紳已自覺力弱，便拽着大刀跳到一邊去喘氣，只叫他的女兒獨自應戰。

鎮海蛟的這個女兒，所使的刀雖然短，可是越殺越勇，刀法敏捷。只見刀光片片，如彩鳳展翅，時時向葉允雄撲擊。葉允雄一面用銀槍招架，一面偷眼去看這女子，他卻不禁驚異。原來這女子長得似比梅姑娘還要秀麗，並且上身的白羅衣很瘦，隱約着豐滿的體膚，下身紅綢褲飄飄地帶着風。葉允雄真想不到，這座海島上居然有這樣美貌的女子，並且還是這樣的好武藝。他的手下不敢稍亂，心中卻不禁有些癡迷了，生恐槍尖刺傷了對方這嬌豔的女子。

此時那邊黃小三又喊：「妹夫！賣點勁兒，一個娘們你竟勝不了嗎？」葉允雄一聲冷笑，槍法轉新，忽聽唭唭幾下，對方女子的刀都砍在葉允雄的槍桿上。葉允雄急忙閃退，一個白鶴亮翅，槍又抖起。女子卻躍身而前，鋼刀嗖嗖又砍。葉允雄雙手握槍，忽以槍尖前刺，忽以槍桿抽打。可是女子閃得快，叫他全都不能得手。葉允雄又要改變槍法，卻不料女子撲上前來，一刀砍下。葉允雄就覺右臂一痛，雖然女子是以刀背打的他，但他的右臂已然抬不起來了。女子趁勢又是一刀，這一下也是用的刀背，正砍在葉允雄的左臂上。允雄覺得身子一晃，趕緊後退。女子又掄刀逼近，葉允雄卻用槍將女子的刀架住，搖頭說：「不要打了！我認敗了！」女子立時收住刀，退後兩步，噗嗤一笑，葉允雄已經滿面通紅。

這時那鎮海蛟魯大紳已經走過來，他面帶譏諷之意，笑着說：「怎樣？這水靈山島上的人，不是你可以輕視的吧！」葉允雄扔下了槍，點頭說：「我認輸了！但要請教令媛的芳名，以後好再來拜會！」葉允雄說出了這話，眼望着那女子。那女子力戰了半天，也有些面紅，掏出手帕來拭汗，並凝着秀目來看葉允雄，倒像沒有什麼惡意。鎮海蛟卻高興地指着他的女兒說：「我這女兒叫海娥，我給她起了個外號，叫粉鱗小蛟龍。」葉允雄深深作揖，說：「今日多有得罪，三年之後，我再來拜訪！」說完了話，葉允雄拿起長槍轉身走去。

黃小三等人跟着他，個個都是垂頭喪氣。水靈山島上的人卻個個高興，在背後譏笑着，罵着，並有的過來拿膀子撞他們。後面的鎮海蛟魯大紳卻高聲喝道：「放他走！不許阻攔他們！有本領叫他們再來！」黃小三掄着拳頭要回去打架，葉允雄揪住他的胳膊，就下了這山島上船。船隻悠悠地走去了，後面還有一片喧笑之聲。

黃小三向後大罵，葉允雄卻又把他擋住，說：「何必！讓他們譏笑我們就是了。不到三年，我們再來！」黃小三把一雙憤怒的眼睛瞪着葉允雄，說：「咱們白石村，今天真丟夠了底！要叫鎮海蛟給打敗了，還算不冤，他娘的叫個黃毛丫頭給打了，叫我們倆跟着你姓葉的丟人！」葉允雄把臉一繃，說：「勝敗是兵家常事，何況我們練武藝的人？俗話說『強中自有強中手，能人背後有能人』。我葉允雄自出師以來闖蕩江湖也四五載了，多少豪雄硬漢都被我打了。這次也該叫那丫頭給我個教訓，叫我知道知道，我的槍法是還得再練！」

黃小三哼哼的笑着，說：「要不是個丫頭，是個長得有點模樣的浪丫頭，我想你也敗不了！我沒聽說過，一丈長的槍會敵不過三四尺長的刀？你要不是當時色迷了，亂了手腳，我得信？」葉允雄憤怒說：「你這是什麼話？我能拿我葉允雄的名頭白白送給一個女人？你等着看吧，多者兩三載，少則幾個月，我要再到山島上來，把那女子制服！」黃小三依然冷笑說：「制服了正好叫她做你的老婆！」葉允雄瞪眼說：「我要把她刺傷，扎死！」黃小三點頭說：「好！當着海，當着龍王爺，這是你說的話！我妹妹是許給你了，可是現在咱們得等等看啦！你不把水靈山島上那丫頭制服，至少也得拿槍劃破她的鼻子，我才信你是對她沒邪心；不然，你別娶我妹妹了，我不能叫我妹妹過來，做你的小老婆！」

葉允雄氣得一跺腳，忽聽旁邊搖槳的人喊說：「哎呀，來了！鎮海蛟的女兒浮着水來了！」葉允雄吃了一驚，趕緊回頭去看，就見汪洋的海水之中有一個人泅泳而來。這人忽然沉沒下去，忽然又露出來皓素的半身。有時整身浮在水面，連紅綢褲都看得清清楚楚的，這正是粉鱗小蛟龍魯海娥。她辮子盤在頭上，髮上、臉上都是水，越發的嬌媚了，如同帶雨的海棠花。她身上的衣服未換，但都濕貼在身上，顯出一身極勻稱的美的曲線，隨着洶湧的海濤，很快地像一隻美麗的海豹，向着船撲來。

船上的黃小三將長槍綽起，但立刻又被葉允雄攔住了。葉允雄說：「沒用！她這麼好的水性，就能叫你扎着她了？看她追咱們是什麼事？不要招惱了她，小心她身邊有鑿子，能把咱們的船鑿漏！」

此時魯海娥的素衣紅褲已隨着深藍色的海波將船追上了，船上的人都厲聲問道：「你追來有什麼事？」魯海娥伸着皓腕纖手抓住了船，她的身子平浮在波面上，隨着船拽着她走。她抬着往下垂水的嬌豔臉龐，望着葉允雄，說：「我問問你叫什麼名字？多大年歲？你幾時再來？」葉允雄正色說：「我叫葉允雄，我的年歲你問不着，剛才我已說過了，我敗在你手裏怨我的武藝不高。我回去再練，多則三年，少則就許是明後日……」黃小三用眼瞧着葉允雄。葉允雄又說：「我再來與你父女較量！你可千萬明白，也別惱，咱們較量的是武藝，不是誰跟誰調情，姑娘你別不知羞恥！」魯海娥呸了一口吐沫崒到船上。黃小三大怒，旁邊的人卻大驚，魯海娥卻忽然將身子扎下水去，不見了。

葉允雄說：“不好！她要毀咱們的船，我下去，你們撥船快走！”說時他一縱身跳下水去。黃小三等人驚慌着撥船，箭似的逃去。在水中葉允雄已抓住了魯海娥，兩人浮沉着，相揪着，少時又都露出頭來。魯海娥嫣然一笑，說：“今天我還是手下留情呢！”一陣狂濤卷來，葉允雄趁勢把魯海娥一推，魯海娥的身子就沉下了水去。葉允雄泅水走去，才走了不遠，見魯海娥漂在水面舉起一隻手來，仿佛叫他似的。葉允雄卻不回頭，急急地泅水走去。海潮漸大，他覺得有些力氣不支了，心中又很慚愧，暗想：無論我的武藝或水性，全比那女子差得太多了！

他使盡了全身的力量，費了許多的時間，方才爬到沙灘上。他就將身子往沙子上一躺，一步也不能走了。海潮衝擊着他的兩足，漸漸爬到他的身上來了。他這才滾起身來，衣褲盡濕，心中煩惱極了。坐在沙子上一看，這四周是一個人也沒有，大概離着白石村還很遠，心說：我怎麼到這裏來了呢？站起身來向岸上去看，只見是一片荒地，不遠之處就是起伏綿延的山嶺，看不見一戶人家。葉允雄益為懊惱，心想：索性在這裏多歇時再走吧。

他不禁長歎了口氣，又想：那魯海娥的刀法太好了！固然當交手時自己不知為了什麼，竟有些精神恍惚似的；可是，即使自己一點也不大意，拼命與她爭鬥，結果也是要失敗的。這樣好武藝的人，別說女子，就是男子之中也少見！自己縱橫南北四五年，還沒有吃過今天這樣的虧。如果她不是真的手下留情，此時我早已沒有了性命，因此心中又有些感謝的意思似的。他並緬想起那嬌豔的女子：紅褲素衣，長辮雲鬢，秀眉倩目，溫言和語，密意深情，淺嗔嬌笑，舞刀時的身手翩然如彩鳳，翻波攪浪時的嫻熟似遊魚……尤其想到粉鱗小蛟龍這美妙的綽號，不禁一陣心醉；又後悔着想：當初我就錯了！不該到白石村中去，早就應當到水靈山島！

他歎了口氣，轉又想到了梅姑娘，更是後悔，就想：為什麼我當初那麼迷戀梅姑娘呢？梅姑娘美雖然美，但不風流，比今天這粉鱗小蛟龍可差得多了。而且我為梅姑娘費了多大的事？遭受他們白石村中的人多少次圍攻、傾害、妒忌、誹笑？費了那麼大的事，才聘到一個俗庸的村女，並且還得答應娶了她之後不再往別處去，真真，我是傻了！是糊塗了！想到這裏，他真不打算再回白石村去了。這時天氣已漸晚，赭紅色的雲霞紛紛墜下，海風愈緊，風吹得葉允雄的身上發冷。忽然他又覺得頭腦一陣清楚，就想：剛才自己的那些想頭太不對！一個人應當有信義，重然諾，既然訂了梅姑娘，梅姑娘又是那麼柔順可憐，就不應當再生二心了。粉鱗小蛟龍今天給我的只有恥辱，沒給我別的。看她那麼輕佻，初次見面就與我調情，絕不是個安分的女子，我迷她做什麼？咬緊牙，習槍法，重走水靈山島把她打服，爭回來我的名氣，那才是英雄，是男子漢！

於是他把一切幻想都銷散了。上了岸，向兩邊張望了一下，見兩邊都已暮色漸深，不知往哪邊去才是白石村，只好信步走着。地下十分坎坷不平，走了很遠，也沒遇着一個行人。再走，見眼前一片黑鬱鬱之中有螢火蟲似的幾點燈光，仿佛是個村莊。葉允雄就心想：到那裏去打聽打聽，此地離白石村尚有多遠？如果離得太遠，那我就只好找個地方先投宿，明天再回去吧。

　　於是他腳下加緊，又走了一會兒，果然來到這個村莊。這村子還不小，人家很多，剛才看見的那螢火蟲似的燈光，原來是幾家鋪子：一家小店，一家餅鋪，一家酒館。葉允雄此時覺着身體疲乏，心頭煩悶，他就走進酒館裏。這時他的衣褲已被海風吹得快乾了，形態還不怎樣現出狼狽。他找個凳兒一坐下，酒保就給他送來一壺酒，還問他要鹹魚不要。葉允雄搖了搖頭，斟了一杯酒喝下去。又斟第二杯，忽然想起來自己的身邊並未帶錢，遂就向酒保問說：「掌櫃的，這裏離着白石村還有多遠？」

　　酒保似乎發怔，旁邊坐着的一位四十來歲的人，就說：「你是上白石村去嗎？白石村在南邊，在琅琊臺山根底下，離這裏有四十多里地呢！」葉允雄吃了一驚，不知自己怎麼泅水會泅到這裏來了，也許這裏的海岸倒離着水靈山島近。他倒不禁暗笑，心說：喝完了酒沒有錢，只好把我的衣裳剝給他們了！他放心地又自斟自飲喝了幾杯，頭就有點發熱，心裏的事仿佛也忍不住，就叫着說：「掌櫃的！」酒保趕緊跑過來，問說：「大爺，再來一壺嗎？」葉允雄笑着說：「再來一壺也好，可是我得先跟你說明白了：我今天出來身邊忘了帶錢，我家住在白石村。你再給我來一壺，喝完了，我把兩張桌子拼在一起，在你這兒睡一夜。明天你打發個小夥計跟我到家裏去，酒錢連店錢我一個也不能少給你！」

　　他越說，那酒保越發怔。他的話說完了，酒保卻把頭連連搖，說：「大爺！這可不行，我不知道白石村在哪兒。」葉允雄說：「離此往南四十里。」酒保說：「那麼遠，我不能去！」葉允雄說：「你去了到那裏，我另外給你一筆腳錢。」酒保依然搖頭說：「那也不行，這鋪子就我一個人，我要是跟你一塊去取錢，來回八十里地，一天的買賣我就不用做了！」葉允雄有些生氣，說：「明天你歇一天工，跟我到白石村去取錢，酒錢、住錢、腳錢，你一天的工錢，我都給！」酒保說：「我沒工夫，我哪知道白石村在什麼地方？我知你有家沒有？」葉允雄氣憤難耐，抖手就打了酒保一個嘴巴。酒保捂着臉，跳起來嚷道：「沒錢，你可來騙酒喝，不給錢還打人！」葉允雄氣得把酒壺、酒杯全都摔在地下。旁邊那人就過來勸，葉允雄說：「我不是不講理，今天出來我忘記了帶錢，叫他明天跟我去取，應得多給他錢，還要我怎樣？他還故意刁難……」

　　這時有本地的幾個人聽見了吵鬧齊都趕來。其中一個身體魁梧的人，一把就將葉允雄抓住，說：「喂！你先別吵，這裏不是你吵的地方！天這麼晚，看你說話也不是白石村的人，穿着綢子衣裳，沾着些個沙子、海藻，身上可一個錢也沒有，多半你的來歷不明！」葉允雄說：「你不信明天可以到白石村中間去，我在那裏住了已有幾個月，現在正蓋房子預備娶親，我姓葉！」

　　對面的大漢一聽這話，他忽然有些驚訝，就笑着說：「哈！原來你就是今天到水靈山島上去攪擾，被魯二姑娘給打回來的那個小子呀？好！……」葉允雄想不到此人雖不認識自己，他可知道今天水靈山島上的事，遂就不由一陣臉紅，說：「朋友你先放手！」

　　這人仍然不把手放開。葉允雄就說：「你既知道我這個人，就好辦了。不錯，我今天確是為白石村黃鐵頭受辱之事，到了一次水靈山島，與魯大紳和魯姑娘較量了一番武藝。魯姑娘刀法好，我認輸了。我們回來時，不料魯姑娘又浮着水追下來，要毀我們的船。我下海去抵擋魯姑娘，將我們的船救走，我就浮水往岸上來。不料我地理不熟，誤來到這裏。好在這裏離着白石村還不算遠，我喝點酒，明天叫他跟我去取錢……」對面這漢子不容他把話說完，手就把葉允雄的衣裳揪得更緊。葉允雄把他的手用力一推，說：「你何必這樣？有話好說，揪住我們衣裳不放手是什麼意思？」只聽嘶的一聲，葉允雄的綢子衣裳被撕破了。

葉允雄氣不打一處來，但他忍耐着，仍想講理。不料酒保跳起腳來又罵他，旁邊的幾個人也都氣勢洶洶。揪着他的這個漢子，撇着嘴冷笑，說：「也不用跟你去取錢，那麼遠，錢我叫他不跟你要就是了，可是你得賠一頓打！聽說你這個小子武藝雖然平常，可是真能熬得住打。你才到白石村的那一天，李小八把你捆起來打了你四百鞭子，你都沒哼哼一聲。好啦！今天咱們倒要試一試，我孟三彪要不叫你出聲，我不是好漢！來，拿鞭子去！朋友你再喝兩盅，好熬得住打。你要怕打，也行，當時趴在地上給三大爺磕三個響頭，叫三聲爸爸，我就放你去！」

葉允雄氣極了，咚的一拳打過去。孟三彪一昏暈，撒了手，整個身子倒在地下。葉允雄又是一掌，把酒保打得滿臉流血，呀呀亂叫。葉允雄借着酒氣，東一拳西一掌，把屋中的幾個人全都打出去了。孟三彪才爬起來，又被葉允雄一腳踹倒。葉允雄就施起威來，綽起一隻酒罈子向孟三彪的腰上砸去，孟三彪哎喲一聲慘叫，罈子滾到一旁摔破了，流了一地的酒跟血。葉允雄有點吃驚，趕緊跳出酒館往南跑去了。

天黑，海風又緊，後面的人即或追來他也用不着畏懼。所以葉允雄一跑出了村子，就不再跑了，他氣忿忿地走着，覺得肚腸子發痛，酒意更湧上來。晃晃搖搖地，順着坎坷不平的路向南去走。他越想越氣，覺得在這一帶住的人真是不講理，尤其是水靈山島上那魯海娥。自己此時已不再迷戀她了，也不覺着她美了，只覺得她是一個兇悍淫蕩的女人。他就想：以後我也不可再跟這些人講理了，我也要強橫！回到白石村中我先要練習槍法，然後去找鎮海蛟和他的女兒，要將他們全都戳傷！最後，我走開，回到我的江湖上去闖蕩，梅姑娘就叫她嫁別人去吧！什麼叫信義？什麼叫情理？我跟他們講，他們可未必跟我講！

在黑茫茫的夜色之中，他行了已不只四十里了，酒意已失，身上很冷，可是仍尋不着白石村在哪裏。他又怕走過去了，明天再折回來，那更氣人呢！只好就找了個稍稍避風的岩石後面躺下身，耳邊聽得濤聲、風聲，卻連一聲雞叫也聽不見。這樣，一夜他也沒睡着，不覺天色就黎明了。他坐起身來，覺得很餓，又呆了一會，才看見東面海上升起了朝霞，西面隱隱現出綿亙的山峰。他細細辨明了山勢去走，原來離此不遠就是琅琊臺山和白石村，葉允雄也不急了，慢慢地走去。

及至到了白石村前，朝陽已把大海照得發紫。黃小三像是才起來的樣子，手裏提着成串的魚鉤正要往船上走去。李小八站在沙地上正赤着背練刀，一見葉允雄回來，他就喊了聲「哦喝」，臉上作出許久不見的輕視和挑戰的譏笑。葉允雄這樣子本來也太狼狽了，但他低着頭，不看一切人，直往村中走去。不料黃小三趕過來張着兩隻胳膊把他攔住，瞪着眼睛說：「喂！昨天你下海去捉那個丫頭，為什麼一夜沒回來？莫非你在水裏跟那丫頭勾搭上了嗎？你要是真那麼沒骨頭，你就別回我們白石村了！」葉允雄氣忿忿地把黃小三一推，黃小三幾乎摔倒。他就一聲不語，走進村去。

　　村裏，黃家的柴扉前，杏姑娘正在灑米喂雞。梅姑娘擦着濃豔的胭脂，新梳的將嫁的姑娘的頭髻，身穿白褂藍褲子，正依着門叫着：「咕！咕！咕！」一瞧見葉允雄，她趕緊藏回門裏去了，葉允雄倒不由有些慚愧。杏姑娘望見他，就一笑，仿佛也有點害羞似的。葉允雄也勉強笑了笑，走過門去，見自己的那塊地皮，三個泥水匠已來做活來了。房子都已蓋好了，只欠沒安窗戶，沒抹泥土，沒紮院牆。那棵柳樹拂蕩着碧絲，嫋娜如美女的嬌態。泥水匠頭兒走過來笑着說：「葉老師昨天到水靈山島去啦？那地方的人可惹不得。這房子再有四五天就完工了！」葉允雄淡淺地說：「不忙。」

　　他回到李大爺爺的家裏，已有幾個學生來上學，都向他作揖，並問道：「老師，昨天上哪兒去了？」葉允雄說：「你們不要問，都回去吧！幾時我叫你們，你們再來。」幾個學生全都發怔。葉允雄精神倦懶，換上了衣服，他就出屋找來了一杆長槍，一隻木桶，一個爐，並預備下碗筷等等，又收拾衣服，最後又出去到鄰居家裏買來了一口袋小米。此時李大爺爺的那個孫子李四早被個學生給揪了來，他進屋一看，喝！葉允雄仿佛要搬家。等到葉允雄回到屋來，他就問：「怎麼回事？房子還沒蓋好，葉老師你就要搬去成家嗎？」

　　葉允雄搖頭說：「不是！」他一邊收拾東西，一邊向李四講述他的道理，他就說：「昨天我在水靈山島為一個女子所折，我實在無顏再見人！我要到山上山神廟內去住。也許住半載，也許住兩三年，不練好了槍法，不到水靈山島去找鎮海蛟父女報仇雪恥，我誓不為人！房子蓋好了，就請你暫時給照管，梅姑娘暫時我也不能娶了，幾時我的槍法不練好，幾時我不離開那座廟！」說着他拿出些銀錢，叫李四交給那幾個替他蓋房子的工人。李四這時驚慌了，趕緊去請來了李大爺爺，並請來黃老婆婆。這兩位老人向葉允雄多方的勸解，但葉允雄只是搖頭，不肯打消他堅決的主意。

　　山神廟在小珠山的絕頂，這裏有幽深的林壑，有潺潺流泄的泉水，石徑崎嶇，很少人跡。前幾年這裏發現過一隻金錢豹子，又有兩隻狼，所以把廟裏的道士給嚇走了。道士離開此地之時，曾在本村散佈下許多謊言，說那廟裏不但時時看見豹子、虎狼，還鬧鬼。鬼是比野獸還猙獰可怕，因此，那裏成了一塊禁地，即使是白晝，也從無人敢去走走。

　　當下葉允雄因為預備到那裏去住三年，所以要帶的東西很多。他一個人拿不了，就想托別人給幫幫忙。可是別人都向他擺手，說：「那個地方，你給我十兩金子我也不敢跟你去！遇見狼還好辦，把鬼驚着，我們就別想活啦！奉勸你也千萬改改主意，想練槍有的是寬敞地方，何必非要到那裏，跟豹子、豺狼和鬼去打交道呢？」葉允雄微笑着，別人不幫他搬東西，他就自己搬；搬了三四次，由早搬到午，東西搬完了，他就可以不回去了。

　　村裏的人全擔心着，想他多一半是喂了狼豹，或是被鬼掐得口吐白沫而死；少一半才是想他到了那廟裏，現在正歇着呢。這件事又成了全村中的一件奇事，個個人都談論着。黃小三和黃鐵頭倒是很佩服葉允雄的膽氣，李小八卻總是笑，希望葉允雄被鬼掐死他才稱心。李大爺爺嗟歎着，說：「那人才學、武藝都很好，只是太驕傲任性，早晚要吃大虧！」黃家黃老婆婆是回家來就哭，說姓葉的害了她的女兒，快娶了可又不娶，一個人搬到山上廟裏去住。梅姑娘也是滿心的憂慮，不斷的淚痕。

　　此時山上森林幽壑之淵的那座廟裏，葉允雄卻正忙着，這裏有兩間完整的殿宇，殿中的泥像都成了野鼠和野鳥的家，蛛絲蛇跡，鼠糞燕泥，遍地皆是。葉允雄都細細打掃了。四面的碎石牆還沒坍塌，廟門也能關上，葉允雄就先把廟門釘死。他在供桌上鋪好褥子，躺着歇了半天，然後提着桶跳過牆，去接了一桶山泉，回來自己炊飯。吃完了飯，他就打起了精神舞動長槍，獨自專心練習武藝。

　　葉允雄自己明白，他的槍法並非不通，只是擱置的日子多了，一旦遇到強敵就有些不熟。而且他知道那粉鱗小蛟龍魯海娥的刀法，絕不是平常的槍法所可能取勝。所以他才找了這僻靜的地方，一來免得人攪；二來黃老婆婆也就不至於催着他迎娶了，而且一不常見梅姑娘，自然也就忘了她的美麗與溫婉；三來，就是他要專心研究出幾手敏捷的、巧妙的、毒辣的槍法，預備與黃海娥再見面時，三五回合就把她制得扔刀拜服。所以他把心中的一切都想開了，並脫了光脊背，在這廟院之中抖起了長槍。他面前假想出來是有一個嬌豔的女子，手持鳳翅一般的單刀，他以銀蛇槍招架，嗖嗖嗖地猛刺橫攔，巧遮智纏。他練一會，想一會，身上流了很多汗，鳥鵲都不敢往這廟裏來飛。

　　不覺黃昏了，蝙蝠像鬼影一般的飛至，山泉響，松籟鳴，遠處並仿佛真聽見了狼嚎。但他一切都不管，把午間剩下的飯吃了，接着練。練到星斗滿天，身體疲憊，他才去睡，一夜什麼事都沒有。

　　從此葉允雄就天天這樣，除了取水、砍柴他跳牆出去，就永遠在廟裏。他不下山，也沒有一個人敢上山。他終日除了鳥鵲、蛇鼠之外，看不見一個人。也不知過了多少天，只覺得夜間由黑天變成懸有新月的天，新月漸漸地肥了滿了，又漸漸地殘缺。他專心練槍，本無二念，不過，有一件事卻苦惱了他。就是因他每次練槍時，前面必設想出一個美麗的敵人，所以弄得他無論看什麼東西，即使是看見泥塑的缺臂少頭的神像，也仿佛是秀目清眉、白衫紅褲的魯海娥似的；夜間並且常做夢，夢裏自然是跟魯海娥交戰爭鬥，可有時又不是。他真苦惱極了，非常恨自己。

　　這天，又是晚上，銀星與殘月交輝，泉水在耳邊宛轉地唱着，葉允雄在院中練了一套槍法，剛喘喘氣，卻聽嘻嘻的有一陣笑聲，不知發在哪裏，但一定很近。葉允雄不禁驚訝，立時就收住了槍式，瞪目向四下看去，卻沒有人影。葉允雄就憤怒着說：“是什麼人？不要在此裝鬼，有本事的下來，較量較量我的新槍法！”不知哪裏又嘻嘻地笑了一聲，葉允雄真不勝驚訝，並且已聽出這種笑聲是細而清脆的，不是小孩子就是個女人。葉允雄裝作沒聽見，依然抖起了蛇槍，疾飛緊舞。忽聽身後似有異狀，他趕緊翻身撤步，一槍刺去，說聲：“好呀！你還要暗算我嗎？”身後襲來的這人，鋼刀如電，閃閃的削來。葉允雄以槍相抵，施展開他這些日研究出來的新槍法，猛扎、急刺、斜掠、橫擋，只見刀光槍影，二人的身軀翻轉，一退一撲，亦遮亦攔。

　　相戰了十餘回合，忽然那人顛跑到了一邊兒，掩着口嘻嘻的笑了起來。葉允雄趕過去又是一槍，那人卻用刀將槍磕開，擺着手兒，嬌聲笑說：“別鬧！別鬧！哎喲別鬧啊！”葉允雄罵了一聲：“賤女！”退後一步，籍天上的殘月微光，就見在四五步之遠提刀喘氣兒的人，正是粉鱗小蛟龍魯海娥！葉允雄不由又退後了一步，雙手握着槍，防備着，並厲聲說：“你到我這裏來做什麼？”魯海娥依然笑着，說：“我是來看看你！聽說你自己把自己關在這廟裏，天天的練武，我不知你練些什麼？所以特來看看。哼！如今我這麼一看，你可還差得多！”

葉允雄忿忿地說：“當然，我原說是三年之後再同你比武，並不是說此刻就叫你來。你這賤女，深更半夜渡海來到這裏，倘或被人看見，不說你生性下流，反要說我葉允雄不是好漢。快些走！不然再較量幾合，我就要把你扎死。你可知，這裏可很有地方拋棄你的屍身！”魯海娥嘻嘻笑着，驀不防她一縱身過來，又鋼刀舉起。葉允雄疾忙退步，掄槍撥開了鋼刀，可是魯海娥一伸左手將槍尖兒握住，同時她的鋼刀就順着槍桿削去。葉允雄奪槍已來不及，只得撒了手。葉允雄趕緊又躥越向前，要搶魯海娥的刀。魯海娥左手將槍藏在背後，右手掄刀，葉允雄要托她的腕子，不料她下面飛起一腳，玉足正點在葉允雄的胯骨上。葉允雄覺着一陣疼，同時電似的鋼刀又從他頭上掠過。葉允雄又趕緊低頭，吧的一聲，一刀背又擊在他的左肩上。葉允雄真憤怒極了，又猛撲過去奪槍。魯海娥卻將刀槍拋開了，嬉笑着與他拳戰。只見她嬌軀宛轉飛騰，葉允雄無法捉摸，竟被魯海娥的拳頭輕一下重一下地連打了兩三拳。

葉允雄索性不打了，就點頭說：“好！我佩服你！你的武藝比我高得多！我早先原想練習數月就可以與你較量，但現在我知道了，非要三年不行了！請你不要戲耍我。容我再練，將來我再向你去請教！”魯海娥也不笑了，娉婷地走過來，說：“你何必要受這苦呢？再說，三年之後你也未必能敵得過我。你也不是外行，武藝須由名師指導，是自己關上門能學得出來的嗎？”葉允雄搖頭說：“你不用管！”

魯海娥嬌聲兒說：“我偏要管！”說着過來就要拉葉允雄的手，葉允雄趕緊又退後。魯海娥就含羞地說：“我真喜歡你！換個別人，我早就要了他的性命。我跟你說實話，鎮海蛟並不是我的生父。我本姓張，我父親是個綠林中人，因為他被官人追捕甚急，才帶着我逃到了水靈山島上。後來他就病死了，我才算是魯大紳的女兒。我的武藝都是從我父親學的，魯大紳只教給了我水性。他待我並不太好，我又嫌那島上太寂寞，時時想回我的故鄉陝南漢中，那裏還有我的母親。我想，不如咱們倆一同去……也別做仇人了！爭鬥、較量，這有什麼意思呢？你要是一定不服氣，那我就認輸……”說到此處，這武藝絕倫、行為放蕩的女子，倒有些兒嬌羞靦腆、楚楚可憐之態。她將葉允雄的手拉住，葉允雄卻又躲開，搖着頭說：“不行！不行！”

魯海娥見葉允雄將她拒絕了，她抬起頭來，似乎有些生氣的樣子，說：“你可別以為我真是什麼賤女！我父親名叫秦嶺俠張隆，雖是綠林中人，可是在山陝之間，行走四十多年，也行俠仗義，有過很大的名聲。你要嫌我出身不高，那我看你的來歷可也有點兒不明！”葉允雄吃了一驚，魯海娥又說：“我早就打聽出來了！你假充舉子，來到這海角天涯隱居，可是你又有很多的錢！”葉允雄說：“錢是我由家中帶出來的，我家中原是富戶。”魯海娥說：“誰信？”葉允雄說：“總而言之，你叫我將來跟你比武倒可以，叫我此刻跟你私奔，我絕不幹。你既打聽出來我的不少事，想你也知道，我已定下了本村黃姓之女為妻！”魯海娥說：“你並沒娶她！”葉允雄心中不由一動，遲疑了一下，仍然搖頭說：“君子有信，我既訂下了人家的姑娘，就豈能背信？你去吧，休要再作此夢想！」

　　魯海娥一生氣，由地上揀起刀來，舉起來又要向葉允雄去砍。葉允雄卻身子不動，冷笑說：「你這算是什麼英雄？難道你真再找不出來一個男子了嗎？」魯海娥把刀舉了半天，忽然她一咬牙，轉身就走，越過牆去，立時無跡。星月交輝，風聲蕭蕭，團團的雲霧像煙似的在眼前飄蕩，泉水淙淙仍流得很急，葉允雄的心中又有些惆悵。站立着發呆了半天，忽然他一跺腳，又拾起槍來舞練。他也不怎麼細細研究刺戳遮擋之術了，只是一陣胡練。直練到夜深，他身體疲倦極了之時，才回到殿中去睡，一覺不覺天明，被鴉鵲之聲擾起。

　　他的腦中只要一想起昨夜之事，他就趕緊練槍，面前也不再有假想的素衣紅褲的女人，只是緊練，不重槍法，唯求敏捷。一連又多少日，袋裏的小米就快要用盡了，月亮又轉為團團明朗，並無事發生。

　　這日的白天，午時以後，葉允雄又正在習槍，忽聽牆外有人敲門。他趕緊跳到牆上向下一看，卻見是梅姑娘。梅姑娘此時穿着一身土布的沒漂白也沒染色的衣褲，髮髻倒還梳得很整潔，臉上沒擦什麼脂粉，顯着有點黃瘦了。身邊地下放着一個口袋和一隻竹籃，籃裏有兩尾魚、一包鹽，和許多青菜。她還在用手叩門，葉允雄說：「不必敲了！」就跳到牆外。

　　梅姑娘見了他，臉上就如同染了胭脂似的，突然泛起了嫣紅，並有些悲戚之色。葉允雄就問說：「是你一個人來的嗎？」梅姑娘說：「是！」說着流下淚來，又說：「聽人說，你那袋米大概快用盡了，我娘就給你預備下點米，要叫我哥哥送來。我哥哥又不管，只好我給你送來吧。可是我只帶來了四五斤米，這是魚、菜，你留下。我把籃子帶回去，過兩天我好再給你送！」

　　葉允雄歎息着說：「真難為你……以後你不必再來了，山這麼高，很容易出舛錯！我在此習槍，也是被逼得無可奈何。不練成武藝，我沒臉出去見人。村裏近日沒有什麼事嗎？」梅姑娘拭淚說：「沒有什麼事，就是聽人說，水靈山島上的那個姑娘已然走了。」葉允雄一怔，梅姑娘又說：「不知是往哪裏去啦。李大爺爺說，既然欺負你的那個人已走了，你也就不必再在這裏住着了！在這裏不但我是時時不放心……就連村裏的人也都說，你早晚必要……」說到這裏，梅姑娘哭得聲兒都顫了。

　　葉允雄沉着臉兒，歎了口氣，說：「你不要過慮，我在這空靜無人的地方，只要有食物，就沒有一點兒錯。你別聽那些人說這裏有什麼狼、鬼，我在這裏許多日，每晚都安然睡覺，一點奇異的事也沒遇着。只是這山路崎嶇，你帶着許多東西上來，我倒真不放心。你快回去吧！」又問：「咱那房子蓋好了沒有？」梅姑娘擦擦眼淚，點點頭，羞澀着說：「早就蓋好了！可是現在沒人住。」葉允雄又看了梅姑娘一眼，覺着她真是又可愛，又可憐。但他並沒表示出一點情愛，只說：「你回去吧！大概不到一年，我也就可以下山了。」說着把籃子裏的魚、菜放在石階上，梅姑娘就提着空籃子走去。葉允雄在後面護送她，只見山石坑坎不平，這可憐的女子艱難地向下去走。

　　葉允雄送梅姑娘下山，沿途他並未對他的未婚妻談一句話。山間海棠樹已葉肥實大，然而往日的愛情，他像一點也沒有。將要下山之時，葉允雄站在一棵有高樹遮蔽的大青石上，這才說：「你仔細些！回去吧！不要再上來了！」梅姑娘答應着，又回首含淚問道：“你還要什麼東西？我求別人給你送來！”葉允雄搖頭說：“我什麼也不用，你回去吧！腳下留些神。”梅姑娘又溫柔地回答了一聲。葉允雄直直地站在這裏，從樹葉之間見他的未婚妻去遠，到了較平坦的地方了，他就跳下青石，往上走去。

　　到了廟門前，把那半小口袋米提起來，挾着魚、菜又跳進牆去，卻不禁發了半天怔。他長歎一聲，綽起槍來又練。此時，他心中決定的意志就是：雖然魯海娥已經走了，但自己一個堂堂男子漢，若不學成武藝，若不用槍法壓倒她的鋼刀，就什麼事也不幹，什麼人也不見。魯海娥多半是因為自己拒絕了她，她一時失意、惱恨，走回她的故鄉漢中去了。漢中雖遠，但三年前自己也曾路過那裏，只要一朝自己的武藝練成，便去漢中尋着魯海娥，將她制服、打敗，然後自己再回來與梅姑娘成婚。他雖然堅決地這樣拿定了主意，有時仍然不免有些惆悵，就是想着：魯海娥生得太美了，武藝水性也太高了，並且她對於自己是那樣地鍾情；自己放棄了這樣的女子，而與一個稍為姣好的村姑結婚，也太愚傻了！可是梅姑娘又實在是艱苦、溫順。內心這樣地一交戰，無法解去苦惱，他就持起槍來練武。松風山月，不覺那幾斤小米又將用完。

　　這天半夜裏，廟中忽然越牆進來了十餘名大漢，個個持着刀槍，圍住了葉允雄，要置他於死。葉允雄奮勇抖起了蛇槍，單身敵眾，將十餘大漢盡皆打散。有的負傷，有的背着負傷的人逃走。事後，葉允雄也想不出這是哪裏來的一些仇人。

第三回　行惡計縱火燒山林　負良宵倚槍別新婦

　　至當夜星月微茫，天將發曉之時，葉允雄本來沒睡覺，依然手握長槍謹防敵人，卻不料殿宇後就起了熊熊的大火。火起來了，烈焰騰騰，燒得甚猛，放火的人卻已匿去。這人就是那日在北邊村中的酒店裏，被葉允雄以酒罈打傷的孟三彪。同時，他是負着水靈山島鎮海蛟魯大紳的命令。孟三彪是魯大紳的外甥，他住的那個地方名叫黑郎莊，訛傳為黑狼莊，孟三彪就是那村中的一條黑狼。他也以打漁為生，但他不用自己打。他有兩隻船，雇着四五個人，打來的魚都給他。又因為他與水靈山島上的魯大紳有甥舅的關係，所以獨有他的船能往水靈山島那邊去。白石村來了個姓葉的熬得住打的好漢，他早就知道了，早就想來尋釁：試試那小子到底能熬得住他的打不能。葉允雄在島上吃虧的這件事，當日也就有他的漁船回來報告他了，他覺着：一個叫妞兒都給打了的人，還會有多大能為？

　　正巧，那天葉允雄又誤入村中，身邊沒有錢可又要飲酒，更加上開酒鋪的張牛子死心眼兒，一定要跟葉允雄要現錢。雙方一吵鬧起來，孟三彪趕到，他問明了那渾身沾着沙子、海藻的人就是葉允雄，他就要試試這小子到底能禁得住打不能？不料他打人未成，反倒被葉允雄綽起了酒罈將他打傷，被人攙回家去。在炕上趴了有一個多月，最近才好，他就駕船到水靈山島去見他舅父。只見他舅父鎮海蛟魯大紳正在發愁，愁得就是他聽說葉允雄上了小珠山山神廟，專心練習武藝，以為日後重來復仇。

　　鎮海蛟自那天起，便已看出來葉允雄的槍法精熟，年輕力壯，若憑自己，絕不能取勝於他。義女魯海娥若在，那自己便無所懼，可是自從魯海娥戰敗了葉允雄之後，她就變了性情。早先她是活潑灑脫，整日嘻嘻笑笑，近日她卻終日抑鬱，不是找人撒氣，就是一個人煩惱。前幾天，一日的上午，她帶着刀、銀錢，和一頭小驢，駕着一隻船，說是要到靈山衛去趕集買布，不料，她就一去不歸。因此，鎮海蛟憂慮極了，他想：一年之後，葉允雄若把武藝學得更好，重來水靈山島上，那時自己恐怕就要非傷即死，聲名難免喪盡！

　　鎮海蛟正為此事發愁，他的外甥孟三彪就來到了。孟三彪一聽魯海娥忽然走了，他就大吃一驚，說：「啊呀！這丫頭在咱們這兒吃了幾年閑飯，如今事惹下了，姓葉的小子把自己鎖在山神廟裏練槍，她倒跑了？她倒自己尋女婿去了？把咱們拋下，到時叫咱們丟人現眼，好沒良心！」鎮海蛟歎了口氣說：「我也早知道這裏養不住她，這島上沒個美男子，她又生性風流，年歲也大了，她一定是走了。只是自她十三歲時，他父親就帶她來到島上，至今已六載之久，我實在拿她當做親生女兒一般。如今她不該知道了有人要向我作對，她並不助我，反倒躲開了！」他冷笑了一聲，又說：「現在沒別的話說，只好我們也閉門練武，等着葉允雄再來時，我跟他刀對槍拼一下子吧！」

孟三彪搖頭說：「舅父你別再這麼寬宏大量，只顧名聲，不用手段。您老人家上了歲數了，比不上姓葉的年輕，將來倘若有個舛錯，您老人家一世英雄，敗于無名小輩之手，有多冤？我現在有一個主意，反正姓葉的在山上只有一個人，武藝才練了這麼幾天，也不會怎麼太好；今天夜間我帶上幾個人，順着側道上山，到廟中結果了他的性命，不就是後患盡除了嗎？」鎮海蛟搖頭說：「我不辦這樣的事，若叫別人知道，我的名聲盡皆完了。再說，我與姓葉的並無深仇！」

孟三彪說：「您老人家的心太善！這樣吧，我們暫且不要他的性命，先去把他攪一攪；使他不能安心在那裏練武，逼着他趁早別夢想着報仇，趁早離開此地！」鎮海蛟斟酌了半天，才說；「這還使得！那麼你們就去替我見見葉允雄，向他說我的女兒已走，兩家既無深仇，就不必再鬥氣。可不要說出來軟話，只是他若肯與我交友，那就請他到島上來，我願設酒與他談一談。」孟三彪點頭說：「好！就這樣辦！」

當日他召集了十幾個人，晚間就偷偷上了小珠山。他卻沒依照他舅父的話去辦。頭一次是一起上手，不想沒殺死葉允雄，反倒叫葉允雄給打了個落花流水。孟三彪知道葉允雄這小子難敵，當時他們就藏了起來沒走，等到四更天時，他們就放起一把烈火來。這場火燒得很是猛烈，兩間廟宇，又連上了廟旁的松樹，火焰滾滾，濃煙彌漫。葉允雄憤怒極了，他不管火，先提槍去搜尋放火的賊人。但孟三彪等人早順着這山的側路逃走了，葉允雄在各處搜找了半天，也沒有看見一個人。他怒罵着，又提槍回來，見火勢已漸熄，但濃煙猶未散盡，兩間殿宇和葉允雄的寢食器具，完全付之一炬，地上只有一片殘灰餘燼，十分淒慘。

天已明了，今天鳥鵲也不敢來此飛噪了，葉允雄提着槍、咬着牙，自言自語地說：「好狠！這一定是鎮海蛟派人來幹的事，但這就能將我害死嗎？就能將我練武的心打消了嗎？我要挪一挪地方，我便不是英雄！」於是他提槍下了山。

山下白石村中，今晨就有人看見山上的火光，就猜出那地方必是山神廟。這場火不知是怎麼起的，可是葉允雄一定是燒死在那裏無疑。這時，全村的人也顧不得打漁種地了，都聚集在一起，仰着臉瞧着山上的濃煙。黃老婆婆哀求着人上山去看看葉允雄的死活。李小八卻撇嘴說：「誰敢去呀？在火裏若再遇見鬼，還能活嗎？這不定是怎麼回事呢，不是天火就是鬼火！本來有法術的道士全不敢在山神廟裏住，他葉允雄卻膽大妄為，鬼神還能饒他？還能不拿火燒死他？」黃小三皺着眉，李大爺爺歎着氣，梅姑娘淚流滿面地跑回家中痛哭去了。李小八哼哼地笑着，又說：「哥兒們，走吧！打漁去吧！管他火不火呢，反正也燒不到村裏來。」

正在這時，忽見葉允雄手提長槍，從山上走下，不但身上沒有一點火燒之傷，衣服上連點灰也沒有。立時村裏人都放了心了，可是又都驚詫着。李小八趕緊溜走了，黃老婆婆破涕為笑，杏姑娘趕緊跑回家去報告她的姐姐。村中的人都上前來問說：“火是怎麼起的？”葉允雄卻微笑說：“我哪裏知道？好在只是幾間破殿宇，燒了也無甚可惜，將來我還要把那座廟重新修蓋呢！”此時，梅姑娘隨着她的妹妹又跑出來，淚眼看見了安然無恙的葉允雄，她一笑，又趕緊進門去了。這時，村裏的人全都勸葉允雄不要再上山去了，說：“廟也燒了，這兒的房子也蓋好了，愛住、愛練武，就在村裏吧！”黃老婆婆說：“我的女兒給你了，不能由着你去胡鬧！你要死了，也就坑了我的女兒。”李大爺爺也勸他說：“允雄你不可再任性，練武何必一定要在山上呢？”

葉允雄卻什麼話也不聽，他拿出錢來，又買了水桶、米麵和一切東西，並買了幾張蘆席。他拒絕了一切人的勸告，獨自又回到山上。他把火場收拾了收拾，四邊的石頭牆也堆好，斬樹枝，劈木頭，就利用蘆席自己搭了一間棚子，依然在此居住。恰巧火才熄下之後，又下了大雨，雨連上山水，把他那蘆席棚卷倒，他的一切東西全都濕透；但他把蘆席找着，照樣支搭起來。雖然雨尚未住，可是他的功課並不停止，依然在雨聲瀟瀟之下，赤着背舞槍，夜晚幾乎就在泥水裏睡覺。

大雨數日，才雨住放晴，但山石上盡生了很厚的苔蘚。在這種艱難的境況之下，梅姑娘又來給他送來了兩尾魚，幾棵菜，並幫助他曬被蓋，提水做飯。葉允雄心中十分感動，就向梅姑娘慨然說：“起先，我不過是愛你貌美，可是後來見有比你更美的女子，我對你就心情稍變。但現在我看你的美，非只容貌，而是品德。你不怕艱苦，對我有這樣的深情，我真感謝，我以後絕不能對你負心！”梅姑娘羞澀澀的落下來眼淚，神態益為楚楚可憐。當日黃昏時，葉允雄才把梅姑娘攪送着下山。晚間他便覺得心裏惆悵，有意放棄了決意，下山去與梅姑娘成婚，但還是咬着牙，不肯這樣去做。

過了兩日，這天是中午時候，梅姑娘又上山給葉允雄送來幾斤米。葉允雄正在石牆內練槍，練得正專心，正高興，聽見牆外的梅姑娘叫他，他就說：“把東西放下吧！你快回去吧！往下走可要小心，石頭都太滑！”他照樣練武，腳起身轉，槍影飛騰。在這時，就忽聽一聲慘叫，似是梅姑娘的聲音。葉允雄大驚，趕緊提着槍跳出牆去，見地上放着半口袋米，梅姑娘卻是蹤影皆無。葉允雄曉得梅姑娘必有舛錯，趕緊往山路下去找。往下走幾步，就見石磴上遺落了一隻紅布的小鞋。葉允雄用槍尖挑起，拿在手中，瞪着兩眼，四下張望。向下又走了不遠，就見梅姑娘的身體滾在一塊大石頭的旁邊。葉允雄連跳幾步，到了近前，低下身，見梅姑娘的臉、手全都摔破，血色淋漓，只穿着兩隻襪子，蜷臥着，微微有些呻吟之聲。葉允雄急忙蹲下身，放下槍，抱起梅姑娘說：“我不叫你來，你偏來！這山路多難走，幸虧你沒摔死……”忽聽咕咚一聲，一塊巨石從他頭上飛過，差一點打着他。

葉允雄憤怒得趕緊放下了梅姑娘，綽槍站起，就見遠處一棵松樹後面藏着個人，向他一探頭。葉允雄像一隻雄獅一般，怒撲過去。那人回身就跑，手裏是提着一口刀。葉允雄緊追，那人跳過了幾塊山石，反往上邊去了。葉允雄怒罵着，又向上緊追，他躥得極快。那人卻逃跑不及，就被葉允雄追上，一槍狠狠地扎去。那人用刀招架，沒有招架得了，就哎喲一聲，被葉允雄一槍扎倒，滾下了深澗。葉允雄抽回槍，喘了一口氣，又四下尋找，但再也看不見人了。他趕緊又回來，將梅姑娘背起，又要尋找那另一隻遺落的紅鞋，可是遍尋無着。葉允雄不由得更怒，知道來到山上的賊人必不只一個，看剛才墜下澗去的那個人，也似是個漁人，便想：一定是鎮海蛟派來的！好個鎮海蛟，將來咱們再算帳！他就背着梅姑娘下了山。

到了村中黃老婆婆家裏，此時黃小三也正在家，一見這種情形，他就要與葉允雄拼命，梅姑娘哭泣着攔住了他的哥哥。當下葉允雄把梅姑娘放在床上，見梅姑娘也不至於死，便提槍又走，上了山又尋找了半天，但是並未尋着個人影。他咬咬牙，依然回到蘆棚內，歇息了一會兒，照舊練槍。從此，梅姑娘就不能再到山上來了，山上也再沒有發生什麼事。葉允雄又下去了一次，背上幾口袋米，他的吃食夠用了，索性更不下來了，別人也不曉得他在山上是生是死。不覺就過去了半年多，此時梅姑娘的傷勢已好，並未落成殘疾。嚴寒已過，春暖又來，村中和山上的海棠花，又預備着要開放那媚人的花朵。

葉允雄在山上住了這許多日，村裏的李小八、黃小三等人也猜不出他的槍法究竟練得怎麼樣了。可是這時卻聽說水靈山島上的鎮海蛟也走了，雖然據那裏的人說：「他是往京城訪朋友去了，不日就回來。」可是一般人都知道，鎮海蛟魯大紳一定是氣餒了，他怕葉允雄一朝下山前去找他，他必要吃虧，所以他先逃避了。果然，一日的清晨，葉允雄忽然提槍下了山。他的衣服十分泥污，鬍鬚很長，辮髮蓬亂，如同是個囚犯一般。黃小三、黃鐵頭等人正要下海捕魚，看見了他，以為他又是要來預備糧食，可是葉允雄卻叫住了黃小三，說：「趕快上船，咱們再到水靈山島，我這杆槍今天要制鎮海蛟父女的死命！」

黃鐵頭卻說：「魯大紳跟他的閨女，早就走了，你到水靈山島上去找誰？」葉允雄倒吃了一驚，因為魯海娥早已走去，他是知道的，但還不知道魯大紳也走了，他不禁發怔。黃鐵頭卻伸着大拇指說：「葉老師，你不用打他們了，他們這一走，可見他們都是怕了，他們都算輸了！」葉允雄把槍一抖，說：「不行！誰知道他們是真走了沒有？無論如何咱們還得立時去一趟！」黃小三一見葉允雄這樣的猛勇，他就高興了，一拍胸脯說聲：「好！這就走！」葉允雄又拉着黃鐵頭說：「你也跟着我們去！」黃鐵頭說：「葉老師，今天你們不要我跟着去都不行了！」於是三個人跑到海邊，這裏有許多人正在曬網，繫魚鉤。黃小三一招呼說：「跟葉老師到水靈山島，出去年受的那口氣，都誰願去？」許多年輕的漁人就都跑了過來，他們收起了鉤網去換刀槍。

當下三隻大船一齊離了海岸，衝破了浪濤，直往水靈山島去走，葉允雄持槍昂然立在船頭。這次他們個個是威風凜凜，水靈山島卻黯然無色。他們十幾個人到了島上，竟沒個人敢過來跟他們碰一碰。葉允雄一直到了魯大紳的家中，原來魯大紳跟魯海娥雖然全都走了，家中卻還有女眷、小孩、僕人，和魯大紳的胞弟魯小緒。這魯小緒見了葉允雄很為客氣，把他胞兄臨走時留下的一封信，拿出來交給了葉允雄。這封信粘得很嚴，外寫：「面交白石村葉夫子甫英才，台展」。葉允雄不禁一陣驚愕，把信收起來，當時沒看，就向魯小緒說：「這次前來，多有騷擾。令兄既然沒在家，我們只好走了。幾時令兄回來，幾時叫他找我去，見了面只要他肯認輸，我們不比武都行！」說畢，便帶領黃小三、黃鐵頭等人乘船回去。

在船上，葉允雄也沒拆看那封信。黃小三說：「信裏寫得是什麼？為何不拆開看看呢？”葉允雄卻微笑着搖頭，說：“他知道他的槍法已非他所能抵擋，所以他不等我下山就逃跑了。但他的行為雖然怯懦，口中必不甘服，所以他留下這信，表示他並不是因為畏我而逃，我看它做什麼？”他在船上卻不時冷笑着。

少時三隻船就又攏到了白石村下的海岸。黃小三等人全都高高興興的，說他們這次到水靈山島上去，雖然沒打仗，可是得了勝，因為魯大紳父女確實逃跑了。並有人要請葉允雄當眾練一回槍，說：“葉老師，你倒得練練，叫我們看看你這幾個月一人在山上到底練得是些什麼？”葉允雄卻微笑了笑，說：“呆一會兒再練給你們看。現在我太不成樣子了，衣服這麼髒，鬍子這麼長！”當下他就回到李大爺爺的家中。這裏有許多學生都在等着他，看見他回來了，一齊作揖，問說：“葉老師，你不再上山去了吧？你還教我們念書嗎？你幾兒娶師娘呀？”葉允雄卻微笑着，搖頭說：“慢慢再商量，我還得休息幾天呢！”遂叫學生都先各自回家，他便換了乾淨的衣服，叫人打來臉水，淨過面，刮了鬍子。這時屋中已沒有了別人，他這才取出鎮海蛟魯大紳留給他的那封信，拆開一看，他的神色漸漸變了，原來信上寫道：

允雄道兄足下：

今有友人自楚中來，談及時下湖海豪雄，始知兄之來歷，兄必為襄荊道上之少年綠林英雄葉英才無疑。弟久仰兄名，今始知兄為避仇懼逮，隱此海涯，英雄落拓，美玉失光，不勝扼腕感惜！本欲待兄藝成下山之後，再領教一番，然屆時爭戰，無論誰勝誰負，事必為遠近所知，難免有人追蹤前來，不容吾兄在此安居也！……

葉允雄看到這裏不禁生氣，真要將信扯毀。但是他的手有些發抖了，又往下看，見是：

……是以弟甘願暫避鋒芒，非是懼敵，實不願鬧出事來，使兄不能在海濱隱匿。弟今將往京都一游，望兄在此亦宜稍斂鋒芒，否則飛鷹童五、病虎楊七、高家九兄第一旦來到，恐比弟與小女尤為難敵！……

葉允雄沖着信紙瞪眼握拳，又看末幾句是：

……良言相告，尚望采聽，珍重珍重！後會有期。

魯大紳頓首

葉允雄看過了之後，便取火將書信焚毀，心中卻非常地不痛快。原來魯大紳的這封信，將他的底細完全揭穿。

葉允雄本是南昌人，他的父親還是一位顯官。他兄弟共五人，長兄、次兄都中了舉人，三兄和四兄也都品學甚佳。只有他庶出，只有他的母親死了，也只有他不好好念書，卻專喜習武，並且行為不檢，名聲狼藉，因此遭父母的歧視，兄嫂們的欺侮，鄰里的譏笑。於是他十幾歲時便離家外出，流落于秦豫楚漢之間，先與遊俠相往還，結交了許多盟兄弟，後來他就淪落於草澤之中，鬧得聲勢甚大。他們雖說是時常行俠仗義，但有時也亦做盜賊。

但這種事他幹了不到半年，就結了許多仇家，惹下幾位名捕。漢陽名捕飛鷹童五、病虎楊七，及武當山下的高氏九兄弟，聚集官兵數百，名鏢頭、名武師無數，將他們的山寨攻破，他的夥伴盡皆就捕或傷亡。只有他，因為他的槍法高超，騎術敏捷，所以才能逃了活命，逃到這海角天涯。他本想洗心改過，在這無人知曉的山村內娶了媳婦，終此一生；卻不料他年輕氣浮，來到這裏不足一載，就出了許多爭強鬥勝之事。如今，鎮海蛟畢竟是老江湖，他雖久居海島之中，但還有江湖人與他往來，竟完全得着葉允雄的底細。他留下的這封信不僅是譏笑，而且是威迫，說不定他就能將童五、楊七、高家九兄弟那些人招來，而使葉允雄雖然遁跡天涯，但終要被捕、遭殺。

葉允雄在屋中發了半天愁，後來就睡去了。一覺醒來，天已過午，午飯他也吃不下去，只飲了些酒。提起那杆蛇槍，想起自己半載以來刻苦研習的武藝，他不禁又有些驕傲，暗道：怕什麼？難道我為鎮海蛟的那封信就嚇得要遠走嗎？我倒要居此不走了，看他們誰來？無論是鎮海蛟、病虎、飛鷹，或是高家九兄弟，若敢來此，我就要一個一個的把他們用槍挑回！這樣一想，他心中就又寬鬆了，眉頭也展開了。

待了一會兒，李大爺爺進來，掀着白髯笑道："允雄，你今天早晨到水靈山島上去的那趟，真是多此一舉。魯大紳明知你在山上刻苦練習槍法，一旦下了山，必然難惹。他自知敵不過你，才走了的，你何必還去到他的家中攪鬧？"葉允雄說："我並沒去攪鬧，我只是叫他們看看：早先預定三年之後再去比武，現在我可不到一年又捲土重來，他們卻聞聲遠避，可見他們是示弱了！"李大爺爺笑道："你這不是前去攪鬧還是什麼？現在這些全不必提了。只是，你還要上山去嗎？"葉允雄搖頭說："此時我自覺武藝已能應付兩個魯海娥、三個魯大紳而有餘，何必再去練？"

李大爺爺說："那麼迎娶的事怎麼辦？梅姑娘苦等了你半年多，現在你還不娶她嗎？你若再不娶，怎麼對得起我這媒人呢？"葉允雄聽了這話，他卻不由一陣猶豫。李大爺爺就有些生氣的樣子，說："你還要耽誤人家的姑娘嗎？莫非你有意悔婚？你不想想這半年你在山上，梅姑娘為你流了多少眼淚，受了多大苦楚？現在你仍然……"葉允雄卻歎了口氣，說："我一定娶她，只是……哎！不必說了！"當下李大爺爺笑着說："我想你也沒的話可以說了！"當下李大爺爺十分高興，查黃曆、找吉祥日子，又叫人去請黃家的人，商量怎樣辦喜事，並派了幾個人為葉允雄去佈置新房。無論是李宅的什麼人，和村中的男女老幼，見了葉允雄都要笑一笑，笑他的喜期將至了。葉允雄也打着精神，應酬眾人，但有時他心中又總有些不快。

幾天之後，村中的海棠又開了嫣紅素白的花朵，風兒吹來十分綿軟無力，鶯燕在樹梢上唱着快愉的歌。今天是葉允雄的喜期，村中的人，除了李小八咬牙恨恨地躲往遠處去了，其他的人都歡欣着給葉允雄來賀喜。許多漁人由昨天就給他留下了好魚，預備今天送禮、喝喜酒，並且歇一天的工。黃鐵頭幾個人個個穿着新袍子，提魚帶酒，歡躍着就來了。

葉允雄新蓋的這幾間房，此刻是佈置一新，搭着席棚，席棚下有由各家湊來的桌椅板凳。有幾個鼓手，拿嗩吶、二胡吹拉着各種好聽的小曲。各家的媳婦、姑娘也來了不少，都穿紅戴綠，擦胭脂抹粉的，來預備接待新娘。洞房中是掛着福祿壽三星圖和李大爺爺所送的喜聯，桌上擺着幾匣龍鳳餅、長命燈、子孫面，窗上都遮了紅布，被褥都是紅色的，嶄新的，並且還是梅姑娘親手所縫成的。女眷們在屋裏忙着，黃鐵頭等人連上那些跟葉允雄念過書的孩子們，全都亂笑亂鬧，賓客是越來越多。葉允雄穿着寶藍色的綢衫，青馬褂，官靴，辮髮梳得又黑又亮，滿面喜色，往來着招待人。鼓手們一看見新郎，就吹拉得更是高興。幾個義務廚師在一個角落裏烹魚、炒菜，刀勺亂響。

　　傍午時，就迎來了新媳婦。因為本地沒有花轎，而且這新房子與黃老婆婆的家不過一牆之隔，所以也用不着拿轎子抬，只由幾位"全乎人"，就是有丈夫的年輕太太們，到女家去接請。葉允雄當然是由李大爺爺派人帶着他到女家給岳母磕頭。不一會，在鼓樂聲中，在來賓的歡笑裏，就把一位千嬌百媚的，頭上遮着紅布蓋頭，穿着紅緞衣、紅緞裙、繡花紅鞋的新娘，由幾位太太們給攙扶來了，輕輕慢慢地，如同迎來了一位仙妃。

　　此時鼓樂之聲奏得更加嘹亮，李大爺爺的孫子給贊禮，葉允雄和梅姑娘拜過了天地，拜過祖先，又拜過李大爺爺。然後，那幾位太太就把新娘攙扶到裏屋，坐在炕上。黃鐵頭等人把葉允雄拉到屋裏，叫他去揭蓋頭。葉允雄伸手將梅姑娘頭上遮的紅布揭開，立時露出來梅姑娘的雲鬟麗貌，真是海棠一般的嬌豔，蛺蝶一般的風流，是葉允雄向來沒看見過的一副芳容。葉允雄不好意思多看梅姑娘，但是對此麗人，尤其是自己千方百計才得到，她又受盡了千辛萬苦，若干日的期待，才能得到今日，葉允雄不禁由憐愛之中發出來一種悲痛。

　　黃鐵頭拉着他說："好啦！看上一眼也就算了，以後看的日子長呢！咱出來，有多少人都要灌你喜酒喝呢！"葉允雄笑着，就被黃鐵頭又拉到院中。只見許多人都把他包圍上來，他也認不清都是誰，黃鐵頭拉過來那個穿青布新衫的黃小三，笑着說："這是你的舅子！"黃小三也笑了笑。於是許多人都爭着灌葉允雄酒喝，有的人在旁邊高聲唱喜歌："一進門來喜衝衝，一條被袄兩人爭……"鼓手在旁邊亂奏着。黃鐵頭又拉過來杏姑娘，也叫她給她的姐夫斟了兩盅酒。

　　反正酒都是大家送來的，大家就你一盅我一盅地灌着葉允雄，並且不喝不行。所以葉允雄也不知自己喝了多少酒，他就不覺地沉沉醉去，先還口中含含糊糊地說話，後來就趴在桌上睡了。黃鐵頭就大笑着說："哎呀！新郎醉了！"有人說："天還早呢！叫他先睡一覺吧，反正耽誤不了他入洞房。"於是就拼了幾個凳子，把葉允雄放在上面叫他睡覺，大家又彼此開玩笑，彼此灌酒。不覺天已晚了，晚飯也用過，許多人都各自回家去了。這裏雖然有幾個人還等着夜間鬧喜房的，可是也都醉了，就彼此攙扶着，打着推着，跟蹌着，也各自走了。剩下的兩三個人，就把葉允雄叫醒，說："到屋裏睡去吧！"

　　葉允雄起來伸了個懶腰，一看，棚下掛着一盞清油燈，亮度極為昏暗，天色已然黑了。四周寂靜，屋中窗上現着紅色，他就說："原來都這時候了，你們也請回去歇息吧！"這幾個人說："留個人看棚嗎？"葉允雄搖着頭說："不用，這裏又沒有閑屋子可住，你們幾位還是請回吧！"於是他把這幾個人送出門去，拱手道謝，然後就關好了柴扉。

　　望着新房窗上的紅光，懷着欣喜的心情，他剛要將棚下這盞清油燈熄滅，到屋中與新婦去同圓好夢，卻不料忽然從桌底下躥出來一個人，把葉允雄嚇了一跳。他還以為是等着鬧洞房的小孩子，就笑着說："是誰，快滾吧！"不想這人站起身來，原來比他自己還高大。這人一個箭步蓦跳過來，要揪葉允雄的手，葉允雄一掄胳膊。那人沒抓着，便退了一步，又做出來拳式，冷笑着說：「姓葉的！今天你也快活夠了吧？該隨我們走了吧！」

葉允雄閃開身，驚訝着，借燈光去看這人，就見這人身穿短衣，消瘦而精悍，原來正是自己的冤家對頭病虎楊七。葉允雄立時大怒，想要直撲向前，將這人扼死。但忽見由短牆又跳進來三個人，個個手中都有鋼刀，過來就將他圍住。葉允雄環目去望，就見都是對頭冤家：一個是飛鷹童五，這人腰間永遠帶着一隻鐵鍊子飛抓，十分厲害，他與病虎楊七都是江漢之間有名的捕役；另兩個是高家九個豹子之中的黑毛豹高猛、火眼豹高強，都是武當山下的霸王。兩年前，葉允雄曾因毆鬥殺死了他家的老大飛天豹高正，所以與他們結下了不可解的仇恨。

當下幾口鋼刀已挨近他的身子，葉允雄卻擺擺手，說：「諸位且慢！不要驚嚇着我屋中的新娘！」火眼豹一把揪住了他，鋼刀比在他脖子上。葉允雄卻不畏懼，淡淡地笑了笑，說：「這種行為不算英雄！」火眼豹說：「那你現在就隨我們走！」葉允雄點頭說：「可以。但我屋中還有新婦，無論如何，你們也得叫我向新婦辭別一下。」楊七、童五都點頭說：「你快去！告訴新娘幾句話，你就快出來！今天我們怕驚擾了別人，才等到這時來拿你，可是你想要逃跑卻不能了。」

葉允雄一聲不語，轉身回到屋中，先從牆角綽起他那杆蛇槍，然後才進到裏屋洞房，只見紅燭搖搖，身穿紅衣裙的嬌艷的新婦梅姑娘，盤膝坐在炕上。梅姑娘抬頭看了看，就嫣然一笑，又垂下臉去。葉允雄心中不禁十分難過，便坐在炕頭上，一手持槍，一手摸了摸梅姑娘的手背。梅姑娘羞澀澀的不言語，葉允雄就悄聲說：「我們的命實在不好！現在……喜事之中又生了變，我必須即刻就離開此地！」新娘吃了一驚，連忙拉住丈夫的手，問說：「你說的話可是真的？為什麼？」葉允雄說：「別大聲！」他指了指窗外，又說：「現在外面來了幾個人，全是我的仇人。他們逼着我，立時就要我走。但你放心，他們絕不會將我如何！我走，大概八九天就能回來。」梅姑娘淚如雨下，說：「你不會跟他們央求央求，緩兩日再走嗎？」

葉允雄搖頭說：「不行！他們都拿着刀，來勢甚凶。我若不同他們走，就須在這裏有一場惡戰，我也不願把這事鬧得盡人皆知，所以我情願隨他們走。我願我不久就回來，可是，倘若十天之後我仍不歸，那你就叫黃小三到濟南府，黃昏時叫他在西門大街間轉，可是他不要失掉漁人的樣子。那麼或是我，或是我派人，就可以找了他去。我是生是死，與我的真實來歷，都可以告訴他了。」說着，拿鑰匙開了他的一隻箱子，先拿出一個布包兒來掛在肩上，又指着箱子說：「這裏邊還有一百多兩銀子，你可以拿着它暫時度日。我走後你隨即叫來你的哥哥，也叫他別着急，一切的事都依着我的話去辦好了！」

梅姑娘拉着他的胳膊，把臉貼在他的臂上，嗚咽地痛哭。這時外面就有人用刀喀喀地擊着地。梅姑娘哭着說：「外面的人都是幹什麼的？他們為什麼這樣地逼你？莫非他們就是鎮海蛟？」葉允雄說：「有點關係，不然這些人不會曉得我住在這裏。你放心，他們絕不能將我奈何。現在我的槍法，他們多少人也敵我不過。只是，我非常對不起你，我不該叫你跟我受這些苦處！可是，這也無法，反正我絕不能忘記了你。無論我走在哪裏，我也不能忘了在這海邊，我還有個為我受苦，對我有恩的髮妻！”梅姑娘斷了氣似的悲泣。

窗外有人厲聲催着說：“快出來！”葉允雄憤然答應說：“立刻就出去！但你們若敢進來驚動了我的新娘，我是絕不能容你們活命！”他又向梅姑娘說：“再見吧！記住了我的話，十天之後，濟南西門大街，黃昏時。也許你哥哥去了，我就同他一齊回來，別憂心！莫難過！”梅姑娘還死死抱着他，他卻將新娘的手挪開，忿然挺槍出屋而去。他到了屋外，病虎楊七和黑毛豹高猛都要過來伸手抓他，葉允雄卻把蛇槍一抖，如梨花亂落，厲聲說：“我隨你們走就是，但若想硬來上手抓我，卻是不行！你們也都是好漢，也都不是沒與我交過手。一別將二載，你們的武藝想必較前高得多了，我葉允雄可也不像早先那樣易欺。咱們走！找個地方先講話，然後較量。假若我理屈無話可說，我的槍法低，敵不過你們，我便甘心聽你們處置！”病虎楊七等人都冷笑着說：“好！”於是黑毛豹就去開門，四個人拿刀的，提飛抓的，就擁着葉允雄出了他這個新房。

此時村中寂靜，只有天上的星光偷眼看着他們，兩三條狗在遠處向他們吠叫。葉允雄被這些人逼着走出了白石村，海風從正面吹來，吹得他的身上很冷。這裏原來還有兩個人，都是病虎楊七他們帶來的，給他們牽着幾匹馬。楊七似乎跟童五商量了幾句話，聲音很小，大意就是：這賊沒有馬，咱們帶着他也太累贅，不如先將他弄傷，奪過他的槍來，然後將他捆上，再帶他去交案。當時那飛鷹童五就暗暗解下了他腰間所帶的飛抓，這是他的“鷹爪子”，他拿這爪子抓過無數的飛賊和大盜。當下他趁葉允雄不備，驀然將飛抓抖起，鐵鍊嘩啦一響，一下子就要抓住葉允雄的脊梁。卻不料葉允雄早已有了防備，抖槍就磕開了飛抓，但楊七和高家兩兄弟的單刀，又齊如閃電一般向他來砍。

葉允雄將銀槍抖起，手腕翻轉，槍尖亂顫，風聲颼颼地響。果然他在山神廟裏苦練半年多，武藝已非昔日那般可以輕視。二十餘回合之後，對方幾個人的兵刃，竟不能近得他的身。最後，葉允雄跳到一邊，兩腿下屈，拿出了落馬金蟾的架勢，罵着說：“匹夫！你們多人前來，已不是英雄，還要施行暗算？誰敢再動手，葉大爺立時就要取誰的性命！”黑毛豹高猛隨着他這話，掄刀撲來。葉允雄卻突進右步，將槍像毒蛇一般出刺，這名為葉底藏花，黑毛豹立時咽喉被戳，“啊”了一聲栽倒。

黑毛豹被傷，楊七等人一齊上前，刀光閃閃，齊逼葉允雄。葉允雄又以蛇槍應敵，相戰又十餘合，葉允雄就虛晃一槍，回身就走。那給楊七牽馬的兩個人，本來有一個也過來掄刀助戰，五六匹馬都被一個人牽着站在很遠之處。葉允雄往那邊就跑，楊七等人在後邊緊追，飛鷹童五嘩啦啦一抓又飛來。允雄趕緊回身用槍將抓挑開，再戰幾合，再跑。那牽着幾匹馬的往山坡上跑去了，葉允雄順着蹄聲去追，楊七等人仍不相舍。允雄跑上了山坡，楊七頭一個追到，鋼刀自背後砍來。葉允雄突然回身，將槍挑起，如鶴飛龍舞，銀蛇颼颼刺去，不容對方招架。只三四下，病虎楊七就扔了刀滾下山坡。童五等人都不敢向上追來了，只在下面喘着氣怒罵着。葉允雄卻將那牽馬的人追趕上了，一槍刺去，沒有刺着，那人便嚇得將牽着的幾匹馬全都撒了手。馬都亂跳起來，有的往山下跑，有的往山上跳去。葉允雄搶着了一匹馬，就飛身上馬，跳躍着向山下跑來。

　　此時那飛鷹童五和火眼豹高強也都截住了馬匹騎上來追，葉允雄回身擰槍冷笑，說：「你們還要上來送命嗎？鎮海蛟難道沒告訴過你們，我在小珠山練武已將近一年。早先我敵不過你們，現在你們再來幾十人我也不懼。本來我早已改悔前非，來到這海角天涯，我不願再出頭了，可是你們逼我太甚！今天我娶親，你們來逼我，我已應得隨你們去走，剛才你們還想以暗算傷我！不然我也不肯與你們爭戰。現在，我本可再取你二人的性命，但我手下留情，我已不願再做過分之事。我走了，以後你們若不甘心，盡可到各處去訪我的下落。但是可要記住！再見面時，我的槍下絕不容情！白石村中全是好人，我的妻子也是良家女子，不許你們前去騷擾、欺負，並且不許你們到村中去宣揚我早先的事，否則我立時就能回來將你們殺死！」他一面忿忿說着，一面抖攪着長槍，對方的兩匹馬是直往後退，他卻以拳擊馬，嗒嗒的沖着夜色海風，飛一般地馳去。

　　葉允雄馳馬走出了很遠，回頭再望，已看不見了追騎。他收住馬，又尋思，覺得自己此刻回到白石村，也許是無事，也許照樣能和梅姑娘同圓好夢；但又想：這時白石村中雖不至怎樣紛亂，可是梅姑娘一定叫去了她的媽媽和哥哥。新郎在將入洞房之時忽然被人逼走，這樣的事恐怕還少有，自己回去可怎樣向她們解說呢？萬一，她們此時已曉得了我原先是個大盜，今天又槍扎了名捕楊七和那黑毛豹高猛，不但梅姑娘要傷心，自恨誤嫁匪人，即使那待我最好的李大爺爺，他也必更是歎息，因為他絕想不到我會是這樣的人呀！心中一陣慚愧，就索性催馬去走。

　　在夜色中，茫茫的不知行了有多遠的路，就見背後的天色已然發曉，已離開海邊很遠了。想到自己過去做的事，他十分懊悔；又想那鎮海蛟魯大紳，真是小人！不是他，病虎楊七等人如何曉得我是藏匿在白石村中？但不知向他告訴我的來歷的那個人又是誰？楊七、童五及高家兄弟由楚中追我到此地，真可謂不辭勞苦，別處想必也有他們的人，從此我將無處立身了。咳！難道非得逼着我再去嘯聚嘍囉，去做強盜嗎？

　　他歎息着，在朝陽晨風裏縱馬西去。因為自己身上這件新郎的衣服，太為惹人注意，而且提着一杆長槍，可又沒有馬鞭，他怕再生出事來，所以走到一個市鎮，他就找了店房歇馬。在店房中歇息了一天，拿出錢來到街上買了一根馬鞭及衣褲鞋襪，但他仍然不想動身，因為想不出往哪裏去才好。

　　在此住了兩日，他忽然想起應當往濟南府去一趟，因為臨走時，曾向梅姑娘說：十天之後叫她哥哥黃小三去到濟南西門大街。他想：黃小三屆時一定去的，不如我趕去見他，索性把話對他說明了吧！但要叫他千萬瞞着梅姑娘並瞞着別人。並告訴他，叫梅姑娘改嫁，因為這是沒有法子的事；好在我與梅姑娘雖然拜了堂，可未成親。過去，我與梅姑娘雖然幾次見面，所行的事也都光明磊落，可對天地……如此，他就決定了主意，便於次日策馬西行，長槍隨身，並無畏懼，但心中卻懷着無限的惆悵。

　　走了幾日，來到濟南，在西門大街找店房住下。他怕這裏仍有高家九兄弟之中的人，在此偵查自己。為免去麻煩，他就白天絕不出門，到黃昏時，才出來到街上轉轉。但是一連四五日，也沒看見黃小三。他就想黃小三的性情也很剛烈，他一定知道了我的來歷，雖然梅姑娘必然哭求他，他也必不肯來。因此他決定在此處住五天，五天之內若還不見黃小三，那自己就走了，這算是第一天。

第二天，葉允雄又于黃昏時在街上轉，依然沒遇見黃小三，可是看見了一個熟人。這人是個彪軀大漢，面目猙獰，記得這人是叫什麼孟三彪，在白石村迤北那村中酒店裏，自己曾打過他，這也算是自己的一個冤家對頭！當下葉允雄就心中一驚。孟三彪是跟着個與他身材差不多的朋友，從一家酒樓下來，也似乎看見他了，葉允雄趕緊避到道左。

少時天色漸黑，買賣家已有許多掩上了門板，葉允雄回到店房中越發悶悶，覺得自己還是往遠處去才成，海涯既不能安居，只好找高山去休止。泰山雖高，可又香客太多，因此就想到了秦嶺終南山。但才一想到這舊遊之地，眼前卻又幻出了那白衣紅褲粉鱗小蛟龍的影子，因為魯海娥曾對自己說過，她的家是在秦嶺附近漢中府，那裏還有她的母親，她一定是回家去了。因此，葉允雄的心中又萌發了往漢中去找那美貌藝高的女子比武、結姻的念頭，並想：有了那樣的女子為偶，自己的銀槍，加上她的單刀，無論走到哪裏，更不懼任何人了。

葉允雄對着一盞燈正在如此地想着，忽然門外有人問道：“這屋裏是白石村的葉老爺嗎？”葉允雄吃了一驚，順手綽槍，向外問道：“是誰？”屋門一開，進來的原是店中夥計，手中拿着一個黑布小包，縫得很嚴。這店夥計就說：“外面來了一位孟三爺，據說他認得葉老爺，他送來這個包兒，叫我們來交給你，他已走了。”葉允雄十分驚愕，接過包兒，先揮手令店夥出去，他就挨近了燈光。撕開包兒一看，他氣得要跳起來，原來包內是一隻紅布小鞋，分明是那次梅姑娘在山間被辱跌倒時所遺失之物。

葉允雄咬着牙，心說：原來那次凌辱梅姑娘的，不僅是被我扎下山澗中的那個人，還有孟三彪！說不定那次在廟中率眾害我，火燒山林，也就是這孟三彪所為。孟三彪與魯大紳原來是一夥，這次勾來了病虎楊七等人去逼我，也一定是他幹的；如今還拿着這東西來侮辱我，向我來挑釁，真真可恨！他趕緊把小鞋收到懷裏，綽槍就走。到了門外，店中夥計說：“那姓孟的早就走了。”葉允雄說：“你們曉得他在哪裏住？”店夥搖頭說：“不知道，他也不是此地人，不定住在哪家客棧呢？”葉允雄又問：“你們看他剛才是往哪邊去了？”店夥說：“看他是往西邊去啦，走得很快。”店裏掌櫃的見葉允雄雙手拿着槍，說話忿忿的，就趕緊過來問說：“是什麼事？”葉允雄搖頭說：“你們不用管！”他提槍向西就追，並怒聲叫着：“孟三彪！孟三彪！”街上行走的人都扭頭看他，他就橫衝直撞，一邊走一邊喊，並怒罵。

走了不遠，忽覺背後有人抓了他一把。他一驚，轉頭去看，燈影裏見這個人是戴着打漁的帽子，原來正是黃小三。葉允雄轉身說：“啊！你來了？你是什麼時候來的？”黃小三神色有點兒驚慌似的，悄聲說：“才來到不大一會兒，剛找好了店房。來吧！你到我們的店裏，咱們再細說。”葉允雄也不再嚷嚷了，就提着槍，隨黃小三進到了一家很小的店房。黃小三領他到一間屋裏，才進屋，葉允雄不由就一怔，原來炕上正坐着梅姑娘，穿着是一身藍布衣衫，用眼睛掠了掠他，帶着些幽怨的樣子。葉允雄就向黃小三急說：“你怎麼把她也帶來啦？”黃小三把聲音壓得極小，說：“你是怎麼個人，我們也都知道了。”葉允雄臉上一紅，說：“你既然知道了，我也不必再瞞你。你想，官方既不容我洗心改過，將來我就得逃奔到遠處，生死還不定，我可怎忍得耽誤你令妹的終身呢？”黃小三搖頭說：“不！我妹妹既嫁給了你，活着是你家人，死了也就是你家的鬼。我把她送來了，我就不管了，以後怎樣，那都是聽天由命。我還是立刻就得走！”

　　葉允雄把黃小三拉着，說：“這不行，我現在哪能顧得了她？”黃小三似乎要翻臉，他用力奪過手去，說：“你顧得了也得顧，顧不了也得顧，反正我的妹妹嫁了你，她不犯七出之條，不准你送回我們家門！”說着轉身就走。葉允雄追出去，又拉住他說：”你不要忙着走，咱們再談談。”黃小三奪着胳膊說：“沒有什麼可談的了，你別把我妹妹待錯了就得了！”葉允雄便站住身，慨然說了聲：“好吧！”就由着黃小三走了。

　　轉身又進了屋，就見梅姑娘正在低頭啜泣。葉允雄趕緊上前，悄聲說：“你不要傷心了！既然你來到了，我就不能夠再離開你了。我當初雖做過錯事，現在各處雖有不少的仇人，但我還自信這身武藝，這杆長槍，足能保護得住我的妻子。好！你且一個人在這裏等一等，我到那店房裏把行李和馬匹拿來，我們在此住一夜，明天就給你雇車起身！”說着他轉身就要走。梅姑娘卻一手把他拉住，哭着說：“你可要快回來！”葉允雄點頭說：“一定！我住的那家店房就在東邊，離這裏不遠，我去取了東西就來！”梅姑娘依然啜泣着說：“你可一定回來！”葉允雄說：“當然即時就回來！我豈能將你一個人拋在這裏？”梅姑娘這才把他放了手，這才用手帕去拭淚。

　　葉允雄提槍出來，卻不禁歎了口氣，心說：梅姑娘實是可憐！但我現在正在為仇人所迫，連個立足之地全沒有，我如何還能攜帶着一個婦人？可是事情既到了這一步，也說不得了！只好謹慎些就是。孟三彪曉得我住在那家店裏，但我換了店房，明天一早雇上了車就悄悄地起身，大概他即使溝通了高家兄弟及官人，也未必能把我怎樣！他一路思索着，憤慨着，又回到那家店房。他進屋去拿了行李，到櫃房付交了茶飯錢，就說自己有幾個朋友都住在東邊的店裏，自己需要去跟他們住在一起。櫃裏的人見他出來進去的都拿着杆長槍，猜不出他是個幹什麼的，正怕他在店裏惹禍，如今見他要搬出去，倒正好，遂就叫人趕緊給他牽來了馬匹。

第四回　　走深山惡浪拆鴛鴦　棲小店柔歌救豪俊

　　葉允雄牽馬提槍又回到了那家店房，說是跟那年輕的媳婦是一處的，那就是他的妻子。這裏的掌櫃子還以為他是位鏢頭呢，就說：「好啦！好啦！」吩咐人把他的馬接了過去。葉允雄進了屋，梅姑娘淚已拭淨，迎着燈光向他一笑。葉允雄卻歎了口氣，把槍靠牆角放下，說：「咱們這對夫婦，真不容易！」梅姑娘低着頭，嬌聲兒說：「也沒有什麼難的，只要，你別發愁！」葉允雄喘了喘氣，把懷中的那只紅鞋摸了摸，但又放下了手，心說：何必給她看？叫她知道了現在我有仇人在側，她更是擔心呢！他便把燈挪近了些，看着梅姑娘的芳容，笑着問道：「村中的海棠還沒有謝吧？」見梅姑娘的臉一陣緋紅，葉允雄更覺得可愛，就心說：想它那些事呢？我難道連妻都不敢娶了嗎？於是他與梅姑娘喁喁地談了一會兒，便掩門熄燈，這小小的客舍就做了他們的洞房，今天，才算是花燭之夜。

　　春宵苦短，但次日天色才明，葉允雄就起來了。他一面叫梅姑娘快些梳妝打扮，一面叫店家給雇車，說是到兗州府。店家卻有點兒皺眉，說：「現在來往的客人多，貨走得又正旺，車店裏怕沒有閑車了。您要雇，應當前一天白天就告訴我們，我們才能給訂下。」葉允雄卻說：「我也沒想到我的親戚又把我的家眷送來，我有馬，不要緊，女人卻非有輛車不行。你去看看，我不信偌大的濟南府，這麼許多家車店，就會雇不出一輛車來？」店家只好派人去了，

　　葉允雄在屋中等着，看見梅姑娘巧挽雲鬟，輕施脂粉，並且在一面小鏡子裏含羞地向他倩笑。葉允雄不禁有些銷魂，可是又忽然想起了那粉鱗小蛟龍魯海娥，覺着若是那潑辣妖豔的女子做了自己的妻，卻又另是一番風味了。他心裏雖這樣想着，卻也望着鏡裏的梅姑娘，作出點新婚丈夫的笑臉。

　　少時，梅姑娘梳妝已畢，車還沒有雇來。葉允雄出屋去看，卻見院當中站着一個人，似是個做買賣的，但是不住地用眼來盯着他。葉允雄看着這人有點可疑，想要過去打他一拳，問他是不是孟三彪一夥的，但又想：何必惹這閒氣？孟三彪，以後等他碰到我的手裏時再說！

　　出了店門，正看見店裏的夥計回來，帶來了一輛很舊的棚兒車。趕車的是個粗矮的人，掄着鞭子，把車子趕得非常之快。葉允雄問說：「送到兗州府，要多少錢？」趕車的人說：「還能多要嗎？你老隨便開發吧！」葉允雄想着也不會用錢太多，就趕緊叫另一個夥計去備馬，他進到裏面，去拿行李、提槍。梅姑娘

隨身還有一份鋪蓋，一個紅布包袱，葉允雄就用槍挑着、背着，出了屋，店夥也過來幫忙。葉允雄夫婦到了門外，先叫梅姑娘上了車，然後往車裏去堆行李，只是那杆長槍在車裏卻放不下。趕車的就嚷嚷着說：「綁在車轅上吧！」於是又叫店夥找來繩子，把一杆長槍緊緊地繫在車轅旁邊。葉允雄已把店錢算清了，他上了馬，向店家拱手說了聲再會，他就叫車走了。趕車的把騾子趕得還是飛快，咕碌碌的，葉允雄的馬在車後嘚嘚地相隨，一瞬間就離開了濟南府。

葉允雄現在的計畫是先到兗州滋陽縣，因為三年前自己在江湖結識過一位好友，是兗州的一位財主，平日專喜結交江湖豪俊。自己到那裏，暫且把梅姑娘安置好了，叫她在那裏暫住，自己再往別處去，以後再作打算。車走得很快，一天的光景就走到了泰安縣境。這時天已傍晚，四周全是山色，泰山高聳於夕照晚霞之中，沿路的人也很稀少。葉允雄就向趕車的說：「這裏不大妥！快點！趕到縣城咱先歇一歇吧！」趕車的也不言語，仿佛他沒有聽見似的，只管揮着鞭子驅着騾子往前去走。忽然葉允雄察覺所走的方向不對，這條路自己雖然不熟，可也不會越走越往山裏邊去，而且越走路越不平。四周越來越黑，連天際的霞光都被山色給遮住了。葉允雄在馬上轉頭，看着趕車的那粗胖的樣子，賊眉鼠眼的神氣，他不禁暗暗地冷笑。

葉允雄見四下無人，突然將馬橫在了車前，說聲：「別走了！」趕車的人一怔，臉色變得慘白。葉允雄就問說：「你要把車子趕到哪裏去呀？」趕車的人說：「趕到縣城去呀！」他一邊說着，一邊伸手向車墊底下去摸。葉允雄卻忽然從馬上撲下，抓住了這趕車的，咕咚一聲將他摔下車去，用雙手按住。車上的梅姑娘驚叫了一聲，葉允雄就囑咐了聲：「別害怕！」趕車的手中已抽出了一口短刀，但回不過手來，被葉允雄死死地按住了。他極力要掙扎，並且尖聲地呼叫。葉允雄奪過短刀來，一下就將這趕車的抹傷了，鮮血直流。這粗胖的漢子就躺在地上，不住呻吟、喘息。葉允雄跳開，到車上一看，梅姑娘嚇得用手帕掩面，哆哆嗦嗦的已縮成一團。葉允雄就又囑咐說：「別害怕！咱們快些離開此地就是了！」他趕緊將馬匹繫在車的後頭，撿起來鞭子，就跨上馬轅去趕車。騾子立時就走了。

葉允雄連連揮鞭，想要快些離開此地。騾子走，車輪動，馬在後面跟着。梅姑娘還在車裏顫聲地問說：「剛才是怎麼回事呀？」葉允雄也不回答，他只急急地揮鞭。騾子跑起來，跑得倒是很快，可是越走地勢越高，眼前就是一道山嶺。葉允雄本要騎馬上嶺，先查看查看地勢，辨別出來路徑和方向，然後好走，可是在此環境之下，又不敢拋下梅姑娘坐着的車。他只得驅着騾子，拉着車，帶着馬，往嶺上去走，因為除此之外再沒有別的路徑，四周也沒有一家廬舍，一個行人，而且山越高，天色越黑。葉允雄很是懊悔，心說：我上當了！我太不小心！

騾車轔轔，馬匹嘚嘚地往嶺上走着，地勢漸高，山路漸狹。忽然，不知自哪裏發出來一陣呼嘯之聲。葉允雄大驚，知道有了強人，緊忙驅車向上又走，下面卻又傳來了急驟的馬蹄之聲。他急忙回頭去看，見是有五六匹馬追了來。葉允雄又一驚，車便停住了，他就用短刀去割那綁着槍的繩索。忽然一下，左臂一疼，原來中了一支弩箭。他忍痛拔了出來，又聽車裏的梅姑娘也哎喲了一聲。葉允雄怒罵道：「好賊！」但賊人不僅自背後襲來，並有一幫約二三十人又由山頭上出現。

葉允雄一手持槍，一手要由車中去抱出他的妻子梅姑娘，想要棄車上馬，殺出重圍而逃走。這時忽然那騾子又中了弩箭，負傷驚奔，拉着車向嶺上急走，梅姑娘在車上哎喲哎喲地驚呼。葉允雄急忙提槍向上去追車，那匹馬卻又掙斷了繩索往下來跑，同時身後盜騎已然趕到。葉允雄的背後又中了一箭，他趕緊伏身，伸手拔箭，就見那輛騾車忽從嶺上滾下，傳出梅姑娘的叫聲："呀……"葉允雄一閃身，車就從他的身旁墮了下去。

這時上下的賊人已經包圍上了他。那孟三彪騎着馬，手掄大刀高聲呼喊着："抓住他！他有錢！抓住他媳婦！他媳婦長得俊俏！"葉允雄如同一隻帶傷的怒獅，舞槍與群盜交戰。他越殺越狠，一瞬間就刺傷了七八個賊人。可是山上來的賊人越來越眾，此撲彼起，這個才殺退，那個又近前，刀槍棍棒，挾着飛蝗羽箭，左右上下，層層地包住了他的身。葉允雄越戰越喘，且戰且退，才沖出來，卻又被人圍上。輾轉着掙扎到了一座山峰，此時天已黑，他身上已經受了很多箭傷和刀槍傷。賊人又如潮水一般的撲至，他又奮勇地刺死了幾個人。但是他的力盡了，兩臂發痛而且酸了。他就喘吁吁地往後退，不防一失足，忽然又坐倒在地。賊人掄刀齊來，他便拋了槍，雙臂抱頭將身子向下一滾，咕碌碌的如一塊石頭一般，就滾下了山嶺，滾到半截，被一棵樹給擋住了。

他昏暈了一會兒就醒了，見天色已然昏黑極了，山上有一團一團的火光。他知道是火把，賊人還不甘心，還要遍山尋找自己。他就掙扎着使出最後僅有的體力爬到了這棵樹上。這棵樹還很大，他就趴在樹的橫幹上，什麼也顧不得啦。過了許多的時間，才見火光漸漸去遠，也沒有賊人喧嘩之聲了，他這才慢慢地下了樹，躺在地下喘息、呻吟，歇息了半天。他覺得這裏仍是不妥，到明天，仍然能被賊人發現。於是他就帶着重傷爬、滾，想要乘着這夜色茫茫，趕緊逃開此地。

山間路途難行，天色昏暗，葉允雄的傷勢又重，同時他的心中很是氣憤，暗想：我在白石村上練了那些日子的武藝，如今竟會上了這樣的大當，真真的可氣！說來並不怪我的武藝不高，卻是梅姑娘累住了我，孤掌難鳴，而且最厲害的是賊人的箭矢。現在不知梅姑娘的死生如何？如果她死了，那還算是她命苦，或者也許是因我累得她；但她若落入賊人之手，為賊人所辱，那我絕不能忍耐！且等着吧，只要我今天逃開此地，至別處將傷養好，那我就捲土重來，不把這山上的賊人殺盡我不姓葉！只恨那孟三彪，我不過在那酒店裏打過他一次罷了，究竟有何深仇，他就這樣逼我、陷害我？莫非是有鎮海蛟魯大紳在他的背後主使？我不死，他魯大紳不能甘心，好！將來再說！

當下葉允雄就咬定牙關，忍着傷痛逃走。他連行帶爬，走了也不知有多少時，竟覺得地勢平坦，大概已行出了山口。他心中稍微松展，但是身上的傷處更多更疼，他就一步一步地向前去行。長夜漫漫，前途遙遠，越走越覺着兩腿發軟，頭越發昏，他心說：不好，莫非我已死至臨頭？我身上的傷勢太重了，真要這樣死，我可不服氣！如此一想，不由心中打了個冷戰，立時身體難以支撐。他就躺臥在地下，閉上眼睛，還想歇一會，起來再走。可是他的全身如蜂蜇蛇咬似的，只能口中發出點慘戚的聲音，身子竟不能移動了。

這時，天色也漸漸發明。又呆了一些時，漸漸有農人出來耕地了。葉允雄渾身是血在這裏爬滾，並且慘叫着，就有幾個農人來圍着他看，並問他是遇着了什麼事而受了傷？又問他是從哪裏來的？葉允雄痛得又暈了一陣，只說："我是由濟南府來，還有我的妻子，在山間遇着了一群強人……」說到這裏，他忽然就斷了氣。但停了一會兒，他又蘇醒了一些，可是緊閉着雙目，說不出一句話來。葉允雄昏昏沉沉的，微覺着有人搬動他的身體，並覺着有人向他的口中灌下了一些熱湯。不知又過了多少時候，他才覺得頭部稍松，眼睛能夠睜開了，原來自己是躺在一間小屋的炕上，有個長髯飄飄，年齡足有六七十的老農人在旁伺候着他。葉允雄曉得自己已被人所救，便道謝說：「幸虧老伯伯把我救了！不然我就死了，請問老伯伯貴姓？這裏是什麼地方？」

這老農人擺擺手，說：「你先好好歇着吧！別多說話，別費精神。我們這地方本來沒有強盜，向來過往的人都是平平安安的，不知怎麼獨你會遇見了這件事？」葉允雄歎了口氣，又問說：「我還有個妻子，她坐在騾車裏，昨天騾車由山上退下來，滾下去了，不知我那妻子現在生死如何？」老農人說：「你就安心在這裏養傷吧！待會兒，我們這裏的人到山中去看一看，也就能知道你媳婦怎麼樣了。」葉允雄雖然不放心，雖然氣憤，雖然恨不得立時就闖回那山中去，尋着梅姑娘的下落，並殺死那孟三彪。但是他此時周身疼痛，比那回在白石村受李小八的鞭打還厲害得多多。他真無法，只好又把眼睛閉上。

挨到了午後，有兩個農人進到這屋裏，說：「我們十幾個人進了山，一個強盜的影子也沒見到！可是地上有血，有扔掉的鞋，還有燒了半截的火把。山坡下有一輛騾車，騾子可沒有了。」葉允雄聽到這裏，驀然睜開了眼睛，問說：「車裏有人沒有？車上的包袱、行李呢？」農人們卻說：「什麼都沒有，連車圍子、車墊子全都被人給剝了去啦！」葉允雄怒聲說：「真是強盜！」那老農人擺動着長髯，也不勝歎息，就指着葉允雄說：「車上還有他的媳婦呢，也一定被強盜給搶了去啦！」眾人沉悶不語，心中都為葉允雄不平。葉允雄在痛苦中忍了這一口怒氣，心說：好個孟三彪，將來你我再算帳！又覺得梅姑娘從與自己相識之後，便運蹇時乖，遭遇了無數的折磨、痛苦；如今即使幸而不為盜賊所辱，也必然沒有了活命，那可憐的女子！他前後一尋思，就不由流下來兩行悲淚。

從這天起，葉允雄就在此養傷。此處的老農人原來姓顧，家中只有兒媳和幼孫。他有個兒子，叫顧瑞發，在河南營商，三年沒有信了。他時時地思念，天天望着天磕頭，因此對葉允雄非常之好，因為他那存亡不知的兒子，就是二十來歲，與葉允雄的年齡相差不多；而且葉允雄又答應了他，說是自己的傷好了之後，便往河南，為他去尋訪兒子，以報他救護之恩。這地方名叫望山屯，歸泰安縣管。村中的農人也都時常來看慰葉允雄，每家做了什麼好菜飯，必要給他送一點來，並勸他說：「別着急，等你傷好了，大家會給你湊路費。你那媳婦我們也正在給找着，不能找不着；她若是真死了，我們也不能瞞着你。」

葉允雄覺得此地的人情較白石村尤為溫暖，但此地的天氣也較那裏熱，這才不過四月中旬的天氣，可是葉允雄在屋中連單衣裳都穿不住了。他赤着背坐在炕上，看着自己身上的傷，只見箭傷和刀傷已經結了很厚的創痂，不用手使力去摸，是一點也不疼了；可是兩條腿卻不能動一動，因為股間有一處箭傷已經化了膿，腫起來了。

這天他正在屋中午睡，不料有個相熟的本地農人驚慌慌地跑進屋裏，說：「葉老兄弟，現在有幾名官人進村來搜人，說是搜拿藏在這裏的一個受了傷的強盜。

葉老兄弟，早先你到底是個幹什麼的呀？”葉允雄如聽晴空之中，忽然響了一個霹靂，他大吃一驚，面色立時變了。剛要坐起身來，就見屋門一開，門外出現了飛鷹童五、病虎楊七（原來沒死），還有高家九兄弟之中的火眼豹高強、青鬚豹高豪、金錢豹高俊，個個手中亮着鋼刀。童五並且提着他那只飛抓冷笑，說道：“別掙扎！掙扎無用，老實點兒！跟我們打官司去吧！你別以為你從白石村跑到這兒一忍，就可以沒有事兒啦，我們早就得到了信兒！”

　　葉允雄冷笑道：“山上那些殺人劫貨、搶婦女的強盜你們不管，可專來拿我？”飛鷹童五說：“那是本地官人的事，我們不管。我們拿住你，是為帶你回湖北去交差，朋友，這回咱們講點交情！”

　　葉允雄明白，這又是那孟三彪或是魯大紳，探知自己在此養傷，才把他們招來的，心中雖然氣，雖然貪生畏死，但是沒有法子，自己連腿都不能行動，還怎能抵抗呢？只好由着病虎楊七進屋來，將他的雙臂上了綁繩，然後由高家兄弟幫着，連抬帶推，把他弄出了屋子。白鬚飄飄的顧老頭兒張着雙手上前來，說：“他是好人！你們可別拿錯了呀？”火眼豹高強卻抬起一腳，將顧老頭兒踢得趴在地上，不住地喘氣。葉允雄怒目瞪了高強一眼，剛要向顧老頭兒及一般驚懼不敢上前的村人說話、辭別，但童五等人哪裏容他？就把他生拖到了門外，扔到一輛破牛車上。童五、楊七等人個個持刀押着車，車就離了這望山屯，送往泰安縣去了。

　　到了泰安縣城，葉允雄就被押在牢內。倒也不用審問，因為他的罪名在童五、楊七身邊的公文捕票上開寫得清清楚楚，現在只等着把車雇好了，一切閒事摒擋清楚了，便可以起身。過了兩三天，這天上午就把葉允雄提出監來，弄到門外的一輛敞篷車上。葉允雄此時的鬍鬚很長，頭髮蓬亂，肩上是枷，腳下是鐐，如同一隻死狗似的臥在車上。楊七、童五和高氏弟兄全都騎着馬，就走了。街上有許多人追着車嚷嚷，有的說：“這是外省的強盜！”有的說：“恐怕送不到家，半路就許死了！”葉允雄的痛淚卻不禁滴落在枷上，他想不到自己竟會落於如此地步！尤其悲痛梅姑娘，現在她是存亡莫卜。因為自己一時的過錯，竟耽誤了人家姑娘的一生。車隨着馬走得很快，也不管車上的葉允雄能被顛死不能，瞬間就離開了泰安縣城，在漸漸炎熱的日光下走去。中午找市鎮用飯，夜晚投店歇宿，童五、楊七、高強、高豪、高俊全都十分得意，沿途不住向葉允雄惡笑、譏諷。

　　行了三四日，這日由清晨動身，傍午之時就來到了鄆城縣境。鄆城縣是山東省有名的地方，宋代宋江等三十六人佔據的梁山泊，就在這縣城的東北方，這裏的十來歲的孩子都常常拍胸脯自命為英雄好漢；小姑娘們也都灑脫、秀麗，她們仰慕着梁山泊的女將一丈青扈三娘。可惜，去年鄆城一帶雨水缺乏，收成不旺，所以人們多有饑色。

　　飛鷹童五、病虎楊七，高強、高豪、高俊等人押着葉允雄至此，離着縣城尚遠，楊七就又渴又熱，覺得頭昏了。來到一個市鎮上，他望見了一家搭着涼棚的茶飯鋪，就收住馬說：“別往下走了！咱們就在這兒打尖吧，我可真受不了啦！”他滿頭是汗，氣喘吁吁，高強卻笑着說：“你真是一隻病虎！”其實眾人此時也都熱得很難受。反正天色還早，就是到了鄆城也不能就投宿，還是得馬不停蹄地往下去走，在哪兒歇着還不是一樣？何必要再走六七里地到縣城呢？於是就都下了馬，撣身上的土。

　　飛鷹童五卻不肯下馬，他擺手說：“不行！不行！再走幾步，索性到縣城裏再歇着，歇半天都可以，這地方可是不妥！”楊七的臉色一變，他剛剝下來的靴子，又要登上。高強卻瞪眼說：“有什麼不妥的呢？”童五在馬上低下頭悄聲說：“你斜着往東北看！”高強抬頭向東北去看，就見遠遠之處有一脈青山，不太高。他就說：“那有什麼可怕的呢？”童五嘿嘿冷笑說：“那個地方不說出來你也不知道，說出來你必然曉得，那就是梁山泊！”高強哈哈一笑，高豪也笑了，都說難道那山上的及時雨宋江現在還活着嗎？還能打劫咱們這件差事嗎？童五卻說：“小聲兒！”楊七坐在地上，拿靴筒扇涼風，說：“五哥你太小心！這麼大的鎮店，離着縣城又這麼近，光天化日之下，還能夠真有什麼事兒出來嗎？”高俊也擦着汗說：“就在這兒歇歇吧！吃完了飯就走！”

　　童五禁不住大家都是一個意見，他也不能太執拗，只好也下了馬，遂把五匹馬拴在那涼棚的柱子上。大家找了兩張桌子，楊七跟茶館夥計要了一塊破席頭，他就躺在地下了。高強、高豪大聲嚷嚷着要酒要飯，高俊卻叫趕車的幫助着，把葉允雄抬下，就扔在地上。立時，有許多小孩子跑過來圍着看。葉允雄卻慘笑着說：“你們看我做什麼？我已是個垂死的人了！”

　　高強、高豪二人都要過酒來暢飲，楊七躺在地上咕咚咕咚地喝涼水，童五卻遠遠的自己沏了一壺茶，在獨斟獨飲着。沒人管葉允雄。葉允雄是傷重口渴，髮亂須長。倒是那趕車的看着他可憐，拿粗碗舀來一碗涼水，過來要喂他。高豪卻站起來，一腳就把趕車的手中的水碗踢落，摔碎了。趕車的哎喲一聲。童五連連擺手說：“何必呢？”葉允雄卻瞪大了眼睛冷笑着，向高豪說：“你可要仔細！我可一定得真死；倘若我還能活，那你可要小心你的命！”

　　高豪掄拳過去要打，他兄弟高俊卻把他攔住，說：“你把他打死，他更樂了，他省得沿路受罪呢！”楊七躺在地上也說：“老六，你何必跟他一般見識？咱們在這兒歇一會兒，趕快進城，我真不能往下再走了。我的主意是咱們進城就找店，索性歇一天，晚上找個土窯子……”高俊笑着說：“你這樣兒，你這輩子病也好不了！”高豪哈哈笑着，說：“我真捨不得離開濟南府，早晚我還要回去找找那娘兒們！”

　　正在說着，忽然有兩個鶉衣百結，滿面泥污的叫化子來乞錢。高豪就大罵着：“哪有錢？有屁，你能拿它解餓嗎？”高強也驅逐着說：“快滾！快滾！”高俊扔在地上兩個小錢，說：”走吧！”這兩個乞丐才彎身拾起錢來，那邊卻又來了一個老乞丐，帶着一個四十多歲的娘兒們和一個十二三歲的男孩子，衣服也都破爛極了，嘴裏叫着老爺、大爺，來向這幾個人求乞。高俊便詫異着說：“這裏怎麼有這麼多乞丐？”地上躺着的楊七這時已把涼水換了酒，一口一口地喝着，說：“去年這裏鬧旱災。”那邊童五卻已叫人煮麵了，他說：“我不叫你們在此歇着，你們偏不聽我的話，在這裏很容易出事！”

　　高豪是大碗喝酒，大口吃肉，用腳踢，用拳打，並說：“滾開滾開！大爺有錢也不能捨給你們！”幾個乞丐依然齊發哀聲，說：“大爺，善心的大爺！”高豪氣得真要抽刀。楊七跳起來嚷說：“怎麼回事？你們是成心攪呀！”高強也捋起袖子用拳頭擂桌子，並嚷嚷說：“掌櫃子，你們也不管給趕趕？”掌櫃的說：“趕不開！趕走了還得來呢！這都是本地人，沒法子。”連童五都氣了，也站起身來。

　　但這時忽聽有清脆的竹板聲，並有女人曼聲唱道：“喂！來了啊！我們梁山的女將一丈青！”葉允雄忽然一陣詫異，心說：這真是怪事！從東邊是又來了三個乞丐，一個白須的老頭兒和兩個女孩子。女孩子可都穿得不太破爛，一個是兩條小辮，竹布褂花褲子，年有十五六，很瘦，模樣不大動人；另一個卻有十八九了，白褂紅褲，大松辮用麻繩在頭頂挽了個抓髻，還插着幾朵狗尾巴花。這紅褲子的姑娘身體不矮而豐腴，長得真漂亮。抹着鮮紅的嘴唇，腳下是兩隻小紅鞋，還繡着花，新娘子才穿這呢！她纖手搖着兩個喳板，呱嗒呱嗒地響着，臉上帶着浪漫的笑，身子如風擺楊柳一般，一邊嫋娜地走來，一邊曼聲兒唱着說：“來了！這位一丈青！王矮虎真走運，他竟配上了，這位百媚千嬌的女花容！”

　　高豪不由直了眼，說：“乖乖！你跟大爺我配一配，行嗎？”這紅褲子的姑娘又笑着，像身上沒氣力似的歪歪斜斜地走近了高豪。高強、高俊也都直了眼，拿酒盅直往鼻子上送去。楊七很有精神地爬起來，說：“唱一段別的吧！咱不愛聽王矮虎，那是個色迷！”紅褲姑娘的眼睛一轉溜，嘴角現出媚笑，連抖着喳板唱說：“唱來唱去，我也離不開梁山泊的英雄！”高豪眯着眼睛笑說：“你別淨離不開別人呀？也想想我呀！”高強由他哥哥的肩膀上，伸手送過來滿滿的一盅酒，說：“小嫂子請喝！”姑娘接過酒盅來，就往高豪的脊梁上一倒。高豪張着兩隻手笑着說：“哎喲，慢倒呀！又涼又癢！”

　　姑娘急敲着喳板，扭轉着身子又唱道：“咱按下王矮虎，再表一表打虎的英雄名叫武松……”楊七點頭說：“對！那才是一條真正的好漢！”姑娘又唱着：“武二郎的家中有位長嫂，他的嫂子潘氏金蓮可是個害人的精……”那邊童五忽然發出冷笑，說：“或者比你還好一點！”姑娘看了童五一眼，她一點也不理，依然媚笑着唱道：“潘金蓮的兩隻金蓮，是四寸不到三寸有點零。”她一邊唱，一邊指着她自己的一雙小紅鞋，高強、高豪、楊七，連高俊全都發迷了。

　　此時那群乞丐已將葉允雄圍住。飛鷹童五看着情形不對，立時抽出來腰刀，過去向眾乞丐威嚇說：“都滾開！”眾乞丐聞聲齊都向東北驚奔，可是，同時他們把葉允雄也給背跑了。高豪大驚，說：“啊！強盜！”他抽刀跳起，不料白衣紅褲的女子扔下了喳板，一手就奪過了他的刀。這個賣唱的女子一奪過刀來，她那風騷的態度便立刻改為兇悍，柔媚的臉兒也變得森嚴。童五、楊七、高強、高俊的幾口鋼刀一齊上來，但女子揮刀當當地磕開，刀如鳳翅，颼颼地舞起來，把幾個人的眼睛都給晃亂了。童五將飛抓嘩啦啦地抖起，但還沒有抓到那女子的身子，女子就早已閃身避開，同時鋼刀削來。童五若是躲得稍遲一點兒，胳膊就掉了。幾個人之中只有金錢豹高俊的武藝還算比別人好，他一口刀翻飛宛轉。但是這女子真凶，她一人除了應付幾個人之外，還能對付高俊。相戰十幾合，幾個人難將這女子捉住。

　　此時葉允雄早已被人搶走跑遠了。那白鬍子的老乞丐和那削瘦的姑娘，也不知從哪裏得來的兩口刀，一齊上來廝殺，武藝雖不及那穿紅褲子的女子，可是也足足敵得過童五和楊七。當時這小鎮上就亂了起來，這鎮上也沒駐有官人，街上的人亂奔，茶館的夥計們早就藏到了後院。此時火眼豹高強跟青須豹高豪，全都負了重傷，只仗着高俊、童五、楊七三個人，抵住那三個人，並且唯有高俊還能與那着紅褲的女子爭戰。高俊一面爭戰，一面很是驚佩和愛慕。忽然那老乞丐和那瘦女子都轉身跑開，一個用老蒼的聲音喊着：“二姑娘！走吧！”一個是嬌細的聲兒，急急地嚷着：“姐姐！還打什麼大勁兒呢？人已救走了，咱們就快回去吧！”那老少二人隨喊叫着，隨向東北奔去。

這裏的白衣紅褲的女子卻刀法更熟，精神愈大，她頭上的那個抓髻已然散開了，一條大辮子顛來擺去。她咬着朱唇，瞪着秀麗的可是冒着凶光的眼睛，鋼刀如一朵花似的護住了她的身。童五的飛抓簡直沒有用了，又兩三合，她竟將童五砍倒；楊七趕忙跑到桌子後面，一腳正踏着高強的肚子；高強肩頭上挨了一刀，血流滿了前身，臥在地上正在慘叫，哪禁得住楊七又來這一腳？所以他哎喲了一聲就昏過去了。此時那女子與高俊殺得正緊，兩刀相敵，又十來合，高俊就被那女子踢翻，踢得他在地上打了一個滾。女子嘿嘿一笑，又一刀砍來，高俊翻臂橫刀去迎，女子卻抽回刀，又一聲冷笑，就轉身走了。她提着一口刀，嫋嫋娜娜地往東北走去，走得很是從容，那背影兒也真叫人心動。金錢豹高俊站起來，與楊七互相皺着眉看了一眼，但是他們哪敢去追人家呢？

這時候，葉允雄已被那群乞丐搶到了東北的山裏。葉允雄心中已然明白，因為他已看見了那打喳板的白衣紅褲的女子就是魯海娥，他倒不禁心中十分慚愧。這些乞丐輪流背着他，擁着他，到了山中。原來這些人都不是乞丐，都是山中的農人。不過因為去年荒旱，每個人家的生計都很艱難罷了。葉允雄是被送到一個小草屋子內，他的枷鎖早已拆去了，他們叫他在炕上躺下，都說：“不要緊！待會兒魯二姑娘就回來，那幾個傢伙都得沒有活命！”

葉允雄身體一舒服，就喘了喘氣，問說：“這裏是什麼地方？”旁邊就有人笑着說：“連這是什麼地方你都不知道？這是大名赫赫的梁山泊！”葉允雄倒吃了一驚，心說：莫非魯海娥已在此為盜？旁邊又有人說：“這地方住的水裏虎老張七爺，本是梁山好漢浪裏白條張順的後人。他年輕的時候走遍江湖，跟魯二姑娘的老人家是最相好，可是，這些年也沒有怎麼往來。去年，忽然魯二姑娘來了，來了沒有別的事，就是要上山去削髮當尼姑，老張七爺就給勸住了。”

正說着，忽然外面嚷嚷說：“老張七爺回來了！”於是這個人就止住了話頭，只見由外面進來了那白鬚飄飄，布衣襤褸的老人，帶來那個梳着倆小辮，很瘦的女子。爺兒倆都提着刀，進屋來先把刀都放在牆根下。然後這老人就喘了喘氣，向葉允雄說：“海娥一會兒就回來！你放心，憑她那武藝，不能有一點舛錯。你這個人我是初次見面，可是我聽海娥說，你的性情很是執拗。”又指指那女子，說：“這是我的孫女大秀，你放心在我這裏住着，誰也不敢來這裏找你！”老頭子脫了破衣裳，光着膀子就走出屋去了。這裏那姑娘大秀說：“待會兒我海娥姐姐回來，你可得要謝謝她！她說什麼話你全都得應！不然，我就先得殺死你！”說完一擰手就出屋去了。這裏葉允雄倒不禁一怔，猜不透這是怎麼回事。

又呆了半天，果然魯海娥回來了，她提着刀就急急進屋。看見了葉允雄，她就嫣然一笑，說：“你瞧你這樣兒！”葉允雄不由得臉上發燒，就說：“魯姑娘！今天多虧你救了我的性命，我謝謝你了！”他含着羞抱拳。魯海娥卻啐了一聲，笑着說：“謝？謝謝就算完了嗎？我為你出的力氣還不說，我為你今天舍了多大的臉？不然，那幾個癩狗，我會給他們唱曲兒斟酒？”葉允雄歎氣說：“你待我這樣的厚情，我一定終生不忘！”魯海娥又笑着，斜瞪了他一眼。

此時那張大秀拿進來一件淺月白色的綢褂兒，魯海娥就脫了她身上的衣服換了。然後魯海娥一邊兒扣紐子，一邊兒就坐在葉允雄的身旁，皺了皺眉說：“你的武藝也一定在山上練得不錯了，為什麼你竟會叫那幾隻癩狗給捉住了呢？”葉允雄又歎了口氣，說：“我是因為身上的傷，不然他們再有十幾個人，也不是我的對手，我也不能隨他們這樣地欺凌！”魯海娥當時把葉允雄身上未愈的傷勢略看了一看，就又皺着眉說：“為什麼你被人傷成了這樣子呢？”

葉允雄帶着些憤恨說：“這都是你那父親鎮海蛟魯大紳和孟三彪，他們施展的毒手。我一時不小心，以至在泰山中計受傷。”遂就把自魯海娥走後，魯大紳與孟三彪火焚山神廟，欺害梅姑娘……直到在望山屯養傷時被童五、楊七抓走的過程簡略地述說了，但說到梅姑娘在車內墮山，他面上不禁現出一陣悲戚之色，又把魯大紳和孟三彪大罵了一陣，說是：“匹夫！小人！”魯海娥卻疾忙將他攔止住，說：“你先別罵！這些事孟三彪能做得出來，但魯大紳絕做不出來。魯大紳雖不是我的親爸爸，可是他是一條好漢，我知道他。他一刀一槍地殺砍倒會，可是他不會用計謀害人，這一定都是孟三彪所為。孟三彪向來無惡不作，江湖的盜賊他認識的很多。你別忙，你先在這兒養傷，將來我必殺了孟三彪給你出氣！”

葉允雄卻冷笑了笑，說：“不必再煩你了！今天已蒙你救了我的性命，我就沒齒不忘。此地若能准我養傷，大約十天半月我的傷就可以好，那時我就走。舍出十年的工夫，我要報一切的仇恨，十年之後再報你的恩！”魯海娥一聽了這話，她就一撑手站起身來，臉兒發紫，咬着嘴唇。這時張大秀雙手托着一碗熱氣騰騰的魚湯又進屋來，說：“哎喲！姐姐你快接一接吧！太燙手！”魯海娥伸手把這碗湯接過來，問說：“這是給誰喝的？”大秀說：“是我爺爺叫我給他送來的，說是不吃點好的，傷絕不容易好！”魯海娥推開了屋門，就把這碗熱魚湯向地下一潑，潑在地下直冒熱氣。她把碗摔在窗臺上，狠狠地瞪着葉允雄，把大秀嚇得臉上發白。

葉允雄也變了色，很詫異地問說：“這是為什麼呢？”魯海娥忿忿地說：“為什麼？為你！你葉允雄是英雄好漢，你用不着在我們這兒養傷，你很可以就走！”葉允雄說：“我不明白，到底是我的哪一句話得罪了你？”魯海娥說：“你沒得罪我！就是，我費了很大的力，賣了很大的臉，才把你救了來。好意跟你說話，你卻一點也不知情；剛逃出命來你又想走，那麼你為什麼不立時就走呢？何必還在我們這兒養傷呢？”

葉允雄慘笑了笑，心中也有點兒氣，就說：“要叫我即時就走，也沒什麼。我葉允雄今天早晨還沒有想能來到這裏，還沒想能活。假若魯姑娘你真要把我趕走，我也沒法子！能逃，我爬着走；不能逃，至多了我再被童五、楊七擒住，命該怎樣就怎樣！”魯海娥氣忿忿地說：“好！那麼你就立時走吧！”遂上前要拉葉允雄的胳膊，想把他揪下炕。大秀趕緊把她抱住，着急地說：“你是怎麼啦？姐姐你的性情太暴了！”又連向葉允雄使眼色，說：“你就央求央求她吧！說一句軟話她也就能饒了你了！”

葉允雄卻噗嗤一笑，搖頭說：“軟話可是不能夠說！”他這一笑，不料反倒把魯海娥笑得怒氣緩和了，不來揪他了，可是仍然狠狠地瞪着他。葉允雄又長長歎了口氣，說：“我並不是向你們說軟話，你們既然救了我來，就何妨救人救到底？你們容我在此將傷養好，無論我走與不走，我也絕不能忘記了你們對我的恩德！”大秀笑着說：“這還是軟話呀？這還不是央求嗎？”

魯海娥暗暗用手推了大秀一下，叫大秀出去。她卻又坐在葉允雄的身旁，低着頭，有點嬌羞之態，說：“我為什麼呢？我離了海島，要來這裏出家；我又聽見你遭了難，趕緊就央求許多人去救你，你卻……”說到這裏，這彪悍、美麗的女子，竟嗚嗚地痛哭起來。到此時，葉允雄沒有法子了。一來是顧慮自身的安危；二來是魯海娥太多情了，而且風流美麗令他羨愛，勇猛英爽叫他敬佩；將來他離開此地也很需要一個人幫助，才不致再感到勢單力弱。所以他就接受了魯海娥的情愛，願意傷癒之後，二人結為夫婦。但他說還是要去尋找梅姑娘，如果她沒死，就不能把她拋了。魯海娥聽了很喜歡，親自又找來衣服叫葉允雄更換，打來水叫他洗臉洗腳，又叫來個人給葉允雄刮頭髮、編辮子、剃須，於是葉允雄脫去了囚容，立刻又成了個翩翩美少年。

魯海娥又叫人到城裏給買來了刀創藥，並且由城中得來了消息，知道那童五、楊七等人已到衙中報了案，官人明天就許來到山裏搜查。魯海娥卻向葉允雄說：“你不要怕，有事情來到，我去出頭！”她親自又去調魚湯，端來給葉允雄喝，親自給葉允雄的傷處敷藥。晚間她就陪伴葉允雄在這小屋內歇宿，但身邊總是預備下一口鋼刀，似是怕有人深夜來此劫去她的情人。他們談述起往事，魯海娥就說，她自從在水靈山島上一見着葉允雄，她就鍾情。後來在山神廟中，她求葉允雄同她一起走，被葉允雄拒絕了，她就很羞愧、灰心，所以就離開了水靈山島，到這裏來打算出家為尼。若不是這裏的老張七爺勸她，她早已落了髮。

她又說，自昨天就有人來報告她，說葉允雄被解着往這邊來了，她就飯都吃不下去，覺也睡不安。等到今天，才邀同村的人去救葉允雄。她又說她給童五等人唱的那歌曲，都是本地人常唱的，臨時她又添了一兩句。她也不明白當時她為什麼會有那麼好的歌喉，那麼敏捷的心思，那麼從容、鎮定、漂亮的手段；又說，這裏的老張七爺，當年是山東有名的大俠，只是現在老了。他的兒子現在還在青州府作鏢頭。那大秀的武藝也不錯，本村的俗名就叫好漢村，村民全是梁山好漢的遺風。

魯海娥娓娓而談。她此時是極為溫柔婉順。山村夜靜，外面的風颯颯地吹着。葉允雄幸脫大難，身旁又有了一個新的情人，然而他的心中卻不禁酸楚：想起了那為自己遭遇多方災難的梅姑娘，此刻不知她是生是死？假若她死了，我此時另結新歡為不情；她若是尚在人世，那將來見了面我將如何對她？葉允雄不禁流下眼淚，粉鱗小蛟龍魯海娥卻已在他的身旁睡熟了。

葉允雄從此就在這裏養傷，外面也沒有什麼風聲，只是這一天魯海娥向他問說：“跟着童五的，有一個年輕的武藝頗不錯，長得也很漂亮，那個人是誰？”葉允雄想了一想，就說：“那大概是高俊，是湖北均縣武當山下會仙莊人。高家有九弟兄，名曰高家九豹。大爺是飛天豹高正，兩年前在湖北，因為他有個情婦戀我而棄了他，他去尋我不依，我們動起手來，我將他誤殺身死，才結下今日之仇。”魯海娥一撇嘴，似乎是聽說了葉允雄在早先就有情婦，她有點嫉妒。葉允雄又往下說：“其次是爬山豹高良，黑毛豹高猛，五爪豹高光，鐵頭豹高順，火眼豹高強，青須豹高豪，金錢豹高俊，白面豹高英，其中以高光、高俊、高英的武藝最好。高英有個妻子叫楚雲娘，有個妹妹叫高小梅，是他們家裏的兩隻母豹，武藝全都很好。當年我曾一人獨自與他們廝殺，我的武藝並不較他們弱，只是因為我沒有幫手，所以我不得已逃遁到海涯。」

魯海娥笑着說：「你別吹了！告訴你吧，那童五、楊七等人大概都嚇得縮了頭，那幾個受傷的也沒聽說現在是死是活，大概他們現在還都住在縣城裏。只是那個高俊，時常提着一口刀在山外頭轉，他雖不敢進咱們村裏來生事，可是我知他一定是沒懷着好心。我本想把他殺了，可是老張七爺見他很年輕的，人物又不錯，想要找他來，跟他商量商量，招他作個孫女婿。」葉允雄驚愕了一下，說：「這真是想入非非了！你們已為我與他們結了仇恨，怎麼又跟他們作親呢？再說高俊既然有弟媳，他本人也二十多歲了，他哪能尚未婚娶？」魯海娥搖頭說：「那不要緊，你也是個有媳婦的，但你現在又跟我在一塊兒了。那高俊也是，只要他肯把他家裏的媳婦拋了不要，就能在這兒娶上大秀。」

葉允雄說：「他們高家是均縣的大財主，哪肯拋了原配在這兒招贅？而且大秀又太小。」魯海娥說：「你小聲說話！別叫大秀聽見。大秀今年也十六了，還沒有婆家，她爺爺不願叫她遠嫁，在本地又找不出一個像高俊那樣的人。」葉允雄說：「如果高俊來，我自然得走！」魯海娥笑着說：「那時候我就得跟大秀給你們兩人說合說合了！」

葉允雄悶悶不語，心中十分氣憤，覺得在海娥與那張大秀她們眼中的丈夫，簡直就是被她們掠來的人，愛憎由着她們，碰巧死生全都要由她們操縱。高俊現在還沒有落網，但我現在已被魯海娥給纏住了，將來永遠不能有一點丈夫氣！這件事魯海娥提過之後，過了幾日，可就沒有再提。葉允雄的傷勢漸愈，已能到屋外舞一趟刀了，但腿腳仍然不甚利便。老張七爺擇了個吉日，叫他與魯海娥正式完婚。當日村中人也都來賀喜，飲酒歡笑，比他在白石村娶梅姑娘的那天更熱鬧。粉鱗小蛟龍魯海娥，論模樣實在比梅姑娘美麗，而且知風情、善說笑，但葉允雄反覺着淡然無味。他懷慕梅姑娘的勤苦、溫柔，心中時常一陣一陣地感到淒慘。可是魯海娥不許他有一點不高興的樣子，老得叫他樂；他要一不樂，魯海娥就要生氣，就要罵他。

這天葉允雄看見了魯海娥的花鞋，他就想起了梅姑娘的紅鞋。自己在山上練武，那山上沒人敢去，她一個步履艱難的女子，竟肯負米、提籃走到山上去，因此竟出了危險；又想白石村中的新嫁之夕，突生變故，那是多麼令她傷心的一件事情呀！後來……葉允雄想到現在梅姑娘不知是生是死，他不禁長歎了一聲。不料魯海娥在旁邊聽着，就大不高興，繃着臉兒問說：「還有什麼事值得你這樣愁？把你的命也救了，童五、楊七他們也沒再來找你，在這兒有吃有喝，不費一點事你就有了個媳婦，你還不知足？還老是唉聲歎氣的？」

葉允雄聽魯海娥說出了這種報功的話，他就不由有些氣悶，但是又不願爭吵，只說：「我恨不得立刻就離開此地！可是我的身體、力氣，總不能照舊如初，所以我要歎氣。」魯海娥把那美麗的眼睛一瞪，說：「怎麼？難道這地方比你們那白石村不好嗎？」葉允雄說：「地方好不好倒不要緊，只是……」他忿忿地說：「我不能在此永遠住着，我恨不得立時去找孟三彪報仇！我恨不得即時離開此地！」魯海娥說：「那好辦，你在這裏再養幾天，只要你能騎得動了馬，咱們就走，先到漢中我家裏去一趟，然後到江南……」

葉允雄搖頭說：「我不想到漢中，到江南，我只是恨不得立時就回泰山去搜尋那孟三彪！」魯海娥嘿嘿一笑，說：「你哪是想到泰山去搜尋孟三彪？我還猜不出你心裏的事？」葉允雄說：「隨你去胡猜，我只是一日不殺死孟三彪，一日不能甘心！」魯海娥撇着嘴說：「我得信？你是想去找你那叫人搶去了的老婆，別以為我不知道呢！」葉允雄歎氣說：「即使是我想去找她，你還不許我去找嗎？」魯海娥立時就由壁間摘下刀來，氣忿忿地望着葉允雄。葉允雄卻倒笑了，接着又歎了口氣。

魯海娥瞪着眼裝凶，但忽然也現出了笑容，說：「你的命是我救的，就算握在我的手心裏了。我叫你怎樣，你就得怎樣，不許你歎氣，也不許你的心裏想別人！」葉允雄皺着眉向魯海娥說：「這個地方我實在不願長住！還有……」他把聲音壓小了一點，忿忿地說：「只要老張七爺把那金錢豹弄來，我可就立刻走，因為弄了他來，就如同是故意逼我！」魯海娥擺擺手說：「你也別太膽小心窄！我敢保，就是把那金錢豹高俊讓到咱這屋裏，他也絕不敢下手捉你。老張七爺現在要為他的孫女找女婿，咱們也攔不住。你就好好地養傷吧。只要你的傷養好了，你說往哪兒去，我就跟你往哪兒去；只是別回泰山，別返濟南，也別往白石村。乾脆一句話，那村丫頭梅姑娘，不是那天摔死了，就是被搶了去，嫁了孟三彪了。你對她就趁早兒斷了念想吧！難道我的哪點兒還比不上她嗎？」

葉允雄說：「你自然比她都強。只是無論如何她也算是嫁了我一場，我怎能一點不想她？我若對她負心，將來也必對你無義。我這人是個多情的人，所以……」魯海娥媚笑着說：「算了吧！你就別自命多情了，真不害羞！」她掛上了刀，又柔媚地依着葉允雄說：「我要你整個的心，一點兒也不許分給別人，你把想梅姑娘的那點心思，也拿來想我吧！」當下這一對小夫婦照舊恩愛，並沒有因為嫉妒、誤會，就傷了感情。然而葉允雄面上雖不再發愁，不再感歎，可是心中仍然牽繫，只是不叫海娥看出來。

過了幾天，葉允雄的傷勢痊癒，行動如常，但是聽人說那童五、楊七等人在縣城中至今未走。金錢豹高俊已做了張家的入幕之賓，所以張大秀那丫頭也很少再來找海娥。葉允雄憤恨，並且凜懼着，他曉得高俊是積心不善，他是要借機至此，安排着什麼手段。

因為這草廬太小，又迎着夕照，天氣漸熱，葉允雄在屋中呆不住，他就常到外面去散步。這梁山泊，蓼兒窪，盡入於他的眼底。他見此山並不十分高，而且水也早已乾涸，變成了麥田，但是仿佛含有一種凶煞之氣。這裏的人也都粗豪、樸實、兇悍。山上有宋江廟，已然頹圮不堪，廟中有宋江的塑像，三綹鬍鬚，相貌極為良善，仿佛是那個廟裏的城隍似的。葉允雄心想：當年宋江的忠義，必非虛言，只是英雄坎坷了，才流墜於草澤；自己，以一個世家子負技遠遊，雖然也無意中做過幾件錯事，但也久思改過，然而環境竟不容許。天地之間，原來公道難憑，賢良的梅姑娘生死不明下落，強悍的魯海娥卻將我占住，不使我有一點隨便！他心中感慨悲傷，便向宋江的神像拜了一拜。由此，他幾乎每天要往山上去，到這座廟中看一看，徘徊一會。

這日他才一出草屋，就看見那金錢豹高俊正從張七爺的柴扉走出，那張七爺還殷勤相送。葉允雄便急忙躲在一棵柳樹的後面，原想沒被人看見，可是老張七爺已然點手叫他，說：「葉老侄！葉老侄！你過來，不要藏躲，現在全是一家人了！」葉允雄只好露出了面，他自覺得精神極為緊張，渾身的血液都要往出來迸。他走過去，只見仇人金錢豹高俊卻面不改色地向他拱手。老張七爺帶笑說：「你們二人一定早就相識了，不必我來引見。江湖人全是不打不相識，越殺越有交情。你們過去的事，我都聽高老八說了，何必就認為有不共戴天的深仇呢？老八現在要做我的孫女婿了，允雄你又是我的盟孫女婿，你們倆就跟連襟是一樣，應當從此反仇為友。以後我願你們兩對小夫婦都長久住在我這裏，我在城中給你們開一家鏢店，你們就不必再做別的事了。」高俊笑着，葉允雄也勉強笑着。

忽然老張七爺轉頭用手一指，說：「哈哈！正說着她們，她們就來了！」葉允雄扭頭一看，就見是海娥跟大秀挽着手兒姍姍地走來。張大秀的雙辮已改成了一條直辮，瘦臉上擦着鮮紅的胭脂粉，穿着一身紅，但無論她怎麼打扮也是不漂亮的，尤其有比她高，比她豐腴，比她漂亮得多的魯海娥在旁邊一比：魯海娥簡直如一只美麗的孔雀，她卻連個喜鵲也不如。葉允雄絕不信金錢豹高俊那樣的年輕、英俊、家裏有錢的人，卻願在這地方招贅，誰也不能相信。

這時魯海娥穿的是一身白，只是鞋是紅的。葉允雄看着他的妻子，覺着這樣的妻子實在是難得；要叫自己找回來梅姑娘，把她拋了，自己也必然捨不得。一轉臉，看見金錢豹高俊也正在直着眼看，並且嘴角還帶着點笑意，可是他不去看那將要作他的妻子的張大秀，卻只管向魯海娥去盯，魯海娥也向他有點兒笑，葉允雄就不禁怒火中燒。

那邊兩個女的相攙着來到了臨近，魯海娥頭一個笑着向高俊問說：「你們幾時才娶呀？」大秀羞得低着頭奪手要走，高俊卻說：「還得些日呢！我先得想法把城裏住的那幾個同伴支走了，我才能在這裏娶親。」說時他又用眼掠着海娥。海娥也嫣然地笑着說：「我都替大秀怪着急的！」大秀羞笑着，用手推她，又假作要打。海娥將大秀撒了手，大秀就跑了。

這裏老張七爺就向高俊說：「那麼你就回城裏去吧！就可以直向童五、楊七二人說：葉允雄是被我們給搶走的，不錯，但我們當天就把他送到別處占山為王去了。他們若不信，可叫他們帶領官人進山來搜；搜不出來，白攪擾我們一回可不行！如若搜出來，那也得叫他兩人先尋思一下，結果將要怎樣？我水裏虎張七是好惹的不是？」高俊連連點頭，說：「這好辦！你老人家放心！只要我今天跟他們一說，不用嚇唬他們，他們也就斷了念頭了；我要再說我在這裏將要招親，他們就更不敢怎麼樣了，他們一定就走了。這事很好辦，也請葉大哥不要憂慮！」葉允雄在旁卻冷冷地笑着。

金錢豹高俊說完了話，就轉身走去，葉允雄就隨着他。魯海娥牽了葉允雄一把，葉允雄卻向她使了個眼色，意思是「你別管！」他跟着高俊向山外去走，此時後面的老張七爺已往鄰家串門閒談去了，海娥大概也回去了。葉允雄在十步之後跟隨着高俊，高俊連頭也沒回，就好像他一點沒覺得。將出山口之時，葉允雄見旁邊無人，他就喝了一聲：「姓高的！你站住！」高俊回頭，一點也沒驚慌，只問說：「什麼事？」葉允雄說：「這些小手段，我勸你不要在我的眼前來使。我現在傷已好了，無論是你們兄弟誰，無論是童五、楊七，要報仇，要捉我，自管帶着兵刃來，跟我葉允雄較量較量！」高俊一笑，仿佛詫異地說：「我要想捉你，還能等到今天嗎？還能容你的傷養好了嗎？」

葉允雄說：「你是自知敵不過我們！你比童五、楊七都狡猾，你不願做無用之事。現在你用花言巧語哄信了老張七爺，你不僅打算暗害我，想着糟踐一個姑娘，你還對我的妻子沒懷着好心！」高俊說：「哎呀！那娘們兒原來是你的妻子，你到底有多少妻子呀？真正你才是個聰明狡猾的人！在白石村你就糟踐了一個姑娘，如今又在這裏養傷、吃飯，還娶媳婦，並且有這些人保護着你。你確實比我占的便宜多，我現在不過是才入腿。現在旁邊無人，咱們倆索性說開了，以後咱們是井水不犯河水，誰也別再管誰。魯海娥既然屬了你，我就絕不再多看她一眼；可是她若是水性楊花，暗中向我挑逗，沾辱了你的帷薄，那我也不負責；我哥哥跟童五、楊七他們將來要對你怎麼樣，我也不管，反正我，即使咱倆在縣城裏見了面，我一定不抓你就是了！」說着冷笑着，轉身又要走。

葉允雄卻忽然躍過去，一手就將高俊抓住。高俊急忙用手去推，推開了，同時由懷裏抽出了一對匕首，向左右一分，光芒奪人眼目，他獰笑着說：「你來！來吧！不要命你就向前來！」葉允雄見高俊亮出了雙匕首，他並不畏懼，只退後了兩步。見高俊向着他獰笑了半天，他忽然一躍身就逼了上去。高俊的雙匕首向他扎下，葉允雄上手去格，下手去回。高俊的力也極猛，身手也極矯捷，匕首扎、腳踹，但終於被葉允雄將他的雙腕全都揪住了。他就掙扎着，葉允雄用力壓住了他的雙臂，使他抬不起來，咕咚一聲他就摔倒了。葉允雄壓在他身上，兩人就滾，誰也不肯相讓。滾了幾下，葉允雄到底奪過去一隻匕首，狠狠地去刺他的咽喉。高俊又使力托住了葉允雄的右腕，兩人哼哼地喘着氣，相持着。忽然高俊將葉允雄推開，他翻身而起。葉允雄也跳起來，兩人就各持一把匕首交戰，往返了四五合，又相揪在一起。

葉允雄的武藝經過山神廟鍛煉之後，到底比以前高得多了。早先他與高俊也肉搏過，打的是平手，可是現在高俊卻不是葉允雄的對手了。所以二人又拼鬥了十餘合，葉允雄便一腳踢在他的腹部，高俊咕咚一聲摔在地上，手中的匕首也扔了。葉允雄一個箭步趕過去，高俊疾忙往起來爬，早被葉允雄把他按住了。葉允雄匕首舉起，就要往下落，忽然聽得高處有人尖叫了一聲，原來是從山上跑來了一人，連連擺手說：「莫傷他！哎呀別傷他！」葉允雄一看，原來是魯海娥，他就更氣了，手往下一落，只聽金錢豹高俊一聲慘叫，鮮血流出。葉允雄這才站起身來，吁吁地喘氣。魯海娥已跑到臨近，着急得她連連頓腳，說：「這可怎麼辦？怎麼對得起老張七爺跟大秀？咳！咳！」

葉允雄手持染血的匕首，冷笑道：「我倒不是對不起他們，卻真真有點對不起你！這麼英俊的少年，被我殺了，你看着自然要心痛。可是海娥，自我們成為夫婦以後，你時時管束着我，不許我想一想別的女子，但卻許你跟他眉來眼去？」魯海娥繃着臉兒說：「這是什麼話，我幾時跟他眉來眼去的了？」葉允雄瞪着眼睛說：「就是剛才！高俊並且已對我說過了，說你有意。其實這也不算什麼，你所愛的是美少年，因為我年輕為你所愛，你才艱苦地救我；如今他也是個美男子，你自不妨也愛他。」

魯海娥聽了葉允雄的話，氣得她渾身亂抖，低頭一看，高俊還沒有死，正躺在地上負傷呻吟。魯海娥就向葉允雄說：“你不要誣賴我！趁着他還沒死，咱們問問他。”遂低下身，向高俊問道：“你剛才跟我丈夫說了什麼話？叫我丈夫疑我與你有私，你快些說，不然我就殺死你！”高俊卻微睜開了眼，慘笑着說：“本來我不捉葉允雄，背着我的同伴到這兒來，我就為的是你，不是為大秀。你的意思我也明白，你也跟大秀說過，你說我比葉允雄好。葉允雄是個罪犯，我卻是富家公子，那天……”魯海娥急得跺腳，要由她丈夫的手中奪過匕首，結果高俊的生命，葉允雄卻不肯將匕首給她，冷笑着摔手走開。

魯海娥緊緊追上葉允雄，急急地說：“你不能信他的話！我嫁了你難道我還能生二心？我跟他說笑，是因為他快要娶大秀了。大秀如同是我的親妹妹，我不能由着你殺死我的妹夫，我願意你們兩家和解，不可為仇！”葉允雄卻不言語，由着魯海娥對他說、揪着他，他只是走。少時就回村裏，那張家的大秀正在樹下折柳枝，她似乎是要多折些，好剝去柳枝上的綠皮編花籃。一見魯海娥揪着葉允雄，一面說一面着急地回來了，她就很驚異，便笑着問說：”你們到底是怎麼回事呀？”

魯海娥把葉允雄撒了手，葉允雄就自己進草屋中去了。魯海娥顧不得再追着和丈夫去解釋，她就向大秀着急地說：“你快去看看吧！高俊在山口裏受的傷很重！”大秀也嚇得顏色改變。當下兩人就去找老張七爺，又叫了許多人用杠子綁上門板，預備把高俊先抬回村來醫治。當下村裏又是一陣大亂，急得那老張七爺直跺腳，眾人亂哄哄地齊往山外去了。這時葉允雄在草屋內已然收拾停當，他現在沒有別的行李，只將兩身衣服折迭起來；又將壁間的刀摘下，裹起來，成了一個長形的包裹，背在背後，他就出了門。見村中十分清靜，連婦人、小孩子全都趕去看那受傷的高俊了，他卻大踏步向後山去走。

葉允雄現在是決定走了，他對於魯海娥並不是毫無戀戀，而且對於魯海娥鍾愛高俊一事也不大嫉妒，因為他也知道，魯海娥跟高俊相識的日子也很短，剛才魯海娥那樣的急急地解釋，哭着解釋，他心中也很惻然。如今他是不得不走，第一要逃出這是非窩；第二免去魯海娥的束縛；第三可以去尋梅姑娘而找孟三彪報仇。他上了山，走過宋江廟，心中又發出一陣感慨，想道：宋公明，你當年雖然坎坷不遇，流落草澤，但你卻有許多忠義的兄弟，後來你還受了朝廷的招安；我葉允雄卻連一個好朋友也沒有，我想棄暗投明，可又沒有人肯指我一條明路。

他隨走隨想，還沒有走過一道山嶺，就聽身後有人叫道：“葉大哥！”葉允雄回頭一看，原來是村中的一個人，正在砍柴。他扔下斧頭，就往這邊來跑。葉允雄卻大聲說：“我要到後山去，找一個人辦點事，你砍你的柴吧！回見！”那人站住了，瞪着兩隻驚疑的眼睛，葉允雄卻轉身很快地走去。他對路徑雖然不熟，可是他不停地走着，少時就離開了山口。這後山之外是一片平原，有一條大路，如一條土黃色的蛇似的從前山抄過來，路上的行人不多。葉允雄就像是個普通的行旅者，順着大路走着。他此時身上只穿着白色的短褲褂，光着腳穿着一雙草鞋，身邊只帶着一兩多碎銀子。天很熱，他頭上也沒戴草帽，連塊包頭的毛巾也都沒有，曬得直流汗。他向路上的人詢問了往泰山去的道路，就辨明方向去走，隨走着，還時時提心吊膽，並且防備着身後的魯海娥追來。

走到了晚間，到了一個很荒僻的小市鎮歇宿，他把手中的一兩多銀子換成了現錢。次日清晨離店，依舊向北走去。又走了一天，路上沒有人認識他，後面也不見有人來追，他就有點放心了。走了兩日，前面已是兗州府，他想要去拜訪這裏的一位舊友，借一點盤纏，但忽然聽得身後有一陣匆急的馬蹄之聲。他趕緊回頭，見身後來了四匹馬，馬上都是強壯的大漢，馬上沒有行李，只各自在鞍下插着一口單刀。

第五回　　走京師化名交豪俊　　投旅店仗義助英雄

　　葉允雄一看，就知道身後來的這幾個都是江湖人。他本來沒大介意，可是有一個人在馬上問他了，說：「喂！朋友！看見有兩個騎白馬的走過去了沒有？」葉允雄一怔，搖頭說：「沒有，也許我沒留神，你問的這兩個人都是什麼模樣？」馬上的一個人說：「一個年有四十多歲，一個才不到二十，都穿得很闊，馬上都有大包袱，都說北京話。」葉允雄越發吃驚，明白這幾個人所追的一定是那大包袱，這幾個人一定是強盜，便搖搖頭說：「沒有！大概你們所問的人沒走這條路，我沒看見兩個人都騎着白馬。」另一個人就把鞭子向葉允雄的頭上一掠，問說：「你是幹什麼的？現在打算往哪裏去的？」葉允雄有些生氣，向後退了一步。另兩個人就說：「打聽他的事幹嗎？走吧！別耽誤工夫！」當下四匹馬嘚嘚地走過去了，蕩起多高的塵土，幾乎迷了葉允雄的眼。葉允雄恨不得追上去奪過他們一匹馬，省得自己在這熱天之下一步一步地走路。

　　這時天色還早，葉允雄自思在此找到舊友也沒有多大的希望：朋友是個江湖人，未必在家，而且開口求人難。自己早先也是江湖間一條好漢，得來的義財與不義之財不計其數，向來隨手揮霍，千金結友，萬金濟貧。如今去求人借幾兩盤纏，也實在慚愧，自己向來是穿綢緞的衣裳，如今布衣襤褸，這樣地狼狽，連一匹馬也沒有，可有什麼顏面去見故舊？因此，他改變了主意，急急地走，想要追上前邊的那幾匹馬，並想：不用說，所謂騎白馬的那兩個，一定都是很闊很闊的客商。我也不必劫他們，我只將四個強盜劫下也就夠了。他們四個人的身上還湊不上幾十兩銀子嗎？挑選他們的一匹好馬，我騎上一走，豈不好？於是他緊行，繞過了兗州府城依舊往下走。

　　又走出二三十里，忽見有一座小鎮。在一家店房前，有兩個窮小孩子牽着四匹馬正在那裏遛着，就是剛才路上所見的那四匹，葉允雄立時愕然站住了。他想了一想，看見這家店房的招牌是安家店，葉允雄就也走進了店房。一進店門，靠左邊就是馬棚，棚下拴着的馬匹不多，其中有兩匹很顯眼的白馬。葉允雄心裏想：好，這一定就是那兩個有錢的客人騎來的了！四個強盜也追到了，今晚這裏就許有事。他背着包兒往裏走，店夥計卻不理他，他就大聲叫道：「夥計！夥計！」有個夥計卻過來說：「你往別家去吧！這兒的大房子都擠不下了，沒地方了。」葉允雄說：「我不要住大房子，我要找個單間。」店夥說：「單間也都住滿了，告訴你上別家去，這兒不行，大房子擠得滿滿當當的，單間也叫人給包下了。”

　　葉允雄詫異着問說：“什麼人給包下的？”店夥說：“剛才來了四位客人，包下了七間房子，說是待會兒還有人來。”葉允雄皺着眉說：“剛才我到別處去問了，別處也都住滿了。這樣吧，我就在馬棚裏睡一夜好了。”店夥說：“你瞧！門口還遛着幾匹馬呢，待一會要是全牽進來，馬棚還能有地方？”葉允雄說：“那麼我就在院中睡，天又熱，夜間也不怕受涼。我又不脫衣裳，就是有官眷出入也沒有什麼不便。”

　　這時店掌櫃也過來了，葉允雄又把話一說，店掌櫃抬頭看了看星星，就說：“只要你能受委屈，我們開店的，還能把進來的客人又推出門去嗎？”遂就叫夥計在院中地上，靠牆鋪了兩塊板子。葉允雄解下包裹，脫了草鞋，就坐在了板子上。此時聽各屋中言語嘈雜，南腔北調。北房中的燈光特別亮，少時有個三十歲上下穿着白紡綢褲褂的人，開門向夥計喊叫，並轉頭向屋裏笑着，屋裏有另一個男子的大笑之聲。呆了一會，叫進去一個店夥，大概是吩咐了幾句話，店夥又出去了。

　　此時外面又進來七八匹馬、五六個人，也都提着連鞘的撲刀。東屋的門也開了，有人在屋裏說：“在這兒！進來吧！”這幾個人就進了東屋。不料有一個驚人的現象，就是這幾個人進到屋中之後，他們至少也湊齊了十幾個人，可是，剛才屋中是鬧嚷嚷的，又說又笑，現在屋中卻十分沉寂，一點聲音也沒有了。葉允雄坐在地下的板子上，心中不由發笑。

　　此時忽然由外面進來一個穿花衣裳的婦人。嫋娜着走進了北屋。葉允雄想：這一定是北屋那兩個有錢的客人叫來的條子！現在危機已伏在他們的眼前，他們卻還要尋樂，真真的是糊塗！葉允雄就坐在地上吃的飯，喝的茶，然後就向板子上一躺。雖然身底下覺得硬一點，淨看見院中往來人的腳，可是倒極為清爽。他並不困倦，疲乏也歇過去了，心中只期待着，看到夜間這裏有什麼事情發生，他好怎樣下手。

　　敲過了二更鼓之後，各屋中就全都熄滅了燈光，好像北屋叫來的那個妓女就沒有走。少時，連櫃房裏的燈光全都滅了，葉允雄也打了個哈欠。忽然，由東屋中走出一人，這人身材很高，拿着一柄毛扇直扇脊梁，仿佛作出是因為屋裏太熱，睡不着，所以才出來涼快涼快的樣子。他一眼看見了地下躺着一人，他就像驚訝了一下，走過來，低着頭看，葉允雄卻裝作打呼。這個人就用腳輕輕踹了葉允雄一下，問說：“喂！你是幹什麼的？”葉允雄假作着一驚，驚醒了，就說：“我是住店的。”這人說：“住店的為什麼不到屋裏睡覺去？”葉允雄說：“屋裏沒地方，我跟掌櫃的說好了，他叫我在這兒將就一晚上。”這人說：“你在院裏睡覺誰能夠放心？各屋中的門又都沒有插關，倘若你要趁着人睡熟了，進屋去偷摸點兒什麼東西，誰能知道？”葉允雄說：“我不是那樣的人！”這人帶點怒氣說：“我哪裏曉得你是什麼樣子的人？我連你的模樣都瞧不出來，快滾！上馬棚裏頭睡去吧！”

　　葉允雄此時不願意跟這人惹氣，他就拿着自己的衣包起來，往馬棚那邊去了。這裏的人又扇動了半天扇子，眼睛又往北屋中盯了半天，他就進東屋去了。葉允雄卻從馬棚下的馬糞之中摸着了一小塊碎瓦，他拿着向那北屋窗上打去，然後又悄悄地把頂門的大石頭搬開。他蹲在馬槽旁又待了一會，就見由東屋中走出來幾個人，都是大漢子，都伏着身，手中都有白光閃閃，大約有五六個人，三個是往那北屋前去了，兩個是把守住了櫃房的屋門。此時忽然聽得有人哎喲一聲驚叫，把葉允雄倒嚇了一跳，接着就見北屋裏有二人掄刀躍出，鏘鏘地與院中的幾個賊人廝殺起來。這邊把守櫃房的兩個人也跳將過去。

葉允雄本想趁此時開了大門，搶匹馬就走，可是他見七八個賊人去欺負人家兩個，又有些不平，便也抽出刀來撲過去。他一上手，就將三個賊人砍倒，可是由東屋中又躥出來了幾個，賊人共有七八個，都是刀長力猛，撲上前來。那兩個客人卻也都武藝高強，尤其那年有四十餘歲的人，一口刀上下翻飛，遮護住了身子，賊人們的兵刃全都不能前進。但是，究竟還是勢孤力單，他未免着急。幸而看見了葉允雄上來幫助，他就說：“多謝朋友了，咱們別跟他們亂打，分開了抵擋他們好了！”於是葉允雄就一人抵擋住四個。才上手，他就又砍倒了一個，那二客人也每人敵住了兩個。漸漸，賊人就抵擋不住了，他們彼此打着黑話，就先有人跑了去開了大門，又從棚下牽出馬來；於是幾個賊人有的勉強迎戰，有的拽走了地上趴着的他們受傷的人，就一齊跑出店門，搶上馬飛馳逃去。

那年輕的客人還要去追，那個年長的客人卻說：“老三，算了吧！你要把他們追到哪兒去呀？俗語言‘窮寇莫追’，又說‘寡不敵眾，明不跟暗，獵戶不追老虎’。來，歇一歇，跟這位朋友盤桓盤桓吧！”遂抱拳向葉允雄說：“多承相助！請問高姓大名？”葉允雄說：“我叫葉允雄，你二位呢？”這年有四十來歲的人說：“兄弟姓謝，草字慰臣，這是我的老兄弟韓老三。葉兄台，請屋裏坐吧！”於是那韓老三就先進內點上了燈。

謝慰臣將葉允雄讓到屋內，卻見炕上臥着一個女人，連鞋都沒有脫，仿佛是醉了。她臉朝裏躺着，呼嚕呼嚕地睡得頂香，仿佛剛才院裏鬧的事她全都不知道。謝慰臣就笑着說：“葉兄台可別笑話！這是我們剛才叫來的條子，她陪着我們哥兒倆喝了幾盅酒，她就醉了，躺在炕上起不來。這姑娘才十八，聽她說她的身世也很可憐，我們也就沒驚動她。讓她睡在炕裏，我們哥兒倆睡在炕外，各不相擾，真是暗室青天，哈哈！”葉允雄也不禁笑了。這謝慰臣跟韓老三全都把刀收起，葉允雄就見他們的刀鞘非常講究。炕上放着兩隻大包袱，鼓鼓囊囊的，無怪在路上要惹賊人注意。兩人身上雖都是穿着短衣，可全是綢緞的，謝慰臣的左胳膊上並有一隻翠鐲。

謝慰臣請葉允雄在炕邊落座，他拿起一個翡翠嘴兒銀煙鍋兒的旱煙袋，裝了一袋煙抽着，又叫韓老三到馬棚下去看，說：“你去看看，別叫那些傢伙把咱們的那兩匹馬也拐跑了，一匹馬是八百兩銀子呢！”韓老三出去了一趟，回來說：“咱們那兩匹馬倒全都沒丟，他們並且遺下了三匹馬。”謝慰臣問葉允雄是坐車來的，還是騎馬來的？葉允雄臉紅了紅，說：“都不是！我是走着來的。”謝慰臣就笑着說：“那好極了，明天你可有馬騎了！”

此時，屋子外的人七言八語的，十分嘈雜。謝慰臣又推開屋門，向外面抱拳說話，他說：“諸位別驚慌！店掌櫃也別着急，剛才的事情沒有什麼，就是我們哥兒倆身邊帶着價值四五千兩銀子的東西，大概在路上露出來點形跡，叫賊人留心上了，就跟下我們來，打算乘夜下手。可是我們哥兒倆也早有了點小防備，又遇見這位姓葉的朋友慨然拔刀相助，算是把賊人打走了。雖然傷了他們幾個，可是也都叫他們拽走了。他們嘗到了厲害，必定不敢再來，現在已雲收雨散，剛才攪了諸位的清夢，是兄弟對不起，對此道歉！」說完向四下一作揖。

他進屋又關上了屋門，裝了一袋旱煙抽着。韓老三從包袱裏掏出一隻金表來看看時間。一打開表盒，叮叮噹噹就響了一陣音樂。他說：「都兩點二十五分啦！」把表就裝在他的綢小褂的口袋，金鎖鏈掛在紐扣上。葉允雄看見這兩個人這麼闊，很有些可疑，便問謝慰臣說：「謝大哥是京都人嗎？一向做什麼買賣？」

謝慰臣搖頭說：「不做買賣，不過在京都閑住着。在家裏是天天跟朋友在一塊玩樂，玩樂得膩煩了，就出來山南海北的游一遊。我這位老兄弟，倒是頭一回出門。我們倆是今年二月出來的，游了趟蘇杭。蘇杭可真不錯，上有天堂，下有蘇杭，這句話真不是瞎說。我們哥倆到了那兒，就忘了回來，因為帶的銀子有限，還得買些土物回去送給親友，這才沒敢在那兒多住。葉兄台，你府上是安徽還是江西？現在是要往什麼地方去？」

葉允雄聽了，心中不禁遲疑，他臉上紅了紅，說：「我是江西人，可是家道敗落，在北方漂流了多年，所以學會了幾手武藝。現在是從鄆城縣來，打算到泰安去找一個人。」謝慰臣說：「找什麼人？泰山上鬥母宮的老尼姑我可認識。」葉允雄一聽，這倒可以托他轉求那裏的老尼姑，替自己打聽打聽梅姑娘的下落，於是就說實話了。他歎了口氣說：「因為在前幾個月我從濟南來，我攜帶着家眷，是拙荊，坐着一輛騾車，不料走在泰山就遇見一夥賊人。」

謝慰臣驚訝着問道：「近幾個月泰山會有強盜了？」葉允雄說：「平日倒未必有，那次我是時氣低，那夥賊也是早就佈置好了，專為劫我。」謝慰臣說：「那麼，老兄你帶的錢一定很多？」葉允雄說：「我本來沒多少錢。」謝慰臣又說：「不該說！嫂夫人一定是德貌兼備，賊人起了壞心？」葉允雄歎了口氣，說：「拙荊是個山村中的小家女子，就說長得不太醜吧，可也不是什麼絕色。」

謝慰臣跟那韓三都有些納悶了，葉允雄就悄聲說：「不瞞二位說，兄弟因會些武藝，常在江湖之間打些不平，管些閒事，所以便結下了不少的仇人。」謝慰臣點頭說：「看得出來，就像今天的事，若不是你兄台拔刀相助，我們哥兒倆就是不至於吃虧，也得感覺到扎手。賊人是隨我們來的，你兄台必是隨着賊人來的。兄弟的眼睛也頗能相人，你兄台必是一位俠義之士。」

葉允雄拱手說：「不敢當！」接着又說：「上次我在泰山就是中了仇人的毒計，我因寡不敵眾，所以我受了傷，僅以身免。但拙荊坐在一輛車上，在驚慌中那輛車就由山坡上滾下，或許早已車裂人死了，可是我總還盼望她沒有死。」謝慰臣歎息道：「這是因為你兄台伉儷情深，不過吉人自有天相，嫂夫人現在大半還安然在人世之間。這樣吧！今天承你兄台相助，我們就算是患難的朋友了。我們現在也正往北去，必須路過泰山。明天，我們無妨一路同行，到泰山我們幫助你打聽打聽嫂夫人的下落。萬一兄台的仇人再憑藉山勢，意圖謀害你兄，或是嫂夫人已死於他們之手，那我哥兒倆必助兄一臂之力，以為兄雪恨、復仇！」葉允雄拱手向謝慰臣表示感謝。

謝慰臣又問了問，知道他沒有找到房子，就在院中睡，他就又叫店夥。他這麼一喊叫，把那醉臥着的妓女也給吵醒了。那妓女一翻身，臉兒向外一看，惺忪的眼睛，蓬亂的髮，頗像個病西施。謝慰臣就笑着問說：「葉老兄你如若太煩悶，可以叫這個姑娘去陪伴你？」葉允雄搖了搖頭，慘笑了一笑。

店夥披着衣裳來了，謝慰臣就說：「那幾個賊人都跑了，房子都空着，為什麼不給這位葉大爺找一間房子呢？」店夥回答說：「我們早把葉大爺的行李拿到東屋裏去了。」謝慰臣笑着說：「好啦，那就請葉兄先到東屋去歇息歇息，睡幾點鐘的覺，明天還得趕到泰安呢。」葉允雄站起身來，點頭說：「那麼，謝韓二兄，明天再談！」他又拱手，就提着刀，隨同店夥到了東屋中。

東屋裏燈光很亮，炕上有被褥，是店裏預備的，堆在炕上，大概剛才逃走的賊人蓋過。葉允雄又在各處查找，他怕的是賊人們留下什麼東西，再累及自己，倒幸虧沒有。此時店夥已出屋去了，他就把屋門掩好。桌子上還放着茶壺，伸手摸了摸，茶還微溫，但他雖然口渴，可是不敢喝。他熄了燈，把刀放在身畔，就躺在炕上去睡；又想那謝慰臣人雖慷慨、爽快，但他多財、好色，頗通武藝，可又無正業，真是個可疑的人。思慮了多時，方才睡去。

因為他的身體太疲倦了，這一個覺不覺就睡到了次日紅日當窗之時。他起來才一開門，就見謝慰臣站在院中，正跟本地的一個官人對面談話。葉允雄趕緊又縮回身來，不敢出屋子，也不敢叫店夥。待了一會兒，謝慰臣才含笑進了這屋，說：「當地衙門裏的人我也見了，話也說開了。昨天賊人扔下了三匹馬，我就告訴官人說是只扔下兩匹，咱們訛下他一匹給你騎，回頭我多賞店家幾兩銀子就行啦。快收拾，咱們即刻就走，你的店錢我也給了。」當下他就叫來店夥給葉允雄打洗臉水、預備飯。少時葉允雄匆匆地收拾畢、食畢。外面的馬已備好，謝慰臣催着他走，於是一同出了店門。葉允雄還有些驚恐，兩眼不住左右張望，但並沒有人注意他，他就騎上了一匹青馬，隨着謝韓二人直赴泰安。

葉允雄如今馬倒是有了，可是銀子仍然沒有。不過，吃飯飲水，都是謝慰臣會賬。謝慰臣闊得太厲害，簡直拿錢不當錢；荒唐得也厲害，看見路上的村婦、田間的少女，他都是扭頭直眼。可是他頗懂交情，與葉允雄稱兄道弟，十分親密。那個韓三卻像是個什麼事也不懂的一位少爺，在馬上時時掏出他那只金表，打開盒兒自己聽音樂。看他們不像江湖人，因為都沒有粗暴的脾氣；又不像買賣人，因為花錢不計算；更不是讀書人，因為他們不愛咬文嚼字。葉允雄雖然疑惑，但相信這二人不能對自己存着什麼壞心。

當日，他們就趕到了泰安，先到泰山上鬥母宮尼僧廟，果然謝慰臣跟廟中的住持尼相識。原來他曾在這廟中佈施過五百兩銀子，尼僧們都稱呼他為謝大老爺。他替葉允雄打聽梅姑娘的下落，廟中的人全都不知。廟中人請他們在這裏宿下，並派人出去到山前山后、泰安縣城裏，打聽了兩天，也是毫無消息，沒有人曉得山的附近曾鬧過強盜，也沒有人看見山中有過摔死或摔傷的少婦。

葉允雄本想偷偷往那望山屯，找那顧老頭兒去問問，但是他想，他是因在那裏才被飛鷹童五等人所捕，那村中說不定就有人與官方或孟三彪等賊人通聲氣。萬一案子重翻，這次的案子若鬧出，一定比前次更大，連累了謝慰臣也不好。所以他不敢離開廟，可是又非得離開此地，離山東遠遠的不可。梅姑娘既無音信，可見是生望全無了，一定連屍身都被虎狼吃了。他很痛心，落了幾滴淚，就向謝慰臣說：「咱們再會吧！既然白來了一趟，在此多住也無益，我要走了！」謝慰臣卻把他拉住，說：「老弟，你打算往哪裏去？」葉允雄歎了口氣，說：「現在我家室俱毀，哪有准地方可去？不過我想到遠遠的一個地方，去散散愁悶！」

　　謝慰臣說：「太遠的地方，人生地不熟，也沒有什麼意思，你去了倒許愁了起來。咱們弟兄既然一見如故，不如你到我家裏去。北京的市面大，玩的地方又多，你愛熱鬧可以住在前門外客棧，那兒離着八大胡同近；愛舒適可以住我家，僕人隨你使喚；愛清靜可以住廟，北京的大長春廟都與我有過善緣。」葉允雄聽了謝慰臣的話，心中很喜歡，但卻又暗中思慮：京城自然是大的，謝慰臣的宅子也必然很寬大，自己住在他家，衣食他當然能夠供給，不用發愁。倘若自己隱匿三年五載，過去的事也就漸漸冷了，童五、楊七等人也不在北方幾省來搜尋自己的下落了。可是聽說鎮海蛟魯大紳現在又在京師，如果見了面，我們豈不又是一場爭鬥？心中又一陣憂慮。

　　旁邊的謝慰臣抽着他那旱煙袋，又說：「憑老弟你的武藝，到了京城一定可以出名！」葉允雄忽又忿忿地想：這樣畏首畏尾，我成了什麼人？魯大紳如在京師更好，我索性與他較量個高低；孟三彪若他到京師去了，那更是我報仇的機會來到！於是葉允雄就點頭說：「很好！我也正想往京師一遊。不過，我的仇人眾多，我到了京師，仇人也必隨了去。」謝慰臣慨然說：「那不要緊！假若有人敢在京師找尋你，有我們哥兒們啦，還能眼看着叫你吃虧嗎？」

　　葉允雄說：「這樣，咱們可以分路去走，到北京再見面。我先住在客棧裏看一看，如若一月之後，沒有仇人來找尋我，那時候我們兄弟再多盤桓，也許我要到你的府上去叨擾。」謝慰臣笑着說：「那何必？咱們先一路走，走到離京都不遠的地方再分手，各自進城也不遲。老弟你別憂慮，京都地面大，一個人到了那兒，就像一條魚在大海裏，一塊石頭在這泰山似的，誰能認得誰呢？放心！絕不會有什麼事！」葉允雄聽了這話，不由得顏色一變，謝慰臣卻望着他笑了一笑。隨後，謝慰臣就又在廟中佈施了幾十兩銀子，他們三人就離開這鬥母宮，下了泰山，策馬一同往北，過濟南時也沒有多停。

　　謝慰臣此時似乎已看出來葉允雄的隱情，他為維護葉允雄起見，竟頓然變了他的做派。沿路謹謹慎慎，絕不以財招搖，見色生事，也不叫韓三常掏出那塊金表來顯擺，並且清晨便行，天黑才投店，吃飯打尖也全找那荒村小鎮。葉允雄對他十分感激，謝慰臣又跟他越談越相投。於是在路途上二人就找了關帝廟磕了頭，結為異性兄弟：謝慰臣居長，葉允雄居次，韓三算是他們的小兄弟，與葉允雄算是聯盟之交。

　　走了十餘日，這天來到了天津衛。謝慰臣才向葉允雄說：「兄弟！咱們該暫時分手了。我家裏現在是住在東安門大街，門前有一對石頭獅子，有四棵樹的就是。你進城先找我去也可以；不願先找我，你可以去前門外雲居寺長興店。到那兒先見掌櫃的陳八，一提說我，他們一定竭誠招待，你住上十年八年的，他們都不能跟你要錢。」葉允雄就說：「既然大哥在京城有熟識的店房，我還是去住店方便。」謝慰臣說：「好吧！好吧！那麼就你先走，我們再在這兒玩一天，三四日後，咱們在北京見面。你到長興店裏千萬等着我，白天少出門。」葉允雄點頭。謝慰臣又向店家要來紙筆，他匆匆忙忙寫了一封信，粘得很嚴，交給葉允雄，說：「你拿這封信到北京，准保凡事有照應。長興店是家大店房，掌櫃的陳八又非普通商人可比。」葉允雄接過信來，見封皮上寫着是：「面交陳掌櫃八爺升啟」，下面畫着個亂七八糟的押。葉允雄看着笑了笑，雖然心中納悶，可也未便多問。當下他就收束了自己的那個小衣包，店家給他備好了馬，他就暫別了謝慰臣和韓三，離了天津直赴北京。

走了一天半，才到了北京，這時約在下午三四點鐘。他進了永定門，越往北走覺着大街越熱鬧。但景物雖佳，自己的心緒卻不大好：手頭現在已分文具無。萬一謝慰臣的信要是不靈，長興店的店門就不容自己進去，或者只好像秦叔寶似的當兵器賣馬了！他向街上的人打聽了一下，方才找着那雲居寺，原來這是很狹窄的一條小巷，一輛騾子車勉強可以走進來，三個人就不能並行。巷名雖曰雲居寺，可是也沒看見有什麼廟。葉允雄牽着馬走進去，眼向兩邊去望，忽然就看見路北果有一家店房：門兒不大，房子也不很多，可是極為乾淨講究，不像店房，倒似是一家宅門；牆上刷着青灰，沒塗着什麼字，半間門洞，門裏影壁上掛着三條木制的招牌，當中是“長興老店”，兩邊是“仕官行台”和“安寓客商”。

葉允雄尚未在門前繫馬，裏邊就已有人走出來。出來的這人，年有四十餘，身體極高極胖，穿着繭綢褲子，光着大脊梁，拿一隻大毛扇扇着脊梁，又扇着屁股，好像就是這裏的大掌櫃子。他斜眼一瞧見葉允雄，就問說：“從哪兒來的？是要住店嗎？這兒可沒屋子啦，到別處去吧！”葉允雄說：“我要見這裏的掌櫃的陳八爺。”這胖子說：“我就姓陳。”葉允雄由身邊把謝慰臣的那封信掏出來，就交給了這陳八。這陳八先看了看這信封上的字，然後撕開一看，立時就笑了，說：“啊哈！您就是謝老爺新結拜的弟兄呀？失敬！失敬！來吧！有房子，別人來了沒房子，謝老爺的盟兄弟來了還能沒有房子嗎？”遂叫了一聲，就由那櫃房裏出來兩個夥計，一個來接行李，一個將葉允雄的馬牽走了，原來這店房的馬圈是在附近的另一個地方。

陳八親自領着葉允雄往屏門去走，原來院落很深，各屋中都靜悄悄的，不像別的店房那樣喧嘩。陳八給葉允雄找的房子是在盡後邊的院裏，是西房，一明一暗，統共兩間，屋中陳設十分款式，好像有錢人家的客廳。葉允雄倒覺得自己這樣的一個窮客人，住在這裏是十分不稱。可是，這掌櫃的陳八對他非常地殷勤，夥計們也都一點也不敢怠慢，給他泡來了頂好的龍井茶，並擺上幾碟點心。陳八跟他說話，一口一聲叫他“葉二爺”。呆了會兒，陳八出去了一次，又走進來，手中拿着幾張銀票，恭恭敬敬地放在桌上，說；“謝老爺在信上開得清楚，叫給葉二爺在櫃上支用一百兩銀子。以後葉二爺隨便在櫃上支用，五百六百不要緊。”葉允雄倒吃了一驚，心說：謝慰臣怎麼這麼闊，莫非這座店是他開的嗎？可是一個店房，說出五六百兩銀子仿佛不算一件事似的，這店可也闊得奇怪！他只好就一點不客氣地將銀票收下。陳八跟夥計都出屋去了，葉允雄就坐在一把椅子上，飲茶吃點心，心裏尋思着。忽然看見壁間掛着一幅仕女的工筆畫，畫上的美人娉婷婀娜，像是梅姑娘，卻又像魯海娥。

葉允雄在這裏住了一日，被人待如上賓，簡直不像是在住旅店。同時這家店也與別家大不相同，在這裏住的客人幾乎沒有不帶着跟班、僕人的，倒有的屋子裏只有跟班，卻沒有老爺。在這店裏住的人，說話、叫夥計全都是十足的官派，不像別家店房似的，聽不見南腔北調、胡鬧亂唱的聲音。夥計也都是規規矩矩，都穿着短藍布衫。掌櫃陳八雖因身體碩胖，時常脫光脊梁，可是只要哪屋中的客人一叫他，叫他時總說是請，他立時就先披上紡綢的肥小褂。

　　葉允雄很覺着這地方可疑，他向店夥計問了問，店夥便悄聲告訴他了。原來這店非他家店房可比，這是多年的老字號。凡是外省的文武官員，若是親自或派人到京都來打點什麼事情，活動什麼門路，以至於送禮、納賄，多半住在他這店裏。第一是地點乾淨、排場，而且僻靜；第二，這店房就如同是個銀號，幾千幾萬的銀子都能隨時周轉。並且掌櫃陳八認識太監、御使，和朝中顯官，即使毫無門路的人，只要有錢，只要住在他這店裏，只要求他，他就可以做個拉縴的人。葉允雄聽了之後，雖然明白是怎麼回事了，可是更為驚異，因為想不到謝慰臣他竟認識這種地方。自己一個江湖人，才脫重罪的人，竟會能住在這裏！住在這兒若不出門，當然是十分穩當，童五、楊七他們就是來到京都，也不會由這裏拿人；只是自己這一身衣服是太不稱了，比店夥都不如，可住這麼講究的店，這麼講究的房屋，叫別人看見了豈不是形跡可疑？

　　次日，他就出去了，找了家衣莊，按照自己的身材從上到下置買了兩身講究、闊綽的衣帽襪履。回來後，又叫店夥從外面叫來了個剃頭匠，給他刮了臉，打好了辮子。他換上新衣，對着室內的穿衣鏡，照着看了一看，覺得自己又變成了一位翩翩美少年，像是官員，也像是新郎。他不禁又想起了梅姑娘和魯海娥，覺得那兩個女子都對自己不錯，但自己對她們卻是有始無終，心中一感慨，不由就又長歎起來。

　　在此住了三天，這日午飯才用畢，謝慰臣就來了。謝慰臣今天穿得更闊，並隨身帶着個年輕的僕人，僕人都穿的是夏布大褂，青紗坎肩。謝慰臣滿面笑容，說：「我們是昨天才回來，因為太累了，當時我沒來看你。但這裏陳掌櫃到我家去見了我，我知道你在這兒住得很好。」說到這裏，他扭頭看了看壁上掛的那美人，就說：「你不要心憂，這畫裏娟嬋難道還不能給你解愁嗎？今晚我叫車來接你，你到我們家裏見見你的嫂子，跟你的侄子、侄女們。你放心在這裏住着，白天出去遊逛也不要緊。」葉允雄點頭，並露出感謝之意。謝慰臣像是很匆忙，坐着談了一會兒他就走了。葉允雄獨自在屋中無事，想了一會兒梅姑娘和魯海娥，歎息了一陣，他就睡午覺；不想一覺就睡到了晚間，被本店的夥計把他叫醒，說是：「謝老爺派車來接，請您這就到他府上去吃晚飯。」

　　葉允雄趕緊就起來淨面、換衣服，隨後出門一看，謝慰臣派來接自己的是一輛簇新的大鞍車，葉允雄就上了車。車離開這狹小的胡同，在夕陽影裏，晚風之下，穿越過繁盛的大街，就進了城，迤邐地走到了東安門內謝慰臣的家門前。葉允雄一看，他就驚訝了，原來謝家門前是有森森的古槐，巨大對峙着的石獅，椿上拴着馬。朱門裏伺候着許多僕人，大門上有兩三方稱功頌德的匾額，分明是一個世勳的府第。怪不得謝慰臣那樣的有錢，他原來不是個俗等人。當時，僕人們將葉允雄請到了裏面。謝慰臣早順着遊廊走來，含笑着迎接，把葉允雄請到一座華麗客廳之內。這裏已擺着一桌豐盛的筵席，有幾個豔麗華貴的美麗婢妾在伺候。葉允雄如走入了迷樓，不知是怎麼一回事。謝慰臣卻笑着，拿手中的摺扇輕輕敲着他的肩頭，說：「老弟！對不起，在路上時我沒有告訴你真話：我不是別人，我實在是世襲的國公，我的父親還是現今當朝的顯要。」

　　葉允雄聽謝慰臣自道出來身份，他倒不禁吃了一驚，心說：謝慰臣他這樣與我結交，一定是要叫我為他所用吧？當下就作驚訝之狀，說：“大哥你何不早說？我一個俗等人，怎能與你有公爺身份的人稱兄道弟呢？”謝慰臣笑着說：“我就怕的是這樣想，所以沒結盟之前我不能對你說實話。我曉得你們江湖豪傑的脾氣，都是最不願與世家貴胄接近。好，我現在總算自招了，請你恕罪。咱們拋開身份的貴賤，專講道義，來！請坐下，喝幾杯酒吧！”

他倒不太客套，就指着下首的座位讓葉允雄坐下，便讓侍姬斟酒。當時就有三四個穿着豔麗的侍姬，釵光鬢影，環佩叮噹，繞着桌子侍酒。葉允雄卻不敢正眼去看，只覺得有一個穿紅衣裳的，永遠在自己的身畔站着，離得很近，由衣間一陣陣散出麝香，並且時時伸着晧潔的手腕，纖指執壺，勤勤地為他斟酒，就見指上戴着翠戒指，腕上戴着金鐲。葉允雄略略用眼睛向這幾個侍姬掃了一過，他覺得這女子最為翹楚，是細眉秀目，略微有點水蛇腰。葉允雄不禁有些不高興，就說：“大哥，咱們原是盟兄弟，而且相識於江湖。大哥是個豪爽人，兄弟我也最喜灑脫。咱們且摒去這幾位姑娘，來一番歡談暢飲如何？”

謝慰臣說：“不要緊，這幾個人是專為我宴請時侍酒的，並非我屋裏的私人。我走了這幾個月，昨天回來，你嫂子就病了，所以我很煩悶，才請你來。咱們兩人暢談一下。你不要拘泥，你先寬寬衣！”那紅衣侍姬也笑着說：“請葉老爺寬寬衣。”葉允雄搖頭說：“不，我不覺得熱！”又向謝慰臣說：“大哥你若不摒去這幾位姑娘，我真覺拘束，酒也不能暢飲。”謝慰臣面上卻露出為難的樣子，說：“你要叫她們走開，那顯見是她們侍候得不好了，她們一定都很難過，女子們的心都是狹窄的。兄弟你邀游江湖，一定不拘小節，古來英雄與美人並稱，哪有英雄一定叫我把美人趕走的呢？”說畢自己哈哈大笑，但見葉允雄卻歎了口氣。

謝慰臣說：“兄弟你飲酒吧！不要歎氣。‘人生有酒須當醉，一滴何曾到九泉’。李太白又說：‘人生得意須盡歡，莫使金樽空對月’。兄弟你說是吧？人生有憂，須善自解。魏武一世英雄，在三國群雄爭較之際，尚有‘對酒當歌，人生幾何’的感慨，何況你我？兄弟你就不用說了。我也知道，弟妹在泰山中遇難，你至今時刻思悼，剛才你歎氣也是為了這事。你令我摒去侍婢，也是表明你自夫人死後，再不近女色之意。但是你卻不想，這是徒然自苦，與死者……何況未必是死了，又有什麼益處呢？我勸你千萬不要這樣，先想開些，先盡興取樂。過兩天我就派人去往山東，不但在泰山一帶，在山東全省都打聽，諒必可以知道弟妹的存亡確息。還有，兄弟的那幾個仇人，請一半天你把他們的名字告訴我，我自有辦法。咱們也不是要以權勢壓人，只是他們既然勾結強盜，陷害了弟妹，當然就應當捉來重辦。這些事都要慢慢辦，你先別急別煩。你應當學我，你看我雖然是世家子弟，衣食富足，而且終日清閒無事，但我也有美中不足之處。我也有一件事，比你的事還值得傷心！”

葉允雄聽到這裏，不由得一怔。謝慰臣卻笑着說：“不要再說這些了，咱們且飲酒吧！”說着就高高舉起來酒盅，滿滿飲了一盅酒。葉允雄只得也隨着他飲酒。一件一件的菜端上來，全是由侍姬們手遞，那紅衣的女子更永遠站在葉允雄的身邊，酒盅才幹，她就給滿上，同時又加上有謝慰臣在旁相勸，他就不得不喝。一連飲了四五盅，漸漸覺得耳燒臉熱。此時謝慰臣又在旁與他閒談，說那在路上同行的韓老三，本是京城有名的韓三少爺，家中也非常有錢。又說：“你別看不起長興店的掌櫃陳八，那麼胖，他可也是個練家子，走江湖出身，綠林豪客也全都久仰他的大名。不然他那店中住的都是些個貴客，無論什麼官兒，只要是來京活動差使，誰能不帶些貴重禮物？綠林中人都耳風長，沿途就許跟了來覬覦，可是只要住在他的店裏，便絕保無事！」

　　葉允雄聽說那長興店的掌櫃陳八也是綠林出身，他不由得一陣詫異，又聽謝慰臣說：「京城著名的鏢頭多半是我的熟人，各府宅的教拳師傅也多半與我相識。一到了年節，他們都要來給我請安，你在京住長了，我一定都給你介紹。只是薛中堂家裏有個護院的人，叫金鏢焦泰，那人卻瞧不起我，我也不跟他一般見識，我看他的武藝也比兄弟你差得多了。我這個人的武藝雖然平常，可是眼眶最高，也最銳利，平常的武藝我絕看不起。二十年來我所見到的，拳法以老拳師劉嶽最高；飛鏢和跳躍的功夫當然以焦泰為最；硬功夫第一是胖陳八，我們兩人的結交便因我佩服他那身功夫。你回到店裏先別提說，留心細看就知道了。槍法第一是賽子龍徐傑；若說短刀，不客氣，得數老弟你第一了。只是俠女我還沒見過，賽子龍徐傑有個女兒徐飛燕，武藝不差，模樣可只能說是中姿；我聽說東海有個粉鱗小蛟龍魯海娥，水陸皆通，才貌雙絕，並且性格極為風騷，將來我非得要見一見她不可！」

　　葉允雄聽了這話，不由神色一變，但已經說過自己的妻子是梅姑娘，就不便再說魯海娥也是自己的妻子了。他當時沒表示什麼，心中卻十分難受，想自己並不是沒有豔福，梅姑娘和魯海娥都待自己不錯，只是自己的命運不佳，以至一對美人都離開了自己；如今這些庸脂俗粉圍繞着我，又安能釋開我的愁懷？他不禁又長歎了一聲。謝慰臣卻說：「不要難過，再來一盅！你現在即到了北京，一切事我都能替你想辦法。你用錢不必說了，用多少你自管向陳八去支，他絕不能駁你的面，長興店跟我開得一樣。你若寂寞，天天可以到我這裏來，或是我去找你。將來我再給你想個辦法，找條門路。總而言之，男兒生在世上，應當做番事業，光宗耀祖，蔭子封妻，漂泊江湖終非久計。我說的這話，你以為怎樣？我認識一家王府，那裏的王爺早就想找一名精通武藝的侍衛，曾託過我薦人，我想唯有兄弟你才稱職。」

第六回　　燈闌酒醒豔姬嬌啼　　槍影刀光英名大噪

　　葉允雄聽說他要為自己找出身，心中倒很喜歡，就點頭說：“實在我也厭倦江湖了！剛才大哥曾謬贊兄弟的短刀使得好，但短刀我實在沒有怎麼專心練過，我學的是長槍。從師學過三年，回來自己在一座山上刻苦練習了半年多。不是我自驕，若憑我的槍法，三五十個人也不是我的對手。在疆場若憑槍馬博個功名，我自信還易做到。”謝慰臣笑着說：“原來兄弟你的槍法還頂好？我真不知道。要說短刀，不過為攜帶便利，走江湖可以，但卻不能登大雅之堂，得不到高人的賞識。兄弟，你現在醉了沒有？我家裏有槍，還是先祖從征時用的，杆子輕而長，槍尖銳利，絕非旁的兵器可比。我可以拿出來，兄弟你在這廳中施展幾手兒，叫我開開眼如何？”

　　此時葉允雄已有些醉意，剛才聽謝慰臣誇讚賽子龍徐傑的槍法第一，他就有些不服；如今聽說謝家有一杆好槍，他本來已有許多日子沒摸着槍桿子，就愈為技癢，看了看客廳的當中還寬敞，足以舞得開一套槍法，遂就奮然站起，說：“好！大哥命人取槍來吧！”當下謝慰臣也大喜，他就站起身來，命一個侍姬叫人去抬槍。當時幾個侍姬紛紛地挪椅子、抬桌子，個個笑着，累得都嬌喘。那紅衣的女子並且服侍葉允雄寬去了長衣，露出他一身闊綽、漂亮的綢褲褂，他就挽了挽袖頭。少時進來兩個男僕，在廳中添掛了幾盞明燈，兩個侍姬抬進一杆槍來。葉允雄走過去就綽在手裏，先顫動了一下，紅絲穗子亂顫。侍姬們都如流鶯彩燕，分散在遠遠之處，都一半害怕，一半好奇，可又暗中說着話、努着嘴、笑着，尤其那穿紅衣裳的侍姬，把兩隻清麗的眼睛不住地向葉允雄掠動。

　　銀燈生輝，翠屏煥彩，葉允雄手振、足起、身轉，只見槍尖如梨花亂落，他就走了一趟槍法。因為怕碰着上面懸的燈和圍屏等東西，所以他還不能將通身的武藝展開，但已使侍姬們一個擠着一個退縮到了牆角，個個都覺得眼亂了，而謝慰臣也不禁拍掌叫絕。練完之後，葉允雄的面色不變，謝慰臣又請他落座飲酒。此時他心中極為痛快，又想起自己精研槍法，當初原為是與魯海娥重較雌雄，後來不料她沒跟我較量就嫁了我，以致我槍法無用。如今既來到了北京，凡事又都有謝慰臣照應，我倒要出出名氣，以長槍壓倒京師！於是他笑着，對座的謝慰臣越誇讚他，他越是高興，旁邊的侍姬一盅一盅為他斟酒，他也盡興地喝。

　　又飲了三四杯酒之後，他忽然一抬眼，見身邊侍酒的原來不是那紅衣侍姬了，另換了一個，模樣沒那個長得好看，是個身穿紫衣的。他的目光向所有的幾個侍姬環視了一遭，竟沒有那紅衣的影子，心中倒有點納悶，心說：是我醉得眼花了，還是那女子不耐煩為我斟酒，走了呢？他不由吟道：「風吹柳花滿店香，吳姬壓酒勸客嘗。」謝慰臣笑道：「兄弟你的詩文也好，我真佩服！」葉允雄說：「我不僅多年行走江湖，我還在一個山村做過些日塾師。」謝慰臣笑道：「我還不知，原來你不僅是一位江湖俠客，神槍將軍，還是一位飽學的老夫子哩。」因此二人就又談起詩文來。原來葉允雄比謝慰臣還讀的書多，謝慰臣不過把幾首唐詩背誦得很熟罷了。

　　二人且飲且談，葉允雄不覺得就大醉了，眼前昏花，口中也不知說出來些什麼話，耳邊聽見謝慰臣的聲音，又聽有女子說話，仿佛是梅姑娘或是魯海娥在說話似的；又覺得有人來攙扶他，過了會兒又覺得自己是在車裏，被車顛動得很難受；他要嚷叫，也不知是嚷叫出來了沒有，背後墊着個很軟的東西，好像是個人。又過了許多時，卻又像是不在車裏了，又有人來扶他，大概是走了幾步，他的身子就平躺在一個很舒適的地方了。但忽然覺得胸前一緊，有物自喉間嘔出，並有人用力來架着他，他連氣兒的嘔吐，嘔吐完了，覺着心裏才舒服了，就倒身睡去。昏昏沉沉地過了也不知有多時，他忽然醒了，覺得身邊有人，燈還未滅。他一睜眼，見床前坐着的原來是一個紅衣女子。葉允雄不禁吃了一驚，急忙坐起身來，一看在床頭坐着的女子，芳顏正對着他，帶着些羞澀之態，正是今天侍酒的那個侍姬，身上猶穿着那件華麗的紅衣裳，雲鬢低垂，被黯淡的燈光照着愈為嬌美；可是這間屋，這張床，正是長興店自己的客舍。遙聽更鼓已敲了四下，天快亮了，他不由得更是詫異，就急忙問說：「怎麼回事？我謝大哥弄的這是怎麼一回事？」

　　紅衣女子扭捏着說：「您醉了，大爺派車送您回來，也叫我隨了來，伺候您！」葉允雄皺着眉問說：「那麼，他沒說叫你什麼時候回去嗎？」紅衣女子突然臉紅了，頭愈發往下低，用很細很低的聲音說：「我們爺的意思是，永遠叫我在這兒伺候您啦！我的隨身東西也都帶來了。」

　　葉允雄一看，果見床下放着一隻不大的木箱子，還有兩隻包袱，一個梳頭匣。葉允雄就一翻身下了床，一看自己是光着襪底，兩隻鞋不知什麼時候被人脫去了，小褂的前胸濕了一大片，屋中還彌漫着酒臭氣。葉允雄就知道剛才自己必是大吐了一回，看地下雖然很濕，倒還沒有什麼，大概吐的那些東西都被這女子掃除清了，心中很是感謝。又見女子不住拿衣袖擦眼淚，葉允雄就又到床上坐下，說：「這可沒法子！我是個已經娶妻的人，我又不能納妾。而且我今天在這裏，明天又許往別處去，哪能淨帶着你呢？今天你在這兒坐一夜，明天你快回去吧！」紅衣女子站起身來，以袖掩面，悲泣着說：「我明天怎能回去呢？只伺候葉大爺一夜，就打發我回去，顯見得是我伺候得不好！」葉允雄說：「不要緊！明天早晨我可以用車把你送回，你不用說一句話，我全替你說，我還有許多話要問你們大爺呢！」女子的哭聲更慘，說：「可是，我回去有什麼臉面呢？別人還不得笑話死我嗎？」

　　葉允雄倒不由有些為難了，說：「這……」又憤然說：「無論怎麼樣，你必須回去，我這兒絕不能要你！」心裏又想：謝慰臣他這樣的寵絡我，是懷着什麼用意呢？葉允雄忿忿的，恨不得立刻就去找謝慰臣質問，紅衣女子在旁又悲泣得十分可憐。葉允雄歎了口氣，就說：“我不瞞你，我是個無處立足的人。今天我是你們大爺的盟兄弟，明天就不曉得怎樣。我本先後娶了兩個妻子，一個是被我的仇人給謀害了，一個是被我給拋棄了。你若想跟着我，還能夠有好結果嗎？你放心，明天我送你回去，無論是誰也不能說你、笑你，你就不要哭了！”說畢話，他也不管女子怎麼樣，就躺在床上睡去。

又睡了一個覺，天色就亮了。女子已換了一件雪青色的衣裳，是愈為嬌豔，葉允雄不由心裏就一動；又見女子打開了鏡奩，對鏡梳挽她的雲鬐，鏡中的她，兩眼發紅，可知她昨天哭得很厲害，還是一夜也沒睡眠。葉允雄就問說：“你姓什麼？叫什麼名字？”女子說：“我叫絳雪，姓秦。”葉允雄又問：“你家中沒有人了嗎？”絳雪說：“有人，就住在北京，家裏現在開着豆腐坊。”葉允雄說：“既然開豆腐坊，想也不至於養活不起你，為什麼你還要在謝府做丫鬟呢？”絳雪低頭垂淚說：“是自幼賣的，賣了我之後，我父親才有了本錢做豆腐。現在雖說買賣好了，可是也沒有許多錢來贖我，再說……”葉允雄立時就問：“再說什麼？莫非你在八爺府中榮華慣了，回家也受不了那苦嗎？”絳雲搖頭說：“不是。”葉允雄又問說：“謝大爺把你送給了我，賣身字契他們還拿着嗎？”絳雲說：“他們也給了我，叫我交給葉老爺。”葉允雄點點頭，又問說：“你家在哪裏住？”絳雲不由一怔，說：“我家就住在這南邊兒牛角胡同。”葉允雄點頭說：“好！你快些梳頭，梳完了頭把那張賣身字契拿出來給我。”絳雲答應了，葉允雄就轉身出了屋。

他一直到了櫃房，見屋中只有一個管賬先生，兩個夥計，一見葉允雄進來，一齊起立，躬身稱呼：“葉老爺！”葉允雄向兩個夥計吩咐說：“出去雇一輛車來。”一個夥計答應了一聲就走了，葉允雄就問：“陳掌櫃呢？”管賬先生代答道：“八爺他出去啦，他向來是天沒亮就出去溜達。”葉允雄笑着說：“你們掌櫃的可起得真早！”管賬先生說：“他是因為自覺得太胖了，有點害怕，所以每天要到南城根兒寬敞的地方去溜達。”葉允雄說：“他一定是到那裏去練功夫。”說着用眼向屋子各處掃一掃，見並沒有什麼兵刃，只是一張床下放着個鐵秤錘。這個秤錘很大，足有五六十斤重，拴着一條大鎖鏈，葉允雄看着就很為注意。

因為不願回屋去，便在這裏跟管賬的先生閒談，他就詢問那胖陳八的事情。原來陳八是孤身一人，生平沒娶過妻，雖然有錢，可也從不嫖賭，他是湖北穀城縣的人。葉允雄一聽說陳八是穀城縣的人，他就不禁有些驚疑，因為知道那地方就靠近着武當山，自己走綠林中時，曾在那一帶做過許多現在對之頗為懺悔的事。假若陳八要知道了自己的底細，那可怎麼好？當下他發了半天怔。

那夥計把車雇來了，葉允雄遂回到裏院房內，見絳雲已梳洗完畢，臉上擦的脂粉很嬌豔，雙眉帶顰，配上她那微彎的水蛇腰，愈像是個病美人。她雙手捧着她的賣身契紙，交給了葉允雄。葉允雄看了看，知道絳雲是自九歲時賣給謝府，身價僅僅二十兩。當下葉允雄就把這張契紙撕得粉碎，絳雲嚇得顏色慘變，戰戰兢兢的說不出一句話來。葉允雄又取出四十兩銀子來，說：“謝老爺既是將你送給了我，我就可以打發你走。這四十兩銀子給你，省得你回家不能立時受苦。回家之後，身契已毀，你還不放心嗎？我已叫人給你雇了車，快走，快走，回家見你的父母去吧！”

　　絳雲一聽，她又不禁雙淚下落，感動得更說不出來一句話。她雙腿要下跪，葉允雄連連擺手。他急忙走出房去，叫夥計來幫忙抬絳雲的那只箱子，送絳雲上車。絳雲出屋走到院中，又要向葉允雄磕謝，葉允雄卻又躲避開了，躲到了櫃房。少時就見絳雲走了，他心中暗暗感歎，倒並不是對絳雲有什麼戀戀，卻是覺得如今仗義遣走了一個女子，才稍稍地彌補了過去自己對於女子的罪愆。

　　絳雲才走不多的時間，謝慰臣就遣僕人送來了一封信，另外還有一個喜封，內中大概是銀票。葉允雄就叫來人先別走，他把信拆開，見謝慰臣寫的是：

　　知我弟客懷寂寥寡歡，深為懸念。小婢絳雲本為事家母之人，年甫二九，姿容品德，在舍下侍婢中稱最，而敏慧尤為解人。用以贈我弟為妾，銀槍白馬，應有傅粉女子相隨。況我弟正在坎坷不遇之時，更宜有佳人為伴，庶免閒愁，而增英雄本色。附以菲儀，聊代鳴賀，祈望哂收！

　　葉允雄立時取紙筆作復，除陳述遣走絳雲之事，及自己的意思，並且說：我已代大哥作此義舉，全人骨肉矣。寫畢，封好了，就就叫來人連喜封帶回去。

　　他獨自在屋中呆着，心中非常地愁悶、急躁，與他相伴的倒只剩了畫上的那個美人。他本意是在此匿居避難，但如今覺得這生活實在不能忍耐。因為這不像是在白石村：白石村的風景好，有山有海，還有梅姑娘；又不像在山神廟：那時自己是專心練槍，毫無閒情；更不能與在梁山泊相比：那時自己是養傷，是避眉睫的大禍，並且有新婚的魯海娥。如今卻什麼都沒有，這院子裏連槍全不能練。

　　正在如此想着，忽見房門一開，走進來胖大的陳八，就好像是走進來一匹大象。葉允雄笑着說聲：「陳掌櫃！」陳八卻伸着像個肉球兒似的大拇指，讚美着說：「葉老爺！真不愧你是俠義英雄！剛才做的事，對！謝老爺他什麼都好，就是不但他自己見了女人就迷，他還常拖朋友也下水。像葉老爺你，這才是真正的好漢子、鐵羅漢。聽說你老爺昨晚在謝府大耍花槍，我真恨我沒得去看看！」葉允雄笑着說：「陳八爺，我還沒領教你的武藝呢？」陳八笑着說：「你別聽謝老爺他瞎說，我哪會什麼武藝？」葉允雄微笑着，卻驀然用手向他一推。葉允雄出其不意地將陳八這一推，陳八咕咚一聲就坐在地下了。這若按普通人來說，不過是葉允雄的惡作劇；但陳八是個有名的練功夫的人，練功夫的人是應當時刻防衛己身，若是一下被人推倒了，那還談什麼功夫？所以陳八坐下並沒有發出驚叫，他的身子雖然肥胖，但一翻身就起來了，倒顯得十分輕捷。

　　葉允雄趕緊後退一步，就見陳八的面色一陣發紫，伸手向葉允雄就抓。葉允雄一閃身，輕如飛燕掠雲，就從陳八的臂下跑到一邊，雙手作出了拳式。陳八卻又笑了，說：「葉老爺，你摔得我這一下真不輕！都是你誤信了謝老爺的話，其實我哪裏會武藝？我的武藝只是……」他把腳一跺，咚的一聲。他穿的是布鞋，他的腳又大又臃腫。但他這一腳，地下鋪的二寸厚的一塊方磚立時粉碎！葉允雄不禁嚇了一跳。陳八又拉過一把很結實的榆木椅子，他用右手的中指向椅座上戳，立時就給戳穿了一個洞，葉允雄的顏色又一變。陳八卻笑着說：「我就會這一點把戲，這算什麼？拿它賣藝也不能掙來飯。葉老爺你千萬別聽信謝老爺的話，咱們都有交情，別拿着我開玩笑。剛才那一下，也幸虧是我，要換個別的胖子一定中風了。」說着，又咧着嘴笑了笑，就轉身出屋。

　　當他轉身之際，身子是微側着，腳步斜着走出去，可見他是防備得很緊，唯恐葉允雄再自背後襲來。他出屋之後，腳步所踏過的幾塊方磚也都裂了縫。葉允雄平生還沒見過有這樣功夫的人，他手腳的功夫如此，拳術、兵器當更高妙！葉允雄不禁後悔自己太魯莽了，得罪了這樣的一個人。他又是掌櫃子，自己如何能再在這裏安居呢？他今天吃了一下摔，他心裏還能夠痛快嗎？能夠不思報復嗎？因此，不禁後悔，而且有些凜懼。

　　當日，他就沒再見着陳八，他本想見陳八去解釋解釋，可又被自尊的心理攔住了自己。晚間，謝慰臣來了，對於葉允雄遣走絳雲之事，他也說：「你辦得對！我也是覺得那女子不錯，而且是家母平日所喜愛的人，我才想叫她來伺候你，別人還不配伺候你呢！你把她打發走了，很對，真算是你替我做了一件義事。」關於早晨陳八與葉允雄所發生之事，他並沒有提，仿佛他並不知道似的。他要邀葉允雄出去吃花酒，葉允雄卻搖頭，並笑着說：「有女人的場合，請大哥千萬別來找我。」謝慰臣卻拍着葉允雄的肩膀，笑說：「我看你一定是打算要當和尚了？」葉允雄點頭說：「真的！我今天已起了道號，叫作悟塵，此後將棄原姓名不用。大約不久，我就要削髮出家！」謝慰臣笑着說：「算了吧！你又悟了什麼塵呢？咱們先找個地方去吃飯，出去下個館子，有酒無花，你以為如何？」葉允雄點頭說：「很好！」當下便另換了一件長衫，隨謝慰臣出門。走過櫃房之時，他還隔着玻璃特意往裏看了一眼，見陳八也沒在櫃房，葉允雄倒很疑惑。

　　坐着謝慰臣的車，就到了旁邊一家很大的飯莊，字號是叫悅賓樓。到門首才一下車，就見有四個土棍地痞樣子的人，站在車的附近，不住用眼向他來瞪，謝慰臣也看見了。進了飯莊，這裏的夥計殷勤招待，上了樓，入了雅座，寬衣，謝慰臣坐下來扇着扇子，就探着頭悄聲說：「兄弟你得罪了誰？為什麼剛才有幾個人跟着咱們的車呢？那幾個都是市井無賴，誰要跟誰過不去，就可以拿錢買出來他們。他們就能跟這人找事，向來他們是明槍暗箭都會使。兄弟，大概是你那幾個仇人已追你來了。不要怕！待會兒吃完飯，還用車把你送回去，他們還不敢對我怎麼樣。這幾天你千萬少出門，住在陳八的店裏，絕保什麼事也沒有，出來那可就難說了。兄弟你雖然武藝高強，可是北京地方情形你不熟。你來到這裏，一般人看你為怯八邑，就是北京人對外來人的一種輕蔑的稱呼。即使你不得罪人，別人也要來欺負你。」葉允雄聽了，卻不禁微微地冷笑。

　　謝慰臣見葉允雄只是冷笑，對這事毫不在意，他也不便再說什麼了，就放開了懷呼酒點菜，持杯暢飲。可是他只是一個人歡樂，葉允雄仍然是抑鬱不歡，弄得他也不能太高興了，於是二人只能慢慢地吃菜、飲酒、談閒話，說說北京城的一些事情。謝慰臣就說：「現在京城的金鏢焦泰，此人是第一個土棍，持着薛中堂的勢力到處橫行，時常強佔良家婦女。此人雖不過是薛家的一個教拳師傅，但因他有一身飛簷走壁的武藝。無論是誰得罪了薛中堂或得罪了他，三天之內，家中必要發生異怪之事：不是留刀恫嚇，就是太太、侍妾們失去了什麼重要東西，明知是他所為，可又不能奈何他！」

　　葉允雄就問說：「為什麼不能奈何他呢？」謝慰臣說：「這就是因為他有靠山！薛中堂是如今的顯要，家父的權勢全敵不過他，有一些事都得聽他的意見。他家中不但養着金鏢焦泰，還養着許多拳師和護院，那全都是他的打手。他依仗這些打手，欺凌許多位公侯，壓倒同僚，獨居顯要。並且他雖然年老，可極為好色。

宅中有姬妾十餘人，若聞知誰家某巷中有標緻的女子，他還必要設法弄到他的宅中。這女子的家中雖然氣憤，但也沒辦法，也不敢去聲訴，否則金鏢焦泰那些人，便能當時給這家裏人一個臉色看看！”葉允雄聽了，聲色不動，只茫然地點了點頭。

謝慰臣長歎一聲，說：“不瞞兄弟說，我在北京雖然頗有名氣，朋友也很多，說到財勢我也不是沒有，而且是不小，但我竟惹不起一個金鏢焦泰！真的，假若現在我說他一句壞話，被他聽見了，到晚間我就許失首。所以我剛才也勸你，在北京不可以自負。譬如，現在門外那幾個土痞，那不要緊，他們不敢對你怎樣。可是萬一金鏢焦泰要找尋找尋你，我只有叫你悄悄離開北京，沒有別的辦法。因為金鏢焦泰是薛中堂的爪牙，把薛中堂譬作虎，他們就是虎爪、虎牙。誰觸之，誰就非傷既死！”葉允雄聽了，卻不由又微微冷笑了一聲。

葉允雄如今才明白，謝慰臣與自己結交，不為別事，就為的是使自己對付這金鏢焦泰。京城中不乏會武藝之人，謝慰臣且與陳八至厚，陳八的硬功夫也是江湖罕見，但卻不敢惹那金鏢焦泰，可見此人的武藝一定有特長之點，特別精絕，說不定也是出身于江洋大盜。自己對這焦泰倒不是畏懼，只是想謝慰臣對自己的交情全都是虛偽的，磕頭結盟、助金贈妾，全是要收買我，使我為他所用，這真叫人生氣，令人灰心。昨天所說要為我謀事，薦到某府中當侍衛的話，那一定更是虛偽了。看來我在北京也必不能久居，久居必有大禍！好了，我索性做出幾件事，叫他們看看吧！當下葉允雄就絲毫不露出聲色，他只保持着冷靜的態度，由着謝慰臣去說。謝慰臣越說越煩惱，越說話越明顯，他已隱隱露出意思，是叫葉允雄為他鏟除了那金鏢焦泰，以為他出氣。但葉允雄卻對此事總作出漠不關心的樣子，只冷笑着，並不自告奮勇，謝慰臣的談話也就只得轉到另一個題目上去了。

談了多時，窗外的天色已黑。肴核將盡，酒冷飯涼，雅座裏早已點上了燈，謝慰臣這才命人傳出話去套車。呆了會兒，謝慰臣叫櫃上記上帳，由掌櫃恭謹相送，他們才下了樓。走出這飯莊，謝慰臣就向四周看了看，見剛才那幾個流氓倒是已然走了，他就說：“兄弟，我送你回去吧？”葉允雄卻笑着說：“何必還送我？長興店離這裏又不遠，我慢慢走着就回去了。今天大哥你的酒可喝了不少，你趕快回府歇息去吧。天不早了，小心城門關了！”謝慰臣笑着說：“城門倒是不能關，門上的人我都認識，關了他們也得給我開，只是兄弟你可……”葉允雄搖頭說：“不要緊，我來京城才幾日，沒得罪過人，不會有人暗算我。大哥放心，咱們明天見吧！”謝慰臣拱手說：“好！明天見！明天再見！”他上了車，葉允雄便獨自走去。

此時天色已黑，街頭更鑼敲了二下。除了商店門縫裏還透出點亮兒，就再沒有燈光，行人也極為稀少。他轉過了一條胡同走着，這條胡同叫作糧食店，因為有幾家飯館在這裏，所以人還比較多。葉允雄提步向前走着，雖然不回頭，眼也不向兩旁去看，但他自己時時在防禦着。又走了一截路，他已覺出身後有人跟隨，他倒愈走得慢。及至眼前快要到雲居寺那條胡同了，忽然見身後有兩個人分別自左右撲上他來，每人揪住他的一隻胳膊，同時兩個人的腳一齊來別他的腿，想要將他仰面絆倒。但葉允雄的雙手一分，哪容別人將他的胳膊揪住？同時他一翻身，咚的一拳就把左邊的人打倒了；右邊的人抬腿來踢他，他閃開了，又斜進步一腳，反把這人踹得坐在地下。他趕緊掖起了長衣裳，但身後已有另外兩個人舞着梢子棍向他打來。他一翻手，把梢子棍奪過來反打到那人的頭上，那人疼得哎呀一聲；右側卻又有鋼刀削來，葉允雄斜飛一腳，正踢在那人的腕子上，鋼刀噹啷落地。葉允雄舞動了梢子棍，吧吧亂打，不是打在這人的頭上，就是打在那人的腰上，棍不虛發，打得四個地痞哎喲哎喲亂叫，一齊撒腿跑了。

葉允雄冷笑着，一聲也沒罵，一步也不去追，他就把梢子棍收在了袖口裏。這梢子棍是一截長木棍，一截短木棍，中間有短短的鐵鍊連着，統共長不到三尺。葉允雄就半截藏在袖口中，半截露在外面，用手捏住那一截鐵鍊，使它不至發出聲來。他就走進了雲居寺，此時他更加謹慎。巷中比街上還昏黑，長興店門口也沒有一盞燈。來到門前，見雙門虛掩，一推就開了。葉允雄隔着玻璃向櫃房裏看了看，見裏邊燈光很亮，有幾個人在那裏談天，卻沒有看見陳八。葉允雄有些疑惑，心說：怎麼了？莫非陳八在早晨被我打了之後，他就一怒走了嗎？心中這樣想着，走進裏院，就到房前去開門。開了門自己且不進去，先退身叫道：＂夥計！夥計！拿燈來！＂連叫了幾聲並無店夥答應，他就微微冷笑直走入屋裏。

葉允雄早已料到了，這麼黑的屋子若是藏着個人，自己實在不能曉得。現在叫了幾聲，夥計不來，就更為可疑。他暗中露出來梢子棍驀然進屋，不料當時就被黑暗中藏着的一個人抓住了他的肩膀。這人的手力極大，葉允雄就覺着右肩疼痛難忍，對方並且嘿嘿地笑着，是陳八的聲音。葉允雄便將手臂一掄，梢子棍飛起。陳八沒有想到葉允雄手裏有傢伙，只聽吧的一聲，這一棍子正打在他的臉上。他雖沒有出聲，可是手卻撒開了。葉允雄趁勢一拳，又揣在陳八的肚子上，陳八的身子卻絲毫沒有移動。葉允雄趕緊退身，果然陳八才把痛忍過去，就一腳踢來。葉允雄早閃開了，陳八又要來奪葉允雄的梢子棍。葉允雄卻把梢子棍緊抖，使陳八抓不着。但是忽然棍子無意之中觸到了陳八的手上，只聽喀嚓一聲，棍子竟折斷了。同時陳八又一腳踹去，竟把葉允雄踹出了屋。但葉允雄一挺腰，沒有倒下。陳八撲出屋來，葉允雄也躍步向前，展開拳法。陳八以拳腳相迎，四五個照面，葉允雄又揣了陳八一拳，但無濟於事，陳八的身子太結實了。

此時別的屋裏就有客人驚問說：＂什麼事呀？＂陳八趕緊飛身上了房。他的身子雖然胖，但上房卻很利便，如同一隻大母雞似的就飛上去了。葉允雄便也撩衣躥上房去，向着陳八的肚子驀踢一腳。陳八趕緊立住腳，卻不料他腳下一用力，反倒壞了，他竟把房瓦踏碎了許多塊，身子竟失了重心，就由房上飄了下來，咕咚的一聲巨響。此時客人屋中已有的開了門，拿出了燈，陳八趕緊爬起來往前院跑去。

葉允雄在屋頂上蹲伏了半天，等着下面的幾個客人驚慌着亂嚷了一陣，叫來夥計問了半天，然後客人又回到屋中去了，夥計也往前院去了，葉允雄這才輕輕下了房。進了屋，摸着火點上了燈，卻見桌子上插着一把明晃晃的尖刀，插着一張紙，上面僅寫着兩個大字，是：＂滾走！＂葉允雄不由又冷笑一聲，曉得剛才確是陳八所為。他就把刀拔起，字帖也撕了。他寬去了長衣，這才大聲地呼叫夥計。叫了半天，才有一個夥計跑了來，進屋就笑着說：＂葉老爺回來啦？您是什麼時候回來的呀？您自己點上的燈呀？怎麼不叫我們呀？＂葉允雄哼哼一笑，夥計嚇得身上有點哆嗦。葉允雄就說：＂請你們掌櫃的來！我要跟他說幾句話。＂店夥的神色愈變為驚慌，說：＂我們八爺今天一早就出去了，一天也沒回來。他到西山看個朋友去了，大概得兩三天才能回來呢！”葉允雄說：“沒有什麼事，他自己能知道。”

　　店夥翻眼瞧了瞧葉允雄，說：“剛才您跟謝老爺走後，就有個人來拜訪您，是廣泰發鏢店的大鏢頭徐傑徐四爺，他外號叫賽子龍。”葉允雄一聽，不由得發怔，說：“我不認識他。”夥計說：“他說他可是久仰您！他來沒拜訪着您，他請您明天早晨到他的鏢店裏去。”葉允雄問說：“他的鏢店在什麼地方？”店夥說：“就在南邊西柳樹井。”葉允雄點點頭，就說：“你沏茶去吧！”夥計拿着茶壺出了屋，這裏葉允雄坐着倒很發愁。他並不愁別的事，陳八、賽子龍徐傑，以至什麼金鏢焦泰，自己全都不畏懼，只是自己若在北京栽了跟頭還不要緊，若是在北京出了名，那童五、楊七等人一定要追蹤而至，那時自己就立刻在這裏住不了。心中煩了一陣，夥計已給泡好了茶送來，葉允雄拂手令夥計出去，他在屋中又思索了半天，然後就決定了對待陳八、徐傑等一切人的辦法，他就關緊了屋門，熄燈睡去。一夜他因為提防着，並沒有睡好，倒是沒有什麼事情再發生出來。

　　次日，他才洗過了臉，夥計就進屋來說：“廣泰發鏢店的徐四爺派車接你來了！”葉允雄點頭說：“好！我這就去！”於是他匆匆地打好了辮子，着上長衫，也不帶兵器，就走出屋去。院中已站着個少年人，向葉允雄抱拳說：“我是徐四爺的女婿唐若山，外號小岳飛。我岳父昨天來訪葉爺未遇，但是他太仰慕了，今天特命我請您去用早飯。”葉允雄也拱了拱手，問說：“徐四爺他怎麼知道我呢？”唐若山笑着說：“葉爺的大名誰不知道？”葉允雄說：“我實在沒有什麼名氣，也不會什麼武藝。”唐若山又笑着說：“您別客氣了！您的槍法，江湖有名！昨天聽說您在謝慰臣家中施展了一套槍法，謝慰臣在外面見了人就讚不絕口，說他新交的盟弟葉悟塵，槍法在如今可稱第一。”

　　葉允雄聽了倒不禁驚愕，心說：謝慰臣可真厲害！他一方面給我吹出名去，將來不免焦泰就來找尋我，同時我也絕不能向焦泰示弱，那麼他的氣就可以出了；一方面他卻真用了我隨便擬的這個名字，而且是昨晚我才告訴他，他當日就能給傳出去，手段不小！這樣，即使我將來犯了案，也沒有他的事。他可以推說，他並不曉得我就是大盜葉英才葉允雄。好！我倒得叫他看看我！葉允雄就同着唐若山走出了店房，上了車，車就走了。

　　少時就到了西柳樹井，在廣泰發鏢店門前停住。才一下車，裏面就有幾個人迎出來。有個五十歲上下，高身材，赤紅臉兒的人，自稱就是賽子龍徐傑；葉允雄見他身長臂長，腰細而健壯，就知他的槍法一定不差。讓到了很寬綽的櫃房裏，唐若山就給那些人一一引見，葉允雄也記不清他們的名字，只聽他們的綽號都是什麼賽薛禮、小彥章、猛羅成、氣死馬超，可知道都是一些會使槍的人。正說話間，又走進來一個少婦，年紀不過二十二三，圓臉，膚色微黑，穿着一身絳紫色的綢襖褲，腰間繫着一條黑汗巾。有那氣死馬超就給介紹，原來這就是徐傑的女兒徐飛燕，外號叫金槍俠女。她是唐若山的妻子，但她也是這鏢店的女鏢頭，所以當着她的父親、丈夫，她就跟那些男子說說笑笑，一點也不拘束。她對於葉允雄的態度是很冷淡，斜眼瞧着，仿佛很看不起的樣子。

　　葉允雄覺得在這些人中間，自己十分氣悶。他落了座，有人給他獻上茶來，他也不喝，就向徐傑說：“兄弟本來不會什麼武藝，來到京城才三四天，也並不願出名。昨天蒙徐兄見訪，因弟外出，失於迎迓，非常抱歉。所以今天一派車去接我，我立時就來了。只是，我這個人愛疑心，今天徐兄叫我來，並先請來了這麼許多位老師傅，想必是另有用意，因此我請徐兄先把用意告訴我，我好能坐得安。」賽子龍徐傑就笑着說：「我也沒有什麼用意，就是日前我見了韓三少爺。他說謝慰臣此次南遊，在路上結交了一位朋友，就是葉老兄，武藝實在高強。昨日又聽謝慰臣親自到外面來說，葉悟塵兄前日曾在他的宅中施展槍法，槍法精妙，可以說壓倒賽子龍。因此我想向葉兄領教領教。因為我向來也是喜歡玩槍，三十年來往來南北做買賣，雖說多承江湖朋友大家照應，可是也因為我賽子龍的一點小小名氣和那杆槍。」

葉允雄笑了笑，說：「徐兄的這話，我明白了，徐兄今天叫我來的意思，就是想跟兄弟比武呀？」徐傑說：「不敢！不過是要請葉兄在這場子裏練一練，使我們開開眼。」葉允雄說：「這卻又對不起！兄弟練的槍，並不是什麼花槍，所以練起來也沒有什麼好看。最好是有個人與我假作對敵，當然槍尖無眼，難免傷人，可是兄弟不怕傷。傷了死了，兄弟絕無所怨。至於，倘若我比徐兄或別位的槍法還高一點，第一槍我只劃破對手的衣服，或傷一點肉皮，但是對手必須立時就扔下了槍認輸；否則兄弟的第二槍扎出去，就難免莽撞了！」葉允雄這番話才說出來，那銀槍女俠徐飛燕立時一跳而起，說：「好吧！我先跟你較量較量槍法！你還別客氣，扎死我，我認命，可是你也得小心一點！」徐傑和唐若山趕緊把她攔住。

葉允雄坐着不動，又從容地說：「還有一件事我要預先說明，我葉允雄向來不同婦人比武。」徐飛燕瞪着眼睛說：「呸！你媽的屎！你要敢跟姑祖宗對槍，我一槍要不扎死你，我不是賽子龍的女兒，小岳飛的老婆！」葉允雄憤怒地站起身來，說：「這是什麼話？徐兄，你的令媛開口就罵人，我還怎能在這裏練槍？」唐若山就把他老婆死推活推地給推出去了。此時忽然氣死馬超又說：「葉老哥，我先來跟你領教領教吧！」葉允雄憤然站起身來說：「好！無論是誰都行！」立時脫去了長衣，隨眾出屋。就見院子很大，刀槍架子上有許多杆蛇槍在陳列。旁的人也都脫去了長衫，都是想要試一試的樣子。

葉允雄剛要自己去拿槍，氣死馬超就遞給了他一杆，這杆槍不但杆子細而短，槍尖都像是生了鏽，繫着黑纓子。葉允雄看着笑了笑，自言自語地說：「這倒好，免得我刺傷了人。」氣死馬超自己卻拿了一杆紅纓子的頂漂亮的長槍，他不容對方站好了位置就一槍扎來，喀的一聲，卻被葉允雄的槍桿擊開了。同時葉允雄將槍一抖，槍雖然舊，可是抖起來卻如片片梨花，疾疾閃電，一槍向氣死馬超刺去。氣死馬超當時就沒躲閃開，他哎喲一聲，捂住了肩膀，血順着手指往下流，旁邊有夥計忙跑上來攙扶。

那邊的猛羅成也挺着一杆紅纓子的長槍奔過來，說：「我來！」一槍向葉允雄刺來。葉允雄輕輕撥開，展槍法，以黃龍探爪之勢，將槍一壓，直取對方的下部。對方閃身，急翻手腕。葉允雄轉變槍法，又一下刺去。猛羅成立時捂住了左脅骨坐倒在地。賽薛禮掄着一杆沒有纓子的槍忽又過來，才兩三回合；小彥章也拾起一杆長槍上手，說：「我來幫幫忙！」

葉允雄獨戰兩人毫無畏懼，槍抖如飛，對方的兩個人堪堪就要不敵。忽然銀槍俠女徐飛燕，手持一對白纓子的雙槍由裏院奔出，她用白汗巾罩着頭，很像是個唱戲的。葉允雄急忙將槍緊抖，用地蛇槍刺傷了小彥章，伏虎勢戰敗了賽薛禮。這時徐飛燕已跑了過來，雙槍飛舞，葉允雄的單槍緊緊應敵。只看見徐飛燕兩杆槍上的四朵雪白的纓子，如花雨翻飛，卻不見葉允雄的槍式是怎樣地運用。但是白纓子的反倒不住後退。可見是葉允雄逼得甚急，她的丈夫唐若山就在旁大喊道：「槍向右，一槍先壓住他，一槍再去刺！」葉允雄卻冷笑着說：「用不着你給你的老婆出主意！」他吧的一槍桿打去，正打中徐飛燕的右腕。徐飛燕的手一疼，就把一杆槍扔了。她剛要雙手握着一杆槍再向葉允雄狠刺，葉允雄的槍尖卻向上疾挑了一下，就挑去了徐飛燕頭上的汗巾。

徐飛燕的蒙頭汗巾既被挑下，頭髮也散亂了。她氣憤已極，舞動一杆槍，決與葉允雄拼命。徐飛燕雖一女子，槍法實在不弱，可是怎敵得住葉允雄原有根基，且經過山神廟半載刻苦研習的這杆槍？只是葉允雄不願傷害一個女子，所以手下處處小心。又三四合，葉允雄用槍桿又擊了徐飛燕的手腕一下，徐飛燕疼得把這杆槍也扔了。那邊唐若山趕緊大喊說：「葉爺！手下留情！」他跑了過來，把他的妻子拉回去了。徐飛燕痛哭着，並向葉允雄大罵。

這時賽子龍徐傑臉色陡變，喝人取過來他的那杆白纓子的長槍。葉允雄也換了一杆槍，就是剛才氣死馬超所使用的那杆。當時只見二雄相爭，槍纓飛舞，如梨花亂落，如桃瓣繽紛，槍圈飛轉，槍光燦然。賽子龍徐傑慣用仰月槍法，專取葉允雄的手腕，葉允雄卻常用鳳點頭。十餘回合之後，二人相殺更緊，忽然賽子龍詐敗回身，葉允雄趕上一槍。賽子龍卻轉變槍勢，翻身用撥挪槍法將葉允雄的槍撥開，乘勢又一刺。葉允雄又反槍磕開，二人各退一步，都緩了一口氣。又戰十餘合，葉允雄緊搖太極圈一步一步地進逼，賽子龍的槍勢便被他攪亂了，感到無法招架。又六七合，葉允雄就將賽子龍的槍鈎開了，同時將槍一挪，乘勢猛刺。賽子龍想要招架已來不及，葉允雄的一槍已刺傷了他的左臂，血就流出來了。

徐飛燕換了一杆槍又撲上前來，向葉允雄猛刺，葉允雄又一槍桿打在了她的頭上。她痛哭大罵，她的父親卻把她揪住，說：「不用打了！我們今天都栽了大跟斗，將來再說吧！」葉允雄便拱手告罪，可是沒有人理他。這裏許多人都被他刺傷，宴會也開不成了，葉允雄就叫人取來他的長衣，將槍一扔，說聲：「再會！」回身就走。他到了街上，找了一家兵器鋪，買了一杆可手的長槍，便扛着槍，胳膊上搭着衣裳，往回就走。

回到雲居寺，只見長興店的門前正有兩個人在提刀等他。這兩個提刀的人，一個是鬍子全白了，另一個卻是短身材胖臉的小伙子，每人都刀光雪亮，挺身傲立。葉允雄止住了步，驚訝着暗想：這又是誰？那兩個人瞪目一看見他，就像看出了他的來歷，立時走過來說：「葉悟塵就是您老哥嗎？」葉允雄點頭說：「不錯！葉悟塵就是我，可是你二位？」白鬍子的人就一抱拳，說：「我姓劉，單名一個嶽字。」葉允雄點點頭，曉得這就是京城有名的老拳師，遂問說：「有什麼事？」老拳師劉嶽說：「我因聽說你來京就誇下了海口，要打服這城裏所有的英雄好漢。」葉允雄笑着說：「哪裏的話？我沒說過。我來到京城原是為遊玩，雖然說會些武藝，但並不想顯露。老師傅這話你是聽誰說的？你上了別人的當了！你這大的年歲，應當在家裏享福了，何必……」

　　劉嶽聽了葉允雄的前幾句話，本來顏色已經緩和了，但聽了末後的這兩句話，他就又瞪起了兩隻連睫毛全都白了的大眼睛，喝聲問說：“什麼叫何必？”刀都快舉起來了。葉允雄也不禁生了氣，就忿忿地說：“我勸你這大的年歲，何必來自討苦吃？”他這個吃字才說出了口，那胖臉的小伙子已然躍近，一刀砍來，罵道：”你敢小看我爸爸？”劉嶽喝說：“劉剛躲開！我來鬥他，替你八叔出氣！”葉允雄急忙退後幾步，冷笑着說：“原來你們是父子兵，且是陳八勾結來的。好！我可要不客氣了！”說時，把臂上搭着的衣服一扔，抖起槍來，就在這狹窄的胡同裏，鼓起了适才在廣泰發鏢店連敗群雄一女的餘勇，就與劉嶽父子廝殺起來。新買的槍很可手，紅纓飄舞，如長蛇飛動，封、扎、纏、拿。劉嶽父子雙刀齊上，個個的氣力都也渾厚，刀法也精熟。

　　此時店房裏有許多人都跑出來了，有人喊問說：“怎麼回事呀？”有店裏的夥計就嚷着勸說：“別打別打！劉老師傅，息息氣吧！葉，葉老爺，也別打啦，全都是自己人……”

第七回　隔窗窺豔勇制金鏢投店藏身重逢紅袖

　　店裏的夥計還沒嚷嚷完，那老拳師的兒子劉剛已哎喲一聲臥在地下，血從脅間流出。老拳師劉嶽如怒獅一般地掄刀奔來，要與葉允雄拼命。葉允雄卻掉過槍桿來抵擋，兩三槍桿將劉嶽手中的刀擊落。他也扔了槍，上前將老拳師的兩臂抱住，連說：「老師傅不要怒！請息怒！我為這兄弟治傷都可以，你這大的年歲……」劉嶽仍不住地掙扎、踢踹，葉允雄卻總不放手，總是勸。幾個夥計見這老頭子的手中沒有兵刃了，這才敢過來，連拉帶抱，個個嘴裏都不住地勸。葉允雄這才騰開了手，看見那劉剛已然站起來了，傷勢像是不十分重。他就由地下撿起了槍和衣服，並不進店房，卻轉身就走。

　　這時他是憤怒極了，並不是恨這劉家父子，卻是極恨那謝慰臣。他心想：我忽然有意改名為悟塵，並沒向人去說，只是謝慰臣一人知道。今天來找我的徐傑、劉嶽，都是指定了名字要找悟塵比武，這不是他挑唆的，還能有誰？說不定陳八跟我鬥氣也是聽了他的吩咐！他在表面上是跟我稱兄喚弟、助金贈妾，請我喝酒，誰知他在暗地卻慣用機謀，激怒些人來與我比武，真不明白他存的是什麼心？他提着槍拿着衣服，忿忿地走，走進了前門，就一直往東安門大街走去。他決定見了謝慰臣的面就先質問他，如若把他質問住了，或是他狡猾，不認帳，那自己就一槍把他戳死，隨後逃出京師。

　　他滿臉煞氣，一腔怒火，走得很快，少時就來到了東安門謝國公的府門之前。他先把槍立在牆角，穿上長衫，這才往門裏走。才一進門，見有個僕人站起來向他請安，說：「葉老爺來啦？我們大爺派人請您去啦，您沒看見嗎？」葉允雄不由得一怔，說：「你們大爺在哪裏？我要見見他！」僕人卻說：「我們大爺派人找您去啦，還拿着一封信，說是請您立刻就到東四牌樓隆慶飯莊。」葉允雄驚訝着問說：「到飯莊去，可又是什麼事？」僕人笑了笑，說：「大概沒什麼事！是我們大爺說，他跟韓三爺到隆慶飯莊吃午飯啦，預備着酒席，說請您去湊個熱鬧，談一談，大概還有點事兒要跟您商量商量。」葉允雄見這僕人說話的樣子很是可疑，就翻眼想了想，又暗暗地冷笑，問說：「隆慶飯莊在什麼地方？」僕人說：「就在東四牌樓，一瞧見了牌樓就到了。」葉允雄就說：「來！你給我雇輛車去。」

　　僕人出去叫車去了，葉允雄就在門洞裏站着，不住地發呆。忽然聽耳邊有很嬌嫩的聲音問他說：「葉老爺！您在這兒幹什麼啦？」葉允雄嚇了一跳，趕緊一看，原來是有個穿豆青色衣服的，年有十八九歲的侍姬向他行禮，並笑着問說：「我絳雲妹妹這兩天好嗎？你怎麼不帶着她來呀？」葉允雄沉着臉點頭說：「嗯！」這侍姬也嚇得顏色變了，不知是怎麼回事，便退避着到了門外，做她的什麼事去了。

此時那僕人已從外面給他雇來了一輛騾車，葉允雄急忙忙出門坐上了車，並吩咐那僕人將牆角立着的他的那杆槍拿進去，車就趕走了。由這東安門大街一直往東，走王府井，葉允雄頓然感到京城的地面真大，人口真多，在這裏隱藏一個人實在不算什麼；可是在這裏要出了名，要得罪了人，也難免強中再遇見強中手！此時，葉允雄不恨別人，不願爭鬥，也不想再在京城居住，他只是要見着謝慰臣質問，甚至於翻臉、絕交！

這騾車走得很快，不到一點鐘，葉允雄就看見了面前巍巍的，如仙人宮闕一般的四牌樓。車在一家大飯莊門前停住，只見這大飯莊並沒有樓，也聽不見裏面的刀杓聲，卻是廣梁大門，豪富如府第一般。此時門前停着許多輛車、許多匹馬，還有轎子，有許多穿着官服的人，和官太太似的華貴女人，讓丫環扶着、僕婦跟着，正往裏面走。裏面並且傳出咚咚！匡匡！齊匡匡！，仿佛正打着鑼鼓，唱着熱鬧的大戲，葉允雄就不禁一陣愕然。一看到這種情形，葉允雄倒不敢下車了，就問說：「是這裏嗎？」趕車的說：「您看哪，那門口不是掛着紅木頭牌子，寫着隆慶飯莊嗎？您不是來給楊制臺大人拜壽嗎？」葉允雄心說：哪裏的事？我認識楊制臺是誰？又聽趕車的說：「今天是兩湖總督楊制臺大人的七十大壽，正趕得入京召見，親友都知道，不能夠不辦事。本宅裏的地方又不太寬大，所以才借這飯莊的地方，大辦一氣，裏面還有春喜班的戲子唱大戲。您看，這門口有多少車和轎子？今兒有幾位中堂，各部侍郎尚書，王公貝勒全都來，您……」葉允雄說：「我不是來給誰拜壽，我不認得什麼做官的，我是……」

忽然他一眼看見那韓三穿着華麗的衣服，由門裏出來，像是張望什麼似的，葉允雄就趕緊跳下了車，叫道：「韓三兄弟！韓三兄弟！」便很快地走了過去，韓三一看，就說：「啊！慰臣正在這裏等候你呢！」葉允雄走近前，就問說：「今天既是什麼制臺在這裏辦壽，他為什麼請我來？」韓三笑着說：「誰知道呢？老謝近來脾氣怪得厲害。今天這飯莊本來都叫楊宅給包下啦，可是慰臣他費了半天事，才叫飯莊給他在花園子的後邊留下兩間房子，他說他要請你。今天他一半是來這兒拜壽，一半他可又是請客，還吩咐我，別告訴別人。他正在等着你呢，等得很着急，叫我出來看看，他怕你不敢進這個門！」葉允雄冷笑說：「我有什麼不敢？」遂就同着韓三往裏去走。韓三本是今天這裏的來賓，他的女眷也來這裏聽戲了。他的熟人很多，有的招呼他，有的向他開玩笑，但是大家全看着葉允雄納悶，因為第一看着葉允雄眼生；第二他的穿着雖也不俗，只是樣子就看出來了，不像是來這兒祝壽的。

此時正院的戲臺上正唱着豔陽樓捉拿高登，是一出武戲，打得正火熾，鑼鼓噪耳，仿佛比上午葉允雄與徐傑、劉嶽等人的那兩場爭鬥還要厲害。葉允雄見臺上的粉臉跟綠臉打得正緊張，自己恨不得也攙入打一回，才心裏痛快。台下的一些賓客，個個衣冠整齊，全都看得出神了。東客廳是一些天仙般的雍容豔麗的女眷，有的就摀着耳朵直笑。北房正廳門前站着兩個官人，都身帶腰刀。廳裏，隔着大玻璃可以看見，裏面的人都掛着朝珠，穿着黼褂，可知全是些與制臺的官位差不多的當朝顯要。四壁高懸着許多幅紅絨的幛子，寫着壽比南山、七秩功勳，等等，廊下並陳列着許多架壽屏。差官、僕役都站住身呆了，此時無人的目光不注視在戲臺上。

　　葉允雄隨着韓三順着廊子往裏院走，就見迎面有個紫紅臉的人走來。這人年約三十四五歲，不像官也不像是吏，身材不大高，但看他的走路樣子，就知道是個練過武功夫的人。他穿着一件青綢長褂，足穿便鞋，手裏拿着個檳榔荷包，掄動着。韓三一見這人，立時就有點臉色發白，走了個對面，韓三還恐懼似的往旁邊躲了一躲。那人卻大模大樣，連人也不睬，就走過去了。葉允雄因見這人的樣子可疑，就一回頭，不想那人也一回頭，兩隻眼冒出賊光，好像要跟葉允雄挑釁。葉允雄也氣得面色一變，韓三趕緊暗暗拉了他一下，二人就進了更深一進的院子裏。

　　這裏原來是花園，花園並不大，也沒有什麼花，不過有幾塊太湖石，一段用細石卵鋪成的曲回的小路，還有幾間水榭式的小小花廳。有幾個豔妝的女子正在這裏談話、打鬧，不知是女眷中的小姐還是丫鬟。韓三拉着葉允雄順着很狹窄的走廊往西走，進了一個月亮門，這裏原來就是廚房。午宴已然用過了，肥胖的廚司務坐在大板凳上正扇蒲扇，一見了韓三，就起身說：“三少爺！”韓三說：“謝老爺的那桌席，你們就給預備着，客人已然來啦！”廚司務和旁邊幫廚的，齊都答應了一聲。

　　韓三便帶着葉允雄仍往裏走，又進了一個小門，轉了過去，這裏是獨成一院，有兩個小小的東房；這兩間小房極為幽靜款式，階前還擺着幾盆花，窗子都安插得很巧，有扇面形，有海棠花形。葉允雄跟隨韓三來到階下，謝慰臣已在簾裏相迎，有茶房打起來簾子，葉允雄就見屋中陳列着幾件紅木桌椅，壁間掛着字畫，當中擺着一桌很講究的筵席。謝慰臣是身穿綢褲褂，手持一柄摺扇，滿面春風地笑着說：“這地方好不好？前邊在鑼鼓喧天地唱大戲，那些貴客們在巴結制臺，磕頭請安，咱們兄弟卻在小屋裏喝酒清談，比他們不好嗎？你再看！”原來這裏有一扇後窗，是滿月形的園窗子，玻璃像多日沒有擦，有些發暗，可是外面就是那花園，釵裙往來，由這窗子全都能看見。謝慰臣笑着說：“你看！這窗子好像是個月亮，往裏看吧，裏邊有嫦娥！只可惜這扇窗子得擦一擦了，可是暗一點也好，如月外有薄雲漂浮，更好看，更可以顯出‘青女素娥俱耐冷，月中霜裏鬥嬋娟’的情致！”韓三聽了哈哈大笑。

　　葉允雄卻是怒容猶未緩過來，他就向謝慰臣嚴詞質問，說：“大哥！你到底弄的是什麼玄虛？你且別說什麼月亮跟嫦娥，你先說明白了，你招惹那些拳師、鏢頭跟我作對，是什麼用意？你要想用兄弟，好辦，只要你指出來誰跟你作對，那麼‘士為知己者死’，我立時就能夠給你去雪恨復仇；可是你不這麼辦，你叫我在你的圈套裏活着，東邊掄一拳，西邊還得防一腳，這太不痛快！而且大哥你太小看我了，簡直是拿我當小孩子一般的愚弄！”謝慰臣擺手笑着說：“哪兒的話？老弟你這麼聰明的人，怎麼不明白我的用意。我前幾天沒跟你說過嗎？你得謀個出身，那麼，有位貝勒爺現在托我給他請一位武藝高強的侍衛，今天我把你叫到這兒來，也是這個意思。待會兒，那位貝勒爺也來，我就給你引見引見，那麼立時就許決定，他就能當時請你到他的府中。可是我空說不算，他不能知道你的武藝究竟如何，所以我才設法叫你出名。”說到這裏，他哈哈的大笑起來。

葉允雄到這時真叫謝慰臣弄得怒也怒不得，笑也笑不得。謝慰臣是笑上沒有完，韓三也笑着說：“誰要跟他交朋友，誰就算倒了黴，老葉你快點跟他絕交吧！”葉允雄無奈得也只得笑了笑。韓三出屋去了，謝慰臣看看旁邊無人，他忽然正色悄聲說：“兄弟你別怕！愛怎麼鬧怎麼鬧，愛打誰就打誰，出了事情都有我。你有這樣好的武藝得想法出出名，何況出的又不是真名，現在除了韓三跟我，沒有人知道你名叫葉允雄。即使你早先那些仇人來找你，也不要緊，他們至多找你來打架，卻不能有別的手腕對付你！”葉允雄聽了一變色，謝慰臣又笑着說：“來了，就寬了衣裳，請入座飲酒吧。”

葉允雄至此時，實在沒有法子，謝慰臣只是笑，弄得自己也真不能太急躁，只好脫了長衫坐下。謝慰臣給他斟了一杯酒，他飲了，就長歎一聲說：“大哥，你不曉得我心中是煩事，爭強鬥勝皆非我所願，我實在想有個立身之地。”謝慰臣說：“不要忙，這就快了，今天你的名氣也出了，差事也就快有了。”正說着，謝慰臣的眼睛又不住地向那後窗外去看。忽然他停住了杯，眼睛就盯着窗上的玻璃，發直了。原來窗外花園裏的女眷越聚越多，大概都是叫前院的武戲給吵得坐不住，所以都來花園裏散心。有的並坐在太湖石上，有的把臂細語，有的追着、打着，嘻嘻地笑，衣香鬢影，粉白黛綠，都浮現在這圓形的窗子上，真似一幅絕妙的仕女圖。

忽然謝慰臣又站起身來，走到窗旁，偷偷地向外去望，並拿扇子招點着，叫葉允雄也來看。葉允雄心中真不高興，覺得謝慰臣實在不是個好人，不但交友不誠實，且太好色，又聽他悄聲說：“快來看看這女子，能稱得起傾國傾城不能？”葉允雄不由得也走過去了，向窗外一看，就見是有個紅裙綠衣的少婦，這婦人年齡不過十七八歲，衣飾嬌豔，姿容真是美麗，娉婷窈窕，似又在梅姑娘與魯海娥之上。此時，不但是窗裏的葉允雄也隨着謝慰臣發了呆，窗外園中的那許多女眷，也都亦妒亦羨地瞧着這少婦。因為無論哪一點，無論哪個單看着也可以說是“十分人才”的漂亮女人，但要是跟她一比，也得自遜三分。葉允雄心說：這女人可是誰？京城中大家的女人竟有如此標緻的！可是看這女人，衣飾雖富，卻像地位很低，她無論是見着誰，都是長跪請安，身後雖也跟着兩個僕婦，但不像別的命婦似的，要有僕婦來攙扶着才能走。看這樣子雖然不是什麼丫鬟，可也絕不是正夫人，多半是某某官的姬妾。

這女子是面向西來走，跟這後窗正正相對着，當然因為玻璃不太明，由外面很難看到這窗裏。可是，只見她眉黛微蹙，小口微斂，現出來一幅楚楚可憐的樣子，像是要向誰訴苦似的。謝慰臣就長歎一聲，說：“你看見了沒有？這是一個絕世美人，也是個可憐的女子。她的名字叫呂月姑，是良家女子，可是被薛中堂看見了，遣手下惡人金鏢焦泰生生把這女子搶去，並毆傷了女子的父母，摔死女子三歲的弱弟，搶到薛中堂宅中充作下陳，她的父母連告狀也不敢。”葉允雄不由憤怒着說：“有這樣的事？”謝慰臣說：“什麼事沒有？譬如，我和各部衙門知曉此事的人，全都十分不平，然而誰敢說一句話呢？薛中堂的權勢是炙手可熱，金鏢焦泰能飛行取人首級，為一個女子說句公道話，若殺身之禍，誰肯？誰敢？」葉允雄立時覺得有一股怒氣沖上胸來，但是忽然見謝慰臣的神色已變得極為淒慘，一邊歎氣，一邊用眼盯住自己，仿佛急於要看自己的表示，葉允雄又有些疑惑起來，暗想：別是謝慰臣瞎說吧？是他惦記上了人家的姨太太，他又要利用我……

正在起疑，忽然謝慰臣又向窗外一看，就一跺腳，說：「這是何苦？焦泰又在前院，出了事可怎麼辦？」葉允雄也趕緊轉頭，就見是那韓三少爺，他也走到園中，笑吟吟地過去要向那月姑扳談。謝慰臣急得不得了，連連地頓腳，說：「老三太莽撞！這不是找着去惹事嗎？雖然今天他的太太也在這兒了，可是他怔過去跟人家說話，那還了得？被薛中堂知道，不但女的得死，他今晚也得沒命！」葉允雄說：「什麼事？至於這樣厲害？」

此時那韓三手持摺扇，走過去跟那月姑娘談話。也聽不見他說的是什麼，只見他微微笑着，並且冷笑着，那月姑嚇得卻不住向後退身。旁邊的許多女眷也都顏色有些驚慌，有許多急匆匆往前院去了。謝慰臣急得雙手去推葉允雄，說：「你快出去看看！快把他拉回來吧！他早就想打這個不平，今天他一定是又多喝了兩盅酒！這不是玩的，立時就許出事！」葉允雄搖頭說：「哪能出事？韓三他也是來的貴客，今天是統轄兩省兵馬的楊制臺在這兒辦壽，難道誰還敢在這裏殺人嗎？」謝慰臣推他說：「你快去把他揪來！」葉允雄微笑着說：「大哥你隔窗叫他一聲，也就行了。」謝慰臣滿頭是汗，說：「因為我不能出頭，要叫薛中堂知道就更壞了！」

此時那韓三是背向着窗，他拿摺扇攔住那月姑，他還不住地說着；月姑是芳容慘澹，可見韓三說的話句句刺着她的心，她是不勝悲痛且驚懼。忽然月姑遠處的幾個女眷全都驚叫了一聲，都急掩住了臉，就見韓三身子驀然向後一仰，摔在地下，扇子也撒了手，他是中了什麼暗器。謝慰臣長歎一聲，渾身抖顫。葉允雄卻猛力將窗子一推，這圓形的後窗就開了。葉允雄將身鑽了出去，只見許多女眷紛紛向外院去奔，有的將身藏在太湖石後，月姑是嚇得坐在地下了，兩個僕婦也跑了，都不來管她。韓三身中暗器右腿流血，躺在地下不住地呻吟。那通着前院的小門站着一個人，正是剛才葉允雄看見的那個不像官也不像吏的人，青綢長褂脫了，裏邊仍是一身青，手拿檳榔荷包，慢慢地走來，向那月姑說：「還不快起來！非得叫中堂當眾來見你丟人嗎？媽的！」

葉允雄不容他來到臨近，就猛撲過去打。葉允雄早猜出來了，這個壞蛋一定就是金鏢焦泰，在這地方他敢用鏢打人？還敢來欺凌弱女，葉允雄真忍不住氣了，他也不暇細問情由，撲過去就是一拳。不料焦泰也早有準備，「吧」的就把他的腕子抓住，順手一帶。葉允雄乘勢近前，猛力一腳，踹得焦泰撒了手撲跌在地下。但他一翻身，同時很快地由檳榔荷包裏掏出一隻鏢來，向葉允雄就打。葉允雄一低頭，鏢從他的頭上飛過去，打在太湖石上，石後蹲着幾個女人又齊都「呀」地叫了一聲。焦泰也挺身而起，反撲葉允雄，二人拳往腳來，不分上下。

打了約十餘合，就見有官員帶着十幾名官人走進園來，那焦泰趕緊跑到一邊，又着手兒站立，向葉允雄撇了撇嘴。葉允雄卻有些吃驚，因為自己本不是來這裏拜壽的賓客，打不平雖然理由充足，可也頗費解說。此時焦泰又招呼那十幾名官人說：「諸位！先把這小子抓住了問問，問問他是誰？他也是來這兒拜壽的嗎？你看他那手兒腳兒，很像江湖大盜，他是故意混進來，欺辱了薛中堂的如夫人，鏢傷了韓三少爺！”葉允雄冷笑着說：“好！你手裏的檳榔荷包若扔了，你可就不算好漢！”

此時十幾名官人先保護住了月姑和幾個女眷，然後就要過來抓葉允雄。葉允雄正思抗拒，忽見謝慰臣由那小院走出來，張着手說：“別動我這兄弟，這葉老爺是我磕頭的把兄弟。”眾官人都齊笑着說：“哈，謝老爺，您也在這兒啦？”謝慰臣此時雖面色煞白，但話說得極為慷慨，他先點了點頭，說：“不錯，我在這裏了，我這葉兄弟沒有一點兒錯，我敢擔保。剛才韓三少爺明明是叫焦泰打的，許多人都親眼看見了，現在他的手裏還拿着鏢囊呢！”焦泰在那邊一掄檳榔荷包，拍着胸脯一笑。謝慰臣說：“韓三少爺是我的好朋友，現在沒別的話說，我要告焦泰當眾行兇，我還要告薛中堂縱庇家奴，諸位送我們打官司去吧！”

謝慰臣這麼一露面，官員和他手下的人倒全都笑了。這官員就說：“哪兒的話？謝老爺您今天是行人情來了，老公爺也才剛走，您何必生氣？得啦，別叫前院的諸位大人們全驚動了，您隨便歇着去吧！”早有人把韓三給架起來了，那個女子月姑也被僕婦攙着悄悄走往前院去了。金鏢焦泰也要溜走，卻被葉允雄一個箭步上前給抓住。焦泰嘿嘿一聲冷笑，回手掄拳就打，葉允雄托住了他的拳頭把他的胳膊反着一擰，焦泰身子彎了下去，腳卻向後一踹，踹到葉允雄的肚子上了，可是沒把葉允雄踹倒。謝慰臣又上前，將焦泰的腿一絆，焦泰就“啪嚓”一聲來了個大馬趴，胳膊還叫葉允雄擰着。葉允雄又向他的屁股踹了一腳，焦泰的臉就擦在地下，來了個“狗吃屎”。他掙扎着要翻身，韓三忍着鏢傷痛，又奔過來向他的頭上直踢，像踢球似的連踢了六七下。

謝慰臣也要過來踢他，官人們卻上前來攔阻，連說：“謝老爺跟韓三少爺就都別生氣了！這也就夠啦！您都是今天來慶壽的貴賓，場面上的人，他不過是跟薛中堂來的一個底下人，完了也就完了，不看僧面看佛面，事情還是別鬧大了才好。您也得體諒體諒我們，別叫我們在中間為難！”謝慰臣連說：“不叫你們為難，我早說明白了，我打官司嗎！不把人打傷了，這官司可怎麼打呀？”說時，臉色煞煞的白，氣得渾身亂顫。韓三是雖然衣裳都被血染紅，幾個人拉着他，他還不住地跺腳，大嚷着說：“今天我拼出去啦！我也不管什麼值不值啦！北京城能容你這強盜出身的小子混鬧？”葉允雄幾乎將金鏢焦泰的胳膊擰折了。

這時前院又來了許多人，但沒有一個大官，都是差役和有頭有臉的僕人，來這兒勸了半天，方才甘休，葉允雄才將焦泰松了手。這金鏢焦泰滿嘴、滿鼻子已都是土，他也不去擦，站起身來就向謝慰臣一笑，說：“諸位真厲害！三個人打我一個，我算是栽了，得啦！一半天我再到您的府上請安去吧！”謝慰臣聽了他這話，臉更變得煞白，向眾人說：“你們聽見了沒有？他現在是提醒我啦，他可會飛簷走壁，假若一半天我的府裏出了事，你們可就記住剛才他的這句話，可別忘了他！”焦泰撇了撇嘴，說：“我又不是賊，我一個粗人，會什麼飛簷走壁？現在我這只胳膊就算完啦，我還能幹什麼？請你們幾位放心，不過……”指着葉允雄說：“這位大爺你們倒得留神點兒，我雖然是個底下人吧，我還到底是跟薛中堂來的，他是跟誰來的呢？我可就不知道啦！也許就是沖着我來的，好吧！咱們就王八下蛋，伸長了脖子慢慢地瞧！”旁邊有官人抽了他一個嘴巴，罵道：“不是看你是跟薛中堂來的，就不能叫你白白用鏢打人！你還叨嘮什麼？滾吧！」金鏢焦泰就冷笑了一聲說：「好！叫我滾！咱就滾！」他往前院去了。

　　這裏韓三已叫幾個人攙走養傷去了，官員就把謝慰臣又請回那小院的屋內，葉允雄也隨着進來。官員又一半請教，一半追問葉允雄的姓名。謝慰臣對葉允雄是完全作保，官員們只得又勸又安慰，說：「您二位也就別再生氣了，焦泰他是個什麼人？您二位跟他真合不着，好在韓三少爺的傷還不算太重，官太太們也都沒有什麼嚇着的，這件事就消滅下去得了，無論怎樣也得維持着今天楊制臺這個壽筵，不然，傳到御使的耳朵裏，那可不大好！」正說着，又有人悄悄進來，低聲告訴了這官員，說：「薛中堂帶着太太們先走了，許多堂客也都起了席，前院的戲雖還唱着，可是坐席的都不安了，楊制臺很是着急！」這個官員趕緊跟着走去了。

　　屋中只剩了謝慰臣跟葉允雄。葉允雄此時對謝慰臣倒是很佩服，因為以剛才的事來看，謝慰臣還頗夠個朋友，把那焦泰打得也可稱痛快，只是謝慰臣這時的臉色倒不那麼白了，眉頭卻緊攏，又籠罩了一層深深的憂鬱之色。重入了座，給葉允雄斟了一杯酒，就說：「老弟！這是最後一杯，明天，咱們倆就許見不着面了！」葉允雄十分的驚訝，怔了一怔，就忿忿地說：「大哥你怕什麼？難道金鏢焦泰還真能到你家去把你殺死？」謝慰臣瞪着眼睛說：「怎麼不真能？真能極了！過去金鏢焦泰也不是沒做過這樣的事！你看，今天那些人雖然都是向着咱們，可是無論怎麼着，他們不肯叫我跟焦泰去打官司，也不肯把焦泰帶走押起來，這你還不明白嗎？就是，官人們雖然敢抽他嘴巴，罵他滾，那是示意叫他暫避，因為論勢力，光明正大地比身份，他不行；可是半夜裏，官人就是瞧見他上了房，也不敢捉他，我跟韓三所怕的就是這一手。我們出門好幾個月，要不是遇見你，我們到現在還不能回北京呢！這緣故就是為他，你別瞧不起他一個無官無職的人，今天看你與他鬥起拳腳來，他也比你差得遠；可是一到深夜，他可就不好對付了。」

　　葉允雄哼哼一笑，把手一捶桌子，說：「大哥別怕！今天我跟你回去，晚間我跟你同住在一間屋內，你睡我不睡，無論他什麼飛鏢夜行術，看是他鬥得過我，還是我鬥得過他？只是，有一件事大哥你得對我言明，將才那個薛中堂的姨太太呂月姑，她到底是怎麼個人，跟你有瓜葛沒有？這雖然是小端，可是請大哥也要據實告訴我！」謝慰臣歎了口氣，說：「跟你實說，那月姑本來就與我相好，可是她同時認識的達官顯宦也不只我一個。」葉允雄說：「我明白了！她是個名妓出身。」謝慰臣說：「不過她可是個暗的，暗中陪酒接客，所接的全是些顯宦達官。她跟我最好，我在她身上花的金銀最多！」葉允雄點頭說：「我知道，那麼後來一定是被薛中堂倚勢奪過去了？」謝慰臣說：「他所倚的就是金鏢焦泰的勢，我若敢跟他爭奪，他就能派焦泰深夜來砍我的頭！」葉允雄一笑，又問說：「可是這件事又與那韓三什麼相干呢？」謝慰臣說：「沒他相干，他不過是我的好朋友，早先我天天帶着他到月姑那兒去玩，月姑被人強佔了，他替我打不平罷了！」

　　葉允雄點頭說：「原來如此！我全都明白了！大哥你與我結交，待我這樣好，就是為叫我替你奪回來美人，剪除了金鏢焦泰？」謝慰臣臉紅着，疾忙站起身連連擺手，說：「不是不是！實在不是！我不能說我一點這意思沒有，可是如你老弟不管，我照舊與你結交，敢保絲毫沒有虛假！”葉允雄說：“我怎能不管？何況這一兩天內我在京城已結下不少仇人，今天又惹下金鏢焦泰，即使你不叫我管，我也得管。據我看，今天焦泰倒未必敢去下手，可是早晚他也得下手，他下手絕不殺你，因為殺了你也是他的一個麻煩，他一定盡全力來對付我。你聽剛才他說的那話，已經都說明白了。其實不知，他就是不去對付我，我也要去對付他。我跟大哥交友一場，無論如何，是生是死，也非得辦完了這件事，我才能離開北京。金鏢焦泰我一定能把他剪除，如果月姑真是傾心于你，我也能設法替你把她由薛中堂的手裏奪回來。”謝慰臣說：“兄弟你如能把我這兩件事辦完，我願把全份家資給你！”葉允雄搖手說：“那我不要！”謝慰臣說：“以後我必報你的厚情！”葉允雄說：“那也用不着！好了，話已說到這裏，就都不必再說了！咱們且飲酒！”謝慰臣也落座，滿面喜色，說：“好！飲酒！”

　　二人才各持起杯來，忽然有一人闖門而入。這人身穿短藍布衫，驀一看好像廚房的那個胖子大司務，細一看才知道是長興店的掌櫃的陳八，他頭上還有一塊傷未愈，葉允雄急忙起身向旁一閃。謝慰臣先是一怔，繼而就舉起杯來說：“老八，你是怎麼來的？你是幫廚來啦，還是也給楊制臺拜壽來啦？別是專為來此聽蹭戲兒吧？來，先入座喝一杯，我要告訴你一件新聞。”陳八卻拱手說：“我不喝！”他一直奔向葉允雄，說：“葉大爺，現在有一個人到我的店裏去拜訪你，你不回去他不走。這人是你的老朋友，他叫鎮海蛟魯大紳，水靈山島上人……”葉允雄一聽，就突然變色。陳八說完了，就請葉允雄立時回去，眼睛溜着他，那意思是：回去鬥鬥人家？你看看人家的槍法？再說你的來歷，襄楚間的大盜葉英才，白石村的逃亡客葉允雄，就都是你！

　　此時謝慰臣已然站起來問：“什麼事？什麼事？鎮海蛟是個何許人？”葉允雄說：“是去歲在山東海邊與我見過一面的，此人來找我，大概也沒有別的事，還是比武。”遂鎮定地向陳八說：“他來了？正好，我正想會會他呢！不過今天的事大概你也曉得了，為了應付金鏢焦泰，三天之內，我跟謝大爺彼此不能離身。你跟我雖不是朋友，但謝大爺跟你卻是多年的交情，你應當講些面子，別打攪我們的事。告訴魯某人，過了三天，我必回店房，到那時候隨便叫他去找我，我也正要向他請教！”說畢落座，照常飲酒。陳八的臉色一變，接着就說：“好啦！好啦！既然只是三天，魯大紳他總能等。他來這兒已然好幾個月了，他也天天練槍法，可是還自嫌不精，所以聽說你來了，才要跟你請教請教。既然這樣，我就照您的話回復他去吧！好啦，三天之後再見！”說着，又向謝慰臣笑了一下，轉身就走了。

　　謝慰臣驚慌着向葉允雄問說：“是怎麼回事？”葉允雄搖頭說：“沒有什麼事。”謝慰臣又悄聲問：“莫非陳八他也跟你作對？”葉允雄笑問說：“難道大哥不知道？”謝慰臣正色說：“我真不知道！”葉允雄點頭說：“這就是了！”又從容笑着說：“這些事情都等到三天之後再談，目下唯一就是金鏢焦泰，據大哥所說的這人的厲害，只要把他對付了，那般人就全都好辦。現在別分了咱們的心，除了焦泰之外，別的事都休談。”於是他就向謝慰臣詳細打聽薛中堂宅子的地址，和房院的局勢，隨談隨飲隨食。多時始畢，便一齊穿上長衫走出，走至前院，見那裏冷冷清清，臺上只有一個人在唱戲，所有的人無不注目向謝慰臣來瞧。

葉允雄隨着謝慰臣乘車先往韓三家中看了一番，然後便回到東安門謝府。

謝慰臣一到家裏，時候已然不早了，他就先急急地吩咐府中的一切僕役今晚要加緊防賊。他請葉允雄到書房，這裏有兩張榻，謝慰臣就吩咐僕人們，說：「我今天跟葉老爺都在這裏睡。」又叫僕人擺酒，可是今天卻沒有看見一個婢妾來侍酒。天色漸漸的晚了，暮鴉在房上哇哇亂叫，屋中已點上了燈。葉允雄白天提來的那杆槍，和謝慰臣命人給他預備的兩口單刀、一口寶劍，飛鏢、彈弓子、繩子，全都拿了來。僕人們也個個神色都驚慌慌的，仿佛他們也都聽說了，今天他們的大爺在楊制臺的壽席上打了金鏢焦泰，招惹了薛中堂，惹下了眉睫之前的大禍。

天愈晚，謝慰臣的臉色就愈白，可是他一說話總是笑，笑得又是那麼不自然。葉允雄卻從從容容的，連說：「今晚不要慌張，哪能白天才結下的仇，晚間他們就來復仇？縱使焦泰不怕受嫌疑，我想薛中堂也要攔阻他，以免得弄出事來落閒話。」謝慰臣卻說：「你哪兒知道！焦泰雖是薛中堂的爪牙，可是有時他的主人也調不動他，也攔不了他，並且還得懼他三分，因為薛中堂有些隱私的事，全都被他把握在手裏，萬一要得罪了他，他就能夠回頭反噬！」葉允雄憤然道：「這是怎麼一回事？怎會容留下這樣的惡賊？」謝慰臣歎氣說：「嗨！別提了！所以我想，世間只有你還能敵得住他，制服得了他，你之外，恐怕就再沒有人了。兄弟，今晚我斷定他一準來，無論誰攔他，他絕不能忍今天那口氣。他今晚若是不來，即使明天再來，那他也算是在咱們跟前低了一頭，他絕不能幹這丟人的事。」葉允雄也默默不語。

少時酒喝了些，又吃了些菜飯，就撤去了杯盤，二人全都身穿着短衣裳，在燈畔對坐，飲茶談話，如此就直延到牆外更聲已敲三下，葉允雄就叫謝慰臣到裏間去休息，他將房門虛掩，屋中所有的燈燭全都吹滅，他在懷裏踹了四隻鏢，手握着長槍，專專等着飛賊焦泰前來。不覺三更已過，全府寂靜無聲，紗窗之外天色昏沉，星斗繁密，屋裏的謝慰臣就悄聲叫道：「葉兄弟！葉兄弟！」葉允雄趕緊掀簾往裏屋看了看，就見謝慰臣蹲在床上，手裏拿着明晃晃的一口刀。葉允雄問說：「什麼事？」謝慰臣悄聲說：「你聽見了沒有？」葉允雄生氣說：「什麼響動也沒有，大哥你也別這麼大驚小怪的，萬一焦泰真來了，你千萬別出屋，屋中也別點燈，你在暗處取着守勢，外面自有我應敵，保管他們不能將你奈何！」謝慰臣說：「是，你看我這兒刀劍飛鏢彈弓子全都有，也足能擋他們一氣的！」葉允雄說：「好了！你就鎮定一點吧！」他遂又走到外屋，將鞋也脫了，只穿着襪底，在椅子上坐了一會兒。

因為累了一天了，未免有些疲倦，剛打了一個哈欠，這時仿佛聽見外面有點什麼聲音，葉允雄就不由得一個冷戰。他疾忙站起，退了一步，蹲伏在牆根，雙手將槍舉起，成為「落馬金蟾」之勢。但如此沉默地過了許多時，忽然，那扇門就從外面微微的推開了，毫無聲響，推開了一條細縫，但是，外面的人見屋門沒有關，反倒遲疑着不敢進來了。此時葉允雄連一點大氣也不敢出，又呆了一會兒，忽見有個明晃晃的東西從門縫探入，門縫隨之愈開愈大，葉允雄就將槍向下微按了按，驀然，雙足騰起，向前一躥，一槍刺去。這招數毒極了，但賊人已有防備，往後伏身，翻刀向上一擋，將長槍擋開，點步兒逃走。葉允雄疾忙追出，嗖的一聲，一鏢就迎面飛來，葉允雄伸手就接住了，隨之又轉身下伏，槍成"地蛇"

之勢。那賊人一笑，轉身上房，葉允雄揚手將鏢打了回去，賊人"咕咚"落地。葉允雄又躍起，趕上前挺槍去刺，不料身後忽有刀聲削來。葉允雄急忙伏身、閃躲、撤槍、翻腕，同時再握槍去扎，賊人有刀相迎，刀光槍影，在院中連戰三五合。

房上又有幾個人跳下來，並且幾支鏢分前後左右上下，同時向着葉允雄打來，葉允雄東躲西閃。此時卻已有賊人往那書房中去闖，不料房中的連珠彈子打出，就有賊人怪聲喊叫。書房裏的謝慰臣也大喊，四下梆聲鑼聲也緊敲，賊人都急忙往房上去跑。葉允雄從下面連將三鏢打去，立時有個賊人又摔下房來。還沒容葉允雄奔過去擒住此賊，房上早又有兩個人跳下來，一個人掄刀來抵擋葉允雄，另一個就背起他的那受傷的同伴，躥上房去走了。這裏的使刀的人十分猛勇，但他毫無戰意，才轉身要逃，卻被葉允雄一槍刺到他的後腰上，他慘叫了一聲摔倒。同時房上又有幾隻鏢一齊打下，這受傷的賊人也忍傷緊跑幾步，躥上了房，房上有他的同伴拉住了他，背上他就一同跑了。

這時僕人們、打更的都一齊來到，有的打着燈籠，有的還拿着木棍，氣勢洶洶。葉允雄就擺手說："算了算了！金鏢焦泰那夥賊已經多半受了傷逃跑了，你們還瞎長什麼威風？你們這裏說不定就有與焦泰勾串的人，不然為何焦泰他們一來到，就直奔這屋裏來？你們大爺平常又不在這屋裏住。"僕人們都彼此你望着我，我望着你，不敢說話。葉允雄大喝一聲："都在此好好待着！都不許動！"

他飛身上房，提槍在前房後房各處搜查了一番，他腳踏着房瓦，如履平地一般，一直走往後花園，卻見對面房上，嗖的一聲，又有一隻鏢打來了。葉允雄疾忙伏身，就聽對面房上發出來焦泰的聲音，冷笑着說："姓葉的小子，今天算是有你的，明天咱再說，明天日落時你要敢到西山去，就算你小子能耐，好，再見吧！"話未說完，葉允雄掀了一片瓦向那邊飛打了去，那邊卻將瓦接住，哧的一聲笑，就走了。葉允雄又回到前院，指揮着僕人在院中安設上燈籠，嚴守後半夜。各屋中卻仍不許點燈。他進到屋中，就見謝慰臣手中的彈弓子還沒有放手，葉允雄就說："大哥你放心吧！金鏢焦泰現在是專跟我鬥了，他約我明天傍晚時去到西山，想明天，我們一定就可以分出來個誰生誰死！"

當日的後半夜倒是沒有什麼事情發生，天一亮，兩人就放下心去睡覺，直到下午三點多鐘方才起來。葉允雄向窗外看了看太陽的影子，就笑了笑說："天色又不早啦！昨天晚上在家裏鬥，今天應該到外面鬥去啦。我想焦泰現在專鬥的是我，他絕犯不上將我調開，單來收拾大哥。可是大哥也不可以不防備，今晚飭府中在各院落裏面通宵點燈，嚴加防守。你也另換一個屋子去住，別叫別人知道，因為你府中所用的雖都是些老家奴，可是以昨晚的事看來，我絕斷定你這裏有人給焦泰通風。"謝慰臣抽着旱煙袋，露出發愁的樣子，半天才搖搖頭，拿手指摸着下頦說："我倒不要緊，家裏的人還多，房子也多，他一時還摸不到我。只是兄弟你，今天晚上要單槍匹馬去闖西山？西山的路徑你又不熟，你還能不吃虧嗎？"葉允雄微笑道："吃虧也沒有法子，我昨夜既然應了姓焦的，就無話說了，我明知道此時姓焦的已在那裏擺好了陣勢，但我也不能不去！"

謝慰臣吸了半天煙，說："終究不大妥！我有個辦法，你不是跟陳八也沒有什麼太深的過節兒嗎？他的硬功夫是說得過去的，他又認識個什麼魯大紳，你們比武的事暫且不提，先彼此幫助。我派人把陳八請來，准保一說就行，他還能夠給咱請上許多朋友。"葉允雄擺手說："用不着！"謝慰臣又說："你要走，也得等一等，我已派出人打聽焦泰他們的動靜去了，等一會我派的人回來，咱們確實知道他那邊是如何情形，往西山去一共有多少人，然後咱們斟酌斟酌，你再前去。"葉允雄笑說："其實也沒有什麼要斟酌的，到時候我去就好了，我勝了，我把槍尖比着他們的胸膛要問話；我若敗了，那就一兩年之後再說。大哥，你不知道，我此刻辦事之心甚急，恨不得立時就除去焦泰，救出來你的那位愛寵。因為你不知道，鎮海蛟一來，無論比武的勝負如何，我也在此留不住了！"謝慰臣聽了，不禁又是一怔。

謝慰臣就問是什麼緣故？葉允雄卻搖搖頭不肯說。待了一會兒，有這裏派出去的人回來了，向謝慰臣報告說："金鏢焦泰那一夥人今天忙的不得了，東直門大碗居茶館叫他們給包下了，他們在那裏商量事情，出來進去的足有二三十人。"葉允雄冷笑說："二三十人我可不怕他們。"又問："現在什麼時候了？"謝慰臣掏出表來看看，說："這時才四點三刻。"葉允雄說："我這就去，大哥給我備一匹馬吧。"謝慰臣還遲疑着，葉允雄卻笑道："大哥你不要怕！我去准保毫無舛錯。"謝慰臣又怔了一怔，遂歎了口氣，就叫來了僕人，命給葉大爺備馬。

葉允雄此時十分從容鎮定，坐着慢慢地飲茶，謝慰臣又問說："你想帶什麼兵刃去？"葉允雄說："我只帶我那杆槍，你這裏有鋼鏢可以借給我幾隻，因為說不定他們使暗器，我就也要用暗器回擊。"謝慰臣思慮着說："金鏢焦泰的拿手戲就是他的那幾隻飛鏢，可是以昨天白日和夜晚的事來看，他是不能將你奈何的，不過，恐怕他們今天一定要趁夜放冷箭！"葉允雄也不禁遲疑了一下，因為自己在泰山曾吃過冷箭的虧，但是想了一想，便搖頭說："那可是沒有法子，他們要像山賊似的亂箭齊發，我只有暫時躲避，並不算是我敗。"

謝慰臣說："我家裏有一面舊藤牌，你帶了去好不好？"說着就叫僕人去取。少時就取來那面藤條編成的，上面還鬃着黑漆，裹着鐵葉子的盾牌，雖然很舊了，上面且箭痕累累，但沒有穿透。葉允雄顛了一顛，覺得還不算太沉，於是點頭說："好好！我就帶去。"此時僕人進來說：馬已備好！"葉允雄囑謝慰臣不要送，他就握槍持盾出門，跨上了馬，便往西去，自覺得真像一位走赴戰場的勇士。蹄聲嘚嘚，走了多時，便來到了西直門，就見有兩個人步行着迎他過來，離着很遠就一齊抱拳說："葉爺！你是上西山去嗎？"葉允雄一看，這二人全像是街頭的無賴漢，自己並不認識，遂勒住馬問說："是焦泰派你們來的嗎？"對面的人點頭回答道："不錯！焦大爺怕你不認得西山，所以叫我們迎您，把您帶了去。"葉允雄冷笑道："焦泰他倒真是細心，可是不知我姓葉的昨天即答應了他，就是約定的地方是鬼門關、豐都城，我也要找了他去；無論他在那裏安排着刀山、油鑊，我要怕他，當初就不惹他！"說着，提槍持盾催馬走出了西直門。城門口出入的人看見了他，都不住地扭頭、直眼，有的還私相談說，以為他是個瘋子。

葉允雄一抬頭，就看見了遠遠有一脈綿延的蒼翠山嶺，馬蹄已踏上往西北去的一股大道。葉允雄就將盾牌掛在鞍旁，一手持槍兼帶攬轡，一手揮動皮鞭，馬就嘚嘚地走去。一路夕陽柳影，小鎮孤村，麥地裏晚歸的農人，水田中飛起鷗鷺，天上紅雲朵朵，暮鴉群群，那眼前的山色越走越青，峰巒越看越開展。一直走出來二十餘里，來到一個橋邊，橋下是一條小溪，流水湍湍，兩岸生着茂蘆叢葦。

葉允雄剛走在這裏，忽然就聽見"嗖嗖嗖！"一陣急快的聲音，原來有亂箭自蘆中射出來，葉允雄疾忙伏身，摘下盾牌掩護，只聽盾牌上"叮叮叮"不住的亂響，頭上、耳邊全有弩箭掠過，坐下的馬揚首長嘶。葉允雄就疾揮幾鞭，馬就如同飛龍似的跳起來很高，越橋而過。身後仍有箭追來，葉允雄回身以盾牌去擋，怒罵了兩聲。忽然間見有四個人由路旁麥田之中鑽出，每人手中都舉着鋼刀，連話也不說，向葉允雄就砍。葉允雄罵了聲："什麼東西？"將盾牌掛在臂上，雙手挺槍，斜身就刺，三四槍，就有二人先後慘叫着受傷臥倒。

葉允雄催馬緊緊去走，又走數里，還沒有走到西山腳下，就見這裏地曠人稀，清流緩緩，禾黍離離，暮霞如錦，地方十分的險惡，情景十分的淒涼。忽見由田禾的稍兒上，露出來被霞光照得閃爍的刀槍，葉允雄疾忙將馬勒住，拿藤牌護住身，只見"吧吧"兩隻飛鏢打來，但全被盾牌給碰回。路前就轉過來二十多個人，個個手中刀槍耀眼，在最前面走的就是金鏢焦泰，他哈哈大笑，說："好小子！你帶他媽的藤牌來了，難道你烏龜長了蓋子，焦太爺的金鏢就穿不透你嗎？"說時，又驀地飛來了一鏢，但這一鏢也是無用，立時就被盾牌碰落在地下。葉允雄真是氣憤極了，就大罵道："焦泰你算是什麼人？我看得起你，今天才如約前來。好漢子要一刀一槍地動手，你設了些埋伏，安排些弩箭，這算什麼漢子？"焦泰拍着胸脯冷笑道："太爺是你娘的漢子！太爺說要這麼辦！你來到這兒就不用想回去啦！"說着"吧"的又是一鏢。葉允雄催馬挺槍奔了過去，焦泰那些人卻都回身就跑。

葉允雄追了不遠，就看見已然到了山根，山石都是黑魆魆的，如同猙獰鬼臉，葉允雄就趕緊收住了馬。前面的焦泰等人卻站在山石上，一齊向葉允雄搖刀點手，說："來來！你要是漢子你就過來！"葉允雄氣得肺都要炸，明知道他們前邊必有埋伏，但自己忍不住氣，就要往前去闖。他一往前闖，那些人又轉身向山上去爬。葉允雄追過去幾步，便不再追了，收住了馬。他覺得手中的兵器不便，後悔未帶來單刀，又覺得焦泰的人品這樣的卑鄙，自己與他們惹氣，實在是不值；剛要撥馬回身，去尋歸路，卻不料從山上落下來一塊巨石，起得很高，落得很重，葉允雄疾忙撥馬去躲閃，沒有閃開，這一石頭正打在馬頭，馬就趴在地下不能再起。此時飛篁下落，其亂如雨，葉允雄趕緊去拿盾牌，不料又有一塊巨石砸下，幾乎正砸在葉允雄的頭上。葉允雄急忙滾下馬去，顧不得盾牌，只提着長槍，伏着身向來路跑去。金鏢焦泰等二三十人卻自山上追下，一齊嚷嚷着，大笑着。

葉允雄兩腳不停地去跑，少時鑽進了路旁一處密林。這林中不但樹木蓊然，地下的蒿草也很深。葉允雄走進二三十步，就將身向下一伏，草便擋住了他。林外卻聽得腳步聲和馬蹄聲越來越近，並聽有人怒罵說："快滾出來！不然我們可就要放亂箭了，把你射成個大刺蝟的樣子，可休來怨我！"葉允雄不語，外面的箭果然如密雨似的射入林中。葉允雄藏在林中，有樹枝樹葉和亂草蔽覆着他，外面的箭射進來也不知有多少，卻一支也沒有傷着他。外面的人亂罵着，想要把他激出去，但葉允雄只是冷笑着，他趴在草中絕不動身。

半天，因為裏面毫無動靜，林外的人就疑惑了，有的說："莫非他已經死在裏頭啦？"有人說："進去看看？"又有畏懼的聲音說："我可不進去！他在暗處，咱們在明處。"接着就有"叭叭"的打嘴巴之聲，是金鏢焦泰的聲音，他怒罵道：「快進去！我叫你進去！你敢不聽嗎？看看他死在林裏了沒有？」葉允雄聽見有腳步聲進到林中，他就曉得他們有人進來了，外面就不至於再放箭，遂就慢慢地爬起來，提着槍繞着樹，踏着草，慢慢地去走。那幾個進來的人更是走得慢，都還彼此說：「小心！小心！」葉允雄便躲避着他們去走，有樹葉遮着，林中又黑暗，雙方誰也看不見誰。

葉允雄走到將出樹林之時，卻不再往前走了，他以樹匿身，向外看了一眼，就見外面的二三十人，其中不僅有金鏢焦泰，有賽薛禮、小彥章、猛羅成、氣死馬超，還有那胖子陳八。葉允雄不由更氣憤，更忍不住氣，就將槍尖向外一挑，樹葉嘩啦一響。焦泰喊問聲：「是誰？」葉允雄沒有答話，焦泰就一連向林中打來了幾支鏢；葉允雄以樹匿身，只覺得兩支鏢落在草裏，一支鏢釘在樹上。葉允雄就將樹上釘着的鏢拔下來，拿在手中，向外比准，就見焦泰在外面餘霞暮靄之下，向林中指手畫腳地囑咐他手下的人要小心，並大罵葉允雄，說：「姓葉的，滾出來！你既是好漢嗎，藏在林子裏跟兔子一般，還算什麼人？出來！焦太爺發誓，絕不拿箭射你，跟你一刀一槍！」葉允雄扒在樹後看准了他，驀的一鏢向外打去，只聽焦泰哎喲一聲慘叫，倒在地下亂滾。外面又弩箭嗖嗖，林中的三個人都說：「喂！別射箭！哎喲！」葉允雄卻如猛虎似的跳出了樹林。

金鏢焦泰一死，他手下的人就全都慌了，葉允雄一挺槍從林中跳出，這夥人就想要逃散，但陳八高高舉着刀大喊說：「怕什麼？他不過是一個江湖的小毛賊，怕他什麼？咱們跟他拼了！」立時箭如雨絲又嗖嗖地射來。葉允雄卻槍花緊抖，將箭撥得紛紛落地，順勢又刺傷一個人，奪了一匹馬，他飛身上馬，直向東南奔去。身後箭響，並有陳八的大罵之聲，葉允雄卻馬不停蹄，一下就走出了七八里。

此時黑天沉沉，連顆星斗也看不見，野外也聽不見更鼓，只見人家都如一個個的黑土堆似的，一點燈光也看不見；田禾唰啦唰啦的響，蹄聲傳到遠處，就有村犬吠聲相應。葉允雄收住馬，喘了喘氣，暗想：今天這場鬥實在無味！雖然將焦泰打傷，傷得很重，他多半已經死了，可以說是為京城中除了一大害，但是自己的藤牌丟了，馬也換了另一匹，究竟是太不值！而且賭這閒氣有甚意味？殺他們多少賊人也抵不過殺一個孟三彪，自己無論多麼英雄，也算是辜負了魯海娥，害了梅姑娘……一想到了這兩件傷心的事情，他就又不由長長的歎氣。

這時天色至少已過二更，想回到城裏是不能了，那麼可到哪裏去投宿呢？四下連個有燈光的房子都看不見，不要說店房，就連座破廟也沒有。晚風淒淒，前面的路仿佛越走越窄。轉過了一條小徑，忽然他心中一喜，原來前面看見了燈光，他趕緊用手捶馬往前去走。及至把燈光認清楚了，看出來眼前是一座約三四十戶人家的小鎮，有短短的一條街，通着一股大道。鋪戶本來不多，這時全已閉了門，只有這一家，門半掩着，裏面燈光煥然，並發出「呱嗒嗒！呱嗒嗒！」的聲音，仿佛遲緩的馬蹄之聲。

葉允雄就下了馬，一手提槍，一手牽馬，往近去走，及至來到臨近，隔着門縫往裏一看，原是有小驢蒙着眼睛正在屋裏轉磨。一個人拿杓子往磨石上灌豆子，順着磨盤往下流豆漿；旁邊擱着許多竹籮，裏面有已經做得了的豆腐。一個老頭子坐在地下的一塊石頭上抽旱煙，還有一個二十多歲的小夥計蹲在地下燒火。葉允雄就把門縫推大了一些，向裏邊說：「掌櫃子忙啊？我是走迷了路的，找不着店房了，連晚飯也還沒吃，求你們方便方便，叫我進去，喝你們一碗豆漿，我一定多給錢；你們這裏養着驢，大概也有草料，我這匹馬也得喂喂啦，有睡覺的地方沒有？叫我歇半霄吧！」那老頭兒把煙袋離了嘴，就說：「您要歇會兒倒行，喝碗漿給錢不給錢也不要緊，我們這兒就是沒地方睡。」葉允雄說：「馬能牽進來嗎？」老頭兒點頭說：「行，您牽進來吧，這兒有草笸籮，您自己喂吧！」葉允雄說：「好！好！多謝多謝！」遂就將馬匹慢慢牽進屋內。

　　屋子裏因為養着驢，所以地方很大。三個賣豆腐的人對於這一個過路的人，本來不很留心，可是忽然看見了他手中拿着的長槍，就不由一齊驚訝，那燒火的小伙子就站起身來，問說：「喂！你是幹什麼的呀？」葉允雄微笑答道：「我是耍槍賣藝的，這番是初次到京城來。聽說北京城的錢好掙，可是頭一天我來到就錯過了鎮店，大概這回的運氣不能太好了！」一邊說着就一邊將馬繫在養驢的地方，捧了些草料放在笸籮裏，這匹馬就低着頭吃草。這匹馬是鐵青色的，還很矯健，大概還許是什麼薛中堂家養的，被金鏢焦泰給騎來了。葉允雄心裏想着：明天還不能騎着這馬進城，不然被薛中堂家裏的人認出，或是被焦泰的手下人扭住，還一定要出麻煩。此時那年輕的人給他舀了一碗很熱的豆腐漿，他嘗到嘴裏覺着發苦。他看見地下有許多塊石頭，後院還有房屋，小驢嗒嗒地轉磨，頗似人生的艱苦奔忙。

　　葉允雄正在感歎，忽聽外面自遠而近來了馬蹄聲，來了雜遝的腳步聲。他大吃一驚，疾忙放下盛豆漿的碗，綽起長槍來，又想：如果追來的是陳八那些人，自己在此槍抖不開，又無處避箭，豈不要吃虧？於是疾忙向後院去躲藏，那老頭子嚷嚷着說：「喂！別往後院去！後院有家眷！」外面的人馬已停滯在門首，板門被推開，有許多人亂說着：「一定是在這裏！一定藏起來了！」並聽有陳八的聲音說：「小子你藏什麼呀？好漢子走出來吧！」賣豆腐的人驚驚慌慌地說：「老爺們，是怎麼回事呀？」陳八說：「你們別害怕！我們捉的是姓葉的小子，騎着這匹馬來的那個人！」

　　葉允雄隱在通着後院的門後，也大罵着說：「陳八！你是什麼東西？也敢稱好漢？你敢再進兩步，葉大爺就拿槍扎死你！」陳八由地下抱起一塊大石頭向門上就扔，嘩啦一聲兩扇木門全被砸倒。葉允雄已無物可以蔽身了，同時弩箭又嗖嗖地射至，他慌不擇所，就一腳踹開了東邊小屋的屋門，持槍進內。屋中黑忽忽的，大概有婦女正在睡覺，見有人撞進來，就「啊」的一聲尖叫，葉允雄囑咐聲：「別害怕！」此時陳八已追到後院，把一塊大石頭又整個扔在屋內，「咕咚」一聲，接着「嘩啦嘩啦」亂響了一陣，大概是砸壞了許多東西，屋中的婦女又驚叫，外面人語嘈雜。葉允雄胸頭的怒火倍增，驀然一槍隔着窗刺去。外面的陳八正在大罵，沒有留神，這一槍，正正扎在他的頭上，他立時倒地身死，外面的人便紛紛逃奔，少時倒顯得清淨了。

　　屋中的女人以為葉允雄是已然出屋去了，她驚驚慌慌地把燈點上。屋中的燈光一起，照出地下扔着的大石頭，被砸碎了的凳子，和握槍忿忿的葉允雄，這女人不禁又哎喲了一聲。葉允雄扭頭一看，他也是不勝地詫異。

第八回　　魯海娥花鼓走京城　　葉允雄銀槍驚漢水

　　葉允雄一看，這女子正是自己前幾天遣走了的那紅衣侍姬秦絳雲，想不到竟在此突然相遇。絳雲趕緊向葉允雄施禮，呼叫："葉老爺！"葉允雄點了點頭，說："原來你在這裏？"絳雲說："這是我姨夫的家……"葉允雄點點頭，不等她往下再說，自己提槍往屋外就走，低頭一看，陳八已死在地下，葉允雄拽着他的屍身就出了門。門前已無賊人的影子，葉允雄一手提槍，一手拉着陳八的腿，拉出有一里多地，就推在一條小溪裏，然後重又走回豆腐坊。

　　此時絳雲已把葉允雄的來歷告訴了她的姨夫，她的姨夫原來就是那抽着旱煙袋的老頭兒。這老頭兒立時就對葉允雄十分地恭維，一口一聲地叫着"恩人"，並指着那剛才燒火的年輕人，說："這是我的兒子，我們爺倆雇着個夥計，在這小鎮上開着這家豆腐坊，近年買賣也還不錯。絳雲姑娘自被葉老爺給了銀子打發了回去，一家人連親戚們都是感恩戴德。本來她小的時候就說過，將來把她配給我這兒子，後來家中寒苦，沒法子，把她賣到了謝府，兩家姻親就不能再提那舊話兒了。新近，葉老爺把她打發回家，可又想起來這件事，兩家又是賣豆腐的同行，近年的生意又都不錯，因此老親又加上新親，把她接了過來，可是還沒有跟我兒子圓房呢！"

　　葉允雄聽了，就點頭笑着說："很好！很好！今天我無意之中來此見到你們，本應當給你們賀喜，可是反倒攪鬧了你們半天！"老頭兒連說："葉老爺哪兒的話，攪我們什麼？您受了驚倒是真的，葉老爺！請歇一歇吧，叫我兒媳婦給您燒一壺茶！"葉允雄搖頭，笑着說："不用麻煩了！"他這時才看見，絳雲果然是挽着頭髻，她的那個表兄——也就是她的丈夫，人物也頗為年輕強壯，雖是都身着布衣，但確是天配合成了的一對。

　　秦絳雲要去忙着為葉允雄燒水，葉允雄卻擺手說："你不要麻煩了！現在天也快亮了，我要走了，走到城門大概也就開城門了。死屍我已移開了，明天若被官人發現，問到你們這裏來，你們可以據實而言。我現在在謝公府內，就請官人到那裏去傳我，我一定去打官司。這匹馬也暫時放在你們這裏養着，一二日我再派人來牽走。"說畢提槍走出。

　　他仍恐跟隨陳八的那些人再來到豆腐坊攪鬧，所以他不敢立時就走；出門走了不遠，他就在個牆角旁邊立住，手持着長槍，就像是個守衛的兵士似的，孤

　　零零地立於混沌的夜色之下。他腦中此時有許多愁煩：第一就是想着這件人命官司明天必要去打，即使謝慰臣替自己出頭，自己也不能把個人做的事去累及他。但只要是被捉到官裏，遲早也必勾起早先自己的那些事，其實自己對死並不懼，只是孟三彪那惡賊至今未再跟自己碰頭，梅姑娘還不知下落，這卻叫自己不能甘心。他越想越煩越恨，直見東方已發出了曙色，並沒有個人影再來到這條鎮街，他這才邁步往東去走。

　　他提着槍，走路時覺得腳步發懶，多時才到了西直門。這時城門才開，許多車馬、行人、擔子全都往城中去擁擠。葉允雄雖然提着長槍，槍尖上還沾着點血跡，但他雜在人叢之中，也沒有人對他加以注意。他進城就雇來一輛騾車，直回到謝慰臣的府中。原來昨夜這裏雖然無事發生，可是謝慰臣也一夜未睡，這時他才要着枕，聽說葉允雄回來，他趕緊又起來了。葉允雄直到書房中，將槍立於牆根，趕緊叫僕人打水淨面。謝慰臣打着哈欠走過來，一看，葉允雄的周身衣裳雖已滾得很髒，但一點傷也沒有，他就笑了，問說：“怎麼樣？大奏凱歌了吧？”葉允雄說：“待會兒再說，大哥，你先叫人弄點菜飯來，我現在餓得很！”謝慰臣遂傳命備菜擺酒，摒去了僕人，二人這才細談。

　　謝慰臣先聽了葉允雄用鏢打死焦泰，他不禁拊手稱快，但聽說槍扎死陳八，他卻又感到些驚疑，說：“啊呀！我還不知陳八這些日也跟你作對，不過他的硬功夫實在不錯，死了未免可惜！”末後聽葉允雄又說到在豆腐坊巧遇絳雲之事，謝慰臣便笑着說：“老弟！你把人家的事成全啦，你自己可怎麼辦呀？莫非找不到嫂夫人的下落，你就鰥居一生嗎？”葉允雄說：“現在哪還能提到這些事？今天我回來就是告訴大哥，京城的惡人已被我剪除了，該到什麼衙門去打官司，我這就去出頭！”謝慰臣卻擺手笑道：“這個不算是一回事！只要焦泰死了，沒有人再隨時能躥房越脊取我首級，我就都不害怕。焦泰死後人心大快，衙門不會為他捉兇手，陳八的事我也有辦法，咱們飲完了酒，我就出去。”於是，他高興地與葉允雄痛飲暢談，一面命人去套車。酒飯完畢，謝慰臣就到另一個院落裏去更衣，然後帶着僕人就出去為葉允雄疏通官司。

　　葉允雄卻在屋中睡覺，又一直睡到天黑，及至醒來，僕人已在屋中點上了燈。謝慰臣又過來，精神很大，也像是才睡醒的樣子，他就說：“悟塵！今天我出去見了幾個人，把昨天的事全都疏通開了，並聽說金鏢焦泰的那些餘孽，也都各自斂跡懼禍遠遁。賽子龍徐傑也向人說，姓葉的確實是當今唯一的好漢，他甘心退避三舍，絕不再與你作對。從今天起，你隨便在京城溜達了，我也從此高枕無憂。只是，今天咱們就沒法子消遣，賊是一定不能再來了，咱們兩人又都睡了一天，難道吃完了飯還睡嗎？你又不會下棋，吟詩論文那些事更不是咱們會幹的，‘春宵一刻值千金’，這就像說的是今晚，咱們怎麼消磨它呢？”他說着話時，不禁微笑。

　　葉允雄也看出來了，謝慰臣是這幾天的緊張危險的時候過去了，又不禁犯了他那好色的毛病，這一定是又想主張一同出去嫖妓；便也暗笑着，專等着他的話，就聽謝慰臣往下說：“沒有女人，時候總不好消磨，我想咱們出去散散心？”葉允雄心說，猜對了！但是謝慰臣所提出來的卻不是妓院，他說：“咱們也不去胡鬧，只走幾步兒，大街上有個落子館，那兒有八角鼓、蓮花落、相聲、快書，還有小姑娘唱梅花調，並且聽說真有一兩個長得不錯的；那兒的雅座也預備得很乾淨，人並不雜。我想咱們到那兒去消遣消遣，花上幾吊錢，樂到十二點再回來，你說如何？」葉允雄卻搖頭說：「何必出門？出門難免又要招事，我們只在家裏談一談好了！」謝慰臣一怔，感覺到大煞風景。

旁邊一個小廝送過茶來，嗞着牙說道：「既然葉大爺不願意出門，那就從外面叫一個串街唱大鼓的姑娘吧？昨天這時候就來了一個，背着個唱秧歌似的小鼓兒，兩根鼓槌一邊打，一邊飛起來拿手去接……」謝慰臣說：「那是鳳陽花鼓，很有意思，北京城唱這個的很少；昨天既然來在咱們門首，你們怎麼不告訴我呢？」小廝說：「昨天誰敢把她叫進來唱呢？葉老爺又走啦，大爺正煩着。今天三四點鐘的時候，她又來了一趟，在門前唱了半天，可是葉老爺跟大爺都正在睡着，我們不敢叫她進來吵！」謝慰臣笑着問說：「怎麼樣？那唱曲的姑娘，有多大年歲？長得好壞？」小廝笑着說：「也就是十七八，長得是頭頂頭，玩藝耍的更妙，就是唱的曲兒我有些聽不懂，大概是個外鄉人。」謝慰臣高興着說：「好！好！只要是她再來，你就把她叫到西院去唱，我跟葉老爺都想聽聽。」葉允雄卻擺手說：「我可不想聽！」

葉允雄既然不主張出門，謝慰臣只好叫人預備酒飯，在這書房中，以飲酒、談閒話消磨燈檯上的蠟燭。謝慰臣就說：「我今天從外面聽來一件喜信，因為事情還不知道能成不能成，所以我沒有跟你提說，可是萬一這件事若成了功，兄弟你真是前程遠大了！」葉允雄就問世：「什麼事？你永遠跟我說這些空話，卻不把詳細的原因說出來。」謝慰臣說：「本來這也是我聽來的傳言，還未必是真的呢！就是今天我出去給你疏通官司，有個人對我說，那天你在飯莊裏打了金鏢焦泰，楊制臺聽說了，他很是留心，以為你是一位俠客。現在兩湖地面不靖，楊制臺很需要一位能幹的人，往小說是個保鏢的，往大了說，他就許保你作個總兵或協台。」葉允雄歎了口氣，持起杯來飲酒。

此時，剛才在旁伺候的那個小廝已出屋去了，換了一個三十來歲的人給添酒傳菜，謝慰臣是談上了話就沒完，葉允雄卻一語不發。呆了半天，忽然那小廝又跑了進來，問說：「那個打花鼓的姑娘又來了，讓她進來嗎？」葉允雄擺手說：「不必！不必！」謝慰臣卻站起來高興着說：「先叫她到這屋來！叫人在西院支上風燈，待會兒叫她在那裏耍！可是，先叫來，我得問問她都會什麼玩藝，快！快！」小廝趕忙跑出去了。葉允雄卻皺着眉說：「不行！」謝慰臣說：「我今天是特別的高興，可是我跟你說了多少話，你全都不答言，多麼無聊？我得想法子開開心！」

正說着話，忽聽院中有女人嬌滴滴地問說：「怎麼？還得進屋去嗎？」葉允雄一聽這聲音，就不禁吃了一驚，立時站起了身。謝慰臣拍着他的肩膀笑說：「你也開開心吧，別讓鼓娘笑你是一個傻子！」說時房門忽然開了，那小廝已領進來一個千般旖旎萬種風流的鼓娘。進屋來的這個鼓娘是身穿月白布的小褂，頭上蒙着月白綢子的手絹，鬢髮低垂，壓着一張豔若芙蓉的微胖臉兒，俏目睜得很圓，嘴角發着微笑，然而卻是一種冷酷與憤恨的神態。她下身穿着青綢褲子，青綢小鞋，一進屋來，身子就如隨風楊柳，嫋娜着說：「二位老爺叫我來打花鼓嗎？可是價錢先得講好了，我們女人家由梁山泊到京城不容易！」謝慰臣詫異着笑說：

“什麼？梁山泊來的？哈！你別是一丈青扈三娘的後代吧？來！我先問你會耍什麼玩藝兒，然後只要你能給我們這葉老爺開心，要多少錢全好說！”

葉允雄忽然“咚”的一跺腳，歎了口氣。不料這鼓娘跳過來，吧的一下就打了葉允雄很脆很響的一個嘴巴。小廝大驚，謝慰臣瞪眼呵說：“你敢無禮？”鼓娘瞪眼說：“我敢無禮？我跟你們這葉老爺，喪盡天良的葉悟塵，就講不着什麼禮！我先得把他打夠了，才能打花鼓！”掄手又連打了兩個嘴巴，葉允雄卻絕不還手。謝慰臣在旁一看這個情形，不由得怔了。葉允雄卻扭住了鼓娘的胳膊，說：“你也得給我留點臉面！”

鼓娘卻跺起腳來大哭，說：“你還要臉面嗎？我救了你的命，嫁了你，你卻在梁山泊把我拋下一走！我有什麼對不起你的地方，叫你這樣翻臉無情？你說因為那高俊，可是高俊跟我屁相干也沒有！就因為大秀要嫁他，大秀又是我的姊妹，我才跟他說話，你就生把個烏龜蓋子往身上背！你還走？你能走到哪裏？來到北京交了闊朋友，改了名字充好漢，你就以為我找不到你了嗎？好！你別淨歎氣，也把你的理說說！說完了我打鼓跟你們討賞錢，我就走！以後我不但賣藝還要賣身，你走到哪兒我給你現眼到哪兒！”葉允雄此時羞窘極了，眼看着就要變成了暴怒，被打紅了的臉也漸漸發紫。謝慰臣早就用眼色將屋中的僕人驅走，這時他就先向鼓娘一擺手，然後把酒杯向桌上一摔，正色地說：“葉兄弟！我想不到你竟是這樣的人？你前天跟我說，弟妹在梁山泊過得很好，這次是她勸你出來求出身，原來你說的都是瞎話呀！你出來時就是背着弟妹。你還跟我說，弟妹救過你的命，待你極好，你時時想她，所以連酒都喝不下去，你整天憂煩，但那就能彌補你的過失嗎？原來你卻是個負心之徒呀！哈！好兄弟，你這樣的朋友，以後我可不敢再交你了！”

魯海娥一聽謝慰臣說的這話很公道，她就更是哭啼抹淚，叨叨嘮嘮，跟謝慰臣講起理來：由水靈山島相識之時起，直說到葉允雄後來犯案被捕，在鄆城她冒險營救，山內成親……謝慰臣聽到這裏，就點頭說：“弟妹不用跟我說了！這許多事我全都知道，因為葉允雄他對我說的比您說的還詳細，只是……嗨！你們夫妻的事我也不便多說話，弟妹可別走，他若能給弟妹賠罪，那我還交他這個朋友；不然，雖然他現在是名鎮京師的英雄，我也不願再與他結交，衙門的事，我也不能再給疏通啦，官人愛怎麼辦就怎麼辦吧！”魯海娥聽到了這話，卻突然吃了一驚，又揚着淚眼看了看那鬱悶無語的，英俊可是無良心的她這情人夫婿，她漸漸哭聲小了，話也少了。謝慰臣便向葉允雄使了個眼色，暗笑着，但是又假作生氣，頓頓腳就走出屋去。

院中還站着兩個僕人，謝慰臣卻用嘴“咻咻”的給趕開。他進到裏院，就命伺姬預備着香衾，並悄聲囑咐說：“呆會兒，你把這就送到書房去！那長得很漂亮，穿着月白小褂的，就是會耍槍的那位葉老爺的太太！”過了許多時，謝慰臣就命這侍姬，抱着一份錦衾繡褥送到書房裏，並囑咐說：“你看看他們夫婦在那屋裏幹什麼了？”這侍姬答應着出了屋。去了一些時，便回來了，臉上帶着些緋紅，說：“人家倆人正在屋裏低頭說閒話呢！地下放着個小鼓，桌上擱着兩根鼓槌。”謝慰臣就問說：“你沒聽他們說什麼嗎？”侍姬笑着說：“兩人的眼角都掛着淚，葉大爺說完一陣話，葉太太又說，可是，葉太太說的時候，葉老爺又連聲地歎氣。什麼話我可也沒聽清楚，因為葉太太說的話我不大能聽得懂，我就聽見什麼：葉太太這次來，真不容易，是先到了什麼白石村，後來才到了北京，又沒有錢，她就沿途打着花鼓。她前幾天就來到北京了，可是今天才見着面，葉老爺只直跟太太說好話兒！」謝慰臣聽了，不禁哈哈大笑。

又待了一會，便自己又走往書房前，在門外先咳嗽了一聲，然後拉開門進了屋。就見那夫婦正對面坐着，每人的眼前放着個酒杯。謝慰臣鼓掌笑着，說：「這才好！這才好！千里夫妻巧相逢。」魯海娥紅着臉站起身來，忽然又毫不客氣地說了，她說：「謝大哥！你別光拿我們開玩笑！剛才我也聽他說了，你有一個知心的女子呂月姑，是被什麼薛中堂奪了去。這事你放心吧，現在不才二更多天嗎？不到四更天，我准能叫她在這屋裏跟你見面！」謝慰臣一聽，倒不禁發了怔。魯海娥抿着嘴笑着，極度地風流豪放，令謝慰臣倒不敢正眼看她了，就皺着眉，同葉允雄說：「你替我勸阻勸阻弟妹！那件事早晚我是要拜託你們夫婦的，可是現在焦泰才死，衙門方面我才打點好，不可忽然又出事！慢慢說吧，慢慢說吧。」

葉允雄不表示態度，魯海娥卻瞪了謝慰臣一眼，說：「無論如何我也得報你的恩！因為你能替他撒謊，還送過他一個小老婆！」謝慰臣連連擺手，面紅過耳地笑着說：「得了！得了！弟妹你別挖苦我啦！我送了他個小老婆，他並沒要，他慷他人之慨，給打發走了，昨天晚上他們還見面了。」魯海娥立時又瞪了葉允雄一眼，謝慰臣卻笑着說：「可是人家已經嫁了人！昨天他是跟人打架，躲避到豆腐坊裏，無意之中才遇見了那女子；那是落花無意，流水也無情，我的撮合山沒作成，也就不必再提啦！開玩笑是開玩笑，真話另是真話，我與葉允雄相交多日，見他真正是一位正人君子，嫖也不嫖，賭也不賭，剛才我邀他去聽大鼓，他也不肯去。再說一句話，今天要依着他，就不叫我往屋裏招鼓娘，所以要真依着他，您二位還未必能相逢呢！請坐！請坐！我叫人給換酒！」於是就喊叫小廝。

魯海娥卻連連擺手說：「我不喝！我把酒都喝夠了！」又問說：「那什麼薛中堂的宅子在哪裏？告訴我，反正早晚我要給大哥辦那件事。」謝慰臣笑着，想着魯海娥也不過是個比較潑辣的女子，她打聽薛中堂家，多半她也是想借着打花鼓混進去，或者能與呂月姑見上一面，但若想救呂月姑出來，恐亦很難；於是就蘸着杯中的殘酒，在桌上畫出了由此往薛中堂家的曲曲彎彎的路線。畫完了他就一拉葉允雄，說：「你來！我還有幾句話要審問你呢！」

他把葉允雄拉到了大客廳，就一半抱怨着說：「兄弟！你為什麼當初不跟我說實話？你本有兩位太太，這位太太你一字也沒跟我提。你拋妻遠走本太不對，剛才若不是我撒了一套謊，消了她的氣，這時她還得抽你的嘴巴呢！」葉允雄笑了笑，又歎息一聲，遂把自己與魯海娥的結合經過，及上次因誤會出走的始末，簡略地說了。謝慰臣聽罷，卻不勝驚訝，說：「原來你這位令正竟是這樣的奇女子！她的武藝一定比京城有名的女鏢頭徐飛燕還要高強，與你真堪稱一對俠義夫婦！女人哪個不嫉妒？性情放蕩也未必就是淫賤，如今她千里迢迢，沿途賣藝來尋你，見了面，多少怨恨，也一說就解開，實在不易得。你以後應當在她身上補補過，不可再耍脾氣了！」葉允雄點頭，說：「當然，我不能再拋棄她了！只是剛才聽她說，那童五、楊七等人也將要往北京來，我們在此必定待不住，所以我們想趕快把大哥的那件事辦完了，我們好走。」

　　謝慰臣聽了這話，卻不禁有些發愁，怔了半天，就搖頭說：“不要緊，你們自管在我這裏住着，不要說楊七、童五，就是牛九、鐵十，也不敢從我的府裏抓人！那件事，自然呀，我還不願早點跟月姑見面嗎？可是因為焦泰才死，薛中堂正在懷恨着我，咱們倒得斟酌斟酌了！”又拍拍葉允雄的肩膀，說：“明天再說吧！今天天色不早了，新婚不如久別，久別就算新婚，權且把我的書房充你們的洞房，你可小心再挨嘴巴！”葉允雄笑了笑，但因聽謝慰臣說到了洞房，卻又想起白石村的洞房之夜，自己與梅姑娘惜別之時；如今與魯海娥見了面，但不知將來還能跟梅姑娘見面不能，他心中不禁又有些感慨。

　　與謝慰臣出了客廳，見書房中燈光灼灼，葉允雄還要讓謝慰臣進屋去坐一會，談談閒話。謝慰臣先是有點不好意思，站着猶豫，但是，魯海娥的模樣自己雖然看過了，可是總有點遺憾，仿佛沒大看清楚似的；而且剛才聽葉允雄說她是一位俠女，正是“粉鱗小蛟龍”，實在更得多看一眼才對，於是經葉允雄一讓，他就又笑着走進書房來。但，兩人一進屋，卻不禁齊都大吃一驚，因為屋中空洞無人，魯海娥已不知何往，地下空留着花鼓，壁間卻失去了一口鋼刀。

　　謝慰臣說：“不用問了！弟妹一定是給我辦那件事去了，這可怎麼辦？老弟你只好去一趟了！”葉允雄也很是着急，說：“其實以她的武藝，辦這件事原富足有餘，不過她這些日路上奔波勞碌，剛才又喝了兩盅酒……”謝慰臣就說：“那麼你就趕緊快走！我叫人給你套一輛車，車上放好傢伙。可是記住了！千萬別把事情弄大發了！”葉允雄說：“你不要囑咐，我這次去，就怕是她小題大做！”謝慰臣遂急喊來小廝，命往前面叫人趕緊套車，葉允雄是將衣服紮束利便，帶上一口寶劍，就走了。謝慰臣送至門外，並悄聲向趕車的囑咐了一番。這趕車的好像是他的一個心腹人，就請葉允雄上了車，遂趕着車走了。

　　此時夜色已深，路黑人靜，只有車底下拴着個紙燈籠，在地下飄動着個淡黃的光圈，車輪“咕咚咕咚”地響，因為地下是坑坎不平。穿越着曲曲折折的小巷，走了半天，葉允雄就在車裏問說：“還沒有到嗎？可不要把車趕到人家的大門口！”那跨着車轅的趕車的笑着說：“我知道！我們大爺剛才都跟我說明白了，您就放心吧！”葉允雄便不再言語。又走了一會，車就進了一條小胡同，趕車的就叫騾子停住了，他悄聲說：“請您下來吧！往東，見着一條橫胡同就往南不遠，那邊有一片高房大廈，磨磚對縫的院牆，那兒就是薛中堂的家。我在這兒等着您，您記住了，我這燈籠上貼着個紅紙條。”葉允雄一看，果然，心中就說：謝慰臣雖不會飛簷走壁，可是偷香獵豔的行為他一定是常幹，不然他怎會有這麼一個賊似的趕車的？

　　當下他提着寶劍跳下了車，依言往東轉南，走不遠，果然看見一片高房，看這樣子似比謝慰臣的府第還要煊赫，更鼓之聲也很清切。葉允雄就暗想道：不知怎麼樣了？海娥她來到了沒有？這裏的房屋如此之多，誰知道他家的姨太太住在哪裏？焦泰新死，他們能無防備？海娥恐怕也不易得手吧？來到牆根，將寶劍插在腰帶上，他就爬上了牆。由牆上房，聽見更聲正在下面的院落敲着，他就趕緊趴伏在瓦上，靜靜的。等更聲走過了之後，他才站起身來，見下面是東西房，雖都有燈光，可不像是正院，姨太太不會住在這裏的。他遂就伏着身往後院去走，只見後面那廣大的院落中點着四盞風燈，東西北三棟房屋的紗窗上，都是燈光輝煌，人影搖搖，婦人談話之聲很多。葉允雄趕緊又伏在房瓦之上，劍壓在身下，心說：這怎麼行？天到此時他們還都不睡，看這樣子，不是家中有什麼特別的事，就是故意如此防範；薛中堂又不是傻子，焦泰死了，他知道有比焦泰更強的人，他還不想到有人能乘夜而來嗎？這時除了直闖進屋去，持劍扭住薛中堂，叫他把呂月姑送出來，才能把事辦到，但那不就把事情鬧明了嗎？與強盜還有什麼分別？正想到這裏，忽見北屋的簾子一啟，嫋嫋娜娜的走出來一個女子，大概是個丫鬟，來到西屋下，就嬌聲向窗戶裏說：“大人叫陶媽去熬白木耳，怎麼還沒熬好？于媽你快去催催！還有，快點叫她們給五姨奶奶煎藥！你們別以為大人不理她，你們就都不管啦，順着硬風兒去走，三姨奶奶的屋裏這時又成了眾星捧月啦！小院成了冷宮，你們連去看看也不去。將來人要是死了還好，萬一不死，有朝一日拿上了大權，你們，都提防着點兒就得了！”

屋裏一連走出兩個僕婦，都笑聲說：“雙姑娘！我們這就上茶房看看去就是啦！我們在這兒抹小牌呢，這就去，雙姑娘您別生氣！”名字叫“雙”什麼的這個丫鬟，又使着脾氣說：“快去！有說這廢話的工夫，把事情辦了好不好？”當下兩個僕婦還互相支着，這個讓那個去，那個又讓這個去，結果是那個身材矮的僕婦往前院去了，還囑咐這個僕婦別動她那幾張牌。丫鬟卻像個主子似的，氣哼哼又走往北屋。

葉允雄正伏在這房上，他猜出那所謂的“五姨奶奶”必就是呂月姑。呂月姑現在是貶入“冷宮”了，可不知住在哪個小院？她一定是得了重病，這都是因隆慶飯莊花園裏那天的事情而引起。他由房上也往前院去爬，往下一看，就見剛才那僕婦嘴裏還自己叨嘮着：“浪貨！五姨奶奶死了她襲缺不好嗎？幹嗎還作這假惺惺？反正，這宅裏就是丫頭享福，只要把大人迷上了，什麼事也不用幹啦！當老媽子的倒楣，三更天還不准睡覺，拿起一把牌來得放下八回！早晨，天沒亮又得伺候着大人上朝，她們可都睡在被窩裏，養足了精神晚上好泛浪呀！”她嘴裏胡罵着，穿過了一個窄過道，又到了另一個院子。這裏的東屋也是燈光很亮，有開水壺吹着哨子的聲兒，大概是專管做開水、沏茶、熬白木耳、煎藥的屋子。這僕婦一進去，就喳喳的又大罵了一場，屋中大概也有兩三個僕婦，就加在一起談論。

葉允雄翩然而下，院中無燈無人，他就蹲在窗下，聽屋裏的那三四個僕婦談說。他才知薛中堂人雖已老，好色的程度卻比謝慰臣更甚，而且抽大煙，還離不開參茸和白木耳。今晚原來不是有什麼防備，這裏是夜夜如此；大概現在許多的姨太太和丫鬟都聚集在那北房裏，非得她們一齊獻媚，把那位中堂服侍得睡了，這些人才能夠休息呢。屋裏的僕婦又談到小院的“五姨奶奶”，都認為是：“活不了啦，可憐！那人平常怪不錯的，比別的姨奶奶都和氣！”末後又悄聲嘀咕，大概是談到金鏢焦泰被鏢打死之事。

葉允雄不暇細聽，就又躍上房去，踏着瓦向各處尋找小院。果然讓他找到了偏北的一所極幽僻的小院，院中只有四間房，兩間黑暗，另兩間的窗上微有黯淡燈光。院中無人，葉允雄就又跳下，慢慢走到那窗前，提劍側耳去聽，就聽窗裏正有女人之聲急急的說：“你扎掙着點兒！我背着你，現在我就救你走！”這說話的人正是粉鱗小蛟龍魯海娥，接着是一陣微弱的呻吟聲音。葉允雄挪了兩步，將屋門輕輕拉開了一條縫，魯海娥立時由床邊站了起來，手舉鋼刀。葉允雄卻向屋裏說：“怎麼樣了？”他叫屋中的燈光射出來，故意讓魯海娥認出他的臉。魯海娥當時把刀放下。走近兩步，說：“你也進來吧，她病得很重，我叫她跟我走，她不肯！”葉允雄見地下還蹲着一個戰戰兢兢，連魂都像嚇飛了的僕婦，他就將一隻腳邁進屋內，悄聲向海娥說：“別管她應不應，也無論她能不能死，把她快些背走就是，你背得動她嗎？”海娥點頭說：“背得動！”葉允雄說：“越快越好！在北邊小巷裏有一輛車，燈籠上粘着紅紙條，那是咱們的！”說畢收回腿來，將門又掩上。

　　他剛要再上房，去為海娥巡風，只聽“吧”的一聲，不知從何處飛來一物；雖然沒打中葉允雄，可是把他也嚇了一大跳，窗櫺上顯然插中一隻鋼鏢。他急忙伏身，並向屋裏說：“有人！快走！不用管她了！”說時又有一隻鏢飛來，卻被葉允雄接住，並連窗櫺上的都拔下了。鋼鏢第三只忽又打到，葉允雄閃身躲開。對面房上就有人說：“小子！你好大膽，小心着！”葉允雄一低頭，伸手去接，鏢卻沒有打來。葉允雄伏着身向院中心一躥，房上又飛來一鏢。葉允雄一閃身同時又跳起，第四只鏢“噹啷”一聲落地。葉允雄已上了房，向着一條黑影一劍砍去，黑影以刀相迎，“鏘鏘”刀劍相磕，對方的人頗有幾下力量。忽然又有三人從院牆跳過來，一齊舞刀向葉允雄砍，葉允雄以單劍力敵。

　　這時前院梆聲、鑼聲齊起，三個護院的前後夾攻，一面舞刀一面大喊：“在這院裏！快來！”葉允雄一劍就劈下去一個人，那人受傷摔下了房，還大聲嘶叫。燈光、鑼聲、人聲、足音雜亂的已將臨到這小院裏。突然見那房中的燈光忽滅，海娥背負着一個人出了屋就上房，敏捷猶如狸貓，轉眼之間便已沒有了蹤影。魯海娥將月姑背負走了之後，葉允雄亦不願再戰，更見這裏家丁、打手越聚越眾，他也不願傷這些人，遂踏着房瓦往前院走去。幾個護院的人都大聲喊叫着：“拿呀！拿呀！千萬別放跑了他呀！”卻無人敢緊緊追趕，就一任葉允雄從容走去。此時已逾四更，葉允雄跑到了北邊那小巷內，一看，那輛帶着紅條貼紙燈籠的騾車已然不見了，他曉得必是被海娥、月姑二人乘走。如今總算目的已然達到，他遂辨識着路徑穿越着小巷，很快地走去。

　　不多時即回到了謝府門前，只見正從裏面關閉那兩扇車門，可見那輛車也是才回來。魯海娥必已把月姑交給謝慰臣了，謝慰臣是如願以償了，可不知道將來的事情怎麼收拾？葉允雄想着倒不禁覺得好笑，跳牆進內，見這前院除了打更的住的那屋有微微燈光，其餘都是黑洞洞的，仿佛這府裏突於深夜搶回來一個女人，所有的下人卻還在睡夢裏，並不曉得呢！一進裏院，見自己住的那間屋子倒還燭光輝煌，但是也沒有一個人，就不由得驚異，他將手中的兵刃放下，換了衣裳，自己斟了一碗溫茶喝着，有些不放心，但在這深夜之間，也不好站在當院去大聲喊僕人。正在疑慮之間，忽然由外面跳進來一人，是羅帕蒙髮，秀目嬌軀，雪亮的鋼刀尚插在背後。見了葉允雄她就嫣然一笑，解下頭上的羅帕，露出雲鬟，又企着腳兒將刀掛在壁間，然後她一扭身，與葉允雄同坐在一起。葉允雄就笑問說：“怎麼樣了？”魯海娥也笑着答說：“辦完了！謝大哥此時是心滿意足了，直向我作揖道謝，可是……”她皺了皺眉頭，又悄聲說：“恐怕她活不長久，因為病得太重了！我把她背在身上走了一段路，送到騾車上，車顛動得也不算太厲害，可是一到了家門口，攙她下來，她就已然人事不知了！現在才緩過來點兒，見了謝大哥她只是流眼淚，卻不能夠說話！”

　　葉允雄歎息說：“那女子也是紅顏薄命！假若她的模樣長得壞一點，就許不至於有人這樣爭她！”魯海娥聽了這話，突然推了他一下，竟生着氣走開了。葉允雄見魯海娥突然又發了脾氣，自己還莫名其妙，就笑着說：“又為了什麼？你的脾氣可真難測！”魯海娥沉着俏麗的臉，晃搖着肩膀兒說：“那個女的長得模樣美，比我美得多！你們多少沒骨頭的男子都在爭她，你也去爭爭好不好？我帶着你去！她藏在後院裏了。現在伺候她的那兩個丫鬟，也都長得賽過貂蟬，准保比那個跟你作了一場露水夫妻，後來又被你假裝正經拿銀子打發走了，昨天又不要臉的去找了人家一趟的那個秦絳雲還好！你去吧！謝慰臣也在那兒啦！好在你們是把兄弟，什麼事情過不着？”說着拿起才解下來的綢帕就往葉允雄的臉上摔，又狠狠地唾了一口吐沫。葉允雄臉紅着，笑說：“真真豈有此理！你也太能吃醋了，嗨！”魯海娥瞪着眼說：“你倒煩起來了？看人看臉，聽話聽音，你別以為我不知道你心裏想的是什麼事？”說着又由地下綽起來花鼓向葉允雄去打，幾乎打在了葉允雄的腦袋上，幸被葉允雄雙手接住，“砰”的一聲，鼓中裝的鐵絲也“噹啷”一聲響。

　　葉允雄剛要發脾氣，謝慰臣就進屋來了，此時魯海娥已經又綽起來一把掃帚，葉允雄的手中卻正捧着那個鼓。謝慰臣這時反倒是愁眉不展，精神很不濟的樣子，進屋就來向葉允雄夫婦拱手，說：“多虧兄弟跟弟妹，今天把月姑救了出來。她這些日子在薛家連傷心帶受虐，已得了一種不治之病，可是說句叫你們笑話我的話，她是我心上唯一的人。她死在我眼前，我為她傾家蕩產，我也願意！我並不是說‘情之所鍾，端在我輩’，但人非太上，誰能忘情？現在無論月姑的病能好不能好，她能活不能活，我也算了了一件心事！你們夫婦二人這樣幫我，我實在無法報答。所幸弟妹今天已然來此，你們夫婦重聚了。我想，你們江湖漂泊，也非久計。在北城清淨的地方，我有一所房屋，倒還寬綽。明天我想派去兩個人，並送銀千兩，就將你們夫婦遷移過去。以後咱們可時常往來，為賢弟的出身，我也一定極力設法……”

　　魯海娥放下了掃帚，臉上萌出了笑色，看那樣子她是極為歡喜。葉允雄便把鼓搖了搖，裝出剛才根本是在看鼓，並沒有打架，然後把鼓輕輕放在一邊，就向謝慰臣擺擺手，笑着說：“這些話都談不到！你我既結了盟兄弟，我們為你辦事，並不是貪圖什麼酬勞。”謝慰臣正色辯白說：“不是那樣！我也不是給你們酬勞，我是想，幫助你們成立一份家業。”葉允雄又擺手說：“過些日再說吧！我們還正年輕力壯，尚不需急急為家業打算。”魯海娥也笑着說：“得啦！大哥您就再看看月姑姐去吧！天也快亮了，給了我們房子，我們也不能立時就搬過去住，何必要這麼忙着說呢！我們今天可倒是做了一場好買賣，剛替人救出來一個人，立時就房子、傭人、金銀全都掙來了，謝大哥，你可也把我們看得太小了！”

　　謝慰臣連忙搖頭說：“我不是那意思！我跟允雄是自己兄弟，本不必客氣。不過我剛才忽然想起了這個主意，就在心裏擱不住，知道你們夫婦又還沒有睡，所以我才來跟你們談談。”說着，帶着笑。魯海娥也笑着說：“得啦！您既談過啦，我們也就知道了！可是不能立刻就答應，就接房子接錢。天都這時候了，我們要睡覺啦！您快點走吧！”隨說着，隨用雙手把謝慰臣推出去，然後她掩上門，插上插閂，依着門又向葉允雄嬌笑，舉起拳頭來又假作打。葉允雄也不得不笑一笑，心中卻對海娥這種風騷無顧忌的態度，不大喜歡。

此時更聲已敲了五下，窗上已發出慘白色，夫婦二人這才就寢，魯海娥又一半嬌一半怒地把葉允雄擺佈了半天。葉允雄並由她的口中知曉了，那金錢豹高俊已在梁山泊因傷身亡，張大秀嫁了別人，老張七爺對他非常憤恨。葉允雄就自覺得今日自己在江湖上已盡是仇人，並無好友，除非依謝慰臣之言，托他保護，或能苟安一時，但將來仍然難料；可是這樣一來，自己的俠義身份就要喪失盡了！這是絕對不可！

次日，葉允雄起床，天已近午，見謝宅仍然那樣安靜，僕人們都照常做事，並不像有個薛中堂的姨太太被背了來，藏在他家似的。晚間謝慰臣才露面，大概也是睡了一天，見了葉允雄，他就悄聲說：“月姑的病還是不見輕，把家中所存的一種珍貴的丸藥給她吃了，可還不知能否見好。現在外面的風聲甚緊，薛中堂只說是昨夜他宅中鬧賊傷人，已飭各衙門的官人加緊捕盜，但是未提說家中丟了侍妾之事，他也是要顧顧臉面吧？”葉允雄微笑着不語，就在此住着，不常出門。海娥對他仍然是那般戀戀，並常因一兩句話就翻臉，就打鬧；翻臉之後，只要葉允雄能忍耐一會兒，不也發脾氣，她自然會好，並會對葉允雄更加親愛。

一連又過五六日，外面並無什麼事情。據魯海娥看了呂月姑的病勢，說是：“已見好了，能夠說一會兒話了。”所以謝慰臣的臉上也時帶笑色，並已命人將北城他那所房子大加修飾，連傢俱他都命人訂做了。葉允雄心中也猶豫無計，一方面他不願意這麼辦，怕辱沒了自己的身份，成了謝慰臣永遠的奴僕，魯海娥懷裏的貓犬、玩物；一方面自己可又發愁無處去走。金鏢焦泰和那專練硬功夫的陳八都已死了，西直門外那豆腐坊派人將他那匹馬也送來了，秦絳雲少婦的丈夫也來這兒拜見了魯海娥一回。賽子龍徐傑、老拳師劉嶽，都自從敗後就再未重來尋他作對，即使是以前傳說在京的那魯海娥的義父，也是不見出頭。

這一日葉允雄忽由僕人的手中接過來一封信，信正是魯大紳派人送到這裏的。送信的人是把信扔在門房就走了，封皮上只寫着“親交魯海娥姑娘”，並未注明魯大紳現時的地址。葉允雄懷疑着，就背着魯海娥將信拆看了，只見草草率率地寫着：

海娥吾女見字：三彪二虎俱在襄陽開設鏢店，生意甚好，要請你去保鏢，以你武藝，足可出名，何必跟葉某在一處姘度？葉某心狠手辣，背義負恩豺狼不如……

葉允雄把信看到這裏，他就氣得面容發紫，見以下全是罵自己，勸魯海娥快些與自己離開的話，葉允雄就將信撕扯了，站着發一會兒呆，心說：不必說，魯大紳這些日都在京都，懷恨於我，可是他見我槍法無敵，他又不敢露面。如今他曉得他的義女在這裏，便送來這封信，想將他的義女拐走；其實他不知今日的海娥，也不知她所為，早已非他的義女了！又想：信上所言“三彪二虎具在襄陽”，二虎不知是誰，但三彪一定就是自己生平最大的仇人孟三彪了！梅姑娘的生死存亡他必定知曉。我若到了襄陽，他必逃跑不開，我定要為那飽經艱難困苦、溫柔婉秀，比魯海娥強十倍的梅姑娘復仇。

當下葉允雄在忿忿之下便決定了主意，撕毀了的信並不給魯海娥看，他只向海娥說：「咱們在此住着實在悶煞人！將來即使搬到謝慰臣的那房子裏，也就跟謝慰臣的奴僕差不多了，時時得受他的驅使，而且不好意思拒絕。咱們受過他的一點好處，如今已盡皆報答了，無欠於他。此時正應飄然隱去，叫他知道我們是俠義英雄，並非是依他保障，賴他豢養的江湖人。現在我想要往湖北去，那裏還有我許多結義的弟兄，早先我雖在那地方吃過虧，受過辱，但現在我已不是昔時任人欺淩逼迫的葉英才！我要去，要以我的銀槍鎮住漢水！不知你願意隨我去不願？」魯海娥撇着嘴笑說：「我既然嫁了你，你到哪兒去，我還能不跟着你嗎？不過你可先別吹，我知道漢水一代是童五楊七、高家九兄弟他們的窩子，你敢去，我倒很佩服你有膽氣，可是你那杆破槍能鎮得住漢水不能，我可……哼！還得到時候看看我才能信！」葉允雄經此一激，越發急於往湖北去，遂先去告訴了謝慰臣。謝慰臣很是着急，極力挽留，可也留不住他們，便贈送了他夫婦一些銀兩，並為他們備下兩匹健馬。這一天，清晨，六月底天氣十分炎熱，葉允雄長槍隨身，魯海娥刀藏鞍畔，就一同離京南往。

第九回　淪風塵惡海飄孤芳　見貞潔驛途拒狂暴

　　葉允雄偕魯海娥南下，鞍馬既新，衣飾又整，路上的人都以為他是一位少年官員，攜眷赴任。到了湖北地方，他不露出姓名，但心驕氣盛，因為一來到這裏，他就想起當年在這一帶所受的侮辱逼迫，和附近的高家九兄弟等許多仇人，他不由得不恨，所以睚眥必報，動輒揮槍。

　　魯海娥也是威風得很，永遠穿着短衣瘦褲，髮上罩着手帕，那意思是說話就要動手打，隨時就可擰身上房。她聞得高家九兄弟還有一個妹妹，名叫高小梅，外號人稱"母豹"，小梅有個嫂子名叫楚雲娘，外號"雙劍女"。這都是漢水一帶有名的女豪俠，都在武當山下均縣會仙莊居住。她一入武勝關，就恨不得即時去鬥鬥那兩個女子。可是葉允雄急急要往襄陽，他的目的是找孟三彪，而找孟三彪的目的又不僅是為報仇，而是要追問出梅姑娘的下落。梅姑娘是他心中最思念的人，身旁的魯海娥美雖然美，而且救過他的性命，但他實在厭煩她那潑辣、風騷，尤其是嫉妒。

　　這天他們就到了襄陽地面，孟三彪在此早已得到了信，佈置下了網羅。爬山豹高良，五爪豹高光，鐵頭豹高順，這些與葉允雄結有血海深仇的人都已先後來此，原來這全是鎮海蛟魯大紳所使用的手段。魯大紳在北京自知槍法敵不過葉允雄，所以才用一封信故意交到葉允雄的手裏，激怒他，以使他自投於陷阱。葉允雄銀槍驚漢水，魯海娥單刀鬥群俠，這都是以後的事情，現在著者且將那天在泰山山麓遇盜罹難的梅姑娘，補敘於下：

　　原來梅姑娘那天所乘的騾車從山上滾下，因為是倒退着下來的，所以車雖摔壞了，她卻並未跌出，她立時就昏暈了，如同死了一般。後來似乎漸漸蘇醒，但覺得渾身疼痛，一陣陣的山風吹得很緊，就有人來抬她，也不知把她放在什麼地方上了，耳邊有許多雜亂的說話聲，眼前黑霧沉沉，還有鬼眼似的可怕的燈光，接着是嘩嘩的馬蹄之聲，她的身子也被顛動着隨着走了。她全身疼痛，像是有許多條毒蛇附着她，在用牙咬，她呻吟着，但在這驟雨似的馬蹄聲中，她這微弱的聲音哪能被人睬理？她要大喊，仿佛已經喊出來了，可是也沒有人理她，馬跑得愈快，她的身子被顛得愈疼。忽然覺得有一隻大手緊緊按着她的腰，她問說："你是誰？"那人把刺蝟似的大鬍子向她臉上扎了一下，笑聲說："小親親！俺就是你當家的！"她啐了一聲："呸！"就哭了。那人又用大手在她的臉上擰了一下，她罵道：「狗……」那人咚地就打了她一拳，正打在她頭上的傷處，一陣奇痛，頭一暈，她又死過去了。

不知過了多少時，她覺得風更冷，身子底下卻穩了一些，原來是躺在亂草上了，眼前有一片光明，天色已亮了。她連翻身都翻不過來，身上還像有許多條蛇纏住她在咬，頭上還有一條最厲害的蛇在吸吮她的腦漿。有個大鬍子又來扎她的臉，向她耳邊吹着又熱又臭的氣，說：「別害怕！他們都走遠了，就剩下俺一個人了。俺是個好心的人，他們都要害你，俺卻想救你。先歇一會兒，找個地方俺送你去養養傷，傷好了俺收你做婆娘。俺跟你真心真意，不能錯待你，你看，俺還有的是錢！」說着把個冰涼挺沉的東西壓着她的鼻子上，又把個同樣的東西塞在她攤放在草地上的手裏，又說：「你睜眼看看，這全是銀子！傷好了，俺拿這給你做花衣裳，買魚肉給你吃！」梅姑娘睜眼一看，這是個滿臉鬍子的方臉的強盜，她又啐了一聲，說：「你快滾！我不認識你，我要我的丈夫葉允雄！」又急急地喊着：「葉允雄！允雄！哥哥！你快來！有人要欺負我！」這強盜卻掄起鐵錘子似的大拳頭，向她的頭上又是一下，她疼得叫了一聲，又一陣發昏。

忽聽有人騎馬而至，接着是吵嚷聲，又聽「吧！吧！」的鞭子抽打聲；她還以為是她的丈夫趕來了，急忙忍着傷痛，睜眼一看，並沒有她的丈夫，卻是另一個大漢。這人沒甚鬍子，掄着馬鞭子正向那有鬍子的強盜狠打，並罵道：「你倒好！故意落在後邊，拐了娘兒們要你自己享用，你娘的是錯打了算盤！」被打的這個人頭上挨了兩鞭子卻不敢還手，可是等到第三鞭子第四鞭子落下來，他的臉色漸漸發紫，一根根的鬍子全都紥豎起來，像要跟那大漢拼命似的。那大漢的背後還有兩個人，就攔住他的鞭子，一個就說：「算了！算了！他沒跑成，沒把娘兒們拐走，就算完了，都是自家人，饒他這一次吧！」打人的這個大漢子才放下鞭子，冷笑着說：「你這黑臉鬼，還鬼得過我孟三彪嗎？哼！我就想到你在馬上抱着娘兒們，你的心就動啦！他娘的你故意在後邊慢慢走，要撿這便宜？孟三爺費了很大力，弄來這麼一頭母鹿，能叫你獨吞？好想頭兒！」

他舉起鞭子來又要打，但見那黑臉鬼也要抽刀，就放下鞭子，命他身後的人把黑臉鬼的刀搶過來，又叫一個人把他拉走，並囑咐說：「找一輛車來！就是個死娘兒們吧，可是咱們白天在馬上抱着她，也不大象樣子！」黑臉鬼拿衣袖擦了擦臉上被鞭子抽出來的血，他咬着嘴唇，凝着惡眼，從旁邊一棵樹上解下來馬，由地上拾起兩錠銀子，孟三彪還不住望着他冷笑。看那意思他還是有些懼怕孟三彪，就跟着那人各自牽着馬走了。孟三彪又扭頭冷笑着罵道：「他娘的！跟三太爺的手底下耍這個？他娘的，色迷了心！」

此時這旁邊只剩下孟三彪跟另一個牽着馬的瘦子，孟三彪洋洋得意，蹲下身來，向梅姑娘笑着說：「你不認識我了嗎？」梅姑娘忽然想起，這孟三彪就是自己丈夫葉允雄常罵的那個人！有一次自己上山神廟為丈夫送米，走到半山腰裏遇着兩個人，將自己推倒了，剝去了一隻紅鞋，其中的一個凶徒就是他！不過那時他不像現在穿得這樣闊，當下就更怕、更恨，心裏緊跳着，不知他將要對自己行使什麼惡行。可是孟三彪忽然坐在草地上了，從腰裏掏出一個裝酒的豬尿泡，松松繫的繩兒，咂了兩口酒，就向梅姑娘笑着說：「別害羞呀？咱們是鄉親呀！」梅姑娘這時心裏的氣比身上的傷還要難受，她本來是個懦弱的人，但這時仿佛有一股勇氣衝動着她，她恨不得伸出兩隻手撕碎了孟三彪這張可恨的臉，但是胳膊卻無力抬舉起來。她就怒罵着說："呸！你，你當是我不認識你？呸！快滾開！"

孟三彪往後挪了挪屁股，兇狠的臉沉下來，一點笑容也沒有了，說："你可要識抬舉一點！我跟你拉鄉親你倒啐我，你別跟三太爺面前擺你的貞潔烈女的架子！別以為三太爺跟你不住在一個村裏就不知道你的臭事！三太爺都知道，你跟葉允雄就不是什麼明媒正娶！白石村浪出名了的一個小丫頭，嫁了一個強盜葉允雄，你他娘就裝起正經來啦？你得明白，你現在三太爺的手心攥着啦！三太爺說這地方就是洞房，你他娘的還能不依？"說着他就將梅姑娘按住。梅姑娘大聲喊叫，孟三彪卻又放了手，哈哈大笑起來，說："不錯！葉允雄那小子雖不是東西，他卻娶了個好娘兒們！我的鄉親到底爭氣，連女人都這麼硬邦邦！"他的臉上忽然堆起一團笑容兒來，說話的聲音也和緩了，身子也離開了梅姑娘，說"別害怕！咱們是鄉親，我將來還得回海邊混，我不能夠欺負你。你放心吧！葉允雄那小子是與我有深仇，他打過我，我不報仇，我就氣不出。再說他本來就是個罪該萬死的大盜，在白石村那時我不戳穿他的底，也是怕他一被拿去，就能連累你們村裏許多人。可是你哥哥黃小三，我認識他，李小八更是我的好兄弟，沖着李小八我也不能欺負你。現在，我已派人雇車去了，我也回家，就順便把你送回白石村，你願意不願意？"

梅姑娘含淚說："你果然有這番好意，我回到家裏一定忘不了你的好處！可是葉允雄呢？我求你們饒了他吧！別叫他死啊？"孟三彪笑着說："這可沒法子了！他的脖子太糟，這時候早進了鬼門關啦！我叫不回來他啦！"梅姑娘突然一陣心痛，又昏暈了過去。及至蘇醒過來，身子已在車上。車有棚子，她的頭向裏，身子蜷着，車走起來顛動得她全身極為疼痛，她不住地呻吟、哭泣，但沒有人理她，聽車外似乎還有車響，馬蹄聲，並不斷地有談話聲，像是走在大道上了。她想：孟三彪人雖兇惡，可是不像有殺害自己的心，只盼他能夠心口如一，把自己送回白石村娘家。可是，聽他說葉允雄已被他們害死，自己可還怎樣獨自往下去活呢？咳！我們這場姻緣所遇的迫害是太多了！結局還是這般的淒慘！隨想着她隨痛哭，把車裏鋪的很厚的棉褥墊都要濕透了。她想回到村中決為葉允雄終身守寡，但又願意這時就死了。她不知這裏離白石村有多遠，也不知車是往哪邊去了。走了許多時，覺着車停住了，兩旁人聲很雜，仿佛是已來到了一座熱鬧的市鎮上。車簾外跨車轅的人，也都咕咚咕咚地跳下車去，又聽有人嚷嚷着："掌櫃子快下麵！吃完了我們還要趕路呢！"似乎旁邊就是一家飯鋪，並有人拉着胡琴唱梆子腔。

梅姑娘此時忽然心生一計，她慢慢地將身子向外移動，想移動到外面就呼喊救人，或者有衙門的人能夠出來管。但她的身子只要微微一動就疼痛難禁，她才將兩隻腳伸出車外，呻吟着喊："哎喲！救……"忽然見有個人探頭到車裏，巨手掐在她的脖子上，說："你喊？你敢喊？我一下子就掐死你！我跟你發誓，不把你平平安安送回家，叫我將來翻船落海！"這是沿海漁民到着急時才發的惡誓，為是使對方堅信不疑。當下梅姑娘就相信了，便把喊聲吞了下去。孟三彪把巨手離開她的脖頸，退出身去，他似乎就坐在車轅上，急聲催着他手下的人說："快吃！快吃！"又向車裏問說："你餓不餓？"梅姑娘哭泣着不語，孟三彪又低聲罵着。少時，車又走了，孟三彪的罵聲漸高，說：“狗娘們！你還會喊叫？今晚上看吧！三太爺准叫你知道知道！”

梅姑娘在車裏吃了一驚，又要再喊叫，但見孟三彪的鋼刀半截在車簾外，那半截閃閃奪目的鋒刃就放在簾裏，緊挨着自己的腿，真是可怕。車外也沒人吵嚷，沒人談話，只是車輪和馬蹄聲相配合着響着。梅姑娘曉得這四周不定是多麼空曠了，在這裏若被他們殺了，他們不怕，也沒人知道，不如晚上住店時看他怎樣；他們若真向自己強行無禮，自己就喊叫人，店家還能夠不管事嗎？即使那時被他們順手殺死，他們也跑不了。因此，她只是微弱地呻吟，愁黯地落淚，卻不敢喊出一聲。走了也不知有多少時間，多少里路，只覺得車窗上映照過一層慘紅的光，後來又漸漸變為了黑色，外面群鴉叫過一陣之後，又都不叫了。車走得更快，馬蹄愈緊，又多時，忽見這輛車忽然高忽然低，咕咚咕咚地顛得她極為難受，仿佛是上橋又下橋似的，緊接着，聽車窗外有人喊叫了：“住我們這兒吧！‘李家店’是鎮上最出名的！有好房子呀！”燈光在車窗上一閃一閃的。又聽是孟三彪大聲喊說：“娘的皮！站住！娘的皮！你先進去看看房子！娘的皮！你捨不得下馬啦？捨不得離開這車啦？車上有膠把你粘住了？你娘的傻了？”“吧”的又是一聲鞭子響，接着又喊：“分兩個店住！一個店住不下！老李！我們又來攪你來啦！”

車已然停住了，外面人聲雜亂，嚇得梅姑娘哆哆嗦嗦的。過了一些時，忽然就有大胳膊伸了進來，把她抱出車去。外面的紙燈籠一搖一搖的發着光亮，看得出抱着自己的正是孟三彪。走到店門前，有個人問：“是誰？怎麼啦？”孟三彪說：“是你弟妹，她得了傷寒病。”那個人聽了反倒哈哈大笑。梅姑娘很吃驚，知道這座店也不是好店，店中的人一定與他們相識，也是賊人，就急得尖叫一聲：“救人哪！我是叫他們搶來的……”孟三彪“呸”的一口吐沫整啐在她的臉上。接着孟三彪就扯開了喇叭似的喉嚨，站在當院大喊：“諸位！各屋住的朋友！都是出門的人，誰也別多管閒事！這橫橋鎮的地方小，後面有水，前面有山，大家都少說話，多留心點腦袋！”

孟三彪這樣一喊，一威嚇，各屋中住的人誰也不敢出聲，誰也不敢出來看了，四周岑寂，只有附近的河水和樹林蕭蕭的響着。梅姑娘躺在這強盜的胳膊上仰着臉不住痛哭，孟三彪咧嘴狂笑，說：“你還哭甚？今晚給你換個老公還不好嗎？”有個人過來在他的耳邊悄聲說了兩句話，孟三彪就忽然不言語了，急急地抱着梅姑娘到了一間屋內。屋內已點上了燈，孟三彪就把梅姑娘橫放在炕上，扒下他的袖頭來給梅姑娘擦臉，他的鼻子挨着梅姑娘很近，嘴裏噴着臭氣，悄聲說：“別嚷嚷！三爺將來想收你，也絕不能叫你做二房。”

梅姑娘“呸”的一聲，一大口吐沫又啐到孟三彪的臉上。孟三彪伸出舌頭舐着吃了，笑着說：“好香！”梅姑娘忍着疼痛抬起一隻手，要向孟三彪的臉上狠抓，孟三彪的臉一抬，躲開了。他的臉色驟然下沉，壓着聲音兇狠的說：“狗娘兒們！別不要臉！好好哄哄老子，老子還能饒你，不然，把你扔給我手下的人，你……”梅姑娘哭着說：“你送我回去就沒事！要不然你殺死我吧！”孟三彪“撲哧”又笑了，他摸摸梅姑娘的臉，像摸蠍蛇似的，驀地摸了一下，趕緊又把手縮回去。梅姑娘又要喊叫，孟三彪趕緊作揖，笑着求說：“真別喊！其實我倒不怕，這地方沒有官人。可是沒想到有一位江湖朋友，今天正住在隔壁店裏，你要一喊，我的面子可就丟了。說實話，咱們現在是往西南走着啦，送你回白石村那話是冤你，我真捨不得你，在白石村時我就看上你了，你得可憐我這點傻心！葉允雄是我的對頭，他死了，你正好嫁我……」正說着，窗外有人叫說：「三哥，快來！」孟三彪答應了一聲趕緊出屋，聽窗外有人笑着說：「老哥你別忙呀，還沒有打二更呢！在江湖闖了也這些年啦，真至於這樣不開竅嗎？」孟三彪說：「兄弟，叫你笑話，這狐狸精可真把我給迷住了。」又聽那人說：「得啦，先跟我到櫃房喝兩杯喜酒兒去吧！」

孟三彪大概是被這賊店的主人給拉走喝酒去了，屋門大概也沒鎖，梅姑娘驚懼懼的要站起來逃，但因兩條腿傷得太重，連坐也坐不起來，她只是伏在炕席上痛哭。哭了半天，聽窗外並無聲響，但忽然門一開，溜進來一條大漢。梅姑娘斜着眼一看，原來這人正是那被孟三彪鞭打過的黑臉鬼，她更是吃驚，又要喊。這黑臉鬼卻蹲在炕下直擺手，說：「別喊！我是好人，我向天發誓，以後我要再跟你有壞心，我就叫人把腦袋打碎。我不平！孟三彪打我我不服氣！你只要信我，我就能救你！但是別忙，現在不行，現在孟三彪手底下有六個人，眼前的黑水莊裏還有他的師弟胡二虎。這店也是賊店，是他朋友鐵脖子李開的；隔壁趙家店裏又住着白面豹高英，他是會仙莊九弟兄中最小的，武藝誰也惹不起！你先耐着，得空兒我就救你，我救你去找葉允雄。葉允雄沒死，孟三彪他們還正為這件事發愁呢！你信我的話，騙你我是忘八！我早先有壞心，現在可一點沒有，將來我找着葉允雄，我還要跟他交朋友，我們得出氣！得殺死孟三彪！」

梅姑娘哭泣着低聲說：「你要能救我，我永遠也不忘你的好處；你要不能救我，你就快去找葉允雄，叫他快來！」黑臉鬼擺手說：「別急！白面豹就在隔壁，那個人比這夥人都凶，葉允雄也敵不過他，慢慢來！」正在低聲說着，忽然孟三彪又回來了，自黑臉鬼的背後闖入，手握尖刀，狠狠地向他撲來。梅姑娘大喊一聲：「啊！」黑臉鬼的肩頭已迸鮮血，但他挺身還手揪住了孟三彪的胳膊，二人用力奪刀，忽然「嘩啦」一聲，將屋中僅有的一張桌子給撞散了。黑臉鬼用牙一咬孟三彪的胳膊，孟三彪便將刀撒了手，二人狠狠地相扭着，如兩條牛在對搏，「咕咚嘩啦」一齊滾出了門外。梅姑娘渾身亂抖，只聽窗外傳來二人的使勁聲，喘息聲，惡狠狠地互罵聲，咕咚咕咚地相跌、相打、相踢聲，並聽足音雜遝，有多人跑來，齊喊着：「別打！別打！」

孟三彪跟黑臉鬼滾到院中拼打，許多人都勸解不開，忽然聽得有人用一種洪亮的聲音喊道：「別打！自家人打架叫人恥笑，到底為什麼事？」孟三彪嚷嚷着說：「高九爺你別管！這小子非殺了他不可！葉允雄的媳婦，我是給我自己預備的，她是俺鄉親，正配；這個東西他摸到屋裏去，想要占我的……」那黑臉鬼也忿忿地說：「媽的！咱老子不服！那娘兒們你也配享受？不是俺跟胡二虎眾兄弟幫助，在泰山你也打得過葉允雄？你也能搶人家婆娘？」又是咕咚咕咚的跌打聲，接着又罵：「葉允雄沒死，你個娘！將來你提防他吧！」

忽然那高九爺喝了一聲：「住手！」仿佛他竟把二人拉開了。那二人像牛一樣地喘息着，旁邊又有許多人來勸，高九爺卻說：「我進屋看看，葉英才的婆娘到底有多麼美貌？」說時屋門忽開，進來了幾個人。為首這人身穿一身藍綢子衣裳，打扮得極為闊綽，短小精悍，貌如好女，兩眼灼灼有光，原來這就是武當山會仙莊高家九弟兄之中最小的，也是武藝最高的，白面豹高英，與他的妻子雙劍女楚雲娘，在襄漢之間是一對有名的俠義風流夫婦。他的長兄高正就是死于葉英才（允雄）的手中，如今他的三兄高猛、六兄高強、七兄高豪、八兄高俊，都隨同名捕飛鷹童五、病虎楊七出來尋訪仇人，半年多沒有下落。他放心不下，才辭別了他的妻子，攜帶兩個僕人，先走江蘇後來魯地，住在這裏已然兩天了。因為派出去訪事的一個僕人還沒回來，他們住在這荒僻的小鎮上，為鐵脖子李、花腿趙這兩個賊店的主人所款留。今天又來了孟三彪這些人，他得知三兄弟高猛又為葉允雄所害，忿忿不已。葉允雄生死不明，童五、楊七及高強等都不知去處，他正在急躁不安，酒都飲不下，忽然因為來勸架，竟進屋來看見了仇人葉某之妻。一見之下，他不由驚訝，心說：這婦人好美呀！

　　梅姑娘的愁慘紅顏伏在炕席上，亂蓬蓬的頭髮如西子未妝時的樣子，實為醉人，紅鞋上繡的花朵，更使人心動。燈光之下，這簡直不像是個受傷的難婦，倒像是個醉楊妃，病美人。高英心中一陣疼愛，轉又撩起一陣復仇的念頭，轉身向眾人說：「不是我高英好色，我得替我家兄復仇！葉允雄死了也不行，也不能消我的心頭之恨，我要收納下他的老婆，辱一辱他！」又向院中站立的黑臉鬼跟孟三彪說：「你們兩人都別爭了！把人送給我吧，我有法子處置她。」他這話一說出來，立時就有人捧場，說：「對！九爺這辦法對。既然他們二人爭，白傷了自己人的和氣，還是叫葉允雄當個死烏龜吧！只是這娘兒們未免太走運了，能跟上你九爺這樣的風流人！」白面豹高英眼睛直盯在梅姑娘的身上，連轉也不轉了。他對這些人卻是毫不客氣，雙臂向後一推，說：「諸位暫時出去！」眾人遵他的命一齊出屋，並把屋門給推上了。

　　這時梅姑娘見這白面闊綽的年輕人，比那兩個黑臉的強盜還屬害得多，遂就又喊了聲：「呀！」白面豹高英擺手說：「你不要嚷嚷！」忽然他低身悄聲說：「我剛才說的那都是假話，我若不那樣說，就解不開這個圍，實在我是想救你。我的妻子楚雲娘比你還美，並且會武藝，我用不着納你為妾，她也不能允我。我的意思是明天起身，先把你送往我一個朋友的家中，然後我出去訪查葉允雄的下落，他死，就算了，你愛嫁誰就嫁誰；他不死，我把他請來，我們說開了兩家的仇恨，就叫他把你帶走！」梅姑娘流着淚說：「這是真的嗎？」高英把眼睛瞪起來，說：「我能騙你？你安心就是了，好好調養身體，不必憂傷，我一定能想法子救你！」梅姑娘垂淚不語。

　　高英在這屋中並不多留，說完話就轉身出屋去了。呆了會有個年老的店夥給送來了稀飯，梅姑娘強忍着身體的痛楚，把上身微抬起來，很費力地吃了一碗稀飯。那老店夥出屋，就把門鎖上。一夜倒是很安寧，白面豹沒再進屋來。因為有白面豹震懾着，那孟三彪和黑臉鬼也都沒敢再來。梅姑娘想着：白面豹也許是個好人？並因知道葉允雄未死，心中也寬解了些，甚願身上的傷早好，早日與葉允雄見面，夫妻二人好共訴這番痛苦，她心一寬便也睡了一會覺。

　　次日，天亮了，又是那年老的店夥給她送來菜飯，她也吃了。又過了一些時，高英進來向她說：「我派人預備下車了，你這就同我走吧！不過我的家離這裏很遠，需走十幾天。你就放心好了，我盼你在路上能夠傷癒，到我家裏成個好好的人；

你看看我的妻子還有我的妹妹，她們待你准保都不能錯。”高英說畢又一笑，遂出屋去了。他這一笑，卻又使梅姑娘覺得可疑。又過了多時，進來那年老的和一個四十來歲的店夥，兩人抬着她，把她抬出店門。就見白面豹高英已騎上了一匹白馬，許多人都站在門外送他，那孟三彪臉被打得發青，向高英拱手說：“後會有期！那件事千萬求九爺幫忙！”可是他還偷眼溜了梅姑娘一下，臉上現出一種懊惱的神色；那黑臉鬼是躲在人的背後，扭着一張黑臉，肩頭上還帶着血跡。梅姑娘被放在車上，車上的坐墊鋪得很厚，少時車就走動了，並不覺着怎樣顛撲。高英是只帶着一個僕人，他騎着馬，僕人給他趕着車，似乎是往西走去了。

　　沿途上高英並不跟梅姑娘多談話，到晚間投店住宿，他總要給梅姑娘找個單間，可是在吃完了飯後，他又必要到梅姑娘的屋裏。梅姑娘躺着，他站在很遠的對面，很客氣的，帶着點笑容跟她閒談。他說他家裏多麼闊，他原來有兩個妻，除了楚雲娘之外，他還收下了一個婢女。他並說他對葉允雄的人才、武藝都很欽佩，只是對他走入歧途、行兇作惡卻又極為可惜。談一會話，他就走到另一間屋內去睡覺，對梅姑娘絕不打攪，天天如此，無時不恭謹、溫和，因此梅姑娘也覺得他是個好人。

　　連行多日，越走天氣越熱，梅姑娘的傷勢已由漸輕而痊癒了，這一天，就已來到了均縣武當山下。來到這裏天尚未晚，梅姑娘忽見白面豹高英用鞭杆挑起了車簾，向裏面說：“到了！我先叫車把你送到我的一個朋友家中，你在那裏暫住着，等做好了兩身新衣服，我再接你回家，好！你們去吧！”車往南走了，他的白馬卻一直往西馳去。西邊、南邊都是重迭的山嶺，青翠的山被夕陽映照得發紅。梅姑娘心中很驚訝，暗想：我是被救來的，他原說把我暫時安置在他的家裏，等他尋着我的丈夫使我們團聚，如今怎麼又說是先叫我做好了新衣，再到他家裏呢？我一個落難的人，還用得着穿什麼新衣裳嗎？遂就坐在車上掀着車簾向外問說：“趕車的！你們九爺到底是存着什麼心？為什麼還要，還要叫我做新衣裳？”趕車的人笑了笑，不言語，只管催着車走。

　　車聲轔轔走得極快，少時來到了山腳下，爬上了一股很寬的山路。此處遍山是樹木與野草，鳥聲喧噪，四顧無人，梅姑娘索性爬出車來，又向趕車的急急地問。趕車的一邊搖着鞭子，一邊笑嘻嘻地說：“奶奶你真傻！這件事你還沒弄明白嗎？我們九爺是一見着你，他就動心了！”梅姑娘變臉說：“胡說！”趕車的說：“我勸你知足吧！我們九爺那樣的風流人兒，財主少爺，江湖上頭把交椅的好漢，再說性格多溫和，你打着燈籠也沒地方再找去啦！”梅姑娘氣得身子顫抖，趕車的又笑着說：“我們九爺不像孟三彪那把子人，他最是憐香惜玉！你病沒好，在路上，他絕不相強你。現在到了，先請您到我家裏歇幾天，索性歇好了，打扮打扮，再往家裏去接。他的大奶奶雙劍女，雖然有本事走江湖，可是知三從曉四德，絕不能容不下你！”

　　梅姑娘狠狠地啐了一聲：“呸！”將身就向車下去跳，跳下車去身子隨之跌倒。趕車的趕緊止住車，下來攙揪，並說：“奶奶！您別跟我過不去呀！我也是人家用的。您先將就將就，到我家裏。我把九爺找來，您從不從、願意不願意跟他說，我，我又沒安着什麼心！”梅姑娘掙扎着，打罵着，爬起來就跑。梅姑娘在前面跑，那趕車的就在後面追，到底梅姑娘腳小，跑不利便，就被趕車的把她追上了。他一把抓住了梅姑娘，嚷嚷着說：「你想跑可不行呀！叫我怎麼交代呀？乾脆！你上車，我把你拉到會仙莊，見了高九爺，他愛放你就放你，你那時再跑也就沒我的事兒了！」他要強把梅姑娘揪上車去，梅姑娘卻坐在地下嚎啕大哭，並央求說：「你放了我吧！你做件好事！我將來絕忘不了你的好處！」趕車的急得也直跺腳，說：「我放你容易，可是待會兒九太爺他不放我呀！我倒得求你做一件好事，跟我見一見九爺去吧！」這趕車的急得直作揖，甚至要磕頭。梅姑娘掙扎着起來又要跑，又被趕車的揪住。

此時忽聽見身後有馬蹄聲，原來是那白面豹高英又來到了，身後並帶着兩個人，一個還提着只木桶。趕車的就大聲喊道：「九爺快來吧！這位奶奶她可要跑！」白面豹高英疾忙趕到，來至臨近他就下了馬，推開趕車的，一手將梅姑娘扭住，問說：「為什麼？已經到了這裏，忽然你又想起逃來了？」梅姑娘頓足大哭，說：「你別以為我不知道！在路上你說的全是騙我，為是使我不在路上嚷嚷求救！」高英點頭說：「不錯！」梅姑娘又哭着說：「你跟孟三彪原是一樣的人，都是對我沒懷好意！」高英說：「你多明白？我們把你弄到手裏是為了侮辱葉允雄，給我們慘死的兄弟報仇，如何能對你有什麼好意？不過你放心，我只叫你做我的妾就是，我還絕不能夠錯待你！」梅姑娘說：「呸！休想！」高英一掄胳膊，就把梅姑娘推倒，頭撞到石頭上。

這白面豹倏然翻了臉，一腳踏着梅姑娘的身子，一手掄皮鞭緊抽。梅姑娘起始是叫罵哭嚎，後來漸漸呻吟微弱。白面豹停了鞭子，吩咐人將她捆上；原來車上的墊子下就藏有粗繩，高英帶來的那個人，連那趕車的一齊上手，就把梅姑娘的手腳全都捆上，然後扔在車上拉走。拉到山谷中一個人家，他們就將梅姑娘扔在一間洞似的空房內，解開她身上的繩子，便將屋門鎖上了。這屋子在早先大概是堆草用的，地下有許多乾草，四壁盡是灰土，也沒有窗櫺，只有那板門的縫兒透進一點光，所以屋中黑暗、潮濕，充滿了惡劣的氣味。梅姑娘捶了半天門，哭了半天，就聽那白面豹高英跟一個老聲老氣的人，在院中自由自在地談話，並不理她。又待了些時，聽見有馬蹄聲，似是那高英走了。

梅姑娘坐在地下哭了多時，又爬起來捶門，向外面喊叫着救命。外面忽然有人答應了，待了一會門開了，進來一個老太婆，手裏端着菜飯。梅姑娘就跪着哭求說：「老奶奶！你把我放了吧！我丈夫葉允雄在山東沒有死，我要找他去！在這兒，無論那高九爺怎麼樣，我也不能從！」老太婆卻歎氣說：「你倒是個貞節烈婦，可是我們不敢放你。高九爺剛才氣急啦！他本來是興興頭頭地帶來個裁縫，要給你量衣裳；又帶來個裱糊匠要把這屋中糊白淨了，安上窗子，就叫你在這兒住。沒想你一要跑，把他的高興勁兒打散了，他真氣得要永遠把你關在這兒，現在我給你這飯還是我偷着送來的呢！依我勸你年輕輕的，還是想開了一點。九爺真是個難得的人，本來他的太太就很好，不是容不下人，九爺家裏還有好幾個呢，都跟他太太平起平坐，一天也不受氣。可是他還怕你受不了，他要叫你在這兒住，叫我們服侍你。你別聽他說占了你是為報仇，他真要是報仇，他不會殺了你嗎？他那是說氣話哩！我勸你，你就依了吧！」梅姑娘搖搖頭說：「我絕不依！」說着把菜飯推在一邊。

老太婆又歎氣說：「其實我們也不願家里弄這麻煩，你要死在這兒也是我們的事，可是誰叫我們吃人家的飯呢？咳，這麼辦吧！我勸你就暫時忍着點，先把飯吃了。九爺大概明天就走，他還得找他那幾個哥哥去，這次去他可一個月半個月不能回來。等他走了，我想法把他的太太請來；他的太太楚雲娘人最好，是位行善念佛的太太，她要來了，你一求她，她就能把你放了，高九爺回來知道了，也就沒話說了。”梅姑娘流着淚默默不語，她知道已然到了這裏，就也得隨機應變一點，遂歎了一聲，擦擦眼淚說：“要叫我跟他，是怎麼也不成！可是，要叫我能見他太太一面，或是放了我，或是留在他家裏，服侍他的太太，那我都願意！”老太婆點頭說：“這更容易說了！”又扒在梅姑娘的耳邊說：“你等着，大概明天高九爺就走，只要他一走就好辦！”梅姑娘問說：“他還能到這兒來嗎？”老太婆搖頭說：“他不能來了！他的事情頂多，還都沒辦，他的幾個哥哥在外面都沒有音信，他還得去找，這回要不是為你，他還不能回來呢！”

　　老太婆又蹲下來跟梅姑娘說閒話，聽到梅姑娘的遭遇，她也很覺着難受、憐惜，連聲地歎息。她自稱姓秦，一家子全是高家的僕人，她兒子是給高家趕車；不過他們夫婦老了，就派在這兒看這一所房子，和附近的一片果樹。梅姑娘覺得這老太婆倒像是個好人，她就不哭了，拿起飯碗來吃着。老太婆又出去給她抱來一領席，鋪在地下叫她歇着。梅姑娘見這老太婆很是疏忽，出來進去的都不鎖門，她覺出自己很有逃出的機會；只是現在身受着很重的鞭傷，比前次在車上所受的跌擦之傷還要痛楚，她只有暫時忍耐着。她和這老太婆很和氣地說話，並叫這老太婆為“秦姥娘”。待了一會，這秦姥娘就拿着飯碗出屋去了，從外面又把門鎖上。梅姑娘臥在席上呻吟，過了許多時，她就睡着了。

　　忽然聽見屋門大開，投進來一大片陽光，有個人向她的身上踹了一腳。她一驚，呻吟着爬起來看，就見是那白面豹高英，腰掛寶劍，手提皮鞭子，站在門首，怒氣衝衝地問說：“你從不從？你要從，我就准你活；你要不從，我就叫你死！快說！”梅姑娘哭泣着不語，渾身顫慄。高英又踹了她一腳，忿忿地說：“剛才我得了信，我的六兄高強、七兄高豪，都被你丈夫葉允雄勾結梁山泊的強盜給殺傷了，我們兩家的仇恨更休想解開！你等着吧！等我把葉允雄捉來，在沒殺他之前，我要叫他看着你從我！哼哼！”說着“吧”的一摔門，叫人上了鎖，他就走去。白面豹高英走後，梅姑娘就坐在地下的席子上，哭一會又想一會，並暗中禱告神明保佑自己早脫災難。晚間那秦姥娘又給她送進來飯，跟她談說了半天，就更覺得她可憐，於是把她攙扶到另一間屋裏，這屋子就是秦姥娘自己住的。

　　秦姥娘的丈夫是個有七十歲的人，身體很健壯，鬍子都白了，可是永遠懷裏揣着個砂酒壺，永遠是醉醺醺的。他不贊成高英的這辦法，氣忿忿地說：“這不是沒有王法了嗎？把人家的婆娘搶來，這不成了惡霸了嗎？”可是他也不敢把梅姑娘放走。

　　他的兒子，就是那趕車的，名叫秦二，晚間回來就張張惶惶地說：“事情可了不得啦！聽說三爺、六爺、七爺全都死了！八爺還不知道怎麼樣呢？都是死在葉英才的手裏了。葉英才可真厲害，聽說還有個娘兒們幫助他……”梅姑娘偷聽了，不禁十分驚疑，就想着自己的丈夫為什麼這樣的狠呢？冤仇本已很深了，為什麼還要殺他高家的人呢？至於那幫助他的婦人，可又是誰呢？他在外邊跟高家越結仇越重，自己在這裏可怎麼辦呀？又聽秦二說：“九爺跟五爺今天走了，四爺、二爺大概是明天動身，十爺也要去，她要去鬥鬥那娘兒們；都要去了，葉英才那小子可真敵不住！」梅姑娘聽了，又為自己的丈夫提着心。又聽他們談說高家的那位「十爺」，原來「十爺」卻是個女的，外號叫什麼「母豹」，梅姑娘就想：不定是個多麼兇悍的女人呢？恐怕與自己在娘家時常聽說的那水靈山上的魯海娥，差不多了。

當下秦二說了半天，又囑咐他父母千萬把梅姑娘看嚴，說是「萬一叫她逃跑了，九爺回來，咱們可真吃不住！」秦姥娘也很害怕，只叫梅姑娘在這裏睡了一夜，第二天就又送回那黑屋子裏。看守得更嚴，門鎖得更緊，可是梅姑娘心中仍時時懷着一個逃走的念頭。

過了三五日，梅姑娘身上的鞭傷和跌傷又漸漸痊癒了。她現在被磨練得也有些聰明了，她把秦姥娘給哄得很好。秦姥娘天天給她送飯，她表示很過意不去，說：「姥娘這大年紀了，天天做了飯給我吃，我不像是在這兒受罪，倒像是來享福了！」秦姥娘也抱怨她的老伴，天天喝酒，跟個死人一樣。又說她兒子，高家待她兒子太苛，去年想在高家討個丫鬟為媳婦，高家都不肯給，後來那丫鬟被高七爺收下了；可是高七爺現在也死了，留下三房寡婦呢！閒話越談越近，秦姥娘就又把梅姑娘放出來了，叫她幫着做飯。梅姑娘處處殷勤謹慎，哄得秦姥娘很是高興，暗地裏歎息說：「我要是娶來這麼個兒媳可就好了！」

少時秦二回來了，看看梅姑娘的頭，又看看梅姑娘的腳，可是他不敢接近。秦老頭子雖然是個醉鬼，卻早已瞧出他兒子的神氣來了。有一天他蹲在地下喝酒，梅姑娘在旁邊做飯，他就對他的老伴說：「把這個媳婦給咱們家老二好不好？」秦姥娘卻頓腳說：「我倒是有這個心，可是咱們有這個福氣嗎？咱們現在是給人家看着的，瞧着好，可是敢自己伸手嗎？九王爺要是回來，誰惹得起他呀？咱們老二，就讓他打一輩子光棍吧，我也沒那娶兒媳婦的命！誰叫咱們是給人家當家奴呢？」秦老太子掄着砂酒壺罵着：「高家那群忘八羔子！一個人都摟着四五個婆娘，待底下人可一點恩沒有！強盜！敗家子！我給他們念咒，叫姓葉的把他們全都殺絕了！」他恨恨地說着，他的老伴卻不住抹眼淚。

梅姑娘愈凜然感覺到此地之不可久留，她就狠了狠心，決定拼出來生死。有一天，秦老頭跟秦二都沒在家，她又在做晚飯。她先是跟坐在凳兒上的秦姥娘談閒話，後來見秦姥娘不住地打盹，並且眼睛都閉上了，她就假作去提水。她拿着木桶走出了屋，戰戰兢兢地把木桶放在地下，才要逃跑，忽聽屋裏「咕咚」的一聲。她也不顧得身後的聲響了，疾疾忙忙地開了柴扉向外逃去。那響聲原來是屋裏打盹的秦姥娘，她一個不留神連凳子一起都倒下了，把她的夢給跌醒了。她好不容易才爬起來，正恨着：這媳婦！我待你不錯，你也不扶我一下？可是喘喘氣，定定神，瞪大了眼睛一看，屋裏哪有人呀？她出屋一看，地下放着木桶，柴扉大開，她就嚇得哎喲了一聲，趕緊往外去跑，可是她哪裏跑得快？出了柴扉，向西一望，金黃的陽光金黃的雲，刺得她老眼昏花。喊了兩聲，才看出崎嶇的山路之中，有梅姑娘驚慌的後影，她就一邊追一邊叫着：「回來吧！你要上哪兒去呀？哎呀！你別害了我呀！」相離雖不甚遠，梅姑娘雖因腳小跑得不快，可是她也無法追上，喊得她都聲嘶了。

這山谷之西有一條小徑直通山下，崎嶇不平，兩邊石縫裏長着許多礙路的，牽人褲腿的帶刺的小樹，梅姑娘又驚慌，幾次都要被刮倒了。火紅的夕陽照在她的臉上，山風颼颼，飛鳥亂噪，她也不辨路徑，只是逃。逃下了這座山，她已經氣喘了，兩腿也酸了，但她還不休息，還不回頭，緊緊又跑。這山后原來是一大片曠地，田禾稀少，地下的碎石還很多，磨得她的腳更痛。遠遠有嫋嫋的炊煙，有廬舍，還有一片蒼綠的樹林，梅姑娘就往那邊去跑，想投到人家去求救，或是跑到林中去躲藏。她急急地走，走得夕陽漸墮，眼前的樹林由綠變黑，已擺着自己的面前了。

忽見由林中沖出來一匹白馬，梅姑娘一驚，腿一軟，"咕咚"跌坐在地下。她顫慄着，想一定是白面豹又來了，她往起來爬，要再跑，但聽蹄聲嘚嘚如連珠，馬已來到了臨近。馬上的人問說："你是幹什麼的？為什麼這樣驚驚慌慌的？"梅姑娘一聽，這聲音很細，卻是個女人的聲音。她趕緊坐起身來，仰頭去看，就見馬上的婦人年紀很輕，比自己大不過兩三歲，細長的身材，圓臉兒，臉上雖有幾顆淺麻子，倒顯得極為俏麗，穿的是一身淺綠。這個綠衣少婦下了馬，一手提着皮鞭，一手攙起來梅姑娘，問說："有什麼人在後面追你嗎，你這樣驚慌慌地跑？"說的時候她向東邊去望，就看見那秦家的老婆婆倒在山路上了，大概跌得不輕，她就又疾忙上馬，飛馳往那邊去看。

這裏梅姑娘益發膽戰心驚，知道這騎馬的少婦絕不是好人。說不定就是那"母豹"，所以她趕緊爬起來又跑，跑得更驚慌。她還沒跑進樹林，就聽身後又響了一陣驟雨似的蹄聲，那綠衣少婦又騎馬追至，梅姑娘張着兩手喊了聲："哎呀！"綠衣少婦說："別害怕！"遂就如清風似的下了馬。她一手將梅姑娘攔住，說："你不用跑！秦家那老婆婆已把你的事都跟我說了，你是高九爺弄來的。不瞞你說，我就是高九爺的正夫人，我叫楚雲娘！"梅姑娘更為驚慌，嚇得臉色慘白。楚雲娘卻說："你放心！我們不能傷你的性命。你要是別家的婦女，我能立時把你放走，我也不願我丈夫弄那些小老婆，可是你是葉英才的妻子，這可沒辦法，你跟我到家裏去吧！"說時便將梅姑娘抱起，她的力量很大，梅姑娘掙扎並且哭着說："我聽說你還是個好人，你怎麼也幫助你的男人做這惡事呢？你快把我放了吧！"身子卻早已被楚雲娘放在了馬上。楚雲娘抱着她，揮鞭就走，蹄聲嘚嘚。梅姑娘哭啼着，楚雲娘卻笑着說："你別哭！只是你的命不好，為什麼你嫁了葉英才？現在你就盼着我家的人把你丈夫殺死，報了我家的仇恨，那時我就能作主意把你放了！不然我就是可憐你，可也不能放你，這是沒法子的事！"說時，馬急急地走着，轉過了山麓，就看見一大片屋舍，是一個住戶很多的村莊。進村下馬，早有人迎過來了，接去馬匹，並問："這是誰？"楚雲娘搖頭，向她家的莊丁說："你們不必多問！"她連攙帶架，就將梅姑娘帶進了一個大門。

連進了幾重院子，就有十幾個年輕的婦女圍上來，楚雲娘說："你們來看看呀！這個美人是九爺弄來的老婆，他藏在秦二家裏好多天了，可都沒跟我說！"說時，突然翻了臉，一鞭子向梅姑娘打來。梅姑娘用胳膊去擋，沒有擋住，鞭梢就抽在臉上，臉上立時起了一道紅痕。楚雲娘又摸了摸梅姑娘的臉，笑着說："你們看，多麼美！怪不得九爺連仇都不報，把她弄了來，以後這個莊子裏的人誰還浪得過她？"說着又踢了梅姑娘一腳，說："去吧！少來見我！"說時楚雲娘轉身進屋去了。梅姑娘也被幾個人拉到一間屋裏，她就哭着說："我還聽說她是好人！她剛才還說她可憐我，將來能夠放我！誰知道她也是這麼凶？你們索性把我殺了吧！」

　　旁邊就有女人悄聲勸她，說：「你哭是一點用處也沒有！雲娘奶奶她是沒准脾氣的人，狠時是真狠，發了慈心，可又比菩薩還慈善。你看我們，都是摸着了她的脾氣的人，所以她對我們還算好，你要是稍微拂了她的意，她可是殺人不眨眼。本來她娘家的人全是強盜，都被官方正法了，她也被賣為娼。幸虧這裏已故的大老爺高正，拿銀子把她贖出來，配給了他最小的兄弟。所以她雖是高家的奶奶，高家可是她的恩人，高九爺的本事不見得比她好多少，可是她怕九爺。這裏的大老爺高正被姓葉的害死了，她比誰都恨，一半日她也許要走，等她走了，你就能夠好一點了！」

　　梅姑娘自覺得是落在虎狼的窟裏，她只有忍耐，一點兒也不敢違抗，好在這時候高家的幾個男人都出去了，「母豹」也出去了，家中只留下二十多個女人。除了九位正太太，其餘的各房侍妾簡直跟傭人一樣，每天分工有的下廚燒火做菜，有的管理後園的菜蔬，有的跟長工一樣，還下地去割麥。女人們都是成天沒有閒暇，只有楚雲娘極為閑在，有時在庭中舞練她的雙劍，有時又在屋中誦經禮佛。她把梅姑娘搶到這兒來，仿佛她就把梅姑娘忘了。梅姑娘就如同是個傭婦似的，雜在女人群中操作，晚間跟一個叫采芹的高英的侍妾在一個房中睡。這采芹也是高英強佔來的良家婦女，她也是時時想逃。梅姑娘因有着采芹陪伴着，兩人都是時時想逃，可又跑不了，所以倒能在此忍耐着，一連就住了二十餘日。

　　在這些日之內，常有人從外面回家來報信。第一次報說：三爺的靈柩是停在青州府，六爺、七爺的靈柩都是停在郓城縣了。過了幾天有人又來說：八爺金錢豹高俊也死了！並說葉允雄是隱在梁山泊內，他有一個妻子叫魯海娥。這個消息一傳到，高俊的妻子也是天天痛哭，梅姑娘卻不勝驚異，心說：怎麼葉允雄會娶了魯海娥呢？他難道把我忘了嗎？我在這裏受苦，為他而受苦，他就在那裏安心享福麼？因此又時時的落淚，並且萌了尋死的念頭。又有一天，她在後園中幫助摘絲瓜，不料就有幾個婦人在旁邊罵她，後來又一齊上手來撕她、打她。她的臉都被人抓破了，但她也不敢還手，因為這幾個女人全都穿着孝，都是高猛、高強、高豪、高俊這幾個死于葉允雄手中的人的妻妾。她們思念丈夫，痛恨仇人，便拿着梅姑娘來出氣，弄得梅姑娘的身上永遠有傷。這時楚雲娘似乎待她又略好一點，有一天就私自向她說：「你真可憐！其實你的丈夫已另娶了更漂亮的老婆，他也不要你了，你卻替他天天在這兒受罪；這也是命，不知你前世跟我們是積下了什麼冤孽！」

　　梅姑娘當即跪下央求，楚雲娘卻說：「你哀求我沒有用！其實我現在也恨不得你死或者你走，不然將來我男人回來，無論他是待你好還是待你壞，我都看不下去。不過這時我若把你放了，他們回來可又有了話說了，說我把他們捉來的仇人給放走了。現在倒是有一個去處，就是我娘家哥哥那裏，你要能由他帶你去，我可以作主，他們回來時我也能有話對答。」這個去處，梅姑娘實在也不敢答應，因為楚雲娘的娘家哥哥時常到這兒來，只要一來，就到雲娘的屋內，一坐能坐多半天，在屋中說說笑笑，簡直不像是兄妹，采芹也說她們本不是兄妹。總之這高家就是一方的惡霸，江湖的豪強，家中有錢、淫亂，如今為了兄弟中慘死了的多一半，刺激得全家都像兇神惡煞一般，梅姑娘在此實如身處地獄。

　　有一天忽然莊外來了二十多匹馬，莊中這群婦女之中，有的是含笑出迎，有的卻躲在屋中墮淚，原來是高良、高光、高順、高英，連同所謂"十爺"的高小梅都回來了，並帶回來許多僕人、莊丁。爬山豹高良年有四十多歲了，高身材、黑連鬢鬍子；五爪豹高光卻是個黃瘦的大漢；鐵頭豹高順是個黑臉的大胖子，像個判官似的人。他們一回來，有的大哭，有的暴躁，都說："葉允雄不知逃到哪裏去了，捉不着！"他們聞說梅姑娘在此，便像提審犯人似的，把梅姑娘提到堂屋。兄弟幾個人你一言我一語地審問，梅姑娘只是痛哭，說她嫁了葉允雄，原不知葉允雄是怎樣的人，不過她至今仍覺得葉允雄不錯，不是壞人。她求他們把她放了吧，她去找來葉允雄，給這裏的人告罪求饒，高家弟兄們全都冷笑。那"母豹"有十七八歲，是一個大眼睛梳着大辮子的黑胖姑娘，突然由腰間抽出短刀來，就要當場將梅姑娘殺死。白面豹高英卻上前攔住，母豹立時跟她哥哥翻了臉，罵着說："你那幾個老婆還不夠嗎？你還要把仇人的老婆當你的老婆嗎？"高英說："我也是要以此侮辱侮辱葉允雄，以此激葉允雄自投羅網。"母豹卻啐了他哥哥一臉的吐沫，說："你別揀好聽的來說啦！五個哥哥都叫人殺了，你還把人家的老婆養在家裏，這件事我絕不能容！"兄妹二人眼看就要拼起來，後來算是楚雲娘又上前勸解，央求她的小姑子，這才暫時沒將梅姑娘殺死。

　　梅姑娘又被幽禁在一間房內，除了派采芹一天給她送兩頓粗飯，絕不許她見人。梅姑娘愈弄得生不能生，死不能死，外面的事她也無法知道。不過有時采芹給她來送飯，看見兩旁無人，便悄悄跟她說幾句話。梅姑娘才知道這裏曾舉行過一次大祭，那天來了數十名江湖好漢，都一齊發誓要幫助高家的人為兄弟報仇。梅姑娘時時替葉允雄提着心，她在禁錮之中，雲鬢不整，終日以淚洗面，身體漸病。這一日，忽然聽采芹驚慌慌地說："你的丈夫已被他們騙來了！聽說已來到襄陽了！他們兄弟這就都要報仇去了！"梅姑娘聽了，不禁驚憂欲死。

第十回　鬥江邊俠女逞鋼鋒　入酒肆仇家飛巨甕

　　襄陽城中現在是有孟三彪跟胡二虎這兩個人，帶着一幫山東的響馬，來這裏用高家的本錢開了一座鏢局，字號是"聚傑"。他們這鏢店作買賣是在其次，主要的是為召集各方會武藝的人，並分途向外去打聽葉允雄的行蹤，在這裏官方、私方他們都打點得很好。飛鷹童五是往北京去了，病虎楊七也來到這裏，大家就等待尋着葉允雄的下落，就群往爭鬥、捉捕，以復仇。

　　這一日，忽然有鎮海蛟魯大紳派人騎着快馬自京來到襄陽，報告說："葉允雄確在京師，惟又改名曰葉悟塵。彼之槍法確非昔時可比，在京已鎮服無數豪俊，名頭極大，且有貴人謝某為之保薦，故我與彼雖近在咫尺之間，但我未敢同他會面，誠恐槍法不敵，反致遭人所笑也！今我已用計激他南往，旬日之內他必到襄陽。屆時汝等須謹慎應付，不可依仗人多勢大，使爾疏忽。此次與彼同行者有海娥，此無恥女子，忘恩負義，我實深恨，但她的武藝更不可輕視。不過不可傷她，只捉住就算了。信到，我隨後就到，一齊協力，擒住此賊，以圖痛雪冤仇，大快積憤。千萬千萬，要請來高氏兄弟預先埋伏，然後下手為要！"

　　孟三彪見了他舅父的信，就又是驚慌，又是高興，疾忙派人去請來了高光、高順、高英、母豹高小梅，以及各方與他幫忙的人，布下羅網，就在此等候。附近幾縣的店家也都被他們買好了，所以葉允雄跟魯海娥一來到湖北境地，他們就已得到了報告。

　　這天聽說葉允雄已往襄陽來了，離這裏不過四五十里，不等天黑，便可來到，於是，大家更都緊張起來，就一齊出北門往漢水江邊去迎敵。漢水江中波濤滾滾，船隻無數，他們的馬匹都藏在南岸的樹林裏，由孟三彪、高光、母豹高小梅先搖着一隻小船渡過了江。等了一會，孟三彪就在岸上招手，驚慌慌地大聲喊道："來了！看！遠遠的那兩匹馬！那戴草帽的傢伙就是葉允雄！"

　　此時天已傍晚，兩岸泊着的船隻都已落下了帆，在船板上燒飯，炊煙嫋嫋飄向天空。兩岸的擺渡卻還都載着許多人跟車馬，都是趕着出城來的和往城中去的。雲光霞影投於水面，被攪得發出萬道的金光。遠處有青色的山巒，金碧色的樹林。古道之上走着稀稀的車馬，便來了兩個騎馬的人，是一男一女，男的身穿藍綢子的長衫，頭戴寬邊草帽，二十來歲，人極英俊，臉上仿佛帶着一層憤怒之色，被陽光照得有些發紫，鞍旁掛着長槍；女的還許不到二十，微胖的臉兒，嬌媚流轉的兩隻眼睛，臉上擦着鮮豔的脂粉，抹着猩紅的嘴唇，穿的是月白布褂，紅綢肥腿褲子，以一塊花手絹包着雲鬢，極為豔美，但鞍旁卻有刀，和一份簡單的行李。

此時孟三彪早已鑽入船艙裏去了，五爪豹高光駕着小船，攔住正要駛過來的一隻擺渡，高聲喊着：“快撥回去！不許往這岸邊上來。”船上的人齊聲喊着：“為什麼？”高光已亮出刀來，用刀尖向那邊指着說：“看見了沒有？那邊來的男女兩人都是賊，等我們把賊捉住了，你們再渡過去！”這時又來了一隻帶篷子的小船，船頭上站的是有名的捕役病虎楊七爺，他也過來攔這只擺渡。高光便把刀藏在船板下，他站在船頭，由他妹妹母豹駛着船，就往北岸去了。

此時葉允雄和魯海娥已來到了江邊，一齊收住了馬。葉允雄很是驚異，眼望着那只載着許多人已走到江心，忽然又轉舵回去了的擺渡；同時，那只小船上的病虎楊七，雖然是扭轉着臉，可是他那瘦樣子誰不認得呢？葉允雄就瞪起了雙目，魯海娥卻向她的丈夫嫣然一笑，問說：“你怕嗎？”葉允雄便皺皺眉。

此時就聽近處有人高聲叫着說：“你們是要過江嗎？”葉允雄低頭一看，就見一隻小船上站着一個黃瘦的大漢，這人雖跟自己沒見過面，可是那模樣就像是自己的死對頭高家兄弟。船尾上站着個黑胖女子，大眼睛，梳着大辮子，手執一支篙，不住向岸上的魯海娥來瞧。早先葉允雄與高家結仇，殺死飛天豹高正，那時五爪豹高光正在外省，母豹高小梅藝尚未成，所以獨有這兄妹二人沒跟葉允雄見過面，拼過命，如今才由這二人來打頭陣。但葉允雄心裏早明白了，他向魯海娥使了個眼色，一同下了馬，隨船上的人怎樣招呼、喊叫，他們也是不言語，連睬也不睬。

高光索性上了岸，他那一身黑繭綢的褲褂就不像是梢夫，笑的也是極為獰惡，他走過來說：“大爺！你們是要過江嗎？上我們這只船吧！我們這船足能載兩個人兩匹馬，錢並不能多要，因為都是老主顧！”葉允雄仍然不言語，眼睛只是去看那只駛回的大船。那船上的人很亂，都把臉對着他這裏，仿佛在看這邊的人怎樣來捉他，葉允雄不由得生了氣，心想：手段這麼笨，還想要報仇？此時高光索性來到眼前了，指手劃腳地說：“那只船出了毛病啦！又撥回去啦！現在要想上大船過去，可沒有啦！不如上我這只船吧！”葉允雄冷笑了笑，並沒理他。這時看見江面上又有四五隻小船往這邊駛來，魯海娥就推了葉允雄一下，葉允雄牽着馬同魯海娥順着江岸往東走去。剛走了十幾步，不想高光又追上來，還是說：“您快上我們那只船吧！給我們幾個酒錢就行，錢絕不能多要，船還頂穩……”

話說到這裏，忽然葉允雄翻了臉，說：“我們不願上你那只賊船，你還囉嗦什麼？”說着一腳踹去。不料五爪豹高光早有防備，颼的一閃身避開了，他斜身擺出了拳勢，反倒哈哈一笑，說：“別講究用腳踢呀？江岸上這些只船隨你便雇，只要你肯過江！只要你敢進襄陽城！”此時魯海娥伸纖手抽出了刀，那母豹也手提雙刀跑上岸來，交給她哥哥一口刀。江中那四五隻小船都已來到了這邊，船上的人各執刀槍鉤劍，都已來到岸上。葉允雄令海娥閃後，他把銀蛇槍自馬上摘下。這些人撲到岸上來，葉允雄一看，那白面豹高英原是自己的活冤家、死對手。白面豹高英看見了葉允雄，同時也看見海娥了，魯海娥那風騷俏麗的姿態，尤其陪襯着矯矯的健馬，豔豔的夕陽，滔滔的江水，閃閃的刀光，令他就不由得有點發怔。

此時葉允雄已與五爪豹高光交起手來，槍影刀光戰得甚緊，母豹就上前幫助她四哥，她的刀法更緊快，魯海娥也掄刀去幫助她的丈夫。白面豹高英卻過來將劍向魯海娥一招點，說：「你過來！」魯海娥向旁閃了幾步，撩起秀目來一看，見這年輕的短小精悍的白面人，似笑非笑，似怒非怒，仿佛不是來拼命，竟像是來調情。魯海娥就罵道：「什麼東西？死還有急着來搶的嗎？」一躍向前鋼刀直下。白面豹以劍相迎，寒光閃動，瘦鐵掠騰。十餘合之下，白面豹高英竟驚訝對方不獨刀法精熟，而且氣力極猛，他被逼得劍法幾乎換不過來，身子不住地向後去退。此時，病虎楊七、爬山豹高良、鐵頭豹高順，一刀一槍，並一對雙鉤，三種兵刃齊向葉允雄進攻，那母豹高小梅就轉過來幫助高英抵擋魯海娥。母豹是兇悍絕倫，高英是劍法精巧，但都抵不過粉鱗小蛟龍。魯海娥越殺越勇，只見她放足飛躍，一步逼前一步，白面豹高英便不住向後退，並說：「妹妹留神！」他妹妹母豹也有些氣喘刀弛。

　　斯時忽然五爪豹高光慘嚎一聲負傷倒地，高良、高順、楊七一齊跑開了，葉允雄橫槍傲笑着。高英也幾乎被魯海娥砍了一刀，他也疾忙轉身跑開，並招呼他的妹妹。但母豹絕不服氣，愈加的悍勇，與魯海娥相峙，又三四合，魯海娥就一腳將母豹踹倒，同時刀如閃電般落下。母豹命在瞬息之間，那邊高英、高順想重來援救已來不及。不料魯海娥的刀忽然被她丈夫攔住，葉允雄說：「住手！我們來此並不願傷一個女人！」母豹由地下爬起來，渾身是土，大辮子也散開了，頭髮亂蓬蓬的，她拾起刀來還要跟魯海娥拼命，卻被高英上前把她揪回。地下躺着的那高光是左肩膀受了一槍，黃臉痛得慘白，他爬起來呻吟不絕，被高順、高良給攙架到一邊。葉允雄向妻子使了個眼色，二人都牽回馬來，一齊扳鞍紉鐙，病虎楊七卻喊着說：「喂！姓葉的！難道你們這就走了嗎？事情就算完了嗎？」

　　葉允雄態度從容，在馬上提槍說道：「我不明白什麼叫完不完？你是官人，如果你要辦公事，你可以率領官人提着鎖來捉我。我現今已痛悔前非，對於你們，我若貪生我可以逃避，但絕不願你們再有死傷。我絕非是不講理的強盜，可是你若與他們高家的弟兄聯合，想在此暗算，或仗着人多要想殺我、傷我，那我可就要還手了！剛才的一場爭戰，還是我手下留情，不然用我這杆槍將你們一個一個挑下漢水，絕非難事，這話是我對你說的；至於高英、高良，你們是這漢水一帶的惡霸，你們做的惡事比我做的惡多得多，我們過去的冤仇，全是江湖上不值得一提的事！你們若自信武藝好，可以來，若是自己斟酌着敵不過，那就趁早不必前來以卵敵石。我對你們也能寬容，只要你們不對我逼迫過甚，我絕不還手。你們的手段不是太卑劣，我也絕不能傷你們的命。話說完了，你們再商量商量去吧！反正，我還是非入襄陽城不可！看你們用什麼方法對付我！」

　　他向東走了幾步，便呼喊渡船。魯海娥跨着馬跟隨她的丈夫，她還不住扭着頭向高家兄弟去望，只見那邊有人已將負傷的高光用小船渡走了，其餘的人還都不走，還都指手劃腳的在商議。魯海娥向他們撇撇嘴，冷笑着，低聲罵着，又將一隻手搭在她丈夫的肩上，表示出來親愛。金碧流漾的江水之中，船隻本來很多，船上的人，膽大的站在船頭，膽小的藏在艙裏，都把岸上的這場大武戲看完了，眼睛全都呆了，尤其是魯海娥，漂亮、矯捷，加上她跟葉允雄那樣卿卿我我的，誰不咋舌，誰不心裏亦羨亦妒呢？

　　葉允雄叫了半天船，竟沒有一個船夫敢應聲。葉允雄冷笑着，正想要撥馬帶着魯海娥向東去走，另找渡處，卻忽見從西邊駛來了一隻大船，是向他們這邊來了。葉允雄向海娥低聲說了幾句話，船隻已來近了，船頭上站着一個小伙子，說：「大爺！您是要過江去嗎？」葉允雄點頭，問說：「渡過江去要出多少錢？」船夫之中的一個就笑着說：「那還不好說嗎？大爺，憑您的武藝我們也不敢跟您多要錢。大爺您看，這江邊這些船隻，哪個敢載您過河？他們都是怕高家弟兄。咱們可不怕，強中自有強中手，襄陽城叫他們橫行得也夠了，也該有大爺您出來打一打他們了！」說着，把船攏到了岸旁，就搭上跳板。一個船夫跑了過來，說：「大爺請上船吧！太太把馬交給我牽上船去吧！」

　　此時魯海娥揪了葉允雄一把，葉允雄搖頭不語，他就先牽馬上船。魯海娥手提鋼刀跟着，順着跳板也走了過去。船夫替她把馬牽過了跳板，上了船，才一收跳板，撐開了船。不料那岸上就跑過來楊七跟高順，手中都拿着兵刃，一齊向着船大聲喊道：「快把船攏回來！不許渡他們過江！你知道他們是幹什麼的嗎？你沒看見剛才他們殺傷了人嗎？」兩人全都瞪着大眼，氣勢洶洶的。另有許多隻船上的人也齊幫助喊說：「胡老二！你快把船駛回去吧！這個買賣可做不得！以後你不想在江邊混了嗎？」這船上的胡老二卻光着鐵青色的脊背，撐着一根白木杆的長篙，篙上的鐵頭如槍尖似的，他微微笑着，說：「咱做的是買賣，誰管坐船的是什麼人？只要有錢就是財神爺！你們不做這筆買賣，也不能攔着我做呀？哥兒們！南岸上見！」說着他就將船隻悠悠的撥走了，魯海娥也不禁笑着，葉允雄卻又悄聲說：「留神！」

　　這隻大船上，兩匹馬都拴在桅杆上，兩個船夫，胡老二跟一個圓腦袋的小伙子，都撐着長篙，後邊有個十幾歲的瘦孩子管着舵。船艙裏又出來一個短身子的漢子，手裏拿着一雙筷子，一碗粗米飯，就蹲在艙門口吃。忽然這漢子站起身來了，驚慌慌的說：「追來啦！哎呀！這可這麼好？」葉允雄卻看出來這人是假驚慌，瞎喊叫，其實他的樣子並不像怎麼着急。此時只見從西邊斜着追來了三隻小船，在水面上都如箭矢一樣的快。葉允雄又綽起他的長槍來，魯海娥依靠着她丈夫的身子，橫着刀，微微撇着嘴笑着，說：「岸上他們都不行，追到江上來可又有什麼特別的本事？」葉允雄此刻的神態卻極為緊張，迎着夕陽，他不但看出那三隻船上是高英、高良、母豹，和幾個不認識的人，都手中有傢伙，他並且時時顧慮到後面。

　　此時，胡老二等人仍然鼓篙前進，船已來到了江心，那三隻小船也眼看就趕來了，不料忽由身後艙裏鑽出來一個人，這傢伙就是孟三彪，他在這艙裏已然藏了許多時了。如今這是楊七跟高英商量好了的計策，先把葉允雄跟魯海娥誘到船上。船上的面積既狹窄，且有胡二虎跟幾個人助勢，他們從後面用小船追，故意使葉允雄跟魯海娥專注意他們而不顧背後。孟三彪手持鋼刀就悄悄出來了，他走到葉允雄背後舉起刀來，不想刀還沒有落下，葉允雄早回手一槍桿，「吧」的一聲正敲在孟三彪的頭上。孟三彪「呵」地一叫，魯海娥也回身掄刀砍他，他疾忙以刀相迎。葉允雄此時大怒，說：「好！孟三彪！我來到襄陽找的就是你！」抖槍如毒蛇一般向着孟三彪的前胸刺去。

　　不料胡二虎把長篙離水，向葉允雄打來，說：「你別在我這船上動凶呀！」孟三彪乘空轉身向船頭就跑，葉允雄跳過了胡二虎的篙，就挺槍去追。孟三彪已跑到船頭，回手掄刀招架，葉允雄將槍一抖，如梨花亂落；在槍影裏，就聽孟三彪一聲喊叫，接着是"噗通"一聲，孟三彪身受槍傷落于江中，濺起來數尺高的水花。葉允雄喝聲旁邊持篙的人："站住！"他還要靜待水花平下去，浪頭翻過來時，他再用長槍向下去扎，務必將惡賊孟三彪扎死。不想這時胡二虎忽將長篙拋向江裏，綽了一口單刀跑過來又與他拼鬥。葉允雄回槍迎鬥，未三合，胡二虎忽然一翻身跳向江裏，在江中游起泳來。這傢伙不但是泰山麓的大盜，還是黃河中的水賊，水性甚好。還有三個船上的人一齊都跳下江去，他們在江水翻浪掀波，狂笑着，大罵着，把兩根長篙順着江波給推出了很遠。船上沒有篙了，也沒人管舵了，空有桅杆又沒有帆蓬，船就滴溜溜的在江心轉了起來。

那邊高良帶領幾個人也都跳下了水，母豹站在小船頭上尖聲喊叫說："把船掀翻了吧！鑿漏了吧！淹死他們這對狗男女！"葉允雄卻冷笑着，向海娥說："把刀給我！我這槍在水中不能夠使。你在此等着，讓我跳下船去打這群拙笨的東西！"魯海娥卻頓腳說："你幹嘛呀？難道我就不行嗎？"說着手抱鋼刀將身向船下一跳，葉允雄說聲："小心！"只見一陣水花濺起，小蛟龍的豔影已投于江中，同時波翻浪滾，鋼刀隨纖手，足蹬碧波，蠑首蛾眉，一陣在水面出現，一陣又沉落下去。她是大海裏的蛟龍，高良等這些小江裏的魚鱉如何能敵得過她？她在水裏依然能將刀法展開，胡二虎一個不小心，把頭向水外一露，只離她的刀不過二尺，嚇得趕緊縮頭入水；可是魯海娥的刀斜向水中刺下去，水中的胡二虎仰着身子手腳亂動地掙命，水已紅了一片。高良和別的人驚得就都浮水逃奔，有的爬上了小船，有的甲魚似的藉水爬跑了。

魯海娥便直撲向高英的那一隻小船，高英跟他的妹妹母豹的水性都不大好，病虎楊七是一點水性也不會，他們三人不由得齊都驚慌。母豹撥着船急急地逃去，但魯海娥已追上來，一手抓住了他們這只船的船舵，母豹就驚得大叫。這只小船上的三個人正在危急之間，幸有高良由另一隻小船上跳過來，夾起來他的妹妹向那只船上一跳，白面豹高英也隨之跳到那只船上，楊七可沒有人管了。魯海娥已扳上了船尾，楊七驚慌着，也要向那只船上去跳，沒想到沒有跳俐落，"噗通"一聲就掉在江裏了。高良鼓着槳，小船像逃命的飛鳥，順波流去。紅鯉魚似的魯海娥上了這船就提刀笑罵，喘了口氣，便又跳下了江波。

她並不去追趕那些逃走的人，卻一直奔向大船；來至臨近，她就在水中將刀向船上一扔，船上的葉允雄說："找回一支篙來，你就上來吧！"魯海娥的臉上往下流着水，益為嬌豔，她搖搖頭，卻在船後用力推船，如同船尾上有一隻美麗的紅魚在銜着似的。但她的力量畢竟是弱，把船推得極慢，幸而走了不遠，就遇着一支剛才被拋在水裏的長篙，她就將篙豎起來，上面葉允雄用手揪住，魯海娥攀着這支篙就上了船。到了船上，她望着葉允雄一笑，嬌媚地說："你瞧那些人有多麼糊塗？他們還以為咱們不會水呢！"此時她頭上的絹帕已被水沖走了，迎着江風她抖散了頭髮，坐在船板上休息。漫天的紅雲已變得全黑，銀星亂迸，江風江流蕭蕭的作響，對岸船上已燈火離離。葉允雄使力鼓篙，流了通身的汗，這才將船攏到對岸。魯海娥早將兩匹馬解下來了，她搭上了跳板，一手提刀，一手牽着兩匹馬，敏捷地就到了岸上。葉允雄也拋下了篙，提起槍來離了船。兩人一齊上了馬，魯海娥歡笑着說："走吧！快走吧！"她的馬在前，一邊走一邊挽頭髮，並向葉允雄旖旎地笑語。

　　在薄薄的夜色下，稀稀的燈光裏走了多時，方到襄陽城的南關，找了一家店房進去。這座店很大，來投宿的客人很多，店夥計對他們也不大注意，也沒生疑，就把他們的兩匹馬入廄，人讓至單間。葉允雄叫店夥去泡茶備飯，他坐在床頭歇息，卻不禁生起了許多憂煩：憂煩的就是自己來此是為尋訪梅姑娘的下落，但梅姑娘的下落惟有孟三彪才能知曉，可是孟三彪今天又被自己刺下江去了，並沒得暇向他逼問出來一句話。不知孟三彪死了沒有？他要是沒死，倒好，且不必殺他，先向他問出梅姑娘的生死。然而，梅姑娘若是已然死了，那自己當然是傷痛的，可是那事情還好辦，可是萬一梅姑娘並沒有死呢？其實世人盡多妻妾，同時娶兩個妻子的也不少；梅姑娘為人賢慧，即使叫她屈身做小，她也無不依從，只是，那樣也怕為奇妒的魯海娥所不能容，魯海娥為自身的附骨疽。但是又回想剛才在江心，魯海娥的勇敢、能幹，直超過自己之上，並且她又是那麼……。

　　此時燈已點上了，魯海娥把門關嚴，就背着身換衣裳，換完了衣裳仰面在床上一躺，閃爍着星眸向着他笑。葉允雄也不得不笑了，但心中真是兩面戀惜，兩面鍾愛，兩面為難，後來他就一狠心，心想：梅姑娘可能死了吧？她豈能再活呢？一定是早已死了，死了倒也乾淨，省得我這懦弱的丈夫叫她傷心、受氣！想到這裏不由得就頓了一下腳。魯海娥可又立時翻起眼睛來，似怒又似笑地說：「幹什麼呀？你還煩？你娶了我這樣一個老婆，今天給你出了多大的力，你還能上哪兒找去？不是說，誰能有你這麼大的福？你可還像是不知足似的，老是皺着眉！」

　　葉允雄趕緊又笑着辯解說：「我哪裏皺眉了？我不過是腳自然地頓了一下。你的好，我難道還不知道？尤其是今日，有那母豹一比……」魯海娥沉着臉兒，問說：「怎麼？母豹比我強，比我漂亮，比我水性高是不是？」葉允雄說：「你怎麼不容我把話說完？就是個瞎子，也能看出那母豹比不上你的一成！我言如是，我很幸運！我很光榮！」魯海娥突然坐起身來，把頭放在他的腿上，對着他嫣然的笑着，說：「你再誇誇我，我就愛聽人誇！」葉允雄說：「你在水中是龍，在陸地上是錦毛的神獸，若到月亮裏呢，你是賽過嫦娥！」實在魯海娥這時倒像是一隻小貓兒，被她丈夫這幾句甜蜜的話給撫慰得貼耳垂毛，抿着小嘴兒微笑，惺忪着雙眸，仿佛乖乖地睡着了。

　　此時有人來推門，葉允雄把門開開，店夥拿着茶壺，端着盤子進來了，茶、飯、酒皆備。魯海娥已然抬起頭來了，但依然微微地嫵媚地笑着，跟她丈夫依依偎偎的，葉允雄倒覺得難為情。店夥這時也有點注意，因為見這位少婦是太漂亮了，可是態度又太不莊重，倒像是個姨太太，或是妓女。店夥在一旁看得都傻了，後來又看見床裏放着一口刀，牆角立着一杆槍，他又不由得咋舌，回身就要走，葉允雄卻叫了一聲：「回來！」店夥趕緊站住，說：「大爺！您還有什麼事吩咐？」葉允雄由魯海娥的手中接過一盅酒來，飲下一口，就說：「我住你這家店，就先得把話跟你說明。我姓葉，我來此是閒遊，但不想剛走到這裏，忽然遇見了幾個與我有怨的人，就是那高家兄弟和孟三彪，你曉得這些人嗎？」

　　店夥聽了，立時就有些害怕的樣子，點頭說：「我知道，高家的哥兒們是……惡霸。」聲音極小，又說：「孟三彪、胡二虎兩人更是無所不為，他們在城裏開了一家『聚傑鏢店』，是高家拿的本錢；開了的日子不多，買賣也沒做什麼，可是城裏的人就都怕他們了！」葉允雄說：「不要怕，我能為你們這地方除害，可是我們現在住在這裏，不許你們對外人去說！反正店飯錢絕不能拖欠你們的，就是出了什麼事，也與你們無干。」

店夥說：「是啊！我們是開店的，無論是誰，只要有錢，就能在我們這兒住；就是出了麻煩，誰也問不着我們。您囑咐我們別向外人去說，我們見了人不說是了。我們這店天天來往幾十個客人，要叫我們記清了哪位客人的姓，哪位客人的名字，我們也記不清楚。」葉允雄點點頭說：「好！」遂叫海娥取出幾兩銀子來，先存在櫃上幾兩，給了店夥一兩，作為賞錢，店夥就喜孜孜地出屋去了，少時又打來了洗臉水。當晚葉允雄與魯海娥就宿在這店裏，門關得很嚴，刀槍都放在身畔，一夜靜悄悄的過去，倒沒有發生什麼事情。

次日，清晨起來，店夥送來了洗臉水，葉允雄就托他到外邊給打聽打聽，那聚傑鏢店現在有什麼事沒有。店夥去了不多時，就回來悄悄地說：「高家的人昨天是有個受了傷，班頭楊七爺掉在河裏淹死了。孟三彪倒是回來了，聽說他也受了傷，可是胡二虎沒有下落，不知道是生是死。」說話的時候，他的眼不住吧嗒吧嗒的，瞧一瞧葉允雄，又瞧瞧魯海娥，仿佛他早就都聽說了，這二位都是怎樣的人；尤其是魯海娥，他想多看看，可是卻連多一眼也不敢看。待了會，這店夥就又出屋去了。

魯海娥今天換的是紅綢襖，緊箍着身兒，鑲着花鍛邊兒，上面敞開兩三個紐扣，露出蔥心綠的抹胸和金練子；下面垂着絲線的褲腰帶，白紡綢褲子，鑲着藍邊，陪襯上一雙紅緞鞋，僅露出小小的鞋尖，上面趴着一隻繡的蝴蝶。他們路過保定府時停留過兩天，這些全是那時買的、做的。她支起一面小鏡子，梳挽雲髻，又在芳頰上輕輕塗了些脂粉，並時時扭轉頭向着葉允雄笑。葉允雄是穿着一身青綢褲褂，他坐在旁邊的一張凳兒上，喝着店夥才送進來的茶；雖也應酬着海娥，她向他笑，他也不敢不向她笑，可是自己的腦裏還想着許多的事。他想着：孟三彪既然未死，那麼梅姑娘的下落必要向他問問。可是，他的鏢店開在城裏，自己現又在城外，若是白天進城去找他，不但他一定要藏躲起來，還必又引起一場大爭鬥；若是晚上再去找他，可又隔着一道城牆。葉允雄在心中為此事來回地斟酌。魯海娥又跟他說閒話，海娥的意思是，除了願意跟高家弟兄和那母豹再鬥一鬥，再顯顯她的武藝，她並不是太恨孟三彪，因為那是她義父的外甥。至於葉允雄的腦中時時未忘梅姑娘，因為未表現出來，所以她是一點也沒有想到。

魯海娥想要到城裏去逛逛，買點什麼東西去，葉允雄卻攔住她，說：「咳！咳！你想想咱們昨天在江邊鬧的那件事，今天怎麼能夠出門呀？誰不認識你跟我呀？認識了豈不就是麻煩，難道咱們真在光天化日之下，在城裏，跟人大殺大砍去嗎？」魯海娥瞪眼說：「怎麼？怪啦，你離開北京來到這裏，反倒又膽小起來了？」葉允雄說：「並不是我膽小，是事情不同。在北京我與人多半是比武，少半才是拼鬥，但也都是在城外，在夜間；如今來到這裏，只要一遇着對頭就非得拼命不可，所以我覺得應當謹慎。」魯海娥說：「既然謹慎，可又何必在這兒住呀？不會往別處去嗎？」

葉允雄說：「我們來此不是為辦事麼。」魯海娥說：「我可不明白！你淨說辦事，可是見了高家兄弟你又放他們活命，連個母豹你還怕我傷了她！」葉允雄說：“我來此第一是為孟三彪！”魯海娥說：“你為什麼專專的恨他呢？難道你被擒起解路過梁山泊時，押着你的也有他嗎？”葉允雄搖頭，又頓足恨恨地說：“不過我絕不能叫他活命！旁人不說，惟獨他，實實在在地欺我太甚！他對付我所用的手段太狠了！”魯海娥愈為詫異，仔細一尋思，忽然她的臉色一變，葉允雄倒不禁一驚。可是魯海娥只態度淡淡的，轉過了臉去，拿了她的一塊綢手帕，就着盆中淨過面的殘水去洗滌，低着眼皮，默默地不說一句話。葉允雄就想，她也許是沒有猜到自己的心思，便沒有太介意。

當日，魯海娥除了上廁所，就連屋子也不出，只在床上盤腿坐着，由行囊裏取出針線，刺繡一個裝刀的綢套。葉允雄是除了發怔，在屋中來回走，就是躺在炕上歇着，跟海娥說笑幾句。海娥雖然似乎有點不高興，可是仍然不時地微微笑。

不覺天晚，葉允雄在短衣服上罩了一件青布長衫，不待用晚飯，他就出了店門。店外大街上，人亂車雜，城門十分的擁擠，他就擠進了城去。城裏這時還是很熱鬧，車輛裏雜着鏢車，行人裏屬着官人。葉允雄又怕被人認出自己來，他只隨在幾個人的背後去走，臉是低着的時候多，抬起的時候少，但他的兩眼卻不時地翻起來偷看，一切的城中景象瞞不住他。他只覺得這襄陽的地面實在不小，城市真繁華，簡直是一座小北京。他在漢水一帶曾行走多年，但今天進這座城還是初次，街道都覺着很生疏，走過了兩條街，方才看見道北有一個大柵欄門，白牆上寫着“聚傑鏢店”幾個字。葉允雄看了，反倒趕緊轉身，疾走幾步，又見道旁有一家很高的大酒樓，裏邊刀勺亂響，他就走了進去，一進門就咚咚的跑上樓去了。

樓上喝酒的人很多，迎着街的那一排座位，全都坐滿了人，有的在劃拳行令，有的在吃飯餐魚。這酒樓代賣炒菜，靠西牆堆着四五十只酒甕，如同山似的，可知是個大買賣，來這樓上飲酒的人也都穿着得很整齊。沿着樓梯扶手有一張小桌子，葉允雄就撩撩衣裳在此坐下，有個夥計當時走過來招待，問說：“大爺！您打算喝什麼酒？”葉允雄說：“你們這裏的黃酒零賣嗎？”夥計回答說：“零賣。”葉允雄就叫拿一壺來。少時夥計把一壺酒和兩碟酒菜、一雙筷子擺上來。酒菜不過是炸小蝦、豆腐乾之類，葉允雄就斟了一杯酒慢慢地飲着。抬起眼來去看，見是四扇窗子，全都打開着，為通涼風。窗外就是後院，因為這是在樓上，所以往後院只是一片屋瓦，瓦上有幾隻斑鳩在那裏走着，忽而落下，忽而飛上；回過頭去再看，見那一排座上，倒沒有什麼眼熟的人，窗戶也都敞着，外面掛着一排葦簾子，遮住了夕陽。樓外雖然是市聲，車馬聲，十分的雜亂，樓下雖有人也大聲談話、劃拳，但又有小鳥在籠裏啁啾地叫着，在喧囂之中也有些雅意。

葉允雄不敢招人注意，便轉回頭來，品評着酒味菜香，消磨着這近黃昏的時刻，並細細聽背後坐的人談話，聽了一會，忽然有幾句驚人的言語，就送入他的耳中。背後靠窗的那張桌，葉允雄早看見了，坐的是個矮胖子，有兩撇小黑鬍子，穿着黑綢子的褲褂，手裏拿着個鼻煙壺，一把一把的紅色鼻煙往鼻子裏去抹；另一個是個二十來歲，很年輕強壯的漢子，辮子梳得很光亮，衣服也相當的講究。這二人也是只飲酒，沒有吃飯。只聽那矮胖子說：“這件事，我看是沒法了結啦！冤冤相報，越積越深，將來還不知要出幾條人命。我的意思是想把葉允雄找出來，把他的妻子給他……」葉允雄聽到這裏，精神突然一振，又聽那少年笑聲回答道：「就是把他的妻子還給他，我想他也未必要了！他早已另娶了，新娶的這個，那傢伙……」

矮胖子又說：「那不是外人，那是鎮海蛟魯大紳的乾閨女，在東海有名的粉鱗小蛟龍。老孟不至於不知道她，昨天卻想同她水戰，那不是在張天師的眼前刮旋風嗎？老孟是糊塗啦！活該他吃虧。大概一二日內鎮海蛟就來到，我想他對他的乾閨女一定有辦法，粉鱗小蛟龍還真能夠把她的乾爸爸也拉到水裏來一回水戰嗎？哈哈！我想不能。」少年卻說：「那可不一定，女心向外，何況又不是魯大紳的親閨女。她跟了葉允雄那小白臉，都許把她迷得瘋了，她還能認識娘家？」矮胖子又說：「可惜我是不認識姓葉的，不然，我願意出頭為他們兩方講和。姓葉的傷了人家弟兄幾個人，也應當去給姓高的賠個不是，但姓高的可也得恭恭敬敬把人家原配送了出來。」

葉允雄聽到這裏，手拿着酒杯不住地發抖，真想要站起身去與那二人交談，打聽打聽梅姑娘到底是在何處，卻聽那少年又微微地笑着說：「盧三哥！我勸你不要出頭管這件事，閒事管不成，倒許又弄出大禍來。今天不是聽說有人去請高老九的媳婦去了嗎？那才好，咱們就等着看熱鬧吧，看看雙劍女怎樣大戰小蛟龍？」

葉允雄聽到這裏，忍不住把酒杯一摔，憤怒地站起身來。他將要回身去向那二人質問，並想將那說話的少年飽打一頓，但忽然聽得樓梯一陣響。他向樓梯扶手之下投了一眼，卻見上來了一個連鬢鬍子的高身大漢，原來正是爬山豹高良。葉允雄就吃了一驚，疾忙又落座，扭轉着頭，專等高良上來，看他見了自己是怎麼個辦法。樓梯的響聲越來越沉重，爬山豹已然走上樓來，只見他穿着一身肥大的青布褲褂，腰間繫着一條綢帶子，上面插着一口尺許長的明晃晃的尖刀。他像是沒看見葉允雄，只抱着拳向沿樓窗坐着的那一些人拱手。原來這些人全都與他相識，都恭敬的站起身來說：「二爺！請這邊來喝一杯吧？」高良卻拱手笑着說：「不客氣！諸位請坐吧！」

那葉允雄身後的兩個人特意走過去，矮胖子就拉着高良的胳膊說：「我們正在這兒談論你呢！怎麼啦，今天四弟的傷勢可好了一些嗎？老孟怎麼樣？不至有什麼危險吧？」高良卻搖頭笑着說：「都不要緊！江湖人身上受一點傷，就跟小孩子跌了一跤，算不得什麼。盧三哥今天怎麼這樣閑在？聽說你的高徒姚雲錦也到武昌保鏢去啦？」這個叫盧三的矮胖子就笑着說：「那不過是朋友拉攏，給我一點臉面！我們師徒就指的是眾朋友們，沒有朋友就不能混了，哪能像你老哥，家大業大名氣大，手足們又多？」高良半笑半歎地說：「不要再提！提起來慚痛死人。」又向那少年說：「你怎麼也到這裏來了？」少年笑着說：「我是今天晌午才從老河口趕回來的。剛才我到櫃上看了看，二叔沒在，我出來遇見盧三爺，盧三爺就拉我來這兒喝酒，他還說，打算出頭給你跟葉……說合說合！」

高良聽了這話，連鬢鬍子幾乎都紮豎起來，他哈哈地大笑着說：「盧三哥，你把這件事看得太小了！這不是小孩子們拿磚頭打架，這是刀跟血，性命跟冤仇……」說到這裏，他忽然把話止住，滿樓的人目光全隨着他盯在了葉允雄的身上，此時葉允雄仍在飲酒，也不說話。因為爬山豹高良手摸着鋼刀沖着他怒視了一會，所以滿樓上的人也全都看着他。夥計又走過來，帶笑點頭，問說：“高二爺！您在哪裏落座？”高良滿臉發紫，指指盧三說：“我們坐在一起。”夥計遂搬了一把椅子，放在那張桌旁。高良倒並沒立即發作，只默默地朝着那二人走過去，一同在葉允雄身後不遠的地方落了座。葉允雄周身的血液緊流，精神十分地興奮，只注意防範着身後，身子卻仍然不動。

此時樓上眾客人的劃拳聲，讓酒讓菜，和爭着會賬之聲，頓然全停，大家都像被什麼事情震懾住了，有的悄悄付了帳，就悄悄地走了。葉允雄只聽身後高良等人的談話，也聲音很低。那高良說話粗啞，聽不大清，卻聽盧三急急地說：“不可！不可！這裏是人家的買賣，掌櫃的跟咱們又都有交情，怎好把他們也連累上？不可不可！”又聽他說：“要是那樣辦，事情可就沒完了，我想不如招呼招呼他，面談。”高良卻用力一錘桌子，“咚”的一聲，杯碗皆響，四周卻啞然無聲。

此時卻見那少年站起身來，他雖臉色也有些白，但還裝作沒事人兒似的，仿佛要下樓去走。他繞過了葉允雄的座位，剛要一手扶樓欄下去，還沒邁腿下樓，葉允雄就突將一隻酒杯飛來，正打在他光亮的頭髮上，遂喝一聲：“你別走！你要做什麼去？”這少年趕緊一手捂臉，身子往後去退，急急問說：“為什麼？你還能攔得住我走？你憑什麼打我呀？”葉允雄挽了挽衣袖，這時忽然爬山豹高良抽出了尖刀向他的背後扎來。葉允雄翻回胳膊一拳打去，“噹啷”一聲，高良手中的刀就掉落在樓板上。盧三上前來勸說：“不要打！都是江湖朋友，好歹都先看在我面上，聽我說幾句話！”他居中一勸，葉允雄倒是住了手，不料那高良卻綽起一把椅子來，向他就打。葉允雄疾忙閃開，並推了盧三一把，說：“朋友！我請你不必管勸！”

這樓上的地方倒還寬敞，二人就扭了起來，相持不下。葉允雄雖然拳法精熟，但高良的力也不弱，咕咚咕咚的樓板亂響。那盧三還在旁嚷說：“這不對！你們如果真要拼個死活，可以到樓下去打，街上去打，這裏是生意，買賣……”說話之間，高良一椅子向葉允雄蓋頂砸下。葉允雄劈手將椅子奪過來往旁邊一扔，就聽“喀嚓”一聲，椅子散了架了，旁邊的酒座兒都驚得抱着頭往樓梯下去跑。那頭已被打破流血的少年，彎身拾起來鋼刀，高良喊了聲：“給我！”那少年將刀一扔，高良伸手去接，但又怕接着那刀刃，所以沒接着，“噹啷”一聲又落在地下，葉允雄急忙用腳踏住。少年過來助拳，被葉允雄一臂打倒。高良又過去，綽起來一隻酒甕，向葉允雄砸去，又被閃躲開了，酒甕扔在樓板上直轉，撞倒了兩把椅子。高良又由桌上綽起一個磁片子，向葉允雄飛來，葉允雄倒是沒躲，可是打偏了。酒樓的掌櫃才上樓來要勸架，不料一盤子正打在他的身上，雖然沒傷着，可是他嚇得哎喲一聲，就坐在地下了，爬起來又喊：“兩位爺！住手吧！別傷了家什！”

盧三已然憤憤地下了樓，樓下卻咕咚咕咚的一陣亂響，如急雷似的，上來了十多個人，手中有的提槍，有的拿刀，由白面豹高英領頭，這全是“聚傑鏢店”來的人。高良此時威風大振，雙手又舉起一隻酒甕，大聲喊說：“殺死他！休放他走！”白面豹高英的寶劍隨身挑來，鐵頭豹高順的長槍抖擻而至，母豹高小梅的單刀也如風一般地掃到。葉允雄急忙向旁去跳，跳到一張桌上，腳踏碎了桌上的碟碗。刀槍劍進一步逼上了他的身，他疾忙又一跳，又跳到了酒甕的堆上。此時他是居高臨下，並舉起一甕酒來要向下砸，下面的人都紛紛後退。葉允雄一甕砸下，正砸在高良的身上。高良被砸倒了不說，他此時也正抱着一隻甕，二甕相撞在一起，就全都碎了，甕裏的酒就如汪洋大海一般的流出。酒甕一破，樓板上成了澤國，許多人的鞋都濕了，母豹的一雙黑幫子繡白花的小鞋也都濕了，那藏在一張桌子底下的掌櫃的幾乎哭了出來。高良滾得一身是酒，由身後的人手中奪了一口刀，向酒甕的堆上就躥。他剛一躥上去，可是葉允雄又將一隻甕砸了下來，高良就又從上面摔下，刀也撒了手。

　　高英等人又往後退，葉允雄卻乘此時一縱身跳了下來，又一縱身子就跳出後窗外。不料他的長衣未撩利便，窗上又有一個釘子，一下就刮住了。母豹自後一刀砍來，葉允雄已把衣襟撕破走開了，母豹追出來又一刀，葉允雄卻回身一抬腳，母豹連人帶刀一齊滾下了房去。窗裏又有幾隻酒甕往外扔出，想要打葉允雄，但都沒有打着，都順着屋瓦滾下去摔碎了，後院裏也是酒漿橫流。各處嚷嚷之聲攪成了一片，葉允雄卻踏着屋瓦走去，隨走隨解下長衣扔了，少時他便沒有了蹤影。這一場大鬧，真是天翻地動。此時天已黑了，酒樓上的東西是亂七八糟，掌櫃的放聲痛哭，官人也來了。爬山豹高良的兩腿已然摔傷，被一個人攙架着，但他仍是氣勢洶洶，大聲嚷嚷說：「難道就這樣把姓葉的放跑了嗎？偌大的襄陽，就拿不住一個賊嗎？」於是許多人又亂跑着去捉拿，並有的同着官人出城去搜店。

　　這時街上也亂極，可是聚傑鏢店裏，因為人都出去打架去了，店內反倒空虛，門也沒關，許多屋裏的燈也都沒點上，櫃房裏只有兩個夥計在那裏閒談。葉允雄就從外邊偷偷地走進來了，他先由兵器架上綽了一口刀，闖進櫃房裏，威嚇着命這二人說出孟三彪住的屋子，並追問梅姑娘的下落。這兩個鏢店的夥計就齊都戰戰兢兢地說：「葉老爺！這些事都與我們不相干，我們是在這兒混飯。孟三彪不敢在這兒住了，是到東邊三官巷他的姘頭家裏養傷去了。葉老爺的夫人，我們也是聽說，現在會仙莊高家裏。」葉允雄一聽說梅姑娘現在高家，他就不由氣炸了肺，趕緊又追問詳情。這兩個夥計本來一個是在這管賬的，一個是跟鏢車的，而且都是高家家裏用過的人，雖然都是吃着高家的飯，可是也都受過高家的苛待，如今又在葉允雄的鋼刀威迫之下，所以他們就把梅姑娘如何落在高英之手，高英如何要納梅姑娘為妾都一一說了，不過他們並沒說梅姑娘不從，卻說梅姑娘已然成了高英的人了。

　　葉允雄愈為氣忿，提刀回身就走。出了鏢店的大門，本想去與高英殺鬥一陣，將他殺死，卻見街上的人正亂，官人也都出頭了，他又不得不有些顧忌，遂就轉進了一條小巷。好在他是從鏢店裏出來的，雖然有人看見他了，可也以為他是高家手下的鏢頭，是要幫助打架去，便沒有人來追他，盤問他。葉允雄順着小巷走去，只見巷中家家閉戶。他一直走到了城牆，看見四下無人，他就將刀插在背後，用手摳着城磚的縫子爬上了城。城上更是一個人也沒有，他就坐下休息。繁星在他的眼前亂迸，涼風從他的臉上吹過，他的心卻如油煎一般。他暗暗咬牙，痛恨高英，痛恨楚雲娘，連梅姑娘他都有些恨，就想：你雖然是個弱女子，雖然無拳無勇，但你不會死嗎？你就能甘心在高家作妾，玷污我葉某的名聲？他恨不得立時就去到武當山下會仙莊，看看實在的情形，如果屬真，那高英夫婦，連梅姑娘，全都不能叫他們得活！

　　他憤然站起身來，向城外下面去看，見燈光不多，護城河內卻有許多星光的倒影，他就又爬下城來，泅過了護城河；此時他全身的衣服都已濕了，就辨別着路徑回到了南關。至店房門首他偷偷地走了進去，乘着無人察覺，就一直奔入裏院自己的住房之內，只見燈光黯然，桌上放着一份殘肴剩菜，魯海娥躺在床上，掩着被，是已然睡着了。葉允雄又低着頭細看了看，見魯海娥的兩朵芳頤紅得跟桃花似的，可見自己走後，她一個人又喝了一些酒。她的眼睛緊閉，長睫毛覆在眼下，更顯得嬌美。她微微地發出點鼾聲，確實是睡熟了。剛才在城中一場凶毆惡鬥，脫身歸來之後，還能在這小寶燈下面對着嬌媚的佳人，他的心中不由得感到一陣安慰，一陣愛慕，又抱歉地想：過去我真對待你不好！我一番棄你遠走，你都對我不恨；這些日你以為我是對你很好，你很滿足，但其實我的心裏正時時懷念着別人。以後就好了！我對梅姑娘倒是得看個究竟，看她是個烈女，還是個懼威惜死的女人？反正，我同你可以終生結為夫婦了！我不至於再在心裏掛念別人了！

　　心裏這樣想着，他就將刀藏在床下，輕輕地從床裏去取包袱。要將身上的濕衣裳換下，不料魯海娥卻突然伸着雙臂，將他抱住了，又咯咯的一陣笑，倒把葉允雄嚇了一跳。接着魯海娥卻又用力把他一推，他的後腰撞在了桌子上，桌上的杯盤也差點滾落在地。魯海娥就用雙手摸着他的兩隻胳膊，說：“哼！真濕！你到哪兒去了？莫非你又跑到江裏去了嗎？我的那身濕衣服還沒有工夫晾，你又弄來了一身水淋的雞毛，咱們真倒了黴啦！我也是，從小兒在海島上生長也就夠啦，嫁麼，也還嫁了個水王八！”葉允雄趕緊擺手說：“小聲說話！”

　　魯海娥卻冷笑着說：“咱們小聲說話，人家可都站在院裏嚷嚷夠了！剛才也不知是高家的哪只豹，不過我聽出來其中有母豹的聲音，他們在院裏足一吵，口口聲聲要捉拿葉允雄，幸虧這店家還夠面子，沒說出咱們來。我趕緊藏在被裏，我不是怕他們，我是不知道你在城裏鬧出了什麼事，我也預備着了，只要他們敢進到屋裏來搜，那我可就不客氣！”說時一掀夾被，露出來她的那口寒光閃閃的鋼刀。葉允雄也不由得一笑，換上來乾衣裳，又叫了店房夥計來沏茶。這夥計見了葉允雄，卻不禁直眉瞪眼地發怔，葉允雄裝作若無其事的樣子，反倒悄聲問說：“剛才是怎麼回事？我看見街上一陣大亂。”店夥卻搖了搖頭，說：“我不大清楚！”

　　他出去沏了茶送來時，葉允雄卻又拿出一兩銀子來給他，說：“這是專賞你的，因為明天我要到夏口鎮去一趟，至少也得三五天才能回來。我的女人大概還要留在這裏，請你在意些，茶水飯食伺候得要勤一些！”夥計的手心被銀子壓得很沉，就立刻不再直眼發怔了，笑着說：“大爺！你這是幹嗎？哪有賞這些錢的？我們在客店裏當夥計的，伺候客人還不是本分事嗎？大爺您放心吧！別說您三五天不回來，您就是十天半月不回來，太太在這兒也不能有一點舛錯。我們這店是襄陽府的老字號，開了快一百年啦！我們掌櫃的家眷也就在這西院住，您一走，這一排房，我們准保連個單身客人都不往裏讓，茶水飯食更不能有一點慢怠。”葉允雄連連點頭說：“好！好！多多託付你了！”店夥又連聲答謝，並說：“不要緊！您放心，無論街上有什麼亂子，就是鬧到院子裏來，我們也絕不能讓他們鬧到這屋裏來。”葉允雄又點頭說：“好！好！”店夥才出這屋。

　　此時魯海娥已披着衣裳坐起來，她只是微笑。葉允雄關上門，順手插上了插關，就回身喝了一碗釅茶，遂向海娥說：「我想明天走一趟，你就在這裏住着，可務要少出門。」魯海娥就問說：「你要往哪裏去？」葉允雄遂把剛才自己去酒樓所做之事說了，然後又說：「因為我知你義父已將來此，孟三彪現在高家養傷，並還勾結匪徒，要置我於死地，所以我要先去下手。但他們又全都與你相識，見了面，你自然不便破除情面來幫助我，所以我想，你就在這裏等候我好了！」魯海娥聽了丈夫的話，只是默默不語，她咬着嘴唇，翻着眼珠，沉思了一會兒，忽然又一笑，說：「也好！那麼明天你就去吧！你既然逞強麼，既然一定饒不了孟三彪和我的義父，那我也沒有辦法；反正，無論如何我不能幫助他們打你，可也不能幫助你打他們。」葉允雄點頭說：「我也不能叫你為難。」當下熄燈睡去，一夜甚安。

第十一回　　會仙莊鏢傷雙劍女　　荊紫關哭覓素心人

　　次日清晨，天才發曉，葉允雄就叫店家給他備了馬，他就走了，離開襄陽往武當山去，當日可到。他的馬順着漢水河岸去走，馬鞍之旁懸掛着一杆長槍，晨風吹動江水，朝陽射在江船的桅杆上，有江鳥追着船飛翔，煙塵隨着他的馬蹄滾蕩。此時他一腔怒憤，且雜着傷心，回想起在白石村與梅姑娘的情愛，只因自己結下仇人，竟使她落到這般地步，實在是可憐，但她若已甘心在高家卑賤的活着，可又太可恨了！馬很快地走着，至中午時已過了穀城縣，他在道旁找了一家飯鋪，匆匆地用畢飯，再往下走。又走了一些時，遠遠之處就看見了蒼翠綿延的武當山嶽，他就撥馬轉路，迎着山色去走。這股路上行人稀稀，車馬更少，天氣雖還炎熱，可是田禾已都染了些焦黃之色，野地裏群鳥亂飛，小溪流淌，這般風景卻不能使他稍停馬蹄。

　　正在走着，就見前面有一道小河，上有木架的橫橋。過了橋，有一行扶疏的柳樹，翠絲千縷，迎風作舞，風景更為綺麗。忽見那柳樹下來了三匹馬，是兩匹鐵青色，一匹白色的。白馬在中間，上坐的人身穿淺紅色的衣服，似是一個婦人，葉允雄就很是注意。少時雙方的馬都已來到了橋頭，葉允雄是勒馬停在小河的東岸，那三匹馬卻都停在西岸，仿佛是彼此讓路，誰也不肯先走過橋，但雙方的人目光卻隔着水波對視着，臉色也都漸漸變了。葉允雄由對方的白馬下佩帶的雙劍就曉得了，這少婦必是楚雲娘。雙方隔着橋看了一看，那楚雲娘就發出一聲冷笑，遂催馬奔了過來。葉允雄卻按馬不動，昂然地看着她。只見楚雲娘由鞍旁摯出雙劍，向左右一分，真如白鶴彩鸞將雙翅展開似的。葉允雄也急忙摘槍，作托塔槍之式，眼看槍尖，正對敵心。那楚雲娘收馬站住，一張俊俏的微有些麻子的臉兒沉下來，她厲聲說：「葉允雄！到現在你還要逞能嗎？我家裏的幾個大伯都死在你手，你還敢攜帶一個刁婦，找到襄陽去大鬧！你以為高家就沒人敢惹你了嗎？我現在是得了信正要去找你，好！不想你倒來了，你是打算怎麼樣？快說！是叫我立時把你殺死？還是你下馬扔了槍……」

　　葉允雄的銀槍卻驀然向前一翻，直刺對方的手臂，楚雲娘疾將右劍高抬，左劍向槍桿磕去。葉允雄將手腕向下一翻，槍饒了半圓圈，封住對方的劍，驀然又一槍刺去。楚雲娘的身子向後一仰，斜躍下馬來，馬連跳幾步跑回橋那邊去了。那邊的兩個莊丁也都催馬過來，一齊向葉允雄掄刀來砍。葉允雄用槍橫撥開二人的兵刃，將槍花亂擺，緊湊急快。那楚雲娘放步飛騰，又舞劍撲奔過來，喝住那二人說：「你們閃開！」那二人本已招架不住，聞聲後退，一齊撥馬要走；但葉允雄一槍戳去，便有一人閃躲不及，受傷落馬。楚雲娘狠狠地要用劍削葉允雄的腿，葉允雄一槍虛刺，乘勢轉馬走開，楚雲娘舞雙劍直追馬尾。葉允雄引楚雲娘走出數十步遠，他就將腳離鐙，飛身下馬，先將馬放過去，然後以左點步立在道旁，靜待敵人。楚雲娘雙劍高舉，飛一般地來到，葉允雄以砍月槍法迎敵。但楚雲娘也實在不是好惹的，她雙劍急展，左盼右顧，光騰氣舞，變幻無窮。葉允雄雖槍法絕佳，但緊戰三十餘合之後，自己並不能得手。

　　葉允雄覺得楚雲娘的劍法越戰越緊，他就曉得這婦人的武藝比高家兄弟都強。她手中這一對兵刃尤為厲害，舞起來就像手中持着兩個輪子飛轉，又像是開了兩朵花似的，遮住她的臉，護住她的身子。葉允雄的槍尋不着破綻去戳，反倒不得不往後退，他便也轉變槍式，忽而撲地如蛇，忽而躍起如貓，劄沉虛晃，回身猛刺，將他在山神廟中所研習的槍法盡皆拿了出來。就見楚雲娘一個筋斗翻倒，葉允雄乘勢就一槍刺去。不料楚雲娘並沒負傷，劍也沒撒手，待葉允雄伏身刺戳之時，她就忽然騰躍起來，雙劍舞得更緊。葉允雄也一步不讓，勇向前逼，楚雲娘卻回身就跑。葉允雄挺槍急追，並喊着說：「刁婦你別去！你把我妻子放出來便沒事！」楚雲娘跑得飛快，一霎時追上了她的馬，扳鞍上去，向西就跑，按馬橋頭，又舉劍冷笑，說：「你要你的妻子也行，你跟我來！我把個破爛貨割碎了給你！」

　　葉允雄氣得肺都要炸了，趕緊回身，將馬牽住，也上馬去追。此時楚雲娘和她帶着的那兩個人已然一齊過橋，照着她來時的道路逃去。葉允雄緊追，他們的三匹馬也疾跑。但他們之中有一個是右臂已受了槍傷，屁股且摔了一下，所以跑着跑着，這人就哎喲一聲驚叫，又由馬上翻下來了，摔在地下便不能起。葉允雄的馬追到臨近，由這人的身上躍了過去，又向下追，卻見路徑向北轉去，楚雲娘和另一人的兩匹馬影已然消逝，面前峰巒迭翠，漂浮着片片白雲，原來已經來到武當山下了。

　　葉允雄因見楚雲娘敗走得可疑，恐怕她在前邊設有什麼埋伏，就不敢一勇向前，遂收槍策馬，緩緩地向前去走。走了一些時就到了會仙莊，只見樹木鬱鬱，石垣巍然，卻沒看見一個莊丁，也不知楚雲娘逃回來了沒有。葉允雄就一直策馬進村，有幾隻狗迎着馬來亂吠，他以槍驅狗，不料忽然覺得背後一痛，他趕緊斜身向後看去，見一棵大樹的後面正藏着楚雲娘。

　　楚雲娘肩後插着一支劍，手中拿着一支劍，另一隻手裏卻握着鏢。她還要向葉允雄來打，葉允雄就將槍交在自己的左手，冷笑着說：「這就是你們會仙莊婆娘的本事？不敢戰了就跑，如今可又藏在樹後以暗器傷人？」說時右手向背後去摸，就將打中的鏢拔了出來。他咬着牙忍着痛，手中已盡是血，揚手又將鏢反向楚雲娘打來。楚雲娘疾忙一蹲身，「吧」的一聲，鏢插在樹上。楚雲娘又往起一站，又一鏢飛來。葉允雄將鏢接住，卻「啊呀」一聲，故意跌下馬來。楚雲娘手挺寶劍，轉到樹前，狠狠地飛奔過來，不料葉允雄抬手一鏢打回去。楚雲娘也沒有提防，就「呦」的一聲，仰身倒在地下，痛得滾了一滾，這次她可將寶劍也撒手了。葉允雄躍起來，如飛鷹一般地撲過來，先按住了楚雲娘，將她肩後插的劍也拔出，扔飛到遠處，然後將楚雲娘夾起，就上了馬。

　　此時那莊裏已跑出來十多名手拿兵刃的莊丁，葉允雄一手按着楚雲娘，一手搖槍說：「不許往近來！往近來我的槍下可不容情！」莊丁們立時止住了步。葉允雄又說：「我就是葉英才、葉允雄，聽說我的妻子黃氏被拐到你們這裏？」莊丁們齊都說：「你的媳婦現在不在這兒了，已然打發到別處去了，不信你進來搜！」葉允雄吃了一驚，他手下按着的楚雲娘還極力掙扎，同時他也覺得背上的鏢傷甚痛，恐無力應付這些莊丁，遂就冷笑一聲，說：「這是高英的妻子，他把我的妻子搶來，我也把他的妻子搶去作押賬，幾時你們把我的妻子找來送出，我幾時才將他的妻子送回！」眾莊丁齊都大怒，一齊舞刀掄棍，撲奔過來。葉允雄卻撥馬就走，馬如飛龍。楚雲娘先前還掙扎、喊叫，後來漸漸就沒有聲兒了。葉允雄怒憤添胸，奇痛附骨，催馬緊走，出了村轉過了山麓。葉允雄本是想找個人家將楚雲娘放入，向她逼問出梅姑娘的下落，但這深山曠野之地，只有遠處鐘磬之聲，沒有人家，也看不見廟宇。他又想：挾着人家的女人算怎麼回事？遂就將楚雲娘向馬下一推。楚雲娘哎喲一聲，身子臥在了地下，倒顯得楚楚可憐。葉允雄就坐在馬上，低着頭厲聲說：「快說！你把我妻子藏到哪裏去了？我知道，我妻子是被你跟你丈夫搶了來的，你快說實話！不然我一槍刺死你！」楚雲娘的鏢傷在左乳之處，她慘切地呻吟着說：「她……不怨我，誰叫你跟高家結下那樣的深仇……我還護着她呢，不然她早被他們害死了！」葉允雄又逼問說：「你快說她在什麼地方？」楚雲娘說：「她跑了，被人拐到荊紫關當妓女去了！」葉允雄又吃了一驚，心中更急，趕緊又逼問是被什麼人拐去的。楚雲娘說是被她家的莊丁，姓屠的。葉允雄就喘了一口氣，遂棄下臥在地下的婦人，鞭馬走去。

　　出了山道，略辨了辯方向，葉允雄就一直向北去走，漸漸離開武當山已然甚遠了。他背上的鏢傷實在非常疼痛，就不得不下了馬，將槍放在身旁，將馬放開去吃草。他坐了一會，背痛得仍然支持不住，就也臥在地下，心中卻想：楚雲娘在危急之時被逼問出來的話，諒不能假。梅姑娘的命太苦了！若說她在高家已經做了高英的妾，她可怎又偷逃了呢？既然偷逃，怎麼又是叫人拐了去當妓女呢？莫非她根本是個愚懦的婦女，我認為她是個堅貞的人，是認錯了？好在荊紫關離此不遠，我倒要去訪問個究竟！於是他又忍着背痛，起來上馬再走。走到傍晚時就找了個小市鎮投店住下。

　　當夜，他背上的鏢傷十分疼痛，痛得他睡不着覺。次晨起來，簡直連右臂都難以抬起；讓店家請來本地的一個傷醫，敷了一些藥，貼上一個膏藥，依然止不住疼痛。他又怕高家的人追趕下來，所以不敢在此停留，他只好啟程往荊紫關去。荊紫關距他現住的這個小鎮不過半天的道路，但因為他背上負着傷，馬走得不能快，所以直到天黑方才到了，而且他已疲憊不堪。

　　在稀稀的燈火裏，他又投入了店房。這荊紫關面對着高山峻嶺，是由漢中達襄楚的孔道，也是陝南跟襄北的門戶。商縣在其西，老河口在其東，江南的各種貨物，漢中的桐漆，紫陽的茶葉，都由此來往、出入，所以這地方有個市鎮，鋪戶雖不多，可是有錢莊、有店房，買賣還都非常隆盛。在這鎮上歇足的以客商為最多，還有就是保護客商的鏢頭。總之，由這兒往來的十九是壯年的單身兒漢，大都只是在客店裏停留一天或半天，有的是為轉運貨物，有的是為稍息路途的勞苦，開開心，花錢也不打算盤。因此，這裏有一條胡同，本名兒叫米家巷，俗名叫“迷人館”，巷子裏有十來戶人家，大概有三二十個操“神女生涯”的妓女，本地人很少，多半是由別處來的。她們是過往客人的調劑，也是這險要的關山，僻陋小鎮之間，點綴的幾朵鮮花。

葉允雄投宿的這家客店，字號是“平安棧”，在鎮上是最大的了，馬有馬廄可容，房有單間。葉允雄因為背痛，臉上就仿佛帶出不高興的樣子，店夥計以為他是個保鏢的，就稱呼他說：“老師！就只是一個人嗎？叫個人來陪陪吧？”葉允雄搖頭，只叫夥計拿來茶飯。他獨自對着燈吃飯，忽然屋門一開，一陣秋風兒吹着葉允雄受傷的脊梁。他趕緊回頭，卻見是個三十來歲的胖娘兒們，紅衣裳綠褲子，油頭粉面，一張妖怪似的的臉，向着葉允雄一笑。笑時她以為是很嬌媚，其實葉允雄恨不得緊閉上眼睛，就知道這一定是妓女。只聽她說：“喝！一向少見哪！哪陣風兒又把你吹來了？來了也不招呼招呼人，非得叫人來看望你老人家嗎？”葉允雄心說：奇怪！我幾時到這裏來過？她是不熟假裝熟？婦人扭動着身子就進屋來了，葉允雄本來氣得要將她驅逐出去，但又想：我到這裏是幹什麼來了？不是為找梅姑娘的下落嗎？梅姑娘如果真是已墮娼門，那麼，我不跟這種人接近，可怎能夠訪得着她？遂就臉色平和了。

婦人一看桌上只一盤菜，半碗飯，一雙筷子，就又笑着說：“喝！真是為一個人吃的，越發財倒越打算盤了！省下那些銀子錢幹什麼呀？淨在家裏買房子置地哄老婆啦？”葉允雄也笑了笑，說：“你來叫夥計給添菜吧！”婦人遂就尖聲兒笑着叫來了夥計，叫給添菜來酒，再拿一份筷子。她把肥大的身子向葉允雄一靠，葉允雄立時背痛如刀割，順手一推，婦人便摔在炕上，臉色也變了，說“喲！是怎麼回事呀？”葉允雄咬着牙，忍過了一陣背痛，就說：“我脊背上長了個疙瘩，疼得厲害，你別挨！”婦人作出關心的樣子，說：“怪不得我看你的臉色沒有上次來的時候好呀！”店夥已送來酒，葉允雄就向婦人擺手說：“你不要再假充熟，我實是頭一回來到這兒！你既然來了，那麼咱們就談談，也省得我寂寞。”婦人說：“哎喲！原來你不是馬三爺呀？”葉允雄說：“向來我沒姓過馬。”婦人拍着手兒笑着說：“好！幸虧我沒慢怠，原來是新來敝地發財的大老爺。那更好啦！我又多了一個新相好的，以後您得多擔待，多關照！我來敬您一杯吧！”說着就伸着她那戴着包金戒指跟鐲子的手，滿滿斟了一杯酒，要送到葉允雄的口邊，葉允雄卻用手接了過來。

婦人又問：“老爺貴姓？在什麼寶地發財？現在是往東迎福神，還是往西迎喜神？”葉允雄說：“我哪裏也不去，就來到這兒辦一點事，我是吃行伍的。”婦人更恭敬，說：“原來是貴人！”葉允雄就說：“我姓張，你貴姓？”婦人笑着說：“哎喲！張老爺可真折壽死我啦！我們還貴呢？因為您是張老爺，我的姓倒不能說出來了，我就把名字告訴您吧，求您多關照，我叫金喜。”葉允雄就叫這金喜拉了個凳兒在旁坐了，葉允雄是一本正經的態度，金喜反倒不敢過分地獻媚。葉允雄就先問到金喜在這裏混事幾年，金喜說：“我來到這兒年數可多了，我從十二歲的時候，就跟着媽媽來到這兒，到現在……八年了！”

葉允雄不相信這女人只有二十歲，但也不計較，遂就向她詢問這裏的娼妓情形。金喜就一邊陪着他飲酒，吃飯用菜，一邊就把“迷人館”裏大概的情形都說了。哪個姑娘最出名，誰認得什麼闊掌櫃子，誰家門裏進的錢多，誰最沒臉，她全都曉得。葉允雄就知道這裏的妓女跟別處的一樣，也多半是被人拐賣來的，受虐的事是很普遍。妓女的身子是領家的，只要混上這種事了，就一輩子也很難逃得出來。葉允雄想到梅姑娘現在陷身此中，不由得痛心感歎。乘着店夥沒在屋，金喜說得有些勾起愁來的時候，葉允雄就低聲說：“我來這兒所辦的事，正是在你所說的那什麼迷人館裏。因為我有個朋友，他在外經商，他有一個小婆子，於日前被人拐走了，聽說是被賣在這裏。”金喜就一驚，也悄聲問說：“你問的這個人她姓什麼？長的什麼模樣？年紀輕還是年紀大？”葉允雄見問，真有些難以說出口去，而且心頭就跟背上的傷似的，一陣一陣的痛。他遲疑了一下，才說：“這婦人姓黃，在娘家時名叫梅姑娘，說話是山東口音，她嫁給是我的一位姓葉的朋友。”金喜聽了，臉色又變了。

葉允雄低頭感歎着，燈光照在桌面上，桌面上雖然沒有油漆，但仿佛浮現出來梅姑娘的容貌，他就說：“這葉家的媳婦不過十九歲，生得很是好看。她，我可以跟你實說吧，她是在山東路上遇着了強盜，將她搶走了，後來輾轉到了武當山下會仙莊的高家，由高家聽說又被個姓屠的人拐賣到這裏，這不過是半月以前的事情。我受了朋友之托，來這裏尋找。我還帶來錢，預備贖，並不依仗勢力強索回人，你若能給出力，將此人找着，我還必有重謝！”葉允雄說畢了話，就注意金喜的面部表情，只見她臉色一陣一陣的發白，手持着的一杯酒搖顫得都要灑在桌上了。她笑了笑，說：“張老爺可真問着了！我不能說我不知道這件事，屁股大的荊紫關，鎮上統共就是這麼幾個人，米家巷共合十一家，要有個芝麻大的事情，我也不能不知道。實在是沒有，這半年多就沒添什麼新人。路不靖，往來的客人少了，連我們都不容易混，還不瞞您說，別處要有一條路，連我也去了，哪還有什麼新人兒賣到這裏來呀？張老爺，您許是聽錯了，這地方真沒有，不信您問別人，別人也是不知道！”

葉允雄怔了一怔，又看看金喜的神態，他就說：“你不要多疑呀？我只是替友找人，叫人家夫妻團聚，並不是找着了就打官司，就追究那拐帶犯呀！”金喜噗嗤一笑，說：“我又不是拐帶犯，我還怕張老爺追究嗎？再說這是件好事，我自己是認了命啦，可是幹這行兒的姊妹兒，果然能逃出一個去，我還能夠不喜歡嗎？真沒有！真沒有！張老爺如若不信我的話，可以去問別的人！”葉允雄點了點頭，愁悶不語，把一杯酒喝完了，他就給了金喜一些錢，打發走了。自己在燈下思索了半天，傷也痛，又困倦，便關上了屋門，熄燈睡去。次日，他覺得傷勢愈發沉重。他把店夥叫進屋裏來，問了問，店夥的話也是吞吞吐吐的，仿佛不肯實說。葉允雄知道這裏面必有緣故，若不趕緊進行，唯恐此處人多疑、懼勢，又將把梅姑娘拐匿到別處去了。他因為所穿的衣裳雖然整齊，但背後有被鏢穿破的一個洞，和一片血痕，便拿出銀子，叫店家給買來了兩件衣服換上，他連傷也顧不得請醫治療，就出了店門，往那米家巷去了。

米家巷真可謂為狹斜的小巷，兩個人若是並肩，都走不開。一片土牆土房，對列着破板門，都虛掩着。牆上都有拿墨胡畫的什麼姓、什麼堂，還有的畫着一朵似像不像的花。葉允雄來到這裏，時間不過在上午十點鐘左右，妓院中這是最清淨的時候，沒有人這麼早來此冶遊。於是他徘徊了一會，把每個小門兒全都看到了，就怔走進一家的門裏。這院裏極其窄小，只是對面的南北小土房，每一間屋門前都掛着褪了色的，上面有補丁的門簾。說它的顏色是紅的又不紅，是白的又不白，就跟地皮的顏色一樣。一共是四個門簾，大概這院裏共有四個妓女，葉允雄喊問了一聲：「有人沒有？」南屋裏有婦人的聲音說：「什麼事呀？」當時一條門簾就從裏邊撩開了，露出來一個半老的婆子，仿佛才起來的樣子。一看見葉允雄穿章很闊，就趕緊出屋來問說：「這位老爺，我怎麼瞧着眼熟，可稱呼不出來呀？這位老爺是前兩天來過的嗎？找小三兒還是找小六呀？」葉允雄倒怔柯柯地說不出話來，他把眼睛往各處掃了一掃，就裝出嫖客的氣派，說：「我也記不得啦！前天我來到這巷裏玩過一回，大概就是你們這兒，有個姑娘是山東口音。」婆子笑着說：「那可不是啦！我有倆女兒，都是我的親女兒，老爺聽我說話是什麼味兒，她們說話也就是什麼味兒了。」葉允雄怔了一怔，就說：「一定是錯了。」遂就轉身出去，又進了隔壁的一個門兒。

這院子比那邊多兩間房，門簾稍稍新一點。院中有個穿短衣裳的人，光腳趿拉着鞋，小辮兒盤在頭頂上，正在掃地。葉允雄頭一句話就問說：「你們這裏有個山東口音的妓女沒有？」這人把頭抬了抬，依然掄掃帚掃地，說：「沒有！」非常的不和氣。同時南屋子的一條門簾掀起了一角，露出一個穿紅衣裳的女子的半身，手裏還拿着頭髮箆子，看了葉允雄一眼就退回去了。葉允雄不由起了疑，心說：也許是昨天那金喜把我來此找人的話，告訴了他們，所以今天我來了，她們就都說是沒有？心頭引起點氣來，他就站在院中說：「我要把你們這裏所有的人都看一看！」

那個掃院子的人，聽了這話就揚起了眉毛，看葉允雄的臉色雖不大佳，可是氣派不俗，不像是普通的商人，尤其又穿的是嶄新的緞子夾袍；他就停住了笤帚，勉強帶點笑，說：「大爺你要找誰，你就說吧！」葉允雄說：「我找的這個姑娘，我也不知道她的名姓，只是前兩日在街上見着了她一回，聽她說話是山東靠海那一帶的口音；她長得很好看，我想找着她，我有一些銀子要花給她的身上。」說出這話，他自信全是嫖客的口吻，但心中卻感到羞愧、滋痛，暗想：我未免太污蔑她了，她是不是已經落溷，甘願在此，還不知道呢？

掃院子的人卻更和氣了，說：「我們這兒的紅玉，她這兩天可常出門，也許這位老爺你看見的就是她吧？」遂高聲喊着：「紅玉呀！出屋來見見呀！」北屋子的紅門簾一啟，蹦出來一條小金魚兒似的一個妓女，一身粉紅，大眼睛亂轉，不過有點嗞牙子，她故意咬着牙抿着嘴兒笑，嫋嫋娜娜，伸着手要來拉葉允雄，說：「進屋來吧！前天，我早就看見你盯上我啦！」葉允雄趕緊往後退，說：「不是她！我看見的那個比她還年輕。」掃院子的人說：「那麼是翠鳳？」翠鳳早已一邊挽頭髮一邊出屋，就是剛才扒簾子看的那個穿紅衣裳的，葉允雄又擺擺手，說：「不是！」他要怔掀開翠鳳屋子旁邊的那個門簾，自己去查看，掃院子的人卻跑過來攔住，急急地說：「別往那屋裏去！那屋裏有客還沒起來啦！」葉允雄止步發了一會呆，轉身就走，才出門，聽身後的掃院子的人低聲罵着：「大早晨的，來這兒打要人！什麼東西？」那個紅玉又說：「讓他上別家找去吧！他要能找着他的娘，我才佩服他！」葉允雄一停步，回身要發脾氣，但又一想：犯不着！

他不甘心，怔怔柯柯地又闖進對門的一個妓院，才邁步一進門檻，不料裏邊走出一人，正跟他撞了個滿懷。若是平時，葉允雄將胸一頂，對方就得摔在地下，但今日葉允雄卻覺得被撞得背上發出一陣奇痛，身子趕緊往下彎，臉色變得慘白。那個撞他的人身穿灰布大褂，青背心，像是個小商人，說聲：「這怪你不留神！」匆匆慌慌就走了。葉允雄胸中湧出怒氣，但已無力回手去抓住那人。他忍了半天，方才將這一陣奇痛忍了過去。定了定神一看，這家院子是比剛才去過的那兩家闊得多，屋子也多，所掛的門簾都是新的，有的窗上還嵌着小塊的玻璃，裏邊有粉綠各色綢子的窗擋，院中還擺着兩盆石榴樹，石榴都已結的不小了。有個身穿土色衣褲，辮子在頭頂上挽成一個疙瘩的強壯漢子，雙手交叉按在兩肩之上，走過來就問說：「找誰的？」

　　葉允雄依然發着怔，直着眼向東瞧，往西看，半天才說：「我來你們這裏找人！有個山東人，姓黃的媳婦，被拐賣到這裏，我朋友托我來尋找；並不是強找，找着了是不計銀子的多少把她贖回的，我看看你們這裏有沒有？」他急匆匆怔走到南屋，那漢子隨後趕來說：「別怔來呢！我們這兒哪有你朋友的老婆？」葉允雄已經把一條紅門簾掀開，往屋裏一看，見一張板床上放着綠緞被，被窩裏有個妓女穿着紅兜肚，剛坐起身來。葉允雄一看不是梅姑娘，他趕緊又把門簾放下。身背後那漢子卻用力抓住了他的左臂，說：「喂！你要找人也不是這麼個找法！各屋裏的姑娘都有客，你不能亂撞！」葉允雄又覺得背後一陣疼痛，他想：來到這地方，就不應當講理，他遂用力一掄臂，那漢子放了手。他又一抬腳，那漢子咕咚一聲坐在地下。

　　他又去硬掀第二個門簾。這屋中有個穿紫衣裳的相當嬌美的妓女，正跟個衣飾闊綽的嫖客在打鬧、玩笑，忽然看見有人掀簾子往裏探頭，他們立時住了手，沉下臉來，這個妓女瞪着眼說：「做什麼的？找誰？找你媽還是找你祖爺爺？」葉允雄也瞪眼說：「你不可罵人！」這間屋裏的妓女的模樣，的確比剛才看見過的那幾個要好得多多，屋裏有床、梳妝鏡，烏木的小桌，桌上有細瓷的花瓶、茶壺茶碗，壁間的字畫也都相當的款式，可見必是此地的名妓。但是這個名妓的脾氣也不小，也真潑辣，她蛾眉直豎，杏眼圓睜地罵上了葉允雄，話就沒完。葉允雄也真氣惱，身後那個漢子又爬起來，撲過來打他，被他回手一拳又打得倒退了三四步。他索性進到屋裏，向這妓女問說：「你怎麼能開口罵人？你這兒是花錢的地方，我來此也是花錢來啦！」妓女撇着嘴冷笑說：「你花錢呀，姑奶奶還有個賣不賣啦！看你這一臉晦氣，是哪兒趕來的？槍底下逃出來的？刀刃下跑出來的？到荊紫關你來欺負人，你來擺闊，你沒睜眼看看姑奶奶的屋子？你兔小子……」

　　葉允雄跳過去要打這妓女，旁邊的嫖客卻把妓女護住，由桌上綽起一隻花瓶，向葉允雄飛來。葉允雄伸手接住，向梳妝鏡上一砸，「吧」的一聲，鏡子和花瓶一齊碎裂。妓女立時就哭了，說：「哎喲！毀了我的鏡子啦！死強盜！」又向外邊喊：「快請屠三爺去吧！」葉允雄頓然一怔，心說：屠三爺？莫非就是楚雲娘所說那個拐走了梅姑娘的姓屠的？於是他索性不講起理來，就把嫖客揪着，一拳一腳打出屋去，然後抓住了這妓女。這妓女像殺豬一般地喊叫，並拿雙手抓臉，抓得才擦好粉的臉上幾條血痕。葉允雄把她的雙手揪住，說：「你不要撒潑，撒潑嚇唬不住我！我問你，你說的那屠三爺是什麼東西？他是從武當山會仙莊來的不是？」妓女又喊了一聲：「快去找屠三爺去呀！」葉允雄也向外說：「你們把姓屠的找來！今天他不來，我就不離開這屋子。」

他把這妓女按坐在床上，說：「不幹你什麼事！我找的只是那姓屠的，毀了你的鏡子花瓶不要緊，我出錢賠你！」說着由腰裏掏出一大卷銀票叫她看了看，又收起來，妓女立時就不撒潑了。這妓女皺着眉說：「你放開我的手！你既是個有錢人，為什麼這麼莽撞？你等我的客走了，你拿着錢來，我還能夠不接你嗎？誰能夠把財神爺往門外推呀？你這樣瘋了似的，一進門來就亂打亂鬧，可真把我給嚇死啦！你不知道我膽小嗎？得啦，外邊別去請屠三爺，為這點小事又驚動屠三爺幹嗎？話只要說開了，都是相好的，得啦！我脾氣不好，我嘴該撕，罵了你啦，可是我也替你抓了我的臉，你就別生氣啦。楊東家也被你打出去啦，那傢伙本來我就膩煩他，昨兒他在這兒住的，到現在還不走，我也正盼望有個人把他打出去呢。」又朝窗外叫道：「媽呀！沏茶來呀！」轉過來又向葉允雄笑着說：「你貴姓呀？我瞧你一定姓怔，你是怔頭青怔大老爺！」她嫣然地笑着，配上臉上幾條不太重的血痕，倒真是風騷、嬌美。

葉允雄卻說：「還是把那姓屠的找來吧！我尋的就是他。」妓女卻低聲說：「他要一來了，可就不好辦了！我要是不出頭去攔他，你可就得受苦。你既然來到荊紫關，你不能夠不知道他！」葉允雄點頭說：「我知道他的，他是武當山會仙莊高家的家奴，一定仗着高家的勢力。」妓女搖頭說：「不是，他是高家的舅爺，其實哪是真正的舅爺呀？高家的九爺白面豹高英的媳婦，不是雙劍女嗎？雙劍女早先在荊紫關這兒做過我們這個買賣，屠三爺，風流夜叉屠永慶就是她的熟客。那時屠三爺還走江湖，沒有現在這樣闊。後來雙劍女嫁到高家了，屠永慶也改了行，拿他的武藝鎮住了荊紫關。我們這米家巷的人全是他的人，每月都得送他銀子，可是出了事情有他管。街上的買賣、店房，也跟我們一樣，都得把銀子孝敬他，不然有了麻煩就擋不住。他常到會仙莊去，到了那兒他就是舅爺，其實雙劍女可愛着舅爺，不愛自己的男人。高家九弟兄雖然都是豹子，可是也不敢得罪他。你今兒幸虧遇見我，不然……」說着作出一種很嚴重的表情來。

葉允雄聽了微微的一聲冷笑。妓女又問他貴姓，他直稱姓葉，又問妓女，妓女卻笑着說她叫麗仙，在本處不是自己誇口，她可以說是最美貌、有名，最能掙錢的妓女了。她又說她認識多少多少的富貴人，剛才說的那位屠三爺屠永慶，也對她是特別有點面子，不然剛才那一套話，這地方無論是誰，膽包了天，也是不敢說。今天的事若不是她瞧着葉允雄是個正人君子，有錢，這件事可就不能輕輕過去。她又說屠三爺在這地方殺過人，打斷過人的腿……這時，有個婆子送進茶來，也勸葉允雄不要生氣，事情過了，就像雲收霧散。來這兒的老爺們都是財神爺，總不能叫我們白受損失，總能擔待我們。葉允雄立時叫這鴇母估計出來那打壞了的鏡子和花瓶的價目，拿出銀票來照價賠償。他遂又問那個屠三爺為什麼還不來，鴇母卻笑着說：「我們哪能為剛才那點小事就去驚動他呢？找了他來，沒有我們什麼益處，倒把花錢的老爺們得罪了！再說屠三爺又沒在家，昨天晚上就叫他親戚高家來的人給找走了，說是那兒有急事。」

葉允雄曉得必是楚雲娘把姓屠的找走了，一定還是為自己的事情，乘着姓屠的沒在此處，更得把這件事辦了。於是他也裝出來笑容，把梅姑娘的事又說了一遍，仍然說梅姑娘是友人之妻。鴇母和那麗仙聽了，卻齊都驚得變顏變色，互相在使眼色。葉允雄就說：“你們不要害怕，我來此不是講橫的，是要拿錢贖出來這個人。再說你們不要怕屠永慶，高家九兄弟現在已被一位江湖有名的人殺得死去了一半，雙劍女楚雲娘也身負很重的鏢傷，眼看就不能活了，屠永慶他這次去也是自找送死。不瞞你們說，那位江湖有名的人就是我的好友，拐到這裏來的那個女子就是他的妻，他託付我來，什麼事情全都好辦。若等到他自己來時，那連你們這些為屠某人隱瞞的人，他全不能饒！”鴇母嚇得臉更黃了，說：“哎喲！這件事你得去問丁四爺！”葉允雄聽到了丁四爺的名字，他就又是一陣驚愕，遂問說：“丁四爺是個怎樣的人？”鴇母說：“丁四爺是在關西邊住，這些年誰也不知道他的家是在哪兒，有人說他住在南山頂兒上。他年歲很大了，可是會武藝，連屠永慶全怕他，全得叫他為老師傅。他常到鎮上來買東西，鎮上的人沒有不認識他的。前些日，屠永慶，不錯……”說到這裏，她把聲音壓得極小。

　　麗仙向她直使眼色，並且暗中擺手兒，攔阻她，不讓她說，鴇母卻說：“不要緊！話不說出來，這位老爺一定是以為咱們故意瞞着，其實這一點也不干咱們的事。”遂又說：“屠三爺弄來那個媳婦，就給送到這南邊‘五美堂’去接客。”葉允雄立時就精神集中地去聽，鴇母又接着往下去說：“可是那個媳婦，我沒有見過那麼硬的脾氣！屠三爺派了四個大漢子，把她連抬帶抱送到‘五美堂’；她見着牆就撞頭，哭啼抹淚，連飯也不吃，見客更是不幹。五美堂的苗媽媽是出名的母老虎，可是鞭子、板子、藤子棍，都制不住她……”葉允雄聽到這裏，心中十分疼痛，眼淚不禁落下，他憂愁地問道：“那以後怎麼樣了呢？這媳婦一定是死了？”鴇母點頭說：“可不是？”葉允雄陡然吃了一驚，臉色變得慘白。可是鴇母又往下說：“除了臉，遍身都是傷，簡直無論多麼狠心的人也不敢用眼去看。她在五美堂住了兩天，就剩了一絲氣兒還沒有斷，離着鬼門關已然不遠了。可是命裏有救星，丁四爺從來不管我們這巷裏的事，可是那天他來到鎮上，在茶館喝茶，也不知聽誰說了這件事；說起來也是個笑話，他那麼大的年紀竟跑到五美堂去看了看，遂問明了情由，就去找屠三爺。屠三爺說是不知道有這件事，立時將那媳婦接出，交丁四爺帶去，另安置在別的地方。可是屠三爺雖然在丁四爺的眼前不承認，他卻覺得在別人的面前他是丟了人，就派了人傳出來話，說是鎮上無論什麼人，敢明着或背地裏再提說這件事，要叫他知道了，他就不饒！”

　　葉允雄此刻心裏感動萬分，一陣流淚，又一陣歎息。本意強梁暴虐之下，竟見貞潔，陌路風塵之中，乃出俠士，自己算得什麼？自己不過慣會打架尋釁，誇強鬥勝，而且停妻再娶，遇事猜疑，實在慚愧！這還是近二年改過以後，若是以前，那自己的人品，更不足道了！當下他長歎了一聲，就擺手說：“你們不要害怕！你們對我說的這些話，我絕不能跟旁人去說，你們放心。只是，現在我要去拜見那位丁四爺，你們告訴我，到哪裏才能見着那位老人？”鴇母說：“丁四爺的脾氣也很怪，他雖然知道人都認識他，可是他不願意別人招呼他，外來的生人他更不願意理，有時候他還裝聾，他是一個怪老頭子。要想找他，可是沒處找他去；他倒是常到街上來，現在就許在街上的茶館裏呢！”葉允雄一聽，便要走，鴇母又說：“你到街上茶館悄聲向人一打聽，只要他老人家在那兒，必定有人能夠指給您。”葉允雄點頭說：“好好，多承你們指點我，我心中非常感謝！”遂就特意取出兩張銀票來給了麗仙。

麗仙站起來拉住他的手，獻媚地說：「今兒晚上你可想着來！辦那件事你不是還得兩天才能走了嗎？別不來，你要是不來，那可就是你還沒忘剛才的事兒！」葉允雄笑着說：「我一定來的，剛才那點事兒，誰也不要再提！」說着，他就走出了屋，麗仙還倚着門掀着門簾向他笑。剛才跟葉允雄打架的那個人也過來賠罪，說：「大爺！別計較我呀！我剛才還沒睡醒，是糊塗啦！大爺管教得我可也不輕，我的屁股到現在還痛着，大爺有工夫來呀！」麗仙又媚聲兒喊了句：「一定來啊！晚上我可等着你！」葉允雄點點頭，心裏哪在此處？他出了門，見胡同裏有許多妓女、毛夥、鴇母，都站在各家的門口等着看他，這麼一會兒的工夫他竟在此地出了名。但他的背卻仍痛得很，心中漲着苦液，眼裏含着淚水；他直走到街頭，去找茶館，要想見見那位曉得自己妻子下落的俠義丁四爺。

葉允雄出了米家巷走到市場上，見這條街很短，但卻有三四家茶館，都是臨街搭有蘆棚。因為這時天氣已漸涼了，所以蘆棚下的人很少，棚柱子都成了專為繫驢馬之用。人都在屋裏，三五個人聚集在一起，喝茶的，吃飯的，談天的，頗為亂雜。葉允雄就找了一家人最多、最亂雜的茶館走了進去，裏邊有一個掌櫃的、一個女老闆、一個夥計，還有一個十歲上下的男孩子，兩隻手提着一把大水壺，往來着給人沏茶，這好像是那四十來歲的掌櫃的兒子。

大家正忙着，客人們都在紛紛說話，所以葉允雄走進來，也沒有人理他，他想在這裏找個座位都難，找了半天，才在一個桌角坐下。旁邊有三個人正在吃飯，一邊吃一邊談，都談的是漢中府的買賣的事情；可見這是過路的商人，本地的事他們必不知道。呆了會，那提着水壺的孩子由他的眼前走過，葉允雄就拉了他一把，帶笑說：「小孩，給我也泡一壺茶！」小孩點點頭，少時就拿來了茶壺、茶碗，泡了一壺。葉允雄的目的不是為喝茶，他只是細聽周圍的人談話，想要找個本地的人，再和藹一些的，就過去跟他扳談，好打聽那位丁四爺的行蹤，可是他還沒物色着這樣的一個人。

此時就見從外面進來個披小褂的，手裏拿着兩個鳥籠，一進茶館，他向許多人都招呼，並向掌櫃的開玩笑；他把兩隻鳥籠懸在高處的橫杆上，就向幾個喝茶的人說：「你們知道不知道？剛才咱們這鎮上差點兒就出一件大亂子！」聽話的人齊都詫異着說：「什麼事？我們不知道。」這個人就把剛才葉允雄在米家巷裏所鬧的那件事情說了，最後說：「那傢伙，大概有兩下子，也很有些錢，不然怎麼會打壞了東西，說賠就能拿出錢來賠？麗仙那迷人精，見着了銀子也就忘了打啦，也不問問他是哪裏來的？可是，幸虧屠三爺沒在這兒，他要是在這兒，還能叫那小子拿着腿走回去嗎？」旁邊的人一齊納悶，說：「真的嗎？咱們鎮上會來了這麼個人？可不知道他在哪家店住？」

這幾個人雖然說着葉允雄的事，可是都不認識葉允雄。說了半天，這些人全一眼看見了他，仿佛就看出他的行跡不大對似的：穿得很新很闊，臉發黃，精神不振，腰有點彎，稍微一動身，就緊緊地皺眉。獨自對着一壺茶，並不喝，身旁沒有行李，又不像是個路過的單身客人。於是他們彼此溜溜眼色，努努嘴，又悄聲地談了幾句話，那個提鳥籠的人就披着衣裳走過來，向葉允雄點點頭，遞了個和氣的表示，笑着說：「天氣涼了！走路倒是舒服多啦！這位大哥是從這兒路過嗎？”葉允雄也欠欠身，帶笑抱拳，說：“不錯！兄弟是從這兒路過，住幾天，想要在這裏訪一位人。”這人就又點點頭，依然態度和藹，說：“哦，原來您是在這裏有朋友，不知是哪一位？現在會着了沒有？”葉允雄搖頭說：“我還沒會着，我訪的這位是一位老俠客，人稱他丁四爺！”

這個人聽了，突然臉色一變，把葉允雄又打量了一番，就問說：“你跟丁四爺有交情嗎？”葉允雄說：“沒見過面，但久聞其名，如今特由襄陽來拜訪他老人家。這位兄弟，你若見着他老人家，可以指告一下，叫兄弟我會會此人。”對方的人又問：“你貴姓？”葉允雄先猶豫了一下，然後就說：“免貴，兄弟姓葉，老兄怎麼稱呼？”對方這個人說：“我叫畫眉李，荊紫關的街面上沒有人不認識我，丁四爺見了兄弟的面，也時常叫聲老侄。”葉允雄趕緊站起身來拱手說：“這就好極了！煩勞李兄弟帶我去見見丁四爺吧！”畫眉李卻攔住他說：“別忙！別忙！丁四爺見面容易，你要叫他理你可太難。第一你得先說明來歷，因為有許多綠林響馬都常來投奔丁四爺，丁四爺向來不願意理。”葉允雄說：“我絕不是那樣的人，我是鏢行的，如今見丁四爺是有事拜求。”畫眉李就問：“有什麼事？”葉允雄卻不願說出，猶豫了一陣，又勉強笑了笑，說：“等我見了他老人家之面，再細談吧！”

這個畫眉李聽了，把葉允雄一拉，葉允雄的脊背又是一陣痛，但卻不能發作，就隨着畫眉李到了那邊的座位，那邊的三個人都看得他直了眼了。畫眉李就給引見，說：“這位原來是來這兒找丁四爺的！”那三個人更現出詫異，一齊說：“請坐！請坐！”遂就讓他在畫眉李的那個凳兒上坐下。三個人之中，一個姓劉，一個姓趙，一個姓馮，都是本地的遊手好閒的人，都對葉允雄十分的客氣，給他斟茶，姓馮的還裝了一袋旱煙要讓他抽，葉允雄卻擺手說：“不會抽煙！”姓劉的又問葉允雄來找丁四爺是有什麼事，葉允雄依然說：“只是慕名來訪而已！”此時畫眉李說是出去解手兒去，就走了，這裏的三個人依然跟葉允雄閒談。葉允雄本來背傷疼痛，如今聽這些人都不曉得丁四爺的住處，他更是灰心，就站起身來，拱拱手說：“三位兄台，改日再會吧！因為我現在身體不大舒服，還要回去休息休息。我就住在西邊，以後我沒事時就要到這裏來，兄台們若遇着丁四爺，千萬代我提說一聲，我想丁四爺必會想到我是誰，他老人家自然肯和我見面。”三個人聽了這話，卻又齊都有些發怔，就都站起來說：“再見！再見！茶賬你老哥不必管了，記在我們的賬上好了！”葉允雄卻笑着搖頭說：“彼此不讓，以後要天天見面呢！”他給過了茶錢，腰背疼得不由得不彎着腰，而且走得很慢。才一出門，他又回頭看了看，見許多人都正用眼盯着自己，他又不由有些生疑，便邁步走開。

街上的車輛很多，都是由漢中往東去的貨物；有幾個保鏢的，腰帶上插着刀，揚眉吐氣的牽着馬跟着車走。葉允雄卻不敢跟人擠着過去，他想在路旁站着等車過去再走，不料就忽然有個很大的東西，從後邊向他的背上猛力一撞。這一下把他疼得差點沒暈過去，他哎喲喊了一聲，咧嘴磨牙，並且直吸氣，身後卻有人說：“誰叫你在此擋礙着路？”他忍着疼痛回頭去看，原來是有個人牽着一頭黑身子白嘴的小驢，驢頭正撞在自己的傷處，怪不得這樣的痛；又兼趕驢的人說話不講理，饒他撞了人，他倒怪人礙着路，不由氣得暴躁如雷，也沒看清楚趕驢的是什麼樣子，他就回身一腳，沖着牽驢的人用力去踢，罵着：“你瞎了眼？撞了我你倒有理了？混蛋！」不想他的一腳沒踢着人，人家反一腳踹着他了，正踹在他的肚子上。他覺得有一種山塌海卷之勢，立足不住，「咕咚」一聲就躺倒了，正躺在車轍裏，一輛騾車幾乎軋着他的頭，脊背又正向下，疼得他爬不起來，旁邊卻騰起來一片嘲笑之聲。

葉允雄是威震京師，名壓漢水的英雄，如今哪堪在此地丟人？他不顧傷痛一躍而起，先撲向那趕驢的人，一把抓住，眼睛瞪起；他這時才看出來，這個趕驢的原來是一個身軀瘦弱，滿面皺紋，鬚髮皆白，鄉下佬兒打扮的老頭兒。葉允雄一驚，倒抽了一口涼氣，趕忙放了手，剛要問：「你是……」不料老頭兒又向他胸頭一拳，擂得他又幾乎摔倒，老頭兒卻騎上驢向西去了。旁邊又有許多人哈哈大笑，葉允雄看見笑的人裏就有那畫眉李。葉允雄氣極了，驀向他一拳，畫眉李哎喲一聲來了個大仰頦兒，腳朝天。旁邊的笑聲更大了，葉允雄卻追着那老頭兒跑去。

老頭兒的驢跑得非常快，葉允雄也追得不慢，少時就離開了市鎮，走向了荒郊。荒郊之上有一股小徑，曲曲彎彎的，接連着北邊的山脈。越走四外越無人，前面的老頭兒卻把驢趕得更快。葉允雄背上傷痛，不能再跑了，就站住了高聲喊道：「前面的是丁四爺不是？我是葉允雄！我知道拙荊是被你老人家所救，請你老人家駐足，我要向你老人家道謝！」前面的老頭兒卻連頭也不回，小驢越走越遠，影子越小，少時就爬上了西邊的山嶺。西邊的山嶺就是商山的餘脈，青石重迭，綠樹叢生，有幾隻鷂子在那邊的天空上翻飛着，老頭兒和那頭小黑驢已沒有了蹤影。葉允雄反倒十分生疑，暗想：這老頭兒的武藝如此高強，必是那丁四爺無疑了。但此人是個俠客，或是個老奸巨猾的人，還不一定，梅姑娘到他的手中也不知道是生是死，是福是禍？不然為何他能與那屠永慶相交？剛才不用說，是畫眉李先溜出茶館找到他，已告訴他了。他曉得我是葉允雄，才故意在街頭辱我，然後他急忙逃走，也許他不是個好東西？他把我誘上山去，想要設下埋伏陷害我吧？想到這裏，就不能不加一些防備，把長衣脫了，搭在肩上，並挽了挽袖口，然後就忍着傷痛踏步向前去走。

走了半天才來到山腳下，向上一看，路窄坡陡。他就在道旁折了一支很粗的樹幹，捋去了枝葉，拿在手裏，一半為拄着上山，一半預備到時作為他的武器。往上走，山鳥驚飛，嶺上並無一個人，好像山上沒有住戶。他不死心，仍然往上走，又走多時才到了嶺上。秋陽曬着他的頭頂，秋風吹着他的臉。向下一看，山谷之中卻有一片樹林，綠中發黃的樹葉，已顯得很稀，林中就有幾幢用茅草覆蓋的廬舍，山坡上就放着剛才老頭兒騎的那只小驢。葉允雄心說：原來他在這兒住，這裏離着市鎮並不太遠，為什麼竟無人曉得他的居處？遂用棍拄着石頭往下走着，漸漸來到山谷之中。村舍看得更是清楚，並且有狗迎上了山坡向他來咬。葉允雄決定少時見了丁四爺的態度還是要恭敬為是，但見了梅姑娘可應當如何呢？怎樣把自己娶了魯海娥的事對她說呢？因此不禁心中酸痛，腳步更慢。

這時就見林中走出一個少年人，手裏拿着一隻柴耙，揚着臉向他高聲問說：「做什麼的？」葉允雄疾忙止住步，向下抱拳，說：「我姓葉，是追隨丁四爺來的，請帶着我去見見他，因為我聽說我的妻子黃氏被救在此！」這個少年的農夫，聽了葉允雄的話，他更把葉允雄打量了一番，就問說：「被丁四爺救的那個在關裏米家巷混過事的小媳婦，就是你家裏的嗎？”葉允雄不由得滿面通紅，但由這話卻又喜梅姑娘已經有了確實的下落。他遂就歎着氣點頭，又說：“煩勞大哥，你領我去看看她吧！”那農人卻向葉允雄撒了撒嘴，表示出一副輕視的樣子，沉着臉說：“來吧！你先跟我去見見丁四爺，你媳婦沒在這兒，她前些日來到這兒又往別處去了。”葉允雄又一陣驚訝，就又問：“她又往哪裏去了？”農人搖搖頭說：“我不知道，你見了丁四爺再去問吧！告訴你，你幸虧遇見了我，我就是給丁四爺家做工的。我這個人最好心，無論你這個人多麼壞，我也願意你們夫妻早些團圓。你要遇見了別人，休想讓別人理你！你一個堂堂男子，聽說你還自命是一條英雄，卻保護不住自家的婆娘，你算是個什麼東西？我們這座山谷，向來不許姦淫邪盜無恥小人前來！”

　　葉允雄簡直是被人大罵了一頓，但是不敢生氣，並且心裏覺得十分慚愧，只長歎了一聲，把長衣穿上，手中的樹棍兒也扔了。那農人肩荷着柴耙，在前帶路，還像很生氣的樣子。葉允雄低着頭跟着，就進了那山谷中的小村。這個村子統共人家不到五戶，其中一家的院牆較整，門較新，可是裏邊不過三開間草屋。這農人就叫葉允雄在門前等着，他推門進去了。待了一會，才叫葉允雄進去，到屋裏，見陳設的盡是些沉重的紅木桌椅，壁間懸着寶劍，及“風塵三俠”圖。那位丁四爺就坐在裏屋的木榻上，盤着腿，像道家打坐的樣子。見葉允雄進來，他連眼皮也不抬。葉允雄就深深地打躬，表示了自己的來意及感謝之意。丁四爺卻轉過臉來瞪大了眼睛說：“別是你給弄錯了吧，我救的那人絕不會是你的夫人！”葉允雄趕緊又打躬，老頭兒卻說：“我久仰你的大名。平生我最佩服三位好漢，一位是當年橫行楚漢之間的豪傑葉英才，第二位是在山東大大有名的葉允雄，第三位那更了不得，在北京城單槍壓群英，忠勇保住了小公爺謝某，還替謝某奪回個姨太太的葉悟塵。你也姓葉，我想以你今天在米家巷的豪舉來看，恐怕你的本領還在那三位葉君之上，你的夫人如何能夠丟呢？如何能被高家搶去那些日子呢？如何能賣到米家巷呢？又如何到我這裏呢？你弄錯了！”

　　葉允雄見這老頭兒說的全都是反話，是冷嘲熱諷，不由更是慚愧的無地自容，就辯解說：“自己當年失身綠林，是因為年輕無知，後來在白石村娶妻隱居，原想是安分守己，改悔前非，不意又為仇人所追。至於泰山是因中了孟三彪之計，以致梅姑娘失蹤，後來自己因傷被捨，為人所救，但已無力去顧及妻子梅姑娘了，也無處去尋找她了。至於自己在北京幫謝慰臣，那是為酬答他一番知遇之情，在京與人爭鬥也多因為不得已！”丁四爺卻瞪起了眼睛，這老頭兒的年紀雖邁，但氣卻很盛，他就擺手說：“你不必再爭辯了！我恨的就是你這個人無良心。黃家的姑娘為你，真受盡了欺凌逼害，苦處真難言，她的貞節真可敬！比你這丟了妻子不急於尋找，反向他人稱雄逞強的人真強得多！再說，我聽說你在外面已經另娶了，這回你帶着你的那新夫人來到襄陽還不可一世，如今你又來見你的原配，我問你還有什麼臉？那樣的貞節烈女，你把她帶去作你的妾，叫她跟着你們再受江湖的顛險，你新娶的那個還不定能容得下她不能？我不能叫她再去受苦！”

　　葉允雄聽了心中不禁辛酸，同時覺得丁四爺所憂慮的也對，貞節賢婉的梅姑娘，誠然未必能為那嫉妒潑辣的魯海娥所容。但是丁四爺把話問的很急，不容葉允雄猶豫，葉允雄只得爽快答覆說：“那魯家女子，我本不欲娶她，是因為她救過我的命，她要嫁我，我不能峻拒。這一年來，許多仇人環圍着我，即使我極力忍耐，也不能一日得以安生，幸虧有她輔助我。不過她與我的性情究竟不大投合，我見着我的原配妻子，使她們一定能平和相處，不分尊卑大小，以後只要無人逼迫我，我也絕不願再在江湖上流浪了。所以，請丁四爺趕快指給我她住在哪裏吧！這半載來，她自然是為我受盡了艱難，但我到處尋找她，也是不容易！」丁四爺見葉允雄很情急，態度也誠懇，便銷下了一些氣，遂說：「前些日我把她救了，因為我在這裏只是孤身一人，並無家屬，我用着的那兩個人也都是單身漢，她在我這裏住着不便，我就把她送到山陽縣嚴員外之處。嚴員外是我二十年來的好友，他的長嫂馬夫人也是個很慈善的人，你妻子住在那裏已然不少日子了，你要想去，我可以派個人把你帶去。」

葉允雄趕緊又打躬說：「請丁四爺就派個人領我去吧！山陽縣大概也離此不遠，我現在是恨不得立時就跟她見面！」丁四爺把腳垂下炕沿來，找着鞋穿上，就站起身來。原來這老頭兒雖然瘦，精神卻非常的矍爍，他向外喊了一聲：「左奎！」就是剛才領葉允雄來此的那個年輕的農夫，又進屋來了，他恭恭敬敬地聽候吩咐。丁四爺就說：「帶他到山陽縣嚴家去！」這左奎就答應了一聲。葉允雄又打躬向丁四爺辭別，他的躬深深打在地下，丁四爺卻連頭也不點；葉允雄覺得這老頭兒也太為傲慢，但自己現在是什麼氣都得受了。出了門，左奎就帶着他順着山路走去，他又向左奎表示感謝。左奎倒是不像剛才那樣看不起葉允雄了，不過他對於山徑極熟，走得非常之快，也不管葉允雄跟得上跟不上。葉允雄卻悲痛在心，創傷在背，走這崎嶇坎坷的道路覺得十分艱難。山陽縣是在商山之陽，屬於陝南興安府，由荊紫關騎馬當日可到。但他們是步行，又走的多半是山路，所以直走到天黑，雖然已出了山，可是據左奎說：「離着山陽縣還很遠呢！」

天上有朦朧的月光，左奎就主張找個地方吃了飯，再往下走。葉允雄因為背上的傷，已實在支持不住，就走到一個極小的市鎮，找了一家很小的店房，兩人住在一間屋。葉允雄背痛得連飯也吃不下去，臥在炕上不能翻身，左奎才知道他的身上有傷，就說：「你早說豈不好？丁四爺那裏有出名的刀創藥。你的媳婦本來被那高家，被『五美堂』的老鴇，已然打得體無完膚，丁四爺把她送到山陽縣嚴家時，就帶過去一包刀創藥。前天有嚴家來的人說，你媳婦的傷已然全都好了，你說丁四爺的那藥靈不靈？你如果真是痛得厲害，那你就在此住一宵，我這就走，給你去取刀創藥，不到天亮我就能回來；上了那藥，保准不痛了。」葉允雄搖頭說：「不用不用！叫老哥你連夜回去取藥，我于心何安？因此又得耽誤一天工夫。再說，我們久走江湖的人，受這一點點的傷又有什麼要緊？老哥你不必掛心！」說畢話微微的一笑。左奎卻真佩服了他，跟店家要來了被褥，墊在炕上，叫葉允雄好好的躺臥，又斟了酒餵給他喝。

葉允雄連聲道謝，遂又想到那丁四爺到底是怎樣的一個人？為什麼脾氣那樣的古怪？左奎卻笑着說：「丁四爺是陝南川北楚漢這些地方有名的人物，不過早先他或許不姓丁。二十年前陝南有兩位綠林英雄，一個叫金眼張德，一個叫鐵臂韓寧，曾做過許多轟轟烈烈的事情。後來就跟你一樣，得罪了仇家，招惱了官人，所以立足不住了；金眼張德逃走了，鐵臂韓寧也不知去向。十年之後，這裏就出來了一位丁四爺，有上年紀的人認識他，說『丁』字就是『寧』的尾，他老人家就是當年的鐵臂韓寧。”左奎說完了鐵臂韓寧的歷史，接着又說那金眼張德，他說：“張德原跟我們丁四爺是盟兄弟，丁四爺改了姓名，現已沒有多少人知曉他的來歷；張德卻於十幾年前拋下他的太太，帶着個女兒逃走了，有人說他逃往大海裏的島子上住着去了……”

葉允雄聽到這裏，突然想起了一件事，心中一動，越發注意地向下去聽。左奎又說：“可是從沒見他回來過，也不知他是生是死。他的太太是在那時因為不能帶走，就藏在山陽縣嚴員外的家裏。嚴員外是山陽縣的大財主，當年曾有數十名強盜搶光了他的家資，被金眼張德憑仗單刀直搗盜窟，將他的家資一文不少全都索回。有這樣大的好處，所以張德逃走之時，就把太太馬氏送到他的家裏。他對外人說馬夫人是他的寡嫂，也無人查究，就算在他家裏長住了，大概只有丁四爺認識她是誰。你的那位太太，現就住在她那裏。”葉允雄更覺得驚愕，怔了半天，才問說：“左大哥，你怎麼會知道這些事情？”左奎笑着說：“我怎麼不知道？這些話都是我爸爸告訴我的。我爸爸是當年金眼張德、鐵臂韓寧手下的老夥計，不然丁四爺豈能這樣信任我？現在我是他的大管事，他的什麼事都由我給辦理。他自改名為丁四爺之後，性情大變，雖仍行俠仗義，但把江湖綠林人恨得入骨。他不願別人認識他，更不許別人到他的村裏去。那村裏住的沒有外人，一家就是我跟我的老婆，另兩家都是老實的鄉民，都受過他的救命大德，從別處搬來的，也就都跟他的兒子孫子一樣……”

左奎的這些話，葉允雄卻不大注意去聽了，他只是呆呆地發怔，不知是思索着什麼事情，忽然他問說：“鎮海蛟魯大紳你曉得不曉得？”左奎搖頭說：“我不曉得。”葉允雄又問：“魯海娥呢？”左奎發怔說：“我也不知道！你說出這兩個人的名姓來幹嗎？”葉允雄卻不再言語。此時葉允雄心中想着：那金眼張德必是魯海娥的親父！當年他們父女逃走天涯，不知如何到了水靈山島上，後來張德死了，海娥便歸魯大紳撫養。她只知道她的生母是在漢中，不用說，即是現在收容梅姑娘的那位嚴家馬夫人了。如果這事屬真，那可真是天緣巧合，海娥可以認了她的母親，她與梅姑娘之間也不至於有什麼不能相容了。他這樣一想，心裏又很是喜歡，愈急於去到山陽縣。左奎只顧了喝酒，也顧不得問葉允雄忽然提出那兩個陌生的人名來是什麼意思。待了一會，葉允雄閉上了眼睛，仿佛已經睡熟了。左奎吃喝夠了，就也吹滅了燈睡去。

不覺到了次日，一早葉允雄就起來了，歇了一夜，他的精神非常充足，就催着左奎快些帶着他走。左奎卻一點也不慌忙，在店裏吃完了早飯，才帶着他走出店門，兩人一邊走，一邊談。昨天葉允雄是嫌左奎走得快，今天他卻又嫌走得慢。走到中午，又來到一個市鎮上，左奎又要打尖吃飯，葉允雄卻顯出急躁的樣子來，左奎擺手說：“你別急！這就算到了，這地方就歸山陽縣管。”他向西一指，說：“你看！那邊不是有個高旗杆嗎？那就是本地有名的關帝廟，廟南邊就是廟前村。嚴員外是那裏的首戶，你媳婦就住在那裏。別忙！吃完了飯咱們再去，反正准能叫你見得着。”葉允雄向西望着，覺得那地方距這市鎮不過二三里，有一條迂廻的小徑可通，那村裏若走出一個人來，在這裏都能隱隱看得見。他的心情更急，就想昔日遠隔天涯，而今近在咫尺，他不知少時見了梅姑娘，應當說什麼話才好，更不知魯海娥的母親是怎樣的一個人？此時左奎在旁邊找了家小飯鋪，照舊喝茶吃飯，並笑着說：“吃飽了再去！人家嚴家把你的媳婦養活了那些日，難道咱們還去趕齋嗎？”葉允雄點點頭。左奎又看看他的臉，笑着說：“你就預備着點眼淚吧！”

第十二回　　聚鴛鴦小村添喜事　　戰江湖俠女逞雌威

　　吃完了飯，左奎才帶着葉允雄往西去。小徑上沒有什麼人往來，左奎因為吃得飽，心裏開心，就一邊走，一邊打嗝兒，嘴裏還吹出來小曲。葉允雄卻心情很緊張，走得慌忙，連累得背上的傷也一陣一陣的發痛。走了不多時就來到那座廟後，看得旗杆和紅牆全都很新，左奎就說：「這座廟就是嚴員外修的，嚴員外是這一方有名的善人。」說着話，轉過了廟，就進了那廟前村。村子人家不少，其中一家石垣廣大，瓦房甚多，門前是打麥場，有十幾個長工在那裏操作。這不用說，就一定是嚴員外家裏了。葉允雄至此把衣裳拍了拍，脖領上的扣子繫了繫。此時左奎就趕忙跑過去，見了一個穿着一身土布衣服，連小辮全都白了的老頭兒，鞠躬行禮，並回手指着葉允雄，向那老頭兒說話。那老頭兒跟長工們在一處，他比長工穿的衣裳還破舊，誰知道他就是嚴員外？左奎把葉允雄喚過去，給向嚴員外引見。葉允雄原想着這個老頭兒也一定要大大申斥自己一頓，可不料這老頭兒倒是很和藹，跺着腳歎息着說：「你怎麼不早來呀？你的尊夫人思念你，終日落淚，我們家裏的人百般勸她也是不成；你再遲來幾日，她一定要病了，你快去見她吧！」說着這老頭兒親自在前帶路，葉允雄於後面恭恭敬敬地跟隨，走進莊院，就見院落很大很深，嚴員外家裏的人和小孩們也很多。

　　一直進到裏院，裏院的北房很高大，玻璃窗裏都有藍布的窗簾，嚴員外一邊走就一邊大聲說：「黃大姑娘！你快出來看看吧！你看誰來了？你的當家的來了！」這時屋裏已有僕婦推開了門。葉允雄腳頭很緊，隨走隨抬頭看，就見從屋中姍姍地走出來一位身穿藍布衣裙，端麗清愁的少年婦人，正是梅姑娘。經過了多次災難，長久的分離，如今才得相見的一對少年夫妻，彼此見着了反倒全都呆了。梅姑娘的眼淚如急雨一般地流下，她倚在門裏，不禁嗚嗚地痛哭。葉允雄的眼睛也覺得濕潤，心背俱痛，恨不得搶過去夫妻相抱痛哭一場。但僕婦又在旁邊，嚴員外並且喚來了他的兒子兒媳、孫子孫媳、重孫子們，都來看看葉允雄，現在又是在人家的家裏，哪能放聲大哭呢？葉允雄就往屋裏走着，一邊歎息，一邊向梅姑娘問說：「你還好吧？過去的事我都知道，你為我太受苦了！也幸虧有許多位恩人救護我們……我們現在見了面就很好，不必再難過了。將來，我們患難都已渡過，必可以否極泰來，我們再報恩公們的深恩厚德；至於早先在泰山麓設計陷害我們的那些賊人、仇家，我已都替咱們報復了！」

　　他說到這裏也進到屋裏了，不想從裏間卻出來一個六十多歲的老太婆，一手拿着旱煙袋，一手指着葉允雄大罵，說：「你還有臉見她？不是神仙保佑，不是遇見了丁四爺，把她送到這兒，有幾個她也就早都死啦！」梅姑娘趕緊止住淚，給引見說：「這就是嚴老奶奶，你見見！」葉允雄一躬打到地下。但嚴老奶奶還只管指着他大罵，並說：「丁四爺聽外邊來的人說，你在外邊另娶啦？娶了個賊女人，幫助你來到襄陽，還胡亂地殺人！現在你帶來了沒有？要帶來讓我看看那賊女人，看看比得過我這乾孫女不？」原來梅姑娘在這裏已認了她為乾祖母。可是葉允雄知道她必是魯海娥的母親，就又低頭打躬說：「我在外娶了那女子，也是有許多原因，當初我也是不得已，那女子也頗有來歷……」嚴老奶奶卻更大聲嚷嚷着說：「丁四爺也跟我說了，我也知道你們的來歷都是了不得！可是現在你要想把我的乾孫女帶走，去受你，受那賊女人的氣，那可辦不到！」嚴老奶奶生着氣，恨不得拿煙袋打他，葉允雄卻不敢分辨。當着許多人，嚴老奶奶的來歷別人還未必知道呢，自己又怎麼敢說：您所罵的那嫁了我的賊女人，就是您的女兒呢？

　　此時梅姑娘拉着他的胳臂不住哭泣，嚴員外又拍着他的膀子說：「請坐吧！」葉允雄的身子被人一動，背上的鏢傷就疼得他幾乎叫出來，他咬牙吸氣，但是口中還連聲謙遜，不肯落座。嚴員外又大聲嚷嚷說：「得了！得了！老嫂子你也就別抱怨人家了，人家夫妻相聚，本是一件大喜的事情！無論他兩人誰好誰壞，究竟是夫妻，咱們都是外人，別胡亂責備人家啦！」嚴老太太依然跺腳說：「不是呀！我聽說他在外邊又另娶了一個，潑辣得很，要叫黃大姑娘跟着他們去受罪，還不如當初咱們不救呢！」嚴員外仿佛這時才聽明白，他怔了一怔，又說：「那也不要緊，一夫二妻的人也有的是。黃大姑娘是先進到他門裏的，當然不能作小，我看這位葉老侄也是滿面誠實，絕不能錯待了他的賢妻。」他又大聲喊叫僕人，叫在東屋裏擺酒；並叫人去請鄰居于老伯、唐老太太等等的人，說是：「快請他們都來！就告訴他們說，黃大姑娘的當家的來了，叫他們都來喝黃大姑娘的一杯喜酒吧！」

　　原來梅姑娘在這兒住的日子雖不算多，可是她艱苦的遭遇，及貞節的名兒，早已轟動了全村，大家對她這個稀見的女子，全都嘖嘖讚歎。她體傷未愈，臥在床上之時，鄰居的老婦人，嫂子姊妹們就天天來看慰她。她痊癒了之後，為人又溫婉和藹，所以人緣極好，尤其是拜了嚴老奶奶馬氏為義祖母，與本村的感情更親近了一層。如今不必嚴員外派人去請，因為左奎早在外面給嚷嚷開了，所以都扶老攜幼地爭着來看這位黃大姑娘的姑爺。梅姑娘倒是已收住了眼淚，伯伯嬸嬸的都給向她丈夫引見，葉允雄卻更加羞愧。

　　嚴員外督促着家人在東屋擺好了座位，設酒上菜，大家全都喜氣騰騰。梅姑娘也微微的笑着，臉上泛起了紅雲，並時時偷眼去瞧她的丈夫。葉允雄本來是滿面風塵，背上的傷又陣陣的發痛，使得他的表情極不好看，而且他的心裏還有事呢，卻不能得機會傾訴出來。而許多老伯伯們，大叔們，都問他在外面做什麼生意，家中還有多少田地，這些話都令他很難回答。二三十個村中的少女又都站在院中，向屋裏偷眼來看，而且彼此笑着悄語，仿佛是在評頭論足，他就更覺得難為情了。

　　屋裏的座位只是兩把椅子，叫他們夫婦並坐，嚴員外領頭兒給斟酒夾菜、說笑，還夾雜着許多吉慶的話兒。葉允雄仿佛又作了一回新郎似的，但這回作得卻十分不安；梅姑娘也很扭捏，兩人都用了不多的酒跟菜。嚴員外又說：“讓人家小夫婦慢慢地飲酒談心吧！咱們都別在這裏攪了！”又向葉允雄很誠懇地說：“葉姑爺！你既然來到這裏了，就得多住幾天，不必忙着走。你的夫人在我們這裏也住熟了，你若把她一帶走，這裏不定得有多少人想她呢！”葉允雄連忙站起身來，答應着：“是！是！”又說：“即蒙老員外這樣恩待，我們真是感激莫名，一定要遵老員外的話，要在此多住些日！”嚴員外又笑着說：“你們賢夫婦隨便飲酒吧！莫要拘泥！”說畢，這員外就同着一些鄰居都出了屋。屋中只剩下了他們夫婦，葉允雄扭頭看了看妻子，就見梅姑娘也正抬起來淚眼看他，當下，悲痛的情愛撼振着二人的心，二人便相握着痛泣起來。良久，倒是梅姑娘先擦了擦眼淚，溫柔的低聲說：“你也不必再為我難過！我受的苦既然都已過去了，也就不必再去細說細想了。只是我見你的氣色仿佛不大好似的，是為什麼呢？莫非是你病了嗎？”說着，歪着臉兒看她的丈夫。

　　葉允雄微歎着，就把分離之後半載以來，自己所遭遇的事情盡都說了；然後又說到魯海娥，仍然是說自己之娶魯海娥實在是無法，因為她救過我的性命，她的武藝比我又強很多。梅姑娘聽了，咬着嘴唇兒，低着頭不語。粉鱗小蛟龍對她並不是什麼陌生人，她在白石村娘家居住之時，就常聽胞兄黃小三跟人說：水靈山島上有一個美貌的水性精通的女子，武藝頗為難惹。葉允雄就是因為被她打敗了，才一個人跑到山頂廟裏去練槍。自己受了多番苦難，時時盼望見着丈夫，可是前幾天就聽丁四爺來說，丈夫已然另娶了一個女人。自己因為想着過去夫妻的恩情，不信會有這樣的事，如今，卻由丈夫的親口中證實了！她心中未免有些傷悲，然而人家既然救過丈夫的性命，又幫助丈夫度過了許多危險，仿佛她嫁了自己的丈夫，也是有理的，自己也不能發出什麼怨言，因就忍淚說：“不要緊的！你也應當有個好本事的人幫助你，我是太不行，我只能做你的一個累贅！”葉允雄說：“不是這樣說，究竟我們二人才是患難夫妻。這許多日子，我的心仍然是懷念着你，我絕不能待她比待你還親愛；她只是救過我的命，幫助過我，我雖不大喜歡她，可也不能得罪她。”

　　梅姑娘點點頭說：“我知道！將來我見見她就是了，我可以作她的妹妹，我不能再使你為難……”又站起身來說：“我看你背上的鏢傷一定很重，丁四爺給過我一包很好的藥，我沒有用完，現在我還收着，你等一會，我給你取去；只要一敷上，就能夠立時止住疼。”她站起來要走，葉允雄卻把她拉住，搖頭說：“你且不要忙着去取藥，我背上的傷並不算什麼，現在還有一件要緊的事我要跟你說！”梅姑娘聽了一怔，俊眼望着她的丈夫，葉允雄便悄聲說：“你去問問那嚴老奶奶，問她是否有個飄零在外，將近二十年未見面的女兒？”梅姑娘聽了這話，不由得更是發怔，真覺得丈夫許是瘋了，第一次見着那嚴老奶奶，而且嚴老奶奶還把他責問了一頓，他怎麼竟說人家在外邊有個女兒呢？遂就搖頭說：“沒有吧？嚴老奶奶對我無話不說，她說她十五年前就死了丈夫，膝下也無兒無女。她是嚴員外的長嫂，但聽說她在年輕時也很受過些苦，她的男人很不務正……”

　　葉允雄說：“這就沒有錯了，她的難言之隱，當然不能夠對你說，可是若遇着旁邊無人之時，你向她問問，她也許能毫無隱瞞地告訴你。我為什麼叫你問她這話？就是因為那魯海娥，我疑她是嚴老奶奶的親女，嚴老奶奶本來不姓嚴……」他遂悄聲的告訴梅姑娘，魯海娥曾對自己說過：她本不姓魯，她是張某的女兒。張某是個綠林中人，因為逃避緝捕，才帶着幾歲的小姑娘走往水靈山島。在島上他結識了鎮海蛟魯大紳，後來他就死在島上，女兒才歸魯大紳撫養、授藝，起了名字叫魯海娥。魯海娥知道她的母親是在漢中，可是十多年了，已不知確實住處，更不知她母親尚在人間沒有，所以她也沒急着來尋找、省親……接着他又把左奎對自己所說的那金眼張德與嚴家的交誼，及丁四爺、嚴老奶奶的歷史，說了一遍。兩事相證，葉允雄就斷定，這裏的嚴老奶奶必是魯海娥的母親。

梅姑娘聽了，她是既驚訝又欣喜，就說：「真是這樣嗎？那可真太巧了！」葉允雄說：「你快去問問嚴老奶奶，但千萬要等着旁邊沒人時你再問她！」梅姑娘點頭說：「我知道！你等等，待會兒我把這話問了，就取藥來給你治傷。」說着她就走出屋去，走得很急。梅姑娘走到了北屋的裏間，見嚴老奶奶又坐在屋裏抽煙，有個僕婦在旁；她先把僕婦支出去，然後笑着叫了聲：「奶奶！」就說：「我要告訴您老人家一件事。」嚴老奶奶突然聽了梅姑娘這話，不由得一怔，就問說：「什麼事你要告訴我？你那男人現在怎樣，他說了痛快話沒有？他到底是打算怎麼辦？難道叫你倒去作小婆子？叫那賊老婆把你踩在腳底下？」

梅姑娘擺手說：「不是！這其中有原由，也不是他辦了這事我反倒護着他，是……」她回首看了看這裏屋外屋全都沒有僕婦，她就悄聲問說：「乾奶奶！允雄他叫我來問您，當年有一位金眼張德張老爺，您可曉得嗎？」嚴老奶奶一聽，臉色突然變白，並且所有的面部皺紋也全都平了。她瑩瑩欲淚，點點頭，發着顫音問道：「為什麼他叫你來問我這話？莫非他知道張德的下落嗎？」梅姑娘一看這情形，就知道丈夫所說的話並非是假，為了人家老夫婦和母女十多年的分離，卻又觸起自己過去的苦痛，她就落了幾點同病相憐的眼淚，哭聲兒說：「實告訴奶奶吧，請奶奶不要傷心！張德老爺十年前帶着他的小姐，逃到我們白石村附近海中的水靈山島，到了那裏，大概後來張老爺就病故了……」聽到這裏，嚴老奶奶不禁老淚直流，拿袖子掩着臉不禁抽搐。梅姑娘又說：「張小姐就由水靈山島上的好漢鎮海蛟魯大紳撫養，改名叫魯海娥，學了一身好武藝，水旱皆通。她也知道她自己的來歷，她知道她有位母親在漢中，只是她找不着。她，後來救了允雄的性命，幫助允雄戰敗了許多仇家，她就……允雄就娶了她，現在她在襄陽！」嚴老奶奶一聽，這些事真出乎她意料之外，尤其心痛自己的女兒，她就不禁嗚嗚的痛哭，說：「我的女兒呀！你好苦呀！」

這時僕婦在窗外聞聲進來看視，梅姑娘疾忙止住了話。嚴老奶奶也止住了悲聲，她把僕婦又支出屋去，不叫再進來，她就向梅姑娘說：「你快把他叫來吧！我要當面問問他，我那女兒現在長得有多麼大了？」梅姑娘拭着淚又急急地出屋，院中，那僕婦已把嚴員外的兒媳找來，是要進屋去勸解嚴老奶奶，因為她們不曉得為什麼嚴老奶奶突然會傷起心來了。梅姑娘卻連連地擺手，走近前去悄聲兒說：「你們不要進屋去！她老人家不是為別的事，只是為我的事，也不是為她自己傷心，還是為我傷心！」嚴家的媳婦就說：「這位老太太也是！你的當家的已然來了，她應當為你喜歡才是，怎麼反倒哭起來了？莫非是捨不得叫你走？據我們想，你也就不必走了，憑你當家的本事，也能在城裏找一碗飯吃；就是你們夫妻都住在這裏，也絕沒人多嫌你們。你們別叫她傷心，老年人沒兒沒女的也是可憐！”梅姑娘點頭答應着，她卻急匆匆地到屋裏去見葉允雄。

　　這時葉允雄正在屋中來回地踱着，梅姑娘進屋來說：“果然是！我跟她一說，就把她十多年的傷心事全都勾起來了！她哭得很厲害，她叫你過去呢。”又囑咐說：“你見了她，說話可要謹慎些，別猛然一下全都說出來！”葉允雄點頭，梅姑娘就把他帶到北屋去見嚴老奶奶。嚴老奶奶現在見了葉允雄，已不像剛才那樣急躁發怒了，她只是拭着淚，指着她對面的一個凳兒，悄聲說：“你坐下！我的來由除了這裏的老員外跟丁四爺，再沒有第三個人知道。十六年前，那天半夜裏，我的男人金眼張德帶着我，坐着一輛車來到這裏。那時我抱着個兩歲的孩子，我四十五歲時才生的那個女兒，我叫她小娥。那時我男人因為打不平傷了個惡紳，在此實在住不住了，才把我送到這裏來，他好去逃命。那天我們深夜敲開了莊門，見了這裏的老員外。老員外非常驚慌，我男人也沒把詳情細說，就叫我進來在此住。他走後，不想當夜四更天時他又回來了，他跳牆進來，站在院中把我叫起來，他就由我的懷中搶去了女兒，就又走了。”

　　嚴老奶奶說到這裏，她是又悲傷又憤恨，就說：“我那男人金眼張德，他的性情暴烈極了！他打慣了江湖，跟我也是那樣，一個事不順心，他就向我瞪眼。三十年前我嫁了他，替他擔驚害怕，受盡了苦，我見了他就像老鼠見了貓似的。那天臨走時，他幾乎殺了我！他要把女兒抱走。他說：‘你是個半老的婆子了，你在這兒住着絕沒人來害你，可是這孩子留在這裏可不行；被人曉得了，就得有人來害她，再說留養在這裏，將來長大了，她一定跟你一樣的愚笨。我要叫她將來成一個女俠，教給她通身武藝，將來叫她嫁一個江湖有名的少年英雄，好叫他們兩人給我報仇、出氣，我得把女兒帶走！’我捨不得把孩子給他，我知道他這一走，不定還回來不回來，我就哭。他拿刀嚇唬我，一腳把我踹倒，搶過孩子去，他就上房跑了。這件事沒有別人知道，那夜別人只知道是來了強盜，鬧了一場，卻都不知道詳情。

　　“那天我就病了，病了多日才好，就在這兒住下了。嚴員外向外人說我是他的族嫂，因為家裏的人都死淨了，才由遠方投奔他來。好在我也不常出屋子，我又待嚴家的媳婦們都很好。這十年來，我就跟嚴家的人一樣了，或也忘了張德。直到丁四爺把你妻子救了送來，因為她我才想起我那女兒，我想我女兒現在若是活着，長得大概也有她這麼大了！剛才我聽她說，原來你另娶的那就是小娥，哎！現在倒叫我真難處理了！我偏向着她們誰才好呢？”

　　梅姑娘說：“奶奶您不必難過，趕緊叫允雄把我那……若按照這兒理論，您是我的奶奶，她就是我的姑姑，但若按私下論，我可以叫她為姐姐！”嚴老奶奶歎息說：“咳！那都使不得！她還是得認你在先。她是在大海裏生長大了的，一定是又粗又野，我見了她，還許瞧着她不順眼呢！”

　　葉允雄現在想着：無論如何也得把魯海娥找了來再說，有了嚴老奶奶從中調處，她們兩人分大小不分大小，全都不成問題，海娥也許因此能殺一殺她的妒焰。只是自己這麼個飄零淪落，到處都有仇人的人，如何配有兩個妻子？而且一個是貞節賢慧，一個又是勇武絕倫，自己哪一點配？如今無話可說了，只好趕緊將海娥叫來，使她們母女重逢，也算是自己對她過去那些好處的報答！於是他站起身來，說：「請老夫人不要再難過了！我現在就走，到襄陽把你的女兒接來。往返路有五天足行，五天之內，就可以叫您的母女相見了。只是我的馬匹現存在荊紫關店房內，若去取了再趕路，是太麻煩了，這裏有馬沒有？先借我一匹騎走。」梅姑娘已然找出那包刀創藥來了，就問說：「你先把藥上點兒，再走好不好？」葉允雄把藥接到手裏揣在懷中，他就說：「沿路我隨走隨上藥，到了襄陽我的傷若不好，我還許要在那裏歇息一二日呢，可是我一定叫海娥連夜到這裏來。」

　　梅姑娘出屋去請嚴員外，少時給請到屋裏，嚴老奶奶把這件事也跟他說了。嚴員外聽了又驚詫，可又拍手稱賀，他並說：「不但有馬，車也現成，叫他們備一匹馬你騎着，再派一輛車，派個僕婦跟去，把張姑娘接來就得了！」葉允雄擺手笑着說：「用不着車，車太慢了！就說這裏的老奶奶能等候，可是海娥聽了她必定着急，必不願坐車。她有快馬，高山大河，都攔不住她，在大海裏她也如履平地，倏刻便能飛到，請老奶奶跟員外放心吧！我這便去找她。」當時嚴員外出去叫人備了一匹好馬，葉允雄就出了莊門，上馬走去。走出村，就見那左奎正在廟後牆跟幾個村人蹲在地下賭錢，一見他，就詫異地高聲問說：「喂！你怎麼倒走啦？」葉允雄拱手說了聲：「再見！」就馬不停蹄地走去。

　　葉允雄支持着疲憊的負傷身體，飛馬去奔襄陽，穿山路，過雄關，除了用飯，及投店小憩之外，絕不耽誤時刻。第一是他的心急，精神興奮；第二是他忽然發生了一種預感，想着魯海娥在襄陽，絕不能夠安安分分地在店房住着，說不定她已一個人去獨鬥高家群雄去了，因此愈急。

　　果然不出他之所料，魯海娥在襄陽又鬧出了很大的糾紛。是自葉允雄走的那一天，魯海娥就毫無顧忌，她也明白她丈夫的心裏是惦記着什麼，但是她想：梅姑娘到了孟三彪的手裏那些日，就是幸而沒死，可也不定已然到了什麼地步啦，由着他去找吧！找到了看他能怎麼樣？他難道還把個已經被許多人搶去，拐賣，霸佔過的老婆，再弄回來見我嗎？我倒要在這兒等着他，我倒願意他們兩人一塊兒回來……如此想着，她就發着冷笑，並決定進到城裏去找找麻煩，趁着葉允雄沒在這兒，自己把他的那些對頭冤家全都趕走，他回來時叫他嚇一跳。他若把他那個舊老婆找回來了更好，讓他看看，那個老婆哪一點比得上我？

　　因此，她就支起了鏡子來梳妝打扮，把黑長的頭髮打開了重新梳。行囊裏就有小罐的桂花油，她把頭梳得比鏡子還亮，挽得極精細，是最時興的「盤龍髻」，前面剪成了孩兒髮。在臉上她把粉跟胭脂擦得極勻，望鏡中自己的雙頰，真比桃花還嬌豔，紅嘴唇真似珊瑚雕成。在雙眉之間她又故意點了一個小紅點，這是特為使自己更為嫵媚風流而引人注意的。她戴上一轉頭就亂擺的金耳墜，抬手就叮噹響的金鐲，粉紅的綢襖鑲白邊，水綠的褲子肥褲腿，勾兒似的小紅鞋上繡着金鳳。手裏拿着一塊紫手絹，就如隨風楊柳，嫋娜地走出了店房。她不帶兵刃，但要叫紅鞋尖今天踏着高家弟兄等人的鮮血。

　　這時天色還早，不過上午十來點鐘。城門口的一陣擁擠倒是已然過去了，人稀稀的出入着，有推車子的，挑擔子的，老太太騎着毛驢進城瞧親家的，大夫坐着小轎下鄉看病的。也有走着的，都是倒背着手的老頭，拄着明杖的瞎子，提着香燭的半老婦人，可是絕沒有第二個像她這樣穿着打扮，長得這麼漂亮的小媳婦，仿佛這麼大這麼古的襄陽城，從來也沒有過似的。所以路上的人全都扭轉了頭，兩旁鋪戶裏的人也都跑出來看，守城門的官人全直了眼，就如同降下來一位仙姑。不，仙姑也沒有這樣風流，可以說是忽然飛來了一隻孔雀或彩鳳。她腳兒雖小但走得很快，少時就進了城。襄陽城裏的居民人等，這時正是吃飯的時間，飯鋪酒樓全都正上着滿座，賣菜的、趕車的也都把車子擔子放在小面鋪的門前，他們進內用餐去了，所以街上往來的人也不多，豔妝的魯海娥姍姍走在街頭更是招人注目，因此就有許多人扭頭駐足的看她。尤其有幾個城市少年，三三五五的，都穿着很闊綽的衣履，談談笑笑，暗隨在她的身後，都用眼死死地盯着她。魯海娥卻倩目流波，顧盼風流，走一走，停一停，布店門前，香粉鋪的招牌畔，她都要停一停。她並進了一家絨線鋪，仔細地挑選了幾樣絨線，又挑選篦子、木梳，拿起來試着往頭髮上攏，幾個少年都直眉瞪眼的往裏來看，等着。

少時魯海娥買好了幾樣東西，就都裹在手絹裏拿着，往外走。才一出絨線鋪，就見一個年輕的人上前來招呼說：「小嫂！你買的是什麼東西？剛才我看見你買了篦子，那是真的杭州篦子嗎？我想也買幾把，小嫂你拿出來先叫我看看吧。」說話時遞着笑容，翻着眼睛，旁邊的兩個少年也都露着牙，色眯眯地笑着。凡是大城市中總有這種輕浮少年，他們專門調戲孤單的婦女，但今天這幾個人可碰在釘子上了。魯海娥就如同一朵美麗的玫瑰花，香豔誘人，可是一觸就扎手；又如蜜蜂兒，長得是那麼好看，遍體沾着花香，可是藏有毒針。這少年上前一調戲，魯海娥就把臉兒沉下來了，這種嬌怒，使幾個少年更着了迷。魯海娥並沒有立即發躁，只冷冷淡淡地說：「你不會到鋪子裏去看嗎？哼！」她一摔手，姍姍地走開。剛才的那幾句燕語鶯聲，尤其那一聲「哼」，使得這個少年簡直如癡似醉，他趕上一步去，說：「小嫂！你別走！我問你在哪裏住？你貴姓？」魯海娥卻驀然回手一拳，「咚」的一聲，正打在那少年的腦門子上，少年就哎喲一聲叫，身子倒在地下。兩旁的人都「啊」的驚叫。魯海娥卻頭也不回，眼也不向旁看，一手拿着包着篦子的紫手絹，一直向北去走。

這附近有酒樓，樓上的人都推窗往下看。有飯鋪，正在吃着麵的人也都跑出來，就有人說：「啊呀！這不是那天在漢江水裏的那個……」魯海娥聽了，毫不驚懼，並且挑釁地，驕傲地走着。此時已有人跑去報告了聚傑鏢店。魯海娥還不知不覺，嫋嫋娜娜地向北走着。眼看快到北門了，她就轉身再往回走，卻見迎面來了一匹黑馬，馬上一人跳將下了，扔了馬就手挺鋼刀迎過來，怒喝着說：「站住！你個賊女人！在江邊你殺了我的哥哥，你丈夫是強盜，你還敢大模大樣進城來？」魯海娥把腳步兒稍稍停住，神色不變，掠起眼睛來看了看對方，只見是一個十七八歲的大姑娘，穿着一身青，雄壯得跟個男子似的，黑胖臉，大眼睛，頭上盤着大辮子，這正是"母豹"。她便冷笑着，傲然地說：「嘿嘿！你還敢找我來？在江邊我的手下若是不留情，你還能活得到現在嗎？」

母豹的來勢極猛，驀然上前，一手持刀，另一隻手就要來揪海娥。海娥卻用手一推，母豹就退後了兩步。海娥咬了咬嘴唇，狠狠地瞪了她一眼，說：「我勸你，還是快點滾開！我是進城來買東西來了，我並沒想找你，你們趁早兒可別來找不自在！」兩個女人氣勢洶洶地要打架，旁邊就聚了許多人，但都站得很遠，誰也不敢近前。此時南邊又有一陣馬蹄之聲，來了白面豹高英、爬山豹高良、鐵頭豹高順，還有許多的鏢頭、打手。這些人可都到了臨近就將魯海娥圍住。高英一手提劍，一手拿着馬鞭子，上前來攔住他的妹妹母豹，並向魯海娥拱拱手，說：「不必爭吵！這大街上也不是咱們拼命的地方，何況我們的仇人只是葉允雄，與你無干。你是一個女人，我們也不願與你一般見識。再說，你的來歷我也曉得，你是鎮海蛟魯大紳之女，魯大爺與我們也是慕名之交……」

　　他的話才說到這裏，魯海娥就把他止住，臉兒紅中透白，冷冷地一笑，她把四周圍持刀拿棍的人環視了一遭，但並不放在眼裏。白面豹高英又說：「現在葉允雄住在哪裏？你可以領我們去會一會他，我們再向他理論理論，絕與你無干。」魯海娥搖頭說：「我不知他住在哪兒，我們本不住在一塊兒，他的事我也不管。只是我現在要問你打算怎麼樣？我來逛大街買東西，沒找你們，你們為什麼攔我？」高英說：「請你到聚傑鏢店裏，我們談一談。」魯海娥笑着說：「有什麼可談的？我又何必到你們那兒去？你們快些讓開路！我還要買點東西去呢！」她擺着手兒叫眾人躲開。不料這時母豹突然掄刀砍來，魯海娥身子向旁一閃，放足飛起，正踢在母豹的手腕上，母豹的刀就「噹啷」一聲墮地。旁邊又有木棍打來，魯海娥就奪過來一杆木棍，連蹦帶跳，用棍向旁邊人的頭上亂敲。

　　白面豹高英用劍去擋她的棍，口中還直說：「不要打！不要打！有話好說！此地也不是打架的地方！」旁邊，他的哥哥高良跟高順卻說：「什麼不是打架的地方？難道今天還能夠放走這個女賊？跟這個賊婊子還講什麼理！」說時，一齊掄刀向海娥來砍。海娥卻抖棍如飛，「梆梆梆」專打人的頭頂跟手腕，打得眾人皆不能近前，而街頭立時就亂哄哄起來。魯海娥獨鬥群雄，將手中的木棍都打斷了，但她又由高順的手中生奪過來一口刀，狠狠掄動。這時她的頭髮已經散亂，雙目怒瞪，已不似剛才那樣的風流嫵媚，而是如女妖一般。街上的一般看熱鬧的人都已遠避，剛才那幾個輕狂少年此時早不知跑向何處去了。同時衙門中的官人也被驚動，襄陽府的知府大人立時派來了十多名官人，都抽出了腰刀，亂抖着鎖鏈，跑來拿這群互相毆鬥的人。

　　高家兄弟見官人來到了，他們全都大喜，高順就嚷嚷着說：「好了！好了！衙門裏的老爺們來了，咱們打官司去吧！」但魯海娥卻舞動鋼刀，殺得眾人亂跑。她也乘空兒跑進了街東的一家人家。很巧，闖進門來時，正有一個矮胖的中年人從屋中走出來，手中提着一對護手雙鉤。魯海娥突吃一驚，以為這人也是要來捉自己，她就掄刀去砍，不料被這人用雙鉤架住。這人的力氣很大，神態雖然匆慌，卻還和平，他就說：「不要打！不要打！我叫盧三，襄陽城的人都知道我是個朋友，我是正要出門給你們去勸架。你快躲到我屋中，屋中無外人，只是我的女兒。你不要出來！我去把他們擋走，不然你必要吃虧。」說着他就放下了雙鉤，毫無惡意，只擺手叫魯海娥快些躲到他的屋內。

　　那屋內窗裏有個年輕的姑娘正扒着窗往外看，魯海娥卻怕屋內有什麼埋伏，她仍然不敢進屋，便卻飛身上了房，站在屋瓦上往外去看。只見那高英、高順等人剛要闖進門來，就被盧三攔着了，盧三掄着雙鉤代替他勸架的雙手，連說：「不必不必！你們眾人欺負一個女子，就不算是英雄了！」就有人嚷嚷着說：「什麼英雄不英雄？三爺你看，那娘們兒把我們打成這樣子！」盧三說：「因為打成這樣子，這件事就更別鬧大了，不然要叫江湖朋友笑話！」高家兄弟又齊都忿忿地說：“盧三爺你別管！她是個女賊！你敢窩藏她嗎？”盧三搖頭說：“絕不是！她絕不是！”

　　魯海娥在房上隔着牆看得很清楚，她見這個盧三為人很是慷慨，他的嗓音非常大，嚷嚷着說：“她男人既沒在這裏，咱們就不可與一個女人為敵。你們把她捉到衙門判了罪，又於你們的面子上有什麼光榮？再說毆鬥互傷，各有不是！”他又向眾官人說：“諸位請回，我敢擔保那女人絕不是賊！以後她要在本城再鬧出了事，你們可以找我。諸位請回吧，上復府台，就說這是我們江湖人常有的事，官家要管也沒法管，因為太多了！現已有我盧某人出頭給調停，大事化小，小事化無，就算完啦！諸位請回吧！”官人們便一齊將腰刀入鞘。高良和高順還都忿忿不息，仿佛還要跟他打架似的。高英卻似懂些情理，就攔住兩個哥哥，又跟盧三細說情由。盧三把兩隻勸架的雙鈎放在門旁，他又指手畫腳地跟他們兄弟說了許多的話，仿佛他的話言之有理，高家兄弟齊都點頭了。一會兒，連官人帶高家兄弟就全都走了，盧三又進來，掩上了門。

　　此時魯海娥已跳下房來進到屋裏，原來這院中統共只有三間房，盧三的家裏只有一個女兒，雇用着一個僕婦。盧姑娘的床上還扔着繡花活計，連着針線，她是個不俊也不醜，比海娥小兩歲的姑娘。海娥進屋來，喘吁吁地笑着說：“驚擾你啦！”盧姑娘也笑着，悄聲說：“不要緊，您請坐！”海娥就坐在床頭，刀放在旁邊，迭着腿兒歇息。還沒怎麼說話，盧三就進屋來了，他把雙鈎掛在壁間，就笑着向海娥說：“他們都已走了！這件事，姑娘你跟他們爭鬥得不值，他們高家兄弟與知府都有交情，萬一鬧到了官衙，你必定吃虧！”魯海娥卻冷笑說：“我不怕他們！諒他們也捉不着我。今天是他們以多欺寡，又有你勸解，我才暫時饒了他們；可是，這件事不是就完了，明天再看我的吧！”盧三卻搖頭說：“不必！”

　　這盧三也是襄漢之間有名的鏢頭，江湖的好漢，他向魯海娥說：“你們不必再鬥氣了！這樣仇讎相拼，絕無了時。葉允雄，我也很佩服他；你，咱們談起來更非外人，你的父親鎮海蛟也是我的好友，當年我走江湖時曾與他相識結交。最近他是因與葉允雄作對，要到襄陽來，剛才我已跟高家兄弟說了，叫他們去迎接。他如若來到，再請出你丈夫來，我可以設宴，為你們兩家調解。我想看着我的面子，必可將兩家的冤仇解和。”魯海娥一聽，義父魯大紳將要來此，她心中不由有些愧對，就臉紅了，搖頭說：“我不見他！盧三爺，我們這件閒事，勸你不要管了！”盧三笑着說：“天下人管天下事，我如何能不管？再說這裏邊還有個情由，就是，魯姑娘，你可曉得你的丈夫葉允雄他還有原配嗎？”

　　魯海娥聽了這話忽然繃住了臉兒，不覺得心頭又生出一陣嫉妒，她就噗嗤一聲冷笑，說：“那，你們更管不着了！葉允雄他有原配，用不着別人吃醋，別人也不能就着這個緣由，來挑撥我們夫妻！”盧姑娘聽了這話，不禁臉紅了，就躲到了外屋，盧三爺也覺着很不好意思。魯海娥卻一點也不羞澀，只大模大樣坐在炕頭，迭着腿兒把手絹打開，拿出新買來的篦子梳整她散亂的頭髮，她就又說：“我知道，我爸爸魯大紳他一定很恨我嫁了葉允雄，但他不是我的親爸爸，他管不着我！我本來姓張，我的親爸爸叫金眼張德……”盧三吃了一驚，說了聲：“嘔！”魯海娥又說：“我嫁葉允雄是我自己願意！他待我並不好，但我愛他。他本來有個妻子，可是被孟三彪他們給害死了。”

　　盧三說：“但我聽說他那原配的妻子，並沒有死。”魯海娥點頭說：“我也猜着是，而且那老婆必離着這兒不遠。我故意放允雄找她去，我在這兒要顯一顯本領，不為別的，就是為讓我的男人看看我！”盧三一聽，覺得這女人的想頭實在奇怪，不由笑了笑。又聽魯海娥急急地說：“其實高家兄弟跟我沒有一點兒仇！孟三彪，說來他還是我的表兄呢！但我都要把他們殺死，我就為是叫葉允雄看看，看看是我能幹，還是他那個老婆能幹？是我配作他的妻，還是他那個老婆配作他的妻？”盧三一聽，原來是這麼一回事，他就更不由得要笑，遂說：“原來是這個理由，這個糾紛我可就好排解了！不瞞你說，那葉允雄的原配黃氏，現在是在高英的手裏。高英本來要納她為妾，這也並不是圖她的姿色，卻是要藉此以羞辱葉允雄。”

　　盧三說出了這話，本想海娥一定要稱心，因為可以免去了她的嫉妒，不料魯海娥聽了，卻更是生氣；她往起來一跳，順手綽起來鋼刀，罵着說：“他們高家兄弟是什麼東西？打不過人家的漢子，卻搶去人家的老婆，這就能夠報了仇嗎？我去找高英問問！”盧三又把她攔住，同時贊佩說：“魯姑娘，如今我一看，你實在是一位豪俠剛烈的女子，我在江湖二十多年，還真沒見過。葉允雄是一條漢子，但他也不配作你的丈夫。”魯海娥瞪眼說：“你配？是不是？”盧三正色說：“豈有此理！我管你們的事原是為兩家好，我的女兒都有你這麼大了，我豈能對你有什麼輕視？更無意拆散你們夫妻！高家弟兄所為，連我也不平，但徒事爭鬥，也無了局。我想等到魯大紳來，還是由我給你們和解，你們賭氣而與高家兄弟作對也太不值！”

　　正在說着忽聽外面有人打門，盧三趕緊命僕婦開門去看，只見進來的原是受傷很重的孟三彪，由兩個人攙扶着，魯海娥倒不禁一怔。少時孟三彪被攙進來了，一進到裏屋，他就向魯海娥跪倒，大哭着說：“海姑娘！什麼事都跟高家的人不相干，你要殺就先來殺我吧！”魯海娥不由退後一步，將刀也放在床上。她雖然也恨孟三彪的陰險狠惡，但無論他怎樣壞，魯海娥卻不忍殺他。七八歲之時，魯海娥的父親病歿于水靈山島，她便由魯大紳撫養，孟三彪那時也才十幾歲，尚是個頑劣的孩子，這些年魯海娥就呼他作表兄。孟三彪雖然是個壞人，但他見了海娥，總是十分恭敬。如今，海娥見他這個樣子倒覺着可憐，便皺着眉說：“表哥你起來！你不要給我跪着。”

　　孟三彪被兩個人揪着胳膊跪着，他的頭都抬不起，亂蓬蓬的鬍子上面，沾着許多鼻涕跟眼淚。他依然痛哭着，說：“我也沒臉起來了，什麼事都是由我而起！我與葉允雄作對，就是因為他在黑狼莊的酒館裏打過我一回。其實現在一想，那也是一件小事，可是那時我就氣不出。我燒了山神廟，逼迫梅姑娘，挑唆我舅舅跟他作對，又招了飛鷹童五、病虎楊七他們去拿他，逼他離了白石村。我又勾結人害他們夫婦，並把那梅姑娘搶走，送到高家我督催着高家報仇，都是我。我現在身受重傷，命必不久，無論是你還是葉允雄，要殺就來殺我吧！我死也該！可是你千萬別再幫助葉允雄跟人家高家的人作對！

　　“我舅舅大概明後日就來，來的時候他一定是住在聚傑鏢店裏，我盼你也去見見他。現在高家弟兄，連他們的妹妹，都已曉得你武藝高強，他們都佩服你了，情願在你跟前認輸。今天晚上他們在鏢店裏擺酒，請你前去。可是這事千萬別叫葉允雄知道，乘着我的傷還沒太重，人還沒死，我叫他們都給你賠罪，從此你跟他們就別再紛爭，他們再跟葉允雄打成什麼樣，你可也別管了，因為你跟葉允雄雖是夫妻，但咱們也是表兄妹，我舅舅今明日就來，處處的情面你都應當顧全！”魯海娥被孟三彪這樣的跪哭哀求，她心腸頓軟，就說：“你起來吧！葉允雄他現在也沒在這裏。他此次到襄陽來原是有別的用意，如今我才知道，他一定是往武當山高家找他的那個妻子去了。他回來之後，我們兩人也許反目……”說到這裏，她心中不由得又生出來一陣悲慘，就絕然說：“既然高家兄弟肯在我的跟前服輸，我也就不能再說什麼了！由現在起，我不再與他們為難了。”

盧三聽了，又點頭贊佩，他說還要待葉允雄回來，他再給高家、葉允雄雙方解和。孟三彪被兩個人攬扶起來，他卻擺手說：“葉允雄回來，見他的妻子不跟我們為難了，他至少也得減低點威風！我也跟高家的人說好，他不去找高家，高家也不再找他。可是，倘若他弄回來那個娘們，把我的表妹踏在腳底下，咱們可不能依。”魯海娥說：“那事你們不要管！”孟三彪連連答應，又翻着眼睛，迷嘻地笑着，說高家兄弟要請她去吃酒。魯海娥卻搖頭說：“我不去！”

孟三彪又說：“白面豹高九爺很佩服表妹你的武藝，他的太太楚雲娘也快要到襄陽來了。楚雲娘外號叫雙劍女，人物頗為俊俏，武藝也很是了得。”

魯海娥聽了卻不加以理睬，又見孟三彪雖然身上像是有傷，被人攬着時時地皺眉，但是他的精神卻不像要死的樣子，此時不但不哭了，反倒直笑。魯海娥已然明白自己是上了一個當，這些人使完了硬手段又使軟手段，無非是為叫自己疏遠葉允雄，原因是他們並不怕葉允雄，反倒是怕我，可是我已應允了他們，以後當然不能再跟他們作對了。她這樣想着，心裏有氣，並且煩亂得很。孟三彪還要請她到聚傑鏢店去，盧三父女要留她在這裏多歇一會，她卻搖頭，連鋼刀也不拿，只將篦子用手絹包好，也不向誰告辭，就沉着臉兒抑鬱地走去。魯海娥出了盧家的門，順着大街又往南走。剛才，她以一女子獨鬥群雄，那件事已然轟傳開了，鬧得無人不認識她。這時又見她出來了，在街上行走，大家更是注目地看她，可是又都不住地閃躲，仿佛都怕了她似的。有兩個官人也看了她一眼，在竊竊私語着。魯海娥卻不看別人，她只是急急地走。她進城的時候是風流婀娜，像故意撩引人似的，如今出城來，卻沉着臉，含愁蘊憤，使人一點也不敢逼視她了。

她回到了店房，進了屋子就往床上一躺。其實她剛才與人爭鬥，並沒用多大氣力，而且雖未殺傷什麼人，但畢竟是她占了上風，總算在襄陽府出盡了風頭，使與丈夫作對的那些人盡皆拜服了，但她的心裏卻很不痛快，像堵着一塊鉛似的。因為她在昨日還不知梅姑娘確實在人世，丈夫確實是去尋她，今天聽盧三那麼一說，可都證實了。她不由得發恨，心說：嘔！原來他到這兒來，也不為找什麼高家弟兄、孟三彪，還是為他的那個心上人呀！怪不得他永遠是神不守舍的，無論我對他多麼好，他也不覺得，今天早晨說走就走，毫無留戀。想起自己待他有多麼好，救過他幾次命，竟換不來他一點真心，未免使自己太傷心了……這樣想着，魯海娥不禁垂下淚來，在屋中直哭了一日，連茶飯也懶得咽。本想要追到武當山下，看葉允雄見了梅姑娘是怎樣？他的媳婦被人搶去了這些日，他難道還跟她好？可是又想，我何必去？看了他們，也許要把我氣死！因此又傷心又生氣，一天也沒有出屋子。

　　次日晨起，她不像昨天早晨那麼高興了，連頭髮都懶得梳，就坐在床上發呆。這時就聽窗外有人叫着："海娥女兒！你在屋裏了麼？"海娥吃了一驚，不知是應聲好還是不應聲好。這時屋門開了，進來的是水靈山島的好漢鎮海蛟魯大紳，半年多未見面，他的鬍子已然蒼白。魯海娥見她義父進屋，不禁臉紅，趕緊挽頭髮下了床，叫了聲："爸爸！"魯大紳點了點頭，接着就歎道："我們父女今天還能夠見面，就算不錯。你的過去的事，我全曉得，現在也就都不必提了。只是，葉允雄他把你一人拋在這裏算怎麼回事？他前天在襄陽闖下那樣大的事，他還敢回來嗎？我勸你不如跟我走吧！你愛繁華，我們可以到武昌或到北京去住；你若還喜歡往日的生活，那我再帶着你回水靈山。你別忘記了咱們是父女，你從七八歲時就由我撫養。"

　　魯海娥卻坐在床頭，低着首流着眼淚。搖頭說："我不走！爸爸你一人走吧！我還要在此等他。"魯大紳聽了這話不由得氣忿，就瞪大了眼問說："他是誰？"魯海娥突然又跳了起來，也瞪着眼說："他就是葉允雄，他是我的丈夫！"魯大紳探着頭問說："他是你的丈夫？"接着又一聲冷笑。魯海娥氣得芳頰發紫，話也噎住了，半天才說："是！我嫁了他，是他在梁山泊明媒正娶的我……"魯大紳益發哈哈大笑，連蒼白的鬍鬚都顫動着。海娥卻流下淚來，說："爸爸！你的年歲也不小了！應當寬宏大量，究竟你與葉允雄有什麼仇？不過是早先在水靈山上爭鬥過一回，而且那次他並未取勝。後來他在白石村刻苦練槍，你應當嘉賞他才對，你不該縱着孟三彪去陷害他！後來，你避他的鋒芒躲避到遠方，他也並沒有追了去尋你，也就算完了。"

　　魯大紳冷笑着說："他怎麼沒去尋我？在京師時他住在東城謝宅，我住在西城，他只是沒遇見我罷了，若是我們走個對面，他能不挺槍與我死鬥才怪！"海娥搖頭說："不能！絕不能！告訴你，葉允雄比你的氣量寬得多！何況你既是我的義父，就也是他的丈人，他是你的乾女婿。"魯大紳聽了這話，卻不住地跺腳，連說："羞死我！羞死我！"魯大紳是將葉允雄恨入骨髓，海娥向他無論怎樣勸解，他也是不聽，並且越來越氣。他坐在床頭，喘息着，先叫海娥莫忘十多年養育之情，並且說："你爸爸金眼張德，若不是我收留他，他早已死了，你也活不到現在。他死的時候托我撫養你，我用柏木棺材將他的屍身盛殮，並派人駕船由靈山衛請來石匠，給他的墳前刻了一個碑，這些事你一定都還記得。現在你若不願再認我，你可以說一句話，我是立時就走，隨你去下流。否則你立時跟我走，從此不再見葉允雄，至於過去的事，咱們全都不提！"

　　魯海娥見她義父這樣，簡直是逼迫，除非跟他翻臉才行，但割斷恩義，自己卻又不忍。想來想去，她驀然省悟，暗道：自己的義父原是幫助高家兄弟那面的！他們已然得我允許，不再與他們作對，可還要找了我父親來，逼迫我投到他們那裏。他們一定是要等葉允雄回來時使他孤掌難鳴，那時他們再一齊下手收拾他，好為高家兄弟報仇，為孟三彪和自己的義父解恨，這一定是他們商量好了的主意。因此，心頭更覺着不平，就略一凝神，遂決定了主意，她點點頭，擦擦眼淚說："好吧！"魯大紳聽了，顏色立變，就說："你快些收拾東西吧！我去叫人來搬你的東西，你先隨我到城裏去。"魯海娥至此時，也覺着無話可說，當下魯大紳就出屋去了。魯海娥在屋中又發了半天怔，忽然一咬牙，她就動手收拾自己的行李，匆匆忙忙的，少時就收拾好了。魯大紳就從外面叫進來兩個人，這兩個人都是短打扮，一見了魯海娥，全都賊眉鼠眼的。海娥見他們的頭上還有被棍子打的青痕和破傷的地方，就曉得他們都是聚傑鏢店的夥計，跟自己打過架的，不由得倒要笑，魯大紳卻說：“東西交給他們收拾，絕短少不了，你先隨我走吧！”

　　魯海娥隨着她義父進了城，到了聚傑鏢店裏，她面不改色，行蹤一點也不慌張。這時爬山豹高良，鐵頭豹高順，白面豹高英全都正在客廳裏，他們都穿着長衣裳，很是規矩。魯大紳帶着海娥進內，就拱手說：“我帶來你們的侄女，給你們幾位賠罪來了！”高家兄弟一齊拱手哈哈大笑，高英並笑着說：“俗語雲‘不打不成相識’，我們若不跟海娥姑娘交手，還不知天地間竟有這樣的俠女！魯大哥還有這麽武藝高強的一位千金！真是使我們欽佩，也使我們羞得慌。本來我們並不想招這位姑娘生氣，實在都因魯大哥你不早日前來，不然哪至於我們這裏的人，全都落得鼻青臉腫？”魯大紳也哈哈大笑，又說：“卻是哪位被她得罪了？都請了過來，我要命她一一給賠補。”高順卻擺手說：“算了算了！如今都是一家人了，還賠補什麽？往事不提，只要姑娘不計較我們就是了！”又向旁邊的僕人說：“快把十爺請來！”高英特意拉了座位，笑着請海娥落座。魯海娥只是微微地笑着，她父親還正跟高家兄弟對面站着談話，她就大模大樣地坐下，翹着一條腿兒，雙手整理着她的雲鬢。

　　這時，那高家的“十爺”母豹高小梅就怔忡忡地進屋來了，她的大辮子也梳得不整，上身穿着紅緞子的小褂襖，下邊是跟練武的男人穿得一樣的黑布肥褲子，繫着腿帶子，可穿着花鞋。她一進屋來，眼睛就盯住了魯海娥，海娥卻連身子也不起。倒是母豹先走過來，笑着說：“怎麽？你還計較着我嗎？咱們倆到底是誰應當先給誰賠不是？”說着她就過來要拉魯海娥的手。魯海娥卻站起身來，擺擺手，勉強地笑着說：“算了！算了！誰也不用給誰賠補，事情一說開了，也就完了！”這時高家兄弟跟魯大紳，又在旁恨恨地談論着葉允雄，海娥一聽，她的臉兒忽又沉下。就聽高良在旁憤憤地說：“當然你的姑娘不能再跟葉允雄了！跟了他，是丟你老哥的臉！”高英又說：“他若本來沒有妻子，那還好說，看在你令媛的面上，我們跟他把舊恨都不提也可以；但他本來有妻室，你令媛是被他騙娶的，你老哥也是天下聞名的英雄，絕不能將女兒嫁給匪人為妾！”又回頭看了看海娥，笑着問說：“姑娘你說是不是？你曾救過他的性命，嫁他為妻，他卻對你無情。第一次在梁山泊他拋了你，他走到京師，而且改了名字，那件事我們也知道。如今，他又將你一人拋棄在這裏，可見他實在是無情無義。姑娘你這樣的好人才，跟着他真冤！”魯海娥覺着氣往胸頭上直頂，同時又傷心得幾乎墮淚，但她極力隱忍着，不說一句話。

　　這時魯大紳見女兒如此的聽話、柔順，他心中對葉允雄的氣恨倒漸漸地消了，且極為感慨，就說：“我的女兒當然不能嫁他，可是，我的女兒若再事他人，我也不願意。我想等他回來，我要會會他，連這件事帶以前的事都得提一提，他若能跪在地下服輸認罪，再把他那個妻子拋在一邊，我就……”高順冷笑說：“他如何肯給咱們下跪服輸呢？再說他殺了我哥哥的冤仇，也不是磕一兩個頭就能了事的，你老哥怎麽忽然又心軟起來了？”高良又嚷嚷着說：“我們在這裏談他，他這時不定在我們家裏鬧成什麽樣子了！我們派去的人，至今還沒有回來，真叫人急躁！」高英卻擺手說：「那倒不用發愁！我想他若到了咱家裏，雲娘必然還沒動身。即使已動身，半路上她也能與他遇見，葉允雄那點本領，到她的手裏可是……」說到這裏，他故意瞧了瞧海娥，表示他有個武藝高強的妻子，接着又冷笑着說：「那可是他自找送死！」海娥聽了，又不由氣憤，真有心要撞門而出，幫助葉允雄去鬥鬥那楚雲娘。

　　魯海娥耳邊聽人紛紛談論着，罵着她所親愛的人，並知道那親愛的人此時就許已遇見了一個勁敵，就是那雙劍女楚雲娘。這若是在往日，自己是絕不能忍耐得住，但是此時，自己的心實在是傷了！她胸頭的怒氣忽然升起，如烈火一般，但很快卻又降下來，降得跟冰一樣的涼。她這時的感情是複雜極了，心中是甜酸苦辣俱全，亦嫉恨亦戀慕，又解恨，卻又擔心：要叫葉允雄敗在雙劍女的手裏，自己倒很是願意，也叫他知道知道沒有我幫助他行不行？可是，倘若雙劍女的手下毒辣，把他傷了呢？自己可又心痛，自己心急，恨不得立時就去看看他怎樣大戰那雙劍女，但是要叫自己去幫助他救他那老婆，可又犯不上。他若僥倖能夠回來，自己當然願意他跟義父和高家兄弟解和；但，他若真是給人家磕頭賠罪，自己可又得氣死……想到這些，她的臉色一陣白又一陣紫，那母豹在旁跟她直拉近，一說話總是跟她笑，那笑的模樣真難看。她恨不得給那母豹一個嘴巴，但她極力忍抑着自己的性情，咬着嘴唇兒，不說話，也不笑。

　　這時，有人擺上酒席，並請來了盧三父女。魯大紳跟盧三在上座，海娥、盧姑娘、母豹，三個女的是推在一起坐着。高家兄弟陪席敬酒，尤其對於海娥，他們是特別的殷勤周到，但海娥卻連一滴酒也不喝。席間，大家的話題當然是又談到了葉允雄，高家兄弟依然忿忿，盧三卻也主張講和。那高良喝了幾盅酒，簡直就拍着桌子把姓葉的祖宗奶奶老婆的大罵了起來。魯海娥實在忍不住氣，就「吧」的一聲把筷子一摔，高英趕緊把他哥哥攔住。高良雖然醉，可是心裏還明白，他見魯海娥突然發怒，又好像要掄起棍子來打他的頭似的，他也就嚇了一跳，便拿起酒來低着頭喝，不敢再言語了。

第十三回　刀光劍影旅店興毆　俠骨柔腸嬌娥抱恨

　　這一場酒筵幾乎又演了出武戲，但魯海娥在她的義父面前，胸中雖有氣也不好發作。等到盧姑娘也吃完了，母豹就拉着這一文一武兩位小姐，到她的屋裏去。原來母豹在這鏢店裏單有一間屋子，屋中沒有什麼設備，只是有放茶具的桌子和放臥具的床榻。魯海娥在店房裏的那些東西也全搬到了這裏，她就想：馬匹也一定被牽到這裏來了，此時葉允雄就是回來，他到店中也一定找不着我了。她坐在床頭，悶悶地發愁，盧姑娘問她針黹，母豹又問她武藝，倒都把她看成聖人似的。她卻心不在焉，旁邊說的話都沒灌入她的耳裏，她只想着自己的事，想得腦子裏都"嗡嗡"作響。她煩惱了，就說自己的身子倦困，倒在床上閉上了眼睛，也不知盧姑娘何時走去的，母豹也半天沒在屋中，更不知高家兄弟與自己的義父，在商量什麼對付葉允雄的方法。

　　當時她就住在母豹的屋裏，雖然她是臨時支了一張床，並沒跟母豹同在一張床上睡，但是母豹的面上雖好，可是誰知道她心裏是在想着什麼？仇人同室而居，究竟不得不嚴防。所以臨睡之時，她就由壁間摘下了一口刀，藏在自己的褥下，睡着覺還時時提防，母豹也仿佛沒睡安穩，一夜倒是沒出什麼事。次日，魯海娥在這裏依然抑鬱，依然提着心，但見高良卻極為着急，在院中大聲嚷嚷着，說："為什麼派去了的人還不回來？家裏到底怎麼樣了？咱們在這裏呆等葉允雄，這時他都許把咱家的人殺光了！"高英也着了急，便要請魯大紳父女跟着他們一同回會仙莊。魯大紳是不肯，海娥當然更不理這件事。沒有幫手他們明知道回到家裏也鬥葉允雄不過，所以只得在這兒乾着急，就又派了一個人回去打聽消息。

　　過午，又有人把那孟三彪攙來了。孟三彪依然呻吟要死，磕頭乞憐，求他舅舅跟表妹去與葉允雄作對。魯大紳之意已為所動，便問魯海娥，說："我若與葉某人拼起命來，屆時你是幫助他，還是幫助我呢？"魯海娥聽了她義父的話，她只是慘然地笑了笑，並不說話。魯大紳發了半天怔，便憤然說："我個人與葉某人的舊嫌可以不報，但朋友的事我卻不能不幫忙！我想在此等他們派往高家的人回來，倒要聽一聽是怎麼回事？如果葉某人到了高家，再傷了他家的人，或是胡作非為，那時我可就要出頭了，自量我那口刀還能夠敵得過他。那時我們相拼起來，勸你不要管，不用說你幫助他，只要你從中一勸，我也立時與你割斷父女之情！"說畢匆匆地走開了。魯海娥仍然不言語，仍然一陣陣地發着冷笑。

　　她在此一連住了三日。她並不專在屋裏，沒事時也到這屋裏走走，那屋裏串串，還常在鏢店門首倚門賣俏。她打扮得永遠是乾淨漂亮，嫵媚風流，不跟別人談閒話，可也不對任何人忸怩。即使是夥計們在一起開玩笑，滿嘴胡說之時，她也在旁邊聽着，臉上一點也不紅。前兩天，夥計們都不敢正眼看她，可是到第三天大家就都跟她熟了。雖然還不敢跟她攀談，可是只要她走過去，就有人拿鼻子嗅空氣，向他們的同伴笑着悄聲說：“真香！真香！”有的還在背後擠鼻子弄眼兒。有人就警告他們說：“你們這樣可得留點神！讓她一回頭看見了，輕者頭上吃一棍，重者把你踹到江裏頭洗個澡，再重一點，你們可就留神脖頸吧！再說要叫那老傢伙瞧見了，也是不得了！”老傢伙指的是鎮海蛟魯大紳，他天天由兵器架上綽起一把長把的“金背砍山刀”，在院中舞過來，練過去。他的腰腿強健，精神矍爍，刀法精熟，大家就加贈了他一個外號，叫“賽黃忠”。賽黃忠鎮海蛟魯大紳天天這樣準備着，倒並不慌忙。高家兄弟三個卻整天如熱鍋上的螞蟻一般，母豹更是急得不耐煩，她就要騎馬趕回會仙莊。

　　但是她還沒有走，這天傍晚之時就有幾個人來到，是他們家中的幾個莊丁，還同來了屠永慶。屠永慶帶來了楚雲娘受傷甚重的消息，高英不由吃了一驚。原來高英在襄陽多日，連他家裏梅姑娘已然出走的事他都沒有聽說，他的愛妻楚雲娘，如今竟為葉允雄鏢傷，葉允雄還會打鏢？他不禁即驚且恨，又悲傷又害怕。高良、高順全都暴跳如雷，那受傷的高光、孟三彪也都在此，都說：不行，葉允雄這樣的凶，以後咱們連在江湖上走路都不敢了！屠永慶又說：“葉允雄一定是往荊紫關找我去了！可是我不在那裏，他也不能將我奈何。我倒盼着他在那地方鬧一鬧，鬧得厲害了，自然有人出頭替咱們管教他。”因這句話，高英又想起來荊紫關上有名的人物丁四爺，就說：“咱們去請丁四爺幫一幫忙好不好？咱們眾人一起去央求他，他也許肯管。”

　　屠永慶卻搖頭說：“咱們千萬別去碰那個釘子！連他住的那座山，我都從來沒敢上去過。現在的事情也不難辦，雲娘在家裏養傷，家裏有好刀創藥，有人服侍，她也不至於死，葉允雄也不會再去了。咱們若是去撲他，他倒許到這邊來了，反正他在這裏還扔着個媳婦兒，他早晚必歸。咱們在這裏以逸待勞，並且願意他把那梅姑娘找回、帶來，咱們好使她們醋海生波，設法叫魯海娥跟他們打起來；然後咱們再從旁邊放冷箭，管保叫葉允雄活走不開襄陽。”他說這些話時，魯大紳父女並未在場，於是大家就依了屠永慶的妙計，在此耐心等候。屠永慶是個三十來歲，年少風流，但非常奸壞的人。他在這兒住了一兩日，就把魯大紳捧得很是高興，並且他見了魯海娥的面，總是笑眯眯的點頭，魯海娥也不大理他。見他們終日密談，知道他們是預備着陷害葉允雄的奸策，她心中更是着急，盼望着葉允雄速歸。她的手下永遠預備着一口鋼刀，眼、耳時時觀察着動靜，聽候着風聲。

　　一連又過了三日，這時葉允雄已由山陽縣連夜趕至此處，他已然疲憊極了，背上的鏢傷，在路上雖然上了丁四爺的那藥，調治了，但依然不時的疼痛。他來到南關店房中，此時天色已然不早，他上前一推自己住房的門，只見屋中已很黑，卻有一個客人光着腳丫在床上躺着，魯海娥卻沒有了蹤影。他不禁一怔，心想：她也許換了屋子了？遂就把門關上，站在院中，一手牽着馬，喊叫道：“店家！

店家！”店夥跑了過來，看見了葉允雄，他就不由得一怔，然後笑嘻嘻的走過來，說：“大爺你回來啦？你的太太……”葉允雄就問說：“她往哪裏去了？莫非她已離開襄陽，往別處去了？”店夥搖頭說：“沒有！是……”他磕磕絆絆的，又帶着點兒笑說：“是叫城裏聚傑鏢店給請了去啦！”葉允雄立時吃了一驚。這店夥又說：“聽說她現在還沒走，還在城裏住着呢！那天是因為您那位太太的娘家爹來了，他老人家跟高家幾位爺原是好友，所以把小姐給請了去了……”

他正說着，卻有另一個夥計過來推了他一把，說：“快把大爺的馬牽到棚裏去吧！你還在這裏囉嗦什麼？”又向葉允雄遞着笑臉，說：“大爺！我再給您找一間乾淨的屋子吧？您那間屋子已讓給別人了。”此時葉允雄已然跟呆子一樣，那個店夥剛要把馬牽走，他卻突然趕上前去，大聲喊道：“馬不要牽走！”把那個夥計嚇了一大跳。這個店夥也嚇得臉發白，說：“大爺您別着急！您的太太要跟娘家爹到城裏，我們開店的也不能攔。現在，我們先給您找一間房子，您先歇歇，喝點兒茶，洗洗臉，我們再進城去請您的太太，您覺得怎麼樣？”葉允雄是恨不得立時進城去找魯海娥，但自己的手中又無寸鐵，遂就點頭說：“好！你快去叫她！就說我已然回來了，叫她立時就來！”店夥連聲答應，趕緊轉身走了。

另一個夥計就把馬韁繩繞在院中的一隻水缸上，他給葉允雄另找了一間房子，打臉水、倒茶。葉允雄胸中仍氣忿不已，心想：海娥是魯大紳的義女，他們父女的感情自己不能反對，但魯大紳卻是向來與我作對的人，她不可以見了義父就忘卻了丈夫，而且住在仇人高家的鏢店裏，也未免太無心肝了！並且顯見得是已與她義父，和高家眾人聯了手，專要對付我一個人！他氣惱不息，便先將衣服脫了，上了許多刀創藥。這種藥很涼，一敷上就疼痛立止。他把衣服又穿上，只可恨的是自己手中並無一口兵器。他又把店夥叫過來，問了問，那店夥說：“您的太太走的那天，隨後聚傑鏢店裏的人就來了，把您的單刀，連那匹馬，全都拿走了。”葉允雄越發氣憤，想着：魯海娥她知道我一定回來，卻跟隨我的仇人走去，莫非她變了心？遂在屋中來回的走，可是竟找不到一件兵器。他又要到院中去找，心想：只要找到一根木棍，我就不怕他們，即使魯大紳拿着他的大刀來到，我也敵得過他！但是院中卻連一根竹竿也沒有。

這時那去城裏的夥計就回來了，他說：“大爺，我到城裏去了，聚傑鏢店裏的人說：今天天太晚了，不能出城，明天再叫您的太太出城找您來！”葉允雄一聽，心說：這是什麼話？便問：“你是見着了我的女人，聽她親自這樣說的嗎？”店夥搖頭說：“不是，是高英高九爺跟我說的，說着的時候他還直笑，還告訴我說，您的太太這幾天在那兒住得也很好。”葉允雄聽了，更是大怒，就想：我那個妻子梅姑娘被高英幾乎霸佔了，如今他又要霸佔去海娥嗎？這真欺我太甚！他當時便說：“我找他們去！”遂急急往外去走，店夥卻從身後將他一拉。葉允雄反倒吃了一驚，心有疑惑店夥也是被高英他們收買了的，便握拳要打。店夥卻說：“大爺，您這時去還成嗎？我剛才急急忙忙出的城，那時城門就已經關了半扇了，這時一定城門全都關啦！”

葉允雄發着呆，將氣忍了一忍，心想：要憑自己的本領，就是城門全都關了，自己也可以由城牆上爬過去。只是現在自己的身體實在是太疲憊了，而且還不知道海娥在那裏的情況如何，也須得先打聽打聽再想辦法，或是講理，或是用武，總之，今天須得好好地歇息一夜。他這樣一想，遂就反囑店夥說：“既然這樣，那麼，如有人來問我，你就說我還沒回來。你們並且替我去打聽打聽，聚傑鏢店裏現在除了姓魯的之外，還住着什麼人？我的女人這幾天她在那裏住着，都做些什麼事？”店夥就又拉了葉允雄一下，悄聲說：“大爺您到屋裏來，我再跟您說。”葉允雄遂回到屋裏。

　　店夥同他進來，就說：“您的那位太太很是能幹，您走的那一天，她就進了城。就在大街上，也不知是為了什麼事，她一個人打聚傑鏢店裏二三十個莽漢，把那些大漢子打了個落花流水！”葉允雄聽了，更是覺得詫異，又聽這店夥說：“後來，聚傑鏢店裏覺着這件事情難辦，您的那位太太太不好惹，他們就派人迎來了您的老泰山。”葉允雄氣憤地說：“那不是我的岳父！”店夥說：“可是我聽您的太太管那人叫爸爸。那人可比高家哥們兒還凶，聽說他成天在鏢店院裏耍大刀，鏢店裏也天天有人來這兒打聽您。”葉允雄又問：“打聽我什麼？”店夥說：“不過是打聽您回來了沒有。剛才我進城去找您的太太，可是他們已都知道您已回來了。高九爺那一笑，我就看出他是沒懷着好意。依我看，不如您今天歇一晚上，明天一早起來趕緊走！”葉允雄冷笑了一聲，說：“我將我的妻子留在他們那裏，我若一人逃了，那還算什麼英雄？我想連你也不能忍受這種氣！”

　　店夥說：“可是，這口氣咱們鬥不了！高家的哥兒幾個還好說，那母豹可真不講理。聽鏢店裏的夥計們說：這幾天您那位太太就天天跟她在一個屋裏睡覺，兩個人跟姊妹一般的親熱，真要是您跟他們動起手來，您的那位太太可還不定是向着誰呢？女人的心可是沒有一定。我勸您，好漢不吃眼前虧，明天您急速躲開，我們這座店房又小……”葉允雄說：“你放心！我是久在外邊闖的人。”店夥點頭說：“我知道！”葉允雄又說：“你們開店的是買賣生意，咱們見了面就是朋友，我將來離開此地，也不是永久就不來了。”

　　店夥說：“這我也知道！你是貴人達官，過路的君子，以後我們求您幫忙的地方還多呢！您或是您的朋友來到這兒，我們絕不能慢怠。我姓何，這個店就是我管事，所以我才敢說這話；就是求您不必理他們，他們都是一群小人，您大爺跟他們合不着！”葉允雄冷笑着說：“但我也得見了我的女人我才能走！你們就放心吧，無論如何，我也絕不能跟他們在你這店裏打架，絕拆不了你這座店房。只要他們來找我，你不指出我住在哪間屋子就行，你去吧！”說完拂手令店夥走去，他就關上了門。店夥也沒給他點燈，他又已在路上用畢了晚飯，所以他就躺在了床上，歇宿。

　　此時才打過了頭一更，各屋裏的客人都說說笑笑的，還都沒有睡。葉允雄卻十分疲憊，但心中紊亂，又睡不着，對魯海娥的武藝是更為欽敬，但她的人品、行為，卻又使自己很生疑，心想：我正喜歡着她們母女可以團聚了，不料她又做出來這事！真真是盜賊的女兒，江湖上跑慣了的丫頭，竟如此全無情義，不識羞恥！葉允雄正在屋中似睡非睡，忽然院中有人聲將他驚起，腳步很是雜亂，是有許多人從店門外走進來了。其中且有個人在唱着，唱的是當地的浪漫小調：“妹子妹子你別急，小生給你作一揖，昨夜相約我沒去，買些花絨送給你……”又聽有人說：“別唱別唱！”同時有幾個人大聲嚷嚷着說：“姓葉的在哪屋裏？院裏的這匹馬不是他騎來的嗎？好！你們知道他是什麼人？你們這店裏膽敢窩藏大盜？”葉允雄一聽，這是官人的口氣，便不禁越發吃驚，他疾忙登上鞋，扒着窗紙上的破洞往外去看。就見院中的人約有七八個，倒都穿的是便衣，手中有的提槍，有的拿刀拿棍，高良、高順、高英全都在內，另外，還有那身軀雄偉，長髯飄灑，曾與自己在水靈山島上見過面交過手的魯大紳。他的手中倒無兵刃，可是身邊有個人拿着一杆金背砍山刀，就像他是關老爺，那人是周倉。

只見鎮海蛟魯大紳把旁邊的人都推在他的身後，他高聲叫來了店夥，昂然地問說：“那姓葉的住在哪間屋裏？請他出來！”他還說出來一個“請”字，葉允雄不由在暗地裏冷笑。就見各房中的客人們齊都走出屋來看，三四個店夥，連掌櫃的帶剛才那姓何的，一齊來央求，說：“算了吧！諸位老爺，不必惹氣啦！”高良抬起腳來就把一個夥計踹到，罵着：“什麼叫惹氣？你們快把強盜交出來！”那姓何的哆哆嗦嗦地說：“真不瞞眾位老爺，我進城的時候他也就走啦！馬放在這裏，他也忘了騎去啦！”高良又一個嘴巴打在這姓何的臉上，高順並大罵：“姓葉的！你藏在屋裏不出來，就算是好漢子了嗎？今天，咱們得算算帳啦！七八條人命，五六個受傷的人，都得叫你小子給抵！”鎮海蛟魯大紳也望空冷笑，說：“葉某！你這樣軟弱，也不怕丟盡了你在京師時的名聲！”

此時葉允雄在窗裏氣得肺都要炸裂了，但他還極力地忍耐着，又將衣袖、衣襟都挽利便了。又聽魯大紳在院中說：“葉某，你若出來，我們尚可理論；若是你萎縮不出，待我們將你抓獲，那可就沒有什麼可客氣了！”正說到這裏，葉允雄驀然將屋門一開，如狸貓一般的撲了出去。高良等人齊都舉刀擰槍，魯大紳也從他的身後將金背砍山刀綽在手內。葉允雄已從一個人手中奪了一杆花槍，這傢伙到了他的手中是最中用，他將槍花一抖，勢若銀蛇，立時就有兩個人應槍而倒。店掌櫃和夥計全都嚇得大叫，看熱鬧的那些客人也齊都奔回到屋裏。葉允雄一邊抖動了蛇槍，一邊大聲喊着：“我們到外面再鬥！不要驚擾了人家店家！”高家兄弟哪聽他這話，立時刀、槍、劍、棒，五六個人將他團團圍住，兵刃齊上，尤其是魯大紳的大刀十分兇猛，一下連一下地向葉允雄頭頂砍來。葉允雄只仗着手中的一杆銀槍遮護，他疾疾地抖着槍花，尤如一只銀龍護着他的身，立時風聲、刀槍碰撞之聲連續不斷，一連交手了二三十回合。

這院子本來不大，又有一隻水缸和一匹馬占着些地方，所以葉允雄的槍法竟然施展不開，又加着兩臂連連搖動，同時後背的藥力已消，傷處也疼痛起來。更加着魯大紳的刀極為兇猛，他一個人頂得住高家弟兄十個；而高良的兇悍，高順的毒狠，高英劍法的巧妙，也使得葉允雄全須面面顧到，不敢有一絲懈怠。如此一連又戰了十餘合，外面來的聚傑鏢店裏的打手就更多了。葉允雄手中的槍已被魯大紳的大刀砍成了兩截，他可仍在手中拿着，又扎倒了一個人，就搶過來一口刀。他就一隻手掄着單刀，另一隻手舞着半截槍，拼命地廝殺，但怎奈人家是越來越眾，眼看他就命在頃刻之間了。

葉允雄已陷在重圍裏，他寡不敵眾，正在危急之間，忽然有一個人從店外沖入，手掄鋼刀，尖聲喊叫着：“住手！住手！不要打！不要打！”立時眾人都吃了一驚，那魯大紳更是大怒。他喝止住了眾人，令眾人齊都後退了一兩步，他用大刀將葉允雄的兵刃擋住，扭頭一看，見來者正是他的女兒魯海娥！此時葉允雄也藉着搖搖的黯淡不明的燈光看見了，魯海娥穿着一件紅色的小夾襖，玉色的綢褲，弓鞋飛躍，躍到了臨近。葉允雄就也住了手，心說：我看她怎麼樣？她到底是向着我，還是向着他們？於是定睛瞧了瞧，就見海娥芳容發紫，不住地喘氣，她就急急地說：「不要打！你們許多人打他一個人，算是什麼英雄？」葉允雄覺得她這句話說得很是硬。

　　但是高家的弟兄此時卻都呆了，高英並且說：「既然這樣，那就算了！魯大哥，現在你的令媛出頭勸阻你來了，你也不可以為了我們，便傷了你們兩家親戚的和氣。大哥你還是退後吧，或是跟你令媛先回去吧，讓我們跟姓葉的算個總帳！我們今天必要決個生死，但你老人家千萬別牽涉在裏邊了。」旁邊那個屠永慶也說：「對！魯大哥年太老了，萬一有什麼舛錯，當着姑娘的面，我們也實在擔當不起……」不料他才說到這裏，魯大紳勃然大怒，把大刀一掄，先向葉允雄去砍。葉允雄往右邊一閃，躲開了，當着魯海娥他不願意還手。卻不料他的身後就是屠永慶，屠永慶打算買一個便宜，躡着腳上前半步，掄起刀來就要砍下。這時魯海娥已然看見了，她就一躍過來，舉起鋼刀向屠永慶的刀上去磕。她將屠永慶的刀磕開，然後又狠狠地一反腕子。屠永慶本也有相當的武藝，魯海娥的手腕雖然翻得快，刀法雖然來得猛，但他一縮身退臂，就避開了。魯大紳卻掄動了大刀往他女兒的身上來砍，魯海娥疾忙橫刀相迎。高良、高順一齊舞刀來殺葉允雄，高英與屠永慶卻自葉允雄的背後來取。葉允雄已將半截槍扔開了，只憑仗着一口單刀，身子前後的翻騰，魯海娥卻只顧招架她父親的大刀。

　　魯大紳此時如同凶神附了體，掄刀仍向女兒來砍，並且怒聲罵說：「你這無恥的丫頭！我先把你殺死！」魯海娥卻顧不得他父親砍過來的刀了，她又拼命奮勇地幫助葉允雄去鬥高英等人，魯大紳就一刀砍在了魯海娥的左肩之上。幸虧他還沒有殺女之心，是用那厚厚的刀背砍的，但魯海娥也幾乎摔倒。屠永慶毫不客氣，乘機一刀就向她的頭頂削下。葉允雄忙用腳向後一踹，屠永慶咕咚一聲就坐在了地下。高良趕緊上前來救，魯海娥卻翻臂一刀，當時將屠永慶結果了性命，只見紅光迸濺，驚得人亂喊。葉允雄敵住了魯大紳，魯海娥又與高良拼起命來，不料這時候高英就自她背後刺了一劍。魯海娥覺得背後一陣奇痛，疾忙咬牙翻身，刀如鳳翅，颼颼地亂砍，高英就也受了傷。葉允雄尚在與魯大紳鏖鬥，魯海娥卻大喊道：「你還不快跑嗎？」這喊聲尖銳、緊急，並帶着些淒慘。但葉允雄已陷在重圍之中，魯海娥的頭髮也已散亂了，她跳躍起來，就如同女魔一般。

　　此時魯大紳已為葉允雄所刺傷，但葉允雄也累得氣喘吁吁，力氣垂盡，而高家兄弟中的高順依然兇猛。他們的那些夥計有的跑了，可又有來的補充，刀槍如林，依然使葉允雄夫婦難以招架。此際，只有魯海娥兇猛潑悍，奮力爭鬥，才把葉允雄救出了重圍。葉允雄並且自水缸旁邊割斷了韁繩，牽馬而出。那高順等人還自後面追殺，魯海娥卻舞刀斷後，她就把葉允雄保護着出了店房。

　　在店房門外，葉允雄卻一手橫刀，一手牽馬，他並不走，只向海娥喊着說：「你快上馬走吧！讓我去跟他們拼！」海娥卻搖搖亂披散着的頭髮，尖聲喊着：「什麼話？你走你的吧！」說話的時候，卻見她的身子向前一栽。葉允雄吃了一驚，趕緊扶她上了馬。高順自後面奔來又一刀，葉允雄以刀磕開他的兵刃，反腕去刺，高順向旁一閃；不想魯海娥在馬上並未放下兵刃，她趁勢一刀，高順就也慘叫一聲倒在地下了。葉允雄便也飛身上馬，一馬雙馱，衝破了黑霧沉沉的蕭蕭市街，疾疾走去。

身後還聽有許多人亂喊着，亂罵着，還見有稀稀的燈光，照着黑壓壓的一群人，向着他們追來。葉允雄卻催馬疾走，蹄聲嘚嘚，少時就走出了南關的街道，奔向了黑茫茫的曠野。魯海娥是在他的身後揪住他的腰，把頭貼在他的背後，兩人都顧不得說話。如此往南走了二十餘里，忽然見魯海娥"咕咚"一聲摔下馬了。葉允雄不由吃了一驚，馬又向前跑了十餘步，才被他勒住，遂就跳下了坐騎，走過來向起拉海娥，並問說："怎麼啦？你是因一時失神摔下去的吧？今天，多虧是有你來救我！否則我一定要遭他們的毒手。你起來吧！我們慢慢地再行幾步，找個人家先歇歇，我還有一件大喜的事情要告訴你，是你絕想不到的事情……"說這話時，他原是帶着笑音，一手拉着海娥的手，一手托着她的背就往起來攙她，卻不料海娥發出兩聲淒慘的叫喚，接着就哼哼地呻吟着，葉允雄嚇得如冷水潑了頭。同時，他托着魯海娥的背的這只手，覺着有些發濕發粘，並且覺得魯海娥隨着呻吟全身都在緊緊地抖顫，他的手也不禁抖顫了，就趕緊問說："怎麼？你受傷了嗎？"

海娥卻忽然停止了呻吟，笑着說："沒有！我是不願意走了！你一個人騎上馬快走吧！我還有點……事兒。"她的牙咬得"咯吱咯吱"的亂響，可見她是極力忍受着傷痛不願呻吟出來，使葉允雄聽了難過。葉允雄卻不由得流下淚來，說："我如何能棄你而去？你因救我才受傷……"說到這裏，聽海娥又呻吟起來，而且哭泣。葉允雄就長歎了一聲，說："你先忍耐一些痛苦吧！我們且找一個地方去歇息歇息，你不要發愁，我現在有很好的刀創藥。"海娥用呻吟代替着答應之聲。葉允雄就把她抱上了馬，令她在馬上半騎半臥着，自己卻步行，一手扶着她，一手握着轡頭，就緩緩地向前行走。

此時魯海娥的那口刀早已丟了，但葉允雄的刀仍在腰帶上插着，他一步一步地走着，馬蹄也"嘚嘚"地發出輕緩的聲音。魯海娥卻呻吟啜泣着，並且問說："你……你可找着那個人了嗎？"葉允雄歎着氣，說："找着了！但是……咳！等待一會兒我再細細對你說吧！總之，你放心，只要你的傷能夠快點好，有一件大喜的事情現在眼前等着你呢！"海娥發急地說："什麼事？你快告訴我！"葉允雄搖頭說："我暫時不能跟你說，因為你聽了必然又悲又喜，而且這也不是一句話半句話所能說完了的。至於梅姑娘……"海娥又問說："梅姑娘怎麼樣？"葉允雄說："梅姑娘只是個柔弱的女子，我找她救她，是因為我憐她，我絕不能看她比看你還重。你累次三番捨身救我，如今且為我受了重傷，過去，我是很有對不起你之處，今後我必要補報，只盼望你寬心，傷快些好！"說到這裏，葉允雄也不禁以袖拭淚。

他們的這匹馬又走了一些時，就見道旁有燈光黯淡的廬舍。雖然這靠近大道的人家，居住有些不便，明天易為人找到，但現在葉允雄是顧不得了。他就叫馬停住，囑咐海娥坐穩一些，他上前去叩打柴扉，門中便有犬吠。待了一會，裏面有人問："外邊是什麼人？"葉允雄想了一想，便回答說："我們是行路的，因為在半道出了事，遇見了強盜，我的妻子受了點傷，倒還不算太重，求貴府上多行方便吧！讓我們進去歇一會吧！天明我們就走。"裏面的人叫葉允雄在外邊略等一等，似乎他還不能作主，還得進屋裏去問誰。葉允雄聽着身後海娥的呻吟，身前柴扉裏的犬亂吠，他的心裏是真急。呆了半天，才見柴扉開了，廬舍中的主人很客氣地延請他們進去。馬牽進了柴扉，繫在一棵樹上，海娥就被葉允雄抱進屋裏，放在床上。當時眾人不由全都愕然，連葉允雄也嚇得面如土色，因為魯海娥的整個後背完全染滿了血跡，小夾襖兒也被血跡染得更紅了。她的鬢髮鬆散，臉色如白紙，平時那一雙風流美麗的眼睛此刻都不能夠睜開了。葉允雄急得說：「你暫且在這裏歇息一會兒，我趕緊回去找刀創藥！」這家裏的主人夫婦倆卻都嚇得說：「哎呀！看這樣子她的傷很重呀！」

　　葉允雄看了看，這夫婦倆都是老實人，問了問，據稱是姓薑。男的是個穿長袍的斯文人，年有四十多歲，案上燈邊放着書卷，可見是個老秀才；女的也有三十多歲了，衣服樸素，態度誠懇。葉允雄就連連拱手，拜託他們暫時看顧海娥，他卻慌慌地往外去走。他又騎着馬跑回去，想找自己遺在店房裏的那包梅姑娘所贈的刀創藥。他的馬很快，少時又闖入了襄陽南關。他原想聚傑鏢店的那些人還未必散盡，自己回來，必定還有一場凶毆惡鬥，藉此自己還可以為海娥復仇，但沒想到回到這裏一看，竟是十分的淒涼，冷落。原來這時候聚傑鏢店的那些人已然散去，死的、受傷的那些人也都被抬走了。剛才這裏發生的一場群毆，把各家都嚇得慌了，所以如今連平日閉門很遲的幾家店房也齊都關上了門。

　　葉允雄來到剛才自己住的那店門前，就連氣兒地敲門。敲了十幾下，裏面才有三四個人，打着燈籠開門出來，其中有一個就是那姓何的夥計。這夥計一見葉允雄回來了，他就驚訝着說：「哎呀！大爺……」嚇得他幾乎把燈籠扔了。葉允雄卻將刀亮出來，先指揮一個夥計為他看住門前的馬匹，一面悄聲問說：「他們全都走了嗎？」三個店夥都一齊戰兢兢的說：「都走了！連衙門的人也都走了！」何夥計又問說：「大爺！您還想在這兒住嗎？」葉允雄拿刀晃搖着，說：「不！我只是進去取一件忘下的東西，少時就走，絕不再攪你們店家。你們三個人就在此站着，不許動一動！」三個店夥齊都翻着眼睛看他，點着頭。葉允雄急匆匆地跑進裏院剛才住的那屋內，就見半包刀創藥扔在地下，雖然被人腳踏得全都扁了，可是還沒有丟失。他趕緊拾起來揣在懷中，又急急地跑出了店門，就收起了刀，接過馬來騎上，並且向三個店夥拱拱手，說：「多有打攪，容日後再謝！明天如再有他們的人來，請你們三位還是不要告訴他們，我又回來了一次才好！」三個店夥又齊聲答應，葉允雄就催着馬走了。

　　此時他的心更急，馬更速，少時又來到那薑家門前。他也顧不得去打門，由馬上就跳到短牆內，開了柴扉將馬牽入。這時那只狗又汪汪的亂吠，姓薑的書生又出屋來看，葉允雄就煩他將柴扉關上，自己將韁繩在院中的樹上繞了一繞，就急忙進了屋。一進屋就聽見了魯海娥的呻吟之聲，如同一刀一刀地扎着他的肺腑，黯淡的燈光照着海娥淒豔的容貌和慘紅的血跡，葉允雄不由又流下淚來。魯海娥此時的傷勢像是愈重，薑家的婦人就在旁邊說：「你快來吧！這位太太剛才已然昏死過一回啦！現在才漸漸蘇醒過來。她的傷這麼重，在我們這兒也是不好休養，我勸你還是帶着你的太太上別處去吧！」葉允雄皺着眉，點頭說：「只要她的傷好一點，我一定帶她走，我們也不願在你府上久住，只是她如今這個樣子，我怎敢移動她？」

　　此時那姓薑的人進來了，他卻連連擺手說：「不要緊！只要你們賢夫婦的來歷正大……”葉允雄趕緊說：“你們不要錯疑了我！我姓葉，名……我是京城中的鏢頭，與謝公爺是結拜兄弟。”姓薑的點頭說：“既然這樣，就請令正在此處調養，住個十日八日的都不要緊。俗語雲‘與人方便，自己方便’，兄弟雖是個讀書的人，但性喜交遊！”葉允雄連連拱手。他走近前去，看出來魯海娥的背後傷處，就將藥包打開，捏了藥往海娥的傷處去敷。海娥還不住地呻吟着，並微睜着星眸向葉允雄看了看。葉允雄將藥一把一把的向海娥背上去灑，同時自己背上的傷也疼痛起來，夫婦二人愁苦地相對而視。

那姜書生看出他們必定大有隱情，覺得在旁邊待着有些不便，遂就向他的妻子低聲說了幾句話；他妻子就收拾收拾東西，他們夫妻就搬到了另一間屋裏。這屋內只有葉允雄和魯海娥了，桌上的燈光黯黯地照着，窗外秋風颯颯，院中樹上繫着的馬只管“噗嚕嚕”地噓氣，配上室中的呻吟聲和歡息聲，境況真是十分的淒慘，而這時，葉允雄卻對魯海娥說出了實話來。

葉允雄胸中的話壅聚了多時，見魯海娥的傷勢極重，神志漸昏，他實在不能不對她說了。他便坐在海娥的身旁，握着她的手，說：“你不要發愁！你的這一點傷勢絕不至有什麼大礙。不瞞你說，我現在的背上也有傷，是這次在會仙莊，被高英的妻子楚雲娘所打的……”海娥聽了，立時睜開了眼睛，關心地問：“重嗎？”說完了這兩個字，她卻又呻吟起來。葉允雄搖頭說：“不重，我們走江湖的人哪能淨將人家打敗？自己難免有時也吃一點虧，也受一點傷。我在會仙莊雖然遭到楚雲娘的暗算，受了她一鏢，但是我也用鏢將她打得更重，並由她的口中，逼問出來梅姑娘被屠永慶拐賣至荊紫關的話。我想無論如何，我總跟梅姑娘結配過一回，豈忍眼見她淪為娼妓……”說到這裏，卻又見魯海娥的眼睛一斜怔，臉色沉了下來。葉允雄又繼續說：“我趕到了荊紫關，向人一打聽，梅姑娘卻已為關中的一位著名的老俠客丁四爺給救走了。丁四爺是誰呢？丁四爺就是十五年前的鐵臂韓寧。”魯海娥聽到這裏，忽然又一陣發怔，似乎她覺得這個名字很熟。葉允雄就又說：“鐵臂韓甯原與金眼張德張老俠客，是盟兄弟……”魯海娥驀然想起來，在她小的時候，她父親曾跟她提說過早先的事，她不由得面容一陣發慘。

葉允雄接着又說：“我去見了丁四爺，丁四爺卻說，他已將梅姑娘安置在山陽縣嚴老夫人之處。嚴老夫人人極慈祥，身體也頗健康。她老人家名為嚴老員外之嫂，其實她卻是張德張老俠客之妻，當年是這麼回事……”他剛要往下去說，卻聽魯海娥已經哭出聲來，悲切切地說：“那就是我的母親！”魯海娥哭着叫媽。葉允雄就先勸住她不要悲傷，然後把嚴老奶奶口中所述的她們母女分別的經過，一一地重述出來。魯海娥越發悲泣不勝，葉允雄又勸慰她說：“我由山陽縣連夜趕回來，就為的是找你，然後帶着你去，多年分散的母女好得團圓。但，沒想到又出了事，使你也受了傷……”

魯海娥一邊哭泣，一邊呻吟，並且恨恨地說：“這都怪我，我不該那麼聽魯大紳的話，我是念在十載育養之情，不想他一翻了臉卻全不顧恩義。我不該在他們的鏢店裏住了那幾天，我應該早就跟隨你去，找了你去……”海娥這樣說着，她的全身都不住地顫動。葉允雄的心裏更加難受，就說：“我之所以不敢立時告訴你，就是怕你一傷心，傷勢更重了！現在你只有好好地養傷，如若明天沒有人來此攪鬧，你就再在這兒調養兩日。待你傷好一點時，我們再雇一輛騾車，把車上墊厚一點，就叫車慢一些走，我們一同到山陽縣去。”魯海娥痛哭着說：“我是恨不得立時就去見我的媽……”葉允雄擺手說：“現在就不必忙了！你安下心來養傷。等你好一些，我們就去見她老人家，同時，梅姑娘……”魯海娥卻說：“這你也放心吧！她既然認了我母親，別管是乾奶奶吧，乾媽吧，她總也算與我是姊妹了，我不會再嫉妒她了！”

　　葉允雄又歎了口氣，說：“現在，你就是好好地養傷吧！什麼事你也不要往心裏放。”見魯海娥似乎是點了點頭，葉允雄又說：“你記住了，就是無論到什麼地步，我也不能對你負心！唯有我們，才是真正的患難夫妻！好夫妻！”魯海娥又呻吟了兩聲，忽然噗嗤一笑，說：“費什麼話！”他們夫妻倆，此時是一點感情上的阻礙也沒有了。只是，魯海娥背上的劍傷不同于葉允雄背上的鏢傷，這一夜之內，她竟昏暈了三次。

　　次日，她氣息益微，連話都說不出了，襄陽城內倒是沒有什麼人來此搜查。外面風雨很大，秋風颯颯，秋雨瀟瀟，天色暗得如愁人的面孔似的。院中樹上繫着的那匹馬，因為畏寒，不住地悲聲嘶叫，而室中的葉允雄只剩有流淚了，海娥卻是連呻吟都已微弱。這位縱橫南北從未見過敵手的年輕女俠，當年在東海中翻波逐浪，在郾城縣單刀橫行，在北京花鼓尋夫，在漢江威震群敵，她真是一個天下無二的女俠，而且是姿容絕代的佳人。但在這個時候，她卻像一隻受了傷的彩鳳，將落的彩霞，垂謝的鮮花。葉允雄將半包刀創藥都已為她敷上，幾乎盡了他所有的力量，然而他的力量使槍是可以，震驚江湖也富足有餘，但卻救不了他這愛妻，也可以說是他的義友，簡直可以說是三番累次救過他的命的恩人！

　　延至午後二時許，魯海娥忽又慘呼着：“媽！媽！快來……”葉允雄疾忙走到她的身旁，以自己的手握着她的手。魯海娥緊閉着眼睛，但是臉色泰然，像是很得了安慰。葉允雄的眼淚不住地簌簌滾下，他全都不自覺，但是卻覺得海娥的手漸漸地發僵了，發涼了，立時就如眼前一座玉山，忽然轟隆一聲倒下；一顆至寶貴的珍珠，一下掉在汪洋的海底下了；又如多愁的文士見他所愛的花，梅花或桃花，忽為大風所吹折；俠士見他隨身多年的寶刀一旦斷廢，他不由捶胸大哭，痛不欲生！而外面此時愈加風急、雨驟。

第十四回　　海水春花難忘痛事　　京塵小巷寄匪俠蹤

　　這時姜姓的夫婦聞了哭聲也一齊趕進屋來，一見人已死了，他們也不禁憂愁。葉允雄也不管人家房主人願意不願意，他只是大哭上沒有完，都也要哭死了。這時鄰舍的人聞了哭聲，還以為薑家出了什麼事，薑家只有兩口人，要是再死上一個，不是糟心嗎？所以就有幾個人來到這裏探頭。他們向屋裏一探頭，可把葉允雄嚇了一跳，他還以為又是襄陽城裏的那些人找到這裏來了呢！他就立時止住了悲聲。瞪起淚眼一看，見進屋來的三個男子和兩個婦人，都悄聲跟他談話，問是怎麼一回事，他才知道都是這裏的近鄰，才放了心，便趕緊擦擦眼淚，打躬要求這幾位鄰居幫忙。這幾位鄰居為姜家着想，也不願意死屍永遠停在這裏，所以都答應給葉允雄幫忙，一個人並且說：“我們那裏有一塊空地，風水還頂好，可以借給葉爺用。”葉允雄連連拱手說：“這可好極了！”他先拿出銀錢來分贈眾人，眾人都喜不自勝，連說：“葉爺太客氣了！您一個外來的人走到這兒遭了事，太太病故了，我們當地的人幫忙是應該的，哪敢還接您的錢呢？”

　　葉允雄見眾人都很誠懇，他就索性把自己的來歷，大概地說了出來。這幾個人聽了更都驚訝不止，並有個壯年漢子忿忿地說：“高家那幾個弟兄，不但是襄陽府的惡霸，他們簡直是湖北一省的魔王！還有那孟三彪，他來到襄陽不久，就做的壞事多極了，幸虧有你大爺替一方除了害。可是你的太太死的未免太慘，難道咱們就這樣便宜了他們嗎？”葉允雄長歎了一聲，別無話說，只說：“求諸位快些進城代我妻辦來衣衾棺槨，並求諸位進城時不要對人說我在這裏。”幾位熱心的鄰居都拿着銀錢各回各家，取了雨傘往城裏去了。當然有葉允雄的託付，他們在棺材鋪、壽衣鋪裏，不敢道出葉允雄現在何處，及魯海娥身死之事，同時聚傑鏢店裏的那些人，因高家弟兄已十有九傷，所以也都沒有能力再往各處尋找葉允雄了。

　　葉允雄這時兩眼只呆呆地看着窗紙，淚水如窗外的秋雨，好像沒法讓它停住。頭是絕不敢回的，身後那具淒豔的死屍，他如何敢去看呢？他想到造物無情，弄人太甚，譬如自己若早曉得梅姑娘是在嚴老奶奶之處，若知道嚴老奶奶就是海娥之母，那自己何必又來到襄陽，更何必到會仙莊去那一回？想起來真不禁地惆悵。又想起自己當年未娶梅姑娘之時，初見海娥之後，心中曾有過一陣猶豫，覺得兩美難並，兩愛難兼，其後又發愁她們不能相容。如今，海娥倒是對梅姑娘諒解了，但她卻又慘死，今後只有梅姑娘一人伴隨自己了！自然她也有海娥之美及賢德，然而，自己要再走江湖，再遇仇家，恐已再無那樣有力的親近的人相助了！他越想越心窄，而窗外的雨又急流。

待了許久，那幾位鄰人才回來，並有人抬來了棺材，當下就又來了幾位鄰居家的婦人，來幫助給死屍換衣服。男人都躲了出去，葉允雄也掩着面哭泣着走出屋，站在簷下，發呆的聽着雨流。又少時，屋裏的婦人說：「裝裹好了。」男人們才將門打開，棺材抬進屋，將魯海娥的屍身裝在棺內。葉允雄欲見海娥最後一面，他就隨進屋內，見海娥身穿緞子的衣裙，直挺挺躺在棺內。那些助辦喪事的鄰婦把她的頭髮梳得油光，臉上且擦了些脂粉，容顏如生，竟似在梁山泊裏新婚時那般的豔麗。

葉允雄對着死屍自然又痛泣了一番。本來因為風雨太大，是不能安葬的，但因為房主姜姓夫婦不願死人跟棺材久停在他的家裏，直懇求鄰居們幫忙安葬，所以便於大雨之下，將棺材蓋好釘好，又抬到院中。葉允雄也不忍多看這口淒涼的棺木，就也叫人趕緊給抬出去。在離着這裏三里地遠，一個有高高的白楊樹的地方，打了很深的坑，可憐的粉鱗小蛟龍魯海娥，就一棺附身放進去了。然後眾鄰人一齊下手，鋤鎬齊動，掀起來泥土、雨水、青草，和嬌豔的野花，齊往坑裏去填，少時坑就填平了。大家依然繼續動手，便在平地上壘起了一座高高的墳堆，雨水順着墳頭依然不住地向下流，似流着眼淚。天地溟蒙，雨水汪洋如海一般，葉允雄的臉上全濕，已經辨不出是雨是淚。他又連連向幫忙的人拱手稱謝，幾個幫忙的人全都笑着說：「不客氣！」就都走了。

葉允雄可仍然站在這裏發呆，良久眼前一陣昏黑，他幾乎摔倒，幸虧扶住了旁邊的一棵楊樹。他垂着頭又悲泣了半天，才漸漸將眼睛睜開，將墳又看了兩眼。回身走了幾步，將墳的周圍，在雨煙彌漫下仔細地辨認了一番，他這才慢慢地跋涉着雨水，走回到姜書生的家裏，身上已是濕淋淋的了。他結了姜書生謝銀，姜書生還執意不收，勉強了半天方才收下。姜家夫婦還要留葉允雄在此歇息幾天，他卻慘然地搖了搖頭，就解下了濕淋淋的馬，濕淋淋的騎上，隨身只有一口鋼刀，就別了姜書生離開了這裏，在大雨傾盆之下順着大路走去。

葉允雄也不辨方向，不知時候，直到天黑了，方才找市鎮投宿。他本來傷未愈，加以勞頓、刺激、悲痛，已病得不成人樣。在這店裏一連住了七八日，大雨也整整下了三天。及至他的精神休養過來，心中的痛楚漸漸強壓下去，背上的傷也快好了。天已大晴，這一日他就算清了店賬，離了店房，騎馬又往北奔回了魯海娥的墳邊，于秋陽枯樹之畔，徘徊泣泗了一會，便絕然離去。尋着了向西去的大路，他催馬緊走，又行了幾日，就來到了山陽縣廟前村嚴老員外之家。此時嚴老奶奶正急盼着她的女兒，這多日不見葉允雄回來，她已然憂慮得快病了。梅姑娘見葉允雄回來了，便歡歡喜喜地要出去迎接魯海娥，她以為葉允雄是把海娥帶了來了，誰想葉允雄什麼也沒帶來，帶來的只是他的兩行悲淚，一片傷心和簡直不敢向嚴老奶奶說的⋯⋯，魯海娥的死耗。但這麼重大的事情如何瞞得住呢？所以終於被那位老人家知道了，她哭啼加病，一連半個月未能起床。

又過了些日，嚴老奶奶借村後廟中的地方，請了僧人給她女兒超度了一番。從此這位老奶奶就永遠身體不適，時常哭泣，臥床的時候多，起床的時候少。梅姑娘越發離不開了，總要不離左右地伺候着她的乾祖母，葉允雄因此緣故就也不能離開這裏。他住在外面，一天很少與梅姑娘見面。不過左奎倒是常來，在一起與他談論武藝，及述說金眼張德、鐵臂韓甯他們生平的軼聞瑣事，並由他的口中知曉那魯大紳與屠永慶，還有高家的什麼人，都已因傷死在襄陽了。葉允雄倒是放了心，因為冤家均已除去，並且身體漸泰，背傷已痊癒，只是他仍難忘魯海娥。雪花降落如海娥的衣裳，梅花開放如海娥的嬌頰，但，江湖噩夢皆消散，人間難覓小蛟龍，逝去的恩情飄去的夢……他的心真因此而傷透了！

快到舊曆年了，嚴老奶奶因病體屢次反復，她越想女兒的一生越是可憐，病勢也就越來越重，竟于臘月二十四日那天，奄然長逝。嚴老奶奶臨死時囑咐將她埋在這裏，將海娥也移到這裏來，並要叫寫一個她的亡夫張德的牌位。於是就先依照嚴老員外長嫂的身份，設祭開吊，梅姑娘身穿重孝，泣不成聲。葉允雄帶着左奎和幾個人再往襄陽，將海娥的棺材起出，運了回來，於萬眾歡騰的新年之中，他們卻淒涼地下了葬。葬後，那丁四爺也來了。他和嚴老員外都主張叫葉允雄在此長住，丁四爺並勸葉允雄不要再在江湖上去亂走。葉允雄對這一點倒是滿口答應了，而且堅決地表示自己絕不再與人尋仇作對。但是他想送梅姑娘回到娘家去看一看，而且他要往北京去訪訪舊友，丁四爺和嚴老員外就也沒有怎麼攔阻他。

到了燈節，村子裏的人正預備着晚間看龍燈，葉允雄卻簡直不忍得聽人家提說到“龍”。他就雇好了一輛車，他仍然騎着馬，別了這裏的一切人，他們夫婦就走了。由陝南到山東沿海，這是一條數千里的長途，需換車十多次，投宿歇息的次數簡直計算不清，沿途葉允雄是處處謙虛小心，無論對待什麼人總是溫慎和藹。走了一個多月，方才回到了白石村。原來李大爺爺已于本年死了，黃老婆婆倒還健在，黃小三的漁業也很發達。鄰居們都來看梅姑娘，並且帶着些懷疑問慰葉允雄。早先，葉允雄教他們念過書的那些學生，一年不見，就像都已長得很高了，也都來看老師。黃鐵頭挑得頂好的魚送來，並到鎮上沽來酒，給葉允雄接風，並說：“水靈山島由着咱們跑啦！那魯家的爸爸、女兒都不知哪兒去啦！”葉允雄聽了，又不禁黯然。除了那曾經鞭打過他的那李小八，是總躲避着葉允雄，不敢照面，其餘，全村的人莫不把他們當作貴客、故人，是給地方增光的一對夫婦。

梅姑娘就在這兒住着，不覺又到了陽春天氣，村中山裏的海棠又都開了，風塵漂泊一載有餘的梅姑娘，依然似去年那般的美麗。大珠山小珠山依舊青青，春風嫋嫋，還是惹人愛、引人思、勾人愁，鶯聲似誰的嬌嗔笑語，燕影又似那位俠女的快掠疾飛。附近平坦的沙灘，硬磋的岩石，激蕩的浪花，廣漠無涯的海水，遠處如美人螺髮一般的島嶼，在在都能使葉允雄淒然落淚，他現在已經變成另一個人了。春風漸暖，海棠花落，遍山滿村的落英如同慘死的嬌嬈女人一般，越發使得葉允雄的心裏難過，他就催着梅姑娘跟他離開這裏。

一天，又雇好了車，就由白石村又動身西去。沿途春景盎然，走到濟南又遇着連綿的陰雨，葉允雄對之益發愁眉不展，多虧有梅姑娘在旁溫情安慰着他，他的心才稍稍地寬解。但是在由濟南北上這一條路上，葉允雄想起這正是去歲魯海娥身背着花鼓，北上尋夫之途，他更不由得傷悲起來，天天跟梅姑娘敘說魯海娥的生情俠義，她的模樣，她與自己當初的誤會，及她為自己所受的種種艱苦等等，有時說得梅姑娘也忍不住傷心落淚。

又十餘日，就到了京都，京都繁盛依然。葉允雄騎着馬在街上隨着車走，就有不少人招呼他，第一個就是賽子龍徐傑，向他拱手說道：“久違！”葉允雄也拱手，想起來去歲自己在京師時，銀槍無敵的威風，不由又有些振奮。車到了東安門，一看謝慰臣的府門依然炫赫。梅姑娘坐的這輛本來是個跑長趟子的破車，兩個車輪都已沾了很多的黃土，來到門前，那門洞裏坐着的幾個僕人全都很詫異，都心說：怎麼？這又是誰送老媽兒來了吧？因為那時貴族人家所用的僕婦，都是外縣來的。隨着車輛就來了一匹馬，馬上的人雖然衣服不新，風塵滿面，但是僕人們卻都認識，這就是那位相別已將一載，他們小公爺的好友葉悟塵；當下齊都迎接出來，請着安，問說：“葉大爺！您是由哪兒來呀？”

葉允雄含笑點頭，下了馬，立時有僕人將馬接過去。前邊的車也打開了車簾，梅姑娘由車上下來。眾僕人卻齊都不禁的發怔，因為他們看見葉太太變了，不是去年打着花鼓找來的那位了，而是一位模樣也很美，但不是那麼風流的少婦。僕人也都不敢冒然稱呼什麼，只往裏邊讓葉允雄。葉允雄便問說：“你們大爺現在家嗎？”僕人說：“沒有，上西城梁老爺家裏下棋去啦！您先請到書房裏歇息，我們叫人騎着快馬請我們大爺去，管保待不了半點鐘，我們大爺就得來。”於是前呼後擁地就將葉允雄夫婦請到了裏邊書屋之中，梅姑娘車上帶着的一些行李，當然早就有人給拿進來了。

葉允雄向四壁看了看，又不禁想起來去年在此居住之時的情景，魯海娥的嬌嗔、薄怒，以及一切的音容笑貌都宛在目前，他不禁心中又撩起了一陣難過，但因怕梅姑娘憂心，就沒有表露出來。裏屋有床，梅姑娘就坐在上面歇息。她本來是個生長於海濱鄉村中的女子，雖然在去歲因為多逢災難，在會仙莊高家住過，也在山陽縣嚴家住過，但是那都不過是鄉村中的富戶，哪裏比得這公爵府中的一切豪華？因此她就有些驚訝了。梅姑娘一邊發呆，一邊看着她的丈夫，葉允雄卻在一把椅子上坐着，悶悶不語。

呆了一會，就聽窗外足音跫然，有人沒進來就大笑着，說：“兄弟！你來了？真好！真好！”葉允雄忙起身相迎。謝慰臣已進了屋，他滿面紅光，精神比去年更為暢旺，見了葉允雄就親切地把手，說：“你要不來，再待一個月，我可真要往襄陽找你去了！”葉允雄聽人一說到了襄陽，他的心裏又仿佛被針刺了一下，他就微微地笑着，又叫梅姑娘過來見謝大哥。謝慰臣只向梅姑娘深深地還禮，並不細看梅姑娘的容貌，因為他已經聽那找他去的僕人說了，所以並不驚詫，只是代葉允雄有些憂愁。看了看葉允雄的臉色，他就嗟歎了一聲，說：“光陰真如白駒過隙，你自去年新秋時走後，如今又半年多了，可是我看你的精神較前更好……”

葉允雄卻慘笑說：“大哥你不要說了，你應當說我精神頹唐，面目枯焦，那倒許是實話。因為我們自分別後，我到楚中遇到了一些豬狗不如的小人，而……”他憤慨地說出了高家兄弟，及楚雲娘、孟三彪、魯大紳、屠永慶與自己作對，設計侵害的種種詳情，連梅姑娘被他們搶走，及賣在娼寮的事情全都說了；又說到海娥如何幫助自己，和她怎樣因傷慘逝，說到了末後，他就不由得語音淒慘，淚落紛紛。謝慰臣也不禁緊攏着眉，因為他只想是葉允雄又跟魯海娥反了目，夫婦二人為了什麼小事，或者就是為梅姑娘與葉允雄破鏡重圓之事，又分離了；自己還想着派人將那位太太請了回來，給他們再撮合撮合。如今一聽，原來去年的那位嬌嬈女俠已然香消玉殞，他也不由得發了呆，結果也長歎了一聲，頓足說：“真真是想不到！”但是，事既如此，謝慰臣只能安慰葉允雄。

同時，去年被魯海娥所救的那呂月姑，現在深處宅中，不常外出，但是日益健康艷麗，已然作了他的金屋裏的寵姬了。他原是想將月姑喚出來，見一見梅姑娘，但是聽說了海娥之事，他卻又不敢再提月姑，唯恐由自己的得意，又引起來葉允雄的傷心。他只是向葉允雄勸慰着，並說：“兄弟！自你走後，雖然沒有人再來找尋我，但是我已沒有什麼朋友了，而且稍微差一點的朋友我也不敢結交。現在跟我常來往的老朋友，除了韓三少之外，只有在西城住的一位梁二爺，我們常在一塊下下棋。今天我們擺了一盤棋，我輸了許多子兒，正在着急，人就找了我去，說是你們夫婦來了，我這一喜非同小可，就趕緊回來了。現在我聽完了你的話，我也很替你難過，但是人死不能復生，徒悲無益，何況你這裏還有一位賢慧的夫人。這位夫人為你的事也很受過些苦，你為了人家，也得把事情想開展點，也應當精神點！快樂點！”

葉允雄默默地點了點頭，隨後就說到自己此次來京，一來是為看望謝慰臣，二來也是想在此長住，不打算再走了，那麼就請謝慰臣給他找一個教拳的，或是什麼閒散的事做，以便維持生活。謝慰臣聽了這話，卻正色說：“兄弟，你這話說的可是太外道了！咱們兩個人是八拜之交，而且共過患難。你也知道，我也不是沒錢的人，不是沒房子叫你們住的人，就是叫盟兄養活一輩子，也不算就辱沒了你葉某的名聲！你這回想要走我還不放你走哩，還說什麼別的話？”葉允雄也笑了笑。謝慰臣就又點上他的煙袋吸着，高興地笑着說出了為葉允雄夫婦將來生活的種種計畫，葉允雄一一首肯，並拱手致謝，謝慰臣就站起身來說：“你們夫婦先歇息歇息吧！我先到裏院去一趟。”說着便走出了屋，並暗中囑咐僕人預備酒筵。從此葉允雄夫婦二人就在謝府書房中居住，由裏院派來兩個僕婦專門伺候他們。葉允雄就天天與謝慰臣盤桓，他也學會了下圍棋，兩人幾乎每天要擺一盤棋，他心中的憂思也因此漸漸解開了。

住過一個月之後，葉允雄便覺得在此不便，因為謝慰臣雖是一個大閒人，可是他的父親卻是朝中的一位顯貴，終日上朝下朝，親友們往來不斷。葉允雄夫婦畢竟是外人，而且又是在山村生活慣了的，居此頗多拘束。謝慰臣也看出來了，便把在城內的屬於他們的許多處房產，都告訴了葉允雄，叫葉允雄隨便挑選。葉允雄卻挑了一處房屋少的，就搬了過去；謝府的兩個僕婦照舊撥過去，在那邊做事，在這邊領工錢，一切傢俱、飲食、費用，當然都是由謝慰臣供給。葉允雄雖然覺得交情過得着，可是究竟這樣仰仗於人，也未免有些自慚，便叫謝慰臣給他找了個事情做，是在一個王府內教拳，也不必每天去。那王府不過是為了謝慰臣的情面，而且需要這麼一個會拳腳的人，以防萬一有什麼事，其實葉允雄仍同沒有事一樣，每天閒散。梅姑娘現在雖然生活優適了，但她還不忘在山村居住時的勤儉樸素的習慣，每天她的操作比兩個僕婦還要忙，所以雖然夫婦恩愛，但葉允雄卻殊少樂趣。

一日，他與謝慰臣一同策馬郊遊，到西山遊玩了些時，歸來時經過了一個小鎮，于夕陽綠柳之下，又看見了那在豆腐坊中已作了新婦的，當年他遣去的丫鬟秦絳雲。他策馬疾疾走過去，謝慰臣騎着馬追隨着他，還不住地跟他開玩笑。葉允雄卻生出無限感慨，心中非常不快，從此他也不常至郊外了。他住的是一條很僻靜的胡同，很窄小的房子，出入他也是粗布的衣裳，與人絕不再爭強鬥勝。謝慰臣雖又送給他一杆銀尖紅纓，白臘杆子的長槍，但他從不使用，放置在壁角，如一條直挺挺的死蛇。轉瞬又過了一年，梅姑娘已生了個女孩，家庭之樂，頓又增多。葉允雄閒居日久，也就慣了，他把江湖之事不再憶起；魯海娥的舊事，不過偶然觸想起來，難過一陣，但也為時甚暫，不再耿耿於懷。

但此時因為賽子龍徐傑來拜訪過他兩次，他也回拜了一次，二人的交情漸深，葉允雄也就常見見幾個鏢行中的人。他與這些人交結是有用意的，因為第一，高家兄弟雖然十人之中已有八九死亡或負傷，可是他仍恐有人來找到京師圖報舊日之仇。同時在京師他也結過不少的冤家，不能不防備。跟鏢行中的人常往還，不但能聽到點關於南北江湖豪傑的行蹤及意圖，並且若遇着人往漢中去，或往山東去的人，他還可以托人帶去一封信，問慰山陽縣嚴家或是白石村黃家。他每日的生活就是如此的過着，熟識的人都呼他為葉二爺，少數人知道他名叫葉悟塵，就私下稱他為“銀槍葉”，但絕無人知葉允雄及葉英才之名。

此時聞得山東蘇北一帶，出了一名俠女，名叫張大秀，隨着她的丈夫某人保鏢為生，威名頗為不小。而在襄陽附近鬧了兩年多的大盜孟三彪，後來聞聽也被官方捉獲，正了法了。葉允雄對於這些事，表面上似是不注意，其實他的心裏卻感慨萬分，由此益發厭倦了江湖，安分閒居，不再踏江湖一步。

幾十年之後，葉允雄已老，而為人愈是恭謹和藹，有人道他的槍法更精。梅姑娘又生了兩個男孩，長到十歲時，葉允雄就送他們去學買賣，絕不令他們學武。但是他的屋角總是豎着一杆槍，槍之外尚有一根短棍，那是他護家保身的兵器。至於刀，他絕不使用，而且不忍目睹，因為他曾將長槍譬作銀蛇，而刀則譬為鳳翅，於今銀蛇依然，而彩鳳之翅早折，那絕代的美人，蓋世的俠女，早已與落花同盡，敗葉齊埋了。

跋 － 尋找父親的足跡 (Epilogue)

王宏

一、影壇驚世

2000 年，由臺灣著名導演李安執導，根據已故作家王度廬的武俠小說系列「鐵鶴五部」改編，由周潤發、楊紫瓊、章子怡、張震等主演，拍攝了《臥虎藏龍》電影。

該電影大獲成功，獲第 73 屆奧斯卡包括最佳影片在內的 10 項提名，獲 4 項獎（最佳外語片、最佳藝術指導、最佳原創配樂和最佳攝影）。獲 3 項金球獎提名，其中兩項獲獎（最佳導演獎和最佳外語片）。這是華語電影歷史上第一部榮獲奧斯卡金像獎最佳外語片的影片。《臥虎藏龍》電影在西方尤為受到廣泛好評。世界總票房為 2.1 億美元，其中美國為 1.3 億，打破了美國外國語電影票房的歷史記錄。

愛屋及烏，西方對該電影的喜愛甚至擴展到它的名字：Crouching Tiger, Hidden Dragon，以致創造了許多類似的用法，例如

Crouching Confusion, Hidden Hassles
Crouching Manager, Hidden Database
Crouching Impact,Hidden Attribution
Crouching Market,Hidden Value……

　　對中國的傳統理念和價值觀，特別是對來自於中國民間的俠義精神有所認識。這些自然應該歸功於李安先生的高超導演才能。然而，對於其原著的作者王度廬，國外一無所知，甚至國內也很少有人知道。

二、深隱市井

　　王度廬是我的父親，可是我以前並不十分了解他的過去。小時候，我就知道父親是一個普通的中學老師。不擅交際，朋友不多，家裏的裏裏外外，都是母親一人張羅。父母從來不過節，不慶生。年三十我只好跟別人家的孩子一起放鞭炮，到鄰居家吃年夜餃子。父親是老教師，初一，一大早校長就領着一大幫幹部和老師來拜年，父親基本上是年年被堵被窩，大家也見怪不怪。

　　父母工作都很努力，晚上父親還要到學校給學生輔導。母親負責學生的舍務，晚間回來更晚，有時甚至不回家住。有一天晚上，我跟着母親去學生宿舍樓，困了就睡在一個職工的床上，半夜被母親喚醒，發現我的兩隻耳朵都被臭蟲咬腫了。晚上常常是我一人在床上躺着，等父母回家。父親從來都是體弱多病，當他走到離家還很遠的地方時，我就會聽到他強烈的咳嗽聲，趕緊去給他開門。

　　六十年代困難時期，從來都吃食堂的家出現了食品危機，媽媽只好支起爐子，生火做飯。煤柴不夠，媽媽沒辦法，就打開了一個裝滿了書的大木箱，問爸爸：“燒不燒？”爸爸答道：“燒就燒吧，反正都交代了。”媽媽轉過頭來對我說：“這都是你爸過去寫的書，你看不看？”我一瞧，書的顏色都發黃了，封面上的畫也很怪，心想，一定不好看，就搖頭說不看。於是，媽媽就一本一本地，把這些書燒掉炊飯了。

　　初中時，團支部組織我們去撫順階級教育展覽館參觀學習，當我走到一個展示反動、黃色書籍的櫥窗時，霍然發現裏面有署名王度廬的書，嚇得我趕緊走開，沒對任何人講，把這件事埋在心裏。

　　文革期間，父親受到了衝擊，遭到大字報揭發，可是缺少“罪證”（都燒了）。學校的紅衛兵對他還是比較客氣的，來抄家也只是翻翻書架，拿走了一個相冊。在批判會上一個學生指着相冊裏的一個照片，問：“王老師，你說你在舊社會的日子很窮，可是你們這張全家照都穿得挺好，這是怎麼回事？”父親笑了笑，答道：“李老師抱着的那個嬰兒是王宏，他是解放後出生的。”

　　每天早上，所有人必須到院子裏去跳忠字舞。我出去一看，這幫老師和家屬，一個個笨手笨腳，跳起來簡直就是群魔亂舞，心裏覺得好笑。出去一看，這幫老師和家屬，一個個笨手笨腳，出去一看，這幫出去一看，這幫老師和家屬，一個個笨手笨腳，跳起來簡直就是群魔亂舞，心裏覺得好笑。母親讓父親也去，他就是不去。逼急了，他就說：“不去，打死我

也不去！”母親也沒辦法。父親在家裏對母親從來都是言聽計從，令行禁止，這次
居然堅決“反抗”，使我感到很吃驚。

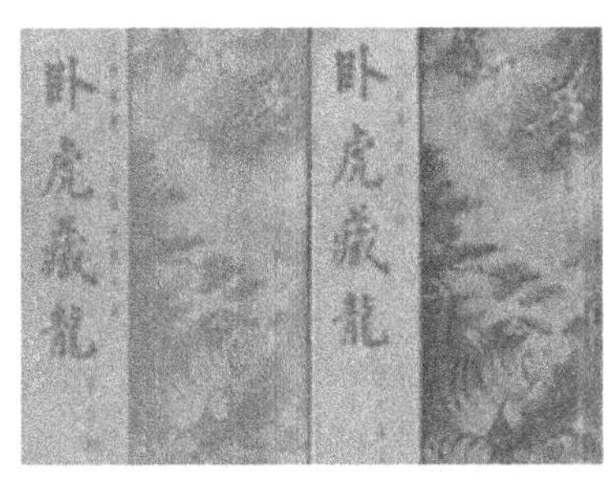  

　　1970 年，母親被下放農村，“走五七道路”，父親被指令退休，作為家屬隨行。
當時我已經在農村插隊。學校領導對父母說：現在是照顧你們，派你們到你兒子下
鄉的縣裏，以後下放的還指不定要去哪呢。我雖然那時思想很左，決心扎根農村幹
革命，可是當我得知父母也要被趕到農村時卻十分不理解。父母已經分別 61 和 54
歲了，而且父親體弱多病。我趕緊往家裏趕，要跟領導理論一番。沒想到一到家，
看到家裏的東西已經全都被裝到了卡車上，就準備出發了！一路上，年邁的父母坐
在裝滿物品的敞篷卡車上，隨着顛簸的汽車搖晃，痛苦不堪。爸爸半路下車解手時，
站了半天也解不出來。媽媽暈車，走一路吐一路，膽汁都吐出來了。那情景，我現
在回憶起來都止不住要流淚。
　　父母去的是一個窮困的小山村，借住在農民的半間屋裏。母親每天要去勞動，
父親在家裏常常吃不上飯，生活上遇到了很多困難。唯獨可以慶幸的是，淳樸的農
民並沒有歧視他們，並給了他們許多幫助。父親覺得像是躲開了喧囂的亂世，來到
了世外桃源。尤其是後來姐姐把孩子送到了他們的身邊，使他們看到了希望，嘗到
了天倫之樂。四年後，“五七戰士”陸續被調回安排工作，而母親卻被動員退休，
無緣回城。所幸我當時已經畢業留校，他們便搬到了我這裏。1977 年，父親因帕
金森氏綜合症離世。
　　改革開放以後，海內外學者開始尋找父親王度廬，並研究他的作品。天津藝
術研究所張贛生先生多方查詢作者的生平，詢問過不少津京老報人，但一無收穫。
臺灣葉洪生先生批校的《近代中國武俠小說名著大係》收入了度廬的“鶴—鐵五部
曲”等七部作品。他在文章一開始就說：“王度廬之生平不詳。”
　　80 年代初，葉洪生先生托小說家宮白羽之子宮以仁先生在大陸尋找王度廬。
宮先生根據小說內容，推測王度廬可能是北方人，便與蘇州大學徐斯年教授聯係。
徐先生回憶道：

　　“我所在的學科決定立項研究通俗文學，這一課題並被列為‘七五’國家社
科重點專案。不久，幾位研究通俗文學的朋友相繼來信，說起‘武俠北派四大家’中，
寫白羽、李壽明、鄭證因三人的生平，人們多已知曉，惟王度廬，至今不知何許人也，
問我可有這方面的線索。經過他們的‘強化刺激’，猛然想起母校的王度廬老師。

他是我高中同班同學王膺的父親，沒給我們上過課，也從未聽說他寫過武俠小說，但姓名倒一字不差，姑且問問看。很快就收到了母校回信，得知王老師已經逝世，但因此卻找到了王老師的夫人，我們當年的舍務老師李丹荃女士，並且確認了那位四十年代聞名全國的‘俠情小說大師’果然就是王膺的爸爸。正是：踏破鐵鞋無覓處，得來全不費功夫！”

後來徐先生為《王度盧武俠言情小說集》寫的序言，就是以《尋找王度盧老師》為題

母親回憶道：

四十多年前，我和我的丈夫王度盧同在一所中學裏工作，那時，徐斯年是這所學校裏的一個朝氣蓬勃、多才多藝的學生。以後我們多年未見，再見面時他已成了一位學識淵博的學者。我和王度盧共同生活了四十多年。如今，我已是耄耋之年，以後的時間不會太多了，所以我願意將我能憶及的一些往事和想法寫下來，留給熱心的讀者和關注通俗文學及其發展的學人。

從此，母親便帶領姐姐和我，開始艱難地搜集、整理父親的作品，追尋他曾經走過的足跡。

三、出身寒門

父親生於 1909 年 9 月，他的青少年時代是在北京的皇城根下度過的。父親原名王葆祥，字霄羽，王度盧其實是他後來的筆名之一。爺爺曾是清宮管理車馬機構裏的一名職員。父親七歲時爺爺不幸病故，遺腹的弟弟葆瑞出生，一家人老的老，小的小，生活困頓。

父親 9 歲那年，姐弟三人又相繼患上傳染病。他昏迷了好幾天，慢慢地又蘇醒活過來了。當他睜開眼時，卻見屋裏全變了樣子，空蕩蕩的少了不少東西，桌子和炕頭上的櫃子也全不見了。奶奶坐在炕邊掉淚，為了給孩子們治病，把家中能賣的東西全都賣了。父親病癒後，由於長期營養不良，身體很不好。

儘管貧窮，奶奶還是支撐着讓父親斷斷續續地上了幾年學，讀完了舊制高等小學。父親十二、三歲時，家裏曾送他到眼鏡舖當學徒。原想這活兒較輕，三年出師，學門手藝，一個月也能掙幾塊錢養家。誰知幹了沒幾天，掌櫃的嫌他身體瘦弱，不會幹活，就打發他回家了。以後又送他去給一個獨身的小軍官當聽差，試工三天，人家嫌他太小，半天生不着一個煤爐，給了幾個銅板，就叫他捲舖蓋了。後來，父親在他寫的小說裏曾經一而再、再而三地寫及城市下層民眾生活的困苦景況和貧民青年求生之難，應該是來自他親身的感受。

父親讀書勤奮，人也聰明。當時有位姓李的小學教師很賞識他，經常借給他書籍，並且教他音律和詩詞格律。

他的學識主要來自於自學。北京大學一院當時離他家很近，所以他有時就到那裏去旁聽。那時的北京大學很開放，外邊的人進去聽課，也無人過問。若有名家來講課，常常是連窗外都站滿了旁聽的人。

父親也常去三座門的北京圖書館看書，一坐就是一天。那時候“鼓樓”那裏還有個民眾圖書閱覽室，可以進去任意翻閱書報雜誌，那裏也是他常去的地方。

父親在十幾歲時就常向報刊投稿，寫些小文章和舊體詩詞。

四、少年修箴

1924 年 6 月 5 日，父親在北京《平報》上發表了《座右箴並序》一文，署名"高小生王葆祥"，時年不足 15 周歲。他寫道：

人非聖賢，孰能無過？撼心意之常忽，故箴之以自警。吾本小子，將以致德，行之未嫻，故爾常忽，昭昭矣。效先人之法，作自修之箴，以於座右云：

孔曰成仁，孟曰取義。惟其義盡，所以仁至。邪之將熾，正心以止；善之將萌，力之以成。公德忘公，是心宜充；私欲利私，是心勿滋。合群守分，勤學好問。今也不修，後也為恨。義烈敢勇，受眾直耿。茲彼二則，人其猛省。遇宜則為，見賢思齊。日則孜孜，夜則休息。食前運動，飯後步走。處恭禮儀，安命耐時。上述之德，人之要持。交友以信，待長以敬。賢者炙之，惡者感動。勿拘小節，見危授命。勿爭小奮，守真持性。思范淹之訓以先憂，三衛武之詩而謹語。樂然後笑，義然後取。盡己之謂忠，推己之謂恕。拳拳服膺之謂慎，己所獨知之謂獨。忠恕慎獨，聖賢之素。力行忠恕，再加慎獨。電電上者，難至極處。要哉要哉，要在勿忽。

接着，他又在平報上發表了《座右銘並敘》。從此，父親用這座右箴和座右銘激勵自己，成為指導自己行為的指南，開始了持續了 27 年寫作的生涯。

1925 年 2 月 1 日，父親（15 周歲）在《平報》上發表了第一部武俠小說《浮白快》，約二十萬字。
此書開頭有題詞：

勁梅獨暹歲寒姿，英沾玉碎落池硯。鴻孤天冷無聊趣，呵冰筆寫易水詞。劍光激目奸心悚，翩舞定跡遊俠兒。毫勞一時談千古，傳贊高著史邊遺。
少林外派武當門，藁歌俠士幾人存。冷劍抽出心驟悚，光斑猶具淚珠痕。惜哉未涉咸陽地，難質薛家秦客門。德薄姑敗狂遊志，轉向烏毫快談論。

大都王葆祥避菲氏自題

舒翼和貿貿居士在他們所作的序和評注中對《浮白快》讚不絕口，有的地方也許有些過譽，如說《浮白快》堪比《水滸》和《紅樓夢》。但他們盛讚父親對情感描述的真切和深刻應該是恰當的。《浮白快》連載了九個多月，頗受歡迎，隨即被報社印行出版。

《浮白快》完成後，父親便一發不可收拾，接連不斷地發表小說、短文和詩詞。由於大量報紙缺失和有些發表過父親的文字的報刊，如《升報》就根本沒有找到，我們尚無法找到父親全部的作品。至 1933 年的八年內，我們發現父親在《平報》和《小小日報》上發表了四十餘部小說和一千多篇包括雜文、筆記小說和詩詞的短文。

五、長安定情

1933 年 6 月，父親去了西安，在那裏他做過《民意報》的編輯，在"戲劇與電影週刊"上發表了一些文章。他還做過陝西省教育廳編輯室的辦事員，編輯了《陝西謠諺初集》，撰寫了《民間歌謠之研究》。父親在西安工作得並不順利，他既無背景，又不會逢迎，而且物價飛漲，薪金低微。

但這些都算不得什麼，因為父親去西安的目的是追隨與他相愛的人—— 母親，她在早些時候隨父母從北京遷往西安。1935 年父親與母親結婚。

根據母親的回憶，她在北京讀中學時，在一個同學家裏認識了做家庭教師的父親，從此彼此相愛。父親曾送給母親兩本書，一本是沈三白的《浮生六記》，另一本是納蘭性德的《納蘭詞》。母親不太喜歡《浮生六記》，卻很喜歡那本詞。《納蘭詞》中既有刻骨銘心的愛情詩，更有蒼涼悲愴的邊塞詩。

父母一起遊逛過許多北京的名勝古跡，北海、景山、中山公園、太廟、十刹海、陶然亭等地都去過，所以在父親的作品裏常會提到這些地方。陶然亭在永定門外，俗稱"南下窪子"，是明清時期文人騷客、落第舉子聚會賞景、飲酒賦詩之處，人稱"城市山林"。他們慕名前去遊覽，跑了許多路，結果大為掃興，看到的只是遍地荒草、成片污塘、一座破亭，和幾間坍屋。然而，父親曉得有關的典故，帶着母親找到了那座著名的"香塚"和"鸚鵡塚"，並去誦讀那香塚石碣上鐫刻的銘文（香塚毀於十年浩劫）。那銘文母親在晚年時仍能背出：

浩浩愁，茫茫劫。短歌終，明月缺。鬱鬱佳城，中有碧血。碧亦有時盡，血亦有時滅，一縷煙痕無斷絕。是耶非耶？化為蝴蝶。

後來，當父親撰寫俠情小說《寶劍金釵》時，便把書中的那位身後淒涼的"俠妓"謝翠纖的墓地設置在了此地。

父母在西安居住的時間雖然不長，但是那段經歷對父親後來的創作卻意義不小。西北地方，自然環境嚴峻，民風剽悍，加以窮困，乃多鋌而走險者。母親的父親因猝發心臟病，卒於三原縣。父親從西安前去接靈，途中就曾遭遇綠林強盜，衣物被洗劫一空，他只得返回西安，重新打點，再走一趟。後來父親在《鐵騎銀瓶》中寫韓鐵芳在那一帶被匪幫劫持，應是滲入了那時的切身體驗。

1936 年，父母回到了北京，接着在《平報》上連載了武俠小說《黃河遊俠傳》、《燕趙悲歌傳》和《八俠奪珠記》（未完成）。

六、開創先河

1937 年，父母去青島看望母親的伯父。父親的身體一直不好，青島的氣候很適合他養病，於是他決定"在此住一夏天，陪着闊人們避暑，休養我的身體，恢復我的健康，為預備我的衣食，繼續效力。但是我還需要回去……"

不久，叔叔與幾個北平青年同來青島。小住之後，父母送他們離開青島，去參加抗戰。叔叔是遺腹子，父親對他格外疼愛，甚至在小說裏也寫進了他的小名。母親回憶道："他們兄弟一向感情很好，分手時不無留戀。最後王度盧慨然說：'你就放心走吧，我們以後會團聚的，母親的生活，家裏的一切，有我呢。'他把自己的懷錶給了弟弟。"

後來的事情則是始料不及的，7 月 30 日，日寇佔領了北平。1938 年 1 月，青島也被日寇侵佔。父親一家只得滯留青島。父親給自己起了個新的筆名"度盧"，他說"度"就是"渡"，希望能夠度過這一段艱辛的日子。"盧"就是簡陋居室。

1938 年 6 月 2 日，他在《海濱憶寫》中寫下了這段經歷，署名"度盧"：

去年櫻花開的時節，我由北京初次來到青島，目的第一是看望多年未晤的戚友，其次便是因為我過了多年的寫作生活，把身體弄壞，需要覓一個適當的地方休養幾個月。……然而，命運，不久便發生時局的變化。

把避暑變成了避難，快樂休養變成了憂患戰亡，度了半載多的恐怖生活……自然，在我是僥幸的，然而我的身體卻因為一往的憂患，需要更長時期的休養了，換句話說：我需要更長時期地住在青島了……

"時局的變化"，當然是指"七七"事變和青島淪陷。父親雖然只是個文弱書生，可是愛恨分明、嫉惡如仇，可以想像得出，他的內心有多麼痛苦。但是為了養活家人，為了能在淪陷區不失尊嚴地生活下去，他只能賣文為生。

父親在青島的作品主要為俠情小說和社會言情小說，俠情小說多為清末故事，社會小說則多發生在上世紀二十年代至戰前，而地點多被設置在北京。北京是父親魂牽夢繞的地方，他熟悉那裏的地理環境、民風民俗，而且那裏還有他的母親。他只能在小說中寄託自己的鄉愁，通過小說裏的豪傑行俠仗義、除暴安良，以去心中之塊壘。想起父親在北京時寫的那些痛斥日本帝國主義的雜文，更能理解他此時內心的苦悶。儘管在日本人的鐵蹄下，他的作品仍保持了中國人的尊嚴，……沒有媚骨。

父親在青島寫了《臥虎藏龍》五部系列和《風雨雙龍劍》等二十餘部俠義、

俠情小說和《落絮飄香》、《燕市俠伶》等八部社會言情小說，並將其創作成就推向了新的高峰。

臺灣學者葉洪生先生指出：

作者悲憫地將玉嬌龍這種對封建門第觀念視同'原罪'，並予以無情地揭露、鞭撻，正要世人認清其禍害本質所在。"而其震撼人心的力量，正是借玉嬌龍的悲劇性格和悲劇命運方得以顯示。在揭示人物內心上，作者甚得力於佛洛伊德的心理分析學說，運用較為成功。

張贛生先生曾寫道：

度廬先生是一位極富正義感的作家，這在他的社會言情小說中表現的格外鮮明。《風塵四傑》《香山俠女》中天橋藝人的血淚生活，《落絮飄香》《靈魂之鎖》中純真少女的落入陷阱，都是對黑暗社會的控訴，很能引起讀者的共鳴。度廬先生自幼生活在北京，熟知當地風土民情，常常在小說中對古都風光作動情的描寫，使他的作品更別具一種情趣。

度廬先生是經受過"五四"新文化運動洗禮的人，他內心深處所尊崇的實際上是新文藝小說，因而他本人或許更重視較貼近新文藝風格的言情小說和社會小說創作。但從中國文學史的全域來看，他的武俠言情小說大大超越了前人所達到的水準，而且對後起的港臺武俠小說有及深遠影響的，是他創造了武俠言情小說的完善形態，在這方面，他是開山立派的一代宗師。

七、留芳身後

父親是一個窮苦人家的孩子，從十幾歲起就開始寫作，從北京的皇城根一直寫到青島海濱，竟寫了上千萬字。我們不清楚他到底寫了多少，因為至今仍不時有新的作品發現，每每想到體弱多病的父親連續數年同時寫着幾部小說，想到他當時經歷的苦難、內心的苦悶，不禁淚目。

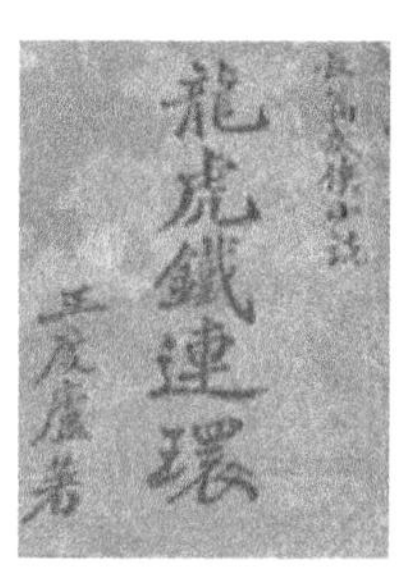

　　父親生前擱筆從教27年，寡言少語，絕口不提以前寫書的事。當別人問起時，他也只是敷衍作答。在長期左的思潮的影響下，我也誤以為父親過去寫的東西肯定不好，也從來沒想去問問父親。只是在改革開放以後，社會上開始"引進"，重新認識和接受我的父親早年的作品，學者、專家們開始研究和評價其文學價值和社會意義，這才使我們開始重新"發現"父親，了解父親，現在真是追悔莫及。

　　父親到底是如何看待他的作品的？我想父親或許對他的作品有不滿之處，因為那些畢竟是為了養家糊口，不打稿，不修改，一氣呵成，與有的武俠作家反復修改、精雕細琢、屢出新版的作品相比，難免時有粗糙。但細讀父親的作品，不但發現其才華橫溢、妙語連珠，更感受到充滿的激情、正義感、同情與憐憫及嫉惡如仇，是父親傾注全部心血甚至生命寫出的。所以，父親的內心，對他的作品應該又是喜愛的，珍惜的。

　　父親雖然已經去世幾十年了，但他的作品仍未被遺忘，他寫的故事被一版再版，被拍成了電影，被譯成了多國文字，還被收入了中學語文讀本。根據《臥虎藏龍》拍攝的同名電影對世界的震動遠遠大於其對中國大陸和華人社會的影響，這是一個很獨特的現象。這固然同李安先生的導演有關，但也說明了父親幾十年前的作品所表達的理念得到了西方現代文明的理解和認同。這一現象引起了海外許多學者的研究，及至於對中國的傳統文化和價值觀的興趣和重新認識。

　　英國曼徹斯特大學 Hubertus M.G.van Malssen 在他以《"俠"的重新定義：王度盧的鶴—鐵系列中的現實與虛構，1938—1944》（Redefining xia: Reality and Fictionin, Wang Dulu's Crane-Iron Series, 1938-1944）為題的博士論文（2013）中指出：過去國外對"俠"（xia）的定義通常是同暴力和武藝（wu）相關。通過對民國史、王度盧生平及他的小說的分析，認識到"俠"的含義是正面的，是一種包括善良，利他，忠誠、正義等特點的美德，這種美德與武藝的強弱無關。而"義"（yi）即公正、正義，則是俠的一個道德方面的表現。把"俠"理解為歐洲中世紀騎士（knight）也是不恰當的。騎士只是男性，屬於特殊的社會階層，騎着馬，手執利劍和長矛到處遊逛，證實自己的勇氣，最後以贏得一個女人的芳心和美好的結局告終。而"俠"，既有男性也有女性，而且男女是平等的。俠士的愛情往往歷經波折並以悲劇告終。俠的道德往往高於盜匪、保鏢、捕頭、軍隊將領和朝廷官員。因此，他認為，對於"俠"，並沒有恰當的英語翻譯，應該引進新的詞彙'xia'。

　　T.D. Sang 在《形體，代表性和中國文化所體現的現代性》（Embodied Modernities: Corporeality, Representation, and Chinese Cultures）一書中指出，雖然王度盧在中國文壇被忽視了幾十年，他其實是一個很有抱負的作家，他能在三、四十年代就能將中國的傳統同新思想結合起來。例如，他把中國長期以來就存在的俠女文學與現代的婦女平等、獨立、自主的思想聯係在一起，從而得到了推崇女權主義和人道主義現代文明的共鳴。

　　2011 年 9 月 14 日，我們在北京的八達嶺陵園為父親母親舉行了落葬儀式。墓地坐落於陵園的仙泰園內，這裏背依青山，松柏常綠，能聽到鳥鳴蟲叫，能遠眺巍巍長城，放眼望去，莽莽蒼蒼，群山峻拔，林木蔥籠。父親母親在外漂泊多年，終於魂歸故土，葉落歸根了，他們將在這裏，在八達嶺的蒼松翠柏之中，被後人長久垂念。想起父親 1930 年所寫的：

月上樹梢，晚風徐起，我也有些困倦了……

願他們安息！

已知王度盧著作目錄 (Bibliography)

序號 (Order)	作品名稱 (Title)	始載年份 (Publication Year)	出版社 (Publisher)	筆名 (Pen Name)
1	(Publisher)	筆名	平報	葆祥
2	(Pen Name)	1925	平報	霄羽
3	玻璃島	1926	平報	霄羽
4	血衫記	1926	平報	霄羽
5	草澤英雄傳	1926	平報	霄羽
6	半瓶香水	1926	小小日報	王霄羽
7	黃色粉筆	1926	小小日報	王霄羽
8	紅綾枕	1926	小小日報	王霄羽
9	殘陽碎夢	1926	小小日報	王霄羽
10	青衫劍客	1927	小小日報	王霄羽
11	俠義夫妻	1927	小小日報	王霄羽
12	琪花恨	1927	小小日報	王霄羽
13	孀母孤兒	1927	小小日報	王霄羽
14	風塵雙俠	1927	平報	葆祥
15	飄泊花	1927	平報	葆祥
16	甘肅響馬記	1927	平報	霄羽
17	紅手腕	1927	平報	霄羽
18	護花鈴	1927	小小日報	霄羽
19	怪皮鞋	1927	平報	王霄羽
20	江湖十六奇俠	1928	平報	王霄羽
21	獅子頭	1928	平報	王霄羽
22	蝶魂花骨	1928	平報	王霄羽
23	疑真疑假	1928	小小日報	葆祥
24	女刺客	1928	平報	王霄羽
25	雙鳳隨鴉錄	1928	小小日報	王霄羽
26	紅旗嶺	1929	平報	王霄羽
27	戰地情仇	1929	平報	王霄羽
28	脂粉英雄	1929	平報	王霄羽
29	塵海遊俠	1930	平報	王霄羽
30	自鳴鐘	1930	平報	王霄羽
31	驚人秘束	1930	平報	王霄羽
32	神獒捉鬼	1930	平報	王霄羽
33	空房怪事	1930	平報	王霄羽
34	繡簾垂	?	平報	王霄羽
35	玉藕愁絲	1930	小小日報	香波館主

（接上表）

36	煙靄紛紛	1930	小小日報	香波館主
37	鼉汉海盜	1930	小小日報	霄羽
38	燕北雙雄	1930	平報	王霄羽
39	深宮奇俠	1930	平報	霄羽
40	胭脂劍	1931	平報	王霄羽
41	舞女啼痕	1931	平報	霄羽
42	北平新鏡	1931	平報	霄羽
43	纏命絲	1931	小小日報	王霄羽
44	觸目驚心	1931	小小日報	王霄羽
45	燕燕鶯鶯	1931	小小日報	香波館主
46	寶劍明珠	1931	平報	王霄羽
47	滄海雙鷹	1932	平報	王霄羽
48	洛水蛟龍	1932	平報	王霄羽
49	湖海龍蛇	1932	平報	霄羽
50	鸞鳳戟	1933	平報	霄羽
51	黃河四俠	1933	平報	霄羽
52	鷂子高三	1933	平報	霄羽
53	紅衣飲劍錄	1934	平報	霄羽
54	黃河遊俠傳	1936	平報	霄羽
55	燕趙悲歌傳	1937	平報	霄羽
56	八俠奪珠記	1937	平報	霄羽
57	河岳遊俠傳	1938	青島新民報	王度廬
58	寶劍金釵記	1938	青島新民報	王度廬
59	落絮飄香	1939	青島新民報	霄羽
60	劍氣珠光錄	1939	青島新民報	王度廬
61	古城新月	1940	青島新民報	霄羽
62	舞鶴鳴鸞記	1940	青島新民報	王度廬
63	風雨雙龍劍	1940	京報（南京）	王度廬
64	臥虎藏龍傳	1941	青島新民報	王度廬
65	海上虹霞	1941	青島新民報	霄羽
66	彩鳳銀蛇傳	1941	京報（南京）	王度廬
67	虞美人	1941	青島新民報	霄羽
68	纖纖劍	1942	京報（南京）	王度廬
69	鐵騎銀瓶傳	1942	青島大新民報	王度廬
70	舞劍飛花錄	1943	京報（南京）	王度廬
71	寒梅曲	1943	青島大新民報	霄羽
72	大漠雙鴛譜	1944	京報（南京）	王度廬
73	紫電青霜錄	1944	青島大新民報	王度廬
74	春明小俠	1944	京報（南京）	王度廬
75	瓊樓雙劍記	1945	京報（南京）	王度廬

（接上表）

76	錦繡豪雄傳	1945	民民民	王度廬
77	紫鳳鏢	1946	青島時報	魯雲
78	太平天國情俠傳	1947	民治報	魯雲
79	清末俠客傳	1947	大中報	魯雲
80	晚香玉	1947	青島時報	魯雲
81	雍正與年羹堯	1947	青島時報	魯雲
82	粉墨嬋娟	1948	青島時報	綠蕪
83	風塵四傑	1948	島聲旬刊	佩俠
84	寶刀飛	1948	青島時報	魯雲
85	燕市俠伶	1948	青島時報	綠蕪
86	金剛玉寶劍	1948	青島公報　聯青晚報	王度廬
87	龍虎鐵連環	1948	軍民晚報	王度廬
88	玉佩金刀記	1949	民治報	王度廬
89	香山俠女	1949	上海勵力出版社	王度廬
90	春秋戟	1949	上海勵力出版社	王度廬

Collections for Dulu Wang's Wuxia novels!

Collect Them All!
Dulu Wang, Author of
"Crouching Tiger, Hidden Dragon"

王度廬武侠小說選集大全
《卧虎藏龍》作者